铁骑银瓶

王度庐作品大系　武侠卷　伍

王度庐·著／王芹·点校

山西出版传媒集团

北岳文艺出版社

王度庐著

上

图书在版编目（CIP）数据

铁骑银瓶：全3册 / 王度庐著．— 太原：北岳文艺出版社，2015.7
（王度庐作品大系）
ISBN 978-7-5378-4406-2

Ⅰ．①铁… Ⅱ．①王… Ⅲ．①侠义小说－中国－当代 Ⅳ．① I247.5

中国版本图书馆 CIP 数据核字 (2015) 第 101813 号

书名：　　　　　著者：王度庐　　　策　划：续小强　刘文飞
铁骑银瓶　　　　点校：王　芹　　　责任编辑：刘文飞
　　　　　　　　　　　　　　　　书籍设计：张永文
　　　　　　　　　　　　　　　　印装监制：巩　璠

出版发行：山西出版传媒集团·北岳文艺出版社
地址：山西省太原市并州南路 57 号
邮编：030012
电话：0351-5628696（太原发行部）　010-57427866（北京发行部）　0351-5628688（总编办）
传真：0351-5628680
网址：http://www.bywy.com　E-mail：bywycbs@163.com
经销商：新华书店　印刷装订：山西人民印刷有限责任公司

开本：890mm×1240mm　1/32　总字数：880 千字
总印张：29.625　版次：2015 年 7 月第 1 版　印次：2023 年 3 月山西第 2 次印刷
书号：ISBN　978-7-5378-4406-2
定价：112.00 元（全三册）

出版前言

　　王度庐（1909—1977），原名葆祥（后改葆翔），字霄羽，出生于北京下层旗人家庭。"度庐"是1938年启用的笔名。他是中国现代文学史上著名的武侠言情小说家，独创"悲剧侠情"一派，成为民国北方武侠巨擘之一，与还珠楼主、白羽（宫竹心）、郑证因、朱贞木并称为"北派五大家"。

　　20世纪20年代，王度庐开始在北京小报上发表连载小说，包括侦探、实事、惨情、社会、武侠等各种类型，并发表杂文多篇。20世纪30年代后期，因在青岛报纸上连载长篇武侠小说《宝剑金钗》《剑气珠光》《鹤惊昆仑》《卧虎藏龙》《铁骑银瓶》（合称"鹤—铁五部"）而蜚声全国；至1948年，他还创作了《风雨双龙剑》《洛阳豪客》《绣带银镖》《雍正与年羹尧》等十几部中篇武侠小说和《落絮飘香》《古城新月》《虞美人》等社会言情小说。

　　王度庐熟悉新文学和西方现代文化思潮，他的侠情小说多以性格、心理为重心，并在叙述时投入主观情绪，着重于"情""义""理"的演绎。"鹤—铁系列"五部既互有联系又相对独立，达到了通俗武侠文学抒写悲情的现代水平和相当的人性深度，具有"社会悲剧、命运悲剧、性格心理悲剧的综合美感"。他的社会言情小说的艺术感染力也很强，注重营造诗意的氛围，写婚姻恋爱问题，将金钱、地位与爱情构成冲突模式，表现普通人对个性解放、爱情自由和婚姻平等的追求与呼唤。这些作品注重写人，写人性，与"五四"以来"人的文学"思潮是互相呼应的。因此，王度庐也成为通俗文学史乃至整个中国现代文学史研究中绕不过去的作家，被写入不同类型的文学史。许多学者和专家将他及其作品列为重点研究对象。

王度庐所创造的"悲剧侠情"美学风格影响了港台"新派"武侠小说的创作，台湾著名学者叶洪生批校出版的《近代中国武侠小说名著大系》即收录了王度庐的七部作品，并称"他打破了既往'江湖传奇'（如不肖生）、'奇幻仙侠'（如还珠楼主）乃至'武打综艺'（如白羽）各派武侠外在茧衣，而潜入英雄儿女的灵魂深处活动；以近乎白描的'新文艺'笔法来描写侠骨、柔肠、英雄泪，乃自成'悲剧侠情'一大家数。爱恨交织，扣人心弦！"台湾著名武侠小说作家古龙曾说，"到了我生命中某一个阶段中，我忽然发现我最喜爱的武侠小说作家竟然是王度庐"。大陆学者张赣生、徐斯年对王度庐的作品进行了大量的整理、发掘和研究工作，并给予了很高的评价。徐斯年称其为"言情圣手，武侠大家"，张赣生则在《王度庐武侠言情小说集》的序言中说："从中国文学史的全局来看，他的武侠言情小说大大超过了前人所达到的水平"，"他创造了武侠言情小说的完善形态，在这方面，他是开山立派的一代宗师。"

此次出版的《王度庐作品大系》收录了王度庐在不同时期的代表作和有影响力的作品，还收录了至今尚未出版过的新发掘出的作品，包括他早期创作的杂文和小说。此外，为了满足不同领域的读者的需求，此版还附有张赣生先生的序言、已知王度庐小说目录和王度庐年表，以供研究者参考。这次出版得到了王度庐子女的大力支持和密切配合，王度庐之女王芹女士亲自对作品进行了点校。可以说，他们的支持使得《王度庐作品大系》成为王度庐作品最完善、最全面的一次呈现。在此，我们表达最诚挚的谢意。

在编辑过程中，我们依据上海励力出版社，参考报纸连载文本及其他出版社的原始版本，对作品中出现的语病和标点进行了订正；遵循《第一批异形词整理表》（GF1001-2001），对文中的字、词进行了统一校对；并参照《现代汉语大词典》《汉语方言大词典》《北京方言词典》《北京土语辞典》等工具书小心求证，力求保持作品语言的原汁原味。由于编辑水平和时间有限，难免有疏漏之处，敬请广大读者批评指正！

北岳文艺出版社

二〇一五年六月三十日

二

总　序

　　王度庐是位曾被遗忘的作家。许多人重新想起他或刚知道他的名字，都可归因于影片《卧虎藏龙》荣获奥斯卡奖的影响。但是，观赏影片替代不了阅读原著，不读小说《卧虎藏龙》（而且必须先看《宝剑金钗》），你就不会知道王度庐与李安的差别。而你若想了解王度庐的"全人"，那又必须尽可能多地阅读他的其他著作。北岳文艺出版社继《宫白羽武侠小说全集》《还珠楼主小说全集》之后推出这套《王度庐作品大系》（以下简称《大系》），对于通俗文学史的研究，可谓功德无量！

　　王度庐，原名王葆祥，字霄羽，1909年生于北京一个下层旗人家庭。幼年丧父，旧制高小毕业即步入社会，一边谋生，一边自学。十七岁始向《小小日报》投寄侦探小说，随即扩及社会小说、武侠小说。1930年在该报开辟个人专栏《谈天》，日发散文一篇；次年就任该报编辑。八年间，已知发表小说近三十部（篇）。1934年往西安与李丹荃结婚，曾任陕西省教育厅编审室办事员和西安《民意报》编辑。1936年返回北平，继续以卖稿为生，次年赴青岛。青岛沦陷后始用笔名"度庐"，在《青岛新民报》及南京《京报》发表武侠言情小说（同时继续撰写社会小说，署名则用"霄羽"）。十余年间，发表的武侠小说、社会小说达三十余部。1949年赴大连，任大连师范专科学校教员。1953年调到沈阳，任东北实验中学语文教员。"文革"时期，以退休人员身份随夫人"下放"昌图县农村。1977年卒于辽宁铁岭。

早在青年时代，王度庐就接受并阐释过"平民文学"的主张。他的文学思想虽与周作人不尽相同，但在"为人生"这一要点上，二者的观念是基本一致的。

从撰写《红绫枕》（1926年）开始，王度庐的社会小说（当时或又标为"惨情小说""社会言情小说"）就把笔力集中于揭示社会的不公、人生的惨淡，以及受侮辱、受损害者命运的悲苦。

恋爱和婚姻是"五四"新文学的一大主题。那时新小说里追求婚恋自由的男女主人公面对的阻力主要来自封建家庭和封建礼教，作品多反映"父与子"的冲突——包括对男权的反抗，所以，易卜生笔下的娜拉尤被觉醒的女青年们视为楷模。到了王度庐的笔下，上述冲突转化成了"金钱与爱情"的矛盾。

正如鲁迅所说：娜拉冲出家庭之后，倘若不能自立，摆在面前的出路只有两条——或者堕落，或者"回家"。王度庐则在《虞美人》中写道："人生""青春"和"金钱"，"三者之间是相互联系着的"，而在当时的中国社会里，金钱又对一切起着主导性的作用。他所撰写的社会言情小说，深刻淋漓地描绘了"金钱"如何成为社会流行的最高价值观念和唯一价值标准，如何与传统的父权、男权结合而使它们更加无耻，如何导致社会的险恶和人性的异化。

王度庐特别关注女性的命运。他笔下的女主人公多曾追求自立，但是这条道路充满凶险。范菊英（《落絮飘香》）和田二玉（《晚香玉》）付出了生命的代价；虞婉兰（《虞美人》）终于发疯，生不如死。唯有白月梅（《古城新月》）初步实现了自立，但她的前途仍难预料；至于最具"娜拉性格"，而且也更加具备自立条件的祁丽雪，最终选择的出路却是"回家"。

这些故事，可用王度庐自己的两句话加以概括："财色相欺，优柔自误"（《〈宝剑金钗〉序》）。金钱腐蚀、摧毁了爱情，也使人性发生扭曲。人是"社会关系的总和"，他的社会小说正是通过写人，而使社会的弊端暴露无遗。

在社会小说里，王度庐经常写及具有侠义精神的人物，他们扶弱抗强，甚至不惜舍生以取义。这些人物有的写得很好，如《风尘四杰》里的天桥四杰和《粉墨婵娟》里的方梦渔；有些粗豪角色则写得并不成功，流于概念化，如《红绫枕》里的熊屠户和《虞美人》里的秃头小三。

上述侠义角色与爱情故事里的男女主人公一样，也是现代社会中的弱者。作者不止一次地提示读者，这些侠义人物"应该"生活于古代。这种提示背后隐含着一个问题：现代爱情悲剧里的那些痴男怨女，如果变成身负绝顶武功的侠士和侠女，生活在快意恩仇的古代江湖，他们的故事和命运将会怎样？这个问题化为创作动机，便催生出了王度庐的侠情小说，这里也昭示着它们与作者所撰社会小说的内在联系。

《宝剑金钗》标志着王度庐开始自觉地把撰写社会言情小说的经验融入侠情小说的写作之中，也标志着他自觉创造"现代武侠悲情小说"这一全新样式的开端。此书属于厚积薄发的精品，所以一鸣惊人，奠定了作者成为中国现代武侠悲情小说开山宗师的地位。继而推出的《剑气珠光》《鹤惊昆仑》《卧虎藏龙》《铁骑银瓶》①（与《宝剑金钗》合称"鹤—铁五部"）以及《风雨双龙剑》《彩凤银蛇传》《洛阳豪客》《燕市侠伶》等，都可视为王氏现代武侠悲情小说的代表作或佳作。

作为这些爱情故事主人公的侠士、侠女，他们虽然武艺超群，却都是"人"，而不是"超人"。作者没有赋予他们保国救民那样的大任，只让他们为捍卫"爱的权利"而战；但是，"爱的责任"又令他们惶恐、纠结。他们驰骋江湖，所向无敌，必要时也敢以武犯禁，但是面对"庙堂"法制，他们又不得不有所顾忌；他们最终发现，最难战胜的"敌人"竟是"自己"。如果说王度庐的社会小说属于弱者的社会悲剧，那么他的武侠悲情小说则是强者的心灵悲剧。

王度庐是位悲剧意识极为强烈的作家。他说："美与缺陷原是一个东西。""向来'大团圆'的玩意儿总没有'缺陷美'令人留恋，而且人生本来是一杯苦酒，哪里来的那么些'完美'的事情？"（《关于鲁海娥之

---

①这里叙述的是发表次序。按故事时序，则《鹤惊昆仑》为第一部，以下依次为《宝剑金钗》《剑气珠光》《卧虎藏龙》《铁骑银瓶》。

死》)《鹤惊昆仑》和《彩凤银蛇传》里的"缺陷"是女主人公的死亡和男主人公的悲凉;《宝剑金钗》《卧虎藏龙》《铁骑银瓶》里的"缺陷"都不是男女主角的死亡,而是他们内心深处永难平复的创伤;《风雨双龙剑》和《洛阳豪客》则用一抹喜剧性的亮色,来反衬这种悲怆和内心伤痕。

王度庐把侠情小说提升到心理悲剧的境界,为中国武侠小说史做出了一大贡献。正如弗洛伊德所说:"这里,造成痛苦的斗争是在主角的心灵中进行着,这是一个不同冲动之间的斗争,这个斗争的结束绝不是主角的消逝,而是他的一个冲动的消逝。"①这个"冲动"虽因主角的"自我克制"而消逝了,但他(她)内心深处的波涛却在继续涌动,以致成为终身遗恨。

李慕白,是王度庐写得最为成功的一个男人。

有人说,李慕白是位集儒、释、道三家人格于一身的大侠;这是该评论者观赏电影《卧虎藏龙》的个人感受。至于小说《宝剑金钗》里的李慕白,他的头上绝无如此"高大上"的绚丽光环——古龙说得好:王度庐笔下的李慕白,无非是个"失意的男人"。

在《宝剑金钗》里,李慕白始终纠结于"情"和"义"的矛盾冲突之中,他最终选择了舍情取义,但所选的"义"中却又渗透着难以言说的"情"。手刃巨奸如囊中取物,李慕白做得非常轻易;但是他却主动伏法,付出的代价极其沉重。他做这些都是自愿的,又都是不自愿的。出发除奸之前,作者让他在安定门城墙下的草地上做了一番内心自剖,这段自剖深刻地展示着他的"失意",这种心态可以概括为三个字——"不甘心"。

在本《大系》所收"早期小说与杂文"卷中,读者可以见到王度庐用笔名"柳今"所写的一篇杂文《憔悴》,其中有段文字,所写心态与上述李慕白的自剖如出一辙。读者还可见到,《红绫枕》里男主角戚雪桥为爱

---

① 弗洛伊德:《戏剧中的精神变态人物》,张唤民译,载《二十世纪西方美学名著选》(上),复旦大学出版社,1987。

人营墓、祭扫时的一段内心独白，其心态又与柳今极其相似。于是，我们看到了王度庐、柳今、戚雪桥（还有一些其他角色，因相关作品残缺而未收入《大系》）与李慕白之间的联系——李慕白的故事，是戚雪桥们的白日梦；戚雪桥、李慕白们的故事，则是柳今、王度庐的白日梦。

不把李慕白这个大侠写成一位"高大上"的"完人"，而把他写成一个"失意的男人"，这是王度庐颠覆传统"侠义叙事"，为中国武侠小说史做出的又一贡献。

玉娇龙，是王度庐写得最为成功的一个女人。

玉娇龙的性格与《古城新月》里的祁丽雪有相似之处，但是她的叛逆精神更加决绝、更加彻底。为了自由的爱情，她舍弃了骨肉的亲情。同时，她也舍弃了贵胄生活，选择了荆棘江湖；舍弃了城市文明，选择了草莽蛮荒。

对玉娇龙来说，最难割舍的是亲情；最难获得的，是理想的婚姻。她发现自己选择罗小虎未免有点莽撞，所以又离开了他。她获得了自由的爱情，却在事实上拒绝了自由的婚姻。这与其说反映着"礼教观念残余""贵族阶级局限"，不如说是对文化差异的正视。尽管如此，这位"古代娜拉"并未"回家"，而是毅然决然地踏上一条不归路。这条路是悲凉的，同时又是壮美的。

玉娇龙和李慕白都是"跨卷人物"。《剑气珠光》里的李慕白写得不好，因为背离了《宝剑金钗》中业已形成的性格逻辑。《铁骑银瓶》里的玉娇龙则写得很好，她青年时代的浪漫爱情，此时已经升华为伟大的、无私的母爱。她青年时代的梦想，终于在爱子和养女的身上得以成真，但是他们携手归隐时的心态，也与母亲一样充满遗憾。

王度庐的上述成就，都是源于对传统武侠叙事的扬弃，这也使他的武侠悲情小说拥有了现代精神。

王度庐又是一位京旗作家。

清朝定都北京之后，即将内城所居汉人一律迁出，由八旗分驻内城八区。王度庐家住地安门内的"后门里"，属于镶黄旗驻区，其父供职于内务府的上驷院。内务府是一个由满洲上三旗（镶黄、正黄、正白旗）内"从龙包衣"①组成的机构，专门管理皇家事务。由此可知，王氏当属编入满洲镶黄旗的"汉姓人"，这一族群不同于"汉人""汉军"，满人把他们视为同族②。

满人崛起于白山黑水之间，性格刚毅尚武，自立自强，粗犷豪放。入关定鼎之后，宴安日久，八旗制度的内在弊端开始呈现，"八旗生计"问题日益突出，以致最终导致严重的存亡危机。王度庐出生时，恰逢取消"铁杆庄稼"（即旗人原本享受的"俸禄"），父亲又早逝，全家陷于接近赤贫的境地。他的早期杂文经常写到"经济的压迫"，"身世的漂泊，学业的荒芜"，疾病的"缠身"，始终无法摆脱"整天奔窝头"的境况。他的许多社会小说及其主人公的经历、心境，也都寄托着同样的身世之感和颓丧情绪。这种刻骨铭心的痛楚，蕴含着当时旗人不可避免的噩运，汉族读者是难以体会这种特殊的苦痛的。

同时，王度庐又十分景仰旗族优秀的民族精神。他的作品，明确书写旗人生活的有十多部；他所塑造的许多旗籍人物身上，都寄托着他对民族精神的追忆和期许。

从这个角度考察玉娇龙，首先令人想到满族的"尊女"传统。满族文史专家关纪新认为，这一传统的形成，至少有四点原因：一、对母系氏族社会的清晰记忆；二、以采集、渔猎为主的传统经济，决定了男女社会分工趋于平等；三、入关之前未经历很多封建化过程；四、旗族少女在理论上都有"选秀入宫"机会，所以家族内部皆以"小姑为大"。③玉娇龙那昂扬的生命力，正是满族少女普遍性格的文学升华。《宝刀飞》可能是第一部把入宫前的慈禧，作为一位纯真、浪漫而又不无"野心"的旗族姑娘加以描绘的小说。作者以"正笔"书写入宫前的她，用"侧笔"续写成为"西宫娘娘"之后的她，沉重的历史

---

① "包衣"，满语，意为"家里人"，在一定语境下也指"世仆""仆役"；"从龙"，指从其祖先开始就归皇帝亲领。王度庐在一份手写的简历里说：父亲在清宫一个"管理车马的机构"任小职员，这个机构当即内务府所属之上驷院。

② 按："满人"专指满族；"旗人"这一概念则涵括满洲、蒙古、汉军三个八旗的所有成员，其内涵大于"满人"。

③ 参阅关纪新：《多元背景下的一种阅读——满族文学与文化论稿》，辽宁民族出版社，2013，第219页。

感里蕴含几分惋惜，情感上极具"旗族特色"。

在《宝剑金钗》和《卧虎藏龙》里，德啸峰虽非主人公，却可视为旗籍"贵胄之侠"的典型。他沉稳、老练，善于谋划，善于掌控全局，比李慕白更加"拿得起、放得下"。他的身上比较完整地体现着金启孮所说京城旗人游侠的三个特征：一、凌强而不欺下，一般人对他们没有什么恶感。二、多在八旗人居住的内城活动，没什么民族矛盾的辫子可抓。三、偶或触犯权势，但不具备"大逆不道"的证据，故多默默无闻。①铁贝勒、邱广超和《彩凤银蛇传》里的谢慰臣都属此类人物。

进入民国之后，由于政治、经济原因，京中旗人的精神状态呈现更趋萎靡甚至堕落之势（《晚香玉》里的田迂子即为典型），但是王度庐从闾巷之中找到了民族精神的正面传承。《风尘四杰》实际写了五个"闾巷之侠"——那位"有学有品而穷光蛋"②的"我"，也算一个"不武之侠"。作者清楚地认识到：虽然早非"侠的时代"，但是天桥"四杰"③身上那种捍卫正义，向善疾恶，刚健、豁达、坚韧、仗义、乐观的民族精神，却是值得弘扬光大的。这已不仅仅是对旗族的期许，更是对重振中华民族传统美德的期许。

凡是旗人，都无法回避对于清王朝的评价。王度庐在杂文里认为，"大清国歇业，溥掌柜回老家"④乃是历史的必然，人民期盼的是真正实现"五族共和"。他更在两部算不上杰作的小说中，以传奇笔法描绘了两位清朝"盛世圣君"的形象。《雍正与年羹尧》里的胤禛既胸怀雄才大略，又善施阴谋诡计。他利用"江南八侠"的"复明"活动实现自己夺嫡、登基的计划，又在目的达到之后断然剪除"八侠"势力。但是，他对汉族的"复明"意志及其能量日夜心怀惕惧，以至"留下密旨，劝他的儿子登基以后，要相机行事，而使全国

---

①参阅关纪新：《老舍与满族文化》，辽宁民族出版社，2008，第80页。
②语见王度庐早期杂文《中等人》，原载于北平《小小日报》1930年4月5日"谈天"栏，署名"柳今"。
③民国初年，"天坛附近的天桥大多数的女艺人、说书人、算命打卦者都是满人"。转引自关纪新：《老舍与满族文化》，辽宁民族出版社，2008，第122页。
④语见王度庐早期杂文《小算盘》，原载于《小小日报》1930年5月20日"谈天"栏，署名"柳今"。

恢复汉家的衣冠"。书中还有一位不起眼的小角色——跟着胤祯闯荡江湖的"小常随",他与八侠相交甚密,又很忠于胤祯。"两边都要报恩"的尖锐矛盾,导致他最终撞墙而殉。作者展示的绝不限于"义气",这里更加突出表现的是对汉族的负疚感和对民族杀伐史的深沉痛楚。王度庐对历史的反思已经出离于本民族的"兴亡得失",上升为一种"超民族"的普世人文关怀。《金刚玉宝剑》中的乾隆,则被写成一个孤独落寞的衰朽老人,这一形象同样透露着作者的上述历史观。

满族入关后吸收汉族文化,"尚武"精神转向"重文",涌现出了纳兰性德、曹雪芹、文康等杰出满族作家,其中对王度庐影响最大的是纳兰性德。"摇落后,清吹那堪听。淅沥暗飘金井叶,乍闻风定又钟声。"①纳兰词的凄美色调,融入北京城的扑面柳絮和戈壁滩的漫天风沙,形成了王度庐小说特有的悲怆风格。

旗人的生活文化是"雅""俗"相融的,王度庐继承着旗族的两大爱好:鼓词(又称"子弟书""落子")和京剧。他十七岁时写的小说《红绫枕》,叙述的就是鼓姬命运,其中还插有自创的几首凄美鼓词。至于京剧,据不完全统计,仅在《落絮飘香》《古城新月》《晚香玉》《虞美人》《粉墨婵娟》《风尘四杰》《寒梅曲》七部小说中,写及的剧目已达九十六折②之多!作为小说叙事的有机内涵,王度庐写及昆曲、秦腔、梆子与京剧的关系,"京朝派"(即京派)与"外江派"(即海派)的异同,"京、海之争"和"京、海互补",票社活动及其排场,非科班出身的伶人、票友如何学戏,戏班师傅和剧评家如何为新演员策划"打炮戏",各色人等观剧时的移情心理和审美思维……他笔下的伶人、票友对京剧的热爱是超功利的,而她(他)们的社会角色和物质生活则是极功利的——唯美的精神追求与惨淡的现实生活构成鲜明反差,映射着

①纳兰性德:《忆江南》——当年王度庐与李丹荃相爱,曾赠以《纳兰词》一册,李丹荃女士七十余岁时犹能背诵这首词。

②由于现存《虞美人》和《寒梅曲》文本均不完整,所以这一数字是不完整的。而未列入统计对象的《宝剑金钗》《燕市侠伶》等作品中,也常含有京剧演出、观赏等情节,涉及剧目亦复不少。

人性的本真、复杂和异化。他又善于利用剧情渲染故事情节和人物情感，例如《粉墨婵娟》中，凭借《薛礼叹月》和《太真外传》两段唱词，抒发女主人公不同情境下的不同心绪，展示着"戏如人生、人生如戏"的微妙契合，极大地增强了小说的诗意。

入关以后，旗人皆认"京师"为故乡，京旗文学自以"京味儿"为特色。王度庐的小说描绘北京地理风貌极其准确，所述地名——包括城门、街衢、胡同、集市、苑囿、交通路线等等，几乎均可在相应时期的地图上得到印证。《宝剑金钗》《卧虎藏龙》主人公的活动空间广阔，书中展示清代中期北京的地理风貌相当宏观，又非常精细。玉娇龙之父为九门提督，府邸位置有据可查，作者由此设计出铁贝勒、德啸峰、邱广超府第位置，决定了以内城正黄旗、镶黄旗（兼及正红旗、正白旗）驻区为"贵胄之侠"的主要活动区域。李慕白等为江湖人，则决定了以"外城"即南城为其主要活动区域。两类侠者的行动则把上述区域连接起来，并且扩及全城和郊县。《落絮飘香》《古城新月》《晚香玉》《虞美人》等社会小说中，主人公的活动空间相对狭小，所以每部作品侧重展示的是民国时期北平城的某一局部区域：或以海淀—东单—宣内为主，或以西城丰盛地区—东单王府井地区为主，等等。拼合起来，也是一幅接近完整的"北平地图"。上述小说之间所写地域又常出现重合，而以鼓楼大街、地安门一带的重合率为最高。作者故居所在地"后门里"恰在这一区域，在不同的作品里，它被分别设置为丐头、暗娼等的住地。这里反映着作者内心深处存在一个"后门里情结"，他把此地写成天子脚下、富贵乡边的一个小小"贫困点"，既体现着平民主义的观念，又是一种带有幽默意味的自嘲。

王度庐小说里的"北京文化地图"，是"地景"与"时景"的融合，所以是立体的、动态的。这里的"时景"，指一定地域中人们的生活形态，包括节俗、风习。无论是妙峰山的香市、白云观的庙会、旗族的婚礼仪仗、富贵人家的大出丧、"残灯末庙"时的祭祖和年夜饭、北海中元节的"烧法船"，乃至京旗人家的衣食住行，王度庐都描写得有声有色，细致生动。这些"时景"与故事情节融为一体，成为展示人物性格、心理的重要手段；同时也颇具独立的民俗学价值。王度庐在小说里常将富贵繁华区的灯红酒绿与平民集市里的杂乱喧闹加以对比，而对后者的描绘和评论尤具特色。例如，《风尘四杰》里是这样介绍天桥的:"天桥,的确景物很多,让你百看不厌。人乱而事杂,技艺丛集,藏龙卧虎,新旧并列。是时代的渣滓与生计的艰辛交织成了这个地方,在无情的大风里,秽土的弥漫中,令你啼笑皆非。"他笔下的天桥图景,喷发着故都世俗社会沸沸扬扬的活力和生机,嘈杂喧嚣而又暗藏同一的内在律动;它与内城里的"皇气""官气"保持着疏离,却又沾染着前者的几分闲散和慵懒。这又是一种十分浓厚、相当典型的"京味儿"!

"京味儿"当然离不开"京腔"。王度庐的语言大致是由两部分组成的:叙事以及文化程度较高角色的口语,用的是"标准变体",即经过"标准化处理"的北京话,近似如今的"普通话";底层人物的语言,则多用地道的北京土语,词汇、语法都有浓厚的地域特色,比一般的"京片儿"还要"土"。故在"拙""朴"方面,他比一些京派作家显得更加突出。

由于众所周知的原因,王度庐的作品散佚严重,这部《大系》编入了至今保存完整或相对完整的小说二十余种,另有一卷专收早期小说和杂文。

笔者认为,1949年前促使王度庐奋力写作的动力当有三种:一曰"舒愤懑";二曰"为人生";三曰"奔窝头"。三者结合得好,或前二者起主要作用时,写出来的作品质量都高或较高;而当"第三动力"起主要作用时,写出来的作品往往难免粗糙、随意。当然,写熟悉的题材时,质量一般也高或较高,否则,虽欲"舒愤懑""为人生",也难以得到理想的效果。是否如此,还请读者评判、指正。

徐斯年

二〇一四年十一月于姑苏香滨水岸

凡 例

一、《鹤惊昆仑》《宝剑金钗》《剑气珠光》《卧虎藏龙》《铁骑银瓶》，抒写四代侠士、侠女的爱恨情仇，合称"鹤-铁五部"，是王度庐的侠情小说代表作。它们最初连载和最初出版单行本的顺序如下：

《宝剑金钗记》，初载于1938年11月16日至1939年4月29日《青岛新民报》。1939年9月由报社首印单行本，后由上海励力出版社重印，改题《宝剑金钗》。

《剑气珠光录》，初载于1939年7月30日至1940年4月5日《青岛新民报》，报社亦随即印行单行本，后由上海励力出版社重印，改题《剑气珠光》。

《舞鹤鸣鸾记》，初载于1940年4月7日至1941年3月15日《青岛新民报》，报社亦曾随印单行本，后由上海励力出版社重印，改题《鹤惊昆仑》。

《卧虎藏龙传》，初载于1941年3月16日至1942年3月6日《青岛新民报》，后由上海励力出版社印行单行本，改题《卧虎藏龙》。

《铁骑银瓶传》，初载于1942年3月7日至1944年《青岛新民报》和被合并后的《青岛大新民报》，后由上海励力出版社印行单行本，改题《铁骑银瓶》。

二、《青岛新民报社》印行的《宝剑金钗》单行本，前有作者自序一篇，为其他版本所无。此序价值甚高，现已收入。

三、《舞鹤鸣鸾记》连载时，正文之前原有序言一则，出版单行本时删去，兹转录如下备考：

序　言

内家武当派之开山祖张三丰，本宋时武当山道士，曾以单身杀敌百余，因之成名大振。武当派讲的是强筋骨、运气功、静以制动、犯则立仆，比少林的打法为毒狠，所以有人说"学得内家一二，即足以胜少林"。此派自张三丰累传至王成来，成来弟子黄百家，又将秘传歌诀，加以注解，所以内家拳便渐渐学术化了。可是后因日久年深，歌诀虽在，真功夫反不得传。自清初至近代，武当派中的侠士实寥寥无几，有的，只是甘凤池、鹰爪王、江南鹤等。甘凤池系以剑术称，鹰爪王专长于点穴，惟有江南鹤，其拳剑及点穴不但高出于甘王二人之上，且晚年行踪极为诡异，简直有如剑仙，在《宝剑金钗记》与《剑气珠光录》二书中，这位老侠只是个飘渺的人物，如神龙一般。而本书却是要以此人为主，详述他一生的事迹。又本书除江南鹤之外，尚有李慕白之父李凤杰，及其师纪广杰。所以若论起时代，则本书所述之事，当在李慕白出世之前数十年了。

四、《卧虎藏龙》因被改编为李安执导的同名电影而知名。对比原著，可以看出电影剧本大量吸收了《宝剑金钗》的内容，但与原著也存在不少差别，值得读者注意和玩味。

五、本版"鹤-铁五部"，均以上海励力出版社印行的单行本为底本，参核连载本而定稿。

目录

第一回　旅店天寒移鸾换凤
　　　　边城春早走马飞龙

　　名门闺秀盖世之女玉娇龙,自与大盗罗小虎结不解缘后,风浪迭生,两情弥笃,只以身份悬殊,难相配合。又因玉曾挟技横行,结怨江湖,致使家门迭起惊变,父因之失官,母亦饮恨而终。骨肉情乖,闺门难住,不得已,借往妙峰山还愿,投崖以遁。出京之后,虽难忘旧情,又至罗小虎处,于草庐内,明月良宵,一温绮梦,然翌晨即绝裾而去。盖心虽犹恋,而母命难违,殊不能以千金之躯永为盗妇。由此南下,漂流大江南北半载,孤剑单骑,到别处亦落落无偶。其后又因事西往,拟于草原沙漠间作久隐之计。本书即系由其途中叙起。

　　在中国西北部的甘凉大道上,处处是雄关要隘,大山长河,地极辽远,路极难行。当地的人民大都依山凿穴而居,贫穷殊甚。只有张掖(甘州)、武威(凉州)两个地方,因系商旅麇集之所,所以还比较殷富,但在清朝中叶的那几年,此地又遭大旱,且因边疆多事,盗贼蜂起,以致这两个地方也荒凉不堪。

　　时在严冬,连日大雪,靠近甘峻山的张掖城天气极为寒冷。北风呼呼,触面如割,连那最不怕冷的骆驼,都卧在店房的圈里缩成了一团。然而这时的人,无论是城里城外,是穷人是富人,却都有点儿兴奋。市街铺户也都摆出了香烛果供,牛羊肉、米面等等都比往日预备得特别丰富。购主也特别多,一般人披着老羊皮袄,脚下踏着深雪,无论如何也拿出点钱采办一些,且有的手里提着几挂爆竹——这是平常绝不买的,现在因为是新年快到了,大家才这样忙忙碌碌。

可是开店的人倒显得清闲,因为平常往来的客旅此时早已各自回家度岁,买卖也都结账了。除了街上那些应时的买卖,谁也不再交易。所以东门外最大的那家店房"来安店",现在只住着不到十个客人。说个准数目吧,连那在这儿已住了半年多,贫无可归,早先住北房,现在被店主赶到存马粪的小屋里的韩秀才都算上,一共还有五个人。

韩秀才会看病,店里今年的春联要由他给书写,所以大概暂时他不至于被撵出了。还有是那倒霉的拉骆驼的黑三,因为他的四只骆驼倒有两只生了病,死也不死,走又不能走,他也只好蹲在这儿过年了。好在他跟店主人是乡亲,又不是白住着,扫雪、铲煤、挑水都是他的事,他还能帮着包饺子。此外就是北屋了,这可了不得,住的是一家官眷,是一位太太,带着个仆妇,老爷没跟着。还有一位老家人,是另住在一间屋里。

不过要提到了这家官眷,说这店里只住着五个客人可又不对了,因为那位太太的屋里还常常哇啦哇啦的,有才满月的小孩儿哭。这时太太反倒骂:"该死的!不要你你偏来!把你抛在雪里冻死去吧!你不会给我带来什么福气!"仆妇总是劝,太太又说的是南几省的话,声调极高极尖,又极难懂,半夜里也是这么嚷嚷,闹得店主人时常睡不着。这位太太很年轻,风流俊俏的,在本地内找不到。黑三只看见过一回,他就有点色迷迷的,连他的病骆驼也都忘了。而其余的几个伙计也都不敢在当院里撒尿了。

老家人是姓方,由他们太太呼他时,知道他叫方福。方福是个五十多岁的又矮又瘦的老头儿,胡子都快白了,可见得劳心,鼻子却是通红的,又好饮。他几乎整天在柜房里坐着,因为他怕冷,柜房比他住的屋子暖得多。他离不开酒,而这里的店主人是酒泉县的人,又有个外号叫"醉老财",所以两人总在一起喝酒。方福常发牢骚,说:"要不是我跟了我们这位二太太,哪能够在这地方过年呢?"

原来方福的主人是方知府,河南人,举人出身,做了两年安西州,新近升任凉州府。方知府有两位太太。大夫人是原配,因为夫妻都有四十多岁了,只有五位千金,却没有一个男孩,所以就纳了一妾,希望能得一位公子,好接续香烟。

这位二太太本是甘肃抚台刘大人家里的丫鬟,而且是由刘大人家乡江南徽州府带来的,平日侍候抚台,甚为得脸。因为方知府是刘抚台的门生,而且官运甚旺,膝下正虚,所以抚台便把最得力的、也最美貌的丫鬟给了他,为的是给他延嗣。

这个丫鬟就是现住在店房里的太太。她在抚台家里得宠惯了,而且又有个有势力的后台,一跟了方知府,就想把那正太太压下去。可是正太太有五位小姐助威,她却没一个亲近人,就只好极力拉拢仆妇。仆妇秦妈三十来岁,是个很诚实的人,受过她的几次小恩,就已对她很好了。但是她想指挥秦妈来跟正太太打架,人家却又不干,因此她还是敌不过,还是压不下去那正太太。

所幸今年她已身怀有孕。她心中很欢喜,求神拜佛保佑自己生个男孩。因为那样一来,她的地位无形中就高了起来,那专会生养姑娘的正太太,自然得退避三舍,而让她擅宠专房。所以她自证明有孕之后,就特别地谨慎防护,连大步儿也不敢迈。

方知府也很欢喜,仿佛二太太的怀里放着个宝贝,不几时就要掏出来了,就可以光耀全家了。并且这胎儿在母怀七八个月时,多年没升的他,如今忽然又升任了凉州府的美差,这更是大喜之兆,更得算是二太太肚里的那个小孩给带来的福。

不过倒因此又产生了一个难题,就是方知府必须去上任,但安西离凉州这条路程有几百里,坐骡车穿山越岭的,实在容易伤了胎,伤了这未出世的宝贝。方知府非常作难,倒是二太太自己出的主意,她愿意一人留在这里,等着生了儿子之后,过年春天,她再抱着小少爷去到任上。

她一点儿也不嫉妒,眼看着正太太带着一群小姐随老爷去赴新任,她这儿就留下女仆秦妈、老家人方福,预备到时给她接喜。她天天打卦占课,都说是必定生一位小少爷,而且是文曲星转世,将来能中状元。但是一日一日她的肚子往上鼓,肚皮往下坠,及至到了落生的那一天,却大失所望,原来她制作的这个跟正太太所制作的那五位一样,是老爷所最讨厌的,还是一个姑娘!

　　二太太真伤心极了，同时又生气，就想："要知道是她，我早就跟老爷上任去啦！在半道要小产，这倒省得她来呕气人。我还有什么脸抱了她去见老爷呀！一见了老爷的面，他还不得立时就皱眉跺脚！"可是她又没那狠心把亲生的女儿掐死。

　　但是新年将近了，她不甘心孤零零的在这儿过年，她嫉妒正太太在那边新任上的欢乐、团聚，于是她也不顾寒风、长途，就叫方福雇了车，带着秦妈，用棉被包裹着才满月的不作脸的小女孩，离了安西州，要于年前赶到凉州。不想，走在这里就为大雪所阻。这雪弥天盖地，已经连下了二日，他们由安西州坐来的那辆车放在当院中，院子的雪又时时有黑三在扫除，可是还将车轮埋没下半尺。骡子是跟四只骆驼趴在一块儿，那里上面虽有草棚，可是也快被雪给压塌了。

　　赶站的人是往本城住的亲戚家里过年去了，反正他放心的，这场雪再下三天也未必停，路上别说骡子拉站，就是让象来拉站也是走不动；就是雪消了之后，也是满路泞泥，行人稀少，往东边祁连山那一带又不平静，赏他十两金子他也不敢走。所以赶站的安心过年去啦，拿着支用的一半车钱赌去啦。

　　这里只有方福在发牢骚，店主人醉老财跟他一边饮酒一边谈闲话，炕头上三个伙计都是盘腿大坐，在那儿斗纸牌。里首就通着厨房，黑三在那儿给下面，有个十二三岁的小孩子名叫秃子的，坐在地下拉风匣。风匣呼哧呼哧地响，炉里烧的炭就发出青色的火焰，照得那烟熏了的墙一亮一亮的。外屋柜房已然点上灯了，并且因为年底的关系，醉老财也不在灯油上打算盘了，他又加点了一只灯，屋中是相当的亮。但外面也不太黑，因为天空正降着阵阵的白雪。

　　这时甘州城显得格外荒凉，一切铺户都已上了门板，街上几无行人。偶然有一两声爆竹响，也不知发于何处。由此往东的那股大道，更已被雪封埋，白天连乌鸦都不往那里飞，此时，连只狐狸也不往那里走，那边已如一条死径。但是，忽然有个东西从那边来了。这个东西的背上还驮着几件东西，走得虽然慢，可是仍能看得出这是个极矫健的东西。它四蹄挠起了地下的厚雪，飘溅起来如雾一般；它嘴里喷着一片一片的白气，并发出吁吁的喘声。天冷，它却全身流汗，鹅掌大的雪花落到它的身上能立时融化。它原来是一匹马，这马倒不足为奇，马上的人却令人惊异。本来这大雪之下，简直没人从远路来，何况天色又这么晚，又是个单身人。这人在马上这一阵阵地哼哼，像染着重病似的。马渐渐地来到临近了。

这东门外大街上，十家倒有八家是店房，而以这来安店的门面最大，最为显眼。所以这骑马的人来到门前就停住了。她呻吟着喘了喘气，然后慢慢地下了马，牵着马进了半扇还没关的店门。看见了柜房中的灯光，她就大声喊："店家！店家！"喊了几声，屋里没人听见，她便急喊，她的声音是尖而急。

此时柜房里，方福剥着盐煮干蚕豆，就着白干喝，说："掌柜的你说是不是？人一世无儿都不要紧，就是千万别弄个小婆子，弄上了小婆子，家中永没个安静！"醉老财也笑着说："都不怪，就怪你们老爷。他命中无子就别强求，这样，我看他再娶上八个，也还是得净生女儿。家里就成了女儿国啦！"

正说到这里，他仿佛听见窗外有人说话，就赶紧摆手说："黑三！秃子！你们停一停，听听！"黑三手里拿着面发怔，秃子又响了两下风匣，就也停住了烧火。炕上坐的那三个人也各自拿着牌，往外去听。方福却笑着说："没有人说话吧！"可是这时窗外就又叫着："店家！伙计！"声音细弱，一听就知是个女子。黑三一吐舌头，把面就放下了。醉老财却亲自起身，把屋门推开。

屋外的一阵寒风吹了进来，屋里的灯光同时射到外面。只见那牵马的人，是细高的身材，披着个黑色的大斗篷。醉老财也没细看是男是女，就说："要住店吗？不行啦！到了年底啦，伙计们都回家啦！到隔壁去吧！"他刚要闭上屋门，外面却急躁地说："快！快！给我一间干净的房子！"接着是一阵呻吟。这时连炕上的三个人都站起来了，一齐惊愕着说："是怎么了？是受伤了吧？"

醉老财一松手，屋门啪的一声被风吹得大开，灯光全都射到外面，就见那穿黑斗篷的人已撒了马缰，坐在雪地上。醉老财真大吃一惊，他简直不敢出屋子了。那黑三两只沾了白面的手，却抄了灯跑出来，屋里的人，连方福全都跑出来看。黑三大声问道:"喂! 你是怎么啦?"北屋的孩子又哭起来。

风吹着灯,呼呼地起了半尺多高的火苗,只见雪地之上坐着的这人,却是一个妇人。头上蒙的青绸帕,连斗篷多半已被雪染白。她蓦地把头一抬,厉声说:"你们这些个人出来瞧我干吗? 快给我找间房子! 我有病! "

手拿着灯的黑三,眼睛都直了,因为他离着这妇人最近,他瞧出来这妇人是瘦脸纤眉大眼,喝! 这份模样比北房住的那位官二太太可又俊得多啦。他向醉老财说:"人家是个屋里人,又有病,就留下吧,你们这儿又不是没有房子! "

醉老财摆着双手说:"你别多说话! 留住个人倒不要紧,可是……"他弯着腰,向地下坐着的少妇说:"你是从哪儿来的呀? 得的是什么病呀? 现在是年底,谁也不愿讨麻烦! "

地下坐的少妇突然一挺腿就站起身来,她直瞪着圆亮的眼睛,以更急更尖的声音说:"你们就不必多问! 赶快给我找一间房子! 我也用不着你们这儿的伙计伺候,附近有收生婆没有? 快给请一个来! "她这样直着腰清清脆脆地说着话,可就显出来她那隆起的腹部,连肥斗篷似乎都遮不住,真得快请收生婆了! 说完了话,她又一阵腹痛,急忙将腰弯下。

醉老财心说:不好! 我这儿要双喜临门,又得添个搅我睡觉的! 黑三上前要搀,可又怕自己的这只面手脏了人家的斗篷,斗篷是青绸面的,里子大概是火狐。

大家都更发怔,谁也不是收生婆,这号儿买卖谁都不敢接。这时那位官二太太跟秦妈都一齐闻声出屋了, 秦妈冒着雪跑来问:"谁要请收生婆?"有个伙计说:"得啦! 来了堂客就好办啦!"秦妈赶紧过来搀少妇的胳臂,问说:"几个月? 够月份了吗? 怎么就是你一个人呀?"少妇却叹了口气,一手捂着肚子,一手仍拿着马鞭,她脸如白纸,摇摇头说:"不必多问,快给我找房子吧! "

方福劝着醉老财说:"反正这件买卖你今天是推不出去啦! 快给人家找房子得啦,如果在你这儿养个胖小子,过年你的买卖必定更得兴旺! "醉老财皱了皱眉,叹了一口酒气,就只好叫伙计给东屋里点上灯,烧上炕。

秃子上前卸马,黑三去搬行李,马上是两只大包裹,上面满挂着雪。黑三用手一搬,却吃了一惊,原来里边真沉,心想:装的都是些什么好东西呀? 秃子也嚷了一声:"宝剑!"原来鞍边确实是有一口宝剑,鲨鱼皮鞘,青穗子。此时秦妈已搀着那少妇往东屋走去。一看背影,醉老财却又吃一惊,只见这少妇虽然身孕好重,但踏雪迈步,一点儿也不像秦妈那样的扭扭捏捏,原来是大足。这人是男是女此刻都成了疑问,而胭脂色的马、宝剑、大包袱,更令人惊异。

一个伙计进那屋去点灯烧炕,黑三提着两只沉包裹,把灯交给了另一个伙计,而秃子去搬鞍鞯、牵马。剩下的一个伙计跟方福、醉老财,却都面面相望,觉着这人的来历实在可疑,他们就进了柜房,悄声谈论去了。

此时院中仍然落着雪,那秦妈已将少妇搀到东屋里。东屋是很小的一间屋子,四壁皆是黄土垒成的。墙上掏了几个方形的深洞,是为客人存放东西之用,就仿佛是壁橱似的。四壁萧然,除了炕上的一张芦席、一块砖头,壁上挂着一只半明不灭的油灯之外,就别无什物。外边有个窟窿通到炕里,炕里早就堆好了晒干的马粪,从窟窿塞进燃着了的干草,立时炕里就着起火来。从炕缝冒出了乌烟臭气,一霎时就充满了室内,刺激得秦妈不住地咳嗽。

那少妇却发怒起来, 嚷着说:"这是什么屋子? 我本来住在东边的村里,因为那村里的人家都太穷,请收生婆得走出七八十里地,我才到你们这儿来。听说是什么金张掖、银武威,说你们这儿是个大城,店房宽绰,办什么事也都方便,没想到你们这儿……"店伙也在浓烟里咳嗽着,就回答说:"这条街上数我们这家店最大了! 城里还有几家,比我们这儿好,可是太贵! "少妇说:"只要房子好,无论多么贵我也住,你们这是什么店? "

此时黑三提着两只沉包裹冲进浓烟来, 他色迷迷的打算跟这位将要生产的少妇套套近,就笑着说:"大嫂! 你就将就些吧! 这大年底的,店里本来就不收住啦。我也是这儿住的客,刚才我给您说着,才……才叫您在这儿住。房子又是间青龙房子,最吉利,准保叫你平平安安在这儿生下个胖娃娃,跟个小老虎似的。"

却不料啪的一声,一个嘴巴打在他的脸上了。他虽然没想到少妇会打他,可是刚才他看见少妇的两只细手儿,心里就曾一动,想着:若叫这样的细手儿拍在脸上一下,那才解痒痒呢!可是没想到这一下拍得太厉害了,就像他早先被骆驼踢过一下的那般疼。他不由得哎哟一声喊,一只包裹才搁在炕上,另一只包裹可就抛在地下了,把他打得捂着脸发怔。秃子送进那口宝剑来,搁在炕上,拉着他就走,说:"面都煮烂啦!这种事用得着你忙吗?"黑三就被秃子拉出去了,大门开着,倒使屋中的烟气渐渐散出。

这少妇已能看出服侍她的这个妇人衣饰很是整齐,并且劝她息怒,说:"身子重的人不应当生气,这儿的店房都是这样。您要什么,他们都能预备,可是都得另外出钱。"说话温和而有礼貌,不像是这店里的内掌柜的,或是什么村野的妇人。少妇遂也温和地说:"你是这店里干的吗?"

秦妈说:"我是个伺候官太太的,我叫秦妈,跟着我们太太上路,就被雪阻在这儿了,住了两天啦。这位太太……"她掀开这少妇胸前紧掩的斗篷,看了看,就问说:"快了吧?您觉得怎样?"少妇面容愁蹙,微微地叹气,说:"既然咱们在此相遇,也算有缘,你们帮助我……唉!我想不到我竟至于此!事后我一定要重谢你!"秦妈连连说:"不算什么!您放心吧!我一定能服侍您。我们老爷有两位太太,我都服侍过她们三个月子啦。"

秦妈忽然看到了这位少妇是一双大足,青鞋上沾着许多泥雪,她就问说:"您是北京人吧?您是在旗吧?这样重的身子,家里怎叫您一个人出门呀?"她带着惊奇地问。

少妇却自称婆家姓春,娘家姓龙,她皱着眉沉吟了一会儿,说:"我的男人是个当官差的,因往迪化上任,半路上遇着风雪,走迷失了!我再也无处去寻找他们了,又因身怀有孕,分娩在即,所以才来到这里。劳你驾吧,你先把我的包裹打开,那里边有一床棉被,给我铺在炕上吧!"

秦妈听了叹息着,又答应着,就把炕上的这只包裹打开,只见里边尽是一些黑色的衣服鞋袜,不像是妇女穿戴的,里边还有个沉重的小包儿,像是许多银两。秦妈往旁推了推,不防叭哒一声,从衣服里掉下来一个东西,却是一只很小的弩弓。秦妈也没介意,连宝剑带包裹全都推到一边,又由地下提起那只包裹来,这只更沉,打开,见有一床很新的,绸面布里的棉被,被里也裹着个小包裹,特别重,也像是银两。秦妈把棉被平铺在炕上,用一只包裹作为枕头,就服侍这位春龙娘子在炕上卧好。

此时炕已烧得渐热,屋里也渐暖。秦妈刚要去关屋门,就见她们的二太太踏着雪走来,悄声向她问说:"生了没有?是男孩子是女孩子?"秦妈笑着说:"哪能这么快呢?看这样子得一些时候。这位太太姓春,是旗人……"

二太太进屋来,面上含笑,似乎特别地喜欢,尤其特别注意炕上卧着的少妇的模样和身孕的情形。秦妈随手带上门,就给她们二太太向炕上卧的人引见。春龙娘子也没起身,只是口中道谢,又求秦妈快去给她找个收生婆来。

二太太坐在炕边,笑着跟春龙娘子说闲话,就拂手命秦妈出去,吩咐她三件事:第一,由她的屋里再取一床棉被来给这位太太盖上;第二,快叫店家烧一碗热面汤,打上两个鸡子最好;第三,赶快去请个本地最有名的收生婆。她又安慰春龙娘子,说:"不要害怕!有我们帮助,一定能叫你平平安安地生下小孩。"秦妈在旁也说:"我们二太太也是刚出月子。"二太太却瞪了她一眼,说:"我刚才吩咐你什么?你就快办去吧!这时候你还在这儿闲搭言,耗工夫?快去!"秦妈赶紧出了屋,她先取来一床很厚的红缎棉被,上面还有小孩的尿迹,然后又出去了。

这时柜房里大家都正在吃面,并乱猜着突来的这个有孕少妇是什么人。黑三也不下面了,他蹲在厨房的一角,拉长着脸生气,秃子在笑他。方福还照旧地饮酒,醉老财却又跺脚,摔酒杯,说:"这绝不是一件喜事,她若真是个女强盗,不等出月子她就会犯案,若叫我在大正月的再陪着吃上一件官司,那才,那才,倒霉极啦!"

韩秀才永远抱着火炉子不肯离开,因为他的夹大褂太为单寒了,他摇头说:"不至于!你们别胡乱疑惑,刚才我在窗外偷听见了她跟秦妈说话,说她是个旗官的太太,因为走迷了路才来此。千万别胡乱疑惑,也别怠慢她,明天她的男人也许找了来,大年底的,你们叫她出双份的房钱才行。我还想送她一副喜联呢,也得跟她要点喜钱。"

这时秦妈就走进来了,叫去找收生婆。醉老财却又跺脚说:"这时候,哪儿给她找收生婆去?人家都预备过年,家里供上神啦!人家还能为几个钱又出来?大年底的谁不讨吉利?谁能像我这样倒霉?黑三那忘八蛋要不是他在旁边多嘴,我绝不会留下!"

旁边方福倒是明理,他连连摆手说:"这可使不得!你要是不管找收生婆,倘或那女人生得不顺利,连娘带子死在你们这店里,可又是一回事儿!"

醉老财吓了一跳,又跺脚说:"这可怎样办呀?收生婆上哪儿去找呀?我要是个收生婆那可就好啦!反正我也倒了霉啦,我可以给她去接生。这,除非要生孩子的是熟人,是早就跟收生婆说好了的,不然,你出八两金子人家也是不肯来呀!我开的是店,我卖饭,不管人家养孩子!"

这时那给方太太赶车的人又来了,手里拿着个宝盒,他是想来这儿赢上几宝,转转运气,好回到他那亲戚家里再去捞本儿。他一进屋,闻说这件事,他也插言乱说,还不住地摆手说:"请不着收生婆!家家都供了神,谁还出来?"又问秦妈说:"这件事,只要是姑娘们或只要养过孩子的就能干得,不必要什么内行。"

韩秀才在旁也说:"对!我给开一剂催生的药,叫秃子到药铺里去买来;有药一帮助,大嫂你再帮帮忙,就算行啦!收生婆的钱是你的,大夫的钱是我的。"

秦妈急得头上流汗,说:"我倒是……只是我胆子小,没接过生!"方福又说:"没有什么的,瓜熟自然落地!"于是秦妈首肯了。女人向来是同情女人的病苦的,尤其是关于这生产的事,她觉得没法子,只好自己振作点儿精神,帮帮人家那位可怜的太太。而这里的一些人也都不必冒着雪出去找收生婆去啦,赌钱的照旧赌钱,喝酒的照旧喝酒。

秦妈又叫黑三烧一碗热面汤,黑三却蹲在那里摇头说:"不管!她打了我一个嘴巴,我还管?"秦妈只得求秃子给烧火,她自己给做汤下面,并跟伙计要鸡子,说:"你们别太狠心!你们也都是父母养的!人家也是位官太太,行李里也不是没银子,人家平平安安地生下来,什么钱都不会少给你们!"

她跟伙计要了两个鸡子,韩秀才已借着柜上的纸笔写了一张药方,交给秦妈。秦妈一手拿着鸡子,一手拿着药方问说:"谁去一趟?黑三你去一趟吧!这是件好事儿,你给买回药来我能给你求赏钱呢!"黑三依然摇头说："不管！她把两个包裹都给我，我也不管！"

这时炕上的那些人依然大赌，那赶车的把身边仅有的两串钱，开了两宝就输光啦。一听说这里有赏钱，他就赶紧跳下炕来，说："我去！反正我两只鞋也交代啦，我去给买一趟药，可是回来时，得给我一吊钱的赏钱才行！"

秦妈说："钱一定有，人家不是没钱的人，你快给买去吧！药钱我先垫上，连一吊钱我也给你。"秦妈由她的小棉袄里拿出两张本省通用的钱票，交给这赶车的，又叹了口气，说："没法子！人家一个落难的人，难道咱们真能够忍着心看着不管吗？"

那赶车的接了钱和药方，就回头向炕上那几个赌伴招呼了一声，说："等会儿我！买了药回来我再捞！"他提上了鞋跟，慌忙地往外走，不想几乎撞在一个女人的身上，这女人刚要进屋来叫秦妈，原来正是他给拿车拉来的那方二太太，他就说："哟！差点儿没撞着您！那屋里的娘们生了没有？叫她等会儿，我给她买催生药去！"说着往店门外就走。

方二太太却想起了一件事，就叫着说："赶车的你回来！我要跟你说一句话！"赶车的止步在雪地，回首问说："什么事儿？"二太太却声音不大地说："看这个雪，一半天也许能住，我还是想走，你常在这儿听着点儿吩咐，别净不照面儿！"赶车的说："太太您给我十两金子，我也不能拉您走！多大的雪呀？"二太太笑了一笑说："穷疯啦！十两金子？送我们到了凉州府，给你添十两银子的赏钱就算不错啦！"赶车的一听，心说：啊？十两？多给五两我也干呀！在这儿过年倒是不错，可是钱都输光啦！他遂就笑着说："得啦！太太放心吧！只要路上能走，我也不愿意在这儿干蹲着，蹲一天得赔一天的嚼裹儿！"说着就买药去了。

这里二太太先跟赶车的安下了话，就拉开门缝儿去叫秦妈，秦妈说："你等等！我把这碗面汤下好了我就去！不是暂时还不急吗？"二太太说："暂时倒是不急，也许今天生不了。"又说："你回头到咱们屋里去一趟，小姐又醒啦！"

秦妈答应了一声，二太太把门缝掩上，就踏着雪回到她住的屋。她的小鞋儿都已湿了，但她的屋里却很暖，炕是热的，地下还放着个炭盆。她来回此走着，仿佛是忽然受了一种刺激，产生了一个新的企图，这企图又使得她欢乐之中夹着害怕，像她第一次发觉有孕时一样。

她想："假若别人生的这个，正是自己所希望生而没有生成、没有得到的，那么把自己所不喜欢要的这个，换一个相反的，那不也是很好吗？自己这个女孩子，虽已过了满月了，可是长得又瘦又小，把她的小衣裳剥了，拿去充那新落生的小孩，那个产后昏晕的女人大概也不能察觉。大雪寒天，残年旅店之中，谁还管这闲事？明天或后天一定走，只要是把秦妈跟方福买好了，谁也不能给点破了这件事。"她越想越受刺激，并望着炕上熟睡的亲生女孩流了几滴眼泪。

此时秦妈在那屋里服侍那位春龙娘子吃过了面汤，就来到了这屋，问二太太有什么吩咐。二太太先关严了屋门，然后拉着秦妈到了自己的近前，用极低的声音说了自己的祈望，并说："假若她生的也是个女孩儿，那就算是我空想了一回，都不用再提了！万一她生的是个小子，那……你帮我！我给你十两金子，也给方福十两，你们永远给我瞒着，见了老爷就说是我生了一个小子！"秦妈一听，吓得浑身哆嗦，但见二太太就给她跪下了，哭着求她，说："我愿把自己的亲生女儿换人家的孩子吗？只是没有法子，你可怜我，你答应我吧，我就放心了！要是人家也生了女儿，我白做了梦，可我也不怪你！"

在此紧张的情形之下，秦妈只好答应了，然而她也受了极大的刺激，仿佛将要帮助人去行凶作恶似的。她唯一的希望就是盼那春龙娘子也生下一个女的，即使生下来就死了，也比生男孩子好。她提着心，更见她的二太太两眼瞪得特别大，精神极度的兴奋，仿佛要疯似的。

少时二太太拉着她又到了那东屋，此时药已煎好，秦妈颤着双手给春龙娘子服了下去。春龙娘子腹痛得一阵阵呻吟，又兼万般的伤心、多日的疲惫，她紧闭着眼睛，如同昏晕了过去。炕边宝剑无光，弩弓如弃，谁能想到这春龙娘子即是名门闺秀、风尘侠女、翰林的妻子、大盗的情人，是名震京师、投崖后生死莫卜的玉娇龙。她此时失去了一切的勇武、一切的智慧和所有的亲人。

外面雪已渐停，寒风更紧，爆竹声也听不见了。柜房里也灯光昏昏，方福跟韩秀才都已回屋睡觉去了,醉老财又叹了两声倒霉,也回到自己的铺上睡了。黑三则卧在柜台上睡觉,做着梦,他梦到两只沉重的包裹、两个漂亮娘儿们,还有几只病骆驼。

那赶车的把刚才的一吊钱也输净了,无精打采的,可还看着那三个伙计斗纸牌。斗纸牌又不像开宝那样需要吆喝,并因掌柜的都已睡了,大家都不敢高声说话,所以室中甚为寂静,窗外的风搅着雪之声,听得很是清楚。可是他越听越烦,就坐在炕上,抱着两腿儿打盹儿。

这时已然过了三更,连那三个赌钱的人也都相继打着哈欠。忽然有一种声音刺到这赶车的耳里,他由梦中惊醒,就推着个伙计的肩膀说:"你们听!听听!"此时却有很真切的小孩的哭声:"哇啦!哇啦!"像小蛤蟆叫唤似的。赶车的不由瞪大了眼睛,笑着说:"快听!生啦!真生啦!"三个伙计也都停住牌,静听了一会儿,然后有个就说:"管他呢!又不是咱的婆娘生孩子,斗牌吧!"

赶车的却仍然侧耳去听,可是他渐渐听出来诧异。他听出来不知是哪间屋的门响,又听院子里也有小孩儿的哭声,这哭声他可是听熟了,那个方二太太自安西州抱着这孩子坐他的车来到这儿,直直哭了一道儿,连她妈都骂她是"号丧鬼""气人的东西"。但这赶车的听了很是诧异,心说:为什么那位太太也半夜里把孩子抱出来了?于是更注意去听,却听东屋里两个孩子一齐哭了起来,声音混杂在一起,叫人听着心乱。

这赶车的说了声:"怪事!"就找着他那双湿鞋下了炕,开了门缝往外去瞧。只见那东屋和北屋全都有明亮的灯光,并且东屋的窗上人影摇摇。这赶车的看出那人影儿就是方二太太,心说:在路上看着这娘们像是顶刁恶,原来她的心肠倒不错。

正在看着,忽然那东屋的门又开了,只见一个人双手抱着一个东西出来。这赶车的刚要细看看这人是谁,是抱着个什么,却听炕上的人说:"喂!喂!你还嫌屋里不冷呀?还开着门缝儿让它往里灌风?你想看人家屋里养孩子,为什么不到人家的屋里去呀?不开眼!混蛋!"人家这样一骂,他只好将屋门关严,心里却有点儿疑惑;但是又上了炕靠墙卧着,想起来所输的钱,一阵烦恼,他也就睡啦。

他越睡越冷,在梦中的他被冻醒,只见灯已灭,身旁睡着三个伙计,人家棉被上还盖着棉袄,呼噜呼噜地睡得都挺香。他冻得哆哆嗦嗦的,想下炕撒尿去,不料才一坐起身来,拿脚向炕下找鞋,却见门的那边蹲着一个黑东西,像是个人,把他吓得哎哟了一声,赶紧问说:"你是谁啊?"

那蹲着的人却直起身来,说:"是我!我是黑三。"

赶车的问:"你不睡觉,你可在这儿蹲着干吗呀?"

黑三说:"我要出去到院里看看。刚才我做了个梦,梦见我那两个骆驼死了!"

赶车的说:"你睡糊涂了吧?吃多了吧?"黑三却一声不语,悄悄地走回厨房柜台上又睡觉去了,赶车的吓得尿也不敢去撒了。

他们刚才大声说了几句话,就把那张最舒服的床铺上的店主人给吵醒了。店主人醉老财,先骂黑三,后骂赶车的,说:"看你们熟面子,叫你们在这儿住着,也就够交情的啦!半夜里还他妈穷吵,想欺负我吗?瞧我今年的时运不好吗?妈的!再穷吵都给我滚出去!我这店里不白住人。明天拿着元宝进来的人,我也他妈的不留啦!"

赶车的一声也没敢言语,心里却觉着黑三那小子可疑又可怕,他简直更不能睡了。东北两屋的孩子也哭,大人也不睡,他也摸不清是怎么一回事。

直到次日天色发明之时,忽听那秦妈的声音向着南屋的窗户叫方福;又待了一会儿,方福仿佛起来了。咳嗽,门响,院中有脚步踏雪之声,另一间的屋门也响,仿佛方福被叫到他们二太太住的屋里去了,半天也没听着动静。又半天,二太太住的屋子的门又响,方福却一边踏着雪,一边咳嗽着,来到了这柜房的窗前,向里面问说:"赶车的在这儿没有?昨晚晌他走了没有?"赶车的答应了一声,隔着窗户问说:"我在这儿啦,您有什么事呀?"方福却说:"快着点儿!套车去!趁着雪微一点了,咱们再赶点路,能够在初三以前赶到凉州才好!"

赶车的在窗里听着,不由皱了皱眉,可是又一想到昨天那二太太答应得给他外加十两银子,他又有些高兴。在这儿是囊空如洗,再说黑三那小子不定是安着什么心,昨夜被自己无意之中发现,倘若他干出点什么来,再被抓住,他疑惑是我给卖的底,反咬一口,那我可真吃不消。况且这店里净出怪事,掌柜的又正倒着霉,大年底啦,我赶紧离开这个是非窝吧!于是他就立时答应了一声,穿上鞋下炕,把门开了。外面一阵冷风几乎将他吹倒,那店主人醉老财也被冻醒,便又骂着:"忘八蛋!这么早你开什么门?"

这时方福进屋来了,穿着灰布面子的羊皮袄、青布面子的皮坎肩,头戴猫毛帽子,足蹬毡鞋,胡子上沾的哈气、鼻涕都结成了一串一串的冰疙瘩,手里可托着很沉重的银子,先给了赶车的一块,说:"这是六两,不信你平一平。先给你一半,快点把我们送到凉州,到了那儿还有你这么多一半呢。我知道你这小子是输光啦,倘若你在这儿过这个穷年,还不如咱们在路上过去呢!"又向醉老财笑着说:"掌柜的!请您起来把账算一算,开发完了,我们就动身。这两天多有打搅,到正月我再给您来拜年!"

醉老财卧在被窝里,吸了吸气,说:"本来这年底我们不愿留客,可是……雪这么大,你们怎么走?"赶车的听了,也有点犹豫,就说:"等一等好不好?我到店门口看一看,要是有人往东去咱们再走好不好?若光是咱们,倘或在路上出了事可怎么办?"

方福摇头说:"不能不能!别瞧你久赶车,这条路你还许没有我走的次数多呢!我保没有事!"又咳嗽了一声,说:"因为我们那位二太太,实实在在是想老爷,昨儿,东屋来的那个又生了个孩子,使她更觉得孩子的要紧,恨不得立时就把自己的儿子抱到凉州给老爷看看,才安心!"

赶车的紧笑着问说:"怎么样?东屋住的小媳妇,昨夜里生了个什么?"

方福见问,突然脸色一变,含糊地说:"大概是生了个女娃娃吧!"

醉老财听了,却又皱了皱眉,叫方福把桌上的算盘拿过来,他就躺在被窝里算账。方福把店饭费全都给了,余外还赏了各伙计每人一两银子的节钱,并叫店里给他预备一罐子酒,好在路上喝,使身体暖和。

赶车的一看那位二太太花钱不打算盘,就赶紧跑去套车。一出屋子,见北屋里还有灯光,那二太太跟秦妈大概正在收束行李,他心说:侍候人家生孩子,一夜没睡觉,一清早还要赶路,娘们的心可真怪!又见东屋阴惨惨的,听不见小孩儿哭啼。他赶紧踏着雪到圈里去牵骡子,却见昨天那女人骑来的胭脂马还真不错,昨天那么重的身孕上马下马的,也真难为她！大概东边的路上也许不怎么难走。又见黑三的那两匹病骆驼，脖子都直不起来了，好像过不了年的样子。

这赶车的就咬牙打战、冻手冻脚地牵了骡子，到院中把车套上。他披上那光板无毛的老羊皮袄，戴上两只兔子皮的耳朵套，揣着手儿拿着鞭子，有个伙计已经起来给开了大门。此时秦妈提着行李出来了，那太太穿着绛色的裙子、红缎皮袄，怀里抱着红被褥裹成的很厚的卷儿，里边有哇啦哇啦的小孩儿哭声，灌到赶车的耳里却觉得不大熟，不由心说：怪呀？怎么声儿变了？

二太太却脸色慌张，急急忙忙叫秦妈搀着上了车，坐在紧里边，紧紧抱着孩子；她头发都没梳整，就催着赶车的说："快点儿走！快点儿把我们送到凉州！你要多少钱我给你多少钱！"小孩儿又在被里哇哇地哭着，赶车的摘下一个耳朵套儿来细听，越听心里越纳闷。秦妈脸色不大好，眼角还挂着眼泪，也上了车。二太太又急急叫着说："方福！方福！你干什么啦？快走呀！该死的！磨烦什么呀？"

半天，二太太都快急死了，方福才托着一罐子酒出来，放在车上，放在秦妈盘着的腿儿旁边，嘱咐说："别叫罐子倒了！"小孩更哭得厉害。赶车的先是发呆，继而又害怕，终至于哈地一下笑出来一口白气，可没发出声儿来，瞪了方福一眼，心说：这老家伙在路上还真能比我还熟吗？咱们到半路再说吧！你们做鬼儿咱也得发一笔财！

这时方福向伙计拱手说："再会！"又向柜房里高声说："掌柜的！过年再见！"他跨上了车辕，赶车的也跨上左边的车辕，鞭子一响，车轮轧开了雪，咕隆隆走出店门去了。小孩儿的哭啼声还从车里传出，声音很是洪亮，二太太拍着说："好儿子不要哭！"声音却有些哀惨，秦妈又长叹了口气，方福却点上了一袋旱烟。

这时雪还没有完全停止，风力却渐缓了，天光才亮，家家还都紧紧闭着双门，雪地上洁白平坦，连狗爪子的痕印都没有，路上无人走，天边也没有鸟儿飞，这辆单独的车就缓缓地轧着雪，向着那白茫茫的辽远前程奔去。

那辆车走去之后，来安店里只剩下了春龙娘子一个女人。她疲惫昏晕，直到午后方才睡醒，一睁开眼时，这间荒凉敝陋的店房里，昨天夜里的那两位好心的妇人也没在屋里。她忽然想起昨夜自己是产了一个小孩，赶紧向身旁去看，看见旁边与自己同被卧着一个小孩儿，稀稀的有点儿头发，紧闭着眼，模样既不像自己，可又不像自己的情人——那可恨又可怜的情人。

她伸了臂细一看，见是一个女孩儿，而那脐带之处却叫她吃了一惊，因为不像是新剪断的，棉被旁扔着一把剪子，一定是那秦妈剪完了脐带扔下的，但是自己身上穿的红罗小衣的衣襟，却被剪去了一块。她不由惊得瞪大了眼，心说：这是怎么回事？一翻身，觉得身体发酸，但她挣扎着坐了起来，却见头前的宝剑弩弓之旁，放着一个小小的花瓶，发着光亮，是银制的，瓶下还压着个红纸封套。她伸手拿过来，抽开一看，见里边却装着二十两的银票，她不由打了个冷战，呆住了。又扭头看看那小孩儿，越看越觉可疑。自己虽是初次生小孩，但早先亲戚家也有人生小孩，自己也见过，才落生的小孩绝不能像这样，这至少是已经过了满月的了。

她想起来昨夜的情景，自己生养之后，昏昏沉沉之间仿佛看见秦妈那二太太跟秦妈主仆二人低声争吵，记得秦妈的眼睛是挂着眼泪，又恍惚曾听见屋中发生过两个孩子的哭声似的，那时自己心里以为是一对双生，但无力问，也顾不得细看，如今这分明是……

她气了，便扭头向窗外大声叫着："来人、来人！店家、店家！秦妈、秦妈……"她叫了十几声，才有个伙计隔着窗子问说："什么事？"春龙娘子玉娇龙急声说："进来！不要紧！"同时把棉被和斗篷掩紧。伙计进来，可不敢近前。玉娇龙又急说："快把昨天帮助我的那什么二太太跟那秦妈请进来，有要紧的话我要问她们！岂有此理！"伙计吓了一跳，就说："人家……人家一早就都走啦！这时走出有四五十里地了！"玉娇龙听了，一咬嘴唇，要挣扎着跳起来，但她周身无力，就赶紧又说："你们快去给我追！这……"她指指旁边说："这不是我的孩子，我亲生的孩子被她们给换去了，抢走了！你们快去给我追，追回来，抓她们来见我，我有重赏。不然你们店家必是与她们共同作弊，我都饶不了你们！快追去！"她伸手又去摸宝剑。

伙计吓白了脸，说："这是哪儿的事？太太您别着急！您等着，我把我们掌柜的请来,您再跟他说吧!"说毕,这伙计赶紧转身出屋去了,他跑到了柜房,这时醉老财才吃完了饭,又喝了些酒,正跟韩秀才谈说今天早晨那方二太太匆匆而去,很有些可疑,又骂着说:"他妈的!我过年一定要倒霉!年前竟遇见他妈的这样的怪事情!"忽然这个伙计跑进了屋来,急匆匆说了这件事,并说:"掌柜的!你快去看看吧!那娘儿们真凶,说话就要抄宝剑,挨她一剑我合不着;把她气死我去打人命官司,那更合不着!"

柜房里的人一听了这件事,全都怔了。醉老财跳起来顿着脚,大嚷:"想不到的事,大年底的全都出在我这儿啦!他妈的天下还有换孩子的事情?"他急匆匆往外就走,韩秀才在后跟着他,走到了玉娇龙的屋里,醉老财就跺脚嚷嚷着说:"你可别来讹人!昨儿,收留下你那就是可怜你!谁家的婆娘不养娃子?我们不忍心叫你在雪地里去养,才叫你住下。人家,那是新任凉州府方大人的家眷,人家无论多么无根基,也不能拿亲生的孩子换个外人的孩子呀!你别想借着这件事讹诈我们开店的!"

玉娇龙是披着斗篷坐着,芳容跟纸色一般。她生气,但产后体力衰弱,没法儿像醉老财这样嚷嚷,她只啐了一口,喘着气说:"你别倒跟我大闹,我也讹不着你们,不过你们看,这二十两银票,跟这银打的小花瓶,都是她们留下的。你想想,她们这是什么意思?"

醉老财说:"是人家赏给你孩子的礼物,花瓶儿是保佑你的孩子平安。人家官太太遇见你这件事,服侍你生了个孩子,临走时难道连点礼物也不留下?"

玉娇龙生着气,蓦地一掀被褥,露出身裹着尿布的小孩,说:"你们看!这是我的孩子?昨天生下来的孩子,今天就能长这么大?"

醉老财等人一看,可又都直了眼,尤其是其中有个伙计,前两天往方二太太住的屋送茶送饭的都是他,他认得这个孩子。他知道这孩子在那北屋的炕上哭,被那位太太骂该死的时候,炕上坐的这位还没骑着马来呢!他就拉了他们的掌柜的一把,悄声说了两句话,韩秀才在旁连连摇头,旁边还有两个伙计也直笑。醉老财张着嘴发了半天怔,才说:"这不要紧呀,姓方的太太不是没名没姓。你,你可以到凉州府去找她呀!问问她!"

玉娇龙却擦了擦眼泪,发着凄惨的声音说:"我现在哪能动一步?哪能骑马？烦劳你们，无论是谁，快去把她追上，把我的孩子换回来。我也不愿难为她们，只要把我的孩子还给我，这个孩子她们带去就行！我愿赏你们五十两银子！"

两个伙计听了，就说："这好办！我们就去！"一个就要由炕上抱起孩子好追上去换，孩子这时又被冻得直哭。醉老财倒是把他的伙计拦住，说："得得！你们先追去！把车追着了叫他们回来再两下交换。这孩子先存在这儿做押账，你们要是抱走，一出门给冻死了，那，可就更不能换回来啦！快去快去吧！你们都能发笔外财，就是我倒霉！"说着又跺了一下脚。

两个伙计跑出去了，韩秀才却连连摇头，说："我看可是不容易换回来。就是能够追上，那位官太太来个翻脸不认账，谁又能够把她怎样了？孩子的身上又没刻着字，大小也相差不多。我瞧这件事不如等雪停一停，路上好走了，这位太太给我点儿路费，我去到凉州府私下去见那位太太，替您慢慢地换回来！不然，绝不能成功，他们是官。"醉老财赶紧推他出去，说："得啦！得啦！你就别想在这里头找钱了！快走！快走！"他叹着气，跺着脚，也出去了。

这里还留下一个伙计，给玉娇龙烧了一盆木炭，又送来一碗稀粥。玉娇龙喝着粥，心里还非常生气、急躁，旁边的孩子又啼哭不止，玉娇龙也不理她。半天孩子的哭声止了，可又吮着小嘴儿仿佛要索吃食似的，玉娇龙又不由得可怜她，把她抱在自己的怀里并用斗篷掩住，孩子就用头顶着要奶吃，玉娇龙不由流下泪来了。伙计把喝完粥的碗拿走了。

因为她是一个产妇，伙计也不能常来服侍她。又因在年底，连个肯来临时服侍她的妇人都找不到，这小屋里只有她，跟身旁这可恨又可怜的孩子。天又晚了，那韩秀才送来两丸子药，说是补血的，跟她讨了一两银子的药钱，并把那方二太太的来头详细告诉了她，这都是他听方福说的。玉娇龙才知道自己生的那必定是一个男孩，不然也不至于被那方二太太换去。方二太太留瓶赠银，可见她也是不忍抛下亲生女，但她为了得宠，才不得不出此下策。至于为什么又剪下自己的一块里衣，其用意可又难测。

玉娇龙对于方二太太又有点同情，并想：我是个什么人？我借死脱身，父兄、侄男女、友好，我全都抛下了，我在江南走了半年多，无人认识我。我此次去往新疆,也是想找绣香和那哈萨克女子美霞,从此我将在马群中在蒙古包里隐居一世,终生也不想再见罗小虎了,我又何必齐个孩子做累赘呢? 姓方的妇人既肯用亲生女把孩子换去,谅她必不会错待,就由着她去育养吧,比跟着我还许好呢! 这个女孩子也是个可怜虫,我也不必带着她。过两天,问问这里有谁肯要,就随便叫人把她抱走,我在这里再歇几天就往西去!

想到这里,她就把牙一咬。但忽然又感到一阵心痛,原来她刚才的那种想法,不过是一股英雄意气,并制不住她天然的母性爱,她又担心起她那孩子。她自离开了五回岭到江南,就发觉已然身怀有孕。她曾到九华山找江南鹤未遇;寻李慕白去索书,也没有寻着。她走遍了大江南北,先用"龙锦春"之名,后改为"春龙氏",曾因不可避免的争执,战败了许多豪俊。但她的身孕日重,不欲为人所知,所以要投到这西部辽远之地来生养。

一路上马颠雪打,受了不少辛苦;投村觅店,受了不少别扭,生了不少的闲气。腹中的无父之儿,她恨,可又觉得可怜。她对一切人,对罗小虎,甚至对现在身旁这个孩子,都觉得可怜,她不明白她这个性情。如今,别说亲生的孩子叫人抱走了她不甘心,就是这个在她怀里的孩子被换回去,也难保她将来不想啊! 所以她心里又急,大骂:"那两人怎么还不回来? 难道连一辆车还追不上?"她连叫了几次,也没有人应声,假若她身上还有力气的话,她早就立时爬起,骑上马连夜去追了。

当晚,天黑了半天之后,那两个伙计才回来,说是追不上,东边路上的雪太深,他们没追上那辆车,可是还要讨赏钱。玉娇龙大怒,将他们斥将出去。晚饭她只喝了一碗粥,因为她把伙计给骂了,火盆灭了再没人给添,灯也没人给点;天又冷,孩子哭了几阵,停了声音,仿佛已然死了,玉娇龙又急又气。

时夜已深,外面毫无动静,她掩被侧卧着,想睡又睡不着。正在这时忽然听得屋门一响,响声虽然不大,但她立刻警惕起来,身子依然静卧着不动,可是手已摸到了剑柄。斜眼去看,却见是黑乎乎的人影蹑足潜踪地往近走来。玉娇龙的心中不由腾起来怒火,暗想:我生平肯受何人的欺负,到如今全都来欺负我? 她气急了,眼看着这个小贼已摸摸索索的到了面前,就见这人伸手要拿那两只包裹，玉娇龙忍不住把身子一抬，厉声问说："你要做什么？"

不料这个贼人反伸手将她的左胳膊抄住，恫吓说："不许你嚷！你要敢嚷一声，我就要你的命！"玉娇龙抽出宝剑来，锵的一声，那贼人将她的左臂松了手，提起两个包裹来回身就逃，玉娇龙却剑已落下。只见一道寒光追在那贼人的背后，贼人就一声惨叫，连包裹带人全都摔倒在地，哎哟哎哟地呼号。

这时柜房里的人又全都惊起来，一霎时院中乱哄哄的，都向屋里问："什么事儿？什么事儿？是黑三的声儿！"有人喊叫点灯，有人就主张去叫官人。玉娇龙真急了，也不顾得身上有力无力，就披着斗篷，提剑下了炕，一脚踏着那尚在呻吟的受伤的人身上。她就直闯出门去，向外面怒喊说："都不许闹！你们这店中住着贼人要暗算我，已被我杀死！"

店主人醉老财战战兢兢，说："那不是我们店里的人，那，那大概是那拉骆驼的黑三，他许是见财起意。太太你别着急，我们把官人叫来，你再跟他说吧。要是，他真偷了你的东西，你杀了他你也没罪，我们可不能受这连累！咳！真倒霉！你先回屋里等着去吧。"又向伙计们说："看着她，别叫她跑了，我到衙门去！"

他由伙计的手里要过一只灯笼，就要走出店门。玉娇龙却急得赶紧奔上前去，把剑一横，厉声说："不许走！谁都不许走！谁想走，我就杀死谁！不许你们去报官！"宝剑离着醉老财的鼻子不过二寸。醉老财吓得一屁股坐在雪地上，灯笼也抛了，呼呼地烧着了。伙计都吓得往墙角跑去，屋中那黑三的惨呼和呻吟之声也忽然停往。

玉娇龙此时是鬓发蓬松，一手掩着皮斗篷，一手伸在斗篷之外，横着宝剑。她的双眼瞪得很圆很大，如天空的寒星一般。她并不怕官，为自卫而杀贼，她知道自己无罪，但至少她要到府衙门去一趟。知府倘见她是个旗人妇女，必要追问她的来历；万一被官方追出或猜出她就是玉娇龙，那时消息很快就会传到京师，必又为父兄之累！所以她绝不肯去见官。

到此时无法，虽然产后体弱，但事逼得她也不能不走了。她就先说自己原是那九华山的侠女，名叫云中龙，专在四方遨游，行侠仗义，把店主人和伙计全都吓得呆如木鸡。然后她就逼着一个伙计给她备马，她提剑进屋，穿上鞋，拿起包裹来要走。这时炕上的小孩又在乱啼，她更加生气，真想挥剑结果了这个与自己无干的小生命，但又不忍，她就抱起来掩在斗篷里，弩弓、银瓶全都塞在包裹之内。她左臂挂着一只包裹，手里还拿着一只包裹，右手拿着宝剑与皮鞭，还抱着婴儿。匆匆收拾完毕，无意之中又踏了地下的死尸一脚。玉娇龙跳出屋去，却觉得头一阵晕，腿一发软，几乎倒在地下。

天已晴，寒风吹来房上的雪屑，银星乱进，愈显得凄冷。院中有一个伙计打着个晃晃悠悠的纸灯笼，连醉老财都连冻带吓，缩肩拱背，哆哆嗦嗦的，既不敢出店门，又不敢回柜房。此时，一个伙计跟那秃子，已将玉娇龙的马由圈中牵出来，在院中备好了鞍鞯。玉娇龙将包裹交给他们，命他们放在马上，伙计跟那秃子全都顺从地去办，谁的嘴里也不敢哼一声。

玉娇龙从身边拿出一两银子，交给这伙计说："给你！这是我的店饭钱！"伙计手颤颤地接了过来，说声："谢谢！"玉娇龙又厉声嘱咐说："就是你们去报官，也不准说出我的本来面目！有人要问你们，只许你们说我是四十来岁，小脚，南方口音；方姓的妇人换去我的小孩之事也不准告诉人！否则若被我知道了，我回来就用宝剑要你们的性命！听见了没有？"连醉老财带伙计齐都应声说："听见了！"声音都发着抖颤。玉娇龙将剑入匣，扳鞍上马，伙计将店门敞开，她就挥动皮鞭，催马出了店门。

此时街道凄冷，没有一只灯，更声也听不见一下，她猜度着这时至早也有四更天了。雪虽已住，但地的表面是一层薄冰，冰下还是深雪，马蹄踏上咯吱吱的，并且甚滑，玉娇龙也不敢叫马快走。

此时她是向东去走，意欲追赶上方二太太的车，将自己亲生的儿子换回。但这小女孩藏在自己的怀里也不哭了，直用小脸儿拱奶，她的小身子倒很暖和，小脾气倒很乖。玉娇龙用一条绸带将她系在腰上，所以小女孩藏在怀中掉不下来。她腾出双手来，一手挽住缰绳，一手摇着皮鞭，款款地向着灰茫茫的前途走去。

北风自侧面吹来，夹着冰雪，打得脸发疼。她周身的力气也太不济，走了不多远就发喘了，抬手挥鞭都没有力。小女孩把她的内衣都尿得很湿，并且直动直哭。玉娇龙心烦、发恨，不理她，努着力催马又走。直到天色发晓之时，她才投了一个离大道较远的小村庄，找了个农家歇下。

这农家看她的情形很可疑，都用惊慌的眼睛看着她，并向她寻根究底。她一面支吾着，和蔼地应付着，同时也感到处境的不安。但她身体太疲惫了，什么也顾不得啦，就在此整整地睡了一天。醒来已天晚，她见没有什么事出来，她就懒得走，又宿在这里。

这一天一夜的休息，她可恢复了体力，次日觉得非常的精神，心里更是急躁。给女孩换了尿布，自己也更了里外衣，扎束利便，包裹系紧，马匹备上，宝剑挂好。衣服外仍披着大斗篷，就给了这农家谢银，出村上马，挥鞭走去。

此时天已大晴，路上冰雪尽皆融化，虽然满地泥泞，但马已可以快奔。她就催马如飞，一直向东去追。这时，她往日的威风复振，身手复活，叭叭叭急急地抽着皮鞭响，嗒嗒嗒马蹄溅起地上的泥浆，也顾不上小女孩在怀里哭。她头罩青巾，身披皮氅，目瞪着前面，恨不得即时就追上那辆车；越走越快，心越急，怒气更往上涌。

她连过了许多村镇，村镇里虽然满地泥水，可是家家户户都贴着春联，老婆儿、少妇们都穿着新衣，小孩在碾磨子上放爆竹。即使那住在沿山辟成的蜂窝似的土洞里的人，也都欢欢乐乐的，见了面都互相道"新禧"。

玉娇龙逢人就驻马询问："借光！这两天你们看见有一辆骡车走过去了没有？车上是一个仆妇、一位太太，抱着个新生不久的小孩儿。"她这样问，有的人就发着怔说："不知道"或是"没看见"，可又有人就点头说："不错，有你说的这样一辆车，车上有小孩哭声，昨天早晨由这儿走过去的！"玉娇龙一听，心里更急了，赶紧又催马去追。

这一天她走至深夜，方才找到了村舍，捶门，一面威吓，一面央求地宿了一晚。次日清晨又往东走，除了找地方匆匆用点饭，依然马不停蹄、人不缓气地去追。又追了一日，就听路上的人说："那辆车走过去半天啦！"却又听人说："在前面顶多走过去三十里。"她更急了，又追了一阵儿，就听人说："刚走过去！快走！一会儿就能赶上！"于是她咬着牙，鞭子连声发响，马奔跑如飞龙；那小女孩在她怀里是一会儿哭一会儿睡。

其实这时方二太太坐的车在前面只有二十多里，因为路上净捣麻烦，所以她才走得这么慢。那秦妈是个软心肠的人，又迷信，她忏悔自己帮助二太太做了一件坏事，相信老天爷那里一定已给她记上了一笔账，至少得削减她十年的阳寿，所以她忧愁得跟病了似的。不过她心里还有一点点安慰。那晚在来安店中，她给那春龙娘子接了生，发现是个男孩。二太太当时叫她依着那计划去做，她那时倘若拒绝不做，二太太就能够一头碰死，她不得不依。然而她也安了个心眼，就临时用剪脐带的剪子，将春龙娘子的内衣剪下来一块，是一块三角形的红罗，自己把它贴身藏着，连二太太都不让晓得。她是预备将来多少年之后，这孩子那时也许中了状元做了大官了，倘若天缘凑巧，令他遇见他的生身母亲，那这一块红罗也可以算是个表记；而自己，不是只会拆散人家的母子，也会成全，那也就能减少自己一点罪恶——秦妈就是存着这个心。

而那位太太呢？她把这男孩子永远不离怀，吃着她的奶。她见男孩子长得细眉毛、大眼睛，很像他的娘；可是嘴很大，哭声很猛，小手儿跟个小钉锤儿似的，小脚乱踹人，很有点力气。她爱这孩子胜似亲生。她又想起那只银瓶儿，那原来是一对，是刘抚台的夫人赠给她的，是她的陪嫁之物，现在另一只还在行李里。她换子留瓶，也是存有深心，也是未尝不想对瓶认女。

她这都是跟刘抚台的夫人学来的办法。刘夫人知书识字，早先闲着没事儿的时候，常把丫鬟仆妇们招到一间屋内，听她说小说书，说什么"狸猫换太子""一对银杯巧团圆"等故事。这位二太太在那时就中了迷，如今全实地做出来了。

男孩子虽比女孩子好，可是人家的孩子究竟不如自己的孩子亲，她抱着这个孩子，亲着，叫着"小宝贝""亲儿子"，但她却遥念着那个亲生的被抛弃的女儿。她不能同时要两个孩子，才只得忍着痛掉换，但她终是女流，只祈祷着那春龙娘子能了解自己的心，能甘受，且比自己更爱那女儿。

她干这件欺神瞒鬼的事，钱可也真花了不少。她手中原有老爷留给她的五十两银子，自己还有贴己的几十两。她赠给换给人的那个女儿二十两，赏秦妈十两，赏方福十两。因见方福不大乐意，又添了几两；买住他是最要紧的,只有他跟秦妈才知道自己在安西州所生的并不是这男孩,而且方福还应得,万一将来那春龙娘子找到了凉州府,他可以给挡蔽一切的麻烦。还有,为了叫赶车的加快,赏钱也由十两增加到十五两。赶车的可还不知足,那意思是非得十两金子他才能满意。沿路他故意不快走,跨着车辕自言自语说:"我这哪是赶车呢?简直是赶命呢!走不到凉州府,骡子也累死啦!我也累死啦!谁来当当我这份差使才好呢!可惜我大了,半大小子没人要啦!不然,我要是个才生下来的胖小子,也许有官太太拿女儿来换我,叫我去当少爷,叫她的女儿来赶车!"分明这家伙是把方二太太干的那件事看出来了,有意来要挟。秦妈害怕,二太太又着急,都恨不得跟赶车的叫"大哥"。

方福在其中调停,天天晚上投店,他跟赶车的在一块儿喝酒。赶车的是沿途都熟,到了一个地方,就有许多人跟他开玩笑;只要一停住车,他就找地方去赌钱。他的赌运又不佳,连车资带十五两额外的赏银,被他先后支用,都输光了。他更加甚地勒索,二太太不敢惹事,又特别赏了他几两银子,其实二太太现在手中的银子真连五两也不够了。

可是赶车的却生了异心,他见二太太拿银子不当一回事,而且方福跟秦妈肯跟她共同作弊,两个人的袋里大概也都肥啦。知府的姨太太嘛,行李里还不得趁一两千?把她送到了凉州府,她一进衙门,给个全不认账,别说钱不能再跟她多要,车、骡子都许扣下。

这天是来到了山丹县的一个小镇,北边是长城,南边是祁连山,地极险恶。头一天在一家店房里他就会着了几个熟人,全都是穷凶极恶的赌棍。他先跟二太太借银五十两,二太太说没钱,拒绝了他。他当时一句话也没说,却秘密地邀那几个赌棍出去,到一个土娼的家里商量了一会儿。

第二天,清晨起身,他把车赶得特别快,方福在车上说:"喂!路走得不对,你怎么往南去呀?"赶车的笑着说:"没错儿!这条路我由十二岁时就跟着我爸爸跑,车都跑坏了三辆啦!跑了没有三百个来回,也有二百个啦,还会走差了路?你就放心吧!"

车越走越往南,南边就是高巍巍、黑压压的祁连山。路窄无人,天又阴,风又紧,地上的泥水重结成了冰,眼看着还要下雪。这时赶车的心里却又欢喜又害怕,仰面看山,山已在面前,转脸刚要向方福说"老哥别慌!没你什么事!"可是方福早看出不对头,一把将他抓住,浑身乱抖地说:"你要怎样?二哥,咱们好说!到凉州府你要多少都行!千万别……咱们平日无冤无仇!"赶车的却微微地笑,刚要说话,忽听后面传来一声尖喊。赶车的赶紧回头去看,却见远远一匹马飞似的驰来。他认得这匹胭脂色的马,并隐隐看出马上的人是披着斗篷,虽然离着甚远,但他也看出那人的手中摇着闪闪的一道白光,不是刀就是宝剑。他吓了一大跳,魂都几乎丢了,但他又想:不要紧,反正山上有咱约的伙计,把她也诱上山去,连她那两只包裹带一匹马一并打劫。于是他就把方福一推,说:"你快看!人家都追来了!咱们还不快跑!"方福回头一看,也吓得失了魂。车中的小孩又哭,二太太也知道外面的事不好,就吩咐说:"快走!"赶车的连连挥鞭,骡子就如同疯了一般,狂奔起来。后面的胭脂马越追越近,马上的人并尖声呼叫:"站住!否则我杀尽了你们!"

赶车的拼命往前去赶,一霎时来到山前,闯进了山路。山路之中除了坚冰就是厚雪,坎坷难行,但车夫对这条山路却极熟,把车催得更速。忽然见前面山峦拐角之处发出了呼哨之声,二太太却还在车上喊着:"快走!别叫她追上!"

方福知道,现在是后有追兵,前有盗贼,与其入于贼手,剥个精光,不如回头去哀求,至多不过一场麻烦了事。所以在车辆颠动之间,他就蓦然向下一跃。可怜他老了,跃得不远,两腿整整被车轮轧了过去,疼得他一声惨叫,车子险些翻了。但赶车的打了一鞭子,骡子又向前狂奔去了,少时转过了山。

此时,后面的追骑已然赶到。玉娇龙来到临近收住马,她低着头,见冰雪里趴着的被车轧伤了双腿的老人真可怜,看样子像是个跟官的仆人,她就问说:"你们的车跑什么?前面那车上坐的是方二太太不是?她是抱着我的小孩不是?"方福面如白纸,惨切呼痛,哪里答得出一句话。

玉娇龙不敢停留,就弃下方福,策马再去追赶,却听得前面传来了一声惨叫。她吃了一惊,赶紧又将马收住,怔了一怔,可又听得有几声呼救。她突然又一急,疾忙催着马走去,转过了山峦,却见是个下坡路,冰雪甚滑，马极难行，可没有见车跟人的影儿。她觉得十分诧异，又低头细看，只见地下有车子滑走的痕迹，好像是刚才那车来到这里，因为赶得太急了，骡子跟车都一时收不住，就都整个的滑下去了。

　　这样陡而窄的山路，车子滑下去，车里的人是准死无疑，她担心着亲生儿子的性命，又后悔自己刚才不该追得太急，并不该抽出宝剑来吓他们。如今她恨不得一下子也滑下山去。她座下的胭脂马才行了几步，就几乎打了个前失，把她又吓了一跳。她只好下马，牵着慢慢地向下走去。但马蹄下有铁，一走一滑，所以还需要她用力扶住马，因此走得极慢，半天才下了这极陡的山坡。

　　出了这条山路之后，就见地下摔坏了一辆车，卧着跛了腿的骡子，赶车的人已压在车底下了。有三个穿着破烂的人，还在那里乱搜寻。玉娇龙就高举宝剑，说："你们都是干什么的？"三个人吓了一跳，但看见玉娇龙，看见了她马上的包裹，也看见了她的宝剑，三个贼可就都怔了。他们的手里都拿着带锈的铁刀或烧火的通条，就一齐持着这些兵刃发威，一个就抢着通条向前，问说："怎么样？你还想要跟我们分点肥吗？拿宝剑来吓谁？我们是黑山熊吴三太爷手下的，吴三太爷也才走，我们今天这件买卖本来就做赔啦！你还想给我们找补点儿吗？"

　　后面那两个贼人抢着铁片刀逼过来，一齐瞪着眼说："快把宝剑抛下！连包裹带马都献上来！滚到一边儿好好站着不许动，回头我们给你找个好丈夫。"又笑着骂说："哪儿来的你这么个娘们，自投罗网？"那拿通条的就说："别跟她说这些废话！把她抓下就是了！"当下两个贼人都挺着刀逼近前来，气势极凶。玉娇龙却早从怀中掏出了弩弓。她这只弩弓是今年秋天时在江南找匠人制作的，弓并不比早先的那个大，可是箭头子加倍的尖锐。三个贼人都没大留神，她可就嗖嗖地放了出来。她射得极准确，每个贼人的腮帮子上都中了一支。贼人一齐惨叫，两个拿刀的掉头就跑。那使通条的却瞪着大眼，腮上插着箭流着血，他也不顾，就抢着一根三尺长、大拇指粗的通条，如一杆铁棍似的向玉娇龙打来。

　　玉娇龙想，犯不上跟这样的笨贼动剑，就又将弩箭射出了两支，一支射中贼人的大腿，一支射中贼人的右臂。这个贼就疼得不能迈腿也不能抢臂了，倒在雪地上，通条也当啷一声撒了手。玉娇龙不要他的性命，就又一箭射在贼人的背上，索性叫他趴在地下别动弹。贼人便哎哟哎哟地不住呻吟，并且声声求饶。玉娇龙并不理，将缰绳松了手，宝剑入了匣，弩箭仍旧揣在怀里。她把斗篷一敞开，寒风吹入怀中，那小女孩又哇哇地哭啼起来。

玉娇龙心中一惊，因为想着自己那亲生的小孩也必然摔出车去了，可是听不见哭啼，她疑惑那孩子可能已经被车压死了。她不忍去看，但又身不由己地走了过去。只见那地下的冰雪之上有一摊鲜血，车已被摔得非常破碎，并且离开山坡很远，可见得这辆车由上滑下来的时候力量之猛！那赶车的被压在车下，头破血流，鞭子抛得很远，已然死了。可是地上除了这赶车的，两旁抛着车垫子和上车的板凳，竟不见那二太太、秦妈和那小孩。二太太她们不能无行李，此时也全都不见了。玉娇龙就料到刚才必是已有一帮贼人，连妇孺带财物全都被抢去了，这里的三个都是穷贼，他们没有跟着跑，大概是还要拿走那车垫，抬走那车跟骡子。

玉娇龙就赶忙过去问那贼人，贼人一边惨叫着，一边求饶。玉娇龙说："我不杀你，我只问你，那车上的人和小孩都被你们给抢到哪里去了？快说，你们的贼窝是在哪里？"

那个贼哎哟哎哟地叫着，说："我是山南边黑山熊那里的，都是因为这赶车的，他说那知府的太太有许多金银，其实，任什么也没有！刚才……"这个贼一面说着，一面疼得他翻身乱滚。他不滚还好一些，他这样一滚，背上射中的那支箭就越插越深了，他的呼号之声也就越来越弱，末了他就说："那赶车的！笨蛋！他自己送了命，毁了车，娘们儿也都叫……吴三太爷……"这个贼就卧在冰雪上，脸朝下，呼吸渐渐短促，再也说不出话来。玉娇龙便赶紧扭过头去。

如今，玉娇龙知道方二太太连小孩带秦妈已俱为强人所抢走。这乱山之中，通着西边倒是有一股小路，那雪上留着许多人的脚印，可见贼人是从那边跑去了。现在距车碎之时并不久，谅贼人们还没跑去多远，于是玉娇龙又赶紧上坐骑去追。那受伤的贼人是否已死，她也不愿去看，因为她现在的心仿佛极容易发软似的；即使立时将那群贼人追上，他们若不动手，她也不愿多杀伤人，也就只想将那方二太太主仆救出，将小孩换回来就是。她感到做母亲的生个小孩儿不容易，因此融化了她一向骄傲狠辣的性情，更忏悔自己过去所做的事。

当下马绕着山走出了很远，但是她没看见一条贼影，不过见地下抛着一个很小的花缎子的棉被。她又大吃一惊，跳下马去，将小被袄拾起来再上马去追。只见冰雪没径，山路陡峭，她又须时时谨慎，不敢快走。又过了许多时，方才出了一道山口。离开了山，又看见一片漠漠的雪原，中间有一股弯弯曲曲的大道，这里就是祁连山阳了，这地方是还属甘肃省管辖不属，都是个问题了。

此时天愈阴沉，雪花落得更大，地下的脚印都被新下的雪给盖住了，显得十分模糊难辨。四顾茫茫，并无村舍，更看不见一条人影。玉娇龙不由勒马站住，她的脸觉得很冷，身子觉得发酸，腹部且疼，尤其心中又涌上来一阵悲痛，就想：这样我可往哪里去寻贼人呢？去找回我的亲生儿呢？那孩子若死了倒也干净，万一不死，随着那姓方的妇人，被强盗占据了，他就做了强盗的儿子……

一想到这里，她不由得发恨，恨强盗，恨那骗去了她儿子的方二太太，兼恨及怀中这小女孩，这小女孩也是个骗子！她帮助她的妈妈骗了我们母子。天下之事，绝无此理，我玉娇龙生平从没受过这样的欺骗、迫害！当时她一生气，女孩子又在她的怀中直动，小脚儿直踢她，玉娇龙的心里更上火。她就蓦然由怀中拿出小孩往地下一摔，连睬也不睬，就策马走去。但是才走了几步，却又听得身后小孩的哭啼，她的心中又不由生出了一阵恻悯。不由得就收住了马，转回头去，只见那雪地上卧着那小小的红被卷儿，小女孩的一只小脚儿已露出来了。她哭啼得跟个小羊儿似的，上面的大雪落得极紧，都落在了小女孩的头发上和脸上。玉娇龙又心说：我也太狠了！不应当这样！于是她赶紧又跳下马来，跑回去把小女孩抱起，抖抖雪，掩在了自己的怀里温暖着。小孩儿仍然哭啼，她自己的眼泪也不禁流下来了，只得擦净了泪，并拍了拍小孩，依然上马走去。

她往西走去，打算觅到一户人家，问一问那黑山熊和什么吴三太爷的来历和他们窝藏之处；只要得到消息，自己还是得去寻。此时风雪交加，山高路旷，马疲人乏，儿啼已停，她的泪却还未止。胭脂马已经变成了白色，两只包裹上都落着很厚的雪,越显得大而且沉,她宝剑无声,皮鞭徐动,就茫然地走去了。

原来这地方已属于青海管辖,人家稀少,乌兰木伦河就在南边不远,此时也都结了冰。雪满大地,山压沉云,她玉娇龙纵有一身高强武艺,可也捉不着一个贼人。连问了几个人家,都是游牧的人,能听得懂她的话的人极少,黑山熊、吴三太爷之名竟无一人知道。她那亲生的、连模样也没看过一回的小孩,竟似石沉大海,踪迹毫无,她的心里真真的难受。

玉娇龙在附近百里之内连寻了十天,竟是毫无所得。她在一个蒙古人的牛棚中住了很多日子,之后她又沿着祁连山东去,进到甘肃省,越过雪山直奔凉州。及至到了凉州城内,找了店房歇下,住了两天,她就打听出来本地新任的知府,不错,是姓方,是由安西州调了来的,有一位二太太因有身孕是留在那里,如今大概已然生了;可是还没见那边的人来送信,也不知生的是儿是女,平安不平安。又听说这位方知府很不放心,正要派人往安西州去接,只因路上的冰雪还没化,所以还没走。

玉娇龙还梦想着,这里的知府能够派人去把他的太太和孩子找回来,到那时自己得想法把孩子换回,所以她就又换了一家比较不为人注意的店房居住。她又在本地找了裁缝,给自己做了两身普通女人穿的一样的衣裳,就在这儿住着,假说是在等人。她天天发愁,有时又急躁,但是,那小女孩却一天天跟她亲近了,她也就觉得这是自己的孩子了。倒怕方知府把他的太太和孩子找回来,那时当然是得互相交换了,可是亲儿子还许没有这个非亲生的女儿熟呢!

她在凉州城住了一个多月,天气已渐暖,是二月的天气了。听说方知府派去迎接二太太的人已然回来了,人没有接回来,却带来一个怪消息,听说那里的二太太、秦妈,连方福,是早于年前就离了安西往这儿来了,到现在全无下落,都不知去向和生死。凉州城本来不大,这又是知府家里的事情,所以一传十、十传百,尤其是店房里的人都爱闲谈天,简直闹得无人不知。玉娇龙住的这间屋子的窗外,常有人谈着这件怪事。她心中非常悲痛,这件事的情由自己是知道的,然而却不能对别人去说。

她这时身体精神已然全都养好。小女孩已经三个月了,都会笑了,她也更爱了。又住了几天，却又听店家传来了一件新闻，说是昨天由甘州来了一个穷秀才，姓韩，自称曾与府台的二太太住在同一店内。那时正是去年年底，方二太太带着家人方福、秦妈，抱着小孩，路上大概是出了事，遇着了强盗。二太太他们的生死，他虽不知，可是他确知方知府的亲生女现尚安然无恙，是在一个旗装少妇的手里了；只要是将那少妇捉着，必可以寻回来小姐。其中的缘由是：少妇投店产子，二太太暗中将女换男，次日清晨，风雪之中逃遁，那少妇大闹店房，挥剑杀了拉骆驼的黑三，骑马带女孩逃走甘州府，张掖县正在严拿……

玉娇龙一听就晓得，必是那来安店中住的那个会开药方子的穷小子来这儿找方知府报信邀功求赏钱来了。自己现在虽不怕，但在此地已经住不得了！她遂就收束行李，要即日离开此地。行李她想是越简单越好，便叫来店中的伙计，拿出她的一部分现银，叫店伙拿到外面去，换几张由此地到伊犁通用的银票；她又拿出几件穿不着的衣服，叫店伙拿出去给当。

她原是为使包裹减轻、缩小，可是店伙却面现惊疑之色，猜不出这位堂客哪儿来的这些银两？既然这么阔，可又当当？玉娇龙还叫店伙给她去买一只竹篮，并指着炕上的小孩说："只要能容下我这小孩就行，不要太大的。"店伙发着怔答应，心里疑惑可又不敢问，就只好走了。

玉娇龙在屋里又匆匆收拾了她的东西，就听窗外有客人跟店掌柜在闲谈，说："人不能不信命！咱们这里府台的二太太，要不是在店里看见人家养了个小子，要不是她生心把男孩子换去，她在路上也许不会出错儿呢！这叫作命中无子莫强求，强求来反饶上了自己两条命！真不值！"又听有人说："别多说话！叫府台那边的人听见了，可是了不得！只盼你这店里别出那事就得啦！"店掌柜哈哈大笑。玉娇龙在屋中听了，却一阵阵地觉得刺耳惊心。

待了半天，那店伙才回来，手里拿着许多银票，进门来贼眉鼠眼地说："太太！给你换来了！那几身衣裳当铺本来不肯要，说男不男，女不女，长不长，短不短的，卖到估衣铺人家也不要，统共才当了一两银子，我也给您换成了票子啦！"玉娇龙就说："把那一两银子就赏给你吧！"店伙像是吃了一惊，赶紧说："谢谢您啦！"

玉娇龙又问:"那只篮子你给我买来了没有?"店伙说:"买竹篮得上柴耙市,离得太远,我没有工夫去。我把钱交给了马棚的傻张,叫他替我去买,待会儿就能够给送来。"玉娇龙点了点头,就问说:"现在是什么时候了?"店伙说:"快到四点钟啦。"玉娇龙说:"你快给我预备晚饭,吃完了饭我还要动身,请你到柜上把我的账算一算。"店伙发着怔,好像没听见,玉娇龙又重复着说了一遍,他才连声答应,又出了屋。

玉娇龙觉着这店伙的神态很可疑,暗想:自己在此住了这些日,也没有人来找,自己带着个孩子又不常出门,本来就已招店家疑心了;如今又来了个韩秀才,指明了方知府的女儿是落在一个骑马的旗装妇女之手,他们店家还能不疑到我吗?我若不走,当日就会有事。

于是她将包裹紧紧系好,颠了一颠,果然不像刚才那样沉重了。又给孩子换了一身新做的小衣裳,孩子也不哭,还直望着她笑。她拍了拍孩子,然后将地下放的马鞍搬出屋去,就叫店伙给她备马。店伙说:"太太,你不是要吃完饭才走吗?"玉娇龙点头说:"是呀!可是你先给我备马去吧!将马备好等着我,吃完了饭我就起身,因为我听说我家里的人现在到了兰州啦!"

这时,门外进来了那马棚中专门刷马、打扫马粪的傻张,只见他提着买来的篮子,直眉瞪眼地问说:"买这干吗用呀?装果子吗?"玉娇龙说:"你别管!"店伙也说:"你快给太太备马去吧!"傻张点头,哼哼地答应着。

玉娇龙拿着竹篮进屋,在篮子里垫上了小被褥,把孩子平平稳稳地放在里边,她倒不禁失笑。因为早先,她于做新娘的那天逃出,乔装打扮,偕同侍女绣香出走。那时她就用一只竹篮装过她的爱猫,可是后来那只猫丢失了。如今……她望着篮子里跟猫一样大的小女孩,不禁一阵难过,就想:这孩子能够永远跟我在一块儿吗?她长大了,叫我什么才对呢?我现在尚无家可归,孤身飘零,真如同鬼魂一般啦,我还有能力将这孩子抚养长大吗?如此一想,不由得落下泪来。

此时忽然听见窗外有人说话,她赶紧侧耳去听,只听是男子声,北京的口音,说:"甘州府来的那位太太是住在哪间屋?我们是府衙派来的。掌柜的!快领我们去见见那位太太!就是那位带着个小孩来的。"末两句话声音模糊,好像是外边来的人走进柜房见店掌柜去了。

玉娇龙大惊,暗想:万一这衙门的人闯进屋来,必然先盘问我,我可对他们说什么?孩子就凭着他们抱走吗?不行!于是她急匆匆地挟起装孩子的篮子,拿起了包裹、马鞭,另一胳臂就挟着宝剑,先将屋门踢开了一道缝儿往外去看,见院中并没有官人,她就一溜烟儿似的跑到了马棚。

只见那傻张正在备马,可是他备得太慢,这半天还没有备好。玉娇龙就抢过来,自己勒鞍,套辔头,上包裹,系篮子,挂宝剑。她双手忙着,同时悄悄地问傻张说:"刚才来了衙门的人,到柜房里去了,你看见了没有?"傻张的厚嘴唇掀动着,说:"我看见啦!是衙门的老爷,是刚才李伙计到衙门给请来的!"

玉娇龙又不由得愤恨,因为知道李伙计就是刚才出去给她换钱、当当的那个店伙。那东西真可恶,怪不得刚才他的神色很可疑,原来他上街时就乘空到衙门报信去了!又听傻张说:"他们说有个娘们儿拐了知府的女儿……"玉娇龙踢了他一脚,瞪眼说:"不要说啦!"她将收束好的东西和马匹都交给了这傻张,她想叫傻张先牵马出门,她随后再溜出去,不料篮子里的孩子偏偏在这时又哭了起来,她发恨,催着傻张牵着马快出去,傻张直眉瞪眼的还是莫明其妙,一点儿也不忙。

这时由柜房就出来几个人,掌柜的在前,其次是两个穿官衣的人;还有就是那韩秀才,拱肩缩背的,二月天气他已然穿上一件很旧的纺绸大褂;还有两个伙计,他们都一起往自己住的那间屋子去了。他们的脚步都轻而缓,好像是去捉人的很严肃的样子。因为马棚是在墙角,他们并未往这里注意。玉娇龙乘势推开了傻张,夺过来缰绳,牵马向外就跑。马一颠,篮子里的小孩更哇哇地哭。那边的几个人一回头,就看见了她这种情形,先由韩秀才发出一声惊叫,说:"啊!就是她!快捉拿呀!"

玉娇龙急急牵马出了店门,骑上了就走。她用鞭子抽打着马,驱逐着街上的人,并尖锐地喝着:"快躲开!快躲开!小心马撞着!"路人全都纷纷逃奔。她就催马疾行,连头也不回,可是篮子颠得很厉害,几乎把孩子给颠出来,她又不得不将马勒住一些。还没有出西门,就听身后远远地有人大喊:"站住吧!我们不拿你!只问你几句话……别害怕!别跑!"

可是玉娇龙最怕的是别人问她话,所以她更催马紧跑,并腾出一只手按着篮子。篮内的小孩却拼命地大哭,杂以马蹄紧响,行人乱避,身后追的人又大喊,乱哄哄的,这条大街立时沸腾起来了。

一霎时玉娇龙就闯出了西门。出得城来,她的马更快,可是身后也有一匹快马追赶来了。玉娇龙跑出了一里多地,身后的马头已追上了她的马尾,她就大怒起来,锵的一声抽出了宝剑。马仍向前走着,她却回首瞪眼厉声说:"你追我来干吗?若再敢追,我可就要杀你了!"

她看出来骑马追她的这人是穿着官衣,年有四十多岁,好像有点儿面熟似的。这官人也看清了玉娇龙的模样,立时就跳下马来,屈着一条腿请安。玉娇龙很是诧异,赶紧也将马勒住了,扭转头看,就见这个官人站在地下恭恭谨谨地说:"三小姐!我没想到是您。您是从京里来吗?老大人、少大人、二少大人,近日可都好?"

玉娇龙愈是愕然,就问说:"你是谁?"

这官人说:"三小姐您不记得我啦?我是跟舅老爷的,我叫保善。前几年您跟姑太太在伊犁住着的时候,我也侍候过您。"

玉娇龙一见,竟遇见了自己舅父手下的官人,就不由得更羞愧、焦急,想走既不能,想不承认也办不到,遂就急声问说:"你到这儿干什么来啦?"

这保善也有些恐慌,他就说:"我们大小姐不是去年出的阁嘛,给的是迪化孙抚台的大少爷,就把我拨过去啦,保举了我一个千总的差使。姑老爷放了咸宁县,现在是去上任,我们孙抚台派我给保护上任。现在姑老爷跟我们大小姐都在凉州府衙住着,因为方府台的夫人是我们姑老爷的表嫂……"

玉娇龙也不耐烦听这些亲戚关系,但是她已知道自己的表姐玉清现在就在凉州府衙门,未免更窘,心说:这可怎么办?人都知我在北京是投崖摔死了,如今怎么会又到这里?而且是这副模样,又有这么个孩子。此事一传到北京,京城中必又得轰动了,娘家婆家就许又派人来找我,那岂不是往日心机都枉费,而纠纷、烦恼又都一齐来了吗……

又听保善急急地说:"昨天有个姓韩的人说……方知府的女儿落在了别人的手里。他说的那人模样,我就想着许是您。因为京里的事我也都听说了。我知道您有一身大本领,您一定是借着那个事情出来啦!"

玉娇龙真恨不得挥剑杀死这个人以灭口,但又手软,就将马一拨,往回走了几步,更急声地说:"你们姑奶奶也知道我出来吗?"保善点头说:"我们大小姐也知道!很多的人都知道您投下崖去,一定不会伤着一点儿筋骨。"玉娇龙不禁叹了口气。

又听保善说:"刚才又有店家报告了您住的地点,我们大小姐怕府衙门的人去了胡搅,就叫我跟了去,原是想请您!方府台也说,您要喜欢这小孩,就叫您带了走,只是要跟您打听打听方二太太的下落!"

玉娇龙怒喝一声:"我不知道!难道还是我害死她的吗?"保善连连往后退着说:"方府台大人也没那么想,只是请您,请您⋯⋯"玉娇龙说:"我不能去!"

说出了这话,却见远处又有几名官人跑来,玉娇龙便上了马,将剑一抢,说:"你说的这些话我都听不明白!我姓春,我也不认得你是谁,你们姑奶奶是谁!什么投崖的事你更是混说!胡说八道!你认错人了!从此以后无论是当着人或在背地里,若再敢说出一个字,我随时可以取你的首级!"

保善吓得身子发颤,连连请安,说:"不敢说!"玉娇龙又厉声嘱咐说:"也不许别人说!否则⋯⋯"嗖地一支弩箭射出,正射在保善的官帽上,保善吓得又几乎跪下。

玉娇龙却催马就走,一直向西,当日投宿于永昌县境,竟不见有人追赶来。玉娇龙经过这一次事情,心中越发烦恼,虽然自己满口不认以前的事情,但毕竟难以掩得住众口。她就想:此次西去投荒,连个熟人也不必见了,在新疆无人的深山之中、广阔的草原上,随便找一个地方栖身;有这个孩子也不至于寂寞,永远也不与熟识的人见面。她虽然咬着牙,心中暗暗决定了主意,但那股辛酸的眼泪却仍然不时地由眼角涌出,使她惆怅欲绝。

次日继续西行,因为在张掖县惹下过一场纠纷,出过一次人命,她不得不避着路走。她离开了驿路,专沿着祁连山脉去走,心中还希望能遇着一两个强盗,如什么黑山熊之流。但她所走的这条路极偏僻,人家很少,飞鸟亦稀,竟没有一个人招呼她,追赶她,或是拦她的路,使她倒觉得失望。

小孩在竹篮里睡得平平稳稳,玉娇龙又在篮子上面拦了几条细绳,无论马怎样快跑,小孩也不至于倾覆出来了。

暖暖的春阳抚慰着大地,麦苗已青,祁连山顶的积雪也开始融化了,如白练似的自崖上流来,潺潺地响,化成了无数的河流,从马蹄下流去。小女孩儿像春花一般的小脸儿时时仰望着阳光,发着天真的笑,而且会转着眼珠儿看人了。玉娇龙也不禁展开了愁颜,孩子一笑,她也不由得笑。每晚投人家,投旅店,玉娇龙总像亲妈妈一般看顾她,按时给她乳吃。

玉娇龙想以后连自己带她都姓春,但是得给她起一个名字,叫她什么呢?她看山,山太雄壮;看云,云太飘浮;看水,水太无情;看花,花又易落;看飞鸟盘雕,都觉得与她这孩子不相像;都不能借以命名。

一夜,她投宿于敦煌县旅店内,预计明日就要出玉门关。客舍夜深,独对孤灯,她翻阅着自己随身携带的一本书,这是以九华剑法为根底,加上自己三年来研习历练拳、剑、飞行、长挝、短打种种武艺的心得著成的一书,题名曰《春龙新著》,又写上了"留授瓶女"四个字。

她又抚摸着那只银瓶,并一手擎出了宝剑,一阵傲然发啸,又一阵低首寻思,便决定了叫这孩子为"雪瓶",雪是象征着剑光,兼志那天张掖店房中的雪夜;瓶是跟这孩子同时来的,不能不保存,不能不纪念。于是她就自言自语地说:"春雪瓶!春雪瓶!春雪瓶!"虽然念着仿佛有点不顺嘴似的,但她也不管了。

翻忆起自己的往事,又想:这孩子将来不知道怎么样?她长得很好,将来也许出落得比我还好看。我携着她远去边荒,授她以全身武艺。她当然能够不务浮华,而免去女子的柔弱;跟男子一样的健壮,跟熊、彪、牡鹿一样的活泼。但她长到十来岁时,能够不生出一点情心吗?万一她在那大漠、草原遇见什么雄健美貌、唱着昂壮的歌儿的男子,她能够不动情吗?她不会因此生出许多痛苦、悲痛、挫折和惆怅吗?

她是我的女儿了,便不能不遵承我的意志。我因为放纵,才贻害家门,落得声名破碎、身世凄凉,我不能也叫她这样。于是取出笔又在书的背面写上:

训我瓶女,切记切记:勿生私情,勿近强盗。宝剑自玩,花月自赏。勿与他人，徘徊惆怅。心应如刃，智应如水。森严明澈，不为俗累。沙草为家，熊鹿是友。终于此地，勿恋他乡。天涯侠女，不求人知。银瓶宝剑，日月永照。

写完了，身体也倦乏了，她就熄了灯上床抱着小孩儿睡去。次日收束了一切，起身离店，傍午就到了玉门关。这玉门关是边塞一座伟大的工程，一出了这关口，再往北或西走去，那就是黑海子、甜水泉、白龙堆，都是咸水湖、莽莽的草原和万里无垠的大漠。唐人诗云："羌笛何须怨杨柳，春风不度玉门关。"这里连春天都是肃杀恐怖的。

这里有个风俗，就是在关口外，立有一块大石头，凡出关人必要由地下捡起一块小石，向这块大石头投击一下，然后就再也不回头，一直去了。这种意思，大有去而不返、投石示绝之意。因为大凡出这关口的人，都是些征夫、远客或被流放的罪人，一出关口，实未必再能生还。因此，几千年几百年以来，天天有许多人这样做，打得那块石头上面斑斑点点，数不出来有多少坑儿。

玉娇龙来此，正见有一群客商，四五十人，个个由地下捡起碎石来抛打，叭叭叭如雨点似的，打得那块大石像沉着脸在发愁。玉娇龙在旁看着，心里一阵阵难受。等到许多人打完了，她便取出来弩弓，安箭，向着那块大石叮的一声射去，心说：绝不再进此关！回身策马就走，马蹄腾起尘土。天连远漠，云聚边荒，她的俏影、青衣、红马，剑响、鞭声，越走越远，渐渐消逝。从此嘉峪关内永不见了玉娇龙，新疆大漠草原之中也难寻她的踪迹。

沙尘时时滚扬，星斗年年转移，一连几年过去了，像烟一般飘飞，梦一般易醒。但在这期间，草原荒山之中的小牛儿，小鹿儿都长大了，而纷纭的人世之中，也出来几个 崎磊落的少年英雄与那矫捷风流的侠女。

第二回　琵琶巷把花怜远嫁
望山庄扳石慨前尘

在玉娇龙投入边荒之后一十九年,此时早先的一般豪俊皆已垂老,而江湖后起之秀又俱登场。是时江湖技击共分四派:北派为杨健堂之梨花枪,俞秀莲之凤翅双刀,他们所传弟子最多;南派为武当山诸道士,门徒皆为羽士;东派为九华山江南鹤、李慕白所传,因功深技奥,且不轻授人,故后起者最为寥寥;西派则出于蜀地,以蜀北阆中侠所传的弟子最众。

蜀南四川虎高隆技精术邃,不下于东派,但传人不多;三十年来,只有柳穿鱼韩文佩、金刚跌赵华升、一提金萧仲远、连支箭徐广梁这四个人,是属于西派的豪侠。高隆的门徒本来最杂,良莠不齐,有的只跟老师学过三四手儿,便在江湖厮混,丧名取辱的事情很多。独有这四个人,不屑与那些同行中的败类为伍,且羞为西派弟子。

各人走了几年江湖,都已略有积蓄,便各自返里务农。四个人于分手时,且抛开师兄弟的称呼不算,重新磕头结盟,并各发宏愿:第一,愿永为人间除不平,行侠仗义;第二,愿永洁身自爱,不做非义之事,不取非义之财;第三,到了五十五岁须一齐洗手,不准再事争强斗胜,让江湖于后进。立誓之后,各自分手,天南地北,弟兄四人很少见面,外间人也不大知道他们的详情。

四人之中以柳穿鱼韩文佩年最老,技最高,可是他最厌烦武艺。他到了六十多岁的时候,身体变得硕胖,连拳也不能打,剑也不能提了,并且他的名号已久无人知。

只是在河南府洛阳县城东望山庄内，有一位韩老善人。韩老善人是村中三百余家之中的首富，他本不是此地的人。据他自称，他原籍是陇西凉州府，在青海贩过盐，在新疆贩过牛马，所以发了大财。因为久慕洛阳是个大地方，是周朝的东都，所以全家搬到这里来。

其实他的全家人口也很简单，只是老夫妇带着一儿一女，统共才四口。十年前迁到这里来的时候，他先是在城内开设了一家米粮店，字号是"义佩公"，雇用的司账和伙计全都是本地的人，没有人看见过一个他的同乡跟亲戚。这米粮店生意很好，第二年这老人家就在望山村一带买了十顷良田，在村中盖了很大的庄院。又过两年，老婆死了。再过了几年，儿子到了十六岁，他就给娶了一房媳妇；女儿也定给城里的大财主刘家，可是还没娶过去。

这位老人家的性情极为耿直，不和蔼，小有不如意他就大发雷霆，但心却最善。凡有穷苦孤寡，他必慨然资助。有人争讼殴斗，他也必力为排解。如遇远方人困在这里，不用人来亲自求他，只要他知道了，必派人送去银两助人还乡。并且放账不收利，修桥造路不出名，遇有荒年歉收之时，他也必拿出许多资财赈济。因此，河南府十九县，无人不知"韩老善人"之名，千里之外的人也常慕名来求他救济，他也不暇细察，多多少少让人不空手回去。自然，也有不少人竟做出死母丧父的样子来求他可怜，骗取他的银钱，可是他也不在乎。

"义佩公"米粮店早先在城中不过开着一家，现在已发展了四家分号，而且他的田地也一年比一年增多，现在望山庄的田地多一半是属于他的了。人家都知道他是财神爷，是行善而得的好报，可是惟独他对待一个人的态度，大家却不明白。

那人是自他迁来此地之后，惟一由远方来找他的人。此人姓萧，年有四十来岁，极穷极瘦，人都叫他"瘦老鸦"。他初来到这里时，韩老善人对待他非常之好，给他换了新衣服，给他打扫出一个小院来叫他住，并令少爷叫他为"萧三叔"。他似是韩老善人旧日的好友。可是他在韩家住了不到十日，就与韩老善人争吵起来，争吵的原因也不知道是为什么事。他是很无赖的,韩老善人发起脾气也是没人敢劝,所以两人就此绝交。

瘦老鸦脱了韩老善人给他置的衣裳,怒冲冲地摔在地下,换上他原来的破旧衣裳就走了。可是他并没去远,天天就在洛阳城东关的街上混,每天蹲在街头,跟个乞丐似的。凡是附近店房有客人来了,他就上前帮助卸车、遛马,临完了讨上五文六文的赏钱。每天他顶多也只能挣上三四十文,遇着风雨年节的日子旅客稍少,还可能一个钱也得不到,所以他度的是饥一顿饱一顿的生活。

晚间他就在东关外的一间草屋内睡觉。那草屋仅能容一人居住,并且一进到房里,连头都不能抬,躺下连腿也不能伸。但房后却是一块平坦的荒地,听说那里本来是一座大庙,后来被火烧了,残砖破瓦、烂木碎石,都已陆续被人盗走,倒成了一块宽敞的平地。

此地离市街有里许,又不靠近大道,平日就没什么人到这里来。后来有个行脚僧,来到这儿结庐栖居,天天往附近募化,化了点儿钱打算将庙重新盖起。可是还没有找人动工,那行脚僧就病死在这屋里了,钱也都叫小偷给偷了去。听说那行脚僧的阴魂不散,天天夜里在这儿哭号,说:"给我钱!叫我修庙!给我钱!叫我修庙!"因此本地人都管这小屋叫"鬼洞子",即使白昼,也无人敢来这里。

瘦老鸦自从得罪了韩老善人,困顿于洛阳城,他就把这个"鬼洞子"占住了,作为他睡觉的地方。果然那鬼不肯饶他,虽然他没得病,也没死,可是从此永久受穷,越来越瘦。他在这里也住了五六年了,有时在街上与韩老善人相遇,二人也互相不理,竟如路人似的;并且韩老善人没资助过他一文钱,他也不要。有人问过他说:"喂!你不跟韩老善人是好朋友吗?他那么阔。"瘦老鸦却说:"他阔是他有福,我穷是我没命,彼此不相干!好朋友若是一旦绝了交,就连路人也不如。"这是韩老善人和瘦老鸦的关系。

至于韩老善人之子韩大相公,早先呼瘦老鸦为"三叔父",后来见了面也是像不相识似的。冬天瘦老鸦在铺子的门前蹲着,身上穿着单衣。韩大相公骑着枣红色的大马,穿着火狐皮的袍子、青缎帽,帽花都嵌着大块的宝石、大粒的珍珠;同着他三三两两的朋友,进城去逛"琵琶巷"。随带着的仆从都穿着"两皮筒儿",沿路把成串的钱舍给乞丐,但瘦老鸦是一个钱也摸不着。

韩大相公本年整二十岁,是个漂亮的少年,身高腰细,但肩背很宽,面白貌秀,可又双目炯炯,一睁起来便很大。他是兼有龙虎之姿,既清秀,且威猛。性情也跟韩老善人一样,极为宽厚,可是若发起脾气也真难惹。他的名字叫韩良骥,号叫铁芳,从小就读书,五经四书,诸子百家,诗词歌赋,无所不通。但是他却没有下过试场,没博过功名,因为像他那样的家道,不必做官,也可以享福;而且韩老善人最见不得官儿,他说他一见了官儿,就不由得又生气又害怕,所以也就不叫儿子去做官。

韩铁芳是四年前结的婚,娶的是登封县巨绅陈家之女。小夫妇的感情并不坏,可是结婚不多日,在萧三叔瘦老鸦走了之后,韩铁芳就把他父亲为萧三叔腾出来的那个小院落,重新布置了一番,独自居住。白天虽也许夫妻见面,可是晚间绝不同房。但若说他是性喜孤独,厌嫌女子,他却又常往琵琶巷里去游玩,琵琶巷的那些名妓,没有一个不认得韩大相公的,所以韩大相公也是个怪人。好在韩老善人只要知道儿子不与做官的往来,不与那些保镖的、教拳的江湖混混为友,他就放心,就什么事儿也不管,尤其听说他见了瘦老鸦竟如不识,他更是喜欢。

日子一天一天地过去,瘦老鸦越瘦越穷;韩老善人胡子越白,身体越胖;大相公韩铁芳是越发出落得英俊潇洒。这时,繁华的洛阳城,绿禾如海,红花如锦,又到了春天了。望山村里的桃花最盛,这时开得满村的红云,都像美人的脸儿。向东望去,远远的就是青色的嵩山,像妇人的眉黛一般。两边碧绿的田禾随风飘荡,如一幅丽人着的衣裙。而那细细的宛转的道路,两旁点缀着蓝的、白的、红的小朵野花,又像是女子身边垂下来的汗巾。小溪的活水像姑娘的眼波;柳丝像娇娥的头发;黄莺藏在柳叶底,还清丽地说着那好听的话;东风轻拂,似女人的温情。

这天午后一时许,小厮长庆就喊人给大相公备好马。大相公虽是念书人,可是最爱骑马,家中有马十匹,他轮流着骑。今天备的是一匹白毛,只脸上有一条红的骏马,大相公给它取的名字叫"雪中霞",与那"枣色彪""乌烟豹"一并为大相公所喜爱。这匹马一备在庄门前,许多坐在门前磨盘上绣活计、做衣裳、闲话谈天的少妇姑娘们,就都跑进各自的门里去了。因为韩大相公要出来了,她们都怕脸红,都不敢看。可是躲到门里,她们又都向着门缝儿或隔着柴扉偷偷地瞧,要瞧瞧大相公今天换的是什么样的衣裳。

待了一会儿,韩大相公就走出来了,手里提着一条细皮子缠成的马鞭子,来回抡动着。他白中透着红润的脸儿,真比姑娘媳妇儿们擦脂粉的脸还漂亮,比桃花也俊美;他双眉斜挑,两目闪烁发光。不过今天他似乎有些异样,脸上没有往日那常泛的笑容,穿的是浅灰色绸子的夹袍,没戴帽子也没穿坎肩,青绸裤子、青缎的双脸鞋、雪白的罗袜。今天他出门特别匆忙,向长庆说了几句话就上了马。

马高人也高,短墙里的一些姑娘们都藏不住了,拿着针线活计,小脚儿一颠一扭地又都往屋里去跑,还有的互相推着笑着。韩铁芳在马上看得清清楚楚的,在往常他见此情形,心中必很欢喜,但今天他却觉得厌烦。出了村子,他就策马向西走去。在道旁耕作的一些农夫齐都双手拄着锄耙,高声笑喊说:"大相公进城去么?"若是往日,他就是不驻马,也会扭着头向人笑笑,但今天他竟如没听见,头也没转,一直地走过去了。

这条小径路平坦,平日往来的车马不多,地下的土也坚硬而不松,昨夜刚下过一场细雨,土已湿润,马蹄都荡不起一点烟尘,只有蹄声嘚嘚地紧响着。前面飞着一对蝴蝶,一红一白,见马头快要冲过来时,就翩然地避开,飞在左边田禾上飘摇着。韩铁芳的目光随着蝴蝶向左边一望,田禾的尽头是一排杨柳,还有几十株不太高的松树,韩铁芳的母亲就葬埋在那里,他不由得心中一阵凄然,催马再走,就踏上了大道。马再往西,路上的人、车子就多了,许多人都招呼着他,他只管点首,却不用眼看人,仍然自顾自走着。

忽然路旁走来个穷妇人,见了他就跪下磕头,说:"大相公!上回老善人给的那二两银子,我们又花完了。我男人的病还没好,柴米又没啦,我正要到庄上再求老善人。可怜可怜我们吧!大相公……"韩铁芳赶紧下了马,急忙从身旁袋里掏出一块银子来,也不计多少,就抛在那妇人的眼前,妇人一头磕在地下,韩铁芳摆摆手,又上马走去。

马更快,一霎时来到东关,他就收住马,轻轻策马,缓缓而行。这时,正有一帮客人把车马停在个面饭铺的门前，进往里边去用午饭。那敝衣褴褛的瘦老鸦从远处跑来，嚷嚷着说："老爷们！老爷们！马交给我遛吧！让我得几文钱吃饭吧！"他往过来一跑，正从韩铁芳的马旁擦过去，韩铁芳的鞭子一抬，鞭梢几乎掠在他的脸上。他把脸一扬，韩铁芳的脸也一转，两双眼睛瞪在一起，可是两人的面上全无表情，也各不说话。韩铁芳将马稍停了停，就见那瘦老鸦一边嚷着，一边跑过去，直着眼睛把那几个往饭铺里走的人仔细地打量着。韩铁芳却暗自笑了笑，便不再回顾，一直策马进城。

进了城，也有不少人认识他，他却有意躲着一般人的视线。走到"义佩公"老号的门前时，以往他常要下马，进那柜房里跟掌柜的侯大肚子谈谈天，今天他却匆匆走过。转过了十字大街，进了一条小巷，又转了两个弯，便来到一条极幽僻的胡同。

这条胡同连车都进不来，但对门开着的门户虽小而新。胡同口向阳蹲着两个卖花的人，都把花蓝放在地下，旁边还有两三个闲汉蹲在一块儿谈天。一见马来到，就有个闲汉赶紧立起跑过来，龇牙笑着说："韩大相公！我们红姑娘正在想你呢！"韩铁芳的脸上却连一点喜色也没有，就下了马，把马交给这闲汉。

他急匆匆地走入胡同，到路东的第二个门户，他就一直走进去了。里边的老鸦跟毛伙计齐声迎着说："大相公来得早。今天天气还不错，您请进吧！"老鸦的怪嗓子像个破唢呐似的向里院喊着："我的红宝贝儿呀！你快出来瞧瞧，是谁来啦？"

月亮门儿的里院，正北房窗上糊着粉红色绫罗的门就开了。那姑娘小小的身量，鹅蛋脸儿，两只不笑也像笑的眼睛，红嘴唇。这是琵琶巷里最出色的名妓，花名叫作"蝴蝶红"。她一见韩铁芳来了，倚着门把眼睛一斜，抿着嘴儿又一笑。然而韩铁芳仍然没有笑，他走到临近，蝴蝶红就拉了他一把，说："你怎么才来呀？叫我好等！"

韩铁芳进到屋里，将马鞭子往铺着红绒垫子的床上一扔，随即将身半躺半坐，说："家里有点事，所以我这时候才来。怎么样，我给了你两天的时间叫你细想，你还没拿定主意吗？"

蝴蝶红本来是笑着，拿起茶杯来要斟茶，听得韩铁芳的这一问，她忽然把身子转过去,把一个一身红缎子裹着的窈窈的背影向着韩铁芳。她脸对着红窗,低下了头去,默默无语,良久才顿了顿绣鞋,说:"我没主意!叫我……不如叫我死!"

韩铁芳像叹气似的笑了一声,把声音压小一点,说:"你听我说!你今年十八岁了,你应当嫁。这烟花柳巷不是个好地方,在这里的人绝没有好下场。是聪明的就应当择人而事,若等到你一过二十岁,渐渐年长色衰,那可就……"

蝴蝶红转过脸来,含着泪嫣然一笑,又顿着脚说:"说过多少回啦?还说!嫁人、从良,还不是我先说出来的么?什么年长色衰,择人而事,我背也背过啦!现在就是……唉……"

这时鸨母进来了,铜盘子托着盖碗茶,先笑着说:"我知道大相公快来啦,我早就叫小子掐了两朵茉莉花放在茶碗里啦。以后,我们红姑娘到了大相公的庄里,茉莉花还归我采办。"说着倒了小碗的茶,用锡盘端着,双手敬给韩铁芳。鸨母送来了大相公平日最爱喝的加茉莉花的香茶,桌上原放着的那一壶紫阳红茶,蝴蝶红也就不再斟了。她由背后掠过黑亮的辫子,解开那红绒辫梢又重新系好。鸨母在屋里待了半天,他们二人都不说话,等到鸨母走出屋去之后,蝴蝶红的眼波又掠在韩铁芳脸上。

韩铁芳喝了一口茶,又接着之前的话说:"我也知道你的意思。咱们相识二三年了,你是愿意跟我。但我前天跟你说的,那也并非假话,我也早想娶你。我家里的妻子,你没见过,她简直是个木头人,什么情意她都不懂,她嫁了我,只知道我是她的丈夫,我是韩大相公。至于我是个什么脾气,爱好什么,厌烦什么,她全都不知道,也不想知道。所以我自认识你之后,确实就有娶你的心,但是……"

他说到这里,发呆了一会儿,忽然又爽快地说:"我告诉你吧!不成!绝不成!我的身世有种种的隐情,种种的难说。最近,我一定要离开这洛阳城,此去也许永不回来……"又摆手说:"这话你可千万莫对别人去说,说出来关系重大!"

蝴蝶红一听,现出惊慌之色,韩铁芳又悄声说:"五年之前,我就预备要走,直到今日,现在已事不可再缓了!这件事我就是跟你说出来,你也是不明白，总之，我就告诉你吧，我并不是什么大相公，我原是另一个人！"蝴蝶红吓得脸色都白了。

韩铁芳又说："因为你不同别个妓女，我才告诉你这些话，但你也不必细问。我将来一走，将田庄地亩、买卖、金银、妻子、家人，全都抛下，但我全不留恋，全放心；只是你，你要不嫁人，依然这样没有着落，我是得永久惦念的。"

蝴蝶红擦擦眼泪，说："我可以等着你！"韩铁芳惨然，急着说："我没告诉你吗？我此去之后，也许永远不能再返洛阳。"蝴蝶红索性哭了，抽抽噎噎地说："我跟着你走！"

韩铁芳摇头说："除了我的马，我的……什么我也不能带。"又说："我给你想的主意很好，你就跟那范彦仁去。范彦仁是个念书人，你一个娼妓能嫁一念书的人做正室夫人，真是一件难得的事！他为人又忠厚，暂时虽然落拓不遇，将来必定得志。他在泾阳县家中也有几亩田地，以后带你回家去度日，绝无饥寒之忧。他手边尚有四五十两银子，你别叫他动用，预备回家去想个生计。我现在已为你预备下了三百两银子，一百五十两做你自己赎身之用，一百两算是我赠给你的奁资，其余五十两做你夫妻还乡的盘缠。"

说时，他从身边掏出来一个红封套，慨然说："收好了！这里边是一张三百两的银票，凭此随时可以到西大街利通亨去取现。你急速把范彦仁找来，今日就离开这院子，我也许还能来一趟，给你们贺贺喜！"说着，痛快地大笑了两声。

他拿起马鞭站起来，拱手又笑说："从今你就是我的范嫂夫人。我少年荒唐，在烟花中遨游，无意中遇着你这么个不凡俗的妓女。如今我为事所迫，你又遇着范彦仁那样一个老实人，我花上一点极少的银钱，使你有了安稳的归宿，这比我把你揽到自己手里还强。"说到这里，他仰望着壁间的一副对联，是他去年写赠给蝴蝶红的："愿从梦里寻蝴蝶，徒望天涯试剑锋"，不禁一阵感慨。

蝴蝶红却一手拿着红封套，一手又把他拉住，说："可是还有一件事。群雄镖店的独角牛他可说过，不到二十五岁他不许我从良！"韩铁芳瞪着眼间说："凭什么？"蝴蝶红惨凄凄地说："早先我没敢告诉你，他也常到我屋里来，我不敢不接他。他也说过要娶我，但得等他三五年，他存足了银子时，我也不敢不答应他。我要是跟了你，他不至于怎么样，他也是在本地混的，不敢得罪财东；但我若跟了范彦仁，那可就不行了。他一定来打闹，谁敢惹他们？昨天他还派人来这儿打听……"

韩铁芳冷冷一笑，摇头说："不要紧，我有法子。我走了，我回家还有紧急的事。"蝴蝶红却把他死死地拉住，仰着可怜的脸儿说："你还能来一趟吗？"韩铁芳想了一想，就说："明天我还来，可是，我刚才说的那番话，你必须照办！"蝴蝶红答应着，这才缓缓地将韩铁芳的胳臂放了，韩铁芳却头也不回，迈着大步走至外院。

那鸨母从屋里出来，截住他说："大相公，您先别走，我跟您还有几句话说！"韩铁芳就站住身。这鸨母就满面带笑地说："大爷！我可不是催您，您既是要把我们红儿接过去，您就先订下个大概的日子。钱呢，三两五两的也行，您先拨过来一点，我好把红儿先送到我家里去，就不叫她接客啦！"

韩铁芳不禁笑了笑，说："你到现在原来还不明白，我并不想接她，是她要跟那范彦仁从良，明天范彦仁就把她接出去。"鸨母发怔，就哎哟了一声。韩铁芳摆手说："你别不放心！她的身价你不是要一百五十两吗？一分一厘也不会短少你的，你就别管她跟谁了！"

鸨母摇头说："身价我倒是不争，由五六岁时我把她买来，到现在十几年，她给我赚的银子、争的光，也不少啦。银子我现在是绝不多争，我就是得瞧见她跟个靠得住的人，我也不是贪图什么，我也不缺亲短友，就是那我就放了心啦！"

韩铁芳说："范彦仁那个人也很好，我曾向几个认识他的人打听，都说他为人忠厚老实，而他又愿聘娶红姑娘作嫡室夫人。你们烟花中人能够给人做正太太，不是件荣耀的事吗？范彦仁虽然没多少钱，但也能养得一个老婆，我将来还要叫他们去做生意。这件事可以说是我做的媒，你就只等着拿银子，别的事你就全都不必过问了！"

鸨母忽然脸色发白，探着头悄声地说："既然大相公的主意这么办，我还有别的不喜欢的吗？可就是……那独角牛！"韩铁芳冷笑着摇头，说："有我做主，你难道还怕他吗？"鸨母发愁地说："因为他早先真说过那恶话，他们什么事情做不出来呀？"韩铁芳摇着鞭子说："不要怕！无论什么事情都有我呢！"说着转身而出。

他出了这琵琶巷，那个闲汉赶紧把他的马牵过来，并笑着说："大相公，您大喜啦！"韩铁芳也不理他，骑上马，拐了两个弯儿就到了大街上。街上很热闹，车来人往，但像他这样在大街上骑着马行走的人，还没有第二个。街上的人很多都认识他，很多人特意避路让他的马过去。

他才走到了东大街，就见路南的那群雄镖店的门首站着几个穿短衣的，有靠着墙的，有把两只胳臂交叉在胸前把手抱着肩膀的，还有双手叉着腰的，都长着一脸横肉，狂笑，大说，撇嘴。其中有一人身材高大，脸色黑紫，脑门子上歪长着一个核桃大的瘤子，这就是洛西一带有名的镖头、本地的恶霸、烟花巷里的魔王独角牛。他像是正在跟几个人商量什么事情。他认识韩铁芳，但向来不说话，如今他只向韩铁芳望了一眼，没什么表情。

韩铁芳的马走过去了，他却在心里想主意，在马上稍微一凝神，他的主意就决定了。于是他紧走，一霎时就出了东门。这里就是东关了，有一条胡同叫作举人巷，巷里却都是一些小门户。韩铁芳来到一家门前，下了马就上前打门，从门里出来个抱孩子的中年妇人，见了韩铁芳就说："韩大相公，您进里边坐吧？"

韩铁芳摇头，只问说："申师傅在家里没有？"妇人说："他在家。"韩铁芳就说："赶快请他出来！我有几句话要跟他说。"妇人遂抱着孩子又进到院里，就嚷嚷着说："韩大相公找你来啦！"里边有男子答应了一声，急匆匆地就跑了出来。

这男子有三十来岁，身体也颇为健壮，披着汗衫，跂拉着鞋，小辫盘在头顶上。他见了韩铁芳就连连打躬，笑着说："大相公！想不到今天您的大驾来此！您看我这样子，屋里也乱七八糟，我也不敢往里让您！"韩铁芳说："我不进去，今天我来是有一件事要求申师傅帮忙。"

姓申的挺起胸来，说："大相公有什么事情您就自管吩咐吧！您要说求我，我可是不敢当。我拐子申飞，当年在江湖上吃了亏，八百两的镖车货物

第二回

琵琶巷把花怜远嫁

望山庄扳石慨前尘

〇四七

都被贼劫去，名声扫地，账主了逼命；若不是您慨然解囊，救了我那步饥荒，那时我就一定得上吊，我的老婆孩子也不一定成了谁的老婆孩子了。我受了您的大恩，无可报答。现在，无论什么事，只要大相公一句吩咐，赴汤蹈火下油锅，我也去，您就说吧。"

韩铁芳就说："也没什么要紧的事情，只是我叫你帮我个忙，把独角牛给我打了！"

拐子申飞一听这话，却发了怔，要吐舌头，赶紧又闭上嘴；韩铁芳就把实话都对他说了。拐子申飞发着怔想了半天，然后一顿脚，说："得啦！大相公既然托付了我，说不定我得跟独角牛干一干了，什么叫素日的交情，什么叫镖行的义气，我也都不能管了。您放心吧！明天一早我一定到琵琶巷，只要独角牛他敢滋事，敢发威，我就敢请他吃拐子。可是我那只拐子……我也不是减低自己的威风，真怕到时敌不过独角牛的单刀，我还得赶紧去请上几个朋友。"

韩铁芳说："你就请去吧，请的人越多越好。无论到那时，那个架打得起来打不起来，我每人给一吊钱；若不幸受了伤，也由我出钱买药。只是千万别向人说出是我找你们的。"拐子申飞笑着说："我知道！连我朋友我都不会跟他们讲实话，只叫他们打独角牛就是了。"韩铁芳又说："明天他们若是不下手，咱们也不要打。"

拐子申飞点头，又笑着说："我知道！保了十年镖，走江湖，争强斗胜，难道连这个小架全都不会打？大相公您就放心吧！明天您就瞧着，我一定会把事办得漂亮、干净，外带着麻利、脆快！"韩铁芳笑着，上马拱了拱手就走了。

他在东关的街上没再遇见瘦老鸦，就一直回到望山庄。到庄门前，夕阳已斜照进村来，映得桃花益发嫣红。他下了马，就有仆人接过去遛。他摸了摸马毛，觉得有些发湿，又见马的鼻子跟嘴，都嘘嘘地喘气，不禁有点儿皱眉，就想：这匹"雪中霞"，还是自己最喜爱的马，怎么才跑了这一趟，就累成了这个样子呢？若是骑着它走江湖，仗着它去追杀仇人，或是踏雪登山，它还能够胜任吗？因此决定再牵出一匹马来试一试。

韩铁芳一共有十匹马，以前他是以皮毛颜色和姿势来品评马的良劣，但如今却是要以马的力气强弱来分一分了。他兴致勃勃地由通着马厩的偏门就走进了厩里，这马厩内有马棚五间，看马的人和打更的住屋两间，院子很大。此时九匹马都正在槽边吃草，白色的、枣红色的、铁青色的，其色不一，从外表看都颇为矫健，叫韩铁芳颇难取舍。他自恨不是善于相马的伯乐，手扶着石头马桩，不禁为难。

这院里栽着的石桩一共四根，石头全有碗口粗，栽在地下很深，这是几年前韩老善人亲自瞧着叫人刻的、栽的。四根石桩像桌子腿儿似的列成两排，两根桩子的距离都有一丈，假若上边再盖上一块一丈见方的扁平石头，那么正好是个高腿儿的石头桌子。这四个东西怪模怪样地立着，可是因为年久了，也就没有人觉得它怪。

韩铁芳在此看了半天，觉着还是他的那匹"乌烟豹"强健；别看黑色的马不值钱，但它雄健、高大，无论哪一匹马都比不上它。旁边有管马的两个人，都笑着和他说话，一个就说："大相公您看！乌烟豹那家伙拿头乱顶，就许它吃，不许别个吃。这家伙一天半包料都不够，真是个大饭桶。大相公这几天也不常骑它，要叫它长了膘，可就更跑不动了呀！"

韩铁芳刚要叫人把乌烟豹牵出去，想绕着村子跑上一回，这时忽听看马的人说："老员外来啦！"韩铁芳疾忙将手离开了石桩，回身一看，只见他父亲身穿着灰布的夹裤袄，嘴里叼着旱烟袋，迈着大脚步走过来了；他肥大的脑袋，宽阔的紫脸，苍白蓬松的连鬓胡，又高又肥的身子昂然直立着，直跟一只巨象似的。而且这几天来他就没有笑容，如今更为可怕。

他不看儿子，却先看那几匹马，就说："养活这些匹马干吗？有人牵了来就买，买了来又没用；将来越聚越多，又不叫它们下田耕地，岂不是养一大群废物吗？再说，我看这些马，没有一个看得过去的，毛三！"

他叫着那个管马兼打更的人，就发号施令地说："明天把这些马挑一挑，留下两匹拉到田里去耕地，其余的一块都卖了。换来银子，我要把城里的财神庙修修呢。"毛三答应着。

韩铁芳在旁边一声也不言语，脸有些气得变了色。他父亲忽然过来拉了他一下，他觉得他父亲的力量极大，几乎把他摔了一跤，听他父亲说："你来！"韩铁芳就随着他父亲由偏门进到正院里。

韩家的院落空大,但人口稀少,鸟儿在地下啄着被风摇落的桃花,见了人来都不大躲避。西屋是铁芳之妹玉芳小姐的闺阁,有丫鬟在屋里说笑。东屋就是少奶奶的屋子,韩铁芳轻易也不到那屋里去。他随着他父亲进到了北屋。

北屋内供着佛,香烟缭绕,而屋中的器具陈设都很简单,只有几只锁得很严的大木箱和红木的大靠椅。韩老善人坐下,又满满地装了一锅子烟,打着了火镰,点着了抽。他慢慢地问说:"前天你说是你要走,可是,你现在拿定了主意没有?我的话你可别当作耳边风!走江湖,觅仇家,绝不是一件易事,别说你娇生惯养惯了,连只鸡你也打不过;就说我,我敢说我是川陕甘凉、青海新疆闯过了几十年的英雄好汉,手下杀……"

韩老善人瞪起两只大眼,流露出逼人的凶气,忽然又长叹了一声,脸上现出几条皱纹,竟又跟个老菩萨似的了。他的声音也缓和了,就摆动着肥大的手掌,说:"不行呀!黑山熊他神力无敌,武艺没有对手。当年我正年轻力壮,尚且斗他不过,何况你?"又表示出一种轻视的样子。

站立在他眼前的韩铁芳却愤愤地说:"儿子虽然不会武艺,但是这个仇,我也是决定要报!我的母亲临死之时曾对我说:你本来不是我生的!我本是一个仆妇,真正的太太,方二太太是被黑山熊给抢了去了,现在她三分是活着,七分已丧了命!……"

韩老善人才听儿子说到这里,就又暴跳起来,大声嚷嚷说:"她胡说!我想不到她临死时,还背着我跟你说那些混账话!妈的!……"骂了几句,他可又把声音降低了,站起身探着头,哑着嗓子说:"她不是你的亲娘,那为什么她是我的老婆,你是我的儿子呢?"

韩铁芳说:"据我想,她是我的后母,只可惜她临死时只说了那几句,她后来就不能说了。但爸爸你既不愿意告诉我实情,我也不愿问你,反正我是要到青海去找黑山熊,我要知道我的亲娘到底是生是死?有我那母亲临死时给我的表证在此。"说时他由身边取出一件东西来,原来是个桑皮纸的包儿,扁扁儿的。打开了纸包,韩老善人惊奇地瞪直眼睛,一看,原来却是个极平凡的东西,是一块三角形的红罗。一边是参差不齐的,好像是用剪子匆匆忙忙剪下来的衣服边,却还都镶着窄窄的花边,可见是由一件女人身上剪下来的。韩老善人就问说："这东西你是从哪儿得来的?这么一块破烂布,我怎么没见过这东西?"

韩铁芳有些悲伤地说:"这块红罗,我那母亲收藏了不止一日,她临死之时才将这交给了我……"韩老善人又愤怒地骂着:"妈的!这些年她连我也瞒着?妈的!"韩铁芳又说:"我那母亲说这是我亲生母亲的东西,她现在如在世间,她看见了这东西,就必能认我。"

韩老善人冷笑着说:"那你就把这块破红布,快些缝在你的帽子上吧。不然,你难道见了女人就掀人家的里边衣裳看?妈的,你那个死娘,临死还给你出这坏主意,你也真相信她的话?这几年也真难为你,藏着这块破布没丢,妈的!只不知她临死时告诉过你没有,我是你的亲爸爸不是?"

韩铁芳却摇头说:"她没说,我也不打听这些事,爸爸你既把我从小养大,即使不是亲的,这种深恩也是跟亲的一样。爸爸对待我的深恩我不会忘!我此去只是去访查我的亲娘生死,并去找那黑山熊!"说到这里,韩铁芳胸中的怒焰又起,又愤愤地说:"黑山熊掳去我的亲娘整整一十九年,并且连爸爸也不敢惹他,近日且听说他要来找爸爸?他来时必定没存着好意,还许想把我也掳走呢?不如我先找了他去!"

韩老善人却冷笑着,说:"现在我倒不怕黑山熊。他来了,我也不跟他拼斗,我只跟他去打官司。而且当年把好女人归他,赖女人归我,他还有什么不服气呢?"说到这里,他急忙又把话止住,似乎是自悔失言,而且对往事有些忏悔。

他长叹了口气,又坐下用力磕了几下烟袋锅儿,问说:"你知道黑山熊住在什么地方吗?"韩铁芳说:"最近我听说他仍住在祁连山阳。"韩老善人又问:"你是听谁说的?"韩铁芳迟疑了一会儿,才说:"这是听一个由祁连山来的人说的。"

韩老善人又问说:"你可知道祁连山有多么高吗?"韩铁芳摇摇头。

韩老善人把烟袋高高举起,说:"祁连山的高啊,令人不敢仰着脸去瞧!你看咱们这里望得着的嵩山,人说嵩山是五岳中的中岳,但你不知道,那祁连山比十个嵩山还要高。无冬无夏,那山上永远有雪,山路曲折,连一条宽平的道儿都没有。山南就是青海,那里住着喇嘛和许多番人,牛羊成群。咱们说的这种话,到那里无人能懂;咱们这点银钱,到了那里也算不着数。他们都阔极了,而且个个身强体壮,有的人且会妖术邪法,我的这点儿武艺拿到那里,一点儿也施展不开。山阴就是甘凉大道,那所在,在太平的时候也是非常难行,响马成群,武艺高强的人不计其数,你说的那个黑山熊吴钧,就是三十年来祁连山一带第一个大财主、第一位绿林好汉,由秦州、兰州、凉州、甘州起,直到新疆伊犁、迪化,北过长城,南到青海,提起来吴三太爷之名,无人不胆战心寒。假若在那里有人敢批评吴大太爷一句,立时这个人就得没命,因为那几千里之内的脚夫、车户、店家、酒保,所有的人全都是黑山熊的手下。黑山熊这个人,家住在哪一县都没有人晓得,也没有人敢说。不过当年我却见过此人一面,此人的年岁与我相差不多,但论起武艺来……"

说到这里,韩铁芳不由得注意往下去听,韩老善人却脸色变得惨白,他摇了摇头,说:"我真不是他的对手!二十年前,那时我尚跟你的二师叔同在一处,我们一同在青海一带做买卖……"韩铁芳就问:"做什么买卖?"

韩老善人摇手说:"这你不要问,你那二师叔名叫金刚跌赵华升……"说到这里,韩老善人的脸色忽然一阵煞煞的白。白了半天,他翻着两只眼睛,把黑眼珠完全翻上去,只露着两颗白眼珠,十分可怕。他就这样,呆子似的,又像老和尚念经似的,嘴里叨叨念念地说:"他是一条好汉子!武艺超群,生平没做过半件亏心事。他与我,跟你四师叔徐广梁,还有那瘦老鸦,我们不但是师兄弟,还是盟兄弟。可是现在,我们三个好歹还都活着,只有他死了,而且死得甚惨!"

韩铁芳听了,不禁皱了皱眉,又问说:"他就是被黑山熊给杀死的吗?"

韩老善人见问,当时并不答话,脸色却变得更为凄惨,眼里并且滚下几颗豆子一般大的泪水。半天他的黑眼珠方才渐渐地放下,点了点头,说:"不错,他死得真是惨!但也不能全怪杀他的那个人。"

韩铁芳却愤愤地说:"我虽没见过我那赵叔父之面,但我真佩服他,他必是一位正人君子、侠义英雄。想当年他们三人跟父亲一同结拜,虽不同生愿同死,你们在神前发过誓。现在他被黑山熊杀死二十年了,你老人家却在这里享福,竟把他忘了。我萧叔父来找你,要请你同去给盟兄报仇,你不但不管,反倒与他翻了脸,让他穷困在此地。几年来他饥寒交迫,你从来不看顾他……"

韩老善人一听儿子说话袒护瘦老鸦,就勃然大怒,霍然又站起身来,暴躁着说:"休要再提他!我知道他在这里装穷,诚心使我的面子难看!"

韩铁芳急急地说:"他怎么是装穷?他又不会偷盗,他哪里来的钱?"

韩老善人冷笑着说:"他只是不敢来偷盗我家罢了!爽快说一句吧,无论什么亲故,我早已一概不认了。但是如果有人来求我,不管他是多生疏,我都能好好待承他,花多少钱我也不计较。江湖的事儿我早已洗手不干,别说黑山熊只杀过我的盟弟,就是黑山熊曾杀过我的爸爸,我也不管他了。今天我跟你说明白了,我不是不许你走……"

说到这句话时,他声如霹雳,又大声嚷嚷着说:"我养你长大成人,为你娶妻纳室,钱由着你花,我待你并不算错。我,谁不知我柳穿鱼韩文佩?可是二十年来我都在黑山熊的眼前甘认低头,凭你,连鸡都斗不过的一个文弱书生,你敢去找黑山熊?"

韩铁芳也愤然说:"我一定要去!不但是为找寻我生身母亲的下落,报十九年来的欺凌侮辱之仇,我还要替我那二师叔复仇!"

韩老善人却冷笑着,眼内进出了凶光,点点头说:"好!随你去办吧!但是我告诉你,你若是敢走,或许不容你再回洛阳县,你就身首异处,那时你可千万不要后悔,你这爸爸可是救不了你!"

韩铁芳一听,不由打了一个冷战,因为他父亲说的这句话,分明是个严重的警告。他的脸色白了一阵儿,又把他父亲瞪了一眼,就见韩老善人坐在那把大靠椅上,又装上了满满的一袋烟,闭着眼睛微微地侧着头。韩铁芳觉得非常奇怪,不知他父亲为什么反倒袒护着黑山熊?而且他宁可杀了儿子,也不叫人去见黑山熊的面。然而,这样残忍无情的父亲如何能拦得住自己千里寻母的一片孝心?他遂将那块红罗揣在怀里,扭头就走。

他并不到他妻子的屋中去,却回到小跨院里。这院里只有三间房屋,这几年来全是他一个人住着。白天有小厮伺候着,一到天黑,他怕有人搅他睡觉,就把小厮也赶出去。他闭上院门,独自在院里,有时听他读书、吟诗、弹琵琶,有时又静静的,一点儿声音也没有,也不知他整夜是做什么事。

他的屋中，四壁都是图书，琳琅满目，但也挂着一口宝剑。普通读书的人都要有一口宝剑，为是镇邪，也绝无人想到他会武艺。剑旁并挂着一只琵琶，他本是个风流公子，声色犬马，无所不好。他又常出入平康，那琵琶巷里的妓女都会弹唱，所以他还请过一位教师，教过他几手儿琵琶。有时他也弹起来，据听过的人说，他比琵琶巷里的姑娘弹得好呢！但近日因为烦闷，此调也久已不弹了。

当下他回到屋中，就叫小厮给他开饭。匆匆用完了饭，就把小厮赶出去，将门闭好。他在屋中咄咄书空，时而发笑，时而顿脚，时而又把拳头向桌子上搔，如此直到了天黑。他的屋中也不点灯，他只焦急地等待着。

等过了初更，又等过了二更，这时外面天色已然漆黑，万点银星在那漆黑的天幕上乱迸。韩铁芳就将长衣换了短衣，扎束利便，将剑抽出插在背后，随后就出了屋。他从西墙一越而过，其身如燕，其疾如猫，四五年来，无人知道韩人相公竟有这一身本领。他一越过了这道墙，墙外就有一个人在那里等着他，这人就是打更兼管喂马的毛三。他可以说是唯一知晓他家大相公行迹奇秘的人。四五年来，每天是如此，一到了二更天以后，他就给他家的大相公完全预备好了。

当下他见大相公跳过了墙，就悄悄地走过去，低声说了一句话。韩铁芳点了点头，走到外墙的近前又一纵身，上了墙头，然后向下一跳，就到了庄外。他轻轻地跑了十几步，就在一棵桃树下找着了他的乌烟豹。解将下来，他先牵着慢慢地走，走出约半里，道旁已没有什么人家了，他就跨上了马，只用手向马胯骨上一拍，这匹马真好，当时四蹄飞起，发出清亮而紧快的嘚嘚的响声，不用怎样引导它，一口气儿就跑到了韩铁芳的目的地。

这里原是一片荒地，四周漆黑，连那摇摇如黑浪一般的麦苗在这里都看不见，只有孤零零的一间小草屋。屋里有一盏豆子大的绿色灯光，忽明忽灭的，好像是鬼火一般。这地方原来就是当地人所谓"鬼洞子"。韩铁芳来到这里，就跳下马来，同时把缰绳撒了手。他的这匹乌烟豹就别转脖子，噗噜了两声，转过头来慢慢走了几步，就去吃那地下的草根，韩铁芳却直走到草屋前低头进去。

屋里，炕上半蹲半卧的一个饿鬼似的人，就是那瘦老鸦。韩铁芳却开口就叫他"师父"，说："师父，我们真得走了，我想咱们明天晚间就走。马匹一切，到时候我一定都能给你预备好，咱们最好能在十天之内，就赶到祁连山！"

瘦老鸦这时却不像白天那样颓靡不振，如同个大烟鬼，又像是个叫花子似的；这时他的头发虽仍蓬松如乱草，但他的神气改变了，瞪起两眼来非常精神、英爽，且表现出一种坚忍不移的意志。他就说："我也想要走！五年来我把武艺传授给你，你已可助我去给我盟兄报仇，并去寻找你的母亲了。但你那伏地追风、腾步反舞几手剑法还没有学熟，如何能够随我去闯江湖呢？再说你那四师叔连支箭徐广梁也快要来了，我们还要共同去逼一逼你的父亲，让他也去帮一帮我们才好，不然那黑山熊实恐难敌！"

韩铁芳却摆手说："千万不要再提他，今天我们父子几乎反目！"遂把今天他父亲韩老善人所说的那话重述了一遍，瘦老鸦也不由吃了一惊。韩铁芳又说："我看他那样子，非仅是畏惧黑山熊，简直是袒护黑山熊。我只是纳闷，十九年前，不知道他们到底是怎么一回事？"

瘦老鸦说："十九年前，你父亲与你二师叔遨游至祁连山内，正遇上黑山熊吴钧和他的弟弟吴锡抢了一家官眷。你父亲与你二师叔就拔刀相助，上前与吴钧兄弟交起手来，你二师叔当场即死，你父亲也被杀得逃走；但是他救走了一个女人，就是你那死去的母亲秦氏！"

韩铁芳摇头说："我觉着这话不对，当时的事绝不是这样。"

瘦老鸦又说："这是你父亲自己对我说的，当时的事我们并未眼见。不过你父亲从那时可就成了家，把他救了的那妇人作为他的妻室了，同时他可也就有了你这个儿子。赶到过了三四年，才又生了你那妹妹。黑山熊也似是由那时候起就也洗了手，现在甘凉一带横行的却是他的兄弟吴锡，和他的儿子吴元猛……"

韩铁芳气得冷笑，说："那是自然，想那家官眷一定是连人带钱全都被他们分了，他们当然都各自洗手，享了福，充了善人了！"瘦老鸦又摆手说："也不是，黑山熊他这些年所以不再走江湖，并非是因为有了钱，有了美妾。"韩铁芳握拳愤愤地问说："那他为的是什么？他当了一世的强盗，怎会又洗了手？"

瘦老鸦说："江湖人都知道,黑山熊这些年徘徊于祁连山一带,连一定的住所也没有,就是因他惧怕一个人。"

韩铁芳又赶紧问："他怕的是什么人？请师父快些告诉我！"

瘦老鸦说："这个人是一个女的,原本是名门小姐出身,名叫玉娇龙,又名龙锦春。二十年之前,这人与李慕白、俞秀莲齐名,曾在北京干出过许多惊人之事,武艺之高,举世无匹。二十年来,黑山熊时时托人打听此人的下落,听说惧之甚深,可又不知是为什么缘故。"

韩铁芳听了,心中不由产生一种钦羡,便问说："不知道这位玉小姐现在还活着没有？"瘦老鸦摇头说："这可就不知道了！不过这个人已多年没有下落,因为她的兄长现在都做着大官,对这事也讳莫如深。此人是在北方还是在南方,并无人知道。"韩铁芳听了,默然了一会儿,心中却幻想着,若能得到这位女侠相助,能有多好！还愁不能把黑山熊捉住、杀死？还愁自己与母亲不能见面吗？

这时瘦老鸦也沉思了一会儿,就说："这样吧！因为前些日我听说黑山熊又派人来打听你父亲韩文佩的下落,也许他们还有旧债未清,他还许会找到这里来跟你父亲见上一面。如果他来到这里,我们就不必长途跋涉找他们去了,在这里就可把他收拾了；并不是为帮助你父亲,却还是为咱们这几年来时刻未忘的那仇恨！再说,你四师叔也将来此,他若来到,咱们又可得到一个帮手,凭咱们三个人的武艺,足可以应付黑山熊那一群。所以,我想咱们再在洛阳住十天,十天内他们若仍然不来,那咱们俩就走,先进函谷关。"

韩铁芳点了点头,说："就依师父之命吧！师父吩咐何时起身,我就何时跟随师父走,现在我把私事已全都安顿好了。"瘦老鸦忽然带着笑问说："怎么样？琵琶巷里你没有什么割舍不下的人吗？"韩铁芳的脸红了一阵儿,摇头说："没有！我出入琵琶巷,也不过是逢场作戏,并且我是要在那里认识些人,以便打听黑山熊的确实下落。"瘦老鸦点头说："我知道！我晓得！你家中的那位夫人也难怪你不满意。出去走走也好,一来办办咱们的正事；二来如遇江湖上的侠女或风尘间的标致姑娘,你还可以招一门亲事！"韩铁芳低着头，连连摇着。

瘦老鸦把他的肩头一拍，笑着说："你别以为这事情办不到，你还别不信，江湖间真有侠女。玉娇龙她现在就是活着也一定老了；假如你早生二十年，或是二十年前我有现在这样的本事，人物再像如今你这样的英俊，安知那时……"瘦老鸦说到这里，不禁眉飞色舞。他这人是严厉时极端的严厉，但一起玩笑来就忘了形，不顾什么长幼尊卑了。

当下韩铁芳觉得这样说是侮辱了心中所钦羡的那位过去的女侠，他恨不得闭上耳朵，不听他师父往下说了。可是这时瘦老鸦也没把下边的话说出来，就下了炕，又拍了韩铁芳的肩头一下，说："出来把那几手儿再练练吧！走到江湖上，武艺就是随身宝，须得都预备好了才能出门，不能临时现凑，到时现学。这几手儿'伏地追风''翻身反砍''腾步撩云'你若学得熟了，虽然未必能战胜当年的侠女玉娇龙，可是眼前那对头黑山熊，我包你足足能够敌得过。"说着，师徒二人就低着头走出了草屋。

韩铁芳自背后抽出了宝剑，剑身与天上的星光相映，闪烁夺目。自从瘦老鸦与韩老善人反目的那一年，他就已与铁芳暗中约好，每夜二更以后，就来此跟他学习武艺，右手怎样执剑，左手怎样捏剑诀，脚步怎样朝前进，身子怎样翻转，以及踢腿打拳，蹿房越脊。在四五年中，瘦老鸦已将自己三十年来所学的武技，一丝不遗地尽皆传授给了他，只是这最精巧的几个招数，他虽都已会使了，可是瘦老鸦觉得他运用得还是不大娴熟。当下在星光之下，由瘦老鸦指导着，韩铁芳就又舞起剑来。只见剑身闪闪，身随剑挪，砍、撩、摸、刺、抽、提、横、倒，割风撩月，起凤回鸾，眼视四方，身飞上下，一口剑舞得真是神出鬼没，风云变幻，使人的肉眼迷离。然而瘦老鸦竟还能挑寻出几个错处来，在旁改正着，又叫韩铁芳练了一遍，他才点头。

此时由天上星光的稀密来看，瘦老鸦就知道天色已过了三更，遂叫韩铁芳把剑势收住，说："不用再练啦，这几手剑法回去天天关上小院子的门熟一熟，也就行啦。无论你爸爸他怎样吵，你暂且都不要作声，反正刚才我也说过了，咱们至多在此再住十天。十天之后，连我也会叫洛阳城平常看不起我的那些人吓一大跳，叫他们都猜不透我这个瘦老鸦是何许人！"

当下韩铁芳又把宝剑插在背后，打躬向师父告别。瘦老鸦自己回到小草屋里,吹灭了灯。韩铁芳又牵过来马,骑上去就走。他依旧循着来时的大道,不多时就回到了望山庄。他的马还没来到桃花林下,就有一个黑乎乎的人影迎着他过来,并且走三步跳两步。这是特意约好的暗号,韩铁芳就晓得是毛三,下了马,将马交给他,自己就一直回返到庄内。

他仍是跳墙进去,但一进小院却非常惊讶,想起自己临走之时,屋中并未点灯,但这时屋内竟灯光荧然。他不禁吓了一跳,急忙自背后抽出宝剑,蹑着脚步走近窗前,扒着窗缝往里一看,见屋中只在桌上并摆着两只烛台,红焰呼呼地燃烧着,却没有一个人。韩铁芳又急忙回身到小院门前去查看,见门也闭得很紧,而且上下的插关还插得很结实,可见那个进屋点灯的人一定是越墙进来的。他忽然心里明白了,赶紧又挺剑进屋,四下查看,见屋中所有的东西全都没动,只是椅子旁边的地上留着两小堆烟灰,可见进屋来的那个人是在椅子上坐了半天,抽完了两袋烟才走的。

韩铁芳呆了半晌,旋又想:反正我已决定要走了,就是父亲知道了我会武艺,他又能将我奈何?于是他吹灭了一支烛,只留下一支,宝剑并不放手,出了屋子在小院里又练。室内烛光摇摇,院中剑光闪闪,天空星光烁烁。一直到星光渐隐,烛光渐微,韩铁芳这才收住了剑势。回到了屋中,上床傍剑,掩衾而卧,心中已然突突的,感到十分不安。

直到隔墙鸡声已鸣,窗上的颜色已发白,韩铁芳这才睡着。一觉直睡到正午,醒来后,他开了小院的门,小厮才进来。韩铁芳就问他说:"老员外昨天是什么时候睡下的,你知道吗?"小厮摇头说:"我不知道!"韩铁芳就叫小厮给他开饭。小厮去后,他就开了箱,又拿出一些银两和银票。少时,小厮带着厨役进来摆列茶饭,韩铁芳又叫小厮传话到厨里,立时给他备马,并说,还备那匹"雪中霞",因为"乌烟豹"昨日他骑了一夜,怕它太累了,所以他不忍得骑。

当时他用饭很是匆忙,仿佛心里有一件急事。吃完了,扔下筷子,他嘴里一边还嚼着饭,一边就叫小厮服侍他更衣。今天他所换的衣服与往日不同,穿的是一身青布的短衣裤,外罩着青布大褂,一洗往日的奢华,反衬出他人物更为英俊、精悍。

并且今天他带上了宝剑,他挟着宝剑出了小院就往外跑。不想他父亲拿着旱烟袋,那肥胖高大的身体,正堵住了二门。他不由得止住了步,他父亲却扭头看他,把身子斜了一斜,韩铁芳趁着这个隙儿低着头往外就跑。却听他父亲在身后愤愤地骂着,说:"瘦老鸦那王八蛋!教坏了我家里的人!迟早我非宰了他不可!"韩铁芳头也不回,话也不说,就急急走出了庄门。

此时那仆人长庆又牵着备好了的"雪中霞"候在门外,可是他站的地方离着门口有十多步远,仿佛他也怕被门里的韩老善人看见似的。一见了他的大相公,他就悄声说:"您快快上马吧!"还惊惊慌慌地不住转头去看。

韩铁芳把身边一口连鞘的宝剑挂在鞍旁,接过皮鞭跨上了马,却见旁边的短墙里,正有两个小姑娘笑颠颠地往屋里跑去,他不由得想笑。这时却听身后有人"哈哈哈哈"发出一阵狂笑。他吃了一惊,就见他父亲韩老善人已走出了大门,他身躯昂然地站立,手里拿着旱烟袋像拿着刀的姿势,瞪着大眼睛向他哈哈大笑,连长庆的脸全都吓白了,韩铁芳却愤然挥鞭去走。

马出了望山庄,田里有几个做活的人都带笑招呼他,他也没有看见。铁剑磨着铜镫,马蹄踏着泥尘,锵锵嘚嘚,有节奏地疾快地响。韩铁芳想着,将来马走祁连山之时,必也是这般情景。

此时他虽不顾得看旁边的东西,可是那桃花林的一片嫣红色,如美女的长袖,不住地从他的眼前撩着。他心中不禁生出一些轻微的悲感,就想:洛阳城什么都不好,只是有几个标致的妓女,第一个就是蝴蝶红……自己虽然觉得应当激昂慷慨,把事情全都办好,但究竟心中还是非常留恋。他紧紧催着马走,要以蹄声剑响这雄壮的声音,打破心中难舍的柔情。

马又到了东关了,只见瘦老鸦捧着一大碗热气腾腾的面条,正蹲在一家店门旁吃着。韩铁芳只用眼扫了他一下,便驱马走了过去。进了城,又见东大街那群雄镖店的门首站着许多人,有的手中提着刀,有的拿着梢子棍。韩铁芳就吃了一惊,马更发急,少时就来到了琵琶巷。只见这巷口今天也是特别的人多,拐子申飞率领他的七八个朋友跟徒弟,个个拿着木棍铁尺和明晃晃的钢刀。有个人且替申飞拿着他的那只三尺长、铁棍儿上边有个横梁儿的"拐子";申飞的双腿并没有残疾,可是他的拐子却是江湖驰名。

韩铁芳下了马,有闲汉将马拉了过去往远处遛去了。韩铁芳丁提宝剑走过去,悄声对申飞说:"预备一下,我看他们镖店门前的人可不少!"

申飞淡然一笑,说:"不要紧!独角牛他也知道我在这儿啦,所以他也得先斟酌斟酌才敢来,要不然能等到这时候?早就他妈的来啦!今天若能把他们吓回去,那我们还省了事啦。"一低头,见韩铁芳拿着宝剑,他就笑着说:"怎么大相公今天还带来了防身的兵器?"

他摆摆手,又说:"其实用不着!大相公您是千金之躯,我虽是个俗人,可是也懂得两句古语,俗语说:千金之子不站在……什么高山底下,我可不大记得清了!反正您跟他们合不着,别说您不会武艺,就是武艺高强,也跟他们犯不上。您到时千万别管,全都交给我们办。独角牛是个泼皮,我也不是个老实人,我们俩是乌龟抬轿子——硬碰硬,不定谁把谁碰碎了为止。您大相公千万别管,请您到胡同里边歇着去吧,红姑娘一定正在等着您呢!"

韩铁芳就向申飞等人拱了拱手,走进巷去。巷里,那卖花儿的人在地下蹲着,仰着脸望着韩铁芳笑了笑,叫声:"大相公!"韩铁芳见他的花篮里红紫缤纷,除了桃花、丁香,就是一种比桃花朵大且带着嫩绿的叶儿的"榆叶梅"。

往常在这琵琶巷至少有两个卖花儿的,他们在各妓院串一串,吆喝几声,便到巷口外一蹲,跟闲汉们谈天。各妓院里的姑娘要是想买花,自然会派人把他们叫进去。但今天也许都知道事情不妙,都不敢来了,只剩下这一个人,还是躲在巷口里。

韩铁芳身挂宝剑进了那家妓院,就见鸨母和伙计们也全都慌慌张张的,齐说:"大相公这可怎样好?独角牛把拐子申飞勾来啦。您没看见巷口外吗?他们都拿着家伙呢!"

韩铁芳连连摆手说:"不要怕,拐子申飞是个好人,刚才我问他啦,他说他今天勾了人来,是为来打不平,是为护着你们的。大概有他们在此,独角牛必不敢来;即或来到,也得叫他们打走。"又说:"你们放心吧!"

他往月亮门里就走,鸨母从身后追了过来,悄声说:"范大爷在屋里了，他本想待会儿就叫车来，把红姑娘接了出去，可是这么一来，闹得他们也不敢走啦！"韩铁芳听说范彦仁现在屋中，便止住了步，但屋中的蝴蝶红和范彦仁早听见他的语声儿了，就一齐迎出屋。

范彦仁是一个年在四十岁上下的文弱书生，身穿着一件灰色缎子的夹袍，腰间系着青缎带子，他向韩铁芳深深地打躬，往屋内恭请。蝴蝶红是满头的红绒花，脸上搽着很浓的红胭脂，上身穿着红缎袄，下身穿着裙子，真是做了新娘啦。她倚着门，情目流波地说："大相公请进，我们正候着您呢！"

韩铁芳拱手笑说："我正是给你们道喜来！"他被范彦仁、蝴蝶红让进了屋，一眼又看见了壁间挂的那副对联，就说："可以把这副对子摘下去了！"

蝴蝶红笑着说："我们还没顾得摘呢！今天由一清早起就忙，直忙到这个时候，心刚安定一点，外头可又……"

韩铁芳摆手说："外头的事你们不要怕，只要我一来到，就准保什么事都不会有。什么人，天大的胆，也不敢闹进这胡同来，我来……"又笑着向范彦仁和蝴蝶红拱手，说："我来此是专为给范兄台和嫂夫人贺喜！"蝴蝶红低着头说："不敢当！"

范彦仁又一揖到地，说："大相公这样慷慨好义，使我们……"韩铁芳一手把他拉住，一手向他摆着，说："不要再提！一件小事。只要我能看见你们夫唱妇随，花好月圆，白首偕老，我就很高兴了。"

落了座，韩铁芳又向范彦仁说："范兄虽然不认识我，可是在街上我却见过范兄，也托许多人打听过，深知范兄是一位老成的人，而且才学绝高！"

范彦仁又连连打躬，说："大相公太谬奖了！我来到洛阳本是投奔舍亲，舍亲是府衙中的幕宾。但是，不幸得很，我来到这里不到一个月，舍亲就被两江总督之处聘去。但在这里还有一两个同乡，他们就给我在府衙里安顿了一个很小的事情。我因所遇不合，自叹潦倒，就常常到这里来游逛，因此认识了……"他指一指蝴蝶红，又说："我虽爱花有心，但系铃无力。幸承大相公慷解义囊，助我二人成为夫妇，我夫妇实没齿不忘！"

韩铁芳又摆手说:"不要客气了!我只问你们夫妇将来还想在洛阳住着呢?还是打算往别处去呢?"

范彦仁说:"这件事我刚才也跟她商量好了,只是还要向大相公禀明一下……"韩铁芳正静着心要听他们的办法,忽见鸨母惊惊慌慌地跑了进来。她两眼发直,喘着气悄声儿说:"独角牛手下的人来了足有二十多个!都拿着刀枪,拐子申飞正在那儿拦他们,跟他们讲理呢!大相公,这可怎么好呀?"蝴蝶红跟范彦仁都又惊慌失色。

韩铁芳就摆着手,从容镇定地说:"不要紧,别怕!范兄你往下说。"

范彦仁吓得直哆嗦,眼睛不住地向屋门去看,就说:"我现在这里本来就是没有事,长此以往,一定也要受穷;再说如今又有了这件事,我更不能……"

这时鸨母惊慌地跑出去,又更惊慌地跑了回来,这回她并不悄声儿说了,而是扯着那只怪嗓子嚷嚷,头一句就是:"打起来啦!申飞拿拐子把人的头给打破啦!那个血呀,可真怕死人!"范彦仁吓得脸色惨白,但是韩铁芳却神色不变,依然叫他往下去说。蝴蝶红抖抖颤颤,鸨母把门敞开,直着脖子嚷嚷。别的屋里的妓女也都如受惊的莺燕乱飞,有的娇声嚷嚷着,有的由自己的屋里跑出来,跑到别人的屋里去躲藏。有的就拍着手儿说:"这可怎么好?待一会儿就许打到院里来啦!"有的彼此拉扯着,一半儿像怕,一半儿又像是有意装娇。

韩铁芳却不管不顾,又问范彦仁说:"你想的都是很对的!这地方你们不能再住了,只是你要带她往哪里去呢?到了别处是否有投奔?有着落?"

这时候范彦仁哪里还能答得出话来?他的脸色一阵儿发白,又一阵儿发灰。蝴蝶红在旁边是干着急,她此时与韩铁芳的关系不同了,所以也不敢说什么话。范彦仁结结巴巴地又说:"我想带着她,离开这个地方,到……"

忽然,又有两个毛伙计由外面跑来,急急地说:"大相公,您快拿出张名帖来,我们到衙门去叫官人去吧!"韩铁芳冷笑说:"我平日又不结交官府,官人们哪里能听我调动?"毛伙计说:"不好!独角牛虽没亲身来,可是他派的手下人都很凶,看这样子拐子申飞他们敌不过……"

正说着，那卖花的人又提篮跑进来，几枝桃花掉出了篮子，都顾不得捡了。他也惊喊："拐子申飞受了伤啦！"说着就往茅房去躲。韩铁芳的脸色一变，但仍然坐着不动。

此时外面一片吵闹之声，已然传到了门前，鸨母就给韩铁芳跪下了。韩铁芳这才愤然立起了身，随手抽出宝剑，一跃而出屋，就直往门外跑去。蝴蝶红追出屋来，惊喊着说："大相公！您哪能打得过他们呀？您还是不要出去吧！"她急急地追着，要把韩铁芳拉回来，毛伙计们也喊着说："大相公您赏给我们一张名帖，我们请官人去就得啦，您何必要自己出头呢？"

但这时已有两个独角牛的手下抢进来了，其中一个横眉瞪眼地说："姓范的在哪儿啦？我们倒要看看蝴蝶红的新郎官，他是怎么样个人才？"

韩铁芳横剑过去，说："休往里边走！"这两个人吓了一大跳，一齐止住了步，一个就笑着说："韩大相公，这件事您别管！您是个贵人，我们柜上跟您的几个柜上也都有来往，我们也知道姓范的那穷小子由窑里接姑娘，是借您的钱。"韩铁芳摇头说："这倒不是，范彦仁本来有钱，他们这件事是我做的媒，你们要是欺负他，就如同是欺负我了！"

两个人一齐摇头，同时可都发出了冷笑，一个说："没有的话！十年来我们跟您宝庄上从没有一点过节，无论怎么说，我们也不敢跟大相公翻脸。"另一个却跟韩铁芳发凶了，骂着说："你这小子快滚开！除非蝴蝶红是你的姐姐，你可以护着你的姐夫，不然，你娘的小子就休管闲事！"旁边那个又赶紧劝。

他们的身后又有独角牛手下的人打进来了，一共来了五六个。又有三个拐子申飞的朋友全都脸上带伤，奋勇地追来。韩铁芳却怒喝道："申师傅的朋友都请闪开！独角牛手下的小子都滚蛋！"他向来没有这样骂过人，如今他真气极了。

申飞的三个朋友一齐喘吁吁地躲开了，独角牛手下的几个人却都彼此相望着大笑。其中有一个黑大个，手持一杆梢子棍，他把梢子棍抖动得哗啦啦乱响，大声狂笑着说："想不到韩老善人的儿子会给蝴蝶红当叉杆！"

这人身后的另一个年轻汉子，也指着韩铁芳说："凭你这一阵风就刮倒的样子，我戳你一指头你也得爬下，你还敢耍着一口小宝剑儿，来跟我们发威吗？"

他一言未了，这里温如处子一般的韩铁芳，竟如虎豹一般凶猛了。他挺身前进，宝剑翻飞，几个人齐用刀棍上前招架，只听得"喀喀喀""呛呛呛""哎哟哎哟"一阵乱响，杂以惨呼声、大骂声，他只抢了十余剑，硬将五六个人齐都劈出门去了。那个刚才骂他给蝴蝶红当叉杆的人受伤卧在当院；那个说蝴蝶红是他姐姐的人是头向外脚向里地趴在门槛上，不住抽颤着，右臂已被斩断了半截，血水像小河一般顺台阶流下来。

鸨母追出来一看，就顿着脚说："这可怎么办呀？弄出人命来啦！哎哟我的妈呀！"其余的毛伙计，各屋中的妓女，连那卖花儿的，全都不敢出这月亮门了。

韩铁芳英俊的脸上却露出煞气来，双目炯炯发出怒焰，他的剑锋上已染了血，但他还怒犹未息，直追出了琵琶巷口。就见独角牛手下的那些人已都跑净，连受伤的几个都叫他们抢走了，地下却卧着拐子申飞跟他的两个朋友。

拐子申飞是左肩上受了一刀，虽然爬不起来了，可是他连眉头都不皱。一见韩铁芳来了，他就谈笑自若地说："韩大相公！这真是'真人不露相，露相不真人'。恨我肉眼凡胎，这么些年来，会没看出大相公竟有这身武艺？好！今天我申飞受的这点伤是值得！韩大相公总算是我的患难朋友了。可是，大相公，今天独角牛还没有出头呢！不给那小子一个亏吃，洛阳城就没有好人走的道儿了。你不去找他，待会儿他也会来找你，不如，大相公索性到群雄镖店的门前去骂骂阵，杀死了他，我拐子申飞替您给他抵命，我只要立时就出这口气。"

韩铁芳一顿脚说："好！"遂就先吩咐那几个伤得不重的人说："烦劳你们几位，把申师傅送回家去吧！赶紧请医治伤，无论多少钱都可以到我的柜上去拿！"那几个人齐声答应着过去把申飞搀抱起来。

那蝴蝶红从巷里跑了出来，泪痕已冲坏了她脸上的胭脂，她哭着央求着说："大相公，您千万别去啦！别弄出人命来！"

韩铁芳却摇头说："你不要管我！我也不能胡乱杀人，我只是非得把独角牛打服了，我心里才能痛快。反正，我学武艺的事如今也瞒不住人了，我倒要在我临离开洛阳城之前，将本地的恶霸土豪全都除尽！"说着，他轻轻一推，就将蝴蝶红推开，掖掖长衣，挽挽袖子，又说："你们快叫车去！快收拾东西，等我打完了独角牛就保护你们离开此地。"说着他提剑匆匆走去，蝴蝶红还在身后哭着，他也不回头。

他才走了十几步，就见那个熟识的闲汉牵着他的那匹"雪中霞"来了，见了他就一吐舌头说："我的大相公！你老人家快躲躲吧！待会儿就是官人不来，那独角牛可也得来。"韩铁芳愤然说："我正要找他去！"遂就抢了马骑上，连鞭子也不接，手里提着宝剑，一放辔就来到大街上。

此时大街上的人比往日多，但一见韩大相公催马提剑，满面的煞气，衣服上还沾着血迹，就齐都惊得止住了步，车也都停住了。韩铁芳的马尚未走到群雄镖店的门首，恰好那独角牛正走来，又不知他又从哪里勾来了十几个人，个个全都持着刀枪，由他率领着。

待韩铁芳的马一来到，独角牛就把刀向怀中一捧，左臂平抢了半圈儿，说道："站住！"冷笑着说："嘿嘿！这么几年我还不知道韩大相公会使剑，还不知道韩大相公原来在琵琶巷里还当着一份差事。早要知道是这么回事，刚才我就去了，何必叫别的朋友们受伤、吃苦？现在你来了很好，别叫旁人上手，咱们两人来斗斗吧！"

韩铁芳已跳下马来，挺身迎上，愤然说："好！好！别人都不准上手，只咱们两个斗斗！"独角牛摆手说："别忙别忙！你再听我说几句话！"韩铁芳点头说："好，你说！"

独角牛又把胳臂平抢了一个圈儿，向着在道旁围观的百十多个人说："请诸位睁大了眼睛看着，现在我要跟大相公比武了！刀枪无眼，难免死伤，我独角牛是久走江湖的，命本来就不值钱；他韩大相公却家趁万贯，这是诸位都知道的。如今我们二人动手拼命，可是不管谁贫谁富，刀剑之下绝没有客气。我们先说好了，一不惊官，二不动府。官人这时来了，我们作揖把他请回去；受了伤自己花钱治，丧了命也自家去买棺材，除非有一方叩头认了输，才能住手。他要是输了，我不许他再进洛阳城，只要他再敢进城，我就要他的命；我若是输了，我自己打断了腿，永远不保镖了……"

韩铁芳却一剑刺来了，说："谁听你瞎唠唆？打就是了！"

独角牛却又退后了一步，说："别忙呀！别忙呀！既是拼命嘛，那么我这口刀可又觉着不大合手了。"说着，从他身后头的一个人手中把兵器换了，换的是一杆丈许的长枪。这长枪本来是兵器中之王，最为难惹，而且最能制压短剑。独角牛原是想在兵器上占一点便宜，因为他也猜着了，韩铁芳平日不露形迹，今天突然显出武艺，而且把他刚才派去的那些人全都打了个落花流水，那韩铁芳的武艺绝非等闲，所以他处处谨慎，运用着心机。

刚才说了那些废话，也是为使韩铁芳平一平气，减低一点凶猛之气，如今他却要先发制人了。他站定了脚步，陡然抖起了长枪，向韩铁芳的胸前刺去，真如一条恶蛇一般。但韩铁芳用剑吧地一撩，他的枪尖就偏了，韩铁芳接着将剑顺着他的枪杆推去，极快，目的是要去削他的五个手指。但独角牛双臂高高抬起，身子向后连退，躲开了剑，一换手，向旁紧走几步，突地又抖起了枪花，使了个"凤点头"，打算将对面的剑法搅乱。然而韩铁芳一步也不肯让，剑随身进，一剑紧似一剑，独角牛只好用枪杆去迎剑，他的枪法却施展不开了。

他手下的伙计们拿刀驱开旁边围观的人，为的是腾出地方来好使独角牛施展开枪法。这些人齐都气势汹汹的，逼得一些瞧热闹的人都退出了两丈多远。这些人里有的是拥护独角牛这面儿的，齐都大声喊着给助威；还有的是认识韩家的和"义佩公"柜上的伙计们，这些人都惊慌慌地喊着："别打啦，别打啦！有事情可以好说好办！"但他们又怕受误伤，都不敢近前。

此时，圈子里的剑光枪影越杀越紧，如一条三尺长的白蛇在斗一条丈许长的黑蟒，嗖嗖嗖风声抖了起来，闪闪的剑锋和枪缨使人看着眼乱。独角牛的枪法，始终是被剑压着，虽然也抢得开，然而应付得却不够精密，常有破绽之处。韩铁芳的剑法却越使越熟、越使越猛，只见他疾如追风，迅若掣电。

前后交手不到二十回合，旁边的人谁也没有看出来是怎么一下子，独角牛就如同一块石头似的，忽然咕咚摔倒。他手下的人全都急了，一齐抢起刀枪，向着韩铁芳扑去。韩铁芳撤步倒剑，足尖点地，左膝稍弯，腰直胸挺,眼视四方,等待着这群人上来,只要有人再进前两步,他就要杀。

此时卧在地下的独角牛,手中的枪并未撒手,他用枪杆一拄地就站了起来,他那高大的身躯上血顺着左胯往下流,裤腿都染红了。他的大黑脸已变成煞煞的白,头上黄豆大的汗珠往下滚。他痛得瞪眼咧嘴的,加上他额间的那个疙瘩,样子真跟恶鬼似的,十分恐怖。他大声急喊着:"算了算了!我都不行,你们还送什么鸟命!算了吧!从今洛阳城的好汉,河南府的英雄,我让给他姓韩的当就是了!拿刀来!"

他挂着枪杆跳蹦了几步,由他一个伙计的手里夺了一口刀,就要砍自己的腿,以践将才的誓言。他的伙计一齐上前,把他的刀夺过去,把他的腰抱住。他的胯上剑伤极重,痛极了,他忍不住哎哟了一声,身子又向后一倒,被他手下的人抬起来送往他的镖店里去了。

此时围观的人,有的目瞪口呆,脸色都吓白了,有的却拍掌大笑,说:"痛快!洛阳城的这个魔王,算是被韩大相公打回去了!"人群之中忽然有一个人一跃而出,踏着连枝步儿直奔韩铁芳,此人是南方口音,说:"朋友你先别走,我要领教领教!"他把双手一拍,表示手无寸铁,挺腰站立,又现出他的气度不凡。这时旁边想要回身走的人也都不走了,人围得更密,大家的眼睛更发直了。

韩铁芳刺伤了独角牛之后,刚喘了一口气,剑尖才放下,才要转身去上马走开,不想又出来了这么一个人。他急忙又将剑撩起,以剑斜对着这个人要刺,这人却摆手笑笑说:"别动兵器!"

他又拱拱手,脸色沉下,腮下的黑髯不住地飘动,这人又说:"两下无仇,不必动刀动剑。兄弟自幼学武,近年来又下过一番苦工,如今是出来访友,路过贵处,不想就遇着兄台。常听人说洛阳城除了独角牛再无第二个英雄,我不信!我知道这地方还有几位老师傅,可是没想到此地竟有年少的英雄。刚才我看了半天,心中颇为钦佩。兄台既会使剑,拳法必然更是精绝,兄弟今天要冒昧一下,领教领教。请放下宝剑,跟兄弟我对一套拳;我若输了,虽不能像独角牛那样输腿,可是你打死了白打,来!指教兄弟吧!"

这人虽年已过四旬,但极为气盛,突地就一拳打来。韩铁芳却退后一步,冷笑说:"我跟你并不相识,斗什么气?"四周围就有人过来要拉他,不想这个人更逼进了一步,右手横挑,左手攻脐,好厉害的拳法! 但韩铁芳又躲开了,气愤愤地说:"我今天没有工夫,改订个日期,我们再比武!"不料这人更连进了两步,拳像铁锤,不住地左击右打。旁边看的人都不平了。

韩铁芳也真捺不住气了, 就把剑当啷一声扔在地下。他借势用手一粘,对方把身急忙一闪;韩铁芳拳又吐出,反进了一步。那人的拳势突变,发若疾风,同时脚起身挪;韩铁芳也拳法加速,捺颈抠裆捞脚抢腿,二人如双虎搏斗,两鹑齐飞。

相击约二十回合, 韩铁芳一拳搪在此人的胸上。这人的身子向后一仰,但他的双腿来得很便利,站得很稳,幸而没有倒下。可是韩铁芳已然得了胜,他拾起剑抓住马,骑上了向西就走,连头也不回。后面却有许多人议论着、乱笑着,并听那挨了一拳的人仍高声喊着:"朋友留下名姓! 下回再比……"韩铁芳哪管他说什么,催马飞似的又回到了琵琶巷。

此时巷里巷外所有受伤的人,都已被人抬走了,虽然地下还印着几片血迹,幸而没有死人。已有官人来此查看,韩铁芳就下了马,跟官人说:"因小事而相殴,各方都有两三个人受伤,都愿自己去调治,也不必惊官动府。下次我担保,绝不会再出这样的事,就完了。"官人们本来都认得韩大相公,不好伤面子,因此笑了笑,也就都走了。

韩铁芳看见这里已停着一辆跑远程的骡子车,他很喜欢,觉得范彦仁倒还很会办事,把马和宝剑都交给那闲汉,抖了抖衣裳,又进到妓院的里院。此时倒是十分宁静,他一进到屋中,见蝴蝶红仍然满面的忧容,见他来了,便翻着眼睛把他审视了半天。见他脸上身上全都没有伤,连衣服也没被人撕破,她便又噗哧笑了。范彦仁又打了一躬,说:"为我们的事,使大相公跟那些市井小人惹气,我们的心中真……"

韩铁芳又摆手止住他,一边喘着气,一边很快地说:"你们到底是打算往哪里去? 快说明了! "

范彦仁依然磕磕绊绊地说:"我打算,打算……只好上南京,金陵去,投靠我那个亲戚,以后再谋生计。"

韩铁芳点头说:"很好! 金陵是个富庶的地方,你到那里一定会大有发展。万一谋事不成,我望你赶紧携妻回乡去务农,或是随便择个城市,做个小本经营;千万别捧着你的书本死读,也千万别穿着你的长衫,自命为风流才子。还有,她……"他指着那别意黯然的蝴蝶红,说:"你一定得把她看作你的原配,当作你的贤妻!"范彦仁又一躬到地说:"这不劳大相公多嘱,我绝不会负义无情!"

韩铁芳又向蝴蝶红嘱咐说:"你也应当恭谨地侍奉丈夫,跟着人家好好过日子,要能受贫,要学吃苦,在这里所染的一些习气,都应当痛改。"蝴蝶红拿手帕擦着眼睛点点头。

韩铁芳见炕上的行李包裹等都已收束好了,就点点头说:"好!你们现在就走吧,现在天色尚早,出城还可以走一二十里,我可以保护你们一程。"

这时那鸨母又走进来了,拍着手儿笑说:"大相公,您的本事真大!"韩铁芳指挥着说:"赶快叫人来帮忙搬东西,范大爷跟范夫人即刻就起程!"鸨母扎着双手,说了声:"哎哟!"表示出又失望又难舍的样子,仿佛要哭。

韩铁芳由身边取出银票来给了她一张,她就笑了,说:"得啦!"走过去拍着蝴蝶红的柔肩,说:"也算是你的福气,也是咱们琵琶巷的一件体面事,咱们娘儿俩将来再见吧!等将来范大爷升了官,我再被一阵暴风吹到南京,那时我再给你们道喜去吧!一路平安!再见再见!到了那里,有顺便的人,千万要给我带封信!"

这时毛伙计们也都进来道喜,搬行李,并全以惊诧的眼光仰着脸来瞧韩铁芳。有人还说:"独角牛已经被大相公给打瘫了,还怕什么呢?范大爷跟红姑娘多住几天,找个饭庄子办办喜事,好不好?"韩铁芳却不许众人说闲话,只催着快往外搬行李。他又给了范彦仁两张银票,约二百两,并说:"这种票子往东至开封府,无论什么地方都可兑现。"范彦仁几乎要跪下叩头,连声称谢,韩铁芳将他拦住。

这时同院的姐妹又都来给蝴蝶红送别,屋门口站满了莺莺燕燕,有的把亲手做的花鞋赠给她,有的说着吉祥话儿,还有的带着妒意,说:"你是有福气啦!我们谁比得了你呢?"又有的自感身世,倚着窗子擦眼泪。蝴蝶红却悲哽不胜,泪眼时时望着韩铁芳。韩铁芳却是毫不动色,仿佛已忘记了二三载的花月柔情,他竟像是个铁石的人儿一般。

少时，行李都搬出去了，大家拥着范彦仁跟蝴蝶红走出屋去，蝴蝶红的两只手被鸨母和姐妹许多人拉着。韩铁芳此时已然走出了门，他忽见那个卖花的人又在巷口蹲着，篮子里的嫣红的桃花正如飘零无主的妓女；榆叶梅的红衣裳绿袄儿却又如新婚妇似的；丁香的深紫浅白，又带有一种闺阁气派，不，它更像一个才脱风尘、未减娇艳，可是神态已是很正经了的女子。

他俯身拿起两枝丁香来，给了卖花的一小块银子，回转身来，见范彦仁迈着方步在前走着，蝴蝶红低着头跟着他。那几家妓院的门首，都有人站立着以目相送。韩铁芳就把两枝丁香分开了，一枝白的赠给范彦仁，一枝紫的赠给蝴蝶红，并笑着说："我无物可赠，看这丁香还好，开得正旺盛，又鲜艳又芬芳，以此略表薄意，这也可说是'聊赠一枝春'吧！"

范彦仁又深深打躬。蝴蝶红的纤手拿着紫丁香，用眼波掠了韩铁芳一下，嫣然微笑着。韩铁芳一阵凄然，脸色也变了。那鸨母又跑了过来，把蝴蝶红的那枝紫丁香要过去掐下一小枝来，笑着说："我给你挂在衣襟上吧！"说着，她在蝴蝶红的红袄钮扣上挂了一小枝花，又瞧着笑着，直送蝴蝶红跟范彦仁上了车。

此时韩铁芳也骑上了马，宝剑入鞘，鸨母跟毛伙计们又都喊着："一路平安！"蝴蝶红扒着车窗向外点首，车轮就动了。这里有些人还在站立着、呆望着。韩铁芳又分给毛伙计们一些赏钱，才策马走去。

"雪中霞"在车后一箭之远，缓缓地行着，走过了大街，出了北门，范彦仁就下了车，又向韩铁芳打躬，说："不敢再劳大相公远送了。那独角牛已经受了伤，谅他手下的人也不会再逼迫我们了。我们现在已经离开了此地，就请大相公放心吧！沿途我们一定会托人给大相公来信。"

韩铁芳摆手说："不必不必！你们走后不到三五日我也就走了，将来咱们在异地再见吧！"范彦仁又深深地打躬，说："将来我们夫妇必报大德！"韩铁芳又笑着摆手，说："这话更谈不着。"

此时那蝴蝶红又从车上探出头，向这里来看，她强做出笑容来，其实掩不住她惜别的悲哀之情。韩铁芳又向蝴蝶红拱拱手，笑了笑，然后同范彦仁说："好吧，沿途须要谨慎，不到天黑就须投店。好，后会有期！"范彦仁又向他打了一揖,那里的蝴蝶红却用手绢捂着眼睛,退身到车里,范彦仁也回到车上走了。

韩铁芳在马上发呆了半天,眼看着渐走渐远的车身、渐红的云霞、渐渐发出金光的滚动的麦浪、和远处渐渐变成紫色的桃林,心中惆怅了一番,忽然他疾转马头,抄着便道,挥鞭紧走,不多时就回到望山庄内。

第三回　散资财侠少走风尘
遭蹂躏村姑投古刹

　　庄里像是有什么事似的,个个人的脸上全都铺着一层惊疑之色,他们三五个聚在一起,低着声儿谈话,一见了韩铁芳,都招呼了一声"大相公",眼珠儿却翻着,望着他不住发呆。韩铁芳只和蔼地向众人点了点头,一句话也不说,下了马,将"雪中霞"交给了长庆。

　　可是他也顿然怔住了,眼珠也突然发直,因为他见门前的一根木桩子上拴着一匹马。马是黑色,不大好,可是自他小时起,他这庄子里就没来过别人的马。可以这么说吧,假若把他家里的十匹马一卖出去,他这庄子里,就连一点马粪都难得了。如今竟有外人的马来到这里,可真是一件异事。

　　韩铁芳正在想,这是谁来了呢? 没容他发问,那毛三就跑过来了,跟他悄声说:"刚才来了一位徐四爷,是骑着这匹马来的。那人有胡子,带着刀,见了咱家的老员外,一点也不客气,一见了面两人就吵。后来瘦老鸦萧三爷又来了,帮助那个人气咱们的老员外。他们说的话我虽听不懂,可是大概也不是什么好话……"

　　韩铁芳不容他说完,就赶紧问说:"现在他们走了没有? "毛三摇头说:"都没走! 待会儿就许打起架来。大相公! 您想想您是进去给劝一劝呢? 还是先……躲躲呢? "

　　韩铁芳又问说:"他们是在里院吗? "毛三摇头说:"哪儿? 咱们老员外不许人家进大门,把人家让到马圈里。现在三个人大概还在马圈里站着说话呢！不然我为什么不敢在那里边待着呢？"

韩铁芳听了这话，就急急地顺着便门走入了马厩，只见那四根石头马桩的旁边，他父亲韩老善人苍髯飘洒，怒目圆睁，正在那里愤愤地谈着。瘦老鸦坐在地下，他两手交叉着抱着他的瘦肩膀儿，仰着脸发着冷笑。另外的一个人是个背影，但韩铁芳往前走了几步，这人蓦然一回头，四目交射在一起之时，韩铁芳吃了一惊：原来这人正是刚才在城中逼着他比拳，后来也吃了他一拳的那个人，韩铁芳不由把脚步止住。

这人，也就是今天骑着马到这庄里来找韩老善人争吵的徐四爷。他黑胡掀起，满面笑容，迎过来说："好！好！你回来了！刚才在城里被你打了之后，我就问旁边看热闹的人，才知道你原来是我的盟侄，又是师侄。啊！真好真好！老贤侄你的剑法拳法，果然高强，想不到他……"他指指在地上坐着的瘦老鸦，说："想不到他竟会教出你这样一位好徒弟来，这真叫作青出于蓝……得啦！咱们先别撰文，反正猫儿虽小，它却会教出老虎徒弟。我就是你的四盟叔连枝箭徐广梁。自十九年前，你二师叔金刚跌赵华升丧命于黑山熊之手，我跟你的师父便发下大誓，立志要为二师兄报仇。我们在江湖走了十年，到处寻找，曾两次到祁连山，也没找着仇人黑山熊的准家。后来我们也不敢找他啦，因为听说他名头太大，武艺高强，他的兄弟、儿子和他手下的那些喽儿，个个都极为难惹。我们自知武艺有限，打狼不成丢一根杠子还不要紧，若是把命再送上一条，那才太不值得。所以我们二人商量好了，重新再下几年功夫，学习武艺。不瞒贤侄说，我是才练得自觉得可以敌得过黑山熊了，不想才来到洛阳，一遇到你的手里便先吃了亏。可是我并不因此灰心，我倒更喜欢了，本来我跟你师父，我们都不行了！都快老了！拳剑的招数虽说都懂，可是力气已弱，手脚都不大听调动了。我们也就只能教人，不能自己出场运用了，这就是俗语所说，有状元徒弟没有状元老师！我跟你师父今天前来，并无别事，就是叫令尊跟我们一同走，到祁连山畔为二师兄报当年的仇恨。并听说你的母亲……"

此时韩老善人已气愤愤地握着拳头走过来了，徐广梁却毫不介意，依然面对着韩铁芳说："详情也不必细讲，你也全都知道了，现在就是你令尊若是不愿意跟我们去，你就随同我们走。英雄豪杰讲的是大义分明，盟兄的大仇不能不报,你亲母至今仍在黑山熊之手,你若不急速去救那位老太太出来,不报十九年的仇恨,你也枉是男儿! 你打独角牛,打我,就是你把天下闻名的李慕白、玉娇龙,那些男男女女的英雄豪杰全都打败了,你也称不上好汉,抬不起头来见人。老贤侄,你当着师叔说一句干脆话吧,说!说! 说声走! ”

韩铁芳义愤填胸,几乎要跳起来,他点头说:“好! 我跟师叔……”他的“走”字还没说出来,韩老善人已“咚”的一拳将徐广梁打倒了。韩铁芳气极了,恨不得要抢拳打他的父亲,却见徐广梁在地下一滚便站了起来,顺手由腰间抽出了短刀。那瘦老鸦也挺身而起,跑了过来,抢拳对着韩老善人。眼看着这几十年的师兄弟立时就要反目、绝交、殴打、拼命了。一时的情绪极为紧张,韩铁芳居中倒很是作难。

不料韩老善人的脸紫涨了一阵儿,眼睛瞪了老半天,忽然又仰脸理须,哈哈大笑,说:“初生的犊儿不怕虎,鹌鹑还敢斗公鸡? 你们大概也不知道黑山熊是个何等的人,有何等的武艺! 你们只说我不敢替师弟报仇是因为胆怯,不错! 我是吃过黑山熊的亏,是不敢惹他,但是其中另有原因……”

说到这里,他那张宽阔的脸又变成了紫色,胡须越发抖得厉害。他又一笑,但这种笑却与刚才那种狂笑不同,是一种惨笑。他伸着大拇指说:“我佩服你们! 大丈夫应当替兄弟报仇,好男儿应当救母脱难,你们要走,对! 可是我不准你们走! 绝交,父子断绝,无论怎么样,我也不能准你们走呀! ”这句话他喊得声音极大,把嗓子都喊劈了。

瘦老鸦跟徐广梁,连韩铁芳都很惊诧,不由齐问说:“为什么? ”他们态度却都有些缓和了,觉得其中必然大有隐情,就把目光盯在韩老善人的脸上。韩老善人却又惨笑了一笑,点手说:“来吧! ”

他把这三个人带到那四根怪模怪样的粗笨的石头马桩旁, 韩老善人过去抱住了一根石头桩子,浑身用力,就像跟一个人打架似的,咕咚一声,就把一根石桩连根搬倒,地下的土掀起来很深,旁边的几匹马齐都惊奔。韩铁芳、徐广梁、瘦老鸦虽然都没往后退,可也都一齐变色。

老善人喘了喘,微笑着,嗓子更发哑了,说:“你们若有这样大的力气,才能……哼！也不配去找黑山熊！"他呼呼地吹着胡子，又腆起胸脯来，说："我跟你们说，明人不做暗事，十九年前的事情现在我自己招认，你们若有本事就随你们办，我早已想到有这一天！"

他重重地喘了口气，便一边翻着眼睛回忆，一边指手画脚地说："十九年前……那时我跟金刚跌赵华升分别以后，又在西安府重聚。因为各人手里有点钱都花光了，不得不再找营生。我们先在西安府保镖，因为干那事儿发不了财，我们两人又凑了一点本钱，走青海去做买卖，不想又做赔了，我们都弄得少衣无饭。

"新年正月，才降过一场大雪，我们路过祁连山，想到肃州去再设法谋生。那天我们俩都穿着破皮袄，背着各人的破行李，带着各人护身的家伙。走在深山里，赵华升还跟我说着笑话。因为我那时已经四十多岁，还没有娶过妻房，我时常想着发上一点儿小财，娶房老婆，他妈的这辈子就知足啦！赵华升他就笑我穷困到这步田地，还做这媳妇梦。他说他将来是一定去当和尚，就是积蓄下了钱，也必拿它救济穷人，或去修庙；他想做个善人，或当一个老方丈，我又笑他傻。我们俩正踏着尺多深的厚雪，往前走着，——祁连山的山路陡得很，并且曲曲弯弯的，不想他妈的对面就来了一群贼人。"

他缓了一口气，又说："贼人倒是不多，只他妈的有六七个，为首的是个歪脖子，原来那家伙就是黑山熊的兄弟吴锡。后来我才知道，他是勾串了一个赶车的，把一家官眷诱进了山。本想要打劫，却不料那赶车的慌了神，自己就顺着冰雪的高山坡子滑下来了，把车摔了个粉碎，赶车的也死了。这事儿咱可没看见，我们遇见的时候，吴锡率领着几个喽啰，提着人家的几只包袱，背着人家的两个婆娘，正在跑。赵兄弟一见，他就抱打不平，抽出刀来把那几个贼杀了个落花流水。吴锡也抱头鼠窜了。雪地上扔下两个婆娘，还有个小胖娃娃……"

瘦老鸦就扭头看了韩铁芳一眼，韩铁芳的心中是既悲愤，又感慨，钦佩师叔赵华升的为人。徐广梁在旁却冷笑着。忽见韩老善人用拳头向另一根桩上一擂，石屑纷落。他就又说："不瞒天，不瞒地，不瞒你们！我那时就起了歹心！那个年纪轻的是个官太太，什么官的太太咱可也记不清啦，我当时没顾得细问。她虽然脸上擦伤了点肉皮儿，有点血渗渗的，可是长得真好看，那小娃娃是她才生下来的儿子，我就……我就想跟赵兄弟把她们背走，一个人分一个。我自然是想要那年轻的，还想要那儿子；不料赵兄弟却跟我发了脾气，他要自己在那儿看守着，叫我出山去雇车，把人家平平安安送回家去。他那时候不放心我，怕他一离开，我就把两个婆娘全背走，妈的，我还不放心他呢！我们俩多年的兄弟，由那次起就反了目，现在我想起来也觉得不对。"

这时韩铁芳跟徐广梁还在出着神往下去听，瘦老鸦却愤怒起来，握着拳头，几乎要扑上韩老善人。韩老善人却又向石桩踹了一脚，石桩虽然没有倒下，可是地下已经裂了很大的缝子。

韩老善人的紫脸忽然渐渐变为灰白，跟他胡子的颜色差不多了，继续说："幸亏那年纪大一点的婆娘脚还大，她还能够走路；她姓秦，原是伺候那个官太太的。我就压着她抱着那小娃娃，我却背起那年轻的太太来就走。那个太太很听话，叫我背着，她连哭也不哭，她那使唤的人也乖乖地随我走。只是，我那二师弟却向我大骂，我也不理会他，我们就分途走了。我把两个婆娘跟一个小孩带到了山凹里，投到一个在山窟住的猎户人家里，我就在那里跟那太太成了亲。那太太对我没有别的话，她知道我是条好汉，她也明白她脱不了我的手，所以情愿跟着我好好地过日子，只是她求我得待那孩子好。这我有什么不高兴的呢？那孩子……"

他瞪着大眼睛望着韩铁芳说："那孩子就是你！"韩铁芳不由心中袭上了一阵悲痛，拭了拭眼泪。瘦老鸦却发急地问说："我二哥就从此跟你分了手吗？他后来就死于黑山熊之手吗？"

韩老善人靠着石桩喘气，摆手说："你不要急！容我慢慢地跟你们说，我一点都不隐瞒。"他出了长长的一口气，又急急地一句接着一句说："我带着两个婆娘在那石窟里面住了七八天，可就出了事。原来二弟赵华升他离开我，气走之后，独自去找黑山熊。黑山熊本来在祁连山鬼眼崖有一座山寨，手下的喽 一百多。赵华升找了他去，凭仗单刀几乎将山寨铲平。赵华升真是好汉子，武艺比我强百倍！他把黑山熊打得藏起来之后，就又找着我了，逼着我把两个婆娘放手，不然就要与我划地绝交。我当时没有话说，绝交就绝交，叫我舍了婆娘我可不能够！当时我就抽出刀来在雪上画了一个道儿，从此把同师同盟的交情割断。但是，赵华升却不是跟我绝了交就完了，他翻了脸，骂我是强盗，抢刀来砍我；我自然也不客气，就也拿刀相迎。我们在雪地里大战一场，四十余回合，杀得冰雪乱飞，天昏地暗。我不行，就曳刀而逃……"

他又连喘了半天气，嗓子更是发哑，说："我逃到什么地方去呢？我就也去找黑山熊。见了他，我请他相助；我说只要把赵华升打败，夺回来我的婆娘，我愿意入伙给他们效力……"瘦老鸦和徐广梁听到这里，齐都用鼻子"哼"了一声，韩铁芳也没想到他父亲在早先原是这样的一个卑鄙的小人。

又听韩老善人腆着厚脸说："黑山熊待我如同兄弟，答应助我夺回婆娘，并给我出了一条妙计；我就离了黑山熊的山寨，追赶上了赵华升。原来他正是要出山雇车，好送那两个婆娘到什么凉州府。我见了他就放声大哭，自认做错了事；他也流泪，依然叫我为大哥。我们两人就一同出山去雇车，随走随谈，恢复了旧交。还没有走出山口，黑山熊亲率喽啰赶到，自然我们俩得一同上前抵挡。赵华升刀法如飞，只顾了大战黑山熊，却没提防我自他的身后猛砍了一刀……"

他这话一说出来，瘦老鸦立时跃起，要扑打他，徐广梁也晃起了短刀。不料韩老善人又推翻了一根石桩，咕咚一声，使他这两个烈火暴腾的师弟，不由都向后退了两三步。韩老善人哈哈大笑，说："我早就想到你们早晚要跟我翻脸，与其叫你们去找黑山熊问明了当年的事，回来再跟我拼命，不如现在我就跟你们说出来！爱拼命咱们当下就拼。可是你们先得算计算计，你们有这石头桩子结实没有？能够奈何我不能？"

他喘了口气，又接着说："当时，我杀死二师弟之后，心里不是不后悔，结果也没落着好儿。因为黑山熊也是个好色之徒，他见了我那太太竟生了歹心，硬把我那太太抢上山寨去了，给我留下那仆妇和孩子。我去找他们不依，但我又不是黑山熊的对手，就只好认了倒霉。好在那姓秦的婆娘还不错，她抱着孩子跟我投到肃州，又奔到新疆，很受了一些苦。又过了几年，我就在玉门关外发了一笔大财，这笔财你们也就不必管我是怎么发的。我有了钱,更觉得我做的那事不对,我就搬到这里来,开买卖,置田庄,养老婆,拉扯小孩。秦氏跟我做了几年夫妻,又给我生了个女儿,她也死了,韩铁芳现在也长成这么大。我对早先的事简直都不敢想,想起来,我就恨不得杀了我自己。但我也不愿你们都知道此事,所以我也不许你们去找黑山熊。那黑山熊,听说他得了那年轻佳人之后,他也没得安居,因为这件事又与玉娇龙有关。听说在我们杀人争婆娘的时候,玉娇龙正在祁连山那一带踏雪搜找呢! 只是因为山太深,峰岭太多,她没有碰到我们。可是黑山熊却知道了,那家伙天不怕,地不怕,可真怕玉娇龙。从那时起,他就不敢在一定的地方住了……"

韩铁芳惊诧着问说:"玉娇龙与这些事到底是有什么相干? "

韩老善人狠狠地摇了一下头,说:"咱不知道! 黑山熊此刻还在人间不在,也不一定。街上传说他要来找我,那是我叫人造的谣,就为的是不叫你们去到祁连山。现在咱把话都说明了,你们爱怎办就怎办吧! 你们要想替赵华升报仇,不如就先动手杀了我,可是……"

他发出一声狞笑,用双臂又抱住了一根石桩,"咕咚"一声又扳倒了。但他已满脸的汗水,气喘得如老牛似的,嗓子越发哑。他走了两步,又抱住那只仅存的石桩,用力狠狠地拔、推、拽、摇,把他的两只棉袄袖头全都磨破了,并且自臂间流下血来,他还咬着牙拽着。忽然他大喊了一声:"开! "立时见地根裂了,桩子歪了,"咕咚"一声,连桩子带韩老善人全都倒下,那桩子正正压在他的肚子上。老善人又大叫一声,口中流出鲜红的热血。

韩铁芳、瘦老鸦、徐广梁齐都要上前将桩子扶住,但已然来不及,并且用尽他们三个人的力量也无法使石桩离开老善人的身。老善人柳穿鱼韩文佩,用力又嘶喊了一声:"你们来拼拼吧! "便由嘴中喷出满胡须满脸的鲜血,胳膊腿一阵抖动,两只眼睛往大了一瞪,便凝滞住了,立时就气绝身死。

此时徐广梁扔下了短刀, 瘦老鸦也垂下了头, 两人刚才还是气愤填胸,如今却都变得非常难过,非常丧气。韩铁芳刚才虽然恨自己父亲的残忍、卑鄙,但此时见老善人惨死,他也不禁念起了十九年父子之情和抚养之恩,所以他也不住以手挥泪。他们在这里闹得天翻地动,仆人、厨夫和打更的都早已因为害怕躲开了。这里的石桩子把老员外压死了，外边并无人知道。

韩铁芳哭了一会儿，便亲自到外边叫来了人。仆人、厩夫们连毛三都进来了，一看，不由得把脸吓白了，好在这时天色已渐昏黑，他们怎样的惊慌情形，别人也不大能看得清。这些人都以为这几根石头桩子是叫瘦老鸦和突来的那姓徐的暴客给弄倒了的，是他们把老善人压死的，所以韩铁芳叫人去把老拳师身上的石桩搬开时，那毛三就吐着舌头说："别搬呀，也是一件人命案呀！非得报报官，叫衙门里的人来搬不可，不然验尸官不能答应呀！"

韩铁芳却怒斥说："混蛋！胡说什么？快些，将老员外抬到房里去！"瘦老鸦又向韩铁芳说："这件事还是不要叫人声张才好。"韩铁芳遂又向这些人严词嘱咐，这些人更被弄得莫明其妙。大家费了半天的力，才把老善人身上压的那根石桩抬开了。几个人又往起来抬老善人的尸体，毛三点上了个灯笼来照着，将老善人的尸体抬到了正院的正房。

韩铁芳低着头，随着刚要进到正院，瘦老鸦却从后面一拍他的肩膀，悄声跟他说："我们要走了。你也不要忧烦，今天晚上你没工夫，明天晚上你千万到我那儿去一趟，可记住了！"韩铁芳点点头，又见徐广梁站在很远之处，发着呆似的，样子十分的抑郁。瘦老鸦又嘱咐韩铁芳把这件事得隐瞒下去，不必声张；韩铁芳又连连地点头，眼看着瘦老鸦那饿鬼似的影子，跟那嗒然丧气的徐广梁，一同出马厩的偏门走了。

此时暮色愈厚，天上星月耿耿，韩铁芳也垂着头进了北房。就见胞妹玉芳和妻子陈氏芸华，跟几个婆子丫鬟们，正围着床放声大哭，凄惨之声入耳。韩铁芳的心里一震，不禁又流下泪来，同时又想起几年前母亲秦氏死时的情况，不由就抚胸顿足地大哭起来。

他紧紧地抚着胸，胸怀里边就藏着秦氏临死之时给他的那块红罗，他因此更想起亲生的母亲，那个姓方的官太太。他想当年母亲在风雪荒山之中横遭污辱，终至于落在黑山熊恶贼之手，这些年……想到这里，他觉得都是为这床上的死老头子所害，他立时又忿然，对着床上的死尸已毫无怜惜，更认为十九年来的抚养之情也不能抵消他当年的罪恶。但是，他却又抑制不住紧流的眼泪。

室中的悲哀之声如潮水似的，高涨了一阵之后，又渐渐落下去了。韩玉芳小姐拭着泪，一边哽咽着，一边问她的哥哥，说："到底是怎么回事呀？爸爸他老人家怎么会叫石头桩子给压死了呢？"

韩铁芳皱着眉忧郁了良久，似乎忘了他妹妹刚才问的什么话，心中却想到了另一问题。他妹妹又向他问了一遍，他才说："是因为刚才来了爸爸的师弟，爸爸在人家跟前逞能，他……"说到这里，他心中又很愤恨，觉得唤那样的人为爸爸，实在是一种奇耻大辱，但是已经叫了这么些年了，他又不禁叹气，就又说："他在人前逞能，要显示他虽年老，还是力大无比，就将三根石桩都拽翻了。剩了最末的那一根，他就……被压死了！"

玉芳小姐听了又哭。那陈氏芸华在灯旁拭泪，灯光照着她的鬓影、悲容，韩铁芳的心里又不免有些惭愧。这个年轻轻的妻子，虽然姿色平常，虽然性情呆板，在自己的眼中她是毫无风韵，然而却也无失德之处。将来自己远走天涯，归期难卜，她可怎么办呢？韩铁芳就向他的妻子看了一眼，又对他妹妹说："你们也不必哭了。他老人家虽死得甚惨，但也不算是短寿。你们各自回屋去吧！我好叫人进来，给他收殓，好办理丧事。"

当下仆妇丫鬟们送少奶奶和小姐各自回屋，韩铁芳就把院中站立侍候的男仆叫了进来，取出老善人的一身新衣裳，给死尸换上。可怜韩老善人，衣服虽也有绸缎的，但都不合体。因为他近年来是日见肥胖，早先的衣裳都瘦得不能穿了；而最近半年来他又不常出门，只在家里穿着粗布的裤袄，结果是取了一件老善人没穿过几回的僧衣，给套在尸体上了。

给死尸换上了这件衣服，样子非常的奇怪，因为既不像僧，又不像道。上面是秃了顶的一条惨白的小辫，腮下是蓬松的带着血的长髯，虽然髯上的血已被仆人用水给洗过了，但仍有血从死尸的嘴里不住地涌出，灯光凄惨地照着这庞大而血光刺目的尸体，真令韩铁芳不忍细看。

天色已太晚了，也买不来棺材，尸身只好就停放在床上，由仆人换班看着。韩铁芳就回到他自己住的那小院，摸着黑进屋里点上了灯烛，想起昨天夜里他父亲竟在这里坐了半天，他依然发惊，并且觉得很奇怪，就想：以死者的那样神力，他身体虽然肥胖，尚能飞檐走壁，他竟会斗不过黑山熊？黑山熊的武艺有多高呀？他不由得对前途产生了一些凛惧，但是志已坚决，为寻访生母的下落，即使死在贼人之手也是值得的。

他在屋中站立着发了一会儿呆，听得春风微微吹动着窗纸，他又长叹了口气，想着蝴蝶红此时至少已走出二十里之外了，柔情已割，父义又绝；这家财都是死者不义得来的，自己一点儿也不能留，尽皆把它分散给别人，然后便远去不归。他因为这一天太激动了，所以十分疲倦，一着枕便睡着了。

次日清晨，家人们从城里买来了顶好的杉木十三圆的棺材，把老善人的尸体好容易才塞到里面。宅中的仆人多，大家一上手忙活，不到半天，连灵棚带祭帐就完全排设好了。韩铁芳拿出许多银子来，分散给众仆，把众人的嘴也给买住了。

洛阳城里的人虽然也都晓得韩老善人死了，可都只知道他老人家是在马厩里闲散步，栽了一个跟斗，中风死了的，并没有人知道石桩之事。远近的人一听老善人已死，真是如丧考妣，莫不叹息流泪，都很奇怪，为什么这样活菩萨一般的人，会活不到八十岁呢？

各柜上的掌柜的，当天都赶来吊祭，韩家庄子里顿然失去了平时清静的状态，立时显出来一种热闹、纷杂与悲哀的气息来。大相公韩铁芳虽然也穿上了白布孝衣，披上了麻，他却并不怎样哭泣流泪，只是忙忙碌碌的，叫来了几个柜上的管账先生，打算盘、记账，并不是记下人家送来的奠仪，而是叫人给他清点家产。大家只晓得韩大相公承受了他父亲的产业，而今后望山庄没有韩老善人了，是由韩大相公当家了，一切的人就对韩大相公更是逢迎得无所不至。

到了接三那天，亲友们全都来到了，其中竟有从好几百里地外赶来的。但是韩家亲戚只有两家，一家是登封县陈家，韩铁芳的岳父；另一家就是城中的刘财主，是玉芳小姐未过门的翁公。还有就是朋友了，韩铁芳所认识的少年公子也不少，但老善人生前只有一个朋友，这人是城中的富商，姓李，此外就再没有了；有的只是借此来巴结韩大相公的一些人。

接三完毕，韩铁芳毫不作声，把家里的全部财产也都核算清楚了。账一结，把那些算账的先生们全都吓了一跳，原来平日大家只晓得韩老善有钱,钱一年比一年来得多,可是都不知道确实的数目有多少;如今这么一清查总算,原来竟有七百多万两之多,其中包括着庄园地亩、头实和账款,家中所存的现金银倒还有限。

韩铁芳也诧异,不晓得他父亲一个在深山出没、关塞飘零的穷汉,怎么会发了这样的大财?更猜不出他父亲当年发这财之时,是做了什么样的一件大恶?他愤愤地、慨然地就把七百多万两的财产分成了四份。将韩老善人在庄外松荫森茂的坟地里下了葬,与那秦氏合葬之后,韩铁芳就将亲戚朋友,以及全村的父老全都延请至庄内。他先对众人说明了,自己在三日之内就要出门做一番壮游,十年八年也恐怕不能回来。

他这些话才说出来,他的丈人登封县的陈绅士就立时急躁起来,跟他翻了脸,说:"你要走?你就把我的女儿抛下了吗?这几年你虽不理我的女儿,可是你总还在家,我没有话说。以后你一走,不是就让我的女儿守了活寡吗?"

韩铁芳急忙摆手说:"请岳父不要着急,听我详陈!"他岳父说:"你快说!你快说!反正你想把媳妇抛下了一走,那是不行!绝不行!咱们可得请出人来说一说了!"

旁边的亲友父老也都一齐来劝,都说:"你父亲一死,家产全归你承受了,你又没有三兄四弟,以后柜上的事跟庄子里的事,不是全都仗着你了吗?你要是一走,这个家可就不成个家啦!再说,在家千日好,出外一时难,你在外边又不认识人,又没有什么要紧的事,何必呢?"

众仆人们一听大相公要走,就像是他们的饭碗要飞了,也一齐用乞怜的眼色望着他,都说:"大相公您要是一走,我们可就都没有倚靠啦!"恨不得都要跪下求大相公打断此想。

韩铁芳又摆手说:"不是!你们都听我细说。我走了并不是永远不回来了,只是不能预定几时才归。男儿志在四方,不能为家室所累。我年已二旬,足迹尚未出洛阳城,一想起来,我就惭愧。所以我想拿出二年三年的工夫,要游览尽天下的名山大川!"

他这话一说出来,就有人点首,觉得这也是一番壮志。有钱的人嘛,出外去游历游历,开一开眼界,也是一件好事。有几个仆人又都转愁为笑,说:"我们也跟着大相公出门开开眼去吧?"

但韩铁芳的岳父陈绅士,却仍然跳起来喊着说:"不行!不行!你走了家里谁来管?你不能走,我不许你走!"

韩铁芳却深深一揖,说:"我走之后,家中一切之事全都托付给岳父,有四百万两银子的财产随岳父管理。我可以把账跟几颗图章立时就交给岳父。自然,岳父还要操持着自己的家,这里只派个亲信的人来照料就行!"他的岳父,那老头子一听了这话,倒不由得呆了半天,直吸气,仿佛有些发愁似的。韩铁芳又说:"岳父可以暂将女儿接回去,或是将我的岳母接到这里来住,在此照应着,也可以。"

他的岳父就点头说:"其实这也没什么的,明儿我把你大舅子接到这儿来,照应着城里的买卖跟附近这些田地,可也能行!只是我盼着你别在外边耽误时间,一年两年,或者三年五年,总是快些回来方好!"韩铁芳点头,敷衍着说:"那一定!"

他心中松了一口气,旁边的仆人们却又在悄悄地焦急地交谈,韩铁芳又说:"至于在我这里多年的人,我走后也得托付多多照应,我拿出一百万两!"他伸出一个食指来,一群仆人都直眼看他这手指头,韩铁芳就高声说:"这一百万两拜托李老伯代管,存放在李老伯的铺子里。只要是这里用的人,不愿再干了,可以去领二百两银子另去谋生;若是还想干,那就得比我在家里时更勤谨、规矩,每年每人给二百两银子的赏银。"仆人们都喜欢了,有的就忍不住要笑。

韩铁芳就又打躬托付那李富商,说:"老伯是我父亲生前第一好友,这些钱存在老伯之处。请逐年赏给我家里的用人。并且凡遇有怜孤恤寡诸善举,请老伯就由此项钱中提出些去帮助他人。"

李富商笑着点头,说:"你放心吧!一百万两银子足足能把你用的这些人养老。行善事?我替你行一辈子善,也准保花不完!"

韩铁芳又向旁边的刘财主拜揖,说:"我的胞妹已许配给尊府上的世兄,本订的是明春迎娶,因我父亲这一死,却又不能不移后些日子。我又是急于出外,也等不及办喜事了。这里留有二百万的田地和现银,都作为我妹妹的奁资,听府上随时迎娶!"刘财主当然也答应了。

当下无论是亲是友是仆人,无不露出笑容来,但有的笑过之后却又感叹着。只有号里的那几位先生,在旁边却都怆然地低声又谈着,因为韩家的财产是他们经手清算的,共合七百万有点零儿,而韩铁芳这么一分配,已然花去了一个总数儿,他还能剩下几个钱呢? 够他出去花两三年的吗?大家诧异着,可也不敢多言。

韩铁芳把所有的账本,连图章、折据、房地契、银钱的条子,全部分交完了,又拱了拱手,随后即转身回往他那小跨院去了。打更带看马的毛三,刚才那半天,只有他没说话,也没有太高兴,如今他却追着韩铁芳来到了小院里。他并不知道韩家家产的总数目,所以他想:大相公给媳妇一留下就是四百万,出聘个妹妹又是两百万,他这次出门,自己还不得带上个八百万九百万一千万的吗? 要是跟随他出门,还不是像跟个财神爷出门一样吗? 跟着财神爷的人还不是招财童子吗? 出去又玩又有钱可用,嘿! 还是跟大相公走的功臣,那谁还比得了? 还不得阔气? 不得成个小财主吗?

当下他就追着韩铁芳央求说:"大相公! 大相公! 您要出门可得带上我,您走到山南我跟着您上山南;您往海北,我就跟您到海北! 您遇见了老虎我打枪,您过河我背着。我才三十二,一天走个七十里还不算什么,您要出门也得用我这么个人,给您备备马,拿拿行李,唐三藏上西天取经,除了猴儿不算,还得带着个猪八戒呢! "

韩铁芳的心也被他说动了, 就想四五年来, 天天他给深夜备马于庄外,从来没有向人吐露过一个字,这个仆人倒很诚实,而且也真能受得住苦。他遂就点了点头,说:"我也想带着你走,可是我现在的家产都已经散尽了,已跟你是一样的穷人了,到外面去只能住小店、吃粗饭。"

毛三笑着说:"大相公就跟伍子胥似的,到了外边吹箫讨饭吃……"他打了自己一个嘴巴,又说:"我不该这么譬仿! 反正,我是大相公的一条狗,大相公往哪边去,我就跟着往哪边走。"说着他挺起来腰,表示一定要去,万死也不辞。

韩铁芳又说:"我想你还是在这里好,在这里又没有什么事,一年白拿一百两银子的赏钱。"毛三摇头说:"我不在这儿,在这儿不干事光拿钱,一定折受得我长瘩背,我不干! 大相公您别瞧我穷,一年一百两银子,在我眼里还不算什么事儿，我要跟着您出去开开眼，省得在这儿白天睡觉，夜夜刷马打更，跟鬼似的，连太阳都看不见！"

韩铁芳见他的言语很诚恳，便点了点头，说："好吧，那么你也去把随身的东西收拾收拾，明天一早咱们就动身。"毛三就蹦蹦跳跳地走了。

当日韩铁芳又往东关，资助了拐子申飞和那天为自己的事殴斗受伤的几个人，共银四百两。他又有个朋友，家境甚苦，他又去给了二百两。他到城里去向几家朋友辞行，许多乞丐都围着他要钱，他想自己离开洛阳之后，将永远也不能再亲手将钱施散给他们了，所以便把零碎的银子随手去扬。

及至他回到家里，一算手中实际的财产只剩了一百多两了。他的心中倒很是痛快，就想：父亲的不义之财已被自己散尽了，从此算是洗去了污名。这百余两银子，足够我至祁连山的路费，即使不够，也不要紧，我堂堂的男子还真能在外面饿死吗？当日他把行李都收束好了，睡了个很安适的觉。

次日一清早，毛三就来见他。毛三也换了一身干净的小裤褂，因为是要跟着财神爷出门嘛，他高高兴兴地问说："大相公！咱们什么时候起身呢？"韩铁芳说："待会儿就走，你快备马去吧！"毛三很脆快地答应了一声，又笑着说："我再告诉您一件事，瘦老鸦的那间鬼洞子可空啦！从前天起就没人看见他，不知他飞到哪儿找食去啦。还有，那天来到这儿惹咱们老员外生气，把老员外气死了的那个徐……"韩铁芳说："不要管别人的事，你就快去备马吧！"

毛三又脆快地答应了一声，出了屋门还回头找补了几句，说："那个姓徐的大概也早就离开这儿啦，这些日子没听说有人瞧见他嘛。还有，独角牛是再也爬不起来啦……"韩铁芳摇手逐着他说："快去！快去！快去给我备马！我要骑走那匹'乌烟豹'。"毛三就像一只鹿似的，欢跃着蹦出去了。

此时已诸事完毕，韩铁芳行意匆匆，亲友们及同庄的父老、城中友人和号里的掌柜们，都来给他送行。少时，毛三来报，马已备好，仆人争着将他的两只衣包和一口宝剑拿了出来。他的胞妹玉芳、妻子陈氏芸华都流着眼泪来相送，铁芳又向妹妹谆谆地嘱咐了一番，并向妻子拱拱手，脸上生出一阵感慨之色。

这是一个春风荡漾的清晨,庄内外的桃花都落了,柳丝仿佛比前几日拖得更长,燕子向天涯飞去,好像在替远行的人指示方向。韩铁芳出了庄子才骑上"乌烟豹",毛三也得意得像个跟班儿似的,骑着大相公的"雪中霞"。剑柄映着朝霞而生光,马蹄踏着落英而待奔,韩铁芳回首望着庄口的那一二百人,那些人都说:"一路平安!早些回来!"韩铁芳一抱拳,便转回脸来,挥鞭离去。两匹马一黑一白,顺着小径向西,曲曲折折地奔上了大道,他们就一齐加紧挥鞭,马蹄荡起了烟尘,不到一小时,就离开了洛阳的境界。

韩铁芳这次是初离家门,胸怀着寻母的一片孝心和找黑山熊拼斗的一股勇气,所以他将马催得很快。他虽然读过不少书,看过不少舆图方志之类,但他实在不晓得祁连山距此究竟有多远。他恨不得一天就出潼关,两天就过西安府,三天就到祁连山。"乌烟豹"的通身已汗出如浆,韩铁芳也不住地气喘,把毛三骑的那匹"雪中霞"丢在后面有半里多地。

毛三在后面不住地乱喊,并且尖叫着,韩铁芳就将马收住,喘着气儿等着他,回头去望,就见毛三跟那匹马简直都没有力气了,迟缓地拽着命似的往近爬着,半天才来到了临近。马站住了,咕噜咕噜地由嘴里吐白烟,毛三也上气不接下气地说:"哎哟!我的大相公……"他滚下马来,坐在道边喘吁了半天,才说:"大相公!您别这么忙呀,咱们出来是游山玩景来啦!"韩铁芳说:"谁有闲情游山玩景?你既是怕累,好在咱们才离开家不远,你就赶紧回去吧!"

毛三赶紧又摆着双手,说:"不,不,我这个人倒是不要紧,既是大相公给我脸让我跟您出来嘛,我就是累死,也活该!只是这两匹马,这么不喘气儿地直跑,我怕它们受不了。俗语说:好马跑不了三十里。千里驹也只是日走千里,要叫它一直跑,也是不行。您这两匹马不错,走到伊犁,花四百两银子也买不了这么好的马,毁了它未免可惜!"

韩铁芳听了这话,也下了马,珍惜地看着他这两匹马,就点点头说:"那么咱们就慢一点走,你不晓得我的心急!我是急着先要去会一个人,然后我们共同要办很多事!"毛三听了不免有些发怔,心说:大相公临出门时,明明是跟亲友们说,他是要拿出二年三年的工夫出外来看什么名川大山,现在怎么又变成要找人,要办事了呢?

他的脑筋一转,忽然自觉得猜出来了,心想:不必说! 大相公一定是有件心事。蝴蝶红跟他熟了一二年,他给拿出钱来赎了身,却送给范秀才当老婆,天下也没那样的傻人呀。哈! 我现在才明白,那不过是大相公变的一个戏法儿。在家里他既跟少奶奶不合,当然又不好意思往家里接窑姐,所以这才叫范秀才顶名儿,把蝴蝶红带到外县去等着他。他现在身边不定带着几百万两银子呢,到了那儿,还不重新立一番家业? 哈哈! 他现在已然把话露出来了,"会一个人",不是会蝴蝶红还是会哪一个? "共同要办很多的事",当然啦,盖庄子,置产业,那些事也不是一个人能办来的。范秀才只能给写写誊誊,大事还得由我给办,将来,我不就成了大管家了吗?

想到这里,他不由十分欢喜,遂就站起身来,把小脑袋一摇晃,说:"好吧! 那么我也不歇着啦,咱们再往下赶路吧! 既然大相公还要会人,还要办事,那我更不敢在路上耽搁啦,咱们就快点儿走吧! 大相公您放心,马要是跑趴下了,我就背着你走。"他就又骑上了马,精神百倍,于是韩铁芳也上了马,二人紧紧地前行。毛三一边挥着鞭子,一边脑子里梦想着,就想他们大相公若是在别处安下了外家,他也得买个老婆,脚儿多么小,脸儿要多么白! 可是也别太白了,太白就成了曹操了……他胡思乱想着,高高兴兴地抱着希望随他的大相公西进。

由洛阳往西去,便渐渐步入了西北的黄土高原。道路两旁尽是黄土高坡,连一块青石都看不见,上面的树木也很少。依着山挖成了一层一层的窑洞,居民就都住在里面。田地也都是随山势而辟成,麦苗儿都短稀稀的,远望着连点绿色都没有。

大路的右边是黄河,那条苍龙似的滚滚的河水,上面连船都很少。从河那边刮来的大风,挟着无数黄沙,打得人的脸上都怪疼的。毛三本来也是在洛阳城长大的,没往西边来过,如今看见了这一片荒凉贫瘠的景象,不由就有点寒心了,觉着别说大相公不打算游山玩景,就是真想游,真想玩,这里可也真没有什么游头儿,玩头儿。他有点趑趄,但仍耐着性儿随着往下走。

他们在路上找了个地方歇了一会儿，吃了点东西，再往西去。直到黄昏的时候，才来到陕州境内的一个小镇。此时毛三已然马疲人乏，心说：如果大相公要是再不在这儿歇着，连夜往下走去，那就真要了我的命啦！

忽见在小镇黯淡的暮色之中，几家小铺摇摇的灯光里，韩铁芳下了马就向人打听，此地是否是白庙镇？镇上刘家店在哪里？问话的时候，他的声音急快而宏亮，可见他此时是更有了精神。毛三就也高了兴了，心说：好啦！想不到原来不太远，蝴蝶红一定是住在那个店里面了！就是大相公嫌这里的地面小，不愿在这儿安家，还得往别处去，可是他们两人也得在这儿待几天，先叙叙旧情吧？并且想着：我天天听人提说着蝴蝶红，我还没见过呢，今儿倒要看一看。他遂就也帮忙打听那刘家店。

原来刘家店就在西边，走不到五十步就到了，韩铁芳将马交给了毛三，先走进了门去。毛三在外面拿着大管家的腔调儿，喊着："店家，把马接过去遛一遛！留点神，我们这两匹马可不同别的马，草里多拌点料，别给脏水喝！听明白了没有？"他抖抖衣裳，拍拍裤子，两条腿却酸疼。走进了店门，就见他的大相公已然进了北房去了。这儿的房子可真是又低又破，真不配作洞房用。

他来到了北屋的窗前，向里面叫了声："大相公，我把马交给店家啦！我在哪间屋里住呀？另找一间房子吗？"他眼睛看着窗上那一摇一摇的灯光，希望能听见屋里的莺声燕语，但是没有听着，只听韩铁芳说："你进来吧！"毛三倒觉着有点腿肚子发麻，心说：我见了屋里的蝴蝶红，应当叫她什么呢？叫她一声"少奶奶"，她一定喜欢。

于是毛三就把脸抹了一把，咳嗽了一声，开了门。进一腿在屋，抬眼一看，不错，灯光下除了大相公之外，还有一个人；然而这人穿着一件旧蓝布衣，头发很乱，脑袋像一个干梨，哪里是千娇百媚的蝴蝶红？原来是没毛儿少肉的瘦老鸦。

毛三不由倒吸了一口冷气，只见韩铁芳道："毛三！你也见过萧三爷，萧三爷是我的师父。从明日起，咱们跟随他老人家走路，沿途都要听他老人家的吩咐，不可违背！"

那位萧三爷沉着脸，瞪着眼向毛三看了看，又向韩铁芳说："问问店里有大屋子没有,叫他去住;为他单找一间房子,未免太费钱了。"韩铁芳就转头说:"毛三,听见了没有? 你去吧! 问问店家有大屋子没有。若没有,在马棚里睡也没有法子,你既跟我出来就得受点苦,在外绝没有在家里舒服。"

毛三瞪着两只眼,眼泪都快流出来了。他退出屋,又把嘴高高噘起,心说:倒霉! 怎么瘦老鸦又飞到这儿来啦? 有他在一块儿走,还有我发的财吗? 真倒霉! 只是大相公管瘦老鸦叫师父,凭瘦老鸦那样儿,会教给他什么呀? 毛三这时是又累又懊烦,就去找店掌柜的给他安置睡觉的地方去了。

这时候韩铁芳叫店家炒了两样菜,热了一壶酒,他就与瘦老鸦同坐在炕上,一边饮酒,一边谈话。瘦老鸦原是早来到这里的。在韩铁芳分散家财的前两日,他们师徒就暗中订好了,约在这里见面,共议西上寻仇之举。

瘦老鸦怀仇多年,欲将韩铁芳教成一身精熟的武艺,以做他的臂膀,然后好共同去找黑山熊,为盟兄赵华升复仇。而今韩铁芳的技艺已成,同时四盟弟连枝箭徐广梁也来到了,本来他们与黑山熊二十年的仇恨,就要凭一场拼斗来决定生死,却不料他们的大盟兄柳穿鱼韩文佩把当年的实情全吐露了,原来是他亲手杀死的盟弟,与黑山熊无关。瘦老鸦跟徐广梁听了真是气炸了肺。

但是韩文佩逞能去搬石桩子,一下又被石桩压死了。两人弄得是又气恼又悲伤,气恼的是韩文佩面善心毒,当年为要得到一个妇人,竟将盟弟杀死;悲伤的是四个人过去有三十年的交情,不但是师兄弟,而且还是盟兄弟,同在神前发过大誓,真是情逾骨肉,想不到结果竟是这样的凄惨。老大害死了老二,老三、老四又把老大逼死,这真叫拜把子的人伤心,叫江湖人耻笑。所以连枝箭徐广梁一懊恼就走了,临别时他又向瘦老鸦说:"从此我绝不再走江湖,要是再拿刀、打拳,就叫我烂手。"他走后,瘦老鸦也非常没精神。本来么,现在还去找黑山熊干吗? 黑山熊与我们还有什么冤仇? 仇人是大盟兄,可是大盟兄已然死了!

瘦老鸦本来也想走,找一座深山古庙去出家,可是又不放心徒弟韩铁芳。黑山熊虽非杀死赵华升的凶手,但确实是霸占了韩铁芳母亲的仇人,自己教会了他武艺,时时鼓励他去报仇、去寻母,如今自己忽然又不管了,未免不像个老师做的事。而且韩铁芳万一寻不成母亲，反倒在黑山熊的手下送了命，自己也得负责。所以他还得管。

当下瘦老鸦喝了一点儿酒，暮黄色的脸儿渐渐发了红，更显得有精神。他皱了皱眉说："早先的事情，我二哥金刚跌赵华升的事情，现在是都了啦！就是我见了黑山熊，我也不跟他再提。现在咱们西去，不为别的事，就为的是找你那生身的母亲。"

韩铁芳叹了口气，沉默了一会儿，便又愤然说："即使我母亲在黑山熊的家里，住得很好，她不愿同我走，我也必定将黑山熊杀死，才能消恨！"

瘦老鸦摇了摇头，连说："不能！不能！你母亲落在强盗的手里是不得已！强盗也不仅是黑山熊，连你那叫他十多年的爸爸，我尊他为二十多年的大哥也是强盗！如今，不是我灰了心，灭了志气，而是咱们走江湖的人应当讲理，只要没有不共戴天之仇，就不可以下手杀人。黑山熊不过是一个强盗罢了，与你也不算是什么深仇大恨，而且据我想，你的母亲现在也未必还活着。"

说到这里，就见韩铁芳的眼里滚下了泪水，面容也十分的悲戚，可见母子的感情原出自天性。瘦老鸦就又叹着劝慰他，说："你也不必烦恼；只要你的母亲尚在人世，你们总能够见得着。这些年来她也一定很想你，黑山熊若是肯放她随你走，那咱们无话说，不能再细算过去的账了；若是他不肯，依然是他那强盗的脾气，那徒弟你也放心吧，我一定会帮你杀死那黑山熊，救你的母亲逃出贼窝！"

瘦老鸦说了这几句话，见韩铁芳愈是伤心，愈是悲戚，他就将腰直挺了起来，把一盅酒一饮而干，握着拳头说："徒弟！才出了家门这几步，你先发愁那还行！如今的事，救母当然是第一，可是你也应当借此闯练闯练！今天不过才来到陕州，明天就得过灵宝。灵宝县内有一位老英雄刘昆，你应当去拜见拜见他，不然他要是挑了眼，就能叫你走不过去。还有，到了潼关你可得提防点张家二弟兄，张伯飞外号叫作老君牛，张仲翔外号叫仙人剑，都是当今有名的江湖好汉，结交了他们就诸事有益，得罪了他们就管包你时刻不安。

"进了潼关，第一须留心华山上的铁棍杨彪，此人有万夫不当之勇，手

下有一百多个喽 。再往西，霸桥镇上有一位大侠客，名叫吕慕岩，是十年前关中道上的大镖头，使着一对护手双钩，人称他为钩侠。不过这个人倒很和善，你走到霸桥只要别狂，别张口说大话，就是走在对面你不理他，也不要紧。过了霸桥二十里便是西安府，那里的豪杰可就多了。东关里的镖店就有七八家，著名镖头不计其数，如方天戟秦杰、钩镰枪焦衮、铁臂罗汉马如骧、金太岁余旺、托得塔李平、扳倒山陶俊。还有长安三霸：金霸王高越、银霸王侯雄、铁霸王窦定远。这都是江湖驰名的英雄，一方的财主、绅士，同时也都是杀人不眨眼的魔王。再往西，武功扶风一带又有岐阳双杰，进甘肃有陇山五虎，兰州城里有豹子崔七，凉州又有镇凉州朱逢源，在那里就可以闻得黑山熊的威名了。假若你寻不着黑山熊，再往西，那可就得出玉门关，过沙漠。二十年来无论是多么大的英雄好汉，一出了玉门关就不敢逞强……"

韩铁芳越听越发怔，听到了这里，就不由问说："为什么？"

瘦老鸦脸色一变，将声音压得低一些，说："这件事我也跟你说过了许多回。二十年前北京城九门提督玉大人之女玉娇龙，因父病还愿投崖而死，可是有人说是那玉小姐实在未死，只是下落不明。最近我听徐广梁说，玉小姐当年是走往新疆，在沙漠草原无人之处隐遁了。因此，由黑山熊起，江湖人只要往西去，就都个个相戒，都怕遇见她。因为听说那位玉小姐的武艺，是由九华山哑侠门中学出来的，比江南鹤、李慕白还要高出一头，真可称是神出鬼没，虎跃龙飞，换月摘星，追风入地，推山倒海，变化不测，无人能挡，无人能敌，所以个个一闻她名，便先丧胆。连我也是如此，要不然这些年我也不至于隐没不闻，实在也是怕遇见那位玉小姐之故。其实我不做非法之事，也得罪不着她，但听说她的脾气最不好，睚眦必报，为一点小事就会杀人。现在说这些话，也不是要打消你的锐气，就是为告诉你，走江湖绝非一件容易的事，遇事处处都得小心谨慎，遇人时时都得斟酌打量。俗语说：'在家千日好，出外一时难'，尤其你，在家中娇生惯养，使奴唤婢惯了，你说个对，别人不敢说错；出了门可就不行，谁对谁都没有客气，你强，别人还比你更强！"

瘦老鸦话如连珠，一句跟着一句地说了出来，两只眼睛瞪着在韩铁芳的脸上转了一转,嘴角又露出点冷笑。他想着韩铁芳一定会垂头丧气,可是见他却是态度平常,一点也不在意的样子,瘦老鸦就又说:"只要能时时谨慎,便不会出舛错,千万可别逞强。因为咱们这点武艺,在江湖上是比下有余比上不足。尤其你,那几手'伏地追风'‘翻身反砍’还没有练熟,徒有点力气跟聪明,绝胜不过老江湖。"说着又饮了口酒。

韩铁芳却微笑着,说:"我出外本为找的是黑山熊,与别人都无干,我不欺人,谅别人也不会来惹我。"

瘦老鸦摇头说:"那可不一定,江湖人哪能个个都讲理?横着膀子撞、骑着没笼头的马瞎撞的,有的是。还有一种江湖人养的没规矩、没廉耻的丫头,自命为女侠,看见了你这样子的小白脸,她们一定会霸占!"说的时候,又看着徒弟微笑。韩铁芳却愤愤地说:"管他呢,我们走我们的路就是啦!等遇见事情的时候再说。反正,师父你放心吧,在路上我一定处处听你的话!"说毕,他就用个包袱当作枕头,倒头睡下。

瘦老鸦坐在一旁还是饮酒,少时,他隔着窗户,又跟站在院子里的店伙说了几句话。原来他跟这家店房很熟,所有店伙的姓氏排行,他都叫得出来。他先问:"给我们的那个人找着睡觉的地方了没有?"窗外的店伙答道:"大屋子没地方,我把东屋里地下的那块铺板让给他啦,饭他也吃完了。"瘦老鸦又问:"马呢?"窗外答:"三匹马都在棚里,都喂过了。萧三爷您是明天天亮就起身不是?绝耽误不了您!"瘦老鸦笑了笑,又叫说:"程二!"窗外的伙计答应着,瘦老鸦又问说:"广达镖店的镖车今儿走过去了没有?"窗外的伙计答说:"今天没看见,也许是没走这股路。"瘦老鸦点了点头,说:"好吧,没什么事啦。明天早一点给我们烧饭!"外面又说:"误不了。"足音响了几下,人就走了。瘦老鸦自己又叨念了几声,也不知道他说的是什么。他就下炕去,关好了门,待了一会儿,他噗的一声将灯吹灭,就也倒到炕头睡觉了。

此时韩铁芳并未睡着,因为他觉得身子下的土炕是又硬又凉;而瘦老鸦的两只脚,更发出一股臭气。今天他虽因在路上太累了,吃不下什么东西,可这股臭气还是熏得他直反胃。风一阵阵地摇撼得纸窗乱响,像是什么书上记的那些怪异之事,有个妖怪要驾风而来,要破窗而入似的。

这小村茅店中的夜，简直不是"一刻值千金"的春夜，墙外的梆子声梆梆地响，声音十分凄凉。远处传来一声犬吠，近处的狗也都随着乱叫起来，大狗汪汪，小狗吱吱，仿佛大锣小锣一齐鸣，半天不止，搅得韩铁芳的心更乱。此时，瘦老鸦所说的那些英雄人物，又仿佛一齐出现在他的身边，那些人都成了黑山熊的党羽，团团地把他给包围起来，他要抽剑去奋勇迎战……

他又想着生母方氏夫人，以尊贵之身，落于盗贼之手二十年，这二十年来她度的是多么惨痛屈辱的生活啊！不知那缺了一块下襟的红罗衫子，尚在她的身边否？母亲呀！……他抚着胸，身子压着剑柄，不由得心头一阵刺痛。韩铁芳又念记着明晨还要起身西去，在那强梁满地的路途上，精神若不振奋点，是绝不行的，所以他紧闭着眼睛，脑里绝不敢再乱想。

停了约一刻钟，耳畔的更声、犬吠声及风声就渐渐由模糊而归于宁静了，他第一次离家入了梦乡，睡得还很沉。及至被瘦老鸦唤醒，瘦老鸦问说："睡足了没有？收拾收拾东西就走吧！"韩铁芳睁开双眼一看，见窗纸上已现出惨白之色，便翻身坐起，揉了揉眼睛，觉得左边的臂痛，原来是宝剑在臂下压了一夜。他睡得沉，并没有觉得，可是这时十分的难受。

窗外的雄鸡扯着怪嗓子在喊叫，母鸡也跟着咕咕叫着。韩铁芳还觉着有些头晕，可是瘦老鸦很快地下了炕找着鞋，把屋门推开了。一阵春寒的晨风吹了进来，触到人身上如同冷水似的。瘦老鸦先跑到院中去了，屋门也没给带上，屋子里的臭气倒趁此散出去了。韩铁芳就也下了炕，揪平了衣裳，走出了屋。

只见天色即将黎明，星斗稀疏，残月倒挂，可是各屋里的人都已起来了。柜房里点着暗暗的灯光，有的客人已经背着鼓鼓的钱袋子，推着独轮的小车，往店门外走去。韩铁芳看了，不禁想起了"鸡声茅店月，人迹板桥霜"那两句唐诗，那诗里虽描写的是秋景，如今是春天，但自己的心境却很凄凉，与秋无异。又计程遐想，这时蝴蝶红随着范彦仁必已走出几百里地之外了，她必定也正在饱尝着茅店鸡声、晓风残月的客味，她的心坎里也必未将我忘记，她是一天一天地往东走，我却是一天一天往西去。当年旦夕相会，酒绿灯红，轻挑琵琶，私情密语；如今却相背着各分东西。他不禁感慨着，人生聚散实在无常，旧日的欢乐如今看来实如轻烟浮梦。

这时瘦老鸦忙忙叨叨地催着店伙去给他备马，那毛三也被他从东小屋里揪出来了。毛三仿佛站都站不住，两眼还没大睁开，不住地张着大嘴打哈欠，气恼着说："这才什么时候呀？还没打过三更吧？"瘦老鸦推了他一把，咕咚一声他就坐在地下了；一坐下他就索性不起来，还啊啊地打哈欠。瘦老鸦催着说："快点！赶紧收拾了东西，吃点什么咱们就走！"

这时厨房里风匣声呼嗒呼嗒地已响了起来。别的屋里有个才起来还没走的客人，高声唱着山西的"迷呼"调子："实可怜啊啊啊！母子们咦哟哟……"公鸡又扯着嗓子跟人比赛。门外已有骡车咕噜噜地走过去了。天上星月渐淡，东墙外新绿的槐树后已隐隐地渲起了一片淡紫的朝霞。

韩铁芳走回屋中，另换了身衣服，自己将随身的包袱系紧。他顺手拿起了宝剑，将剑身抽出半截来看了看，只见深青色的瘦剑，凛凛地发着寒光。他不由精神陡振，雄心倍起，暗想：母亲！儿就要凭仗这口宝剑，救你老人家脱出贼人的手中！又想起昨晚师父所说的那些江湖豪强，不禁发着冷笑，心说：你们都来吧，别看不起我初出茅庐，以为我武艺幼稚，只要有人敢袒护、帮着黑山熊，那我就凭此宝剑……他咬着牙，仿佛自己对着自己生气、发怒。

这时店伙已端进来两碗热气腾腾的汤面。瘦老鸦随着走进来，说："快吃了好走！今儿别等到天晚，能赶到灵宝才好！"他先拿起一碗面来，一边拿嘴吹着一边吃。韩铁芳将剑入匣，放在包袱旁边，瘦老鸦却拿筷子指着说："最好把那个东西裹在包袱里别露出来，你看我的家伙就永远藏着。走在外边，除非你是保镖的，可千万别露出兵刃来，不然无事也会有事。江湖人多半有点妒性，譬如在路上遇着一个会使剑的，他要看见你也带着宝剑，就不由得要生气，许找个碴儿要跟你比一比。尤其是宝剑这种兵器，会使的绝没有低等人；你若真遇上一位能手，出门没有三步，先摔了跟头，那可连我的名头也都坏了。"

韩铁芳觉得师父未免过于谨慎，可是又不能不听师父的话，便将剑插入包袱里，但剑柄仍然露在外边。他拿起一碗面来也吃了几口，店伙又送来洗脸水，他们草草地盥洗完毕，瘦老鸦就又嚷嚷着："快走吧！快走吧！"

外面的晓色渐开，鸡鸣已停止，鸦鹊却站在树上、房瓦上不住地乱叫唤。瘦老鸦大声催着毛三进来拿行李，毛三垂头丧气地进来了，还不住地打哈欠。瘦老鸦捶了他一下，说："昨晚睡了一夜，你这时候还困吗？"毛三也不言语，只管低着头，噘着嘴。

三匹马牵出了店门外，瘦老鸦看着那匹"雪中霞"不错，就把他的行李放在马上，骑上去了，把他的一匹黄不黄黑不黑的瘦马给了毛三。毛三敢怒不敢言，心里咒骂着：凭你瘦老鸦也配骑"雪中霞"！妈的，叫马摔死你！

三个人都上了马一齐出了这小镇，再往西去，韩铁芳是精神奋发，瘦老鸦却永远是那个样子，说他是没精神，可又有精神。他跨在马上，连腰都像是不能直，可是只要对面或后面有了车马或是步行的人来，他必要将眼睛往大了一睁，眼中射出一道厉光，仿佛一切都瞒不住他的眼睛。他能断定往来人的三六九等，并且听人的口音，看人的打扮，就能断出是从哪里来的，甚至于是往哪里去的。他一边走一边跟韩铁芳谈闲话，只要附近没有人，他就大谈其江湖，说他生平得意之事，及丰富的经验。

毛三在后面听着，觉得他是瞎吹，同时他心里既烦身上又困，满想着跟大相公出来享福发财，没想到又搀上一个瘦老鸦，比自己还穷，可是又比大相公还会发威。因为这几年他都是在庄子里打更，每晚将一匹马牵出去，到半夜再牵回来，帮他的大相公干那件秘密的事情已非一日，所以他养成了一种夜间不能睡觉，可是白天又非睡不可的习惯。昨天他连生气带地下凉，一夜也没睡好，如今在马上却觉得上眼皮跟下眼皮在一块儿打架，头发沉，耳朵发响，不住地打盹，有两三回都几乎由马上摔下来。

此时阳光已然升起，照着这一片黄土的大地、黄土的山，越发得黄。由黄河那边吹来的风沙，使人难以睁眼。韩铁芳是穿着一件蓝布的长衫，肩膀上已落了一层厚厚的黄土，一抖动便纷纷往下坠落。毛三的马在最后，前面的两匹马扬起来的尘土都往他的身上飞，他拿舌头舐了舐嘴唇，觉得满是沙子。走得快到中午了，他就又打了个哈欠，向前面说："大相公！咱们先找个地方歇一歇吧，我口渴啦！"韩铁芳说："你且等一等，只要前边有市镇，咱们就歇下用午饭。"

瘦老鸦却在马上回头瞪了他一眼，发出冷笑来说："才走了这么一点路,你就犯口渴,出门走路谁还能把家里的井带出来?"毛三说:"有点河水也能喝呀!"瘦老鸦用鞭向北指着说:"那边倒有黄河,那里边的黄泥汤子你能喝吗?"毛三叹了一口气,没有言语。瘦老鸦又说:"这才走到豫西,要是到了新疆沙漠里,走几百里也寻不着一滴水,你还不得渴死?"他哼哼地笑了两声,依然策马往前走去。

地势越来越高,前面的路又往一座土山盘上去了。韩铁芳见此地四顾荒凉,也难免觉得心里头不痛快,又想,玉娇龙一名门小姐竟能远奔异域,终身居于沙漠之中,可称得起是一位异人、一位奇侠。只是自己今生未必能够往新疆一游,而且玉娇龙是一位女侠,未必肯与我见面。不然我若能见着她,无论如何跪求,也要拜她为师,从她那学习几手武艺。他心中如此想着,瘦老鸦已在前带着他们登上了山顶,又将要顺着一股窄而陡的道路往下去了。

毛三迷糊着两眼,似睡非睡,他只觉得马直绕弯儿,而地下似乎坎坷不平,忽然听得耳边瘦老鸦喊叫:"留点神!"他吓了一大跳,急忙把眼睛开,一看马已到了悬崖上。他惊得失了魂,要收马已来不及了,马就一冲而下,越过了前面的两匹马,直如同飞似的下了山坡。

他在马上惊得大叫,瘦老鸦也急喊着说:"揪住缰绳!身子向后仰!"然而他这时手脚哪听使唤,这匹马颜色虽然不好,身子虽然瘦,可是瘦老鸦花了八十两银子在洛阳马店中挑来的,是一匹又便宜又老练的马,所以从高山上跑下来并没跌倒,也没把人摔下去,但是毛三脸色发白,气喘吁吁的。

此时却听旁边有人哈哈大笑,还有人骂着说:"笨蛋!连马都不会骑,还要由山上走抄近道儿呢?"毛三不由有点生气,瞪大了眼睛说:"我摔死了认命,干你娘什么事!"立时旁边有人叭地打了他一鞭子。他的脸一阵发麻,于是又破口大骂。却听轮响蹄动,许多车马走过去了,并有不少人回转着头一齐朝他哈哈大笑。

原来这山下是一股大道,由南北来的车马,都汇集在这里,才能一齐往西去。瘦老鸦是为抄近路,所以才由山岭上过来。此时毛三吃了一鞭,到底也没看清楚是哪个人打的他,他吓了一跳,又吃了一鞭,精神倒有了,又倚仗韩大相公的势力，追着人家大骂。

前边是三辆车、四匹马，车里坐的是什么人也没看见，可是骑着马的都不像是好东西。尤其是有一个……他不由眼睛直了。原来有匹跟"雪中霞"差不多的白马上，坐着一个年轻的娘儿们，不过二十来岁，脸儿很圆，黑中透红，颇有五六分的人材。穿的是小红袄儿、黑裤子、花鞋，头发上罩着块大红手绢，同着一个少年男子并马而行，也回着头不住向他笑。毛三不由得发了呆，心说：怎么？瞧上我了吗？莫非这娘们是看着我的马由山坡上飞下来，没把我摔下来，她佩服我的骑术好？于是毛三越发地逞能，将鞭子连挥，催着马向前跑，并且摇头摆脑的，恨不得在马上拿个大顶，好叫人家看看他的能耐。

这时瘦老鸦跟韩铁芳的两匹马就已跟上了，只见大相公也定睛向前去看那马上的妇人，瘦老鸦却低声说："这一定是个江湖女子，大概还是西路上的，你由她的鞋子样式就看得出来！"毛三更呆呆地出神，心说：江湖女子？什么叫江湖女子呢？不用说，一定比琵琶巷的那些人还下三滥，拿跑江湖的当妓女啦。看这神气可有点像，好人家的妇女哪会骑马，哪会冲着我龇牙？

此时瘦老鸦又骂了他一声，说："你要是再这样给我们泄气，我们可就要把你抛下，自己走了！"又抱怨韩铁芳不该带着这么个人出来，应该带个精明可靠的，能够吃苦耐劳的。毛三却暗撇了撇嘴，把瘦老鸦又暗骂了两声，心说：我要再不精明可靠，望山庄里就再也找不着第二个人了。这五年来，夜夜给大相公备马收马，不是我一个人？你他妈的瘦老鸦能知道？毛三愤愤的。见前面那骑马的妇人跟着那几个男子已经去远了，被黄莽莽的土山给遮住了，他又不由得有点失魂丧魄，没有了精神，眼皮又要往一块儿打架；看看眼前的一截路倒当平，他又在马上打起盹儿来了。

三匹马往前走，又走了十来里地，就找了个村镇吃午饭。这村中有几株桃树，已然凋谢了，落英铺在黄土地上，更显得萧条。韩铁芳面无欢容，只是专心吃饭，瘦老鸦还要了一壶酒慢慢地喝着。毛三是吃完了两大碗半汤面，满头是汗，趴在桌上就睡。他做了个梦，梦见大相公赏了他两个元宝，他娶了一房媳妇，可惜屋子里没有炕，得趴在桌上睡。忽然他又被瘦老鸦捶醒,睁开眼睛一看,大相公正在数钱给饭铺。他见大相公的小包袱里只有几张票子跟那一点银子钱,就不由得寒了心,心说:莫非大相公只带出来这么点钱吗?绝不可能呀!也许是不愿意露出来叫瘦老鸦看见吧?他又看了瘦老鸦一眼,却见瘦老鸦虽然喝了一壶酒,可是脸不红。昨天晚上也没见他怎么大睡特睡,可是永远有精神的样子,永远心急着,催着人快走。

他们出了饭铺,又都骑上马,毛三走了几步就又在马上打起盹儿来,他也是练出来了。早先他一夜不合眼,白天非睡不可,可是白天马厩里的那些伙伴又都爱跟他开玩笑,时常一起把他由床上揪在地下,或是把他的床抬起来乱颤动,可是他照旧能睡。如今在马上虽然不很稳,他也掉不下来,并且迷迷糊糊的也能做梦。好在他骑的这匹马太好,只管跟着"乌烟豹"的尾巴走,不急也不缓。

将要天黑时,他们来到了灵宝县。灵宝县是个大城,隔着城墙能望见里面有一座高高的塔。他们在南门外驻了马,瘦老鸦就叫毛三去找店房。毛三一见天色发黑,可就有了精神。忽然看见街东有一家大店,粉墙上画着长寿字,歪歪斜斜地还写着"太平",他认得这两个字,想着一定是"太平店",心想:今天晚上先睡个太平的觉吧。他刚要说"咱们就在这儿住下好不好?"忽见里面有人送客出来。送客的主人原来正是路上遇见的那个随同江湖女子并马走路的男人。这小伙子雄赳赳的身子,方面阔口,双目发光,倒还是个漂亮家伙;尤其他现在换了一件蓝绸长衫,竟像是很斯文的样子,毛三不由得眼睛又发直了。

这时瘦老鸦却牵马过来,说:"太平店是老字号,咱们就住在这里吧。"又向韩铁芳说:"可惜今天咱们来此晚了,不能进城去拜访老英雄刘昆了。"遂将三匹马尽皆交给毛三,并嘱咐他在大房子找地方睡觉,韩铁芳自己拿着行李包袱先走进去了。

毛三又瞪了那送客的后影儿一眼,心想:我也得拿出一点势派来,别叫人看出我是个底下人。他遂就也在门前大喊:"伙计伙计,你们倒是出来接马呀!难道我们来这住店,马还得自己卸鞍套自己去喂吗?妈的!"伙计出来瞪着眼说:"喂,客人!你可别骂人!"

毛三看这个店的院子深，字号大，里边还许住着什么官儿老爷，他不敢滋事，也就不敢言语了。走进门，他先向马棚下看了一眼，看见马拴系着不少，除了黑的就是白的，有杂毛的却是骡子，他不能断定那个妇人骑来的马在这里没有。

他溜进大屋子里，一看，人真多，这么大的屋子只点着一盏小小的豆油灯，人的哈气，烟袋喷出来的云雾，简直把那点光焰也给遮住了；屋里黑乎乎的，可是乱动着无数的人影，脚臭气味、烟味、屁味，什么味儿都有。大家纷纷谈着话，还有一群人就着那一点小小的灯光在"么喊二喊"的开宝。

毛三进来，没什么人注意他，可是他立即又溜出去了，心中着实气恼，暗说：这还行？我在望山庄虽不是有头有脸的大管事的，可是马圈里就是我拿权，屋子虽然小，可只是两人睡，我没住过这么乱的屋子。我得找大相公说说去，妈的！要没有瘦老鸹，我会受这罪？

他跟店伙打听了一下，知道他的大相公住在里院东房，他便往里院走去。去里院须经过一个小过道儿，过道儿的窗户上都染着灯光，能看到摇动的人影。他正走着，忽听左边屋里有妇人的笑声，他不由站住了侧耳静听。

就听是两个男女互相笑着说话，女的说："想起来今天由山坡上怔跑下来的那个人，我就觉得好笑，幸亏那匹马还不错，要不然，不得把那个人摔烂了吗？真是！什么样儿可笑的事都有！"毛三一咧嘴，又听窗里的男子说："你也太爱笑！那不过是个雏儿，大概是才出门，不定是干什么的呢，只是在后面跟随着的那两人……"妇人接着说："是那年轻小伙跟那个瘦老头吗？"男子说："你今天跟我提了三回那年轻小伙啦！我看那人也是个雏儿，多半是个财主少爷，只是那个瘦子，我看他倒有点来历！"妇人又哼哼着小调儿："正月儿里来正月正，我与小妹去逛花灯……"

毛三简直有点舍不得迈步儿，心说：唱得真好，他们刚才说的那个年轻小伙，大概就是我吧？我今年才三十二……他想要用舌尖舔破窗纸向里面看一看，不想锵的一声，把他吓了一跳。待了半天，又听锵的一声，原来是有个店里的人，从外院到里院，打着定更的锣。他心说：笨蛋！连更都不会打，不如交给我吧。他不得不挪动脚步，向里院走去，仰脸看看天，天上的星星都向他眨眼,仿佛认得他是熟人。他的精神又大啦,这时候要叫他睡觉可真难。他回头又瞧了瞧那窗户,心说:会唱小曲调,一定是个混事的!

他走到了里院,站在院中又叫大相公。瘦老鸦从东屋里出来,干干脆脆地问他有什么事,他说:"萧三爷,我要跟我们大相公说句话!你替我说说也行。大屋子里人太多,挤得比粥还稠,我真受不了!我跟大相公出来虽不是想要玩乐,可也得吃得饱、睡得安。萧三爷您也知道,我在望山庄虽是打更带刷马,但我没受过这个罪,您不信就到大屋子看看去。您也是走过路、住过店,您也跟我一样受过穷,您去瞧瞧,那间屋子是人住的不是?"

瘦老鸦哼了一声,笑着说:"你就爽快说你不愿意住大房子,要给你单开一个房间,就完了!"瘦老鸦遂走进屋里跟韩铁芳去说。

韩铁芳把他叫进屋里,向他说:"大屋子里要是太挤,容不下你睡觉,当然得给你另找一间房;只是你若想图安逸,一点委屈也不能受,那可就不对了!你千万别以为我有钱,我出门时身边只带着百余两银子;这一点点路费我们须拿着它走到甘肃省,还许要走到别处。所以这次咱们出来,是为受苦来的,并不是为享福!"

毛三直挺挺地站在大相公的眼前,听到这里,他的心像被泡在了凉水里似的,心说:图什么呀?不在家里享福,可来到外边受苦?万金的家产全都分散给了人,自己却只剩了一百来两,这不是发了昏吗?他又斜眼看了看瘦老鸦,心里却又转了一转,觉得大相公与瘦老鸦之间不定有着什么麻烦事儿,瘦老鸦不定是教大相公什么的师父呢!干脆,大相公绝不能够没有钱,他只是得在瘦老鸦的面前装穷!于是毛三就把嘴噘了噘,说:"不是我不能受苦,您可以到大屋子瞧瞧去,看那儿能够插脚不能?"

瘦老鸦突然拉着他说:"我随你瞧瞧去!不然,以后是天天住店得找两间房,那还受得了?"韩铁芳还拦阻他说:"何必!今天就让他一个人住一间房子好了,也不至于花多少钱!"毛三心说:对呀!本来大相公也不在乎这一点。

可是瘦老鸦却气愤愤的,不能容许毛三这么捣蛋,就揪着毛三到了前院的大屋子。拉开门往里一看,他觉得也确实是太为杂乱,气味太臭。他自己不在乎，能挤到里面去而处之泰然；毛三这家伙虽然是个奴仆，可也是在韩家舒适惯了的，也难怪他受不了，遂就说："好！你去跟你们大相公住一间房子去吧，我能在这儿挤着，我觉着这儿还暖和呢！"他遂把毛三一推，就进到大屋子里去了。

毛三倒不由得脸红，往里院走去。经过那过道儿之时，可又停了停脚步。听窗里，男的跟女的仍在嬉笑着说话，他又有点发迷，心说：再唱两句儿叫我听听吧。走过去了，还不住地回头，见那纸窗上浮着那妇人的影子，一绺儿一绺儿的鬟发都能看得出来，屋中的灯挑得很亮，而妇人已把她头上的绸帕除下来了。

毛三的心里飘飘荡荡的，到屋里见了大相公，却又说了瘦老鸦一大堆坏话，他说："大相公，您跟他在一块，有多么失身份呀？谁不知道您是洛阳城有名的财主少爷，那瘦老鸦是个穷无赖。"韩铁芳发怒说："不要胡说啦！"

毛三说："我是为大相公着想，我是跟大相公出来的，不是跟他瘦老鸦出来的。我跟着您，吃什么苦，我都不会说一句话；跟着他，我不能服气。他是个什么东西？咱家的老员外还不是他跟那姓徐的给逼死的？"韩铁芳听了，越加烦恼，便大声叱住了毛三，不许他再说话。

此时店伙已送进饭来，韩铁芳吃着饭，面现倦态，愁眉不展。毛三站在旁边吃着，却很有精神，仿佛是早晨睡足了觉才起来似的。他一边吃着，一边还要往外喷话，但摸不着他大相公的脾气，他不敢说出来。

饭还没吃完，忽然瘦老鸦闯了进来，直眉瞪眼地悄声对韩铁芳说："我刚才在大屋子里听人说了一件要紧的事！"韩铁芳疾忙停住了筷子，变色地说："什么事？"瘦老鸦却用手将毛三推出屋去，随即闭紧了门。

毛三脚步跟跄，在院中几乎摔了一个跟头。他嘴里还嚼着饭，心里却气极了，真要大骂出来。可是这时忽见那小过道上有人娇声媚气地叫着："伙计！伙计！"毛三不由又直了眼，向那过道看去，借着那隔着窗纸漏出来的微微灯光，看见那妇人倚着窗户在叫。他便也帮了一句腔，叫着："伙计！伙计！伙计都哪里去了呀？人家在这里叫呢！"毛三的心里喜滋滋的，由不得他自己，仿佛已忘了是被瘦老鸦推出屋来的。那妇人并没理他，把伙计叫来说了几句话，就又进屋里去了。毛三站在这里，眼睛还盯着那窗子。

屋中的瘦老鸦还没跟大相公谈完话，这时，铛铛铛铛，打更的敲着锣又往后院来了，毛三心中诧异着：打得不对吧？这打更的是个外行吧，哪能才交过了头更又打二更鼓呢？可是这院中的许多房间，随着这锣声就都熄了灯，关上了屋门。只有大相公的房里和那妇人住的屋子窗上，还灯光隐隐。别人都睡了，他却仍然精神畅旺，好像才吃过了早饭一样。

此时春夜的风儿嗖嗖地吹着窗纸。屋中，瘦老鸦跟韩铁芳在说着话，事情好像很严重紧急。他说："刚才我在大屋子里，听见两个西边来的人说，黑山熊的儿子吴元猛，确实是在西安府。此人不过二十来岁，武艺超过他的父亲，膂力极大，而且疏财仗义，江湖人对他都很尊敬。他并且交结官府，手面极大！"韩铁芳却说："我找的是黑山熊，与他的儿子并不相干。"

瘦老鸦说："可是这些人在前面挡着，使你捞不着黑山熊，也由不得你不生气。我本想来这里先去拜访刘老英雄，可是刚才我听人说，他到华州去了，得五六天才能够回来。我们短了一个膀臂，不然叫他给写两封信，咱们走在路上一定有人照应，有些个人看在他的面子上，就许不会帮助黑山熊跟咱们作对。刘昆是本地有名的人物，这里的首富戴大庄主也是他的徒弟。"

韩铁芳说："我们不要仰求于人，求人不成，把我们的事倒弄得无人不知，那才合不着哩！"

瘦老鸦却说："你别以为别人不知道！在洛阳你单身打了独角牛，我跟你四叔父逼死了韩老善人韩文佩，咱们突然又都离开了洛阳。江湖人又都不是聋子，哪能够不知道？"

韩铁芳摇头说："我想黑山熊不过是个有名的强盗罢了，至多他手下有些喽，我不信江湖上的人都能个个为他效死！"

瘦老鸦哼了一声，说："你哪里知道？二十年来黑山熊倾家破产结交江湖人，他原为的是对付玉娇龙，可是玉娇龙始终没有跟他碰头。昨天在白庙镇店里，我跟你说的那些个人，多半都是黑山熊的好朋友，到时你不去惹他们，他们也一定会帮黑山熊和你拼命！"

韩铁芳听了，真不耐烦，想不到他师父在洛阳传授武艺之时，是那么胆高气壮，如今一出来，事情还都没有来到，就先有这么诸多的顾虑！他遂就皱着眉摇摇头，说："全不必管他们，师父将武艺传授给我，原是为我用的。到时，真要有人找到我的头上来，我绝不畏惧！"

瘦老鸦怔了一怔，又悄声说："还有今天我们在半路上遇见的那个江湖女子，她还同着一个男人，两人不像是正经的夫妇。现在他们也住在这店里，住的是靠近过道的那间房子。刚才他送出去的那人我也认识，是本地的一个有名的人。他和那女子恐怕都是西路上的，不是镖行的，便是绿林的，只可惜不晓得他们的姓名！"瘦老鸦说着，又像是很纳闷，可见他是对在路上遇见的，尤其是露出江湖形色来的人，全都非常注意，而且关心。

韩铁芳却淡淡地说："我们何必管这些闲事！我们今夜只在此住一宵，明天晨起，走我们的路就是了！"瘦老鸦却仍然叹着气，仿佛有些发愁。

韩铁芳躺在炕上昏昏欲睡，瘦老鸦还坐在桌旁的一把小凳子上，默默地对着那盏光焰黯淡的锡灯台。外面的二更锣也已经敲过，四周十分清静，瘦老鸦将要回大屋子去睡觉，忽听外面杀猪似的一声大喊，接着就是一阵杂乱的脚步声，咕咚咚地乱响。瘦老鸦惊得站起来，韩铁芳也坐起身来，一齐瞪目侧耳，向外去听，就听是毛三的声音，怪喊着说："我没有啊，救命呀，大相公！"

韩铁芳站起来就要往外走，瘦老鸦一拦他，没有拦住，他已挺身出了屋。就见毛三跑到一个墙角边，缩成了一团，战战兢兢地说："我没有什么心！我敢对天发誓，大爷！大爷！你别杀我！大相公快来救我吧！"

一个高身的汉子手持着明晃晃的钢刀，发着嘿嘿的狞笑，向墙角逼去。那边过道儿站着一个妇人，狠狠地说："割下他的耳朵来！叫他再偷听！挖出他一只眼睛来，叫他再偷瞧！"男子的钢刀高高举起，毛三吓得缩着脖子喊叫着："哎哟！大相公快来救我吧！"

韩铁芳心虽急愤，但并不惊慌，也不忙着走过去，他从容地迈着步，仿佛要过去看热闹似的。及至那男子揪住了毛三的耳朵，毛三拼命大喊，那男子真凶，眼看就要动手割了；韩铁芳才蓦然向前一蹿，手疾如风，以左手托住了那男子的右腕。

那男子也早有防备，闪身反手去托，揪住了韩铁芳的左臂，把右手的刀荡开，反向韩铁芳砍来。韩铁芳也疾避左臂，以吸缩之势收回身来，然后又蓄劲以待。那男子见韩铁芳向后闪避，以为是惧怕他了，就又发出一声狞笑，随身进逼，刀如闪电，向韩铁芳削来。韩铁芳却趁他一勇直前之时，突然转变了拳势，斜身逼近，乘虚一拳打来。

这种打法就是"内家"所谓之"逼"，更有歌诀曰："逼字迎门把手扬，任他豪杰也慌忙；听凭熟练千般势，下手宜先我占强。"只听砰的一声，那男子的胸头吃了沉重的一拳，身子向后倒去。韩铁芳乘势又一脚，踢落了他手中的钢刀，当嘟一声，刀飞出了很远；咕咚又一声，男子的身子也卧在地下。旁边瘦老鸦却大喊一声："小心！"原来那个妇人也会武艺，她自屋中取了一柄宝剑急奔过来，想自左方来袭取韩铁芳。但即使没有瘦老鸦的那一声喊，韩铁芳也已然知道了。他的脚步极快，身翻如飞，早已躲开了妇人的剑，以拳势挡妇人的臂，擒、捺、披、拦，竟使妇人的剑法不得展开，手中徒握利刀，却不得近他的身。

这时，瘦老鸦也跑到屋中，取了他徒弟的那口剑，舞剑飞跃过来，遮护住他的徒弟。与妇人对剑两三合，他又将剑交给了韩铁芳，跳到一旁去观战。他是要品评品评他徒弟的武艺，因为见那妇人的剑法很熟，他要看他的徒弟是否敌得过。

当时就见两剑往来，疾如闪电。妇人的剑法极狠，似久历江湖、常经杀斗的样子。韩铁芳的剑法虽无新奇招数，可是他的长处是快而紧，准确而又严密，一丝也不乱，一步也不肯放松。瘦老鸦不禁暗暗欢喜，心想：有了这样的徒弟，很可以东西南北，行走无碍了。

此时那男子已经爬了起来，直喊着说："还打什么？月香快闪开！"他过去捡刀，要上前劝架，可是韩铁芳早已一剑拍在那妇人的臂上了。妇人扔了宝剑逃开了，韩铁芳也不再逼，就收住了剑势。

瘦老鸦用眼瞪着那男人，就见那人一句话也不说，过去拉了那妇人一下，他们就一同走了。妇人还回头望了韩铁芳一眼，尖声说："朋友！你把姓名留下吧。咱们后会有期！"

韩铁芳本来跟个妇人对了十余合剑，虽说结果是胜了，也颇觉得无味;妇人这么一问,他倒答不出话来了。毛三这时可又挺直腰板,抬起了脖子,像一条哈巴狗儿似的往前扑着追,发横地说:"小子! 你们有本事再来跟我们大相公斗斗呀? 我们大相公是洛阳府望山庄,家大业大的韩大……"瘦老鸦过来揪住他的耳朵往屋里去拉。毛三却还跳着脚儿大骂,说:"小辈,我也知道你们是怎么回事! 那妇人是个江湖女子,下三滥! 你们还敢打吗? 你们他妈的也怕丢耳朵呀? 泄气! 丢人!"韩铁芳呵斥了一声,他才进到屋里。

此时那被韩铁芳打败了的男女二人,竟是十分忍气吞声,回到过道儿他们那屋里,就把灯吹灭了,再也不出来了。后院里刚才的一场恶战,已把屋里的客人都惊醒了,尤其是大屋子里的那一群人,一齐大声地嚷嚷、大笑,互相打听是怎么一回事,为什么打起来的。其实韩铁芳也说不出争斗的原因来,他躲避着众人的视线,就提剑进了屋。

店掌柜就在院中大声喊说:"请诸位都回屋睡觉去吧! 人家已然打完了,又没有当场出彩,也没有看头,诸位歇着去吧! 天不早了!"那打更的又铛铛铛铛敲了三下锣。毛三摸着耳朵,瞪着大眼睛笑说:"这么一会儿就三更呀? 真是胡打! 到天亮应该打几更呀?"

瘦老鸦上前打了他一个嘴巴,问他刚才怎么惹起来的祸。毛三先还不肯实说,后来韩铁芳用严词逼问他,他才说:"我也没有别的心! 我只拿舌尖舐破了那过道儿的窗纸,往屋里看了一眼。还没看明白,可他们就看见我了,就拿着刀追出来,要剜我的眼睛,割我的耳朵。其实大相公就是不去救我,我看他们也未必敢!"瘦老鸦瞪眼说:"人家怎么不敢呀?"

这时院中的笑声跟谈话声已渐渐消散,那更夫还铛铛铛地敲着个破锣。店掌柜又进屋来,面上堆着笑,劝韩铁芳不要再生气,并说:"都是过往的老主顾,无论如何,都看在我的面上,大家别惹气!"

瘦老鸦就趁势问:"那男女二人是干什么的? 那男的姓什么? 他们是常从这里过不是?"

店掌柜却带着惧意,笑着连连搓着双手,说:"也不必问啦! 事过云烟散,都是出门的人,都是柜上的老主顾,大家都忍点气就成了!"说着又弯弯腰,笑着说:"三位歇息吧!"他就退出屋去了。

瘦老鸦此时却有些发怔，自言自语地说："这个店掌柜绝口不说出那男女的姓名，可见那两人必定有点来历。他们现在也不是愿意忍气，是想在这里万一把事闹大，吃了大亏，一传出去，他们的名头就从此完了！"又说："铁芳，现在咱们可以说是已跟人动了仗啦，已得罪江湖人啦。那两人一定不服气，以后的明枪暗箭都要冲着咱们来，还不知有多少。咱们现在就是想高挂免战牌，也不行啦，只好往下去干！你的剑法，刚才我看见还不错，可是别的事情，还得让我操神。刚才打得那么凶，现在又同住在一家店内，再待会儿还不定要出什么事？咱们明天又得赶路，今晚上也不能一夜不合眼，只好，我还在这屋里住；毛三你到前院大屋子里去吧，你惹下的事，你也应当受点委屈啦！"

毛三却吓得脸色跟黄蜡似的，连连摇头，恨不得要跪下叩头，求他们叫他在这屋里的地上睡，这时要了命他也不敢经过那小过道往前院去了。瘦老鸦只好不逼他出去，就将门关好，将灯吹灭，到炕的尽里边去睡了。韩铁芳是躺在外首，他见毛三在凳子上那么坐着，心里又有些不忍，便在身外匀出点地方来，叫毛三睡。这个地方离着窗户最近，毛三心里就毛咕，暗想：这个地方可不妙！窗外要伸进一把刀来，一定是先杀我！他哪里睡得着，瞪着两只眼睛，时时留心着自己的耳朵，越想越怕，越觉着这次跟大相公出来得不值。

外面又敲四更锣了，又待了半天，就又打了五更。五更敲过，窗上纸色渐渐发白，毛三的疲倦可就来啦，他打了两个哈欠就昏昏沉沉地睡去。大约才睡了一会儿，就又被瘦老鸦捶醒，他睁开了眼睛一看，原来大相公跟瘦老鸦已将行李收束停当，正在开发店钱，这就要走了。他连忙爬起来，脸也不洗，只将小辫向头顶上盘了一盘。瘦老鸦就催着他说："快点把马牵出去！"

他答应了一声，晃晃悠悠地走出了屋。一看那狭长的过道儿，就又想起了昨晚的事，不由吓了一跳，他向两旁张望了一下，就一口气儿跑到了外院。地下有个破便壶，他一脚踏上，立时就摔了个大马趴，把两只手也擦破了，磕的膝盖生疼。好在这时客人们已走了一批，别的人也都在忙着，没有人顾得笑他。他爬起来，一跛一跛地走到了马棚，只见店里的伙计已把他们那三匹马备好；瘦老鸦又拿出行李来，叫他绑在马背上。

这棚下一共还有五六匹骡子跟马，他瞪着大眼睛看了，除了"雪中霞"再没有一匹白色的，他就略略放了心，心说：昨天晚上挨打的那一对男女，一定是见不起人啦，一清早他们就都逃啦。他心里有点儿得意，便才牵着马，口里哼着小调"姐在房中绣麒麟……"往外走去，他家的大相公已然随着出来了，店掌柜也出了柜房向韩铁芳拱手，说："再见！再见！三位回来时还住我们的店好了，这回实在怠慢得很！"韩铁芳风度潇洒，朴素而整洁，拱手带笑，伙计们都翻着眼瞧他，因昨晚的事，大家齐把他当作了一位非凡的人。

韩铁芳在前，瘦老鸦在后，一出门，就有许多人站在门前直着眼，仿佛看新娘子一般来看韩铁芳。韩铁芳倒觉得有点难为情，他接过"乌烟豹"来刚要骑上，忽见由人群中奔出来一个鬓发斑白的老太太，来到临近就跪倒叩头，哭着嚷着说："大爷哟，快救命吧！我儿子叫戴阎王快给打死啦！我的儿媳妇也叫戴阎王给强占啦！大老爷哟，快给我们报仇吧！"

旁边就有人过来拉她，并呵斥着说："你疯啦！怎么挡碍着人家的路啊？人家是个外乡来的人，管得着你的事情吗？"老太婆却以头碰地，放声大哭，直求韩铁芳给他报仇。店里的伙计也出来驱逐她，说："去吧！去吧！你别在我们的门前招事呀！"

瘦老鸦上前托着韩铁芳的胳臂，说："快上马！走咱们的，这些事你要管上，可就没有完啦！"毛三打着哈欠说："要不然，大相公，咱们就在这里再歇一天吧。今日一出门就有事，一定不吉利！"韩铁芳却面色渐变，他将足离开了镫，推开旁边的人，弯下了腰，伸出双手将这老妪搀起。老太太的泪水飘零，都流在了韩铁芳的手上。

这老太太年纪已有六十多了，穿的衣服十分褴褛，可见是个很贫穷的人家。她浑身颤抖，像一只受了重伤的老麻雀，一边喘气，一边痛哭流涕地说："大爷，我听说你把'花豹子''赛青蛇'都给打啦！你是好汉子，你一定能打戴阎王！戴阎王是刘昆的徒弟……"

瘦老鸦又连连向韩铁芳使眼色，说："不能管，不能管，刘老英雄是灵宝县有名的人，戴庄主是做过大官的，咱们不能为这点小事把他们得罪了！"

韩铁芳却摇了摇头，依然注视着老太太，听她往下说："戴阎王是城里的恶霸，只要见了人家的姑娘媳妇长得好，他就要霸占。我的儿媳妇荷姑，我儿子冯老忠……"她说到了这里，店掌柜就走上前来，几乎要拿手堵她的嘴。旁边的人也都彼此拉一把、推一下，大半都悄悄地走了。毛三看着事情不妙，那阎王爷的势力一定不小，他也努努嘴，叫他的大相公快一些走。

瘦老鸦走过去温言劝慰冯老太太，说："你受的这些冤枉，你应当跟他打官司去。我们是过路的人，还都有急事，再说也没有力量帮忙你。什么阎王啦，小鬼啦，我们也弄不大清楚，您还是去告状或是另求别人去吧！"

冯老太太却又跪下了，叩着头，哭得更是厉害，她简直把韩铁芳看成了神人，当作了救星。不知她是听谁说的，知道韩铁芳的武艺高，本事大，惟有这位大爷才能将她的儿媳妇救出，让她的儿子把所有的气出了。她一面哭求，一面详述戴阎王在本地的势力，及所做的欺人枉法、强暴之事，她陈说得极为悲惨。

瘦老鸦听着虽然也叹了两声气，可又皱着眉，并警告韩铁芳说："这件事情你若管了，可就把西路的好汉尽皆得罪啦！"

韩铁芳却义愤填胸，把这位老太太挽起，说："老太太你不要着急了。我虽也是个平常的人，但我最看不惯这样的事，我能帮助你。我可先得到你的家里去看看，只要事情属实，我就必去找那戴阎王，替你去理论，救回你的儿媳来！"说着，就吩咐毛三说："将马再牵回店里去吧！"

毛三吐了吐舌头，想：以我们大相公的那几下武艺，一定不怕阎王爷。反正这件事大概当天也办不清楚，我先回到店里好好睡个觉去吧！瘦老鸦先是怔了一下，便也不言语了，只由着韩铁芳随同那老太太走去。

老太太原来是住在乡下，她老态龙钟，脚既小，又没拄着拐杖，走起路来很是艰难。韩铁芳就如同是她的儿子一般，恭谨地挽扶着她，向着那绿草迷漫的小径走去。老太太一边感谢着这位侠义的大爷，一边还流着泪，愤愤地重述她家中的惨遇。脚下是莽莽绿草，远处是焦黄色的山，青天上有只鹞子在飞翔，发出哨子一般的叫唤，那种狰狞凶恶的样子，就仿佛这位老太太口中所述的戴阎王。

原来这个老太太的儿子叫冯老忠,今年二十四岁,是个极诚实朴厚的人。父亲给他遗下了一份手艺,就是会拿小刀儿刻出花样子。他父亲在世时就收留下一个孤女,名叫荷姑,给他作为童养媳。荷姑的容貌不像是个乡间女子,就是城中官宦人家的小姐也没有她那么柔秀俊美,蓬门茅舍掩不住她花一般的姿容,布衣淡妆愈发显出她天生丽质。冯老忠那颠顸的样子,会有这么好的媳妇,实在是不配,凡是看见过荷姑的人,对他们全都亦羡慕亦嫉妒。而荷姑却同冯老忠的感情极洽,婆媳之间的亲爱也宛如母女。

荷姑虽然到了应做媳妇之年了,可是冯老忠的手头还没筹划好钱;若是没有钱,不能热热闹闹地办一件喜事,冯老太太觉得怪委屈人家孩子的。因此,虽在一块住着,但没有圆房,夫妻二人仍然是兄妹相称。

荷姑每天在家中拿白纸,以小刀镂刻花样子。她刻的双双的蝴蝶、对对的鸳鸯、并蒂莲、交颈凤,都是特别细致玲珑。一般妇女买了去,照着绣在鞋上,扎在裙边,都显着格外好看。因此冯老忠的花样出了名,买卖非常兴旺。别人要是问他说:"凭你这两只又笨又粗的手,也会刻出这么好的花样子来吗?"他就摇摇头说:"不是我刻的,是我媳妇给刻的!"所以渐渐的,冯老忠的"媳妇"也就出了名。可是城里的人,还都只知道他媳妇的手巧,至于模样儿多么美丽,只有他同村的人才知道;而同村中的人除了捡粪的,就是赶脚的,很难与城中的大户人家接近。

冯老忠是每逢一、四、七、二、五、八这六天进城里去卖,三、六、九那三天串附近的乡村。每逢初十或二十,他歇工,在家里帮未婚妻预备货物。他的生活是极有规律的。他老娘跟未婚妻的脑子里都有一本黄历,初几、十几、二十几,这个月是大建小建,都时时提醒他,从来没有弄错过。他的脑子里又像是有个钟表,什么时候背着货匣子出门,什么时候回家来,都是准确极了。

有时村里那棵老柳树的影子斜了,西边远处山后已起了红光,群鸦掠着树叫,邻居的炊烟都已袅袅升起,冯老忠可不知在哪儿耽误了时候,还没有回来;他的母亲总是倚门而望,荷姑拿着小刀儿刻纸,也时时地发呆,都安不下心去。直待冯老太太看见儿子回来了,颠顸着走进村来了,她便回首向屋里喊了一声："回来啦！你快烧饭吧！"荷姑才把一颗悬荡的心落将下去，急忙忙地将一张一张又白又薄的花样子纸和已镂成的、未成的，清而不乱地分别装在拿布做的各种夹子里，压了起来；把几柄小刀抹拭一遍，收起，炕上的碎纸屑也都扫在一边；然后穿上小鞋下炕，在院中抱了柴，跑到婆母的屋里去升火。

她的婆母跟她住在一屋，外间就是一个灶台；至于她做花样子的那个单间，白天是她的工作室，晚上是她丈夫睡的，而将来那也就是他们的新房。她在梦里时时留恋着那屋子，她的唯一的希望，就是将来移到那屋里去住。那屋里很干净，一点烟也不让飘进去，怕熏坏了花样子的纸。这屋里却是灶门里通红，烟也往外飘散，她的姿容在火光中、烟雾里是益显得美。

冯老忠先把货匣子送到那屋，然后一边数着钱一边走进这屋来。荷姑这时总要偷看他一眼，要是看见他合不上嘴，就是今天的买卖好。要是面上没什么表情，那就是这一天的买卖平常。不过近来冯老忠总是喜欢的时候居多。每逢冯老忠把一迭子铜钱交给他的母亲，说："娘，收起来吧，这是五百钱！"她的心里就怦怦地跳，同时也在原知道的数目上加添上了一个数目，想着如今已积了十九吊五百钱了。早先核计过，只要能积到三十吊钱，那就够做两身新衣裳的，还够买酒、买肉、请客、办喜事的。每逢她一想到了这里，灶里的火总是燃得更旺，烤得她的脸发热，锅里煮的饭都闻着特别的香。

冯老忠对待他的未婚妻是特别的好，有一次荷姑病了，他急得有半个多月没睡好觉，没吃好饭，做买卖也没精神。他延医买药，急得跟热锅上的蚂蚁一般，还往十里地外山上的菩萨庵里为他媳妇烧香。这是去年的事。村中人至今还传为笑柄，然而荷姑的心里却是感激的、爱恋的。

他们的生活美丽得如同村口那株开满着粉花的杏树，是这附近最幸运的。然而，一阵狂风卷着沙土吹来，片刻之间，花儿尽皆摇落，芳英萎地，任人践踏，十分凄惨可怜。

原来本地有一位戴大老爷，住在离着冯家五里地外的戴家庄。那个庄子早先本不叫这名字，村里姓戴的也不多，是因为有个姓戴的人中过武举，做过汉中的镇台、潼关的总兵；后来又因为获了罪革职家居，在本地连夺带买,置了个大田庄,成了大绅士,所以把村名改为戴家庄。

戴大老爷人有五十多岁了,财多势大,不但在乡间有着大庄院,在城里还盖了一所大宅子。他两边住着,每边都有他的姬妾十余人,男女仆人无数,而衙门里的人也都暗中与他结交,江湖镖客、各地豪强都与他明着来往。

他有个大管家姓解,行七,是个白脸大胖子,什么狠心的事都做,人都暗中称他为"解判官",连带着就管戴大老爷叫作"戴阎王"。不过也只是在背地里叫,而且得悄悄地说;明着,谁若敢瞪眼瞧他一下,虽不至于死,可也得出一点麻烦。

整个的灵宝城,只有一个人敢跟戴阎王平起平坐,那就是早先在城中开过镖店的老英雄刘昆。戴阎王没中武举之时就跟他学过武艺,所以至今仍称他为老师。别的人,如潼关里外常来往、常滋事横行的镖头花豹子柳杰等等,每逢来到这里,必先得拜访他。他高兴之时可以一同饮宴,彼此称兄唤弟,不然就当奴仆一样支使。此外就是南山之阳,板桥村,于今年春天搬来一个姓余的,这人行为很怪,从来不进城,只与戴阎王互相来往,相交甚密。别的人,即使本地的县太爷,见了戴阎王时也得先给他打躬才行。

戴阎王最近又纳了一房小,是城里的姑娘,这位新太太不愿在乡间居住,因此戴阎王也就常住在城内。冯老忠的花样子,无论是在乡间卖,在城里卖,最大的主顾总是戴家,因为戴家的女眷多,又都爱修饰,所以冯老忠的买卖就很兴旺。他跟两处戴家的上上下下都很熟识,有时只要戴家照顾他了,他就不必再往别处,那么一家一天的衣食也就全都够了。所以全城的人无一不对戴阎王是又恨又怕,唯独冯老忠总是说戴大爷好,背地里说话他也总是戴大老爷长、戴大老爷短的。

有一次被那街头的无赖汉神手张听见了,这家伙开宝赌钱时,手里最会做鬼儿,故有此绰号。神手张就打了他一个耳光,骂他说:"戴阎王是你爸爸?背地里你也叫他老爷?你溜他的沟子,为什么不拿你媳妇孝敬他呢?"冯老忠为人虽向来不惹气,可是一听见别人侮辱他的媳妇,他就得动火儿,若不是旁边人给劝,他几乎就跟神手张打起来。

可是神手张也有报应,有一回他正跟人在野地里赌钱,叫戴家庄的几个壮丁给按在地上饱打了一顿,他的两条腿瘸了足有两个月。幸亏太平店掌柜的张三跟他是表亲,拿出钱来请了接骨匠,才给他治好了。冯老忠心里是又解恨又觉得他可怜,主动跟他和解了,还请他喝了一回酒,并劝他以后别再惹戴大老爷。神手张却拿鼻子哼了一声,撇着嘴冷笑。

冯老忠家里有个手儿能干的媳妇,戴家及判官全都知道。这一天是初一,冯老忠背着货匣子又进了城,直头儿先到戴家新宅前。那磨砖对缝的巍巍高墙,广梁大门高台阶,他看了就觉得心里尊敬。将货匣放在门左的上马石上,他就握着耳朵歪着脖子,吆喝了一声:"花样子来……买!"

待了会儿,就从门里出来一个男仆,向他问说:"老忠来啦?今天你有什么新鲜的花样子没有?"老忠笑着说:"哪有新鲜的?高二爷!现在连'凤穿牡丹'都不敢多预备了,因为那绣着太麻烦。现在有些个姑娘的活计都不如早先啦,至多了买几朵海棠花、松鼠偷葡萄、蝴蝶儿,都为的是省事。"

高二笑着说:"你倒都知道。幸亏是你老忠,你要是个漂亮小伙,由我这儿简直就不敢叫你到这门口来。喂!我要做一条绸裤带,上边打算绣'八仙过海'。我找人画样子,叫你媳妇给刻出来,还得管绣,行不行?可不是白做,做完了你要多少钱,我就给多少钱!"冯老忠却说:"我媳妇成天净拿小刀子,哪里还会拿针绣活?您找人把样子画好了,我叫她去刻,您再找别人去绣好啦。"高二说:"我要的就是你媳妇的活计嘛!"

冯老忠听了这话,虽然心里不大高兴,可是又不能得罪高二,就笑了笑,说:"高二爷别拿我开心啦!"又问说:"劳高二爷的驾,问问里边的姑娘大嫂们,今天花样子要不要?"

高二说:"你得等一等。今天初一,她们都上城隍庙烧香去了。要不然你明天再来吧。"冯老忠笑着说:"我等一会儿也不要紧,里边那位有麻子的嫂子,还叫我带荷包样子,我给她带来啦。"高二脚蹬着上马石,跟他说笑着,有个小厮出来问说,"老忠!你媳妇昨晚上没有罚你的跪呀?"老忠就回答说:"没有。"引得那两个人都笑。

正在这时,就听一阵咕噜噜的响声,由南面来了两辆簇新的青骡子的车,高二就把话止住了。车到了门前停住,有两个仆妇搀着两位衣饰富丽、年轻貌美的太太下来,并有两个小丫鬟,一下车就跑过来挑选花样。冯老忠将嵌着玻璃的匣盖儿打开，由着两个丫鬟挑选，他却不由得直着眼看那位后下车来的太太。这位太太很年轻，个子又很矮，也就是十五六岁的样子。两个太太向他的货匣子看了一眼，就轻轻移着莲步，上了高台阶，走进大门去了。

高二拍了冯老忠的脑袋一下，说："你的眼睛都直啦！你没瞧见过吗？那身量矮的，就是我们这儿的新太太，你看漂亮吧？比这两位……"他又摸着两个丫鬟的头发，两个丫鬟都打他。高二露着牙笑，说："我夸人家漂亮，你们也生气？"忽然一扭脸，他就赶紧收住了笑容，变成了恭谨的样子，两个丫鬟扔了几个钱拿了花样子也往门里走去。

冯老忠自从卖花样子以来，不知看见过多少女人，可是他绝没见过有比他的媳妇荷姑更美的。刚才进去的那个太太，当然更不能提啦，他心里未免有些得意。由于高二问了，他就笑着说："我瞧她干什么？她的模样，连我媳妇一成儿也不如呀！你们不知道我媳妇长得多好啦！再过两月我就请你们喝喜酒哩！"

他说到这儿，见高二和那小厮都直直地立着，不说话，他不由地有点诧异；赶紧扭头一看，不由吓了一大跳。原来他身后立着一位高身材、长脸、黑胡子，不太胖，满身的绸缎衣裳照人眼的人，原来这人正是戴大老爷戴阎王。看这样子也是才由城隍庙回来，没到门前就遇见小厮，将马接过遛去啦。他故意闲散地走这么几步，在冯老忠的身后边已站了半天，一切的话都已被他听去了。冯老忠赶忙弯着腰，笑着叫了声："大老爷！"

戴阎王却也微微带着笑，走过来低头看了看玻璃盖里的花样子，连说："很好，很好。"冯老忠受宠若惊，只是笑，却说不出一句话来。高二在旁边指着说："这些花样子都是他媳妇做的。"说出这话来，还扬着脸瞧了瞧他家的老爷。戴阎王也没做什么表示，他站着看了一会儿，就迈上了台阶，走进大门里去了。

冯老忠这才松了口气，挠挠脖子，高二就又向他笑着说："看你有多走运！连我们大老爷都跟你说话了，以后你有什么事求我们大老爷也就好办了。"冯老忠的心里也很是欢喜，又跟高二谈笑了半天，里面就出来人叫高二进去。

冯老忠见里面也没人出来买他的花样子了，就背起匣子来离开了这大门。串了两条胡同，吆喝了半天，也没有人叫他，心里未免有点儿着急。正在走着，忽听身后有人叫他："老忠，老忠！"他急忙回头，一看，又是高二，就问说："怎么？又叫我回去吗？还要照顾照顾我吗？"

高二却笑着说："我没跟你说吗？你的运气来啦！我们大老爷看了你的花样子，回到里院直夸好。我们那位新太太可就想起来一件事来，她娘家有个妹妹，到夏天就要出阁啦。我们新奶奶当然得给送点活计，作为填箱的东西啦。可是她绣出的那些花样子，连我们大老爷都觉得太俗气……"

冯老忠就笑着说："求二爷给说一说，照顾照顾我吧。"高二点头说："就是这个意思，明天把你所有的样子无论大的小的，都拿一样儿来。"冯老忠点头说："好啦好啦！我家里有本子，上头贴着三百多种花样儿呢，随便挑，都能定做。"

高二点头说："那更好！可是明儿送本子时你别自己送来，我们宅里的规矩严，你大概也知道，三尺童子都不能进里院。我们那位新太太整天在烟盘子旁边躺着，你的花样子拿进去，她不定得挑几天才能拿定主意；碰巧就许扔在一边，她忘了，就许给弄丢了。"

冯老忠说："那可不行！我们一家全靠着那本子吃饭，那样本是祖传的，没有那个，我就别做这行买卖啦，我媳妇也就刻不出来啦！"

高二说："所以啊，我想明儿顶好叫你媳妇打扮得干干净净的，直头进内宅，把本子当面给我们新奶奶看。我们新奶奶也是个外行，你媳妇要是在旁边一说，这个绣在荷包上最好啦，那个扎在鞋上最好不过啦，我们的新奶奶听了一高兴，一定会照顾你们不少银子呢！"

冯老忠听了，笑得闭不上嘴，说："好吧！好吧！明天我们一定来，什么时候呢？"高二想了一想，说："顶好是下午吧！因为我们的新奶奶起来得晚，你们要是来早了，又得白等半天。"冯老忠连连地点头。

高二又笑着拍了他的匣子一下，说："明儿我也得看看我的老忠嫂子。"冯老忠说："二爷你可别逗她，她现在还没娶过来呢，别人一逗她，她一定要害羞。"高二摇头说："不能不能，我不过说着玩一玩罢了。说真的，咱们这些日来，交情真不坏，我看你老老实实的，人很不错，我才这么给你揽买卖。要换个别的卖花样的，在我们门口儿多待一会儿也不行，我早给赶走啦。"

冯老忠说："我知道都仗着高二爷维持我，将来我一定给高二爷道谢。"高二又笑着说："不客气！你走吧！咱们明天见。"冯老忠又笑着向高二点了点头，他就转过身来，背着货匣子走了。

虽然今天他的生意不佳，仅仅卖了几个钱，应当在城里再串儿条街，再找几号儿买卖才对；然而这时他的心里是又喜欢又紊乱，想着明天戴家的新奶奶不定要照顾他多少钱，一下子就许是十两，那么娶亲足够了，还可以给荷姑做好几件新鲜的衣裳……他也没有耐心再串街道去吆喝了，就背着货匣子兴兴头头、紧紧急急地出了城，回到距城三里地的他那个村子。

他一进了家门，倒把他母亲跟荷姑吓了一大跳，冯老太太就变着色问说："今天你怎么回来得这么早呀？"冯老忠就笑着，当着荷姑，把将要做成一件好买卖的事情全都说了。荷姑面上也隐隐地露出来喜色。可是冯老太太却带着点忧闷，半天，她才点了点头，说："那么，你们就赶做点好样子吧。明天你带着荷姑到城里去一趟，可是也不必叫她又换什么衣裳。咱们本来是乡下人，又是做小买卖的，人家也不能笑话咱们。"

荷姑回到屋里去了，冯老忠也抱着货匣随着进屋。荷姑很高兴，手儿不停，在炕上放了小桌，拿抹布拭干净了，随后又打开包袱，取出里边的七八个纸夹子及一大本厚厚的原样子。冯老忠就接过来，一篇一篇地翻阅着，先挑出来几样，叫荷姑赶做。荷姑铺上几张雪白的纸，拿起尖锐的小刀，盘膝坐着，抬脸将眼波儿掠了掠，看见冯老忠那忠厚的脸上带着一种温情的笑，她不禁也笑了，同时脸儿变得通红。

当日，寂静的小村、寂静的小屋里，只有小刀划在纸上之声；声音是那么细微，如春蚕食着嫩桑叶，随后，一叠一叠的就由荷姑的纤纤手里镂出来了，各种精致玲珑的花样子。晚间小窗上染着通明的灯光，他们工作直到深夜。冯老忠见荷姑俊美可爱的眼睛里已现出倦意来，就低声说："你也别太累着了，现在预备的这十几种样儿，也差不多够了。明天连样本拿了等他们挑出来，咱们再给他们做，你也回屋里睡觉去吧。"荷姑点了点头，羞颜对着她的丈夫。冯老忠一边收拾着，一边转着头望她笑着。荷姑又笑一笑，就回她婆母的房中去睡了。

次日清晨起来，荷姑又忙了一阵儿，然后不用别人催促，荷姑就去做午饭。午后她就净脸擦粉、梳拢辫子，虽然有婆母的吩咐，可是她仍换了一条红布的裤子。上身穿的是件剪裁得很合身、洗得很平展干净的月白小褂。鞋也换了一双粉缎子的，上面绣着几朵梅花。

冯老忠昨天就跟邻居借妥了一头驴，如今牵了来。荷姑拿着个包袱，出了柴扉，骑在驴上，冯老太太又倚着门嘱咐说："早一些回来。"冯老忠就挥着短鞭催着驴跑，自己在后边跟着跑。身后有许多邻人在大声地笑他，冯老忠却很是高兴，小草驴就驮着他的娇艳如花的未婚妻，踏着芳草小径向城里去了。

到了城里戴阎王的宅门前，驴子靠近了下马石，冯老忠就把货包儿交给了荷姑，扶她下来。这时高二跟几个小厮都由台阶上下来，他们望见了荷姑，眼睛都不由得呆了。冯老忠就跟荷姑说："你进去吧。把样子交给宅里的新奶奶看看，说话可留点神，别净说怔话。"

荷姑提着包袱下了石头，她的脸儿低着，显出来发怯害羞的神情，冯老忠又暗中嘱咐一声："别发怯，你随着高二爷进去吧。我牵驴到大街上海泉居茶馆等你，你知道吧？就是金牛香粉铺对过的那家茶馆。"荷姑点了点头表示她知道。本来金牛为记的香粉铺，是城里的老字号，那里的胭脂粉最为出名，四乡八镇的姑娘媳妇，只要进过一次城的，没有不在那儿买过东西，没有不认识它的招牌的。在它对过的茶馆当然好找。

冯老忠又向高二托付恳求了一番，高二就带着提着货包儿的荷姑上了台阶，进了大门。几个小厮都过来跟老忠说笑，说："嘿，你的媳妇真漂亮呀！你怎么有这么好的福气呀？"老忠被人夸奖得笑着闭不上嘴，说："你们别忙，将来我也给你们每人都说一房好媳妇，我们村子里可有的是好看的闺女。"

几个小厮都说："明儿我们非得上你们村里瞧瞧去不可，还得叫你媳妇给我们烧茶喝。"冯老忠笑着点头，连说："成，成。"他就牵着驴儿走了，到了大街上，正遇见一个娶媳妇的，吹吹打打地走了过去。他想，自己做了这一件买卖之后，也就可以娶媳妇了。媳妇就在家里，用不着赁轿子去从外边抬，自己就当新郎了。

他牵着驴走着，张着嘴，忍不住自己笑着，几乎撞到一个人的身上。对面的人念了声"阿弥陀佛"，他定睛看了看，原来认得，这是城南酸枣山上菩萨庵里的老尼姑。去年荷姑病着的时候，老忠曾去烧过香，所以他认识这老尼姑，当下他就说："师姑，我没瞧见您，您进城来了？"

老尼姑有五十多岁，脸上虽然有许多褶纹了，可是精神还好。她头上戴着一顶僧帽，身穿着补丁很多的肥大袍子，一只手拿着木鱼，另一只手拿着个口袋背在背上，里边像是有十来斤米的样子。冯老忠知道老尼姑是每逢初一就要进城来向施主化"月初米"，菩萨庵离城有十里地呢，又在山上，这老尼姑怎能把这些个米背回去呢？

冯老忠不禁感叹，出家人可也真苦，遂过去诚恳地说："师姑，您是这就要回庵里去吗？您等一会儿好不好？我家里的人也进城来了，待会儿她就来，我们也出城回家。我这个驴叫她骑着，顺手儿驮着您的米。到了我们村口儿，我就叫她回家去，我赶着驴，把这米替您送到山上庙里，您说好不好？省得这么远的路，您自己扛着这半口袋米。"

老尼姑带着笑表示谢意，但是拒绝了，说："我还能够扛得动，东边巷里还有两家施主，我还要去结点善缘呢。"冯老忠再也说不出什么了，他就看着老尼姑驼着背，负着米，往东走进一条小巷去了。他不能帮忙，心里像是有点抱歉似的。

这时忽听耳边有人叫着："喂，冯老忠，今儿你为什么不卖花样啦？牵了头驴进城来，干什么呀？你是要改行赶脚吗？"冯老忠赶紧扭头一看，却见在海泉居茶馆的窗外，站着一个披着汗褂，敞露着胸怀，小辫盘在头顶上的二十来岁的小伙子。他斜着眼正在望着老忠发着笑，此人正是神手张。

冯老忠向来是又厌烦他又怕他，尤其见他只披着一件破汗衫，知道他一定是把夹袄又给输出去了，生怕他来借贷敲钱，并且疑惑他要把驴骗走，就不敢再到茶馆里去了。遂牵着驴在旁边一站，向着神手张递个假笑，说："今天我歇工，我们村里的人上城隍庙烧香去啦，叫我在这儿给她看着驴。"

神手张说："把驴拴在桩子上，丢不了的，进来我请你喝碗茶！"

冯老忠更疑惑了，连连摇头说："不，不，我在这里等着人，人家一会儿就来。"心里却说：我喝你一碗茶倒不要紧，转眼之间，就许叫你把驴骗去。你有了赌本，我可还得赔人家的驴，喜事也办不成了。他要不是跟荷姑已约好了在这儿见面，此时他真打算躲开。

神手张见他不识抬举，就把嘴撇了撇，说声"傻瓜，笨蛋！"转身进茶馆里去了。

冯老忠本是想进茶馆里歇歇，慢慢等着媳妇，如今因为神手张，他只得站在这儿东瞧西望，等待着荷姑前来。等了约有两个钟头，还是不见荷姑的影子，他真有点纳闷了，心说：这是怎么回事呀？戴家的奶奶把样子挑选了这么半天，难道还没挑完吗？要不然就是她找不着这地方？也许，因为她不常进城吧？于是冯老忠就想再到戴家门前去望一望。

他脸上露出了疑闷的神情，牵转驴，正要走开，不想神手张又从茶馆里走出来了，胳膊上架着一只鹰，向着冯老忠说："喂，你在这儿傻站了半天等谁呀？等你的媳妇吗？还是有什么事呢？"冯老忠摇头说："没有事。"说完了，又想走开。

神手张又笑着说："你别走，你要走可留神我放鹰抓你。怎么样？近几天你上戴家庄去了没有？没告诉他们说我姓张的现在长得更结实啦，有能耐叫他们再打我一顿？告诉他们，我不怕，我不吃着他们不喝着他们，他们是太爷，我也是太爷！"

冯老忠吓得就要跑，神手张却笑着过来说："先别走，进茶馆我请请你，咱们俩交一交好不好？我喜欢你这傻样子，你几时娶媳妇？到时候我一定跟我表哥借件大褂穿上，来给你贺喜。"说着他使劲拍着冯老忠的肩膀。

冯老忠躲着他说："你有事你干你的去吧，我在这儿还要等一个人呢。"神手张追问说："你要在这儿等候吗？"说着，眼珠儿不住地乱转。冯老忠知道他是个坏人，不敢告诉他实话，就把头摇了摇，说："我也不想等啦，我这就回家去啦。"说着牵着驴赶紧走。

神手张却赶过去拉了他的胳膊一下，又笑着问说："你这家伙，今儿一定有点事,为什么老躲着我?好吧,我也想出城。这只鹰是贫嘴李养活的,他欠我五百钱赌债,把这鹰折给我啦。我拿它出城去试一试,看它能抓雀子不能;要是能抓上几只雀子,我就拿到你们家里去,叫你媳妇给煮一煮,搁点盐,咱们拿它下酒,你说好不好?顺便叫我看看你媳妇,好吧,咱们一块儿出城吧!"

冯老忠一听了这话,就气得抡胳膊,说:"你别跟我闹!你别跟我闹!你不去赌钱放鹰,你看我媳妇干什么?拿我来开心干什么?我没招惹过你,咱们又没交情,以后顶好谁也别认识谁。"

神手张把脸一沉,瞪着冯老忠说:"你是狗脸吗?跟你说句凑趣的话,你就急?妈的,张大爷跟你说笑还是瞧得起你呢,瞧得起你是因为你媳妇长得好看。"冯老忠真气急啦,大声嚷嚷说:"你胡说!"神手张却又笑了,伸手把冯老忠的辫顶一摸,说:"傻东西,我要跟你打架,算是欺负你,快回家去找你媳妇吃奶去吧!"说完了,摇摇摆摆地就走了。

冯老忠装了一肚皮的气,急匆匆地牵着驴走,不多时又来到戴阎王的大门前。就见高二正在门前站着,他立时脸上又堆出了笑容,到临前递着笑说:"高二爷,您进去看看好不好?看看这里的新奶奶把样子挑完了没有?好叫我媳妇出来,天色也不早啦。"

高二这时却一点笑容也没有,大声儿说:"你怎么又来到这儿要你的媳妇?你的媳妇人事不懂,才一进去,我大爷正在家,问她什么她也不答。后来我们老爷说:'你滚吧!不识抬举,天生来的下贱命,你哪像是来这儿做买卖的?'这么几句话本也不算什么的,没想到你媳妇竟然翻了脸,把一本花样子都撕了个粉碎,她还要打我们的大老爷。她自然打不着,可是她就拿指甲抓自己的脸,抓得横一道子竖一道子的,一边哭骂着就一边往外走。她一个妇道人家,我们既不好拦,又不好劝,只好就由着她走。我们想她一定是找你去啦,可是你怎会没见着她呀?"

冯老忠听了他的话句句都像是闷棍,打得他的头都快昏了,他的神色发呆,说:"不能呀!我媳妇她不是这样的人呀!"

高二说:"你快些走吧,别叫她疯疯颠颠地跑回家里上了吊,你们又来讹我们。我们大老爷一生也没叫女人骂过,今天家里竟来了这么个女人,真把他给气坏啦。他要看到你在这门口儿可不行，你快些走吧。我们大老爷还要我告诉你，你暂时别来啦，回家把你媳妇管教管教，你可别听她的一面之词。"

冯老忠虽然脑筋简单，可是他听着高二的话觉得有点离奇，也绝不相信荷姑竟能那样不讲理；若不因为点什么，她哪敢打骂戴阎王？如今，他第一关心的就是他那花样本子，因就带着哭腔又问说："高二爷，我那本样子……"

高二的眼睛瞪得更大，怒声说："平时我看你这人还老实忠厚，到如今怎么这样夹缠不清起来？你耳朵聋啦？我没告诉你吗？花样子都叫你媳妇自己撕啦，你回家去问她吧。快走！真是，为你的事弄得我都很难看，我的饭碗都许为这件事情砸了。"他简直像赶狗似的，昂然站在台阶上拿手挥着，令冯老忠走。

冯老忠的心里也起了火，可是他不敢在这大门前发作，只好转身去找他媳妇。他想：荷姑就是真在这宅里打了架，她也不能不先到金牛香粉店的对面找我去呀。莫非她真把脸抓得不成样子，不敢去见我？可是她的脚那么小，这三里多地她也不容易走回家去呀。边想着，边骑上驴紧紧地走，有两回都几乎撞着了人。

少时他就走出了南门，出了关厢，顺着往他的村里去的那条小路一望，竟没看见一个步行的妇人。他更着急了，把小驴赶得更急，几乎被驴颠下来。正走着，就见前面有个背粪筐子的人，他认得是他们村里的，就问说："喂，你没有看见荷姑吗？"这拾粪的人回转过头来发怔，说："荷姑？谁瞧见你们荷姑了？你这傻子把媳妇弄丢了，可还娶什么呀？"

冯老忠头上都急出汗来了，又紧紧地走，就回到了村内。牵驴走进了他家的柴扉，他母亲正在院中用斧头劈树枝，见他回来反倒惊异地问他说："你怎么一个人回来啦？荷姑呢？哪儿去啦？"

冯老忠听了这话，立时就傻了，他渐渐地心里就明白了，觉得是上了戴阎王的大当，便不由得哭了。他愤恨地大声嚷起来，说："不行！不行！戴阎王骗我，他抢了我的媳妇，我得找他去要，找他去要，跟他拼！"他母亲放下斧头，立起身来惊问着说："是……怎么回事呀？"冯老忠就如同疯了似的,牵着驴又往外去走,要进城再到戴家去要他的媳妇。

这时候,阳光已转向西去了,大地上的田禾和野草都变成了一片焦黄之色,南边十里外的酸枣山也越显得颜色惨黯。鸦鹊掠过天空,投向城楼、古塔、荒林,发着悲哀而急躁的叫声。三月中旬的晚风,还嗖嗖地吹,寒冷有如冬日。远近的村舍人家,那升起来的炊烟已随着夕霞而渐渐消散。小溪里淌着浅浅的水,越显得浑浊无色。古道之上行人稀稀,尤其再往南边山上去的那条路,简直是无人。

这时那菩萨庵的老尼姑在城中化缘归来,身背着十来斤米,手里拿着木鱼。她这在高山苦修的人,虽然身体无病,可是已五十多岁了,所以走路是非常的迟缓,走上了半里地,就得把米口袋放在地下歇一歇。如此,那灿烂的夕霞,渐渐地在她的眼前变黑了、飞坠了,可是距离着山上的庙还有三四里路程。她负着米,气喘吁吁地努力向前走去,心里时时暗念着"阿弥陀佛""南海观音大士,救苦救难菩萨"。

正走着,忽听道旁有妇人哀哭,她不由得止住了步,米口袋又放在地下。她弯着腰,迟缓地走近去瞧。黄昏的余光还可以隐隐照出路旁那妇人的面目和形态,她看出是个满面血痕和泪迹的少女,穿的大概是月白布的短衣裳,裤子是红的。她就蹲下身去问:"为什么事? 你在这里? 是家里的人打了你吗? 姑娘,你可以跟我说,我送你回去! "

在道旁地下坐着的正是荷姑,她一见有人来劝她,更是哭啼得厉害,她是真想不到,今天竟像是天地都改变了。午间她高高兴兴地随着未婚夫进城去做买卖,但一到了戴家,她就遇见了意外的事情,戴家的大老爷像一只凶虎,像一只饿狼,她如一只娇弱的小兽儿一般,被攫在那强暴的巨掌之下。她挣扎着,但又无力;她哭啼、打骂,也是不行,终至她的生命都被戴阎王给毁坏了。

因为她又哭又骂、又挣扎、又抓脸,戴阎王就瞪起了她从来没看见过的两只凶眼,发出她从没听过的怒骂之声,用那凶猛的大脚将她端出了屋门,并怒声骂着,说:"滚你娘的蛋,不识抬举! 有什么办法你使去吧,告诉你的男人,小心他的命! "并把他们费一日之力精心刻出来的花样,连同那三世所传、一家衣食所寄的样子本,全都撕扯得粉碎,如雪花一般地抛出屋去,洒在她的脸上。

荷姑艰难地爬起来,哭啼着走出了门,也不敢去见未婚夫。出了城门,更无颜再回村里去,她就一边哭啼,一边在路上茫然地走。她要寻死却又无那勇气,同时河水既浅,水井又远,路旁的树木虽多,但身边又没有一条富余的绳子。

她走出城来时,太阳还很高,如今也不知走出了多远,天色已昏暗了。她哭啼着,也没有一个人来劝她、慰她、救她,四周凄惨黯淡的景象渐渐坚定了她的死志。她已决定了死,然而在死之前却又眷恋着自己的青春,可怜丈夫过去的厚情,所以她哭得更是厉害。这时候老尼姑正从这里经过,向她询问详情并要送她回家去,但是,她却不肯吐露出实情,并且连自己住的村子和姓什么,都不肯告诉人。

老尼姑也无法,这个可怜的女子既不肯说实话,又不愿回家,实在无法安置。可是她是个出家人,既然遇见了这种事,就不能不管,所以她就苦苦地劝解说:"你就先随我到山上庙里去吧,我的那座庙名叫菩萨庵,你既是在这附近居住的人,大概也听人说过。庙里就我跟我的一个徒弟。你到我那里去住一夜,明天你若愿意回家,我可以把你送回去;若是不愿意回去,只要你家里的人不拦阻,我愿收你做个徒弟。佛门广大,善缘无边,观音菩萨又是最有灵验的,也许是咱们两人有缘,你受了佛祖的点化,应当与我在这里遇见。"

这如同给荷姑开了一条生路,荷姑就想,如今死既不能死,活也无颜活,倒不如削发为尼,以了此一生。所以她就忍住了悲声,流着眼泪答应了。她跟随着老尼姑往山上去,并帮着老尼姑背负那只口袋。本来她脚既小,身子又疲惫,力气更没有,走路便极为迟缓。老尼姑一路劝着她,并跟她讲述观音菩萨的种种显灵神迹,荷姑就流着泪听着。

两人走了许多时,才到了山上,山中虽无更鼓,这时约莫着也有二更时候了。这座菩萨庵是孤零零地建在山上,山上的树木极少,又无村舍,在这空阔茫茫、闪烁着万颗银星的夜色之下,这一间大殿两间配房的小庙,愈显得可怜。老尼姑上前啪啪地打门,荷姑也把米袋放在地下。待了一会儿,里边才有人出来开门,虽然没有灯,可是荷姑看出来这个人的身材很小。这人发着细声儿问说："师傅回来啦？"荷姑才知道是个小尼姑。

老尼姑喘了半天气，才说："把米拿进去吧，我带来了一个姑娘。她是受了家里人责打了，想要寻死，我把她带了回来，在咱们这儿暂住一夜。等到明天再细问她，她的家要是实在回不去，就叫她在这儿做你的师弟。"小尼姑听了非常喜欢，跑出门来，由地下拿起米袋来，荷姑便随着老尼姑走进了庙。

庙中的院子既狭，地下又不平，而且昏黑得什么也看不见，荷姑几乎撞在一个东西的身上。他觉得这个东西颇为庞大，而且是个活动的，往旁边一跳，脚踏在地下叮叮作响，原来是一匹马。荷姑吓了一跳，心说：这庙里怎么会有马呀？不免生起疑来。

她随着老尼姑往左偏房里去走，就听见那右边的偏房里，有人发出一阵咳嗽，咳嗽了约有一刻钟之久。那咳声使听的人心中都难受，可是那屋里却没有灯光。荷姑对此很觉诧异，就想：刚才老尼姑明明说这庙里只是她师徒二人，如今怎么会另外有人，还有马呢？她疑惑老尼姑也不是个好人，这高山、小庙、黑夜之间，说不定又许有戴阎王那样强暴的人出现，因此她心中惴惴不安，两条腿都觉得发抖。

跟随老尼姑进了屋中，见屋内并没有炕，只在地下放着两个蒲团。壁上有一盏菜油灯，那火光儿还没有萤火虫亮。老尼姑便坐在蒲团上休息，让荷姑也在旁边蒲团上坐下。那小尼姑把米放在墙角，就走了出去，少时又取来一个很破的草垫，放在地下。这里既没有饭，又没有水，荷姑是又渴又饿。老尼姑又不断向她究问为什么不愿回家，荷姑依然不肯实说，还是哭啼；并且因为看着这里的情形可疑，她也不敢再说求老尼姑给她剃度的话了。

老尼姑也极为疲倦了，只说了声："有什么话等到明天再说吧。"遂就盘膝打坐。她由旁边摸出了木鱼，徐徐地敲着，闭着眼睛低声念经。那小尼姑年只十六七岁，就坐在她师傅对面的破草垫上，也跟着念经，可是她的晴晴却不住地向荷姑来瞧。

荷姑拿手掠了掠头发，又撩起衣襟来擦了擦脸上的泪跟血，脸上抓伤之处很疼，两只脚也很疼。她想到了白天的事，简直不相信是真的；然而若不是真的,那自己可又怎么会到这里来呢? 这么一想,她的泪又不住地涌,心肠欲碎。忽然听得窗外马嘶,风吹窗响,并听那右偏房里的人又咳嗽起来了,她又一阵惊恐,身子发颤,眼泪可倒止住了。

又过了半天, 老尼姑的冗长的经咒已然诵完, 她手里还拿着木鱼捶子,可是已然靠着墙坐着睡着了。小尼姑站起来先关上屋门,然后吹熄了那盏灯。灯一灭,荷姑就更害怕,小尼姑却把草垫挪近了,把嘴挨在她的鬓,用极低的声音来问她说:"你在哪儿住呀? 为什么你要来这儿出家呀? 出了家可太苦啦,我在这儿是没法子。"荷姑被她一问,又流下了眼泪。

这时那边屋里的咳嗽之声越发剧烈,而且连续不断,而院中的那匹马又惊人地嘶叫了一阵儿。小尼姑就自言自语地说:"这匹马也是可怜。今儿一天也没有喂草,没有喂水,它一定是又渴又饿了。"

荷姑就悄声地向她问说:"你们庙里怎么还养着一匹马呀? 谁骑的呀? 那咳嗽的人是谁呀? 咳嗽的声音怪可怕的。"小尼姑说:"没什么可怕,那是个病人, 院子里的那匹马就是她骑来的。" 荷姑又问:"她也是出家的人吗?"小尼姑摇头说:"不是。"又叹了口气说:"唉,别提啦,那人也很可怜。据她说她是个老姑娘,可是一双大脚,而且穿着男子的衣裳……"

荷姑听到这里越发地诧异,小尼姑接着说:"她是由新疆来的,新疆我也不知道是在东边还是在西边,大概那地方离这儿远极了,她可是要往江南去办事。身上有很重的病,又咳嗽,又吐血,来到了这儿她实在不能往下再走啦,就上山来求我师傅。她说她是因为图走路方便才女扮男装。她说她是个好人,打算在我们这儿借地方歇几天,等到把病养好了她就走。我师傅想着佛门善地,应当处处给人方便,就答应她了。她在我们这儿已住了五天啦。我们这儿平时很清静,没有人来。可是昨天是初一,有许多施主来烧香。我师傅就想着:在这庙里拴着一匹马,太不像回事。她虽说是女身,可是谁看见她谁也得疑惑她是个男子,在这里太不合适,就跟她说了,叫她先躲避躲避,免得被香客看见,一传出去,那可就不好啦。她那个人真仁义,听了这话,一句话也没说,就挣着病,牵着她的马,跑到山南边躲避了一天。多半是因此又受了一些风邪,所以今天晚上她咳得更厉害了。"

荷姑仔细听明了这件事,心中的疑团和惊恐方才解开、消散;她觉得自身比那个病人更苦，且又牵挂着家中，想婆母和丈夫，不知他们此时急成了什么样子。小尼姑又在旁询问她的身世，她觉得小尼姑跟她的年纪差不多，又这样地关怀她，所以她就流着泪把自己的住处、家中景况、丈夫冯老忠的行业，以及今天所遇的使自己不能再活的事情，都一一说了出来，末了又求小尼姑千万别告诉旁人，并问她说："我想在这儿出家，你说行不行呀？"

小尼姑听完了，却不住地发着怔，回答说："我劝你还是回家去吧！今天的事，又不怪你，你若回去，你婆婆跟你男人都不能说你什么。你要在这儿，可不大好，一来能给我们招事，戴阎王他那个人虽然不好，可是他是我们这庙里的大施主，我们不敢得罪他；二来，出家也真是一件苦事，我们每月化来的米，总不够吃的，庙里又没有半亩香火地，要是添上你，可就更不够了。"又说："西配房住的那个病人，她倒是很有钱，一进庙的时候就写了五两银子的布施。"

荷姑默默地听着，心里渐渐活动了，不独寻死的念头已消，出家的念头也渐冷了。她想着回去也可以，不然婆婆跟老忠岂不更可怜？他们若知道我在这里，也一定要来接的，但是想起来白天所受的羞辱，她又悲泣起来。小尼姑也不劝她啦，回到她的那个草垫子上卧着睡了。荷姑的耳边仍听得见山风吹来的马嘶和咳嗽的声音，少时她也卧着睡着了。

及至天明，山风愈冷，荷姑半身卧在地下，觉得就像卧在冰上似的。她醒来了，睁开眼一看，老尼与小尼全都没在屋中，连蒲团跟木鱼也没有了。她不禁又吃了一惊，立时爬起身来，惊惊慌慌地出了屋子，却听得一阵低微的诵经声。原来尼姑师徒都在殿里诵经呢，她才放下了心。

只见云雾迷漫，风凉似水，小鸟成群地在天空乱飞，在檐上乱噪。那匹马不住地抖动着鬃毛，显出极寂寞的样子来。荷姑在院中站立了一会儿，觉得天地跟往常是一样，自己除了昨天做了一场恶梦，并没有别的损失，她又有点儿想家了。

待了一会儿，那尼姑师徒诵完了经，走出了殿。小尼姑拿着笤帚去扫院子，还望着荷姑笑了笑；老尼却走近前来，向荷姑说："你打算怎么办呢？我劝你还是回家去吧。告诉我你住在哪里？我可以把你送回去，一定劝你家里的人不再虐待你。"

荷姑却偬着窗棂说:"我不是在家里受了虐待。"说着眼泪又不禁滚落了下来。她低着头,悲哽着,就把昨晚跟小尼所说的话又都告诉了老尼。

老尼却合着掌,暗暗念了一遍短短的经咒,说:"这真是罪孽!戴庄主做了这件罪孽,他把以前所做的功德都毁了。"因此,老尼更主张送她下山回家。荷姑也就点头依从,一边拿衣襟拭着眼泪,一边跟随着老尼往庙外走去。小尼姑拿着笤帚送她们出了庙门,荷姑便回过身去道谢,泪仍然流着。此时烟雾渐散,朝阳已出,那老尼佝偻着身子在前行走,荷姑跟随在后,二人十分艰难地下了山。

荷姑还不如那老尼,她已然累得走不动了。老尼姑就让她指出她那村子的方向,她站着辨别了半天,才把方向渐渐看出来,但对于路径还是不大熟。老尼就顺着那曲曲折折的小径,带着她往东北的方向去走。一边走,一边谈,老尼并不断地劝慰她。但离着村子渐渐近了,荷姑反倒心中更惭愧,更悲伤。

此时阳光已很高,因为这不是大道,所以也没有什么人往来,村舍也都离此很远。树木倒是不少,附近还有几处坟地。老尼带着荷姑才来到这里,忽然看见有四五个人在树林里边绕着,好像是在寻找什么东西似的。荷姑也直往那边去看,心说:那几个人是在那边干什么呢?

这时那林里就有个人看见了她,他们彼此招呼了一下,就一齐匆匆忙忙地走出了林,迎着她们来了。老尼抬眼看了一看,原来她认识,其中有两个正是戴家庄上的人,老尼姑不由就发着怔站住了,但又打着问讯。

那几个戴家的人走到临近,就有个穿着长衣裳、有胡子的人,做出着急的神气,向荷姑说:"你昨天出了城,跑到哪儿去啦?你不直接回家,你男人可硬讹上我们,说是我们把你害死了。你弄的这是什么事呀?你男人跑到城里,在我们那儿闹了半天,后来我们好不容易把他劝走,他又跑到戴大老爷的庄上大闹,这真是岂有此理!戴大老爷又是个要脸面的人,昨天你闹的那事,就把他气坏了。又加上你男人不讲理,他躺在我们庄门前不走,直到现在还在那儿呢;我们还得有两人看着他,不然他也许上了吊!"

另一个家人又说:"我们出来就是为找你来啦。你快到我们庄里去吧,叫你那男人看看，我们没把你害死呀！"说着，又有人上来拉荷姑的胳臂。

荷姑流着泪，全身颤抖着哭，老尼姑却又念着"阿弥陀佛"，并劝荷姑说："你就跟他们去吧！劝劝你的男人，叫他跟你回去吧，各自都忍忍气，事情也就都完了。以后你们要多多烧香，菩萨必能保佑你们，叫你们再也不会遇着灾难了。"

这时候，荷姑心里已然没有了一点主意，对方的话，她都信以为真；被人强揪着的一只胳臂，她也无力夺回来。她又惧怕，心又疼，更不知到戴家庄见了冯老忠应当说什么话，不如一同死在戴家的门前吧。她一边哭着，一边随着那几个人走，绕过了树林往西去了。这里老尼也就像做完了一件功德，转身又迟缓地回往山上庙里去了。

这里一望无涯的青色天地，是很平静的，可是有一个人却惊惊慌慌地穿过了树林，往东北方向跑去。这人的胳臂上架着一只鹰，他跑得很快，鹰也就飞了起来，拿翅膀拍着他的脑袋。

这人正是城中的赌鬼神手张，他昨天晚上就已知道，冯老忠丢了媳妇，跑到戴阎王的宅前大哭大闹，招恼了戴家的家丁。他们把他拉到车房里吊起来抽了一顿皮鞭，然后并不留他，雇车把他送回了家。听说黄昏的时候，有人在南关亲眼看见了冯老忠，躺在一辆破车上，满脸是血，全身的衣服也都被鞭子抽破了，直挺挺地躺着，已然不像个活人。而戴家的两三个家人在后跟着，都是凶眉恶眼的，他们说是冯老忠借着卖花样子进宅偷了他们的玉瓶，所以才管教管教他；要不是看在他的家里有个老娘，怪可怜的，一定还要把他送入衙门治罪。

这是昨天的事，但在冯老忠没挨打之前，神手张明明遇见他在海泉居茶馆的门前发呆，而且还有人看见一个女的满脸抓痕，哭着跑出城去了。神手张觉得这件事情奇怪，可是他又不敢多说一句话，因为他受过戴阎王的教训。假定他说出一句话来，被戴家的人听见，当时也许不会有什么事；可是不出三天，他一定又得吃戴家的人一顿饱打，他又得一两月爬不起来，可是他的心中却非常的不平。

神手张因为债折了一头鹰，晚上熬鹰，一夜没睡，今天一清早他就来到郊外放鹰。先是看见戴家的几个人在各地乱寻找，他就觉得很奇怪，鹰也不放了,就避在一棵树后偷看着。后来,就见戴家的人又到斜对面的树林里去搜,而少时荷姑跟着菩萨庵的老尼姑就从南边来了。神手张看着戴家的人都直眉竖目的走出树林,眼看他们连欺哄带强迫,将荷姑揪走,看那样子是往戴家庄去了。他气愤极了,但又不敢过去,怕挨打,便骂道:"妈的戴阎王,这不是光天化日之下,硬抢人家的妇女吗?还有王法吗?还有天理良心吗?"

待那边的人向西去远了,他才出了树林,撒腿就跑,一直跑进了冯老忠的那个村子,但他还是不敢嚷嚷。进了冯家,看见冯老太太正在屋里,两只眼睛全都哭肿了。冯老忠遍体鞭伤,卧在炕上,呻吟不绝,就如同得了发发欲死的重病。神手张这才把鹰放在窗台上,向冯老太太说:"老太太,你还哭什么?快找找你的儿媳妇去吧。你儿媳妇昨天晚上,大概是在菩萨庵里宿了一宵,刚才,她跟着那老尼姑走在南边,就遇着戴阎王家的几个恶奴,连拉带揪地就把她抢走了!"

冯老太太大哭着说:"我哪里还顾得她呢?我的儿子还不知道能活不能活呢?"

神手张却说:"老太太,现在你们家里受了这种欺负,只有你出头了!你这大的年纪,谅戴阎王还不至也把你打死、抢走。你去到衙门告他一状,不然到他的村里寻死上吊,要你的儿媳妇。妈的戴阎王,我想昨天他还未必算这么办,一定是打完了你的儿子之后,恼羞成怒,索性一不做二不休,把你的儿媳妇也抢了走。老太太,到这时候还不出头吗?别怕,反正你也只有老命一条,为什么不跟他们拼上?灵宝县新任的县太爷跟戴阎王还没什么深交,他也不至于不秉公办事。"

冯老忠躺着,大声哭喊说:"妈,快跟神手张进城,告他们……"

冯老太太浑身颤抖,顿了顿脚,刚要跟着神手张去告状,这时就有邻居的两位老者闻着这里的哭喊声来了。其中有一位李老伯,是村里的一位医生,城里的事他也很熟。一听说荷姑被戴家的人抢去了,神手张催着老太太去告状,他就连忙拦住说:"你们告状去有什么用?县官还敢办他戴大老爷的罪名吗?他是武举出身,又当过镇台,比县官的职位高得多了。再说新任的这个侯知县,又是个胆子最小的人,他要是得罪了戴阎王,他那个七品官儿都许因此丢啦!

"张爷,你唆使老太太去告状,状告不成,一定更得招阎王爷发狠,他们什么事情做不出来? 现在这事我看老忠也不至于死,荷姑呢,她就是给抢了去,一两天也必定给送回来。他干这些事也都得背着庄里他的正太太,他的太太若是不嫉妒,他也不必在城里另盖房子安外家呢。现在这事情没法子,咱们只好忍。"

神手张听了这些话,虽然仍是不平,但也觉出了没有办法,这个李老伯说的话确实也对,并且还有一层顾忌呢:戴阎王不但人多势大,知县怕他,而且他还认得许多江湖人物。那些人明着是保镖的,其实个个携刀带剑,今天来明天走的,还不知道他们都是干什么的呢。三年前曾有人得罪过戴阎王,后来那个人就不知到哪儿去了,可是却在田沟里发现了一具无头尸首。

一想到了这里,神手张又不由得脖子有点发凉,他便又去劝冯老太太,说:"咱们且忍一天再说吧,看今天荷姑能不能回来。"冯老忠一边呻吟着,一边怒骂;老太太是坐在炕头上哭;两位老者在旁又不住叹气。待了会儿,神手张架上他的鹰,就无精打采地走了。

当日,荷姑又没回她的家,戴家的人且在城里宣扬,痛骂冯老忠,说:"他是想借此讹上我家大老爷,叫他的媳妇借着送花样子,要巴结我家大老爷。我家大老爷哪把她一个乡下丫头放在眼里,就给了她一个没趣。她急了,大哭大闹,后来走了,不定藏在哪儿啦,反倒故意指使出冯老忠去讹诈。"

听的人其实也都明白是怎么一回事,然而以戴阎王的淫威,谁又敢在背地里议论他一句呢。只有神手张,因为这两天的赌运不好,他的那只鹰,因他不会玩,也飞啦,他是烦恼加上气愤,时常嘴里嚷着、骂着,别人也不知他骂的是谁。

又过了四五天,冯老忠的伤势渐好了,可是还不能起炕。神手张去看过他一次,见他捶着炕大骂,一直要叫神手张搀着他去找荷姑。荷姑真是自那日起就一点音信也没有,究竟是她已经节烈地死了,抑或是她在戴家甘心做了阎王爷的小老婆,竟没人能够知道。

冯老忠就像疯了,暴躁,激动,与以前那忠厚老实的样子,完全换成了两个人。而他的母亲冯老太太也觉得戴阎王把她家害得太苦,不如去跟他们拼了。神手张在这儿又骂了半天戴阎王,可也劝了他母子半天,结果只好紧皱着眉走了。总之,这事还是没办法,就是城中的老拳师刘昆回来,恐怕也不能为他们作主,打这个不平。

神手张向来没家没业,因为他的表哥开着太平客店,买卖很兴隆,没办法的时候,他就跑到他表哥店里的厨房,见着什么就抓起来吃,他表哥也不好意思拦他,他就天天在店中的大屋子里混着。那大屋子里都是些南来北往的车夫脚行、商行小贩一类的人,神手张的怀里就永远揣着宝盒子,天天跟着一些陌生的人赌博。他虽然永远不能以赌发财,可是居然也没有大输过;因为他身无长物,输给人家几十两银子,顶多也不过扒下他的破夹袄来了事,反正不能要他的命。

这天晚上,他知道太平店里来了两个江湖人,一男一女,男的是叫花豹子,女的是叫赛青蛇。这两人并不是夫妇,可是他们常一同来往。这天当他们才一来到,戴阎王大概得了信,就派了解判官来这里拜访,相谈了半天。后来花豹子把解判官送出店门,说:"明天再见,明天我们一定去见戴庄主!"

那赛青蛇妖妖佻佻地站在过道上,也笑着说:"解老七! 你去跟戴大哥说,我们到了归德府,可看见了几个标致姑娘,你问他要不要? 他要是想要,你就说我包办,四百两银子一个,办来了叫他看,准得值!"

解判官回身笑着说:"这回他不要啦,最近他又弄了一个,是小户人家的,他还得玩些日子才能腻呢!"花豹子也笑着,与解判官又在店门前说了几句话。解判官走了,花豹子便又回他的房间里去了。

神手张看着花豹子那强壮凶悍的样子,就想着这家伙一定是个响马,戴阎王派他去杀谁,他就能去下手。还有板桥村住的那个姓余的,看那凶模样,也必定是他们的一类。戴阎王手下有这些个勾魂鬼,可真真叫人对他没有一点办法。因此,神手张非常发愁,自觉得胸中的这口不平之气,恐怕一辈子也不能够出了。

待了一会儿,忽见从外面又来了三位客人,一个是衣服敝旧、瘦如老鸦，一个是毛手毛脚的像是个仆人，但是其中的一位少年却气度不凡、身高膀阔，并且模样又极英俊。这三个人的马匹交给了店伙，他们就往后院去了。

又待了一会儿，那毛手毛脚的仆人来到大屋子里钻了一头，捏着鼻子又出去了。到了头一下更锣敲过之后，那瘦老鸦又到大房子里来住。虽然他不住地跟人套近，谈东说西，打听着事情，但神手张却只顾在那昏黯的灯光之下，同着一群人押宝赌钱，对于瘦老鸦，他并未十分注意。

可是到了深夜时间，他们的这场赌局还没有收，几个明天还要赶一天路的穷客人因为输急了，拼出不睡觉也要赌。就在这个时候，后院里就出了事，有人嚷嚷着说："动起刀来了！要出人命！"他赶紧收起了宝盒，跑出屋去看，许多人也都揉着眼睛爬了起来，都赶到后院去瞧热闹，他就眼看着韩铁芳单剑战败了花豹子和赛青蛇。大家都私下议论，说这位少年客人一定是江湖上的英雄好汉，花豹子跟赛青蛇两人是自找苦吃，别说他们，就是戴阎王出头，刘老拳师露面，也一定都不是人家的对手。

神手张听了这话，心中大喜，等到天将亮的时候，他就走出了店门，一直跑了三里去找冯老忠。这时冯老忠还没有醒，冯老婆婆拿了一点柴草，要去烧火，预备煎得了药，好给他儿子吃。但是柴草湿，燃不着，她很着急。她的衣服破旧，面目枯焦，因为儿子多日没做买卖，又得花钱买药，家中的粮米已然不继了。

神手张叫开了门，跑进来就大声嚷嚷说："戴阎王的报应到了！他的那俩朋友，花豹子跟赛青蛇那娘儿们都是响马飞贼，现在可都碰见对头啦！昨儿在太平店我亲眼看见他们惹恼了那里住的一位大英雄，人家使着一口宝剑，把他们两人打得屁滚尿流。那位大英雄是侠义好汉，十六个戴阎王也不是人家的对手。老太太你快跟着我去，到店门首等那位英雄出来，你就跪倒哀求，求他去找戴阎王，要回来你们的荷姑，还得给戴阎王一个厉害才成，叫那位大英雄把戴阎王杀了，才算给咱们这地方除害！"

此时，冯老忠在炕上已被吵醒，听了他的话，就奋然地坐起身来，嚷嚷着说："我跟你去！张大哥你带我去！"他要下炕，但两腿的伤还没有好，所以没等站起，就咕咚一声滚摔在地下。冯老太太大惊，张着双手直哭。

神手张赶紧将冯老忠抱起，又放在炕上，劝他好好地躺着，说："老忠哥！你的身体还不大行，你就在家里等着，我还是同着老太太去吧！事不宜迟，迟一会儿人家那位大英雄就许走啦。反正只是见人家一央求，冯老太太这大年岁，人家绝不能袖手不管，一定把老忠嫂子找回来就得啦，你别着急！"

冯老忠躺着大哭，说："不把荷姑找回来，我就不能活！"

冯老太太此时颤颤抖抖的，满面是泪，拉着神手张说："你带我走！我去求那位大爷，让人家听听这件事，评评这个理！戴阎王害得我家好苦……"

神手张说："老太太您就别哭啦！咱们快走吧！"于是他搀着冯老太太出了门，于晨光熹微之下，直走到南关，来到太平店的门首。

见那位大英雄同着那瘦老鸦和那个直打哈欠的仆人出来，正要上马，神手张就推着冯老太太上前去哀求，他却躲在了一边。先见那瘦老鸦在中间搅，不许管这件闲事；然而那位大英雄真是慷慨豪爽，义胆侠心，他不顾一切人的拦挡和劝阻，竟决然在此停留，让人将马匹牵回了店内。他并且先要细细查明了情由，去看看冯老忠被打伤的样子，他就谨慎地搀扶着冯老太太走了。神手张一看，不由得大为高兴，也随在后边到了那村中。韩铁芳在前，先同着冯老太太进门，神手张便也随在后边进。

此时韩铁芳已听老太太说明了原委，他面不动色，走进屋去。冯老忠就扒开了衣裳，给人家看那斑斑点点的血色鞭痕，接着便趴在炕上叩头，说："大老爷！您就做做好事吧！把我的媳妇救回来吧！我的媳妇是个贞洁烈女，她在戴阎王家一定不能依从！"

韩铁芳就问他："戴阎王打你是真，但你说他将你的妻子抢到家，可又有什么证据？"

这时神手张就迈腿走过来，先向韩铁芳抱抱拳，然后把胸脯一挺，说："我有证据，是我亲眼见的！"他遂把那天清晨，他在郊外放鹰，看见荷姑跟着酸枣山菩萨庵的老尼姑一路行走，遇见了戴家的恶奴，她就被人揪着胳臂带走了的事，详说了一遍。然后他又说："荷姑被他们抢到戴家，那老尼姑随后也就转头走啦。菩萨庵受过戴阎王好处，说不定是老尼姑在中间拉的皮条,我很疑惑她们。可是我也没敢上庙里找她们去问,因为去年正月初一,我上她那庙里烧过一次香,我觉得那里的小尼姑有点想调戏我,我不好意思去!"

冯老忠在炕上又磕头,老太太是不住地哭泣,韩铁芳就摆手说:"你们不要难过,也不要再着急了,我一定要会会那戴阎王。我不怕他生得三头六臂,我必会替你们出这口气,救回那被抢的女子。酸枣山,我也要上去看一看,如果那里的尼姑确实不守清规,助人为恶,我也不能饶!"

屋门没有关,这时那位会看病的邻居李老伯也来了,站在院中听了半天,听到这里,他就也走进屋来说:"菩萨庵的老尼姑在山上多年了,那个人不能错,她绝不能帮助戴阎王抢人。可是这些日,听说她的庙里养着一匹马,常有人看见放在山坡上吃草,可又不知她的庙里住着什么人。那座庙盖在山顶上,也没有什么人常去,有坏人在那儿住,倒许不免。"

韩铁芳怔了一怔,心说:尼姑庵里养着马,这可是一件奇事!遂就先掏出一锭银子来,交给冯老太太,叫她先以此度日,并买药医救他的儿子。冯老太太又要叩头道谢,被韩铁芳拦住。

此时韩铁芳的眉宇之间已露出来一种愤怒之色,他向冯家母子说:"你们好生在家中等着,不出三日,我必定将你家的媳妇找回来。"然后转身向神手张说:"现在你就带着我找戴阎王去吧!"

神手张一听这个分派,却有点退缩了,他说:"韩大爷,我带着您去也行,可是戴阎王有两个住处呢,一处在西边,离此五里,另一处是在城里。"韩铁芳说:"人既被他们抢到庄中,当然我们先要往庄上去寻。"

神手张想了一想,又说:"好吧!可是韩大爷,戴家庄还同不得县城里,戴阎王在城里虽说也横行霸道过,究竟他还顾着脸面,还不敢打死人;在他的庄子里,他就什么事都敢干了,那里简直就是阎罗殿。还有判官解七,那个人比戴阎王还凶。还有不少住在他家里的江湖豪客。他家的庄丁少说也有四五十人,都是他挑选的精壮小伙子,平日就有师傅教那些人打拳练刀。韩大爷!我可不是说您敌不过他们,我是想,顶好咱们先回去,带上您的那口宝剑,我也去找一条木棍子。"

韩铁芳摆手说:"那用不着,你只把我领到那庄前,你就赶紧躲开。我也并不一定要跟他们打架，我先得跟他们讲讲理。"神手张咧着嘴说："他们哪懂得讲理呀！"韩铁芳愤然说："如若他们不讲理，那就只好动手；我虽赤手空拳，可也不怕他们人多。"

神手张一听，这位大英雄真是十分有把握的样子，就把两脚一跺，招着手说："好！既然这么样，咱们走！拆他的阎王殿，打他们那一群忘八蛋！"说着，他先出屋去了。韩铁芳随后走出，身后的冯老忠还愤愤地嚷着说："大爷！您去千万给我出气！千万打死那戴阎王，要回荷姑来！别受他们的骗，他们很会说好听的话骗人！"

那李老伯却拦住韩铁芳，嘱咐说："也别太闹大了！他也真是不好惹！"冯老太太也跟了出来，又哭着向韩铁芳道谢，说："只要把我们荷姑找回来也就得啦！"韩铁芳便点头说："我全晓得！"他就与神手张出了村子，顺着田间的曲折小径往西南去走。

向侧面去看，北边就是县城，南边却是一脉高山，就是菩萨庵所在的地方。此时太阳已升得很高，阳春大地，风刮来，暖洋洋的。走了不多远，神手张就把衣纽解开了，露出他的胸脯，随走随跟韩铁芳谈话。他说："我是灵宝县长大的，自生下来就没做过正事，可是，没阔过，也没穷过。我这人最爱打抱不平，有多少街上的混混儿，都走了解判官的门子，巴结上戴阎王了；现在他们都吃得肥头大耳，穿的浑身绸缎，每个人都弄着两三个妍头。我可不，虽然他戴阎王有钱有势，我神手张绝不巴结他！他恨我，可是他除非叫人打我一顿，他也没有别的办法。"韩铁芳也很喜欢这个人，就随口夸奖了他两句；神手张更是乐不可支了，走路都直晃悠。

走过去五里多地，眼前现出了隐隐的一片青青绿绿的树林，神手张的脚步就有些慢了，高兴劲儿也仿佛减低了。又往前走，就看见那树林之外有一片瓦房，袅袅的炊烟散漫在空际。往那边去，就有一股道路，宽而平坦，似是新辟的。那边的村落还真不小，至少也有一二百户，地里有牛马，耕作的人也很多。天上一朵朵的白云，混入黑色的炊烟，衬上槐柳的绿色，真如一幅美丽的图画。神手张就向那边指了指，说："韩大爷你看！那边就是戴家庄，庄里边别人没有瓦房，有瓦房就是戴阎王家。您打算怎么样？是您一个人去？还是叫我同着您往那边去？"

韩铁芳说:"你就在这里等着好了,你不必往近处去了。"神手张说:"我可并不是怕。"韩铁芳说:"究竟你是个本地人,万一戴阎王晓得我是被你给领到这里的,他必要恨上你。此次我也许铲除不了他,可是将来我一定要铲除了他!"

神手张咧嘴笑着说:"我光脚的还怕他穿鞋的吗!好吧,我就在这儿等着您。有什么事我就赶紧跑回太平店,给您的伙伴去送信,给您去调兵。"说毕,他就在道旁的地下一坐,由裤腰带上吊着的一个破口袋内,掏出来几枚铜钱、一个空宝盒子和一块大饼。他拿起饼来就嚼,还说:"韩大爷可千万小心,他们会放冷箭!"韩铁芳也不再言语,大踏步往那边走去了。

此时东风渐紧,卷起来的沙尘如同一片一片的黄云往人的身上扑,并掠动着韩铁芳的衣襟。他昂然走去,越走,前面的村庄离着越近,田里耕作的那些人都扭头来看他。少时来到了村前,就有几只大狗扑过来向他乱吠。有穿得很整齐,像是庄丁模样的人就走过来,向他问说:"是找谁的?"因为看他的穿戴不俗,所以态度倒还不太傲慢。

韩铁芳就也拱了拱手,说:"这是戴家庄吗?我姓韩,我是路过这里。闻听戴庄主的大名,所以特来拜访。"

这个人把他仔细地打量了一番,又问:"你是干什么的?有名帖没有?找我们大老爷有什么事吗?"韩铁芳说:"有一点事,可是得见了你们的大老爷,我才能够说!"对面的这个庄丁一看,心里就说怪,看这样子还真像带点气儿。此时另有两个庄丁也过来了,也都来问韩铁芳,一个就说:"你姓什么?是从哪儿来的?要见我们的大老爷,也得先说明白了你的来历呀!"另有一个却说:"我们老爷没在家。"

韩铁芳仰面看了一看,只见戴家的瓦房盖得实在坚固高大,而且一层一层的,有五六个院落,四面都是黄石头垒成的高墙,真如同城堡一般。房瓦皆新,看着比洛阳望山庄自己的家宅的面积还宽广,而气派也更为伟大。韩铁芳就说:"不见了你们庄主的面,我无论如何也不能说。我姓韩,洛阳人,我来找他,只是想管一件闲事,但绝无恶意!"

对面的庄丁们齐都有些发怒,说:"你要管什么闲事,也得先说明了啊!"韩铁芳依然摇头不说,却直往村里走去。

　　几只狗都围住他乱吠,几个庄丁也一齐横胳臂将他拦住,且有个人挽起袖头,擦掌磨拳,过来要抓他。韩铁芳却往旁边闪避着,把眼睛瞪起来说:"你们不要无理! 我来找的是戴武举。他要是不敢见我,可以把那姓解行七的叫出来,我也可以把话对他说,却不能跟你们废话! "

　　一个庄丁双手叉腰, 发出来冷笑, 说:"解七爷可也不是那么容易见的! 干脆一句话,你要是把话说明,我们还许叫你进村子,不然的话,你就趁早儿滚! "韩铁芳也生气了。

　　就在这时,忽见从东边的一股小路上驰来了四匹马,荡起一片烟尘。马上的人是什么样, 在这里都看不清, 四匹马都像是架着滚滚的黄云而来。韩铁芳急忙转身,就见四匹马渐渐来近了,他看出前边的马上是个红脸汉子; 其次是一个白面胖子, 就是昨天到太平店内拜访花豹子的那个人;而最后的两匹马上,即是花豹子和赛青蛇,他们都瞪着凶狠的眼睛向这里来看。

第四回　凭义愤单剑驱贼众
访侠踪匹马越关山

韩铁芳冷笑了一下，心说：好办了。遂迎上了几步，拱一拱手，那四个人就全都下了马。红脸汉子手提皮鞭，迈着大步先走过来，问说："什么事？什么事？"庄丁一齐说："这个人要见大老爷，又要见解七爷。我们问他有什么事，他却不肯说，还直发横！"

立时，几个人的目光都聚在韩铁芳的身上。村中又出来了十几个庄丁，全都拿着刀枪棍棒。那个红脸汉子蓦然跳了过来，一手就抓住了韩铁芳的衣领，厉声问说："你是成心来这里捣蛋吗？"他用的力量极大，不但抓住了韩铁芳的衣裳，且要抠韩铁芳的脖子。

韩铁芳却也蓦将左手抄住了他的腕子，五个手指一用力，对方那人大概受不了啦，手指一松，立刻又要抢起他的那只拳头；韩铁芳的右拳却早已发出来，砰的一声，正击在那汉子的身上。那汉子的身子虽然不如一只莽牛，可也不亚于一只笨狗，咕咚一声，就坐在了地上。

身旁的十几个庄丁，一齐发出来叫骂，刀枪齐进。韩铁芳一面退身，一面握住了一杆枪，劈手就夺了过来。然后将枪飞抖，如一条银蛇般拦住了众人，他瞪眼说："你们这就要斗吗？不如先叫戴阎王跟解判官出来！"庄丁们一看这个阵势，有的就惧怕着向后退去，可也有的不知深浅，依然舞刀抡棍向前逼来。那边，才由马上下来的白面胖子，却大喝了一声："都住手！"

韩铁芳又向后退了一步,掖一掖衣襟,横枪伫立,瞪目前瞧。见这胖子的一声喝喊立时就把一群人的举动全都拦住了,他心说:莫非此人就是戴阎王?

这胖子本来像个富家翁,穿的是深灰色团龙缎子的衣裳,但他的两只眼睛发着贼光,不住向韩铁芳打量。他的面上堆出了笑容,走前来两步,一拱手说:"对不起,庄里人都是山野的村夫,不知道什么规矩。这位兄台请放下枪吧,有什么话,咱二位可以谈谈。我就姓解,在这庄上,一半跟戴大老爷是朋友,一半给他家管事。"

韩铁芳一听此人是解七,就蓦然将枪一抖,解七吓得变了色,赶忙向后去退。韩铁芳却不刺他,反向那些拿着家伙的庄丁戳去,庄丁们又大乱。那花豹子、赛青蛇两个人,也一齐抄了兵刃。红脸汉子更由道旁双手抄了一块大石头,向着韩铁芳打来,咕咚一声,可是没有打着。

韩铁芳也没有用枪伤人,只抡起了枪杆,将一个庄丁打得哎哟了一声弯下了腰去。他顺手抢过来那人的钢刀,然后以一只手将长枪抛往远处,单刀舞了个花儿,在怀中一抱,这才向解七和颜悦色地说:"我也很对不起! 我到你们贵庄来,本无恶意,因为你贵庄里的人先拿出了兵刃,我才不得不这样。好了,现在只要你们贵庄上的人都不动手,我也绝不伤人,咱们就心平气和地说说话吧! "

那判官解七已然退出了很远,脸色吓得比原来更白了;如今有花豹子和赛青蛇二人持刀在后边保护着,他才敢再往近走两步。他的脸上仍然带着笑容,拱拱手说:"请问贵姓? "韩铁芳说:"我姓韩! "解七笑道:"韩兄,失敬失敬! 昨天您是住在南关太平店里吗? "韩铁芳点了点头。

解七又说:"我早就听人说了,昨夜……"他回首指指身后的两个人,说:"这位柳兄跟柳大嫂都曾在店中与韩兄领教过。今晨他们到这里来,跟兄弟直夸奖您,很佩服您的武艺高超。今晨又有城里来的人说,你老兄才出店门要走,就被那姓冯的老婆子拦住了,她说了戴大老爷许多坏话。其实那老婆子是有疯病,韩兄你一想就明白,戴大老爷有这样大的田宅,他要找什么样的女子不行? 再说这里有三位太太,城里还住着两位,他已是五十多岁的人了,哪能那么荒唐? 岂能霸占一个卖花样子的媳妇呢? 老兄你可千万别上那老婆子的当！"

　　韩铁芳也微微地笑着，说："我并不是只信了冯老太太一面之词，我也亲身到她家中去看了。那冯老忠被你们打得奄奄待毙，那绝不能是假。"解七说："那是因为他到庄上来搅闹，口出不逊，才致招恼了我们这里的人。"韩铁芳又冷笑说："我今天来到你们贵庄上可也并未搅闹，你们贵庄上人的凶横，我可也领教过了！"解七就变了变色。

　　韩铁芳又说："我早已看出来，并且已访查得很明白很确实了，你们的庄主戴阎王实在是当地的一个恶霸。我韩铁芳生平最恨这样的人。此番我随同我的师傅出来……"

　　花豹子就提刀上前，问说："你还有师傅？请问你的尊师是哪一个？他姓甚名谁？他是哪一路的好汉？"

　　韩铁芳却摆手冷笑着说："不必告诉你！总而言之，我姓韩的此番西来，第一是为办理自己的私事；第二就是为剪除各地的强梁，援救孤儿寡妇、贫困流离，及被你们这些恶奴欺负的人！"说到此处，他的声音宏亮震耳，眉毛高挑，两目瞪起如寒星；手中的刀抬了抬，被阳光映得闪闪发亮。他就又说："可是，非到不得已之时，我也绝不伤人。尤其听说你们的戴庄主是灵宝城内刘老拳师的徒弟，刘昆他在江湖上倒还没有什么恶名，冲他之面，我不愿把此事弄大。现在你们就把那冯家的童养媳荷姑送回去，虽然你们已污辱了人家的妇女，打伤了人家的丈夫，但我也宽容你们一回，保你们无事！"

　　解七的脸色变了半天，忽然又皱起了眉，说："如果冯家的媳妇真在这里，那倒好办，当时我就把她送出来；并且我能够跟戴大老爷翻脸，从此不认识他这个朋友。兄弟也学过几年武艺，也走过江湖，打过抱不平，也做过侠义之事；可是据兄弟看，戴大老爷实在不是那样的人，这村子里也没看见抢来人家的什么媳妇。"

　　韩铁芳冷笑着，解七又说："这样办吧！且请你老兄进敝庄内歇一会儿，稍待一待，因为戴大老爷是上酸枣山菩萨庙里烧香去了。"韩铁芳一听说酸枣山，就十分注意，解七又说："他烧过香之后，也许进城，也许到山前板桥村去看看他的亲家，所以现在你要找他也很难。不如请进庄里等着，我派几个人三处去找他,骑着马,一定很快,管保不出半点钟他就能回来。那时你我当面问他是不是有这件事?他到底把人家的媳妇藏在哪里了?如果他承认了,那我立时跟他翻脸;至于你老兄想要怎样办,我袖手旁观,绝不帮助他!"

韩铁芳见解七说话倒还爽快,就点头说:"好!"当即跟随解七走进了村中,但手中的单刀并未放下。他进村不远,抬头就看见了戴家的大门,真是威风炫赫!两扇朱漆的大门,门框上还描着一道金边;当中悬着很大的一块红匾,上写金字,像大夫门口所挂的匾似的,写的却是"威镇汉南"。大门两旁有洁白如玉的很高的上马石,并有几棵枝叶飘拂的大柳树,树上拴着几匹马,台阶也很高。

韩铁芳被解七很客气地请进了二门,只见一片方砖砌成的地,里边通着很深的宽大的院落。两旁的配房全都很高大,而且连窗棂也都做得很是讲究。廊前都摆着盆栽的各种花木。韩铁芳在洛阳时还没看见过这样讲究的家宅。

此时已有个庄丁跑了过去,把东屋的门开了,解七就向屋内敬让。韩铁芳拱手谦虚了一下,就提着刀进了屋。这里原是三间客厅,一切的陈设皆是十分华贵,四壁挂着名人字画,书橱内也是琳琅满目,看上去是一个书香门第,哪里像是抢夺良家妇女、殴伤无辜乡民、绰号为"阎王"的恶霸的家呢?

他站在屋子当中,向四下看了半天,见左边还有一间套间似的屋子,有一扇木门,敞开着,可见里面并没有什么埋伏。韩铁芳就放心了,找了把向着那屋门的椅子落了座,刀就竖在椅子腿的旁边。他先微微笑了笑,然后即向解七说:"戴庄主既做过武职,家中又这样豪富,他何必做那些事呢?"

此时陪他进屋来的人除了解七和那花豹子,还有庄丁二名,他们手中的兵刃依然紧紧握着,眼睛时时盯着韩铁芳的动作,也都不说话。屋门虽然关着,可是窗棂上嵌有玻璃,从玻璃向外去看,就见院中站着许多人,个个拿着刀枪棍棒,且听得赛青蛇在院中带着气嚷嚷。

判官解七坐在韩铁芳的对面,倒永远是很和蔼的样子,听了韩铁芳所问的话，他就露出一点淡然的笑意，说："所以，冯家说他家的童养媳妇被这里抢来的事，我不相信！实在，我与我戴大哥相交已多年，他在汉中做总镇时，我正在秦岭一带闯江湖，现在你老兄可以到那一带去打听，我解七的名字管保还有许多人知道。后来，就因为戴大老爷与我成了莫逆之交，才遭了别的人疑忌，把他参了。他丢掉了官儿可一点也不怪我，反请我来到这里，帮助他治理田宅。

"十年来我跟他朝夕在一块儿，他的脾气我全都知道，要说他有点粗暴，遇着小不如意的事他就要发脾气，那倒是真的。因为子息艰难，他连纳了几房妾，也是事实。不过要说他硬抢来人家的妇女，那简直是恶意中伤，我想绝没有这样的事。待会儿他回来，韩兄你见了他，你就晓得了。尤其近来，他时常捐钱修庙，拜佛念经，简直是菩萨一般，与洛阳的韩老善人，差不多是一样有名了。"

韩铁芳一听，脸色倒不由得一变，因为他实在不愿被人晓得自己是韩文佩之子，那是自己的耻辱。当下虽经解七这样地为戴阎王辩解，可是他心中决不稍减怒气。解七又说了一些话，就站起身来，向他一点头，说："韩兄在此稍坐。我到外面再派两个人去叫戴大老爷当时回来。刚才去的人也许把话没有说明白。"韩铁芳也略略站起了身，把头点了点，就见解七出屋去了。那花豹子又斜着眼瞪了韩铁芳一下，也同着那二名庄丁，捧着刀，大摇大摆地走出去了。

此时解七站在院中，忽发出很大的声音，喊着说："都往前面去！在这里站着干什么？把刀枪都拿回去！收起来！用得着这个吗？客厅里的韩大爷，也是一位江湖好汉，在这儿等着咱家的大老爷，也是为见面交交朋友，你们别以为人家是找咱们打架来的。都去！去去。"他像赶鸡似的驱逐着院中的那些人，立时脚步声音一阵杂乱，都往前院去了。

解七也往前院走着，并大声喊问："戴雄！你没有见到大老爷吗？"外院似乎有人也高声答话，但因足音和说话的声音太杂，以致韩铁芳未能完全听清，只听见是说什么菩萨庵。韩铁芳不由得一阵诧异，心中猜想：莫非此时戴阎王真在那菩萨庵里？那庵里的老尼真不是一个好人？

当下他就想到那庙中去搜找，但是又怕走差了路，自己在此地路又不熟,倘若自己往菩萨庵去,而戴阎王又从别的地方回来,那么就得徒劳往返,耽误半天的工夫。自己是急于西上寻母,虽然人间不平的事情也要管,但岂可因此多耗费时间呢?

他心中非常急躁,站起来来回地走。旁边留下的一个仆人,给他又换来了一碗茶,眼睛却时时瞪着他。韩铁芳就问:"菩萨庵里一共有几个尼姑?都是好人还是坏人?你晓得吗?"仆人连连地摇头说:"我可不知道,我在这儿专管打扫这间客厅,外面的事我都不知道。"韩铁芳只好不问他了,发呆地又站了一会儿,就推开门,走到院中去。却见有两个人正在外院扒着屏门向里偷看偷听,一见着韩铁芳出屋,就一齐都跑了。

韩铁芳也往外院走去,却听见庄门外人声依然嘈杂,大门边还有许多拿着刀枪的人站着;此时他纵使要飞出去,也怕是不能够了。同时门外又有不断的车轮声音,也不知是哪里来的那么多辆车,像是有什么人要走似的。韩铁芳不由觉得诧异,知道必是有事,而且必与自己有关,他就要急忙回到客厅预备。才一上了台阶,就见从外面跑进来一个年老的仆人,一看见他就不敢跑了,拿眼睛不住地看着他,像个贼似的溜进里院去了。

韩铁芳瞪着他的背影逝去,然后拉开门进屋,忽然看见客厅里的那仆人,不知是什么时候走去了,而且椅子腿旁边立着的那口刀也没有了踪影。里边那个套间的门,刚才是敞开的,现在却关上了。韩铁芳上前用力一推,并没有推开,门从里边关得很严。那个仆人大概是趁着他出屋之时就把刀拿走了,跑到里面藏着去了。

韩铁芳向着里面一声冷笑,说:"你以为我没有了兵刃,就全无能为了吗?我今天本就是徒手来的,这口刀本就是从你们这里夺来的,你偷去了这口刀,我还会再抢两口刀!"他愤愤地就转身向四下寻找,然而这客厅里除了椅子凳子之外,再没有一件可以用之抵挡刀剑的家伙儿。

这时忽然院中又来满了人,隔着玻璃,刀枪光芒耀眼,并听有女人说话之声。韩铁芳企着脚向外去望,见有十多个妇女全都神色慌张,往外面去了,但他不知其中有没有那荷姑。待了一会儿,外面的车声又一阵乱响。韩铁芳这才明白,他们必是先把女眷送往城里,然后要以全力来对付自己。由此可见他们也是知道我不好惹,他们一定预备着毒辣的手段了,是决定把他的庄子跟我一同拼了。

此时窗外的人个个全都威风百倍，刀枪都乱抢乱抖，那花豹子并且口中大喊，说："小子！你别忙！你等一等，油锅这就快烧热了，炸焦了你，我们要请客！"

韩铁芳也不言语，然而心中却甚急，他先将屋门闭上，搬了一张红木桌子顶上。外面的人都大笑了起来，都笑他胆怯，其中有一个人笑得尤其厉害，并说："原来是这么一个软蛋包呀！解七爷也是，何必还去请余二爷呢？咱们这些个人，难道就不敢下手收拾他吗？是什么了不起的人物呀？"

韩铁芳一看，这人正是刚才在屋里伺候他的那个仆人，他手中的刀也正是刚才自己拿的那口刀。因此他便知道这个套间里一定能通到别处，不然门关得很严，他是如何出去的？于是，韩铁芳便又抄起了一把很沉重的红木椅子，向着那套间的门上一打，哗啦一声，就将门里的插关打开了。他就手提着椅子走进了套间，只见屋中设有一份床帐，而从那帐子的后面撩起，就有一扇后窗，还在微微地扇动着。

韩铁芳提着椅子跳上了床，将椅子先扔出窗去，就听外面哗啦一声，而这时床底下也响。他急忙回头，却见有一人自床底下爬出来，抡刀向他背后砍来。韩铁芳的左脚一转，右脚踢去，正踢在这人的腕子上，这人的刀便飞了出去，当啷一声落在地上。韩铁芳就趁势往下一扑，那人又抡拳来打；韩铁芳又一手抄住他的腕子，一手抡拳打去，砰的一声，这个人就应拳晕倒在地。韩铁芳跳上一步，将刀拾起。然而这时外面已有几个人将门打开，一齐进来了，刀枪齐进。韩铁芳冷笑着舞刀应付了几下，又跳到床上。

外屋的人愈进来愈多，屋子太狭，韩铁芳的刀也抢不开，他就一脚将后窗踢开，身向窗外跳去。却不料这院里原来也有许多人正在等候，立时十几杆枪几口刀一齐逼来。房上且有人大声地喝喊，围着他的人就一齐向旁去闪，房上却伏着四个人，持着四把弩弓，弩箭如蝗虫一般嗖嗖射下。

韩铁芳运用着刀法，一连拨落了几十支箭。而屋里的人也都由后窗钻出来，连同院里的十几个又刀枪齐上，一齐围住了韩铁芳。韩铁芳的一口刀上下翻飞，身子前蹿后越，左转右挪，与这些人杀成了一团。房上那四个人恐怕伤着了他们自己人，倒也不再放箭了，都提着刀顺着墙爬下来过来帮忙。韩铁芳是越杀越勇,一连被他砍伤了四五个人。

这院子本来很大,前院里的人也都涌往这里来了,一共三十几个人,个个手中都有兵刃;但是除了赛青蛇与花豹子之外,其余的人武艺不但不高,简直可以说是不会。先前他们还都有些勇气,乱砍乱刺,如今他们的伙伴死伤了几个,血色吓破了他们的胆,韩铁芳手中的刀光搅乱了他们的眼睛,他们倒不敢向前了。这些人都在六七步之外,空摇晃着手中的兵刃,嘴里空嚷嚷着,空喊骂着。只有花豹子和赛青蛇还将将能够应付得住。然而又十来合之后,赛青蛇也哎哟一声叫,狠狠地骂了一声,跳到了一旁,她的葱心绿色的小袄儿胳膊上已浸出了血色。

此时外面又有几个人进来,有一人像霹雷似地喊道:"都闪开! 我来会会韩铁芳! "

韩铁芳也向旁一跳,收住了刀势,心里十分诧异,想着这里如何有人知晓我的名字? 他抬头一看,就见出外面进来的是五个人,都是身材特别高的大汉,其中就有判官解七。解七的身后有一人,黑胡子,身穿一件闪闪发光的缎子裕袍,大襟掀起,袖子也挽着,这人的年纪约有五十岁,从气派上及众人对他的敬畏的眼光来看,就可以知是这里的庄主戴阎王。

当下一场纷乱的厮杀忽然停止,戴阎王在许多人提刀持枪的保护之下,走了过来。相距约有两丈远,戴阎王止住了步,怒目视着韩铁芳,他厉声说:"我认识你! 你是洛阳城的韩大相公。最近你很出名,在洛阳城保护娟寮,打伤了独角牛;你的爸爸死了,你又散尽了家资,出来闯荡江湖。我听说你的武艺还可以,西路上现在有许多豪杰,都正想要会会你呢! 你今天若是好意来见我,我还可以跟你交一交,有我姓戴的照拂你,管保你在西路上少吃一点亏。"

他才说到这里,韩铁芳就拿刀一指,止住了他,厉声说:"你不要说了! 你既然知道了我的来历,那很好,你也可以因此明白,我来此并非为慕你的名声,或是要藉你的财势。我今天来找你,只是为冯家童养媳失踪之事。究竟你抢了来是藏在哪里? 你快些实说,快些给送出来,我还可以不深究;否则我韩铁芳就要为本地剪除你这个恶霸,丝毫不容情! "

戴阎王把脸沉得更为可怕,冷笑着说:"好! 好! 既然你说到了这里,我要不承认，也许显得我怕你。跟你实说，冯家的童养媳确实已成了我的人了。她现在是一步登天，非常高兴，我也很宠爱她。现在我把她安置在一个很舒服安稳的地方，你要想找到她，可是不能够。今天我也知道你不肯罢休，你是初生的犊儿不怕虎，我也知道你是想在我这里闹一闹，你好因此出名，就把西路的豪杰都能镇住了。其实你才错打了主意，得罪了我，不但叫你西路难通，简直今天你就休想离开此地！除非你现在就扔刀跪下求饶，我还许念你年轻……"

他刚说到这里，韩铁芳一跃上前，抢刀说："你就不用多废话了。今天你若交不出冯家的童养媳，我们就且较量较量。我要看你做过总镇的人，到底有多大的势力，竟敢强抢民女。我还会会你手下的那些鸡鸣狗盗！"说着就扑了上来。

戴阎王却不住地向后去退，他身后有两个大汉一齐舞刀过来，说："小子你别逞强！现在就叫你死无葬身之地！"两口刀寒光闪闪向韩铁芳来砍，韩铁芳铛地磕开了一口刀，另一口才削过来，也被他闪开。

他本来学的是剑，如今刀代剑用，自然不大合手，然而他的力气十分充足，对方虽有两个人，但他毫不放在眼里。又数合，花豹子也上前来了，那两个人的刀舞得更凶，虽然三个战一个，仍是不能获胜。那边戴庄主拿着一杆大枪，喝令众人一齐上手。有了大老爷的吩咐，于是那些个庄丁们又都振起了勇气，就刀枪齐上，将韩铁芳团团包围住了。

韩铁芳一看情势不好，自己争斗了半天，抢刀不下数百回，手腕都觉得发酸了。他咬着牙，自己也不知自己的样子是多么凶了，钢刀又速挥，砍伤了五六个人，杀出了一条血路。戴阎王大喊一声："休放他走了！"韩铁芳已如狸猫似的，一耸身上了房。

房上早有两个人在等着，他一上来，弩箭连珠一般射来。幸仗韩铁芳腰腿灵便，手疾眼快，不等到箭近身来，他就早已躲开。他脚步连跳，就飞下了房，又到了前院里。此时这里倒是没有人，但是房上的弩箭不住向下来射，那后院里的一干人众也一齐呐喊着追了出来。韩铁芳疾忙跑到最前院，这里有两个拿着刀的庄丁，但是一见韩铁芳出来，他们反倒一齐跑到屋里去了。

大门已关，院墙又高，后面追的人赶来了，尤其是那戴阎王，用那霹雷似的嗓子喊道："谁要把他捉住，我就赏他一百两银子！"韩铁芳跳墙既然不成，要回身迎战，却又感觉自己寡不敌众。正在着急，忽然看见西边有一个夹道，他就急忙往那边去跑，由那边却又转往后院去了。

一连进了两层院子，就来到了一个土院子内，只见这里种着许多菜蔬，菜花开得跟一片金似的。院子里有一眼井，四五个半老的仆妇和一个十四五岁的丫头，正在这里打水、浇菜、捉菜上的虫子，熙熙乐乐的仿佛是另一个世界。她们似并不知道隔着两三个院子那边，刚才就有一场凶杀；但是一见闯进来这么一个男子，而且满头的汗，手提着染血的钢刀，她们可就也都吓了一跳。且有个仆妇就扔了辘轳把，水罐咕噜噜地坠到井里去了，她张着手惊呼道："哎哟！"

韩铁芳赶紧摆手说："不要怕！我也是这庄里的，解七爷叫来问问，冯家那媳妇走了没有？"仆妇跟丫鬟们这才缓过点颜色来，一个仆妇就说："刚才都一块儿走啦，现在就剩下我们这几个人啦！"那丫鬟在旁辩正着说："什么呀？他问的是卖花样子的那冯家的媳妇，不是问的冯妈。"

韩铁芳点头说："对了！我问的就是那名叫荷姑的，被咱们庄主抢来的那个女子。"

丫鬟说："她不是来了就骂、就哭，招恼了咱们的大老爷吗？到昨天她才渐渐好了一点，给她送去的饭，她也吃了。可是今天一清早，也不知是因为什么，忽然大老爷派了人，连拉连扯又把她送走啦！"韩铁芳赶紧进一步问："送往哪里去了？"丫鬟的神色渐渐现出了惊疑，说："大概是送到菩萨庵去了吧？因为她哭着闹着说要去当尼姑嘛！"旁边的仆妇都指着她说："你多嘴！"

这时前院的呐喊之声又渐渐地真切，韩铁芳知道是那些人将要搜到了这里，他觉得若站在这里不走，又将免不掉一场凶杀。看看这菜园子是在庄院之外，虽然有小门通着里边，但这里的墙却是很矮，韩铁芳就提着刀跳过了墙，又把那几个仆妇吓得直叫。

这短墙之外，依然算是村里，人家稀疏，犬声时闻，田里有人在种地。虽然他由墙里跳出来的时候没有人注意，可是现在他披着衣襟，挽着袖子,手里提着钢刀,沿着小径很快地往南去走,田里的人可就都有些发毛,都直着眼睛扭着头望着他。看他提着刀还不足为奇,戴家庄的庄丁抢刀弄棒是常事;而最奇怪的是大家都不认识他,而且他这样英俊的人,实在是惹人注意,真比大姑娘还长得清秀,可是他那满面的煞气,却真吓人。

这时日已过午,天气更暖,韩铁芳的里衣已为汗所湿透,他又没有脱掉了长衣扛在肩头去走的那样习惯。他不愿再与戴家庄的人做无谓之争,目的是代冯家找寻荷姑。他由刚才庄里的许多人露出的话来猜测,那荷姑十分之八九是在菩萨庵里了。眼前一脉焦黄色的山,虽然不太高,然而形势却显得那么凶恶,天空有几只狰狞的鹰鹞在飞盘着。韩铁芳很快地向前行走,走出有一里多地,回头一看,就见戴家庄的人已然追赶来了。韩铁芳虽然不愿意被他们赶上,又徒事争斗,但是也不愿急速地跑,显出来自己懦弱无能,便仍然不急不缓地走着。走了又约二里,回头再看时,那些人却又没有了踪影,不知都回去了,还是转向别条路上去了。

他走了多时,便来到了山下,向上一看,这座山虽名为酸枣山,其实不要说是酸枣树,就连一棵旁的树也没有。童山濯濯,草都很少很短,可是有一匹马在山坡上低着头啃地。这匹马是黑色的,这种颜色在马中最不值钱,但是颇多良驹。韩铁芳一看这匹马,虽然很瘦,浑身也很脏,像是多日没有洗刷,然而样子却非常的矫健,真是一匹纯粹伊犁种的良驹。他的心中就不胜喜爱,心想:听说这尼姑庵里常养着一匹马,多半是有江湖大盗、绿林恶人潜居于此。这里的贼说不定也是个出家的人,向与戴阎王勾通,所以今天他们知道我要为荷姑的事来找他们,就先将荷姑送到这里来藏匿了。这里至少有两三个强盗,比花豹子等人还许要凶恶,我倒要以力敌一敌他们。

因此他就不敢太累了,脚下很缓,一步一步地走上山去。走到那匹马的面前,他又坐在山坡上看了一看,越看越觉得这匹马好,就想:幸亏这匹马既瘦且脏,本地又没有懂得马的人;不然这样放着,又没人看管,岂不要叫人给偷了去吗? 又想:这里的强盗既然有这样的好马,可见绝不是等闲的强盗,说不定也是黑山熊的党羽。倘若能在此打降了贼人,逼问出现在黑山熊住的地方,然后去寻找自己的母亲方夫人,那可更好了,可以说是一举两得。于是他心中一阵奋发，便不再歇息，噢地站起了身，把衣襟又掖了一掖，袖口再挽一挽，就鼓着勇气，向上去走。

眼前虽然有一个很小的庙，可是附近并无人家，也没有树木，连鸟儿都很少。韩铁芳上了山岭，来到庙门前，见山门紧闭，横额上刻着三个字："白衣庵"，里面十分岑寂，不像是有什么人住着似的。他上前用力一推门，门就开了一道缝，他反倒觉得踌躇了，想着：万一庙里没有强人，只是尼姑，自己带着刀闯入，岂不倒叫她们疑惑自己是强盗了吗？回头四下看了看，无人，他就把刀放在墙根立着，然后迈步走进了庙门。

忽听得几声咳嗽，韩铁芳倒觉得非常惊讶；因听这咳嗽声与别的不同，简直如同敲击着铜钟似的。他举目去看，就见西边有一间偏房，台阶上坐着一个人，身穿青绸衣，绛紫色绸裤，白绫袜，青缎的双脸鞋。这人手中拿着一根四寸长的细竹棍儿，低着头正咳嗽，咯咯的，一口气高高提上来，又深深落下去，但总是吐不出憋闷在他胸中的那口痰。

韩铁芳看了，心中觉得非常难过。因见这已是一个病入膏肓的人，自己的一腔怒气反倒都消失了，并且连脚步都不敢急促了。他慢慢地走了过去，到临近五步之外站住了；低头一看，见这人的头发很多，梳的辫子很长，且两边的发遮住了脸。

这人见有人来，就抬起了头。韩铁芳见这个人年纪也不过三十来岁，长得眉目清秀，看来以前倒是个翩翩的美少年；可是现在因为有病，脸儿是极其削瘦，十分苍白。韩铁芳就问说："你是这里的什么人？庵里的住持在哪里？"

这个病人却突然将眼睛睁大了，直直地望着韩铁芳，脸上露出来一种惊疑的神情，咳嗽也止住了。韩铁芳就又问："你是在这里干什么的？你一个男子，为什么住在这尼姑庵里呢？"他低头看看这病的瘦脸儿，倒很担心这个人也许不容回答出话来就会死的。

却不料这个病人突然一挺腿，站了起来，身材是又高又细，他用尖细而微弱的声音，怒答道："你问我？我还要问你呢，你一个男子为什么来到这尼姑庙里？"他怒瞪着眼睛，由眼中仿佛射出一种厉害的光焰，瞪得韩铁芳不敢去对他的眼光。

韩铁芳一低头，又吃了一惊，看见这病人的手指极细，拿着的那支小竹棍，却是带着尖锐铁头的一支小箭。他也厉声说："我看你绝不是好人！你住在这里，还养着一匹马，你的来历一定不明，不是江湖盗贼，就是戴阎王的一伙儿。我现在到这里，就是为找冯家的童养媳荷姑，你们把她藏在什么地方了？你快说！不然……你一个病人，我可不愿意同你动手，可是你得小心些。我是才从戴阎王的家里来，他庄上几个人都已被我打败。我恨的就是你们这般强盗，帮着恶霸任意横行，欺压良善的乡民！"他发着威，对面这个病人却嘿嘿的一阵冷笑，但是接着又用手紧紧地按着胸头，剧烈地咳嗽起来。

此时，由东边的配房里跑出来一个小尼姑，韩铁芳倒退了一步，觉出自己进来是有些不对。而那病人却指着韩铁芳，向小尼姑说："你来看看这个人……人！他要……在你们这里寻什么荷姑呢？"他咳得说不出整句的话。

这时小尼姑站着发呆，而老尼姑也由那屋里走了出来，迎着韩铁芳打着问讯说："施主你是来寻荷姑吗？荷姑的事情实在是怪，她那天来到这里住了一夜，哭着要在这里出家。我因为庙里太穷养不住她，又听说她是卖花样子的冯家的童养媳妇，我就劝着她，要把她送回去。下了山，还没有走到她的家，就遇着了戴家庄上的几个人。他们说是她的丈夫为去寻她，正在戴家的门前大闹，并且要寻死，请她去劝一劝。我想应当把大事化小事，小事化无事，就叫荷姑随着他们去了。我想她一去，把她的丈夫一劝回去，也就完了，可没想到……"

说到这里，她不禁念了声阿弥陀佛，又说："真是罪孽！我没想到戴庄主平日行善好修的人，竟会做出那事。前天我下山遇见戴家村里的一个人，这人的姓名我不必说了，他是与戴庄主同村子住；据他说，只见荷姑到了戴家里，可是没见再出来。现在有些人说荷姑是被戴家强占了，我也有些相信，可戴家的人却又都很生气，都说冯家是借着这件事情，要敲诈他们。"

韩铁芳突又问说："今天早晨，戴阎王是不是到你们这里来过？"

老尼摇头说："没有，我们这里除了初一、十五，轻易也没有人来，这里又不是大道。戴庄主倒是常从东面的山路走过,往板桥村去找他的朋友。板桥村的那个姓余的倒确实不是好人。"她缓了一口气,又说:"自从荷姑的事情出了之后,戴家倒是派了两个人来这儿看了看,他们都是很不讲理的。可是我们这里只有师徒两个人,这位施主又是身患重病,人也很老实。所以他们也没再骚扰,来这里问了问荷姑在这里住的那宵的事情,就下山去了。"

韩铁芳把这老尼的神情态度仔细观了一番,知道她所说的并不是假话,戴阎王不定把荷姑藏在哪里了,他故布疑阵,骗了自己来此,可又不知他们是什么居心?当下他转身要走,不料有人说了一声"别走",将他拦住了。他倒吃了一惊,扬目去看,见正是那个病人;那么瘦的脸,那么细的腰,简直像一具骷髅似的站在他面前。

这人却把身子立得很直,眼睛瞪得很大,问说:"你是干什么的?刚才你们说的那戴阎王,霸占了什么荷姑,那是什么时候的事情?"

韩铁芳见这个人说话一点儿也不客气,而且两只可怕的眼睛直直地瞪在自己的脸上,他倒不禁又退了一步,就摇头说:"你不要细问了。我劝你病若是稍微好一些,就赶紧走,你一个男子,又带着马……"那小尼姑赶过来似是要说什么话,却被这个病人用眼给瞪了回去。韩铁芳愈觉得生疑,就接着说:"你在这里住着太不便,现在就有很多人疑惑你了。而且这么清苦的地方,你的病也绝不能在此养好!"

这个病人却冷笑了一声,显出来生气的样子,厉声说:"你是什么人?管的事情倒真不少,连我在这里养病你也要管,我看你的来头还像不小呢!你先说说,你姓什么?你是哪里的人?你既然要与戴阎王作对,想你必然会武艺,你的武艺是从什么人那儿学出来的?告诉我!"

韩铁芳一听,这个病人虽然声音窄,但说得很快,而且是纯粹的官话,他说话时的姿态有点儿像女人,眼睛却瞪得很大。韩铁芳不由又往后退了一步,就说:"你要问我的来历也行,我是自洛阳来的,原是要往祁连山去。"

对面的病人就立刻惊讶,问:"你要到祁连山去做什么?"

韩铁芳说:"去访一个人,由这里路过,为冯家的事情,我才停留住。我虽不是有什么来头的人，武艺也不敢说怎么高，但我立志要打遍了江湖恶霸，扶助那些孤儿难女。你是个什么样子的人，我也不愿详细追问。我刚才劝你走，你若不走，我也不勉强你，但是你可要规规矩矩在此养病；如若你敢多事，从中打搅，或是帮助戴阎王，那你可也要小心！"说毕不再理这个人，就一直往庙外走去。

他出了庙门，由墙角拾起刀来，不料那病人已然追出来了，问说："喂！你姓什么？留下名姓！"韩铁芳提着刀发怔，觉着这个病人太奇怪了，同时自己又真羞于说出自己是姓韩，只说："我姓方！"对方的人更是惊讶了，过来一把就将他拉住，瞪着眼睛直直地看着他的脸，说："你姓方？你是凉州府的人吗？"

韩铁芳觉得这人是认错了人啦，就一夺胳膊，想不到竟没有夺开。这人的五个又长又细的手指头，简直如同五个铁夹子，虽然夹住了自己并不觉得痛，然而要想脱开是怎么也不能够。这人另一只手还拿着那支小弩箭，韩铁芳不得不横刀做准备应付的姿势，厉声回答说："你快放手！我与你素不相识，你不要认错了人。你一个病人，我真不愿意跟你惹气，你快点放开我！"

这病人却一点儿也不为他的威严所吓，眼睛直直地瞪着他，露出一点儿女人似的忸怩的神情，说："我看着你的样子很是眼熟，使我想起来了一个故人。我现对你真是毫无恶意，你别疑惑，我也不是什么强盗土匪，我是由……"他迟豫一会儿，才说："我是由西安府来的，打算往北京去，不意走在这里病了，就淹留了下。请你告诉我详细的来历……"

韩铁芳益发觉着这个人奇怪了，又仔细地看了看他，真不能断定这人是男是女，就想：他既然说的是北京话，也许是个宫里的太监，因病流落在此地，也怪可怜的。他手中那支小箭，不定是从哪里拾来的，大概是个小孩子射鸟用的玩意儿，其实他未必会武艺。

于是韩铁芳就气色缓和了一点儿，说："你绝不会认识我，我是才从洛阳出来，以前并没出过外。实同你说，我不姓方，我是姓韩，我的原名良骥，号叫铁芳。"说出来，自己觉得真真惭愧，心说：叫人知道我是韩老善人之子还不要紧，万一晓得我是那不仁不义的柳穿鱼韩文佩之子，那我的脸上得多么无光？

　　他这样想着，那个病人也顿然像很失望的样子，就将他的胳臂放开了，退后了一步，面上呈出一种悲戚难过的样子。这时那匹黑马慢慢地走上来了，走到它的主人身边，病人、瘦马，并且在这莽莽的荒山之上，情景十分的凄惨。韩铁芳就又嘱咐说："我劝你还是离开这里，我同戴阎王已决定了拼命，说不定就要打到这座山上来。你这人倒不甚要紧，这匹马实在是招事。"那病人这时又弯着腰，剧烈地咳嗽起来。

　　韩铁芳转身走了几步，听见身后咳嗽又止，他忍不住回头又去看，就见那人往地下吐了两口痰，依然面色苍白，喘息不止。韩铁芳心中不由有点发紧，暗道：这个人一定是活不长了，他若死在这，岂不可怜？我不如打听明白了他的身世，如果他在近处还有什么投奔呢，我就资助他几两银子叫他去吧，死了也好有人埋葬他。于是又回身走了两步，忽见这个病人一扬胳臂，喊了声："小心你的身后！"韩铁芳吃了一惊，急忙回身。见原来身后十步之远站着五个人；其中三个人提着刀，两个人拿着弩弓，都向他发着狞笑。他就赶紧又向后退，把刀一横。

　　对面为首的正是刚才在戴家庄与他交过手的，那武艺颇为不错的大汉，这人率众逼了近来，把明晃晃的钢刀举起，说："韩铁芳，你逃到这山上来，就以为没有你的事了吗？你低头向山下看看！"韩铁芳往四下一看，原来东西南北，各路都有拿着刀枪弓箭的人齐往山上爬来，足有四五十个，其中还有戴红缨帽的，好像是官人。

　　韩铁芳将身侧了侧，一眼看见那病人牵着马还在庙门外站着，庙里的小尼姑跑出来拉他，他却摇着头不肯进去。韩铁芳就急喊一声："你们都快进去，关上门，不要在外受了误伤！"又向那大汉说："你们来此与我一个人拼命，可千万不要伤了人家庙中的尼姑和在这里养病的人……"才说到这里，嗖嗖两支箭向他射来，幸亏他躲闪得敏捷，都没有射中。

　　韩铁芳气极了，抢刀跳起，直扑大汉，骂道："你们骗我来到这山顶上，率众围我，算是什么本领？施放冷箭，又算是什么英雄？"说着他一刀砍去。大汉用刀相迎，旁边二人也一齐舞刀过来。韩铁芳就将刀一抡，身随刀转，立时那大汉惨叫一声倒在地下，旁边几个人齐声喊道："伤了余大爷了！"

弩箭又嗖嗖地射来了几支，但都被韩铁芳用刀扫落。

韩铁芳看着南山坡下的人还少，他就虚晃一刀，往山下就跑。不料下面的人有很多都拿着弩箭，都放出箭来，如投林的乱鸟一般，向他乱射。他蓦然觉得右臂一疼，赶紧止住了脚步。这时上面也有几个人飞奔下来，一齐举刀要从背后来砍他；然而不知是为什么缘故，没等到他们临近，就都怪声地喊叫着，扔了弩弓抛下刀，跟球儿似的滚下来了。

韩铁芳不由吃了一惊，他刚要回首去望，下面的箭又飞了上来，他赶紧躲开，脚踏乱石往山下去跑。不料十几个人都迎截上来。他一生气，索性扑奔下去厮杀，右臂虽痛，他也不顾，又被他挥刀砍倒了两个。

他看出这与他对敌的众人之中，有戴着红缨帽的五六个，就不由得缩了手，往旁躲避。却见官人们都一齐喊叫："捉住这强盗！他敢杀伤人？"又听有人嚷嚷："山上还有一个强盗呢！一齐捉住！"韩铁芳便飞跑下了山坡。

这时山阳有十来个人又扑上他来，其中还有几个人骑着马举着长枪，都大声喊："他是强盗！不要放他走！"那戴阎王真像统领似的，骑着一匹紫色的大马，手拎着长枪，飞驰过来，说："韩铁芳，我今天要叫你逃出这灵宝县，我就不姓戴，我生平没受过这样的欺侮，你这小辈！"那花豹子也催马过来。

韩铁芳站定身，缓了一口气，将刀换左手握着。他的右臂上中的箭虽早已掉落了，可是血色浸透了袖子，他可益加奋勇，刀舞如飞。花豹子跳下马来，在步下与他厮斗，戴阎王却骑在马上以长枪不住地向他狠刺，旁边且有三个人各持刀剑围住了他。韩铁芳虽然力气还有敷余，一口刀足可以遮护住自己的身子，但因左手抡刀太不便利，要想打败对方可也很难。

交手只六七合，戴阎王不住地大喊大骂，他真像是与韩铁芳有着不共戴天之仇，要不当时结果了韩铁芳的性命，他就不能甘心。他又仰面向山上的那些人大喊："你们快下来！帮助帮助！他妈的，饭桶！我养活你们这些个人，竟不能替我捉住这么一个小辈！"

他这样喊着，坡上的那些人还没有往下走，可是不知是什么缘故，一个一个地卧在了山坡上，有的就滚了下来，有人又惊喊说："箭！箭！"戴阎王既惊且怒，骂道："山上有什么人？也给我抓下来！"两句话才说完，忽然他一咧嘴，身子向后一仰，摔下马来。

韩铁芳看见他的脖子上中了一箭，有他手下的人赶过去救他，人就大乱。韩铁芳又挥刀，以刀背连砍倒了几个人，他就冲破了重围，向南走去。后面虽然还有不少人，但他们都围着看他们的大老爷，并没有一个再敢追了。

韩铁芳觉得，跟这些人争斗了半天，虽然不能说是败了，但自己的目的原不是为与他们拼斗，而是替冯家找媳妇。如今荷姑的下落仍然没有，自己算是干什么来的？想要再走回去，抓住他们中一个人逼问一番，但是看那里还有不少持刀拿剑的，几个红缨帽仍在人丛中乱钻，而且自己的右臂又发疼，力也垂尽。同时又想，山上是什么人帮助自己射伤了那些恶奴的呢？莫非是那个病人？又不像！尼姑？尼姑又未见得有什么本领。

他心里揣着个疑团，遂走遂回头去望，就见远远的那些人都已走了，大概连马也牵走了，把受伤的人也抬走了。韩铁芳便顺着一条小路转往东去，走了不远，又折向北。他把衣襟撕下来一块儿，系在右臂的伤处，缓缓走着。走了约五里地，就见眼前有一股很窄的曲折溪流，水并不深，且很浑浊。有几个女人在溪边洗衣裳，但都是些老年的妇女，没有一个年轻漂亮的。

偏北边有一座板桥，他就走了过去，又踏过了几道田径，就来到了大道之上。再向左边看去，原来刚才自己与人争斗的那座山，是在西南角，这才知道自己是已走出了很远。眼前有几间矮矮的土屋，有一家门前挂着一个木头葫芦，下面飘着一条很旧的红布，是一个酒铺。韩铁芳觉得口渴，便走近前。刚要往酒馆里走去，就见从北面滚来了一团烟尘，原是一匹马来了。韩铁芳急忙往路旁闪避，握刀仰首去瞧。

马到了临近，马上的人就惊讶地将缰绳勒住，说："啊！你原来在这儿啦？"这人正是瘦老鸦，他看见韩铁芳这个样子，就赶紧下了马，直着眼问说："怎么样啦？你受伤啦？"韩铁芳摇了摇头，说："不算什么要紧，只是中了他们一弩箭。他们的人多，且有暗器，但我也……"瘦老鸦急忙用眼色拦住了他的话，又向前后看了看，见没有什么人来往，就向酒铺里探了一头。

这酒铺的地方极窄，只容下一张桌子，还有个小酒缸，只有一个须发斑白的掌柜子趴在桌上睡觉。瘦老鸦就将马拴在门前一块石头上，他拉了韩铁芳一下，二人先后走了进去，那掌柜的这才惊醒，站起身来问道："二位，要酒？"

瘦老鸦先坐下，让韩铁芳坐在对面，并把那口刀藏在桌底下。这里的掌柜睡眼蒙眬，也没看见那口刀；他给拿过来一砂壶酒，两个又破又脏的酒盅，连一点酒菜也没有。韩铁芳原想喝茶，见这里也没有茶壶，他只得用袖头擦了擦酒盅，斟了一杯酒喝着。

瘦老鸦并不注意他的臂伤，只探着头，悄悄地问他刚才与戴阎王那伙人争斗的详情，韩铁芳就略略地说了。瘦老鸦直嘱咐他小声，但他因为胸中的怒气难消，话忍不住，声音也压不住，就昂然地说："我只奇怪的是那庙中的病人，难道用箭射伤了许多戴家恶奴的就是他？我看那人得的必是痨病，已然是朝不保夕的样子了，他的手里确实拿着一支弩箭，莫非他是一位侠客？"

瘦老鸦也发了一会儿征，就悄声说："刚才在北面，我也看见几个戴红缨帽的官人进城去了，他们一面走，一面高声谈说，我全都听见了。我知道戴家有许多人受了伤，他们说是那庙里有人帮助姓韩的。"

韩铁芳就站起身，说："我想再到庙里去见见那个人！"

瘦老鸦把他拦住，并强按他坐下，摇头说："你先别急！如今这件事得慢慢地办。依着我，今天这事不叫你管，并不是咱们只顾自己的事，不为人间打不平，实在我早就知道戴阎王那人难惹。我虽不认识他，在我走江湖的时候，他也许正在汉中做官，可是近两年我在洛阳也常听往来的人说到他。可以这么说吧，西路上的镖头和绿林中人，简直没有一个不是他的走狗，他一声呼集，就能有几百几千的人来给他拼命。向来除了这里的老拳师刘昆之外，没有一个对他不是恭而敬之的。如今你竟敢干涉他抢人家妇女之事，竟敢单身找到他家门上去吵闹，难怪他生气极了。

"但他又晓得你在洛阳打过独角牛，你是一位新出世的好汉，他也不知道你有多大的本领，所以他才以全力对付你，先叫他的家眷挪开；你就是拆了他的家他也不顾惜啦，反正他要致你死命。后来他又看着不成，才把你骗到山上去了；那里的地势险恶，他们的冷箭也施展得开。他们原是想把你用乱箭射死，所以他还找了几名官人去，他们不定在县里告了你什么罪名，就是把你射死在那里也是白死。干脆一句话，无论是谁胜谁败，咱们跟他的这个仇算是结下啦！再往西行，休想一路无事。"

韩铁芳皱了皱眉，又扭头去看，见那老掌柜的正靠着酒缸，倾耳听着。韩铁芳又斟了一杯饮了，遂就悄声说："师父，我并不怕他们，我只愁的是人单势孤。你若能帮助我，咱们在一两天内就可把这事情办了，为本地除一大害，然后往西再行。我想西路的豪杰虽多，武艺也未必如我师徒。"

瘦老鸦拿着酒壶，就着嘴儿吸着酒，也探头悄声儿说："我不是不去帮助，今天早晨你走之后，我也很忙了一阵。只是，现在我们两人不能同时都出头，一个在明处，一个在暗处，这样才能够办事。现在你是不能再到南关去了，去了就准得吃官司；可是我，除了那店里的伙计，别的人还都不认识我。我是想先探出那……"

说到这里他的声音更小了，又说："在明处刀枪对敌的事儿归你；暗中，救荷姑的事儿归我。我就是由戴家把那媳妇背出来也没有什么的，反正我也这么大年纪了。现在神手张正在城里替我打听，因为戴家的家眷现在都进了城，可还不知道有否荷姑在内？"

韩铁芳点了点头，瘦老鸦又说："现在你先到冯家歇会儿去，待会儿，或是我或是神手张，一定给你去送个信。你先走，咱们两人别在一块儿走。"

韩铁芳点了点头，就站起身来，由桌下拿起了刀，那个老掌柜的到这时才面现惊讶之色。韩铁芳又向瘦老鸦使了个眼色，告诉他师父对这个人应当注意点，因为刚才二人说的话若被这人听了去，传到了戴家，事情可就更难办了。瘦老鸦却摇了摇头，表示着不要紧，并笑着说："我这两只眼睛看得出人来！"

韩铁芳出了酒铺，向北走了不远，就离开大道转进了一条小径，一面扬首看着方向，一面曲曲折折地寻着路走去。不多时就进了冯老忠的那个村落，因为他手中提着刀，胳膊上有血迹，所以有几个孩子都追着他看。韩铁芳才一进村就遇见那李老伯，赶紧叫他嘱咐村里的人，不要向外面去说他来到这里，那李老伯惊惊慌慌地答应着。

韩铁芳进了冯家，见冯家的情形真是凄惨。母子正在吃午饭，他们的午饭只是拿玉米面熬的半小锅粥，又稀又少。李老伯在门外把那群孩子驱逐开了，又进来向韩铁芳问话，韩铁芳却先取出点钱来，叫李老伯去给他买点饭来。李老伯不肯收钱，韩铁芳便勉强交给他，说："随便弄些什么吃的来就行，我吃些东西还要走呢，请你快一些！"

这时冯老忠依然坐在炕上，颤颤的双手拿着一只饭碗，带着惊疑的苦脸问道："大爷！怎么样啦？"韩铁芳摆手说："你放心！今天晚间或是明天，必能把你的媳妇送回来。可是事情办完之后，也许你们不能在这里住了，但我也有妥善的地方安置你们。"

冯老忠简直跟傻子似的，直着眼看着，忽然他一眼看见了韩铁芳衣袖上所染的血，就惊讶地说："大爷！你为我们的事受了伤啦？"韩铁芳说："不要紧！戴阎王现在受的伤比我还重。"冯老太太也过来流着老泪说："大恩人，您别为我们的事太为难呀！我这老命交给他倒不要紧，您是管闲事的人，要真……"韩铁芳说："这件闲事我要管到底！可惜今天我没有想到戴阎王竟有这么大的势力，他不是恶霸，简直是强盗了！"

这时那李老伯又走了进来，皱着眉悄声儿说："可不是强盗吗？常常有许多骑着马带着刀的人去他庄里。南面板桥村那姓余的，我听城里认识他的人说，他名叫金刀太岁余旺，是西安府的镖头，因为犯了大案才逃到这里来的。他还有几个弟兄，也与他同时作案，都藏在邻县。县官也睁一只眼，闭一只眼，不去捉他们，他们都跟戴阎王是好朋友。"

韩铁芳一听，知道刚才自己在山上杀伤的那武艺较好的使刀大汉，一定是金刀太岁。他心中也明白，就是把这里的事情办完，那么西边的路上也必是处处荆棘，随时都有仇敌；只凭师父瘦老鸦帮助自己也怕不行，他太不勇敢。最好是山上的那个病人能帮助自己。那人必是一位奇侠，有这么个人帮助我，何愁踏不过秦陇祁连天山，捉到那黑山熊？

这时冯老太太正跪在灶前烧水，韩铁芳拦住她，直说自己不喝水，请她不必烧了。但她不肯听，流着泪说："大爷为我们受了这么重的伤，如今在这儿歇一歇，我们还不给你烧点水？"韩铁芳便自己也过去，蹲在灶边帮助冯老太太烧柴，冯老太太拦住他，他却微笑着不肯听。一股一股的浓烟冒出来,呛得他不住地咳嗽,这咳嗽让他想到那个病人,这人真是可疑,他恨不得立时再到那山上去看看。

待了会儿,水就烧开了,李老伯的家里人也送来了菜饭,韩铁芳自己倒食用得不多,他把一半的菜饭尽请冯家母子食用。他对冯老太太十分地恭谨,并对冯老忠连次地安慰。此时韩铁芳臂上的箭伤虽然疼得不甚厉害,但心中却如油煎着似的,心说:怎么师父还不来?莫非他又出了什么事?

挨到下午,西天都现出嫣红之色,鸦鹊从空中掠过,那神手张才来到,他慌慌张张地说:"韩大爷!今儿早晨您在戴家庄跟他们打了起来,我就赶紧回了南关,去告诉萧三爷;可是萧三爷说是一点儿不要紧,他保您绝吃不了亏!"韩铁芳说:"早上的事你不必提了,现在怎么样了?这后半天戴家庄、酸枣山上和南关里,都没有发生什么事吗?"

神手张说:"发生倒没有发生,可是事情还是不好办。板桥村那姓余的已然因伤而死,戴家庄除了戴阎王之外,受伤的没有三十人也有二十人。这件事情可闹大发啦,县衙门已派出人各处捉凶手,捉姓韩的,恐怕您在这儿也待不住,萧三爷跟那姓毛的搬到牛家小店藏着去啦!判官解七派人骑着快马走了,听说附近几县还住着他们的朋友,什么铁臂罗汉马如骧、扳倒山陶俊、银霸王侯雄、于一虎等人,都是前两个月在华州道上打劫官眷犯了案逃到这里来的人。"

韩铁芳冷笑说:"难道灵宝县的县官只派人捉凶手,就不敢拿这些强盗吗?"

神手张说:"这我可就不知道了,也许人家有交情。这些话我也是听茶馆里的人们偷偷谈说的,反正他们今天晚间不来,明天早晨也准来,您得赶快防备着点儿!"

韩铁芳昂然说:"我不怕他们!只是这里的荷姑呢?"神手张说:"这事我确实探出来了。戴家的家眷虽然都进城去了,可是荷姑并没进城;现在大概还藏在戴家庄,是住在戴家一个庄丁家里。这是刚才我亲耳听他们庄里一个恨他们的人对我说的。"韩铁芳面上现出一种兴奋之色。

神手张由怀里掏出一个纸包儿来,说:"这是萧三爷叫我给您带来的,说是您若敷在伤上准止痛。萧三爷叫您在这里别着急,除非他们进到村里来捉凶手,你就别走。荷姑的事由萧三爷给办,萧三爷说今天晚上一定能……"他一扭头看到在炕上出神听着的冯老忠,就笑着说:"你就等着吧!今天晚上一定能够叫你们两口子团圆。"冯老忠听了这话,不但面上不喜,反倒现出难过的样子。

冯老太太又过来拉着神手张的胳膊问:"你说的萧三爷是谁?也是一位好人吗?"神手张说:"就是韩大爷的师父。那位老爷不爱打扮,穿的衣裳比我还破,可是人真顶好。"冯老太太又说:"你回头去告诉那位爷,就说我们娘儿俩在这儿给他磕头啦!"

神手张摆手说:"老太太您也别这样。人家师徒俩是行侠仗义的人,帮助了人,也用不着别人给道谢。好啦,我走啦,晚上我也许跟萧三爷一块儿把荷姑送回来。"说着就往外走。

李老伯又送来了菜饭,韩铁芳在这里与冯家母子一同用了晚饭,又同李老伯谈了一会儿话。他把药敷在伤处,果然觉着一阵凉,就止住了痛,把右胳膊抡了抡,腕子用了用,觉得仍然能够动转自如。他心中又有些跃跃欲试,想着,荷姑那里,自己虽然不必去救,但菩萨庵中住的那位病人,自己实在应当找一找。那人一定是一位奇侠,倘若将一位奇人大侠失之交臂,实在是终身悔恨的一件事。

他出得屋来,见暮云一片一片的,渐渐由红而发黑,鸟声也宁息了,远天上的几粒星星都露出来了,村中十分寂静,连一声犬吠也听不见。他不由发出一声浩叹,真想不到一件小小的闲事竟会如此地难办!才出来就遇见了戴阎王,这还不过是一个恶绅,不过有些江湖人帮助他罢了;将来若遇到了黑山熊,那人的手下不定还有多少人,必比戴阎王的党羽多得多,而救我的母亲,恐怕比救这荷姑更难呀!他心中十分不痛快,虽然并不灰心不胆怯,却有点自觉得武艺稍差,前途困难。

韩铁芳在这小小院落里来回踱着,不觉天黑了,仍然听不见一点动静。他就回身向屋里叫说:"老太太,你出来把门关上吧!"冯老太太由屋中伛偻着走出来,问说:"大爷要往哪儿去呀?"韩铁芳摇摇头说:"我不往别处去,只到村子外边走一走,我觉得这里很闷。您把门关严了好了。"冯老太太答应着,随着韩铁芳走出了柴扉,她就闭好了门。隔着柴扉,韩铁芳还听那老太太自言自语地说:"天气真暖啦!我还想天 暖就娶儿媳妇呢,现在……"她的声音十分悲惨,韩铁芳对此愈为悯惜,愈恨那恶霸戴阎王,愈惭愧自己徒具侠胆,但缺乏勇力。

他慢慢地走出了村,看见暮色之下田禾摇动,远天上的微月已升,四下没有一点人声。他向西南去看那座山,但也看不见了。徘徊了半天,天色更黑了,那弯弯的月更是明亮,四下岑寂。往村里去看,那里一点儿灯光也没有;往道北去看,也不见有人前来。他心中非常急躁,暗想:天不早了,事情办得到底怎么样了?莫非师父去了也是不得手?莫非师父在戴家庄,又与他们新勾来的那些人拼斗起来了?

他愤愤地徘徊着,很着急,竟要去取刀再往戴家庄去。但这时忽听得村里有几声犬吠,他吃了一惊,急忙回头看;站了一会儿,听得犬不吠了,可是他心中的疑云突起,便往回走。还没到村里,忽听得一声惨呼,他大吃一惊,急忙往村中去跑。跑到了冯家的柴扉前,就听里边有冯老太太的喊叫声:"你杀了我吧!"声音极悲惨而紧急。

韩铁芳一纵身跳进了墙,往屋中直闯,只见屋中有一个人手提着带血的剑正往外闯。韩铁芳蓦地一脚,将这人踢倒在地。这人极为凶悍,宝剑并未撒手,翻起身来竟要砍韩铁芳。冯老太太跪在地下喊道:"别伤了人家韩……"韩铁芳已用那只受伤的右手将贼人的剑夺了过来,再一脚,贼人又摔倒了。

韩铁芳不容他再起,就一剑落下,砍在贼人的背上。贼人叫了一声,但接着便大骂,说:"姓韩的!你要是杀了我,你可也得留神!现在我们的弟兄全都来了,戴大老爷还要请来黑山熊的少爷吴元猛来斗你呢!"

韩铁芳不禁惊愕了一下,他低头去看,这贼人嚷嚷了几声,就手按着伤处,趴在地下呻吟了起来;而那冯老忠,这可怜的老实人,却已被这贼杀死在炕上。鲜血流了一地,一盏油灯也倒在地下燃烧着。冯老太太跪在地下浑身发抖,哭得都接不上气了。

韩铁芳咬了咬牙,举起剑来又要砍第二剑,想索性将这贼人杀死,以给冯老忠抵命;但是剑还没有落下,忽然他又将自己止住,就一脚蹬住了这个贼的身子,逼问说:"你为什么前来? 冯老忠跟你有什么仇,你让他死得这么惨? "

这个贼一边呻吟着,一边仍很凶悍地说:"他跟我没有仇! 我是奉了戴大老爷之命。戴大老爷一生没有人敢违背过他,敢跟他瞪瞪眼,今天冯老忠勾来了你,搅闹了他的家宅,还射伤了他,他不能够甘心。我早就来到这儿啦,看见你出了村子,我才来下手,大道旁开酒馆的胡老猫,也把你跟那瘦小子说的话都告诉我们啦。你,那瘦小子,连神手张那坏蛋,还有菩萨庵里的那个痨病鬼,你们都休想逃得活命! 你们想跑也跑不了啦,除非你现在把我送回戴家庄去,我给你说一说情,他们还许能够饶了你。"

韩铁芳冷笑了一声,又逼问说:"你们把人家的媳妇藏在哪里啦? "这贼人说:"冯老忠已死了,你们还要找吗? 难道你姓韩的瞧着那娘们儿长得漂亮,你想要她? 你仗义行侠,其实你是有贪图! "韩铁芳气恨极了,忍不住将宝剑戳下,趴在地上的强悍贼人就一声惨号。此时倒在地下的灯已然灭了,室中昏黑阴惨,冯老太太也没有了声息。窗外的夜风嗖嗖地响,屋中的老鼠也都出来咬东西了,韩铁芳发了半天的呆,心中不禁有些忏悔,叹了口气。

而这时忽听外面的狗又吠,他不禁一惊,踢开门跳了出去,站立了一会儿,却见银星满天,凉风习习,一阵嘚嘚嘚的马蹄声由远渐近。他越发地惊讶,走到柴扉前侧耳向外静听,却听这马蹄之声又渐渐由急而缓,已然进了村,并已来到了门前。

韩铁芳就退后一步,将剑抬起,但不发声,而柴扉之外,却有人细声说话:"在哪儿? 就是这个门儿吗? "韩铁芳更是惊讶,因为这是北京话,入耳很觉厮熟,接着是几声咳嗽。咳嗽声中,有一个女人哭声儿说:"大叔! 我怎能报您的恩呀? "那人说:"快进去吧! "一阵咳嗽,又说:"再会! "

韩铁芳却蓦然将柴扉开了,说:"请侠士别走! "他出了柴扉,几乎将一个女人撞倒。他又退后了一步,又说:"侠士……"那个人原来根本没有下马,并且已转过了马头,他一边咳嗽一边说:"韩君,我们也再会吧! 望你多做侠义之事而少伤人! "随即随策马走去。韩铁芳提着剑追上马,跑出了村,并问:"请侠士留下大名! "马上的人似用全力制住了他的咳嗽,清清楚楚地说了几句话:"不必多问了!如果将来能到新疆,或可能与我再见一面。记住了!勿多伤人!"他并不驻马,直往北去。

韩铁芳仍然追着喊:"侠士!我有事情要拜托!"那位侠士却不言语,一边咳嗽着,一边催马走,将韩铁芳落在后面很远。韩铁芳心里很急,仍然跟着马急追,他又喊道:"侠士!侠士!我韩铁芳既在此遇见您了,那可不能不拜见拜见您,受一番指教。喂!您回来!村里刚才还出了事,死了……"他的话才说到这里,那位侠士已转过马来,但又触起了他的一阵咳嗽,咳嗽得声嘶力竭。黑色的人骑着黑色的马,在这黑色茫茫的夜里,两旁的田禾被风吹得乱响,情景十分的可怕。

韩铁芳往前又走了几步,在马前深深地打了一躬,还没说话,侠士忽然抬头啊了一声。韩铁芳不知道是什么事,就听这位侠士恨恨地说:"好恶贼!好毒辣的手段!韩君再见,我要去杀尽那些放火的恶人!"韩铁芳惊得一回头,就见西南远远之处起了一片火光,看那失火的地方就是酸枣山的菩萨庵。韩铁芳也不由一阵愤恨,就听马蹄嘚嘚紧响,他急忙转过脸来,见那位侠客骑着马向北已然去远了;大概他是由北边转入往西南去的大道,赶往那山上,截拿那放火的贼人去了。

此时韩铁芳心里焦急、义愤、钦佩,而又有一些惆怅。他急忙又回到村里,进了冯家柴扉,却见院中有条短短的畏缩着的黑影,发出惊恐柔细的声音,说:"您是谁?您就是韩恩公吗?我……刚才叫我婆母,叫我老忠哥哥,屋里怎么没有人答言呀……我不敢进去!"声音发颤。

韩铁芳的心中却更为难,暗想:回来的这是荷姑,我管这件闲事的原因就是为救她。如今她倒是被人救回来了,然而她的丈夫已然惨死,她的婆母也恐……唉!她至此时反倒成了无依无靠,我怎样安置她呢?再说在这深夜之中,我与她在一起也不方便。于是不禁皱了皱眉,就说:"你且不要惊慌!常到这里来的那李老伯他住在哪里?你领着我去,我把他叫了来,我们取来了灯火再进屋去看。然后,我也可以有法子安置你。"

荷姑这时已然明白了屋中必有不祥之事,不禁又呜咽着哭了起来。韩铁芳也不好意思怎么劝她,但这可怜的女子的哭声,却触得他心中非常难受。他忆起来蝴蝶红似乎这样对自己哭过,但那哭声却不似如今这样的悲痛，这不止是悲痛，简直是凄惨。只见她走路很是艰难，因为脚小，加上连日的刺激、凌虐，身上还许负有病呢，她的纤弱影子在黑雾里颤抖着，移动着，如同一个鬼魂。

韩铁芳避开了一步，荷姑就先走出了柴扉，他提着剑自后也走出了柴扉。夜色深沉，夜风凄紧，犬吠之声倒是停止了，而天上星斗愈浓，月钩愈小。出了门才走了不到五步，荷姑忽然摔倒在地，她就坐在地上呜呜地痛哭，说："我也不能够再活啦！我婆婆跟老忠一定都是死了，恩公！您跟那位大叔都白救我啦！"

韩铁芳更是着急，说："你起来！你起来！你婆婆大概没死，你丈夫……他，他虽然被贼人杀了，但我也杀死了贼人，给他报了仇！"

他恨不得过去搀起来荷姑，然而又拘于礼节，他不能那样去做。此时又有两只大狗乱吠着跑了过来，惊得荷姑赶紧站起，哎哟哎哟地叫着，跑过来求韩铁芳救护。韩铁芳赶抢剑，并大声呵斥着，将狗驱开。

这寂静的小村里，半夜里忽然这样狗叫人喊，恐怕是已将家家的人都惊醒了，但是竟没有一个人出来，或是隔着柴扉向外问问。韩铁芳就向荷姑说："你快些去敲李老伯的门，把他请出来！"荷姑仍然啜泣着，走得更慢。

虽然李老伯的家离着很近，可是荷姑走了半天，方才来到那柴扉之前。她用手捶着门，叫着："李老伯！李老伯！"连叫了好几声，也许是她的声音太微弱，里边并无人答应。韩铁芳急得就跳过了短墙，荷姑在墙外又惊得哎哟了一声。韩铁芳却已然从里边将柴扉门打开，让荷姑进来。几只狗还隔着墙乱吠着。

这时屋里就有人惊慌慌地问："谁？谁？找谁的？有什么事？你们别进屋来！"荷姑哭着叫："李老伯！"韩铁芳也向窗里说："荷姑救回来了，你们快点上灯出来，还有要紧的事我要告诉你们。"

屋里连声答应着，好半天才点上了灯。李老伯开了屋门，披着破棉袄，手里端着一碗油灯出来，在摇摇的灯光之中，荷姑又哭着叫了声："李老伯！"李老伯一手遮着灯，直着老眼仔细地看了看，惊讶着说："你怎么回来的呀？"又望望韩铁芳，说："是韩大爷把你救回来的吗？你没到家里看看去吗？"说话时他不住地哆嗦着。

荷姑哭着说："我婆婆跟……"韩铁芳说："我们快到那边去看看吧！李老伯，你拿着灯随我们去。"李老伯却惊慌着说："刚才我听见那边叫了一声，把我吓醒啦，也不知是什么事，我没敢出去。"荷姑悲声哭着，韩铁芳又催着说："快走吧，到那边去看看！"

李老伯也知不好，他的手越发地颤抖，声音也颤了，就向屋里的老伴儿说："出来把门关上，我要到那边看看老忠去。"又叹气说："都是因为戴阎王，把人欺侮得太苦啦！"

灯光摇摇摆摆，随着人移动着，几次都要被风吹灭。三个人走到了冯家，韩铁芳却蓦然吃一惊，原来刚才这屋子是漆黑的，里边死着三个人，如今却是灯光闪闪，且有人影在那破窗上浮动着。韩铁芳就悄声叫荷姑和李老伯都止住步，且将这盏灯吹灭。

他挺剑悄悄走进了柴扉，原想着屋里必定是又来了戴阎王手下的贼人，但听屋中却是师父瘦老鸦跟别人谈话。他就叫李老伯和荷姑快些进来，又上前把门拉开，看见屋中还有神手张。这两人就齐声惊问道："这是怎么回事呀？"韩铁芳一时也答不上话来，及至全都进了屋，他看见冯老太太也卧在地下如同死了一般，虽然不出声，可是还微微地喘气。

瘦老鸦、神手张都注视着荷姑。荷姑望见屋中的情形，吓得她那有许多抓伤的脸变成了惨白色，她战战兢兢的，及至辨清了她的丈夫已然惨死，就放声大哭起来，并且跪在了地下。李老伯在旁愁眉苦脸地劝着。荷姑哭了半天，她的婆婆微微抖颤着，用悲弱的声音说："孩子，你回来了，你看……老忠都是为你，这……叫咱们娘儿俩可还怎么活呀？"接着也哭起她的儿子来了。她哭得声音益发微弱，又昏死过去。

瘦老鸦在旁责问铁芳，韩铁芳便顿足叹气说："都是因为我的疏忽，我不该独自走到村外去，但我也实没想到戴阎王……"他恨恨地说："他竟下此毒手，我非把他杀了不可！"说时提剑又要走。

瘦老鸦却一手把他拦住，说："你还上哪里去？戴阎王这时早已走出二十多里地了。我跟你说吧，今天我们探明了荷姑是被藏在戴阎王的一个庄丁家里，我们就去了。不想他勾来的人真多，足有一百多个，把戴家庄筑成一座铁壁铜墙，风儿都难以偷溜进去。我叫这位张爷在外给我巡风，但我却无法进内。我在外面干着急，还不敢被他们的人看见，我也怕的是一人难敌众手。我在村外直蹲到天黑，快要到二更天了，忽然他们的庄中就大乱了起来，我还以为是你去了呢！又想你绝没有那么大的本领，那简直如来了几万天兵，又像是他们庄里发了大水，个个狂喊、惨呼，中箭的中箭，跌倒的跌倒，逃跑的逃跑。后来我就看见有十多匹马飞驰出了庄子，一齐向西奔去了。

　　"后来，又过了半天，我听见村里宁静了，才慢慢地走了进去，抓住了他们一个受伤不重的庄丁才逼问出来。原来是刚才突然之间飞来了一位大侠客，就是山上庙里住的那个病夫，他一手持剑，一手拿着弩弓，连放了三四十支箭，没有虚发，射得那些庄丁跟好汉们不是瘸了腿，就是瞎了眼，还有的箭中咽喉，呜呼哀哉了。但是等我进去搜找之时，那位大侠客已把荷姑救走，二人一齐无踪，我才跟张爷到这里来！"

　　韩铁芳向来没有见他的师父这样兴奋过，同时自己也对那位侠士愈发景慕，愈觉得惊奇。瘦老鸦又说："可是我们走在半路上时，看见西南角上起了一把火，多半就是山上那座庙，一定也是戴阎王干的。那位大侠客当然不至于受害，可是那尼姑师徒就难免遭殃了！"

　　韩铁芳又叹了口气，就把刚才那位侠士将荷姑救到这里来，后来他望见了火光，就赶去截杀凶手的事说了一遍。瘦老鸦就摆手说："这些事就不必提了，现在就是这婆媳二人，咱们可怎么想法子安顿她们呢？若叫她们留在这里，戴阎王一定还饶不了她们，再说冯老忠死了，以后谁养活她们呀？"

　　韩铁芳说："这我倒想起来一个办法。她们在这里实在不能再住了，我想可以把她婆媳送到洛阳，叫我妹妹玉芳安顿他们。她有那许多钱，安置这婆媳两个人自然不难，而且不久她就要出嫁，也可以带着荷姑过去，做她的陪房。"

　　瘦老鸦点头说："这个办法也不错，只是得有人把她们送到洛阳去才好。"韩铁芳说："这个，我想只有请师父辛苦一趟了。"瘦老鸦说："我不送她们还好，我要是送了去，你家里的人一定不肯收留。我在别的地方都可以称好汉,但在洛阳,却没有一个人看得起我。"

韩铁芳说:"可以叫毛三送她们去。毛三整天睡觉,晚上才有精神,我也不愿再带着他了。可以叫他跟回去,但必须师父暗中保护,不然戴阎王为荷姑已弄得家败人亡,他岂肯甘心? 若知道她们往东去了,他一定要派人去杀害她们。"

瘦老鸦想了一想,就慨然答应,说:"好吧,我送她们婆媳到洛阳去,毛三也由我带走,可是你呢?"韩铁芳愤然说:"我一个人往西去!"瘦老鸦却皱皱眉,摇了摇头。

神手张又在旁说:"韩大爷,我随着你去好不好? 反正你们走后我也得走,我要再在灵宝县住,就是有八个头也得都被他割下去。韩大爷,你也带着我去见一见世面! 我还告诉你说,我须得先打坏了宝盒子,才能够跟着你走,在路上我一定规规矩矩,听你的吩咐!"

韩铁芳说:"张兄,你这个人我很钦佩,可称是条好汉子,但你不会武艺。我才出家门数步,就遇着这几番争斗,以后还不定有多少人要跟我作对;我若带着你走,遇到了事情咱们彼此都不便。"

瘦老鸦在旁说:"你也跟着我们到洛阳去好了,到了那里不愁没有你一碗饭吃,只是……"又向韩铁芳问说:"将来咱们师徒在哪里见面呢?"

韩铁芳说:"我盼师父把她们送到洛阳,就赶紧再往西来,或者咱们可以在西安府见面。"

瘦老鸦应了,又沉思了一会儿,就点点头说:"可是,我得嘱咐你一句话,你必须服从,就是沿途不可再与人争斗,连闲事也要少管,宝剑也不要常露出来;投店打尖儿,处处都要小心。等我们在西安见了面,那时再商量怎样找黑山熊!"

韩铁芳点头说:"我都晓得,请师父放心吧!"

当下决定了办法,瘦老鸦就开始办理了。他先拿了锄头,趁着黑夜,叫神手张帮助他,将冯老忠和贼人的死尸抬出去偷偷地埋葬了,又回来打扫干净了屋中的血迹,并劝冯家婆媳不要只顾哭啼,应当快些收拾行李。又叫神手张赶紧回南关,先叫毛三,再托他的表亲去找车,并嘱咐最好不到天明,就把车找来。神手张连声答应着走了。

李老伯脸上的颜色始终没有缓过来，此时他就要回家去睡觉。瘦老鸦把他送出了门，并嘱咐他说："荷姑婆媳走后，这两间房子，你能给照应着更好。若是不能，你就少说话，第一莫说冯老忠已死，第二莫说知道她们婆媳的去处。"李老伯也就连声地答应着。

瘦老鸦重进到屋里，就见韩铁芳在屋中站着，脸上布满了怒容，时时地发着呆，一口宝剑永远在他手中提着。冯老太太是已然挪到了炕上去躺着，她的气息是缓过来一些了，可是哭声益哀，口口声声说是要找她的儿子去。荷姑背着身儿抽泣，收拾着东西。她们家里哪有长物？只不过是一只破衣箱和冯老忠的一些做花样的器具而已。瘦老鸦也不说话，地下有一块砖，还有几根树枝，他就坐在砖上往灶里烧火，烧热了一锅水，他就用碗舀着喝。他是很从容的，而且也没显出一点疲倦的样子。

韩铁芳在屋中发呆了一会儿，就又提剑到院中徘徊去了。屋里重燃起的那一盏油灯也渐渐地自行灭了。昏暗了一阵儿，夜色就渐渐稀薄，星星少了，月光也暗了。又过了一会儿，就听见车轮声及马蹄声渐渐由远而近，韩铁芳走出柴扉一看，只见隐隐于晓雾之中来了一辆车和三匹马。他迎出村去，看见神手张雇来了一辆骡车，毛三是骑着一匹马，拉着两匹。

毛三看出了韩铁芳，就叫着说："大相公，还没敲五更呢，难道这么早咱们就赶路吗？戴阎王的事到底是怎么回事呀？我糊涂了一天，弄不明白，我也不敢跟谁打听。"韩铁芳喝道："少说话！"他遂领着车马进了村。

大家一齐忙乱，搬东西，抬冯老太太。哭声、悄悄说话声断断续续乱了一阵儿，天色就已破晓，东方又露出来曙光。冯老太太是卧在车里，荷姑流着泪由车里探出头向韩铁芳道谢。韩铁芳这时才看出，这个女子虽然衣服朴素，云鬓不整，且脸上有抓伤痕迹，但确实是长得美丽，比蝴蝶红，比自己所见过的一切女子都美。他点点头，转脸去向瘦老鸦说："师父就快些带着他们走吧！"

鸡已啼了，狗围着车马又吠了一阵儿，也都停住了声音。瘦老鸦骑上"雪中霞"，挥鞭说声："走吧！"车里又发出哭泣之声。神手张向韩铁芳说："韩大爷再会！"那毛三跨在那匹瘦马上，又打了个哈欠，说："大相公，我可先到洛阳去啦！您可别在外边多耽误，游够了也快点回家吧，免得少奶奶在家里牵挂您。"他揉了揉困眼,又要打盹似的。车马出了村子,冲破了晓烟,迎着渐起的朝阳向东走去。

这里只留下了一匹"乌烟豹"和两只包裹、一口宝剑、一杆丝鞭。韩铁芳将昨晚上夺来的那口刀跟剑全都抛在麦田中,也上了马。往北走了不远,寻着往西南去的大道,紧紧挥鞭,飞一般地驰去。约数十分钟,他的马就来到了昨日恶斗之地的酸枣山。

此时天色已经大明,金色的朝阳射在山顶上,但山上只剩下了一段黯色的断墙,昨天的那座庙已看不见了。也望不见了山坡上那匹马。他就牵着马上了山,到了山顶上一看,庙已全都烧毁,残灰破砖堆了一地。他跳进去,用宝剑乱翻着砖石和烧焦了的柱子,四下寻找,并没看见一具尸骸。他愤恨了一阵儿,又嗟叹了一声,随即下山,一直往西走了二十里,离开了灵宝县的境界。

沿途的土山愈来愈多,风吹来,挟带的沙尘更多。他找了一个僻静的村落用了午饭,依然往西走去,天黑时方才觅店歇息。一连二日,过了陕州,出了函谷关,地势是越走越高,已离潼关不远了。想起来师父曾说过潼关有老君牛、仙人剑,那张家二弟兄都是极有名的江湖人,心中因此益怀着警戒。

当晚来到阌乡县境,这个县也是豫西的一个大县,可以说是豫陕交界之处,地势极为险要。黄色的山,黄色的河,被夕阳照得更如同姜一般的颜色。

在韩铁芳的前面有一批镖车,他虽没看出车上的镖旗写着什么字样,但见镖头七八人,个个骑着大马,样子都颇为凶横。韩铁芳不愿再招惹闲气,于是就在一个市镇上觅了一家店房,牵马进内,自觉未被人注意。他将马交给了店伙,找了个房间歇下。

用过了饭,就在屋中以药敷治右臂上的箭伤,这块伤已然有八成好了,他躺卧了一会儿,觉得身体也不疲乏了。此时窗色已渐黑,店房却来了不少投宿的,人声、马声、车声,又一阵的杂乱;乱过去之后,可又渐渐寂静了。

伙计给屋中点上了灯,韩铁芳就躺在炕上想事。他想得很远,往西想到了潼关那些难免一斗的群豪，祁连山阳的大盗黑山熊和尚未知能否寻到的可怜的母亲，更想到新疆辽远的沙漠，那里的奇侠也不知可否再遇？往东他却想到了蝴蝶红，她已是落花有主了，她跟着范彦仁一定很好吧？又想那遭逢侮辱、死了丈夫离了家乡的荷姑，不知在路上会不会再出事？他一阵雄心愤愤，又一阵情感缠绵。

这时镇街上已敲了梆子，随着梆子，忽然又传来了一阵异样的声音。他不禁吃了一惊，突然一滚身站了起来，脚步慢慢地往前挪动，全身的精神都灌注在耳朵上，细细地听。他推开了门，走到院中，寻着声音，走到一间客房的窗外。这窗上浮现着浅浅的灯光，窗里却发出一种异常的声音，就是他听过的那种震人的咳嗽声。咳嗽了半天，还没停住。

韩铁芳就忍不住轻轻地拉开门，向屋里看去。就见屋中灯光惨黯，桌上放着一碗面、一双筷子。那人却缩在炕头，双手紧紧按着胸，嘶声竭力地咳嗽着，但总是不能把喉中的痰咳出。那脸色是不必看了，真比任何苍白的东西还要凄惨。缎子　衣包着他的瘦骨，一条很长的辫发已垂到头前来，而且十分的蓬乱。

韩铁芳上前替这个人轻轻地捶背，像侍候父亲或母亲那样恭谨。这个病人半天才吐出两口稠痰来，唾在地下分明看出有血色，病人就哎哟一声，身子向后一倒。韩铁芳急忙托住了他的头，并将他身旁的一只花缎包袱拿过来，打算作为他的枕头，但却觉得又沉又硬，包裹里不知是什么东西。在包袱之旁放着一根皮鞭，及一口连着鞘的、柄上缠有很旧的青丝的宝剑。

韩铁芳并不惊疑，他用自己的手托着这人的头，轻轻地向下去放，不料这人忽然一挺身，似有绝大的力量，把韩铁芳推到了一边，昂爽地站起身来。韩铁芳见他虽然瘦弱得几无人形，然而却像那柄瘦长的宝剑似的，发出来一种森冷的令人不敢接近的光芒。此人一抱拳，说："原想在新疆见面，不意又在此相逢，总算是有缘，请坐请坐！"

韩铁芳一躬到地，然后直起腰来，说："我现在往西来，一来是为办自己的事，二来就是想再见见前辈，求指教指教。那天在山上我言语多有不周之处，也求前辈不要加罪。我只学过三五年武术，在家中之时，颇为自负;到了灵宝一遇着戴阎王那些人,便自觉出是武艺太弱了……"

对面的这人将他止住,说:"店房里人太杂,不要说出这些话。你请坐,我们谈谈!"韩铁芳答应了一声,往后退到一个凳儿上落了座。

这个病人坐在他的对面,借着灯光不住地看他的容貌,就说:"我看你的模样实在有些眼熟。二十年前我有个朋友他姓罗,长的就颇像你。你现在能否对我实说,你到底是姓什么?"

韩铁芳不由得一阵诧异,说:"我实在姓韩,是洛阳人,我并不认识什么姓罗的人。"

病人又说:"你的父亲是谁?"韩铁芳不愿也不敢说出自己父亲的名字和来历,只说:"我的父亲是洛阳县的一个财主,他已然死了,给我留下了一些产业。我因想男儿志在四方,不愿株守,所以便将家财尽皆出散给亲族,一人出来磨练磨练。"

这病人点头说:"很好!年轻人是应当出外来磨练磨练,但是你不往南方那山明水秀的地方去走,却到这荒凉的西边来是什么意思呢?"

韩铁芳说:"我是为寻找一个人。"这病人就又问:"你寻找什么人?做什么事的?"韩铁芳说:"我找的那个人姓吴名钧,外号叫黑山熊,他是个……"

对方这病人就突然诧异地问:"什么?黑山熊?你认识他吗?"韩铁芳摇头说:"我不认识他。我只知道这个人年岁已经很老了,他是个强盗,他生平作恶多端!"病人的态度和平些,又咳嗽了两声,就又问:"你要找他有什么用意呢?"

韩铁芳沉吟了一下,就说:"我找他是为报仇。我同前辈说了也不妨,我想前辈必是天下闻名的一位奇侠,你不是李慕白,便是江南鹤,我也无须瞒你。我要见了黑山熊,无论他的本领有多么大,他手下有多少人,我也要跟他拼命,或是我死他生,或是我生他死。我们中间的仇恨不共戴天,因为十九年来,他欺我太甚!"

病人又惊诧着说:"十九年?"他容貌凄惨,回想了半天,才又问说:"你和他是因为什么结下这样深的仇恨呢?"

韩铁芳说:"因为……"自己母亲被黑山熊强占了的事,他真惭愧得说不出来,只说:"因为我有一位盟叔,是我生平最敬佩的一个人,名叫金刚跌赵华升,十九年前他被黑山熊杀死,我师父因此才传授给我武艺。"

病人又问:"你的师父名叫什么?"韩铁芳说:"我师父名叫一提金萧仲远,他是我父亲的……"病人突然又现出失望的样子,就向他连连摆手,说:"你不必再往下说了!我不耐烦听这些江湖无名之人相互殴斗的事。二十年前我也是很气盛的,但后来我对往事一直忏悔。那天在酸枣山上,我是不忍见你这样少年英俊的人遭他们所害,我才帮助你;后来我到戴家庄救出那女子,也是为你办事,因为我见你胆气虽有,但武艺却实在是差得太多!"

韩铁芳听了,不禁低下头去,真觉得心灰意冷。病人又连咳嗽了几声,说:"我不愿再见江湖人殴斗,也不愿见你们这等富家子弟学习武艺,走江湖。但你既已出来,我也不能劝你回去了。今后若有机会,我可以尽力帮助你,必能使你寻着黑山熊,因为我与他也有些旧仇。"

韩铁芳就问:"他也得罪过老前辈吗?"病人又摆手,说:"你也不必多问了,想起来早先的事我就恨,我就伤心!"

韩铁芳一阵惊诧,又问:"敢问前辈贵姓大名?您是不是南宫李慕白?"病人一听这话,忽然把眼睛瞪起,眉毛高挑,说:"你们怎么就知道天下的能人只有李慕白呢?"

韩铁芳赶紧抱歉似的说:"我也知道天下的英雄极多,但别人的名字我都没听说过。我只听说二十年前江湖上有两位超人英雄,一是李慕白,一是玉娇龙。但玉娇龙是位女侠,生长于名门,她已有数十年未在江湖行走,生死未知,而李慕白确实尚在人世。因为前辈的剑术精绝,所以我才想到,也许是有缘,使我遇着那位大侠客了。敢问前辈贵姓大名?"

病人却发了一会儿怔,然后又咳嗽了一阵儿,便摇头说:"我都不是,你去歇息吧。"他咳嗽得又很厉害。韩铁芳在旁皱着眉,心中非常地疑闷。这个病人又直向他摆手,意思是叫他走开,他只得站起身来,又向这病人拱手,说:"那么我明天再来向前辈请教吧。"说完了,他觉得心里还像是有许多话,但是不知应当怎样说出口。

他转身轻轻开了屋门,走到院中,向自己客房才迈了两步,却又站住发呆。此时那屋里的咳嗽声仍是甚紧,韩铁芳心里就想:这样的一位盖世奇侠,竟为病魔所困扰,实在是可怜可惜。他不禁长叹了一声,就低着头走回自己屋里。在屋里他也是除了来回走,就是站立着发呆。那屋里的病人实在是时时叫他挂念,记得只有在他母亲秦氏病殁之前,他的心里确曾有过这种凄惨情形。

外面,二更敲过了又敲三更,室中的那盏油灯越来越黯淡,韩铁芳这才掩门熄灯就寝。他本来已经很疲乏了,一躺下便要睡着,但是那屋里的咳嗽之声,却又如一条线牵在他的神经上;那边一动,这边就立刻惊醒。

次日,他本想往下走路,并且要邀那位病侠一路同行,可是他到了那屋中一看,见那病人仍卧在炕上。他盖着一床不很干净的被褥,头发乱蓬蓬的,白煞煞的脸,双眼紧闭着,简直不像是个活人。被底下露着一只脚,又瘦又小,真跟女人的脚一般。脚上穿着青鞋,可见他是已然起来过一次又睡下的。韩铁芳在他的眼前站了半天,他并未睁眼,只是微微地喘着气;有时突然像要咳嗽,但他把眉毛紧皱了一下就又压住了。

韩铁芳转身轻轻地出了屋,到了院中,见许多客人都匆匆忙忙地往门外走去,棚里只有两匹黑马在同槽吃草。韩铁芳就叫店家,店家正站在门口向往外走的客人们拱手,连声道着:"怠慢!"听了韩铁芳的呼唤,他就赶紧走过来,带笑问说:"您有什么吩咐?您也是这就要动身吗?要没有什么要紧的公事就在这儿再歇一天好不好?县城里可热闹极了!"

韩铁芳说:"我打算过午再走,只是你们这里有什么高明的大夫没有?"他回手指指那屋子,说:"这屋里住的人,是我在路上认识的,人很好;只是我看他的病很重,今天尤其厉害。同是出门在外的人,哪有不管的道理?我想代他请一位大夫来看看,开几味药。"

店伙就说:"昨儿晚上我们也听见啦,他直直咳嗽了一夜。多半是痨病。这种病早就应当在家里养着,他出这么远的门儿,万一要死在半路,谁管呀?大爷您既然想做这件好事,那我就给您请大夫去。这镇上的韩先生就是有名的大夫,脉息好极啦,无论什么童子痨,女儿痨,五痨七伤,要请他治,真敢说有点儿拿手。"

韩铁芳点头说:"好极啦,你就快给请来,车马钱由我开发。"店家答应着，韩铁芳转身又进到病人的房中。

此时那病人已然醒了，他睁着眼惊问说："你怎么还不走呀？你不是往西去还有急事吗？为什么在这里耽误着？今天连我都想一早动身，但实在是因为身体不舒适，不能走，所以我起来了一回又躺下了。我劝你这时赶快就走，当日就走进潼关才好。不然，那戴阎王若是先逃到了潼关，他必要勾结那里的几个恶霸，反正你往西去就必由潼关经过，必躲不过他的眼睛。你又人孤势单，倘或被他们暗算上了……"

韩铁芳摇了摇头，说："这件事，请前辈不要替我操心。我这番西去寻仇，早已将生死置之度外，连黑山熊我都不惧，我又何至于怕他们那一伙儿毛贼？今天我原是想走，但见前辈病卧在此，我不忍得走。不要说前辈在酸枣山还帮助过我，救过我，就是彼此素无因缘，我若见一人病倒异乡，也是要尽力照管的。前辈一生所做之事，我虽不详知，但一定也是到处扶危济难，以肝胆待人。如今，前辈你自身有了这样危难，就没有人来扶助你吗？我已叫店家请大夫去了，我在此耽搁三五日也是无妨的。倘若前辈因此病愈，那并非是我对前辈有何恩德，而是我替你一生所救之人酬谢你了！"

病人听了这话，面上露出一点感动之色，就短短地叹了口气，说："你说的这话，叫我真愧得慌！我虽然自幼就会武艺，但所做的都是些任性、斗气的事，我也杀伤过无辜之人，实在不配称为侠义。我一生漂泊病困，都咎由自取。如今，实同你说，我正是要往江南去寻李慕白，因为早先他拿走过我一件东西，我在未死之前必要索回，而且还预备着与他做一番决斗！"

韩铁芳不禁又动容去听。病人又说："此外还有一事……咳！现在且不必跟你提说了。我因自知病入膏肓，死期将至，我才重入江湖。不然，我真发过誓，我是至死也不入玉门关的！"说到这里，他翻着眼睛，似乎引起来一阵悲哀的回忆，良久又慨然说："没想到我病在半途，使我灰心；我见你一个初走江湖、武艺不甚精熟的少年人，在灵宝县尚且那样舍身仗义，力战群贼，又叫我很后悔。假若当初我将此身武艺用之于正，那么现在的江湖上就许不至有这么多恶霸与坏人了。因此，我又不想找李慕白去了，我想回家。"

韩铁芳就又问说:"请问前辈的家在哪里啊?"病人摇头说:"我的家离此处极远,而且旁人也极难寻找。"韩铁芳说:"是在新疆吗?"病人微微地点头说:"离着那里就不远了。我家中只有一个亲近的人,我出来,他就在家里,也没有人管,所以我也愿意赶紧回去看一看他。不然怕我死在中途,他全都不知道!"韩铁芳听了,不由觉得有些鼻酸,心里渐渐地明白了,这人早先必是一个江湖大盗,如今他忏悔了。

此时店家就在院中说:"大夫请来啦!"韩铁芳赶紧将门推开,大夫连同着店家就进了屋。这位大夫据店家称呼他是姓韩,与铁芳同姓,年有五十来岁,嘴上有点儿稀稀的白胡子,脸庞极瘦,仿佛也是有痨病似的;穿着一件灰布的破大褂,青缎坎肩也很旧了。他佝偻着身子进来,望了望病人的气色,那病人却忽然惊讶得坐起了身。大夫说:"躺下吧!躺下吧!别客气!病人可不应该坐着。"

店家在旁边说:"韩先生的脉息好极啦,来到我们这镇上十来年,由他治活了的人,可真数不过来啦;治痨病,更是有把握。"韩铁芳点了点头,店家就搬了凳儿请大夫在炕旁边坐下。此时病人却闭着眼睛将脸侧向里面,却伸出一只右臂来,叫大夫给诊脉。

这个大夫一边诊着脉,一边仰着脸,半天,又把头微微地点着。看着韩铁芳的衣服很整齐,面貌又清秀,他就说:"这位世兄与这位病人是一路来的吗?"

韩铁芳说:"我们二人也是萍水相逢,因为谈得相投,遂成好友。"大夫又点点头,咂一咂嘴,就站起身来说:"病人是虚弱过甚,加以外感,得慢慢地治,一剂药两剂药怕不能见好。"韩铁芳点头说:"是,是。"

大夫又说:"我这个当大夫的与别人不同,好治的病,我一定说是好治;不好治的病,我也绝不用大言欺人。因为我行的是儒医,您可以到这街上看看我门前的牌子,上面写得清楚。我行医四十多年啦,没跟人说过一句不是书上的话,所以与他们那些江湖大夫迥然不同。我看阁下也是位读书人,我才这样说。"

店家在旁说:"韩先生在大地方也行过医,西安府、兰州府,全都给他挂过匾!"

韩大夫说:"我在凉州府住的日子尤其多,将来您可以到那里去问问,有位韩先生,您要说韩秀才人更能晓得。因为兄弟自幼攻读,曾进过学,后来因为科场不利,我才想:不为良相,当做良医,因此才发奋……"此时病人转向炕里去卧着,咳嗽得又剧烈起来,把这个大夫自吹自擂的话也扰乱了。

大夫又向韩铁芳一笑,现出他那仅存的两三颗牙齿,说:"您跟我到柜房里开方子去吧?"于是韩铁芳跟店家也出了屋子。大夫弯着腰儿,迈着方步在前边走,韩铁芳在后面看见他的两只鞋跟都破了,快穿不得啦。到了柜房里,掌柜的跟他也很是厮熟,他就借了纸笔,手颤颤的,字迹歪斜,开了一张药方子。韩铁芳取出来一块碎银作为酬谢,这大夫把一块银子看了又看,并借了柜上的戥子称了一称,方才走。

韩铁芳又把钱给店家,托他们去买药煎药。他同店掌柜谈了几句话,就又走到那病人的屋里。病人忽然翻转身来,瞪着大眼睛问:"大夫走了吗?"韩铁芳说:"已然走了,药我也托店家买去了,待会儿就可以煎得。"

病人突然又问:"那大夫没有说什么别的吗?"韩铁芳怔了一下,摇头说:"没有说什么别的话,只说您的病得多多休养,不可以急躁。"病人摇头说:"我一点儿也不急躁。我已经忍气吞声了二十年,不料凡事皆由命定!逼得我又得做坏事!"接着他又叹息了一声。韩铁芳越发地愣了,不知他是病得说胡话,还是为了什么。

忽然见病人又向里一翻身,伸手向他那包袱里去摸,揪出来一个红绸子的小包裹,他使力坐起身来打开,只见里面有许多块白银,其中还掺着有几块黄金。韩铁芳越发惊讶。这病人把一块银子给了韩铁芳,说:"我知道你是一个有钱的公子,也是一位侠义英雄,给你钱是羞辱了你。但你也别错会了意,这是我请大夫看病的钱,我既然有钱,就不能花别人的,我不愿意受别人的好处。你收下吧,你若给我扔回来,就算是恼了我!"

韩铁芳的心中可真有点儿反感,心说:这个人是怎么回事,怎么这样不认识朋友呢?韩铁芳见他这时候精神极为兴奋,不像是刚才那样病得要死一样,于是,就慨然说:"既然这样,前辈的银子我不敢不收。"遂揣在自己的怀里,又说:"我跟前辈虽萍水相逢……"

病人不待他往下说，就抢先说："我也没想到此番东来能遇到你这样的人物。可惜我身体多病，百事赘身，不然我愿将我三十年来所学的武艺全都传授给你。"又叹道："其实会了武艺，又济得什么事？人当异乡卧病，或是……躺在炕上起不来的时候，任你有天下无敌的武艺，依然能遭阴险妇人的暗算、坑害、抢夺，被小人所辱！"

韩铁芳更不明白了，怎么又谈到了妇人的暗算呢？又有谁抢夺过他心爱的东西呢？也许是触起了他的往事，但这些话也跟自己说不着呀？韩铁芳疑惑了一会儿，自己也灰心，觉得只要今天叫他吃了药，明天若见他的病好一些，自己也可以与他分手了。自己与他结交又不是想要求他帮助，想借他的武艺报仇。如今，自己对他也可以说是尽到照护之责了，时间不可迟误，还是赶紧去寻黑山熊，救自己的母亲脱难要紧。

于是他就请病人卧下休息，自己却又走出了屋，到店门前转了一会儿，就见离着不远，路南有一个荆棘扎成的门儿，上墙上挂着一块破匾，不知是写着什么字，大概就是刚才请来的那个大夫的家。这座市镇虽然是往来的大道，但因距离县城太近，往来的人不在此停足，所以买卖也都不大兴旺。

韩铁芳站了一会儿便又进来，到了屋中，心中仍觉得非常憋闷，而且无聊得很。直到晚间，因听见了那个病人又咳嗽，他就又走到那屋中去看，却见病人躺在炕上，咳嗽似是更厉害了。小凳上放着一碗药，已然冰凉，却没有吃。韩铁芳不由得问："药没有用吗？"那病人翻了翻身，却说："那样的大夫给我开的药，我吃它干什么？"韩铁芳说："听说那倒是个有名的大夫。"病人忽然抑制住咳嗽，冷笑着说："有名？嘻嘻！有名？"韩铁芳听了，又不由十分惊诧。

病人又对他说："我劝你就赶快走吧，咱们日后再见。你放心，你往西去只要谨慎一些，就不至有什么舛错；只要我的病能够好一些，我必然赶了去帮助你。"

韩铁芳听了这话，更觉着不高兴，就说："前辈你错会意了，我与你相交，皆是因为江湖道义，并非想求助于前辈，何况……"

他原想说出自己此去的目的，说明了自己往祁连山去原是为救母，就是别人肯帮助,自己也要谢绝,然而又想:这样的话岂可对别人说? 只好明天分手了,以后只要这个人不死,他必然能够知道我是个怎样的人物。于是他又婉言劝着,请病人服药,病人却仍然摇头。韩铁芳就想:我尽到了心就是了,我对我自己的父母也不过如此,他不识交情,我还能够怎样? 遂就回到自己的屋中。用毕晚饭,自己就躺在炕上歇息,预备明天清晨就起身。

这一夜,那屋里的咳嗽之声也似乎减轻了一些,不知那个病人到底吃了药没有,反正,他的病必是好了一些。韩铁芳也有些放心。但又想:自己对于那个过去作恶多端、今才稍稍悔改的大盗竟如此恋恋的,仿佛有什么情意似的,也太不值得,幸亏他不是个女子,要不然自己真许耽误了正事。遂将心安静下来,顷刻之间,即走入了梦乡。

这市镇上一过了二鼓,就已沉寂如死,除了梆锣有时候响,狗有时叫,就再无其他的声音。天上的那个月亮,已由钩形渐渐地展宽,如同一只船,在那深青色的海一般辽阔的夜空上飘动。星光也显得稀少,一闪一闪的如同银鱼的脊背,被月映得发亮。几缕淡淡的云丝,从远天的极处投来,如一条素练似的,要将那只月舟牵走。墙角、树梢、房檐都把影子铺在地下,一块一块,一枝一枝,浸在青色的月光里,斑斑驳驳如水底的石头和珊瑚树。

此时那个大夫韩秀才的家里突然有怪客走入,将韩大夫唤醒,逼问他说:"十九年前你在甘州府住过不是? 那时正是年底,下着大雪,在来安店里有一个孤身少妇产了一个孩子,被同店住的那个凉州知府的妾给换走了。到了次年春天,你又到凉州府里去邀功、求赏,带着官人去搜店,意图将那个孩子也夺回去,以致将那可怜的少妇逼走。是不是有这件事? 现在,我只问你,十九年来那方二太太换去的孩子到底有下落没有? 现在他在何处? 你要据实说! "两只又瘦又硬的手已掐住了韩大夫的喉咙。月光透进了破窗棂,照在这暴客的脸上,只见他病容惨暗,两目却发着凶光。

韩大夫的老婆子早已吓得钻进了破棉絮里,不敢作声。而韩大夫战战兢兢,脑里忽然忆起一件早已忘掉了的旧事。那件事至今仍是个谜,方二太太、秦妈跟那孩子始终也没有找着。不过那家人方福后来被人救了;他设法回到了凉州,便传出去旅店换子及高山遇盗之事。方福的一只腿已成残废,到了凉州住了不到半年,一条老命便即呜呼。现在连凉州府都不知换了几任，早先的那位方大人也不知调到哪儿去了。

韩秀才当初并没得到什么便宜，不过是知道甘州旅店里的情形罢了。他坎坷了一辈子，来到这里才混上了一碗饭，以他那半通不通的医术，治死过几个人，可碰巧也治活过几个人。到了近年人老了，他在此地讨来的婆子也生了个女儿，但他的老境更为潦倒。

对于早先的事，除了有时跟人夸夸口，表示他走过许多地方，连早先的凉州府台他都见过，那件换儿子的怪案子，他却连对他老婆也没有谈过，不料今天忽然翻了案。他被掐着脖子，匍匐在炕上，老泪低垂，声音悲惨，表示他对于那件事情的后来结果完全不晓。那被换去的孩子是个男孩子是无疑的，但后来是死是活，落于谁手，他是真真的一点儿也不知道。他并且说："早先我在里边搅乱，也不过是图几个钱花，不过多说了几句话，也没太多事。方知府也没给我什么好处。那位抱走了方家女儿的娘子……哎哟……就是您吧？太太！您千万留下我这条老命吧！"

对面那愤怒的人，将两只手渐渐地松开了，他叹了一声，现出非常失望的神情，又咳嗽了一阵儿，然后以拳头搐着韩秀才的头，厉声地说："过去的事不准你跟别人提，今晚的事更不许跟别人说！否则，杀了你！"说毕，转身走去，门户都未响。

窗外依然月色凄清，此人已无踪影。而十分钟之后，那店房里的一匹马已然备好，店门也已敞开了。店里的所有人可还都正在熟睡，一点儿也不觉得。韩铁芳却被人用手推醒，他惊得睁开了眼睛一看，炕前的人的模样却看不大清。他急忙坐起身来，顺手掣剑，铛的一声，寒光已出了鞘，而炕前站立着的人却按住了他的手说："你这时才抽剑已然晚了！告诉你，你还得磨练，这样子走路是要吃大亏的。"

韩铁芳听出来说话的声音，不禁更为惊异，就啊了一声，这个人却说："不要惊讶，我特来向你辞行。幸蒙救助，现在我的病已略觉着好了一点儿，趁着今晚月色甚明，我要走啦。将来……咱们再会面吧！望你放心向西去走，少斗气，多谨慎，便无舛错！"说时转身要走。

韩铁芳却拉住了此人的胳膊，说："前辈且不要走！自然，我挽留不住前辈，但也请留下大名，以便将来遇机访问。"

对面的人说:"将来你可向江湖人打听:沙漠飞来一条龙,是神无影鬼无迹……"韩铁芳问说:"莫非前辈你就是……"对方这人,却将拳捶在他的脸上说:"禁声!我的名字不许他人说!将来,你若顺便,可以到沙漠中去寻找,睡吧!"他将韩铁芳推倒在炕上,便飘然出屋,屋门随之闭上。

韩铁芳哪里肯交臂失此奇侠,就翻身而起,急追出屋,却听马蹄紧响,人已无影。他追出店门,并往西跑出了镇,见镇外月光下有一个小黑点儿已然去远,嗒嗒嗒的马蹄声一声比一声轻微,少时便即消逝了。

韩铁芳急忙跑回店中,匆匆地去备马,柜房里就有人说:"是谁在院子里啦?"韩铁芳也不言语,赶忙进了屋。他慌慌张张地系好包裹,背在身后,挟着宝剑,拿上皮鞭,就出了屋。店家已点上灯了,柜房里三四个人都诧异着,说:"院子里是谁呀?"韩铁芳要走之时,又顿住脚,摸出那位侠客给他的那块银子,掷在屋中炕上,急忙跑了去牵马,临出店时才大声说:"我们都走啦!你们快来关门吧!店饭钱都给你们留在屋……里了!"出了门,才把这句话说完。

他骑上了"乌烟豹",加紧挥鞭,飞也似的向西而去。瞬息之间就出了镇街;又一会儿,就走出了十余里地;片时,过了一道山;又走了约二十里,便见星光已稀,银月西落,凉风吹动了遍野的禾麦,东方极天之处,云作淡胭脂色。再走,鸟鹊从远林飞起,纷落于田野之间,而青色的天幕已然拉展开了,村里鸡鸣,田径中已有荷锄的人行走了。

朝阳的金针刺破了晨雾,山色又发黄了,右侧的大河滚滚流淌,如同一个睡起来的莽汉,在伸着懒腰。他的马稍稍迟缓了些,人渐渐喘息,四周环遍,竟没有一条人影。只有他坐下的"乌烟豹"如才从河里走出来似的,出了一身大汗。面前隐隐看见了一座关隘,如在雾里。他怅然地再往前走,直到太阳高升,天又渐渐热了,路上往来的人也越来越多,时候已然不早了,他的马走到了潼关。

潼关是天下的险要之地,叠垛重楼,建筑在高高的山岭之上,形势极为雄壮。黄河自北而来,至此折向东流,那拐角之处排列着许多桅杆,有的船已挂起帆来正向河心行驶,韩铁芳晓得那里必定是风陵古渡。他见往来的人很多,不愿有人认出了自己,便策马爬上山岭,进关去了。

关里原来就是潼关县，这里是属于秦省管辖，城中的买卖很多，车马辐辏，人烟极为稠密。韩铁芳卜了坐骑，牵马走去，包裹也摘卜来放在马鞍后，宝剑连鞘也挂在鞍旁。他此时虽觉得饿了，街上也有不少卖吃食的，但他觉得这里有什么老君牛、仙人剑等戴阎王的一伙，所以不愿在此多留，以免惹出无谓的争斗。他忍着饥饿，不顾疲倦，就一直出了西门。西门之外就是山，山上一层一层剜着土窑，里面都住着人家，如蜂窝似的。西关里的买卖也很多，然而车马倒不太拥挤，他就上了马挥鞭走去。

这时他算是来到关中平原之上了，纵目一看，田禾无边，沿着大道，槐柳稀稀，风景至为优美。而在南边有一脉高山，峰岭重叠连绵，直插入云际；而且这一脉山完全是青色的，真像用笔蘸花青抹出来的一样，与自己这些日所见的那些黄色高山迥然不同。韩铁芳心想：这一定是太华了。又晓得华山上有什么铁棍杨彪，还有一百多名喽啰，所以他越发地加鞭紧走。

阳光照在头上，如火烘着一般，天气很热，他全身都觉着汗漉漉的，尤其右臂，虽然箭伤已痊愈了七八分，然而禁不住挥了半夜的鞭子，此时觉得非常疼痛。越走觉着地越旷，天越热，马也简直喘吁吁地跑不动了。

对面一连走过去四五帮客商，都有保镖的人随行，于此可见关中民风强悍，前面路途的不靖。他又回头去看，只见身后远远之处来了几匹马，他有些惊异，随走随扭头。他的马慢，人家的马却快，少时那几匹马就赶上他了。他看着马上的几个人，都是强壮的少年，骑着健壮的马，虽然都是短打扮，有的还斜戴着大草帽，但是身边马旁皆有兵刃。这几个人谈谈笑笑，并没有怎么注意他，有一个还唱着"你把我宝钏下眼观，我的父在朝为官宦……"大概是"秦腔"。

韩铁芳于是放下了心，让这几匹马走过去。他再缓缓地策着马，又走约三里，就进了一个市镇。这市镇比昨夜离开的那处市镇还小，只路北有一家店房带卖饭，店旁边是一座庙，是什么庙可也不得而知。店是在庙墙的西边，进了一条胡同才能找到，店幌子(笊篱)可挂在临街。

他下了马，牵着马进了胡同，走了很深才看见了店房。向外开着的两间房子门窗全都敞开着，可以看见里面有一口热气腾腾的大锅，里边坐着不少的人。他见门前有桩子，就将马系上，隔着窗先跟店家要了一个布掸子，前前后后地抽打身上的土。

身上的土可真多，抽了半天还觉得没有完全抽落。忽然掸子无意地向后一抡，觉得触到了什么物件上，他急忙回头看，就见身后有一个人将他手中的掸子用力夺了过去，向他的臂上就重重的抽了一下，骂道："小子，你的掸子胡抡，也不留神后头有人？妈的，你老子就教给你这个掸法吗？妈的，哪儿赶来的你这兔羔子、龟孙子！"

韩铁芳不由大怒，转身说："你怎么口出不逊？我并没有看见你，误碰了你一下，你怎么就讲骂讲打？"说出话来却又吃了一惊，因为他看出这个人就是刚才遇见的那个唱秦腔的。他心中忽然明白了，这个人原是成心来寻衅，就暗自盘算着自己跟他斗不斗。

此时窗中有四五个大汉全都站起身来，都瞪着大眼睛往外看，有的捋袖头，还有的抽出亮晃晃的尖刀来。这个拿着掸子的人却冷冷一笑，脚步站定，以掌拍胸，说："你来吧！冲着大爷来吧！斗一斗嘛！叫你认识认识关中的朋友，你小子敢吗？"

韩铁芳却将气忍了又忍，心说：那位侠客临行时谆谆嘱咐我，少斗气，多谨慎，我不可不遵从他的话，遂就勉强抑制下这口恶气，就说："我是来此用饭，用毕饭好往下走路，谁有闲工夫跟你们怄气？"这个人却拿膀子往前撞了一撞，韩铁芳往后退了一步；这个人赶上一步又用脚来踢，韩铁芳再向后退一步，脸上可显出一层紫色。这个人便将步止住了，又向他狠瞪了大半天，便骂了声："兔羔子！"撇撇嘴，提着掸子回身就走，那窗里的几个人却一齐哈哈大笑。

韩铁芳大怒，恨不得赶上两步向那个人的屁股后头踹一脚，索性打，然而他又极力将自己的怒气忍住。不过这个亏到底是不能服的，不能叫他们轻视自己。他遂就喘了口气，将衣襟又往起来披披，腰带束紧，袖头挽得高高的，霍然一声，寒光出了鞘，直走进屋里。

屋内一些喝茶吃饭的人，全都惊得立了起来，那几个汉子一齐掣出了尺许长的尖刀，有的且抄起了板凳。韩铁芳却瞪着眼睛说："你们不要瞎慌张。我出来是走路是办事，并非想与谁打架寻殴，何况我最不愿与江湖上的狐鼠之辈争强斗胜！刚才的事不必提了，也许是彼此都有错处；但现在我要在这里用饭，谁要是看不起我，谁要因我是个外乡人就想欺生，那就来领教领略我的宝剑！"说着，他将剑向桌上用力一拍，吧的一声巨响，桌上的两碗茶全都震倒了，流了满桌。

韩铁芳本想一定有人要发言不服，那么没有法子，只好就斗，但是他张目环顾，见两间屋里的人无不变色。而那几个又都彼此耍着鬼脸，现出一种怯懦的神气，虽然都撇嘴冷笑，可是都不敢发声。

韩铁芳的胸中出了一口气，就拉了凳子坐下，宝剑放在眼前，他和气地叫着说："店家！店家！"店家答应了一声，手里拿着抹布过来擦桌子，惊慌地看着他的脸。旁边本来有两个喝茶的，此时已都躲开了。韩铁芳就独自占着一张桌子，昂然地坐着，但声音却很缓和地说："给我下一碗面，称四两锅饼，也就行了；不喝酒。快一点来，吃完我还要走。"店家恭谨地答应了一声。

那边却有个人撇着嘴冷笑说："妈的！快些走吧！来此唬谁？以为老子没见过宝剑，妈的！等到了赤水镇的西边咱们再算账！"韩铁芳手抄宝剑愤然立起，却见那人就是刚才夺了掸子打他的那个人，圆睁睁的两只眼瞪了他一下，就走进通着后院的一个小门里去了。

却有另一个人走过来，向韩铁芳摆手说："不必！不必！出门在外都是朋友，话不投机，彼此少说。天太热，打架得费力气、流汗，动刀得出血、惹官司，都合不着。请问朋友你贵姓高名？贵处是哪里？想往何处行走？"

韩铁芳注意地看了一看这个人，见年有四十上下，紫面膛，两眼发着一种贼光，胸前的纽扣一个也没有系，露出他的坚硬的肌骨，可见是个"练家子"。他的右肋上有一块瘢疤，不是刀痕，便是剑迹，更可证明这人是在江湖上扑跌滚斗过的人。韩铁芳心想，既然在灵宝时人家都知道我的来历了，到了这儿又何必再隐瞒，于是就说："我姓韩，如今是想往祁连山去！"

这人说："路真不近，老兄你往西可有朋友吗？如若没有，我可以告诉你几个，以便到时有个关照；江湖人见了面就都是朋友。"

韩铁芳摇头说："不用！我是往西办事，我不是要打江湖。"这人哈哈地笑着说："江湖可也没有打来的！要讲打么？"他渐渐变了脸。韩铁芳并不言语，直挺着腰坐下，剑握在手，只要他用力一推，身旁的这个人就许腰断两截；而这个人却没再向他说什么话。旁边有两个人过来，把这人拉走了，都进了那后院。

那后院就是店房，另有个大门就在这面铺的斜对面开着，那里可以出入车辆跟骡马；黄土的墙下胡乱地写着店名，还画着什么兰芝、葫芦、长寿字。韩铁芳放下宝剑，先把伙计送过来的茶喝了一碗。这里的茶是发黑的，味道很苦，锅饼也烙得比别处的硬。桌上放着一个醋壶、一小碟细盐，还有一小碟辣椒，他就先拿了锅饼蘸着盐吃。

而这时那几个人就从店门里各牵着马走出来了，他们一齐扳鞍上马，扭着脸向韩铁芳怒视。那个圆眼睛的东西是最后上的马，前面的几匹都先走了，而这个最后的人原来手中藏有一物，蓦地向韩铁芳打来。韩铁芳急忙向旁去闪，只听得哗啦哗啦一阵乱响，碎了一些碟碗。那个人又狂喊了一声："赤水再见！小子留神！"催马向胡同外跑去了。蹄声杂乱，把尘土都扬进窗里，有一种马粪味直扑鼻子。

韩铁芳已然站起身来，脸色虽然气得发紫，可是并未向外去追赶。几个伙计全都惊慌着跑过去，由地下捡起那橱里打下来的破碗屑，并都唉声叹气，嘴里唠叨着。旁边吃面的、喝茶的也都躲避在墙角，战战兢兢。韩铁芳看地下有一只钢镖，叫伙计捡起来放在他的桌上，他摆手说："不要紧！他们打我没打着，把你们的碟碗打坏了，碎了多少由我出钱赔。"掌柜的叹气说："那怎么使得？只怨我们倒霉就完了！"韩铁芳依然放剑坐下，催着伙计快下面。

待了半天，才有旁边坐的客人走过来，悄声儿说："你换个店房住下，等几天，遇着有什么上任的官眷往西去，你再随着走吧！你要是单身往西去，一定得叫他们害死。他们说在赤水镇上等你，赤水镇就有个四通镖店，那里住着两个镖头，一个叫托塔李平，一个叫飞夜叉张保；他们都是铁棍杨大王的朋友，长安金霸王的徒弟！"

韩铁芳拱手说："多承好意，但我不怕他们！"伙计拿眼睛溜着他，手发着颤给他端了一碗热汤面。韩铁芳调了点醋，就拿起筷子来吃，心里却想着：有许多事虽然极力想忍，但又无法去忍；人虽然谨慎、小心，但也难免有人故意来暗算你。江湖上真是处处荆棘,处处难行。昨夜分手的那位奇侠,以多病之躯竟能行走无碍,实是可佩,比我高得多了。但是我就能因此颓了志气吗?就畏缩吗?他停了筷子呆呆地想了一会儿,就雄心又起,决定不管那奇侠嘱咐自己的话,而要鲁莽地、不顾一切地地去闯。

少时饭用毕,除了饭钱之外,他还给了掌柜许多钱作为赔偿打碎碟碗之用,掌柜的感激得不住道谢,旁边的座客们也都以敬佩的眼光来看他,但又互相私谈着,为他担忧。韩铁芳却把那所余不多的银钱包好带起,连那只镖也揣起来,提起宝剑就走。伙计已将他的马解下,鞭子交在他的手中,他就上马走去。

出了胡同,离开市镇,马蹄又踏上了旷野长途,右边的槐柳,左畔的青山,又都掠着他的身旁过去。路上遇着一辆镖车,他想上前寻仇、挑战,但那镖头没有招惹他,就也面对面地走过去了。他向人询问赤水镇在哪里,据人说:"由此往西即是华阴县城,再往西是华州,华州以西三十里就是赤水镇。那也是个小城堡,属渭南县管辖。"

韩铁芳就想着,这几十里的路程,大概当天就可到达,到了,索性要斗一斗他们! 于是连连挥鞭。但是他坐下的这匹"乌烟豹"却走得太吃力了,行出去二三十里,就显出蹩蹩点点的样子来,简直已寸步难挪。他只好下了马,扳起马腿来一看,只见四只在洛阳新换的马蹄铁已多半磨去;他只好慢慢地牵着马走。

好在走了不远,又是一个小市镇。这里有一家门口搭着个高高的木头架子,旁边还有马槽,就是管钉马掌的。韩铁芳从屋里叫出来人。这人一看"乌烟豹"的这个相儿,就知道是一匹良马,性烈,而钉掌时必定"闹手"。他又叫来一个伙计,两个人费了很大的事,才把"乌烟豹"绑在架子上;先用铁铲子削马的指甲,然后才给换上蹄铁,解开马又喂了一回。韩铁芳给了钱,牵开马骑了上去,这时就像换了一匹似的,马非常有精神,一鞭子落下去,就奔驰如飞,然而刚才耽误的时间太多了。

这时南边那巍巍的高山,下半截的青色愈深,而山顶的向阳之处却颜色很红,天上的云也是红一片、白一片,斑斑点点,绮丽非常。鸦鹊成群地噪过,投向了远处。风自背后吹来,有些觉得凉了。

第五回 御群凶长河过乌骓
挥痛泪大漠埋侠骨

又向下走,天色渐昏,刚才这条路上行人车马很多,现已渐渐稀少了,没有了,路旁的村舍人家都紧紧地闭上了户,土墙上都画着很显眼的白圈儿,韩铁芳晓得附近山上的狼一定不少,必是时常出来伤人,便有些戒备。天色昏黄之后,忽然地面上又显出一种清朗的颜色来,路旁的树木在地下舞弄着纤细的枝影,他在马上回头一望,见一轮明月已从后面露出来。青天比山色略浅,星光像他剑柄上的铜活那般亮。他的坐下的马蹄声音益为清脆,但又有些缓了,他也有些疲倦,暗想:不知离着赤水镇还有多远? 大概今天用不着跟那些个毛贼怄气了。

他又走了约二里地,见月光愈明,清清如水的月光之下,远远地现出了一片黑兀兀的很矮的东西, 且有几点凝滞不动的光亮。他再往前走不久,就进了一座市镇。这地方还不算小,几个店房的门前都挂着灯笼。他下了马,先牵进一家店里,这院里十分杂乱,各屋里都有说笑之声,且有女人敲着竹板儿唱:"从初一呀到十五呀! 月儿正明……"这大概是土娼唱的当地流行的小调。韩铁芳就高声喊着:"店家! 店家! "

店家从柜房里出来,借着月光仔细地上下打量着他,韩铁芳说:"给我找间房子。"店家带笑说:"没有啦,全都住得满满的,真对不起,您上隔壁去吧! "韩铁芳只好牵马走出,又到了第二家店房。这里的院子比较宽敞,房屋也多,而且院中十分清静,马棚也很大,里边放着许多马匹,停着好几辆车。各屋中全都有灯光，院中且点着两只"气死风"的灯笼。韩铁芳才喊了声："店家！"就见从一间屋里出来了一个戴帽子的人，原来是个差官，拿手驱逐着他说："别嚷嚷！你是干什么？"韩铁芳说："我要找房子住店。"

这差官说："上别处去吧！我们是随着钦差玉大人自京都来的，玉大人走在这儿有点欠安，把店里的房子全包下了，禁止闲人进来，你上别处住去吧！"韩铁芳想不到在这里又撞着个大官，而且听这差官跟那位病侠似的，一口北京腔，而且气派十足。他也不敢搅扰，只得再走出去。

月照小街，他的影子随着马影向前缓缓地移动着。忽见有一个小孩子在他的前边跑着，跑到前面的一家店里，那家店房当时就出来个人摘下了门前的破灯笼。及至韩铁芳走到门前，那店门已然闭上了。韩铁芳拿鞭杆捶着门，大声叫道："开门！开门！"里面的人也不问他是谁，就答道："没有地方啦！上别处去吧！"

韩铁芳说："我愿意多花钱！"里面说："多花钱也不行，真……"门里有人悄悄谈了几句话，又答他道："真没有地方啦！连马棚里都住满了人啦！"

韩铁芳却不禁生疑，又渐渐明白了，心说：好一伙贼人，他们的胆子真大。附近住着京中来的钦差，他们还敢先来此威吓店家不许收留我，可见他们素日在此横行。而且他们的贼窠必定离此不远，戴阎王现在就一定藏在那里，不然他们安能如此与我作对呢？

他愤然牵马走开，精神陡起，回头望望，月色如一盏明灯似的，就想到：像这样，就是连走一夜也不至于迷路，而且那群贼必在前面等着我了。好！我若不去就是我怕了他们。在这里若拼斗起来，惊动了钦差也是大罪；我不如趁月赶路，赶往荒山旷野之处去寻找他们，一下就得让他们晓得我韩铁芳的威名！于是又往西走。

路旁有一家饼子铺，还留着一扇小窗户没有关，他去买了几个烧饼，捏捏硬得跟石头一般，他向窗里问："没有软一点的烧饼吗？"里边答道："都卖完了，就剩下这几个抠抠馍啦，你不是拿去也要泡着吃吗？"韩铁芳也不大能听得懂他的话，只好牵着马走出了这条短短的街，身后的梆锣之声已敲了两下了。他将那"抠抠馍"啃了一口，简直啃不动，心说：这里吃的东西实在与河南不同，若是到了甘肃新疆那一带，还不定吃什么呢？他打起了精神,把几个馍收起来,上了马,徐徐挥鞭,又踏着月光走去。

连走了几个村庄,并没遇着一个人。他心里想:莫非那几个人是想在那镇上暗算我,并没在前边等着我?那也好,我就安安闲闲地走这一夜吧。明天白昼再找店歇宿,至多五日,我必要赶到祁连山。他在马上向两旁望,田禾茫茫,随风摇动,月光缭乱,如一片银波似的;更想着那位奇侠不知何处去了,他那咳嗽的声音几时才能重闻?

又走了一会儿,忽觉田禾渐稀,地下的土已成了细小的沙砾。出了这股道,顿然觉得天地更宽。眼前有一条灰白色的东西,原来是一道大河。岸旁稀稀的有几颗树,树影摇动,好像几个披发的人站在那里似的。

韩铁芳至此不禁踌躇,他就下了马。只见河水流得很急,月光照着,有的地方发亮,有的地方发乌;而低头细看,却见河水清而且浅,河底的许多石卵都可以隐隐看得见。靠北边河中有几个木架子,似乎本来是一座板桥,可是已然拆了。

韩铁芳不由发出一声冷笑,就将包袱宝剑都向马背上紧紧一扎。他把裤腿挽起,正要脱鞋脱袜子好牵着马过河,忽然听得嗖嗖的两声,他急忙将身子向地下一伏,两只暗器从他的头上掠了过去,扑通扑通地落在了河里。

韩铁芳旋即站起了身,又掣出宝剑,高声骂道:"是什么人?既然你们想斗斗我,就出头露面,藏起来发暗器那是小人的行为!"他提剑顺着河岸走去,将附近的几棵树上全都看遍了,却没有人藏着;而身后的田禾一起一伏的,那里就是藏着几百人,自己也无法搜出,心里不免又想道:须要谨慎!他们都是本地人,地理熟悉,而自己却一切生疏,不要受了他们的暗算。

于是他又要上马,可是才一骑上,突见又有暗器向他打来。他的手也极快,将剑一迎,铛的一声,一只铜镖就被击落在马下。他才喘了一口气,又听嗖嗖几只镖射来,幸亏都没有射中。同时他看出眼前田禾中,有一片地方摇动得很可疑,此时绝没有那么大的风。

他就由怀中取出白天得来的那只镖,蓦然双脚蹬在马背上向那边一望,只见十多步之外的田禾当中,隐隐露出来一个人头。一闪之间,韩铁芳已然一镖打去,那田禾里就有人哎哟了一声,接着就有许多人叫骂,乱箭飞镖一齐打山。

"乌烟豹"忽然也暴跳起来,顺着河岸向北狂奔;韩铁芳急忙以双腿紧紧夹着马腹,一股烟似的跑出了有一里多地,就见迎面有几匹马来了。韩铁芳赶紧将马控制住,横剑等候。少时对面的马到了临近,一共六匹,马上的人就问说:"是谁?是老九吗?没看见那个小子过河吗?"

韩铁芳却把他们看得极为清楚,因为那些凶恶的脸上都敷着一层霜似的月光,细看,倒是没有戴阎王在内。此时对方的六个人见问了半天,韩铁芳并不答话,就觉出不是自己的人了,都抽出兵刃来。韩铁芳却将剑一摇,说:"且慢动手!我并非惧怕你们,但我不明白我到了你们贵地,并不认识谁,也没得罪过谁,你们为什么就这样与我为难?我真真不明白!"

对面的人就横刀问说:"你是韩铁芳不是?"韩铁芳点头说:"不错!"对面一个扁鼻子的大汉就愤愤地说:"那你就问问自己吧!你在灵宝县曾做过什么事?"

韩铁芳也愤然说:"我在灵宝县不过得罪过一个戴阎王。但我闻得你们也都是镖行中人,并非强盗,江湖上的道义、是非,你们也不至于全不懂。戴阎王抢夺民妇……"

对面的人摆手说:"与那事不相干,我们只是叫你给金刀太岁余旺抵命!"韩铁芳怔了一怔,说:"不错,那天确实有一个姓余的帮助戴阎王,被我误伤了,也不知后来是死是活。"对面的人一齐怒喊说:"那就是我们的余大哥!"

韩铁芳说:"那真对不起!我并不是因为他是金刀太岁余旺才杀的他,我们江湖人争斗死伤本是常事,他的本事不高,才致负伤。"对面的人怒声说:"我们倒要看看你姓韩的武艺又怎样高法?"韩铁芳冷笑说:"这也可以!"

他知道跟这些人讲情理是绝对讲不通了,遂就说:"你们如果必欲替余旺报仇,那我也毫不谦逊了。他的本事不及我,我才伤他;我的本事要是不及你们,你们照样可以伤我。只是一齐上手显不出英雄,暗箭伤人更不是好汉。你们谁要是替余旺报仇,可以单个来出头,我一定奉陪!"

那边就有人嘿嘿冷笑，又听他们彼此商量着，结果那个扁鼻子的大汉说："我来斗斗你。"说着他下了马。韩铁芳下了马，将"乌烟豹"向回牵开二十步之外，然后过来问说："你叫什么名字？"

这个人说："我姓焦，名字叫钩镰枪焦衮，你记住了！待会儿见阎王爷的时候，你好知道是谁把你送去的！"他的手中并非使枪，却是一口厚背的朴刀，突的一抡，刀光映月，闪闪发亮，直向韩铁芳砍来。韩铁芳的宝剑反舞以迎。

那焦衮一看剑势来得太快，赶紧向后抽刀，然而韩铁芳却乘势又进了一步，以剑下撩。焦衮赶忙避开，展刀再砍，韩铁芳却用剑铛的一声将刀磕开，身随剑进，剑向焦衮的咽喉刺去，其势极速，如毒蛇进穴、彩线穿针。焦衮要躲闪已然不及，韩铁芳的剑尖已然触到他的喉间，然而又不愿伤他的性命，急忙又收住。焦衮吓得赶紧退身，一张脸变得像月光那么惨白，头上一颗颗的汗珠子跟西瓜上沾的露水一般。

韩铁芳的宝剑向前再挑，脚也随之踢去。焦衮拿刀胡抡了一下，却被韩铁芳的剑遮住，而下面的脚早已踢中了他的小腹，他就一屁股坐在地下了。然而他仍不服气，刀向上抡，身子随之霍然立起。

此时另有两个，一举单刀，一舞双钩，又先后跳下马来战斗。韩铁芳迎上，五六回合后，这两个人也有些不敌。他们的同伴见势不好，就都一齐下了马助战，因此韩铁芳便力敌六人。他真气愤，也真觉得不耐烦。鏖战了数合之后，他才戮倒了一个人，才少了一方面的侵迫。然而身后又有许多人追赶来，并且乱嚷嚷着说："焦八爷！你们都退后些！截住路，别叫他逃走就是啦！我们要放镖啦！非得把这小子全身戳成马蜂窝，才算给余大爷报了仇。"这样一喊，焦衮等人齐都哧哧地打着口哨，一齐闪开了。

而韩铁芳不待那些人赶到，就回身抓住了他的"乌烟豹"，顺势就骑上了。焦衮等贼人又要截他的马，韩铁芳急忙抡剑又砍倒了一个，催马向北急奔。而后面的镖跟箭嗖嗖地射来，他急忙伏在马背上，用剑柄捶着马腹，嘚嘚嘚蹄声如连珠，踏着月色，顺着柳丝拂拂的河岸一直奔去。而后边的几匹马也追下来了，并听梆梆地响，是钢镖击在树上之声，幸而韩铁芳连人带马都未受伤。

向前跑了一会儿，忽然看见河水折向东去，他不便再往来时的道路去走，就挺起腰来，使劲捶着马，喝道："过！过！过！""乌烟豹"就四蹄踏进水里，水声哗啦哗啦地响，韩铁芳的两双脚也都浸进河中。他又不敢快走，因为水流得甚急，河底尽是石卵，马行不稳，如此半天方才到了对面的岸上。

可是那边的众贼也都追到了岸边，隔着两丈多宽的河身，直向这边放箭、打镖、扔石头，并且叫骂着。韩铁芳怒气难忍，就故意将马拨在一颗大树之后，其实他并非为躲避，乃是为赚取对岸的镖。对岸上的箭只飞来三五支，可见他们大概都放尽了；而镖仍然是一支一支地打来，可见他们的身上都带着镖。只是他们都打得不准，不是没打过岸落在河里了，就是从马旁三四尺之外飞了过去；只有两只是准准确确地钉在大树的枝干上，韩铁芳都伸手拔了下来。

看见那边已有几个人骑着马也　着河水要往这边来，韩铁芳又气又笑，便将两支镖接连着打去，立时有一个人翻身坠马落于河内。那边的群贼渐渐有些力萎了，镖箭已不再见飞来，而且骂声也不像刚才那么大了；但韩铁芳实在不愿同这些人惹气，他就拨马走开。

这河岸之西，天地愈旷，月光惨黯，四周如同弥漫着大雾，风愈凄冷。他寻着了一道路径，往西去走，越走越觉后面的喊声微弱，渐渐听不见了。可是他坐下的"乌烟豹"却又像出了毛病，时时往起颠他。他觉得惊异，就侧身下来，借着茫茫的月光，仔细地审察着马的全身，却由马的后胯上拔出来一支弩箭。他十分气愤，同时又有些灰心，暗想：这西路上的江湖人全都惯用暗器，这可叫我怎么防御呢？难道随身永远得带着一面藤牌吗？

他皱皱眉头，压住了胸中将要叹出的气，上了马又走。他缓缓地摇着鞭，马也迟迟地敲击着铁蹄，茫然地又走多时。忽然看见道旁有一个小村，只十余户人家，非常的寂静，有如坟墓一般。其中独有一家房子盖在土岗上，从篱笆里射出来一块一块的灯光，屋顶上冒着团团的炊烟，在月色下看得甚为清楚。韩铁芳不禁惊讶，心说：怎么，这家人在半夜里还做饭？

他策马来到门前，向里边听了听，里边却有人出来了，高声地问说："回来了吗？"韩铁芳在马上抬头一看，那篱笆里灯光疏疏，庐畔柳条摇曳，一个中年妇人向上看着，她觉出是认错了人，所以不住地发怔。

韩铁芳此时觉得很是饥渴，就拱手说："大嫂是正在做饭吗？莫非家里有要出远门的人？"土岗上的妇人摇头说："我们没有人要出门，是做熟了米汤，好预备早晨卖的。"韩铁芳心中便释去了疑问，点头说："那好极了！我是从东边来的，因为在月下贪着走路，所以错过了宿处。"妇人说："我们这儿可不是店户，不能留人住。"

韩铁芳说："我也不是要找宿处。只是我此时又饥又渴，虽然带着馒头，可是太干，吃不下去。我想在你们这儿买碗米汤，解解饥渴。"妇人说："家里没有男人，我的男人还没回来，我不能让你进来！"韩铁芳说："哪里才有店房呢？"妇人向西南方指着说："往那边走十来里地，就是赤水。"

韩铁芳拱手道了声："劳驾！"策马又向西走。但他忽然觉得这人家非常可疑，同时饥饿还不要紧，但渴得实在难受；恨不得到那人家去抢一大碗米汤，大喝一气才好。眼望月夜岑静，天地茫茫，他真想要拨马回去，干一回近于强盗的事，喝完了米汤再给她留下钱，可为自己的行为解脱。

他勒住马正在犹豫之间，忽听身后那土岗上有人扯开了喝足米汤的大嗓子，宏亮地喊道："喂！要买米汤的人！你回来吧！"

韩铁芳倒不禁吃了一惊，急忙回头，却见那土岗上有一条很高大的人影。韩铁芳的脑里先思索了一下，未尝对这个人不怀疑，然而实在是渴，于是就下了马，牵着转过去，并答应了一声，往那边去走。

他仰着脸去看，见这大汉的身材非常雄壮，只是有些驼背；倘若他的腰再直一些，一定要更高。韩铁芳就说："我实在是口渴已极，在你们这里喝一碗米汤就走，绝不多加打搅。不然你盛出一碗米汤来，我站在外面喝也可以。"

土岗上的大汉笑着说："客官你说话太外道了！我们做的是这买卖，清早挑担上市，这时候，哪有不请你进去歇一会儿的道理？刚才是我没回来，只我婆娘一人在家，这里是大道路，近来附近常出响马，我的婆娘才没敢做主让你进来。好，现在我回来了，请进来吧！来一位贵人，交一位朋友，钱不钱倒不算什么。"他跳下土岗来替韩铁芳牵马，韩铁芳却赶紧将自己的包袱及宝剑拿在手中。

当下随着那大汉上了土岗，大汉就将马系在柳树下，并说："系在这里不要紧,不会有人偷了去。前些日这一带倒是闹响马,现在没有啦。"韩铁芳就问说:"这地方还有响马?不知都是些什么人?他们的巢穴在哪里?"大汉却摇手说:"不要说!不要说!咱一个卖米汤的人哪里知道?他们也绝抢不到咱家里来,不过河东几家大户可都遭过事,听说去的贼人都会放镖,还会射冷箭。"韩铁芳一听,胸头不禁又涌起一股怒气,同时对于眼前的这个大汉,倒不怎样怀疑了;断定他并不是那些贼人的一伙儿,不过是一个卖米汤的人而已。

他被让进屋里,见屋中并不很窄,靠后墙有一铺土炕。一进门是一个灶台,灶上坐着一口大铁锅,锅里热气腾腾,熬着一大锅米汤。原来此地所谓之"米汤",不过就是稀饭。韩铁芳看见旁边还放着许多只粗碗,他更相信这人虽长得有点儿凶气,但确确实实是一个做买卖的,因此更不怀疑了。

大汉就请他坐,炕旁有个小凳,韩铁芳就坐下,把包袱和宝剑都放在了炕上。大汉往炕上看了一眼,便叫他的婆娘快点烧火,熬好米汤,好给韩铁芳舀着喝。那妇人的身子浸在浓烟里,连气拉着风匣。大汉就跟韩铁芳谈着话,语声随着风匣声发出,他自称姓牛行六,因为他的身材高,个子大,镇上的人都呼他为"大牛"。他只有这一间土房,没有半亩田地,只仗着做这买卖为生;这买卖他做了三十多年了,但近来的买卖很不好。

韩铁芳又问东边那道河叫什么河,牛六说:"那就是渭河,姜太公在那里钓过鱼,后来保了周朝八百年。"韩铁芳又问河东边刚才自己想去投宿,许多家店房都不肯收的那个市镇叫什么名称,牛六说:"我天天熬了米汤就挑着担子过桥,到那里去卖;那个地方是杨桥镇,好地方,四通八达,买卖比县城里还多呢。可是近来也都不强,就因为闹过几回响马。"

韩铁芳又问道:"此地有个钩镰枪焦衮,赤水镇还有什么扳倒山陶俊,华山上还有个铁棍杨彪,这些人你可知道吗?"牛六的面色变了变,没有回答。他的婆娘停住了风匣,拿个大粗碗盛了满满的一碗稀饭,热气冒得很高。牛六双手接过来,吹着气说:"好烫手!"

韩铁芳刚要起身去接,忽听得户外有一种怪异的声音吹入他的耳里,似是哨子的声音,响了两声就不响了。屋中蒸气弥漫,窗纸上月色皓洁,韩铁芳就不禁倾耳去听,心中生疑,面上发呆。这时牛六突然变了脸,趁着韩铁芳发呆之时,忽然把盛着热粥的碗猛向韩铁芳打去;幸亏韩铁芳躲避得疾快,那只碗吧地打在墙上,碰了个粉碎,白米稀饭洒在地下还直冒热气。

韩铁芳气极了,要从炕上去抽宝剑,却不料那牛六又直扑过来,要抓他。韩铁芳早已挺身而起,蓦地一拳打去,又一脚踹去;那牛六的高大身子就不由自主地向后退去,一下就坐在那滚热的大粥锅上,烫得他哎哟一声大喊,他的婆娘吓得更是狼嚎鬼叫。

韩铁芳此时已抽出了宝剑,而那牛六由热锅里挣扎出来,一屁股的稀饭,满腿的米汤,他往户外就奔。韩铁芳恐怕他抢去自己那匹马,就赶紧要追出。却不料那妇人也要往户外跑,脚下不伶俐,咕咚一下就趴在了地下,倒把韩铁芳给拦住了。韩铁芳怒声说:"快走!与你无干,我绝不杀你一个妇人。只是牛六,他一定与贼人是一伙儿,我不能够饶他!"

等着妇人哭着坐了起来,他刚要由妇人的身旁追出屋去,却不料户外又露出两个人来,个个手中都拿着袖箭。韩铁芳不由倒退了一步,注意防御着暗器的来袭。那屋门口的人越来越多,足有七八个,各个不是拿着刀握着镖,就是拿着袖箭跟弩弓子。其中就有那扁鼻子钩镰枪焦衮,还有今天在路上遇见的那圆眼睛的贼人。

他们都前后挤进了屋来,地下那婆娘吓得跪着爬到灶旁,缩成了一团;而外面那牛六还不住地呻吟,且大声喊着:"焦八爷!快把这小子绑起来,我也得拿热米汤浇浇他,非活烫死他不成!哎哟!哎哟!"他的呻吟之声极大。

此时,韩铁芳却面不更色,一面以宝剑护身,一面防御着,要躲五步之外飞来的箭,还要接放来的镖,好再往回打。而对面的镖箭却也不像刚才那样地胡打乱放了,七八个人只是都逼着他,发着冷笑。

那钩镰枪焦衮一撇嘴,更显得他那个扁鼻头十分的难看,他就说:"姓韩的!到了现在你还有什么说的吗?你现在还会接镖躲箭吗?小子!我劝你趁早儿把宝剑撒了,跪下来求饶,叫我们把你绑起来。你放心,我姓焦的敢担保,绝不致要你的命;只把你找个地方押几天,然后把戴大庄主请来问问。他也是一位爽快的人,只要你能向他说两句软话,他绝不会让你死;

还许放开你,认你作一名小兄弟!"

韩铁芳怒声说:"快住口! 你们这群鼠辈! 韩大爷这次西来,头一个是想剪除黑山熊,第二个是非杀死戴阎王不可,第三就是斩尽你们这群扰害商旅、劫货杀人的狗强盗。来! 无论镖无论箭,快放!"他一面提防着,一面欲趁势扑上前去,先砍倒他们俩人,夺门出去,然后再说。却不料果然有人发出了袖箭,幸亏韩铁芳向下一蹲,一支箭就钉在了后墙上。而那圆眼睛的小子又发了一只镖,向韩铁芳的腹部打来。韩铁芳疾忙闪身,镖从他臂下过去,落在了炕上。他觉得真没有法子,地方太小,躲避不开。而那圆眼睛的小子却又掏出一只镖,他也不即时施放,只是抬起手来比比韩铁芳的头,又放下比比韩铁芳的肚子,使得韩铁芳提心吊胆,胸中的怒气倍生,真要不顾一切,由他们箭射镖打中拼出,索性抢剑跟他们恶斗一场。

然而这时间,忽见那圆眼睛的小子,哎哟一声倒在地上。群贼全都大惊,一齐往后扭脸去看,那敞着的屋门外,随着清朗的月光就蓦然进来了一人。此人身材细长,一手持着寒光闪闪的宝剑,一手握着一只很小的弩弓,他喝了声:"都快扔下手里的东西!"接着又两声咳嗽。

群贼齐都愕然。钩镰枪焦衮刚发出半声冷笑,忽然一支弩箭正射中他的咽喉,他惨叫了一声倒地。另一个贼人才举起了刀,忽然一弩箭射在他的腕子上,他立时扔了刀直摇手。还有一个也要以箭射这咳嗽的人,但他的箭才发去,人家就用宝剑碰落在地;人家的箭一发出,他却遮着左眼怪叫,往门外就跑,那人也不拦他。

这时屋里地下躺着三个,还站着两个,可全都战战兢兢,吓得面色如土。不用这病人再吩咐,他们就全都扔下镖跟袖箭,拱手央求,说:"侠客先别放箭! 听我们说! 我们不过是跟着钩镰枪焦衮的。焦衮是金刀太岁余旺的拜把兄弟,因为戴阎王跟判官解七前天逃过这里……"

病侠又咳嗽一声,就问说:"那两个贼现在在哪里?"

这说话的小贼就说:"在赤水镇住了一天就往西安府去了。钩镰枪听说他的盟兄已死,这才叫我们帮助他,为余旺报仇。在杨桥镇他逼迫着那里的几家店房,都不许留这姓韩的,并把木板桥拆了,要把他用乱箭射死。这里的牛六也是我们的伙伴,我们先跟他约好了,叫他在这里熬上米汤,等我们把事情办完了,回来再喝……"

　　说到这里,那病侠就拿宝剑将他止住,点点头叫韩铁芳,说,"走吧! 你干吗还在这里?"说完了,却又不住地连气咳嗽。韩铁芳羞容满面,只得拿了炕上的包袱,提着宝剑跟马鞭,走出屋去。仰头一看,明月当空,他不禁暗暗地叹气。

　　刚才逃出去的贼人和那牛六都已逃匿无踪了,身后有咳嗽声,那位带病的奇侠已随他走了出来,说声:"上马走吧!"韩铁芳看见自己的那匹"乌烟豹"仍在柳树上系着,土坡下还有一匹黑马,都没有丢。他就将包袱草草系在马上,剑挂在鞍旁,将马解了下来。那位病侠已跳下了土坡,收剑跨上了他的坐骑,嘶声地喊道:"来吧! 咱们一同走吧!"韩铁芳心中着实惭愧,牵马下了土坡,然后才骑上。回首仰望,见那牛六的屋里依然灯光摇摇,并有呻吟之声和妇人的哭声,却没有人大声说话了。

　　眼前茫茫一片月色,那位奇侠骑着马的影子已走出了数十步。韩铁芳随即赶上,叫了声:"前辈!"前面的人停住一回头,韩铁芳也将马勒住。就见月光整整浸在那病人的脸上,更显得是那么黄瘦;他那眉清目秀、三十来岁可还像二十上下的多愁多病的绝色女子似的脸庞,韩铁芳看得很是清楚。

　　韩铁芳就提鞭拱手,说:"多亏前辈来救我, 不然那几个贼人我虽不惧,但他们的暗器也实在叫我难防。我真羞惭! 我自洛阳走出之时,原没把这些江湖盗贼、草泽流寇放在眼里;不想我先在灵宝受制于戴阎王,如今又在这里被困于小贼。我虽不灰心,但我已深知我的武艺太差,阅历缺少。我得再拜明师,然后才能再寻黑山熊,报我二十年来的仇恨。我原想拜前辈为师,但前辈身染重病,我也不敢相累。我要到他处去,不学会一身高强武艺,我誓不为人! 我想在此地便与前辈分手,前辈往西,我自向东面,转往江南去。只是我既与前辈见面几次,屡承相助,将来我虽不敢说有何酬报,但也愿知道知道前辈的大名,以便他日相会。"

　　病侠听到这里,便喘吁了两口气,好像又要咳嗽。韩铁芳话吐到唇边又吞回去两三回,才使足勇气大声问道:"前辈如看得起我,请据实相告,前辈是不是新疆的玉娇龙小姐? 我太冒昧,然而请前辈勿瞒!"

对方这个病侠忍住了咳嗽，发出一声冷笑，说："大概像你们这些人，只知道天地之间，会武艺的人除了玉娇龙，便是李慕白，再不知有其他的人了！我是个男子，你如何错看我是妇人？可惜你这样年轻的人，竟是有眼无珠！"

韩铁芳被说得更为惭愧，只是低着头说："我实在是太冒昧了！求前辈不要怪我，但请前辈留下大名，以便将来拜会。"

病人却沉默了一会儿，叹口气又说："我实在喜你年轻有为，虽然武艺稍差，但还不难练好；只是你有满腔的争殴觅斗、报仇逞强不服之心，我却有些实在不喜欢。本来在灵宝分手之时，我就想我们不能再见面了；不想路上又遇见了一位故人，刚才我在河东边看了看他，却使我产生无量的感慨。二十年前的事真跟梦一般，纵使你有一副铜筋铁骨，也禁不住光阴的销磨！咳！我至现在，是真真的灰心了！当年我若是明白，也不至于落于今日地步！"

韩铁芳见这位病侠忧思慨叹，说话暧昧不明，不禁更是生疑，他刚要劝慰并再询问，就听这病侠又似振起一些力气，说："我已自知将要不久人世了！我要赶回新疆去，那里还有一个与我相依为命的人。那人也有一身本领，足可以教给你，将来必能助你找黑山熊去报仇！"

韩铁芳慨然说："既然这样，我也愿随前辈往新疆一游，会一会那位朋友。"

病人点头说："我也是这个意思。现在西路尚有许多强盗恶霸，我们想杀也杀不尽，要凭你一个人去斗也绝斗不过来。我想你不如随我去，我给你找一个帮手。学习武艺非一朝一日之功，那你倒不必着急。"

韩铁芳听了，心中非常喜欢，就连连点头答应。病侠突又问说："只是一件，那天在店中你可跟我说的准是实话？你准姓韩，你确实是在家里散尽了资财走出来的？"

韩铁芳说："我如何敢在前辈面前说半句虚话？"

病侠又问说："你的家中确实没有妻子？"

韩铁芳摇了摇头，说："我出外来寻访仇家，会晤风尘侠客，将来还不知能否生还故乡，家中若有牵挂还行？"

病侠笑了一笑,点头说:"好吧!那么我们二人就走吧!"说时他的马在前,韩铁芳的马在后,两匹马的黑影在铺满着月光的地上疾疾地移动,并发出嘚嘚的响声,连珠一般不断。

韩铁芳此时心中十分高兴,仿佛那广漠无边的大漠草原就在面前似的,那里有成群的牛羊、奇丽的景致,还有盖世侠女玉娇龙,自己也必定可以得着机缘与她相见。又想,面前这位侠客,到底是男是女还分不大清楚,真不敢再冒认了。大概他确实是个男子,不过因为体弱多病,所以才现出一种女相,才被我错疑了他是玉小姐,真真的可笑!幸亏他没有怪我。又想,他所说的在新疆的那个人,却又不知是怎样的一条好汉,大概是他传授出来的高徒吧。无疑,那一定是一个年轻力壮、身材魁梧、武艺高超、性情豪爽的好汉,我倒得与那人结交结交,尊他为长兄。只是自己却瞒着这位病侠,没有告诉他我已经婚娶,娶的是个什么事也不知的乡村的女儿;但那没有关系,我又不想叫他给我做媒,找个美貌聪慧的女子。只是我的父亲原是十九年前的江湖恶盗韩文佩,我母亲又是屈辱在黑山熊之手,这两件事,虽都是自己的伤心事,不愿告诉人说,但是也显得我这个人太不诚实了!因此心中未免负着些惭愧。

双马向前行去,月亮也渐渐向西移动,韩铁芳又口渴起来。刚才在那牛六的家中,白白惹起了一场殴斗,却连一滴米汤也未得润喉,所以如今嗓子更干得难受。前面的那位病侠也一面走一面咳嗽,韩铁芳听了,心中也很难过。

走了二十余里,还没走到一处市镇,但是路旁却有一座破庙,在月光下显得格外寂静凄凉。那病侠就在此下了马,按着胸口不住地咳嗽,半天,他吐出来两口痰,便向旁看了一看,说:"这庙里无僧人,我们就在这里驻马歇一歇吧!"韩铁芳说:"也好!"遂下马来。他希望这里有一眼井,还得有辘轳柳罐子才好。

当下他就将那病侠的黑马也接过来,两匹马一比较,虽然人家的马瘦,但似乎比自己的"乌烟豹"矫捷得多。他不禁心生爱慕,便将两匹马系在树上。那树枝萧萧的疏影,在地面上不住浮动。草丛里箭似的逃走了两个东西,不知是狐狸还是兔子,韩铁芳看着新奇,不禁哈哈一笑,而那位病侠却全未动容。

两匹马相并着,将头探在地上吃青草。庙的断墙半堵,里面的殿宅,都已坍落,只有一地的碎砖伴着青草。青草上浮着淡淡的一层月光,而墙影也如同被鼠咬过似的错落不齐。病侠低着头往前走,他那身影拉长在地上,更显得瘦弱可怜。他走到墙边找了一块砖坐下,呻吟了一声,就仰面去看当头的明月。韩铁芳站立在他的眼前五步之外,也仰脸看着,只见深青色的天空上有一条白云,如同已出匣的剑光似的。月亮一阵儿隐在云的背后,树影就发浅;一阵儿又露了出来,树影就发深。

天地空旷,星星稀得数得出来,除了眼前这奇特的不住咳嗽的病人之外,再没有什么别的声音与活动的东西了。韩铁芳的心中一阵凄凉,那病侠也长叹了一声,就向韩铁芳问说:"你将来能在新疆居住吗?除了到祁连山去报一次仇之外,就不再进玉门关,你愿意吗?"

韩铁芳听了这话,不由得一怔,自己并不知道玉门关在哪里,而为什么不可再来?尤其觉得莫明其妙。然而他不敢违拗,只说:"原是可以,但为什么呢?"

病侠却说:"新疆是个好地方!那里有比这里雄壮的山,有比江南还美丽的山水,牛羊成群,马匹无数,各族的人也都和善可亲;到了那里,你必不愿再回来。"

韩铁芳笑着说:"那样果然很好,不过男儿志在四方,又不为什么事情,何必要在一个地方株守呢?"

病侠却摇了摇头,说:"你不晓得!我漂泊一生,十余年来只有一个人与我相依为命。那个人的详细来历,等将来到了新疆,我叫他见了你,你若不厌弃他,那时我再细细地告诉你。他的武艺,我不是说,足比你高强一倍,但性情不十分好。他自幼生长在边荒,可是最羡慕中土。中土不是个好地方,人全是坏的,他若来到此地,一定要受人的欺负,辜负了我的一番苦心。可是他一个人在那里又没有伴儿。所以我想让你去,你陪伴陪伴他,他若能到祁连山替你报仇,你可千万在报仇杀死黑山熊之后,就赶紧劝他还回新疆,不要再到别处去。你也是,闯荡江湖并无意味,而争斗拼杀,终必自伤,何况你一个年轻的人,倘或身触情网,更是一身之害!"

韩铁芳听了，更是不明白了，就又笑了笑说："我这个人向来是看得开，放得下的，绝不至儿女情长，英雄气短。既然老前辈谆谆嘱咐，那么我就答应你，我见了新疆的那位弟兄之后，我就决定与他形影不离。杀了黑山熊，报了我盟叔的大仇之后，我也就没有什么事情可做了，若能在新疆长住，也很潇洒。"

病侠不语了，韩铁芳却觉出这个诺言未免有负于自己一向的壮志。仰面又看看明月，真如泪水一般的晶莹。他又想起来蝴蝶红，以及那荷姑，天地间有多少漂泊不幸的女子，自己安能一一使之有归宿？一一援救？以后自己终生居于沙漠，与那个在沙漠里长大的，一定是个粗鲁不堪的小子为伴，岂不太虚度此生？

心中如此想着，未免懊悔。他迈步走开，打算找一个饮水的地方；然而遍地乱草月光，连树都很稀少，哪里还有井？凉风吹着衣裳，月已西坠，大概天色就快明了。那位病侠坐在那里索性不起来，由他的连次剧烈的咳嗽之声可知，他是病又复发，走不动了。韩铁芳的心中倒不禁悯然，又走回去，问他身体觉得怎样，并说："如果你觉得支持不住，那就不如我们慢慢地走，找个地方先歇下。依着我的主意，你老人家应当请医调治，索性把病治好了，咱们再往西去；不然你老人家这样病弱的身体，哪经得起长途的劳顿呢？"

不料病侠一听了这话，霍地站起身来，大声儿说："我不老！你叫我前辈可以，但不能称我为老人家！你既不是我的徒弟，又不是我的儿子，如何能称我老人家？我今年方三十八，还不老！我的身体一点儿不弱，我的志气一点儿没消，走江湖战豪杰，我也无一点儿畏惧。虽然我早已投石表誓，永不再进玉门关，然而我仍负着病进关来了；不是遇见你，怕你西来有失，我早就往江南九华山去了！"

韩铁芳惊讶着说："九华山？"病侠点点头，说："九华山，那里我有一口气未出，李慕白于十几年前拿去我一件东西，至今未还，此次我是要去向他索还。我还想转道赴京师一行，趁着我还未死，我要把这几件事办完。虽然我因半途病发，在菩萨庵耽误些日子，但我的壮志并未稍减，还要以垂死之躯在江湖上闯一闯。只因遇见你，说实话，我还是想叫你到新疆给我那个人做个伴侣,我才重向西来。但我只要不死,我还是得再进一次玉门关的!"说完了又不住地感叹。

韩铁芳只得劝慰他说:"前辈总还是应以身体为重,既然前辈尚有许多未办之事,那么更宜休养。"他才说到这里,病侠就连连摆手,说:"不必说了!我的性情急躁,自从得病之后,脾气更变得不好,我不愿听人在我的身边絮烦。你休怪我,我就是这个脾气,一辈子都因这个脾气才落得如此,咱们现在就走吧!"说着,他亲自去解马,他的剑鞘击在铜镫之上,十分响亮。

他上马时的姿态仍是十分矫捷,但待他手握住马缰之时,却又弯着腰咳嗽了一阵儿。韩铁芳上马等了半天,他方才咳嗽完。韩铁芳不禁又皱了皱眉,跟随着这位病侠,依然往西走去。

又走了约十里,天色就渐渐发晓了,天空星光已隐。月亮嵌在西方天角,如一块白银似的,已然没有光华了,而远处的山却更显得青翠。回首东望,晓烟迷漫,烟云的背后现出一点淡紫色。田中的小径上渐渐有荷锄的人来往,鸦鹊也都纷纷落在田禾里。少时,天色便已大明,金黄色的阳光洒在麦梢上。路过一小镇,二人方才找了店房,用茶用饭,并停了一会儿。韩铁芳见病侠的神态总是抑郁的,他也不敢发一语。由病侠付过了茶饭钱,二人依旧向下赶路。病侠除了有时须驻马咳嗽,咳过之后,便策马疾行。他的马快,有时"乌烟豹"全都追不上。

当日绕过了赤水镇,次日渡黄河,又从西安府之城南掠过去。韩铁芳向北望了望尘烟中隐没的西安城关,觉得十分壮丽,而那里就有什么金霸王、银霸王以及仇人黑山熊之子吴元猛。他心中颇思前往一斗,然而却又真愧恨自己的武艺不强,只得抑下胸中之气,下决心非去新疆请来那个帮手不可;不仅请帮手,还需要自己练习武艺,手戮仇人,三年之后再报仇不晚。

他安下心来,随着病侠西去。沿途住店,分屋而寝,病侠是咳嗽的时候多,对他谈话的时候少。连行三日,过干州、出长武,已入甘肃地面。这里的山就更多了,而土洞里的居民却也更多,大地显得益为荒凉。

韩铁芳以前听瘦老鸦说过,这省内有什么"陇山五虎",且都是极为凶横的大盗。虽然如今是随着病侠行路,有恃无恐,但他毕竟胸中怀着一些戒心,路上遇着了强壮的男子,他也总注意,要用疑惑的眼睛去瞧;夜间宿店,他也时时小心谨慎。然而病侠却坦然走着,在路上有人注意看他,他也不去注意他人。

行了两日,便到了皋兰,即兰州府省城地面。病侠因为这几天赶路,病势又有点儿加重;而韩铁芳也想到兰州城去看看风光,但当日他们来到这里的时候,天色就已黄昏了,来不及进城,遂在东关里找了一家店房。

这店房很大,住的客人也太杂乱,前后院伙计给找了半天,并没有小的单间了,只有一间大房。细说起来也可说是两间,对面有两铺很大的炕,当中一个走道。请病侠看了看,病侠就点了点头,于是就与韩铁芳分住在这间屋内。

用过了饭,病侠就躺下休息。夜渐渐深了,墙上挂着一盏油灯,那棉做的灯捻儿也越来越小。病侠连咳嗽带呻吟,使得韩铁芳的心中十分不安。有时咳嗽声才停住了,可是耳边又有一种哗哗的声音,仿佛外面下了大雨似的;声音似发自远处,然而却很大。

韩铁芳觉得很是奇异,遂站起身来,开了房门走出去。站在残月淡淡的光华之下,眼对着一个一个燃着灯的窗台站立了一会儿,他觉得那种声音更大更真切,仿佛有很多辆的车从远处走来似的,然而那声音却不是越来越近。他听了一会儿,还是不能听出这是什么声音,就慢慢地又走回屋里。

这时病侠已经坐起身来,问他道:"你听见了这声音没有?"韩铁芳说:"听见了,但不知是哪里的车响?"

病侠笑了一笑,他那苍白削瘦的脸上一腾出这种笑容,就显得很妩媚,更像是一个女人了。他说:"这是黄河的声音。黄河就在这兰州城北,它整天整夜这样地流,直流出几千里地之外。可惜我们人无论是多大的英雄,怎样铁铸铜浇的好汉,也是要受寿数所限,真的,一个人说多了能够活几十年呢?"说到这里,渐渐又唏嘘感叹。

韩铁芳就劝他说:"我看前辈的病绝不要紧,只要休养一些时日就好了。这样骑马奔波赶路我终觉得不对。我现在倒有一个主意,前辈可以住在这里安心休养,你告诉我赴新疆的路径,我去把你那令徒找来,叫他来伺候你!"

病侠却摇头说:"新疆地面辽阔,他所在的地方你绝找不着;再说我还不服气,我还能赶路。我既说出来的话就不能再改,至多在路上多耽搁几天,唉!"他叹了口气,忽然又瞪起来两只大眼睛,高声喊着说:"我不能死!我不能死!我不愿死!我还有气未出!我还有事未办!"喊到这儿,忽又一阵咳嗽,他就一头趴在炕上,真跟个女人似的,随着咳嗽呜呜痛哭。

韩铁芳走过去要劝他,忽然他又直起身来,一边咳着,一边拿胳膊驱逐着韩铁芳,说:"去!去!去睡你的觉吧!"韩铁芳退后两步,紧皱眉头,眼前的病侠又趴在炕上抽搐,咳嗽声仍然不断,而那远处的流水声似更猛烈,室中的灯光却愈发昏暗。院中更声敲了三下,韩铁芳便抑郁地回到自己的炕上去睡了。

一夜他睡得很是不安,到了次日,他见病侠的脸上又增了一层病容,仿佛顿然又增加了几分瘦。他就想劝劝病侠今天在这里休养一日,不要走。可是他知道病侠的脾气十分不好,这话也就不敢说出。这时病侠起来看了看窗纸,大概也觉得天色还早,就又睡下了。韩铁芳也不便惊动他,遂就出屋到院中散步。眼见阳光越来越高,店中的车马客人都先后纷纷走去;门外乱了一大阵儿之后,又渐渐宁静了,那远处的河涛声却不再能听得清楚。

他又进了屋,见病侠依然在那里卧着,仿佛睡得很熟,他就想,今天不走也好!如今既已来到甘肃,祁连山就在前面不远了,我生母正在那里受着侮辱,我怎能不赶紧去救?到了新疆见着那人,再请他来帮助,那得何时?不如我索性请这病侠在此休养一两日,等到他的精神恢复一点儿,就请他随我到一趟祁连山。只要他能将我母亲救出,或是我确实已知母亲不在人世,杀死黑山熊报了仇,那我就随他到新疆,永远不再到东边来,也绝不悔,也绝无憾。于是他恨不得把病侠叫醒来,就将这些话对他去说。

正在这时,忽然又听到一阵大乱,声音似发自店门外,比那黄河的水声更为猛烈,而且嘈杂。同时店中的人也都向外乱跑,并且很多人都嚷着说:"快去看!快去看!有官差过啦!"

韩铁芳心想：官差？莫非是有什么大官路过于此吗？那有什么可看？此地的人可也太好看热闹！他倒不想出去看。但突然间病侠从炕上滚了起来，他手向后掠掠辫发，就急急忙忙下了炕，往外就跑。韩铁芳更觉得诧异，就也随之走出去。就见门首真是人山人海，原来过的并不是什么大官，而是由别处解到省里来的几名江湖大盗；有三十多名官兵押解，个个钢刀出鞘，势极威严。

犯人的车一共是四辆，大盗七名，个个手铐脚镣，全都相貌狰狞；有的发狂似的唱着歌，有的道着字号，他们的凶悍之气丝毫未改。而最末的一个强盗大概是个盗魁，穿得很阔，身上的锁披得也特别多；看年纪有四十多了，面目黧黑而肥胖，额上有一块刀疤。

此人顽强已极，面色不改，笑着自道他的来历，说："诸位认得我吗？我的外号叫花脸獾，二十年前在新疆跟半天云齐名；大名鼎鼎的玉娇龙，那是咱的寨主婆！可是咱早就洗了手啦，咱也发了财啦，不是指着干绿林买卖才能吃饭！咱这回是因为住在朋友家里才受了连累，但咱也不喊冤，好汉子陪着朋友送一条命，也不算什么。江湖咱也闯过啦！银子也花过啦！大美人儿咱也见过啦！死也不冤枉！"他说完了，立时有无数的人给他喊好，他好像挺荣耀的，还不住地摇头摆脑。

几辆车被官人押解着，被无数的人围着、跟着，如同一阵黑风，一片巨浪，迟缓地滚过去了，滚进了兰州的东门。这门前有许多伙计也都随着去看热闹。韩铁芳四下寻找，竟不见病侠往哪里去了，他心说：那人也怪，病成了那个样子，还爱看热闹！自己却对侠女玉娇龙的崇拜减低了一半，暗想：听刚才那个盗犯所说，玉娇龙也不过是个盗妇而已，武艺也未见得怎样的高。假使我早生二十年，也许能看见她，也许能敌得过她。

进到屋里，见病侠的包袱、马鞭、宝剑都扔在桌上，他就过去将那包袱解开一点儿，翻看了一下。见里面只是男子的衣袜数件，弩弓一件，小箭无数支；银两很多，其中还有几锭金子。

忽听见院中有足音声，他就赶紧把包袱又系好，心里却更不止地疑惑，就想：病侠大概是一个男子，然而他过去到底是怎样的一个人？实在令人猜不出。此时屋中并无人进来，外面的脚步声大概是店家。他独自一人在屋中十分无聊，便来回地踱着。

待了一会儿，店里那些看热闹的人全都回来了，他们纷纷地谈论着，说刚才是秦州解来的案子，那几个贼是什么夜叉鬼、草地蛇、丧门神、花脸獾。花脸獾那家伙直拿玉娇龙往他脸上贴金，其实玉娇龙这时不定活着没活着呢！就是还在人世，也一定鸡皮鹤发，成了个老太婆啦！由此又听院中几个人谈述着玉娇龙早先那些轶闻、秘史。

韩铁芳站在窗边，侧耳向外细听。他就听说玉娇龙早先是一位名门小姐，在新疆如何钟情于大盗半天云，后来她的父亲做北京九门提督正堂，又如何把她嫁了给顺天府丞鲁君佩。一娶过去就有事，有人说是中了邪，又有人说她私自跑出去了一回。后来虽然是和鲁翰林好好地过上日子了，可是那大盗半天云仍不死心，竟跑到了京城，天天夜间在鲁家搅闹。结果是将翰林吓成了半身不遂，不到两年就死了；玉大人跟玉老太太也相继逝世。至于她，说是什么为母还愿投崖身死，其实她却用的金蝉脱壳之计，跑去跟她的情人半天云过日子去了……

这玉娇龙的历史，大家你一言我一语地谈述着，并且还彼此批驳、打嘴架，各自争着表示他们知道的多，见闻的广；而韩铁芳更对玉娇龙的人品不佩服了，甚至有些憎恶。此时院中的人越谈越热闹，并且又加入了几个人，其中有个人就老声老气地说："你们都不知道，玉娇龙的事情惟我知道得最详细。二十多年前我就在这里开店，那时玉大人刚放了北京城的九门提督，由新疆携带着家眷赴任，在兰州住了两天。那时玉小姐住的是总督衙门，我可真看见过……"

旁边的人齐声问道："到底什么样？"这个老头子说："现在要是再见着她，可不知道什么样啦！也许比我还老。那时候可真名不虚传，比我家里的老婆子可强得多了！"旁边的人都哈哈大笑。

这时忽然有人推门进来，韩铁芳一看，原来是病侠，他倒不禁像心里有愧似的，脸上红了一阵儿，拿眼睛注视着病侠。只见病侠的精神似很兴奋，辫子也梳理过了，编得很紧，而且发着黑亮；脸上也洗得很干净，倒显得益发苍白，他进来就问说："没有人来找我吗？"韩铁芳摇着头，发怔说："没有啊！"

病侠说："我有两个多年未见的朋友，他们也在这里了。刚才在门口看热闹的时候，他们把我请到店中，谈了一会儿闲话。原来这几十年来，有许多故人，现在还都安然无恙，都约我去见一见。那么我更不能在这儿多耽搁了。我们再等一会儿，还许有人来找我借钱。过午咱们就走，我把你送到新疆，跟我说的那个人见了面，你去陪伴着他，我还得赶紧回来！"

韩铁芳却摇了摇头，理直气壮地说："前辈！请你还得采纳我一两句话！我迢迢千里而来，原为的是找黑山熊。如今祁连山就近在咫尺，前辈你若是因别的事情，不能助我一臂之力，那倒没有什么，我可以独自前去报我的仇，办我的事；但若你这时就叫我到新疆去给他人做伴儿，我到了那里也绝安不下心。不如前辈你或是帮助我走一趟祁连山，或是由着我自己前去，办完那件事之后，我就了却一件心事，即使在新疆住上一辈子，也行！"

病侠却说："黑山熊的住处极为严密，绝不能容易地找着他，倘若耽误上一两个月，那连我的事也都不能办了。若凭你单身去闯，你必定把性命也送在祁连山中。"

韩铁芳昂然说："那我虽死无怨！"

病侠面上现出不悦之色，说："少年人最不宜骄傲自负，无论如何我比你的阅历多，我说的话都是金玉良言。你别以为我把你叫到新疆，是想给我的那个人当奴仆，我是爱惜你！并且我跟你实说吧，那个人并不是我的儿子，也不是我的女儿，他也是黑山熊的仇人之子；十多年前，黑山熊就将他的母亲害死在祁连山里……"韩铁芳一听，感到非常诧异。

病侠又说："你是为叔报仇，他是要为母亲除恨，你们二人正是同病相怜，正好结伴一同去报仇！"韩铁芳心中凄然，暗道：其实我也报的是母亲的仇恨跟耻辱呀！病侠又说："因为我不晓得你们两人的脾气能合不能合，我才先带着你去见他。并且他对于他母亲的事，黑山熊是他家的仇人，他母亲现在还许在黑山熊的手里，他都不知道！"

韩铁芳一听到这儿，惊得神色都变了，赶紧问："他姓什么？"病侠说："他姓春。"韩铁芳又急忙问："他不姓秦？"

病侠摇头说："不是，他姓春天的春，不是姓秦国的秦。咳！详细情形你也不必问了，我也没精神总说话。咱们到了新疆，见了他，我可以当着你的面详说当年之事。我不仅要叫他去报母仇，并且他还有一个……那还算是你的兄弟呢！假使那孩子的命长，也许还在人间，那么也得叫他去找一找。我还不服死，不怕死，但人事无常，也许我这病身子活不了多少日，现在我的事情又很多；所以我只好把你们的事，全交给你们自己去办，我不能够再帮助什么了。好在我相信他的武艺，足以走遍南北东西，遇不见一个对手！"

韩铁芳此时完全依从病侠的主张了，心中倒十分的酸楚，暗想：当年秦氏临终时给了我那块红罗，虽然没说我还有什么哥哥弟弟，但安知我没有一个同胞的手足？秦氏死时没顾得说，而韩文佩也没提，或是连他也不知道？总之，十九年前祁连山风雪之中的那件事，绝就不是那样简单，其中还不定有多少曲折隐秘，有着多少情节呢？说不定病侠所说的那远在边疆的人就是我的同胞弟兄呢？病侠也许已经看出我来了，所以他才待我如此好。

这时他真想将自己的肺腑之言吐出，告诉他自己去找黑山熊也是为母报仇，自己的母亲这时也是屈辱在黑山熊的手里……但他还没有说出，就听窗外有人叫："王大爷！王大爷！"外面有那正在谈论着玉娇龙的店伙，就高声喊说："哪屋里住的客人姓王？有人找啦！"

病侠急忙把门开开，外面就缩肩弓背地进来了一个四五十岁的人，小眼睛发红，眼旁还净是疤，脑袋又瘦又小，嘴唇又扁又薄，还有两撇小胡子，穿的衣服虽然整齐，但却贼眉鼠眼，活像一只老鼠似的。一进了屋他就不住拿眼睛看韩铁芳，病侠却摆手，悄声说："不要紧，有什么话你就当面说吧！这位韩爷也不是外人，是要跟着我往新疆去的一位朋友。"

这个人向韩铁芳拱了拱手，然后就走到病侠面前说话。韩铁芳本想就在这里听听他们到底说什么，但是因为病侠的态度十分慷慨，他倒觉得不便在屋里待了，遂就走了出去。院里谈话的那几个店伙已都散了，各自做各自的事去了。

韩铁芳在院中来回走了几步，却听屋中那位病人又咳嗽了起来，说话的声音却越来越大。他不禁走近了窗前，就听屋里的病侠一面咳嗽，一面急急地说："我不能管这件事，他是自作自受；要叫我如今再做犯法之事，那却不能！"

那人说："他这回的事真是冤枉。我们为找您才来到此处，才结交了草地蛇，因为他们在这地方熟。我们听说了当年甘州店中的事，以为您是在甘省……"病侠啐道："别胡说！"那人又说："反正是为您，我们才来到这里，他才受了连累，打这官司。罗老爷又离着这儿远……您既然遇见了这件事，无论如何也得想想早先……想个法儿救救他的命……"

病侠怒斥着说："快滚！拿上银子快滚你的蛋！你爱找谁就去找谁；找了他来我也不管。反正，我是与早先决然不同了！休来拿这些事再求我，跪下叩头我也不干！"又是病侠的咳嗽声，停了半天也不说话。

少时，听那个瘦人似乎哭了，说："花脸獾的命您是不救了，他该死！可是罗老爷现在就在中卫县，离这儿也不过是三天的路，他找了您这些年，难道您还不去见一见他吗？"

病侠跺着脚，悲声说："我都快死了，我还能顾得了谁呢？我没跟你说吗，我与早先决然不同了，你快去告诉他，叫他死心吧！"声音甚惨，分明像是一妇人在屋里哭。

韩铁芳赶紧向旁走开了几步，心中越发疑惑，暗想：莫非他果然是玉娇龙？那可真怪了！他蓦然又想起韩文佩曾说过，黑山熊为躲避玉娇龙，二十年来不敢在江湖上出头，莫非真真是他与我们的那件事有关吗？他是我方家的仇人，还是恩人呢？

待了半天，那个像耗子似的人才皱着眉、低着头、挟着个包儿往外走去了。韩铁芳轻轻地进了屋，就见病侠躺在炕上，瞪圆了眼睛看着那被烟熏得乌黑的顶棚。韩铁芳心中想着：如果他是玉娇龙，倒真有些难惹了！遂就把腹中拟好了的话，又压住了不说，只仔细地观察着他的动静。

病侠也不说话，躺了半天之后，他才叫着："伙计！伙计！"但他的嗓音究竟太窄，而且发哑。韩铁芳帮助他叫了一声，店伙才在外答应着进来，问说："什么事？"病侠仍不起来，一边咳嗽着，一边吩咐他去办什么事。但他这时的声音，连韩铁芳都听不清楚，何况店伙呢？所以店伙便不住地歪着头问说："什么事？什么事？咳！等你咳嗽完了再说呀！"

不料病侠突然变了脾气,生了气,他伸手抄了马鞭,翻起身来向着店伙的头上就抽。只听吧的一声,店伙就用双手捂住了脸,他忍了一忍,就跳起来大骂,说:"妈的,你这客人怎么打人? 妈的……"韩铁芳赶紧过去拦阻。病侠又抡起了一鞭,韩铁芳赶紧伸胳膊去挡;这一鞭子正正抽在他的胳膊上,鞭梢儿并且掠过了他的耳朵,立时他就觉得痛彻了骨髓。

那个店伙此时的手已离开了脸,脸上一条紫色的血痕,嘴歪着,他又大骂,跳脚抡拳地要扑打病侠。而病侠却更凶狠,竟一面咳嗽一面回手,愤愤地将他的宝剑抽出来了。

韩铁芳连推带拽才将店伙推出门去, 他也不禁愤愤, 瞪着眼向病侠说:"前辈,你不可以这样! 你是一个明情理、心地宽的人,怎么如今竟这样凶暴起来了! 这可真叫人笑话,叫他人看不起。咱们是这里的过路客,人家是开买卖的,彼此无仇,怎好因为他听不清你的话,就动手打人呢? "

此时外面那店伙还不住大骂,有许多人出来劝。病侠仍然不息气,斥向韩铁芳说:"你别管!"他跳下了炕,仿佛要把人杀尽了,他才甘心似的。

韩铁芳却趁着他弯腰咳嗽之际, 过去将他的右臂揪住,低声紧紧地劝说:"这兰州是个大地面, 而且我也看出前辈你来了, 你早先是个刚烈的人。但现在, 我们可应当明理, 应当与以前决然不同, 成为两个人。不可! 千万不可! "病侠便渐渐地发了怔,面色更变得苍白;他眼睛发直,瞪着韩铁芳,手却渐渐地松了。韩铁芳就将剑拿过去,当啷一声扔在了炕上。

此时店里的老掌柜的倒开门进屋来,作揖赔不是。病侠也消了气,只摆了摆手,不再说话。韩铁芳这时倒恨不得赶快离开这里,免得闯出祸来;他遂叫老掌柜的出去叫人给做饭,好预备走。本来,病侠刚才进那店伙来,所要说的也就是这几句话。老掌柜的连声答应着,就走出去。那个挨了鞭子的店伙也不在院子里骂了,大概是叫人给劝走了。

韩铁芳的左臂却痛得像受了一刀似的, 比那次所受的一箭痛得还厉害;一只耳朵仿佛丢失了,麻木得没有了知觉,他隐忍着不作一声。病侠又坐在炕头咳嗽着。待了不多的时间,另一个店伙就把菜饭送了来,韩铁芳含着笑请病侠用饭。病侠点头,咳嗽方止,拿起筷子来,他忽然又叹了口气,含混着说出一句话,像一句诗似的。韩铁芳只听出来四个字,是:"天地冥冥……"

　　病侠吃的饭不多，韩铁芳也匆匆地食毕，就赶紧叫店伙打洗脸水、算账、备马。收拾一番，由他把店饭账付过了。此时外面已将马备好，病侠遂也挣扎精神，随同韩铁芳走出。到了外面，将包袱宝剑在鞍旁系好，就一同出门上马，不再进城。

　　出东关越城北，于此处就看见远处山脉绵延，近处黄河奔流，水声非常之大，有不少人在那里张网捕鱼。附近的树木也很多，景致十分幽雅。韩铁芳此次由洛阳西来，还真是没有看见过这么好的地方，他一时心情畅快，连臂上、耳朵上的疼痛全都忘了，他就说："呵！这真是个好地方！"病侠在马上稍稍转脸向他说："这算什么？新疆的风景比这里可好得多！"

　　韩铁芳一听，心中不由一阵惊异，自己一向想着新疆那里只有荒凉的沙漠，是一片恶水穷山，而这病侠如今竟说出这样的话。他在新疆多年，话绝非假，如果那里真是一个好地方，自己再结交一个朋友，不，或许那还是我的兄弟，在那里住一世，可也快乐。只是，这位前辈到底是男是女呢？是玉娇龙抑或不是呢？

　　于是韩铁芳一边骑着马，一边观察着病侠的容态和行动，他觉得病侠假若真是个女子，那不用说她年轻时，就是现在也可称得上是个美人。她虽然有病，可是那骑术的矫捷，顾盼时风姿之英武，以及他那口宝剑，古色黝然，不知战过几许奇侠，杀戮过多少贼人，这都真非玉娇龙那样的奇侠不足以当此。

　　双马往西去行，渡过了黄河，沿途遇见客商很多；除了马车之外，尚有一种骡驮轿。又走了二十多里，到了崔家崖，附近有山，地势颇为雄伟。再走三十里是西柳沟，在这里用毕了晚饭，日色尚高，二人依然向西走。病侠的咳嗽已略轻，精神也十分焕发，韩铁芳也不顾鞭伤的疼痛，只是催马紧随。再走，便见黄河如带，飘荡于左；路越旷，山越多。渐渐天色昏晦，就来到一个地方，名叫新城镇。

　　此地有居民二百余户，大街一条，店铺也不少，他们就找了家店房进去。今天韩铁芳倒不愿意跟病侠住在一间屋里了，可是又赶上这店房住的人拥挤，两个人还得住在一间屋。这屋子还没有昨天住的一半大，只有一铺土炕，韩铁芳倒觉得很拘束。屋中灯光虽小，但很明亮。韩铁芳骑马跑了一整天，汗已浸透了衣裳，淹得臂上的鞭伤非常疼痛，他不得不脱去了这身衣裳，另从包袱里找出件衣裳来换。

这时，病侠却像慈母似的走了过来，他的面容上浮着一层愧对的笑色，细声柔和地说："伤得很重吧？唉，我的脾气真不好，多少年来我总是改不了，让我来看看吧！伤得要紧不要紧呀？我这里有药，可以给你敷上。"他轻轻地抬起韩铁芳的左臂来，却忽见有一块三角形的红罗，由韩铁芳的衣里掉在了膝上他的手就不禁一颤，将韩铁芳的胳臂放下，过去拿起来那块红罗，就着灯光仔细地去看，并惨然地笑着，问说："这是什么？是你出来时你的老人给你带上的，用来镇邪的吗？"

忽然红罗又掉在地下了，他赶紧弯下腰去捡。捡了半天方才拿起来，却又勾起来他的一阵咳嗽，咳得他眼泪如抛豆一般地往下流。他擦擦眼睛，斜对着灯光来看韩铁芳，又像舍不得似的把那块红罗拿了半天，方才珍重地放置在韩铁芳的身旁。

韩铁芳这时耳臂俱痛，就斜身卧下，咬着牙忍受。病侠一边咳嗽着，一边走过去，从自己的包袱里取出一小纸包药，过来轻轻地给韩铁芳洒在臂上。韩铁芳连说："多谢多谢！恕我真不能起来啦！"臂上洒了药，他觉着一阵发凉，同时又觉着发湿，一滴一滴的，仿佛有雨点淋着似的。他一扭头，瞪着眼看去，而病侠却敷完了药已经转过身去了。

韩铁芳臂既痛，身体且乏，少时店伙把茶饭送了进来，他都不想起来去吃。病侠亲自把面碗端过来，温和地说："你吃点吧！赶了多半天的路，怎好不吃点东西呢？"筷子已挑起了面，似是要送在他的口中。韩铁芳赶紧使力地坐起身来，拱手既不能，只得点点头，说："不敢当！不敢当！把面放在桌上，我这就吃！"

病侠双手把碗放在一张小破桌上，并挑了挑灯。韩铁芳叹息一声，就一脚蹬在炕上，一脚垂在炕沿下坐着。他一只手拿着筷子，挑着面吃；那另一只胳臂却赤裸着，不能够抬起来。

病侠坐在他的对面，也吃着面，吃上一两筷子就停住，用眼仔细地打量着韩铁芳的脸，并又问起来他的家世，说："我们虽是萍水相逢，但也在一块儿这些日子啦,我救过你,你也救过我,可以说是患难之交了。我发了我的坏脾气,打了你一鞭子,你对我也毫无怨言,真可称是我的知己。我想到了新疆之后,我若病体不再重得至死,我们颇可以深交一交……"说到这里,他忽然一阵黯然,又说:"只是我见你似有一种难言之隐。你说话是河南口音,我听得出来,但你说你找黑山熊,是为给你的叔父报仇,我却不大相信。"

韩铁芳一笑,这笑声之中挟着许多气愤和悲惨。他嚼了嚼面咽下去,刚要说话,忽然病侠又说:"一个年轻的人说话应当诚实,尤其不可对个老前辈说假话。"韩铁芳停住筷子,发了半天的呆,就说:"其实就是说了出来也不要紧。我,我找黑山熊是为……"他真的难以说得出口来。

病侠拿眼睛直瞪着他,说:"据我猜,你找黑山熊,倒许是要为你父亲的事?"韩铁芳用力把筷子向桌上一摔,摆手说:"休要再提起我的父亲!"病侠惊异着说:"为什么?你父亲他是个什么样的人?"韩铁芳愤愤的,声音不大地说:"他,是一个强盗!"

病侠越发地惊异了,也放下筷子,走近韩铁芳的身旁,低声问说:"你怎么晓得他是个绿林人呢?他是哪一路的豪杰呢?他的真名字叫什么?在洛阳住的就是你的父亲吗?抑或……"

韩铁芳叹了口气,说:"前辈你既这样的关心我,我也不便再瞒着你了;本来我的事情非是愿意瞒人,是我,真羞于说出口来。我的父亲其实是江湖大盗,负义的小人,柳穿鱼韩文佩。"

病侠摇了摇头,说:"我走江湖多年,并没听说过此人的姓名!"韩铁芳面色愤愤,且有些惭愧,就接着说:"他的武艺原不甚高强,只不过有些蛮力,心肠很毒辣罢了。他并非我的生父,我听我的母亲……其实那也不是我的生母,她临死时才对我说,我原是官宦人家所生,我的生父现在是否还活着,当初是任什么官,我也不是很清楚。我只晓得我本姓方,我的母亲是方二太太,于十九年前在祁连山为恶盗黑山熊所掳去。"

病侠听了这话,不由神色一变,继而听韩铁芳往下去说。韩铁芳索性躺在炕上,把他的家世及学习武艺的经过、散资出游的原因,一件一件,详详细细地说了一遍。只是没说自己当年常出入于琵琶巷,结识妓女蝴蝶红的事,因为他怕病侠耻笑他年轻荒唐;也没说自己娶过妻,夫妇不合,因为那是他生平的一件憾事,不愿跟人提起。他激昂慷慨,有时要跳起来,是说到了黑山熊;有时又痛哭流涕,是说到了方二太太。

然而那病侠一听到方二太太,却像是有些愤愤似的,说:"据我想,那方二太太,你可以不必去认她了。她是一位官太太,为韩文佩所霸占之时,她就没有一点儿志气,她不会那时就死吗? 后来她又跟了黑山熊,假若她现在仍然活着,那也有一十九年了。这种苟且贪生、不识羞耻的妇人,你何必还一定要认她作为母亲?"

韩铁芳说:"但她究竟是我的生身母亲。一个妇人之身,不幸落于强人之手,也总算是可怜。"病侠冷冷地说:"可怜? 我看她倒有些可恨! 你说她无拳无勇,但我看她的心比蝎蛇还狠!"韩铁芳听了这句话,不由得有些惊诧,瞪眼看着病侠;病侠的脸上浮满了恨意,发了一会儿呆,又说:"我看她一定是个坏人,不然不会甘心从贼!"

韩铁芳听他这样说自己的母亲,虽然有点愤愤,但也十分惭愧,他把病侠看了半天,蓦然问道:"我的事都已一字不瞒地告诉了前辈,但前辈究竟是否是玉娇龙女侠? 我愿前辈也别瞒我!"

病侠听了愈发变色,说:"你把我看成了女子,那就从根本错了! 玉娇龙……"他又慨然地说:"十年前我倒跟她见过几面,她的为人我也深知,外人所传说什么什么,那完全不对,那都是被她打过的一些江湖狗贼所造出的谣言。她,武艺是不必提,而且为人极好,真是个刚强、清白的女子。她的身世很可怜……"说到这里,忽然又咳嗽了起来。

韩铁芳坐起身来又问道:"那么, 前辈你可晓得玉娇龙女侠现在何处吗?"

病侠一面咳嗽着,一面摆手,声音断断续续,似哭一般地说:"我多年不见她了,我不知她在何处,我想她也许不在这人间了。"说毕,便头向里侧卧,依然不住地咳嗽,并且身子抽搐得很厉害。

此时,韩铁芳的心里也惹起了许多愁烦。店中的人还都没睡,谈笑声和店伙大声喊叫之声,十分杂乱。韩铁芳虽又躺下了,但臂伤很痛,这种杂乱的声音也扰得他不能入睡。忽然不知从哪屋里传出一种弦索之声,嘈嘈切切的，好像是谁在弹着琵琶。

韩铁芳是精于此道的，他不由得细心去听，便听出来这不是琵琶，却是月琴，或者是这伊凉道上一种别的乐器。他想起来胡笳，唐诗上说："蔡女昔造胡笳声，一弹一十有八拍，胡人落泪沾边草，汉使断肠对归客……"那一段描写边塞闲乐的情景，十分凄凉。看到身旁这个病侠，且不管他是玉娇龙不是，但自己是已决定跟身旁这个病侠一同往新疆去了，那新疆究竟是个怎样的地方呢？恐怕未必如他所说的那样好吧？

此时月琴声弹得更是柔细宛转，真是如泣如诉，如怨如慕。他又不禁想起蝴蝶红，暗暗地叹了口气。少顷，这月琴声便将他催入睡乡。

但半夜里韩铁芳又被病侠的咳嗽之声吵醒，他听得心里实在不忍，就下了炕，倒了一碗凉茶送给病侠去喝。病侠就躺着接过来喝了两口，一点儿也不客气，就像个老人家似的。韩铁芳也不在意，依然倒身去睡。

不觉天光已亮，醒来时，见病侠已经坐起来了，换好了一身干净的衣服。韩铁芳看见自己臂上又敷了一层新药，可不知病侠是在什么时候给他敷上的，他心中越发感激。病侠又问他说："臂上还疼吗？要疼就在这儿再歇一天好不好？"

韩铁芳却微微地笑，摇头说："不要紧！假若新疆能即时赶到，这时候就叫我到新疆去也行。我现在心急似火。说实话，我恨不得立时就到新疆，见着前辈所说的那位豪杰。因为我报仇之事，本不想求人帮助，可是如今我确实已自认武艺不及他人。前辈如此身躯，我不敢多烦，但前辈所说的那位豪杰，他如果肯东来助我报仇救母，我对他的厚情，终身不能忘记！"

病侠说："我看你对于你那没志气的母亲，也不必怎么悬念她了！"韩铁芳摇头说："那怎可以？乌鸦尚且反哺，羔羊尚且跪乳，为人岂能忘了他的母亲？莫说我母亲还是不幸落于贼手，就是她真的是盗妇，难道我还能不认她？"

病侠听了，突然变色，嘴唇动了动，仿佛要说话似的，可是没有说出来。韩铁芳又说："儿子对于母亲，应当原谅母亲的难处。除非是私生孩子没法子相认，否则无论如何，儿子也得见见他的母亲的，即使别人晓得了，也不能够笑话！"

病侠的脸色忽又一变，竟簌簌地落下眼泪来了，说："你说的话，令我也很难受！就这样吧！我们快到新疆去，我命我那个亲近人跟你在一块儿，你照拂他，他替你报仇。"

韩铁芳奋然下了炕，说："前辈你病得这样尚能走路，难道我这点伤就走不动了吗？"病侠也笑着说："好，咱们吃了饭就走好不好？"韩铁芳点点头，遂就喊叫店家，打水盥漱，又叫了菜饭吃。韩铁芳也换了一身衣服，又在病侠的面前，亲自将那块红罗珍重地收在身边，然后叫店家备马。病侠付过了店资，二人便一同出门，上马又往西去。

今天天气不好，阴云满天，可是颇为凉爽，二人的马都驰得很快。病侠虽仍时常勒住马咳嗽，但他只要咳嗽止住，就挥鞭疾走，精神十分兴奋。当日就赶到了古浪关，次日傍午来到了武威凉州。

凉州这地方是北凭沙漠、南望雪山，东西峡道尤为险峻。病侠带着韩铁芳到了南关，找了一个临街搭着席棚的饭铺用饭。他匆匆地吃完了，却叫韩铁芳在此坐候，自己步行着进城去了。韩铁芳也愿意多歇一会儿，就借了铺子里的一柄蒲扇摇着。

这席棚下的饭客很多，而苍蝇更多。眼前大道上的车马用两只骡子架着一顶小轿子，本地人所谓之"驾窝子"的东西，更是往来不断，尘土时时扬起，如同烟幕一般。

南面那巍然的山顶上，覆盖着一层白色，不知是浮云还是积雪。韩铁芳向这饭铺的伙计问了问，伙计就指着说："那边就是祁连山，我们叫它为老虎山。山里出金子，产药材，豺狼虎豹全都不少。"韩铁芳眼睛直直地向那山去望，想着母亲方二太太就在那一带受苦，而自己路过这里，却不能急速去救，岂不羞惭？他手摸着宝剑，低下头又叹了口气。

待了半天，病侠方才回来，韩铁芳就问说："前辈到城里做什么去了？"病侠很懊丧地说："我去找一个故人，那个人早先在府衙门做书吏。我现在一打听，他早已调任了，下落也不明，生死也不知……"接着又慨叹着说："人世变得真快。"于是收拾行李，备好马匹，离开凉州又往西去。

甘凉道上是越走越为荒凉，田地多半是受了祁连山的山水所冲，铺满了拳头大的石子，真是贫瘠极了，无法耕种。沿路所见的村民，没有一个穿整齐衣裳的，十五六岁的姑娘尚皆赤身裸体，无有衣裤。韩铁芳观之不禁悯然，后悔当初把家财散尽，不然也可以施放施放，济助这些贫民。他见病侠倒是把些铜钱和碎银随手扔给这些人，毫无吝啬的样子，心中就对病侠益为钦佩。

走过了永昌县，天色愈为阴沉，渐渐潇潇地洒下来大雨；南面的雪山，北边连绵不断的长城，都笼在浓雾里。路上的行人也渐稀少。他们的马蹄声也为雨声所掩没，身上也都被淋湿了。

韩铁芳从后面看见病侠的衣服已经全贴在身上，愈显得他骨瘦如柴，就很是关心，大声喊着说："我们赶紧找个地方先歇一歇吧！天色也不早了，雨这么大……"

那病侠却似没有听见他的话，依然在前挥鞭飞奔。雨丝击着他的头和身，鞍旁的宝剑都向下流水；然而他也不咳嗽了，如同一只雾中的飞龙，向前腾空而行。韩铁芳没法子，只是喘着气，臂上的伤被雨水浸得又疼了起来；他的脸上也往下流水，两眼都被淹得难以睁开。他勉强着向前去走，他的马落在病侠后面很远。

又走了多时，雨愈大，天色也渐渐昏黑了。到了永昌县西的水泉驿，方才找了店歇下。这里是个小镇，但路上的客人都被雨截留在别的地方了，所以这里的店房虽小，房屋却多半闲着，病侠跟韩铁芳就各自找了一间房子住下。

韩铁芳又换了一身半干的衣服，吃完了饭，就躺在炕上歇息。病侠又走到他这屋里来，给他的臂上敷了一些药。韩铁芳连声称谢，心想着自己幼时孤苦，长大成人之后，也未有闺房之乐；算来对自己关怀体贴的人，除了亡故的秦氏，就是这位病侠了。雨声在窗外直响了一夜，病侠在隔壁也直咳嗽了一夜。韩铁芳的臂又痛，衾又寒，一夜也未得安眠。次日，雨尚未住，病侠咳嗽得更加厉害，他主张在此歇息一天。韩铁芳就在他的屋里，除了给自己的臂上敷药，并殷勤伺候病侠茶水。

小镇阴雨，十分的愁人。到了第三天，雨才停止，病侠却更病体难支，然而他奋发着，勉强着，一定要往下去走。当日双马再往西行，越行越紧，傍晚时宿于安乐镇。次日上午就绕过了甘州，直到高台县方才歇宿。过甘州张掖城的时候,病侠的神色就颇为凄惨,韩铁芳见他有一次几乎失镫堕马。

在高台一宿之后,次晨星月未落,便又往西走去。午饭就在肃州酒泉县内用的,饭毕即出了嘉峪关。此时,他们已把万里长城遗在背后了,马蹄向前踏着,越走越是荒凉。黄昏时,就赶到了玉门关。韩铁芳以为玉门关就在这里,一出了关门就是新疆了,但听病侠说:“这里只是县城,玉门关的关隘还在敦煌之西,离此尚有百余里。但是出了玉门关,还得绕黑海子、甜水泉,才能到新疆呢。”

韩铁芳觉得新疆那个地方可真远,虽非海角,也是天涯,真不由得有些懒啦。但病侠虽然一天比一天见瘦、苍白,病得愈加厉害,但是他的精神却更畅旺,就仿佛是一个久客他乡的人快要回到家时那样高兴。他的那匹马也很怪,一来到这里,蹄子踏上了这荒凉的铺满黑沙的地上,却更像飞龙似的了;韩铁芳的“乌烟豹”却不行了,简直疲惫得要趴下。

当日走到安西州,次日宿于敦煌县。一进了旅店,病侠却又连声地长叹。吃饭以后,韩铁芳听他口中自己叨唠着,说什么:“十九年前……”又说:“宝剑自玩,花月自赏,勿与他人,徘徊惆怅。心应如刃,智应如水,森严明澈,不为俗累……”韩铁芳既生疑,又好笑,以为这病侠还是个有很多牢骚的诗人呢!

好好歇了一夜,次日午后就走出了玉门关。初夏的天气,不料此地竟很冷。有一群拉骆驼的人都笑着嚷着,由地下拣了碎石头,打那关门口的一块兀立的大石。韩铁芳觉得很奇怪,刚要向病侠询问,病侠却在马上急急地挥鞭,催他说:“走吧! 快走吧! ”韩铁芳只得又催着马赶上。他回首笑指着那块倒霉的大石头,问病侠说:“那些人是怎么回事? 何必要打那块大石头呢? ”病侠摇了摇头,又咳嗽着,马却行得更急,并不答话。

韩铁芳真觉得有些神秘了,而向四下看去,只见树木极少。北边是一片黑色的沙地,一望无边。南边是碧绿的草原,也跟海似的那么浩荡宽广。而西北角有一条宽长的曲线,银光灿烂,高浮于空际,说它是云,却又不见飘荡,说它是山,可四周皆是蔚蓝的天色。韩铁芳又不由得要问了,而这次病侠却告诉他说:“那就是天山,山顶上有常年不化的雪。”

韩铁芳觉得这真是奇景，而且越走奇景越多。草原里有些白色的，远望着像是馒头又像是坟似的东西，一缕缕的炊烟从那里散出。韩铁芳又觉得奇怪，但病侠已看出他的神色异常来了，不等他问，就告诉他说："那是蒙古包。"韩铁芳也不晓得蒙古包是什么。

再走路更旷，并且也不像是正经的驿路，而是一条偏路。路上的行人很少，只遇见了两三个骑着骆驼的人，这么热的天还都穿着大皮袄，抽着旱烟袋。天空上盘旋着数只恶雕，嗷嗷地怪叫着，看那样子像是能将人马都由地上抓走，很是可怕。而且时常能看到一群跳跃奔跑着的像小鹿似的动物，在草地里出没。韩铁芳又向前看着，真不知走到哪里才算尽头，真不知何处才是病侠的家。他也顾不得再说话了，只是跟着走。

到傍晚时，由病侠领着他穿过了草原，迤逦地行走，就来到了一个沙土坡的后面。居然在这里看见了一片土墙，两间小土屋。屋里点着豆大的灯，昏黑得令韩铁芳想起在洛阳时瘦老鸦的那个"鬼洞子"。

二人下了马，病侠就先咳嗽。韩铁芳向屋里看去，就见屋里挤满了十多个人，屋子后面还有个圈，里面大概是停留骆驼跟马的地方。病侠咳嗽完了之后，就一边喘着气，一边走近那小窗，向里面说了一句话。

韩铁芳因为只顾了看着这个地方纳闷，并没听清楚他所说的是什么话。里边大概有人答复了一句，病侠可就生起气来，立时拿鞭杆击着窗户，怒喊说："不行！不行！"他那窄而哑的喊声，韩铁芳听了都有点害怕，把里边的一个人也吓得赶紧跑了出来。

这人是个矮个子，很老了，赤着脊背，说话是山陕一带的口音，他连说："别生气！别生气！老爷！大王！你听我说！这回同不得上次你来的时候，那天天还早，没有这么多人；这回天晚了，你老人家进屋来也是受苦。"

病侠依然生气说："别废话！你给找地方就是。"店主人说："腾地方行。"他便向屋里说着："腾腾地方！"又说了两三种别的话。里面的一些客人们，一听这店主说的话，就仿佛接受了命令似的，立时乱纷纷地让地方。

韩铁芳把马匹交由那店家牵往后圈去。此时他的胳臂已然不怎么痛了，耳朵也早好了，但身上觉得很热。他挟着病侠和他的两口宝剑，以及两只包裹，不禁嘘嘘气喘。他就向病侠说："屋里的人太多，挤得太热了！我想咱们还不如叫店家找张席来,铺在地下,就在外面歇息吧?"

病侠却向他摆手,说:"在外边不行!你看屋里那些人,难道都不怕热?但是他们全都不敢在外面睡。"言时的神态似是非常严肃,倒使韩铁芳很惊讶。

他随病侠进了屋,只觉得一股秽气扑进鼻子里,更为闷气。土壁上那盏灯光,如闪着的一只小眼睛。墙角蹲着的,地下卧着的,是些种族不同的人,有的光着脊背,头上又缠着白布;有的又穿着大皮袄。他们说着不同的言语,吃着他们自己带的干粮,有奶油饼,有羊腿,喝着冒热气的红茶;其中也有汉人,吃着馒头、咸菜。但所有人齐都直着眼睛扬着头,看着病侠跟韩铁芳。

靠墙有他们给腾出来的一块地方,将将儿够坐得下两个人。那店家抱来了一些干草洒在地下,韩铁芳就只好随着病侠坐下,可觉得非常不舒服;低头再看看别的人,有的是坐在自备的毡上,有的带着铺盖卷,都比他们两人强。

店家指着病侠,拿番语又说了半天,仿佛向众人介绍似的。而那些人听了都很惊慌,嘴里说着也不知是什么话,纷纷地又向旁边去躲,立时就把他们这块地方让得更宽了。病侠此时咳嗽甚剧,虽然他听见了店家的话,又发了脾气,但却没有力量再嚷嚷了;他只是靠着墙,将宝剑放在膝盖上,微微闭着眼,不住喘息。

韩铁芳惊异地不住东瞧西望,别人说的话他多半听不懂。幸亏他身边坐的是一个汉人,年有四十来岁,穿着一身白裤褂,辫子盘在头顶上;旁边放着两只包袱,里面似是货物。这个人看了看韩铁芳,就笑了笑,把他眼前的一个小茶壶拿起来,说:"请喝吧!"韩铁芳摆手说声:"谢谢,我不喝!"这个人却执意让他。

韩铁芳只得接过小茶壶儿来,喝了一口,觉得又苦又酸,不知泡的是什么茶叶,真不好喝;但是他此时十分的口渴,就咕嘟咕嘟连喝了三四口。把一个小壶都快喝尽了,他才赶紧把壶放下,拱手道谢。又问这个人贵姓,是做什么生意的。

这人答道:"我姓徐,汉中人,常往来新疆贩卖茶叶,卖给此地的蒙古人。我在这里做买卖已二十多年啦，南疆北疆的地方，差不多我全部走遍啦。蒙古话、缠头话、哈萨克的话，我全部都会说，各地方的人我也认识得不少。"他努努嘴，又悄声儿说："老哥！你今天随来的这位，可真是个了不起的人呀！沙漠龙，春大王爷，南疆北疆几千里，何人不晓？"

韩铁芳听了，吓了一跳，赶紧扭头看看；见病侠阖目倚墙而卧，似是睡了，又似是死了。韩铁芳这时才明白了，这屋子里的人为什么这样惊慌，立时就给腾出地方，原来都是因为病侠的名头太大。这么一个人，如今虽然奄奄待毙，但他早先在沙漠之中、草原之上不定是如何的横行，做过如何轰轰烈烈的事情呢！

因为"沙漠龙"这奇特的名字，韩铁芳便又猜着他必定是玉娇龙，于是就悄悄地与这姓徐的人说："我是由河南跟随他来的，我们两人早先并不相识。到底他是个男人还是个女人，你知道吗？"说话时，他的脸距离着那姓徐的耳朵不过几寸。而这姓徐的却连连摇头，耳朵都撞到他的嘴上了，又挨着他的耳朵，悄声说："这件事情我可不知道！我在白龙堆里就见过他两次，他可都是这个打扮，他还有一个……"

韩铁芳正待倾耳往下去听，忽然见那病侠把眼睛睁开了，他的双目一睁开，比那壁间的灯还亮，吓得徐客人赶紧把小茶壶放在嘴边，装作没事人似的。韩铁芳也是既惭愧又惊慌。此时店家又走进来，端着一锅热气腾腾的水，大概是在那后边的圈里烧的；他给一些人沏着茶，嘴里不断地说着番语，神态也十分紧张。那些番人听了，也都个个色变，有的还跪在地下膜拜，以掌抚胸，口中咕都咕都地念着经咒。

韩铁芳察觉出来事情有异，就要站立起来。徐客人却从容镇定地微微摆手，就着壶嘴喝那新沏的热茶，悄声儿说："不要紧！未见得就有事。这边有你的那个伴儿，我说不必怕！"

韩铁芳直眉瞪眼地问说："到底这地方有什么事呢？"徐客人指着那店主人说："你没听他刚才说吗？店家说请快点喝茶，不要作声；待会儿就要熄了灯，关上门了。"

韩铁芳说："这有什么值得惊慌的呢？"徐客人说："这地方本来叫作销魂岭。"韩铁芳一听，觉着这个名字很有些凄惨的意味，徐客人接着说："北边通哈拉池,东南角儿就是阳关。"韩铁芳蓦然想起唐诗上"西出阳关无故人"那苍凉的诗句。

徐客人又说:"早先这一片地方是一个出兵打仗的地方,直到现在,还夜夜闹鬼。还有狼,一群一群的常从这儿过,一不谨慎就得被它们吃了。近来还有一批强盗,首领名半截山,这个半截山比二十年前新疆的大响马半天云还凶得厉害。"韩铁芳听了,只觉得除了狼群有点可怕,其余的鬼跟强盗都不足畏惧。

此时有两个十来岁的孩子都光着屁股一身泥土跟进屋里来, 看那样子好像是店主人的儿子,又像是伙计,他们把两扇门关严了,壁间的灯也吹灭了。屋里跟屋外已一样的漆黑,一切的声音俱皆宁息,只有远处传来仿佛是夜风吹油草之声,如涛声似的,虽没有那么猛烈,却比那涛声尤为严肃可怕。

少时,旁边已有人打起了鼾,病侠就又咳嗽了一阵儿。徐客人又在韩铁芳耳畔悄声说:"这个地方, 轻易没有人敢走;可是要走白龙堆跟孔雀海,又非得走这鬼地方不可,只有这段路近便。你看,今天住的都是一些做小生意的;大商人都宁可走阳关大道,绕着远儿走,也不肯走这儿。今天在这儿的,只是店家、两个小伙计,我跟这几个是汉人。你跟着你那个伙伴走,准保万无一失。要只是你一个人,那,告诉你,我都得劝着你赶紧回去。你想我,哈萨克、索伦、锡伯,无论什么话我都会说,从十八岁就跟着我爹走这股路做买卖,有很多人认识我,饶这样可还不行呢!这些年我赚的银钱也不少,可是前年在白龙堆边,就被半截山劫了个精光;要不然,我早就回家享福去啦!谁他娘的还愿意到这儿来!"

韩铁芳就问:"那么这个店家呢,他们不怕吗?"

徐客人说:"店家他比咱们阔得多!咱们由东边来,这儿也可说最末一家店房了;你再往西走,就连一间土房也难看见了。"他又更压下一点儿声音,说:"他就跟半截山那些人勾着,不然他的店在这儿也开不住。你别看他吹灯关门,他只是怕狼,他并不怕贼跟鬼。咱今天这屋里幸亏没有有钱的人,还不要紧;要是有个腰里带着金子的,你看吧,半截山早就来啦。再说他又认识你那个伙伴,他一定不敢。"

韩铁芳听了，心中越发闷得难受，就又问说："我这个朋友，我对他都实在有些怀疑。我知道他是个好人，是一位大侠客，但他究竟是怎么个人呢？他又不肯对我实说，我也不敢向他问。老兄，你一定知道他的来历，可以告诉我吗？"又说："他这时一定睡着了，你悄悄告诉我，他绝不会听见。"徐客人摇了摇头，就再也不发一句话了。

韩铁芳自然也不能再问，然而事情闷得他真发急，他恨不得用宝剑把这小屋子给拆了。他真不相信这里是人间，觉得自己一定是做梦了，见鬼了。从洛阳出来的时候，他哪会想到竟来到这儿呢？一想到这，他都睡不着。

少时，忽听见外面那猎猎的风声之中似乎掺了些异音，像是一阵骤雨似的，嗒嗒地越来越紧，越来越真切。韩铁芳不由就挺起了腰来，侧耳向外去听。同时屋中也起了轻微的骚动，似是那店家惊慌慌地悄声叫那两个小伙计，说："不行！狗娃子，你快开门去迎上他们吧，叫他们别来！今儿这里没有什么油水。春大王爷……我认识春大王爷，上回他在这儿住，射死过'大头鹿'，别叫他们再来啦！快去拦住他们吧，别找倒霉！"狗娃子发抖的声音，说："我怕出门遇着狼……"

此时那一片马蹄声已扑了过来，火把的光闪闪地射到屋子里，并有许多人在狂喊大叫，直如来了一大群恶狼似的。那店主人扒着窗户用汉话向外面说："别来呀！这里有春大爷呀！"但外面那样乱，谁能听得见？

屋里的一些人齐都惊起乱嚷，有的念经，有的大哭起来。徐客人的牙也嗒嗒嗒紧敲着响，用手紧紧地揪着韩铁芳。韩铁芳却抽出了宝剑，奋然要站起。然而还没有等他站起来，那店家已哎呦一声趴倒在地，有一个人从韩铁芳的身畔跳到那窗前。外面闪闪的火把之光，照着这人纤细的身子和黄瘦的脸。

此时外面的马声、火把已逼至了临近，然而忽听有几声人号马叫，一切的声音立时停止，外面只有许多人马的喘吁声，但也像是不敢太大声。屋中的所有人，除了韩铁芳之外，大概全跪伏在地下了。突然又听见外面有人惨呼一声："哎呦！"连韩铁芳都吓了一个冷战。就见那火光摇摇的窗里站着那位病侠，他手持小弩箭，向窗外斥声说："滚！快滚！一齐都给我滚！浑蛋，好大的胆！还不听教训？滚！给我滚出这白龙堆！如果再遇到，我的手下绝不能饶！"

外面是鸦雀无声，只听得许多马蹄声踏踏地往后退；那火把的光也转了过去，依然一闪一闪的。忽然听见有一个人大概是喊骂了一声，但立时又变为一声杀了人似的惨叫。群马惊驰，蹄声杂乱，如暴雨倾盆而落，又如海啸山坍，这一阵巨大的杂乱声就越去越远，渐渐消失了；火光也逝去了，窗外窗里更显得黑暗、森严。

病侠这才一边咳嗽着，一边回到了他那墙角去坐着。别的人也都喘过气来了，又杂乱地说起话来，有的是向那病侠道谢，有的高声笑了起来。而那店主人却不断地哼哼着，喊他屁股上的箭伤疼。徐客人说："我就猜着今天绝不要紧！虽说住在这儿不大稳定，可是必有贵人相救，因为我早就算好了六爻神课啦！阿弥陀佛！幸亏幸亏！幸亏遇有春大王爷相救。不然我的妈呀……"

病侠忽又极力制止住咳嗽，嘶声地喊道："不要说了！"他又用番语说了一句。立时徐客人把话咽住，而别的人也都一齐把嘴闭住，连那店主也不敢再大声哼哼了，只有屋中的人出入气之声。忽听窗外不远之处有人惨声呼叫："救命呀！哎哟哎哟，救命呀！将我身上的箭拔下去吧！"声音越来越弱。

韩铁芳听得都觉着不忍，就说："他虽然是个强盗，但何必叫他这样的受罪呢？不如我出去，或是将他杀死，或是把他救进屋来！"说着，他就要站起，却不料吧的一掌正打在他的脸上，病侠厉声说："别人都怕我，独你不听我的话？"

韩铁芳的左脸像被火烧了一般的疼，咕咚一声就坐下了；他心里着实气恼，认为这实在是侮辱了自己。病侠，什么病侠？他分明就是在新疆大漠里比别的强盗都凶的一个强盗罢了。即使他真是玉娇龙，那玉娇龙当年也必定是个荡妇，是个行为不检、手段残酷的人。他把自己带到这绝地来，不定是安着什么坏心呢！他脸上越烧，心里就越气，恨不得当时就提剑牵马，离开这里，与病侠决裂。

突然，他觉得有一只瘦而凉的手触到了他的脸上，这手却是轻轻地、柔和地抚摸着他,他倒觉得怪痒痒的,但是一声不语。忽然病侠的那只胳臂竟搭在他的肩上了,并且紧紧地搂着他;他不由十分生疑,心里直跳,想要将病侠推开,但又推不开。他就正言厉色地说:"前辈你可不要这样!我不耐烦。你真正是谁,我也不必细问了,我已知道你是一位大侠客,是这沙漠里的王爷;可是我韩铁芳,也是堂堂的男子……"

突然,更加怪异的事情发生了,病侠竟趴在他的肩上呜咽着哭了起来。韩铁芳生平没受过这种滋味,又惊又疑,只觉得一滴一滴的眼泪都滚进了他的项脖里。他既无力将病侠推开,可又真真的受不了,他就怒喊了一声:"前辈!你这是什么意思?有话可以对我细说呀!"病侠慢慢地将他放开了,又倚着墙儿去咳嗽。

韩铁芳也深深地缓了一口气,又向病侠说:"前辈!你我同行这许多日,你的脾气我已都知道了。你鞭我打我,我都不生气,我年轻力壮,也尚能受得。只是你别再闷着我!你是否是二十年前的女侠玉娇龙?你或是有什么未能办了之事、难言的隐情,都无妨跟我说。还有,你要把我带到哪里去?你的家离此还有多远的路?你的那个亲近的人到底姓甚名谁?比我大还是比我年幼?他将来究竟愿不愿意帮助我到祁连山?这些事你又何必瞒着我呢?难道你看我韩铁芳不是个正正经经的人?"言下,他又不禁有些生气,静听着病侠的答复。可是病侠只是咳嗽,接着咳嗽得一阵一阵地急喘。

韩铁芳的心中更是堵得慌,便长叹了一声,将身躺下;不料自己的头正撞着了徐客人的头,就听砰的一声,他赶紧说:"对不起!对不起!"徐客人捂着脑袋,直吸了半天的气,才说:"好疼!好疼……可是不要紧!不要紧!"

韩铁芳躺在干草上,头正好跟徐客人的头挨着,徐客人就用极小的声儿对他说:"那位春大王爷,他的来历谁也没弄清。因为十几年来,大家只知道沙漠里有这么一个人,可是谁都不敢打听他的事。我倒略知一二,可是也不敢告诉你。刚才你跟他说的话,我也大概都听明白了。汉中离着洛阳不远,咱们可以说是老乡,依着我劝你,明儿你还是跟他分手,自己回自己家里去吧!往西,没法走了,白龙堆大沙漠就在面前;孔雀河那边净是哈萨克,简直没有一个汉人。这南疆又同不得迪化、伊犁,那边有衙门,有王法;这边,像你这么本本分分的人,真不能走,跟着他也不行,这地方跟咱们东边完全两样!"

韩铁芳又长长地出了口气,心中实在犹疑不决。自己并不怕什么强盗、鬼、狼,而是受不了这种神秘气氛的压迫,心里太急得慌!再说,病侠的那个最亲近的人,到底是怎么个人呀?要是人事不知,连一句话也不懂,或是大盗,纵使他愿意跟我去报仇,我可也不敢领教!又想起病侠刚才趴在自己身上流泪,实在可疑,那确实是一种可怜的泪……好,等他明天病好了一点儿的时候,我非得叫他说真话不可,这样下去我是真不能再忍耐了!

病侠此时在旁边喘息着,微咳着,屋里的人又都打起了鼾声,气味更为难闻。而外面那负伤惨呼的人也大约是死了,再不作声。风呼呼地吹着,景况愈为严肃。韩铁芳臂下压着宝剑,也不由得睡去了。

次日,外面的光线由窗户射进来,将屋中神秘恐怖的景象扫去了一半。店主人趴在墙边,撅着屁股直哼哼,像生了病一般,已经起不来了。两个小伙计忙着去开门,去给客人们烧水。客人们都向病侠来道谢,有的且跪着叩头,还有送礼物的,什么干馒头、乳油饼、砖茶、羊尾巴、小洋刀等等。病侠只接受了一些干粮和两个羊尾巴,一个牛皮口袋。然而他也拿出来些碎银及小颗的珊瑚珠送人,作为交换,他并不白要人家的东西。

那徐客人也把店钱给了小伙计,背起了他的货包儿要走。他由包儿里取出来几样药,什么万应锭、狗皮膏、冰片散等,说:"往西边去没有药铺,有病就没法子治了,送给你这药,防备着点,咱们后会有期!"韩铁芳连声道谢,徐客人就拱拱手走了。其余的客人也都各自拿着自己的行李,抱着鞍鞴,先后出去;有的上马,有的骑骆驼,马在叫唤,骆驼铃铛在响,就都走了。

韩铁芳抖抖衣服上沾的干草,出了屋,往外走了几步。只见晴朗朗的天空,翠莹莹的远山,绿茫茫的大地,热腾腾的太阳。这无垠旷野上的风依然滚滚地吹来,挟着青草的气息,但也带着细沙。昨天受伤惨叫的强盗已然不见了;这么大的地面,除非有人来救,是绝不会爬走的。韩铁芳打了一个冷战,心说:说不定昨夜这里真有野狼过去,拿受伤的强盗果腹了。

回首再看,这里只有两间土屋,后面有一个圈牲口的地方,墙垒得倒比屋子还高;另外开着一个树枝钉成的门儿,倒还结实。在黄土墙上还拿黑灰写着:"君子老店,过路平安。"写得既没有别字,而且还整齐,可见这里也必时有汉族的读书人来往,这原不是多么荒僻的地方。自己新来到这里,所以看着一切都觉奇异。昨夜自己也是太胆小了! 其实狼、强盗,何处没有? 自己若因此便畏缩,便想回去,岂不惹病侠轻视? 何况我还要看看他到底是怎样的一个人呢!

此时,那个身材稍高一点的小伙计,光着屁股一身泥,瘦得跟个没毛的麻雀似的,睁着两只红烂的眼睛望着韩铁芳,问说:"走不走呀? 你跟大王爷走不走呀?"韩铁芳真没料到,病侠一走到这里竟成了大王爷,这究竟是个尊称呢?还是由畏惧而生的对他的一种称呼? 韩铁芳呆了一会儿,便点点头,爽直地说:"走! 我们这就走! 你给我们备马去吧!"他回身又进了屋。

此时屋中的气味倒不再那么难闻了,另一个小伙计吓得躲在门后边。那店主人在地下趴着直冲他叩头,诉说昨晚的那群强盗不是他勾来的,央求韩铁芳跟病侠说说情,临走的时候别要他的命。韩铁芳就向他摆手说:"你不要怕! 我知道你在这地方开店谋生也是很难,我担保,他绝不会杀你的。"

韩铁芳扭头去看病侠,却突然吓了一跳,原来病侠病得更厉害了。他现在并没有睡,然而眼睛却已无力睁开;他没有咳嗽,但胸脯一起一伏的,不住地气喘。他那脸色真真比黄蜡还要黄,头发也乱蓬蓬的,比地下铺的干草还乱。此时韩铁芳倒为了难,心说:看这样子,他今天一定不能够往下走了! 但是若在这里再住一天,到了晚间,那半截山的贼众说不定还要来此报仇;到时他病体难移,必然无力争斗,他一世英名若毁于贼人之手,岂不可惜? 而且,单打单个我倒不惧,以寡敌众我可实在不行!

他皱了皱眉,便走过去,也不敢大惊小怪,便很坦然地带笑问说:"前辈,你觉得现在怎样? 昨晚因为那件事,大概你也没得休息,今天咱们不用走了吧?"

病侠却奋力将双目睁开,微微地做出来一种苦笑,说:"在别处,我病成那样，都没停一停；如今快到我的家了，难道我倒走不动了吗？"韩铁芳摇头说："不是这样说！眼前大概就是沙漠地了，天又热，有病的人确实不该太勉强了！"

病侠却突然立起，一振双臂，显示出他还有无穷之力。他冷冷地笑着，说："谁有病？我几时病过？沙漠、草原，你觉得难走吗？你可不知道，我在十几岁的时候，就单身在这些地方闯荡了！"他发了一阵儿呆，紧咬着下唇，微凝着双目，似勾起了他对苍茫往事的回忆。接着，他又狠狠地笑了一声，跺跺脚，高声说："走啊！快走，再赶三天的路就到我的家了，我那个亲近的人……"他忽又带着一种诚恳的笑，望着韩铁芳，伸手将韩铁芳的手拉着，亲热地说："你一到了我家，你就知道了。你一定很喜欢，你一定得谢谢我，我能叫你想不到，好孩子，备马去吧！"

韩铁芳眼睛发直，心里莫名其妙，暗道：这是怎么回事呀？他慢慢地又走出了屋，叫道："小伙计！把我们的马备好了吗？"身后的屋里却又传来不住的咳嗽声，只是干嗽，简直连声音都发不出来了，韩铁芳不由长叹了口气。

那个光屁股的小伙计，此时已将两匹备好了的马牵出来了，还不住贼眉鼠眼地瞧着韩铁芳，他的心里或许以为韩铁芳也是个什么大王呢。

韩铁芳一见那匹病侠的黑马，与他的主人却完全相反，它走了这几千里路，倒越来越健壮了。它高扬着头，抖着它那乌金一般的长尾，真像是一越就能越过这片广大的平原、无边的沙漠似的。相形之下，这是一匹千里驹，而那"乌烟豹"实在是一匹凡马。韩铁芳就想着，只要马能够往下走就行，人病着但不至死就不要紧。于是他重到屋内，收拾行李。

病侠才停住了咳嗽，却又向在地下趴着的店主人严厉地教训了一大顿话。因为他的声音哑得太厉害了，韩铁芳也没顾得细听，就提了包袱、宝剑和人家送的那些东西出来了。又见病侠拿出那个空筒的牛皮袋，叫小伙计去给他装水，韩铁芳一看，就明白了，晓得面前必有一大段沙漠；那里就许连一滴水也找不到，不然用得着这个吗？在门后边藏了半天的那个小伙计，接过牛皮袋，颤抖着身子就走出屋去了。病侠又向店主人的眼前扔下了一大锭银子，店主人歪着屁股哼哼着不住道谢。

病侠迈步走出了屋，韩铁芳在后面细细观察，却看出他连迈步都很是吃力，并且身子发晃。走出了屋，他又不住咳嗽。韩铁芳不胜替他担忧，就也出了屋；见病侠一边咳嗽，一边掏出碎银来给那两个小伙计，他的态度此时又是很和善的。两个小伙计的身上也没有地方装钱，就把钱放在地下。他们也不害怕了，就一齐高高兴兴地动手，往马上绑牛皮水袋，挂宝剑，放包袱，又往包袱里面塞羊尾巴。

病侠已接过了鞭子，跨上了马，韩铁芳也扳鞍认镫。然而他仰面一看，见天色虽然蔚蓝，可是有两大片灰色的云朵在飘荡着，心中不由一动，就说："哎呀！天上可有乌云，咱们不至于走在半路上遇见雨吧？"

两个光屁股的小伙计，也一齐仰着脸望天，都说："雨倒许下不了，风可说不定要刮起来，你们两位大王爷打算往哪儿去呢？"韩铁芳皱皱眉，心里说：谁是大王爷？往哪儿去，我又怎能知道？

此时病侠却已挥鞭走去了，韩铁芳只好也跨上了"乌烟豹"跟随。这地方倒极为平坦，两边没有田禾，所以也不分路径，只是一片荒野，有的地方有短短的青草，有的地方却完全是黑色的细小沙砾。现在大概是一直向西走着了，那有着积雪浮云的天山仍在正北方。前面的黑马，四蹄跷动如飞，越行越紧，韩铁芳急急挥鞭才能使"乌烟豹"跟上。向前望着，路途极远，好容易走到一个地方，眼前却又展开一片更远的大地。

走了半天，只遇着一队骆驼。那骆驼也都跟店里的那两个小伙计似的，周身的毛儿都快脱了，露着黑色的肉皮，是又高、又大、又瘦，十分难看；驼铃叮铃当啷地响，仿佛是呻吟之声。拉骆驼的人披着皮袄，肩膀上挂着两只皮靴子，可光着脚丫在地上走；嘴里叼着烟袋，喷着烟云。一霎时，骆驼队就落在他们的身后很远。

两匹马走得更急，病侠在马上时时回头去看韩铁芳，病侠的那张脸现出来一种粉红色，虽仍是不住地咳嗽，马却一刻也不停。韩铁芳就向他笑了笑，高声喊着说："前辈！你的这匹马真好！是在这沙地上走惯了吧？"病侠没回答，也许是没有听见，马行愈疾。

韩铁芳满头是汗，虽然紧咬着牙，但仍不禁气喘吁吁。他转脸看看太阳，太阳已走到了乌云边，那几块乌云此时已堆得很厚，颜色也愈发黑。天色大概已至正午了，韩铁芳就想：也应当找个地方用午饭了，难道就这样一直走下去，永不歇息？他向两旁看去，只觉得越走越荒，不但看不见一户人家、一个"蒙古包"，就连一个人、一匹骆驼、一只飞鸟、一根草，也都看不见了！

地下的沙砾是越来越粗，天也是越来越阴暗。北望天山，已消失在云雾里，天地茫茫。病侠将马勒住，似乎他也不知应当往哪边去走才对了。韩铁芳就趁这时候，连挥两鞭，来到了他的临近，问说："怎么样？咱们已经走了这大半天了，人虽未疲，可是我这匹马已有些走不动了。我看天色也不大好，听说沙漠里时常起风，一起了风就能迷路。前辈！你看一看方向，看哪边不远之处有镇市，咱们先去用午饭，歇息歇息好不好？"说话时他眼望着病侠，静待着回答。

病侠的脸色红中透白，胸部直喘，仿佛又要咳嗽，不能够立即答话。韩铁芳心里很是着急，不禁叹气，又说："若是前辈你觉得不大舒适，就下马来歇一歇吧！其实我也并不是饿，只是……"忽见病侠的嘴唇动了一动，但是声音太小，韩铁芳探着头也听不清。病侠面容黯然，微微叹了口气，把头摇摇，又挥鞭去走。韩铁芳无法，只得又跟着。

此时沙漠的风就渐渐卷起来了，触到脸上很热，像是火炉的热气一般，而且干燥。韩铁芳倒希望这时候来一阵大雨；他身上的汗已浸透了青绸的短衫，额间的汗水不住往下流，沾到他的嘴上，发咸。风势愈来愈大，从南边吹来些沙子，都嗖嗖地打在他的脸上，很疼。因为以前风力尚弱，吹来的还不过是一些小沙子；现在风力猛了，连蚕豆大的石头子都像乱箭似的击来。他已经不能够睁眼，就扭着头，那沙子可又直打他的后脑勺。同时，"乌烟豹"也连声长嘶，不往前走了。

他不知病侠此时怎么样，就拿袖子遮着脸，向前去望；只见病侠已驰出了很远，回马扬鞭，似在叫他。那风如万牛齐吼，又如万马奔来；更如大山崩颓，石屑纷落。天跟地已搅成了一个颜色，昏暗沉沉，如长夜之将临。

韩铁芳认准了病侠的所在，便把牙一咬，将眼紧闭，鞭马直进，忽听病侠那尖细的声音喊着："停！停！停！"他才把眼睛一睁，就见病侠连人带马齐在飓风之中晃荡，如大海中的一片秋叶一般。同时见病侠的腰弯伏下去，趴在马上已经直不起来了。

韩铁芳心中便抱怨着：何苦！你既然病得这样重，又不是没看出来将要起风，又何苦逞强呢？他赶忙驰了过去，将"乌烟豹"靠住了他的马，伸手搀住了他的胳臂。然而韩铁芳不由吃了一惊，觉出他的胳臂很烫手，简直如烧红了的一条炭似的，分明发烧得很厉害，病更重了。

韩铁芳就跳下了马，伸出双臂，将病侠连搀带抱地拖下了马；风这样狂吼，还是能非常真切地听到他紧紧的喘息声。韩铁芳就将他稳稳地放在地下，令他坐着，自己以身子为他遮着风，以双手架着他的两臂，在他的耳边大声问道："你觉得怎么样？难过得太厉害吗？"韩铁芳努力睁着眼，就见病侠的瘦脸儿上虽然也有汗并沾着沙子，然而却是那般的娇红，简直如同在这狂风大漠之中开放了一朵春花似的。

旁边的两匹马也禁不住风，都卧在地上了。韩铁芳又赶紧将病侠挪到他的马旁，将马作为他的一个遮风的影壁，而自己腾出了身子，匆匆地由马上摘下那牛皮口袋。但可惜又没有一个碗，他真着急，只得用一只手抽开牛皮袋的口儿，用另一只手当作碗，接着水向病侠的口中去灌；病侠也张着口，就往韩铁芳的手中吞，没命地吞。顺着韩铁芳的手指缝流下的水，已湿了一片沙子，湿了病侠的衣服。

一连给病侠灌了三五口水，病侠的身子就颓然倒了，头就枕在马身上；马也不动一动。风沙如雨一般地直向马背上去落，直向他的面上去落。韩铁芳没法子，只好脱去了衣服将病侠的脸盖住，并且用双手按着衣服。大风把他这件衣裳吹得猎猎地响，如一面旗子似的；后来反倒飘不起来了，因为上面已经铺了一层浮沙。

韩铁芳赤着背，觉着就像是有无数咬人的小虫子，直向他的身上撞。他的眼睛有时能够睁开，有时却又被沙子迷住，流出许多眼泪。他将身子靠住了病侠，取了"万应锭"往病侠嘴里去塞，急急地问："还觉得渴吗？你还觉得难受吗？前辈……"却听病侠微弱地发出呻吟，忽然又一挣扎，反将双臂紧紧地抱住了韩铁芳。他的脸热得像熨斗似的，身体连连地颤抖、抽搐。韩铁芳急忙又说道："你不要这样，避过这一阵风就好了！"

风这时刮得更大，沙子已将马肚子跟他们二人的脚全都埋了半截；这样再刮下去,连人带马都许活埋。而天地昏黑,浑然难分,耳边的巨声如雷鸣,如涛吼,他们都不得不低下了头,闭上了眼,只留着一点呼吸,忍耐着。

过了许多时,忽听病侠也不知说了一句什么话,韩铁芳才将眼睛睁开。却见病侠已把覆在脸上的那件衣裳扔开了,他披散着头发,脸上又如金纸一般黄而发光,他刚说出:"铁芳……你……可知道吗?"突然他又痛苦地一皱眉,两只手紧紧地按胸;然而没有按住,一口鲜血就整整喷在了韩铁芳的胸脯上。血色惊人,冲得胸上的沙子直往下落,同时他的脸就趴在了韩铁芳的腿上。

韩铁芳吓得一颗心都要迸出来了,他赶紧俯下身去。而病侠突又将脸儿扬起,脸上发上都沾着吐出来的鲜血,似乎是挣死命一般要说什么话;然而话还没有被韩铁芳听清楚,他又一大口血吐了出来。韩铁芳哎呀一声,疾忙将他抱住。

忽然风力又猛,一大堆巨沙整个地倒在他的头上和背上了。风声像一群恶鬼在号叫,天像是坍塌下来了;地也不像是地,尤其不是宽阔的大地,简直是坟墓,是死人窟。韩铁芳想要以全身遮护住病侠,愿以自己的性命换病侠喘过来一口气,但可惜,真叫韩铁芳痛心,他竟觉出病侠的呼吸是出气愈少,那一缕生命之丝竟是在这飓风之中飘荡着,随时都可能被吹断。

韩铁芳惊慌极了,而身子却又不敢动一动。他用手抚着病侠的脸,觉得那沾有湿黏的血液和无数沙尘的瘦颊,热度越来越降,渐渐发硬发凉。他又去摸病侠的胸口,打算试试他心脏的跳动,然而他的手却立时收了回来。他瞪大了眼睛一看,见病侠就趴在他的腿上连颤一颤也不能够了。又掠起了他的鬓发细看,见他的耳朵上扎着小孔,分明是戴坠子用的;再细看脚,倒确实是天足,并没经过缠裹。

至如今他才完完全全地明白,确确实实地认明了,这就是三十年前不可一世的女侠玉娇龙。韩铁芳想起这样千金之躯,那样矫健的身手、出众的人才,如今竟落得这样收场,深为可叹。他又想自灵宝至此地,沿途二人肝胆相交、患难相助,这样的友情,世间实在少有。他不禁滚下泪来,又细细摸了摸病侠的腕脉,觉出都已停止了,这样的盖世英雄、人间侠女是完了！她把她可泣可歌的人生旅程是历尽了！

韩铁芳叹了口气，自己只是感慨，并不心酸，然而却忍不住热泪横流。他就呆呆地坐着，一动也不动，如一块石头。而风沙却益发猛烈，天地益发凄惨。如此半天，风势才稍停，他才将身子动了动，咬着牙，使着力，从沙中拔出两条腿来；但是他的心却沉重得仍如被沙埋着。他双手抱着病侠的尸体，泪水含着沙粒簌簌地往下滚。他将尸体轻轻放在那匹马旁，那匹死去了主人的马忽然如怒龙似的自沙中站起，抖了抖它身上的沙子，昂首长嘶，其声甚悲，似是痛哭它的主人。而"乌烟豹"却仍在沙中卧着，像是被这阵风给刮得半死了。

韩铁芳先用那件衣裳擦了擦自己两眼的泪和一身的沙土、血汗，然后仍然把衣裳盖在尸体上，死者那凄惨的颜面，他实在不忍目睹。喘了口气，见北方一片黑，知飓风已刮到那边去了。这里却乌云渐散，风也渐轻，阳光已将露出。

他深深地悔恨，觉得从销魂岭动身之时，既料到将有大风，自己就应当劝阻她；若是在那店房里歇息，无论如何，她也不至于当天就死。他不禁连连跺脚叹气，四望天地茫茫，如今只剩下自己一人了！病侠的尸体当然不能运走，然而若就地葬埋，这里沙漠无边，将来可叫她那个亲近的人怎么来寻觅她的尸骨呢？而且这样的一位盖世奇侠，绝不可令她与草木同朽，无论如何得找个有标识的地方，才可以将她葬埋。

于是韩铁芳又坐在地下歇了一会儿，就拿定了主意，决定自己虽不明新疆的路途、风俗跟言语，然而也绝不东归，走遍天涯，也要访着死者的那亲近的人。无论那是个什么人，生番也罢，盗贼也罢，自己也要领他来此看看病侠的尸骨。不指望他到祁连山助自己救母复仇，但自己却要将病侠遗留的马匹和财物全部给他；而且病侠身后必有未了之事，自己必舍命帮他们去做，以报知己之情、亡友之义！

他就奋然立了起来，先将自己的包袱打开，换了一身衣裳穿在身上，并另取出来一件白罗长衫。他又走到尸体前，掀开覆盖着的那件沾满血汗的衣服，忽然看见死人的左手中握着一物，是红色的，乍一看像血染的一般。待蹲下一看，才知是自己永远贴身携带的那块红罗。大概是将才自己脱衣服之时,不!不定是什么时候,被病侠抓在手里了。她至死,那只染血的瘦于还把红罗攥得紧紧不放。

韩铁芳忽然一惊,心说:莫非她知晓这块红罗的事?回想她过去对我的情形可也真可疑,她临终时还说:"铁芳!你可知道吗?"哎呀!是的,她是心里存着许多的话,都要告诉我,可恨,病侠她那时不能高声说话,风又扰乱了我的听闻,她这一死,把她的隐衷全都带走了。

韩铁芳不禁又叹了口气,就将她的手指轻轻分开,将红罗依然藏在自己的身畔。他慢慢站起来,从牛皮袋内取水,将那件衣服蘸湿,半跪在地下,用那只没沾血的袖子细细地将死者的两只手和脸上的血迹、灰尘全部拭净。

他看出死者的娇美竟如十七八岁的女子,而眉峰锁着哀愁,面带遗憾,两个乌黑的眸子虽已不动了,但仍似在看着他。他心里默默地祝祷道:我们总算是有缘,由萍水相逢到成为莫逆,我又一直将你送终。现在你放心吧!无论你身后有什么未了之事,艰难之事,我决定细细访明,尽力为你去办,你就瞑目吧!他又连声嗟叹,且拭着热泪,将一件雪白的绸衣平铺于死尸之上,衬以四周的黑沙,十分显眼。

他又过去用力往起拉那匹"乌烟豹",费了半天的力才给拉了起来,可是它也已经疲惫不堪了。他又看看天色,见薄薄的阳光虽已自云中透出,现出一种金黄色,时间真已不早了。

忽然闻得空中有几声怪叫,韩铁芳仰脸去看,只见空中有三只恶雕,每只都有小鹿儿大,展着巨大的黑翅,在天空盘旋,时时下望着那件铺在地上的白衣,它们似乎知道下面掩盖的是个死人,正可为它们的食粮。

韩铁芳不禁大怒,想起病侠的行李中必有弩箭,他遂伸手取出来那只小弩弓,装上尖锐的小箭,向天空连珠一般地射去。他的射技不大高明,连射了四五箭,方见有一只恶雕斜着坠了下来。这雕有半个大车轮大,虽然带着箭,还不住地扑腾挣命,翅膀击得粗沙四溅。

韩铁芳抽了宝剑奔过去,两三剑将那只恶雕戮死,他的心中才觉得稍稍宽松了一点儿。见那只包袱已掉在地上了,他又过去检点了一番。拾起来一块块的银子,一锭锭的黄金,数了数目,依然紧紧系在包裹之内,决定要奉还给她的亲人；无论自己困穷到什么地步，也绝不动用分毫。

他重备了两匹马的鞍鞯，将尸体抱起，放在那匹马上，用那件绸衣遮住；又撕散了那件血衣，结成条带，将尸体绑了两匝，使她不至于掉下来。韩铁芳重又跨上了"乌烟豹"，一手挥鞭，另一只手就牵着那匹驮着尸体的马，缓缓地又向西走。但是愈走，见天地愈旷，暮色也扑了上来。四下去望，连一点灯火之光也没有，而天上也看不见星星；同时又马疲人乏，实在不能再往下走了。韩铁芳只得下了马，给两匹马喂了点水，却无处去找草料。他自己就对着口袋喝了几口水，拿出上午人家给的干粮啃着吃。又坐在地下歇了片时，见天色已经黑了，他就将死尸解下，平放在地下。又将两匹马拴在一起，并拿着弩箭，抽出了钢锋，来回走了走。他想到了狼、鬼跟强盗，自己决定在此一夜不睡，守卫着死尸。

沙漠中的夜是荒凉而极为恐怖的，风虽不大，却仍然萧萧地吹着，吹得沙砾在地下乱滚，似是有豺狼鬼怪扑来。到半夜时风止天晴，群星齐现，闪闪地照着他的利剑。他在沙地上坐着歇息了一会儿，刚觉着要睡，便又赶紧站起来。低头看着地上衣服里裹着的死尸，竟如一条白石头似的，耳边又忆起来咳嗽之声，眼前又重现了血腥之色。他的宝剑一夜未离手，却幸喜此夜大沙漠之中十分安静。

直到天色发晓，两匹黑马都已睡完了觉，抖动着站了起来，不住长嘶，大概是饿的。韩铁芳打了个哈欠，又过去将尸体抱起来，放在马上，然后跨上了"乌烟豹"再走。虽然赤色的曙光就在背后，他知道是在往西走着了，然而却不知走至何处才是归宿，才是这位盖世奇侠、悲苦女子的埋骨之处。

如此向下走了十余里，遍地的沙漠已都被阳光镀上了一层金色，闪闪地发亮。忽然望见远远有几棵绿色的东西，他便大喜过望，紧紧地挥鞭，双马并行，踏沙疾走。又少时，便来到那丛绿色的临近了。

这里原来是三五颗柳树，下临池水约四亩。池水澄清，被晨风吹着，微微泛起涟漪；而柳丝拂拂如美人之晨妆，居然也有小鸟儿在枝叶深处鸣叫着，飞跳着。韩铁芳见此，忽然心胸一爽，忍不住笑着说："啊呀！原来这里还有这么个地方！真……"他蓦然想起来，自己这话是说给谁听的呢？

池边有些青草,他赶紧跳下马来,解下尸体,放两匹马先去吃草饮水。他又抱着尸体,低头看地;见一半是细小的沙砾,一半是湿润的泥土,他就想:这个地方好,大概这一片沙漠之中也只有这么一点甘泉,只有这几株柳树。池水不会干涸,樵夫也不会跑到这里来伐木。这里好,有树上的鸟儿可以给她解闷,又有标记,以后也可以来此寻找,或是吊祭她。我就在这里将她葬埋了吧!朋友,前辈,这地方四周荒沙,独具幽静,柳绿波清,也是为你所喜的吧?

他先将尸体放在地上,然后就提着宝剑觅地方。找了半天,才在那棵斜生着的最大的柳树之东找了个地方。数了一数,整整十九步;他为的是好记,因为自己离开生母是整整一十九年。这块地方又是沙子与细土分野之处,更好记。

他就将宝剑作为锄镐,弯着腰掀掘着地下的沙砾和泥土。但这可太费事了,土地虽松,手握剑柄却使不上劲,而且凭那剑尖掘起来的土实在有限。他就连脚都用上,踢蹬剑柄,把地下的土密密地扎了无数深坑;觉得自己的剑不利了,他又抽出病侠遗留的那口剑,换着去用,如此费了半天的力。他坐下歇息了一会儿,又拿双手去挖,去捧土,十指都痛了。他又躺在地下歇息,然后再起来去挖土。

他百折不倦,虽累不倦,地下竟被他掘成了一个三尺多深、八尺长、两尺宽的大坑。他就将奇侠玉娇龙这绝世的美人、盖世的侠女、他风尘间的好友、同道中的老前辈并且也许还有着什么自己现在还不明白的关系的人,将这白衣包裹的凄凉尸体,平放于坑内。他还不忍掩埋,望着嗟叹了几声,流了两行眼泪,说:"前辈!再见吧!你暂且在这里安息。不待柳叶黄、青草枯之时,我一定把你那亲近的人找来,叫他再接你归茔安葬!前辈,你身后的未了之事也都交给我吧!你放心吧!"

韩铁芳说着心里不禁发痛,他忍着痛,拭拭泪,振起来精神,又连用手、脚、宝剑、踢土、捧土、掀土,费了多半天的事,将奇侠葬埋,将坑口填平了。他本想再垒上一座坟,但又恐这里日后有什么人来往,看见了加以注意,因此就许出事。他就在坑口的上面撒了一层细沙,以掩痕迹,并重新直走十九步至大柳树下。

此时他可真是疲倦了，十个手指都已磨破出血。再看天色，阳光已向下沉，才知道自己为这件事原来整整做了一天。他倚着树根坐下休息，转脸看看那一片铺着细沙的平地，心中觉得非常欣慰。又想：好在天气暖，我索性就在这地方再住一晚吧！若往下走，一来不知何时才能找着宿处，二来这时自己实已周身无力。而且昨天虽然没有遇着狼，那是侥幸，今天却说不定了。在这里有一样好处，自己可以安心睡觉；如有狼来了，两匹马必定有动静。那时我就爬到树上，从上向下，以弩箭射狼；我想无论狼来了多少，也可以这方法抵御。于是他就索性将两匹马的鞍鞯及包袱等物都卸下了，将身躺下，不知不觉就睡着了。

　　及至醒来，已星斗满天，两匹马也在地下卧着，很安静的。他摸着黑，取了水和干粮，对付着吃了。又将弩弓、箭放在裤带上，手握着宝剑，依然倒地睡眠。这一夜没听见马嘶，也没有鬼号狼吼，天高地大，好像全让他一人和两匹马占据着。

　　韩铁芳睡得很畅快，天色微明就起来了，精神很是充足；他备好马，就要离开此地。望着病侠的葬骨之处，他深深作了一个揖，叹息了一声，心中说了声："再见吧！"便跨上了"乌烟豹"，牵着那匹黑马，绕过了池边向西就走。然而他不时回首去望，少时马已走得离那池水很远，他便不再回头。

　　此时天色仍未大明。马蹄踏过之处，仍发着喳喳的声音，四周仍有起伏的沙岗。又走了半天，东方才渐现出赭色的曙光，由马蹄的声音听出，他知地下已经不是沙漠了。再走着，觉得一阵阵的薰风吹来些青草的气息，心中更觉得畅快，于是更加急地策马。韩铁芳盼着在一二日内，几十里地之内，就能遇见病侠的那个亲近的人。他又恨自己这些日来不该对病侠太客气，连她是男是女，自己都没有认清，她的那个亲近的人是男是女，姓甚名谁，自己也没得细问，这要是被人知晓了，岂不是个笑话吗？这都由于自己是初走江湖，太乏阅历之故。他愤恨自己，决定以后要学得精明干练。

　　马往前行，不觉沙漠已走尽，马蹄下踏着尺多深的青草，而面前却横有一片苍翠葱茏的森林。到近前一看，这森林的树木种类极繁，有青松，有白杨，树下全是青草，芳菲的野花盛开着，上衬以宝石色的天空，玉一般的白云，更有各种新奇美丽的鸟儿交鸣齐飞，在别处真找不到这样好的风景。

　　然而韩铁芳倒勒马站住了,他心中迟疑着向两旁去望,其实要绕过这树林从别处走,也并不远,可是低头看看,还只有这股路能算是个路,两旁的高草简直分毫也没有马踏过的痕迹。但是这深林之中又难免遇见蛇缠住马腿,或是强人在暗中施放冷箭。他寻思了一下,就壮起了勇气,马也不下,一直闯入了林中。

第六回　赛八仙森林述侠踪
　　　　春雪瓶草原争铁骑

　　林中的泥土是很松软的,马蹄使不上力。路两边又是左边一条粗干,右边一条横枝的,使韩铁芳得时时拨马,时时低头。同时群鸟惊飞,吱吱吱地乱叫,把马惊得也不太敢向前去走。韩铁芳只好下了马,却不料两脚才踏到草上,就听见嘡嘡两声,有两支弩箭全都钉在了一棵大树干上,距离着他的身子极近。他将身一退,躲藏在马的后边,瞪大了眼,专等着贼人前来。却听得有人带着怒气大骂着,并交谈着,说的都是番话,他连一句话也听不明白。

　　少时从对面的树丛中走出了两个人,全都光着脊背,身穿短裤,手里拿着弩箭。前面的人年有二十多岁,黑脸,高身材。后面那人却已有四五十岁了,两撇黑胡子,一身的胖肉;脸上横一下竖一下满抹着红色的鼻烟,如同花脸似的。两个人都瞪着眼向他说着番话。韩铁芳看他们这样子不大像是强盗,就把才亮出了半截的剑又收回鞘中,说:"你们说的话我听不懂,我是过路的人,你们为什么要用箭射我?"

　　对面那个年轻的还气汹汹的,过来要打他,那上年纪的却拉住了他的膀子,把韩铁芳连人带马、从头至脚,不住地打量,忽然他说了一句汉语:"你是哪儿来的人?"

　　韩铁芳一听倒不禁吃了一惊,因为这人说的完全是北京话,与那死去的病侠简直是一样的口音,心说:啊呀! 莫非这个老头儿,他就与我正在寻找的那病侠最亲近的人有关？于是他就和蔼地回答说："我是由河南来的。朋友，你是汉人不是？"

这个半老头子忽然撇开胡子笑了，说："我虽不是汉人，可也跟汉人差不多了，我还是个北京人呢！老兄，你说你是河南人，你先别说你是哪一府的，让我猜猜吧。我猜你准是开封府！"说时翻着两只眼，很滑稽地来看着他。

韩铁芳也笑笑说："不是！你猜错了，我是洛阳人。"对方这时有点儿失望之色，但又笑着说："河南地方我只走过两次，都是路过，因为我是往北京去。有一次我想特地到开封府去拜铁塔。"韩铁芳就问说："你是干什么的？你贵姓？"

这人说："我十几岁时就常到北京，以后就常跟着喇嘛去做买卖，北京大小胡同我都很熟，大戏我也听过。后来我来到了新疆，如今一细算，我在这儿已经住了四十年了。南北疆没有一个人不认识我的，我什么事也不干，到处都有吃喝。今天我也没有别的事，就是陪着我这小伙计来这儿射射鸟儿，练练弩弓子，打野食。不料你就骑马进了树林，把我们的鸟儿全都吓飞了。你既是河南省大地方来的人，那咱们就拉个近，算是朋友吧！朋友，你为什么到这儿来？你连一句蒙古话跟哈萨克话都不会？再说你是穿白龙堆过来的，你怎么走的？前天你在沙漠里没遇见大风吗？"

韩铁芳不知是说真话好，还是说假话好，所以倒弄得他立时不能够回答。老头儿又说："你别瞒我，由你的模样、脸上的气色，我就看得出来，你一定在沙漠里度过夜。前天是阴天，你还在沙漠里遇见过大风。可是我看你又像个公子哥儿，一个人牵着两匹马，有什么要紧的事，可要你到这儿来呢？"听了这一番话，韩铁芳非常惊讶，觉着这个人的眼睛太厉害了，他竟能将自己的来历猜得差不多，遂就更不胜地疑惑。

这人把他的那个小伙计推到一边，走过来，摸了摸马上的两口宝剑，忽然惊讶着说："你从哪儿得来的这么好的一匹伊犁马？我在河南时，就未看见过一匹伊犁马！"又说："你大概是个保镖的吧？反正你必会武艺！"他将弩箭回手递给他那个伙计，又把眼瞪在韩铁芳的脸上，问说："你别是半截山手下的吧？半截山他可是皋兰人，他手下的喽　们也都是汉人！"

韩铁芳却正色说："你别胡猜,实同你说,我是同着一位朋友来此访友。"

这人又问："你访谁? 过了这树林再往西,他们可多半不会汉话,你访谁? 你不是半截山的手下,我倒相信;因为我看得出来,新疆这地面,你一定是第一回走。可是你要说是访人,我还真猜不出你是访谁来。"

他由裤腰带里掏出来一只鼻烟壶,倒出一点儿,拿手捏着往鼻子跟脸上乱抹,又请韩铁芳闻。韩铁芳却摆了摆手,暗想:虽然这位蒙古人的来历自己还觉有些可疑,态度是善是恶还猜不定,可是,他恐怕是此地唯一会说汉话的人了。玉娇龙的亲近人的下落、寓址,若不向他打听,恐怕就更无处去询问了。

于是韩铁芳便下了马,拱拱手说："不瞒你,我真是同着朋友来此访问一个人。我那朋友在半路……生了病,他另投地方淹留住了,我才连他的马也牵着,单身来此。我们要访问的人是……"他虽然迟疑着,然而又觉得是非说出实情不可,遂说："新疆省内有个著名的春大王爷,谅你也知道! "

对方这个人忽然面现惊讶之色。韩铁芳又说："听说春大王爷手下有一个最亲近的人,大概是个少年人,这人的武艺高超。只是……实同你说,我只是闻说有此人,特地慕名而至。这人是春大王的什么人,我还不甚知晓;我只知道他也姓春,我想要会会他,有要紧的话跟他谈。朋友! 你若晓得,不妨指给我一条明路,叫我遇着此人。将来我若办完了事,一定要重重酬谢你! "

这个人把眼睛直瞪在韩铁芳的脸上, 然后他又发怔似的思索了一会儿,便笑着说："无怪你远路而来! 你要找的这个人真不错,这人在新疆是鼎鼎大名。"

韩铁芳赶紧又问说："他叫什么名字? 现在住得离此处远吗? "

这个人说："远虽不算远,近可也不近。他是春大王爷的什么人,连我也不知道,不过听人说他是跟春大王爷在一块儿住罢了! 那个地方我虽没去过,可是找得着,但我又不能领着你去。那个人,哈萨克的话叫他……"他说出了个名字,韩铁芳一字也不懂。这人又给翻译着说："他的名字按汉话说,就是飞骆驼。"

韩铁芳一听,就在脑中拟想出此人的模样,必定是身高体大,大脚驼背,还许是一个长脖,这样的人倒还许是一个值得结交的汉子。又听对面的人说:"他的名字叫作雪瓶。"并回手要过来一支弩箭,用箭头儿在树皮上慢慢地刻出来两个字。他显出很得意的神情,表示他连汉字都会写;其实每个字都短少了两三笔,并且写得歪歪斜斜。

韩铁芳能认出来是"雪瓶"两个字,他不由得更惊讶,想着此人有那样蠢笨的外号,如何又有这样美丽的名字?"春雪瓶!"他口中不由念了一念,又连起来念道,"飞骆驼春雪瓶!"这又引起他一阵拟想,猜着这也许是多年侍随着玉娇龙的一个又粗又笨的大丫头,或是个半老的婆子吧?如果是那样的一个人,自己倒真懒得去见她了;即使见了她,也只能带着她去见见病侠的尸体。若同她一路走,去往祁连山,那在路上更不知要有多么别扭了,自己实在有点不敢领教。他于是就问:"这春雪瓶有多大年纪?他是男是女?你可见过?"

对面的这人却严肃地摆了摆手,说:"顶好少提这些话!说春大王爷就行了,可不许提说春大王的名字。在这个地方,提说'飞骆驼'倒不要紧,因为她本人并不知道,可是春雪瓶……"他吧地使力抽了自己一个嘴巴,又东瞧瞧、西望望,并向树上去窥,脸上也惊慌慌的;把他的同伴、那个高大的小伙子也弄得不知是怎么回事,吓得也有些发毛。

这人又拿箭头在树皮上乱刮,将"雪瓶"二字刮得模糊不清,他这才摇着头,悄声说:"说不得!说不得!咱们在这儿一说她的名字,她就许以为咱是骂她了!现在,她就许在树上;夜里,她就许在门外;你前边走,她就许在后边跟着。"韩铁芳也不禁回头看了看,心中更是生疑。

这个人又说:"她们比神仙的本领还大,故事多极了。你要是瞧得起我,可以到我家里去坐坐,咱们交个朋友。她们那些事儿我都知道,只要你别叫我说她们的名字,我就可以一件一件跟你细说。"

韩铁芳细看这个人,倒像是毫无恶意,就想:在这里若找这么一个熟悉玉娇龙生平事情的人,殊属难得。何况他除了有点疑神疑鬼、胆小心虚之外,是很愿意把那些事告诉我的,我倒不可拒绝了他的好意。急速办理完了,也好使病侠玉娇龙在泉下瞑目,而我也尽了友谊。遂拱拱手带着笑说："我才来此地便遇着大哥，真得算是侥幸，惟不知大哥贵姓高名，愿请教请教，以后也好称呼。"

这人就也拱手说："不敢当！我的原名儿叫呼里雅，在北京人都称我为呼二爷，以后你就叫我呼二哥好了。说起我的名字，在这地方也不小，将来你若遇着那做买卖的徐老六，他是这里常来常往的最有人缘的一个汉中人，他必然知道。春大王爷在新疆是一位大神仙，我却是一个小神仙。"

听了他这话，韩铁芳又觉着有些不解，看不出这个呼二爷到底有什么本事，就笑了笑说："久仰了！那位徐客人，前两天我也在销魂岭那地方会到他了，他还送给我一些药呢！"

呼二爷说："他本来是贩茶叶带卖药的，我的行当也跟他差不了多少，我们两人全是这一带的二三路儿的神仙。你要是来此看人，遇见了我们，那可算是你遇见土地神啦。更好啦，你既跟他都见了面，那咱们也算是好朋友了。他是正月回的家，我猜着他大概也快来了；等着咱们见着了他，一块儿喝喝乐乐。我有一罐子老白干，还是真正由北京带来的，在此地二百两银子也买不来，到时候我请你们，我就喜欢跟汉人交朋友。"

他高兴极了，叫他那同伴过来。那个身材高大的年轻莽汉，头上的辫子很粗，呼二爷说他是一个索伦族的人，名字叫"铁柱子"，这大概是他给起的绰号。当下他就叫铁柱子给铁芳牵着马，他领着路往森林中去走。他一边吸着鼻烟，一边笑着，嘴里又叨唠着，他说："今儿我们原想射几只鸟儿煮一煮当菜吃，好吃早饭，没想到一个鸟儿也没射着，却遇着了你，这也算是咱们有缘。前一个月我就占卦占出来了，说我要遇见一个贵人，大概你就是我的贵人。你的相貌不凡，来此又是找春大王爷，找……飞骆驼小王爷，你的来头还能小了吗？老兄，我看有些真话你还都没跟我说呢！"

韩铁芳在后面不由得也笑着，心里却斟酌着，暗想：这人意欲和我结交，还是以为我认识玉娇龙！早晚是要遇见那姓徐的客人的，销魂岭之事必定瞒不住人，倒不如我将玉娇龙病殁沙漠之事详细地向他说了，也好套出他的实话。

他刚要开口，却又将自己止住，想着：如今我初来异地，还是谨慎一些为是，谁晓得他们对玉娇龙是畏惧？是崇拜？是感激？还是表面如此，而心中却怀着仇恨之心？自己倒无所畏，只怕他们一晓得玉娇龙已死，将话传到那半截山的耳里，那群盗贼就许到沙漠去掘病侠的尸体，就许丁那春雪瓶有什么不利！思虑了半天，他决定自己只是发言打听，不见春雪瓶之面，绝不能说出玉娇龙的死讯。

他随着前面的两个人走着，越走入林越深。走一步，林鸟就惊飞起来一群，喳喳地叫，声音极为聒耳，彼此说着话都听不太真切。脚下是很深的茂草，草下积存着雨水、稀泥，头上也落了不少露水和鸟粪。走了半天，方才出了这片树林，他的衣服、鞋帽，连马的身上全都尽湿。

林外天光大亮，眼前展开了一片无边的碧绿的草原，白云在青天上飞着。除了身边的两匹马是黑的，呼二爷脸上抹的鼻烟是红的，那铁柱子的脊背是紫黑色的，其余，地下是如铺着大幅的绿毯，天空像是展着的蓝缎，白云似是在高处悬挂着的成团的丝棉。而林鸟被惊飞出，回翔于天空，忽上忽下，尤其使人心旷神怡。

原来这儿就算是呼二爷跟铁柱子的家了。不远之处有一匹骆驼，全身的毛都快脱净了，趴在草地上不大能显得出来。地下扔着他们两人的衣裳跟行李，他们的衣服也完全跟韩铁芳穿的一样，且有一件黄色的绸褂，大概是姓呼的服装。他们的行李很多，真非骆驼驮不动，还有卷起来的布帐篷，由此可见他们是到处为家的漂泊的人。还有铁锅、水袋和一只绍兴坛子，装的大概就是北京的"老白干"。另外还有木棍子，这是他们挑东西用的；有一口带着鞘的刀，出门的人照例应有此物护身。老羊皮袄一件，大概就是他们两人的被褥；包裹两只，里面装的不晓得是一些什么东西。最奇怪的是一只方形的匣子，好像冯老忠卖花样子的那只匣子似的，有皮带子可以背着。而匣子的四边，横一块竖一块的，贴着许多褪了色的红纸，上面全有字；被日晒雨淋，墨迹已淡，然尚可以看得出来。除了些个直着写的蒙古字，横着写的缠头字，韩铁芳一个也不认识之外，上面的汉字却写的是"赛八仙""六爻神课""奇门遁甲""预知祸福吉凶，保佑牛马平安"等等。

韩铁芳看了，这才明白这呼二爷自命为"二三路的神仙"之故，原来他是个卖卜的。大概是他曾在北京学会了一点卜筮之术，拿到这里欺骗一些人，借此以谋生。他一个塞外的人，自称为"赛八仙"已经很滑稽。又想：

那徐客人是贩茶叶带卖药,他是卖卜还许有别的行当,怪不得他们彼此熟识,原来都是在江湖上混的。这新疆辽远之地,还容有这般人谋生,可知并不荒凉。我来到这里也不要紧,万一把钱花尽了,没饭吃了,我也许还能在这里打拳卖艺以求糊口呢。

当下赛八仙呼二爷拉过来那件老羊皮袄,就请韩铁芳坐下。马也卸下了鞍鞯,与骆驼同在草地上"啃青儿"。他又叫铁柱子烧水,原来他们是带有晒干了的骆驼粪,一会儿就升起很旺的火来。赛八仙先摇手,说:"你且别忙!春大王爷的事情咱们真先别提,我全知道,可是我都不敢说。因为我虽会算卦,可是我真算不出她现在是在哪儿啦。她有遮身的帽子、隐身的草,咱们两人在这儿说话,她就许正在旁边呢!"

韩铁芳不由得批驳他,说:"你太胡说八道了!她春大王又不是神人。再说我们私下谈论的也不是她的坏事,即使她知道了,大概也没有什么!"

呼二爷依然摇着头,说:"虽然没有什么,然而也是少谈为是,反正,你要找春大王爷的那个亲近的人,你就跟我去走好了。咱们先到末虚城,然后再到且末城……"

韩铁芳问说:"那春雪瓶就住在且末城吗?"

呼二爷摇头说:"不是!不是!我说的且末城是在西南,离此一千四百多里,走半个月就可以到。春……飞骆驼住的地方是在正西,孔雀河旁的尉犁县,离此地的路程也有一千里。可是从且末城再往尉犁,拐这么一个大犄角儿,绕这么个大弯儿,一共是……差不多三千里吧。"

韩铁芳听了,心中不由有些生气,认为这呼二爷不是个有疯病的,就是成心要耍弄自己。他就不由冷笑了笑,说:"这真成了笨人了,我为什么一千多里不去走,可跟着你去走三千多里呢?你是不晓得,我并不是个没事的人。我若闲暇无事,倒正可以跟你游山玩景;但是我如今是有急事要同春雪瓶去办,恨不得立时就见着他的面才好!"说完不禁长叹了口气,呼二爷也摇头表示出作难。

此时那铁柱子已烧了一锅水,泡了一壶茶,倒了两碗送来。呼二爷请韩铁芳喝茶,他自己也喝着,又说:"按朋友的交情来讲,我本应当带着你去见……咳!说她的名字也不要紧啦,我应当领你去找春雪瓶;若没有人领你,我就是告诉你她住的地方,你也是找不到。因为她们的名字十九年来无人敢提,说出来立时就有性命之忧,就是你与她走在对面,旁边的人也不敢指告你!"

韩铁芳问说:"这为什么?"赛八仙呼二爷喝完了一碗茶,又斟了一碗,韩铁芳也将一碗茶饮尽,瞪着眼专听他讲话。只见他先向左右前后扫了一眼,然后说:"你听我细说!可是,咱们只当是叙说别人家的事,不是说大王爷家,将来你见了人也不要跟人乱谈!"韩铁芳点头说:"我全晓得,你放心吧!"

呼二爷这才说:"在十九年前由玉门关里来了一位奇人,骑着马,拿着宝剑跟小弩箭,还抱着一个小孩!"他疾忙掩住口,面色惊慌,又向四下去望。森林在背后,眼前的草原无边,天际有鹰隼以健翅撩着白云,正在盘旋下降。韩铁芳也面现惊诧之色,急急地说:"你快接着往下说吧,不要紧!"

呼二爷伸着一个手指,悄声说:"这位奇侠,我的大王爷,她老人家来到了孔雀河边,住了些日,寻着一位名叫美霞的哈萨克太太;两人好像是干姊妹,又听说两人在很多年前就相识。那奇人,俊俏的脸儿大眼睛,那时才不过二十上下,大脚,穿上男子衣服,就是一位少年公子,比你还俊俏。春秋赛马,冬季打猎,常有成群的哈萨克姑娘追着她,围着她。但是她有时又穿女装,哈萨克族打扮的时候也有,那时连我见了她都得直眼。她以箭射雕,无论射什么鸟都是百发百中;她骑马,千万匹马也没有一个能赶得上她的。她瞪眼就打人,说话就要人的命。

"她生平最忌三件事,第一,她自称姓春,不许人问她的姓名跟来历;曾有个人说她原是北京城的什么……当天那人就在草原上失去了首级。第二,不许人说她是男还是女,她爱怎么打扮就怎么打扮。有个千户长,是孔雀河边的一方之王,断定她是个女子,想要娶她,便备着十匹马,驮着几千两银子,前去求亲。她当时就翻了脸,小弩箭连珠一般地发出,射瞎了那千户长的双目。第三,她不许人问她的那个孩子。有的人在背地里偷偷地谈论,猜测那孩子是她亲生的还是她抱养的,不知怎么就让她知道了,好!每个人的腮帮子上都被射穿了一个大窟窿。从此,只要有人敢在背地里谈论她,就必遭横祸。

"可是她为人虽是这样凶,却又时常济困扶危,惜老怜贫,做了无数的好事。后来她就走了,在库台县住过,在和阗、于阗也都住过;还有人在伊犁、在且末城都见过她。她越过昆仑山,走过大戈壁,在白龙堆曾单身杀死过三百多名强盗。她蒙古话、缠头话、哈萨克话全会说。她名头极大,十几年来,无人不知,无人不怕,也无人对她不尊敬;她是神仙,是侠客,是大王爷。直到近两年,她隐居于尉犁县附近,才不常出来,听说她得了病。可是她的那……就是飞骆驼春雪瓶,已经长大了……"说到这里,脸色愈变得惊恐,他探着头,低声又说:"比她还凶!"

韩铁芳赶紧问说:"春雪瓶是男是女?"

呼二爷摆着双手说:"得啦,得啦,你别再问了!我也不再说了!再多说半句话,我的头许就飞啦,那可不是玩的。我们现在交成朋友啦,咱们就都得说实话。我算六爻神课,几年来颇为发财。至于我是怎么认识春大王爷跟春雪瓶的呢? 告诉你,早先我虽听说过春大王爷跟春雪瓶,但没有会过她们的金面;直到去年冬天,下着雪,快到年底啦,我跟我这伙伴走在尉犁县,就被春大王爷传了去给她算命。

"她叫我给她算一个在远方的人,她问那个人现今在何方? 是否平安? 是否已经长大成人了? 将来是否还能够跟她相逢? 我这个玩意儿本来就全凭眼睛跟嘴,我眼看出她对那人很是关心,关心他大概也不只一年半年了,我的嘴也就说使她宽心的话,我就说:'那人在正南,如今平安无病,诸事顺心;不到半年,他必定要来到这儿看您!'她听了我的话,似乎不大相信,可是她的两只美人眼……不,是大王眼,竟扑簌扑簌地流下泪珠儿来。小王爷春雪瓶正在旁边,我一看,吓了我一大跳,原来飞骆驼……"

韩铁芳由他这表情也确认为春雪瓶即玉娇龙之子,年有二十上下,身高体健,性情直爽,慷慨任侠,是一条好汉。而玉娇龙到底又关怀着什么远方的人呢? 真可疑!

此时呼二爷喝着茶,又说:"那时候我看她就黄瘦极了,哭着,还咳嗽着。她赏给了我五两银子,她真有钱。由那儿我又到乌尔土雅台混了几个月,现在是要往且末城。昨晚我们就宿在这儿,今早鸟儿想吃了饭好走,这才遇见了你。我想你还是随我们一块儿走,将来我们再带着你到尉犁县。其实由这里往尉犁县去原是一股直路。你由此一直往西走,再过一段小沙漠,就是一个人湖;那个湖,番名叫作"罗布诺尔",汉人叫它"来海子"。越过湖岸就是孔雀河,顺着河再一直往西,马快的话有四天就能到尉犁县。

"这一股路上虽说没有汉人,可是也有些蒙古人,都会说几句汉话;并且我知道黄羊岗子那镇上,还有凉州人开设的一家店房呢!尉犁县是个大城市,陕甘人在那里做生意的也不少,那里还有衙门;只是你就是走到了尉犁县,你要问春雪瓶,还是没有人告诉你。因为看你这样儿,别人猜不透你是个干什么的;万一你要是去找春家的人作对,那么闹出事来,谁也吃不住。因此我说,不如你先跟我到且末城去,沿途你也算是我的一个伙计,我也把算卦的法子教给你;将来你若万一时运不济,混穷了时,也可以拿它换饭吃。古人有一句话说得好:家有良田千顷,不如薄技在身。"

韩铁芳听了他这些话,只细细地记住了往西去的路径,却对他劝自己拜他为师,助他去走江湖算命之事付之一笑。他甚至疑惑,那春雪瓶住的地方原本很好找,说他们是如何的凶狠、神秘,那也未见得靠得住,不过是赛八仙这家伙故作虚词,以拉自己入伙而已。他把头摇了一摇,说:"我不能去跟你做买卖,我没有口才,江湖的话我都不会说!"

呼二爷说:"那不要紧,可以慢慢地练。再说,说实话,我也不是叫你真帮助我去干什么,只是借着你的相貌、人才,给我壮壮牌子罢了。因为找我算命的,有不少都是大姑娘、小媳妇,我这样儿现在不行啦,所以买卖不好,不然我也不到且末城去。且末城还许能有点买卖做,到别处,除非有你……"

韩铁芳明白了他的用意,不由有些气忿,就摆手说:"不行不行!我来此是寻春雪瓶有紧要的事情要办,实在不能奉陪!"赛八仙呼二爷听了这话,半晌也没有言语,脸上显出不高兴的样子。

这时候,他的那个伙计铁柱子端过一个大木盘来,还有两个木头的调羹。他烧的也不是什么饭,就是将牛肉、羊油连剩饭带干锅饼都熬在一起,上面还撒了一些黑沙似的咸盐。韩铁芳此时很饿,便也不客气,也不计较好吃不好吃了,就与呼二爷对坐而食。呼二爷的脸色也渐渐缓和了过来,跟他又说又笑。

待了会儿，饭用毕又喝茶。依着呼二爷，今天还想和韩铁芳多盘桓些时，并拿着他那弓箭说："老弟！你一个人就带着两口宝剑，我不信你不会武艺。这弩箭是自从春大王爷来到新疆之后，就人人都想学，可没有一个学得好的；实在，射准了真是一件难事。老弟你一定比我们强，你来试试，到林子里给我们射下几只鸟儿来，作为我们晚饭的酒菜好不好？"又说："不瞒你说，刚才我们从草地上一揉眼睛爬起来，就进林去射鸟了；倒赔了十多支箭，连一点儿鸟屎也没射着！你进去，给我们开开张，好不好？"

韩铁芳站起身来，却摆手说："我也是不行！幸遇呼兄，指给了我往尉犁城去的路径，现在我就得赶紧前去；早一天见着春雪瓶，就算早一天卸了朋友对我的重托！"

呼二爷突然也站起身来，惊慌慌地说："原来你真想去见她？你告诉我行不行？你找她究竟有什么事？"

韩铁芳叹息了一声，说："现在恕我不能奉告，将来你必能知晓，我们再会吧！"他拱拱手，又向那铁柱子拱拱手，就去牵那两匹马，并将那群人送给病侠的那两只羊尾巴取出来，送给了呼二爷，以作茶饭之酬。

原来这羊尾巴是此地的贵重礼品，呼二爷真有些受宠若惊，不住地作揖道谢，又说："那么，咱们后会有期了！我们到了且末城先去抓几个钱，也许再到尉犁去找你，咱们在那儿再见吧！路上平安。"

韩铁芳也拱手，上了"乌烟豹"，牵着病侠遗下的那匹黑马就去走。才走了不远，忽听呼二爷在身后叫他。他赶紧回头，就见呼二爷跑得直喘，到了临近说："我还忘了告诉你一句话！你去找春雪瓶，绝没人知道。你要想打听，你就说'秀索奇法'，这就是番语的飞骆驼，就无人不知、无人不晓了！"

韩铁芳又拱拱手致谢，就策马走去，口中不住地暗暗念着："秀索奇法，秀索奇法……"他觉着番语太难记，就按照着这句番音，改成了汉字的意义，是"秀树奇峰"。他又不由高声吟出来："秀树奇峰春雪瓶！"回头再看看，呼二爷跟铁柱子还坐在那里大吃大喝。他又向前将道路辨识了一下，就再也不回头，一直催马西去。

　　马蹄踏着青草,一前一后,全都轻快绝伦;两旁青草芳香,令人心怡神旷。而高空上冉冉的白云、青天,远处的苍翠奇峰、葱茏秀树,更为可喜。韩铁芳的口中时时念着"春雪瓶"的名字,然而到底也想象不出春雪瓶是怎样模样的一个人;只因为叫"飞骆驼"这个名字,总觉得他的相貌一定很丑恶。

　　可是又想,以玉娇龙那样的人,无论是她亲生的或抱养的孩子,大概总不至于太拙笨了;而他的武艺既是盖世奇侠授出来的,当然也是高超极了。只可惜玉娇龙现已死了,今后这里的大漠草原、森林长河、高山古道之间,他无缘再睹侠影。春雪瓶能够承继他母亲的名声吗?想到这里,他恨不得立时就见着那春雪瓶之面。

　　他的心特别急,马也跑得特别快,可惜时已近午,天气十分炎热。走尽了这片草原,又穿过了一片森林,越过了一道山岭,才望见有稀稀的庐舍、整齐的田地,他就收住了马不再快走;此时他已经满头是汗,气喘吁吁。

　　在新疆,种族虽然复杂,但除了少数是逐水草而居住"蒙古包",满汉做官的及做买卖的大多数都住牛皮帐篷, 只有索伦人自己盖着土房或草屋。他们在平原耕耘着各种杂粮,傍河水的种稻,除了言语难通,其余全与陕甘人无异。小溪板桥,绿柳水田,风景之秀竟不亚于江南。然而这地方却又沙草万顷,牛、羊、马多得如欲雨天气的蚂蚁似的,有时喇叭、笛子、海螺也呜呜地阵阵吹起。尤以傍晚时候,红霞满天,风吹草低,此种景象,既壮且丽,令人叫绝。

　　韩铁芳心里急盼见到春雪瓶,又有些悲悼玉娇龙,更时常取出身畔的红罗来看看,便怆然欲泣,他心里默念道:母亲! 儿子只要把朋友所托的事情办完,便去救你老人家,替你老人家报仇,你老人家在祁连山里暂勿忧愁!

　　眼前的风景又振起他的壮志,他走了一天,歇息于一家索伦人的庐舍里,他感觉这里的民风十分淳朴。次日他临行时,便将钱送与人作为酬谢。他因为手巾包里的盘缠日见短少,玉娇龙遗下的钱自己又不肯用,所以就更是心急,更要立时赶到尉犁县城。但当日走到孔雀河边,他看见河水清澈,汩汩地流泄,两岸都是短短稀稀的青草,而青草之外不远又都是无边的沙漠,这风景又使他不禁徘徊了些时。

沿路,缠回很多,高鼻子白脸的哈萨克人也不少,索伦人却寥寥无几,汉人更没遇见一个。但他无论向什么人询问"秀树奇峰",这个词好像人人都能听得懂,可是全都摆手、摇头,有的且惊慌变色地走开,弄得韩铁芳又有点儿莫名其妙。

又走了两天,来到那"东海子"。这是个万顷汪洋、碧波无际的大湖,有无数的水鸟在湖面飞翔着,可没有看见一只船。再走,依然傍着孔雀河岸,河岸有时宽,有时又窄,但两岸总是草少而沙多。他又一连走了三天,竟没有离开孔雀河畔。他终日吃着发了霉的干粮,有时拿银子向人换点牛羊肉。晚间因为怕有野狼,他总是投宿于索伦人的家里,蒙古包里他也宿过一夜。

异地的生活他虽仍觉不大习惯,但也能勉强接受了。只是他的银钱已罄,同时他又觉得身体有点不舒适,自思不是着了凉,便是中了暑。徐客人送给他的那万应锭、冰片散都用了,连狗皮膏全都贴在肚脐上了,然而无效。他骑在马上仍然头发晕,肚子拧着疼,实不能忍。悲伤渐渐袭上了他的心头,恐怖占住了他的脑子。

他的心却更急,恨不得一下飞马见着了那"秀树奇峰春雪瓶",把玉娇龙的事情告诉他,把葬埋的地点告诉了他,把这匹马跟玉娇龙所遗留的物件全给了他,然后自己就是立时病死,连五年来为母亲报仇的志向都化作灰尘,都消失于这草原大漠之上,他也无悔。最怕的是病倒在这边疆绝域,人地生疏,死既不死,活又不活,那才可怕!他真不能再支持了。

这日天色尚早,他看见前面有十几间土屋,知晓是索伦人的房子,就赶紧催马向前去走。到了临近一看,这里原来还有一家汉人开的小饭铺,带卖酒,还带宿客,有个店名叫作"黄羊岗子刘家老店"。原来驿站也在这里,驿站里只有一个官人跟一个马夫,韩铁芳就投了此店。

炎热的天气,从孔雀河跟沙漠刮来阵阵的火一般的风,天空永远有鹞子吹哨;白天苍蝇成群,晚间蚊虫成团,他就病倒了。虽然他来的第一天就认识了店家凉州人刘老大、驿吏薛老头、马夫烂眼三,但是都治不了他的病;此地连韩秀才那样的一个医生也没有。病重的时候,刘老大给他送水;

病稍微轻了一点儿时,刘老大又给他送饭。

他在此一连病了十几天,并未给店里分文,而病侠玉娇龙包袱里的金银就放在他的身畔,但他绝不肯掏出一块来用。他自己除了污旧的几件衣裳、一口宝剑,又无物可卖;他只得托付店家给他找主顾,要卖他的那副马鞍。却不料因为这事,竟招来了一个过路的蒙古商人,他瞧中了病侠的那匹马,一定要买,出价到库平银八十两。

刘老大、薛老头,连烂眼三都直劝他说:"不如卖了,你一个人要两匹马何用呢?再说这匹马除非行家才看得上眼,长相并不好看;还不如旁边的头高腿壮,毛儿又黑又亮。卖了吧!价钱可出的不少啦!"他们所指的旁边那匹马就是"乌烟豹"。

韩铁芳是宁可卖自己的马,也不肯卖病侠的遗马,诚恐将来见到春雪瓶时对他不起,有负友谊。所以他就身靠着窗棂,有气无力地说:"你若想要,就将我的那匹'乌烟豹'卖给你吧!这匹马是朋友托我送到尉犁县的,我实在不能够卖!"

这个蒙古客人也懂得汉语,一听见"乌烟豹"这个名称,他就转移了目光,把"乌烟豹"瞪了半天,还牵出去试着骑了一会儿。也因为他原来的那匹马,路上被一种最恶毒的名叫"八蜡"的虫子给咬伤了;那种东西是像蚱蜢一样,但专咬牲畜。他实在需要一匹好马,好赶往伊犁去做买卖。如今看着这匹"乌烟豹"也不错,而且肯卖,他就出了六十两银子的价钱,鞍鞯外加三十两。

烂眼三在旁直向韩铁芳使眼色,那意思是叫韩铁芳争过一百之数。然而韩铁芳此时已心生无限感慨,完全没有心思。他想到了当年当鞍卖马的秦琼,尤其想到"乌烟豹"是他故乡望山庄十匹马中最好的一匹马,常于深夜驮着他去找师父学艺,这次由洛阳出来又随着他越关山、涉长河、走沙漠、过草原、脱贼群、追奇侠,也可以算是数年来与自己朝夕相伴的一个朋友了,如今自己何忍得像货物一样地将它出卖?所以就点头承认了这个价钱。借了刘老大柜上的戥子,把银两称了一称,就由着这个蒙古商人将"乌烟豹"带鞍鞯全都带走了。韩铁芳却颓然进屋,病势竟又由此复重。

九十两银子,连还店饭钱,带付给刘老大他们拉纤的报酬,就去了三十多两。韩铁芳精神总是振作不起来,因为饮食不调,肚痛才好,总又复犯。得的病像是痢疾,且时常全身发烧,起不了炕,他的容颜也一天比一天瘦了,在此住了前后几近一月。

这里每天来来往往的人总是不少。官差到驿站换马,蒙古人、哈萨克人用牛皮袋在这儿装水,喝酒的、吃饭的、住店的人甚为复杂。刘老大的买卖非常兴隆,尤其是他后院这几间土屋,每晚总要住得满满的。韩铁芳由那些人彼此谈话之中,渐渐也猜得出几句番语的意思了,可是他要向人问"秀树奇峰春雪瓶",一样的,大家都是摇头摆手。

刘老大好意地严肃嘱咐过他,说:"你来到这儿,就千万别说这句话,别提这个人!"韩铁芳说:"因为我这次要往尉犁县,就为的是去找他。现在,我病在这里是实在没有法子,只要我能够挣扎,我就立时前往。我也知道你们这里的人全都很怕他,可是我却不怕他,我找他是有一件顶要紧的事情要办!"

刘老大听了这话,发了半天的愣,结果还是说:"干吗呢? 老乡,你年轻轻的人,找谁寻谁不好?何必专寻她们呢?我也不管你有什么事,只求你住在我这儿别乱说,我这买卖这些日才好了一点儿,老乡你别给我惹事就得了!"韩铁芳听了,心中越发地郁闷,由此更急,精神偏又一时恢复不过来。

在这店里还住着一个客人,与韩铁芳是害着一样的病,也是每天要跑很多次厕所;而且这个人上厕所的时候还得叫人搀扶着,常因走得慢,他就要将粪尿便在裤子里。他是个瞎子,本来住在且末城是教窑子姑娘弹唱的,如今因为那个地方不能混了,所以才打算上尉犁县。自从一过孔雀河他就生病了,才投到这里。

听店主人刘老大说:"这瞎子不但是拉痢疾,还有痨病。"他虽然不常咳嗽,韩铁芳却常由他联想起病侠。这边疆绝域,连玉娇龙那一副铁骨钢筋都给折磨完了,更何况这个盲人呢? 又想起自从自己记事以来,好像就没有生过病;胳臂上受箭伤,加上皮鞭子打,都没使自己颓了精神,灭了志气。如今,没想到才入新疆不几天,就得了这么重的病;这个地方,实在是不宜于人住的。

此时他对那个盲人真抱有一种同病相怜之感,尤其见盲人还带着一个十五岁的侄子,长得很瘦的,叔侄相依为命,穷苦不堪,他就更加怜惜。他便向刘老大说:"他们若是没有钱,你千万不要逼他们!又瞎又病,带着一个小孩住在这儿,也实在可怜。你把茶饭千万不要少给他们,将来无论他们欠你多少钱,都由我代付!"店家连连答应,本来韩铁芳在这儿可称得起是个阔客人了,新卖的马,手里还有多少银子,刘老大心里也都记着了。即使他全花光了也不要紧,他这儿还有一匹马呢,有马还愁不能换钱?

于是同店住的盲人,因韩铁芳之助,竟得以安居养病,可是他的病永不见好。他的侄子大概也相随他多年了,几种乐器也都会弹会吹,有时他坐在檐下吹笛子,吹什么《梅花三弄》《江城小引》,及各种时兴的小曲,全都很婉转动听。他还有一只琵琶,弹奏起来虽然不大熟练,可也颇有韵味。

在这小小的驿站上,歌声与乐器是极少的,除了像烂眼三这样的赌赢了钱就买酒喝,醉了就敲着破桌子,唱他从伊犁学来的三句半京戏。如今这孩子调来的琵琶,人都听不懂,也不大在意。韩铁芳的心灵却又被这唤起了回忆,忆起故乡琵琶巷蝴蝶红的纤手所奏出的绝妙音乐,他的心立时就由这绝远的边塞之地飘到了江南,然而也不是怎样的相思惆怅,心思也不时回到这身处之地,静静地听着琵琶之声。

盲人的这侄子,每天晚饭后必要弹奏一曲,给韩铁芳心头带来无限的安慰。过了几天,他的病已好了七八成,他就走出屋来,笑着由那小孩子的手中接过琵琶来,并叫刘老大搬个凳儿放在院中。他坐下,将四弦调定了,就琅琅地弹奏起来。他的手指极为灵活,曲子也会得很多,真是忽而如金刀剖玉,忽而如铜盘滚珠,有时如小鸟鸣春,有时如丛竹响雨,唐人白居易所刻画之琵琶声"银瓶乍破水浆迸,铁骑突出刀枪鸣",庶几可以写出此时的音调及情景。

他弹了一会儿,不但旁边的小孩子呆了,屋中的瞎子也呻吟着连连说:"好!好!这是谁弹的呀?"刘老大手里拿着块抹布,跑到后院来,发呆地听了半天,才说:"嗬!韩大爷你还会这一手儿呢?你要到了迪化府,看!包管那些烟花柳巷的姑娘都得拜你为师。"烂眼三拿着酒砂壶,蹲在地下,说:"喂!韩大爷!我请你老消遣一段《盼才郎》吧!"更有许多在前边喝酒的人也都跑来听,但是他们不独围着听,还哈哈大笑着,连声地叫好儿。

韩铁芳不由觉得煞风景，便收住了琵琶。然而对于这来到边塞仅见的，而且是自己最为所喜的乐器，他毕竟有些爱不释手，就问什么地方才有卖的？盲人的侄子回答他说："我也不知道哪儿有卖的，这琵琶的年岁比我还大。我叔父从小就瞎的眼，长到十岁时他能抱得住琵琶了，就学着弹。"旁边烂眼三说："你把这琵琶卖给韩大爷吧！"韩铁芳却不容这孩子表示，就摆手说："那如何使得？这是他们倚此为生的，他肯卖给我，我也不肯要，我弹这不过是玩玩罢了。"说完他就回屋歇息去了。

过了两天，他本想走，不料天又连续下雨。听屋里人说："西边的河水泛滥了，把道路都冲毁了。"因此许多的客人跟车马、骆驼，全都停滞在这里。连这里的几户索伦族的人家，带驿舍里，还有镇外的龙王庙，全都住满了人。短短的镇街上挤满了车辆跟牲口，这黄羊岗子的人骤然增多了起来。

刘老大可是乐不可支，因为他的酒铺永远是客人满座，他自己烧的存置的那几罐子半酸不酸的酒，眼看着就要卖光了，钱是一天收入一大堆。同时可也有一件丧气的事情发生，就是雨下到了第三天，忽然那个患病的瞎子死了。他那侄子不住地哀号，这里连口棺材都买不到；何况瞎子死后拖下了一大堆店饭账，连一文钱也没有遗下。

依着那驿吏薛老头的主张，把尸身扔在河里，来个水葬。韩铁芳闻之不忍，自己出头，情愿拿出钱来雇人，临时为死人赶做棺木。他不在乎出钱多少，所以本地就居然有人自称为棺材匠，来揽这号买卖。

当天，在雨地下，就锯木头，钉板子；不到晚间，就钉成了一个薄薄的杨木的长方匣子，把那盲乐人给盛殓了起来。还有两个过路的蒙古人给义务念了一通喇嘛经，就算完了。韩铁芳也雇好了两个人，只等雨住了，就择地将瞎子葬埋。至于那个无依无靠的小孩子，也是韩铁芳给说合的，刘老大答应留他在这店里做个小伙计。

黄昏以后，酒铺里仍然热闹，点着两盏羊油灯，照得屋中十几个人的脸上都发红。每个人都饮着酒，拿番话谈的，拿汉话谈的，都对韩铁芳甚为注意。韩铁芳占据在一张桌头，要了半碗酒慢慢地喝着。他静静地细听门外的雨声沥沥地响，如同弹琵琶的声音，而天空的雷声却又隆隆地响，像是门外的那些车辆都一齐自己滚动了。又听屋内，只觉言语纷纷，有听得懂的，有听不懂的。

在韩铁芳的旁边有两个差官似的人，正谈着尉犁城内的新闻，他们都是才由尉犁来的，听口音都是官话。韩铁芳就专心侧耳地去听，想要听出关于春雪瓶的一点事情来。听了半天，才见那一个瘦脸的差官，向着他对面的一个把脸都喝紫了的差官，说："这次，我真不高兴出差，在尉犁再等几天，看看哈萨克人赛马有多么好？春雪瓶一定又要大大地露露脸。"

韩铁芳走了这么多的路，遇过了这些人，真从未听见有人敢当着许多人直呼"春雪瓶"之名，到底是当官差的人有胆量。韩铁芳遂将身转了一转，凳子挪了一挪，向那紫脸的差官说："这位大哥，你们谈的是'秀树奇峰'吗？"

两个官人一齐将脸对着他，因见他是带着笑来问，遂也就和蔼地望着他点了点头，那紫脸的说："怎么，你也知道'秀树奇峰'？你是哪儿来的人？如今要往哪儿去？你贵姓？做什么行当的？"

韩铁芳见这差官有点醉了，虽然态度不恶，但说话竟像是审案的口气。于是就先在心中斟酌了一下，才说："我姓韩，由河南来，没跟春雪瓶见过面；可是我因为受了一位朋友之托，如今正是要往尉犁县去见他。"说话之间，忽然隔着两张桌子那边立起了一条黑大汉子，向他这边瞪了一眼，便又坐下照常饮酒。

韩铁芳本来也看惯了，只要一提起"春雪瓶"之名，便会有人向自己注目，所以如今他也没有介意，就接着又说："其实我与春雪瓶毫无渊源，也未曾见过，只知道他的名头很大罢了。我本是洛阳人，做粮行生意，西上至甘肃贸易，在路上遇着了一位……大概是他亲近的人，他约我到新疆来见春雪瓶。走在销魂岭……不，白龙堆里，我们就被大风给冲散了。他把马跟衣服全都丢下，不知去向，也不明生死；我只好一个人至尉犁县见见春雪瓶。我那位朋友也许现在已经去了，因为我在这里病了已有一个多月了。二位大哥，你们一定跟春雪瓶很熟的，可知道他的模样吗？他住在那里什么街巷？请告诉告诉我，我好去寻他。"

那边的黑大汉和两个强壮的少年人又都站起来向他这边瞪了一眼，

且有一个人发出了一声冷笑；可是等到韩铁芳的目光扫到那边之时，他们又全都坐下了。这两个官差也都拿眼睛打量着韩铁芳，紫脸的又说："新疆省里认识春雪瓶的人很多，不但她，连她的妈……"说到这儿，这个人也立时敛住了口，似乎觉得这话语太不恭敬了。

那个瘦脸的差官就站起来说："我们不问你，你也就别再打听啦！春……你找她有什么事，我们也管不着。"又向紫脸的差官使了个眼色，说："别说啦！说人家的事情干吗？咱们且管自己吧！这回出差，其实看不看春雪瓶赛马倒不要紧，就是天气热得真够受的，雨又下得这么闷人！"两个差官索性自己谈起话来，把韩铁芳僵在了这儿不理。那边三五个人仍然都伸着脖子扭着脸的，向他这里来瞪。

韩铁芳见这几个人把他瞪得太厉害了，心中才不禁起了些疑惑，但他坐下仍然喝酒。户外的雷雨之声更大，有的人匆匆付了酒钱，顶着雨就跑了。有人又说："这回河里的水要能溢到沙漠上去，那可就糟了！雨要是再下两天，咱们半个月以内都休想走啦，真他妈的倒霉！"隐隐地听见那盲乐人的侄子在后院痛哭，一声一声地叫着："叔父啊！叔父呀！"

韩铁芳听了，心中就不禁益为凄恻，觉着人生都是无常，事情皆是凑巧。自己此番西来，正事还全都没办，先埋葬了两个陌生的人；究竟那病侠是不是玉娇龙，自己还未能断定呢，而这个瞎子的姓名自己也不知道！他感慨万端，恨不得借那孩子的琵琶弹奏一曲，以排遣愁闷。

但那个紫脸的差官可又晃晃悠悠地走过来，跟他谈了一阵儿，问他在路上的事情，并问说："你们路过白龙堆的时候，除了遇见了大风，没再出别的事吗？"韩铁芳摇了摇头，说："再没有别的事，我觉得新疆路上，比别处还平靖呢！"差官点了点头，他们又坐着喝了一会儿，叫刘老大给记上账，就走了。其他的客人也多半付了酒钱走去。

听刘老大跟两个熟识的座客说："那两个差官都是尉犁县衙门来的，他们大概是要过白龙堆，往东边去办差事；可是看他们又有点害怕，现在住在薛老头那边。薛老头因为这场雨，虽然没有什么差事，落得清闲了，可是我看他更难受了。你们想，那三间小房子，还没有屁股大，先住下了一位老爷跟太太，就占住了他的一间房子，又有……"酒客里有一个像是跟官的人，就笑着说："你看见那位官儿太太了没有？"

刘老大说："我早就认识她，每年她必要从这儿过个两回三回的。模样是还看得下去，可惜已经老了；她要是现在还年轻，从这儿一过，我真许连买卖都做不下去啦。"

那跟官的人笑了一笑，说："她的底我都知道，二十年前家兄在且末城玉领队大臣之处当差，就见过她。那时候，她还不过是个小丫鬟，伺候着她的小姐……"

刘老大听了立时就变色，连连地摆手，说："得啦！得啦！你就别说了！我早就知道。"

那跟官的人又说："你知道的也没有我知道的多！我家兄先是随着玉大人到北京，后来又伺候玉大少爷，如今还伺候着。这次玉大少爷，不，现在他是大老爷了，新放的是查办新疆巡抚、治民和善、捕盗不苟的钦差大臣，正在路上往这边来啦。我现在就是请了假，要到迪化等着见我哥哥去。"他归了正题，又说："现在驿舍里住的那位太太，连她的名字我都知道，她叫绣香。你别看她那样儿，千娇百媚的，嘿！人家真比咱们见的世面大！"

刘老大又摇头又摆手，说："算了算了！你别说，我也不听，快点喝酒吧！我可要上门了！"

韩铁芳也觉出天色已然不早，就站起身来，不禁打了个哈欠，慢慢往里院去踱。里院黑乎乎的，雨仍很大。他脑里只顾了思索刚才那些人说的话，并不断猜度着春雪瓶的为人，不防棺材就在院中停着，几乎把他绊了个大跟头，幸亏他双手扶在马上，才没有跌倒。瞎子的侄儿还在屋里哭，他进去温言劝慰了一番，那孩子才算止住了悲声。韩铁芳就叹息着，回到自己的屋内，顺手将房门一掩，摸了摸炕席上没有什么虫子之类的东西，就将身倒下了。户外的雨仍在他耳畔低奏着乐声，不多时他便睡去。

第二天雨渐微，到中午时完全停止了，天可还阴霾着。有的胆大客人，不管前面河水有多大，就套车备马，乱纷纷地走了，可是留在这地方的人也还不少。

那两个差官已经走了，而昨天那对韩铁芳很注意的几个人还没有走，从一清早就来这里喝酒，直喝到午后都没出铺子。他们一共是五个人，都不像是做什么买卖的，也不像是官人，个个都年轻体壮，眼睛发着光。他们还到后院来看了看，故意诧异地说道："嗬！这院里还有马？还有棺材！"

韩铁芳十分地愁闷，就在门前站了一会儿，扭头一望，西边不远，斜对面的三间瓦房就是驿舍。几匹瘦马拴在门前的桩上，窗子开了一扇，露出了一个中年妇人的半身，云鬓、金首饰、丝绸子袄，她将一只手伸到窗外，接着那微蒙的雨点儿。韩铁芳没好意思去细看，却料到必是那个官人之妻、丫鬟出身、名字叫作绣香的了。他又走出这市镇去看了看，就见地下的水都哗哗地往低处流，冲着露出地层来的粗沙、碎石，所以倒没有什么稀泥。南望湖床浩浩，那湖床简直已经变成大湖了，北眺则三四里外便是沙漠，黑茫茫的，像是一片大海。

韩铁芳赶紧走回来，就叫人在镇外地势较高的地方掘坑，去抬棺材。棺材向下直漏水，死人的侄子跟着哭，刘老大还在门前烧了纸，放了两个爆竹也都没响，蒙古人又赶来念经咒，十几个人忙乱了一阵，就把个漂泊一生的盲乐人埋在了地下。韩铁芳仿佛又了结了一件心事，不胜叹息着回到店里，只听许多人都赞叹，说："这位大爷做了一件好事，真是仗义疏财，这样的人真少见。瞎子虽死了，他的鬼魂也得知恩不忘！"韩铁芳却叫刘老大给他算账，决定自己明天就走。

刘老大说："你往东去倒不要紧，往西去水可大呀！你已经在这里住了这么多的日子了，索性再等两天吧！"韩铁芳却摇头，说："我实在不能再耽搁了！这样已经很对不起我那朋友了。"

他把这些日子的账目全都算清付清，只预备明天动身。此刻他身边剩的银钱不足三十两，到尉犁城去的路费是足够用了，然而将来怎么生活，他却一点把握也没有。瞎子的侄子哭了半天，现在已穿上一件破油裙，替刘老大擦盘洗碗，烧火扫地，做起小伙计来了。韩铁芳又当着他拿出了五两银子，交给刘老大，请刘老大替这孩子收存，以备将来他要什么或有什么事的时候再用。并嘱咐这孩子，在此应当勤敏耐苦，以后要学好，要诚实可靠，叫人喜欢。孩子流着眼泪不住点头答应。韩铁芳就回到自己的屋里，收拾行李，磨磨宝剑，并在院中刷洗那匹马。忙了半日，到晚饭后他就已疲倦不堪,连门也没闭严,灯也没点,他就躺在炕上睡着了。

也不知睡了多少时候,忽然被一种声音给惊醒。他睁开了眼睛,起初还以为是风把屋门吹开了,但继而觉得这屋门是在慢慢地开,并微微发出吱呀吱呀的响声,不像是风吹的。他大吃一惊,晓得门外有人,就将腿屈起一只来,一手用力按住了炕,一手提住了剑柄,轻轻地抽。又听见院中有人吃吃地低声说话,马蹄也响了两声,前面曾有人啊呀一声,像是刘老大,但似没有喊叫出来就被人堵住了嘴。

韩铁芳胸头火起,实在抑制不住。看见门缝开得渐大,有人向屋里一探头,他就心说:笨贼!你当玉娇龙的九代徒孙也不配!他手一用力,身子坐起,两脚向炕下一跳,宝剑呛啷一声抽出鞘来,就向屋外冲去。屋外的贼人将身闪在门旁,待韩铁芳一出屋,他就倏然一刀削下。韩铁芳早有防备,横剑一撩,待贼人向后一退,他就逼一步反剑去刺。贼人刀短手迟,就惨叫一声倒地;然而另一个贼却牵着那匹黑马往店外跑去了。

韩铁芳大喝一声:"别走!"便追至前面。那酒铺里灯还未灭,桌凳参横,有两个贼才拿绳子将刘老大跟那孩子捆上,一见事情不好,就撒了手,随着那牵马的往外就奔,彼此还说着黑话:"风紧!"有一个人才出门,脚底下一滑就坐在了地下。韩铁芳赶出去一剑,只听得惨叫一声,他却仍向前追。

前面的那个贼就把马弃了,身子钻进了车底下。门前尚停着五六辆车,他就一辆一辆地钻着,韩铁芳也无法去追,而他也就逃了性命。但还有一个贼被车辆挡着,无处可逃了,他就反手抢刀与韩铁芳拼战,刀跟剑相磕了两声,他就已敌挡不住。他跳到一辆空车上,韩铁芳也追上去。他一辆一辆地跳上跳下,韩铁芳也毫不放松地紧追。二人迈过这几辆车,那人竟逃进驿舍去了。

韩铁芳大喝:"拿贼!"驿舍的窗上立时现出了灯光,有妇人之声向外惊问说:"什么事?什么事?"

这驿舍没有后院,贼人进去半天没出来,韩铁芳也不敢再逼了,只向里边说:"你出来!我只问问,你们刚才打的是什么主意?绝不杀你,你放心!"问了几声,里面不应声,却听见屋里的妇人惊呼。

韩铁芳吃了一惊，情急地跑到窗前，蓦然将窗一推，看见那贼人正持刀逼吓那官眷绣香，她的男人也未在屋内。

一刹那间，韩铁芳就如一只猫似的飞身蹿进屋内，铛的一声，已用宝剑将贼人手中的刀磕开。贼人凶悍地翻腕抢刀要砍，韩铁芳已用左手将他的腕子托住，右手抢剑向他大腿上去砍。贼人发出一声怪叫，身子向后倾倒，韩铁芳趁势一脚，咕咚一声就将贼人踹出了屋门。驿吏薛老头在外屋便大声惊叫，那负伤的贼人在地上折腾，连滚带爬，呻吟惨叫。而屋里的地下留下几滴血迹，被惨黯的灯光照着。

这妇人绣香用眼睛向着韩铁芳打量了一番。她虽然是一个柔弱的妇人，刚才韩铁芳与贼人拼斗之时，她也非常地惊慌，但这时她的态度已十分镇定，好像这种拿刀动剑、流血惊呼之事，她曾经见过，不算什么稀奇。不过当她一手掠着云鬓，目光向韩铁芳的脸上扫过了两遭之后，她竟显出惊讶的样子。韩铁芳脑门子上挂着汗珠，敞露着的健壮胸脯有些气喘。他手提宝剑，低下头，很恭谨地说："对不起！惊吓着你了！你的丈夫现在什么地方？得赶紧把他找来。不然，贼人绝不只是两三个人，他们刚才已逃走了一个，潜伏在此处的还不知有多少。他们惹不过我，可是能够再找你们来捣乱，你丈夫为什么不在这儿？"绣香说："他好赌钱，现在他是到东面住的人家里赌钱去了，一会儿也就回来啦！"韩铁芳点点头，转身就要出屋，不料绣香却又叫住他，说："这位大爷！"韩铁芳止住步又转过身来，正色问说："什么事？"绣香忽然露出不好意思的样子，说："没有什么，只是我见你的武术高强，而且……很眼熟，仿佛在哪儿见过您似的！"韩铁芳说："太太你认错了人啦，我是第一次到此地来。"他转身匆匆出了屋，那受伤的贼人已带着血爬到了驿舍外，身子卧在泥里，如同一条死狗似的，不能再爬了。

那些在店里住的人和在人家里寄宿的人全都出来察看，有的还打着灯笼，拿刀握棍，把这个贼人围住。他们不知道这是个贼，反倒说韩铁芳特意来到此地逞威风、欺负人，他们嚷嚷着说："捉住凶手，他不是个好东西！他欺负咱们！"当下又一阵大乱，还有人也拿刀抢棍一齐来扑韩铁芳。韩铁芳却不肯乱杀，便退身回到屋中。绣香惊慌慌地赶紧把窗户屋门都关严，并急急地向韩铁芳摆手，她尖声地向外面嚷嚷说："你们先安静一些，把理由弄明白再说！那人明明是个贼，是他先进屋来的，拿刀来吓我，这个人才由窗子跳进来，救了我，伤了他。你们都不许乱闹，不然我可要到乌尔土雅台报官了！"外面的一群人，势如涌潮，乱嚷大骂，拿刀棍向门窗乒乒乒乓地乱敲乱砍。眼看着窗子都要被他们砍碎了，并且刀尖棍杆都已由窗子伸了进来。

韩铁芳擎刀愤愤地说："我到外面去跟他们理论就是了！太太你不要拦挡我，我绝不妄伤人就是！"绣香却以她那两只戴着金戒指的手，把韩铁芳不住地向后去推，又扭着头向窗外大喊道："你们这群人真都不要命了吗？你们也没打听打听我是谁！我是到尉犁县看亲去，年年要经过这里。你们再乱吵，明天我可就到尉犁县请来我那个亲戚，那时看你们还吵？你们这些人可都要小心点儿！"末几句话，她嚷嚷得声音极大，就如同神话中所说的仙人把什么"定风珠""镇海神针"投到了外面，立时就把一切的风潮完全压制住了，刀子棍子也都退出了窗子，不敢再乱敲，只有人还在低声商量着什么。

韩铁芳一看这情形，不禁非常吃惊，拿眼观看着妇人，绣香气得发白的一副俏容一点也不像将才遇盗贼时那样的怯懦了。她逼至窗前索性开了窗子，向外面说："刚才那个贼一进来，我就告诉他我是谁了，他可发凶，说他不怕。他不怕，难道你们也都不怕？你们也都想找死吗？"只见她问，却不见一个回答，原来那些人都躲开了。受伤的贼人也不再呻吟怪叫了，大概不是已死，就是让他们给抬走了。窗外却出现了一个四十来岁胖脸的人，向绣香摆摆手，说："得啦！得啦！算了算了！说一两句也就完了，你还多说什么呢？"绣香这才慢慢扭身回来。

这人就是绣香的丈夫，大概官职不小，而在当地也很熟，他就"混账王八蛋"地向外大骂了一阵儿，也没有一个人敢还言。驿吏薛老头倒在旁边直劝说："萧老爷息息怒吧，何必跟他们一般见识！没把太太惊吓着也就算了，您请进屋去吧。"

韩铁芳已经走出，迎面遇见了萧差官，他就赶紧拱手，说声："惊扰了！"不料萧差官却瞪眼看着他，问说："你是个干什么的？"韩铁芳将剑藏在背后，恭恭敬敬地说："我叫韩铁芳，自洛阳来，要到尉犁县去访友……"

不料萧差官带怒地说道："我也听说啦！今天在店里把那瞎子发葬了的大概就是你。你还会武艺，很有点侠义之风……"韩铁芳说："你太过奖了！"萧差官昂着胸脯摇头说："不是过奖。像你这样的江湖人，我也见过，比你本事再大的我都见过，可是你来到这儿行不开。今天你杀的那两人，别管他们是贼不是，明天我反正要调查调查，可不准你走。你无故撞进官厅，到我女眷的房里，这就是不规矩。姑念你年轻无知，又是河南人，咱们虽非同乡，可也离着不远，我宽容你这一回。你回去吧！"又拿着官腔咳嗽了两声，进屋关上窗子，数说他的太太去了。

韩铁芳气得要回身再进屋去辩解，却被驿吏薛老头推下了台阶，他低声劝着说："韩大爷！你快回去歇着去吧！他是乌尔土雅台的千总老爷，你何必惹他呢？"韩铁芳愤愤地说："我不管他是什么官，我追贼是自卫，我进他屋是为救他的家眷，我毫无他意。他用不着以势力来压我，我得跟他说明白了！"同时又想着，更得问问他那个太太绣香，为什么刚才说了那几句话，就能把那些人全都压服下去呢。这也得打听打听。

他转身一脚才登上了台阶，薛老头又拿胳臂挡住他，而那屋里已然关了门熄灯了。韩铁芳只好退回来，胸中充满了怒气与疑惑。薛老头又劝着他，说："回去吧！回去吧！有什么话明天再讲！"韩铁芳只好提剑走开，找着了那匹马，牵回店房里。夜间，他剑不离手，防备着有人再来寻他殴斗，可是竟无事再发生。

第二天早晨，阳光出来了，店里平平静静的。有个自称为"百户长"的人反来给他道歉，说昨天的事是出于误会。他们已把事情问明白了，那几个人确是大盗半截山手下的贼众，最近他们在销魂岭上遇见了春大王爷，伤了他们很多人。他们心里怀着仇恨，想去找春大王爷，可又不敢去。无意之中在这里遇见韩铁芳，他们认出他是与春大王爷同行的人，觉得这一个人还许不足畏惧，又想要抢夺那匹黑马，所以才大胆下手，不料又被伤了两个人，其余的全逃了。这百户长话说得很明白，而且清楚，并对韩铁芳含着敬惧之意。

韩铁芳对他也很客气，虽然不知他们把那两个受伤的贼人怎样发落了，但昨夜的事已经完全了结。韩铁芳又问那萧千总的太太究竟是怎样的一个人,她在尉犁县认识什么有势力的亲戚。百户长却笑着说:"这件事您也就别细打听了,反正他们做官的,别管是大官小官,别的人总对他们带着三分畏惧。尉犁城,他们确实认识一两个有势力的人,可是……咳!韩大爷你就别打听了!"说着,就告辞走了。

韩铁芳将这百户长送出了店门,又向西扭扭头,见驿舍前面正在套车呢。萧千总头戴着红缨帽,身穿着春罗的官衣,威风凛凛。而那位太太绣香开着窗户纳凉,梳妆得十分整齐,带着些匆匆的行意,也向他这边看了一看。韩铁芳转身进至店里,也匆匆地备马,系紧了包袱,向店主人刘老大拱手,笑说:"我走了,再见,再见。"刘老大扔下了抹布,抱拳笑着说:"再见再见,韩大爷回来时,可还在我这儿歇着。一两个月的朋友啦,以后有钱没钱都不要紧。"韩铁芳又拱手,说:"好,好,多承关照,容日后再谢。"刘老大说:"好说,怠慢得很,一路平安。"

韩铁芳牵马出了店门,见这匹马驮着两份包袱,带着两口宝剑,想着自己的那匹"乌烟豹"此刻已不知被人牵往哪里去了,心中却又不禁惆怅。他将要上马,忽见那瞎子的侄子,抱着那面琵琶由里面跑出来,流着泪,说:"韩大爷,这个琵琶我送给你吧!我叔父死了,我也不大会弹,您……收下吧!"韩铁芳更是慨叹。刘老大在旁也劝着他收下。韩铁芳想了一想,就掏出了一块银子,说:"好吧!你就算是卖给我吧!我真不忍白白收下你这东西。你在这里可千万要好好做事,大约再过几天,我就可以回来看你。"他把银子交在那沾着许多泪的手里,将琵琶挂在马鞍上,又向刘老大拱手,说道:"刘掌柜,你是个好人,我也不必多托付你了,这个可怜的孩子,求你多照应他吧!后会有期!"他上马挥鞭,随着马蹄声,剑鞘响着,琵琶也颠得直响。

他掠过驿舍时,妇人在窗里向他直着眼望,萧千总见他的马上有这些累赘的东西,倒不由哈哈笑了一声。他却不回顾,挥鞭急走。离了黄羊岗子约十来地,半路上就遇见那才从西边跑完公事回来的驿夫烂眼三,他马也不驻,迎着韩铁芳,大声笑说:"韩大爷你走尉犁县去吗?西边的河水都退下去了,很好走,你快去吧!那里十五就是热闹的日子,哈萨克人大赛马,秀树奇峰一定跑第一,你快去吧!"韩铁芳惊喜地啊了一声,他的马更不稍停。烂眼三满头是汗，两匹马交驰过去，彼此在马上回身拱手，都笑着说："再见！再见！"马蹄敲得如急鼓。

此时阴雨初晴，天光朗洁，河水渐落，地也显得干净。北首的沙漠还蕴含着阴雨之气，所以风吹来十分潮润清凉，太阳也一点儿不毒。韩铁芳却无暇观看这些风景，他挥鞭疾疾地走，除了吃饭、投宿，绝不稍作休息。他心中只时时刻刻要速见到那秀树奇峰春雪瓶。

不计路程，又走了三天，就来到了尉犁县，他喘了喘气，便在马上详看此地的情景。原来这尉犁县是建筑在孔雀河北的一座大城。至此，那横铺在库鲁克山阳的大沙漠就已走尽了，而那库鲁克山（番名库鲁克塔格山）山脉也蜿蜒到这里为止。

这里地面极为宽广，孔雀河由西折向东南，确为"博斯满"，所以此地土地肥润，索伦人和外省迁来的汉人都在此种田；又因水草丰茂，蒙古、哈萨克人也都来此游牧。城市也颇大，因为靠近库尔勒、焉耆县两个大勒，接近往南疆去的大路，所以不独人口多，商业也颇为繁盛，出产有葡萄、枣子、甜瓜、蜜桃，更出产牛、马、羊、骆驼，还有紫貂、紫羔、火狐、灰鼠、银鼠、豺狼、虎豹等兽皮，鹿茸、麝香、羚羊角、犀牛角等也不少，尤其著名的是哈萨克人淬铁所打的钢刀和宝剑。

这些事都是韩铁芳向店家打听来的。他住的是城外一家名"远利"的店房，四五个伙计也都是陕甘人。第一天韩铁芳在街上走了一走，见汉人所开的买卖很多，只城外就有六七家。有一家鞋铺，他进去买了一双鞋，听里边的几个人说的都是河南省的话，一谈说起来，彼此原是同乡，因此鞋价就格外少算。韩铁芳来到这里，倒一点儿不感觉生疏，不过，关于春雪瓶的事情及他在这里的住址，一般人也是缄口不言。韩铁芳向店家打听，店家都装作没听见，再问时，可就做出不耐烦的样子，笑着："你老打听这个干什么呀？"韩铁芳又不明白春雪瓶在此是什么情形，或许身负重案，不敢出头也说不定，就不敢再问了。

第二天，他想着那家鞋铺里的人既是同乡，去问问他们，也许还不至于瞒我。于是他就去到那铺子里闲谈。掌柜的名叫李鸿发，河南陈州人，在此经商已二十余年，据说这是第一次遇见了同乡，因此对韩铁芳非常地亲近。然而李鸿发听韩铁芳一提到了"秀树奇峰春雪瓶"和"春大王爷玉娇龙",他可也吐了吐舌头,说:"千万别说了!其实我心里都知道,可是我不敢开口。老乡!这你可别恼我,就叫我关上门偷偷跟你说,我也不敢。因为人家的本事是神出鬼没,咱虽没说人家的坏话,可是就许因此有性命之忧!"

韩铁芳不禁有些生气,觉得春家的人真太霸道,又听李鸿发把声音压得极小,说:"本月十五,哈萨克人大赛马。"韩铁芳问说:"在什么地方?"李鸿发说:"由此地跑到库鲁克山后的草原,一共是一百里,得由清晨开跑,过午才能到。你要是想见那个人,非到那儿去等着她不可,一看你就晓得她是个怎样的人物了,我说也说不出来。"

韩铁芳点了点头,想了半天,又问说:"难道春雪瓶本是个哈萨克人?他是自小被玉娇龙收养的吗?"李鸿发变着色摆手,着急地说:"你怎么偏要说出她的名字来呢?万一老乡你要在这里出了事,我们也难救你呀!"韩铁芳微笑了笑,就又问:"往库鲁克山后去,应当走哪一条路?请你指告我,到那时我一定去看看。"李鸿发说:"这倒很好找。你往东看那座山,那就是库鲁克山;转过山去往北,你就看见了一片草原,哈萨克人在那里养牛放马。到十五那天,那里一定擂着锣鼓,无论谁都可以去看的。那天热闹极啦,一年只有两回,这次我也想去瞧瞧呢。"说着,这李鸿发也不由得兴高采烈。韩铁芳又问说:"若跑了第一名,有什么便宜呢?"李鸿发说:"便宜可多极了。"

韩铁芳点点头,心想春雪瓶原是个男子,不然他要赛马干什么?大概他就是十九年前玉娇龙由别的地方抱来的一个男孩,在这里跟哈萨克人一同长大,他必然是勇猛绝伦。如果是这样的一个人,那倒总比跟女子见面容易,而且我必要与他深交,因我二人年岁必相差不多,而且十九年来所遭遇的是同样的命运呀!想到这里,韩铁芳的心头忽又袭上了一阵悲感,与李鸿发闲谈了几句,他就出了鞋铺。

回到店房,算了算日期,距离着七月十五还有不少日子呢。这些日子,店饭钱虽然还够用,但光阴怎么挨?岂不要急死人?所以他每天仍出去寻访,晚间在店房以琵琶排愁解闷。他在街上走,倒没有人注意他,可是在店房里一弹琵琶，立时就有人围在窗户外听，纵是听不大懂的人，也都伸着大拇指，说："弹得好！"几天之后，他的琵琶在当地就出了名了，大家都以为他是倚此为生的呢。他有时倒不禁自笑，想自己没到那祁连山去救母报仇，却来到这里弹琵琶给人听，真是没有料及。

　　光阴迅速地溜过，这天已是七月十四了，店房里骤然来了比平日多了一倍的客人，挤得都没有地方住了。这些人是各色人皆有，都是由别处来此，专为明天看赛马的。马匹车辆很多，店里容不下，都放在门外。大街上也是熙熙攘攘，街头巷尾，酒肆茶寮，都有人谈着赛马的事。韩铁芳尤其兴奋，他预备了一身干净的衣服鞋袜，当日也没弹琵琶，到晚间才过初更，他就睡下了。可是他也睡不着，他想看春雪瓶，并想，明天我把他母亲死在沙漠的事告诉了他，他一定要放声大哭，我可用什么话劝他？他很是作难，且心中有些发怯似的，思索多时方才入睡。没到天明，韩铁芳就被店中的人吵醒。他赶紧爬了起来，换上了昨天预备好的衣服，开门出了屋，叫店伙快给他打洗脸水，他却跑到马棚自己去备马。

　　旁边也有几个人正在备马，就问他说："你这么早就备马，是要上路，还是要去看赛马呢？"韩铁芳就说："我是看赛马。"旁边的人就笑他，尤其看到他那匹马，不由得发笑，一个就说："今天凡是看赛马的人，讲的是自己也备着马，骑着、追着看，那才算得起是大佬。朋友！我听你的口音，是外地来的，你能够自骑马匹追着看，也算够露脸的了。可是凭你这匹老黑马，能跟得上吗？只要你能跟得上最末一匹就不错了！哼！"说时还撇着嘴，简直是要打架。

　　韩铁芳不言语，心中只觉得好笑，这种土痞恶棍原来遍地皆是，这里也不少，可气的是他们竟不睁眼看看，这马原来是谁骑的？他不便惹气，只笑了笑，说："我不过是跟着看看热闹罢了，我自己也知道，这匹马哪能跟他们赛呢？"旁边的几个人也就不再说什么了，仍都态度骄傲地细细地打扮着他们的马。韩铁芳将马备好，就赶紧回屋去洗脸，店伙把早餐也已做得，送来了。韩铁芳往怀里揣了两个馒头，手中又拿着一个馒头，一边吃，一边叫店伙锁上了门，他就牵马走去。出门一看，外面简直是人山人海，都一齐往东边奔涌，韩铁芳的马简直走不开了。他随着这些人走了约有二里地,就到了跑马的地方了,只听得鼓声喧哗着,还夹着铠铠的锣声与呜呜的喇叭声,这里就是赛马的起点。

韩铁芳想着春雪瓶一定到这里来了,他急于寻找,但马却被人挡着,不能向前进。他又恐撞倒了人,所以就紧紧地勒着缰绳,在马上伸直了脖子看,但是只能看见无数的蠕动的人头,却望不见场子里的人。有的哈萨克人回首仰着脸,瞪眼向他嚷嚷,他也听不懂。他往四下一看,只见别人全在地下走,只有他一个人骑在马上,他心想:莫非要是骑着马追着看,是另有一个处所聚集?他正在心神彷徨,忽见人丛中有一人向他举手大喊,他一看,这个人胖胖的脸儿,抹着许多鼻烟,两撇黑胡子,啊!正是那次在森林遇见的赛八仙呼二爷。他不由大喜,高高举了举手,就把马向后退。后边的汉人冲着他大骂,哈萨克人又向他嚷嚷,韩铁芳只是说:"对不起! 对不起! 借光借光!"半天,他的马才退出了人群。

呼二爷也从人群中挤出来了。韩铁芳就要下马,呼二爷却拦住他说:"别下来! 别下来! 我的马也在那边啦。我在这儿找了半天都不见你,我还以为你没来呢。"他说话的时候笑得闭不上嘴,又向东指指说:"骑马跟着看赛的人,早就都往那边去了。"韩铁芳就问说:"为什么? 莫非这里不许骑马吗?"呼二爷一边傍着韩铁芳的马向东去走,一边摇头说:"不对,不对,谁爱在哪儿看,就在哪儿看,没有人管。只是,你既想追着看谁跑第一嘛,就得先往那边走走。走在半路上,赛跑的马也就来了,那时你再加鞭去追,或者还能够看见个影子。要不然,无论谁的马,也连人家的马放的屁也闻不着。因为今天赛的没有外人,全是哈萨克,每一匹马都是由几万几十万之中挑出来的,都是千里驹。"韩铁芳说:"那么秀树奇峰春雪瓶也是个哈萨克人?"

呼二爷吓得脸色忽变,顿脚说:"我的老爷,你好大胆子! 怎么到了这儿,你还敢说出她的名字呀? 我的爸爸! 我从且末城赶来,一来为看热闹,二来也为照应你,咱们俩既是朋友,我能叫你在这里闯祸?"韩铁芳将马勒住,微微地笑说:"不要紧,别管他的性情是怎样暴烈,我见了他,只消几句话,他就能跟我交朋友。"呼二爷撇嘴说:"你可别吹,刨除一个、两个、三个……大概只有三五人,余外的人是谁她也不认。今天是哈萨克的千户长送牛送马,才把她老人家请出来的,那就谁也不敢跑头马了。”

韩铁芳心里说:好霸道!回首看看,见擂鼓捶锣吹喇叭的那个地方,已经有了二十多匹身挂红绿绸子的马,有些个哈萨克还戴着新草帽,穿着雪白的衣裤,旁边有人给扇着扇子。韩铁芳就急问说:“快告诉我,哪个是他?”呼二爷摇头笑着说:“早呢,她哪能这么早就来。你没听过京戏么?越是好角儿,越是最末出台。”

韩铁芳垂鞭握缰,不住地发怔。呼二爷说:“走吧!你在这儿站着,什么也看不见。咱们先慢慢地走。大概走不到库鲁克山角她也就来了,那时包你细看。我一定指给你看。可是咱们得先说好了,到时你的马必须在人家的马二十步开外,纵使你的马快,也不准越过前去。还得说好了,别人跑过去的时候许你嚷嚷、叫好,她要是跟过来的时候,你可千万别作一声!”韩铁芳皱着眉说:“谁是特地来看赛马的?我因为有要紧的事,才来找他!许多事都非当面告诉他不可!”说到这里,却又自思:今天春雪瓶原是很高兴的,我告诉他母亲死了,他必定高兴全无,立时就放声大哭,那又何必?不如索性等他赛完了,再告诉他吧!于是不禁慨叹着,便向呼二爷点点头,说:“好吧!咱们往东去走吧!”

二人慢慢地往东走去,身后的锣鼓喇叭声渐渐听不见了,草地越展越宽。哈萨克人是很有趣的,他们为预备今天赛马之用的跑道,在牧畜时就划出来界线,只叫牛马在界线之内吃草,所以非止一日之功,竟将界线以内的草全都吃净,成了一条五丈宽的笔直的大道。两旁的草好高,牛马如蚁,在草中只能现出脊背。蒙古包也无数,但都离着道旁很远,那里边也都像没有什么人了。沿路遇见骑马的人很多,都是款款而行,有好些人都跟呼二爷打招呼说番话,并都对韩铁芳很为注意。因为今天这些骑马随着看的,多是哈萨克,汉人实在寥寥无几。

又走了不远,呼二爷就寻着他的那匹马了。也不知是他的,还是借来的,这马全身都是深黄色,外观上比韩铁芳骑的这匹仿佛还好,正由铁柱子牵着。铁柱子跟韩铁芳还彼此笑了笑。呼二爷上了马,接过鞭子来,就要逞能。马向前奔,奔出不到三十步,他就几乎要摔下来。他收住了缰,脸色发白,不住地喘气,说:“哎哟!哎哟!原来不行!我骑惯骆驼了,马上的本领我都忘啦,咱们还是慢慢走吧。"

此时,那苍翠巍峨的库鲁克山很清楚地就在眼前,青天上白云成团,鹰雕盘舞,也似在等候着看这场名驹驰赛。初秋的原野,风已微含凉意,但呼二爷还拿出来折扇扇着。韩铁芳是随走随回头,他是随走随说:"有一百多里呢!无论多么好的马,跑到那儿,也得喘不上气儿。人,你还许凑合点儿,要像我这样儿的,跑不到一半儿就得累死!可是跑了第一,像我,一辈子就不用算卦啦。到那边一看你就知道啦,一张奖单子,下面写着马若干匹,都是什么颜色、几对牙,还有五十两的元宝,至少四对……"正说着,忽听身后有人欢声喊嚷,韩铁芳疾忙回头,就见远远有两匹马驰来了,马上的人都穿着白色绸衣裤,头戴大草帽,牛皮靴子蹬在马镫上,皮鞭紧挥,倏时即来至临近。

韩铁芳见这两个人不过三十岁,可是都有胡子,就赶紧向呼二爷问:"快告诉我!哪一个是飞骆驼秀树奇峰春雪瓶?"呼二爷却摇头说:"都不是,飞骆驼若是有胡子,那就成了老骆驼了。"韩铁芳这才断定,春雪瓶确实没有胡子。

又往东边走了不远,又听到后面有看热闹的在道旁欢呼叫好,韩铁芳又赶紧回头,却见这回来了十二匹马,有一个黑小子的黑马跑得飞快,蹄声如急雨似的,霎时即从他们的马旁越过去。韩铁芳指着那头马的后影,说:"那马上的就是飞骆驼秀树奇峰?"呼二爷说:"他配?飞骆驼若长得像他那么黑,那可就成了黑骆驼了!"由此,韩铁芳又断定了春雪瓶长得并不黑,脸儿一定是顶白。

他又回头去望,见两匹红马相并着驰来。他的精神一阵紧张,呼二爷也看直了眼。原来这马上的二人全是十八九岁的少女,都是红衣裳、白草帽、小蛮靴,一个脸微黑,一个白而胖,都是哈萨克人模样,鼻子都很高。两人都一边笑着,一边纤手摇鞭飞奔,如大海中来了两片红叶,晴天上浮起了两朵朱云。呼二爷急忙说:"靠边儿!靠边儿!"韩铁芳问说:"这两个人是谁?"呼二爷悄声说:"这两个倒像是飞骆驼的姐妹们。"韩铁芳紧问说:"春雪瓶竟是个女子?"呼二爷说:"你才知道呀?飞骆驼小王爷有一位哈萨克的姑姑,名叫美霞,嫁的是个千户长。这两位姑娘一名小霞,一名幼霞,自幼跟飞骆驼同玩同骑马……"说到这里,那两匹红马早已掠过去了。他又发惊地回首,声音极小,说:"看吧!来啦!靠边靠边!千万只许看不许说!"

韩铁芳振起了精神,拨转了马,扬眉张目向后去看。只见那些追随看热闹的马已一齐退到草地里。

大道上飞驰来了一骑白驹,马上的人全身洁白如雪,只有草帽的绸飘带是粉红色的。这就是飞骆驼秀树奇峰春雪瓶,年纪原来不过十八九岁,是一位姿容绝世、神清骨秀、亦娇亦艳的美貌女郎。她有着春花一般的脸儿、青山似的眉、灵活如水波的眼睛、高低适宜如玉坠似的鼻子、珊瑚似的小口。她的特点是清秀,不但不是哈萨克,而且也不似北方人。她另有一个特点是喜悦,虽正在策马争驰之时,神色却不像旁人那样紧张,她是从容地似向谁作含情的微笑呢;她更有一个特点就是华贵气,她不俗、不野、不泼悍,也不拘谨小气,她是大方的,如花中之牡丹,鸟中之鸾凤,马骑得并不太快,然而却显出来稳、捷。她全身仅有小皮靴是黑色的,而蹬的是全银的马镫,马的全身都是银活。她没有看人,只像一缕白烟似的就从韩铁芳的眼前驰过。白马丝鞭,素衣乌靴,衬以绿的原野、青的天空和高山,真叫韩铁芳的两眼直了,心中连说:料不到!料不到!这样人正是银瓶春雪,秀树奇峰,如何会叫飞骆驼呢?我又怎能同着她去到沙漠运侠骨,怎配一同去报仇呢?一阵羞惭,竟要由此走回,留一封信叫店家设法转给她,并留下病侠之遗物,而自己抱着琵琶,携带宝剑去走,因为实自愧不配与这样的人见面,且不忍见这样的人流泪。

此时,天空云光伴着地上的马影已经去远了,后面又来了四五匹飞奔的马,韩铁芳也没有细看。呼二爷拉了他一下,笑着说:"你看见了吧?那就是飞骆驼,你可别说骆驼之名不雅,在我们蒙古人的眼中,骆驼是本领最大,也是最好看、最漂亮的,才给她起了这个名字。其实我看要叫美骆驼、玉骆驼、天仙骆驼,那可更称呢。春龙大王此刻是没有在这儿……"韩铁芳忽然心思急转,就拨马挥鞭,心说:去告诉她,我是为什么来的。详细告诉了她,并将剑、马、银子衣物一齐奉还,然后我再走,杀了黑山熊为我为她报仇。勒住多时的铁骑这时就像箭一般地飞着追去了,后面呼二爷大呼道:"别惹事,喂!"韩铁芳哪里肯听,一霎时他就赶过了前面那几匹马,眼看着就要赶上了春雪瓶,有四五个哈萨克人齐在后面紧追狂喊着。两旁观看的人也都抱不平,有的用汉语骂他,说:"小子,你又不是赛马的,你为什么也要跟着跑? 你不要命了吗? "

韩铁芳却不管这一切,只是挥鞭向前紧追,那春雪瓶听见身后的人乱嚷嚷,并有蹄声追她,以为是后面赛马的人要赶上她了,就也紧挥了两下鞭子,马如玉龙,飞腾一般地前进,她在马上也不回头。韩铁芳离着她尚有两箭之远,高声呼着:"秀树奇峰! 春雪瓶姑娘! 你且停住! 我有话跟你说!我有要紧的事……"但此时春雪瓶已将马放开了,一霎时就赶上了小霞、幼霞的那两匹红马。三马并驰,两边是红马,夹着当中她的白马,如三只燕子掠地平飞,蹄声如连珠。她们格格地嬉笑着,往前又跑了约半里,结果是白马在前,将两骑红马都抛在后面。两位红衣的姑娘都娇声地笑着、喊着,并且气喘着。

这时韩铁芳的马也到了,两位红衣的姑娘大惊,都一齐收住马向他来看,其中的一个且诧异地说着哈萨克的话。韩铁芳也听不懂,更不转脸看,只是拼命向前追,并大声喊说:"春雪瓶姑娘! 你快站住吧!"终因相离甚远,春雪瓶仍然没听见,她反倒驰得更快了。韩铁芳连气也不缓,身子几乎伏在马身上了,他只是追、追、追。后面的两骑红马也紧紧地追着他。

转过了库鲁克山麓,就看见天愈宽、草原也愈广阔,这条路可倒显得窄了。春雪瓶骑的马又把前面那十二匹赶过去了,那十二个哈萨克人齐都哈哈大笑。这时韩铁芳也骑着马紧跟着来了,他们就一齐嘴里像放炮似的发出突突的声音,向韩铁芳喷着,并一齐横马要挡道,但韩铁芳胯下的铁骑早已冲过。这铁骑黑马,矫捷得真如神龙,似有它故主的阴魂暗助,要向前去追它的小主人。

但是春雪瓶的白驹也不稍让,四只马蹄飞腾着,轻烟似的,简直无法看出起落。不一会儿,她又越过了最前面的那两匹马。那两个有胡子的人也一齐挥鞭争赛,但不到五分钟,春雪瓶就把他们甩下了。接着,韩铁芳也把他们都越过去了。他们一齐大怒、大骂、紧追,两匹红马和十二匹杂色的马也都赶来,向前齐追韩铁芳。旁边有许多观看的人也都帮助追截。但这黑马就如一条乌龙,任凭谁也截不住,也赶不上。

此刻,后面的锣鼓喇叭之声,震耳地响了起来,那边成千上万的人高声地笑着,大声地喊着,哇啦哇啦的,如同卷起了万顷的海浪,刮起了十里的沙漠风。韩铁芳也不再叫春雪瓶了,因为他无论怎样大声叫,也休想让她听见。

春雪瓶此时距离着目的地不过一箭之遥,第一名她是稳拿了,却不料突然之间一匹黑马将她越过,马上是一个身穿蓝绸衣裤的少年人,而且并不是赛马的。她不由大怒,同时又一惊,因为这匹黑马她原来认得。此时那边的人也看出来春大王爷的马了,锣鼓喇叭之声就都骤然停止,那千千万万的人都怒吼起来,真如洪涛飓风一齐来似的,向着韩铁芳扑来。

韩铁芳已拨马将春雪瓶拦住,他急急地喘息着说:"姑娘已经是第一了! 但我是要来告诉你,你的母亲已死于沙漠,我是特来……"尽管他的嘴唇在动,对方却连一个字也听不清。春雪瓶瞪起了眼睛,挥鞭就抽在了韩铁芳的脸上。韩铁芳刚拿袖子一揞脸,那狂风大水似的人群就扑了过来,要来捉他。他赶紧拨马往回就跑,一面还回身急急地摆手,嘴唇乱动。但那边的人全都哇啦哇啦地乱喊着番语,大概就是"捉呀! 拿呀! 他搅乱咱们赛马,他骑的是春大王爷的马,别叫他逃走呀!"西边的红马及杂色马等又皆赶到,小霞、幼霞及那些有胡子的、黑脸的哈萨克们也全都怒喊着。旁边看热闹的人也都拥了上来。尤其是春雪瓶,她真如一个女罗刹、雌妖魔,催马急追,不容分辩。

韩铁芳只好将马闯入旁边的茂草里,这里的草比马头还高。他在马上回过脸儿来,脸也被刚才那一鞭子抽破了,但还嘶声喊着说:"你们别乱嚷! 听我说……"摆手不成,他又连连抱拳,说:"我为尽友谊才来此! 春雪瓶……秀树奇峰……你母亲的尸骨是我给埋在沙漠里的,我来找你……为的是还你遗物,请你去接灵……"他说着嚷着,都快要急死了。

这时那边黑压压的一片人,数十匹马也都追进草原来了,且有刀剑闪闪地舞动。韩铁芳只好催马分草赶紧逃跑。他不禁叹气着,忽然又将心一横,说:"由他们去,死吧! 我为朋友死也无悔!"这时见春雪瓶已单身在前追过来了,他刚要说"我是为你来的",突然觉得左肩一疼,中了一支小箭。他又拱手说:"玉娇龙……你母亲托我来的……"胸前又一疼,原来又中了一支箭。他身子向后一仰,马又往起一跃,就整个将他摔了下来。

韩铁芳忍痛爬起来冲着乱草就跑,跑出了很远,实在接不上气了,就一头躺倒在草中。他不住地呻吟着,并且流了几滴泪,想着自己这是为了什么?生身的母亲困在祁连山里,好容易盼得自己长大成人了,却不去救她报仇。即使报不了仇,死在黑山熊的手里,那也算是值得。如今却随着个病侠来到这边疆绝域,连话都不通、理也不能讲的地方。病侠死了,我给葬埋了,费尽了辛劳才找到了她的女儿,可是却不容我说话,反倒用鞭子打我,拿弩箭射我,这真没有好人走的路了!

他拔出胸前的弩箭一看,幸亏这箭头子没有她母亲使用的那么长、那么尖,不然这一箭早就将他射死啦!左肩上中的那一支,早已滚落了,大概也跟这支一样。说实在话,虽然也流出了血,可是伤得并不太重,只能算是皮肤之伤。韩铁芳站起身来,四面都是草,什么也望不见,可是听得还有人乱嚷嚷着,并有女子之声,说的都是哈萨克话,可见他们仍是不甘心,非要将韩铁芳捉住杀死不可。他只得又赶紧将身趴下。

过了多时,听不见搜寻的声音了,他这才又站起来。心已渐定,气也不喘了,力气也恢复了一点儿,可是左肩跟前胸就像被蝎子螫过似的,还是一阵阵地发疼。两只手也有擦破之伤,衣服也撕破了几处,他翻了翻里衣,见自己的那块红罗倒是没有丢失。

韩铁芳心中就想:既然来到此地,舍出命去我也要把事情办完,才算不负亡友病侠之托。春雪瓶多半是不会汉语,然而她毕竟是个人,既是人就绝不能不讲理。我还得回店房去,那匹马一定是被她夺回去了,这样也好,只是病侠遗下来的东西跟宝剑还都在我的店房里,我都得交代清楚了。如今不管玉娇龙是不是她的母亲,反正病侠自与我在灵宝县相遇之后,沿途她所说的话和我所做的事,都得一五一十地告诉她,尤其是得告诉她玉娇龙的葬埋地点。总之,说完了我所要说的话,即使她杀了我,我也算践了诺言,不负朋友之托了。

韩铁芳于是起身就走,才迈了几步,忽然觉得脚底下有个软东西,倒把他吓了一跳,以为踏在蛤蟆身上了,可又听不见叫唤。韩铁芳拨开两旁的茂草,低下头去看,原来是来的时候自己揣在怀里的一个馒头,连泥带脚踏已是又脏又扁了。记得怀里原有两个半馒头，如今只剩地下这个了。一看见食物，他不由觉得饿了，就拾了起来，将皮剥去，急急地吃了。然后他就仰面辨了辨方向。这里的草虽然高，可是挡不住西南边巍峨的库鲁克山，于是他就双手分着草往西南方向去走。走了不远，忽然在草中发现了一条曲折的小路，他就抖了抖衣裳，放步走去。走了多时，也没有看见一个人，只听得两旁的茂草里有牛吼马叫，但都没看见。

韩铁芳又往前走，离着库鲁克山山根就不远了，这里就看见有几个蒙古包都搭在山坡上。而山坡和草地上的牛马，斑斑驳驳，一群一群的，简直数不过来。韩铁芳原想躲避着去走，可是他避不开，走来走去，结果还是陷于牛马阵里，脚底下踏的不是牛尿，便是马粪。他尤其注意马，见这无数活蹦跃跳的钢毛铁鬃的大马，真有比"乌烟豹"强百倍，比病侠的那匹马强十强的！

他边走边想，今天虽然几乎丧了性命，但春雪瓶竟是这样的一个绝世的女子，也总算自己没有白来。并且这赛马会的第一名原应当让我，因为我把春雪瓶全都赶过去了，病侠的那匹铁骑实在叫人爱惜，真快！

忽然仰面一看天色，只见满铺着彩云，真如春雪瓶的脸颊那般美丽。天色不早了，这一百里地自己至多才走了一半，几时才能回到店房呢？他真想把事情快些办完，自己好快走，好去办自己的事，这样耽误着，哈萨克人明天不定又要怎样搜拿自己了。

韩铁芳四下看了看，周围这些匹马，恐怕连它的主人也记不清数目，何况一个看守的人也没有，于是心中忽然就起了一种心思。这种心思，他活到今年整二十岁，从来也没有发起的，几近于恣心。就是他想要不跟主人商量，就骑走一匹马。但只是借用，骑回到店房，设法将病侠遗物及遗嘱都交代给春雪瓶，然后自己就将马立时送来。他想：这也不能算是偷盗吧，骑走，再送回来，至多两日，马主人必不会知晓，于是他就决定了。又向前走着，两只眼可对于马群更加注意了，并折了一条小树枝，要作马鞭子用。

此时，夕阳渐落，天色发紫，渐渐地便展开了深青的暮色。晚风亦起，草动马嘶，山坡上的蒙古包也模糊了。韩铁芳遂就大胆地抓住了一匹黑马,然而他才一骑上,这匹马就将脖子一扭,身子一颠,韩铁芳"咕咚"一声就摔下了。这匹马跳跃起来,旁边的马也都发了脾气,长嘶乱跳,幸亏他爬起来得早,不然一定要死于马蹄之下。他发了一会儿呆,心里才明白了,并非自己的骑术不好,原因是这些个马全是"野马",生来没有经人骑过,所以性情都极烈。

他有了这经验,于是就计划着办法。缓缓地走了几十步,又看见了一匹白马,他就猛扑向前,先抓住了马鬃;这马扬首跳跃,他却早已跨上。他手揪着马鬃就像揪住缰似的,任凭这匹马怎样性烈,也得听他支使,当下就狂奔着一直往西,惊得那无数牲畜也齐都乱奔,马嘶牛吼,声如沉雷。整个的草原立时骚动起来,山坡上的蒙古包那边也晃起了熊熊的火把。韩铁芳一看自己又惹出祸来了,就更揪紧了马鬃,飞似的跑去,少时就冲出了草原,跑上了那股直道。于是他便揪马鬃,捶马胯,顺着这条道一直走去。

这匹马的蹄下还生来没有钉过铁,所以跑起来都无声,但极难驾驭,三四次就将他几乎摔下来。一连向下走了四十多里,已经离开了草原,身后也没有人追上来,眼前且有灯光闪烁。韩铁芳实在不能骑了,他就先准备好了,将一条腿先提起来,然后斜着纵身一跃,如同一只燕子飞落于地面,而那匹马也狂奔着不知跑往哪里去了,他的手中空握着两把马鬃。幸亏他跳得便利,没有摔着,但两腿发酸,胸前跟肩上的箭伤又隐隐作痛。他又急又累,真想骂出来,尉犁城的人不讲理,马也这么劣,真是个怪地方!

他扭头一看,只见灯光点点,很是清楚,看来这里离着自己住的店房不过一里地,就不着急了,便坐在地下歇息着。他时时扭头向着县城那边去看,就见那边的灯光越来越多,而且往来摇动着;他以为今天白日有赛马会,所以晚晌也就比往日热闹。

韩铁芳想:店房的何掌柜和鞋铺的李鸿发,他们只不过口中不敢提说春雪瓶罢了,但若写一封信,请他们交给春雪瓶,或许不难。回到店房我就给春雪瓶写封信,详述病侠的死况,连同包袱、宝剑,留下请他们转交,或许不难。那么就这样办,办完了,明天清晨我就走,只带着我的剑跟琵琶。

他虽这样愤愤地想着,脑中却又映出白日所见的秀树奇峰春雪瓶俊俏的模样,那白衣白马、白草帽、小皮靴……蓦然又想到,病侠为什么一定叫我随她到新疆来？就是为叫她这亲近的人帮助我去报仇，而且叫我终身在这地方给她这亲近的人作伴。怎么样地作伴呢？当然是永久住在一块儿了。而且在路上时，病侠又曾三番五次叮问我娶妻没有？哎呀！如今我才明白，病侠原来是这番意思！可是……韩铁芳想到了这里，不禁呆呆地发怔，又咬咬牙，恨自己为什么对病侠说假话，更恨自己为什么要早娶那一房不遂心的妻室。

终于他长叹了一声，心说：这是什么事？别说春雪瓶本人必不愿意，一句话还跟她讲不明白呢！她恨不得将我用乱箭穿身，我还想娶她吗？笑话！做梦！唉！即使她也愿意嫁我，遵她的母命，但我骗了病侠还不要紧，不能够再骗她！走吧！别再做梦了！舍出了我的命，说明了我是个什么样的人，我就走，永远不到新疆来！

韩铁芳仿佛立时就不能再在这儿待了，他迈着大步，迎着那些浮动的灯光走去，但是却觉得很伤心很惆怅。

他走了一会儿，便来到尉犁城外的街上，见往来的人果然不少，有提灯笼的，有拿火把的，都大声说着番语，好像有什么事似的。韩铁芳不禁有点疑惑，两眼发直，险些没掉到沟里。原来这里有很深的阳沟，人家、铺户所倾倒的脏水，连同雨水，全都在这里边流。韩铁芳一纵身跳过了沟，鼓着勇气走去，一直回到了店房。可是才一进门，就见店里十分杂乱，院中有灯光，有许多哈萨克人向着店家跳着、嚷着。借着灯光，他居然又看见了换了一身红的春雪瓶，还有那小霞和幼霞，姐妹俩都把极长的头发梳成四五条小辫，在后面披着。店掌柜说着磕磕绊绊的番语，央求着人家，急得要叩头。

韩铁芳便挺身向前，高声嚷着说："我来了！有什么事我一人当，杀剐随你们。但你们得听我说明白了话。何掌柜，烦你把我的话向春小姐翻一翻。我是受春大王之托……"这回他本是想辩解开去，不料他的话才说了三句，旁边就有哈萨克人把他揪住。他并不抗拒，昂然地接着再往下急快地说，不想他说得太快了，他的河南话连何掌柜都听不大懂。

春雪瓶虽然瞪眼注意地看着他，但是人太吵，还是一句也没听清楚。她只见韩铁芳跳着脚大声说着，好像是骂她的样子。这时哈萨克人已经抽出来马皮绳子就要将韩铁芳上绑。韩铁芳恐怕一被绑起来，就更难讲理了，一时情急，抡动了拳头，乒乓乒乓　连打躺下了二个人。春雪瓶大怒，双剑扬起，寒光逼人，如豹子一般地扑了过来。旁边有哈萨克人拧刀向韩铁芳就刺。韩铁芳猛向前将刀夺了过来，春雪瓶的双剑已到，韩铁芳用刀一迎，锵然震耳。他刚说："你别……"但剑又猛刺来了，他赶紧后退，后面也有人拿刀截住了他。没法子，他只好嗖的一声上了房。刚向下摆手，想再说话，春雪瓶、小霞、幼霞一律是红衣宝剑，飞追而上。他只好又向下跳去，跳到了大街上。门前有马，他想要抓一匹马，骑上再讲话，许讲便讲，不许讲便逃。但三只红影，数道剑光，也一齐由房上飞下，逼了过来。他将马才抓住，又赶紧放了手，只听一声马嘶，不知是哪个女子误将剑砍在马背上了。马一倒下，倒把三个女子拦住了，韩铁芳就趁势飞奔，街上还有人要截他，抓他，也没有抓住。他如惊弓之鸟，逃命的兔子般急奔，不料太慌张了，忘记了地下的阳沟，就扑通一声掉在了沟中。所幸水不深，只没膝盖，然而气味难闻得很。此时上面便传来一阵喊声、马蹄声，越来越乱，沟边并闪闪有灯火之光，吓得他更不敢出头。如此就在这里边藏了半天，上边渐渐消停了，他才喘了一口气。

　　夺来的刀还握在手里，气得他真想跳上去杀几个人才好。他暗想：赛八仙实在说得对，春雪瓶真是不可理喻，大概她自幼跟番人在一起长大，已养成了一种烈性。现在我没有法子再跟她把话说明了。只有……反正无论如何，我要将病侠的尸骨收在棺材里，再葬埋了，我也不求生人谅我，但求对死人无愧！

　　韩铁芳在泥沟里走了几步，刚要往上去蹿，忽听上面又有款款的马蹄声，就又不敢动了。又在沟里躲了半天，忽听扑通一声，由上边掉下来一块大石头，溅了他一脸的臭泥。他不由大怒，拼命地爬了上来，手抢带泥的钢刀，大骂着说："这样欺负我，我可就都不顾了！来，无论你是谁！"他看了看，街上已经没有了人，模糊的月色之下，十步之外立着一个牵着马的女子，他就一阵惊愕。

　　这女子手无兵刃，过来就先揪住他的胳臂，夺过了刀去，扔在沟里，然后一手揪着他，连马跳过了沟，匆匆地向草地那边走。他倒觉着很难为情，就说:"春小姐!你先听我说!我姓韩,是因为你的令堂病殁于白龙堆……"他看见女子穿着一身红,梳着一共五条长辫子,身材是那么苗条,不由得也脸红,一边随着走,一边又说:"我来正是为告诉你这些事……"

忽然,他见这女子牵的是一匹红马,便觉得有异。而那女子又回头嘻嘻一笑,月亮刚从乌云中走出来,皎洁的月光正照在她的脸上,韩铁芳大吃一惊,原来不是春雪瓶,却是那个脸儿微黑的哈萨克女子,她的名字多半就叫作小霞。

此时已离市镇很远了,他就夺开了胳臂,拱拱手说:"小霞姑娘,我称呼得若不对,你可也别见怪! 幸亏你能看出我不是坏人,那么就求你去告诉春雪瓶,她的母亲已经死了……"小霞听着,却笑着。韩铁芳就越觉得诧异,心说:虽然死的人与她并无关系,但她也不应当就这么喜欢呀? 因之又说:"我已在白龙堆找了一个很好的地方将她的母亲暂时埋了, 可是没有棺材。她总要备棺去盛敛了,接来才好。我或是告诉她地方,或带着她去,都可以的。谁叫我应允了亡友的嘱咐! 不管受多少辛苦,我也没得可怨! 只是这些话得求你先去告诉她,我可以在这里等着,她若不愿见我,我实在不敢见她。还求你劝她不要烦恼,人活百岁终须死,她的母亲虽然死了,却留下了英名,叫她别伤心。至于我在店中放着的那些东西,除了一口剑、一只包袱、琵琶,其余全是她母亲的遗物,我一点儿也没有动……"说到这里,忽见小霞拿着一条辫子向他一掠,他赶紧又躲开了一步,心说:莫非她笑话我的身上脸上都有泥? 便也微笑着说:"我实在没想到她不懂我的话,以至我落成这样儿。但是不要紧,只要我尽了为朋友之心,就算完了,连我的姓名都不必告诉她。"说到这里,忽见小霞又进前,歪着脸儿直笑,还说了一句番语。韩铁芳不由得生了气,说:"我说了半天,原来你都没听明白呀! 你让秀树奇峰来好了! 我在这里等着她,或是你带我去! "小霞却撇撇嘴说:"秀树奇峰?"接着又说了句番话,并作手势,那意思是叫韩铁芳跟着她走。

韩铁芳摆摆手,用力一夺胳臂,发起怒来,一拳就将小霞打得坐在了地下,飞身上了那匹红马,放辔就走。小霞急忙爬起来,以番语怒骂着急追。她跑得极快,却也追不上韩铁芳。此时她手中还持有皮鞭,抖起来就向韩铁芳飞去，但是没有打着，落在了地下。她又由地下拾起石头块、土块，雨点儿似的迫着韩铁芳的身后乱抛，并尖声地怒喊。但韩铁芳骑着鞍辔齐全的红驹，就于月色微渺之下，嘚嘚嘚地跑远了，霎时间便已不见。小霞气得坐在地下不住地哭。

这时夜已深了，市街上早已没有了人，天空飘荡着一片片乌云，月光忽隐忽现。刚才在市街上搜查韩铁芳、骚扰了一阵的春雪瓶，率领着七八十名哈萨克，走在茫茫的草原上。他们以为韩铁芳早已逃跑了，所以就顺着大道去追，追出了十余里也没有追着。他们又奔向库鲁克山搜查了一遍，听那里的哈萨克人说："天暮时，草地上有人盗马。"于是春雪瓶又持双剑，带着幼霞及七八十骑众，铁蹄几乎踏遍了草原，也没见到他们所要捉捕的人的影子。

这时月色已离了山峦，向西坠下去了，天上的乌云越多，四周发晦，风吹动着茂草，作成一片潮声，牛马被惊得都乱吼乱叫。春雪瓶就将双剑入匣，以哈萨克的言语高呼着："小霞，幼霞，咱们走吧！"又将鞭子一挥，仍以哈萨克的话说："你们也就各自回去吧！"当下那些骑着马的，在地下走着的，背着弓的，拿着刀跟剑的，举着已经快烧完了的火把、灯笼，都累得不成样子的哈萨克人，听了春小王爷的吩咐，就一齐答应，各自分路去走，各回自己的蒙古包去了。一时众人尽散，只剩下了雪瓶跟幼霞，她们却看不见小霞了，叫了半天也没有人应声。她们知道小霞平时就很会偷懒，就想一定是她走在半路，怕累着，就偷偷地溜回去了。

春雪瓶十分气恼。她这时骑的是一匹紫骏马，同着幼霞走出了草原，就顺着白日赛马的那条大道，款款而行。云中的月光把两匹马和人的影子模糊地印于地面，蹄声也很轻微。头上的汗水已被夜风吹干了，只是她还有一些气喘，这倒不是累的，而是气的。在她的身旁边，聪明的幼霞用汉人的话说："瓶姐！你生什么气？三爹爹一定不会死的！"春雪瓶却一声不语，心中不胜悬念着她的爹爹。（"爹爹"两字，原是旗人对于叔父之称，对于姑母也可以这样叫。）

春雪瓶自从记事以来，就跟着她那像母亲一般慈爱的爹爹。她只晓得她的爹爹是姓春，排行第三，有两位伯伯都在北京，而她的爹爹却是个未出阁的老处女。原来在北京住着，后来母亲死了，她这个爹爹一伤心，便到新疆来了。而她呢？是谁生的呢？她爹爹向来不许她问，她也不敢问，但在心中终究是一个难以打破的苦闷的谜。

她随着爹爹生活了十九年。小霞比她大，幼霞却比她小。她们的母亲美霞姨姨是在库鲁克山一带养着三万匹马、一万多头牛的人，姨夫又做着"千户长"的官，家中是巨富，而她的爹爹也有一万多匹马托姨夫代管着，所以她同她爹爹的衣食也是不发愁的。

她的爹爹春龙大王，又名沙漠龙，还有个不大为人知道的别名"龙娇玉"，自幼教给她骑射及剑法。她跟哈萨克人常在一块儿赛马，她爹爹从不过问；可是给她所用的弩箭却是另一种，箭尖很短，大概是惟恐她妄伤人。她的剑法已学会了武当派中所有的奥秘，但后来她爹爹只叫她用双剑，因为双剑舞起来好看，自己练时也可以自娱，而不至于非要找对手去试一试。她还有一位绣香姨姨，随着那在别处做"千总"官儿的萧姨夫，每年必来到她家中住些日子。绣香姨姨工刺绣，教会了她扎花儿、做活儿。绣香姨姨原是爹爹的丫鬟，随侍多年，爹爹常背着人跟绣香密谈，有时还哭，大概爹爹的生平及自己的来历，原原本本，详详细细，只有绣香姨姨一个人知晓，可惜她的嘴又那么严，从来不肯吐露一句。

绣香姨姨是前几天来的，现正住在她的家里。自从元宵节在县城里看过花灯之后，第二天爹爹玉娇龙就走了。爹爹的走是不得已的，据自己所知道，爹爹在玉门关里、甘陕一带，还有一个跟自己一样的亲人，是什么关系也无人知晓，但已与他多年未见了。她的可怜的爹爹虽然踏高山，走沙漠，驱使着数万哈萨克，剑杀过无数的贼人，整个南疆的人无论是谁，都不敢提说她们的姓名和一切的事，但她有时却是伤心的。她伤心时与平凡的妇人一样，能哭到半夜，任何人劝也不行。为此，累年的伤心，就使得她病了。她的病势愈重，她的心事也就愈多，伤心也愈重，脾气也忽好忽坏。年前又有个赛八仙给她算了一卦，说是她的那个亲人现在已经长大了，住在南方，于是爹爹才又动了远游之心。本来爹爹自述于十九年前她曾发过重誓，绝不再进玉门关。所以她也教训雪瓶，只许在尉犁城一带，不许往玉门关里去。但爹爹终于违背了她的誓言，竟往玉门关里去了。

　　其实自己也巴不得要跟了去，因为听说玉门关内的地方很大，有许多省份，比这里好，跟这里不一样。长江一带风景最佳，北京景物尤其繁华。并听说有李慕白、俞秀莲、刘泰保、蔡湘妹等许多位武艺超群的男侠女侠。那些人除了李慕白拿过爹爹的一件东西未还，爹爹常恨他之外，其余都是爹爹的朋友。然而爹爹骑着黑马走时，竟不许别人跟随。如今爹爹去后已有半截，自己的心中无时不在忧虑思念，却不料今日竟只见马回，不见人归！……春雪瓶一路上想着，不觉已回到了凄清的市街。有一个人迎面走来，向她尖厉地说着番语，那意思是："那小子跑了！我因为马太累了，就落在了你们的后面。不料那小子竟从草地中出来，一拳将我打下马去，夺了我的马就跑了。往东南跑去了！"说话的正是小霞。

　　春雪瓶听了，立时收住了马，气得变色。她一句话也不说，就立时拨马要向东南去追，可是却被幼霞给拦住了。幼霞平日就知道她姐姐嘴里的假话太多，今天在草地上搜拿那人之时，她姐姐就曾悄悄对她说："可别伤了他。"当时她就没敢言语。如今她姐姐又说马被那人抢去了，这话焉能靠得住？说不定是她故意把那人放走了。

　　所以，幼霞瞪了她姐姐一眼，就劝春雪瓶，说："瓶姐！咱们别去追啦！刚才那么些人都追不着，如今咱们两人怎能追得上呢？我也真累啦，马也受不了啦，再说咱们跟那人也没有什么大仇，何必一定要他的命呢？你别听我姐姐的话！"这话她是用汉语说的。自幼她们跟春雪瓶在一块儿，她聪明，就把汉语都学会了，而且说得很流利，她的姐姐小霞却一句也没学成。这时小霞已转头走了，走回草原上她们家的蒙古包去了。

　　春雪瓶确实身体也太倦乏了，而且伤心得神情颓然，就一句话也不说，蹄声款款，随着幼霞回到了家里。她的家就住在市街的北头，靠近城墙的一条小巷里，有她们按照北京的房子样式盖的一所住宅，门楼虽然不大，门前却也有拴马桩、上马石。幼霞先下马叩门，里边看门的老家人把门开开，说："哦！姑娘跟二姑娘回来啦！"说着赶紧出来接马接鞭子。这老家人是萧姨夫给荐的，在这儿看门有十年了，兰州人，胡子都白了，可是手脚还颇为勤敏。

　　春雪瓶懒懒地下了坐骑，摘下自己的双剑，随着幼霞进了门。一进门的院子有三间房，如今是萧姨夫住着，打的那个鼾声隔着窗子都能够听见。再走进垂花门，院子很宽敞，早先是爹爹龙娇玉教授雪瓶、幼霞、小霞三个人武艺的处所，东西南北有对面的房屋。此时北房中灯烛辉煌，摇动着人影，是绣香姨跟施妈。她们听到窗外的脚步声，就全都迎出来了。

雪瓶勉强地带笑说："绣香姨姨，您怎么还没睡？"绣香说："我因为不放心呀！哪能睡得着呀？哎呀！姑娘你快进来吧，我知道那个人是谁啦！你听我告诉你……"

雪瓶觉得很惊疑，急忙带着幼霞进了屋，就见在西间的楠木榻上，放着宝剑和打开了的一只包袱，里面是金锭、银子及几身男子的衣服，上面都沾着沙土。这全是爹爹的遗物，她不由得就哭了，说："我爹爹的马跟这些东西全都到了那个人的手里，您说，我爹爹是被那个人给害死在半路上了吗？"

绣香说："那可不一定，你看……"她指着靠墙扔着的一面琵琶和另一口宝剑，又说："这姓韩的人我认识，他就是我来的那天跟你说过的那个人。在黄羊岗子我遇见了半截山手下的强盗，就是这个人跳进窗去把我救了。我因觉得这人有些眼熟，第二天就打听了一下，原来这人因为得了病，在那地方已经住了一个多月了。那店里死了一个瞎子，就是这人出钱给葬埋的，可见这个人也是一位义侠。那时那里的人还似有许多话都没敢跟我说。那天，这个人就走了，黑马上就带着这面琵琶，这是我亲眼看见的，可惜我没想到他的马就是你爹爹的那匹马。刚才"远利店"的何掌柜送来了这几件东西，他说这姓韩的名叫韩铁芳，跟鞋铺的李鸿发是同乡，原来他到这儿，就为的是找你！"

春雪瓶惊异地说："找我？"

绣香点头说："对啦！他是特意来找你的。听何掌柜说，刚才你们到店里要打人家的时候，人家本来只摆手，要分辩。可是跟你去的那些人偏乱喊，不容人家说话。人家一定是揣了一肚子的委屈，被你们给打走了！"

雪瓶扬起眉毛来说："据姨姨这么一说，这人还是好意而来的？"

绣香点头说："我说他是好人。"雪瓶赶紧又质问说："那么为什么我爹爹的马、宝剑，所有的东西都到了他的手里？您还能说不是我爹爹已然死了？"说到此处，她又流下了眼泪，接着又愤愤地说："我爹爹若是死在半路，死在店房，马跟东西也不会到他手里，一定是被他杀害了。"她恨恨地咬着牙。绣香却反问说："人家若是将你爹爹害死，还敢带着这些东西找你来吗？天底下能有这么傻的人？再说这人的武艺又不太好，连你都打不过，你爹爹她是什么样的人？虽然她有病，可是，她还能够吃亏吗？"

雪瓶默默地沉思了一些时，神态就缓和了，她顿了顿脚，皱着眉，带着悲声说："那……您说我爹爹可往哪儿去啦？"旁边幼霞过来说："我想三爹爹一定是进了玉门关，觉得穿着男的衣裳不大好看，带着宝剑骑着马，也叫人看了起疑心，就另换了衣裳雇了车，把这些东西托了这个人给送来。"雪瓶摇头说："不像，宝剑她绝不能不随身带着，金子银子到哪里不能用？她还必得托人给送回来？"幼霞便发着怔不言语了。

这时绣香却背着身儿不住拿手帕拭眼睛，只有她的心里明白，她的义同姐妹的旧主人很可能是死了。因为看这情形，如果玉娇龙现在还活着，就只能是她已经在玉门关里找着了她的骨肉，一同去了别处，而把雪瓶抛在这里了。但她想这是不大近情理的：她临离新疆时，还路过乌尔土雅台去见我，殷殷地托付我来照拂她的女儿，哪能反把雪瓶抛下呢？绣香想到了这里，泪越发不住地流。

然而她又不敢说，惟恐雪瓶立时就哭得死去活来，所以，她拭了拭眼泪，说："我想是绝不可能的。你爹爹向来就爱做这种别人猜不透的事，不信，一两天内她还许就回来了呢。"

雪瓶却摇着头悲泣地说："我想她是不会回来了，姨姨你看，那琵琶也一定是我爹爹买来的。早先她时常唱歌，嘴里时常就念叨着'天地冥冥降闵凶'，近二年才好了一点儿，才不听她再唱了。那琵琶一定是她买的，她想回家来弹着唱，好消解她的愁怀。不料她却死在半路上，把一切的东西都抛下了！"

绣香连连摇头，但忽然又想起了一件事，就是她的旧主人——玉娇龙自来到新疆之后，虽然不再提她的情人罗小虎，其实她并未忘情。如果玉娇龙在玉门关外重逢了罗小虎，那可就难说了，二人若是同往别处去成夫妇，她就绝不能令她的女儿知道，因为她好强，顾颜面。

二人想来想去，愁颜相对着，不知是痛哭一阵好，或是互相安慰几句才好。室中的两支蜡烛已渐渐地烧残了，所有的檀木桌椅愈显得阴暗，只有左壁旁的一架大穿衣镜和桌上的一只银瓶还反射着光，闪闪地射着两人的眼泪。雪瓶也不去睡觉，就低着头坐着。窗户上已经发白，隔壁人家的鸡也鸣了，绣香就说："天都快亮了，咱们也该睡了。今天还是得设法把那姓韩的找来，得跟人家客气点儿，别不讲理。找来了那人就可以明白啦！"

雪瓶叹了口气，深悔昨天自己太鲁莽了，怎么可以不容人家说一句，就对人家那样凶呢？遂就说："我想是不容易找回那人了。他已夺了小霞的马逃走，此时一定走远了。再说叫那些哈萨克人去找，即使见了也说不清楚一句话，反倒得弄得更糟！"绣香说："我想出几个人来。叫你萧姨夫，叫二姑娘……"幼霞脸红着摆手，说："我可不去，我没那精神！今天我得睡一天！"绣香说："这么要紧的事你不管，你瓶姐姐白跟你好了！你三爹爹也白疼你啦！"幼霞扭过脸，说："叫我一个人去，我不干！"雪瓶说："我们歇一会儿，还是一同去吧！"幼霞这才点头。

绣香又说："'远利店'里的伙计都是汉人，姓韩的在他们那里住了许多天，他们全认识，可以叫他们派两三个人去找。还有，听说鞋铺里的李鸿发跟那姓韩的很熟，还是他告诉人说，那人名叫韩铁芳。我想要托他帮助找，他也不能推辞。谁要是把那人给找了来，应当恭请了来，咱们还得拿出点银子送给人家。"幼霞又摆手说："我不要银子。大家一块去找，我就也去；只叫我一个人去，我不去！"

绣香晓得她是羞涩，并不是不热心，若在平时，早就要说几句逗一逗她了，非得逗得她脸儿通红，趴在桌上抬不起头来才为止。今天绣香实在没有那兴趣，只催着雪瓶跟幼霞都去睡觉，她独自在外屋，坐对着残烛，等候天明好托人分头去寻找。连施妈也都回屋睡觉去了。施妈原是江南常州府的人，随着她丈夫到新疆来做一个很小的书史，不料走在沙漠中就遇着了盗贼，她的丈夫被杀死。她孤身徘徊于沙漠之中，幸遇玉娇龙经过那里，就仗义去寻找贼人，杀死贼人无数。从那次起，春大王爷之名更大。施妈也被玉娇龙带到了这里，一半是仆妇一半是客，这也是十几年以前的事了。如今施妈听说恩主生死不明的音讯，也加倍地难过，跑到西屋去哭啼，越哭声音越大。绣香在这屋里都听见了，就出屋到院子里，说："施妈！你是怎么啦？要叫姑娘听见了，她可怎么受得了呀？唉！"施妈才将声音止住。

隔墙的雄鸡喔喔地啼着，比哭的声音还悲惨。天光渐亮，东方的朝霞一片紫托着一片青，十分的美丽。绣香还未回到屋内，就听见前院有人在院中啊啊地大声打哈欠，这是她的丈夫萧千总。他们结婚已经二十年了，早先她丈夫在瑞大臣的手下做小差使，办事还算精明干练。如今他快五十岁了，升了个千总，官儿虽然不大，可是权势不小，所以就染上了赌博、好酒、喜欢喝早茶、懒惰等种种的坏习惯。他们已有了儿子，这次没有跟来，但绣香看见她丈夫的这种样子，心里总是不太痛快的。

这时，多半是萧千总又要去茶馆了，他只要一去，就许在那儿赌上钱，到天黑才能回来。当下绣香就追了出去，手扶着垂花门，说："你先别走！"萧千总回过头来，笑了一笑，问说："什么事？你们闹了一夜，叫我也没大睡好觉，现在让我上茶馆散心去吧。我好不容易盼着一年请这么一回假，来这儿看看亲戚朋友，舒服舒服，没想到赶上这事儿。昨天半夜里，街上的马蹄声还响，那些哈萨克还在乱吵嚷，真像反了似的。也就是这位县官，要是我做县官，可不行！我看着都不顺心，我得散散心去！"他开了门插关要走，绣香却赶出来揪住了他，低声说："咱们不能净是躲着呀！得管管这件事！"

萧千总张着手表示作难，说："你能管？叫我可怎么管？春大王爷春大王爷，王爷的事可叫我这千总官儿怎么管？外边有人敢提这个春字都怕掉脑袋！十九年啦，咱们年年来这儿住一两个月，名儿是看亲戚，其实是看主子，看王爷，我连多一声气儿也不敢哼。其实，连根带底儿不是都装在咱们两人的肚子里了吗？昨儿的那件事，我就看着有点怪，那个韩某人绝不是无来由。"

绣香赶紧悄声问："据你看，那个人是干什么来的？"萧千总说："我看呀，那人也是一条绿林好汉，多半是大王爷给小王爷招来的女婿。那黑马、宝剑、包袱都是嫁妆，琵琶就是订礼！"

绣香一听，她丈夫说的这话倒是很有点儿道理，毕竟他是个官儿。自己想了一想：十几年前玉娇龙就曾在私下对自己谈说过，将来雪瓶婚配之事,玉娇龙的梦想是把她的那亲生儿子寻回来,给她这个女儿做丈夫。尤其是赛八仙给她算了一个卦,暗示出她的儿子是在南方,她的这种意想愈加强烈。她路过乌尔土雅台的时候,又对自己提说起了这件事,但嘱咐千万莫告诉春雪瓶,就是将来他们成了婚之后,也不要告诉他们。

不过玉娇龙可又说过,她进了玉门关后,病势要是更重了呢,那可就不能这么办了。也许遇见个少年英雄,就先给雪瓶订婚,留下个表记,将来或叫男的来娶,或叫女的去嫁。因为无论如何,她要在自己死前给雪瓶选出来一个如意的夫婿。并且她说过,即使会着自己那亲生儿子,如果那孩子因当年遇盗堕车已成残废,或因自幼跟随盗匪在一块儿已入下流,那不但不能叫雪瓶嫁他,自己也真能够忍心不认!

这些玉娇龙与她分别时所说的话,她几乎给忘了,如今经她丈夫一提醒,一颗纳闷的心忽然又开朗了,于是她就赶紧说:"你说得对,我也是这么想着。可是暂时别跟雪瓶提这事,雪瓶那个孩子的脾气叫人捉摸不定,谁知道她愿不愿意做人家的媳妇呢? 今天你再去托'远利店'的何掌柜和鞋铺的李鸿发,你们分头去把那姓韩的找来。既然有这事儿,那姓韩的一定心不死,他绝不能走远了! "

萧千总把脖子一缩,说:"心还不死? 昨儿小王爷那个杀法,无论是谁,他就是不死心也得被吓破了胆,不赶紧逃命,还敢在附近绕弯儿? 别说那小子,就是我,我出兵打过仗,胆子比他怎么样? 可是,假若二十年前你像她那么厉害,我也不敢娶你了! "

绣香红了脸,笑了笑,说:"那时候我可也不是好惹的。得啦! 别费话,你快去给办这件事,三小姐一生可都待咱们不错。"她的声音不禁又有些悲伤了。萧千总也没大理会,就点头说:"这个忙是得帮呀! 可是我只能叫何掌柜跟李鸿发去给找,春小王爷的事情吩咐出来,他们绝不敢怠慢。我可是不能去找那姓韩的,找回来,她们要把人家杀了可怎么办? 我还得跟着去打官司。我不能去,因为我多多少少也是个官。"他唠叨着,开了门就走了,打哈欠的声音隔着墙都能听见。

绣香将门关好,又急急忙忙走进里院。到了北屋,只见那东里间的木炕上幼霞睡得很香,雪瓶却仍然在炕上坐着。绣香就故意笑着问说:"你怎么还不睡呀? 天都亮啦! 昨天白天赛马,夜间追人,多累呀! 你不睡个觉还行? 快躺下吧! 身子也要紧!"雪瓶仍呆呆地发着怔。绣香又说:"已经叫你萧姨夫托他们找那姓韩的去了。"雪瓶一句话也没说,只流了几点眼泪,便倒身睡去了。

胡同外不断地有大车响,天色已大亮,太阳都照到了窗户上。绣香睡了一会儿,便被人吵嚷醒了,院中有好几个人说着番语,绣香就隔着窗说:"别嚷嚷! 有什么事?"是那老家人的声音回答说:"是草地上的百户长来啦。昨天咱们这儿的姑娘赛马,不是跑了第一吗? 第一名应得的礼物,他们给送来了,问问姑娘收下不收下?"绣香说:"不收! 这儿向来不收别人的东西,难道他们还不知道? 叫他们走吧! 别在这儿嚷嚷! 姑娘才睡着。"

窗外的老家人又拿番话跟他们悄声说了半天, 接着又隔着窗户向屋里悄声儿说:"萧太太! 他们说姑娘昨天还应得一名媳妇儿呢。叫她来这儿使唤好不好?"绣香说:"这儿的人够用,不必叫那媳妇儿来。昨天的事都算啦,应得的东西这里姑娘是一概不收!"

老家人答应着,可又问说:"他们请您给问问姑娘,今天还去追那个人不追了?"绣香说:"千万别叫他们去追! 昨天还不是因为他们,才把事情给搅坏了的?"老家人说:"可是,据他们说小霞姑娘是今天早晨才回去的,一个人备了马带着银钱又走了,临走时说她追不着那个人便永不回来! 因此美霞太太非常着急,大概今天她还要来这儿,托咱们的姑娘给去找找呢!"

绣香怔了一怔,不耐烦地说:"哪儿去找? 除了高山就是大河,不是草地就是沙漠,去找一个人就够难的啦,还能再去找她? 不过,我倒很想念美霞太太,请她今天来吧!"

老家人去跟那些哈萨克人说了,哈萨克人就全都走了。绣香向里屋听了听,雪瓶并没有醒,她就慢慢地起来,略略地梳妆了,然后就将房门开开。

此时春雪瓶早已醒了,刚才窗外说的那些番语、汉话,她全都听得清清楚楚。小霞为什么去追韩铁芳她也明白,因此心里不禁有些不痛快。只是昨天太疲倦了,她实在不愿意起来,并且自己还是认定了爹爹已死,即使找回来韩铁芳,他所说的必然也是凶耗! 她实在没有精神,就依然躺卧着,枕畔已是一片泪迹。

这时,突然外面又有人说话,是萧千总的声音,说:"好了!好了!人我全托付啦!鞋铺跟店房掌柜的虽没有亲身出马,可是人家把伙计都派出去啦!只要看见姓韩的,就一定能给请了来。你们先别着急。我还由街上请来了一位神仙,让他来给咱们算算卦,问问姓韩的到底是怎么回事,大王爷在外有什么变故?来!我说,你出来!见见这位活神仙!"又听有一个说北京话的人,拿着腔调儿说:"卦不虚算,一算必灵!"

绣香开门出屋去了。里间炕上的幼霞却忽然推了雪瓶一把,说:"又是那赛八仙来啦。昨儿我可在草地上恍惚看见他啦,他跟着一个骑黑马的,我想起来了,就是那姓韩的!"她急急忙忙跪着去掀起了一角窗帘,偷眼往外去瞧。雪瓶却仍然躺着,但注意听外面的人说话。先是听绣香说:"赛八仙!你给我算一算吧!算算我们现在要找的一个人,他去往哪里了?今天能不能找得着?他是个贵人,还是个小人?再给我们算算春大王爷,她的人马怎么样?现在外是平安不平安?"

赛八仙当时就拿起铜钱来,哗啦哗啦才响了两声,萧千总就把他拦住了,说:"喂!喂!你先别摇,咱们把话说明白了再算。第一,你先得看看这是什么地方;第二,你打听打听我是谁;第三,你想想我为什么今天把你拉了来?这儿的大王爷是年前你的一个卦给算走了的,昨儿有很多人又都看见了你跟那姓韩的在一块儿,如今这个卦,据我想,大概就是不算你也早就明白啦!干脆咱们就免去生意口,不要装腔作势,最好实话实说!"

萧千总是因刚才听了茶馆里的传言,以为那韩铁芳来此,至少赛八仙知情,所以拉他到这里来,先吓唬他一下。却不料赛八仙呼二爷十分从容镇定,幼霞隔着玻璃看,见他的脸色都没有变。他在地下铺了一个蓝缎绣着团鹤的棉垫子,眼前放着那粘贴着许多朱红新纸的小箱,上面放着一个木头盘子和一个擦得很亮的铜盒子。他拿手巾擦了擦脸上的鼻烟,又摸摸八字胡,说:"要是不叫我算卦,我可什么事也不知道。我是神课,神相。昨天我为什么跟那姓韩的一块儿看赛马呢?我本来不认识他,就因为我用相法,看出他的脸上露出晦纹来,眼前他就有杀身之祸。虽然我们不可泄露天机,可也得遇人便救,我才跟他不熟假充熟,打算耽误他点儿时候,给他解去那步灾难。不想他不肯听我的话,到底还是闯出大祸来。还幸亏他五行有救,现在这个人多半没死!"他这　番话把萧千总说得直发愣。

绣香便瞪了她丈夫一眼,又向赛八仙说:"你就给算一算吧!"于是施妈由屋里搬出个凳儿来,等绣香坐下,赛八仙呼二爷就将那铜盒里的几个铜钱,摇了几下,打开盒盖,把铜钱倒在木盘上,瞪着眼睛看那钱是正面还是背面,然后又装在盒儿里再摇、再倒、再看,一连几回。他又半闭着眼睛,口里把金木水土火,干坎艮震巽离坤兑,说了大半天,然后他就眉展眼开地表示算出来了,说:"那个人原来跟这里的大王爷是好朋友,他到新疆来,专为拜访小王爷,并没有什么恶意。他路过白龙堆的时候,还在沙漠里遇见大风。"

萧千总赶紧问说:"这是算出来的吗?"呼二爷正色说:"刚才摇出的卦里边有坎,坎为水,水里有龙,所以是白龙堆;卦里又有巽,巽为风,所以才说沙漠里遇见了大风。"

绣香就问:"那么这里的大王爷现在是生是死?"呼二爷笑着说:"哪能死呢?至少还有二十年的阳寿呢!"绣香又问:"那么她现在在什么地方?"呼二爷说:"这可就得说到白龙堆沙漠的那场风了。据我想,春大王爷由玉门关里回来,半路上就遇见了姓韩的,姓韩的也会武艺,因此春大王爷很喜欢这个人,就交了朋友一同往西来。不料走在沙漠中遇着大风,二人就在白龙堆失散,因为这卦中有离卦,离为火,水火不相容,必定分离。姓韩的遍找也找不着春大王,就只好将大王的马和宝剑都送到这儿来……"

绣香惊讶地又问:"那么春大王爷现在在哪里呢?"呼二爷又算了算,说:"不远!不远!坎为土,北方壬癸水,白龙堆北边就是迪化城,春大王爷一定是由白龙堆冒着大风到了迪化城。可是她现在还有点病,不能立即回来,还得在迪化住些时日。迪化也有贵人相助,必不要紧。"

这半天,萧千总听得都发呆了,呼二爷刚说到这里,他就跳了起来,大喜说:"真算得对!不愧是神仙!"又抱拳说:"刚才多有得罪!对不起!对不起!"赶紧叫绣香拿银子。

这时幼霞也喜欢得赶紧放下了窗帘,过去抱住了雪瓶,笑着说:"瓶姐你听见了没有?三爹爹真没有死,在迪化啦!咱们去接她老人家好不好?"

雪瓶的心里却仍然有点半信半疑。

少时，萧千总把赛八仙呼二爷送了出去，他又回来，就到屋里笑着向他太太说："我也早就猜着啦！现在北京的大少爷奉旨查办新疆巡抚，已经到了迪化，多年未见的亲兄妹，她还有不去见见的道理？见了面哪能又立时回来？咱们也快到迪化去见见吧！我也得给大少爷去请请安，求他再提拔提拔我！"

绣香也很喜欢，就说："再等一天，看能把姓韩的找回来不能？要是找不回来，明天咱们就准备去迪化。赛八仙那一算，我忽然想起来了，咱们这儿的那位，她是有那个脾气的。我记得她十几岁时跟着老太太由且末城到伊犁去看舅母，走在沙漠就遇见了大风，她就失散了，后来可又找着啦，一点也没有舛错。她生平最爱沙漠，她走在沙漠中常听有人唱歌，咱们可都听不见。她是沙漠中生长大了的，近十几年都在沙漠里，她尤其爱看沙漠中刮大风……"萧千总说："别多说啦！待会儿雪瓶姑娘醒啦，咱们就告诉她，她的爹爹现在迪化城呢，问她要不要去。"

此时春雪瓶早已跳下了屋里的炕，欢蹦蹦地跑了出来，高兴地说："我去！我去！萧姨夫你快去给咱们买办东西，加紧预备！别管今儿找得回来找不回来那姓韩的，明儿一早咱们一定走！"她又跳了跳，笑着说："我要叫我爹爹带着我逛遍了迪化城！可是……"她又纳闷地向绣香问说："姨姨，我见了那……我那大伯伯，到底我应当叫他什么呢？"

绣香就答复她说："见了面你只叫伯父就行啦！照着旗人的规矩是应当叫'大爷'的。"往下的话，她就不能再细说了，因为若是一说出来，就得详谈玉娇龙的家世，而雪瓶的来历也就成了问题，应当怎么说呢？玉娇龙出过阁是不错，但嫁的却是最不相合的鲁翰林，鲁家又跟春雪瓶一点也拉扯不上，说起来太麻烦。既没法说，玉娇龙又嘱咐过无论如何也不许说，所以她就只好改说别的话，岔了过去。

春雪瓶当时就欢欢喜喜，急匆匆地收拾行李，幼霞也高兴地帮助她。萧千总就出去办礼物，备车去了，绣香又把许多事都吩咐了老家人跟施妈。当时大家全都兴高采烈，与昨晚马乱人惊、疑生疑死是绝然不同了，大家都相信了赛八仙是个神仙。

午饭后，幼霞的母亲美霞就来了。这位三十多岁的哈萨克贵妇人是带着四名丫鬟、坐着三辆牛车来的。她对于汉话仍会得不多，而气度却跟满汉的贵妇人无异。她听说玉娇龙现在迪化，安然无恙，更是欢喜，但是一听说玉娇龙的胞兄宝恩现在也到了迪化，却又有点儿犯愁。她非常留恋多少年来的友情，惟恐玉娇龙带着雪瓶跟着她哥哥回北京去住，不再到尉犁来了。

雪瓶倒是劝慰着说："不能！我们还得回到这儿来，因为我爹爹她舍不得离开沙漠。美霞姨姨你就放心吧！可是，我要带着幼霞妹妹去，好叫她陪伴着我。"

美霞对于她的两个女儿，最是钟爱幼霞。小霞今天走了，她并不十分挂念，但幼霞要离开她，她却有些舍不得。想了一想，又觉得让这孩子到大城里去闯练闯练，见见世面也好，在这里除了草、沙，就是牛马，能看得见什么呢？这孩子自幼跟玉娇龙在一块儿的日子较多，所以脾气习惯都跟哈萨克人不同了，不如叫她去吧！迪化离着这里也不算太远。于是，她也就含着笑容答应了，把幼霞也乐得直蹦。

下午三四点钟的时候，美霞就带着丫鬟回去了。太阳的影子渐渐西去，还不见那几个找韩铁芳的人回来报信，雪瓶便很不放心，她想，那个人既是爹爹的朋友，我昨天对人家可太不该了。射了人家两箭，伤虽不重，可是万一射在致命之处，又加上那人连夜逃奔，而因此死了，岂不可怜？岂不连自己的爹爹都得对人负疚吗？她的心里有些乱，又回忆着那人英俊的容貌，敏捷的马上功夫，不由得羡慕，出了半天的神。幼霞在旁说："都带些什么呀？我想，是咱们喜欢的东西全得带走，咱们到了迪化，不定得住多少日呢？还许住半年，在迪化看完了花灯才能回来呢！"

雪瓶眼睛却注视着桌上的银瓶，这一只银制的小花瓶，早先原是她爹爹藏在箱子里的，有时她想看，她爹爹还很生气。她爱这只花瓶，但又怕她的爹爹。直至两年前，她爹爹才由箱里拿出，允许摆在桌上，并讲明了这花瓶的来历，说："这是十九年前在凉州府张掖县，我自己拿出的雪花银，叫一个银匠给打的。不想那银匠把银子给换了，所以我很恨！"雪瓶笑着说："我瞧着倒还不错！"她爹爹就说："那么就给你吧！我打这瓶的意思，就是为你压命根,取平安之意,所以我给你名字也取作雪瓶。"这是当年的事了,如今雪瓶想了起来,因为这是自己的东西,所以此次出门也要把它带走,便由桌上拿了起来,收在包袱里。

此时绣香也在旁边收拾东西,除了她自己带来的几只包袱和一只小皮匣子之外,尚有一串钥匙。钥匙之中有一个形式很特别的,她在上面系着一条红绒做记号,这是十几年前玉娇龙交付她的。那时玉娇龙把雪瓶已养几岁了,可以离开她而由仆妇管理了。她难耐家居的寂寞,而且那时南疆盗贼蜂起,她听见了许多不平之事,又得了一匹好马,便思量重到外面去走走,索性把南疆各处都走遍,做些扶弱锄强、行侠仗义的好事。那时正是绣香跟她住在一起,玉娇龙临行之时,便谆谆向绣香托付:其一是托绣香照护雪瓶;其二便是交付了绣香这个钥匙,因恐怕自己在外骑马、登山、过河、走沙漠、驰草原,很容易将这东西丢失,她并说:"只要我出去过了一载,还不回来时,那就是我在外出了事,也许就是死了。那么你就更得好好收藏这把钥匙,才能够开那只漆着金边儿的牛皮箱。万一那……那孩子当年没有死,将来……这是做梦呀! 若是幸而能遇得见,这箱子里的东西还许用得着!"后来玉娇龙就走了,可是她总没有离开南疆,总是三四个月便回家来一趟儿,这个钥匙和那只箱子上的铜锁就从来也没有碰到一块儿过。半载之前,玉娇龙又到乌尔土雅台去看绣香,二人最后分别之时,玉娇龙还问她这把钥匙丢失了没有,她还拿出来给玉娇龙看了。玉娇龙咳嗽着,眼角挂着莹莹的泪水,点点头就骑上黑马走了。

绣香因为收拾自己的东西,不禁想起这些往事,便想要看看那箱子里的东西。她一个人又抬不动,叫幼霞来帮着她,才把上面压的那只箱子抬到旁边,用这钥匙将下面的漆着金边儿的皮箱打开。她看见里面有两件东西,一是那件红罗的女衣,绣香没有掀开去看。因这件衣服代表着一段惨痛的事情,玉娇龙曾对她详细说过,如今她看见此物存在,也就放心了。另一件物件也是很有历史的了。当年玉娇龙离开夫家鲁翰林的宅子,回到家中为母守孝。她命人买来了白绫,钉成书本,在无事时就在书上写着小字,画那些打拳抡剑的小人。就是这本书。不过如今封面已经旧了,而且多了墨写的四个字—一行的十几个草字。绣香便想,这倒似乎应当给雪瓶看看,因为她已学会了武艺。可是又想,既然是秘藏在箱子里的,我也不便给她拿出来。遂就照旧将箱盖儿盖好,又把原来的锁头锁好,叫幼霞再来帮着将那只箱子抬了上去。

幼霞却噘着小嘴儿说:"哼!瞎捣麻烦!"绣香神情惨暗,勉作笑容地说:"我是来翻翻箱子,看看你三爹爹给雪瓶跟你们留下了什么嫁妆没有?"幼霞脸红了,扭头叫着说:"瓶姐!你还不过来帮着我打萧姨娘?她在说咱们坏话哩!"那边的春雪瓶只顾了收拾她的东西,没有过来。

不觉天已渐黑,施妈把茶饭送进屋来,屋中又添上了两支烛。三个人围着桌子吃酒,虽然都不再发愁悲伤了,可是各人的心里好像都十分不安似的。绣香就嘱咐她们两人说:"到了迪化,可同不得在这里,这里是咱们的江山,县官对咱们都有顾忌,商民人等也没有一个不尊敬咱们的。迪化不然,那里是省城,官员的家眷也都在那里,你们到了那儿,可不能跟在这儿一样,应当处处守规矩,别叫人家笑话。尤其是雪瓶,你爹爹早先就嘱咐过你,也对我说过,不愿意叫你到那些大地方去,怕的是你染上那些浮华的习气。明天咱们出的这趟门儿,也实在是万不得已,我担着很大的不是呢!不信,咱们到了迪化,见了你爹爹,我不但落不着一点好儿,还许挨她一顿说。我只望你们在沿路上都听我的话,别出事;到了迪化,再求神佛保佑能够见着你的爹爹……"

雪瓶突然停住了筷子,问说:"万一要是见不着呢?"幼霞在旁推了她一下,说:"都快出门了,可别说这话!"但是雪瓶却不禁拢紧了双眉,因为赛八仙的卦,自己不敢说不灵;可是以去年他给爹爹算的卦来说吧,说什么那人现在已然成人,住在南方,但如今也没听说爹爹由南方带回来什么呀!

绣香听了雪瓶的话,立时也不由得怔了一怔,但仍勉强地笑说:"哪能够见不着呢?赛八仙说的话都尽情尽理。我拿你爹爹过去的事一推想,我也信她是因在沙漠遇风失散,独自往迪化去了。你别胡疑惑,我敢保到了那里一定能够见得着她!"正说到这里,就听外面有人说话,绣香赶紧叫施妈出去看看有什么事,雪瓶却放下了筷子,说:"一定是找姓韩的那几个人回来了。"她静心地向窗外去听,果然施妈跟老家人都进来说:"是远利店跟鞋铺的人来了，说是找了一天，也没找着那姓韩的。"

　　绣香当时立起，开了门向外面问话。外面，鞋铺的掌柜李鸿发就恭恭敬敬地回答说："我们派了五个人分四下里去找，都是走出了四五十里，每一户人家，跟由东边来的客人，我们都打听遍了，也没有一个人看见过韩铁芳，骑着红马的男子也没看到。"绣香不由得很失望，就点了点头说："那么就算了吧！累了你们一天，真怪对不起的，等明天我再派人给你们道谢去吧。"外面的人都一齐带笑，客气着说："我们给您这儿办事，还不是应该的吗？哪还敢受您的谢礼。今天我们没有找着，我们也很着急，明天我们再多叫几个人去找就得啦！"绣香说："也不必！那个姓韩的人一定是已经走远了。我们找他，也只是有点儿事想向他打听，并没有什么要紧的事。明天我们就要往迪化去，也许一两个月之后才能回来。在这时若是有人看见了姓韩的呢，顶好告诉他，请他到迪化去找我们，不然叫他在这儿等着我们回来也好。他既远路迢迢来到这儿，因为话没说明白就出了昨天的事，我们倒很觉得对不起他。"外面李鸿发就说："太太的话我们已听明白了，太太走后，我们若见着韩铁芳也一定要拉住他，不放他走。"绣香点了点头，又说："可不要对人家不客气。如若他的盘缠缺少，可以叫他上这儿来拿，我们走时一定要给家里留下钱。"外面的几个人都一齐答应，连说："明白！明白！"

　　绣香叫老家人把他们送了出去，自己又归到座位上来吃饭。现在，寻回来韩铁芳的希望差不多是没有了，只有往迪化去，一个梦似的想望摇动着每个人的心。大家情绪全都很紧张，虽然觉得昨夜没有睡足，可是全都不困。当晚，绣香就把这里的家务事都交派给了施妈和那老家人。

　　敲过了二更，萧千总才回来，他的精神很颓唐，可知是刚才在外赌输了，脸又通红，酒大概也喝得不少。他说："全都预备好了，刨除我们原来的那辆车，我又雇了两辆，全是青骡子、新车围子。到了迪化城，停在钦差大人的行台前，绝保不难看。"雪瓶惊讶着说："为什么要预备这些车呢？"萧千总说："为的是让你们坐呀！"雪瓶现出不高兴的样子，摇着头说："我们都坐不惯车，我们愿意骑马。"萧千总说："这就不对了。咱们在这儿虽然有名声、有势力、有钱，可究竟不是官。到了迪化，你可就是钦差大臣的外甥女了，就许跟一些官员女眷来来往往，还能穿着牛皮靴子骑着马？那成了什么样子啦？得阔气一点，大方一点，别叫人家笑话你们是乡下人！"

绣香虽然忧虑着雪瓶到了省城容易惹上浮华，但也觉得他丈夫说的话是很对的，当下就劝了劝雪瓶跟幼霞，说："在路上你们尽可以骑马，但快到迪化的时候，你们千万换上件好一点的衣裳，坐上车！"雪瓶跟幼霞就答应了。于是雪瓶又开了箱子，找了两身旗族姑娘穿的漂亮华贵的衣裳。绣香就在灯下，给她们二人每人梳了一条长辫，还系上红头绳。萧千总却早就到后院睡觉去了。

当夜，雪瓶的梦就飘向了遥远之处，她的一个幻想中的富丽的迪化城在梦中实现了，并且，不独爹爹在那里安然无恙、快快乐乐，把由玉门关内买来的许多新奇的东西都送给了自己；那韩铁芳也在那里，她只觉得自己见了韩铁芳很难为情……

梦既逝去，烛亦成灰，更鼓渐渐把沉沉的夜色敲破，东方的曙光又洗得窗户发白。赶来给她们送行的人早等在外边了。美霞太太没有亲来，倒派来了一个百户长，带着两个哈萨克，担来了八盒食礼物，还有麝香、马宝、葡萄、蜜枣等，另外还有两把哈萨克人淬制的刃薄如纸的小刀子。

绣香一闻说送来了礼物，就赶紧起来，开了屋门，雪瓶跟幼霞也一齐出屋来看。看了这些本地的土产跟野物，她们都异常欢喜，心里想：这些东西在本地虽不算稀奇，果子可以自己去摘，野物可以自己去打，但是一到了迪化，恐怕一年半年之内也得不到这些东西了，因此都恨不得多带去一些才好。绣香拿了赏钱，叫施妈打发走了这几个送礼的人，就催着雪瓶跟幼霞快去收拾。萧千总进到院里来嚷嚷着说："快走啦！快走啦！门口儿都预备好啦！别磨烦啦！再一耽误时候，送行的、送礼的可就来得更多啦！这些东西咱们也不能多带，带到迪化城送人，人家也不稀罕！"他又跟绣香说，他还找来了一个使唤的人。那人是这里酒铺给介绍的，是个闲汉，本来是甘州人，但在新疆生长大了的，会说各族的语言。那人因为来到此地找事没有找成，把盘缠也输光了，所以趁着雪瓶上迪化，他要跟着，也不要工钱，只求管饭吃就行。

绣香却很不乐意，就向他丈夫说："你就好弄这些闲事儿，招这些闲人！咱们这次赴迪化，不过是去找人、探亲，人还未必找得着;亲戚，这是高攀着说，人家也不一定肯见咱们的面，你就这么大铺张，真仿佛要到那里升官和发财去啦！就说找个听差的人吧，也应该找个女的……"

萧千总不容太太说完，就反驳说:"女的还能管溜马、刷牲口、搬行李?你不知道咱们这两位小姐多麻烦，非得骑牲口不可，没个粗粗笨笨的人跟着，叫我干?我可不是马夫。我找的这个人外号儿叫牛脖子，性情虽有些别扭，人可是很诚实，我们一块儿在酒铺赌钱时，就看得出来。他赌得很公道，一点儿也不胡诌混搅，绝靠得住，不然我也不敢招惹。他在路上帮忙，咱们管他两顿饭吃，一到迪化城各自分手。爱赏他几个就给他几个，不爱赏拉倒，叫他去他的。"

绣香皱着眉说:"因为上路不能带着闲人，这个人来历咱们又不知道。"萧千总哈哈地笑着说:"这个咱们还怕吗?"他拍着胸脯说:"我是个千总大老爷，雪瓶姑娘是小王爷，幼霞姑娘也跟个公主差不多，你，又是官太太又是大小王爷的亲戚，谁不知道?谁要是敢跟咱们生点歹心，那可真是太岁头上动土，老虎嘴上拔毛啦!"绣香摆手说:"好好，就依你!我看看他们收拾好了没有。"于是绣香就又进了屋。

此时雪瓶、幼霞两人相互修饰打扮着，绣香也对了对镜子，然后又催了她们半天，这才一齐梳妆好了。绣香穿的是蓝绸衣青绸裙;幼霞多年来就在这儿住，给雪瓶作伴儿，所以她的衣物都在这里，如今她穿的是白罗衣服红绸裤;雪瓶却是豆青色的上衣，黑绸裤子。三人都穿着绣花的平底鞋，一同出屋，笑着吩咐施妈和老家人在这里照料着外边的人进来搬东西。

雪瓶等人走出了门，就见马已牵来了，备好了，一共是三匹:一匹是红的;一匹是白的，就是雪瓶前天赛马时骑的那匹中了状元的马;还有就是那匹黑马，当年她爹爹由百万马群之中选出来的铁骑。这匹马平日寄放在街上的一家马圈里，特别雇人喂养，爹爹用的时候便牵来骑，走向沙漠，踏遍雪山，十年来人马不相离。如今，马在这儿了，人呢?是不是真在迪化?她不禁有些悲伤，又恨这匹马不会说话。

她爹爹的马，她不敢骑，所以宁可拴在车的后面带着;她仍骑着白马，幼霞骑她自己的那匹红马。萧千总的马也在街上才换了新掌,牵来了,他这匹是黄色的,他自己给提的名字叫"黄骠马"。据他说,这匹马虽然跑不快,走起路来可真稳,跟坐着轿子一样。三辆车,绣香是坐在第一辆上;第二辆上满装着东西,除了赶车的没有别人;第三辆是只有赶车的,连东西也没有。而那个牛脖子,既没有马骑,也没有车坐。他就向萧千总请求说:"我怎么办呀?"他穿着的破小褂只剩了一只袖子,裤子虽不至于露肉,可也脏得不成样子,脚上全是泥,倒幸亏刚跟萧千总借了几个钱,买了三双草鞋,一对穿在脚上,两双搭在肩上。萧千总想了一想,就说:"你就跨第三辆的车辕吧!我要不是看着你可怜,怕你漂流在这儿,真不能答应带着你。因为带着你,我已经落了很大的不是了!你走累的时候再去跨车辕,这辆车是给两位姑娘预备歇腿儿的,不是为你预备的。到时候就得下来,别怕费草鞋,也别怕费你的尊脚!"牛脖子嘿嘿地答应着。

这就要走了,萧千总忽然又想起来一件事,就急急忙忙地跑回院里。待了一会儿,他把那只琵琶抱出来了,笑着说:"反正车上有富余的地方,就带上它,在路上还解解闷儿!"幼霞笑着问说:"你会弹吗?"萧千总说:"这个有什么会弹不会弹?我能拉呼呼儿,会拨拉弦子,要学这个就不难。"

马上的雪瓶却皱了皱眉,催着说:"快走吧!"她这句话就如同命令,车马立时动了起来。雪瓶一马当先,豆青的小衣被风吹得飘动着,鞍后的剑鞘擦着银马镫,叮叮当当作响。幼霞的马上也带上了单剑,两位姑娘的长辫子都在身后颤动。在马的后面是三辆车,最后的车上带着那匹黑马。萧差官在最后,他挂上了腰刀,戴了上红缨帽,气派十足。

一出了胡同,大街上有许多人正等着送行,一齐说:"一路平安!"还有人用番语表示这种意思。萧千总就向他认识的人拱着手说:"再见!再见!"幼霞却斜着脸儿,向人们微微地笑着,显出十分高兴的样子。雪瓶却不笑不语,也不理人,在前领路,后面的嘚嘚马蹄声、辚辚车轮声响成一片。

那牛脖子追着跑了几步,草鞋就掉了;他停住了,弯着腰,拿麻绳又系鞋。前边的萧千总在马上回头喊说:"快着点!不然我们可就不等你啦!"那牛脖子忙忙地系上了草鞋,又追赶上,跨上了后面的车辕,脸煞白,连气都接不上了。当下车马就离开了尉犁的市街,转向北去,走上了北去的旷野。

王度庐·著／王芹·点校

王度庐作品大系　武侠卷　伍

铁骑银瓶

山西出版传媒集团
北岳文艺出版社

中

第七回　万里天山双剑腾起
　　　　无边大漠小龙飞来

　　这段旷野直通库尔勒城，南来北往的车马行人很多，地下尘土很厚，被秋风卷起来，刮在白衣裳上就立即变成了灰色的。萧千总的眼睛也刮进了土，闭着眼直流泪，他就喊着说："慢着点儿走吧！忙什么呀？反正不到半个月准能赶到迪化就行啦！"

　　车上的绣香已拿出三条绸帕来，她自己蒙了一条青的，幼霞蒙了一条红的，雪瓶蒙了一条花的。绸帕罩在乌发之上，被风吹得飘飘地动，越发显得她们美丽。往来的人都十分注意他们，可是一旦看清楚了，便都吓得了不得，赶紧向道旁去躲避让路。

　　这时他们的车马分开了，雪瓶与幼霞骑马并肩走，两人不住地小声儿说话。萧千总闭着一只眼，直骂说："才走了这么几步，就有这么大的风，要到了沙漠里可应当怎么样呀？"牛脖子是赶着最末的那辆车走着，他摇着头说："不要紧，由这儿往迪化只过黑水潭，不必走沙漠，绝遇不见大风。"萧千总说："我在新疆做了半辈子的官，虽没走过大戈壁，可是迪化城也去过无数次，道路比你熟得多，我倒不怕风。只是，再走几天就得过天山，那我可真有些胆怯！"

　　一路谈着话，傍午时就到了库尔勒城，就在这里用毕午饭，搭牛皮筏渡过了孔雀河。顺着驿路偏东向北去走，却是遍野的葡萄，叶子铺在地下，如一片绿海似的，而每一簇的叶子底下，都挂着大串的葡萄。车夫都下来掐了很多。萧千总叫车停住,拿了他的一件旧马褂,满满偷了一马褂葡萄,说是预备沿途给姑娘们解渴的。他自己当然是大吃而特吃了,牛脖子也大解其馋,这里也没有人管。

越往北走风景就越好,果林极多,都好像没有主人似的。日色偏西时,来到了一个小镇,雪瓶就问说:"离焉耆府还有多少里?"赶车的答说:"还有三十多里地。"雪瓶催着说:"快走吧!为什么不赶到大地方去歇呢?"赶车的便谈虎色变地说:"狼太多!不遇着便罢,如若遇见,便绝不止一只,至少是二三十一群,多了能有一百多。"那牛脖子跑过来说:"其实我看倒没有什么的,咱们车多马人又多,都带着家伙,怕什么?连夜走也无妨碍!"

雪瓶倒觉得这个人说的话胆气很壮,就想,自己的爹爹无论是过沙漠、走高山,常常是独自深夜行走,可是二十年来也没出过一点儿事,她口中从来没说过什么怕狼、怕虎的话,而自己也不是深夜没走过路,哪能像车夫们所说之甚?她于是就发怒地说:"不行!不能够歇!往下走,今天非得到焉耆府不可!"

这时,萧千总早已经下了马,并且把鞍鞯都摘下来了。他摇着头说:"我可不敢黑夜里走,我饿啦!趁早吃饭,歇一歇是真的!姑娘可别任性,出了门儿就同不得在家了。那不是库鲁克山、孔雀河,那都能算咱们的家。这条路你没有走过,绝对跟咱们那儿不一样!"幼霞也下了马,拉了雪瓶一下,说:"下来吧!就在这儿歇一下也好,忙什么?早一天晚一天到迪化还不是一个样?反正三爹爹病在那儿,她绝不能又上别处去。"绣香也下了车,向雪瓶说:"赶车的比咱们知道路上的情形,他们的话不可不听。"萧千总又大声嚷嚷着说:"这个市镇也不小,为什么不趁早在这儿找家店房,歇一夜是又稳妥又舒服。"

雪瓶驳不过众人的意思,也只得下了马。她心里却真不高兴,觉得自己只听爹爹的话。听绣香姨姨的话,那还是因为面子的关系,如今却连车夫的主张都得听从,真真岂有此理!她生着气,虽然没有发作,但脸儿往下沉着。萧千总却高高兴兴地去找店房。这里的店房一共有四家,可都是低矮的小土房,院子也极为狭小,连马棚的设备也没有。三辆车虽然能够放在门外,但雪瓶主张无论如何得把白马、黑马牵进店里来,系在门外,她不放心。

当下萧千总商洽好了一家店，只把黑、白、红三匹马牵进院里，其余的骡子、马、车辆就都在门外。赶车的也就都预备睡在车上，那牛脖子却手脚儿很勤敏地在院中卸马鞍，喂草料。雪瓶看着那匹黑马，又神驰了一会儿，不禁暗想：这匹马将我爹爹驮出了玉门关，如今半年了，只有它独自回到此地，人却不见，这总不是个吉兆吧？萧千总又指使店伙们把包袱跟行李给拿到店里，他跟他太太绣香住一间房，雪瓶是跟幼霞住在一间屋内。

晚饭后，天渐渐地黑了，屋中已点上了油灯。这油灯可比她们家里的蜡烛暗得多了。沏了一小壶茶，姐妹俩就坐在炕头休息着闲谈。幼霞笑着说："我觉得还是出来玩好，因为能见许多事物。到迪化多住些日，叫三爹爹带着咱们两人到各处去玩玩，那才更好呢！我将来一定还要上一趟北京。"雪瓶也抿着嘴儿笑了笑，说："我也是想往远地方去，我不大喜欢新疆啦！"幼霞说："其实新疆也不错，听说东边的地方都没有这么宽敞。东边的人也羡慕到咱们这地方来，不然，你想那姓韩的，他是东边的人，可是他为什么能为给三爹爹送回来东西，就来到这里？咱们因为是在这儿生长的，住久了，才觉得不好！"

雪瓶听了幼霞的话，眼前忽又浮现出那姓韩的英俊少年的影子，她深深地关心着那个人的生死，不禁有些痛心。幼霞突然拿手打了她一下，问说："为什么你又皱眉？我看你心里有什么事似的，近两年我看你索性变了样子。记得你十七的时候，我十五，三爹爹带着咱们到山上打猎。那时山上满是雪，你一个人在前跑过了两座山，三爹爹大声叫你，怕你滚下去跌死，你都不听，你只是哈哈地笑。那时你还放鹰，抓狐狸……现在你真成了小姐啦！"她白润微胖的脸歪着，鼓着小嘴，瞪起明丽的眼睛看着雪瓶。

雪瓶的双颊不禁烘起来两朵红云，也以更明丽的眼睛反瞪她，说："你知道什么？我的心里不痛快！"幼霞说："这两年你都不痛快？"雪瓶点点头，神情黯然地说："难道你会不明白我？这两年来，我爹爹在家除了发愁，就是生病，话又不对我明说，我的心里怎么能够痛快、高兴？如今……我还总有点儿心里不安似的，万一要是到了迪化，找不着我爹爹可怎么办？"幼霞就说："一定找得着，赛八仙的卦没有不灵的。"

雪瓶把眉皱了一皱,又说:"还有那姓韩的……唉!"幼霞越发瞪着她,并且抿着嘴笑着,鼻子哼哼了两声,就把脸儿低下说:"我明白了!"雪瓶突然用力推了她一下,幼霞躺在炕上拿手绢捂着脸格格地笑。雪瓶劈手将她的手绢揭开,趴在她的脸边说:"你不能胡说我!我是想,姓韩的是我爹爹的朋友,他们在白龙堆遇见大风失散了,他来送东西,也是一片好意……"幼霞仍笑着。雪瓶又说:"我就恨那天那些人在里边乱搅!"

幼霞忽然正色说:"可不准你说!咱们细细评一评。那天姓韩的在赛马的时候搅乱,要按照我们的老规矩,就得把他弄死。他还偷了人家的马,又抢去了我姐姐的马……"雪瓶说:"那些事我不管,不过我觉得他去找我,倒是一番好意。当时大家就应当别嚷嚷,叫他跟我说明详情。"幼霞说:"这也容易,我姐姐已经找他去啦,他绝没有我姐姐的路径熟,我想一定能把他捉回来。咱们由迪化回来的时候,就可以看见他了,你放心!"雪瓶说:"我不是不放心,只怕你姐姐把他捉回去的时候,你们那些人一时气愤,就许把他打死,那不是把好人给害了?"

幼霞也愁闷了一会儿,又说:"我想有我姐姐,别人不至于把他弄死。"雪瓶发着怔,对于韩铁芳真是不胜关怀。幼霞又笑着说:"管他呢!咱们对他不必关心!"便又坐起来喝茶。雪瓶也不再说了,她的心一下飘到迪化,又忽地一下飘回尉犁城,飘回库鲁克山的那片草原。

窗外静悄悄的,没有人说话,看这光景,总到二更天了。雪瓶下了炕,想去关好了门插闩,但忽然听见院中好像有脚步声。她就将门开了一道缝,只见天上乌云满布,遮住了月色,隐隐看出院中是那牛脖子,他脚上的草鞋嘶啦嘶啦地响着,走到了那匹黑马的旁边。

雪瓶蓦然开了门,问说:"你是要干什么?"牛脖子吓了一跳,回身看了看,说:"啊呀!小王爷!啊,小姐!我是想趁着这时候把三匹马刷干净了。因为明天早晨就要到焉耆府,马太脏了,要叫人家笑话。明天一清早就得走,我又没有工夫,趁着这个时候,我……我这个人就是这样,既吃人家的饭,花人家的钱,我就一点儿也不敢偷懒。"雪瓶点了点头。这时就听外面有人轻轻地捶门,叫着:"牛脖子!牛脖子!"牛脖子说:"萧老爷回来啦!"他赶紧跑了去开门。

雪瓶退了一步，随手将门掩上，向外偷听，就听牛脖子悄声问说："怎么样？"萧千总也悄声说："还不离！就是地方太小，人太多，钱赌得倒还地道。那个坐庄的以为我是个傻老，又瞧我有钱，想要吃我。我看他做宝的时候要弄鬼儿，就拿眼睛瞪住了他，他一点也没敢做。"牛脖子赶紧问："赢了他多少？"萧千总说："大概赢了有五六吊吧！来，给你二百钱，买酒喝！"牛脖子道声谢，又问说："明天咱们什么时候动身？"萧千总说："天一亮就得走，因为小王爷是急性子，太磨烦了她要发脾气！"牛脖子说："那么我就得赶紧刷刷马。"萧千总说："好啦！只要你勤俭点，到了迪化你要是仍然没有饭吃，我还可以给你想法子！"

雪瓶的屋里此时已吹灭了灯，幼霞趴在她的耳边埋怨萧姨夫好赌钱，又耽误工夫又误事。雪瓶却说："暂时没法子。只要到了迪化，能见着我爹爹，咱们就同他们离开，回去时也不跟他一路。万一见不到我爹爹，必须到别处去找，那也只咱们两人一同骑着马去。不能再跟他们了。"这时萧千总进到屋里，大声叫那已经睡了的绣香，又哗啦哗啦地数那赢来的钱。雪瓶跟幼霞全都很生气。窗外能听到那牛脖子的脚步声及轻轻刷马之声。窗上又现出一些朦胧的月色，她们便睡着了。

次日早晨起来，雪瓶到院中一看，就见牛脖子躺在地下睡觉，如同一只死狗似的。那匹黑马倒刷得很干净，黑毛都发着亮，可是他也只刷了这一匹，白马和红马他全没管刷。雪瓶叫店家来打洗脸水，那屋里的绣香也起来了，不住地叫她的丈夫，连推带叫，半天萧千总才醒来。地下睡的牛脖子也爬了起来。店家就问吃早饭不吃？萧千总却隔着窗户说："千万别给预备！我们不吃，我们还要到焉耆府下馆子去呢！"他边扣着衣裳纽子边走出屋来，反倒催着别人。他乱嚷嚷了半天，店里店外又忙乱了一阵儿，这才一切都收拾好了，于是这队车马又于晓雾茫茫之中离开了这座市镇。

雪瓶仍跨着白马，穿的仍是昨日的那身衣裳；幼霞却另换了一件小衣裳，显得她更娇小艳丽了。雪瓶就说她："你穿得这么漂亮干什么？到了焉耆府绝没有人看咱们。这天气，说不定待一会儿就下雨。"幼霞却说："我因为那件衣裳都叫风给刮脏了，才换这件，你别以为我是为图好看。"雪瓶笑了笑，没再言语，缓缓地挥着鞭，傍着第一辆车去走。沿途的草愈茂盛，果木也愈多，走了二十余里就到了天山南麓的大城焉耆府。

进了城，萧千总就先找了一家很大的饭馆，让大家进去吃早饭，他还大喝其酒。雪瓶跟幼霞凭窗看街上的景象，就见街上来来往往的车马行人很多，马中尤有良马，不在她的那匹白马之下。车辆上有插着三角形白布旗子的，上面写着什么什么字号，雪瓶晓得这都是镖车。又见往来的有哈萨克、旗、汉，穿着各式服装的妇女，所穿的衣服也都比尉犁县的妇女讲究。饭毕，萧千总喝得脸通红，那牛脖子的一副泥脸儿在这阴霾的天色之下，显得更是晦暗难看。

出了焉耆城，车马向东北去走，见大道之旁又是广漠的草原，蒙古人畜牧的马匹无数，黑压压地弥满了原野。雪瓶与幼霞看了，不胜地羡慕，因为这一种壮观确实比她们那库鲁克山阴要伟大得多。

因为贪看路旁的风景，傍午时又落了一阵儿雨，所以他们走得很迟缓，到晚间才到了库车尔东边的一个市镇。萧千总又抢先找店住下，并向店家打听这镇上有没有赌局。当晚仍无月色，那牛脖子也没在半夜里刷马。次日起来，窗纸上觉得黑得很，幼霞先起来了，开了门向外一看，一阵寒风就吹了进来。她不由得向后退了一步，说："哎哟！天气变了，可真冷！下了雨啦！今天咱们还能往下走吗？"

雪瓶很觉得诧异，因为此时实在冷得厉害，昨天的天气还如夏季，而此时竟似深秋。她赶紧打开包袱，自己穿了一件红灰的夹小褂，也叫幼霞多穿上点儿；幼霞就穿上了一件雪青色的夹衣裳。雪瓶因为没听见雨声，不信，就穿上鞋下了地，向外一看，她不由得就笑了，说："下这么一点点雨，咱们就不走了，那几时才能到迪化呀？"她出了屋，只觉得阵阵的寒风把那牛毛一般的细雨洒在她的脸上，倒觉得很舒畅，而且有精神。不过天上的阴云实在是又厚又多，连一只鹰、燕子也看不见飞。那牛脖子大概在半夜就被雨给淋得冻醒了，现在蹲在房檐下，缩成了一团。雪瓶对这人倒不禁发生了怜惜。

待了一会儿，萧千总住的那屋子的门也开了，萧千总披着一件大棉袄，一边打着哈欠，一边由屋中走出，他看这天气就不住地发愁。雪瓶就说："萧姨夫，你要有旧衣裳，就快给这人一件穿吧！"她指着那牛脖子，说：

"天气忽然变冷了。他穿着这身衣裳,可怎么能跟着咱们往下走呀?"那牛脖子虽然没有说话,可是也翻着两只可怜的眼睛不住地看着雪瓶,又看看萧千总。萧千总却摇了摇头,说:"我们这回出来,也没有多带来衣裳,除了这件大棉袄,是为挡寒的,其余都是我的官衣,他怎能够穿?"

正说着,他的太太绣香从屋中出来了,手里拿着一件绛紫色团龙缎子的马褂,可都已很破了,说:"这件衣裳你还要吗?送给他穿吧!你也别一点好事儿不做!"雪瓶也说:"对了!萧姨夫你别太啬吝了,到了迪化,我叫爹爹给你厚厚地送些礼,多送你些绸缎,你爱做多少件做多少件!"萧千总说:"姑娘你这话简直是骂我了!我一点儿也没有心疼衣裳。今天天气冷,一来是因为这个地方靠着天山,二来因为这场雨。等雨住了,咱们过几天到了迪化,姑娘你别不信,那时还是得穿单的。牛脖子这家伙又跟我一样,是个赌鬼,我虽然赌,可还没输得当了裤子,他有了这件衣裳,就算有了赌本儿,他今天非得把它输出去不可。输出去了倒还好,他要是赢了钱,那咱们可就支使不动他啦!我最知道赌鬼的脾气。"

幼霞扒着屋门笑着说:"因为萧姨夫你就是个赌鬼嘛!"萧千总还笑着说:"对啦!"当下那牛脖子就走过来,笑嘻嘻道着谢,由绣香的手中把衣服接过去。雪瓶就叫店家预备洗脸水,做早饭,吩咐车夫们套车。

萧千总却摇着头说:"今儿这天气,怕不能够再往下走了吧?"雪瓶发着脾气说:"怎么不能再往下走?这样耽搁着,得几时才能到迪化呢?无论如何也要走!"就喊着:"车户们!快套上车!"又向牛脖子说:"备马!"

牛脖子穿着夹马褂,高高兴兴答应了一声,萧千总却连说:"不行!再走几十里就是天山,下着雨,山路不定多么滑了,你们又全骑着马,那不是找着往山涧下边掉吗?"牛脖子说:"不至于,里边没有什么山涧。"萧千总骂着说:"胡说八道!你来瞒我?天山六十四个山口,五百零八条山路,我全都走过。山涧数不过来,哪条涧都是万丈多深,再说一到夏天雪都化了,发山水!"牛脖子说:"这时又不是夏天。"萧千总说:"妈的,你们知道什么?山水从六月能发到八月节,非得冻上冰才能止。反正今天咱们不能过山,顶多走到了库尔山,就还得歇下!"

雪瓶回到屋里来,仍然嚷嚷着说:"无论怎样,今天得过天山!"店伙送洗脸水进屋来，也劝着说："您别往下走了，索性在这儿住几天，等到天晴了，往那边去的人多了，您这几位再跟着过去吧！"幼霞却说："我知道你们开店的人就怕客人走，因为住在这儿一天，得给你一天的钱。"店伙摇头说："不是，我是好意，我们在这儿开店，难道还不知道这一带地方的情形吗？"刚要细解说，那三个车夫已一齐来到了屋门外，都向屋里叫着说："小王爷！"店伙一听见这个称呼，不由吓得变了色。他偷看了春雪瓶一下，就赶紧就出去了。

雪瓶向屋外厉声问说："什么事？你们别说废话，快套上车！"外面的车夫说："不是我们不套车，是顶多了再走三十里，可不能进山。因为天气不好，山里有大水，有强盗，又有狼！"雪瓶愤愤地说："你们只会拿狼来吓人，强盗跟山水我更不怕！今天无论怎样我也要过山！你们只要能在今天把车赶过天山，六天之内若能到迪化，我就加赏你们每人三十两银子，愿意不愿意？你们可快点说！"

三个赶车的一听悬了这样重的赏额，他们都不住地发怔，彼此又悄声地商量着。牛脖子已急忙去备马。萧千总却慌了，连说："喂！喂！你们可斟酌着一点儿，拿定了主意，别只要钱，不顾命！"赶车的人就说："其实这雨也许下不大，山路也不是遍山都是水，也有很好走的路，并且山里住着不少的人家。"

雪瓶在屋里一边洗脸，一边着急地说："既然这样，为什么不走呀？"赶车的说："走是可以的。"雪瓶嚷嚷说："那就别废话！快收拾！快收拾！"牛脖子也高高兴兴地说："马这就预备好了！"此时只有萧千总有些作难，他本来是怕到了山里出事，可是又拗不过众人。不过，自己也实在愿意快些到迪化，见见钦差，求钦差在伊犁将军及领队大臣之处说两句好话，自己这个官儿至少可以升一级。

绣香又把他拉回屋去，劝他说："你不要再拦阻了。赶车的既说是能走，就许不至于有什么事！"萧千总说："山路上滑，山里有大水，这我倒不怕，我知道可以挑着道儿走，只是……"他变颜变色地悄声儿说："你是不知道，近几个月来因为咱们那玉小姐离开了新疆，半截山、戈壁虎、蓝脸鬼、马头神那些个大盗，又都没有了顾忌，就像是一群妖魔离开了降魔杵，他们就都反了起来！沙漠、山路现在都很难走，不遇见了便罢，遇见了就是麻烦！"

绣香先是也变了变色，后来又摇头说："这倒不必忧虑，雪瓶那孩子的武艺，也不在她爹爹以下，又有幼霞帮助她。我看强盗也都不是傻子，谁若知道了是我们，也绝不敢下手！"

萧千总想了又想，最后一顿脚，说："好！咱们就闯这一关吧！你也快收拾着！"于是萧千总也忙乱了起来。厨房里的风箱也加紧地响。不多时，车套好了，马备齐了，大家就忙着吃饭。饭毕，雪瓶从包袱里拿出银子，叫萧千总开发了店饭钱，就一同出了店门。

这时雨丝更细，细得用眼看不见，非得仰面向天，才能觉得出雨来。牛脖子穿着绛紫色的团龙破马褂，看那样子至少也像个千总官儿，可是下面穿的那条破裤子又像乞丐。他大声地笑着说："这点雨，还能算是雨吗？为什么就不走，可也真是！"有个赶车的人也说："这不是雨，这是山里的霰变的。只要阴天的时候，走进了山里，就是不下雨，人的衣裳也常常湿。"

春雪瓶抬头向北一瞧，只见天跟地都是同一种混沌的灰色，中间有一条特别深的颜色，那就是天山，还可以隐隐看得出那山岭起伏绵延的形势。车马一齐向北走，两旁的草地浮着一层雨气，更如一片大海似的。而其中有牛吼声、马嘶声，还有牧人呜呜地吹笛子的声音，但却什么也看不见。对面跟背后也看不见一个行路的人，更不用说车马了。只有他们的鞭子、车轮、马蹄之声交奏着，混乱着，向前行进。面前雾里的天山是越来越高，那道特别深的灰颜色也越来越显著。走了多时，雨又落下来了，可比早晨的雨大多了，霎时马的身上尽湿，他们身上的夹衣裳也都快淋透了。

萧千总赶紧说："两位姑娘快到车里去吧！"幼霞向雪瓶看看，问她说："你愿意上车吗？"雪瓶摇头，只叫车夫从车上把她们赛马的时候所戴的那两只大草帽拿出来。车停住了一会儿，车夫们往车上蒙了油布。趁着这个时候，萧千总把他的马系在车的后面，他又怕雨把帽子上的红缨子淋得变了颜色，便赶紧摘了来，拿着帽子跑到他太太的车上去了。这一会儿的工夫，雨更大了，连牛脖子都脱下马褂来盖在头上。幼霞有点害怕地说："哎哟！我的身上全湿了！"雪瓶说："你也快上车去吧！"牛脖子赶紧上前去接鞭，幼霞跳下马来，跑到最后边那辆车上，牛脖子就拉着红马跟着走。只有雪瓶，无论任何人劝她，她也绝不上车，并且沉着脸儿，指挥牛大们说："快走！快走！"她的马在前，车辆马匹都随在她的后面，又如同一条长蛇似的冒雨疾进。

又走了数十里，就到了天山之下。仰面去看，那山峰连着烟雨，真不知有几千丈高，山风摇着山树，杂以雨声，哗哗地响，有如万马在沙漠中行走。

眼前的这条山路却很宽，而且坡也不十分陡，这原是南北往来的要道，经过人力开凿的。雪瓶催马就往山中去走，头一辆车上的萧千总却高喊着："慢着！姑娘你先慢着！"

雪瓶将马收住，回过脸儿来，她的脸也着上了雨点儿，真如出水芙蓉般美丽。她问说："什么事儿？"萧千总说："咱们还得商量一下，到底是进山不进山？这道山路我可走过，从现在就加快，还别迷路，别遇着山水，出了北山口也得天黑，万一……"雪瓶不待他说完，就愤愤地说："万一什么呀？已经走到这里来了，难道还要折回去？"她看出赶车的都又有些踟蹰不前的模样，就说："都快往前走！如若不到天黑就走出了这道山，那就赏你们，连牛脖子都有赏，每人给五两，到了迪化时再另算！"

萧千总叹气说："唉！你有钱就完了！"他懊丧地将头缩进车里，表示他不管了，由着雪瓶的性儿去办。那牛脖子这时却精神百倍，吧地上了那匹红马，挥鞭就向山中走。雪瓶见他骑马很利便，便很喜欢地问："你认得路吗？"牛脖子将马勒住，把头上盖着的绛紫色马褂往背后一披，昂起头来，表示不怕雨。他说："怎么不认得路？这股山头，我走过没有二十回，也有十七八回啦！"萧千总又从车里探出头来，高喊着说："别听他的！他吹牛啦！这小子靠不住！"牛脖子说："真的，我要是带错了路，小王爷鞍旁就是宝剑，还能够饶我？我一点儿也不说假话，这股路我准比赶车的还熟，闭着眼睛我也能走！"雪瓶点头说："好吧，你找那平一点宽一点的路，带着我们走，因为我的马虽然什么路都能走，车却不能。"牛脖子说："小王爷您请放心吧，准保没有错儿。"

雪瓶遂就将马向旁收了收，让牛脖子走过去在前带路。赶车的都回头来看着他们这个同伴,直撇嘴,那意思是说:看这小子的,倒要看看他对这条路熟不熟?等他带错了的时候再说!

当下牛脖子骑着红马,铁蹄敲着坚硬的山路往前去了。三辆骡车紧随着。前一辆车上的萧千总找出来一副纸牌,在手里摆弄着。雪瓶骑着那匹黑马,随着最后的车边走,并同车上的幼霞一问一答地说话。幼霞是说几句便笑笑,并随手拨着身旁的琵琶,发着嘣嘣的响声。

雨声愈来愈大,向山中又走了一会儿,山路有的地方极窄。眼前弥漫着雨烟,一片模糊,什么也看不见,下面是无底的深涧,也腾着雨烟,如同个云窟似的。车马至此不得不停。雪瓶的袷衣已经湿透,水顺着草帽的边沿直向下流,连眼睛全不能够睁开了。

萧千总大声喊叫说:"别走啦!别走啦!车马要是一动弹,就许掉下去摔死!"他在车上坐着觉得悬心,顾不得他那顶新红缨帽子,就下了车,站在大雨里摆着双手,脚连半步都不敢迈,大声嚷嚷着。可是他喊破了嗓子别人也听不见,因为那潇潇声,不仅是雨声,还有雨击着万仞山岩、风摇着千棵树木之声,雷声滚在高空之上。声音是大极了,也乱极了,即使在沙漠中遇着大风,也没有如此的猛烈。他们的这队车马就全钉在了这山路之上。受着无情的风雨吹打,都僵如山石,不敢动一动,约半个钟头之后,雨才渐微,风力也稍弱。又多时,那浓厚的烟云向高处向远处飘散了去,而大水都从崖上往涧中去流,听去,如击巨鼓。众人这才都如同苏醒,有的哎哟哎哟地叫着,有的就说:"这场暴雨可真是了不得!"

雪瓶的全身衣服已尽贴在身上,鬓发也粘在脸上,大草帽早不知被风吹往哪里去了。然而她仍然骑在马上,并转脸向车上抬起头来的幼霞噗哧地一笑,随后又扬起鞭子来说:"走吧!快一点走吧!乌云飘过去了,雨不至于再下大了!"

萧千总却蹲在一块大石头的旁边,两只手揪着那山缝中生出来的一棵小树。他全身湿得跟水老鼠一般,辫子上也沾着许多树叶,幸亏他那顶红缨帽系得紧,没有刮丢。他喘了半天,忽然一扭身坐在了地下,从山石流下的雨水就冲着他的屁股。他瞪着眼,发急地说:"还走呢!不要命啦?幸亏这几个骡子跟马还老实,要不然,早把咱们带到涧里摔死啦!这是玩的?

你们走吧,反正我是不走啦!"

牛脖子的样子此时倒不十分狼狈,拉着那匹红马,又要骑上去,并笑着说:"萧老爷你上车去吧!咱们再鼓一鼓气儿也就过去了。现在这条山路叫大雨一冲,地下的泥都没有啦,才更好走呢!"雪瓶也有点气,就向萧千总说:"你说不走,难道我们就都站在这里过夜?"幼霞也说:"对啦!萧姨夫,你在这儿待着不走,难道你就不怕晚晌有狼来吃了你吗?"三个赶车的也一齐过去拉他劝他,都说:"已经走在这儿啦,车也转不回去啦,就乘着这时雨住了一点儿,再赶些路吧!如果赶不出山去,那咱们只要见着人家就投宿。这山里的人家除了猎户就是樵夫,倒还都靠得住。"绣香也从车中探出头来,着急地让他丈夫上车,并要下来拉他。牛脖子已跨上马往前边走去,回身大声嚷着说:"走吧!往前边不远就有人家,那地名儿我都知道,叫作红叶谷,大概那边还有店房。"

萧千总听了这话才慢慢地站起身来,直着眼向雪瓶说:"姑娘!咱们可得把话说明,到了那红叶谷,咱们可一定歇下。半夜里有狼闯到山谷里把我吃了,我都不怨你,反正我是不能再往下走了。我真怕掉在涧里!我比不了你。你是你爹爹传授来的,你们都是异人。可是饶是这样,你爹爹还回不来了呢!"雪瓶一听这话,不由把眼一瞪,假若不是看在绣香的面,她真许挥剑把他杀死。她忍下了口怒气,挥鞭说:"别多说了,走吧!"

当下萧千总垂头丧气地上了车,绣香不住地埋怨他,他也显出很后悔的样子,觉得是得罪了春雪瓶,直想找着话儿跟雪瓶说。雪瓶也无暇答理他,只催着车马快往前进,她的意志并没有为这场暴雨所折,还是要当日就走出北山口。于细雨簌簌之下,马蹄、车轮磨着新洗的山口,发出清脆的声音。

转过了几道山环,越过了两重峻岭,雨虽未再下大,可是云气很低,对面五步之内全都看不见人。雪瓶也觉出有些危险,马也不敢快走。这时水声极大,赶车的人就说:"这一定是雨水勾上山水了!恐怕走不过黑龙头了。"雪瓶问:"黑龙头是什么地方?"赶车的说:"黑龙头是一座山,转过那道山是一条曲曲弯弯的下坡路,再走四十里就出了北山口啦!"车上的萧千总说:"算了吧,那四十里我可宁死也不走啦!要被大水冲走了,还不如被狼吃了呢！"此时众人都注意着雪瓶的眼色，那意思是求雪瓶快决定主意，到底今天是不是一定得赶出山口？

　　而此时春雪瓶突然一阵神色愁黯，她的心里忽然想起来许多事。其一，萧千总刚才抱怨似的说了自己的爹爹回不来之事，这不是诅咒，恐怕是真的。其二，赶车的说到了黑龙头，她却不禁联想起了白龙堆。那天两个人是不是因大风失散了？或是……唉！到底当时的情形是怎样呢？几时才能把那姓韩的找回来，细细询问？其三是这大水使她忆起了从前。那时自己才十三岁，暮春时节，草原的草刚长，孔雀河中的水初涨，她爹爹时常带她在河中洗马，就是现在这匹黑马，兼练习水性。因为她爹爹曾说过，将来只要有机会，她还要赴青海走走，由青海再往江南，找李慕白去索回那几卷奇书，所以必须先将水性练好，因为江南多水。那几卷奇书李慕白绝不能够善给，必定有一场恶斗，就许在水中恶斗。记得那时自己的心里是十分愤愤，也耐着心学习浮水，练习着在水里睁着眼睛，拾取那河底的带颜色的小石头子……她的心飘向极远。如今只有黑马犹存，爹爹却杳然不知生死，她不信赛八仙的卦算得灵，心中就不胜地悲伤。

　　又转过了一道山岭，往下面看就有一座低谷，四下的雨水都向下流。下面却在轻烟之中隐着一片绿色，且能看得出来有许多屋顶，隐约听得见几声犬吠。赶车的说："这里就是红叶谷了。"萧千总在车上听见了，急忙说："停住吧！停住吧！"那牛脖子在前边却仍不下马，说："向前走吧，天色还很早哩！这时山水之声也小点了，大概黑龙头能走得过去！"萧千总怒骂道："忘八蛋！你他妈的命不值钱，老爷还有一大家子人呢！谁跟你去送命？忘八蛋！不是我心好，能叫你跟着我们走？还能给你马褂穿？"三个赶车的一齐向雪瓶哀求，说："小王爷！咱们不如就在这儿投宿吧？这儿也还稳安。天真不早啦！往下可真不好走，反正明天晌午，我们一定把车赶出山口，五六天准到迪化就是啦！"幼霞也皱着眉对她说："你瞧你身上多么湿，也得小心冻出病来！真别走了。"

　　雪瓶也觉得难违众意，就说："谷这么低，车辆能够下去吗？"赶车的说："能下去，那边有路，一辆车足可以走得过，因为这红叶谷也不是个小村子。早先这儿也还有座官厅呢。有一位老爷带着几个兵，为是镇守这股

第七回　万里天山双剑腾起
无边大漠小龙飞来

三〇九

山路，免得官车有闪失。前两年才裁了的。"萧千总已经下了车，连说："道儿很好，赶车的，你们给找道儿往下赶吧！到了下边，有店咱们住店，没店咱们在人家住宿，好在咱们车上是女眷，住在人家里也没有什么不方便。"

于是第一辆车上的赶车的就下车步行着，揪着骡子向前走。山路曲曲弯弯地向下延伸，可是并不显得十分斜陡。少时车就停住了，赶车的说："只能停在这儿，不能再往下赶了，要不然明天早晨走的时候，车可没法子转过来。"雪瓶也下了马。牛脖子正要去解那匹黑马，雪瓶叫了他一声，他赶紧过来，把白马也接过去。他眼睛吧嗒吧嗒地望着雪瓶，龇着黑牙笑说："看！小王爷你的身上衣服全都湿啦！"雪瓶没有理他，解下马上的湿包袱和宝剑。萧千总搀着他的太太，又大声嚷嚷，叫车夫们别净忙着卸骡子，先帮着拿一拿车上的东西。

此时谷里的那些户人家已听见上面的杂乱声音了，狗汪汪地乱叫，有三五个村民迎上来看。萧千总就在前面，先是客气地说着："惊扰！惊扰！"然后就拿起当官的势派说："我是个千总，我们这几位堂客全都是钦差大臣的官眷。我们都是要上迪化去的，遇见雨了，当天赶不出山去啦，只好打搅打搅你们贵村，腾出几间房子来叫我们住一住。"

村里的人见他头上戴着红缨帽，就有点害怕，又看见了车、马、骡子一大群，更看见了虽然衣服都湿得却长得雍容华贵的一位太太、两位小姐，他们就更不敢怠慢了。于是有两个人迎上来，连连带笑说："成！成！今天是贵人来了，我们哪敢不接待？只怕我们这地方太窄，叫老爷太太们受屈！"又有两三个人跑回去嚷嚷着报告。一会儿，村里的媳妇、大姑娘、小孩子、老头、老婆都争着出来瞧。上面的车夫们也乱忙着，尤其是牛脖子，他一个人拉着四匹马，到小山沟里去饮那尚在潺潺流泄的雨水。

大家谈话纷纷，衬着山谷的回音，愈显紊乱。少时，渐渐地消停了。三个赶车的都把车卸好，骡子也喂过了。他们有的躺在车里，有的坐在山石上，抽旱烟，说闲话。村中的树木仍弥漫着雨烟，天空还隐隐滚着闷雷。几条大狗还向着山路上的车马人等乱咬，牛脖子就拾起石子来打狗。

村里却静静的。雪瓶、绣香、幼霞等人分宿于村民的家里。这座幽谷山村，人家约五十户，居民都是由陕甘两省迁来的。这里开辟着几十亩山田，饮的是泉水,种着果树,还有一家小铺,卖酒卖盐,真似世外桃源一般。这里的房子虽都是拿石块石片建筑而成,经过了这场大雨,也还没漏、没塌。屋里有拿木头搭成的床,床上铺着干草,但居民都穷困得很。男人都赤着背光着脚,女人的身上也很少有不破的衣服。

他们因为在一个地方住不下,就分在两处住,雪瓶跟幼霞住的人家姓张,萧千总夫妇住在隔壁的胡姓家里。胡家的男子是个猎户,他说山上有狼,赶车的那些人睡在那里不大妥,就给赶车的和牛脖子找了住处。骡马全牵到谷中,系在树上,叫几条大狗看守着,山路上只停着三辆空车。

这时离着天黑尚早,几个人家都烧热水做饭,男人女人们都忙着。一大群小孩子也张家跑跑胡家跳跳,看看穿着绸缎衣裳的大姑娘,又看看那位"老爷"。萧千总此时已换了一身半新的官衣,躺了半天,心也静啦,疲倦也歇过来了。村民给他做了饭,有黑面饼子鹿肉脯,还有半砂碗酒,他吃了喝了,心里也十分知足。外面的风冷,屋里又太闷气,他就索性穿上件大棉马褂,坐在院中的一块湿石头上乘风凉。他仰了仰脸,觉得云气很低,仿佛上面盖着个棉被,可是一滴雨点儿也没有。山风摇着树木阵阵地响,高处的雨水向下流着,发出铮铮的音乐之声。

萧千总听了半天,心中非常高兴,就从屋里抱出来那只琵琶,起先是胡弹胡拨,后来也嘣嘣唧唧唧弹奏出来两句小曲。他高兴极了,又唱起来:"正月里来正月正,我与小妹逛花灯。"绣香在屋里嚷嚷着说:"你唱的是什么呀?多难听!唉!别唱也别弹啦!人家心里有多么不高兴呀,谁能像你?你想发脾气就发脾气,想乐就乐!"萧千总立时放下了琵琶,跟这里的主人要了一杯茶喝着。这枣树叶子煮的水,就算是茶,他可真真喝不惯。

此时牛脖子穿着绛紫色的破马褂又来了,他也喊在屋中太阿得慌,云太低,压得人喘不过气儿,不如到外面来凉爽。并说他宁可在外面睡一夜看马,也不愿在屋里睡。又不知他从哪里借来的一杆五股钢叉,叉柄上还有两个铁片,一摇起来,就哗啦哗啦地乱响。

萧千总笑着说:"你小子来唱一出《金钱豹》吧!"

牛脖子也不懂《金钱豹》是个什么东西,只把叉使劲地摇着,说:"今天晚上我要拿着这杆叉防狼。如果我要叉死一匹狼,剥了皮,一定送给萧老爷你,到冬天做个狼皮褥子。"

萧千总说:"我怕褥子把我吃了! 小子,你就提防着点儿吧,别叉不成狼,倒叫狼咬断了你的牛脖子。其实把你喂了狼,狼也还许不吃你呢,嫌臭! 最要紧的是咱们那几匹马,我的那匹黄骠,小王爷的白龙,那位幼霞小姐的赤兔,还有顶要紧的是那匹黑马,反正这四匹马十六条腿,只要有一条马腿被狼伤了,你就留神你的这两条腿吧!"说完了,他又向旁边蹲着的村民说:"你们这儿真是常闹狼吗?"村民点头说:"有时候就闹,前天还把砍柴的童老二给吃了呢! "

萧千总听了不由打了个冷战, 立时就拿起琵琶来要回屋去, 他又问说:"强盗许不至于有吧?"村民说:"早先倒有,现在没了,因为在这山里没得吃!"萧千总真没想到这里原是这么个地方,今晚不出事就算便宜! 在这儿住着,还真不及赶出山口去呢! 他挟着琵琶就进了屋。牛脖子倒像是一点儿也不在意什么狼跟强盗,他摇动着钢叉,就走出去了。

这时候在隔壁住的雪瓶、幼霞都换了干衣服,把晚饭用了。因为屋中闷,两人也走到院中来了,隔着一道短短的石头垒成的墙,刚才那边萧千总弹琵琶、唱小曲,以及他和牛脖子所说的话,她们全都听见了。幼霞就拉了雪瓶的胳臂一下,说:"这山里有强盗?"她的脸上露出一点儿惊讶之状。

雪瓶却极为镇定,问说:"你怕吗?"幼霞笑着说:"我怕什么?我恨不得这时狼跟强盗都来,我要看看到那时我有办法没有。三爹爹她老人家一生在高山、在草原、在沙漠,单身杀强盗!"雪瓶摆手说:"别提了! "一听提起自己的爹爹来,她就又难过又疑虑。

她将眉毛锁了一会儿,突然向幼霞说:"你没看出来吗? 跟着咱们的那个牛脖子,不是个好人,今夜我们要提防着他!"幼霞愣了一愣,顿脚说:"都是萧姨夫不好! "两人在院中站立了一会儿,就见天上的云越来越暗,树木的摇动声、雨水的流泄声越来越大。两人就又走进屋中,也没有灯可点。一个村民的媳妇抱着个孩子,进来跟她们闲谈了几句话,她们倒能听得懂对方的话,可是那妇人却不懂她们这北京话,所以毫无兴趣,那村妇就又抱着孩子出去了。这里雪瓶就抽出来双剑,拿她的一块绢帕擦拭。旁边幼霞就问她说:"瓶姐,你擦宝剑做什么用呀? 莫不是你想到今天夜里一定有强盗要来？"雪瓶说："他们也未必敢来，不过我们不能不预备点。"幼霞一听，当时也拿出了她的那口宝剑来，用手巾擦着。两人在屋里就像做工似的，都这么加紧地擦剑。

外面的天色更黑了，山风山水的声音也更大，雪瓶不禁心中凄恻地想着：在沙漠里若刮起大风来，一定比这声音还猛烈吧？可惜我不能断定爹爹现在是不是仍在沙漠中受着风。她若是准在那里，就算大风能将人吹死，我也要去找她！正在想着，忽听外面一阵犬吠之声，汪汪地乱叫起来，回音在山谷里响着，就仿佛有无数条大狗，都看见了什么令它们诧异的东西。

雪瓶立刻站起了身，持剑出屋，幼霞也持剑随她出去。雪瓶说："咱们两人得分开来办事。如果真是狼或是强盗来了，那就叫我独自去抵挡，你去保护住萧姨娘跟咱们的马，尤其是那匹黑马！"幼霞点头答应。

雪瓶在前，一纵身就上了石墙，由墙上又跳到了邻舍的石头屋子上去，如同一只敏捷的狸猫似的。她一只手握着双剑，将剑藏在背后，瞪着眼向下瞧去，就见夜色混上了烟云，连上了树木，灰茫茫一片，什么也看不清，只听见狗叫声越来越急。雪瓶就由石屋再跳到了石墙上，一连走过好几户人家，只听见狗叫，倒没有别的声音。她正想要下去看看，就听见哗啦哗啦的钢叉响，那牛脖子使着气骂说："这几条癞狗！你们瞎咬什么呀？"雪瓶这才放了心，知道并没有发生什么事。又听牛脖子叹了口气，自言自语地说："狼倒没有来，狗先乱叫唤，他娘的就都别睡觉了！"

雪瓶回过身来，又顺着墙行走，忽见五步之外有闪闪的一条白光，是幼霞也站在墙头上。幼霞一手提着宝剑，一手向她招呼。她轻轻快快地走了过去，幼霞就悄声问她说："有事吗？"雪瓶摆摆手说："没有事。"幼霞在前，雪瓶在后，两人又踏石墙、走石屋，迅速地过了两重院子，见下面皆无半点灯光。

忽然听得有一间屋里，是她们萧姨娘的声音，说："你去看看好不好？两位姑娘都在那边，怎能叫人放心得下？再说，若不去看看，也显得咱们太缺礼啦！无论如何人家拿咱们当长辈看待，这回人家姑娘总是跟着咱们出来的！"接着是萧姨夫的声音，说："唉！你怎么说是她们跟着咱们出来的呀？说实话！这回若没有她俩，我还不敢来呢！咱们不过是比跟班、听差的稍微强一些。人家有宝剑，房一蹿就能上去，半夜里骑着马敢走草原，咱们敢吗？你叫我出去，你是想叫我去喂狼吗？你真是好心眼儿，我可不上你这个当！"

幼霞掩住口要笑出来，雪瓶却听萧千总说着说着，忽然把语声压下去了，就不由得十分疑惑。她赶紧跳下墙去，脚下一点声音也没有，走到屋门的前边，她蹲伏下身去，侧耳向屋中静听，就听萧千总悄声地向他的太太说："你放心！到了迪化还不定见得着见不着呢！赛八仙的卦虽说算得灵，可是也未必回回灵，咱们那位姑奶奶，这时真不定怎么样了呢？她一辈子做的事也太过分了！结果一定好不了！这次咱们到迪化去……"

绣香带着哭声说："那咱们何必还去呢？那还不如在尉犁城等着把韩铁芳找来，倒还许问出个真情。这回倘若到迪化见不着她爹爹，咱们这不是把人家孩子给骗了吗？"

绣香很悲哀地哭着，雪瓶在此也肠如刀绞，泪不住地簌簌向下流。又听萧千总说："唉！唉！你又哭，将来我要死了，大概你也不能这么哭我！咱们全都是受过玉宅的栽培，玉娇龙对咱们确实有恩，可是这些年咱们对她也不错。这回我主张上迪化去，这就叫作'撞木钟'。万一要是撞响了呢？叫赛八仙那家伙把卦算对了呢？那就好，什么麻烦也没有啦。咱们见一见钦差大老爷，托一托他再栽培栽培我，咱们就由那里回乌尔土雅台。倘若见不着那位姑奶奶，或是证实她已经死了，那咱们也得去见见钦差。雪瓶虽不是他的亲外甥女，也跟外甥女是一样，那就得请他收养了，或带回北京，或就在新疆给她找婆家。因为她饭虽有得吃，人也不会欺负她，可是她又不是哈萨克，哈萨克既不娶她，缠回也不要，像我这样的做小差事的，更不敢讨她那样子的老婆。她不小啦，也二十啦，将来可怎么办？难道真叫她袭玉娇龙的缺，在沙漠草地上男不男女不女地漂流一辈子吗？"

此时户外的雪瓶反倒惊讶得忘了悲痛。她第一次知道，自己爹爹的真名字原来叫作"玉娇龙"，不是叫"龙娇玉"。爹爹的生平到底是怎样？自己本来的父母是谁？因何才被她抚养？此时屋中的萧千总已不再言语了，绣香却仍在哭泣。雪瓶将起身来，要进屋去泣问详情，忽听犬吠之声又厉害了，比上回叫得特别急。幼霞又在墙头上嘴里咻咻地叫她。她赶紧回身跑了三两步就越过墙去，双剑分两手持握，向外就跑，只见群犬都向山路上追去了。雪瓶先去找马，一看红马、黄马和骡子尚在树上拴着，黑马、白马连看马的牛脖子全都不见了，那山路上却有马蹄嘚嘚之声，十分地清脆。

雪瓶大怒，就向山路上去追，一群狗又挡住了她乱咬，她以手中的双剑将狗驱散，仍往上去追赶，三辆车又遮挡着路。同时四面是云，山石又极滑，她不敢快走。此时见山路转弯之处，隐隐有一条白影，正是她的那匹白马。她只恨未预备着弩箭，一时情急，将双剑归于一手拿着，另一只手向旁边摸起了一块碎石，就向着那条白影猛力地投去。只听哗啦一声响，那边像有什么铜铁的家伙扔在地下了，而蹄声嘚嘚却越走越远。雪瓶怒喊说："回来！你绝跑不出山，我寻着你必要杀死你！"也不知那边的人听见了没有，但是绝不答话，只管向前逃跑。雪瓶顺着山路紧追，攀树登石，追出了很远，已上到了很高的地方。她向下一看，只见一片一片的白云都像那匹白马似的，但蹄声却听不见了。风声愈大，山水愈响，树木乱抖得更厉害，狗仍在下面乱叫。她四下张望，蓦然觉得眼前一亮，相隔约有一岭之远，那边分明有一晃一晃、忽明忽灭的火光，还不像是灯，分明是许多火把，而且似是往近走来了。

雪瓶心中明白，这山里原来真有强盗。牛脖子在尉犁城时就跟贼人着通，他早已念记上了我那两匹马。我这匹白马可以舍弃，黑马却是死也不能让它落到了别人的手中。于是她又向前紧追，迎着那渐来渐多渐亮的火光去走。脚下是极为难行，带尖的山石，有刺的树木，很滑的青苔，残留的雨水，旁边又是烟云遮罩着的万丈悬崖跟深涧，她时刻要小心，却又时刻不敢迟缓。越过了一道高岭，向下走去，却觉得山路渐渐的宽平，那些火光来得也愈近了。显然看出来确实是火把，一共有二十多只，有的走着走着就被风吹灭了，有的却被风一吹它更亮。熊熊闪闪的火光之中，照着可不只是二十几个人，至少有四十个人，渐渐地能听见他们的说话了，可是听不清楚，又渐渐听到了他们的脚步声。

这时雪瓶只恨未带着弩箭，不然站在这里连支箭射去，他们就都得倒下。雪瓶又向前走了几步，就见右边有几座高石，上面生着有两三棵树木，雪瓶就将身子向上一纵,跳了上去。她在上面双手持剑站立,向下看着,就见火光逼近了她的眼睛,连这些人的模样她都能看出来了。只见有的头戴破草帽,有的用手巾蒙着头,有的就把一条辫子像蛇一般地盘绕在头上,其中多半穿着汗褂、夹袄,也有几个光脊梁的,都一手举着燃着了的干草把跟枯树枝,说着:"可要小心!""别管旁人,只敌住那两个丫头就行。""哈萨克的那丫头还不要紧,只有飞骆驼……"相距只有四五十步远,这些人万也没想到山石上会有人。

春雪瓶哪是飞骆驼?她简直就是飞雕、飞豹子!她手擎着双剑向下蓦然一跳,喝了一声:"都站住!"把这些人都吓了一跳,有的就失声喊了声"哎哟"!雪瓶双剑齐挥,立时就砍倒了两个人。其余的全都乱纷纷地向后退,齐大声问说:"你是谁?"

雪瓶连半句话也不答,只是舞剑逼近,众贼也一齐用刀相迎,当时刀剑齐鸣,人声乱嚷。雪瓶的双剑无论砍、刺、掠、削,几乎每一下都不虚发,必有惨呼之声随着剑光而起,必有火把扔在地下,与剑光相映着。一霎时,倒在地下的有七八个,堕下崖去的有十几名,其余的人全都抹头逃跑了。

雪瓶多日的胸头抑郁之气,到如今才发泄了一半儿,她的双腕都已有点儿酸了。脚下踏的不是倒在地下的人,就是像雨水一样的血,地下燃烧着的火把映得石头发红,照得云雾发亮。她用双剑架住了一个刚要跑而没跑成的贼人脖颈,这个贼向她跪下央求着说:"小王爷!"雪瓶怒问说:"你们都是从哪儿来的,牛脖子那个贼偷了我的马往哪边逃去了?快实说!"贼人说:"我没看见牛脖子。他倒是说过春大王爷有匹好马,他想给盗走,带到别处卖给人,一定能发财。这是他在尉犁城的时候悄悄跟我们说的。我可不知他盗走了没有?"

雪瓶此时急于去追回马来,实不暇细问,就说:"你快说!你们是从哪儿来的?难道是从尉犁城随着我们来的吗?你们好大胆!快说!你们的首领是谁?"她把双剑重重地压在贼人的肩上。贼人战战兢兢,话更是说不出来,半天才说出:"我们的大首领是半截山,二首领是野猪老九,三首领是戈壁虎,我们都是太岁山的。因为在两月前,野猪老九在销魂岭上被春大王爷用箭给射死了……"雪瓶吃了一惊,心说:哎呀!原来我爹爹在两个月之前就回到新疆来啦! 贼人又说:"半截山为替他的二弟报仇,就派了老三戈壁虎,带着我们共分三路去追春大王爷。我跟牛脖子是一路,我们绕库鲁山的北边到了尉犁城,另有几个人是走南路,他们没追上春大王爷,可追上了他老人家的那个伙伴姓韩的啦……"

雪瓶听到这里,越发注意,贼人又说:"他们在黄羊岗子那地方先下的手,也是打算先偷去那匹黑马,再下手杀那姓韩的……"雪瓶又急逼问说:"姓韩的为什么会得到了那匹黑马?"贼人摇头说:"不知道。他本来有两匹黑马,听说在黄羊岗子里卖了一匹,却留下这一匹。"雪瓶再问:"姓韩的是个做什么的?"贼人又摇头说:"我也不知道! 听说在销魂岭的店里,他是跟春大王爷住在一块儿。我们在春大王爷走后,到那店里去问,听他们都说那姓韩的是跟春大王爷一块儿由东边来的,他称大王爷为前辈……"接着又说:"戈壁虎带着我们到尉犁城聚齐,我们一共才六个,因为有两个在黄羊岗子叫姓韩的杀伤了。赛马时闹的事情我们也都知道。后来听说你们要走迪化去,我们才商量好了计策,牛脖子先去充好人,帮你们的忙,跟你们一路走,因为他跟那千总官儿赌钱赌成了朋友啦。我们就先骑着快马赶到这山里来,这西边黄熊岭的首领,本来跟我们全是好朋友,他答应帮我们的忙。今天下雨的时候,你们一进山来,我们就看见啦。现在就是戈壁虎带着我们要去杀你,可是……小王爷! 我把实话都已说啦,你饶了我吧! 我可没杀你,是……"

雪瓶此时手有点儿软,但又想今天若非自己早有准备,早就死在他们的手里了。因此又把心肠一狠,两腕同时用力,只听贼人发出来惨号,她却不用眼看,转过了身去。见地下尚有未燃烧完的火把,并扔着没烧着的草捆,草捆长约三尺,雪瓶就将双剑归于一手,拾起一个草捆,就着地下的余火引着了,照着山路,想回到谷中取了马再去追那牛脖子。

她蹿崖跳涧,火光剑影随着她的身躯飞舞,不多时就又来到了那条平坦的山路上。她往前去看,见几丈之远有一条白影在动着,便持着火把向前去追,那条白影就发出嘚嘚的蹄声向前跑去。她晓得是她的那匹白马,多半是牛脖子不能同时拐走两匹马,他才单把黑马骑走,将这匹马抛下了。雪瓶随就拿番语叫那匹马的名字,那匹马便轻轻敲了几下蹄子站住了。

当瓶持着火把慢慢向前走，走了几步忽觉脚下踏着了一个东西，只听得哗啦一声，原来是那柄钢叉，也被牛脖子抛下了。她倒不由得疑惑起来，心说：莫非牛脖子那贼是连人带马全都堕在深涧之下跌死了吗？唉！总怪自己太疏忽！

她心中难舍那匹黑马，就走近崖边，持着火把向下去晃照，希望那匹黑马能够忽然飞跃上来。可是下面的山涧不知有几十丈深，云烟漫漫，这火把的一点光哪能照得到涧底？此时白马缓缓地走了过来，依傍着它的主人。雪瓶一看，这马的鞍鞯全都没有卸下，可见那匹黑马的鞍鞯也叫牛脖子拐走了，她就更气。她将剑插在鞍旁，上了马，一手提缰，一手举着火把，就向谷中走去。山路下陡，她也不能将马催得太快。

走了一会儿，就来到那停车的地方，只见前面有人高声呼叫说："来的是瓶姐吗？"雪瓶听出是幼霞之声，便收住了马，急急地说："牛脖子那个贼将黑马盗走了！这山上确有不少强盗，都是与半截山勾通的，已被我杀了不少。现在我得赶快去追牛脖子，好把马夺回来。你去把弩弓给我拿出来！我不要我那短头子的箭，要那回姓韩的送回来的尖锐的箭，快去！……还有，我若今夜追不上他，我踏遍了整座山也得将黑马夺回。明天午前我要是不回来，就求你赶紧保护着他们出北山口，切不可在此多待，提防贼人前来复仇！也千万要谨慎，出了北山口不要耽搁时日，赶快到迪化，咱们在那里见面！"

下面的幼霞连声答应着，跑回村里去了，雪瓶在这里勒着马，等候了多时，幼霞才又来到。也不知她是从哪里找来了一根干柴，点着了拿着，与雪瓶手执的火光交相辉映，二人都能彼此看得清容颜。幼霞把一只包袱交给了她，说："都在里边啦！"又交给她剑鞘跟皮鞭。雪瓶先下了马，匆匆将一切东西在马上挂好，她就又骑上去，说："我可走了！也许能把马截回来，我也就能快回来。"幼霞说："不要紧！你就放心去找三爹爹的那匹马去吧！明天你若不回来，我就保护着他们走。我已想好了，明天走的时候，我叫他们村里出十几个人送我们，大概也就不至有舛错了！"雪瓶说："好！"她拨过马去又往上走。幼霞在下面又锐声喊说："瓶姐你可也要小心！小心山路……明天你要不回来,咱们在迪化见面,我们先在三爹爹那儿等着你!"雪瓶在马上一晃一晃地摇着手中的火把,表示自己已经听到了,然而心中却不胜酸楚。

火把被风吹着,呼呼地响,马蹄踏得石缝中的雨水往起飞溅。雪瓶揪着马缰,用手中的火把照着路,遇见那又狭又陡的山路,她就勒马慢行;但一照出来宽平的道径,她就又放马飞奔。她手中的火把照遍了出路,口喊着:"牛脖子,快放回马来!不然我要将你杀死……"声彻空山,连喊多时,未见有人答复一声。

她已走出很远了,不过看得出来并不是白天进山时所走的路,同时也已辨不出东南西北。手中的火把也越烧越短,光亦渐微。她不禁勒着马踟蹰,暗暗叹了口气,又缓缓地往前去走。忽然听见有嗷嗷的一种噪声发自于岭上,雪瓶听了,不禁顿吃一惊。她一面用力抖火把,使火焰又熊熊地腾起来,一手从鞍后的包袱里、摸出来小弩弓及几支锋利的箭矢。她先装好了一支,其余的几支全都插在腰间系的带子上,再往前慢慢行走。

走了不远,就看见迎面黑暗之处有两点亮光,跟两盏小圆灯笼似的。待了一会儿,又出来了两盏,接着又是一对,一共是六只圆的闪闪发亮的东西。雪瓶忙勒住了马,将火把抖了起来。对面的六只发亮的东西看见了火光,就一齐向后退去,可是并不跑。雪瓶不由得微笑,她将小弩箭上好了,比准了,瞪目瞧着。只见对面有一对小灯笼渐渐往近扑了过来,火亮倒灭了,可是在马前火光所照得到的地方隐隐发现了一只有驴子般大的苍狼。这狼瞪着可怕的圆眼,露出一嘴的尖牙,吓得马不住向后退。

春雪瓶将弩箭放去,只听嗷的一声,这真是狼嗥,惊得三只狼抹身就跑。春雪瓶急急地催马去追,一面妥安弩箭,一面摇动火把照着前面,蹄声嘚嘚,火光腾腾,弩箭就向着前面叮叮叮连珠般地射去,只听噪声震动了山谷。她这才将马收住,向前慢慢地行走,就见眼前的山路上躺着两只狼,一块大石头上伏着一只。她拿火光去吓,那三只狼也全都不跑。她抽出一口剑来,下了马,索性朝这三只狼的身上各砍了一剑。证明全都确实死了,她才用火把照着,细细地从狼身上寻出射中的弩箭,费了很大的劲才拔出来。她将几支箭依然带起,心想:我爹爹的这种箭真厉害,怪不得她不许我使用,以后还是非到不得已时绝不拿出,别忘了爹爹的话。

她又策马向前去走,可是这匹马看见了那三只死狼还有些害怕,几乎使雪瓶跌了下来。雪瓶愈是恨自己的这白马,愈是舍不得那匹黑马。她就以剑柄向马胯上狠狠地捶了一下,马才向前狂奔起来。

又踏过了一道山岭,火把已经烧完,雪瓶就把手中的一截连着余烬的干草扔在地下。马也喘,人也累,四顾茫茫,千涧万壑都隐在云里,她简直不敢走了,就下了马,坐在一块山石上。本来是恐怕再有狼来,不敢睡觉,可是她坐了一会儿,打了半天盹儿,竟自沉沉地睡去了。马也在旁边睡去了。山风凄紧,也吹不醒她的沉梦。

雪瓶睡了半天,被鸟声唤醒。一睁开眼睛,觉得满身都是露水,天光已亮,她倒不由得吃了一惊,再看看,马在旁边吃草,一切东西倒没有短少。向四下去望,白云飘飘,峰峦半现,天气是已晴了。由东方岭后的一片淡紫的云霞,她就将方向辨别出来了。她掠了掠鬓发,站起身来,觉得非常有精神,心想:我往哪里去呢? 赶回红叶谷,同他们一起去迪化? 漫说到那里未见得能找得着爹爹,假定能够见着了,我又有什么脸去见她老人家呢? 爹爹托他的朋友姓韩的——韩铁芳来送马送东西, 人家不辞辛苦到了尉犁城,我却不容人家说出青红皂白,就向人家连射两箭,还给打走,截下了马,如今又把马给丢了……

于是她一咬牙,上了马又走。转过了两个山环,见朝阳已出。忽然见下面有两个猎人,一个拿着叉,一个拿着箭,每个人都拖着一只死狼,雪瓶倒不由得笑了,勒住马向崖下高声问说:"喂! 你们可看见有个人骑着黑马走过了吗? "崖下面的两个人齐都站住了,仰面寻了半天,才看见了春雪瓶,他们大概也没看出是男是女来,就齐声问说:"什么? 你问狼? 这是我们刚才打死的,那边还扔着一只呢,我们待会儿再去取。劳你驾,你去给看一看,别叫人给拉了去,我们打死了这三只狼可不容易! "

春雪瓶才知道自己绕了一夜,离开红叶谷原来并没有多远。她拨马寻着了下坡的路,放马而下。底下的两个猎户看出春雪瓶是骑着马,并且还是个女人,他们这才大惊,都向后退着,把狼腿也扔下了。

春雪瓶说:"我不管这三只狼是谁打的, 只问你们可曾见有个人骑着匹黑马跑出山去了没有？"她问得急，话说得又快，再加上山里住的这些人对官话本来听不大懂，当下猎户之中，一个是惊惊慌慌，另一个便点头说："不错，刚才是有一群马都跑出山去了！"雪瓶听了倒不由惊愕了一下，因顺着话去问说："那群骑马的人都是谁？是强盗吗？"猎户摆摆手，说："我们可不敢说！反正里边有黄熊岭的大王，还有……"雪瓶把字音咬清楚了，一个一个字地说："还有一个，穿着绛紫色的马褂，骑着一匹黑马的人，有没有？"猎户这才听明白了，连说："有有，那群马里就有他，他领头，都出了南山口去啦！你要找他们就快去追！"春雪瓶说："好！谢谢你们！"她挥鞭向南飞驰，这两个猎户还在后面指着，大声嚷着说："往那里去！对啦！由这边一直走就出山口了！"

春雪瓶急急挥动着鞭子，马蹄击着山路，嘚嘚地紧促地响，一霎时就走出了山口，比那日赛马的时候还要快。她的身子几乎平伏在马背上，一口气跑出了三十多里，这才收缰。她喘了喘气，看见对面来了一群客商，有车有马，都像是要过天山的样子，就慢慢地策马迎了过去。她下了马，问说："劳你们的驾！可看见一群马走过去了没有？其中有一个身穿绛紫色马褂的人，他骑的是一匹黑马？"

这一帮客人都是汉人，看见春雪瓶骑着白马，带着双剑，他们一猜就知道是春小王爷，遂就一齐惊惊慌慌地拱手作揖。有个人走上来，恭敬地答复说："那群马我们倒没看见，可是我们刚才走过野牛屯的时候，听个人说有一群强盗都骑着马，拿着刀，从偏路往东去了。我们还特意停了一停，索性让他们去远了，我们再走，怕是碰在一块儿被他们劫了。春小王爷您要是追，就赶紧往东，那里有两股路，一股大路能到北边哈密；一股窄路，得越过塔格山，过白龙堆、销魂岭，进玉门关……"

雪瓶听到这里，就不往下再听了，她点点头，表示谢意，就仍往东走。走了一会儿，就看见有两股道路，如人字形，一是往东偏北的，较宽；一是往东偏南的，较窄。雪瓶就走上了那股窄路。这股路的两旁也都是草，有缠头人在这里牧着无数的牛羊。昨天这地方下的雨仿佛更大，地下至今还有很深的湿泥，马蹄都没到泥里，所以无法走快。但雪瓶是绝不稍停，无论快，无论慢，她总是向前追赶。她知道戈壁虎、牛脖子那些人都很畏惧她，不敢在天山中多待,却拐着马逃跑了。他们必是逃往白龙堆附近去了。而我爹爹的生死的消息,也总可以在那里找得着吧?因此,她也不顾坐下的白马已汗出如流,仍是挥鞭快走。

走到近午的时候,她觉得饥饿了,看见远处有一片树林,那里冒着火烟。她晓得是有人正在做饭,便赶紧催马走过去,见是十几个缠头的人正在那儿烧柴草,做饭吃。看见了她来,这些人都很惊异,并很敬仰。

雪瓶也略通几句缠头人的话,就说:"你们看见有一群强盗过去了没有?"十几个人都摇头,她又说:"你们把饭做好了,我想吃点,吃完了我给你们……"她真想不起来能拿什么东西换人家的饭吃,除了摘下耳上戴的金坠子,就只有马身下的银镫银勒了。

她忽然看见马上的包袱鼓鼓囊囊的,不知幼霞都给她包了一些什么东西。她过去打开了一看,见里边不独有粗头箭、细头箭,一共几十支,还有碎银金锭,跟三身自己的单袷衣褂。雪瓶不由得心里喜欢,尤其钦佩幼霞,昨夜在那山谷之间、匆忙之下,又没有灯光,她竟能想得这么周到,把包袱打得这么好。雪瓶心想:她竟是比我心细!她自觉惭愧,自己更要去夺回马来!更要走遍天涯,问出来爹爹的生死!还得要找着那姓韩的人向他道道歉。

雪瓶走了过去,把银子给这十几个人。这些人哪里肯收?虽然没称呼她什么,可是她也明白人家是知道她的威名,她倒不由得客气了。雪瓶放开了马,由着马去吃青草,去在地下打滚。她就盘膝坐在草上等了一会儿。

等了一会儿,人家就把饭做好,给她送到面前。这饭是用木盘盛着,上面放着一些羊肉,没有筷子,只拿手抓着吃。她一边吃着,一边抬眼望着青天、白云、远山、近草,那草里藏着的绵羊就如山上的石头一般多。少时她将饭吃完,就站起来,过去拿那包袱擦了擦手上的油。天很热,她先备好了马,牵着,另一只手提着包袱,向这十几个缠头人道了谢,遂就进了树林。林中很深,她在无人能看见之处,脱去了袷衣,然后将包袱系在马上,出了树林,就又上了马向东南驰去。

沿路上她就是这样,午饭到处就用,夜晚或投宿于蒙古人的篷帐中。好在差不多的人虽未见得却尽皆认识她,知道她是"秀树奇峰"春雪瓶,但见她一介少女,有马有剑,总疑惑她是与"春大王爷"有点关系,所以莫不对她恭谨接待,也没有一个敢询问她的姓名跟来历的。但是她一说出那牛脖子的年貌及那匹黑马的样子,被问的人可就都摇头,都说:"确实是没看见,不晓得。"

她心里真着急,一连行了两天两夜,已踏遍了库鲁克山阴的广大草原,并且穿过了巍巍的塔格山。夹着塔格山有南北两片大沙漠,南沙漠是白龙堆,北沙漠就叫"黑戈壁"。"黑戈壁"是一句番语,即沙漠之意,这一片地带是狭长形,东西五百多里,南北约二百里,满地是粗大的黑沙,寸草不长,滴水难寻。而这里又是由甘省赴焉耆府的一条最近便的路,所以行旅甚众,强盗也常往这里。又因这里还不像白龙堆有库鲁克山作屏障,四面全是大平原,北风时时刮起,隆起的沙岗比比皆是,高的地方如同一座小山,低的地方又如山涧。

雪瓶胯下的这匹白马是走惯了草原的,它一望见沙漠,便不住地发怵,扬首长嘶,直向后面去退。雪瓶愤然挥鞭,向马背上连抽了几下,马才直向前跑,铁蹄踏着沙子乱响。雪瓶倒急将马勒住,因为她记得爹爹曾说过,沙漠中的粗沙很容易磨坏了马蹄,马蹄一旦破了,马不但不能再走,反倒是个累赘,所以在沙漠最好是骑骆驼,因为骆驼掌是软的,不怕硬沙子磨。如今雪瓶还要留着人马的余力,要向这大漠中去寻找黑马,去对付贼众,所以她更不敢将马蹄磨伤了。

雪瓶勒住了马慢慢去走,抬头向前望去,却有一片奇景展现于她的眼前。就见天空像有一片云影,上面印着附近的山石草木的倒影,虚浮飘渺。马往前进,影子也向后去移,十分新奇。但再向沙漠深处一走,这种幻影也就全都消散了。

忽听见叮咚当啷的铃铛之声,有一群骆驼缓慢地自对面走来,比马还慢。拉骆驼的几个人都是蒙古人。雪瓶就以所会的几句蒙古话去问说:"前面有强盗没有?"对面的人却说:"说不定!"雪瓶又问说:"这天气能起风吗?"对面的人答她说:"倒还不至于! 你快走吧! 前面有店。"

雪瓶一听说沙漠之中竟有店房,倒觉得很是奇异,也因此放了些心,就从骆驼旁边走了过去。走了不远,又遇着了两队骆驼。这时天色已渐晚,那颜色跟沙子一样的成群的沙鸡噗噜噜飞起;还有成群的黄羊,都长得跟鹿似的,全身红黄色的细毛,跑起来像飞一般,不多时就跑过去了十几群,约数百头,雪瓶倒觉得目不暇给。又走多时,觉得嘴里十分渴,对面也不再有人来,而天际红霞纷落,地下的沙岗愈见乌黑。她策马再向前行,又走数里,忽见远处又起了一股滚滚的黑烟,并有一闪一闪的火光。她赶紧再往前走,到了临近一看,原来这里有几间低矮的草屋,屋前坐着一大群人,停着许多辆车、三四十匹马,还有几十个骆驼,黑压压的一大片。当中是燃着的木柴跟骆驼粪,火光熊熊,煮肉的香味直扑到鼻里。原来这里就是所谓的店房,就是在沙漠中挖成了一片低地,盖了几间风来了就吹倒、风过去又能搭起来的简陋的房屋。因为来的客人多,屋子容不下,而且沙子上的余热未散,屋里实在不能待,所以大家就都住在外边,有的坐在地下,有的就卧在沙上。柴跟骆驼粪随燃烧着随又往里添续,火光是越来越猛,不用点灯,每个人的脸都可以看得很清楚。大家乱纷纷地说着各种言语,有人哈哈大笑,有人哦哦地高歌。煮肉味虽然好闻,但这些人身上的汗臭味却直逼得人不能近前。骡子叫唤,骆驼悲鸣,马在喷气打嘟噜。这店家还养着两条狗,见沙坡上有人骑马来了,就都跑过去汪汪地乱吠。

雪瓶下了马,她看见这一大群人这么乱,本不愿在此住宿,但又四下看看,天已昏黑,地愈茫茫,若是走下去,不知走到何处才能再找着个店房。并想,这些人里也许就有强盗,也许牛脖子就混杂在其中,我是为做什么来的? 我为什么不能在这里住一夜? 当下她牵着马便下了沙坡,也就算是已经走入店里了。

她借着闪闪的火光先去看那些马匹,看见有不少匹全身黑色的,但却没有爹爹的那匹铁骑。这时,忽然间一切的谈话声音全都停止了,无数惊疑的脸直瞪着的眼睛,全来对着她,真是十分严肃;只有火燃着干柴发出劈剥劈剥的响声,狗也不知跑到哪里去了,也不叫了。

雪瓶喊着说:"店家! 来喂喂马!"随着她的话音,立时就来了一个光着脊背、骨瘦如柴的老头儿,口中连声答应着,将她的马接了过去。她解下包袱,手提宝剑,走进这些蹲着坐着的人群里。她见这些人都是神头鬼脸的,有长胡子的,有光下巴的;满地乱堆着行李,有被卷、货物、牛皮口袋、骆驼鞍子。数个人正在吃喝,有的吃着肉,就着自己带来的奶酪,有的啃着发了霉的大馒头,有的咬着自煮的羊腿,大锅里还正在烧着。这百十个人的模样,雪瓶也很难将他们一一看清,不过可知是没有那牛脖子,因为所有的人都仰着脸看着她,没有什么人躲藏。

雪瓶过去向那烧火的人问说:"你们这锅里煮的是什么?"烧火的人仰着一张乌黑的脸儿说:"是黄羊肉,熟了,你要吃吗?"

雪瓶就点了点头,又问:"你们这里有水喝吗?"烧火的人说:"管饭不管水,水都得自己带着。"

雪瓶还没有答话,旁边早就有个人过来,吧的一声就打了这烧火的人一个大嘴巴,打得这人哎哟了一声,拿手捂着黑脸。打人的那人却是个差官的样子,肩上挂着公文袋,一手拿着红缨帽,一手紧紧握拳发威,骂着说:"忘八蛋,你也不睁一睁眼睛,看看这是谁呀?你敢说没有水?没有水你也得给变水去!"又向雪瓶弯腰赔笑说:"这店里也实在没有水,连煮肉的水还是大家公摊的呢。在沙漠里无论是走路住店,都非得自己带着水不行,你老人家,来喝我们的吧?"

他原来就坐在离火不远的地方,还有他的两个同伴,也都是当官差的,立时就把一大壶茶跟一个茶碗送了过来。雪瓶倒觉得不好意思,就不由得笑了笑。闪闪的火光映着她的娇颜,一些人不仅惊讶未止,且多有些发迷似的了。雪瓶刚放下包袱跟宝剑,去接茶来饮,忽然听得人丛中有人粗声地喊道:"好漂亮呀!"雪瓶吃了一惊,就见许多人都扭转了脸去看那人,还有的发气地在责问他,那人却仿佛还在冷笑着,说:"难道她还是……"

往下边的话雪瓶并没有听明白,但她发怒了起来。她瞪起眼睛,刚要抽剑,但又想何必呢?别人这样地怕我,原是因我爹爹的名气太大,我何必要倚势凌人呢!遂就颜色缓和了一点儿,又微微一笑,客气地从差官的手中接过一碗茶来。

差官也惊愕了半天,这时便弯腰递笑来劝着雪瓶,说:"您别动气,常常有这样才从外省来的浑人,他们不知道天多高,地多厚,早先……"他把腰弯得更深一些,又说:"有一回,那是七八年前了,大王爷也遇见了一个莽撞的人，说了一句话冒犯了她老人家。她老人家可也没有生气……这件事我是知道的！"

雪瓶听人提到了她的爹爹，心头不由袭上来一阵悲痛。她咽下了两口苦茶，就背着火高声向所有的人说："诸位！可知道这沙漠附近有一伙强盗，为首的叫半截山，其次的叫戈壁虎？"忽然听人丛中又有那粗声发出来，说："什么半截山、戈壁虎？他也叫半？他也叫虎？那是冒老爷我的招牌！"雪瓶借着火光所照之处，看见那说话的人是一个四五十岁、两腮长着灰白胡子的人，形象极为古怪。旁边的人都瞪他，推他，还有的拿拳头打他。

雪瓶却依然不动气，接着又说："还有一个贼，名叫牛脖子，他骑着一匹黑马，大概是逃到这里来了。如果有哪位看见了，请快告诉我，我必有重谢！"她用汉话说过之后，又拿哈萨克话说了一遍。当时就有人争着回答，说："半截山跟戈壁虎倒是有，常在这里跟白龙堆那一带打劫行人，他们的老窝就在南边太岁山，离这里有八十里地。牛脖子我们可不知道，我们也没看见个单骑着黑马的人。"雪瓶又问说："我的爹爹春大王爷……"说到这里她却不往下说了。她原想是向这些人打听打听自己的爹爹的下落，但忽然又一想，爹爹纵横新疆十余年，几时曾有过准确的下落？自己不能去找，反要向这些人问，他们也必定不知道，而且足以减低爹爹的威名，遂就把话又噎了回去。

那差官又给她倒了一碗茶。那黑脸的店伙撕了一大碗黄羊肉，也给她送来，放在她的眼前地下；而那瘦老头儿——店掌柜又跑到屋里，给她抱来一领芦席，铺在地下。这真是太优待了。雪瓶却说："离着火远一点，我怕烤。"她话一说出来，旁边的人就都往后挤，咕隆咕隆地一阵乱，给让出一大片地方来。她又觉得有些不好意思，连说："不必，不必，只要容给我一点地方就行了。"

那掌柜的又把席子拉得离火远了一点儿，并把黄羊肉跟那差官的茶碗、茶壶全都给放在席上。雪瓶把包袱跟宝剑也都扔下，刚要坐在席上，忽见人丛中站出来一个怪样子、一脸胡子的人。这人身穿黑绸子的裤褂，分开了众人就往近走来。众人齐都惊慌，有的喝他，有的拦他，他却连蹿带跳离开了人群，到了春雪瓶的近前。他的态度倒不怎么凶横，只把一只大而圆的眼睛向雪瓶的脸上瞪了又瞪。雪瓶觉得这副怪模样真讨厌、真难看，右手的拳头便紧紧握着。她沉着俊俏的脸儿，瞪着两只银星一般的眼睛，望着那个怪人。

那人却忽然笑了笑，说："姑娘别生气，我许认识你，我跟你打听打听，你的娘是不是侠女玉娇龙？你的爹又是谁？"他说到这个爹字，如同敲了一下锣似的，声音非常之宏亮。在他以为"爹爹"即是"爸爸"，即是春雪瓶之父、玉娇龙之夫。他的两眼露出嫉恨之意，又说："你告诉我不要紧，我是你妈的老朋友，你妈当年自北京出来……"旁边的人齐都吓得更往后退，有的已站起身来跑了，因为十九年来全新疆无人敢说这样的话。

春雪瓶突然向那人的脸上打了一拳，怒喝道："胡说！"接着又是一拳，也捶在这人的脸上。这人只向后退了一步，说："你打我我也不还手。你听着，我姓罗，二十几年前在新疆有名的半天云，那就是我！"他说到这里，旁边更有不少人吓得站起来惊跑。马也嘶，狗也叫，并有几个人嚷嚷着说："小王爷！快躲开着他点儿！他是早先沙漠里的强盗，半截山还是他的喽啰呢！"

春雪瓶仍不言语。那姓罗的又愤然说："当初的事不必瞒人，但我二十年前就洗了手。你妈妈玉娇龙就是我的妻！"这种侮辱春雪瓶可真忍受不住，她立时扑了上去，向这人的胸前咚地又是一拳。这人的身子向后一仰，春雪瓶趁势一脚，正踢中腹部，这人就咕咚一声坐在地下；但他一骨碌又爬了起来。春雪瓶却已抽出来双剑，左右一分，白光闪闪如电，高抡着向姓罗的两肩劈下。姓罗的急忙回身就跑，跳过了几只骆驼，很敏捷地抓住了一匹马骑上，举起粗壮的胳臂高声喊着："你回去告诉你的妈说我罗某现到了新疆来寻她，迟早我要见她一面，叫她别忘了旧情！"

春雪瓶急追了过去，见此人已上了马，自己就赶紧取出来小弩箭，嗖嗖两箭射去，就听那姓罗的哎哟一声怪叫。旁边乱哄哄的人有的就叫着，有的就大笑。但姓罗的并没有从马上跌下。他忍着箭伤，以拳击马，急急走去。就见他爬上了沙岗，越过了沙堆，踏踏踏的马蹄磨沙之声越来越远，少时人马的影子尽消失于沉沉的沙漠夜色之中。

这里春雪瓶吐了一口怒气，才要收起来小弩箭，却听一阵悲壮的歌声随着微微的干燥的风儿从远处传来，隐隐地听出来是："天地冥冥降闵凶"雪瓶吃了一惊，专心去听，但歌声渐远，渐渐消散。这里许多的人又都坐下，胡乱谈着，话声如滚了潮水，下了大雨似的，一句也听不清楚。

雪瓶怒犹未息，惊疑倍增，她坐了下来，连饭都吃不下去了。她身边的宝剑，反射着亮火，刺着她的眼睛。她长叹了口气，心说：为什么刚才那姓罗的会说出那些话？为什么他又唱着爹爹常唱，唱了就很难过的那句歌？莫非爹爹在未育养我之前，真和他有过什么事？如今，或许是爹爹知道这位姓罗的来找她，逼得她不得不抛下我而走了，隐藏起来了，使我永远找不到她，见不到她了……

雪瓶本想着也要骑上马，追赶上那姓罗的问个明白，但又想他是早先的强盗，是半截山的一伙，自己实在鄙视这种人，不杀死他就是特别宽容了。她想来想去，心里不由得觉得悲伤、灰冷。吃了一点黄羊肉，也觉得有很重的青草味，实在不好吃。旁边有人给她送过来奶酪、干粮，还有人给送来了一大串白葡萄、两个哈密瓜，都像进宝似的。她含着笑，道着谢，一一收下。她真吃不了。她觉得所有的人对她都是如此地敬畏、和善，虽然这些人之中只有她一人是女子，这时整个的沙漠，几百里之内，恐怕也只有她一人是女的，但她在此睡觉很放心。

深夜，沙漠中的风不冷不热，很使人舒服，当中的火堆虽已灭了，但圈外又都燃起熊熊的火来，为是防备野狼来袭。有两个客人好像是被公举出来值更的，他们就坐在火堆旁，说着闲话，一个说："半天云那家伙果然是个老手，慌忙之中，他竟会没把马骑错了，马上的东西也一样没掉下。"另一个说："他一定是找他的徒弟半截山去了！"那个又说："半截山不是他的徒弟，不过有人说半截山早先在他的手下当过几天喽啰就是了！"一个又说："那还不得听他的话？明天一早，咱们就快走吧！别再出了什么事！"那个又说："不能！不能！有小王爷在此，他们早不知跑往哪里去了。除非是戈壁虎，听说他恨大王爷、小王爷，他不怕，可是他早晚得碰上钉子，把脑袋弄掉了才算完。"

雪瓶听这两人谈话，绝不见提说她爹爹的名字及关于她早先的事和最近行踪的话，就知道十几年来，爹爹不许别人提，提了就许杀。这种手段太厉害了,也太过分了,弄得自己现在跟别人打听,别人即使知道也必不敢说。她躺在席上睡不着,不觉着天色已渐渐发亮,四围燃烧的柴火都已成灰烬。天上满铺着薄薄的鱼鳞云,东方朝霞作橙黄色。大漠上起伏的沙岗,一层一层,直如海中的巨浪般。

雪瓶坐起身来,就听旁边卧着的那些个人,多半还在打呼噜,有几个哈萨克人向着早霞的方向跪着,专等着日头出来,他们好礼拜。那两个差官也醒了,他们自带着手巾,由水壶里倒出来水,蘸湿了,先交给雪瓶。雪瓶客气地接过来,只擦了擦手,便还给了他们,笑着问说:"你们是上哪儿去?"差官答说:"我们是迪化抚台衙门的,是从乌尔土雅台办完了公事,回迪化府去。"雪瓶不由露出一点惊讶的样子,说:"你们是到迪化去?"差官点头说:"对啦!您有什么事吗?我们可以顺便给您办办!"雪瓶摇摇头说:"没有什么事。"又怔了一怔,说:"我的爹爹春大王爷……"两个差官都一齐点头,并显出恭敬的样子。那好说话的差官就说:"我们在新疆当差多年啦,平日就久仰春大王爷的大名,行侠仗义……"雪瓶悄声地问:"我此次出来,就是为寻找我的爹爹,你们可曾看见她吗?"差官又一齐摇头,说:"六七年前我们只见过她老人家一次,以后就没见着她老人家的金面,在背地我们也不敢谈说她老人家的事情。"

雪瓶点点头,心中又失望了,就站起身来打算要走。忽见那两条狗又汪汪地乱叫起来,飞奔向东边的沙岗上。这里的人也全都惊醒了,雪瓶更为愕然。忽听那沙岗后有人叫了一声:"哎哟!"只见有一个人自沙岗上滚了下来,两条狗就要扑过去咬这个人。雪瓶抽出双剑,急奔去,将两条狗驱散,她就问说:"怎么啦?你受伤了?"受伤的人年有三十来岁,穿着一件破衣服,滚满了沙土,发蓬鬈散,鞋也丢了一只。他脸如黄纸一般,勉强睁着两只眼睛,却喘吁吁地说不出一句话来。这时已有不少人跑过来了,都围住他,用汉语和番语惊问说:"什么事?你遇见什么事啦?"并有人拿来凉水灌给他喝。店掌柜那个老头儿也跑过来了,一看见这个人,就惊讶地说:"哎呀!你不是拉骆驼的窦三吗?多少日子没见着你啦,我还以为你死了呢!怎么啦?你这小子如今怎么成了这个模样啦?"

窦三虽然身上没有受伤,可是脸、手跟那只丢了鞋的脚,连两个磕膝盖全都跌磨得出了血。他狠命地连喝了几口水，躺着喘息了半天。旁边又有几个人说："你遇见了什么事？快说出来吧！这里有春小王爷能够给你做主！"雪瓶也说："你快说，是遇见了狼还是遇着了强盗？"

窦三仰卧着，翻了翻眼睛，他这才看见了春雪瓶。他平生虽未见过雪瓶之面，可是听别人一说，再看了看雪瓶的模样跟打扮，他就立刻惊慌起来。他翻身跪在地下叩头，指着南边说："半截山……我跟着人拉……拉着四十几头骆驼，运的都是粮食。我们……因为白天怕骆驼受热，就夜间走，本来想赶到这儿来再睡觉，没想到天还未黑就遇着了半截山、戈壁虎，足有七八十个强盗，把我们的人杀了，捉去了，骆驼跟货也都抢去了！只有我逃得快，才跑到这儿来……"旁边就有人说："这必是半天云昨晚受伤跑了，就把他的徒弟半截山勾来，劫了他们的骆驼倒未必是故意，待会儿他们就许上这儿来，把这地方给踏平了！"

雪瓶愤怒得脸儿比天边的朝霞还紫，她向店家说："快点！把马给我备上！"那黑脸伙计听了，就急忙跑了去备马，雪瓶又向民人说："你们谁愿意跟我去？去救那些商人，夺回来骆驼跟货物？"这些人有的走开了，有的暗暗拉着他们的同伴退后，但也有不少人都一齐奋臂答应，有的也去急急备马。雪瓶先去预备好了弩箭，等到马牵过来，她就跨上了马，别人早在后面将她的包裹也系在马上了。她手擎双剑，催马就越上了沙岗，如飞龙一般地奔驰而去。身后的人也有拿着刀棍的，都策马跟随着，可是也有的跟了不远，就站住，或是就回去了。

春雪瓶纵马一连过了无数的沙岗。东方太阳出来了，映得她手中的双剑闪闪发亮。走出约十里地，她回头看见，身后跟随的只剩下五个人，而且都不走了，都一齐惊惶地指着前面说："来啦！"雪瓶却冷笑着说："怕什么？"她催马上了一道很高的沙岗，一手握剑，一手覆在额前避住那晃眼的阳光，向远处眺望，只见那辽远的天涯，目光所能投到之处有一群黑点。初时像是树叶上聚集的虫；待了会儿，又像是阶前"求雨"的蚂蚁；又过了会儿，那边像是一堆黑豆，直向这边滚来，越滚越大，像是一群猪。又待了会儿，才可看出确实是一群马，毛色斑驳，都背着阳光驰来，越来越近。接着就看清楚了马上的人手中都持有闪闪的白光、红缨飘动的长枪。渐渐听见了雨点儿一般的马蹄声。很快那杂乱的蹄声、喊嚷声，就如同大风刮来、暴雨落下、湖海翻起，转眼数十骑已来到面前不过一箭之远，一个个狰狞的面孔都能够看得很清楚了。

春雪瓶这时反把双剑收入鞘中，她已拿出一大把锋利的箭来，就连续着装在弩匣里，嘣嘣嘣，嗤嗤嗤，随发随续。那边就发出声声的惊叫惨号，只见人翻马仰，咕咚咕咚，哎哟哎哟，贼人就如一个一个的西瓜，或是装煤的袋子，都纷纷从马背上滚了下来，一群马也乱蹿乱奔乱叫，当时一片大乱。春雪瓶的人跟马依然不动，依然取箭去射。这时忽见一条黄脸大汉，骑着一匹紫色的大马，他一手持刀，一手拿着藤牌，就如古时的武将似的，迎着春雪瓶飞奔前来。他一面奔一面霹雳似的大声喊说："不要射箭！春雪瓶！你且住手！"

春雪瓶弩箭虽已收起，可是双剑又抽出来，她娇躯昂然跨于马上，她的双眸、她的耳边金坠，她的宝剑和马上的全副银活，光芒四射，逼得那持藤牌的贼人不住勒马又后退了几步。春雪瓶就问说："你是叫作半截山不是?"这贼人摇摇头说："我不是。"他回手指了指他面前的一个骑黄马的胖子，说："这才是我们的大哥，我……"他拿手一拍胸，说："我叫戈壁虎。全新疆都怕你们春家的人，我可不怕，我知道你必到这里来，我才在山里不跟你交手，等你来到这宽敞的地方，咱们才较量。你不必动箭，我也不用藤牌。"他把手中的藤牌往旁扔出了很远，他的马也退下了沙堆。他嗖地跳下马来，把衣服撕开，露出来浑圆顶黑的膀子，单刀向怀中一抱，又一拍胸，点手说："下来！我若动藤牌我是鳖，你要动暗器你是窑姐！"

雪瓶却不知道这句话是骂人，她只是微微冷笑。戈壁虎又狂笑说："告诉你吧！玉娇龙早已死了！我们更不怕你这个毛丫头，来！"雪瓶可真是气急了，听见了爹爹的死耗，她心如刀割，尤其想到必是被这些强盗所害，她的怒火便燃烧着全身。她从马上跳下，双剑左右手一分，高举起来，跑向沙坡，就去杀戈壁虎。不料那个半截山，他自己虽然拨马跑向了远处，但他却指挥着手下的人，过来抢夺雪瓶的那匹马。雪瓶向戈壁虎砍了一剑，被戈壁虎以刀架住。雪瓶才要急转剑势，再下第二手，一见这种情形，她就弃了戈壁虎，赶紧又往上跑，横双剑拦住了来此抢马的人。这些人刀枪齐进，雪瓶是身子左飞右跃,两口剑若凤翅,横拦直砍,上刺下撩,一霎时就被她砍倒了五六个人,其余的全都奔逃。

而那戈壁虎却从后面过来,抡刀向着雪瓶的背后就砍,雪瓶急忙转身,右手的剑磕开了刀,身子疾转,左手的剑又向戈壁虎刺来。戈壁虎退下两步,抽刀换式,雪瓶凤翅扑击向下追赶,当时两道白虹光芒闪烁,步步逼近。戈壁虎虽然刀法也不错,但十余合之后,他就有些抵挡不住了,急忙大喊道:"兄弟们!都快来帮助我!"半截山本已跑出去很远,听了这句话,他提起长枪,忽然狠了狠心,就指挥手下的人一拥齐上。他手下的人早已伤了许多,逃跑的也不少,如今只剩下了二十余骑,都跑了过来,刀枪齐递。可是雪瓶已将戈壁虎一剑劈倒在地。半截山也不下马,以长枪向雪瓶的咽喉就刺。雪瓶用左手的剑拨开,右手的剑就向马上去砍。半截山向后一仰身,几乎摔下马来,幸仗两旁的人枪乱扎,刀乱砍,这才把半截山救了。

雪瓶又奋力与这些人拼杀,两口宝剑变化神速,剑光闪闪地搅得这些贼人眼睛昏花了,手脚更忙乱,彼此相碰相搅,被雪瓶又杀了几个。那戈壁虎虽然受了伤,本来并不重,刀也未离手,还在沙子里挣命,还想爬起来。但如今被这些人乱踢、马乱踹,加以又有被雪瓶以剑斩倒的人正正倒在他的身上,他就死了。那边半截山就举枪高呼说:"走!走!走!快走!"他领着头去逃。群贼也不敢再战,各人上了马就走。立时蹄声杂乱,沙尘腾起,那些贼人的马比黄羊还跑得快,纷纷往南去了。雪瓶纵马紧追,一边收剑装弓,又自后嗖嗖地连珠一般地射去。前面马上的人又都纷纷堕下。雪瓶直追出五里多地,看见被强盗所劫的那些驮粮食的骆驼都被弃在道边,她这才收住了马,不再追了。前面只有七八骑贼人逃去,渐渐又变成了几个蚂蚁那般小,消没于连绵的沙岗、青色的天边之外。

这时,随从雪瓶来的那几个客人,已催马赶上来了,都一齐向雪瓶称赞着。雪瓶喘了喘气,把散在额前的头发向后掠掠,又拿出一块红绸子的手帕来,擦着额上跟脖颈上的汗。道旁卧着十多匹骆驼,扔着许多粮食,口袋也破了,洒了一地的麦子跟豆子。在骆驼后、沙岗前,躺着、卧着、坐着几个拉骆驼的商人,有的已被强盗杀死了,有的受了重伤,连爬都不能了。他们的骆驼和货物,原不止此数,大概已叫贼人牵走了不少。

春雪瓶就回首吩咐这几个随从来的人去救受伤的商人，她却拨马往回去走。四外奔着贼人遗下的马匹，地上扔着刀，有二三十个中箭的、受了剑伤的强盗横倒竖卧着，挡在她的马前，有的呻吟着，有的已经死了，鲜血染红了黑色的沙子。雪瓶观之反有些不忍，而且也不愿舍弃自己发出的箭，她就从那边叫来了两个客人，叫他们由沙上，由死人和受伤贼人的身上，一支一支地去把箭拾回。

　　雪瓶又抽出了一口宝剑，闪闪于阳光之中。她的玫瑰花一般的脸下沉着，星光般闪烁的眼睛四下观看，地下那些受伤的贼人就哀呼着："求小王爷饶命！"春雪瓶却厉声问说："不杀死你们也行！但你们得据实告诉我，春大王爷倒是死了没有？"说完这句话时，她的眼眶里便溢出泪水来，睫毛上悬着泪珠，烁烁地发亮。她又怒喊一声说："快告诉我！"

　　地下有个受伤较轻的贼人，就抬起来沾满了沙子的一张血色模样的脸，说："听戈壁虎说，春大王爷可是死了。因为他们看见春大王爷的马、包袱跟宝剑，都落在一个姓韩的手里了！"

　　春雪瓶以红帕拭着泪水，更发怒地问说："有谁亲眼看见春大王爷是怎么死的？是叫那姓韩的人给害死的吗？"这贼人就一面呻吟着一面说："这，可没有人知道了，大概只有销魂岭上君子老店的掌柜的能够知道。因为那夜半截山带我们去打劫，不料正遇着春大王爷住在那里，杀死了我们的二头目野猪老九……"

　　春雪瓶就急问说："这些话你不必说了！我只问你往那销魂岭去，得向哪边走？"这贼人抬起一只手来指着东南，说："小王爷你向那边走，马快的得走两天，得过乌尔土雅台，那里只有君子老店一家店。那里的掌柜的屁股上也受了春大王爷的箭伤，现在不知道好了没有。由那里往西就是白龙堆。我们想那姓韩的必是东边来的江湖英雄，他的武艺比春大王爷还高，他假意与春大王爷结交，一路同行，走在沙漠中他可就把春大王爷给害死了。"

　　虽然这贼人所说的话与当初春雪瓶乍见韩铁芳与那匹黑马时所猜测的恰恰一样，可是现在，雪瓶并不如此想，她想其中必定还有许多原由，非得自己到那地方细细询问，否则是不会弄明白的。她又问："牛脖子逃往哪儿去啦?他盗走我的那匹黑马,此刻是不是躲在你们那贼窝里去了?"这贼人却摇头说:"没有!没有!牛脖子那个忘八蛋,连戈壁虎还要捉他呢。他跟着戈壁虎到尉犁城去,原是为替野猪老九去报仇,可是不料他后来看见了那匹黑马,就生了异心。因为那匹黑马是春大王爷骑了一辈子的,人出名马也就出了名,在尉犁城赛马的时候,那马又把跑第一的马都给赶过去了。那匹马要是遇着识主,能卖一万两。他是想要发财,他跟戈壁虎出了天山他就溜了,他一定是卖马发财去了。小王爷要想找他,只有到南疆,到于阗、和阗和且末城那几个大地方,还许能够找得着他,北边他可不敢去。"

春雪瓶点了点头,这贼人又哀声请求着饶他的性命,雪瓶收了剑,摆手说:"我不杀你们,只是,那半天云姓罗的是不是你们的大头目?"贼人发着愣说:"我们不认得这个人呀!"他趴在沙子里又发了一会儿怔,就说:"倒是听半截山说过,他早先是半天云罗小虎的手下,占过红松岭,那时半天云手下最得力的是沙漠鼠跟花脸獾。后来半天云洗了手,往北京去了,只把那两人带走,其余的人全都散了。我们大头目就是刚才的那个胖子,他那时不过才十来岁,是个小喽啰。他就在沙漠里漂流着,越聚人越多,他成了寨主,给自己起的外号叫半截山,为的是叫人以为他是半天云的一家子。可是听说半天云不但不怕春大王爷,还……"他翻着眼睛望着春雪瓶,下面的话可就不敢再说了。

雪瓶也将眼微低,眉尖略皱,似乎也不愿再往下问了。这贼人又说:"半天云不怕春大王爷,我们半截山可真怕春大王爷,前天半截山还对我们说,半天云一定是早已死了,不然……"雪瓶听到这里,便知道那半天云罗小虎与这些贼人无关,那不定又是怎么一回事。她不欲往下再听,就想赶快挥鞭南去。此时拾箭的那两个人已将一大把箭全都拾了回来,交给雪瓶。雪瓶收下,就派他们一个人先去到那店里,多叫几个人来,好来此帮助救那些受伤的客商,并把骆驼跟粮食设法拉回去。她对这里的一切事全都不想管了。

雪瓶心急似箭,催马急往南去。她的白马又绕过了许多沙堆,回头去望,已看不见那些人了,只看到四面的荒沙,天空的几片白云,一轮红日。她策马疾行,头上渐渐出了汗,头发也被沙漠中的热风给吹得紊乱了,脸上、身上、马背上也都沾了无数细沙。她一直地走，疾一会儿，缓一会儿，总不休息，一天她连饭也没有用。除了成群的黄羊跟乱飞的沙鸡，及眼前忽而有忽而无的那由远处景物反射而来的沙漠幻景，路上竟连一个人也没有遇见。

到天黑时，恐怖的夜色罩住了大漠，她又疲倦，又口渴，马也连嘶叫的气力也没有了，人跟马就都躺在沙上睡了，夜间幸亏没有狼来，也没有起风。天色微明之时，她牵马起来，抖了抖沙子，骑上马又往下走。又走了一天，耐饿耐渴，强挣扎着向前迈进。她的马虽然还有余力，可是她的人已不成为人了，此处是没有镜子，看不见自己的容颜，但衣服的脏污是看得见的。她生平也没有受过这苦，马蹄下的铁掌已经磨尽，这驰骋草原、万马中的魁首，如今竟成了一匹瘸马。幸亏走到这里就快出了沙漠，路旁渐渐看见蒿草，但都是焦黄色的，被马一碰就折，拿手一捏就成粉末。对面来了一大队骆驼，春雪瓶以她嘶哑的喉音向前问说："前面是什么地方？"对面几个拉骆驼的人都惊诧地看着她，回手指着东边告诉她，说："不远就是乌尔土雅台！"雪瓶点头，这才往前走。傍晚时才到了乌尔土雅城，找了店房住下，她已累得跟病人一样，她的马也累得跟死马差不多了。

这乌尔土雅台就是她的萧姨夫当差的地方。她的爹爹临离新疆时也曾至此，绣香姨娘对她说过，但现在她到了这里可没有一个熟人。这地方也是个繁华的城市，买卖多，居住的满汉人都不少。雪瓶在店里歇宿了两夜一天，精神恢复过来了，叫店家婆给她洗了衣服。她又自己沐了浴，并用油梳光了头。她手中有金锭，买什么办什么都行，她就自己出去找了衣庄，买了几身虽不合式，也还可穿的单夹衣裳。又买了几双旗人妇女穿的半底鞋，还买了白绫，拿回来托店家婆给她做袜子。她又叫店伙把马牵出去钉铁掌，把双剑拿出磨剑锋，并预备了牛皮水袋、干粮、小箧子及火镰等物。在此住了几天，人马已焕然一新，她付清了店账，出了屋子，就又要走。她这匹马上的物件虽多，但却都勒系得很紧，所以并不十分累赘。

她决定要先赴销魂岭，再赴白龙堆。这时忽然有一个商人模样的汉人，进到店房来打听，说："尉犁城的春大姑娘是住在这里吗？"她就爽直地说："我就姓春！你找我有什么事？"这个人却先拱手，叫了声："小王爷！"然后就说："我姓徐，在新疆省贩茶叶，还卖药，新疆人差不多全认识我。我现在住住在南边的一家茶叶铺里，因听说您来啦，我才冒昧地来见您。"雪瓶就问："谁告诉你我住在这里？"徐客人笑了笑，说："只要在新疆住过几年的人，就是没见过您，不认识您，一瞧见了骑着马、带着剑的女子，也得知道不是大王爷，便是小王爷。昨天又有几个拉骆驼的人来西边，他们说多亏遇着您，说您在沙漠里剪除了戈壁虎，打走了半截山……"

雪瓶急急地拦住他的话，问说："你来找我是什么意思吧？快说！我还要走呢！"

徐客人说："差不多两个月前，在销魂岭，我跟大王爷和那位韩爷住在一个店里。"

雪瓶问说："就是那君子老店吗？"徐客人说："对啦！他们店门前写的是君子老店，其实那并不是店名。"雪瓶点手说："你进屋来说！"她遂就又回到自己住的那间屋内。

徐客人随着进来，说："因为我见过大王爷，如今又听人说小王爷您到此就是为找大王爷，我才不敢不来告诉您。大王爷现在的下落，我也不知，但那夜在销魂岭……"当下徐客人找了个凳儿坐下，就慢慢地将那夜在销魂岭所见之事详细地说了一遍，并说："据我想第二天早晨，大王爷一定又带着姓韩的走下去了。大王爷的性情很急，我大胆说，她老人家的病可真入了膏肓了！"

雪瓶坐在对面的炕头，拿着新买来的一条白绸手帕，不住地擦揉眼角。

徐客人叹了口气，又说："那日的天气不好，白龙堆里又刮起了大风。那位韩爷是河南府洛阳县的人，人极老实忠厚，他从河南跟大王爷来到这里，还不知道大王爷的姓名来历。大王爷对他也很好……"接着他就把那夜他亲眼所见的事：春大王爷发了脾气，打了姓韩的一个嘴巴，后来又拿胳臂搂住他，把脸贴在他的肩上，呜咽着痛哭……绘声绘色地说了一遍。雪瓶听了更觉得诧异，不由瞪着眼睛发了半天的呆。

末了，徐客人又叹息着说："据我想，那天在白龙堆大风之中，大王爷一定是出了变故！这事情只有那位韩爷一人知晓。韩爷曾在黄羊岗子刘大开的店中病倒过一个多月，跟刘大成了朋友。他在那里还埋了个病死的弹弦子的瞎子，他给买的棺材，又把那瞎子的侄子也荐在刘大店里当伙计。他还在那里捉过贼，救过这里萧千总的家眷。他在那里很出名，也交了几个朋友。前些日我遇到那驿上的马夫带跑公事的烂眼三，这些事都是听他说的。我想小王爷你若打听大王爷的下落，须先找着那位韩爷，可是韩爷现在离开新疆没有，也无人晓得。不过黄羊岗子的人一定晓得，他走的时候必定还在那里住过。我给您出一个主意，您由此走，往南进白龙堆，也不必往深处去走，只要西至紫云岭、东至销魂岭，这一带大概就是那日大王爷与那位韩爷所走的地方。那里也有不少拉骆驼常来常往的人，您遇见了，就可以打听。万一当时的事有别人看见了呢，就能够告诉您，您可以省却很多的事；不然您可就得顺着孔雀河往西，得到黄羊岗子打听去了。我想韩爷既在那里住了许多日，他也许原原本本都跟刘大和烂眼三说过了，他们可不敢向别人提。您去的时候得和气一点儿，放出不急的样子，别叫他们害怕，那么他们也许原原本本都告诉了您！"

雪瓶的芳容此时已为愁云罩满，只是低着头，口中连连说："是！是！"她向来对人无如此和蔼过，无如此感谢过。徐客人又详细地指告了一番，就起身告辞，雪瓶送他出了屋，他回身拱拱手就走去了。

这时店伙在院中牵着她的那匹漂亮的白马，专等着交给她，而雪瓶这蹿山跳涧、踏遍沙漠、踢倒半天云的两条腿，竟酸软得像是不能迈步。她的心里实在是痛，爹爹的下落虽然易于寻找了，然不祥之兆已现。她又想到那韩铁芳，看来爹爹一定很喜欢他，但我一见了人家，就把人家打走了，以后就是见了他，也是很难为情呀……

春雪瓶倚着窗子发了一会儿愁，忽见院中的白马昂头、直颈，抖动着尾巴，精神十分抖擞。它似乎是很不服气，还要到大漠里去走一走，恢复恢复它的名头儿。雪瓶便也振奋起来，说了声："走！"她过去由店伙手中接过鞭子，牵马出了店门。店家、店家婆、店伙都送她至门外，她上了马，笑着说："再见！"就挥鞭离开了乌尔土雅台。

由此往南，走了不到六十里，就望见了白龙堆大漠。她知道南疆最大的沙漠名叫"大戈壁"，番名"塔克拉玛干"，爹爹走过，从东到西。爹爹骑着那匹黑马连夜走，走的时候多，歇息的时候少，听说才走了一个多月；要是别人，非走三四个月不行。白龙堆仅次于大戈壁，其实也不小。当下她来到这里一看，只见沙岗起伏如龙，看不见一只黄羊，也看不见大际的幻影。地下的沙砾好像比北边那沙漠还粗，并且烟气腾腾，就像是一只无边无沿的滚着热水的大锅一般。

她不由得有点儿害怕，就勒住马分辨方向。她想着徐客人告诉她的话："出玉门关过销魂岭往西，只需走沙地二百余里，不必横贯整个的白龙堆。"那么爹爹跟韩铁芳当日所走的，不过是这沙漠的一个犄角儿，自己现在似乎应当往东走才对。

于是她就拨马向东，只沿着沙漠边缘去走。这一带还有些青草，还有放牧的牛羊，还有"蒙古包"。她也不太心急，只不急不缓地去走。沙漠吹来的干风，打得她右脸很疼，她就用那块擦过泪的绸手帕，把头发跟右边的耳和腮全都包住。

走了一天，找了一个蒙古包去吃饭、歇宿，蒙古人以为她是个旗人的姑娘，对待她很客气，很好。次日她走的时候，蒙古人还送给她了一只木碗和一条牛毛毯子，她道了谢。这两件东西带在马上既不太累赘，而且颇为有用。

她又往东去走。她索性不求人了，晚间，只要有个平坦的地方，她就铺上毯子，躺在上边睡觉。第二天醒来，找一件换下来的衣服，拿木碗倒点口袋里的凉水，沾着就可以洗脸。粮食她也有富余，足够吃。如今已行了三天，什么下落也没有寻出，她想着不再进沙漠是不行了，自己是为什么来的呢？于是她就先往远处找了一处索伦人与汉人合居的小村落，将牛皮袋装满了淡水，然后改途直向正南，下决心闯进了白龙堆。

进了沙漠，她行得更缓，一来是怕磨伤了马蹄，二来是她不希望逢人便打听，却愿意在这里见着爹爹玉娇龙。她想爹爹是个奇人，也许在沙漠里盖了房子住了家，若是恰巧找到了那个小屋子，爹爹那时也许要躲，但她硬闯了进去，就见里面设备周全，爹爹平日所心爱的东西，什么花儿、草儿，珍珠呀、翠玉呀，断钢断铁的宝刀呀，一切皆有。爹爹原来不是为别的事，只是因为把她平时所想念的那个在远方的人找回来了，所以她才抛了我，而要那个人，并且怕我知道。但我却要对她老人家说：我并不生气，也不妒嫉，因为我已经长大成人，学会了拳、剑、骑马、泅水及夜行的功夫，我可以自己去生活，以后只要能常来这里看她老人家就行……

春雪瓶就做梦一般地这样想着，四周的景象也真似梦境。她几乎将这无数的每一个沙岗全都察看过了，别说小屋子，连一具枯骨也无。驼铃之声一点儿也听不到，人更是没有，只有天空盘旋着的翅若车轮的恶雕，三只、四只、五只……

到傍晚时，红霞满天，遍地沙子被夕阳照得发紫。远处有一群灰黄色的野物飞跑过去，比黄羊肥壮，好像是一群狼。她突然想：莫非那日我爹爹因病羁留在此地，被狼给咬死了？吃了？所以才找不着。姓韩的那天是幸而得免？当下她就怒火倍生，装好了弩箭，向前去走。但是，马却畏缩着不肯向前。一会儿，一群狼就跑过去了，不见一只狼的踪影了。

春雪瓶就连声呼叫着："爹爹！爹爹！龙锦春！龙娇玉！玉娇龙……"她发怒地催着马，随走随叫，仰望着锦绣长空，俯视着茫茫大地，她不禁放声大哭。天色渐渐昏暗，她颓然地下马，就卧在地上痛哭。马也就在她的身旁倒下，相伴着，一齐睡眠。

中夜她被风吹醒了，一惊，翻身起来，胳臂碰着了马身旁的宝剑，当啷一声。她疑是有什么东西乘夜来袭，便锵然一声抽出来一对新磨的宝剑。寒光映着天边微茫的新月，烁烁刺目，而耳边只有嗖嗖的风声，只有细沙簌簌地向脸上击打，却没有别物。

等到天亮了，她又起来走。沙漠中本来也有道路，但她却走迷了路径，分不出来东南西北了。她走了不止两天，才遇见了一队骆驼。虽然她也没向人询问出她爹爹的下落，可也由人指出来了路径，她知道了往东就是销魂岭，往西就是紫云林，便想：我还是往西去吧！在这里是绝难访出我爹爹的下落了，只好走一趟黄羊岗了！万一韩铁芳在那里，他若能够告诉我爹爹的生死情形，我真得终身感激他。

于是，她改变了方向去走。又不知走了有多少路，忽见远远有几棵绿色的东西，她的心中就一喜，紧紧地挥鞭踏沙疾走，少时便来到了临近。这里原来是三五棵柳树，下临一池碧水，很清，晚风吹起了许多皱纹。那柳丝已微微有点黄了，夕阳所照到的这一面，竟色如黄金，微风吹拂着，如她额前被风吹乱了的发。

马一来到这里就惊起了许多小鸟儿,吱喳地乱叫。雪瓶忘了心中的悲痛和焦虑,心说:啊呀! 这地方真好! 沙漠里怎么会有这样的好地方?

她先将马身上的东西卸下来,放马到池边去饮水。见马喝得很高兴,并且吃着池边的绿草,她就摘下了头上蒙着的绸帕到池边去洗。她又洗了洗脸跟手,擦干净了,就坐在一棵大树之下喘了喘气。这柳树是斜生着的,风一吹,就把柳线拂在她的脸上。她折了一条柳枝,在手中摆弄一会儿就扔了,又深深地叹了气,站起身来,走到放包袱的地方,从里面取出来小篦子,就背着风,坐在那棵大树的旁边,把辫子解开了,又将头发重梳重编。万缕的乌丝随着风儿飘洒。

第八回　启亲灵泪沾三尺土
触义愤拳打半天云

　　春雪瓶侧着头,编着辫子,目光却凝视着二十多步之远的一片土地。那里是平平的,原来就是沙子与泥土的分界之处。她就想:这里一定就算是已走出了白龙堆了!当时这里起大风时,不知爹爹是否也曾在这里歇息?她心中万绪千愁,抑郁不舒,半天,才将一条辫子编完。她凝视着那一片沙土的交界处,心中倒觉着很奇怪,怎么那里就是一片荒漠,而这边就是又有青草,又有柳树,又有甘泉呢?

　　她感觉人生也是如此:早先随着爹爹,那时就如同在这一带小小的湖边,风光美丽;而今后即使爹爹未死,她那病躯恐怕也活不了多久了,而横在自己面前的命运,就如那一片荒冷黑暗的沙漠,没人爱怜,没人为伴,只剩下自己一人孤苦伶仃……想到这里,她觉得眼睛一阵儿发热,心头发酸,便赶紧奋然站了起来,向前走了十几步。她回过身来,见夕阳已经发紫,投向这几棵树上来的一群鸟雀又叫了一阵儿,就全都不叫了,她就顿顿脚说:"走吧!索性往西去!"

　　于是她牵过马来,重新备上了鞍鞯,挂剑,系包袱,就上了马,顺着湖岸,挥鞭走去。绕过了这短短的湖岸,眼前的地下可仍是积沙,她再往前行,夕阳已落,长天又跟沙漠一样发黑了。只有淡淡的月光,像雾一般,笼罩着眼前的景物。又走些时,见眼前是一片树林,黑压压的,就如排列着一群怪物似的。风吹得树木萧萧作响,如浪涛之声。林中只有一条小路,两旁都是比马还高的茂草。来到这里,雪瓶倒不禁踌躇了,她将马勒住,暗想:这密林里边当然不会有人,可是猛兽毒虫说不定会有。若是冲开草去走,草里边定有蛇,而且必然迷失了方向,这一夜不定会走到什么地方去呢?

她想了一想,就下了马,抽出剑来,割了一把草,就扎束了起来,成了一个草捆,于是她取出来火镰打着了火,将草燃着。这地方的草本已快枯黄了,她用力一抖,立时火光腾起,眼前的密林便很清楚地现了出来。火把惊得她的马直要奔,她就收了宝剑,抓住了马骑上,手摇着火把,就闯入了森林。林中正在睡觉的鸟儿也都被惊起,乱飞乱噪。行至林中不远,火把也就灭了,她扔在地下,却又抽出宝剑,就以剑向前寻着路。绕了半天,才看见天空的星光,她就催马出了树林。雪瓶深深地吸了几口气,马也长嘶了两声,腾起来四蹄就向前跑,她收都收不住。

忽然她看见路旁的地下又腾着一片火光,好像有人在那儿做饭似的,她觉得非常诧异,就用双手勒住马缰。用了很大的力气,她才将马收住,让马喘了喘气,她就拨转马头,回过身来。却见那火光之处,有人高声嚷着说:"喂!你是干什么的?"雪瓶更诧异了,心说:这里怎么会有人?而且是汉人?她就也回问说:"你们是干什么的?"那边却不言语了,似乎是因为听出来她是个女的,才不言语的。

雪瓶抽出剑来往近处去走,就见那边地下燃烧的是一堆木柴,火光熊熊,照出来旁边支搭着的一个小小的芦席窝棚,地下还扔着些乱七八糟的东西。火堆旁有两个人,一个身材高,一个身材矮,见了马上的她,就都惊惊慌慌的。那个身材高的人就连连摆手,说:"不干我们的事,我们是被他找来做棺材的,他没回来,你再追他去吧,别来找我们。"

雪瓶听了实在觉得莫名其妙,就下了马,更往近走,并且说:"你们别害怕,我也是过路的。你们在这旷野荒郊的地方,到底在干什么呢?"

她来到了临近,那两个人就都往后退。那身材矮的原来是个十来岁的小孩子,他看出了春雪瓶的模样儿,就拉了旁边那个三十余岁的男子一下,说:"这不是那个人!"立时他们对于雪瓶就不再太畏惧了。

雪瓶低头看着,见地下堆着的树枝跟木屑很多。他们燃火也不是为烧水、做饭,多半是怕有狼来,为的是把狼吓走。地下还躺着锯下来的一棵大树,还有钢锯、斧头和一些零七八碎的东西,好像这两个人真是木匠,正在这里做工呢。雪瓶仍就怀疑地问说:"你们在这里是做什么?"

那男子就说:"我是黄羊岗子的木匠,会做棺材。那河南人韩大爷把我们找了来,叫锯这里的没主儿的树,钉一口棺材,好装人。韩大爷……"

雪瓶惊讶得神色都变了,连忙问说:"你们所说的这韩大爷,就是韩铁芳吗?"木匠摇头说:"我不知道他叫什么名字,你问他吧!"说着把旁边的那孩子一推,那孩子就点头说:"韩大爷的名字就是叫韩什么芳,他是个好人。我叔父是个瞎子,病死在黄羊岗子,就是韩大爷找他给做的棺材埋了的。韩大爷还荐我在刘大的店里当伙计,刘大爷待我可不好。韩大爷走了一趟尉犁,丢了好多的东西,把琵琶也丢了,就回到了黄羊岗子。他走的时候骑的是黑马,回来时可骑了一匹红马,浑身也很脏,只带着一把刀。"春雪瓶着急地说:"你快说吧,你们来这儿做棺材是要埋谁?"问了这一句话,她的身子都发颤了。

这孩子却越发磕磕绊绊地,把话说得很慢,说:"韩大爷有个好朋友,一块儿走到沙漠,那人就得病死了!"雪瓶听了这话,心中就如被刀剁了一下。

这孩子又说:"在沙漠里买不着棺材,韩大爷就刨了个坑儿,把死尸给埋了!"雪瓶的眼泪已不禁夺眶而出。

又听这孩子说:"韩大爷到尉犁去,就是为请那人的女儿预备棺材到沙漠去收尸,运灵……"雪瓶顿了一下脚,说声:"咳!"倚着马就不住地悲哽。那孩子怔了一怔,又接着说:"没想到韩大爷见了那人的女儿,那女儿就是秀树奇峰……"旁边那木匠狠命地把孩子推了一下,这孩子就咕咚一声坐在了地下。木匠说:"你敢当着人满口胡说?你不要命啦?你不要命,我还要命呢!我真不该应这回买卖,倒霉!"

雪瓶却怒声斥住了这个木匠。她蹲下了身,将那孩子搀扶了起来,温言婉转地说:"你不要怕,你说不要紧!那沙漠里埋的人到底是谁?"那孩子说:"韩大爷到了尉犁倒挨了一顿打,回到黄羊岗子,他就很烦。他跟刘老大,跟薛老头、烂眼三他们说,他本来在别处还有要紧的事,可是他的那个朋友,死了就埋在沙子里,他的心里实在不安,无论如何也得做一口棺材盛敛了，再埋起来，他的心安了，对得起朋友了，他才能到别处去办事。可是韩大爷又没有钱，刘老大、薛老头也都不肯借给他。他要卖他骑来的那匹红马。别人怕他那匹马的来历不明，全不肯要。好容易才遇着个过路的人，花了三十两，买了他的那份鞍鞯。他就雇了木匠，带上我，叫我帮着，来到这儿做棺材。这儿有这么些树，随人砍，木头倒是现成，可是也得用两天的工夫才能做得。"

春雪瓶就赶紧问说："韩大爷现在在哪里？你们快些把他找来！我只细细问他。我就是春雪瓶，你们不要害怕！"这孩子虽然发着愣，可是他倒似只怕秀树奇峰，而不怕春雪瓶，就也着急地说："韩大爷跑啦！叫个骑着马拿着宝剑的哈萨克姑娘给赶跑啦！"

雪瓶更是惊异地问说："什么？"那木匠又把孩子推在一边，过来说话了。他说："韩大爷在黄羊岗子讲好了的，叫我跟到这里来，干粮跟水都归他预备。到这儿锯树、锯板子、钉棺材，还得帮着他刨死人，再入敛，一共十五两银子。不为这十五两银子我还不来呢！我在黄羊岗子真没有买卖做，不然，谁能应这个活？你看，我连镐头都带来了，要没这孩子帮着，连这些累赘的东西我也运不来呀！韩大爷还带着一匹红马，那匹红马就是个惹祸精。我们今天才来，韩大爷帮助我锯树，这孩子也帮助我拉锯开板，其实板都快开好了，明儿再一钉，一口粗笨的棺材就算成啦。刨死尸，盛敛，那倒容易，顶多了两天的事儿。可是今天才过午，麻烦就来啦，来的是一个跟你似的姑娘，骑着马拿着剑，嘴里说着哈萨克话……"

雪瓶以衣袖拭了拭眼泪，听到了这里，她就知道必是小霞，就不由得十分生气。又听木匠说："那姑娘初来的时候倒不凶，她也不问我们在给谁做棺材，只是跟韩大爷说话，还笑着。可是韩大爷听不明白她的话，倒直跟她瞪眼嚷嚷，她就生气了，就跟韩大爷要他那匹马，说那匹马是她的。我倒懂得一两句哈萨克的话，就翻给他听了。韩大爷一赌气，就叫她把马拉走，不想那姑娘不但是来要马，她还要……"

他说到这里，雪瓶也不禁觉得难为情。木匠又说："那姑娘大概是要跟韩大爷成夫妻，韩大爷就着急啦。韩大爷带着刀呢，拿着刀跟她打了起来。我们都躲得远远地看着，见韩大爷很厉害，刀要得很熟；可是那姑娘更凶，宝剑练得更好。两人打了半天,韩大爷没败,可是那姑娘由怀里掏出弩弓来了。她装上箭,就向韩大爷连射……"雪瓶急忙问说:"那韩……韩大爷伤了没有?"

木匠说:"我们没看清楚,可是韩大爷骑上了那匹红马就跑了,那姑娘也骑上了马狠追!"雪瓶又问:"追往什么地方去了?"木匠用手指着繁星黯月之下的一片茫茫的荒漠,那无人无灯火的地方,说:"往北追去啦!我们等到这时候还不见韩大爷回来,说不定是被那姑娘射死啦!我们打算在这儿住一夜,明天他要是还不回来,我们可就回黄羊岗子去啦。在这荒郊旷野,可真受罪。今天我们两人就得轮流着睡觉,要是全睡了,就许有狼从树林里出来把我们吃了。"春雪瓶就说:"我既来了,你们就不要再怕,我能想法把韩铁芳找回来,棺材你们也务必做成。只是,韩铁芳韩大爷没有对你们说吗?沙漠里埋的那个人到底是什么人?是男还是女?"

这木匠翻着眼睛望着雪瓶,却惊惧地连一句话也不敢说。雪瓶问得虽然很急,但态度倒还和蔼,可是木匠仍是畏惧着。那孩子倒是说:"我知道!韩爷这次回到黄羊岗子,已经跟薛老头他们都说了,他说埋在沙漠里的他那个朋友,就是有名的人物春大王爷。"

雪瓶的心中虽早已猜得差不多了,但还没有证实,如今听了这孩子一说,她就双泪如雨,将身子倚着马鞍,哭得心肠俱裂。那孩子又问说:"姑娘你就是秀树奇峰吗?听说春大王爷是你的娘!"

雪瓶这才直起点儿身来,拿手帕擦着眼睛,一边呜咽,一边点头说:"正是!但你们不要怕我,我不是不讲理的人。春大王爷是我的爹爹,韩铁芳的好意,我并不是不知,我也想到我爹爹是凶多吉少,可惜……"她叹了口气,拭了拭眼泪,又说:"可惜在尉犁我见着韩铁芳的时候,因为中间有人搅乱,我们没把话说清楚了。如今,也许是我爹爹的灵魂把我引到这里来的!既然如此,你们就快些把棺材做好了吧!要用好木头,不要做得太粗了,我可以多给你们些钱!"

那木匠说:"钱多给少给倒不要紧,要不是给春大王爷做棺材,我们还不干呢!你放心,我给春大王爷做寿材,就是外看着粗笨一点儿,也绝保结实;就是扔在河里泡着,十年八年也绝保坏不了。可是,小王爷!我可不知道大王爷的尸骨埋在哪里了。韩大爷只说离这儿不远,是东边是西边?沙漠里又没有石头桩子,也没有碑,更没有看坟的。棺材赶着点儿做,明天就能好,可是韩大爷准能够回来吗?要不回来,难道还能够往沙子里埋空棺材?"

雪瓶说:"明天我必能将韩铁芳找回来。棺材你们快快做,好好做,做好了帮着给抬埋了,我每人加给你们十两银子!"木匠说:"行!明天我就叫你看棺材吧!准保中意,你要是图结实,我再往北边跑几十里地,到老牛山,那儿有个镇,有漆卖。买点儿漆来一漆,包管比铁材还得结实。"

春雪瓶点头说:"好!明天再说,可惜现在太晚了,不然,我立时就能去找韩铁芳。"那孩子说:"小王爷,你去找韩大爷,可也得小心那哈萨克姑娘的弩箭!"春雪瓶愤愤地说:"我不怕!"说着她就卸下来鞍鞴,将包袱也取了过来。马跑到旁边啃了啃草,又躺在地下滚了一滚,就安安适适地卧下了。

那木匠一看,这位小王爷今天也想在这儿睡下,他仰面看了看天气,也不至于下雨,就三下两下将那席搭的帐篷拆了,将席铺在地下,请雪瓶歇着。雪瓶的身体也实在疲乏,因为心中悲痛,精神更觉颓靡,就坐在了席上。木匠就吩咐那孩子说:"再往火里添几块木头,别叫它熄灭了,那可就不好点了。烧点水,把咱们带来的干粮烤一烤,你也别闲着,因为你跟我挣一般多的钱!"这孩子也一声不语,就往那火里又添树枝,放木屑。木匠便打起精神来,当时又烘热了,劈木头锯板子。

少时,那孩子拿来一砂壶水,里边还放了些红茶叶,连同两块干粮都给雪瓶送了过来。雪瓶说:"你不要为我多忙,你疲乏了,就也在这席上睡吧。"说这话时,她是微带着笑,可是双目中仍不断地滚涌着泪水。

雪瓶在年幼的时候是活活泼泼的,跟那些哈萨克的女孩子一个样,她把高山草原就当作是自己家的堂屋似的,随便玩,随便走。到了什么地方,就可以躺下睡觉;睡醒了之后,连衣服也不抖一抖,脸也不擦一擦,就照旧地跟小霞、幼霞,还有几个女孩子,一同玩耍。及至到八九岁时,她的爹爹就开始教授她认字和武艺。她爹爹有一本书,教她时常常翻阅,但只是教她哪一段,才就翻到哪一段,书并不能到她的手里,因为她爹爹说:"这书中有许多武技都是很毒辣的,一手发去,对方立死,你还用不着。若是早叫你知道了,你难免出去故意显露,就容易伤人。这伤无法可治,伤了坏人,还不要紧;若伤了好人,实在不该。索性等你将来长大了,明白事体了,再把这本书给你看。"

这是十多年前之事。起先受艺之时,还是一半练一半玩,爹爹那时的身体还好,还不怎样忧虑;后来,艺渐深,而爹爹也将自己管束得愈紧。自己的童心也就渐失,性情也就陷于沉郁。尤其近几年,因为爹爹常病、常哭,更使自己时常伤心;但她从来没有像今日这样伤心过。今日,她才知道赛八仙的卦不灵,爹爹确实是已死了,而且寂寞地埋于那荒凉的大漠之中。她回忆起旧日爹爹的欢笑时、慈爱时、愁闷时、激怒时一切一切的音容;又忆起爹爹授给自己武艺之时那矫捷绝伦的拳脚及鬼没神出的剑法;更忆起爹爹书写的小楷,那小楷秀丽得真恨不得叫人一个一个拿下来,放在手里赏玩;有时又画画,她画什么,便真像什么。这一切都在她的脑中、眼前,一篇一篇地清楚地翻阅,她不禁心痛如绞,又呜呜地痛哭起来。

此时,那边小孩子在帮助木匠做棺材,哧哧地拉着锯,喀喀地劈板子,梆梆地钉钉子。这木匠越做活儿越有精神,并且唱了起来,唱的是:"一更一点儿月儿正东,小奴家独坐绣房中,哎呀! 绣房中,黑咕隆咚,情郎不来,等得小奴的心痛,嘣楞嘣。"那个孩子身体不大好,又困了,累得就直喘吁。草间的秋虫,也像拿小锯儿锯着什么东西似的,只不住地唧唧地响,响得令人心急。那火堆里更不住地哗剥哗剥乱响,火星儿乱蹦,几乎蹦在沙地上。

雪瓶喝了几口茶后,就将席挪得离着火堆远一些,包袱宝剑仍在她的身边,宝剑抽出于匣外,离着她的身子不远。她先是半躺半坐,后来就索性侧身躺下,听着烦絮的秋虫之声,风吹草声,及离此不远的树木落叶之声。那茫茫的长空上,闪烁着比漠中的沙砾还多的银星,一钩淡淡的月亮斜挂在半空。雪瓶望着这一片神妙的星空,眼前又幻出了她爹爹玉娇龙生前的容貌,她不禁又流下两行眼泪。许久,她才合了眼,不知不觉地沉沉睡去。

这旷野草原,古道之旁,夜间只是风露有一些凉,倒是十分地安静,一夜连压着她的恶梦也没有。次晨睡醒,春雪瓶睁眼坐起一看,觉着衣服尽湿,沙上也全都像用凉水洒了一回似的。那口宝剑一提起来,直往下垂滴着露珠。草间的秋虫仍在唧唧地乱唱,木匠跟那个孩子就卧在那边的地上,呼噜呼噜地打着鼾,睡得很熟。旁边的火还留着余烬,那口棺材大概已经做得差不多了。

雪瓶就立起身来,见那匹白马也已立起来了,她走过去摸了摸马身上的鬃毛,也都湿得跟才从水里出来一样。由此,她又想起现在仍在贼人牛脖子手中的那匹黑马,恨自己太不济,太无用,太对不起爹爹了。她就将马鞍和包袱又都在马背上系好, 往北一看, 只见一片茂草连着深青色的长天,那天上还悬着几颗一明一灭的晨星。

她就将剑入匣,挂于鞍旁,手提皮鞭走过去,蹲下身,轻轻推叫那个孩子。叫了半天,这孩子还说了几句睡语,方才醒来,惊问说:"什么事? 小王爷! 您叫我有什么事? "雪瓶就说:"天快亮了,我要去寻找韩铁芳了,你们在此等着我。他要是回来了,你也得叫他在这里等着我。反正我今天不到晚间,必定回来。我的水口袋放在这里了,你们若是渴了自管喝! "小孩子便爬了起来。春雪瓶上了马,又叫这孩子指点了昨天小霞追赶韩铁芳的方向,她就鞭马往北走去,冲进了茂草。

她这匹马在草原中行走惯了,在草丛中行走,竟如同走平地一般,撞得两旁已渐枯黄的草都纷纷折落,那未折落的也四下偃伏。马蹄踏着树枝咯吱咯吱地响,并有许多有羽翼的小虫都飞了起来。走了半天,天色渐明,晨星俱隐,又有一层晓露遮在眼前。等晓露消散,天色大明,她已出了这片草地,身上着的雾水更多,并沾了不少草及小虫儿。

春雪瓶就驻马向两边看去,见西边是一片稀稀的短草,短草之外便是曲曲折折一条白茫茫的大河,那就是孔雀河。在东边和北边可又是黑色的大漠,不过沙漠的尽头又有几丛苍绿之色,又像是有树有草。这一带的景物颇为复杂迷离,别说是房屋,就连一个"蒙古包"或一头牛羊也是觅不见。假使东方不是渐渐起了一片朝霞,她真连方向也辨识不出了。

她漫然地策马走着,心中很恨小霞,觉得她真是无耻,又想:如果韩铁芳已被她逼死了,那韩铁芳真真的可怜,我实在对不起他。现在人家把棺材都要做得了,我却找不着爹爹葬埋的所在,我更是对不起爹爹⋯⋯

雪瓶心中既急又悲伤，就在这沙漠中绕了多时，绕过了许多座起伏不平的沙土堆。忽闻远处似有一种声音随着风儿吹入她耳里，叮啷当啷，叮啷当啷，声虽清亮，却极为迟缓，这是她听惯了的驼铃声，传来的方向就在东边。她向东扭头望去，就见那灿烂的朝阳照着黑紫色的沙地，衬以蓝天上一朵一朵的白云，十分美丽，但为沙岗所蔽，却看不见一只骆驼，并且那金针似的阳光，刺得眼睛都难以睁开。可是她绝不迟疑，拨马就向东走去，随走随辨听着铃声。那叮啷当啷的声音越来越清楚，她催马又急跑过了几条沙岗，就看见了那队骆驼。

这队骆驼可真长，足有五六十只，都是一样的高大。天渐凉了，身上的毛也渐渐长长了，倒不十分难看，背上都驮着很重的货物。有的骆驼上面还放着皮毡的大鞍子，鞍上坐着人，人还抽着烟。跟着骆驼的人也不下十四五个，有老的有少的，有蒙古人，还有汉人。那叮啷当啷之声震着耳朵，马便不敢向前去走，春雪瓶却紧紧地以鞭抽马。马来到骆驼的临近，却又不住地向后去退。对面拉骆驼的客商，背着阳光把她这里看得很是清楚，都一齐愕然，并彼此说着什么。骆驼也就都站住了。

春雪瓶就下了马，问说："你们可曾看见有个汉人，骑着红马，拿着刀，被个哈萨克的使剑的姑娘追赶着？"对面的拉骆驼的就有人啊呀了一声。一个汉人走了过来，先打躬，然后惊惊惧惧地叫着说："大王爷！"春雪瓶的心中倒很觉不好受，她知道此人错以为自己就是爹爹了。爹爹她老人家在新疆，尤其是在沙漠里的名气也太大了！

听这个人又说："我们没有看见什么哈萨克的姑娘，只是刚才，我们走到东边……"他回身一指，说："很远呢！距离这边有三十多里地呢，那里的一个沙岗的后面，趴着一个人。我们以为是个死人，因为他趴在那里不动。本想走过去细看看，或是救救他，可是又见他怀里有一把刀，不远之处有一匹马。那时天色还没大亮，马是什么颜色，我们可也没有看明白。我们还以为他是趴在那里等着劫人的强盗，或是半截山手下的探子呢，我们也就没敢过去理他，就赶快地走过来了！"

春雪瓶听到这里，就赶紧骑上了马，问说："那人是在正东吗？"拉骆驼的好几个人都回手指说："就在正东！那个沙岗子很大，你不细看，就看不出那里还趴着个人!"春雪瓶就点头说:"好!我这就去找他!那个人并不是贼人,他原是我的一个朋友。"立时就有个拉骆驼的人现出后悔的样子,把脚顿一顿说:"早知道他是王爷的朋友,我们就把他救了,拿骆驼给驮来啦!"

春雪瓶此时却顾不得再答话了,她鞭马向东,越过了这一行骆驼队就一直走去。身后的骆驼之声又叮咚当嘟地响了起来,且越走越远。向东走出了六七十里地,太阳也越升越高,她就注意地查看这沙漠中一条一条起伏如龙的沙岗。本来这些沙岗都是被风堆成的,一起风就变了原来的位置。譬如现在是一片丘陵似的沙岗,但一遇着风刮起来,大的沙岗就能够将人畜活埋,风定之后也许变成一片平沙,而别处却又堆起一座沙山来。这些沙岗就像是趴在大漠中、时常变形的一群怪物。

春雪瓶自量今天还没有风,沙岗或许还不会变形,韩铁芳所趴伏的地点一定还可以找得到。她知道那人一定是韩铁芳无疑了!那个爹爹的好友,侠骨热心的少年人,实在是可怜。他竟被无耻的小霞给逼迫在这里,不能完偿他为友起灵、盛敛的宿愿。倘若他已经死在那里了,那就连爹爹的尸骨也找不着了,那我就非得杀死小霞不可!她愤愤然,咬着嘴唇,边走边想,目中且时时滚着眼泪。

这股直路两边的大沙岗、小沙岗,以及平坦的沙地,她全都仔细地看过了,结果竟连一个活动的东西也没有。她的马又往前行着,直想要走出这大漠的涯际,踏尽这无数的沙砾,她决心不寻着韩铁芳,就绝不回去。这时,忽听有人尖叫了一声,她一惊,就将马收住了,向四下察看。接着又听那人尖声喊叫,是用着哈萨克的话,问说:"你干什么也来啦?"待了一会儿,就见南边出现了一匹白马,飞似的绕过了一道沙岗,就往近来了。

雪瓶一看,正是小霞,就见她骑在马上,穿着一身红衣,脸黑得跟地下的沙子一般。她头上的五条细辫子,有的在前,有的在后,乱蓬蓬的。小霞一手摇着鞭子,一手提着缰绳,腰间系着条红绸的带子,马上挂着的宝剑颤动着,发出来响声。她脸上带着些笑,又问说:"你干什么也来啦?"

雪瓶却气得要抽宝剑,真想等她来到临近就把她杀死,但一想到美霞姨姨,却又不得不忍着点儿气。雪瓶就怒目瞪着她,厉声问说:"我还得问你呢？你为什么由尉犁跑出，来到这沙漠里？你真坏了我爹爹的一生名声！我爹爹当初就不该教给你武艺，叫你如今妄为！哼！"

小霞来到了离她十步之外，将马收住了，脸儿往下一沉，瞪得眼睛更大，说："你说什么？"雪瓶又哼了一声，说："你为什么来到这里？为什么要追赶那姓韩的？"小霞忽然暴怒说："你能管我？他抢了我的马，还偷了人家的马；他们又跑到这地方锯树，钉什么东西，见了我还敢还手！我为什么饶他？我还认定了三爹爹是他给害死的呢！我非杀死他不可！可是从昨天他就跟我在这里绕来绕去，我抓也抓不住他，射也射不死他，我在这儿整整地生了一夜的气……"

雪瓶突然用比她更为尖厉的声音，说："你别说了！你也不细想一想，他是个好人还是个坏人？上次人家找我就是好意，是有事，因为我爹爹……"说到这里，她忽然又反想：我爹爹病故，被韩铁芳埋在沙漠之事，我何必要跟她说呢？她这个人，听见了这个凶耗，也未必心里难过，也未必能帮助我。还许她以为没有可以使她惧怕的人了，倒许在这里面搅乱，更妄作非为。春雪瓶就把话噎住，愤愤地说："我劝你快些回去！韩铁芳原是个好人，即使见了他的面，我也不许你逼迫人家。绣香姨姨跟幼霞妹妹都往迪化去了，她们都恨不得赶快找到韩铁芳，好向人家道谢……"

小霞冷笑着说："她们为什么要找韩铁芳道谢？莫非她们做了大媒，把你嫁给姓韩的了？"雪瓶脸红着唾道："呸，我也没有工夫跟你多说话，你回去问美霞姨姨好了！她能把实情全都告诉你。我劝你赶快回去，不然，我将来把这些事都去告诉美霞姨姨，我还从此不认识你！"小霞哼哼地冷笑着，拿眼睛瞪着，雪瓶却愤愤地将马一转，挥鞭又往东去了。

跟小霞说了这半天话，招得她的心里更生气，她遂走遂回头，又过了几条沙岗，却没见小霞追来。她马往前行，眼睛更注意地向两边去看，正在走着，忽然见从南边的一个沙岗之后，露出来一个马头，虽然离着很远，但也能够看得出那匹马正是红色的。雪瓶心中一喜，便拨马向那边快走。越来越近，那匹马却不住地长嘶，大概是饿得它太难受了。马上没有鞍鞯，也没有人，春雪瓶便惊讶地想：莫非韩铁芳真的受伤死了？不然怎么只有这匹马跑到了这里？

　　她急急地挥鞭，少时马就来到了沙岗前。这个沙岗很高很长，雪瓶催马向沙上去爬，但沙子太松，马的四蹄都深深地陷入沙中，拔不出来，爬不上去，便也嘶叫起来。春雪瓶就跳下了马，不料自己的两只脚也都陷在沙里了。她如在河底跋涉一般，好不容易才爬到沙岗上，不料那一边正有一个人卧着，手中还持着一把刀。见有人来，他就翻身爬起，刀也向上抡来，并厉声骂着说："你这个女人！逼我到了什么地步？我不怕你！"

　　雪瓶忙将身子向后一闪，她已看出这个人正是韩铁芳。韩铁芳这时全身满是沙土，脸上黑瘦得不成样子，手臂上还有血迹，瞪着两只红得跟灯似的眼睛。他看出来这女子不是那小霞，却是秀树奇峰春雪瓶，不由就呆住了，也不气愤了。

　　雪瓶也发了一阵儿呆，脑里想了半天，不知怎样说才好。结果她才悲痛又带着些感谢之意说了声："韩……"她叫不出来"韩大爷"，也不能称呼人家的名字，于是她就只往下说："我已见过了那个木匠，事情我都已知道了。您实在是个好人，在尉犁城的事，真是我的错。您既是我爹爹的朋友，又与我爹爹一同西来，我爹爹死在了沙漠，您将她……"说到这里，雪瓶就不禁悲泣流泪，但她极力忍抑着心痛，又说："我们本来误以为她老人家现在迪化，所以都往迪化去了。半路上我遇着了贼，因与贼人争战，我才与他们分手。我过了黑沙漠，在乌尔土雅台又见着一个姓徐的商人，听了他的指告，我才进到这白龙堆里来，想寻着我爹爹的一点儿下落，并想能找着您……"说到了这儿，她已经哭得喘不过气儿来了。

　　韩铁芳也长声地叹气，并劝雪瓶不要伤心。接着他就把自己由家中出来，在灵宝地面与病侠相遇，并一同西来的事说了。但是他可没说出他是为什么原因离家出来的，也未说出病侠带他来，是为叫雪瓶帮助他往祁连山，及什么将来两人永久相伴，住在这新疆之事。他说得很简略，但是一说到病侠惨死在这沙漠的大风之中，他却又详详细细地将当时的情形说了出来，并且感叹着。春雪瓶就坐在沙岗上听着，痛哭着，手中的鞭子也扔在一边了。阳光正照在她的脸上，睫眉边挂的泪珠莹莹如珍珠一般一颗一颗地掉在沙上。

　　韩铁芳是半卧半坐地靠着沙岗，又说："我往尉犁去访姑娘，就是为酬答春前辈待我的一片友情！我想将春前辈葬埋的地方告诉姑娘，并将那匹名驹、那口宝剑、那个我分文未动的包着金银的包袱交给姑娘，然后我就走！因为我还要东返，有要紧的事情需要办。只是没想到，我也是太鲁莽了，所以才招恼了姑娘，以致未容我把话说明白，姑娘就把我驱走了！"

雪瓶拿绸帕拭了拭眼泪，说："这件事原是怪我。"韩铁芳说："也不怪姑娘！只是那哈萨克的姑娘，她逼得我太厉害了！那天在尉犁，我若不抢她的这匹红马走，我就无法逃脱。我负着箭伤连夜回到了黄羊岗子，因为我在那里住过，还认识几个熟人。我想向人借些钱，以便钉一口棺材，来这里将春前辈盛敛起来，重新埋起，我的心就安了！春前辈待我如同子侄，我备了棺材将她葬埋，使她的尸骨不至腐烂，交朋友如此，我觉着也就够了。至于姑娘不许我说，其实我也不愿意，使姑娘听说亲近的人已死而难过。"

雪瓶哭得更厉害，韩铁芳又说："但是黄羊岗子的驿吏跟店家都无人肯借给我钱，没法子，我才将这匹红马上的鞍鞯卖了，得了几十两银子。我想，将来办完了事，再到新疆去找那哈萨克女子，把这点钱跟这匹马，加倍地还给她！我韩铁芳的为人向来不妄取，不难人，敢称磊落光明。"

雪瓶点头说："我知道您的人很好。我爹爹平生没有一个朋友，她肯与您相交，可见您不同于别人。我爹爹必然是很钦佩您的！"这句话倒叫韩铁芳的心里很难受。因为他本来明白，病侠为什么带自己来找雪瓶，可是这话又不能说，他只好承认自己是与别人不同。韩铁芳又把自己雇了木匠，携带家具连同那瞎子乐人遗下的侄子，到这里来锯木做棺材之事说了，并说到小霞忽然追来，逼赶他，小霞的剑法他能够敌，只是那弩箭实在不能对付。战了一天一夜，被她追赶到这里。受了她三支弩箭，两支在左臂，一支在后腰，一支射在右腿上。春雪瓶也看出他所受的箭伤实在很重，已经不能行走了。

此时秋阳照得遍地的黑沙十分炎热，远处是烟气腾腾，白云与缥缈的幻景相联着。雪瓶拾起来鞭子走下了沙岗，说："您受这些伤和冤屈，总都是为我们的事，我真……说不出心中是怎样难受了。昨夜我遇见那做棺材的木匠，我已叫他们快些去做，这时大概都做好了，他们的工钱，也应当由我给，只是我不知道您将我的爹爹葬埋在哪里了？这地方又是这么荒旷。"

韩铁芳说:"那个地方很易找,风景很好,若不是没有棺材,只埋的是他老人家的尸身,这回真不必再启开坟,又翻动尸骨,使着老人家的灵魂不安。"雪瓶哭着说:"我也想看看我爹爹死后的模样。"韩铁芳说:"那么我就随同姑娘去吧!"

他忍着伤痛,想站起来,不料他的右腿上的伤太厉害了,简直站不起来。雪瓶赶紧过去搀扶他。他痛得脸色苍白,头上的汗珠粘着沙子,都如黄豆般大的往下坠。雪瓶眼边还沾着泪水,斜仰着微红的脸儿看着韩铁芳。

韩铁芳就咬咬牙说:"不要紧!我已歇过一夜了,箭我也都由肉中拔出来了,不要紧!我还能挣扎着走到那个地方,只请姑娘将马给我牵过来就是了!"雪瓶说:"你站稳了!"她轻轻地放开了手。韩铁芳就以刀拄着地,弯身站立着,那刀都插入地中半截。雪瓶往那边走了几步,把那匹红马牵了过来。这匹马无鞍无镫,十分地不好骑,何况韩铁芳的右腿简直抬不起来。雪瓶就叫韩铁芳扶着马暂时在这里等一等,她就又爬过了沙岗,把她的那匹备有全份鞍鞯的马费力地牵了过来,说:"请您骑上我的这匹马吧!这匹马有镫,还好骑些。"说这话时,她微微地带着笑,她才哭过的脸儿布满风尘,染上了这一点笑容,显得愈为美丽。

她手也忙,脚也忙,一条大辫子就在背后颤动。接着她用那美丽丰腴、非常有力的手搀着韩铁芳,往上一送。同时,韩铁芳也用力一抬腿,就骑在白马的鞍上了。他吸着气忍着疼,脸也羞愧得跟一块红布似的,心中对这秀树奇峰是又钦佩、又喜爱、又尊敬。他的鞭子早就丢了,雪瓶又爬上了沙岗,将她自己的那杆皮鞭拿了来交给韩铁芳。铁芳感激得不知向人家说什么话才好,自觉得说客气的话又显得自己太虚伪了;说道谢的话吧,可是又想,自己为人光明磊落,她虽是一个美貌的年轻女子,可是既是我的朋友的子女,也就是我的姐妹似的,我如今受了伤,让她服侍服侍也不算什么,于是他就什么话也没有说。

春雪瓶反倒轻声问他,说:"行吗?这样坐在马上走,受伤的这只腿受得住吗?"韩铁芳点头,说:"行!我能挣扎的,只是,没有鞍鞯的马,姑娘能骑吗?"雪瓶一笑,说:"这算什么?我自六七岁时,就常在尉犁城的草原上骑那没有笼头没有鞍鞯的马!"韩铁芳说:"怪不得姑娘有那样好的马上功夫！"雪瓶却脸红了红，说："我骑马虽好，也不如你，那天赛马的时候，不是您的马跑在了我的前面吗？"韩铁芳说："那还是因为春前辈的那匹黑马太好了，那真是一匹神驹！"

雪瓶听他提到了那匹丢了的黑马，心中又不由一阵愤恨，想着等盛敛了爹爹之后，还是得去找牛脖子那贼人，不找回来那匹黑马不能罢休，不能算是对得起爹爹。

当下她骑上了红马，手中拿着韩铁芳的那口刀，说："走吧！"遂以刀柄击马，她的马就向前面走去。她还回头看了看，见韩铁芳提缰摇鞭，紧紧地跟着她，神态昂然，她这才放了心。本来她不敢快走，可是因为心急，就不由得走得很快。绕过了这片沙漠，地上平了一些，沙地也坚硬了一些，这红马又像赛马似的疾驰起来。后面的白马也不肯相让，紧追在后。

韩铁芳那条伤腿被马腹磨得十分疼痛，简直如刀剜似的，但他绝不肯呻吟一声，绝不肯皱皱眉，并不将马稍停。他只将牙紧紧地咬着，咬得吱吱作响。天色快要近午了，大漠中滚动着热风，春雪瓶在前偶一回头，韩铁芳就看她的脸上满挂着汗珠，自己就更不必说了。又走出了很远，忽然韩铁芳看见了那几株绿树，他就在后面一边喘气一边高声地说："前面就是！那边就是春前辈葬埋的处所，我们就先到那地方去看看吧！"

雪瓶回首答应了一声，心中却觉得奇怪，因为她认识那个地方。自己昨天在那里休息了半天，并且在那里重编了辫子，想不到，爹爹原来就埋在那附近。唉！昨天自己为什么不知道呢！她的眼泪又流了下来，随流着眼泪，随催马向前去走。两匹马紧紧齐行，不一会儿就来到了小湖的临近，几株柳树，乱摆着金条，如在接迎他们。二人一齐收了马。韩铁芳也不下马，就辨清了那株大柳树，找到了大约有十九步之远的沙土分界之处。他紧紧地将缰绳勒住，以鞭指着地上说："就埋在这底下！"

春雪瓶却突然下了马，跪在地上痛哭着说："爹爹……"韩铁芳也不禁心中酸痛，流下眼泪。此时，那树上的小鸟也啼叫得十分悲哀，池中的绿水也被风吹起了无数的愁纹。雪瓶声咽、身颤，哭了半天，韩铁芳又不能够下马，只苦苦地劝说："雪瓶姑娘！你不要再哭了！我们赶快去催他们把那口棺材抬了来。唉！我现在受了伤，也不能帮助他们抬，那孩子的力气又小，

第
八
回

启
亲
灵
泪
沾
三
尺
土

触
义
愤
拳
打
半
天
云

三
五
五

怕也抬不动。我们还得赶快去到别处找人,才能运来那口棺材,才能将春前辈尸骨启出,重新盛殓。姑娘!你哭也无用,我们还要去办许多的事,你且止住悲痛吧!人死已不能复活,何况春前辈人虽死,但留下了赫赫的英名,并留下了你这足能继承她平生事业的女儿。姑娘,不要哭了,哭又有何用?"他虽然这样地劝说着,但雪瓶心中的悲情却如落下的山洪暴雨,搅起来的巨浪长风,放开了的名驹烈马,无论如何是收止不住的。她的面容已被泪水洗过,娇躯也卧倒在泥沙上,那匹红马倒悠闲地跑到池边饮水吃草去了。

韩铁芳急得不住地劝,不住地叹气,但是无效。忽于此时,就见由池岸的北边又跑来了一匹白马,隔着柳条看得很是清楚,马上一女子,正是小霞。韩铁芳一惊,赶紧说:"那小霞又来了,姑娘你快去拦住她!"此时他心里甚是着急。

小霞满面怒色悍容,策马如飞,霎时便来到了这里。雪瓶以泪眼看了看她,也很愤怒,便一挺身站立了起来,由地上拾起来钢刀,赶过去先护住了韩铁芳。她瞪目向着小霞,以哈萨克话来问说:"你为什么还不回去?还要来到这里?"

小霞下了马,冷笑着说:"我要看看你在白龙堆里干什么?原来你是为他才来的呀?哼!我知道你是想要嫁他。"雪瓶脸红着,说:"你别说这话!我来是为什么?我是为……"她又痛哭起来,说:"我爹爹死了,你知道吗?她就埋在这里。还是人家韩……给埋的!"小霞突然去抽宝剑,愤愤地说:"那一定是被他给害死的!你不替三爹爹报仇,反倒说他好?我可不能像你!"说时,蹿身抢剑向马上的韩铁芳就砍。

韩铁芳听不明白她们两人所说的话,正在发呆;突见宝剑抽出,他吃了一惊,便见剑向他砍来了,他赶快向后一退。可是这时春雪瓶早已抢起刀来,铛的一声,将小霞的剑挡了回去,震得小霞的手腕发疼。小霞急怒地嚷着番语,说:"你要跟我翻脸吗?"雪瓶说:"不是我要跟你翻脸,是你没把事情弄清楚!爹爹是病死的。"小霞说:"我不信!"说着又向着韩铁芳扑来,拧剑狠刺。雪瓶却又将她拦住,巧妙地以刀一掠,便又将小霞的剑掠开了。

小霞气得抢剑猛向雪瓶砍来。雪瓶却以刀相迎,铛铛铛震得小霞的腕酸,手中的宝剑就掉在地下了。小霞赶紧弯身从地上将剑拾起,换在左手里拿着,她咬得牙紧响,眼珠子几乎努了出来。她向雪瓶大骂,说:"你护着他吗? 他是你的汉子吗? 你把害死你爹爹的人当汉子,还敢跟我翻脸,好! 我不怕你! 咱们两人从此谁也不认识谁! 我不把他捉住,我就不是人;你若敢护着他,我立时就叫你死! "说时她抢动宝剑,又向雪瓶砍来。

雪瓶真气了,就也不再同她理论,将刀飞舞起来迎战。她虽然只学过剑没有学过刀,但如今白刃翻腾。小霞左右换手,拼命地招架,狠砍疾削,还是敌不过她。小霞的肩上就被她以刀背猛砍了一下。小霞疼得叫了一声,却更凶了起来,把剑又猛向雪瓶砍了几下。雪瓶因为不愿意伤她,所以是刀拦身闪,使小霞虽暴躁得狂喊乱杀,但却不能将她奈何。

这时韩铁芳已拨马躲到了池畔那棵大柳树的旁边, 他看见雪瓶的武艺高超,心中越发爱慕;但见小霞这样凶,又着实气愤。他恨不得抽剑下马,跑过去帮助雪瓶,但是可叹这条受了箭伤的腿,真的使不上劲了。忽然见那小霞又舍了雪瓶,瞪着双目,抢宝剑,口中怒骂着,专向他扑来。他就顺手由雪瓶的剑匣中抽出了双剑,向左右手一分,也怒喝声:"你来! "小霞已蹿扑到了临近,振起了寒光,狠狠地向他刺来。他以右手的剑去敌,却见雪瓶早自小霞的背后跑来了,还未容两口宝剑触到一块,雪瓶便蓦将小霞拿剑的那只手高托了起来。

小霞气极了,双手夺剑。韩铁芳将右手的剑插入匣内,抢起鞭子向小霞就抽。小霞扭头仰起脸来,就向韩铁芳吐了一口唾沫。唾沫吐了在韩铁芳的胳臂上。而雪瓶已将小霞的宝剑夺了过去,抛向池水之中。小霞要往池边去捞剑,雪瓶却趁势一脚,噗的一声,就将小霞踹到水里。水花溅起很高,将韩铁芳的马惊得又向东跑了几步。雪瓶回身跑去抓住了那匹红马,飞身跨上,向韩铁芳急急地说:"走吧! 快走! 到树林外边去吧! "

韩铁芳便紧紧地随着她,顺着池岸,向北转西驰去。这时那小霞又从水中爬了出来,头上身上全都是泥水,她掏出弩箭就向韩铁芳的马射来。雪瓶疾忙停马掩护。双方相距不远,第一箭没射到就落在了地上。第二箭射了来,却被雪瓶伸手一抄,就如鹭鹰伸嘴到水中啄鱼似的,很巧地就将一支箭逮在她的手内,以二指夹着。

韩铁芳既吃惊且赞叹,他晓得这是玉娇龙传授出来的绝技。又见雪瓶将马往铁芳的马靠近了一些,向白马鞍后的包袱之中一探手,就取出来一个小弩弓。她装上得来的箭,瞄着那边的小霞。小霞刚爬出池子,像一条泥鳅似的向韩铁芳这边蹿来,并且又要发箭。雪瓶就一箭射了去,正正射中了她的左腿,她就又一下摔卧在地上了。韩铁芳倒不禁一皱眉,觉得春雪瓶也是翻脸无情,跟玉娇龙差不多。雪瓶又以刀背向白马的胯后轻击了一下,白马就又驮着韩铁芳向西飞驰。雪瓶收了弩弓,自后面赶来,并叮咛着说:"小心一点! 提防从马上摔下来!"韩铁芳忍着腿痛,坐稳在鞍上,由着马紧走,并摇头说:"不能! 不至于! "

春雪瓶的红马轻如燕子,掠过了他,走在他的马前。雪瓶随走随回头来,微笑说:"我是不愿意伤她,因为平常跟姐妹一样。她的脾气自小就与我们不同,我爹爹在世时也不喜欢她。她的妹妹倒比她好……我刚才射她那一箭也不重,其实我不该射她,但是她太让人生气啦……有时我真忍不住气,我爹爹也是如此……"双马蹄声急骤,沙尘都被荡起。春雪瓶时时回首和韩铁芳说着话,以她的娇音发着那么好的官话,并时时带着沉痛的意味。韩铁芳不住地点头,并细细打量着这位"秀树奇峰"。

少时,双马走进了树林。韩铁芳真想把那次赛八仙刻在树上又刮去了的那"雪瓶"二字的痕迹指给她看,并述说自己访她、寻她、见她的艰难。雪瓶这时却又不说话了,她头也不回,并以刀喀喀地砍断了许多挡在面前的树枝。两匹马就踏着树枝、落叶、乱草而过,林鸟在他们的头上飞噪不止。一霎时,雪瓶就已催马穿过了树林,及至铁芳走出树林时,雪瓶已在那边赶做棺材的地方下了马。

那小孩正帮助木匠拉锯,忽然抬头看见韩铁芳骑着马回来了,喜欢得跳了起来,高声叫着:"韩大爷!"韩铁芳也微微笑着。他骑着马如同受着苦刑似的,到现在这苦刑才算受完了。此时那个木匠也停住了锯,向韩铁芳笑了笑,雪瓶就叫他们过去把韩铁芳搀下来,并嘱咐说:"手要轻轻的! "他们这才看出来韩铁芳身上有伤,齐都惊愕,便扔下了锯,跑过去,两人齐往下来搀扶韩铁芳。那木匠并且问说:"怎么啦? 韩大爷! 你怎么受的伤? 是谁伤的你? 是那个……"

韩铁芳一下了马，就瘫倒在地上。那孩子不住流泪，蹲下去看韩铁芳的伤势。韩铁芳头枕在草上，摇了摇头，说："不要紧，你们就快些做棺材吧！"

雪瓶也走了过来，温和地说："您的伤势我看太重了，不能不请大夫看看。我们这次离开尉犁城，本来带着药，可惜没在我这里。我想这北边有个什么老牛山，那里有市镇，就一定有药铺，有店房。我想这棺材虽然快做得了，但是我嫌太粗，不如叫他们一个人到那老牛山镇子里去……"说到这里，她又沉吟思索了一会儿，就向韩铁芳说："我想叫他们到镇上去办些粮食跟水，再找两个木匠来这里帮忙。顺便雇一辆车来，将您送到那里，找店房，请大夫，买药调养。您以为怎样？我想那小霞虽也受了箭伤，可是她必不甘心，还许找到这儿来与您麻烦，您在这儿躺着又不得调治，真不如到那镇上。"

韩铁芳以那只没有受伤的胳臂撑着地，坐了起来，点点头，说："既然离此不远有座市镇，又有店房，我也可以去歇一歇，我倒并不是怕那个小霞。只是现在我不能够去，我得等把棺材做得，启出春前辈的尸骨，盛敛了，稳埋了，我才算尽了朋友之义！"

春雪瓶感动得又流下了眼泪，她拿手帕拭了拭，转头向那木匠说："你认得老牛山那个镇吗？"木匠点头说："认得，我就是在那镇上学出来的手艺。那镇上有两个木匠，都是我的师兄弟。"

雪瓶点点头，遂从包袱里拿出来银子，交给这木匠，说："现在你就去吧！记住了！找来人，买些漆，再买点水和粮食。可以先把店房找妥，订下，然后你雇一辆车来！"木匠接过了银子，就点头答应。雪瓶又嘱咐他说："到了那镇上，无论是找人，买东西，还是雇车，都不准说出真话！说在这里做棺材埋人可以，但不许说出埋的是谁！"木匠深深地点着头，连说："我知道！我知道！"他把雪瓶马上带着的那只水袋留在这里，就背着他们带来的那只水袋走了。

这里韩铁芳把春雪瓶办的事、说的话都看得清清楚楚。雪瓶的武艺不在玉娇龙之下，虽性情有时也暴烈如玉娇龙，但平常她是很温和的，真若大家闺秀，并不像从小生长在草原。她办事是这么井井有条，并且想得都这么周到。韩铁芳简直连伤痛都忘了,对此佳人,油然地生出羡慕钦佩之情,并想起病侠玉娇龙曾对他说过:"我是想叫你到新疆,给我那亲近的人做终身伴侣……"

韩铁芳觉得这真是天缘,真是人间难寻、天上难找的好事。他想,等这几处箭伤不至于死,那么我只要把话一说,就可以与此美人为伴,还可以跟她学武术,学射箭,请她去帮助我到祁连山救母报仇。只是……他一想到了在家乡的妻子陈芸华,又觉得万念俱灰了。虽然她像个木头刻的似的,又与自己全无情爱,而且已将多一半的家产都分给她了,等于是退了婚,可是究竟婚并没有退,自己仍然是个有妇之夫,怎配娶人家秀树奇峰春雪瓶呢?

雪瓶又把那领芦席往近处拉了一拉,她轻轻地抬着韩铁芳的头,又叫那孩子抬着韩铁芳的腿,打算把他移在那领芦席上去躺着。她的纤手触到了韩铁芳的头上,他立刻有一种异样的感觉,脸也烧得很热。他就摆手说:"不必!不必!"他忍痛用力,勉强一翻身,几乎站了起来,然后就势一滚,就坐在了席上。看见春雪瓶似笑又没笑,把眼波向他一掠,他却不敢看,便仰首去看天际的白云,但那朵朵的白云都化成了春雪瓶的脸。

他暗暗地长叹,心中又甚悲苦,觉得过去自己对于女人,敢说是拿得起放得下。蝴蝶红与自己耳鬓厮磨、山盟海誓有三年之久,但到时说把她嫁人就把她嫁人,对别个女子也是如此。独于今日对雪瓶,自己是真真的羡爱、难割,真似一条丝缠住了自己的心,一条龙绕住了自己的身,一根铁链锁住了自己的命。这还不过是初相逢,将来果真邀她同往祁连山,同行共宿,那必定能使自己做出不对之事。唉!算了吧!春前辈你死了,我却于生前骗了你,说我无妻,叫你空把一番热望托付给我。我如今可要辜负你了,我绝不能做你这亲近人的伴侣,我也不请她往祁连山报仇了,只把你盛殓稳埋之后,再治好了箭伤,我就走了。我要独自去往祁连山,如能救出我的母亲,我将她安置好了,我就去削发为僧;如若救不出来,那我就死在那祁连山,反正我是不能再照顾你的女儿了。这样一想,他就把主意定了,并且决定不再与春雪瓶多谈,也不再多看春雪瓶。

韩铁芳休息了一会儿,精神也好多了,就与那瞎子的侄子闲谈话。到现在他才知道这孩子原来姓黄，乳名叫作长福儿。韩铁芳就跟长福儿一问一答地谈话，但也实在没有什么可谈。那边春雪瓶坐在未做成的棺材旁边的一块板上，低头看着草地，很寂寞而又安闲的样子。看她现在的样子，谁也不能相信她是一位飞驰于沙漠之中的侠女。稍远之处是那红白的两匹马，都在那里低着头啃那草地。小霞没有再来麻烦。这里虽然也是一条自东往西的道路，但是竟没有一个人往来。

秋天，太阳的光愈热，又过了多时，那个木匠坐着一辆没有篷儿的破骡车，自西边绕回来了。车上还有他找来的两个木匠，连赶车的，一共是四个人。车上堆着许多东西，有水口袋、木匠用具、油漆桶等等。长福儿就喜欢得招手，说："回来啦！回来啦！"

那个木匠先下了车，走过来一五一十地跟春雪瓶报账，然后说："店房也找好了。老牛山镇上一共有三家店房，我给找的这家孟家店是最好的，房子院子都干净。掌柜的孟老八是中卫县的人，人顶和气。"他又拿出一包药来，说："这也不知叫什么药，是在镇上的广济药铺买来的，专治跌打损伤、蝎螫蛇咬，最有效验不过。韩大爷，你一服上准保伤就好了！"

他把药交给了韩铁芳，便同着他找来的那两个木匠，一齐过去赶做棺材，当时就锯木头、钉钉子地忙了起来。赶车的把车卸了，放骡子去吃草，他却躲到一边去蹲着抽旱烟。这边雪瓶便叫长福儿给韩铁芳的伤处去上药。这种药的里面大概是有冰片，敷在伤处，觉着一阵凉，立时疼痛就好了些，因此韩铁芳的脸色渐渐地缓了过来，精神也好多了。

雪瓶就站在旁边跟他谈话，问她的爹爹与他一路西来时的一切琐碎的事情，以及所说过的一些话。韩铁芳却觉得不能太吐露无遗。例如在兰州府遇着她旧日情人手下的人，及玉娇龙讲述的雪瓶的来历。还有十多年前，黑山熊将雪瓶的母亲也害死在祁连山，尤其是玉娇龙主张叫他们同往报仇、终身做伴的事，韩铁芳都不能不隐瞒。他是不愿再惹雪瓶伤心，但是，饶他这样一边思考着、斟酌着，只拣那些不刺心锥骨的话告诉她，雪瓶就已经簌簌地不住流泪。

韩铁芳斜扬着脸儿看了一看，觉得雪瓶真如一朵带雨的梨花。她微泣着，自己的心也跟着难过。韩铁芳心说：不知她自己晓得不晓得玉娇龙确实不是她的母亲,也不是她的亲爹。这些事实在不该隐瞒,无论她听了要怎样的难受,似乎也应当告诉她才是。但是韩铁芳儿次要说,却也不忍得说出来。

此时,雪瓶拭了一拭眼泪,也就不再问了,走到那边去监视着木匠做棺材。韩铁芳就在地上躺下,头晕了半天,伤处又麻又疼,也就睡了多时。及至醒来,听见棺材钉钉之声都已停止,他坐起来看。见一口棺材已经做得,并且做得很细致;另有一个木匠拿着红油漆已经给漆好了一半;骡马也都卧在地上;赶车的人正帮长福儿在那里烧柴做饭;春雪瓶却在草丛中傍剑而卧,她的衣裳上跟头发上都爬着许多小虫、蚂蚁等等,她却睡得正酣。韩铁芳低头看看自己坐的席子,心中又不胜惭愧,想自己是一个男子却斗不过那小霞,又被箭射伤,还为雪瓶一介女子所救。如今自己又占着这领芦席,却叫人家姑娘躺在草里睡,未免显得自己太无能了!

这时西边的天上已挂起了金红的夕照,满天绮霞,乌鸦、喜鹊都从远处投还那密林间去。饭已炊好了,却都不敢去叫醒雪瓶。等到大家吃完喝完,雪瓶方才醒来。此时天色已黑,她自己也略吃了一点儿,便叫大家都休息,都去睡觉。她此时精神十分振奋,旁边燃着一堆木柴,火光熊熊,照着道旁的茂草,她就一个人手提着宝剑往来地走,守卫着,以免有什么豺狼等等的野兽来袭。

天边星月阴蒙,大地吹来的夜风渐有凉意,草间秋虫低唱,那林间时时发出枭鸟的怪叫之声。一口棺材躺在地下,周围满是木屑、树枝,锯斧还在棺旁横放着,那棺上的红漆被火光照着,愈显得凄惨。韩铁芳躺在席上睡不着,抬起头来看看,分明看见雪瓶有时走到那棺材旁边就顿住脚站住;借火光看去,可以看见她莹莹的泪光,正与手中的剑光、天上的星光相映着。她的容貌、身躯秀丽而凄清,真是可爱、可敬而又可怜。韩铁芳不禁暗暗叹气,想道:"将病侠玉娇龙安葬之后,我养好了伤一定就走了,抛下她一个人在这大漠草原之中,多么孤零呢!我若是死了倒还好,我若是仍在世间活着,那可怎能放心她呢?岂不是终身的憾事吗?"

一夜过去。次日上午,棺材已经油漆好了,但还没有干,便抬在树林那边,叫风吹着。当日大家都没有什么事,只是谈闲话,可是春雪瓶跟韩铁芳两人之间的话却愈来愈少。韩铁芳的伤处连上了几次药，疼痛处已经好得多了，所以雪瓶对于他，仿佛也不再如昨日那样关心，并且有些冷淡。韩铁芳的心中却仍揣着许多想说可又不敢说出的话。

午饭用毕后，天又阴了起来，三个木匠都怕天要下雨，并说那棺材上的漆，再放两天怕也不能干，一下雨，更得把漆冲毁了。再说下了雨，大家怎么再在这露天地里住呢？身边又都没带着夹棉衣裳。雪瓶想了一想，反正棺材还是要埋在地里的，上漆只为防水，并非为好看，干不干也不要紧；况且这次还不过是暂厝。将来到了迪化见着了玉钦差，那是她老人家的胞兄，钦差是个大官，绝不忍见胞妹的尸骨埋在沙漠里边，也许要再来启灵，运往迪化去开吊设祭，或是再运到北京去入祖茔。我何必带着这些人在此耽延工夫？还有那匹黑马，也没寻回来呢！于是她就吩咐人送棺材往那边去收灵盛殓。

当时三个木匠、一个车夫，连长福儿都忙乱起来，就套车，把棺材、镐头等物都拉上，连韩铁芳也被人扶到了这辆车上。春雪瓶骑上马相随。留下长福儿和一个木匠，在此收拾起来那些锯、斧头等等，用那匹红马先驮回老牛山镇。

他们的车后跟着两个木匠，就一同先往西，又转到南边，绕过了那片车不能通过的树林，迂缓地走着。太阳渐渐地从云中露出，又渐渐地向西边去了，他们这些人，才沿着那水池，到了那几株柳树前。

春雪瓶的芳容此时愈显得愁黯，眼眶里的泪也像那汪汪的池水一般荡漾。两个木匠和那车夫一齐抢起了镐头，刨那韩铁芳所指定的一块土地。韩铁芳坐在车上瞪着眼睛瞧着，心里也一阵阵难受。这三只镐刨起这片土地来，可比他当初用那两口宝剑，用十个手指头便利得多了，一霎时就刨下了有二尺多深。

韩铁芳就高声嘱咐："慢一些！快露出来了！"于是拿镐的人全都轻轻地工作着。土色是越往下越黑，春雪瓶的脸色也越来越悲惨。渐渐地已露出了盖满了沙土的白绸衣，立时那三个人都把镐头抛了，下去慢慢地分土起尸。渐渐白衣毕现，一时情景严肃而悲惨，连柳树上的鸟儿仿佛全都不敢叫了。一具白衣包裹着的完整的尸身从土中抬出，弹了弹土，掀开了白衣,露出来青丝发和白瘦而凝定的脸儿。春雪瓶悲声叫着:"爹爹……"随就哀啼惨泣。韩铁芳疾忙转过脸去不忍细看,连耳朵空恨不得堵上,他真不能听这锥心泣血、如哀猿、如夜鹃之啼声。

此时天更阴了,大漠的风摇荡着那千条柳树的愁丝,韩铁芳就背着脸坐在车上,泪也不住簌簌地往下落。随着雪瓶的哭声,他听见有人由身旁抬棺材,开棺材盖,接着是雪瓶声嘶气咽的声音:"放好些! 放平些! 棺材里不要有一点土……爹爹呀……"又听见钉棺材盖的声音,棺材往坑里去放的声音,及掩土之声,而雪瓶的哭声却愈来愈惨,渐弱渐微。

韩铁芳连叹了几声气,心中默默地说:春前辈! 我的心至此是尽了! 你如今可以瞑目了吧! 我们如今是真要永别了,从此我怕不能再到这儿来看你了! 但无论将来我生,或我死,我们过去的一片友情我绝不能忘记! 你这个嵚崎磊落、卓然不群的一世女侠,将永远在我心里。只是你的义女雪瓶,我可实在不能……想到这里,他的心思忽又变了,又想若是从此就与雪瓶相绝,岁月茫茫永不再见,一任这个孤零的少女沦落在天涯,那不对,也不能算对死者尽了友情,反倒能说是负了亡友之托。铁芳心说,还是得跟春雪瓶说实话。等她的悲痛略定之时,就应当告诉她:你爹爹已把你托付给我了,叫我终生陪伴着你,你不要再难过了! 我还得问问你,你知道你自己的来历吗? 甘肃省的巍巍祁连山,那里还有你我的共同仇恨,我们俩的生身母,全都在那里受过难,我们俩的仇人全是那恶贼黑山熊! 他决定了要说,非说不可。

他扭过了脸去,见那棺材早已入了穴,坑口已掩平了。依着雪瓶,还要叫人在上面堆起座坟头,韩铁芳连连摆手说:"不可! 据我想可不宜显露出来这里埋过人!"雪瓶忽露出不乐意的样子,就问说:"为什么?"韩铁芳说:"因为……"他点手示意雪瓶过来,雪瓶就脸上挂着眼泪,沉着脸儿走近前来,韩铁芳悄声说:"依我看,连今天这几个帮助葬埋的人,咱们也要对他们严加嘱咐,不要叫他们对别人泄露出春前辈所葬埋的地点。姑娘你难道不知道? 春前辈因一世行侠仗义,结下了不少的仇人,别人不说,那半截山的贼众就时常在这白龙堆里出没。"雪瓶听了,不由一声冷笑,韩铁芳却又说:"这是不能不防备的,姑娘你虽武艺高强,不怕他们,但你绝不能永久在这坟旁看守。万一有了坟,被半截山那群贼看见了,他们就想偷棺掘墓;他们若晓得下面埋的是谁,那就更非掘不可。春前辈是一世奇侠,死后的尸骨若要被他们簸弄了……"

雪瓶也觉得很是,脸上露出愤恨之意,又叹了一声,就向那三个人说:"把坑填平了也就行了,上面不必起坟。我还要告诉你们,这两天你们这样受累,我心里很是不安,我一定多给你们些钱,但这地方埋人的事可不许你们去说!埋的是谁更不许你们问!听见了没有?假若泄露出去,我绝不能饶你们!"她那美丽的双眸怒睁起来,一只手叉在腰间,一说话,柔肩就一摇动。她的声音是严厉的,吹到韩铁芳的耳里,却觉得十分温柔,那两个木匠跟车夫吓得跟土人儿一般,直眉瞪目的,只管点头。

雪瓶当时就由马上的包袱内取出了银两,每人果然加倍地有赏,然后她又吩咐说:"走吧!回老牛山那镇上去!"两个木匠接了银子,面色才缓和过来,可仍然都皱着眉,表示这点银子真不好挣。那赶车的把银子藏在他的裤腰带里,跨上了车,挥鞭赶着骡子就走。这时车上只放着锄镐跟几件木匠用的器具,所以地方很宽,两个木匠也就都跨上了车,跟韩铁芳坐在一起。这里雪瓶还没走,拿着她的宝剑,由大柳树的树根下往葬埋她爹爹的那地方,细细地量,就像是丈量地亩似的。然后她收了剑倚马站立,又拿手帕揉了揉眼睛,才骑上了马,向着骡车赶来。

她的马随在车后约五丈远,韩铁芳时时抬起眼来去看她,往日他哪里想得到,积在心头的谜一般的病侠的最亲近的人,"飞骆驼""秀树奇峰"春雪瓶,就是眼前的这位美丽的侠女。美女骏马,蕴媚含愁,紧紧地随着他而行。两旁是大漠无边,天色渐暮,又穿过一片草原,再行多时,车后春雪瓶的模样已看不清楚了。韩铁芳一回头,却见遥遥有几点灯火,又走,便走入了那老牛山下的小镇。车在一家店门前停住,两个木匠把他搀下车去,长福儿早来到这里了,也过来搀他。进了店,他就被放在了一个土屋的炕上。

土墙上有灯光一点,如同个萤火虫的屁股似的,屋外也十分嘈杂。韩铁芳躺卧在炕上,又觉得伤痛,心中也不知是什么滋味。他叹了一声,又闭目瞑想,也不知这时候雪瓶是住在哪间屋里,怎么听不见她说话,也听不见她哭泣呢?他可又不能向谁去问,屋里只是长福儿伺候着他。吃过了晚饭，外面的天愈黑，墙上的灯也愈发昏暗。屋外的谈话声渐渐没有了，可是阶下的秋虫又唧唧地鸣着，真叫人心烦。

待了会儿，长福儿在炕角儿蜷曲着腿儿睡着了。韩铁芳本想叫他把雪瓶叫过来谈谈，如今却也不能叫他，并且身上的几处箭伤又都痛。他坐起来自己往伤处敷了药，又想着那些话到底是对雪瓶说不说。心中犹豫辗转着，忽而决定了，忽而又觉得不忍，并且想着：我这么个人，家中且有妻子，武艺又不太高强，箭伤即使能够痊愈，但还许落成一条瘸腿儿，我怎配做人家秀树奇峰的伴侣呢？唉！算了吧！他心中很是惆怅失望，便躺在炕上睡了。

半夜里醒来，听着虫声既悲且紧，店外更鼓徐敲，灯已灭了。他又想了半天，又认为病侠所嘱咐的话还是应当向雪瓶去说，不说倒显得自己不诚实不磊落。说出之后，她听了是喜欢还是恼怒，自己可以不管，总之，还是应当向她说的好。他心中又想：我遣嫁蝴蝶红，散家资，出来遨游，哪一件事没有决断？如今岂真个"儿女情长"？我打独角牛，败徐广粱，单身大战戴家庄，月夜之下与群贼交手，马涉渭水，回想起来也是轰轰烈烈，怎么一遇到玉娇龙，遇到春雪瓶，我就显得这么"英雄气短"了？想到这里，他又兴奋异常，直到天快明时，才又睡着。

不知这个觉睡了有多少时刻，及至醒来，却见那破窗户之外的天光已经大亮。秋虫之声都没有了，鸡大概也早就叫过了，长福儿也没在屋，靠墙只立着一把刀，是自己的那口，其余是萧然四壁，别无他物。他又振奋起来，盼着伤好了之后，一定要在春雪瓶的面前做几件事情，惊一惊她。想着这时她大概已经起来了，不如把她请到屋中来，磊磊落落地把事情详细地都跟她说一说。于是他就坐起身来，向外叫道："长福儿！长福儿！"连叫了几声，长福儿才一边答应，一边跑进屋中。

这孩子今天洗了脸，也显得精神了，手里拿着一个桑皮纸的包儿，好像很沉重。他喜欢得直笑，说："我刚叫店掌柜给秤好，锭子真是金的，五两一个，银子是十两三钱多……"韩铁芳一听，不由得惊愕，问说："什么？你手里拿着的是什么？"长福儿说："是春姑娘春小王爷刚才走的时候，给您留下的钱。"韩铁芳惊问说："怎么？她走了？"长福儿说："走了半天啦！她连半个月的店饭钱都先给开发啦，还送给您这些银子、金子，大概是给您道谢用的。"

韩铁芳不由得很生气，心说：雪瓶未免太看不起我了！我到新疆来，受了千辛万苦，难道是为赚钱吗？真真岂有此理！又问说："她临走的时候没有说别的话吗？"长福儿说："她跟我说了，她说她要到迪化去找人。她又说谢谢韩大爷啦！叫您在这儿好好养伤。这些金银给您花，或是您回东边去时，拿这作路费，将来再见。"韩铁芳直着眼睛问说："这是她说的？"长福儿点头说："对啦！她就是这么说来着！"韩铁芳就不言语了。长福儿倒有点儿害怕，轻轻地将银包儿放在炕头。韩铁芳连看也不看，却长长地叹了口气；长福儿又问他还有什么吩咐没有，韩铁芳却摇头，长福儿就又出屋去了。

由这日起，韩铁芳就住在这里养伤，因为店饭钱都已由雪瓶先付了，店掌柜孟老八又知道他的手里有金子银子，所以伺候得非常周到。长福儿也天天不离他左右。他身上的几处箭伤，天天上药，颇见功效，四五日之后，他就能够下炕行动了，而且腿也不瘸。他有时就出店门去站一会儿，看那南来北往的骆驼牛马。这个镇本来离迪化不远，老牛山是库鲁克山的支脉，有一条宽平的路，可以直达库鲁克山北的那畜产丰富的草原，所以这可称是交通要道。镇上也借此繁荣，有三家店房、两个酒铺、一个馒头铺、一个钉马掌的铺子，买卖都很好。

随着韩铁芳自黄羊岗子来的那个棺材匠，本来早就应当回去，韩铁芳并托付他把长福儿还带回去。长福儿因为刘大待他不好，并不愿回黄羊岗子，愿意永远跟着韩铁芳，可是韩铁芳却说："我也很喜欢你，你为人勤谨，又很听话，而且你孤苦无依，十分可怜。我本想带你到东边去，将来或叫你学武，或叫你学文，等你长大成人，好谋个出身，但是可惜我还有许多没办完的事，周围还有不少仇人。你想，上次在黄羊岗子就有几个人要杀我，这次我又被那女子连射了几箭，虽幸亏没死，可是以后像这样的事情，还不知有多少呢？你跟着我哪行？到了紧急的时候，我一定顾不得你，所以过几日你还是跟木匠回去吧。回到黄羊岗子，只要你能够忍耐、勤谨，谅刘大也不能待你太苛。将来我把事情办完之后，再去找你。"

他的话很恳切,长福儿也就只得点头答应。但是这孩子的神情却变得忧郁了,终日里愁眉不展,在店里也不常说话,每天就催着那木匠带他回去。可是那木匠因为有包做棺材得的那十几两银子,就在南边那个比这里还小的店房里赌钱,还没有输光,所以一时他还不想回黄羊岗子去。没有他带着,长福儿独自更不敢回去。

韩铁芳在这里天天回忆着春雪瓶,他决定再到迪化去一趟。若能见着她,就把一切的话都告诉她,然后再分手,如她所说"将来再见"。又过了两天,他的左臂、后腰两处箭伤全都生了痂,掐都掐不疼,只是右腿的伤处却化了脓,实在骑不得马。所以他心虽有余而力不足,徒望着院中那匹养得很肥的红马,却不能走。

这天,天色又垂暮了,韩铁芳正在屋中,忽然长福儿跑进来,惊惊慌慌地说:"韩大爷,我告诉您一件事。刚才我又到南店里去找那木匠,我看见那店里来了个客人,带来一匹马。那马是黑的,正是您在黄羊岗子住的时候,人家要买,您不肯卖的那匹好马。那客人是个穷人,身上穿着件绛紫色的破缎子马褂。"

韩铁芳一听,不由觉得诧异,暗想:那匹马是在草原被春雪瓶夺了去了,她这次虽没骑出来,可是也一定在尉犁城,怎么如今会到了别人的手里? 这可是怪事,我倒得去看看。也许这骑马的人就是雪瓶家里的? 如果问明确实是她家的仆人,那我可以写一封信,把没告诉雪瓶的事都写上,金银也可以托这个人带交雪瓶。我再养几天,就由此一直东返,不必再往迪化去了,因为那样是徒惹惆怅。此时天色已太晚了,不便到那店里去,为慎重起见,韩铁芳特地叫长福儿再到那店里去,探听探听那个人姓什么,从哪儿来,往哪儿去? 是干什么的? 还嘱咐长福儿要小心,不可露出形迹来。长福儿连声答应,就又走了。

韩铁芳并没把这件事看得多么要紧,他如今已抛开了一切胡思乱想,只想着自己应尽快离开新疆了。他觉得这次总算没有白来,长经验,历艰苦,而且会到了老少两位女侠。他舒舒服服地躺在炕上,壁间灯光如豆,窗外虫声如潮。

他都快要睡了,忽然那长福儿跑了回来。这回他的神色更惊慌了,走到了炕头，悄声说："我打听出来了。那店里还住着一个贩羊毛的，是才从东边来的，他认识那个人，说他是个贼，叫牛脖子，是半截山的手下。他说牛脖子骑的是春大王爷的马，不是您的马，可是我看着长得和您的却一模一样。还说春小王爷正在捉他。前天，原来春小王爷由咱们这儿走了，就又到沙漠去啦，在那里她遇到了半截山，跟半截山的手下喽啰打了起来。这贩羊毛的是绕道儿过来的，听说过来的时候，还不知道那边是谁胜谁败呢！这小子大概是由那边被杀跑来的。"

韩铁芳吃了一惊，知道雪瓶如今正在群贼包围之中，想着她虽武艺高强，但究竟难以寡敌众，他恨不得立刻赶了去救她，想到牛脖子这个贼，遂又问："这些话是贩羊毛的客人跟你说的吗？"长福儿摇头说："不是跟我说的，他是背着那牛脖子跟别人悄悄地说，我给偷听来的。那牛脖子现在正在跟人赌钱呢，他也没什么钱，他可以扒马褂，卖那匹马。"韩铁芳矍然起身下了地，叫长福儿在暗中给他提着那口刀，说："我去看看！"长福儿双手拿着那口刀不住地发颤，韩铁芳就嘱咐他不要害怕，叫他在前边领路。

走了不远，就到了南边那个小小的店房。淡淡的月光照着小土院子里的几间小破房子，很像河南、陕西一带野地里常见的那种矮小的土祠。韩铁芳一进了门，就听见了"么么""六呀"的呹喝声，及"哗啦哗啦"的掷骰子声音，十分杂乱。院中就有一匹黑马，他忙赶过去仔细查看了一番。这匹马伸着脖子直向他的身上蹭，也好像是认他。韩铁芳不禁忆起在灵宝县酸枣山上初见这匹马之时的情景，心中就不由得越发愤愤，暗想，我为这匹马不容易，这样的千里铁骑、名侠故物，如何可以到一个名唤"牛脖子"的毛贼手中？还要用它抵赌债？他此时就愤愤不平，也顾不得腿伤还痛不痛，就由长福儿的手中把刀要过来，并努努嘴说："你快躲开吧！"

见长福儿跑出门去了，他就猛往那赌钱的屋子里去闯。这时屋里面挤着三十多个人，不但是这个店房的人，镇上的一些赌鬼流氓，也都到这儿来赌。一通联的小小的两间土屋里，臭气熏鼻，喝声震耳。当中大概有一个摆骰盆子的桌子，上面还有油灯及钱等等的东西。虽然都被周围的人遮着，无法看见，可是能看到屋顶摇动着淡淡的灯光，听得见拼命往桌子上拍钱，使着劲掷出去的乱转的骰子的声音，及乱哄哄的喝声、骂声、笑声、说话声。这些人一个压着一个的肩,谁也没留神韩铁芳自后边来了,而且手中还拿着刀。

韩铁芳先站着看了一看,他认不出哪个是牛脖子。他就等了一会儿,等到一些人又攥了钱,下了注,沉静下来之时,他就蓦然高声问道:"谁叫牛脖子?"他这话一喝出来,眼前的人齐都扭头回身,惊讶之色现在每个人的脸上。并有认识他的人,就递笑招呼着说:"韩大爷!你老找谁?"韩铁芳先是很和气,说:"请诸位闪开!我有点儿事。"接着却沉下脸来,怒声问道:"哪个是牛脖子?快来出头,我有几句话说!"

立时,韩铁芳前边的人就纷纷乱挤到了一旁,当中露出来那张破桌子,上面有豆绿色的骰盆子、两盏很亮的清油灯、一迭一迭的铜钱。赌钱人都机伶,一看要出事,就齐都各自将自己的钱拿起揣起来。并有好几个人用手指头指着桌后的一个身披破马褂的穷汉,都说:"他就叫牛脖子。这人就叫牛脖子!"

牛脖子的一张倒霉的脸儿,这时候都被吓黄了,被那灯光映得就跟老姜一样的颜色。他的两只惊兔似的眼睛吧嗒吧嗒地望着韩铁芳。起先他还没看明白,后来他认出来是韩铁芳,脸色渐渐就转过来了。他把嘴一撇,两只眼睛越发地瞪起,哼哼地笑了两声,说:"喝!熟人哪!韩大爷你可是在尉犁城露过脸的人。飞骆驼打跑了你,可又满处找你找不着,如今你的大驾来到这儿,找我,有什么事呀?"

韩铁芳厉色厉声地说:"院中的那匹黑马,是春大王爷的。我受他的托,千辛万苦,才送到了尉犁,交给了春雪瓶。"牛脖子撇嘴又笑说:"交给?好一个交给法儿!人家嗖嗖地发出弩箭来,您大爷跟兔子似的,钻进草里才算逃了命,那天的事情谁不知道呀!尉犁城的人都笑掉了大牙啦!你别唬我,你的本事跟我差不多!得啦!"

韩铁芳就把刀亮了出来,向他指着,怒说:"你出来!告诉我,那匹马怎会到了你的手里?老实把马留下,你滚!不然,我也知道你是半截山手下的强盗,今天我就叫你死在这里!"牛脖子也怒骂说:"小子!你惹不起飞骆驼,却赶来欺侮我,难道我就怕了你吗?"说时,他蓦然抓起了骰盆子,双手向韩铁芳打去。韩铁芳疾忙向旁一闪,骰盆子就飞到院里去了,吧的一声,摔得粉碎。牛脖子自裤带上抽出来一把明晃晃的短刀，韩铁芳也将钢刀举起，这刀被灯光映得闪闪夺目。两旁的人都惊得往外跑，喊着，挤着，就听喀嚓哗啦，连门框带屋门全都挤断了，撞倒了，韩铁芳便高叫一声："大家留神！"

他看见牛脖子也要随着人往外跑，就一下跳到了桌上，把一盏油灯踢倒了。油灯落地正燃着了一个人的裤腿。那人就惊慌地叫了起来，火光呼呼地腾起。众人越发地惊叫，越发地乱挤，一个个都向屋外去奔命。有的一出屋就跌在地下，被人当桥似的踏着身子跑过去，呼声、叫声像发了大水似的，冲卷着这个小镇。

牛脖子将短刀向韩铁芳的腿上就扎，没有扎着，韩铁芳的钢刀却已落下，只听见一声惨叫，血水飞溅，牛脖子的身子就向下倒去，一只右臂都离了身子，抛在一边。及至那些人都乱腾腾地挤出了店门，店门外也铛铛铛地响起了锣声。韩铁芳疾忙跳下了桌子，脚踏着血泊，低头一看，见牛脖子已经臂断人死。他倒不禁一惊，就赶紧提刀出屋，抓住了黑马，牵着就往外走去。

他想先回孟老八的店里再嘱咐长福儿几句话，却不料来到这店门前，店门已然严严地关上了，而北边却有两只灯笼，十几个人往这边跑来。他想着多半是官人来了，就不敢再跳墙进内，遂跨上了黑马，拨马往南就跑。才出了镇街，他的马就几乎撞在一个人的身上。他赶紧勒住了缰绳，却听马前的这个短短的人，喘吁吁地说："韩铁芳！韩大爷！您、您是要走吗？"

韩铁芳籍着淡淡的月光，看出来正是长福儿，就说："是我！长福儿，我正在找你。我为春大王爷的这匹马，已将牛脖子那贼杀死。我现在得走开，我走后你也快走吧！"长福儿说："我在这儿倒不要紧，把金子给您吧，要不然，您在路上花什么呀？"

韩铁芳一看，原来这孩子双手托着雪瓶给自己的那一包金银，不由得喜欢，心说：这孩子真聪明！他必是刚才听说我杀了人，知道我必得逃走，就赶紧从店里拿了金银包儿，跑到这儿来截住我给我。他心中不由得一阵感动，就弯身接过了这包儿，又从包儿里拿出来几块，也不暇看是金是银，就塞在长福儿手里，说："给你，好好地拿着。我要走了，想不到我们竟这样分手。你赶快回黄羊岗子去吧！记住了我的话，谨慎忍耐！"长福儿就一声一声哭似的答应着。韩铁芳叹息一声又说："再会吧！将来咱们准有见面的那一天！"他将马用刀柄捶了一下，马就腾起四蹄，向东飞驰而去。他就一只手握着缰绳，一只胳臂挟着刀跟那包金银，由着马去走。

这匹马果然是神驹，一口气跑出了三十多里，又来到了沙漠上，淡淡月色照着这无边的大漠，景象益为荒凉。这匹马只有缰绳，却没有鞍镫，跑出了这些路，就把韩铁芳右腿的伤处磨得又有些疼痛。他一看无边沙漠，杳无一人，就将马用力勒住，然后慢慢地下了马，坐在沙子上，不住地喘着气。黑马在一边抖了抖鬃毛，又昂首向着长天月色嘶叫了几声。韩铁芳现在是只穿着一身裤褂，除了怀间永远藏着的那块红罗之外，再没有别的东西，他就想，从哪里能找块大一点的布来包这些金银呢？雪瓶她赠给我钱真如同小瞧我，但她是很有钱的人，我如今正在穷困，也不便找她，负气地把这还给她。但我必须找着她，去跟她说明了一切的话。我这番来新疆，因为有她跟她爹爹一比，实在显出我无能！譬如刚才的事，我办得实在太急太鲁莽，我只抢来黑马，但又抛下了那匹红马，而且也没有从牛脖子那里问出来一句话，我真还不如长福儿机智呢！唉！刚才牛脖子骂我的话也真对，我在新疆是招尽了人的耻笑。我非得在去祁连山之前，在新疆做一两件惊人的事情不可，我得在新疆留下点儿名声以雪前耻，才不虚此一行。我还非得到迪化去一趟，非得再见春雪瓶一面不可！

他摸着有伤的腿，忽然看见裤腿上扎着的两条腿带，竟像得了什么至宝似的，都解了下来，连起来成了一条带子。他就系在腰间，将金银全都揣在里面。韩铁芳又上了马，一手握缰，一手就以刀把当作鞭子，捶着马，马又踏着沙砾向前走去。直走到月影向西，他却又拨马往北，月光越来越黯，风越刮越紧、越冷，人马的影子在黑沙上全都模糊不清。又走了一阵儿，就出了沙漠，天也发明了。又越过了一片草原，便看见道旁山坡上的蒙古包的顶儿已被朝阳镀成了金色。

韩铁芳已走得又饥又渴，又走了一阵儿，好容易望见前面有一片房屋。他的心中就顿然一喜，赶紧加快地以柄捶马。马蹄如连珠，飞也似的前进，少时就进了眼前的镇街。街上往来的人不少，并有车、马、骆驼，两旁还有不少的铺户。他怕有人注意上他的形迹，就赶紧下了马，急匆匆地走进路西的一家店房，就见土墙上歪歪扭扭写着"石塔庄安家老店"几个字。进内，他就急忙喊店家把马接了过去，找了一间极隘极狭，连个窗子都没有的房屋。

　　店家是个生在此地的汉人，名叫安大勇，是一条二十来岁粗黑的大汉子。见韩铁芳没有行李，可带着钢刀，他就向韩铁芳打了几句黑话。韩铁芳本来一句不懂，但他急中生智，故意表现出懂的样子，就笑了笑，红了红脸，说："不必撰文了，朋友咱们老实说吧！"安大勇就用一种很生硬的甘省话来向韩铁芳问："朋友！你从什么地方来？"韩铁芳被问住了，他脑筋一转，就说："南疆……"安大勇笑着说："这里还算是北疆吗？"韩铁芳便说："且末城！"其实他真不知道且末城是在哪里。

　　安大勇点了点头，说："那个地方是好地方，你很发了些财吧？"韩铁芳又一惊，勉强又一笑说："发什么财？我这样子你还看不出来吗？"安大勇却不语，蓦然过来摸了韩铁芳胸前一下，那很沉很硬的一包金银就被他摸到了。韩铁芳既惊且急，就赶紧从身边抄刀，瞪起眼，站起身。安大勇却摆着两只如同熊掌似的大手，哈哈大笑，说："别急别急！你一进到店来，我一看你这模样，就知道咱们是一家子！"韩铁芳却心说：谁跟你是一家？安大勇又说："看你这把刀，刃上的血还没擦净！"韩铁芳吓了一大跳，赶紧去看刀。安大勇接着又说："你满头满身的沙子，可见是在白龙堆里滚过。你又不是个娘儿们，可是这胸脯却鼓鼓囊囊。"韩铁芳既惊这个人的眼睛很毒，比赛八仙的眼睛还毒，又愧自己太无走江湖的经验。安大勇又说："所以我才亲自出屋来接你，我知道咱们是一家子。我安大勇的名字大概你也晓得，七年前，那时我才十九岁，在白龙堆、塔克拉玛干，一万多里地的大漠我为王。半截山、野猪老九、马头神、蓝脸鬼那群毛贼忘八蛋，都是我手下的败将，我的孙子！"听他昂起胸来说了这一番话，韩铁芳倒不由蓦然一惊，以为这安大勇也是当年沙漠中的一位侠客。可是忽然见安大勇又有些神情沮丧，听他叹了口气说："我就因为那次遇着了春大王爷，完了！我就算完了！住在这儿整整七年，我一点儿什么事儿也不做，光开着这个穷店，连饭都吃不饱。现在我才知道，我又快时来运转了。前两天我这店里住了一位客人，我一看就知道他的气度不凡。也是跟今天一样，见了面我就跟他说了实话，那人也跟我道出来字号，原来他是我的老前辈，就是二十年前塔克拉玛干大沙漠最有名的英雄，半天云罗小虎。他手下的亲随花脸獾是我的舅舅。"

韩铁芳一听，觉得"花脸獾"这个匪号，自己似乎在什么地方听说过似的，想了想，就想起了在兰州街上看见的那个犯了案的大盗。那时候店房里还去了个怪人，跟玉娇龙说了不少话，曾惹得玉娇龙伤心痛哭……于是他就注意地去听。这安大勇索性就坐在韩铁芳的身旁的炕头上，又接着说："可是我舅舅花脸獾，已因受朋友之累，正法在兰州府了。罗小虎想救他，可已然晚了！这次罗小虎到新疆来就是为访春大王爷！"说到这儿，他忽又悄声说："春大王爷原来是罗小虎的媳妇。"

韩铁芳又吃了一惊，赶紧问说："这是真的吗？"安大勇说："千真万确！前天罗小虎亲自告诉我的。他并且说，她还给他生过一个孩子！"韩铁芳又赶紧问："春雪瓶莫非就是罗小虎的女儿？"安大勇说："大概是吧！这件事是糊里胡涂，向来没人敢提，更没人敢问。不过最近有些人都知道春大王爷已经死了，因为有一个姓韩的河南人把她遗留的东西、马匹都给送往春雪瓶那里去了。所以罗小虎找到这里，听说了这个凶信，他真是懊丧，在我这住了两天，没笑过一次。知道我是花脸獾的外甥，现在生意不佳，他就赠给我了一些银子，骑着马又往北边去了。听说他是先到迪化，之后就走了，再也不到新疆来啦，因为他伤心。"

韩铁芳倒不禁觉得这罗小虎很可怜，遂说："我也是要往迪化去。"安大勇说："那你也许能在迪化看见他。他虽已老了，可真是一条好汉子，你得跟他交一交。老兄，我今天跟你说实话，我现在开这个店，真不够我吃饭。我早就想到别处去弄点儿生意做，可是做生意得有本钱。前天罗大爷只给了我二十两，够我安家的，就不够我的路费了。我想跟你老兄也借上十两八两，这可不是生摘硬借，将来只要我有朝一日时来运转，我一定要双份地奉还。朋友就是一句话，你点头，我接着；你摇头，我就不再说，我绝不能恼你！"

韩铁芳一听，这个人说话倒是痛快，谅他不至于是什么太坏的人，可是他说他要去做生意,这生意倒是哪一种生意,也得向他问明白了。因为这些金银是春雪瓶的,春雪瓶跟她爹爹一向专以肃清新疆这地方,剪除盗贼为己任。我如今若用她们的钱,帮助这个人再去到大漠横行,可未免太对她们不起,于是就笑了笑,说:"十来两银子,我还可奉送给你,交你这个朋友。只是,你得说明了,你到底想往哪里去?"

安大勇就摆手说:"你别胡疑惑,那没钱的买卖我早不做啦!你现在发的这笔财,我没问你的来历,我更不看着眼馋。实同你说,前两年我交了一位朋友,那个朋友现在兰州府,是吃镖行饭的,听说很发财。我是想凑点盘缠进玉门关去投他。凭我这点筋骨力气跟几手武艺,我要在镖行里讨个出身。只要我能够混好了,我就回来一趟,把我的老婆孩儿接了去,永远不再回这里了。他娘的这里的沙漠、草地,真叫我寒透了心了!凭你多大英雄、多么俊俏的美人儿,也得在这里淹尽死。春大王还不是个榜样?娘的,咱们一辈子也赶不上她呀!凭身手,凭脑袋,都赶不上呀!可是她,都她娘的淹尽死在这地方啦!"

韩铁芳不禁又笑了,说:"好!我送给你二十两银子吧!可不知我的银子够不够?"他伸手从怀中的包儿里摸出一块,一看,连安大勇都吃了一惊,原来是一锭黄澄澄的金子,这至少能替换五十两的一个元宝。韩铁芳本想把这锭金子整个都送给他,可是一看他那一双贪婪的眼睛,自己反倒有些迟疑了。他心中一转,便说:"我只有这一锭金子,不知在此地能够兑换不能?"安大勇点头说:"能够换,这里整天不知有多少蒙古人经过,他们都有的是金银,跟他们换很容易。"韩铁芳点头说:"好!你就拿去给换一换吧!你先看看我的身材,无论新旧好坏的衣裳,你给我买一套来。再给我找一块布,旧的也行,一根马鞭,其实一根藤子也就可以了,宝剑……不必要了,这就行了,剩多剩少,我全送给你吧!"安大勇接过来金子掂了一掂,就点点头,站起身走出屋去。

韩铁芳坐着歇了一会儿,就有一个穿着破衣服的孩子,把饭送进来了,是一个约有二斤重的整个的锅饼,还有一碗半生不熟的盐水煮羊肉。韩铁芳也不管好歹,拿起筷子来就吃。待了一会儿,他吃过了饭,安大勇也已经归来。这汉子真慷慨,不仅买来了两身新蓝布的裤褂、一条牛皮缠的马鞭、一块大蓝布包袱，还有一口带着铁鞘经人用过的宝剑。他说："我刚才听你的意思，是想买一口宝剑。此地我有一个朋友，他家中藏着一口真正的哈萨克好把式淬的宝剑，虽不能削钢剁铁，可也准保比你这把强得多。我就给你讨来了，送给你用，算是我跟你交朋友的一点礼物！"

韩铁芳一听，倒觉得有些惭愧，心想：原来这人竟这样的诚实，我倒不如他。于是他站起身来，含着笑将宝剑抽出，只见寒光夺目，确实是一口好剑，便拱拱手，说："既然这样，我就收下了，把我的这口刀扔在这里吧！我也不说什么道谢的话了！"他由怀里掏出那桑皮纸包，把包里的一些金银都摊在那个包袱上，就说："朋友！这些东西我得来的确实很容易，但也不是我偷来的，劫来的。你也不必细打听，你用多少拿多少就是了，我带着实在觉着太沉！"

安大勇虽然慷慨，可是如今这许多黄白的东西都摆在他的眼前，他也不由得有些发胡涂了。他手里拿着买东西剩下来的十几两银子，就说："有这点钱就够了！就够了！"韩铁芳说："你既打算往甘肃省去，盘缠总是多带一些才好，你再拿点银子去。"于是又抓给他一把碎银子，有十余两，又拿了一个小元宝也交给他，说："你索性出去再给我买一副旧的马鞍。"安大勇接过了钱，黑脸上现出一些红色，似对韩铁芳是十分地感激。但他没有说什么话，点了点头就又出屋去了。

韩铁芳又休息了一会儿，安大勇就把鞍鞯买来，在院中将那喂得水草俱足的黑马备好，并为他预备好了水袋跟干粮。韩铁芳已换上了干净的衣服，就背着金银包儿，手提皮鞭、宝剑走出屋来。剑在鞍旁挂好，他就牵马出了店门。安大勇送他出来，指向北边详细地告诉他往迪化去的路径，二人就彼此拱手。安大勇说："将来在东边再见！"韩铁芳说："后会有期！"便上了马，挥鞭向北去走。他走了几步，又回头望望，见安大勇雄壮的身影依然在那大店门前立着，便持着皮鞭将手拱拱，那边的安大勇也高高地抱拳。

韩铁芳转过头来，策马一直走出了镇街，心里倒觉着有点儿好笑，因为无意中交了这么一个朋友。这人倒真爽快，他竟连我的姓名也没问一问。只是由他的话中，知道了玉娇龙生前的情夫就是大盗罗小虎，那罗小虎也就是春雪瓶的父亲。唉！这可真是对秀树奇峰的侮辱,而玉娇龙的一生,可也太离奇委屈了。

如今韩铁芳只是右腿还有点痛,但已不要紧。他全身的新衣,鞍鞯也不算太旧,现在的精神十分振奋,竟如初从洛阳出来时那般高兴,马也很快。涉过了一片草原,天色就渐渐晚了,远望眼前,黑茫茫的又像是一片沙漠。他如今对沙漠真是又愁又怕,便不愿连夜往下去走。附近有蒙古包,他就去借宿。虽然言语不通,但蒙古包里的人对他还很欢迎。

马放在外边,有狗看着。进了蒙古包,地面是很低,地下铺着牛毛毯。墙是圆形的,用木杆扎成,跟鸟笼似的,包外都挂着很厚的牛毛毯、羊毛毡,一点风儿也不透。顶上有个窟窿,就仿佛窗户似的,主人大概是看出天色不好,令人盖上了,所以包里的膻气十分难闻。但主人是很诚恳的,请韩铁芳在左边向东坐下,自己却坐在右首,这大概是表示宾主之分。这包里有老少两位妇女,像是婆媳,也很殷勤地给韩铁芳端上羊肉、马乳、酸酪这些待客的贵重食物。韩铁芳倒弄得窘促不安,他不会说蒙古话,也不知怎样道谢才好。当晚他就宿在这里。

次日晨起,他就起身告辞,酬谢了主人一块银子。这里的主人要赠给他一件老羊皮筒子,他想这时还不冷,要这皮袄作什么？未免可笑,遂就谢绝了。他仰面一看,天色阴沉得十分难看,大概一会儿就许有暴风大雨袭来,他发了发愣,又一狠心,说:走！遂拱拱手道谢,上了马就往北去了。

这时天色很早,看不见一缕朝阳,天空也是灰蒙蒙的。越走地下的土质越粗,草也越稀越短,韩铁芳已有了经验,一看就知道又走到沙漠了。他本来还有些踟蹰、犹豫,但是坐下的马却飞快地向沙漠中奔去,收都难以收住。韩铁芳又想:反正这块沙地是免不了要走的,不然就不能到迪化了。那么就走吧！大概过了这片沙漠,我一生也不会再到这里来了。

于是他就一任马向前去跑,霎时即走进了沙漠之中。又听见有清脆的铃铛之声,虽有云气和沙岗遮着,看不见什么,但他也放了心,想着:既有骆驼来往,当然这沙漠里还有行人,自己又何必怕？于是他越发奋起精神来向前行。走着走着,那粗大的雨点挟着沙子,可就都打在他的脸上跟身上了,他心说:"不好！"想回去吧,后面也是一片茫茫,要再走到那蒙古包也不近,他只得依然往前去行。

雨越来越大,顷刻之间,全身的衣裳都湿了,他真后悔没有要蒙古人的那件皮筒子。四周围的沙子上都腾起了雨气,天黑沉沉的,跟一块灌满了墨水的大砚台似的。天地浑沌,景象真是奇绝壮绝。那铃铛声早已听不见了,骆驼更是一只也没见着。可幸风力倒还不大,浮沙也都给雨压下去了,他心说:不要紧,只要不刮风,我就不怕,就这样向下去走吧!于是他反倒把缰绳稍稍勒住,让胯下的黑马缓一些走。好在对面没有什么障碍物,遇着沙岗,这匹马会自己绕过去,他就索性闭上了眼睛,身受着暴烈的雨点,耳听着悲壮的雨声,茫然地向下去走。

也不知走了多少时、多少路,更不知走错了方向没有,可是这时雨已有些住了。他的眼睛要睁开,可又淹得疼,身边连一块干燥的布也找不着。他拿胳臂擦了擦,勉强睁开了眼睛一看,还有些乱雨丝在空中飘着,可是天上的乌云倒散了一些了。地下的沙子尽湿,并没有什么水,那一堆堆的沙岗,就像是拿泪洒过的坟头似的。吸到鼻子里的空气是又湿又凉。马仍自己向前走着,这匹马真好,它能专挑平坦的地方走,一点也不显出累。它仿佛还认识道儿似的。时已过午,背后有淡淡的阳光从乌云中挣脱出来了,原来这匹马还真是往北走着,一点儿也没有错,韩铁芳不由就心里夸赞了一句:"真是神驹!"

再往下走,雨渐渐地停了,韩铁芳的两只眼也好了。忽然听见一阵吱喳的乱叫之声,就见噜噜地飞起了一群鸟儿。韩铁芳吃了一惊,扬头纵目去看,却见飞向天空的这群鸟儿都很小,不像沙鸡也不像鹌鹑,大概是一群麻雀。他心中大喜,放马向前疾行,见马蹄下就溅起泥水来,远处又现出一些绿色。再向前走,眼前便是无边的草原,雨后阳光又出,照得前边一片金黄。他虽然身上都湿得跟水骆驼似的,但他心中却很高兴、畅快。他便扬起鞭子来虚抖了一下,口中不由喊出:"秀树奇峰春雪瓶!"喊出来了,自己又想:我说这话做什么?可是眼前仿佛又幻出来春雪瓶的娥眉秀脸。

马再往前行,他却好像没有了力气似的,心中不禁一阵惆怅。正在走着,忽然听见前面有一阵马嘶,他又把精神一振,随走随向两边去瞧。就见靠西边一箭之远有几棵树,很高,叶子很稀,也不知是什么树,而树下红墙一抹，竟有一座庙。韩铁芳就把马收住，心说：啊呀！这个地方可真好，在这里出家的僧人可真是沙漠岸边的神仙！他这时真疲乏了，身子被雨点濡得又酸又疼，而且想找点吃食，也得给马饮些水、吃些草了，于是他就拨马向西边走去。少时即来到了庙前，只见庙门关得很紧，树的高处有乌鸦在叫唤。庙墙原来很破，墙上不是刷的红颜色，而是用一种发红的石头垒成的。有半堵墙都已经倒了，一匹黑马的尾巴从墙里露了出来。

韩铁芳晓得里面未必有和尚，可是刚才一定有过路人在此避雨还没有走。他就下了马，放开缰绳，由着马自己去吃草。他走到那塌墙的地方，一摇鞭子，就把那匹马给赶开了。他却登着乱石跳过了墙头。就听见有个人喝了一声："喂！干什么的？"

他抬起头来一看，见正殿里的佛桌上坐着一条大汉，黑脸膛，连鬓胡子，模样儿极怪。穿着一身青色的短衣裤，光着两只脚，旁边还放着装酒的黑瓦罐，跟一堆吃的东西。这个人用两只大眼睛瞪着他，真跟个老虎似的。

韩铁芳就止住步了，也高声问说："这里有和尚吗？"这个人说："哪儿会有和尚？早先这里也许有过和尚，可是不定什么时候给饿跑了。朋友！你是干什么的吧？"韩铁芳说："我是过路人，在沙漠里遇见雨啦。走在这里，忽然看见了这个地方，想来这里歇歇。"这个人就说："正好！我一个人在这里正发闷！你来吧！我有酒，咱们吃吃谈谈，交个朋友。妈的新疆这地方，天高地广，能走个碰头就是有缘，就算朋友。"他拍着破佛桌，又说："来！这里坐坐！"这个人说话的声音很大，此时似是很喜欢，但又似有些感慨牢骚。

韩铁芳倒不禁生疑了，心说：我知道他是个什么人？倘若他是个强盗，在这四野无人的地方，跟他在一块儿，他若是起了什么心……他故意装作很镇定，提着皮鞭几步便走进了那间殿。进殿一看，这人背后的佛像虽然蒙了许多沙子跟鸟粪，胳臂跟腿倒还整齐，可不认识是一位什么佛。石头的香炉已被扔在地下，地上有水袋、马鞭子，还有一口插在铁鞘子里的钢刀。

韩铁芳看得不禁面上变了色，这竟被桌子上坐的人看出来了，这人就摆手说："别怕！你别看见刀就起疑心。我不是强盗，不骗你，你若疑心你就请便；不疑心，咱们就在这里谈谈，交个朋友。唉！我在这里住了已两天了，我连这张桌子都懒得下。朋友，咱们谈谈，我也高兴高兴。这里有吃有喝，我是真心诚意，你别疑！告诉你，这地方南边是沙漠，北边是一片草原，不论你往南往北，当日绝找不着宿处；半截山那毛强盗，后生小辈，又常在这里过。所以你看，我把门都关严了，你要是遇着他们，你……"他忽然直着眼看着韩铁芳，显出很惊讶的样子，问："你姓什么？哪里人？从哪里来的？干什么行当？"

韩铁芳迟疑了一下，就说："我姓方，是河南府的人，随朋友来这里遨游，跟朋友走散了。我就想先到迪化，由那里再回东去。"这个人的目光半天才从韩铁芳的脸上移开，点了点头，夸赞着说："年纪轻轻，相貌也是个汉子，不错！来！喝两口酒！"他把酒罐子拿了起来，要交给韩铁芳，韩铁芳却说："待一会儿我再喝，门外还有我的马，你等我先把马牵进来。"说着，他又出了殿，脚踏着地下的乱草，去把庙门开了，牵着马又踟蹰了一会儿，他心中就想：我是走呢？还是就跟庙中那个可疑的人混一宵？走，就许又遇见那些强盗，不怕旁的，只怕他们放冷箭。在这里倒还只是一个人……管他是个干什么的？管他是有恶意无恶意？他有刀，我有宝剑，一个人总好对付。

于是，他就牵着马进了门。庙门却只虚掩着，并未关严。他卸下来鞍鞯，连包袱、水袋、宝剑，都一件一件拿到殿里，就都扔在地下。只见那佛桌上的人瞪直了眼睛看他这些行李，好像很贪婪的样子，韩铁芳就更生疑。蓦然这个人光着脚往地下一跳，咕咚一声，接着他就一弯身，韩铁芳疑惑他是要抄刀，便也赶紧握着自己的剑柄，瞪起眼睛去看他。原来这人是往地下找鞋，找着了他的两只线纳的很结实的鞋，套在脚上，腰躯往上一直。韩铁芳更是吃惊，原来这家伙是又高大，又雄伟，可惜现在有些老了，他年轻时一定比那安大勇还强壮、精神。

只见他懒懒的，像一只病虎似的走到阶前，撒了一大泡尿。韩铁芳才觉出自己是多疑了，遂放下剑及马鞍，把纽扣解开，身上的湿衣服都脱了下来。那个人又走进来，见韩铁芳赤着脊背，就赶紧摆手说："喂，可不能光脊背，这地方风猛，才下过雨天气又凉，打一个喷嚏就是一场病。咱这在外边的人，一病可就不得了，凭你铜打的、铁铸的、比老虎凶、比豹子猛的大英雄，也禁不住病。我在此地有个朋友，本来比我强十倍，可是，就因为病，死了！"说这话时，他意态颓然，面上布出了一层愁惨之色。

这个人弯身拿起他的包袱，放在桌上解开，找出一身黑缎子的夹衣裤，扔给韩铁芳，说："换上，小心着了凉，这身衣裳我给你啦！"随着他抽出这身衣服，两个大元宝嘣嘣地就掉在地下了，他拾起来，塞在包袱里，系上了，就把包袱扔在地下。他又上了桌子，两只脚一抬，两只鞋就分飞到了两边。他抱起酒罐子来又连喝了几口酒，然后吧地把桌子一捶，又长叹了口气。

韩铁芳真愣住了，这个人待人这么诚恳，真够得上是个慷慨的朋友，寻思着：这身夹衣裤很阔，又很干，他说他从昨天就住在这里，谅非假话；他包裹里又有元宝，即使他果真是强盗，也不见得就打劫我，但他哪儿来的这么多的牢骚呢？

于是他换上了干衣裤，把那也已淋湿了的一角红罗仍在怀中藏好。这身衣裤倒不长，只是太肥，可倒显得潇洒。他就问："你贵姓？老兄，我看你也不是一位平常的人，来到新疆有事吗？还是一向就在这里做生意？"

桌上的人喝了几口酒之后，脸色更发紫了，听韩铁芳问他，他当时并没有言语。及至韩铁芳收拾好了东西走过来，也跳到桌上坐下，把脚下的湿鞋、湿袜子全都剥了，这个人才慢慢地说了起来："新疆这地方是我的老家，年轻的时候，我就在这里混，后来离开了二十几年。有时我也想这里，但他妈的我这次回到这里一看，我就永远不想再回来了！我贩过牛马，也做过官……"又摇头说："没做过官！"说到这里，他呻吟了一会儿，忽然就像疯了一般，瞪起来两只大眼，说："你知道九门提督玉大人的小姐，沙漠中的女英雄，名闻天下的玉娇龙吗？她就是我的老婆。我……"他一播胸膛，又说："半天云罗小虎，你回到沙漠去打听打听！"

韩铁芳更不禁地吃惊，心说：啊呀！原来这人就是那姓罗的！遂把眼睛瞪在他的脸上、身上，不住地细看。他暗自猜想，这人原来就是当年玉娇龙的情夫，但他怎么这样粗俗、狂悍？他哪里配？这时，罗小虎却像很得意似的说道："你可知道？现在新疆还有一条小龙，本事比她的娘还高，长得比她的娘还俊,那就是……"他又一拍胸脯,说:"我的女儿!"

韩铁芳听到了这里,却不禁生了气,就如同触犯了他心中所敬奉的神佛,伤了他的宝物,侮辱他自己的人似的。他就发怒地将罗小虎拦住,大声说:"喂,你别说了!"罗小虎却依然说:"不要紧!这新疆地方二十年来,没人敢背地里提说她母女的名字,可是我不怕。真的,她们一个是我老婆,一个是我的女儿……"韩铁芳推了他一把,厉声说:"你别胡说!"罗小虎又叹了口气,说:"我真不愿提,玉娇龙,我那妻子……唉!春雪瓶,她虽没叫过我爸爸,但我知道,我也不是要仗着她给我半天云争光,她真是我养活的孩子!"

突然砰的一声,韩铁芳一拳擂在他的脑门子上,打得他一怔,紧接着又是一脚,咕咚一声,整个把他的身子踹下了佛桌。韩铁芳在桌上站起身来,抡着两个拳头预备再打。他气满胸膛,向下瞪着眼睛,说:"你也配?我早就听人说过你这个人,你不过是昔年沙漠里的一个强盗,跟半截山一样。春大王爷或许认识你,可是她早就跟你绝了交,她鄙视你的为人。至于秀树奇峰,她原不是春大王爷的亲女,你也敢胡说她?你也配?因为她们都是我的好朋友,我不能听人在我耳边说这话,不许你再说!你若是不服气,来,你有刀我有宝剑!"说时他光着两只脚就跳下了佛桌,将宝剑锵的一声抽了出来,向空一斫,力透中锋。这是他跟瘦老鸦学出来的头一招剑法。罗小虎巨大的身子在地下打了一个滚儿,也赤着两只脚跳了起来。他右足尖点地站立,两拳握紧,如同铁锤子似的;两眼圆睁,益发冒出来了火光。两人就这样对面相峙,但他的拳也不进,韩铁芳的剑也不来。

忽然罗小虎哈哈大笑起来,笑了半天,他才缓了一口气说:"料不到新疆这地方,到处有人护着她们,说她们一句话,就有人来管。哈哈哈,不要紧,不算什么,你护着她们,难道我倒恼你?朋友,你一进这庙我就看出你会武艺。来!喝酒来!来!咱不再说玉娇龙跟春雪瓶了!来!喝酒!"他又坐上了佛桌,见韩铁芳仍然向他瞪着眼,他却真有些发怒了,骂道:"妈的,你还真个要打?我的老婆跟女儿,用你来护?"

韩铁芳却说:"我只是看不起你这个人。你生长得这模样,当玉娇龙的丈夫你不配!"罗小虎又哈哈大笑,韩铁芳更愤然说:"春雪瓶她绝不能有你这样的强盗父亲！"罗小虎说："你没想到,却是真的,你可有什么办法?"

韩铁芳把宝剑当啷一声抛下,徒手就扑了上来。罗小虎却等他来至临近之时,就用脚一端。韩铁芳却趁势握着他的脚,向下一拉,罗小虎就咕咚一声摔下了桌子。他不由得怒火腾起,用尽了平生之力,挣扎起来,抡拳向韩铁芳就打。韩铁芳闪开了,罗小虎却来了个饿虎扑食之势,蓦地向前一步抓住了他。韩铁芳疾忙托住了他的腕子,罗小虎却大声嚷嚷着,说:"好小子!你才穿了我的衣裳就要打我?真没有良心。老子是老了,若在二十年前还能叫你活命?"

韩铁芳却摇头说:"其实我也不是故意要打你,因为你侮辱春雪瓶,不由得我要生气。只要你不提,咱们两人就照旧交朋友!"罗小虎骂着说:"现在还交什么朋友?妈的,我就不知道你为什么护着春雪瓶,难道她是你的祖宗?"

韩铁芳听了这话,又一怒,就趁其不防打了罗小虎一个嘴巴。罗小虎就紧紧揪着他。二人相扯互拼,出了这庙宇。脚下是长着青苔着了雨的石阶,一滑,罗小虎就又栽倒了,韩铁芳也被揪得滚在地下。韩铁芳刚要起来,罗小虎一推他,他就仰身倒在地上。罗小虎要去骑他,韩铁芳一抬脚就将罗小虎端开了,趁势,他一跃而起,拳似流星,向后直打。罗小虎避开,转手抓来,被韩铁芳吧地一下将他的手臂打开,复以黄莺抓肚之势去取罗小虎。罗小虎却吸腰转臂照旧迎敌。两人又往返了七八招,就又扭在了一起,接着又都滚在了地下。韩铁芳跨腿将罗小虎骑上,罗小虎仰着面两腿乱蹬,直挣扎。

韩铁芳抢起拳头,却不愿打他致命之处,只向他的脑门子上一碰,不料罗小虎就啊呀一声怪叫,真像是一只老虎在山崖上失足坠下山涧似的那么吓人。韩铁芳不由得一惊,赶忙缩了手。罗小虎却趁势儿一翻身,倒险些没把韩铁芳给压下去,而他却蓦然跳起。韩铁芳以为他必有拳打来,就疾展双臂去迎。没想到罗小虎竟退了几步笑了。他一只手隐在背后,一只手连连地摇摆,说:"别打啦!别打啦!你的拳脚不差,虽比不得玉娇龙、春雪瓶,可是与二十年前横行沙漠、大闹京城的老子我不相上下。"

韩铁芳听他自称为"老子",就不由得愤愤地又要上前去打。罗小虎却又后退一步,那只左手仍然摆着,并笑说:"打什么?为她们两个人?我不再提她们就是了。咱们在这里相遇,虽说非亲非故,也得算是有缘,不喝酒、谈谈,却来胡打,为的是什么?"

韩铁芳喘着气,心里也觉得太鲁莽了。幸亏这罗小虎的脾气还不算暴,不然拼出人命来,岂不是太不值?独怪自己为什么一听人侮辱到了玉娇龙、春雪瓶,就忍不住要生气呢?这种心理连自己也不明白。抬头看罗小虎一身的泥土,脑门子发青,自己的胸怀也被扯开,模样也更不用说了,就也心中后悔,不由得笑了一笑。

罗小虎先进到殿里去了,他跳上了佛桌,就扳住那尊佛像,像是摔跤似地往旁一摔。那尊泥佛就吧唧一声滚落在地,可又腾出来桌面大的一个地方。罗小虎仿佛就出了气,又向韩铁芳招手笑着说:"来!来喝酒吧!"韩铁芳见罗小虎这样的豪爽,自己倒不由有些惭愧了,便扣着衣扣走了进来,叹了口气,也坐在了桌子上。罗小虎却拿眼瞪着他,笑着说:"年纪轻轻的,千万不可弄上那些相思的事儿,不然能害你一辈子。你要是想弄个老婆,就想法发点财,说个城里或乡下的大姑娘,那比什么都省事,一辈子无烦恼。你要是色迷着心,妄想爬高,要说什么千金小姐,或是看上了什么小王爷,那是自找罪受!"

韩铁芳觉得他这几句倒是很有道理,同时见他也叹了口气,因之心中就不禁对他同情,想着他早先与玉娇龙的情爱一定是真的。他是强盗,而玉娇龙是一位小姐,自然难相配,所以后来二人分离,这也很够他伤心的,何况如今他又晓得玉娇龙已死。只是那春雪瓶,莫非确实是玉娇龙之女?是玉娇龙故意造出一段事情来,假说不是她亲生的,以免遭别人评议?这可也近情理。可是春雪瓶若真是这个人的女儿,那可真是对秀树奇峰的侮辱,谁能要这样的一个爸爸呢?他遂就拱了拱手说:"罗兄!刚才咱们打架的事情,算是完了!实在是我的错,请你宽宥我年轻浮躁。"罗小虎摆手说:"不要紧!我吃你这刚强小伙子一拳两脚,不算什么,我还高兴呢!喝一口,这酒没有毒药!"

他右手拿着酒罐子递在韩铁芳的嘴边,韩铁芳就咕噜噜地一连喝下了几口,然后拱拱手道谢。酒烧心上,觉得很辣,他就说:"我很知道罗兄的心绪,因为我也在安大勇的店里住过一日。"罗小虎惊讶着说:"啊呀! 你也在安大勇的店里住过? 他跟我早先都是一条路上的人,说来我是他的老前辈,他是紧跟着我的一个伙计的外甥。他那人也会武艺,懂得交朋友,你知道吗? "韩铁芳点头说:"我都知道,连罗兄你的事,我也都知道。"

罗小虎就亲近地拍了拍他的肩膀,说:"要是这样一说,咱俩可更得交交朋友了。可是老弟,我劝你,千万别弄上那些撕不开、扯不断的相思的事儿! "韩铁芳忙摇头说:"没有! 我出来是为闯江湖,是为结交天下豪杰,是为办事,绝不会沾上那些儿女情长、英雄气短之事! "罗小虎却摇头微笑说:"我不信! 你不说实话。我拿出个东西来给你看,看你还有什么话说? "说时,把左胳膊伸出来,一张手,就见他那很脏的粗大的手心里托着永远藏于韩铁芳怀中的那一块红罗。多半是刚才两人打架的时候,他趁韩铁芳不防,就给抄在手里了。这家伙的手真快,不愧盗贼出身。

韩铁芳的神色不禁一变。罗小虎却咧着大嘴,两只大眼睛变成了两道缝,笑眯眯地说:"你还不认吗? 年轻的人不说实话! 这不定是哪个娘儿们、姐儿们看上了你……"韩铁芳劈手就把那块红罗夺到了手中,气得脸色紫涨。这比他刚才听人侮辱玉娇龙、春雪瓶还要生气,他瞪圆了两只眼睛,抢起拳来。罗小虎却摆着两手,说:"你放心! 我不要这东西! 这东西都变了颜色,不定在你怀里藏了多少日子啦! 是不是娘儿们给你的表记? 还说什么? 幸亏被我看见,还不要紧,若是回到家里,这东西到了你爸爸的手里,你爸爸把眼一瞪……"他做出瞪眼的样子来,又笑着说:"至少也得打你两下耳光! "接着他就哈哈大笑,又劝韩铁芳喝酒。韩铁芳摆手,说:"不喝! "罗小虎自饮了几口, 忽然又长叹一声, 便将身倒在刚才佛像坐的那个地方,好似也勾起了他的烦恼。

韩铁芳这时才把胸中的怒火按平,却也很难过,想到了母亲方夫人,既伤且愧;想起那个父亲柳穿鱼韩文佩来,又恨;忆起病侠玉娇龙来,是又钦佩又感慨;而思及春雪瓶,却又不禁一阵惆怅、爱慕,心中烦思万种,愁绪万端。这时忽然罗小虎又坐起, 慷慨悲歌地唱了起来:"天地冥冥降闵凶,我家兄妹太飘零,父遭不测母仰药,仗义扶孤赖同宗……"韩铁芳矍然而听,正想发问,这时外面又潇潇地落下雨来,天色也已渐黑。

罗小虎就停止了歌声,向韩铁芳说:"又下雨了,天更冷了,我这里还有件夹衣,你不想再披上吗?"韩铁芳摇头发着怔,并不答一句话,只是定睛看着罗小虎。只见罗小虎下了佛桌,站在门前,向外呆望着这古寺外凄清的暮雨,他那张大脸显得特别忧郁阴沉。天色见黑,雨越下越大,罗小虎奋勇地冒雨跑了出去,将他跟韩铁芳的两匹黑马都牵进了殿里。两匹马噜噜地喷着气,殿中越发黑暗。罗小虎蹲在地下,他有个口袋里装着些干草,将草倒在地下,就点起火来。火光熊熊,冲起来四五尺高,照得殿宇通红,两匹马都怕得要跑。韩铁芳真疑惑这家伙是要放火,就也赶紧跳下了佛桌,嚷嚷着说:"你这是干什么?"烟气弥漫,呛得他不住咳嗽。

第九回　娇躯宝剑夜战豪雄
浊酒狂歌屈遭缧绁

　　那罗小虎不知从哪里又找出了一只小铁锅来，由皮口袋里倒了些水，就用手拿着放在火上。锅底下又有个小窟窿，水滴在火上，哧哧地响，他就大声嚷嚷着说："喂！来帮帮忙！"韩铁芳也手忙脚乱，赶紧帮着添草。一时没留神，外面的风进来，把一根烧着了的草吹在了韩铁芳的衣裳上，立时衣上火起。罗小虎惊叫了一声："啊呀！"一撒手，满锅的水都浇在了火上，噗的一声突腾起来一股白气。

　　罗小虎赶奔过去，帮着韩铁芳扑打身上的火。衣上的火灭了，可是那边地下的火也灭了，满殿里都是烟。罗小虎张着两只手哈哈一笑，便赶紧拉着韩铁芳到外面，叫凉雨淋淋。两匹马也都跟着他们跳了出来。及至殿中的烟气渐渐散了出来，两人再进殿，可是身上都淋得跟水老鼠一般了。

　　韩铁芳的皮肉倒没有烧焦，但罗小虎刚给他的新缎子夹袄大襟上却烧掉了一大块，已经变成灰了。他赶紧摸了摸怀里，万幸，那块红罗倒是没有丢掉，也没有烧着。他垂头丧气的，现出十分懊恼的样子。罗小虎却又讥笑他，说："你心里有事，不怪你干事出岔错。我看你大概是个公子少爷，什么事都不会干，比我还笨！"韩铁芳便吁了口气。罗小虎又说："你还是上佛桌喝酒去吧！你不行，让我一个人来吧。"当下罗小虎重新点上火，烧水，又拿出一把茶叶来，在个破碗里冲了一碗茶，并找出了几块干粮，放在佛桌上让韩铁芳吃用，他就像是给神佛上供似的。韩铁芳却下了佛桌，说："我这里也带着吃的东西呢！"遂就借着火光去把自己的行李找着,取出来干粮,与罗小虎两人分着吃,并且你一口我一口地互相交换着喝茶饮酒。吃喝毕,地下的草灰还有余烬,两人都剥下衣服来蹲在火边去烤,一边烤一边谈。罗小虎直想打听韩铁芳的来历,韩铁芳却一句话也不肯说。他虽然对罗小虎与玉娇龙往昔的那段情史也很有些疑闷,但为了尊敬亡友玉娇龙,实在不忍得打听,所以他说的话极少。

罗小虎的话倒还很多,他说:"这座庙,早先原有僧人居住,后来,这里的大和尚被强盗杀死了,几个小和尚也都跑了,就留下了一座空庙。你看这个铁锅、碗,都是和尚走的时候抛下的。"说到这里,他又叹息了一声,说:"这次我到沙漠里来,又会着了我旧日手下的几个喽啰,那些忘八蛋,现在都成了寨主了。这庙里的事情,也是他们告诉我的。依着他们,是要叫我别走,说我若是不愿再在沙漠中受那奔波之苦,他们可以把这座庙修一修,派两个人来服侍我,叫我到此来住。他们原是想让我在这给他们保镖,如遇着了事好求我帮忙。可是我说,我又不是和尚,为什么要住在庙里?但我一来到这里,可真懒得走了。我再说两句话,你可不要生气,我在五回岭住了十多年,真跟个老道士似的,我在那里,虽没另说了老婆,可是也有了产业,有了家了。人是把太平的日子一过长了,也腻得慌。我就忽然又想起了玉娇龙。因为听由西边去的一个江湖人说,祁连山有一个了不起的人物,绰号叫黑山熊……"

韩铁芳一听提到了仇人的名字,胸中的怒火不禁又起,拳头也不禁紧紧地握起,想着:只要是罗小虎说黑山熊是他的朋友,或是他与他们有什么关系,自己立刻就给他一拳。打伤了他,制服了他,便叫他带着自己去往祁连山,找黑山熊去拼命。这样一来,倒可以把念记春雪瓶的心抛开了,把情丝割断了。

罗小虎接着又往下说:"黑山熊那小子,二十年来藏在祁连山里不敢出头,听说他是心里有亏,害怕新疆的一位春龙大王爷要他的命!因此,我就料到春龙大王爷必是我的……"

他吞住了下半截的话,又拢起双眉来,愁郁地说:"我想她一定就是玉娇龙。她不是在祁连山一带寻找那黑山熊,就是在这里的大沙漠里了,总之她不在甘省便是在新疆，绝出不了这个地方。因此我就与我的两个伙计——花脸獾与沙漠鼠一同西来，分头去找。不料花脸獾在甘省受了朋友的连累，打了官司，解往兰州。听说那时玉娇龙正在兰州，沙漠鼠就去找她，想求她救花脸獾，并说我已到了中卫县，想与她见一面。不料玉娇龙全不念旧情，她只给了沙漠鼠几两银子，对花脸獾，她全不管救。可是听说那时她就病得很重，常咳嗽。沙漠鼠走到中卫县去找我，我赶到了兰州，到那家店房去找，却听店里的人说，玉娇龙跟着个年轻的小伙子已经往西去了。我追了一程，没有追着，再回到兰州去救花脸獾，已经来不及了，他已被官司牵累得正了法了。我因此也对玉娇龙很恨，我为寻她，才死了这个跟随了我三十多年的伙计，她却跟着个小伙儿走了，不理我！真太薄情了！我就带着沙漠鼠又往西去。走到了肃州，沙漠鼠又害了病。我留他一个人在那里，又单身西来，在沙漠中走来走去。前些日子就在这北边的一家店里，无意中遇见了个标致的女子，听人告诉我，原来她就是春小王爷春雪瓶，玉娇龙的女儿。我想玉娇龙的女儿，一定就是我的孩子了，我就去认她，可是她竟拿小弩箭射我！这弩箭当初还是我传授给玉娇龙的，玉娇龙因此才出了名，她跟她母亲学会了，却又来射我！哈哈！好孩子！但我并不生气，我暂时走开，想在沙漠里等她，跟她细叙详情，还不要叫别人知道。没有想到我没有等着她，她另走了一条路，反遇着了强盗，她把半截山、戈壁虎那些人打了个落花流水！我后来又遍地去找，就遇见了二十年前我手下的几个伙计，他们才告诉了我两个月前的一些事。说是有个姓韩的人到尉犁城去找春雪瓶，并带去了玉娇龙的马、剑等等的东西。因此我才断定玉娇龙已经死了，她必是得了病死在半路了！”说到这里，罗小虎竟欷歔地落下眼泪，声音很是悲惨。

他又向韩铁芳说：“方老弟！你是不知道我们过去的事，更不知道我这个人的出身。我虽在沙漠中当过几天寨主，可是没干过什么恶事，没害过好人。后来认识了玉娇龙，她叫我去做官，我就洗了手，可是官做不成，我没法子！二十年前在五回岭分别……”说到这里，他将话又停住，发了会儿呆，仿佛在回忆当年的一段柔情美事，接着叹了一声，又说：“她走后，我对她时时想念，但我知道我不配做她的汉子。她虽愿意嫁我，但因为我不是个官,她却是一位小姐,我就无颜再去找她。如今,我已经快到五十岁了,再来找她,可是已见不着她了。"说到这里,他不禁啊啊地痛哭,加上殿外淅沥的雨声,声音更是悲惨。

韩铁芳的心中也很替他伤心,尤其是替已死去了的玉娇龙惋惜、难受,而更怀疑到春雪瓶就许是他的亲女。他遂也叹息着,又用温言劝了半天,罗小虎才止住了哭泣。衣服都已烘得半干了,两人就都穿上,上了佛桌躺着去睡觉。夜间很冷,两人却倒都睡得很熟,也没有发生什么事。

次日天亮,韩铁芳先醒了,下了佛桌,走出殿宇去看,见雨已住了,满天铺着薄薄的灰色的云雾。他出庙门一看,路上虽有不少的稀泥,若骑着马,倒还可以往下走。他不愿罗小虎与他同行,所以回到庙里一声不响,就先拿着水袋给玉娇龙遗下的那匹马喂水。喂完了,他就又走到殿里悄悄地将剑入匣,收拾包袱。不料罗小虎也跳身坐了起来,问说:"雨住了吗?你就要走?"

韩铁芳倒吓了一跳,他回过头说:"雨已住了,我这就走,因为我要到迪化,还有些事要办。咱们后会有期吧。"罗小虎下了桌子,说:"别忙,咱们一块儿走,我也到迪化去。"韩铁芳一听,心中却大不高兴,就说:"罗兄,据我想,你还是不要去迪化好。二十年前你在此地当寨主,那时的名头也很大,你既能在这里遇着旧日的伙计,难道在迪化就没有认识你的官人吗?倘若在那里出了事,一来你已洗手多年,为二十年前的事情打官司未免冤屈;二来何苦再追问早先的那些事呢?或是有人看见了你,又想起早先玉娇龙的事,你可何苦叫一个已经死了的人又受人评议?"

罗小虎点点头,叹息着说:"方老弟你说的话也对,可是我想迪化城绝没有一个人认识我。二十年前我才洗手的时候,就愣敢到迪化去。在迪化城里我还与她见过一面,那时她在一座楼上,我却在墙外的马上……"说到这里,他不由得闭上了两只眼睛,回想着当年的情景。及至将眼睛张开,他却又是一声长叹,摇着头说:"绝没人能认得我。我到迪化的时候,找个剃头匠再把我这大胡子刮刮,买两身新衣穿上,将马再打扮打扮,就更不会有人认识我了。不瞒你说,我前两天在沙漠里打听出来,有人看见春雪瓶才走过去,往迪化去了。她有亲戚现在迪化,她一定是去迪化了。"

韩铁芳转过身来，发急地说："你何必又到迪化去坏春雪瓶的名声？她绝不是你的什么女儿。即使她是，她第一次既不认你，哪能又在迪化那大城之中认你为父呢？你不要做梦了！况且，你见了她，于她有损，于你也无益。"他心里又想：只要他敢说一声"我非上迪化不可"，那就抽出剑来将他砍死，绝不能叫他到迪化去给春雪瓶泄气。

但是罗小虎却不住地摇头，说："我岂能去见她！在沙漠里她不认我，那时我是有一阵子难过，可是后来我就明白了，她一定是不知道我，她的娘就不会将早先的事告诉她。再说，她在尉犁有赫赫的家产，有牛马，跟个真王爷似的，我找了她去当爸爸？去享福？那我自己都笑话我自己了。我罗小虎自小就离开了家乡，没花过我爸爸一个钱，没吃过我爸爸一碗饭，如今快要老了，倒去吃女儿？那有多么没出息？我不干！我到迪化城，跟她走碰头，至多望她两眼，心里高兴高兴，但我绝不再招呼她。我要去找一个人，那也是一个女人，玉娇龙死后，只有她还许记得我的名字，听说此人现在也往迪化去了。"

韩铁芳便问说："此人是谁？谁的妻子？"罗小虎却说："一个民妇，无名无姓，说出来你也不知道。我找她去，也没有多话可说，只是一两句话，问了她，我就走。我也不愿在迪化多待，因为现在来到迪化的一位钦差大人，那就是玉娇龙的胞兄。人家是一品大员，我还是那样，我还能去见了钦差大人呼舅子？攀亲戚？"他又连连地摇头，说："我不能！我不能！那不是好汉干的事！你要是不愿跟我同行，你就先请。可是我告诉你，往北去还得过黑沙漠，还得过天山，路途不靖，你一个人走不可能平安。只要出来十个八个的人，你就受不了，可是要有我……"说着，他一摺胸脯，说："二十年前的名头还能够叫得响！无论他几千几百的强人，不管他们认得我不认得我，可是若听说我便是半天云，他们谁也不敢不让路！"韩铁芳听到了这里，心里倒不禁斟酌，自己倒是不怕强盗，可是真怕冷箭。

罗小虎跑出去喂了马，又跑进来收拾东西，并向韩铁芳说："我到迪化城，只要见着那个人，把话说完，当日我就离开那里。我还得到肃州找我那伙计去，只怕他也病死了。只要他不死，我们就往五回岭，我把家交给他，我去当老道。我本来当过几天小老道。唉！我真灰心了，懒得再活了。"

韩铁芳也不言语,蹲着身,把自己的东西全都收束好了,就拿到外面,都放在马上。罗小虎也将东西收束好,备好了马,又看了看韩铁芳的这匹马,点点头,说:"你这匹马真不错!是来到新疆才买的吧?别的地方找不到这样的。听说玉娇龙……唉!我又提她了,她倒有一匹千里驹,也是黑色的。她死了,马却叫那姓韩的送回尉犁,可是他妈的又出了事!这也是我前天才听人说的,我也没细打听。"由他说,韩铁芳却不说一句话。

少时韩铁芳先牵马走出庙门,跨上了马。罗小虎也随着出来上了马,他的雄躯在马上更显得威风,真像一位将军似的。韩铁芳就想:假使当年他是个正经的人,中了武举,做了官,那么玉娇龙后来的结局也许不至如此。只是,玉娇龙既是一位小姐,她的那身惊人出众的武艺,可又从哪里学来的呢?她又怎会与一个大盗相识而生情爱呢?这些事、这些疑问,韩铁芳本想打听打听,但又因为对罗小虎的鄙视,所以不愿让他口中再提玉娇龙跟春雪瓶。他鄙视罗小虎,并非是因为他是盗贼出身,却是因为总觉得他不配当玉娇龙的丈夫,当春雪瓶的爸爸,不配!真不配!

韩铁芳挥鞭在前面走,罗小虎也挥鞭追上他,两匹马就并行着,踏着被牧畜草啃光了的一片原野,就直往北去。走下了三十余里,天上的云彩渐薄,日光渐现,地下的已是被马践踏的黑色荒沙。罗小虎就在后边嚷着说:"喂!喂!方老弟!你慢着点儿吧!这里的沙漠可不算小。这是有名的黑沙漠,比白龙堆更难走,无论咱们怎样赶,今天也走不出这片沙子。你别急,慢着点!我这匹马可比不了你那匹马!"韩铁芳只好将缰绳收了一收,而这匹马一望见了沙漠,精神却更振,仿佛都收不住了。他等了一会儿,罗小虎才喘着气,鞭着马赶上来,说:"老弟!你虽也是由白龙堆里来的,可是说起走沙漠来,第一还得让我,玉娇龙都是我的徒弟!你莫忙,忙中必有错,若没有我领着你,包管你绝到不了迪化府,若有什么人留心上你,你更得丧命。好老弟!我真是喜欢你年轻硬棒,我才帮助你!"

韩铁芳听着他这些话,心中很不耐烦,就皱着眉说:"走吧!你的马也得加快一些,你哪里晓得,我到迪化真是有要紧的事。"说时,他的马仍然向前走着,只是慢了一些。罗小虎骑着马在后面从容地跟随着,他很高兴,嘴里还不住地哼哼哦哦,也听不出来他唱的是什么。过了一会儿,又往下走了十余里路,忽然罗小虎又高声唱了起来,唱的是"天地冥冥降闵凶……"

韩铁芳回头看了看他,想问问他这首歌的来历,但忽见罗小虎用鞭子狠狠地抽着自己的脊梁,恨恨地说:"不唱了,永远不再唱它啦!妈的!还唱什么?永远也不唱它啦!"只见他形容愁惨,紧紧地咬着牙,连胡子都咬在嘴里了。他拼命挥鞭,吧吧地抽马,向前飞奔。后面的韩铁芳倒很关心,真怕他疯了,又怕他掉下马来。韩铁芳心里如此想着,他要是摔死了,自己又得葬埋他。我又不是他跟玉娇龙的儿子,我倒给他们都送了终,当了孝子,那才是笑话呢!

罗小虎的马向前狂奔了约一里地便奔不动了,人马俱累,都停在那里喘气。韩铁芳一鞭子便赶到,在马上扯了扯他,问说:"你是怎么啦?"罗小虎拍着胸,面色惨白,说:"你不知道!我心里真难过!玉娇龙临死,我连一面也没见着,一句话都没说。她埋在了什么地方,我也不知道!"说时竟又流下两行眼泪来。

韩铁芳心里想把玉娇龙葬身的地方告诉他,叫他去哭祭一番,以慰他的痴情,可是又想:"他去了倒不要紧,那个地方也很好找,只是他与沙漠里那些强盗相识,被强盗们知道了地点,就许去掘出玉娇龙的尸体,以泄气愤。"便决定不告诉他。韩铁芳就拍了拍罗小虎的肩膀,冷笑着说:"你也太不像一条好汉了!这些年你都没与她见面,如今你闻说她死了,难道你就不再活了?我看你虽已年近五十,但身体还健壮,气魄还有,你为什么不打起精神来,再干一些光明正大、轰轰烈烈的事情,以洗刷你过去的污名,而慰玉娇龙于地下?"

罗小虎听了这话,渐渐昂起头来,脸色也渐渐从惨白转为紫红。他点点头说:"老弟,你说的这话对!"韩铁芳说:"你若觉得我这话对,以后你就做个堂堂正正的好人,把那些无聊的悲伤都抛去。依我说连迪化府你都不必去了,新疆是你伤心之地,你应当快些离开它!"罗小虎点了点头之后又摇了摇头,说:"我还得跟着你走。并不是我非到迪化城不可,迪化城我也许不进去,只是我得把你送到那里,我才放心!"

韩铁芳不由得一笑,说:"这一点儿路程,我何劳你送?我怎么由家里出来的？我出来就为的是在江湖闯荡，我本来有几个伴侣，但我把他们都打发回去了，我愿意单身行走，将来我还要到祁连山，走江南。"罗小虎说："将来你往哪儿去我也不管，别的地方都不像新疆，新疆这地方真他妈的恶！我把你送到迪化，你就稳妥了，我就安心了。小兄弟！我真有些关心你，一来咱们在那庙中相遇，真是有缘；二来，兄弟你别恼，我看你的模样长得真有点像玉娇龙，我要不是看见了你，也不至于这么想她！"说时又把眼光在韩铁芳的脸上不住乱转。

韩铁芳倒不由得笑了，虽然有人将他当作女子、妇人，但他一点也不生气，只是惊讶。他想起与玉娇龙来新疆时，玉娇龙对待他忽而暴躁、忽而又温柔慈爱的情景，真是可疑，不想罗小虎也是这样。他就想：难道我一个姓方的被难的妇人所留下的儿子，还会跟他们有什么亲戚关系不成？不过这可也说不定，玉娇龙的出身是官家小姐，我的爸爸也是个官。

他一面心里疑思、猜测，一面骑马向前走，罗小虎这时也不说话了。默默地走下十余里地，忽然见面前一道沙岗的后面转过来两匹马，接着又出现了几匹，一共是七八匹马，都向这边走来。韩铁芳一惊，倒把心中的思绪打断了。

罗小虎却狂笑着说："怎么样？我说这地方不好走，你看是吧？前面来的这一个是我的孙儿下辈，老弟你沉着点气，不要惊慌！让我先去跟他们道道字号。他们若认得他们的爷爷，那便好，便没事，不然我施展施展刀法，让你看看！"说着，他就紧催马迎了上去。韩铁芳怕那群贼与他发生争斗，怕他有闪失，便也催马跟了过去。只见相离尚有数十步之远，双方能够看得清面目了，那边的人齐都下了马，一个人就高声嚷道："罗老爷！春雪瓶才过去，她往北去了，我们幸亏没有被她看见，不然真了不得！你老人家也不要再往前走了！"罗小虎收住了马，哈哈大笑。韩铁芳听了，却又惊又喜，赶紧向罗小虎说："罗兄！我们再会了！春雪瓶既在前面不远，我就得赶紧去追她！"说时挥鞭飞驰而去。

那贼人齐都扭着头向他看，有一两个就惊讶着说："哎哟！这不是那个韩……"韩铁芳听见了，却没有理，只是策马北去。只听身后罗小虎已经追上来了，并大声嚷着说："老弟！原来你就是姓韩的呀！我们这里有人在黄羊岗子见过你……韩老弟! 停住吧! 咱们再说几句话……朋友,春雪瓶就在前面不远,我一定叫你追上她! 别忙,等我问你几句话……兄弟! 韩老弟! 姓韩的! 你站住! 妈的你站住……"他越喊声音越大越急,可是这声音传到了前面却越来越模糊,因为韩铁芳已经去远,转过了几道沙岗,连影子也不见了,罗小虎的马哪能追得上那匹马呢?

玉娇龙遗留下来的这匹神驹,四只蹄子带起了地下的黑沙,真如一条黑龙似的,霎时间即走出了二十余里。韩铁芳时时在马上四下去望,但大漠无边,沙岗无数,却没有一匹马和一个人。他又向北走,走一会儿便收住了马,喘着气高声叫说:"春雪瓶! 秀树奇峰! "却没有回答的声音。坐下的马依然向前奔,他只得放了缰,由着马去飞跑,并且连声高呼着:"春雪瓶! 雪瓶! "

也不知又走了多远,忽见远处有一点人马的影子,他就更是心急,一边高举着鞭子,一边更尽了平生之力喊了起来:"春—雪—瓶! "喊得他的声音都发哑了。距离前面的人马已越来越近,并且能看出来马是白色的,而人是青色的衣裤,头上蒙着青纱的手帕,正是个女人。韩铁芳大喜,连气都顾不得喘,又连声喊着:"雪瓶姑娘! 你快将马停住吧! 快停住! 你来看! 我已将你要的那匹马找了来了! 我正是为来给你送马,还有几句话,我忘了告诉……"

他越追越近,离着春雪瓶不过两箭之远,连春雪瓶的娇容他都看得清清楚楚了。只见雪瓶横住马在那里,他的话被雪瓶听见了没有,虽不知道,可是雪瓶一定看见这匹马了,她哪能够不认得呢? 只见雪瓶微笑了笑,十分的妩媚,但是她却忽然扭头拨马,向北飞驰而去,竟连头也不回。韩铁芳倒不禁吃了一惊,马也缓了,他急喘了两口气,又向前喊说:"雪瓶! 雪瓶姑娘! 难道你爹爹的这匹马,你也不要了吗? "他发着呆,喘着气,向前去看,见雪瓶和白马已为一道山似的沙岗所遮,没有了踪影。

韩铁芳胯下的黑马虽然还有力向前追,但他实在喊不出声儿来了,人喘吁得也快接不上气了。他一灰心,就偏腿离鞍,坐在了沙子上。马也立时就不向前跑了,呼噜呼噜地直喘气。南边的沙岗后,却又隐隐地传来罗小虎的喊声:"韩—老—弟! "

这时天上的乌云又聚得多了,跟地下黑龙一般的沙岗已成一个颜色,大漠茫茫,独有一匹白马直向北去。马上的春雪瓶姑娘此时是紧咬着牙,连气都不喘,但两只秀丽的眼睛却不断涌出泪珠儿,泪珠儿比地下的沙粒还粗,两颗才落下两颗又涌出。她自与韩铁芳分手之后,就走遍了白龙堆沙漠,想寻那匹失去的黑马。她曾遇见了许多贼人,大战了六七次,她的双剑之下死伤了无数的贼人,鲜血染红一堆一堆的沙子。她都有些心软了,手酸了,并且觉得双剑都似乎钝了,但只见贼人纷逃,抛下许多马匹及金银赃物,那匹黑马却始终没有踪影。她灰了心,便不想再找了,就向北来。于沙漠中,春雪瓶即使看见远远之处尚有几个逃躲藏避的贼人,她也只作没看见。她实在不愿意再伤人,她恨自己不像爹爹的心那样硬。如今她只想赶快到迪化,见了绣香姨娘,并见了那位伯伯钦差大人,就请那位钦差大人至沙漠中来接他胞妹的尸骨。春雪瓶想着,她爹爹在新疆漂流了半世,但她的家究竟是在北京,她老人家的遗骨总还是运回北京去才对呀!她心说:至于我跟了灵去,或不跟灵去,倒没甚要紧;因为爹爹说过不叫我进玉门关,我虽则不愿久居于此地,可也无法!我将来虽则也是身世茫茫,孤零无伴,但这些倒可以不顾。

同时她又想起韩铁芳,她知道韩铁芳是那样的一位好人,对她爹爹跟她自己真有莫大的好处。她想:我除了给人家留了一点金银,却别无酬报。并且,在草原赛马,又用箭射伤了人家。虽然人家没再提,也不计较了,可是自己想起来,就不禁自愧鲁莽,且觉得抱歉、负疚。这些事自己心里都明白。春雪瓶一想到了这处,就不由心中惆怅难过,因为韩铁芳的丰姿印在她的脑中,实在磨不下去。在这边荒的地方,她长到了二十岁,可是无论在哪一族中,她实在没有看见过如此让她心动的英俊的男子。然而她幼承家教,爹爹生平做事,严肃寡情,都是她的榜样;而昔日爹爹的嘱咐,今仍留在耳边,她绝不能像小霞那样的无耻,所以只好在心中留下些惆怅。

刚才的事情更使她惆怅,她没想到还能够在这里遇见韩铁芳,更想不到那匹黑马竟在韩铁芳的手里。她原是想着过去与韩铁芳说话,问问他怎么会得到那匹马,但那时自己有些羞涩,而情心摇摇,所以她才坚决不跟他交谈一句,也不问那匹马的事情。她想,马既被他骑着,那就送给他好了,也算一项报酬,也可以补一补自己对他的亏欠,把情思断绝。

　　春雪瓶急急地策着马,飞驰北去,走下了许多路又回首瞧瞧,见沙岗已遮断了她的视线,韩铁芳并没追来。她的心中更生出一种说不出的滋味,好像在后面忘下了什么,又像做了一件很值得后悔的事,错过了一个千载难逢的良缘似的。她仰望着苍苍的长天,又俯瞰着茫茫的沙地,发了半天呆,忽然又一咬牙,心说:我何必呢! 他对我有好处,我也酬谢他不少了,还想他做什么? 我的爹爹新死,我想这些事做什么? 爹爹的灵魂若是看透了我的心,岂不要骂我? 再说我到迪化去,还有要紧的事要办,我净念记着这些,忘不下一个男子,就不对。如今既然分了手,那么他一定回返东边,不再回来,我们永久也不能见面了,我还想他什么? 有什么用?

　　当下春雪瓶心中虽仍有所思,但极力地摒除,咬着牙,挥鞭紧紧地走。走到黄昏时,她就在一座沙岗的后面避风的地方坐了一晚,天明时再往北去,当日就走出了黑沙漠。

　　又两日,过了塔格山,就望见了一片小沙漠,这地方名叫鲁克沁沙漠。走过去便是鄯善地方,即是汉朝大将班超平定西域的所在——鄯善国。春雪瓶一路紧行,晚间或投于索伦人的家,或投于蒙古人的牛皮帐篷,饮食住宿。

　　一来到了鄯善这里,便有店房可住了。路上所遇的人,无不对她殷勤接待,看到的都是带着畏惧的目光。她晓得这是受亡去的爹爹的余荫,心中就更伤感。由此往西,可至吐鲁番。这里是天山南麓的一个大都会,商业繁盛,南北往来的人都必须经过这里。春雪瓶进了城,找店房用午饭的时候,她就跟人打听。才知道萧姨夫、绣香姨娘跟幼霞那些人,已于半月之前,就由这里走过去了。她的心里才略略释念。当日用毕饭之后,她即离开了这里,策马越过了天山雪岭。

　　又两日,春雪瓶便到了距迪化不远的地方,地名叫达坂城,她就在这里找了一家店房住下。她不慌不忙地拿出金子来换了钱,买几匹颜色素净的绫罗绸缎,就叫店家找来本城的裁缝高手,按照她的身材量剪。她指定的样式是贵族的旗式衣裳。这都是为到迪化去见当钦差的那位伯父穿的。她并做了两身紧身的衣裤,这又是为骑马,或夜行办事时之用。

鞋也是定做的,她也叫来了本城著名的鞋匠,做了一双豆青色的平底的旗式鞋,并用银线绣上仙鹤、鸾凤、牡丹等等的花样。她是天足,可不能做小脚鞋。又做了三双哈萨克式的小靴子:两双是白缎子的,一双是银丝线扎白龙,一双是黑丝线扎乌龙;还有一双是葡萄灰色的缎子帮儿,皮脸儿皮底,帮上扎绣的是山石旁边趴着个黑熊,松树上面落着一只苍鹰。这个图案叫作"英雄斗智"。

马换了新铁掌,叫店家拨了个专人喂,并常常遛着。双剑也拿到铁匠铺里去磨了。她自己天天在店房里,手拿着针线做里面衬着的小衣裤和袜子。她并不是想到迪化府去摆阔,而是想,一个钦差大人的侄女、春龙大王的女儿,不能不如此,不能再像在家里似的,否则便会叫人笑话。

她在此一连住了六七天。达坂城是在天山山阴的一个地方,天气凉得快,这时满院子都已是落叶了。她未尝心里不急于走,然而须等候那些东西全部做得。这天,铁匠铺把磨好了的一对发光的宝剑送来了;裁缝也把包做的衣裳全都做好送来了;只有鞋铺,因为她所定做的那几双鞋的绣活都太精细了,尤其是那双"英雄斗智"的小靴子,据说做那一双比做别的十双还麻烦。他们加工、赶做,到现在才把黑熊绣出来,那帮儿上的苍鹰,左右里外一共是四只鹰,都连影子还没绣出来呢,请求她再展限几日。

但春雪瓶真不能再在此耽搁了,便叫慢慢地细细地给她做,做完了,派个人给她送到迪化去。鞋铺的店伙就问她在迪化是住在什么地方,她想不起说什么地方才对, 只说:"你给送到迪化钦差大人的公馆里, 就有人收。"这话倒把鞋铺的人跟店家都吓了一跳,翻着眼睛惊慌惊恐地望着这位姑娘。雪瓶把一切的钱齐都开发了,并叫店家雇来一辆骡子车,簇新的"大鞍车",她就把宝剑、包袱,一切行李都放在车里,牛皮水袋现在也用不着了,她就送给了店家,一切没吃完的沾着沙子的干粮,她更都不要了,白马也系在车上。

雪瓶的脸上擦了淡淡的粉,油亮的大辫子上扎着白绒线的辫根,她穿着新衣、新袜、新鞋,坐在车上,把车帘都放下,扒着车上的纱窗向外去看。沿途往来的人马极多,官眷的车辆也不少,沙漠是一点也看不见了,两旁都是正在割刈的丰收的田禾。天山在东南,它那里夏日融化的雪水,就灌溉着这里的农田。可是那山上的雪并未化完，夏天它也戴着一顶白冠，如同穿着孝似的。由此往迪化，在半路还有一站，还得在店房休歇一夜。晚上，她就想着，看见了那一位当钦差的伯父，应行什么样的礼节，应说什么样的话，可千万别带出一点儿野气来。她倒真有些作难。

第二天，她的头梳得是格外的光亮，辫根上另扎了新的白绒线。她在脸上均匀地敷了一层宫粉，换上豆青色缎子的裌旗袍，穿着豆青色绣鸾凤的坤鞋。离了店房她又上了车，在车上她也练习着稳重之态，过午时分就到了迪化。这座名城，繁华无比，土人皆呼它为"红庙子"。进了城，雪瓶扒着车窗往外看，两只眼睛简直忙不过来。走着走着，车却停住了，赶车的隔着车帘向她问说："姑娘！您到哪儿去啊？我这车在哪儿卸啊？"

雪瓶虽知萧千总他们已然来到了这里，可不知他们是住在哪家店里，而自己既然是官眷，又不可独自找店。于是在车中沉思了一会儿，便向外回答道："你把车赶到钦差衙门去吧！"赶车的带着怀疑的口吻，说："这里哪有个钦差大人衙门呀？"于是他就跟街上的人打听，打听了半天，才回转头来向车中说："我打听来啦！不错，钦差玉大人现在住在西门里官花园里，可是听说病了很多日子，不能见客。"春雪瓶说："不要紧！他别的人都不见，可不能不见我，我是他的侄女。你把车赶走吧！快些！"

赶车的一听，原来这位乘主儿就是钦差大人的亲侄女，钦差是比抚台还大得多的官儿呢，这若是送到了那儿，还能够没有赏钱？当下鞭子吧吧地响了两下，车就咕隆隆地走去，车后的白马也嘚嘚地用铁蹄敲着平坦的街道。两旁的人都驻足扭首来瞧，因为放着车帘，表明车中坐的是女眷，而车后边又拴有一匹马，可就奇了。

车正走着，还没转过这条街，忽听车窗外面有人高声叫着说："姑娘！车里坐的可是春雪瓶姑娘吗？"又听说："停住！停住！"

雪瓶在车里不禁一惊，心想着：要是韩铁芳也追我到这里，那可真讨厌！扒着车窗往外去看，却见那个人已把车拦住。雪瓶微启开车帘，向外一瞧，见是一个喝得酒脸发红，歪戴着红缨帽的官人，正是萧千总。她就向外说："萧姨夫！你们都早到这儿啦？我绣香姨姨跟幼霞妹妹现在都住在哪儿呀？"萧千总喷着酒气说："就住在南边'吉升店'里，我就等着你呢！要不是为等你,我们早就离开这儿啦!车掉回去吧!"

赶车的看见萧千总的红缨帽,听了吩咐,哪敢迟疑一会儿,赶紧就把车掉过去,慢慢地往南走去。街上有很多人都注意他们。萧千总在车后边跟跄地跟着,少时他就喊那个赶车的,说:"喂!喂!你还不把车停住吗?我跟你说的是"吉升店",你难道不认识吗?你是头一回到迪化城来吗?喂,停住吧!笨蛋!"萧千总的气儿非常大,好像装着一肚皮牢骚。旁边就是一座大门洞,有黑匾红字,粉壁上也写着:"吉升老店安寓客商,仕官行台的店房"。

雪瓶自己撩开了车帘,赶车的已在下面把一个长板凳儿放好,雪瓶就真像娇贵的官眷似的慢慢地下了车。她向萧千总说:"车上还有些东西。"萧千总说:"那叫店里的伙计来搬,你就先进去吧!"遂向店里柜台那面,瞪着眼睛吩咐,说:"带着一点!你先到里院向我的太太回一声去!"柜里立时就有穿长衫的伙计答应着跑出来,恭恭敬敬地带着雪瓶往里院去走。

里院迎头的影壁上写着一个很大的"福"字,两旁有垂花门。进了右边的垂花门是另一个院子,院子房屋整齐,十分清静。这伙计就指指北屋,雪瓶到门前才叫着:"姨姨!我来啦!"屋里问了声:"是谁呀?"脚步声紧紧响了几下,屋门从里边开了。屋里是幼霞,穿着一件红缎子的小夹袄,淡青绸子的夹裤,发髻梳得十分整齐,更像是城里的姑娘了,她惊讶地笑说:"哎哟!雪瓶姐!你才来呀?你走了趟哪儿呀?"她瞪大了眼睛仔细看着雪瓶的头上脚下,雪瓶却勉强地对她笑了笑,便一直进屋。见绣香也自里门内走出来了,不待绣香说话,雪瓶就赶紧过去将绣香一抱,悲声哭着说:"我爹爹原来是死了!你知道吗?"她呜咽得说不出话来。旁边幼霞听了,也不禁地怔了。

绣香搂抱着她说:"好孩子!你先别哭,你到了什么地方?听人说了什么?"雪瓶哽咽着说:"我不是听人说的,是我亲眼看见的!我爹爹实实在在是死在白龙堆里了!是韩铁芳给葬埋的。我在沙漠里遇见了韩铁芳,我们现钉成的棺材,将我爹爹的尸体入了殓。我爹爹死得真惨!"幼霞赶过来拉了她一把,问说:"三爹爹是因为什么死的?"雪瓶痛哭着说:"就是因为病死的!但她老人家死得并不瞑目!"绣香这时也满目挂泪,双肩抽搐得乱动。她顿着脚,着急地说:"你慢慢说!雪瓶你别哭!你详细地慢慢跟我说!你这样说,我听不明白,唉……"

雪瓶于是强压下心中的悲痛,就将自那夜在红叶谷追赶那盗马的贼人,与她们分手之后的事情,一段一段、详详细细地全都说了。说到韩铁芳在沙漠里指出了葬埋的地点,刨掘她的爹爹尸身之时,屋中的人就齐都放声大哭起来了。

她不能再往下说,各自谁也不能劝慰谁了。尤其是绣香哭得最厉害。她知道她的故主玉娇龙是已经死了,确已死了,可把玉娇龙生前的每一件、每一桩的事情都回忆起来了。她不禁倒退了几步,跌坐在一张椅子上,就趴在那张椅背上,口中数数叨叨地痛哭。雪瓶也哭得身子乱摇,连站都站不住了。幼霞靠着窗子,哭号着说:"我得看看我爹爹去……"

这时,萧千总带着店里的伙计,把车上的那些东西全都拿到屋里。这三个人痛哭的原因,他大概也看出来了,就连连地摆着双手,说:"得啦!得啦!雪瓶姑娘!幼霞姑娘!还有……"指着他的太太,说:"你!你可不该领着头儿哭!人死啦,还能够哭活了吗?死人又没在这儿,你们白哭!她老人家还许是扔下了皮囊成仙去了呢!雪瓶雪瓶!你更别哭!你爹爹死了,你就得撑持家业,等穿过了孝,叫你姨娘给你招一门女婿,回到尉犁城,你爹爹给你留下的房产跟养的马,也够你吃穿不尽。哭顶得什么?一点也没有用,你还得姓你的春;咱们是白来这儿一趟,钦差大人不认咱们!"

雪瓶听了这话,顿然吃了一惊,眼泪也立时止住了,就向绣香说:"怎么?莫非如今在这里的这位玉大人不是我爹爹的胞兄?"绣香还没有回答,萧千总却又叹了口气,说:"怎么不是呀?姓玉的还能有两家子?可是人家现在不认,咱们又有什么法子呀!"绣香却呵斥她的丈夫说:"你别在这儿胡说!你先出去,容我跟雪瓶细说。"萧千总说:"你说?也还不是那么一件事儿吗?办法是一点儿没有啦!趁早儿让她们回尉犁城,咱们回乌尔土雅台是真的!"

绣香挽着雪瓶进了里间,幼霞也随着进去,把蓝布的门帘放下。这间小屋,有桌椅,有炕,墙上还挂着对联跟画儿,倒还是个适于接待官眷之所。绣香拉着雪瓶在炕头坐下,擦着眼泪说:"你别着急!听我告诉你!我们来到这儿已经半个多月啦,可是至今还没见过玉大老爷之面!"

雪瓶就把眼泪擦了擦,说:"莫非他对我们真是狠心不认吗?他不知道他的胞妹流落在新疆多年,还有一个姑娘吗?"绣香坐在她的身旁,说:"你听我说!玉大老爷这次是奉钦命到迪化,查办的是抚台以下的很多官员,所以一切人都不见。听说他身体又不好,现正在害着病。连伊犁舅老爷瑞大人派来的人,都没见着。"

春雪瓶抬起头来,说:"别的人他都可以不见,因为别的人都是官,都是男子,都有求于他。他为避免嫌疑,才不见所有的人;但我们并不求他,并不是官,只是几个妇女……"绣香说:"因为是妇女,见面可就更难了!他这次到迪化来,又没带着奶奶。果然要是奶奶也来啦,那倒好了,我说去见她就能见着。现在这位主子,我们早先称呼他为大少爷,我在早先不过是他家里的一个丫头,把我给的不过是个千总官儿,我去也是碰钉子,所以我也就没去。只是你姨夫去了两趟,也没见得着。幸亏这回跟他来的,有跟他多年的一个人,名叫连喜,是他的心腹。你姨夫把连喜请到这儿来,让和他见了见,由我把他宅里的小姐流落边荒二十年的事情说了,连现在有了你的事情也说了。连喜就咐嘱我们不可声张,别把这些事对别人说,他回去悄悄地禀报了,可是第二天送来了回话,说还是不行!玉钦差说,谁都知道他的胞妹是嫁给了鲁翰林,为父病还愿,在妙峰山跳了山涧,尽了孝心,死了,他再没有一个妹妹。什么流落边荒,现在生死不明,留下一位小姐的话,他更是不能承认,还说那都是荒谬的传言,逼着我们走,不走还要办我们。"

春雪瓶不由得愤愤地说:"我爹爹的这个哥哥,怎么这样薄情?这样不讲理?"绣香又摆手说:"你听我再往下说呀!那日我们听了这话,可也无法,就叫连喜回去替我们请求,求容许我们在此再住几天,等你来了,咱们再一同走,不然你一定要扑个空,碰巧还许滋出事来。于是连喜又去请求了一下,这次回来,说是钦差大人答应我们了,可是许住在这里,不许满口胡说,否则可是不行。又听说玉大老爷的周围戒备得很严,因为在路上就有一次险些出了事!所以现在的公馆有抚台衙门派的十个兵;还有路过西安府时那里的抚台派的一个保镖的,听说是叫什么铁霸王;还有两个也都是有名的镖头。"

雪瓶听了这话，却微微冷笑，这时她是一点悲痛之情也没有了，满腹中只膺着气愤。幼霞把茶给她斟了一杯，送过来，也皱着眉说："咱们不如就回尉犁城去吧？"雪瓶却说："也得等着办完了事才能回去，不能白来一趟，尤其是现在确已知道我爹爹死了。我爹爹放着在北京的小姐不当，少奶奶不做，而来到这边荒之地，二十年来，虽没受什么穷苦，可也饱经风尘，她当年的心中必有隐情，还许是被他们家里给挤出来的呢？"绣香在那边就摆手说："不是！"春雪瓶说："他现在是钦差大官，他不肯认我们，我倒不恨他，我也不想叫他伯父、舅父，也不想让他叫我是什么侄女、外甥女，我只是无论如何也得见见他。我要把他妹妹死的事情告诉他，埋的地方告诉他，看他怎样，看他是不是真无半点手足之情！"说时她面容发白，嘴唇紧咬，秀目圆瞪。绣香却沉思了半天，才说："那么，就叫你萧姨夫把那连喜再找来吧，你当着面再跟他说一说吧，也许……"

正说到这儿，萧千总就掀帘子进来了，原来他在外屋已听了半天。他摆手说："据我看，可不必再这么麻烦啦。连喜那家伙是个老跟官的，滑极了，嘴里人面儿说着，他的话没有说明，可是意思已然透露出来了。干脆！他们的姑奶奶玉娇龙二十年前在妙峰山跳涧没有死，是到新疆来了，他们上上下下早就知道。别的人只要是知道玉娇龙名字的，没有人相信她能够摔死，可就是一样儿，不能认！绝不能认！认了之后，就门风丧尽，他的钦差也就做不成啦！所以我想就是再把连喜找来，也是白搭。你等候他出来，拦他的轿子，他也能叫人把你押起来。这也不怨他无情，实在是你的那个爹爹早先把事情做得太过分啦，名儿也闹得太大了！因为她当年杀过些江湖人，直到如今，那些江湖人都时时想报仇，只要是姓玉的，他们都恨入骨髓。听连喜那日说：此时玉大老爷奉钦命西来查案，第一次在柳河镇，第二次在长安，都险些遭了贼人的毒手，不然也不会吓得病老不好，也不至于雇了铁霸王窦定远、方天戟秦杰、仙人剑张仲翊那三个人来给他保镖。他实在是个又老实又胆小的人，他是不知道你就是春小王爷，要是知道了，别说见，连听你的名字也不敢哪！"

雪瓶此时发着呆不语。萧千总又说："依我说，你既然来到这儿啦，那

第九回　娇躯宝剑夜战豪雄　浊酒狂歌屈遭缧绁

四〇三

么今天歇歇，或是到大街上逛逛，买点吃的、用的东西，明儿一早还是赶紧回家。我也灰心啦！我想把你们送回尉犁城，我再到乌尔土雅台去销假，再当一年半年的差使，我也就想法子辞了，不他妈的干啦！当一辈子的差，至多了还是我这个千总，绝不能升！我想将来带着你姨姨，也长住在尉犁城，我就给你当个老家人，那倒不错。"他叹了口气，又说："至于你的爹爹呢，你们也就不必再思念她啦！光伤会儿子心实在无用。既然做得很好的棺材啦，那就先别忙。咱们回到尉犁城，买上块好坟地，种上树，刻好了石碑，那时再雇上吹鼓手、杠夫去启灵、运灵，大办丧事也不晚！"

雪瓶不作声色，只把头点了点，说："好吧！就依着萧姨夫的话办了。我心里不难过，也不生气。只是我既然来到了迪化，我就不能住一两天，至少我得住十天，我得住在此地，逛够了。"萧千总说："这倒不要紧，玉钦差又不是地方官，他没有驱赶咱们离开这里的权。上回他也不过是叫连喜劝我们，说是：'你们弄错了，本来没有那么回事，你们从什么地方来的，就回什么地方去吧！别白耽误工夫！如若路费不够，我倒可以借。'"

雪瓶冷笑着说："谁要他帮助路费？我也知道，我爹爹不过是我的爹爹，我并非玉家的人所生，但我……"说到这里她忽然不说了，又转向幼霞笑着问道："那天夜里咱们分了手，是次日你们就走了吗？在路上再没出别的事吗？"幼霞说："第二天我们走时，我倒盼着出点事，好试试我有能耐没有？可是，想不到这么平安就来到这儿啦。瓶姐！那匹马怎么样啦？牛脖子那个贼真可恨，那都是萧姨夫……"说着就拿眼睛瞪着萧千总。萧千总一听提到了这件事，脸上更红，就溜出屋去了。

春雪瓶却说："那匹马我见着了，只是我也不想要它啦！"幼霞说："为什么不要？"雪瓶说："在沙漠里，我把它送给人了。"幼霞又问："送给谁啦？"雪瓶却没有回答，又不禁想起了韩铁芳。如今自己遭人白眼，连有一点亲戚关系的人家也不肯认；自己在尉犁城虽然有些产业，其实也是孤苦伶仃，举目没有亲人，还不如幼霞。幼霞的父母俱在，人家又本来就是哈萨克，我呢？一个汉人的孤女，终生在哈萨克的群里称英雄，在沙漠里当王爷，将来哪里是归宿之处？我爹爹又如何？她临死时未尝不想说许多话，劝我离开新疆，莫再老死沙漠。只是我没在她的眼前，她有话说不出来罢了！

唉！我真不如叫韩铁芳带着我到东边去，另见一番世界，另创一番事业。想到这里，她又不禁心酸，但把眼泪强忍回去。

当下她就在炕头坐着不发一语。幼霞现在穿得很漂亮，刚才虽流了些眼泪，但如今她对着镜子用脂粉把泪痕都遮掩了下去。她过来拉着雪瓶的手说："瓶姐！你也别净坐在这儿，我烦了，我带你到街上去逛逛吧！街上真是热闹极啦，铺子多，来往的人也多，十字街上还有卖药的、耍熊的、打棒的，热闹极啦。我真没过过这么大的地方，咱们去逛逛好不好？"

雪瓶点了点头，就站起身来，向绣香说："姨姨！我们去走走。"绣香点头说："好，可是出去要小心呀，不要多说话呀！"雪瓶说："我知道，到了街上，我们连一个人也不认识，就是想要说话，也没地方说去呀！"绣香又说："还是先叫他们套上一辆车吧，你们坐在车上，也免得让人看你们。"

幼霞却有些不高兴，就说："姨姨你出去看看，街上往来的有多少旗装的、汉装的女的？人家都不怕看，独我们怕看吗？"绣香说："你孩子家知道什么？这地方同不得尉犁城！"幼霞斜愣着眼睛，撇着嘴儿说："这地方就特别，是不是？"绣香说："这地方也不特别，像北京城、像东边的许多大地方，也全跟这儿一样。你们是想也想不到，就是不能比尉犁城……"幼霞哼了一声，说："我才厌烦尉犁城呢！"

绣香知道拦不住她们，便也无法。她低头看了看雪瓶脚上的那双豆青缎子的弯凤坤鞋，就又不禁皱眉，说："你还有别的鞋没有？换上一双吧！这双鞋穿上太不像样子，太扎眼，要惹人家笑话。"

雪瓶却生气地摇头说："我不怕人笑话！姨姨你可也太啰唆啦！怎么像个老妈妈似的。脾气要是急一点的，谁能受得了？"说到这里，她又勉强一笑，拿上她的紫红手绢挂在衣纽上，又说："姨姨你记住了！叫店家另给我找一间房子，今晚我跟幼霞在一块儿睡。我们不愿意跟您睡，因为怕听您啰唆！"她拉着幼霞出了屋，一直往店外去走，也不觉得有谁注意着她们，两人就一同走到了街上。

雪瓶穿着光闪闪的豆青色缎子旗袍和绣得极精细的鞋，幼霞穿的是红缎袄，淡青缎裤下面可登着一双马皮的小靴子，尤其是雪瓶那白辫根，更是招引人注目；但她们却不大留心人家。街道两边的铺户，全都买卖兴隆。这时虽不是吃晚饭的时候,附近的几家酒饭铺里可都是刀铲乱响。尤有一家小酒馆,里边乱哄哄的,还有人在嘣楞嘣楞地弹琵琶。

幼霞拉了雪瓶一下,说:"你看,萧姨夫又在这儿啦!他天天除了喝酒、吃饭、赌钱,就来弹这只破琵琶!他简直就不想到钦差的公馆里去。我想,都是因为他不行,要没有他,也许咱们就能见着你伯父了。"

雪瓶也扭头向那酒铺里看了看,见里边有许多穿短衣的人,都不像是本分人,都隔着窗户直着眼来看她们。她不由得生气,急忙拉着幼霞走了过去。依着幼霞是要到十字街上去逛逛,她还要买两盒宫粉。雪瓶却悄声说:"我们也不便到人太多的地方去。再说你看,这街上来往的人,穿我们这样衣裳的实在没有,我们也不必太叫人注目。宫粉也可以临走时再买。现在我想到钦差公馆那边去看看,认一认那个门儿。过几天,我想瞒着萧姨夫、萧姨娘,自己去,也许我伯父能够见我。"幼霞说:"对啦!我想也是,你应当自己去见见,就许行了!可是我只听说钦差的公馆是在什么官花园,我可不知应往哪边去走。"雪瓶说:"我知道是在西门那边,咱们就往西边走吧,我想一定能够走到。"

两人往北又走了不远,看见街西有一条很宽的胡同,两人就走进去了。这胡同地上净是土,走了不远,就把雪瓶的鞋弄脏了,她倒也不大在意。胡同两边都对开着门儿,也没有什么大户人家,有个门儿里出来个旗装的老太太叫狗,另一个门里又出来抱着小孩的缠足妇人。雪瓶就去找那个旗装的老太太打听。她的装束和她所说的北京话,都使这位老太太觉得亲近,就认为是同乡。而她所打听的官花园,原来在此地是无人不知,老太太就用手向西指着说:"姑娘你就一直往西走,看见城墙再往北就到了。那儿的墙很容易认,下面是虎皮石,上面是咕噜钱。我的儿子就在抚台衙门当差。去年抚台大人就在那儿给老太太办的寿,我还去听过戏呢。现在听说那儿住的是钦差大人,也是从咱们北京来的。"

雪瓶见这位老太太爱说话,恐怕她问自己的来历,忙道了声:"劳驾!"赶紧就走了。幼霞跟着她,两人就往西去走。走了半天,才走到城根,这地方很荒凉,住户很少。她们又往北走,眼看快到西门了,才望见路东有一脉高墙。这墙的下面是砌着各色的"虎皮石",中间涂着白灰,似是新涂的,上面是拿瓦做成的透空的钱形。墙里有许多棵柳树,把金黄色的柳丝抛到墙外。大门就对着城墙开着。

　　原来这真不是平常的花园。门前站着五六个腰挂钢刀的官人,还有仆人、差役出入,并有个身约六尺的大汉,赤黑的脸,大辫子,腮上有一块很深的刀疤。这人披着青缎大夹袄,闻着鼻烟,正在那里扬眉吐气地跟守门的官人谈话。看到雪瓶跟幼霞这两条艳丽的身影,他们就都把脖子歪过来,眼睛都直了。幼霞的脸上已经现出紧张之状,但雪瓶却从容镇定,连眼珠儿都不斜,就走过去了。

　　往北走了不远,就又是通到东边去的一条巷子。她们走了进去,见这巷里的住户还不少,铺子也有几家,靠着右首即是那官花园北边的墙。墙里起了几间楼,画栋雕梁,十分华贵。而窗槛旁有柳丝飘飘地拂动,小鸟在里边唱着歌,更显得雅致。幼霞就不禁笑着说:"哎哟,这几间楼可真好。"又低声向雪瓶说:"大概钦差大人就住在这楼上吧?"说完了这话,仰着脸儿瞧了瞧雪瓶。雪瓶却装作没听见,一直往东去走。

　　幼霞追上了她,声音不大不小地叫着说:"瓶姐!你不是说要进去见你伯父吗?怎么你又不去啦?怕官人了吗?"雪瓶回身拿眼睛瞪她,悄声说:"嚷嚷什么?"一抬头,见刚才官花园门首站的那条大汉也跟着她们来了,一边走一边还在鼻子里吸烟。这人长得真凶,腮上有一块很深的刀疤,两只眼更凶,且微微含着一种不怀好意的笑容。雪瓶便向幼霞使眼色,赶紧又往东边走。

　　这条胡同原来四通八达,有车也有马,很热闹。雪瓶只想躲避那个人的追随,也不顾方向,走着走着竟来到大街上了。这里是西大街,车马更多,两边的铺子更繁盛。她看见有一家香粉店,就急匆匆带着幼霞走进去了。幼霞的脸儿发白,胸脯儿紧喘,见旁边有个红漆的大板凳,她就坐在那里休息。

　　雪瓶却到柜前去买胭脂。其实她现在系着白辫根,胭脂本来用不着,但她还不住地挑来选去。这家铺子里面也悬着金字的大匾,字号是"异香斋",不独卖妇女用的胭脂粉等物,且卖线香、檀香、佛烛、黄表纸钱等等,柜前买东西的人并不多。

忽然背后有一个人进了门，惊得幼霞立时就站起了身，雪瓶也回身去看，却见又是那个大汉走进来了。那人直到柜前，站的地方离雪瓶不过两三步，大声向柜里说："掌柜的！给我来一封上好的线香，十五那天我要到关帝庙去烧香，求求关老爷做个媒，赏给我一个好媳妇。"店里的掌柜的和伙计都像很怕他似的，赶紧给他去拿香。

雪瓶匆忙地买了两包胭脂，向幼霞点点手，就往外走。幼霞还发着呆，不料那大汉手指捏着一点鼻烟，向雪瓶一弹。雪瓶倒是没有被弹着，可是幼霞的脸上已经着了一块比胭脂还红的鼻烟，她立时就瞪起眼来要骂。雪瓶却急忙拿眼色拦住了她，用自己的手绢轻轻地替她掸了下去，拉着她出了这铺子。

幼霞嘴里还嘟囔着，愤愤地说："我非得回去打那个人不可！"雪瓶却低声劝她："不必！不必！你先忍着点儿气，跟我回到店里，我再告诉你，我还有点儿事要叫你帮我办呢！"幼霞遂就跟着她很快地走。走到十字街，见那里很热闹，有个耍狗熊的，熊还会耍叉，她们也没走过去看，就转到了南街，一径回到了店房。经过那个酒铺之时，听见萧千总还在那里弹琵琶，并有人叫好儿。

她们进了店房见了绣香，幼霞还是一脸的气。雪瓶便趁着绣香还没看出来，就低声劝她不要露出来声色，并说："等到晚间，我有话要对你说！"幼霞听了，却又有些疑惑的样子。两人就都取了掸子抽打鞋上的泥土。绣香一个人坐在里屋愁闷不语，因为她的故主玉娇龙的噩耗，真是刺伤了她的心。到了晚间，一块儿用过了饭之后，雪瓶就叫店家另给自己找了一间很干净的房子，带着幼霞去住，两人随身的东西也全都拿到这屋里，点上了灯。

这个小院很清静，不似前面大院子那样的喧哗。萧千总大概不是去赌钱，就是又到那茶馆弹琵琶，逗他的能去了，所以绣香的那屋里也没有谈话之声。这里幼霞皱着眉，悄声对雪瓶说："今天你是怎么啦？那样的胆小，那样的能够忍气？到了官花园，你可不敢进去；在那铺子里，那个高身材的汉子那样欺负我，你也叫我忍事，你怎么也学成老婆子的样子了？"

雪瓶沉思了一会儿，就悄声说："你得知道，迪化城与别处不同。今天咱们遇见的那个人，大概就是我伯父所雇的镖头，不是铁霸王，就是什么仙人剑或方天戟，反正他必是个会武艺的人。"幼霞说："他会武艺，莫非咱们就得怕他？你不想想当年三爹爹活着的时候，她曾怕过谁？咱们也别太给她老人家丢了名声，灭了锐气！"

雪瓶的脸上当时就现出一种悲哀和愤怒之色，说："我们并不是怕人，我们现在真不能够惹事！现在迪化城里大约还没有人认识咱们。今天那个大汉也只是可厌，并不是有心要跟咱们作对，我已经看出来了。以后我们白天更要少出门，别惹事！"

幼霞愤愤地点头说："对啦！咱们就老老实实在这店里待着，当大姑娘，当千金小姐！可是我不能，我看与其这样，还不如回尉犁城去呢！我不能够听你的！"

雪瓶又低声说："我的意思是无论怎么样，也得到钦差公馆见我伯父一面，把我爹爹的事情告诉他。爹爹生前改名换姓，埋没了半生，死后不能不使她的家里人知道。"幼霞说："他不愿见咱们，不认你，你又不敢进他的公馆，可有什么法子？我看这辈子也没法子了！"

雪瓶说："我想白日见不着他，夜间……"她说到这里，幼霞忽然脸色一变。雪瓶又悄声说："今夜我就想到官花园，私自进去。虽然一定要吓他一跳，可是我为见他的面，也就没有法子。"

幼霞神情兴奋地悄声儿说："去也好，我帮助你。咱们可得带着宝剑，说不定就得跟他那三个保镖的打起来！"雪瓶说："我们既然去，就得带着点防身的兵刃，可是我们要谨慎，不要伤人，顶好不叫他们看见。你跟我去，你不要进去，你就在那小巷里等候着我。我一个人从那座楼进去，一会儿我就能把事情办完，咱们就回来。"

幼霞说："那么他要是见了你的面，肯认你吗？"雪瓶说："我就也把你叫了进去见他。"幼霞撇撇嘴说："我算是他的什么人？"雪瓶说："你见不见他有什么要紧，反正只要让他肯认我，然后我就叫他去白龙堆启灵，运灵回北京。"幼霞说："那我可也得跟着灵去？"雪瓶点点头说："自然我们全都得去。到了北京，我还得叫他给爹爹办一件热闹的丧事才行，他才能算是对得起他的胞妹！"

　　幼霞听了很高兴,不禁笑了,当下两人都抱着美妙的希望。窗外的天色已越来越黑,更鼓已敲过两下了,两人就悄悄地收拾东西,换衣裳。雪瓶把新做的青色的紧身小衣裤取出两身来,自己换上一身,令幼霞也换上一身。幼霞悄声说:"外边的天太黑,咱们得带上点火儿才好。三爹爹早先有一个火折子,可惜咱们没带来。"雪瓶说:"那不要紧,只要带上火镰、火石和几根纸煤子就得了,到时也许用不着。宝剑带上我那一对就得了,你拿着,我不用;如若拿着剑见了那钦差,也许要把他吓死!"幼霞听着又不住捂着口笑。雪瓶倒是沉着脸儿,她此时并没有快乐的情绪,也不紧张,只是有一些悲哀充在心里,预备着见了那位"伯父"之时发泄。

　　又待了一会儿,一切都已收拾好了。这时店中的里外院全都十分岑寂,各个屋中的人此时都睡了。又过了多时,更声才徐徐地敲起,一、二、三,正正敲了三下。雪瓶早先听爹爹说过,一切的夜行人,偷窃、办事,或是仗义行侠,都在这子时三更。她又将袖口挽了挽,转脸看了看幼霞。见幼霞也是一身青,腰间、胸上且都用一条青色的丝条围绕着,背后的辫子藏在衣服里,并背着一对宝剑。幼霞直瞪着眼睛对着她,悄声说:"现在还不走吗? 还没到时候吗?"

　　雪瓶却一点儿也不慌,又用一幅青纱将头发包住,一回身,就噗的一声吹灭了灯。然后,她轻轻地启开了屋门,先出屋。等幼霞跟着出来时,她又将屋门轻轻地闭好,并轻轻扣上门上的"了吊儿"。幼霞急匆匆就向外去走,雪瓶却一把拉住了她的胳膊,没说话,遂放了手。雪瓶一纵身,就上了房,真比狸猫还轻还快,幼霞也随之蹿上去,都没发出一点声音。因为两个人的脚上都只穿着黑布的袜子,并没穿着鞋。

　　此时,黑幕似的天空上挂着无数繁星,虽有一钩新月,然而光芒不大显露。秋风嗖嗖,四面无灯光,也无人声。雪瓶在前,幼霞在后,踏着墙头,蹿蹿越越,往北而去。一连走过了几处房屋,向左边转转脸,才见下边的大街,路西有一家铺子里的灯光很亮,还有人出入着,里面似是十分乱杂。这就是那家小酒铺,晚上就是赌局,萧千总一定又在这里了。

　　过了这几个铺子,她们二人又蹿房越脊地往北去。走了不远,雪瓶就停住了身,她观测着,这里大概就到了白天她们往官花园去时走的那条巷子了。

幼霞跟上她来，一只手搭在她的肩上，附耳向她问道："瓶姐！你怎么忽然不走啦？你别疑惑，下面的人没有察觉出来。"雪瓶便向她摆手，天色虽然黑，可还不至于"伸手不见掌"。幼霞就急忙将话止住。下面大概就是一家店铺的门面，雪瓶就脚踏着屋瓦，微微地伏身，见街上有两个人正在谈着："我那一注押错了，谁想得到他是个六呀？""我看那小子做的庄，一定有毛病，萧千总今天也非输不可！等着我回家拿了钱再来，用眼睛瞪住了那小子，只要看出毛病来，咱们就给他嚷出来。方天戟跟仙人剑，人家那两个可不是好斗的，一定揍死他。"

雪瓶听了，知道那官花园的镖头此刻都在那里赌钱，她就更放了心。等着下边这两个赌鬼向北走过去，去远了，她就又拉了幼霞一下，两人一同跳了下去。到了大街上，往北行不远，就寻着白天经过的那条长巷。进了巷口，见两边的人家都紧闭着门，一个行人也没有，她们就放了心，急急地往西去走。幼霞还随走随笑，雪瓶回身轻声申斥她，她仍是笑，可是一走出了巷口，望见了那一脉黑兀兀的城墙，她就立时不笑了。那官花园的大门前有一盏半明不灭的灯光，可见还有人在防卫，她们便顺着城墙悄悄地走过去，然后又进了那条官花园北边墙外的胡同。

这巷子里更是岑寂，连更声、犬吠声都没有，那座楼和柳树都黑乎乎的。雪瓶就止住步，回身悄悄嘱咐幼霞在这儿等着，不要动。她要过来取火的东西，便上了墙。柳丝触在她的脸上，她用手掠开，然后脚下一用力，就由墙头跳到了那座楼上。她手攀着楼柱，腿刚迈过栏杆，却听楼里边咕噜咕噜地一阵乱响。她不禁吃了一惊，细一听，这种声音不大，却也不停，大约不是老鼠，就是黄鼠狼，在楼板上乱跑呢。她才知道这原是一座空楼，她放胆地上前，启开了一扇窗户，就跳进楼内；果然无人，老鼠都惊得向四下逃奔，窗上的尘土也簌簌地往下落。

她敲着了火，燃着一根纸煤，用口吹了两下，立时就起了微微的火焰，就跟一盏小灯儿似的。她向四下照着，只见这座楼上摆着许多很贵重的红木家具，还有一张桌上放着纸墨笔砚，可都积着很厚的埃尘。壁间裱装着字画，正中高处有一块横匾，题名是"绿霞楼"。

忽听楼外近处梆锣齐敲,仍然是徐徐的三下,她急忙将纸煤掐灭了。扒着前面的窗户向下去瞧,见院中有摇摇荡荡的灯光,随着更声走过去了。灯光所映之处,可以看见这院里的柳树很多,房屋也不少,但房屋里都没有灯光。她心中不免着急,就暗想:钦差大人可住在哪儿了呢?我怎样才能找得着呢?难道这回又白来啦?她借着纸煤上的一点未掐灭的余烬,找着了楼梯,就轻轻踏着楼梯走下去。楼下更是黑暗,倒没什么老鼠乱跑。

她才下来,忽听得身后有一种极微的响动,吃了一惊,然而她身手极快,赶紧回身,却见身后立着一条巨大的黑影,正伸臂来抓她。她一抡拳就将这只巨大的胳臂击开,同时身子向旁蹿去,这楼里很黑,对面也看不清楚模样。

那大汉就往前扑,并且冷笑着说:"小辈!你知道我铁霸王在此,还敢来老虎嘴上拔毛?"一拳打来,却被春雪瓶躲开。铁霸王又拳脚齐来,并说:"我看你也是个外行,在楼上你还敢点出火儿来!快跪下,若果你是个小毛贼,被穷逼的,只消磕几个头,爷爷还许能饶你的命!"他脚踢拳打,嘴里骂着,但雪瓶早已咻的一声,真如狐狸似的又蹿到了一边,同时,咚的一声,一拳打在铁霸王的后腰。

铁霸王虽然没被击倒,但也不禁啊了一声,疾忙翻身,并由腰带上抽出刀来。咚咚咚的一阵楼梯响,雪瓶已经跑到楼上去了。下面的铁霸王由对方的那一两下身手,晓得不是寻常的毛贼,所以也不敢向上去追。

此时雪瓶到了楼上,不料正有一个人站在这里,细声问她:"是谁?"雪瓶听出来是幼霞,就说:"怎么你也来啦?铁霸王正在楼下,你快把宝剑给我!"她赶紧由幼霞的手中接过了一口宝剑,站在楼梯上向下望着。

持剑等候了半天,却也不见那铁霸王上来,雪瓶刚转身向幼霞说:"你先走!"不料那后窗吧的一声被人打开了,跳进了一条巨大的黑影,并狠狠地说:"小辈!原来你还没走?"这正是铁霸王。他不敢由楼梯上来,却转过楼去,蹿上来由窗而入。他的手中抡着一口很长的钢刀,但铛的一声先被幼霞磕开,雪瓶又挺剑扑了上去。铁霸王惊得连连后退,说:"啊呀!原来你们是两个人?毛贼!竟敢来此扰闹!"

雪瓶与幼霞双剑齐进,铁霸王将钢刀抡起,反扑过来。铛铛,刀剑相磕，昏黑的楼上，只见三道白光往返，雪瓶的身子轻如飞莺。幼霞躲在墙角，摸出小弩箭来，想要认准了那条巨大的身影，她就射去，但雪瓶与铁霸王在楼上刀剑往来，身躯蹿越，杀在一起，分不出来谁是谁，她的箭也不敢乱发。

楼板乱响了半天，桌子也倒了，椅子也翻了，真比刚才那老鼠、黄鼠狼们闹得还凶。铁霸王施展了全身的勇武技艺，但怎耐对面的雪瓶身躯飘忽，令人捉摸不定，剑光闪闪更令人双目迷离。他怕吃亏，疾忙虚晃一刀，穿窗而出，幼霞喊了声：“他跑了！”嗖嗖发了两箭，可是都钉在窗棂上了。

雪瓶却挺剑追出窗去，只见那铁霸王已蹿到屋顶上。她却先一蹿，攀住了柳树，就像打秋千似的，扭头却见那铁霸王立在那离地约有五丈多高的楼顶上，向下大声喊：“快来人！这里有贼！”喊声如雷似的。雪瓶一飘身就由树上到了楼顶上。铁霸王抡刀就砍，雪瓶急以剑相迎，当下就又在这斜铺着瓦的楼顶交起战来。铁霸王的身子沉，踏得瓦喀嚓喀嚓地乱响，都碎了。他的刀法绝不敢缓，并同时大嚷着：“快来人！闹贼！”

下面的锣声已铛铛地乱敲起来，灯火之光也都浮动起来，雪瓶心中又慌又恨，想着：若不是你来搅乱，我今天一定能见得着我的伯父！她剑随身进，力透中锋，如鳞鲤穿山之势。那铁霸王此时已腕酸手笨，招架不及，春雪瓶的剑正刺中了他的胸膛。他疼得啊呀大叫，一座山似的向下倒去，整个摔下了楼，堕在下面滚动的灯光里。

雪瓶才停住剑，却听幼霞骑在柳树上吹口哨，尖锐的声音冲破了那杂乱的梆锣声，十分响亮。雪瓶也连忙抱住了树枝由楼顶落到了墙头，向幼霞说：“别吹了！快回去吧！”当时两个人就都跳下了墙，一前一后地顺着小巷往东去走，身后的梆锣声就越来越远。雪瓶又把剑交给幼霞，幼霞仍然负在背后，随着雪瓶，又跳到人家的屋顶上。两人踏着屋瓦，越着墙垣，少时即回到了店房。

这时店中的前院仍十分清静，可是后院里，绣香姨姨的屋中却有灯光，并听有人说话之声。雪瓶就拦住幼霞，然后趴在她的耳边，悄悄说：“咱们先慢慢下去，你先进屋去。”幼霞点了点头，两人遂就慢慢地下了地，一点声音也没有。雪瓶又推了幼霞一下，幼霞就去轻轻地开了门，进屋去了。

雪瓶却蹑着脚步儿,慢慢走到那有灯光的窗下,伏下身子,向里边偷听。

原来萧千总回来了,唉声叹气的,可见他今天的赌运不佳。他正跟他的太太压着声音争吵,说:"再有两天不回去,我可就得连我身上的衣裳,带你头上的首饰,都得输净啦!那时候在迪化城丢人,我可不干。"绣香说:"你不会别去赌吗?"萧千总说:"整天没事儿干,在这又没有朋友,你还不让我赌?我本不愿赌的,可是闲得慌。干脆!明天你催着她们走就完了。"

绣香说:"来的时候,你是比谁都急,还找了个赛八仙帮着你说谎,骗我们到这儿来。"萧千总着急说:"是他的卦不灵,怎么会是我骗你呢?"绣香说:"如今你想走啦,可又立时就催着我们走,什么事都得由着你。"萧千总说:"不由着我也行,可是在这儿得有事办呀!我这回是为活动差事才来的,我们是为见钦差。现在你们的钦差见不成,我这儿的差事也没指望啦,乌尔土雅台的假也满了;再不回去,协台就许把我革职,那才叫鸡也飞了,蛋也打啦。难道我还真去给春小王爷当老家人,你去当老婆子?"

绣香说:"你还没看出来,幼霞那孩子舍不得这里的繁华,一提要走,她就闹气。"萧千总说:"那只好给她在这儿说个婆家了!可是怕没人要她一个哈萨克!"窗外的雪瓶听萧千总在背地里这样谈说人家,不由得替幼霞生气。

绣香又说:"你别胡说人家,我想,明儿还是由我劝劝雪瓶,雪瓶若是肯走,幼霞也就肯走了。早一些离开这儿也好,反正大少爷是不肯认她的。"她所说的大少爷,当然指的是玉钦差。萧千总却又说:"人家凭什么认她呢?别说是钦差,就是现在我这个千总官儿,若有一个来历不明、一脸野气的姑娘来找我,叫我为伯父,或是管我叫舅舅,我也是不能够认呀!本来,亲又不亲,故又不故,胳膊连不上大腿,算是什么呀?别说雪瓶不过是咱们那位王爷小姐姑奶奶二十年前在半路上拾来的……"

雪瓶一听侮辱到了自己,真恨不得打进房里去。又听萧千总说:"就是咱们王爷亲生的那个孩子,假定在祁连山没摔死、没冻死,真是钦差的亲外甥,可是我想钦差也不能认,因为是私的!"

雪瓶在窗外听了,不由得发了呆,心说:哦!原来是这么一回事!我爹爹原来真有个亲生的儿子,是在祁连山中,怪不得……想到这里,她又聚精会神地倾耳再向屋中去听，却听绣香发出了哭声，哽咽着说："我总疑惑那韩铁芳就是她那个孩子！"

萧千总又拍桌子又跺脚地说："你，你，你是怎么啦？你不过就是觉得姓韩的那小子长得有点像她罢了，也许我没有看清楚，可是我却觉着一点儿也不像。天下哪有那么巧的事？儿子会真遇着娘，还把娘给埋了？那真成了神差的、鬼使的啦！我不信，说出大天来我也不信！再说玉娇龙的两只眼什么看不出来？要真是她的儿子，她还能够认不出来？"

绣香咳嗽了两声，又哭着说："咱们焉知道她没认出？也许是韩铁芳心里明白，可是话不能向别的人说！"萧千总连连说："万无此理！万无此理！算啦！算啦！咱们也别为这事抬杠了。你也别戏台底下掉眼泪，替古人担忧。天都快亮啦，快睡吧！快睡吧！啊……"末了儿又打了一个很响亮的哈欠。接着就听见搬凳子顶门，扫炕，接着灯也吹灭了。萧千总是一声也不发了，绣香却仍然在微弱地呜咽、哭泣。

雪瓶这才慢慢地转身，夜风儿吹得她心里都是凉的。天空的银星乱进，扰得她也心绪缭乱。她回到屋中，点上了灯，幼霞已经躺在被窝里，困倦地问她说："你干什么去啦？听他们的贼话儿干什么？你也真爱去听！"雪瓶不言语，懒懒地去将门关严，又铺展好了床褥，把一对宝剑和小弩箭全放在枕边。幼霞又问她说："刚才，那个人怎么会知道咱们去啦？后来是不是你拿剑把他扎死了？"雪瓶却摆手说："你睡觉吧！不要再提说刚才的事。刚才不独咱们白去了一趟，还惹出祸事来，明天那件事就许闹遍了全城。咱们明天可千万不要出门，不要多说话。"幼霞微笑了笑，翻身就睡了。

雪瓶把灯吹灭，遂也睡下。刚才私入官花园，在那绿霞楼上与铁霸王恶战数十合，可称是够惊险的了，至今手腕还有点酸。可是这些事她倒没有放在心上，她只是惊讶刚才窃听来的话，心里翻来覆去地想着：爹爹有个亲生的儿子在祁连山中与她分离！韩铁芳就是爹爹的亲儿子！这不是梦话吗？太荒唐难信了！然而若是细细地一回思韩铁芳的模样，倒真有七八分长得像爹爹玉娇龙，实在像！无怪绣香要生疑……雪瓶想到这里，真恨不得立时把韩铁芳找回来，问他知道不知道爹爹就是他的母亲。又想，那么我可应当管他叫什么呀？她心里难受，好像又有一些嫉妒，她真想跟她爹爹的灵魂诉诉委屈："不行呀,为什么我只是你的侄女或是义女?他倒是你亲生的呢?难道他比我还强吗?"她向枕边流了几滴眼泪,不觉就睡去了。她睡得很酣,及至被窗外的说话声音给吵醒,睁开眼睛一看,窗上已经大明。幼霞早先起来了,靠窗站着,向她摆摆手,显出一副很惊恐的样子。

听窗外,是别的屋中的客人正在跟店里的伙计大声说话,一个人说:"迪化城竟有这么大胆的贼?敢到那钦差公馆去?啊呀!这些年我可是头一回听说!"又一个人说:"不只一个,听说去了三四个贼呀!还都会飞檐走壁!您想,连铁霸王都打死啦!铁霸王是西路有名的豪杰,都落了这么个结果,可见来的那几个贼的本事多高强了。方天戟跟仙人剑两个小子算是走运,昨天晚上他们在李家酒铺赌了一夜,没在官花园,要不然恐怕也得送命!"他说到这儿,旁边立时就有人说:"你可千万别在街上这样去说,他们现在正着急呢!要叫他们听见,可不能饶你!"刚才说话的那个人,立刻把话顿了半天,才说:"听说幸亏钦差大人没出舛错,要不然连抚台都担待不起。这就够瞧的啦,现在街上的官人就比往常多!"

幼霞听到了这里,不禁神色愈发惊惧,就走过来向雪瓶悄声说:"你听见了没有?那铁霸王已被你杀死了……"雪瓶赶紧向她摆手,并瞪着她说:"你慌什么?你若是露出形色,被人看出那可就麻烦了!咱们还应当跟没事一样,只要少出门就是了。我还不甘心!过两天,我还得到那儿去,非见了我伯父不可!"幼霞还要说话,忽听萧千总在窗外咳嗽了一声,并推了推门。没推开,他就没有进来。

雪瓶慢慢地起来,神情是十分从容镇定。她下了炕,叠好了被褥,幼霞便把门打开。不料门才开了,萧千总就撞了进来,他满脸惊慌之色,指手画脚地悄声说:"你们不知道吗?出了天大的事啦!"幼霞脸上发红,雪瓶却神色一点不变,反搭下眼皮儿来说:"什么事,萧姨夫你这样大惊小怪?"转首叫幼霞去叫店伙打洗脸水。萧千总却赶紧把幼霞拦住,说:"你先别去叫伙计!听我说!"他的双手张着,眼睛直看,声音极小地说:"昨儿晚上三更以后,钦差的公馆里闹贼!"雪瓶故作惊讶的样子,问说:"钦差怎么样?"萧千总摆手说:"不要紧,玉大老爷不过受了点惊,贼人没找到他的房里。可是他那里护院的,长安有名的大镖头铁霸王窦定远,可被人杀死了!"雪瓶一笑,淡淡地说:"铁霸王又是什么了不起的人物? 听他这个绰号就不像是好人,大概也该死!"萧千总又说:"铁霸王的武艺高强,玉大老爷这次若没有他保护着,就不能平安来到迪化,那祁连山就不好过!"

雪瓶心中怦然一动,又回忆起昨日隔窗偷听来的那些事情。萧千总又说:"外面说,昨夜官花园去了的贼人有十几个!"雪瓶跟幼霞都不禁心里好笑。

萧千总又说:"可不知是由哪一路来的,不知是为钱财,还是受谁的主使,想害死钦差? 现在街上紧得很,抚台衙门的班头鹰眼高朋、鹭鸶腿崇三、飞镖卢大,连方天戟秦杰、仙人剑张仲翔那些人全都出来了,都红了眼,恨不得见了人就抓。高朋他们是奉了抚台给的三天期限,捉不着贼人,他们的差事就都不用当啦。秦杰跟张仲翔是全拿着家伙,他们跟铁霸王是拜把兄弟,无论如何也得替盟兄报仇,咱们……"说到了这里,他嘴里简直没有声音了,只用嗓子眼儿说话。

他头往前探,虽然还没喝酒,可是嘴里的臭气也够难闻的,雪瓶便往后退身。就听萧千总又说:"咱们可不好办啦! 走么? 也不好,一走就叫人疑惑是咱们做完了案,跑啦!"

雪瓶沉下脸来说:"与咱们可有什么相干? 萧姨夫你怎么往身上搅这种事?"萧千总急忙说:"哎呀! 我还敢搅? 不过人言可畏! 虽说咱们要见钦差的事,只有连喜一个人知道……"又唉唉地叹了两声,抽着自己的嘴巴说:"你没来的时候,我们前半个月到了这里,我的嘴不好,再说也没想到钦差的公馆会出了事,我可,我可就在铺里都跟别人说啦!"雪瓶听到这里之时,脸色才稍变。

萧千总又说:"不过我可没提到你,我就说我跟玉钦差是亲戚,这次我带着家属来,为的是探亲。别人不知道你住在这儿,也许不能把昨晚上那件事疑到咱们的身上。可是究竟不好,咱们走是有嫌疑,在这儿也不大妥。别人都不说,玉钦差既知道他的胞妹是能飞檐走壁,那么就能想到他妹妹的女儿也必不是好惹的。"

幼霞也推了萧千总一把,说:"萧姨夫你怎么还是往我们的身上搅呀? 昨天我瓶姐才到,我们两人在这屋里睡得好好的,连你什么时候赌完钱回来的,我们都不知道,难道我们会睡迷糊啦,去到钦差的花园?"

萧千总摇头说:"不是! 不是! 我是一点儿也没疑惑,再说人家明明说的是昨晚去了好多个贼,难道连我都算上? 可是我就怕玉钦差他本人疑惑到这儿。本来他就不认咱们,就想逼咱们走,现在出了这事,万一他要是发出一句话来……"雪瓶冷笑着说:"这我倒愿意! 我盼着他翻了脸派人来抓我。"萧千总说:"他们抓你是一定抓不着呀! 要知道你就是春小王爷,也绝没人敢抓呀! 可是,那可就苦了我跟你姨姨啦!"他着急得摸着脑袋,从脑袋上往下直流汗。雪瓶却愤愤地一摔手说:"那顶好是您带着绣香姨姨先走,我们俩留在这儿,我们不怕!"萧千总还是十分为难,少时绣香进来了,才把他推出屋去。

绣香也知道了此事,但是她倒十分惊惧,只找了个凳儿坐下,先不说话。等到幼霞叫进来店伙,打来了洗脸水、漱口水、跟雪瓶漱洗完毕,绣香这才启齿,可是还像有心里话没有说出来。雪瓶虽然依旧笑着说话,但幼霞却不禁脸色一阵红一阵白。及至绣香同她们在这屋里用毕了早饭,屋中没有别人,绣香这才向雪瓶低声问说:"昨儿晚上,是你们到官花园去了吗?"幼霞立刻脸通红,露出被人戳破了心事的样子,雪瓶却微微地笑着,点了点头。绣香只摆了摆手说:"今儿晚上可千万别再去啦!"

刚说完了这句话,忽然萧千总往房里一探头,说:"你们在屋里。可千万别出去,也别多说话,我到酒馆去打听打听。"绣香又嘱咐说:"你别张张慌慌的!"

萧千总也没听见,戴上了他的红缨帽,就往前院去走。到了前院,就见店伙也跟住的客人正在秘密地谈论着这件新闻,他就有点心里毛咕。出了店门,他装作刚起来的样子,仰天打着哈欠,走到了李家酒铺里。只见今天这里的人特别稀少,除了一般好事的、昨天就没走的赌鬼和天天必提着鸟笼来这里的流氓之外,有些胆子小的人全不敢来啦。靠南墙立着一杆方天画戟,杆长约八尺,戟尖像是枪头,旁有月牙形的利刃,闪闪生光,下垂着红穗子。萧千总一看,不由心里有些发慌,就想:这是三国吕布所使的家伙儿呀! 雪瓶怕也敌不住吧! 再看,那戟的旁边坐着的正是秦杰。

秦杰二十多岁,身材细高,三角形的脸上配着一双虽不大而很有神的眼睛，正独自坐着饮酒。秦杰好赌，近几日跟萧千总在一块儿赌钱，平时两人见了面也都有个招呼。但今日萧千总一进来就带着笑向他打招呼，问说："秦镖头，今天可来得早啊。"秦杰却坐在那里微微点头，没说话，也没欠身。

萧千总又跟别的几个人递了递笑，随便谈了几句，就自己找了个靠着门近的地方坐下了，板凳还是平日的板凳，可是今天坐着就觉得有些不稳。他向柜旁的伙计叫了一声："给咱也来一壶！"平常他的官派很大，今天却非常之和气。伙计今天心慌，给他送来了一锡壶的酒，却忘了给他拿酒盅。他看了看，也没拍桌子、发脾气，只就着壶嘴儿饮了。

偷眼去看秦杰，只见秦杰一脸的凶气，只要门一响，他就必扭头，睁大了眼睛看，而他凶恶的目光也就正正射在萧千总的身上，萧千总就觉得直发寒噤。从外面进来喝酒的人没有几个，可是屋里原有的人倒都先后陆续地走了。萧千总今天酒也喝不下去，他放下了酒壶，向柜上叫："掌柜的，记上吧！"又向秦杰虚让了一下，才要起座，忽听门就吧的一声开了。

他一惊，赶紧回头，就见由门外闯进来一个短小精悍、二十来岁、下巴刮得很光，可是两耳的后边都有一撮黑毛的汉子。这人跟秦杰一样，都穿着土色的单裤褂，腰间系着绣花的青绸带子。这是镖头们最普遍的打扮。不过这个人还敞着怀，胸前有一块光荣的刀疤，手提着明晃晃的宝剑一口，进来得很急。萧千总认得这是仙人剑张仲翊，昨儿晚上他还在这赌钱，跟萧千总还笑着谈话，但今天他却直头进来，跟凶神似的，任何人他也不理。他走到方天戟秦杰的面前说："二哥，快跟着我走！北街上巩家店里住着个人。据店里人说，他是前天来的，带着刀，很怪，多半是个绿林中人。昨儿晚上，花园的那事，就许是他做的，窦大哥就许是他给杀的。你来帮一帮我，快去！"秦杰一听，立时就愤然而起，抄起了方天戟，跟张仲翊二人就气昂昂地出门去。

这里，掌柜的跟酒保都吓得脸发白，眼发直，但是萧千总倒有些放心了，因为真凶手找着了，把自己怀疑着春雪瓶的心就给灭了，但愿他们快把真凶捉获，省得嫌疑落到自己的身上。他便喝了两口酒，赶紧又回去，向春雪瓶报告去了。

这时,大街上有许多人都往北跑,这都是胆子大的无业游民,都要去看看热闹,看看厮杀,并要看看昨夜在官花园杀人的凶犯到底是多么凶。当下张仲翊与秦杰在前,后面许多人跟着,走到十字街口,又正遇着班头鹰眼高朋。高朋问说:"什么事?"张仲翊指指北边,说:"巩家店里住着个人,我看着他可疑,咱们去盘问盘问他!"

高朋立刻打了个招呼,他身后就有七八个都是穿着便衣、暗带着梢子棍的官人一齐跑过来,于是人更多了,一窝蜂似的就走到那巩家店。这是一家很小的店,他们都闯进去,把院墙都快撑破了,张仲翊用剑指着一间小东屋,说:"就在这屋里啦!"

于是秦杰挺起画戟,高朋抽出了腰刀,官人们有的亮梢子棍,有的哗喇喇抖起了铁链,但屋中却没有人应声,他们都不敢贸然进去。一会儿,才有店掌柜由茅房里跑出来,战战兢兢地一边系裤子,一边说:"高班头!诸位老爷!那位爷,不,那个小子,他走了!"

张仲翊突然挺剑向前就刺,怒喝道:"什么话?"鹰眼高朋赶紧将他拦住,张仲翊仍然愤愤,举起宝剑来向店家说:"刚才我嘱咐你,不许放那人走,我去一会儿就回来,他是要犯;怎么我才一走,你就马上把贼放跑了?你一定是与他串通着,没别的话,你跟我们去打官司吧!"

旁边秦杰就埋怨他,说:"你刚才就不对,你既看他形迹可疑,你就该抓住他,或是与他斗一斗,怎么当时你连那么一点胆子全没有?你何必定要去找人?他不跑,难道他等着吃傻亏?"

张仲翊被激得越发忍不住气,他抢着宝剑恨不得一下就把店家杀了。高朋赶忙又把他拦住。这店家掌柜的虽然是胡子都白了的人,可是如今见有抚台衙门的大班头在眼前,谅张仲翊也不能将他怎么样,就气壮了些,着急说:"老爷们别怪我呀,他是我店里的客人,只要他给店钱饭钱,我就不能不放他走。再说,刚才我一拦他,他就要抡掌打我,他说仙人剑是什么……他又不是官人捕役,他叫你拦我,你就拦?他的行李都没拿走,待一会儿他一定就会回来!"鹰眼高朋点头说:"这就好办啦!咱们先到他屋里查看查看他的行李!"

于是叫店家开了门上的锁,高朋、秦杰、张仲翊全都闯进屋里。只见此

人的行李在炕上,是一只大包袱,地下有牛皮水袋跟马鞍。高朋上前把包
裹解开,见里面有几身黑缎和黑绸的衣裤,有的已经很脏了,上面沾着许
多粗沙,足见这个人是从沙漠里来的。又发现了一些碎银,还有两只五十
两重的大元宝。张仲翊就说:"啊呀!你们看!这是个贼不是?一个住小店
的客人能够有这些钱?可见他昨夜到官花园去,原也是想去偷盗!"元宝的
下面,还是一身衣服,倒很新,似是没怎么穿。一抖这件衣裳,却又有一个
东西掉在炕上,原来是十几只小弩箭,用条麻绳捆在一起。立时方天戟秦
杰可变了面色,心中说:由沙漠来的,又带着小弩箭,莫不是玉娇龙吗?我
的爷!于是他就向张仲翊问说:"那个人是什么模样?"张仲翊说:"大连鬟
胡子,都有些灰白了,年有四五十岁,身高膀阔,相貌凶悍,不然我也不能
疑惑他是凶手了。"

秦杰一听是个男的,这才略略放下心,又搜查了一会儿,再搜不出什
么可疑的东西。鹰眼高朋又把店家叫进屋来,问他:"这屋里住的客人姓什
么,从哪里来?你没问过吗?"店掌柜说:"那客人自称姓罗,说是从白龙堆
过来的,来这儿看亲戚。"

鹰眼高朋点了点头,便拂手令店家出屋,向秦杰二人说:"这个人既然
是由白龙堆来的,说不定就是半截山那里的盗贼,来到迪化的必不只是他
一个。那么,昨天的案子也许能寻出头绪来了。"

张仲翊说:"高班头!为什么到现在你还拿不定主意?昨晚上的凶手一
定是这个人无疑了!趁着这个人才走,你就赶快通知守城门的官人,别放
这个贼出去。这贼的模样很好认,是满腮的胡子,又乱又长。"秦杰也愤愤
地说:"咱们分头去抓这个小子去吧!你们抓住你们去交差事,我们抓住我
们就宰了他,替我们的窦大哥报仇!"高朋说:"二位也别着急,如今既已
有了头绪,我想他总跑不了。可是千万留他活口,一来是为向他究出别的
案子;二来是究竟钦差大人现在迪化,捉贼办罪可以,可别私自闹出人
命来!"

张仲翊却把脸色一沉,接着就冷笑说:"高班头你这话不对。我们是钦
差大人在西安府请的,虽不像你戴红缨帽,可也是半个官人。出了事由我
们去交差,绝累不着你。"

高朋虽是迪化城有名的精明干练的班头，但也惹不起这两个一半强盗、一半镖头的护院的。张仲翊先提着他的"仙人剑"愤愤地出去了，秦杰也提戟随之出屋。鹰眼高朋留下了官人在这店里看守，他也走出店去，找他的膀臂鹭鸶腿崇三、飞镖卢大，分头去缉拿姓罗的怪客。秦杰跟张仲翊也是戟不离身，剑不放手，满城里都找遍了，但整整的一天，也没有那姓罗的下落。

到傍晚时，迪化城满天的云霞都渐渐地发暗了，城门都已关了，可是由伊犁来的、哈密来的、吐鲁番来的那些客商，才在店里歇够了乏，都三三五五地出来玩乐。所以，靠南城角的一条偏僻的胡同，这时可正热闹，因为那儿是妓院丛集之所。除此地外，就是南大街路西的那家大酒楼"柳香店"了。这是迪化城中最大的饭庄，此时楼上明灯辉煌，十几张座位坐满了客人。有的在谈论商情；有的在秘密说着昨夜跟今天城中的事情；有的却十多个人聚在一块儿，照旧大声划拳，拼命吃菜饮酒。楼梯不住咚咚地响，下去一群半醉的人，拉拉扯扯地往妓院里去了；而有的却才来。

这时间，忽然有一个人步上楼梯。这人穿着一件青色的团龙缎子的大夹袄，同样材料的马褂，被灯烛一照，全身闪闪发光。足下也登着一双青缎的官靴，都像是新做的，并且辫子扎得很紧，下巴跟两腮都剃得发亮。蓦一看像年轻的人，但若细一看时，这个人可也有四五十岁了。他身长膀阔，体态极壮，两只眼睛跟老虎似的，一上楼就向两旁不住地看人。他找了个背灯光的桌角儿坐下，但他这样雄赳赳的身体，虽然极力躲着人，可是在人群中也很特别，很引人注意。

他轻轻地拿手指头敲着桌子，叫道："堂官！堂官！"伙计走过来，问说："您要什么菜饭？"这个人却压着他的粗壮的喉音，仿佛有点发哑，向楼外指着，说："你先去给我请个人来，就在这楼下路东的吉升店里，那里住着几个由尉犁县来的……"说到这里，他忽然不说了，斜着眼睛看见楼梯口上来一个人，同时他的眼中就渐渐进露出凶焰怒火。伙计也不由回头去看，只见上楼来的正是那仙人剑张仲翊，今天他已经来这里四五次，如今又来了。

张仲翊仍穿着短衣裤，但胳臂上却搭着一件黑色的大夹袄。他神色并不慌忙,然而样子却可怕得很,两眼像猫找寻耗子似的那么各处乱找,几乎把楼上每个客人的脸都瞪了一遍。但别人对他却很少注意,照旧地划拳、谈笑。

这雄壮的人便抻抻手叫伙计走开,低声说:"你先给我拿壶酒来!"伙计才转身走了,张仲翊却来到这桌旁二尺以外的地方一站,胸脯儿挺起,把眼向这人斜瞪着。这个人却一动不动,在那里坐着,脸可沉了下来。如此过了片刻,突然间张仲翊把右臂一抡,搭着的那件夹袄就抛在地下,现出来那宝剑。他寒光一抖,吧地向桌上一拍,响声惊人。邻座的人吓得齐都止住了欢笑,有的就赶紧往楼下跑,立时乱了起来。

张仲翊瞪着眼向这个人说:"小子,你就别装了!你做的事谁不知道?走吧!跟老爷走吧!"这个人依然在那里坐着不动,抬起眼来,说:"跟你走干吗?我不认识你!"张仲翊狞笑着,说:"你这小子!我给你面子,不当时杀你给窦大哥报仇,就是顶好的啦,你还装蒜?妈的!你先说说你叫什么名字?"这人说:"我叫罗小虎。"张仲翊一听仿佛有点耳熟,不由迟疑了一会儿,随后又说:"那就好啦!大概你也是个江湖人,我们倒可讲些交情……"他拍着胸说:"我就是潼关的仙人剑张仲翊,我的哥哥叫老君牛,这次同着铁霸王窦定远、方天戟秦杰,受聘保护钦差大人玉宝恩来此,昨天你……"罗小虎曀地站起身来,说:"我怎么样?"张仲翊又狞笑着说:"你装得倒真像,妈的不识抬举,你去搅闹钦差大人的公馆,杀死了我的窦大哥……"

说到这里,他把剑向着罗小虎拦腰就砍。罗小虎却已跃到一旁,抄起了凳子去迎他的剑。旁边的人乱嚷乱跑,楼梯响声辘辘如雷,有的且直滚了下去。张仲翊舞起了他的"仙人剑",罗小虎用一只凳子迎敌,另一只手又抄起个凳子向他打去;张仲翊也腰躯灵便,疾闪身避开,一只凳子就整个落在那边的桌上,哗啦啪嚓乱响了一阵,杯盘碎了许多。张仲翊又直跃起来,剑向罗小虎楞砍下;罗小虎却辗转雄躯,进前去抓他的腕子,同时左手自马褂的腰带上拔出来一口短刀,胳膊向上一抬。张仲翊已抽出剑来,斜闪一步,又猛然出剑直向罗小虎的右肋刺去,狠狠地说了声:"躺下吧!"

然而罗小虎并没有躺下,他的手虽没抢过对方的剑,但短刀已撞到剑锋。他用的是一口斩钢断铁的宝刀,就听呛的一声,张仲翊的"仙人剑"就被削去了半截，他大惊，疾忙连退几步。罗小虎却趁势掖衣裳，挽袖子，刚把右胳膊的马褂袖子挽起，就又来了七八个人，都上了楼，都是戴着红缨帽，有的拿着单刀，有的拿着钩竿子、铁链。领头的是赤红脸儿、重眉毛的鹰眼高朋，他手持一口刀，高举起来，先说："别打！别打！"座间的几个藏藏躲躲、面如土色的客人，连桌底下的伙计，就什么也不顾了，趁势由高朋的身旁跑下了楼去。张仲翊提着半截剑，喘着气儿也躲至屋角。

罗小虎先跑到靠窗临街的地方，然后扯断了马褂上的扣子，就扒下来向旁边一扔，挽好了新夹袍子，就瞪眼看着高朋。高朋却说："你是不是强盗？是不是凶手？也还都没证据，可是你有嫌疑是真的。我姓高，在抚台衙门当差，平日为人最正直。你跟着我们走，到衙门去说几句话，如果问明白了你是一个好人，我们绝不为难你，当时就放了你。你要是敢拒抗官人什么……"

罗小虎发急地说："你们冤枉好人！什么官花园杀人的事，我一点儿也不知道。我心里无愧，不然我为什么今天不逃？"那边仙人剑狞笑着说："你想逃也得逃得开呀？"他扔了半截剑，从一个官人的手里要了一口刀，又跃步进前，钢刀唰的一声向下落去。罗小虎却一耸身上了窗台，右手横刀护身，左手去推那关得很严的窗户，并用脚去踹，就听喀嚓、哗啦哗啦一阵乱响，上下两扇窗子全都折断而落到下面的街上去了。

外面是黑沉沉的，繁星乱迸，罗小虎如个巨灵神似的，手握钢刀，站在窗台上，怒声喊说："都滚开！老爷本不愿伤人，可是你们要招起老爷的脾气来，那可就……"话将说到这里，忽然官人之中有人打来了一镖，噗的一声，正打在罗小虎的肥大的袍子上。罗小虎怕有第二只再打来，就愤愤地说了声："小子们，外边较量较量去！"他就飞身向窗下跳去。

这几丈高的楼，忽然由上面落下来一个熊一般的大汉，街上的十多名官人齐往两边跳躲。罗小虎跳到了街心，他才脚落实地，就有一只方天戟迎面刺来。他疾忙闪身，秦杰又用戟追刺，他以刀相迎，但刀太短，够不上，他只得再躲。脚下的两只靴子实在太不利便，跳跃都觉得发重。两旁才跑开的官人此时又都逼近，刀、棍齐上。尤其是那钩竿子，长约六尺，前装有利钩，是专为捉贼用的，这东西真难招架。同时酒楼上的那些人也都顺着楼梯下来,跑出来了。街上已没有了别人,买卖人家早都纷纷闭户,只有秦杰、张仲翊和高朋率领的二十多名官人围拿一个罗小虎,并且齐喊着:"拿!拿!杀了他吧!杀了他也不要紧!"

罗小虎刀短、衣长、人孤,虽然奋勇闪避、迎杀,但到底着慌。他就拼命先抓住了秦杰的戟杆,一刀将它切断!秦杰跑了,抢着空杆大喊,罗小虎又以刀削断了几根钩竿子。张仲翊又扑上前来,他用脚将张仲翊踢倒,抢着宝刀大喊:"快滚开!我可要放箭啦!"声如巨雷,高朋等人一听,都不敢再向前。官人飞镖卢大又一镖打来,没打着罗小虎,却吧的一声,钉在路旁铺子的门板上了。

罗小虎幸免于这一镖,他自己暗器可也拿不出来,因为他已多年不用那小家伙了。这次由白龙堆过来,他觉得需要,才在沿途做了几支箭,而弓子自己却做不了,也没得工夫找弓箭铺去做。当下他见镖一来,就不免手足失措,而那卢大又一连气嗖嗖嗖地飞来了三支箭,只可惜打法不精,罗小虎虽没躲却也没有伤着。那边秦杰又由别人的手中要过来一杆枪,追过来挺前刺去。高朋又喝令众人上手,说:"上!怕什么?连一个贼都捉不住,你们还吃什么饭?上!上!"眼看着罗小虎又将陷于重围之中,他就急忙转身蹿到路东一家小铺子的房上。下面的钩竿齐递,又齐声喊着:"跑了,拿呀!"

罗小虎迈开大步顺着屋瓦跑,连蹿带跳,一连走过了几重房,踏碎了不知多少片瓦。回头看看,没有人追他,他才停住喘了几口气。往下一看,眼下有一处院落,房屋很多,灯火通明,他认出来正是那家吉升店。

罗小虎这回到迪化来,原是知道绣香跟她丈夫到这里来啦,这是他在沙漠里听人说的。没想到今天他才打听出他们是住在这店里,可就出了官花园事。罗小虎心想:也不知是哪个贼忘八蛋干的,仙人剑那小子就硬把罪名栽到我的身上。我今天一天也没敢回店,只在僻静的胡同里找了个剃头铺,刮了脸,理了辫子,到"柳香居"里原是想找来绣香的丈夫谈谈问问,妈的又为那些人所搅。如今,我也顾不得牵连不牵连他们了,我得去见绣香。至少我得告诉她,她的主子玉娇龙已死在沙漠了。还得问问,春雪瓶到底是不是玉娇龙的亲生,玉娇龙在这二十年来是否还常提到我。说完了,问完了，我再找方天戟、仙人剑去拼命，即使我死在这迪化城，亦所不惜。他如此想着，就又踏过了两重房屋，向下一跳，就到了吉升店里。

本来他是见着院里没人才放心往下跳的，而且脚落得很轻，可是不想就有两个人一齐惊叫起来。原来旁边是一间伙计住的屋子，屋里没点灯，可有两个伙计正在屋里惊慌地猜测着街上拿贼的事情呢。罗小虎过去轻轻地敲了敲屋门，门上本来有缝儿，里面的两个伙计从缝儿里看见罗小虎雄壮的样子，就更吓得上下牙相敲乱响。罗小虎就向门缝里轻声儿说："不许你们嚷嚷！别怕！我是向你们打听那由尉犁城来的几个人，一个做小官儿的，带着女眷。"屋里的伙计回答说："在后院住！你自己找去吧！"

罗小虎点头说："好！可是……"他听着外面锣铛铛地紧响，并有人大声喊嚷，心中就又有一些发慌。他知道方天戟等和那些官人还没有离开这条街，于是他就向门里又狠声地嘱咐，说："你们既不敢出屋，大概你们也知道现在外面的事。好！这时无论谁叫门，也不许你们开，如若门被打破了，人闯进来，也不许你们说话。敢不听，我就……"他拿宝刀向门上敲了一下，发出铛的一声响，随后他就大步往后院走去。

天还很早，可是后院各屋中的灯光多半熄灭了，只有一间的窗上有淡淡的灯光，并有模糊的人影在窗上浮动，可以隐隐辨出是妇女的身影。罗小虎不由敛住脚步，惭愧得慌，心说：如果雪瓶已经来了，那，我这个做爹爹的可真丢脸。他又不晓得绣香的丈夫到底姓什么，也叫不出来，而身后却已有咚咚的打门声，及许多人的嚷嚷声："开门！开门！"沸腾得如海水一般，杂乱得如暴雨一般。他心中既慌且急，袍子重披，宝刀握紧，便走到那屋的窗前。他用刀敲敲窗棂，就急急地向屋内低声说："快开门！快开门！我要进屋去跟你们说几句话！我是罗小虎！"

他这不过是先向屋中的女眷打个知会，其实这时门并未关紧，他便上前去推门，而屋中立时就有人尖声地叫道："别进来！谁认识你是什么虎？"吓得他忙后退了半步。屋门开了，出现了两位身材高低都差不多的女子，两人一样的窈窕，一样的美貌年轻，不过一个穿旗袍，一个穿汉装。

这时店门大概已被打破了，凶猛的人潮已涌了进来，有人喊着："搜搜，各屋都搜到了！看看有他没有？"钩竿子、刀啪啪铛铛地乱响，且有火光闪闪,照着虎小虎的脊梁。这时罗小虎反倒不慌了,两只眼睛一眯,新刮了胡子的嘴上露出微笑,问说:"你们哪一个是春雪瓶? 唉,我都认不清你们! 我实是罗小虎,我真许是你的亲爹,玉娇龙她是我的……后面有人追我,我先进你们这屋里藏藏……"他越说声音越急,就要往雪瓶的屋中去闯。

雪瓶在这一刹那间,倒是进退两难,她既想救罗小虎,可又不愿叫他进屋;既是恨这个强盗,却又疑惑他真许有什么来历。她不由自主地就张开来双臂挡着,不叫罗小虎进屋。这时幼霞正站在她的身旁,正持着弩弓和箭,正因为听说了什么"亲爹""玉娇龙"而气愤,她哪管这个人是强盗还是好人,手里就微微一动,嗖的一支弩箭就射了出去。罗小虎万也未料到,只觉得左腿一疼,不由得就咕咚一声跪在地下了。雪瓶疾忙用力将幼霞推开,匆匆返身进屋,噗地一下吹灭了灯,然后向外面说:"快! 快进屋来藏……"

此时前院的灯光和人声已滚滚地闯进了里院。罗小虎翻身跃起,一跺脚,就上了房屋,雪瓶跟幼霞也在屋里紧紧将门闭住。罗小虎还不立时就走,他站在房上,向下面大声喊道:"玉娇龙已死在沙漠里了! 你们快去找她的尸身去吧!"说着就脱下了一只靴子向下面的人丛打去。下面的人不知飞来了何物,就一齐躲避,有的把灯笼也扔了。

罗小虎忍着腿痛,飞踏着屋瓦又向街上奔去。后面的人齐声嚷着:"跑了,拿呀!"罗小虎跑到了当街,见下面也有很多火把,很多的人呐喊着,他就慌忙地又蹿上了街西的房屋。他又剥下另一只靴子来扔在街上,就赤着两只脚,踏着屋瓦乱走。他觉得左腿痛得很,伸手一摸,原来箭还钉在肉上,且有血水顺着箭流出来。他刚才并没看清是谁发的箭,此时倒觉得好笑,心说:好孩子! 你妈妈教给你的箭,如今会拿来射你爸爸了! 他咬着牙,狠狠地自肉中拔出箭来,并不扔,却衔在口里。

他头上流着汗,腿间流着血,胸中喘着气,脚踏屋瓦,胡奔乱跑,转了半天,没想到又走到那座柳香楼上了。他心中懊丧着:"原来我并没跑出多远!"腿痛得厉害,四下一看,这楼上并无一人,也没有一盏灯,他便进了楼,地下的碎盘子、碎碗直扎脚。

他扒窗再往下看去,只见灯火辉煌,街上的官人越来越多,吵嚷之声也越来越大。罗小虎就想:逃跑恐怕是不能了!即使今天能找个地方躲藏一宵,但脚下无鞋,腿上有伤,到了天亮时,被人看见,还是能被人捉住,那时岂不丢人泄气?又想:刚才我跟春雪瓶说的那番话,她未必相信;即使信了,她也许不知我罗小虎确实是谁?绣香还许不信我真的来到了这里。妈的!我半天云是在新疆闯荡起来的,在沙漠里享过福,草原里做过好梦,如今快五十了,玉娇龙跟花脸獾又都死了,我死在这里也不算屈;但死也得死得英雄、爽快,还得叫绣香、春雪瓶全都得知道知道我!

于是他不禁独自发出傲笑,遂手扶着窗台,扯开了嗓子,先向下面喊了几声,然后又唱:"天地冥冥降闵凶!"下面的人一听,齐都惊讶地喊说:"啊呀!他又跑到楼上去啦!"当时灯笼照着众人,照着刀光枪影又进了楼来。

罗小虎旁若无睹,接着再唱:"我家兄妹太飘零!啊呀我的玉娇龙,死在沙漠中!父遭不测母仰药,我罗小虎是个大英雄,我的女儿春雪瓶!"歌声极为高昂,慷慨悲壮,但是唱到这儿,他脑子里的词儿却全都乱了。

这时仙人剑张仲翊那些人也都爬上楼来了,他就回首骂道:"你们要想来捉我,可他妈的捉不着!"说着他便使尽平生之力把手中的宝刀向窗外抛去,也不知抛到哪里去了。这时灯光已照遍了全楼,十几杆钩竿子齐向他来钩。他却又由窗口将身向下一跳,如一只夜半的飞鹰似的,落于平地。跟上回一样,还是没摔着,只是左腿太痛,他不由得坐在了地下。

两旁有些个官人见他飞下来了,反倒都吓得避到旁边。罗小虎挺身而起,大笑着说:"来吧!你们快拿吧!"这时楼上的人才咕咚咕咚又往下跑来。罗小虎先自己背上手儿,叫人绑上他,依然笑着,口说:"劳你们的驾,把我抬到衙门去吧!我的腿伤真疼!"鹰眼高朋过来说:"好汉子!你放心!我们准能对得起你!"当下他就叫四个人抬着罗小虎,还有人帮助托着,架着。罗小虎仰面朝天,看着星星都向他眨眼,像是玉娇龙的眼睛;月牙儿也向他发笑,像是玉娇龙的樱唇。灯光、人群都围绕着他,他就被交送进抚台衙门了。街上一场大闹,这才消停。

更锣迟迟,敲了三下,这时附近的几家商店,全都由惊慌而归于宁静。可是人们还都没有睡,因为太刺激太兴奋了,都睡不着。及至听到大盗已经被捕成擒的消息，大家又都纷纷地谈论了起来。尤其是由那大盗的口中牵涉了玉娇龙、春雪瓶这两个在新疆无人不知、无人不晓的人物，就更使大家惊讶，也增加了谈论的兴趣。可是，连那吉升店里的人，也很少有人知道那秀树奇峰小王爷春雪瓶就在咫尺。

这次绣香、幼霞等众人先来到迪化城之时，绣香就怕因为春雪瓶的名气而在这里惹出什么事，所以她就与她的丈夫和幼霞全都商量好了，嘱咐那几个车夫，到了迪化，只可以说是萧千总的家眷，却不许说什么小王爷春雪瓶等等的话，几个车夫当然连声地答应。其实就是不嘱咐他们，他们也不敢说，这是玉娇龙十几年来在新疆树下的威严，连三尺童子也都知道对她们的名字加以避讳。在店里住了这些日，那几个赶车的就走了，有的虽还留在此地，可是仍没有几个人晓得她们是与春龙大小两位王爷有关。

此刻，雪瓶又到院中来查看了一会儿，闻知那大盗罗小虎已被官人逮捕之事，回到屋里就向幼霞顿脚，说："你怎么那么莽撞？没容他把话说明白你就放箭？你不射伤了他，他也不至于被擒！我知道，你总是要显着你会放箭，可是，事情也都叫你给弄坏了！那回韩铁芳的事也是如此，若不是你们在中间搅，咱们也不必到这儿来！"幼霞闷闷地不言语。

雪瓶又将灯点上，显出来她一副急气懊悔的脸色，依然抱怨着。幼霞忍不住了，噘着嘴儿说："我也知道你向着外人，不向着我们自己！韩铁芳跟这罗小虎，他们与咱们有什么相干？一个自命是三爹爹的朋友；这一个大盗，又楞敢叫出三爹爹的名字，还胡说他是你的什么亲爹！你还怪我生气？怪我射他？"

春雪瓶摇动着身子，愤愤地说："刚才的事，咱们做得太不光明，我爹爹生前绝没做过这样的事！何况……"她把声音压小了一点儿，又说："昨夜到官花园去搅闹的是咱们两人，杀死铁霸王的是我，怎么可以叫别人替咱们顶罪名？"幼霞说："反正他也不是好人！"

雪瓶心里还有话，可是不能对幼霞说出来，尤其是有许多疑问，更非得去问绣香不可。当下她就急匆匆向屋外去走，幼霞赶紧追出来，问说："你要干什么去？"雪瓶回首又笑了笑，说："我看看绣香姨姨，她也许已经吓坏了。"于是她们就去叫绣香那屋子的门。

屋里黑乎乎的,门却从里边顶得很严。雪瓶向里边叫了两声,萧千总先点上了灯,才把门开开。雪瓶一推门,他就探出头,惊慌得发不出声音来,说:"这可怎么办呀？"身后边的幼霞也要跟进来,雪瓶向身后摆摆手,幼霞才迟疑地在门外止住了步。

雪瓶匆匆地走进里屋,见灯光下,绣香坐在炕头,正以手帕拭泪。萧千总随着进来,又沙哑着嗓音说:"雪瓶姑娘！明天一早咱们就赶紧走吧！现在的事情可是越闹越大了,半天云罗小虎又出来啦！而且他已找着了咱们,这可真是又惹祸又丢脸！"

雪瓶摇摇头说:"其实也不至于惹什么祸,只是……"她过去坐在绣香的身畔,问说:"只是我不明白,这个罗小虎,究竟跟我先去的爹爹有什么渊源？我真不明白！前些日子在沙漠里我就遇见过他一次,他口出狂语,说我是他的女儿,我用箭把他射走了。不想今天,官人已将逮住他,他还敢到这里来,又说了那些话,想姨姨也听见了！"绣香摇摇头说:"我没大听明白,我知道,你爹爹生前并不认识什么罗小虎。"雪瓶说:"我不信！那人又不是疯子,他说的话不会无缘无故！"绣香却低下了头不言语。

萧千总在旁边连声地叹气,向他太太说:"你就说了实话吧！你不说实话,雪瓶姑娘她总是跟猜谜似的,心里不能够舒服。她心里不舒服,就总舍不得离开这儿;不离开这儿,说不定明天后天就许受罗小虎的连累。你们还都不要紧,都是娘儿们家,我呢？我却是个千总官儿,我受得了吗？"他急得真要哭出来。

绣香拭了拭眼泪,就说:"你先到外屋去,容我慢慢跟姑娘说！"萧千总说:"我还得求你快一点儿说,说完还得收拾行李,明天一早儿赶紧走！"

绣香跟雪瓶都没有理他,等他出屋去之后,绣香这才向雪瓶说:"你爹爹生前之事,你都不知道,除了我之外,也没有第二个人能够尽知。向来我不说,是因为你爹爹她脾气不好,不愿人稍微提到她的一点儿往事;我也不忍得说,说出来也太不光荣,易遭人耻笑。可是,其实你爹爹是个刚强节烈的好人,她一生受害,就受在一个人的身上,那就是她小时候的老师。那个人名叫高云雁,在明中教她诗文,暗中却传授她武艺,把一位千金小姐生生给教坏了。她一生就因为会武,才致这样命苦。还有个高师娘,是一个女贼，你爹爹离开家门、流落新疆……直到她死在沙漠，她的亲哥哥都不敢相认，这些事情也与那女贼有关。"

她随说随流着泪，继而低声哽咽，就将玉娇龙的故事细述一遍：她从小时到长成，学会了武艺，第一次沙漠中遇风，她遇着半天云罗小虎，结下了私情。后来随父调任京师，碧眼狐狸出外闹事，刘泰保搅闹家宅，鲁翰林订下亲事。迎娶之时，罗小虎以箭射轿，玉娇龙从洞房逃走，带着绣香，与自己假作夫妻离京南下。后来遇着李慕白、俞秀莲，她受了挫折，又因知她老太太病重，她就私回京师，又为鲁翰林设计所擒，强迫着她做了鲁家的少奶奶。她本想痛改前非，做一个安分守己的妇人，可是那罗小虎却又不依，把京师闹得天翻地覆。结果，玉老太太病逝了，玉老大人也气愤成病，鲁翰林更被罗小虎那些人吓得得了半身不遂之症，玉娇龙只好又回到娘家去住。但父女的感情已经破裂，家门的名声被她累得很坏，她才想脱身离京，再往别处去流荡。她就先做主婚人，叫绣香嫁了如今这个萧千总，还叫绣香到新疆来等着她，她就假作到妙峰山还愿，投崖而遁。在北京，人人都知道她已死了，其实她还健在人间，又在江湖间漂流了约一年，才来到了新疆。

绣香将这许多过去的事细细述出，雪瓶听得都发呆了，然后绣香拭了眼泪，又说："我还能够想得起来，十九年前我跟你萧姨夫住在哈密，那时他的官儿比千总还小。一天，是四月天气，哈密还没太热呢，你爹爹就骑着马找了我去啦！她那时就用一个红绸夹被包裹着一个孩子，她就说，她有了女儿啦，都已把名字起好，叫作雪瓶！"

雪瓶听到了这里，泪也不住地向下落，就赶紧拉紧绣香的手，悲切地问说："姨姨！您得告诉我实话！我、我是不是我爹爹亲生的？我的爹爹是我的母亲？你快说！"绣香摇头说："不是！你听我说了这话，你可不要伤心！"

雪瓶直着眼睛瞧着绣香，摇着头说："我不伤心！姨姨，您就快告诉我吧！我是由哪儿来的？"绣香说："你是换来的！"雪瓶惊得更不禁发愣，绣香就又说：'你爹爹那时把详细的情由尽皆告诉了我，那时她就嘱咐我说：'这些个事，你先装在心里，我自量也活不了多久，等我死了之后，雪瓶这孩子烦你抚养。记住了！无论她将来是否能够学会武艺，可是千万别叫她再走我的路！等她长成，你再把详细的情由告诉她，叫她把姓氏改过来，她姓方。'"

雪瓶立起身来，身上几乎颤抖了，说："我……我姓方？"绣香点头说："你原是一位姓方的官太太的亲生女，那位官太太大概是厌烦女儿。十九年前，在甘州府张掖城，方太太带着个仆妇抱着你，住在那地方的一个店里，可巧你爹爹也住在那店里。"

雪瓶越听越出神，面色也越变越凄惨。绣香此时倒不哭泣了，只是叹气，接着又说："你的爹爹，我是不该说她，她也有一些错处。大约她是在跳了山崖，离开北京之后，又与罗小虎在一起了。他们虽然彼此有情，可是一位小姐，一个大盗，到底身份太差，脾气也不能够相投。你爹爹尤其怕辱没家门，对不起死去的娘，所以她就抛下罗小虎，单独骑马往西来。可是她就有孕了，到了甘州住在店里之时，她就要分娩！"

雪瓶立时就问："生的是谁？"

绣香说："你听我说！"她又叹了口气，说："据她说，那时，正是年底，下着大雪。她住在店里，要生产，当地又请不着收生的老娘，既与方太太主仆住在一个店内，那方家主仆就去帮忙。接生这本是妇人家应做的事，可是你的母亲方太太就生了异心，见她生了一个男孩比你好，你那时也不过才出月，方太太就跟她的老妈子定下了密计，给暗暗地换了。次日就把那男孩儿带走，把你连银瓶一只留给了你爹爹玉娇龙。所以，你爹爹直到后来，一想起方太太来，她就气得发恨！"

雪瓶也流着泪，顿脚说："真可恨！"绣香说："但你爹爹察觉了之后，她就不依，虽然是生产过后的第一天，可是她行！她立时就抱着你，骑着马，飞似的去追赶方太太，想要再换过来。直追到了祁连山。那时雪下得还很大，眼看着都要追上了，你爹爹在后面拔剑喊嚷叫她们站住，她们在车上大概都听见了……"

雪瓶听到此处，神情极为紧张，瞪大了双眸向下去听，绣香凄惨地说："祁连山里冰雪太多，路太陡，山里又有强盗。你那亲娘为怕你爹爹追上，就叫车赶进了山里，路太滑，就从万丈高的大山上滑了下去，所以至今仍生死不明。早先连你爹爹也以为她们连大人带小孩子全都死了。可是前两年,你爹爹忽然又听由甘省来的人说,祁连山里的大盗黑山熊,当年把那方太太抢去,就收为他的妻子。可是因为惧怕你爹爹去找,十九年来吓得他不敢出山。因此你爹爹就疑惑她所生的那个孩子也许尚在人世!"

雪瓶把头点了一点,但她的牙关仍紧紧地咬着,心里发恨地想道:那方太太真是个坏人,她该落在强盗的手里,但想不到我竟是她的女儿,我竟是这么一个不好的出身!绣香又转来劝她说:"今天我都跟你说了,姑娘你可千万不要再难过!你的爹爹虽然换不回她的亲生孩子了,但她把你抱到新疆来,真是当作亲生的孩子一般地抚养!"听到这里,雪瓶不禁掩面呜咽起来。

绣香拉着她的手,又叫她坐在身畔,说:"你的爹爹虽然恨那方太太,但却爱你,后来她跟我说过,就是再能够换回来,她也不肯换了。她不是不肯换,她想全要。她来到新疆之后,我觉得她的脾气全没大改,有时还是连我都怕她。只是她的身子一年比一年坏。第一是产后失调,急气过度。初来到新疆的时候见了我,她就瘦极啦,连病了两个多月;直到后来打听出了美霞的下落,她搬到尉犁城,病才慢慢地好了。可是她仍然不知保重身体,一想起那孩子来她就难过,在暗中哭。一想起罗小虎来,她也不知是恨,还是后悔,总而言之也是不好受。后来她又恨新疆的盗贼太多,骑马着走沙漠,走高山,跟人杀、打、惹气,所以她就得了痨病。去年信了赛八仙的卦,她又去往东边要找她那个儿子,还要去找李慕白要回来什么奇书……"

说到这里,雪瓶完全听明白了,心中着实地悲伤,这种悲伤比初闻得爹爹的噩耗之时还要难忍,是杂着千端万绪,又悲又恨。泪已拭干,她嚯然起了身,反安慰绣香说:"姨姨您也不必难受了!我既然都知道了,我的心真是痛快了。我以后无论做什么事,决定得对得起我的爹爹。至于什么方太太,那见了面我也不能再认她。玉钦差既不是我的亲娘舅,他不愿意见我,我也不恼。罗小虎,刚才那个罗小虎……"说到这里,忽然又冷笑了两声,说:"他要是我的爸爸,我倒许救救他,管管他,如今呀,哼哼!"

忽然外屋的萧千总又掀帘进来,他的脸上现出了些谀媚的笑,可是说话仍是声儿小,又怕又急地说:"姑娘!你姨姨都跟你说过了吧? 就是这么一回事,都有前因有后果。即如刚才的罗小虎,他也是夜猫进宅无事不来,他一定是知道春大王爷死啦,他想来当你爸爸,认小王爷做他的女儿,他好袭那个大王爷的缺。可是那小子,不知死活,你没听见外院的人说吗?刚才他由这儿逃出去,就被鹰眼高朋、方天戟秦杰、仙人剑张仲翊他们一干的英雄、官人给捉住了,绑走啦。听说他被箭射伤了,还是好些个人给抬走了的,送到衙门里一定得问死!"他说到这儿,不住发笑。

雪瓶的心中却由歉疚之情又生出一种义愤,凄惨带恨的面容向下一沉。萧千总却又说:"罗小虎也许还是个好汉子,未必把咱们拉上,可是姑娘你也得心疼我这个千总官儿跟你姨姨,咱们明天还是三十六计,走为上策。姑娘只要你一点头,明天起五更我就去找车,天亮就能够走!"

雪瓶却连把头摇,萧千总两眼一直,又发了愁啦。他顿顿脚说:"不走?不走?这可怎么好呀!我的姑娘,你、你,你不怕,我跟你姨姨可受不了啊!姑娘,你,唉!你可怜可怜我吧!你还忍心真叫我给你下跪吗?"

雪瓶见萧千总这样的神气,倒觉得很可笑,心里的忧伤气愤反倒立时都解开了,面色也变为缓和。她不由笑了一笑,说:"萧姨夫你也不必太过虑,明天再看一天吧。我想不至于有什么事,因为你是个官,我,现在迪化城的人还都不知我是谁,有的知道了也绝不敢说,想拿我们也绝不敢拿!"

萧千总吸了一口气,想了想,又说:"拿,倒许不至于!因为咱们没做贼,官花园那件事情,现在也洗刷清啦,正凶已获,谁也不能疑虑到咱们的身上。罗小虎刚才虽来到这儿说了几句话,可是咱们也没让他进屋,没窝藏他。没有罪名、证据,衙门的人也不能来这儿打搅官眷,只是有句话儿说是:人言可畏!万一由罗小虎扯出来玉娇龙,由玉娇龙再扯到姑娘你,那可不好听呀!"

雪瓶又笑了笑说:"那我们更不怕了,什么好听不好听?我爹爹的亲胞兄钦差大人,现今都在这里,人家都不怕谈论,不怕连累,咱们可瞎怕什么?"萧千总一听,觉得也有点儿理。钦差大人都不怕,自己这个小小的千总官儿,也真不必瞎毛咕了。

雪瓶又说:"萧姨夫你就放心吧!明天在这里再看一天,如果有事,由我挡,你跟姨姨走;如果没事,那我跟幼霞,我们还想在这儿歇几天,多玩几日呢！"

绣香也站起来点头说："我想也是，明天要是忽然都走了，也显出来有亏心的事才走的，倒犯嫌疑！"萧千总呆得跟个泥胎偶像似的，心中只是斟酌、寻思。

雪瓶向屋外去走，又回过头来对他说："萧姨夫你先放心好了，你今晚不妨照赌你的钱去。我那屋里有银子，待会儿我给你送过来！"

萧千总这时本已被说得心宽了，胆壮了，一听说有了赌本，他就笑得露出牙来，又把脚顿了一下，说："好！既是姑娘你全都能够担承，那我可还有什么话说？我真连这一点儿胆气都没有吗？哈哈！姑娘！你看看吧！几时你说走，咱们再走；你不说走，我永不回去。别说千总这芝麻大的官儿，就是脑袋真弄掉下来，又值几个大钱？哈哈！姑娘！刚才你姨姨的话你也都听明白了吧？就是那么一回事儿，也没别的！也没别的！"他弯腰拱身，将雪瓶送出了屋。

雪瓶回到自己的屋内一看，幼霞已经蒙着被在炕上睡着了。雪瓶从自己的包裹里拿了约十两银子，赶紧给萧千总送了去，自己又回到屋里，就闭好了屋门。身体虽很疲倦、困乏，可是脑子里的事情太乱，根本不能入睡，她就坐在一个小凳子上，对着孤灯，默默地想着。想当年爹爹玉娇龙自幼受艺，那真是一件奇怪的事，她的老师高云雁，又怎么有那么大的本事呢？又想在沙漠中，一个小姐钟情于一个大盗，也绝非偶然。罗小虎必有一种可爱之处，少年时也许长得很英俊，跟现在的韩铁芳一样。

一想到这里，她突觉双颊发烧，就似旁边有人拿手指着她，讥笑着她：啊！原来你也跟玉娇龙一样呀！你也把一个年轻的人看上了！她不由得低下头去，又想：爹爹玉娇龙跟罗小虎这一生的情史，真是亦温馨亦凄惨，早先他们在北京不定把事情闹得怎样的满城风雨了！她觉得爹爹的生性真是豪侠、义烈，真如一条兴云作雨、神秘不测的玉娇龙！自己几时才能赶得上她的威名、勇武呢？想到这里，她不禁又站起身来，极为振奋，恨不得就在屋中舞一趟剑。

其后又想到了甘州城雪夜换子之事，她不由又颓然地坐在凳上，真觉得那方太太残忍、自私，而她竟是自己的母亲，更是使她心痛。爹爹的遭遇太惨,她那么大的英雄,竟为一个平庸的妇人奸计所算,夺去了亲生子,也无怪她终生衔恨;而她把我抚养成人,如自己孩子一般地看待,尤其难得,尤其使自己永生难以报答。想到这里,雪瓶不禁又哭了,簌簌地落泪。

灯已渐渐地缩着黯黯的红光,她伸手将灯挑了一下,灯光却又突突地腾起。她长长叹了一声,蓦见幼霞翻身醒来,看了她一眼,什么话也没说,就又翻身睡去了。雪瓶晓得她不愿意了,生了她的气啦,因为刚才自己埋怨她不该用箭射罗小虎,又没让她进屋去听绣香说话。但雪瓶只暗自笑了一笑,并没往心里放。她和幼霞、小霞三个人自幼就在一起,情同姐妹,可是也常常拌嘴打架,有时且比起剑来,但过上三天两天就又好了。即如在白龙堆为韩铁芳射伤了小霞,她也相信还能跟小霞和好的。如今幼霞犯了点小脾气,也没工夫跟她去费话解释。

她的心中此时专想着罗小虎跟韩铁芳,他们当然是亲父子无疑了!罗小虎他犯了别的案子自己可以不管,可是官花园的那件事是自己做的,绝不能叫他代自己受过,为自己受刑;至于韩铁芳,不知为什么他并未跟我的母亲方太太、黑山熊在一起,却又西来?却又偏偏与他的生母相遇,并口口声声叫前辈,论朋友?真是可笑。但,天地虽冥冥,可竟使他们巧遇,且由他亲手葬埋了他的母亲,这也不能不令旁人看着可怜了。

她咬了咬嘴唇,又决定办完了这里的事,就去找韩铁芳;细问他的来历,并告诉他,他的母亲实在是玉娇龙。并且还得把此事告诉玉钦差,他纵然不念胞妹,也不能不管亲外甥;无论如何,他不能任亲外甥再风尘流浪,得给他谋一个前程。办了这些事,才算对得起自己的爹爹,或者说是义母。街上迟迟的更鼓此时已敲了四下,她这才熄灯睡觉。

次日起来,她就觉得心神不定,急急地盼着快些天黑,并催着萧千总快些出去打听。萧千总虽然手中有赌本,可是真怕出门,雪瓶催了他两回,他才畏手畏脚地走了出去。他这一出去,直到午后三四点钟的时候才眼笑眉开、腰直头正地回来了。进了雪瓶的屋,他就说:"没有什么,一点也不会牵连到咱们身上啦!我亲自听方天戟秦杰说的,昨晚把罗小虎抬到衙门里,就过了堂。半天云不愧是好汉子,敢做敢当,说官花园的那件事也是他做的。他并非为财,是因为要杀玉钦差,恨玉钦差当初不该妄说他与玉娇龙有私,以致他蒙了半生冤枉污名,叫江湖朋友都看不起他;而那规规矩矩的千金小姐也含屈跳涧,死得那么惨。所以他才要杀玉钦差,既没有同谋,也没有党羽,与别人都无涉!"说到这里,他不禁直笑。他腰里揣得鼓鼓囊囊的,身子一动便发出响声,大概都是刚赢来的钱。

他又说:"衙门里的飞镖卢大,这回是又得赏,又出了名;不是他一镖打在半天云的脚上,还捉不着呢!"幼霞在旁边听着,小脸上不禁变了色。雪瓶对罗小虎之为人也渐生钦佩,胸中涌起了昂然愤慨之情,决定今宵必为罗小虎设法。

第十回　感深交莽汉硬作媒
　　　　依巧计崇楼狂挥剑

　　萧千总出屋去了。他的心事都没啦,又有钱。他想:"乌尔土雅台那儿急着不急着回去也没关系,在迪化乐些日,回尉犁城给雪瓶掌管家务,玉娇龙留下有那么大的产业,那么些马匹,还能够饿得着我?"所以他心舒意畅,在自己屋里待了没有多大一会儿,便趁着太太没看见,偷偷地把些赢来的钱藏起来,拿起了琵琶,又到小酒馆聊去啦,弹去啦。

　　萧千总拨着琵琶,博人称赞;口里哼着小调,更是开心。同时心里又暗笑:罗小虎真是傻蛋,玉娇龙都已死了,你还替她刷干净儿干什么?他又想,也许自己太太的眼力不差,韩铁芳也许真是罗小虎的儿子,不然为何也那么傻?送还了马,丢了琵琶,还,还,哈哈!硬管他妈妈叫朋友,糊里糊涂地埋死尸,哈哈!他嘣啷啷地拨弄着琵琶,嘴里哼着:"正月儿里呀!水仙花儿开呀!哎哎哟……"

　　他在这儿高兴,听着旁边许多人都在闹哄哄地乱谈着什么"罗小虎""半天云""二十年前"……可是听不见有人敢提"玉娇龙"那三个字。他真想拍着胸脯说:"我跟玉娇龙是亲戚!我娶我的那位太太时还是她给做的大媒呢!我们两家不分彼此,小王爷春雪瓶还得管我叫姨夫!"可是他怕招出事来,不敢说。

　　他连晚饭都是在这儿吃的,可是隔壁的柳香居因为昨晚那一场搅闹,今天关门休业,不然要一盘剥羊肉来,下酒就烧饼吃,那更来劲!

天色又渐渐地黑了,醉鬼们都还未走,赌鬼们又都先后来了。这小酒馆带赌局越来越热闹,可是街上却越来越冷清。头更早已敲过了,二更之后,不觉得便到了三鼓,天上的星星仿佛比昨夜稠,半轮月色也很亮。

这时那靠近西门的官花园中,柳阴郁郁的绿霞楼上,突然又飞来了一条纤秀的侠影。这正是春雪瓶。她单身携带着一把宝剑,来到了这里。她是特别的谨慎,可见这里现在又防范得特别严紧,楼上的窗户都钉得很紧。雪瓶用剑撬了半天,方才启开。她钻了进去,只听处处梆锣敲着,并有灯笼一对对的在楼下来往。雪瓶很是惊异,心想:外边已经传说罗小虎都招认了一切的事,连前夜这里杀人的事,罗小虎也认屈招认了,怎么玉钦差还不放心?还要这样的防备?他的胆子也未免太小了!看今天这情景,我还是不能见他的面,那只好把我白日写的那张字柬留在这儿了。

原来她白天在店中觅得了纸笔,一共写了两张字柬,一张是给玉钦差宝恩的。她不常拿笔写字,所以写的字自觉得不好,写得也很简单,只是:"钦差大人钧鉴:日前在此处误杀铁霸王之人,实非罗某。罗某在抚署之招供,非但受屈,必系愿代江湖侪辈受过,彼虽侠义可钦,然于王法人情所不许。鄙人确系前夜来此之人,但亦非怀有恶意,实因令妹惨死荒漠,令甥(名韩铁芳)漂流边塞。望乞明镜高悬,减轻豪侠之罪,泽被骨肉,栽培无倚之根,是所切祷。边疆小侠谨叩。"

当下她又取了火,照了照楼内,就把这张字柬用一支小袖箭钉在一张浮满了尘埃的桌上。她又另拿了一支箭,拨着窗户,向着正从楼下走过去的一个灯笼射去,当时那灯笼便灭了。便有人大声嚷嚷:"有贼啦!梆声锣声乱了起来,官花园内也骚动起来。雪瓶又喊了一声:"我在楼上,你们来吧!"声音极为尖锐,响彻云霄;同时,她却由后窗跳出,到了墙头,撩开柳枝,落于平地,急急地走了。

她此刻并不回店,过了西门,仍然一直往北,眼看着就到了巡抚衙门。这也是她白天打听出来的。她原是预备着两封字条,一封是刚才放在绿霞楼上的,另一封此刻还在她的身边,是致给抚台大人的。也是以"边疆小侠"之名,而自认杀死铁霸王,夜闹官花园,与罗小虎并不相干。

她来到这里,本想私入抚台大人的卧房,将此字条放在抚台的枕边,不怕他看不见。可是没想到她还没有往墙上蹿,墙里边已经梆锣齐鸣,人语杂乱。她不禁惊异,暗想:莫非这里边有能人?怎么会我才来到这里就被人看见了?她只得回身走去。

过了西大街,又走进一条胡同,耳边仍然仿佛有梆梆铛铛梆锣乱响之音。她心中自思:这也够了!只要能叫那玉钦差见着我那字条,他一定不能再把杀人的罪名栽在罗小虎的身上,那就算我没有赖着人而自身避祸。明天,不用说,城内更得严,那些班头镖客们又得出来乱访查,乱抓人,我倒要看看他们能奈我何!她一点不怕,心中发着冷笑。

在星光月色之下,雪瓶蹿房过脊地回到了吉升店的后院,向自己的房中去看,却见有明亮的灯光。她倒不由觉得惊异,暗想:我刚才走的时候,幼霞就已睡了,怎么睡着睡着,她又起来了?这丫头,今天整天跟我耍脾气!

她下了房,走到屋门前,还没开屋门,她就笑了;及至进屋,却见幼霞也穿着一身青,青绸的带子在背上绊成了十字形,一口明亮的宝剑,似乎是才摘下来,刚放在桌上。她的小脸儿还发着红色,胸脯还有些喘息未停,见雪瓶进屋来,她只转脸看了看,依然解带子,解纽扣,换衣服,并不说话。雪瓶走过去,悄声问说:"你上哪儿去啦?"幼霞说:"你去干你的,我去干我的,咱们俩谁也不用管谁,谁也别问谁。"

雪瓶生着气,悄声说:"你这是什么话?你既是跟着我们来,凡事你就得听我的。你不应当任着性儿办,办不成事,反倒搅了我。"幼霞也斜着眼说:"谁搅你?我是办我自己的事情,跟你一点也不相干。"雪瓶说:"你不用瞒我,我知道你刚才一定是到巡抚衙门去啦,可是没容你得手,就被人家发觉了,一阵铜锣把你给敲回来了,是不是?"她说这话时,还带着点笑。

不料幼霞当时就急了,顿着脚说:"你也不用讥笑我,今天我救不出罗小虎来,明天我再想法子。我也不问你跟他是有亲还是有故,既然罗小虎是因为我射了他一箭,他才被官人捉住的,那我从监狱中再把他救出来也就是啦!"

雪瓶急忙将她的嘴捂住,说:"你怎知道没有人跟下我们来?你这样大声说话,倘若窗外有人偷听见……"幼霞用手把她一推,摇着头说:"你怕,我不怕！"

雪瓶见幼霞对她这样，不由也有些生气，就将手一摔，瞪着眼睛说："你是怎么啦？我真想不到你来到这里，跟我生气！难道你还非得叫我给你赔罪吗？"幼霞低着头不语，脸色又突然一阵发白，退身至旁边坐下，竟泪如雨下。

雪瓶又心软了，过去低声安慰她说："昨天的事，并不是我抱怨你。罗小虎的事，我如今已将官花园的事替他说清，这件事也就算完了，也算是我们对得起他啦。至于衙门里要办他别的罪名，那可是他自做自受，与我们不相干。我爹爹生平任性，她什么都做，可是却没从衙门里救过人。因为真正的英雄不能够轻视王法，何况罗小虎他原是沙漠中的盗贼。虽与爹爹有着以前的那些事，可是后来他们两人已义断情绝了。即使我爹爹现在还活着，我想她老人家大概也不会去管罗小虎！"

幼霞听到这里，突然抬起头来，面上表现出十分惊讶的样子。雪瓶将屋门关严了，收起了宝剑，一边更换衣服，一边悄声地把昨夜绣香告诉她的那些话全都告诉了幼霞。幼霞却更加沉闷抑郁，不发一句话。雪瓶又嘱咐她说："这些事，连我做梦都没有想到。我本不想告诉你，昨晚我不叫你跟我到屋里去听绣香姨娘说，也就是为这个……"

幼霞说："其实，告诉了我，又有什么？我也是三爹爹跟前看着长大的，三爹爹也如同我的半个母亲。如今她老人家已去世，她生平的事情，你明白了，难道不该也叫我明白明白吗？"

雪瓶怔了一怔，说："我是想，这些事并不是我爹爹的光荣事情，她老人家生前都不告诉人，并不是怕被人瞧不起，一定是她一想起来就难免伤心。现她老人家已经去世，棺材还在沙漠里埋着，我们两人却在这儿谈论她老人家，未免不对。再说，韩铁芳是不是爹爹生的那个孩子，这件事还不能断定，不过是绣香姨娘见他长的模样有些像爹爹，有些疑惑；但据我想，事情巧，可也不能如此巧。再说韩铁芳是河南人，我爹爹的那个孩子，二十年前大雪中丢失在祁连山中，假使还活着，也是在黑山熊家里，哪能到了河南？哪能又姓韩？"

幼霞默默坐了一会儿，忽又垂下几点泪来，然后就拿手绢使劲地擦了几下,站起身来,说:"瓶姐,我求你别拦着我!以后你办你的事,我办我的事。你没帮着人拿罗小虎,你不难受,我,我恨我昨儿晚晌为什么急?我不把他的腿射伤,他也必定不会被人擒住。他虽未必是韩铁芳的什么人,但他既是三爹爹当日的……"说到这里,眼泪又往下流,又说:"三爹爹才死,我就把早先跟她很好、夫妇一般的人射伤了。他被捉,我怎么对得起三爹爹?难道她老人家当年传授我武艺,是叫我射姓罗的吗?"

雪瓶也皱着眉不语,想起自己在沙漠里确也射过罗小虎一箭,罗小虎也并无怨恨,直到如今,他还许以为自己是他的女儿呢!这样想着,她心里也很悲恻,就拉住幼霞的手说:"那么,咱们要救他也可以,只是你先别急,慢慢再设法。明天的事情还不知怎么样,咱们今天惊动了官花园,又惊动了抚台衙门,这事情闹得更大了。这两天之内,我想咱们还是应当销声匿迹,不要连累了绣香姨娘。将来,看他们怎样将罗小虎定罪,那时咱们再给他想法子。并且,我还是不死心,我还想趁着玉钦差在这里,见他一面,只凭今天我留下的那张字柬,他也许不能全信!"

幼霞说:"玉钦差的事,韩铁芳的事,我都管不着,我只管罗小虎。"雪瓶说:"他现在腿上受了伤,也许还受了刑,就是咱们两人同到抚台衙门,可能也抬不动,背不走,这事将来非得找人帮助才行。"幼霞低着头说:"明天我就去找人!"雪瓶说:"你去找谁?我看你还不如我呢!"说着,又笑了笑,便展开了被褥,上炕去睡。她打着哈欠,又向幼霞催着说:"快吹灭灯吧!你还不睡?有什么话明天再说。"

幼霞在灯旁倚着桌子又站了半天,方才吹灭了灯上炕,在雪瓶的身旁躺下。雪瓶还带着笑向她说:"有时候办事你比我细心,比我敏捷,但你却没有我镇定、有耐性。"幼霞却冷笑着说:"你还镇定有耐性呢?我看你早先也不是这样。自从你认识了韩铁芳,由白龙堆回来,倒像是有些变了,我看你的镇定、耐性也许是跟他学的吧?"

雪瓶听了这话,双颊上不禁发热,便没有言语,因为她的心里此时也实在乱得很。她想:为了罗小虎是韩铁芳的父亲,也应当救;但一救他,事情可就更闹得大了,连尉犁城也不能住了,自己也得跟爹爹一样的漂泊,那岂是爹爹所期望的?而韩铁芳,自己原是想叫他得玉钦差之助,走上正途,将来自己再跟他见面……

雪瓶的心里实在是永远念记着一个韩铁芳,而那边幼霞却总想着罗小虎,两人都睡不着觉,但都不说话,各自想着自己的心事,计划着办法。直到外面敲过了五更,窗子的颜色都有点发白了,雪瓶才迷迷糊糊地睡着。

她也不知睡了有多少时候,突然被人给推醒了。她吃惊地睁开了眼睛,一看,立在她面前的却是绣香。她笑了笑,坐起身来说:"我真睡过时候啦!现在天不早了吧?"绣香的脸色满带着惊疑,悄声说:"幼霞怎么一清早就走啦?你不知道吗?"雪瓶听了,不禁一惊,扭头看了看,见身旁的被褥虚堆着,却没有了幼霞,并且还缺少了两只包裹和幼霞的宝剑。雪瓶稍微怔了一怔,但一想,就猜出来了,带着点气儿地说:"咱们不用管她,她一定是回尉犁城去啦!"

绣香坐在她的身旁,低着声儿说:"可也是,我想玉钦差既是不认咱们,咱们也就不如走吧!在这儿,我怕早晚要出事。昨儿晚晌我又跟你姨夫恼了半夜的气,今儿我也起来的晚了一点。我以为你们还在这屋睡着,刚才店里的伙计进屋给我去送饭,才告诉我幼霞一清早就骑着马走啦。她要是真回尉犁城,这时已经走出四五十里地啦,追也难追了!"

雪瓶摇头说:"姨娘您放心,她不会出什么舛错。我还敢断定,不到一个月,她一定还会到这儿来,她是找人去啦!"

绣香惊疑地问说:"她干什么要回尉犁去找人呀?找谁呢?再说,你在这儿再住几天也就行啦,何必还要再住一个月呢?"

雪瓶说:"管她去找谁!不过,就是您想走,我也不走。我还要在这儿等等,看罗小虎被判什么罪名,看玉钦差……"绣香说:"他是绝不会见咱们啦!"雪瓶说:"他不见咱们可以,我却要看看他。"说到这里,她不由得也忧烦,就说:"我实告诉你吧!昨儿,我已将韩铁芳是他的亲外甥的话告诉他啦!"

绣香惊讶着说:"你是怎么见着他的?"雪瓶说:"我偷偷儿进的官花园。"绣香的脸上变色,更悄声地问:"你把话都跟他说了吗?他没跟你说别的话吗?"

雪瓶摇头说："我们也没得工夫多说话。我只叫他想法子找韩铁芳，韩铁芳此刻必定还在新疆没走，他也许会派人把他找回来。我的意思是叫他到沙漠里去启灵，并把他的外甥收下，栽培他走向正路，免得韩铁芳这样东飘西流，又没有钱。"她说了这话，不觉得自己是说了谎，也不觉是对于韩铁芳过分的关心。

绣香听了，便点了点头，接着又难得落眼泪，说："幼霞走了，我倒是放心。这次她保护我们由红叶谷到这里来，我也没想到那孩子竟有那么大的本事，她很精明，很能干。只是，她去找谁呢？她找了人来，到这里有什么事呢？"雪瓶却说："不用管她！"绣香猜着可能是她们两人犯了小脾气，把幼霞给气走了，但雪瓶不肯这样承认，遂也就不甚疑惑，反倒信了她真是跟玉钦差见了面了，心中又有点欢喜。

当下，雪瓶就下了炕，穿了衣裳，收拾好了炕上的被褥，叫店伙打来了洗脸水。她就净面、梳辫子，想着这个时候，幼霞一定正在路上，骑着马也许快要走进天山了，心中对她很是钦佩。午饭后，外面听不见什么消息，她倒觉得奇怪，心里很是不安，便到院中去，只见旁人出入做事也都不大看她，脸上没有什么异样。她心说：奇怪，难道昨夜我在官花园，幼霞在抚台衙门，都白闹了一场？方天戟、仙人剑，什么鹰眼高朋那些人，全都不管事情了？她在这小院里徘徊着，靠着窗台站了一会儿，又跟绣香隔着窗户问答了几句闲话。

萧千总却在屋里叫着说："姑娘！姑娘！你请进来，我有点事要跟你商量着办。"雪瓶便走进那屋里，见绣香是在里间，萧千总却在外屋换琵琶上的丝弦，脸色不但不惊慌，反倒龇着牙笑。

雪瓶更有些莫名其妙，就问说："萧姨夫，今儿没到酒馆里去吗？"

萧千总说："我刚从那儿回来，现在还得去。我这琵琶在迪化是出了名啦，我会的那几个小调儿，弹起来，没有一个人听着不入耳的。现在方天戟秦杰、鹰眼高朋他们全都在酒馆里，请我回来拿琵琶消遣一段儿给他们听听。他们现在跟我们套近，可是……"说到这里，却又直着眼，带着点惊异的样子，悄声说："昨儿晚上，官花园跟抚台衙门又乱了一阵。"

雪瓶脸上虽未变色，心中却很紧张，要听他向下怎样说。萧千总笑着说："其实是瞎乱了一阵，一点事儿也没出，一根贼毛儿也没有，这是我听衙门里的一个小差官跟我说的。鹰眼高朋跟方天戟今天都没提这事，大概他们也是怕泄气，怕人说他们被贼给吓破了胆子啦！"

雪瓶听了，就更觉得奇怪，暗想：莫非昨夜我在楼上留下的那张字柬并没叫他们看见？可是我用箭射灭了灯笼，并站在楼窗里大喊，他们也应当知道呀？这一定是他们故意不说，暗中在安排着什么诡计。想到这儿，她就更显得紧张了，恨不得亲自到街上去看看，便问说："今儿街上有什么官人没有？"

萧千总说："咱们门口儿的这条路上就不少。鹰眼高朋、飞镖卢大、鹭鸶腿崇三，这些个人现在高兴得不得了，半天云罗小虎是久在新疆作案的大贼，连北京都有公文要捉他，二十多年都没有把他捉住，如今竟叫这几个人立了功，你就可想想他们有多高兴啦！要不然能叫我拿琵琶给他们弹去？"

说着话就把丝弦上好了，又嘣啷啷地拨动了几下，抱起琵琶来要往外走，并又笑着说："玉钦差昨天还跟他们打听我来呢，还问你来到了这儿没有？"

雪瓶又一惊，赶紧问说："姨夫是怎么告诉他们的？"

萧千总说："我这个人也很谨慎，我哪儿能立时就跟他们说实话？我说现在跟我一块儿住在店里的，都是我的小姨子，都是来到迪化找婆家的。春雪瓶小王爷也要来，可是还得过个十天八天的。"雪瓶端着脸不言语。

萧千总却又笑着说："看这样子玉钦差是要见见我，也许要跟我打听罗小虎的事情。可是只要我见了他，我就说实话，说你现在这儿啦，你是他妹妹亲生的孩子，是他的亲外甥女。咱们把老底儿揣在心里别跟他说，怔跟他攀亲，他有什么地方打听去？咱们日后可能还会得到许多好处呢！"他嘻嘻地笑着，很高兴。

雪瓶的心中却非常轻视他的为人，认为再没有比他卑鄙的了，绣香姨娘嫁了他，这辈子也真可怜。同时她知道绣香并没有把刚才自己所说的话告诉她丈夫，自己也不便再到里间去跟绣香谈什么。出了这屋子，当空的阳光十分温暖，前后院都十分清静，她的心中却仍飘荡着疑丝，想着那衙门的捕役跟官花园的镖头,今天他们的态度未免太可疑。

萧千总已拿着琵琶出了门,又到了那小酒馆里。秦杰、高朋、卢大全都在这儿等着他,并且正在悄声儿说话,一见他来到,就齐把话止住了。高朋笑着说:"萧大哥,拿琵琶来啦! 快消遣一段给我们听听吧! "卢大也说:"你的琵琶真能把人迷住,你要是个小妞儿,可更能迷人啦! "

萧千总却得意地笑着说:"得啦! 别挖苦我啦! 别说我要是个小妞儿,就是个笨大娘们,也能拿着这面琵琶找饭吃找钱花,用得着我这个熊千总吗? "

他抱起琵琶,安上新买的牛骨头做的假指甲,拨楞了几声,又说:"这玩意儿早先我也没动过,早先我倒是会弹月琴,弦、二胡,也都拿得起来。一来是因为差事闲散,没事儿时弹弹这些东西倒还能消闲解闷;二来是我随着前任的伊犁将军瑞大人到北京去过。北京无论是做官的、为吏的、子侄少爷,都会丝竹弹唱,要是不会大鼓、莲花落,仿佛就显得不闲散,家计不宽,人也显得有点儿笨似的。我也就喜爱上了。可是这许多年我都是在乌尔土雅台那座城里当差,弹弦子全没有人懂,更不必说琵琶这种非高人听不懂的东西了,可以说没有一个知音,我也就懒得弹。直到这次我……在路上拣了一面便宜的琵琶,拿到迪化来,偶尔弹了弹,没想到……"

高朋说:"俞伯牙遇着钟子期了,是不是? "

萧千总笑着说:"我可比不起那古人俞伯牙, 既是诸位乐意听, 夸赞我,那我就……"说着,他手指拨动,弦声奏起,又笑着说:"可别笑话我! "于是弹了一段,又低着嗓子唱了起来:"一更一鼓月初升呀! "

萧千总越发高兴,可惜他这两天把酒喝得太多了,又因连夜赌博,连日着急,所以嗓子哑了,简直喊叫不出来。旁边有人给他倒茶吃着,他也是唱不出,只得笑着说:"今儿我唱是不行啦! 得歇啦! 可是我的琵琶加点儿工夫,给你们几位听听。"

说着话,他手指头弹动得更快,跟个小车轮子似的,而那琵琶的四根弦也就响着连珠。大家都笑着,连连叫好,而萧千总得意忘形,斜抱着琵琶,歪扭着脸儿,两个黄眼珠儿一转一转的,真跟娘儿们似的。高朋等人就更叫好,柜里的掌柜跟正在热酒的酒保,眼睛也都发直了,而门外更聚满了不少人,都扒着窗户向里面看着,笑着。其实萧千总常在这里弹琵琶,但却没有今天这样热闹;他弹来弹去,自己已身入化境,手指头仿佛停不住了,脸仰着,两只眼也不由得闭上了。

这时鹰眼高朋一面听着琵琶,一面赞一声好,却又扭头跟他旁边坐着的方天戟谈几句。他们的声音很低,旁人听不见。待了一些时,方天戟秦杰就突然站起身来,出去了,一直走进斜对面的吉升店。这里的琵琶却更弹得滴溜溜的响,真似小燕子叫唤似的。萧千总却又像由梦中醒过来似的,眼睛又微微地睁开了,向着给他捧场的人一笑,又娇声娇气地唱道:"燕儿飞南北知道冷热,秀女房中思想才郎啊!"连屋里带窗外齐都笑着喊好。

这时,却有一个人蓦然走进屋内,很多的人都向这人定睛来看。只见这个人年纪不过二十上下,很高的身材,膀阔腰细,是天生成的一副挺秀的身架,而又似经过武功锻炼的。相貌很清秀,双目炯炯发光,但面上笼罩着一层风尘之态,梳着很平整的一条辫发,穿着青缎的短衣裤、黑袜子黑鞋,确实是一位漂亮的人物。只迈进屋来一步,眼睛便盯住了萧千总正在拨动着的琵琶。

萧千总起先倒没有留神,这个人站在他的眼前不动,他便也不由看了一眼;立时他就吃了一惊,手指也渐渐地慢了。又弹了几下,他就直着眼睛观看这个人,他看这个人非常眼熟,渐渐地就想起来了,他的脸上也变了颜色,惊讶之中带着羞愧。原来这人就是琵琶的主人韩铁芳。

这人他在黄羊岗子见过两次。一次是在夜晚,他没把这人的模样看清;第二次是白天,这人骑着马带着琵琶离开那里,自己却把这人的模样看得很明白。尤其是回想起他太太前天说的,这人也许是玉娇龙的儿子,如今一细看,果然有点儿像,尤其是这一双眼睛跟腰身,真是与那位死去的春大王爷一样。

萧千总满面通红,像是偷了人家的东西,如今被失主查出赃物来似的。他站起身来放下琵琶,点点头儿笑说:"这位,请问您,您是韩爷吗?"

韩铁芳也很和蔼,拱了拱手,说:"萧兄,我从这里过,无意中听见了琵琶声,走进来看看,原来真是你,萧兄!"

萧千总心里说:"你管我叫萧兄,倒真一点也不客气!一定是想把琵琶要回去,这可不能够给!"于是他摆起了一点架子,静听韩铁芳的话。韩铁芳并不提琵琶,只带着顾忌地看了看两边的人,然后才问说:"萧兄现在什么地方下榻?"

萧千总想:这不能隐瞒,如若隐瞒了,当着眼前的这些人,倒真像是自己心里有愧似的,遂指着门外说:"我就住在那边吉升店里。韩爷你找我来,有什么事情要谈吗?"

韩铁芳点头说:"有点儿事,能否请萧兄暂停一会儿,再弹琵琶,跟兄弟我到外边去说几句话,好吗?"

这时旁边有人要插话,却被鹰眼高朋拦阻住。高朋的红缨帽放在桌旁,他的眼睛看着韩铁芳,可是耳朵却直向那边去听。

萧千总这时倒有些发愁了,一来是怕韩铁芳索要琵琶,二来是觉着这小子说不定真是罗小虎的儿子,他来到迪化,更不知是安着什么心。倘若将来闹穿了,叫人说我跟罗小虎的儿子相识,那还了得!于是他故意笑了笑,说:"韩爷,咱们只有那天在黄羊岗子一面之识,并没有什么交情。有什么话,何必还要背着人说呢?"

韩铁芳迟疑了一下,又回首向门外去看看那给他牵着马同来的朋友,就又对萧千总说:"我是来向你打听打听,春雪瓶姑娘现在是不是也住在那边的店里?"

这句话问得萧千总更是变色,更是作难。他拿眼看了看那边的官人们,这才说:"她么?哈!她哪能够跟着我来呢?她跟我又不是什么至亲。大姑娘家,跟着我跑到这儿来干吗呀?哈!韩爷你问得可真够怪的!可是,我倒听人说,她正在找她这匹马呢。你留在这儿,待会儿我先牵回我的店里,将来我能托人带到尉犁城还给她。韩爷!我知道你是一位正人君子,对得起朋友,这是拾金不昧。请坐请坐,我请你喝一盅,你不是也会弹琵琶吗?你也来消遣一段,给这些位听听,这些位……这是抚台衙门里的,人称鹰眼高朋,这是飞镖卢大……"

正在说着,忽然见张仲翊自外进来,正由韩铁芳身旁擦过,也扭着头看,几乎把鼻子都触到韩铁芳的脸上了。他手中的宝剑明晃晃的,两耳旁的黑毛丛丛,脸色尤其不像高朋等人那样矜饰,却现出骄傲怀疑的神情。

萧千总不由得两腿有些发颤，心说：要是在这里打起来那可真糟。

不想韩铁芳对张仲翔并没留意，只说："那么，萧兄，再会吧！今天晚间请你在店房等着我，我再去跟你谈谈。这匹马是给春雪瓶姑娘的。"这几句话，他说出来很是清楚。那边高明、卢大齐都悚然，仙人剑张仲翔也似是减低了一些锐气，眼睛睁得也不似才进来时那样圆了。

韩铁芳又回首看看，见替他牵着马的那位朋友正在门外向他招手，就向萧千总一抱拳，说："打搅打搅，在门外还有朋友等着我，不能奉陪了，晚间再见吧！"说完就走出了酒馆。

高朋的鹰眼把他的背影送了出去，回身就向卢大使眼色。卢大却正在发呆，没有看见。张仲翔看见了，提着剑奋然站起，要往外走，但才走了一步，就叫高朋用脚给拦住了。萧千总在那边更跟呆子似的，坐了下来，又弹起了琵琶，拨了两下，但显然是一点力气也没有了。此时，窗外门外站着听琵琶的人也多半散了。第一是琵琶不弹啦，站着也是白站着，没得可听了；第二是张仲翔提着宝剑一进去，又像是恶斗要起，所以人都给吓跑了。

韩铁芳此时随着跟他在一起那个四十来岁的商人，往南随走随谈，跟他同行的这商人正是徐客人。

韩铁芳在沙漠中见到春雪瓶时，春雪瓶没有要这匹马，就竟自走了；而且临走时的神态，亦令韩铁芳生疑。韩铁芳抛开了罗小虎，独自又往北走，出了沙漠，心中一阵颓然。欲直往东去，却又实在思慕春雪瓶，觉着要不再向她说几句话，尤其是不把早先病侠在路上对自己说的那些话告诉春雪瓶，心中总是不安，总是觉得遗憾。而且既受了人家的金银，又得到了马匹，那受人的报酬未免太厚了。来到新疆，得到这大的便宜，实是自己不愿为的。所以他才往迪化来，想再见见春雪瓶。

走到吐鲁番的时候，又遇见徐客人。徐客人这次在南疆做买卖赚钱很多，来到吐鲁番又收了不少的账。如今他是打算要看看朋友，商量点买卖，办些货物，还要到南疆去。两人见了面，谈说起春大王爷已经死了，都不禁慨叹。徐客人又提说前些日他在乌尔土雅台见了雪瓶之事。韩铁芳也说明了他正要去见春雪瓶，要往迪化去。于是二人便一路走。

因为徐客人没有坐骑，而且他无论到了哪个地方都有熟识的买卖跟朋友，都要去盘桓一会儿，所以他们在路上走得很慢。罗小虎都已赶过了他们，先到了迪化，他们却全都不知。

他们一路谈着，交情益深。徐客人知道玉娇龙、春雪瓶的许多事情，连罗小虎的事情他全晓得，他就都告诉了韩铁芳。韩铁芳就想着自己更必须见一见春雪瓶，以尽述自己所闻所知之事，才算自己尽了心，心中才无憾。

他们二人今天才来到这里。徐客人原想带韩铁芳到东大街福全泰茶叶庄去住着，然后再慢慢打听春雪瓶的住所。却不料才走到这里，就听见酒馆里有人弹琵琶，韩铁芳隔窗认出了萧千总，便进去了，并打听出春雪瓶是住在吉升店。

韩铁芳跟徐客人去把那店门认了认，心中想要进去，却又不敢冒昧，就想：还是等到晚间，先见萧千总，说明了自己的来意，然后再请他带着自己去见雪瓶。

这时徐客人在他身旁悄悄地对他说："据我看，这几日迪化城里一定有事，还一定跟春小王爷有关。不然鹰眼高朋、飞镖卢大，还有那些个班头，不能都在他们附近的酒馆里，而且刚才拿着宝剑进去的那个人，也面带凶色……"

韩铁芳一听，不由惊讶得止住了步，徐客人暗暗地拉他，说："咱们还是先到福全泰，托那里柜上的人给咱们打听打听。如若没有什么事，那更好。韩爷，你可千万不要鲁莽！"

因之两人便折了回来，但经过吉升店时，韩铁芳又侧头向门里看了一看。由外边可以直看到里院，虽然看不见雪瓶所住的屋，但却见那通往里院的小门之旁有几个人，有的像是店伙，有的像是住客，但全都鬼鬼祟祟的，似正向里院偷听什么。

韩铁芳立时心里就一动，把马从徐客人手里接过，说："徐兄，你到那福全泰宝号上候着我去吧！我这就要进去见她，说完了话，把马还给她，就算把我的事情办完了，又何必因循耽误？"说着话，牵马就进了吉升店，徐客人想拉住他，却没有拉住。

他走进店里。那正向里院偷听的一个伙计就赶紧带笑走了过来，要接马；韩铁芳却将手摆了摆，先思虑了一下，才问说："那位姓萧的，会弹琵琶的做官的，是住在哪间屋里？"店伙把他仔细地打量了一番后，就指着里院说："就在里边，萧太太现在正跟着人说话呢！"

韩铁芳便托付店伙给他看着马，揪了揪衣裳，又掏出一块手巾，把脸上的土擦了擦，便走进了里院。

原来里院中只站着一个人，这人很年轻，身材高细，穿的是青洋绸的小夹袄，系着青底白花的绸带，下配紫花布的裤子，同颜色的腿带，黑丝鞋上钉着许多黑丝穗子，似是个镖头。这人脸向着房里，正在和屋里的人隔着窗户说话。房里是个妇人的声音，大概是绣香。话已经说了半天，所以绣香的声儿都有些发急了。她说："有什么话你问我的当家的，问我什么都不知道。不错，我们跟钦差玉大人认识，可是我们这回来了许多日子，也没见着他一面。"

外面的镖头笑了笑，说："那倒不必提啦，我们就是保护钦差的。我叫秦杰，说起来春小王爷也许晓得我。现在我只是来跟你打听这事儿，今儿早晨一个人骑着马走的那位姑娘，是不是她？"

里边没有说话。秦杰又笑着说："您说一声就完了，我转身就走。您别胡疑惑，我们一点别的事、别的心都没有，这只是打听打听，并且是抚台衙门里的大班头叫我来打听的。你可别疑惑是因为罗小虎的那件事又与春小王爷有何关联，我们绝不能那样想。再说罗小虎的案子，一半天也就定啦，他一口招认，也没牵涉别人。春小王爷虽有大名，但那是行侠仗义，绝不能帮助罗小虎行凶。如今就是因为风传春小王爷已来至此地，而您这里又走了一位姑娘……"

韩铁芳此时已在门旁愕然地止住了脚步。见秦杰说到这里，屋里的绣香就答话了，她不耐烦地说："就是她又当怎样？她来到这儿住了几天，今天独自走了，她走的时候也没告诉我，她往哪儿去了，我也不知道。可是我敢保她这几天在迪化是规规矩矩的，她也不认识那姓罗的。现在，这里只住着我的一个亲胞妹，再住两天我们也就要走了。"

秦杰哈哈一笑，说："这不就了结了吗？"他向窗前走近了两步，又说："太太，您要是早实说，我也不至于费这半天话。我们来的意思就是，春雪瓶如果还住在这里，那我们也是好语相求她赏我们个面子，快些走开。俗语说,鹭鸶不吃天鹅肉。我们是镖行的混子,她老人家跟她的先人春大王爷也都是江湖名人,别说没什么事,既或遇着事,我们也得抬抬胳膊,放手。并不是我们不敢惹马蜂窝,是因为还有一层,现在我们吃谁的饭?吃玉钦差的饭!可是春家跟玉家又是外人吗?打狗还得看主人呢!不!投鼠还得忌器呢!太太,惊扰您半天,现在完了。她走了,我们没话说啦,您跟老爷、姑娘只管在这儿住着,一年半载的都不要紧,我们绝不再来扰您!"

他说到这里,门外几个偷听的人就赶紧散了。他一转身,却正见韩铁芳,他倒是只向韩铁芳看了一下,并没有十分地介意,就走出去了。韩铁芳也回头看了看,心里对于此人的来历倒是已经有些明白,必是这两日迪化城出了事情,是罗小虎闹的,现在他已被获。而此事还与春雪瓶有些牵涉,但这秦杰跟差官们不敢捉她,只来劝她走开,以便了事。又想:如今她已于早晨走了,这次我到迪化又算白来了!想到这里,他的心中不免有些惆怅,便想也隔着窗户跟绣香说几句话,将那匹黑马留在这里也就算完了。却不料绣香住的屋子旁边那个门突然一开,走出来一位姑娘,穿着一身青布的短衣裤,脚下穿着一双豆青缎子的平底坤鞋,上面绣着很多花朵。这姑娘脸上并没擦胭脂,但却双颊绯红,向着韩铁芳带笑地说:"韩……大哥,你怎么到这儿来了?"

韩铁芳一看正是雪瓶,倒怔住了,心里尤其疑惑:刚才绣香告诉人,她已经走了,她藏在屋里没有答话,如今怎么仍在此地?当下惊讶得说不出话来。雪瓶脸上的笑色也一现便即消散,她点了点首,很正经地说:"你到我姨娘的房中,咱们再谈吧!"说着,她便翩然地进到绣香的屋中去了,并将屋门故意敞开,让韩铁芳进来。

韩铁芳此时连大步都不敢迈,恭恭谨谨地进了这屋,一看是分内外间的。雪瓶走到了里间门边,一手撩起了软帘,却稍稍回脸,向韩铁芳说:"先请坐!"韩铁芳点了点头,很拘泥地在一个凳子上坐下了。雪瓶走进了里间,软帘就在她的身后落下,依然微微地飘动着。韩铁芳就能听见雪瓶在里间跟人说话,声音很低,在外听不大清楚。

待了一会儿,就见门帘又一启,先走出的却是个穿着紫色缎子衣服、青裙子的妇人。韩铁芳还认识,这正是绣香,因此赶紧立起身来深深地作揖,但不知称呼什么才对。绣香也拿两只手在胸前拜着还礼,请韩铁芳再坐下。雪瓶自后也由里间出来,三步两步走到屋门旁,就把门带上。她倚着门站立着,眼光递在韩铁芳的身上。

韩铁芳也没敢细看,却觉得对面的绣香的目光盯在自己的脸上,简直是目不转睛。他既觉着奇怪,又觉着难为情,未容人家问他,就先说:"萧太太也是我在黄羊岗子那里见过的,我此次也没想到春姑娘真在这里。我今天来是……送马,马是春老前辈留下的,我给送到尉犁,可是后来听说又丢失了。春姑娘因为寻那匹马才到沙漠里,才跟我见了面,也可以说是在那里把我救了。后来安葬了春前辈,又幸蒙春姑娘送我至老牛镇那地方去养伤,并且赠给我金银,我真感愧!我身上的箭伤养好了之后,无意中就在那镇上看见了那匹黑马,又被我得到手中。若是平常的马,我也就留下骑着了,不必如此千里迢迢地一定非送来不可。但这匹马不独是名驹,而且还是春前辈的遗物。物因人重,我、我才想应当送来,还请春姑娘收下,顺便……"

他本来肚子里早就预备下很多的话了,而且都早就背熟了,但这时的咽喉里却又似被什么东西塞着,挤不出来半句。作难了良久,他才说:"我是顺便来向……告辞,因为我在东边甘凉一带还有些事,大概今天就要走了!"

绣香却伸着手做挽留之势,说:"韩大爷您先不要忙着走。既然您辛辛苦苦来到这儿,我们虽不能拿什么谢您,可是也想跟您多说会话儿。请您说说您的府上在哪里?老爷子、老太君是不是都在世?您家里都还有什么人?将来,我们无论是谁,要是顺便路过那里时,也好到您府上去看望看望。"

韩铁芳又坐下,看了看雪瓶,才说:"我已经跟春姑娘说过了,我是河南洛阳人,我的父母都已经死去了。"

绣香问说:"您的老太爷的官讳是怎么称呼?老太太的娘家姓什么?您还有三兄二弟、令姐令妹吗?"

韩铁芳觉得她问的这话很奇怪,心里就想:她问这些事干什么呀?有什么用处呢?他斜着脸又看了雪瓶一眼,只见雪瓶也正注意地等着听。

韩铁芳想到了那养父养母,不禁心中很不好受,尤其是一想到那养父韩老善人,真的不能够实说。他便叹息一声,说:"先父的名字叫义佩,是个务农的人,因为一生勤俭,留下些资财,但也都花尽了。所以我才漂流在外。"绣香听了,怜悯地点了点头,也跟着叹息。雪瓶也觉出韩铁芳确实潦倒,必是为了谋生才出来的。

韩铁芳又接着说:"我的母亲是秦氏夫人……"他的心中感念那位仆妇出身、忍辱从贼、临死时还将那块红罗交在自己手内的忠义慈爱的养母,不由得就鼻酸眼湿。

绣香却又在对面问说:"您的外婆家,也是在洛阳住吗?现在还有什么舅舅、妗子、表兄弟吗?"

韩铁芳摇头说:"全都没有了,现在我家中只有个胞妹,也已出嫁了!"

绣香点了点头,看了雪瓶一眼,表示出一种失望的神气。雪瓶这时心里也拿不定主意,因为韩铁芳已把他的家门说了,虽然没说得很详细,但也可知是个破落的人家,已没有什么可疑的了。绣香姨娘因为他长得有点像自己的爹爹,便以为他就是那个要找的人,但这实在是太渺茫,太靠不住了。此时,她心里早先有的那一点像是嫉妒似的情绪,倒冰消了,而对韩铁芳倒产生了无限的怜爱。

这时绣香又说:"韩大爷实在是位好人!不瞒您说,我早先原是春大王爷跟前的一个丫鬟,主人待我恩深义重!"说至此处,不禁擦了擦眼泪,又悲声说:"她一身虽享尽了福,任惯了性,但也受够了苦。她原本有一个亲生的儿子……"话一出口,却又自悔失言,因为现在既知韩铁芳不是自己所疑的那人,便不应当说出玉娇龙另有亲生子,早年流落在外、生死不明之事;也不能说雪瓶并非她的骨肉。于是绣香就改口说:"但是那个孽子早就死在祁连山里了!"

韩铁芳一听,面色不由得一变,祁连山这三个字实在扎他的耳朵,震撼他的心。只听绣香又说:"因为早年有这件伤心的事,所以她也就十九年没进玉门关去。"

韩铁芳听了"十九年"这三个字,不由得更诧异了,赶紧听绣香往下再说:"直到她的病越来越重,她才想着那里还有一些未办之事,这才挣扎着病体又离开了新疆。她在路上是怎么遇着韩大爷的,我也不知道;不过,要不是有韩大爷跟着她,她在外头死了,至今我们还不知道呢!"说到这里,愈是悲哽,雪瓶也倚着门拿手绢揉眼睛。

绣香又说:"韩大爷待我们的大恩真难报答,尤其是上回,您好心好意地到了尉犁城,因为那些哈萨克人在中间搅和,我们竟错会了意,真是对不起您!"

韩铁芳带笑说:"那倒没有什么!也怪那时我没有把话说明白。"雪瓶在旁微微有点脸红,把头低了下去。

绣香又提到黄羊岗子之事,说:"我还叫您救过呢!"

韩铁芳说:"那也是我应当做的,但只恨我没有学过什么武艺。我那春前辈所做的事和春姑娘的侠义行为,都是我景仰的,我都要效法,不容一些恶人横行胡为!"

绣香说:"可是我看韩大爷是一位忠厚的人,是个文人,不应当跟那些坏人常常斗气!您这是还打算往哪里去?"

韩铁芳沉吟了一会儿,才说:"我想到凉州、甘省再办一些事。然后,我也不知我一定的去处,不过是到各处漂流罢了!"

绣香惋惜着,又有些不好意思的样子,半天方才启口说:"我想您既对我们有这许多好处,我们要是对您没点酬报,那太说不过去了。"她看了看雪瓶,又说:"我出个主意,那匹马就送给您啦。您既跟她爹爹交了一场朋友,又将她的爹爹葬埋了,应当把那匹马送给您。"

雪瓶抬起脸来,也很感动地说:"我原也是这个主意。在黑沙漠里遇见您,我为什么不说话就走?就是想把这匹马赠给韩大爷,作一点酬报,表我们一点心。"

韩铁芳将要推辞,绣香又说:"我们还想赠您一些银钱。虽然我们这次出来也没带着太多的钱,但是还能拿出几十两来送给您。"

韩铁芳摆手说:"这样,就是太看不起我了!"绣香摇头说:"不是,这实在是我们的一点诚意。"韩铁芳仍然摆手。绣香又说:"您听我说,我的意思是赠您些银钱,您拿着回家,就不至于再在外边流落了。"

韩铁芳点了点头,说:"萧太太的这番美意,我是感谢的,但……"说到这里，却不禁微微冷笑，慷慨地说："但我并不是没有钱。实不瞒太太跟姑娘，我这次出来，将几十万的家资全都分散给了人，我出来完全是为在江湖间长些阅历，哪能又受您的钱回家去呢？我谢谢太太跟姑娘，可是钱跟那匹马，我全不能受。"绣香还要解说，雪瓶却拿眼色把她拦住，同时雪瓶对韩铁芳就更加留心。

韩铁芳又说："我在江湖这样奔波，受挫折，心里是很高兴的，因为我原是想结交天下有肝胆的、知心的朋友，如春老前辈一样。春老前辈玉娇龙是三十年来天下扬名的英雄，蒙她以青睐待我，我们一路上倾心快谈。临到沙漠，同遇大风，她不幸死了，临死时在风中虽未将话说明，但她似欲将身后之事托我，这就可见她觉得我是她的一个好朋友。我受了这样的荣幸，就已是不虚此行了，至于钱，我用不着。那匹马，我两番跋涉奔走，送来送去，哪有临了又落在我手内的道理？"说到这里，他不住地摇头，脸色变得发紫。

雪瓶赶紧走过来几步，说："既然这样，韩大爷不肯要银子要马，我们也不敢相强，这件事撇开来，不要再提了。韩大爷正直慷慨，只是我知道我雪瓶一个女子，恐怕终生也不能再报答您的恩惠，但我记在心中就是了！"韩铁芳看着雪瓶，觉得雪瓶的话似宝剑切金断玉，十分干脆、决然且铿锵作响；又见雪瓶的脸色如秋霜，如寒月，凛然可畏可敬。绣香也不再说话了，只是低着头。

韩铁芳发着呆，半天没有说话。他此时心里翻来覆去地想，觉得这些话现在都已说得差不多了，只是应该再告诉她们，玉娇龙在半路上跟自己说的那些含含糊糊的话，及罗小虎……但是刚才听绣香说玉娇龙有个亲生儿子在祁连山失落，又说玉娇龙十九年未到玉门关里去，那可似乎又与自己有点关系……他心中既疑且乱，但这些事又无法问，不知先问哪一句话才好。韩铁芳连连叹了几口气，皱了几次眉，才问说："萧太太到这里有几天了？"

绣香说："我们来这里很多天了，不久我们也就要回去啦！这次到迪化来，原是因为您那次离开尉犁城之后，我们不知大王爷是生是死，就请了个名叫赛八仙的给算了个卦。他说是春大王爷没死，在这儿呢。我们信了他的话,才往这里来。"

韩铁芳点头说:"赛八仙那个人我也认识。我这次来,于沙漠附近见到了一个人,这人自称与春老前辈生前相识,并且……"

绣香跟雪瓶同时惊疑地问说:"这个人姓什么? 叫什么? "

韩铁芳迟疑了一下,才说:"这人姓罗,叫半天云罗小虎,听他自己说,他早年原是沙漠中的一个大盗,但早已洗了手了。我见那个人虽然粗鲁,倒也还是个有血气的好汉。刚才我到这里,才听说他也来到了迪化,并且似乎出了点什么事。"

雪瓶紧抿着嘴唇儿听着,听到这里,就点头说:"不错! 罗小虎确是于前天晚间被官人鹰眼高朋、镖头方天戟秦杰等人给捉住的。其实他很冤枉,全是我做的事,让他受连累! "说到此处,绣香惊恐地向她就摆手,嘱咐她小一点声儿说话。她就摇头说:"我也不必细说啦,只是罗小虎现已入狱。"

绣香忙站起身来,过来用极小的声音对韩铁芳说:"刚才,那镖头方天戟秦杰还来探听呢,幸亏我的心眼还灵敏,没说出雪瓶姑娘在这里,他才走的。"雪瓶愤愤地冷笑说:"其实他们就是知道我在这儿,恐怕也不敢把我怎样! 他们未尝不自量,他们并不傻。罗小虎不过是老了,而且我爹爹又已死了,否则谅他们也不敢动! "绣香吓得面色发黄,直往窗户外去看,并拦住雪瓶不要再往下说。

雪瓶就说:"这件事与韩大爷无关,请韩大爷不要向别人去说,也少向别人打听。您不是快要离开这里了吗? 那么就恕我不能相送了。将来我也要进玉门关,日后也许还能跟您见得着! "

韩铁芳一听,话已经说到尽头了,虽然不是逐客令,可是自己也不能不站起身来预备走了,心里纵还有许多要说要问的话,也都无法再表达了。但他只是惆怅不置,而且像是有些依恋难舍,不愿意走似的。绣香却又说:"韩大爷坐着,不要客气! "韩铁芳摇摇头,就拱手说:"我要告辞了。"绣香望着雪瓶,雪瓶却也未对韩铁芳加以挽留。

韩铁芳出了屋,来到前院,那个给他看着马的店伙就带着笑问他说:"找间屋子歇一歇吧? "

韩铁芳摇头说:"不,我来到这儿,就是为给里院的姑娘送马来的,将马留在这里就是了。"他扭头看看,见雪瓶站在里院的台阶上,正向他这里望着。他就自己动手解下马上的包袱、宝剑等物。

这时雪瓶也走出来了,她那秀丽的唇边带着微微的笑,灵活的双目含着一种愧对的神情。韩铁芳肩上背着包袱,手里提着宝剑,也笑着说:"请姑娘将这匹马收下吧!我很懒,这些日也没给它洗刷,它的身上真是太脏了!"雪瓶却摇头笑着说:"这倒不要紧。"韩铁芳又弯腰说:"姑娘再会!"说毕,仿佛连抬眼看雪瓶也不敢。其实他很是惆怅、痛苦,不忍再看雪瓶的芳容,当即转身迈步走开。

才走了两三步,又听见雪瓶那动人娇语在他的身后说:"您是现在就离开迪化呢?还是想在这儿再游玩两日?"韩铁芳止住了步,又回过身来。他背着那很重的包裹,手里拿着沉沉的宝剑,略略抬起头来,正看见雪瓶那两道瞧着他的目光。他仿佛觉得有一种感染力,也可以说是威严,使他简直不敢拿眼睛去对看,就笑了笑,说:"也不一定,我这回原是同那位姓徐的客人来的,他也在乌尔土雅台见过您!"雪瓶点头说:"我知道,他是久在新疆贩卖茶叶的,有时候也卖药。"韩铁芳也点点头说:"就是他,他现在东大街的福全泰茶庄等着我,我也许还要在他那里歇一两日,或许今天就走!"说着又笑了笑。

雪瓶却又问:"您没有马可怎么走路?"韩铁芳说:"那倒是很好办。上次有您赠给的银两,我没有花去多少,买一匹马是足足有余的。"雪瓶就不再言语了,她眼望着韩铁芳恭敬地转过了身,迟缓地走出了店门。

韩铁芳走在大街上,听那小酒铺里还有琵琶声弹着那个俚俗的小调,比早先琵琶巷蝴蝶红她们弹的那种调子还俗还难听,心中很不痛快。

往北走了几步,忽见一个人伸手把他拦住。这人穿着便衣,正是刚才的那个方天戟秦杰。他的态度倒不大恶,还带着点假笑,问说:"喂!朋友,你刚才找春雪瓶干什么去啦?"

韩铁芳倒一惊,心说:他们原来没听信绣香的话,还是晓得在那里住着的就是春雪瓶。这也怪自己刚才在那酒铺里不该说出她的名字来。他的脸色不由变了变,就说:"我没有找什么春雪瓶,我找的是那店里住的萧太太,因为有点事。"

秦杰又一笑,说:"你姓什么?"韩铁芳回答说:"姓韩。"秦杰又说:"你是干什么的?"并摸了摸他的宝剑。韩铁芳不由有些动怒了,心说:你一个镖头,凭什么来盘问我?便昂然说:"没什么事干!在迪化玩几天,还要往东边去。"秦杰点头说:"这很好,早点走为是,你明白吧?这儿早晚还得出事。你也是个东边的人,咱们都算乡亲,少把脚往里蹚,明白了吧?"

韩铁芳愤恨地真想把他一掌打倒,但是又见道旁站着的那个耳边有黑毛的小子,手中持着宝剑,怒目相视,仿佛立时就可拼命。他有意拔出兵刃来与此人对一对剑,然而又知道那样可就立时得出大事。这两个保镖的身后必定还有人给他们保镖。自己倒不怕,怕的是连累了春雪瓶;其实春雪瓶也必定不怕,最怕的是连累绣香。于是他便冷笑一声,将胸中的气强压下去,点点头说:"多谢!我在此住两三天,必定走,老兄你不要多疑我。"

秦杰拍了拍他的肩膀,说:"我看你也像是一个老实人,好,走吧!"说着拿手一推。若不是韩铁芳练过功夫,这一下就得被他推倒了,同时听见旁边那耳生黑毛的人还怒骂了一声。韩铁芳胸头气恼,但他极力忍耐,迈步走开,心想:不必去找徐客人了,何必给人家做生意的人惹事?

但是才走到这条南大街尽头的十字路口,就见徐客人正跟着一个文绉绉的人在谈话,这人身穿官服、戴红缨帽,有两撇胡子。韩铁芳见徐客人跟他谈得很密切,本想从他们背后悄悄走过去,不料早被徐客人看见了。徐客人就说:"韩爷,你见着她们了吗?来!我给你引见引见,这位是抚台衙门的柳师爷。"柳师爷也对韩铁芳带笑点头。

柳师爷和徐客人订了晚上请他到家里吃饭,然后就各自弯弯腰走了。韩铁芳便低声说:"徐大哥,我不能陪你到茶庄去了。我想到北街去找家店房,一两天我再看您去。"徐客人惊问说:"为什么?"韩铁芳走近一步,向南斜着眼睛看了一下,才说:"我听说前两天罗小虎在城里闹了事,春雪瓶已蒙了嫌疑。刚才我看他们对我也留心上了。我若跟大哥住在一块,岂不要连累你,连累了那茶庄。"

徐客人摇头说:"不要紧呀!咱们别多说话就是啦,与咱们有什么相干呢?"

韩铁芳说："不然，我虽不能多言生祸，但至少我要在此等着，看看罗小虎的官司打得怎样？定什么罪？因为我晓得他确实是一条好汉，是个英雄。我想在他定罪之前，到监中去看一看他，问他有什么要托我办的事没有，以尽友谊。"

徐客人点头说："韩爷，无论谁要是交着你这么一个朋友，这个人可真算走运了。你对朋友实在是尽心。我想这事不要紧，你不用担心。咱们只要行得端，走得正，无论什么嫌疑，也绝落不到咱们的头上。若说将来看看罗小虎，那也办得到。刚才跟我说话的那位柳师爷，是抚台衙门的总文案，在抚台面前，他说了什么就算什么。他跟我七八年的交情了，有他关照着，到牢里去看一看姓罗的，那不算什么。走吧！到福全泰茶庄歇一会儿去，那里的尤掌柜也是很好交的人。走走，不要紧，你在正经的买卖人家里住着，官人绝不能疑你的！"

韩铁芳只好跟着他往东大街走去，走不远就到了那福全泰。这个茶庄是很大的买卖，专运祁门、六安、普洱、紫阳各地的茶叶来贩给南北疆的蒙古人及哈萨克人，后院住着许多客人。来到这里，掌柜的尤大立时就叫伙计给他找房子，跟徐客人说说笑笑，十分熟。徐客人给韩铁芳引见，尤掌柜还以为他也是一个买卖人，就也没有细问。

于是韩铁芳就同着徐客人住在这里。到傍晚时，徐客人又带着他到柳师爷家去吃晚饭。柳师爷是襄城县的人，跟徐客人可谓同乡，因此妻女不避。虽然韩铁芳不大好饮酒，也不会说话儿，但是柳师爷也很以自己人看待他，说话也不避。

柳师爷说了玉钦差查办案件，又说官花园里出凶案，更说了罗小虎被捕之后，官花园跟抚衙门还都闹了一次贼。可是罗小虎不过是早先南疆一个大盗，这次实在没有作案，现在迪化是另有贼人，衙门方面已经知道了。

说到这里，虽然旁边没有什么人，可是这位柳师爷也不由得压下了一些声音，就说出春小王爷之名，并说："刻下官方都知道那春小王爷就住在南大街的吉升店，同她来的还有乌尔土雅台的千总姓萧的。听说他们来这里是为着那玉钦差，据说他们是亲戚，可是因为钦差正病着，所以没有接见，今天又听说那个春小王爷已经走了。现在官人为此事很发愁，不敢冒然去办，一来是没得到凭证，二来顾及她跟钦差是亲戚，最要紧的还是不敢惹她。惹她还不要紧，要惹来那位春大王爷，可是迪化城什么事都会发生，并听说在尉犁城有几千哈萨克人全听她们的指挥。抚台大人恐怕惹出更大的事，更得担处分。"

韩铁芳在旁边把这些听得清清楚楚，看来玉娇龙病死沙漠之事，这里的人还不大知道；也许虽知道了，也不敢相信，而且也不敢轻视春雪瓶。他心中对此倒很高兴，但徐客人却不住地斜眼看他。饭后，又闲谈了一会儿，他们就向柳师爷道了谢，告辞走了。

出了柳家的门，外面天色已黑，胡同里十分的寂静，大街上也没有往来的人，只遇着两批查夜的官人。徐客人就在暗中拉韩铁芳的胳臂，当时也没有说什么话。回到茶庄里，将要睡觉的时候，他才悄悄地向韩铁芳说："韩爷，你今天在吉升店里见了春雪瓶，没有说什么吗？"

韩铁芳摇头说："没有，我今天去，就是为将那匹马还给她。"

徐客人就说："好啦！好啦！可是你记住了，别再见她去了。万一再出了什么事，衙门里的人奈何不得她，可是奈何得了你。到那时，就是咱们在衙门里认识人，也怕不能维护。至于罗小虎，刚才你没听柳师爷说吗？他的官司倒不大要紧，过两天你到衙门看看他，也许不至于落什么嫌疑；可真别再跟秀树奇峰接近了！你不是手里还有些银子吗？若不够，我再借给你点，再买一匹马，只要能够走长路，也不必跑多么快，就行啦！你还是往东边去吧！现在的新疆，虽然是龙已死，虎已成囚，但这条小龙儿一定更会兴云作雨，搅海翻江，咱们这些平凡的人，可跟人家比不了，千万别去套近乎。"

韩铁芳听了，虽然点头满口答应，但心中却另有打算，精神十分兴奋；并打算至少也得在此多住些日，看个究竟，看罗小虎是什么罪，看春雪瓶留在此处不走，是意欲何图。没事便罢，有了事，自己还可拔剑帮忙。然后，自己再离开新疆，才会放心。他知道现在衙门中的人和这徐客人及一切的人，都对春雪瓶的为人不太了解。春雪瓶原不是那么神奇，或是蛮横残暴，也是个很明理而且温柔的人，与她的母亲迥不相同。

他心中如此想着，不禁又忆起今天听绣香透出的那两句话，觉得真的很可疑。假定自己真是玉娇龙跟罗小虎所生的儿子,那也太离奇了! 当日睡得不大安稳, 次日心中仍怦怦不安, 恨不得再到吉升店里去看看春雪瓶;但徐客人又拉着他,说是要带他逛逛迪化城附近的名胜。他拗不过,只得随着徐客人逛了两天,但是他的心里时时刻刻念着雪瓶,只是在街上又总没遇见她,也听不见一点有关她的消息。

后来韩铁芳又由徐客人那里听说, 大概是钦差玉大人在抚台那里说了话,认为官花园杀死窦定远之事,并非罗小虎所为。罗小虎虽有口供,但与事实不符,难据以论罪。虽然如此,他也不能立时出狱,因为二十年前他在新疆有重重罪案,如今都要翻一翻,究查究查。一究查起来,他至少得在监狱里住个三年五载,才能够定罪,结果是能够活或是还得死,那可连柳师爷也不敢断定了。

不过那桩案子的情形可是暂时缓和了。于是韩铁芳就由徐客人转托柳师爷,给他向抚台衙门看狱的人打点好了,他就以曾与罗小虎有一面之识的关系,到狱中看望罗小虎。

这监狱是归按察司管辖,四边的墙都很高,屋子却极低,都是铁窗铁门。里面囚着的犯人约有十个,都穿着红布的破烂衣裳,长头发,长胡子,跟鬼一样。有的得了病,趴在黑得看不见人的地方哼哼;有的却迎着铁窗坐在地下,拿着些线织打腿带子,这是他们的工作,可以叫看监的人拿到外边换几个钱,又可以消磨他们这狱中的岁月。

看监的是一个老头子,但是精神矍铄,态度威严,他一来到铁窗前逡巡,监里的犯人连一个敢大声喘气的都没有。因为有柳师爷的托付,所以他对韩铁芳倒是颇为客气,叫着:"韩爷,您到这儿来! 您找的那个人,就在这玄字监了。"他先走到一间监房前,向铁窗里叫着说:"罗小虎,过来! 有人看你来啦! "

里边却有别的犯人说:"他的腿走不动! "

这看监的骂着说:"你们不会搀他过来吗? 你们都是死人? "

当下铁镣之声哗啷哗啷地响, 就有几个犯人走到靠里边的一个黑暗的角落里,大家使着力气拉那个罗小虎。

罗小虎发出精力充沛的声音,说:"喂! 朋友们,你们拉我干什么? 莫非又要过堂吗？告诉他们官儿，堂不必过啦！该定什么罪，就叫他们定什么罪吧，老爷不爱活啦！"

外面看监的人就大声喊着说："有人来见你！快过来吧！"

罗小虎却仍然说："什么人来见我？是男的是女的？"

几个犯人死力地拉他，就像拖着一只受了伤的老虎似的，把他拖得靠近了铁窗。韩铁芳就弯下了身去向他说："罗兄，罗兄，是我。我来看你，你还认不认识我？"

罗小虎头发蓬乱，满身的干草，忽然一挺腰坐了起来，挺起他那雄壮的身躯，瞪起他那凶彪彪带有惊讶之色的双目。隔着铁窗看见了外面的韩铁芳，他就往起站，用他那两只大手抓住了窗上的铁柱子。他半趴半立的，咧着大嘴一笑，说："啊！好朋友！你竟会找到这里来看我？真够交情！韩爷，韩铁芳，老兄弟！你真不错！"

韩铁芳不由有些难过，就说："罗兄，你在此受苦了！真想不到。可是不要发愁，我听说你这官司并不严重，总有出头之日。"

罗小虎却不发愁，反倒笑哈哈地说："谁管他！死就死，活就活，我半天云闯了一辈子江湖，跟千金小姐、盖世无双的女侠做过两口子，死了还能算冤？不是吹，你们这些小伙子都没享过我那个福！"

韩铁芳听了，觉得很发窘，眼睛直直地望着罗小虎，脑里翻忆起前几天那位萧太太所说的话，想着：真的，如果我要真是他们的儿子，那可才令人伤心、难办呢！

此时，罗小虎却笑得合不上嘴，把口水都流到窗户上了。他一半开玩笑一半认真的样子，又叫着："老兄弟，那天在沙漠里，你没遇着春雪瓶吧？你可真不行！让我告诉你吧，现在她就住在……"说到这里，他先回头向别的犯人说："去！去！少听这话儿！"然后才转过头来，把头整个摆在窗上，悄声地说："你把耳朵给我，我跟你说几句私话，莫叫别人听见了！"

韩铁芳就把耳朵侧了侧，只听罗小虎说："春雪瓶就住在南头吉升店里，可不知道这时候她走没走。现在迪化的玉钦差，就是她的舅舅。她真是我跟玉娇龙所生的女儿，一点也不假！"韩铁芳听到这里，倒觉得糊涂了。

罗小虎又说："那孩子长得多么俊！不在她妈之下，本事也比我高。我看唯有你这小伙子才配做她的女婿,你别推辞了!"韩铁芳不住地摇头,但脸上却有些发热了。

罗小虎又说:"喂!你真别推辞!我是媒人,我也是你的老丈人。你就赶紧到那店里去找她,她若已经走了,你就追到尉犁城,无妨原原本本地跟她说。你要是说不明白,可以叫那绣香跟她说,绣香全都知道,准保她也知道我就是雪瓶的爸爸。你这次来,既是在路上埋葬了玉娇龙,又和我交了朋友,无论怎样,她也得嫁你,雪瓶不会不愿意。你们小两口儿,哈!在一块儿和和睦睦,那死了的玉娇龙和快死了的我,我们就都放心啦!"韩铁芳满心的凄楚,已然说不出一句话来。

罗小虎又说:"官花园杀死铁霸王窦定远的那件事情,头一天过堂的时候我就招认了。因为我想,那一定是雪瓶那孩子干的,她为的是吓吓她的舅舅;不如我替她顶了罪,就把她摆脱了。可是昨天过堂,官儿又不问啦。那件事倒不要紧,由我担待,反正这一个大盗半天云的罪名就够啦,也绝活不了啦,再背上个罪名也压不坏我。只是你千万去劝她别着急,我在堂上可没牵扯上玉娇龙,官儿也没往那边去问。就是这些话,你千万记住了,快去找她,别再来看我了。你看了我这一回,也就够交情啦!我交了一辈子朋友,还没有像你这样一个呢。得啦!得啦!快走快走!"

韩铁芳的眼泪忍不住往下急流,又觉着自己太儿女态了,便极力抑止住心中的悲痛,做出苦笑,说:"罗兄的话我全都明白了。你放心,你的女儿我必当尽力照顾,但我却未必能够娶她。"

罗小虎瞪着眼说:"为什么?难道你嫌她爸爸是我?"

韩铁芳说:"不是!你是一条好汉,现今的事情,我更对你钦慕,雪瓶更是世间罕有的女子。不过我不能娶她,是因别有隐情。"

罗小虎面带不悦之状,说:"你这可就不对了!大丈夫做事得痛快,别那么酸溜溜的,像个秀才。那天在沙漠里,你遇见春雪瓶,那时候我好像看了一眼,她是什么神气我可没有看见,你的神气却瞒不了我。哈!别看如今我这样儿,早先我可比你还漂亮,年轻人的这些事我都知道,你何必跟我装假?听我的话,你娶了春雪瓶就得了!但是千万记住,你将来一定不要做官,就是朝廷给了你督抚、提镇那么大的官,你可也别做!有本事,无论干什么都能吃饭。可惜我把一口宝刀掉了,不知落于谁手,不然,我可以送给你。你拿着它,跟雪瓶两人闯一闯江湖,走走地方,争些个名头,叫人知道玉娇龙跟罗小虎还有个好女儿、好女婿,那也是我们的荣耀……"

说到这里,他好像腿疼得站不住了,就蹲下身子,他的脚镣也哗啷哗啷直响。韩铁芳从外面已看不见他的面孔,就听见他呻吟了两声,又似笑着,气力却很微弱地说:"韩兄弟,你见了我的女儿还得告诉她,我们不姓罗,更不姓什么春。我们是汝宁杨家的后代,我有出嫁的妹妹在北京……"

韩铁芳还要倾耳向下去听,那个看监的却从身后拉了他一把,悄声说:"要有什么话,等下次来这儿再说吧!这罗小虎同不得别的犯人,本来是不应该叫人来见他。待会儿,按察司就许到这儿来查,我们担不起。您请到我的屋里歇会儿,喝碗茶去吧!"

韩铁芳只得退身,拱手说:"不用!不用!今天承蒙关照,我跟他话也说得够了。我这就要告辞,只是……我这朋友罗小虎确实是一条好汉,请你多多关照他!"

看监的人连连地说:"不要紧,您也太客气啦!有柳师爷吩咐过话,我们还能够错待了他吗?"说时就看着韩铁芳的手。没想到韩铁芳的手不向口袋去掏钱,只高拱了拱,说:"那么多谢了,改日再会!"转身走了。看监的也没往外送。他刚走了几步,就听看监的在他的身后大骂起来,说:"你们这些个穷囚徒!连个阔人儿都不认识!"

韩铁芳听了,虽然觉着有些刺耳,但也不能断定他是在骂谁,就走了出去。他脑里只思索着罗小虎刚才说的那些话,心中既惆怅又犹豫,不知是否应当去见见雪瓶。他恍恍惚惚走着,连街上的车马都不大留心,一直回到茶庄里。到了屋内,有几个茶客人正在那里掷骰子,他却跟没有看见一样。

徐客人叼着一只旱烟袋走了过来,推了他一下,向他低声问说:"怎么样?你见着你那个朋友没有?"韩铁芳点头说:"见着了。"徐客人又问:"他没有和你说什么话吗?"韩铁芳摇了摇头,只是发怔。

徐客人又说:"你没替他打点打点吗?"又怕他听不懂,就接着说:"没给看监的几个钱吗?"韩铁芳说:"我忘了应当给他一些钱,只好下次我去的时候再说吧！"徐客人笑了笑说："下次？这次你没拿出钱来，下回你还想去见？"想了一想，又说："不要紧，一两天我见着柳师爷的时候，跟他提一声就行啦！"

他以为韩铁芳手里没有什么钱，话便没有再向下说，可是韩铁芳却从此再不能到牢中去看罗小虎了。他每天无所事事，只在街上徘徊，希望能遇见春雪瓶，可总没遇见。其实他把脚步稍微挪挪，就可以到南大街吉升店里去打听打听雪瓶到底走了没有，可是他连南大街也不敢去。

他活了二十岁，自信颇有决断，颇能够拿得起、放得下，但遇着了如今的事，他真一点主意也没有了。他恨自己因循不决，简直是妇女不如，但是究竟怎么办才好呢？如若遇见了雪瓶，那就得把罗小虎的话跟玉娇龙早先说的话全都一五一十地告诉她，且不管她听了罗小虎就是她的爸爸，她会怎样伤心、激动，也许她立时就会为救罗小虎做出什么鲁莽的事来。最要紧的就是那婚配之事，他想：万一她答应了，愿与我结为夫妇，那时候我该怎么办呀？答应吧，自己的家中确已有一房妻子，停妻再娶，欺心骗人，那对得起谁？如果不答应吧，可秀树奇峰真令人难舍。

他终日为此事发愁。过了半个月，徐客人把账都收清了，也休息够了，就要回汉中府家里去。徐客人邀他同行，他却不愿意走，只说："我和罗小虎相交一场，我很佩服他为人侠烈，又因他与玉娇龙、春雪瓶都有关，她们也都是我的朋友，更不由得我不关心。须得等到罗小虎的罪名定了，如若死，我得吊祭他一场才能够走；如不至于死，我临走时也得在监中与他再见一面！"

徐客人听了，就笑着说："你这个人交朋友，可也太死心眼啦！据我近日听说，罗小虎的案子须得等到伊犁将军衙门的公事来了才能定罪，将来解到伊犁也说不定。春雪瓶是还没有走，住在店里不常出门。鹰眼高朋这些个人还天天在南大街乱转，一定是想抓住她个毛病，也把她捉到衙门里。我劝你千万不要去找她，找她可能把你也给连累上！"韩铁芳听了这话，又不禁愕然。徐客人又说："还有一件事我没告诉你，怕说出来你害怕。"

韩铁芳赶紧问说："什么事？你说出来不要紧。"

徐客人说："就是那个仙人剑张仲翊。那家伙本来是关西有名的强盗，因为玉钦差往西来，路上受过两次惊，所以才在西安府找了他和方天戟秦杰、铁霸王窦定远保镖。那三个人虽然立时成了钦差的家将，可是他们究竟安的什么心，现在还猜不透！也许将来钦差就要吃他们的亏。近来因为罗小虎的官司是钦差给说的情，玉大人因罗小虎被获之后，仍有盗贼夜闹官花园，便断定杀死铁霸王之事绝不是姓罗的做的。虽然那方天戟还明白一点，他对罗小虎的事看得不太重，仙人剑张仲翱却简直是一个大混蛋。无论别人怎么说，他就认定铁霸王必是罗小虎杀的；罗小虎若是不死，他绝不服气。听说他已经在酒馆请了客啦，请的都是在衙门吃红差使的刽子手，打算在罗小虎受刑的那一天，他要摘下那颗心，好祭奠铁霸王。罗小虎丢在巩家店里的一匹马和被擒时抛下的一口宝刀，如今也都落在张仲翱的手里。张仲翱就拿着宝刀满街乱撞，一脑门子煞气，连钦差大人也都敢大骂。他知道罗小虎早先和玉娇龙的事，就向人说，玉钦差袒护他妹夫，可惜他那个妹夫又太见不得人；如果玉钦差敢徇私枉法，救罗小虎脱离死罪，那他就要对玉钦差不客气啦！"

韩铁芳听到这里，不由怒气填胸，徐客人又向下说："这些话我都是昨天在柳师爷的家里听他说的。柳师爷早就叫我劝你离开，因为你到监里看了一回罗小虎，张仲翱知道。他知道你姓韩，可还没大看得起你，再说他在迪化城里，总还不敢公然打架行凶，将来可也难说了，所以我劝你，不如走吧！咱们一块回东边去，你或是回家，或是到我们汉中府去看看，到我家里住些日子。交朋友嘛！我可真不愿意你在这儿，早晚要惹上大麻烦！"

韩铁芳却冷笑着，坚决地摇头，说："既是还有这许多事，我就更不能走了。"

看看屋中没有别人，他就将他的宝剑取了出来，倒把徐客人吓得面色改变。他说："徐大哥，你应晓得，我虽然武艺不及玉娇龙、春雪瓶，但我与他们确系一流人物。教给我武艺的人是一提金萧仲远，他又有个别号，名叫瘦老鸦。我与玉娇龙原也素昧平生，只因在灵宝县搭救难女，赶走了戴阎王，杀死了金刀余旺，我们才相识的。"

徐客人听了就有点战战兢兢的，便点头说："是！我知道，我早就看出来啦，你也是一位江湖义侠。不过，我刚才说的那些话，可也是好意。"

韩铁芳抱拳说:"徐兄的仁义,我终身难忘。只是如今这件事,请徐兄臭要拦找,也个要去跟他人提说。"徐客人连连点头,但却皱着眉。

韩铁芳又说:"我原也不愿意如此,但如今的事情看来,恐怕我要忍也不成,到时我要替雪瓶、罗小虎出一臂之力了。徐兄既也要走,我在此居住更是不便,我想今天就离开这里,找一家店房去住。"

徐客人说:"北大街巩家店的隔壁双安居,那里的掌柜的是我的朋友,我可以带你去。店钱给不给都不要紧。"

韩铁芳摆手说:"这不必徐大哥费心,我自己去就成了。"说着,就要收拾他自己的东西。

徐客人却又拦住他说:"你先不要忙,如今的事情还得思虑思虑。那个店可就紧挨着罗小虎早先住的地方,有些不方便吧?"

韩铁芳说:"这倒不必忧虑,想鹰眼高朋等人在那里抓住了罗小虎,反倒未必会再往那边去了。如果是江湖人,岂会那么傻?哪里会刚抓走一个,又去一个人等着抓?所以我想我若住在巩家店里,更可以隐身。"

徐客人说:"不用!不用!你就住双安店吧。今天或是明天,我一定去看你。你身边带着的钱够吗?"韩铁芳拍着他自己的行李,说:"足够!足够!"当下就匆匆地收拾好了随身的东西,徐客人又带着他去见这里的掌柜道谢辞别。

韩铁芳挟着自己的行李到了北大街,找着了那双安店,进去只说自己是才从吐鲁番来的,在偏院里找了一间小屋下住。如今他的主意已完全拿定——防范仙人剑张仲翊再陷害罗小虎,帮助春雪瓶不要叫她踏入鹰眼高朋等人的网罗。他决定办完了这两件事就走,而且除此两件事之外,不再跟雪瓶说半句话。就这样,就这样!他要将玉娇龙邀自己西来的那番意思以及罗小虎在铁窗中所说的那些话全都深藏在自己心中,不让雪瓶知道,不向别人说。自己原是有妻子的,姻缘之事,本来就不该提。

他这时的精神十分振奋,天将黑时,用毕了晚饭,本要出去,不想徐客人来了。到底徐客人向这里店家托嘱了,并且还特意到韩铁芳的屋中,用极小的声音说:"我明天就走,你也不必送我。你的事,不叫我管,我也不能多说话,可是咱们两人也算是相交了一场。你为朋友那样舍命,我难道就不懂得做朋友吗？我若是那么个人，这些年就不能够在新疆各地往来。现在我已替你托付好了，你只管在这店里住，绝困不着你。几时走，路费不足，可以到柜上去借。我并且还给你预备好了一匹马，也不用说是借你的还是送你的，反正只要你看着风头不好，就赶紧跟店家说，店家立时就会把马牵来，你就骑上了马快走。我知道你们走江湖的，只要有马，就什么也不怕，要不怎么叫响马呀？"韩铁芳听了，又是感激，又是觉得好笑，便连连抱拳。徐客人就说："我要走了，你也不必送，咱们后会有期。"说着他就出了屋。韩铁芳满腔感谢的话，还没说出来，就让徐客人自己走了。他在屋中发了半天怔，便自出门，直往南大街走去。

这时初更早已敲过，天都黑了，月光微微地照着，秋风却吹得很紧。韩铁芳来到了吉升店斜对面的小酒馆，就走了进去。屋里的灯虽不大亮，可是人很旺，一进屋子，热气就扑在了脸上。酒客倒是不多，也没有见着鹰眼高朋、仙人剑和什么方天戟，除了有几个闲汉抱着酒壶仰着脖子痛饮之外，只有两个官人模样的人。一个旁边放着一顶半旧的红缨帽；另一个却梳着整齐的辫子，四十来岁，穿着灰布夹袍，青缎的坎肩，倒像是个跟官的人。这两人的面前摆着好几样儿酒菜，彼此细细地饮酒，慢慢地说话，看见了他，倒没有怎么介意。

韩铁芳刚要找个座位，却听旁边有闲汉招呼他说："喂，喂！还早一点，得过了二更才能玩呢！你等一会再来吧，别忘了多带钱！"

韩铁芳不由站住，思索着他这末一句话，才知道此人必以为自己是来此赌钱的，这里必有个赌场。于是心思一转，笑了笑说："钱倒没有带多，四五十两还有，我也知道还得等会儿才能开赌，可是我现在想先在这儿喝杯酒。"说着，就靠近那个官人的旁边坐下。

伙计过来问说："您要喝酒吗？"韩铁芳点了点头，伸着两个手指头说："有二两就够了。"

小伙计把他的脸详细地看了看，忽然带点笑说："我看着您眼熟！"韩铁芳倒不禁吃了一惊，小伙计又说："半个月前，您到我们这儿来过，是不是？您跟吉升店里住的萧老爷认识，是不是？"

韩铁芳心说，这个小伙计倒真是好记性！遂点了点头，悄声说："那边住的萧老爷,他走了没有?"

小伙计先斜着眼望望旁边那个说着北京话的跟官模样的人,然后也悄声说:"没走,萧老爷没走,太太也没走。他们的小姐,听说已走了一个,可是这儿还留着一个,整天也不出门,不知是那个什么小王爷不是?"他吐了吐舌头,又努努嘴说:"那边不就是钦差大人衙门里的二爷吗?今天他拿了一双鞋,听说是由别处鞋铺给送到衙门去的,这位二爷又给送到店里交给小姐啦!听说那双鞋仙人剑张爷抢着看了,说是真好!缎子的,绣的是英雄斗智。"

这时那边的跟官的人又说:"伙计,把那卤煮鸡子再给拿一碟儿来!"小伙计答应了一声,就不敢再说别的话了。韩铁芳笑着说:"快去吧,给我拿酒来!什么鸡子?也给我拿一碟来!"

小伙计转身走去,待了不大工夫,两个手拿着三只碟子又回来了。他把一碟熏豆腐干、一碟切好了的卤煮鸡子放在韩铁芳的眼前,又把另一碟鸡子送到那边桌上。然后他去取来温好了的酒,给送来,就站在韩铁芳的桌前不走,又笑着说:"萧老爷这两天也不弹琵琶啦,要听也听不见了!"

韩铁芳就问说:"他还来这儿赌钱吗?"

小伙计说:"差不多天天来,可是这两天他没有赌,因为……"他笑了笑又说:"他都赌光了!好赌的人要是没有赌本儿,那可真难受!"

韩铁芳又问:"你们既是开酒铺,为什么还要设赌局?"

小伙计道:"这是人家借的地方,是本地有名的人黑脸吊客耿雄开的。早先赌得小,后来仙人剑张爷那些人一来,才赌得大了。我们掌柜的也好赌,抽的头儿都输掉了不算,还赔账!"

韩铁芳斟着酒,饮了半口。小伙计又笑着说:"大爷,你是不是姓韩?我听萧老爷说,您的琵琶弹得很好。那个玩意儿可真好听,我听比胡琴好。"韩铁芳只是笑着,并不言语。

这时候就见屋门被人猛地拉开,走进来一条汉子。韩铁芳不由吓了一跳。在黯淡的灯光下,看出这个人一身青,腰间的绣花带子上插着一口带环子的明晃晃的短刀,两耳生着黑毛,敞着胸膛横着走路。韩铁芳知道此人就是仙人剑张仲翙,遂赶紧扭过脸去,向着墙张仲翊似是没看见他，一直走到那跟官的人桌前，说："喂！连喜！连二爷！你把那双鞋给春雪瓶送去了没有？"

连喜却皱着眉，说："什么春雪瓶？别胡说！那双鞋我倒是送去交给萧千总了，他也收下了。他说一两天就走，路过尉犁城的时候再把鞋交给那里的姑娘。"

张仲翊却伸手摸了连喜的脑袋一下，冷笑着说："你怎么也跟他们是一手儿活？替他们隐瞒着？达坂城来的人明明说，那位姑娘自称是咱们钦差的侄女还是外甥女，那不是春雪瓶还是谁？"

连喜着急说："你不要胡说！叫钦差知道了，咱们可谁都担不起！钦差哪里认识什么姓春的亲戚？"

张仲翊冷笑着说："不认识姓春的亲戚，可是认识姓玉的亲戚。除了玉娇龙的女儿，哪个女儿是大脚？哪个女人配穿那双花鞋？这话你只管去告诉钦差，有事我担。"说着一拍胸脯，一撇嘴，说："斜对门住的那个妞儿，一定是春雪瓶，没有二人。你告诉她，叫她放心，我们不能把她怎么样，也不能托出媒来去说她，我们自己知道，脸子不够。"他摸了摸脸，笑着说："叫她出来，让我们细看两眼就行了！"

这时由门外又进来了鹰眼高朋，他把仙人剑张仲翊推到一边，笑着说："张爷你是怎么啦？满口颠三倒四的？别是你喝多了吧？"

张仲翊却又指着嘴说："我这嘴一点酒还没沾呢！你怎么会说我喝多了？我也是刚进这酒铺的门。我不过是说说春雪瓶！"

高朋把他用力一推，他立时就翻了脸，把短刀抽出来，从柜台上的小橱柜里抓了一把酒壶，用刀一削，立时就有一半被削落在地。他愤怒地瞪着眼，说："怎么？新疆的人全都不敢说她们的名字？说出玉娇龙、春雪瓶来，就会掉脑袋，那是别人，我可不怕。我一天要喊几声玉娇龙、春雪瓶，谁管她是什么人的妹子、外甥女，什么人的老婆、丫头，我都不管不论。现在我还只是喊，过几天我可就骂啦！"

张仲翊气哼哼地把地上的半个酒壶用脚一踢，啪的一声，正踢在韩铁芳的桌子这边。他又说："谁要敢拦我，我可就要拿刀切他的脑袋，跟切这只酒壶一样。"又扭过头说："掌柜的，这把酒壶算我的，毁了酒壶我赔钱，杀了人我也抵命,我没有做官的大舅子给撑腰。伙计,他妈的你倒拿酒来呀!"向着旁边的凳子上咕咚一坐,几乎把个凳儿给坐塌了。

今天这个张仲翊特别凶悍,一脸的煞气,不知是才在哪里同人打了架,连鹰眼高朋都不敢惹他了。那连喜本来是同着那个人正谈得高兴,那人是由伊犁将军瑞大人之处来的官眷,就住在附近的店房里。忽然闯进来这个魔王,把他连吓带气,也弄得没有兴趣了;他就跟那个人又低声说了两句话,叫过伙计来,两人也没抢着付账,他就付了钱,那个人戴上了红缨帽,两人一先一后往外就走。

不想张仲翊突然又站了起来,一手提着刀,一手抓住了连喜,把连喜吓得脸都白了。张仲翊却笑着说:"连二爷,多有得罪,包涵包涵。你回去可别把我这话跟大人说!"

连喜笑着说:"这是什么话,张镖头也太多心了!我在大人的跟前,哪能什么话都说?再说,咱们哥儿俩随便开两句玩笑,你以为我就认真了?哈哈!酒钱够不够?我这儿有!"

张仲翊摆手说:"用不着!只要你回去把嘴闭严着点就行了!听见了没有?"说着用手指把刀弹了一下,当啷的一声,便放开了连喜。连喜一声也没敢言语,同着那个官人赶忙走了。

这里张仲翊把刀放在桌上,又坐下,口中还叨叨地骂着,并拿起酒杯来,大口地喝。那个好说话的小伙计却像是不怕他,凑过来还跟他说闲话,由此也可知这家伙是常在这儿凶闹,铺子里的人也看惯了。这时高朋却看见韩铁芳了,可没露出注意的样子,就去坐在张仲翊的旁边,也不喝酒,只低声跟张仲翊说话,似是在劝他。张仲翊可也还没注意到韩铁芳。

韩铁芳这半天,酒杯并没离开嘴唇,可是酒却没喝多少。他心中的一阵紧张已经过去了,他原想张仲翊一定会找上他来,那时候他已决定要先夺张仲翊手中的宝刀,然后就跟张仲翊拼命;即使杀了他,把自己也关在牢里,也无悔。可是这样的事并未发生。此时他的心里却又充满了疑惑,就想:为什么春雪瓶在店里整天不出门,可又不走呢?玉钦差既然能派仆人给她送鞋来,可又为什么不把她叫到官花园去公然相认呢?她又不姓罗,不姓玉,随便说是个什么亲戚,还怕瞒不住人?如此又能把人瞒得住吗？再说，那一双什么英雄斗智的花鞋，雪瓶又何必叫人给送到钦差之处，以后惹出这些麻烦来呢……想到那双鞋，自己心里又有些思慕，恨不得拿来，放在自己眼前，详细地看一看才好。

如此想着，酒更饮不下了，菜也没吃多少。蓦然看见张仲翊已不发凶了，跟那高朋只是脸对脸的喝酒、谈话，好像顾不到别处了。韩铁芳就想，不等着赌钱了，趁早离开了此地。看见那小伙计向他这里投来一眼，他就招了招手。

小伙计含着笑走过来，问说："韩爷你还要什么吗？"韩铁芳小声儿说："不要了，你把账算一算吧！"小伙计遂就三百二、二百八的把账算清了，韩铁芳掏出钱来，点对了，放在桌上。小伙计还向那边撇了撇嘴，笑了笑。

韩铁芳也没言语，站起身来，目不斜视地往外就走。不想还没有走出去，旁边桌旁坐着的那个酒鬼却说了一声："待会儿来呀！宝可快开啦，回去再多拿点钱去，本儿大了能够多赢。"韩铁芳不由得一回头，目光却正跟高朋的那双鹰眼、张仲翊的那双凶眼交射在一处，韩铁芳也没言语，一步就踏出了酒铺。

这时的天色已黑，星繁月黯，秋风更紧，街上已经没有什么人了。韩铁芳往北走了几步，忽然停住了脚，暗想：春雪瓶刻下身边的事，实在紧急得很！鹰眼高朋等人不知怀着什么心？莫说再抓住她的什么罪名，就是没有另外的罪名，那"妄称春龙小王爷之名横行南疆一带"也够把她关在牢里或是杀头的了。我岂可不去把这些事告诉她们，好叫她躲避、准备？于是他转回身来，匆匆忙忙地到了吉升店的门前。

这时候，大门还开着，柜台里边算账的先生啪啪地打着算盘，厨房中叮叮当当乱响，各房中都明灯照耀，东屋叫着"伙计"，西屋里也喊着"小二"。店伙四五个，有的手托油盘，有的提着开水壶，全都往来匆忙，并且一声声地答应着："听见啦！好啊！有啦！"

韩铁芳走进来，并未为人所注意，他便很熟地就走到了雪瓶住的那里院内，来到了绣香的房门首。

屋中，绣香正在跟谁说着话，她声音很急地说："她不愿意离开这里，我可有什么法子？你逼着我，我恨不得立时就回家，咱们在外边这些日子，孩子托付人给照管着，我也是不放心呀！可是难道咱们都走，只把雪瓶一人扔在这里？在她爹爹活着的时候，咱们可以那样办，现在她没有了爹爹，难道咱们就一点也不照管她？”

又听见有人咚咚顿了两下脚，韩铁芳侧着耳朵，就听见是那萧千总发出来的急躁而低哑的声音，说：“唉！唉！你嚷嚷吧！叫人知道了她就是春雪瓶，那可是不得了！”从窗下看见他连连摇手，跟耍皮影一般。

绣香说：“你还以为外面的人真不知道呀？今儿连喜为什么给她送鞋来？”

萧千总说：“连喜知道了，并没什么。所以我说，咱们有什么事，就得赶紧快办。今天连喜一半是来送鞋，一半是劝咱们赶紧离开迪化，虽然他说这只是他自己的意思，我可是猜着必是钦差大人的主意。那么咱们不如就遵命。你再跟雪瓶姑娘去说说，咱们这就算清店账收拾行李。明天早晨，我豁出去啦，我带着她再到官花园去碰一个钉子，去给钦差大人辞行。钦差大人要是一时高兴，传我们进去见面，那就好办啦，我也就不急着走了。咱们回到店里来，再拆行李卷儿、退车，再住一个月、半年，我要是再催着走，我是忘八蛋！”

她的太太绣香说：“但是不行呀！我知道玉大爷的脾气，这些日子他都不见咱们，哪能在临走时又肯见咱们呢？”

萧千总说：“是呀！到了现在，也不指望他再见咱们啦！要不我为什么主张先收拾好行李呢？去见他不过是为应应卯，省得叫他挑眼。再说他既不见咱们，还能不给咱们些盘费？他好意思叫咱们白白地来一趟，又白白地走回去吗？”

绣香说：“你总是想着拿人钱！钱！再有多少钱你也是不够，少赌一赌好不好？”

萧千总却笑着说：“哈！什么话嘛！俗话说：‘千里为官只为钱。’咱们这次先到尉犁城后来迪化府，本想升一级，官儿既升不了，还能够不捞几个钱花花吗？为的是什么？你知道钦差的官儿有多阔？沿路上，各地大小官员明着不送礼，暗中还不送礼吗？他打发走了外甥女，还能够少给钱……”

韩铁芳在窗外，已把他们近日的情形明白了一些，然而还不晓得雪瓶在这里既不做什么事,可为什么又不走?他往后退了几步,故意咳嗽了一声,立时就把屋中那夫妇二人的谈话打断了。韩铁芳又往前走着,隔着门问道:"萧兄在家吗?"

屋里的萧千总愣了愣,然后才恐惧地问说:"谁呀?是谁呀?"韩铁芳声音不大地说:"是我,我姓韩。"萧千总说:"什么?你大点声音说,你来送钱?"倒是绣香听出来了,急忙说:"是那位韩大爷吧?"又跟她丈夫说:"大概是韩铁芳来啦!"

萧千总还不敢开门,绣香就将门开了,韩铁芳走了进去。他先拱拱手,萧千总惊讶地看着他,悄声儿问说:"你怎么还没走呀?"又问说:"你今儿干什么来啦?"韩铁芳没有答复他这话,也只是低声地说:"请把雪瓶姑娘叫来,我跟她有几句要紧的话说。"

萧千总说:"雪瓶早就回尉犁城去啦,你还不知道吗?有什么要紧的话呀?马你也交回来了,我虽没谢你什么,可是那将来再说,我们一定有良心。你干什么这么晚来呀?吓人一跳!"

韩铁芳正色说:"萧兄你不要多疑,我来这里实无恶意。就因为外边有几件事,如果一发做出来,便于你们不利。我知道雪瓶姑娘没走,你快点把她请过来,有几句话我非得当面跟她说。"

萧千总听到这里,不由得急躁起来,竟要翻脸。他顿着脚说:"你这个人是怎么回事呀?我们姓萧不姓春,你要找春雪瓶,往别处去找,问我们问不着。你这个人可也太死心眼啦!告诉你,春雪瓶没在这儿,你还不信,难道我还会骗你?真是!"他的太太绣香却赶紧把他推到一边,说:"你别说了!咱们就把雪瓶叫过来吧!韩大爷既然来了,就一定是真有要紧的事。"说时她就往屋外走,去叫雪瓶。

萧千总急得又顿脚,但知道事情已经无可奈何了。太太给泄了底,再说雪瓶没在这里,人家更不能信了,于是就叹了口气,说:"姓韩的,我看你这个人也很老成,可为什么你总是这样拉不清扯不断呢?雪瓶是个十八九岁的大姑娘,你是个年轻小伙子,你这样一来就找她,也不成事体呀!就是有要紧的事吧,你也可以跟我这个半老头子说,何必非见她不可?你究竟是存着什么心?"

韩铁芳不禁也有些生气，说："什么心我也没存着，我来确实是一番好意。跟你说也行，就是外面那仙人剑张仲翊……"

才说到这里，屋门开了，雪瓶在前，绣香在后，都进来了。韩铁芳看见了雪瓶，就把话顿住，眼睛又有些不敢向春雪瓶直视。只见雪瓶穿的是一件青布的很合身的长衣裳，面上未擦脂粉，却愈显得秀润。在韩铁芳向她拱拱手时，她微微地笑了笑，更显得娇丽妩媚。

旁边的萧千总就说："你快说啊！她出来啦！"韩铁芳倒觉得话说不出来，非常局促。雪瓶的态度却一点也不慌忙，很和婉地说："请韩大哥先到屋里去，有什么再说吧！"萧千总一听，竟然叫出"大哥"来了，多么亲热，不由又一愣。雪瓶却说："萧姨夫给找点茶来吧！"萧千总听了也不动身。

雪瓶就让韩铁芳进了里间，她跟绣香随着走进，帘子也随之放下。里屋的桌上有一盏锡台的油灯，光很暗，绣香给挑了挑，灯光骤然发亮。绣香客气地请韩铁芳落座，韩铁芳却不肯坐，只说："我在迪化住了也有半个多月了，原是想一二日内就离开此地，但是忽然又听说了许多于姑娘有关的事，我不敢不来告诉。如若姑娘有需我帮忙之处，我决定万死不辞！第一是罗小虎，他在狱中虽受苦，但他性颇慷慨，谈笑自若，一点也不发愁。前几天我去看了他一次，他跟我说了许多的话……"

往下的话，正在欲说未说之际，忽然听得雪瓶冷冷地说："他的事倒与我不大相干，我家的人原与他并不相识。"这两句话把韩铁芳心里无数的话都给堵住了，更无法说出来了。

他点了点头说："是的，不过……"见旁边绣香倒是很关心，一副要往下听的样子，他又说："罗小虎的案情倒不要紧，官方已不向他究问杀死铁霸王之事是否是他所为。只是二十年前他在新疆有大盗的名声，如今既然被获，就都要究问究问，也许要解往伊犁去审讯，大概不至于问成死罪。可是那个仙人剑张仲翊，却把他恨入了骨髓，认定他们的盟兄铁霸王是死于罗小虎的手内。他曾发誓，即使官方不把罗小虎处死，他也要置罗小虎于死地！"听到这里，春雪瓶的芳容就渐现愤怒不平之色。

韩铁芳又说："刚才我还看见了张仲翊，就在街上路西的酒馆里，他拿着罗小虎早先使用的一口锋利的短刀，口发恶言，骂出许多话……"

雪瓶秀丽的双目中立时迸出两股煞气来,怒声问说:"他骂了什么?是骂我们吗?"

韩铁芳点了点头,说:"他说的话我不能尽说,总之,姑娘住在此地既不走又不出门,以为外人不知道,其实仙人剑张仲翊跟鹰眼高朋等人,他们已经晓得了;他们并且说姑娘是现今钦差玉大人的外甥女,而罗小虎是姑娘之父。"

雪瓶冷冷地一笑,说:"胡说八道!"

韩铁芳说:"但他们确是这样嚷嚷的,且官人整天在这店房的附近徘徊。"雪瓶点头说:"那我倒知道。可是我不出门,我不惹事,他们能奈我何?"韩铁芳说:"只恐怕他们横生是非。万一他们把什么罪名加在姑娘的身上,那时,尤其是玉大人,也难免要遭受连累,担受处分。"

雪瓶听到这里,略略地发了一会儿愣,便点头说:"我都知道了,多谢韩大哥告诉我这些事,我加意小心就是了,并请韩大哥放心。我料仙人剑那群小辈,不敢把我怎样了,别听他们在外面吵嚷叫骂,他们绝不敢来这儿找我寻衅,他们绝没那样大的胆!"她冷笑了一声,又说:"这几天我不出门,也并不是怕他们。"说到这里,她忽然又把话顿住,凝思了一下。

绣香听说外面的人都已知道了玉钦差、罗小虎跟雪瓶种种关系之事,虽没怎样惊慌,却又勾起了心中的难受之事,不禁眼圈儿潮湿,说:"这些事可还……"

雪瓶用手将绣香拦住,向韩铁芳看了一眼,很和婉地说:"韩大哥打算几时离开迪化?"韩铁芳说:"如今既有这事,一时我也不能离开。"雪瓶说:"韩大哥能在此多住些日也好。"

韩铁芳慷慨地说:"我与罗小虎虽只在沙漠中相逢,同行过一段路,但我心中颇钦佩他的为人。他若受了刑法,我虽难以设法,难以出力,但若别人想要害死他,我却要拼出命来相救。又因仙人剑出口侮辱春前辈,我也实在不平。我并非为姑娘,我要在一半日内与仙人剑张仲翊决一个上下,不能容许他那狂妄的人任意侮辱春前辈的声誉。因为罗小虎是我的朋友,春前辈玉娇龙也是我的好友,我一定要抱这个不平!"说时握拳愤愤不已。绣香在旁边仰着脸儿对着他,两行泪早已滚下来了。

雪瓶也微微地蹙眉，叹息了一声，又问说："韩大哥眼下住在哪里？"问这话时，她的样子是亲切的，面上也浮出点笑来。韩铁芳说："我就住在北街巩家店的隔壁，那里只有两家店房，我是住在南边的那家店房。"雪瓶又问说："你住的是前院后院？南房北房？"韩铁芳一听，不由得愣了一下，又细想了想，才说："我住的是后院，一间小西房。"雪瓶把头点了一点，就说："是了，今天谢谢韩大哥。刚才所嘱的事，都请放心，以后我一定会谨慎仔细，不至于让那些人得着什么把柄陷害我；并请韩大哥也不要跟他们生气，因为不值得！"

韩铁芳一听这话，不由得心里有些发凉，因为自己是一腔义愤，慷慨激昂，要抱不平；而雪瓶却没有把这件事情放在眼里，一点也不急躁。而且话已经说到了这里，自己要办的事已经办完了，至于那罗小虎在狱中及玉娇龙在路上所说的话，虽然压在自己的胸头，但雪瓶对于自己的态度是这样的恭敬客气，自己可怎么好意思说出来呢？于是不禁默然无语。

绣香又让着说："韩大爷请坐吧！我看看他们叫人沏了茶来没有？"说着，就到外屋去找她的丈夫了。

里间只剩下了两个人，灯畔雪瓶含着一点羞态的俏影，引得韩铁芳又看了一眼，便不敢再看了。也本想趁此时间，把胸中的话全都吐出来，告诉她，但接着就得告诉她"自己家中原有妻子，这件事办不到；不过你的父母全都有这种意思，全都对我说过，我不能不告诉你罢了"！他真没有这勇气说，真真说不出来。

此时绣香又回到屋里来了，韩铁芳倒忍不住脸上一阵发热，就像喝了许多酒，如今酒力全都发作了出来似的。绣香跟雪瓶又一齐带笑请他坐，他只得谦逊了一下，坐下了。

而这时外屋的萧千总又跟店伙发起脾气来了，说："你们是怎么回事呀？叫了你们半天，还到前院去请你们给沏点茶，你们却这个时候才来。是现挖井打水，现种树砍柴，还是净侍候别的财神爷，看我们不像住店的呢？"

店伙把茶壶送了进来，绣香就接了过去，给韩铁芳倒了一碗。韩铁芳欠起身来接过，望着绣香，心中不由又发出许多疑问。他想要听绣香把玉娇龙的亲生孩子在祁连山落难的事情，再详细说一番，以便与自己的身世相对证一下，看看罗小虎到底是何人之父，玉娇龙到底是何人之母，以打破那个谜。但这件事，绣香不启口，自己也无法谈到。他又偷眼看看数步之外亭亭站着的雪瓶，见她的模样虽美，但若是细一看，她的脸儿、眉目却也真没有一点跟玉娇龙或罗小虎相似之处。

自己坐在这里觉得非常局促不安，同时，绣香又时时以眼睛盯着自己的脸，不知是什么意思，可是也不说话。外边的更声已敲过了两下，他见雪瓶似有倦意，于是便站起身来，向绣香说："我在这里惊扰了半天，现在我得走了。"

绣香的意思似乎是还想要留他在这儿再坐一会儿，再谈谈话。但望着雪瓶，见雪瓶却不作一点挽留的表示。韩铁芳已经出了屋，绣香便送出去，随在身后说："韩大爷，您暂时既不离开这儿，有工夫请常常来，我还有点事要跟您打听打听呢！"

萧千总却在旁说："得啦！得啦！人家哪有工夫常到咱们这儿来？再说这又不是咱们的家、咱们的客厅，哪能净叫你接待高亲贵友呀？韩大爷，您不把那个琵琶顺便带回去吗？"他指了指在墙角立着的那面琵琶。

韩铁芳却摆手说："我不用它，留着给萧兄闲时消遣吧！"便往外走去。萧千总在身后把绣香拦住，并向外说："我怕外边黑，恕我不送啦！改日再见吧！"遂用力把门关上了，回过头去又带着气埋怨他的太太。韩铁芳才向外迈了几步，把他的话听得清清楚楚，本来也有些恼羞成怒，但又不能不忍着，所以他就没有言语。

此时天边的那点月光已被浓云遮住，周围越发昏暗。出了店门，街上一个人也没有，走了几步，见那家小酒馆的窗上也上了板子，由板缝里透出一线灯光，里面乱哄哄的，有很多人正在赌着。

韩铁芳本想进去，但又想：进去也许跟上次在老牛镇一样，跟人打起来，出人命，值得不值得且莫论，现在可还没到那时候。于是他顶着寒风又向北走去。两边的铺户多已暗无灯光，他信步走着，脑里思索着许多事：其实刚才雪瓶并没有说几句话，可是她不断地询问自己的住址，并问住在店的里外院，还问屋子的方向，莫非一半日内，她会要到店里去找我？

韩铁芳边走边想,尚未走到十字路口,忽然觉得身后有脚步声。他不禁吃了一惊,蓦一回头,却见有一人一跃而前,伸手就把他的脖领抓住,同时另一只手已举起光闪闪的一把宝刀。韩铁芳啪地一抬手,就把此人的右腕狠狠地握住,怒声问说:"你要做什么?"

此人却冷冷地发出笑声,说:"小子,你先别怕!我要是想要你的命,早等不到今日了。小子,你认识我吧?我就是仙人剑张仲翊。你小子到底名叫什么?快说!你跟春雪瓶是怎么认识的?刚才你到她的店里,你们在一块儿捏弄什么事?快说!"

韩铁芳此刻振奋起全副精神来,一听说对方就是那个仙人剑,胆气倒壮了,也就冷笑着,说:"好!我也久仰你的大名,我正想一两天内邀你谈一谈呢!现在见了面正好,但这刀用不着。"他用力夺刀,张仲翊却把刀握得很紧,并将抓着韩铁芳衣领的那只左手也腾了出来,想将刀换手,可是韩铁芳已经挥起左臂,啪的一掌打在了他的脸上。

张仲翊大怒,往起来一跳,厉声说:"好!你不要命了!"韩铁芳右手上抬,右腿也同时抬起,冷笑说:"不要命的是你!"一脚正踢在张仲翊的小腹。张仲翊两腿急向后撤,身子几乎倒下,但他的刀仍不撒手,反倒吸着气,狠狠地说:"小辈!你不懂面子,敢来跟老子拼!好!可莫怪老子不留情了!"他忍住了疼,拽身夺刀,左手也去用力地夺。韩铁芳不由撒了手,但一脚又踹在他的屁股上,只听啪嚓一声,张仲翊摔出三四步之远,趴在地上了。

韩铁芳跃步向前,要踏住他;不料张仲翊一挺身就跳了起来,翻回来又以刀来砍韩铁芳。韩铁芳想再抓住他的腕子夺刀,可是已经抓不着了。张仲翊是步步进逼,口中狠狠地怒骂着:"小辈!我看你不是罗小虎的贼伙,就是春雪瓶淫丫头的男人。你也不睁眼看看,有张二太爷在这里,能容你们……"只听嗖嗖嗖,他手持钢刀连削带刺。韩铁芳只是辗转身躯巧妙地闪避,然而并不逃。

张仲翊扑不上他,更是急躁,大声喊着说:"小辈!这算本领吗?是好汉子就不要躲,立定了身。你要是怕刀,咱们比拳;你要是再怕拳,就赶紧低头求饶……"韩铁芳骂道:"混蛋!胡说!"便返身进逼,以徒手要夺他的短刀。张仲翊就说："好！好！过来吧！"于是两人又相扭在一起。

张仲翊凶悍之极，力气颇大，手脚也相当敏捷。韩铁芳上面抓刀，下面用脚，已不能再将他的刀抓住，将他的身躯倒，只好又急忙往后连退。张仲翊却握刀猛向前扑，忽听啪擦一声，他又自己跌倒了。

韩铁芳因天黑看不清楚，还以为他是使用诈计，便不敢再向前按他，身子反往后又退了两步，也骂着说："小子快爬起来再拼！"不料张仲翊再爬起来可真费力，似乎跌得很重，发出粗粗的气喘声，狠狠地说："好！小辈！你使用暗器来伤你祖宗，这算是你的本事么？"

这时从南边有灯笼跟几个人走来，他就扯足了嗓子叫道："高班头！你们快来救我！可小心他的暗器！"韩铁芳本已下了狠心，要扑过去按住他，夺过刀来当场结果这悍贼的性命，但至此倒不禁吃了一惊。他不是惊讶鹰眼高朋等人的到来，惊讶的却是"暗器"这两个字。他急忙向下看去，却没看见什么人，只是南面两只灯笼和几个人已经脚步杂沓的，朝这边跑来了。

韩铁芳转身向北急急走去。张仲翊又大喊："他跑了，你们别放他走！小辈姓韩，是春雪瓶的汉子、罗小虎的喽啰，你回来呀！再拼一拼呀！跑了就是给你祖先丢脸！妈的……"

韩铁芳边走边猜疑着：我们交手，是谁在暗中施放暗器？不觉到了店房门首，一推，店门就开了。他走进去，随手将门掩上，这才喘了一口气。望见柜房里灯光很亮，韩铁芳就定了定神，走到柜房门前，向里边索要灯火。

里面的掌柜的很客气地说："韩爷回来啦？到哪儿去玩了一会儿呀？"

韩铁芳带笑答道："去看了看朋友，掌柜的把灯给我。"掌柜的说："灯已给您点上啦，我们想您一定是一会儿就回来。"韩铁芳点头说："好！好！好！"掌柜的又说："茶水这就给您送去。"韩铁芳又连说："好！好！"他胸头依旧急剧跳动，气还有些喘，脑中仍飘着一个个可惊的疑问。

走到里院，见自己住的那房间的窗上果然有灯光，心里就想：这里也住不下了。明天仙人剑张仲翊必会找到这里来拼命，再拼命时可就得见出个生死了！他伸手一拉门，随之迈腿进屋，却不禁又吓了一大跳。原来屋中已有人，紧扎的云发，俏立的娇躯，一身青色利落的打扮，正是春雪瓶在他屋里等他。

韩铁芳愕然止住了脚步，心里才明白了刚才雪瓶为什么询问他的住址，并且明白了刚才以暗器射伤仙人剑的那个人是谁了。

他尚未说话，只见雪瓶先笑了笑说："韩大哥怎么这时候才回来? 我劝您以后不要再跟那仙人剑张仲翊争斗了。他原不过是个狐鼠之辈而已，大哥如若伤了他，再因那打官司，未免合不着；如今我只求韩大哥给我办一件事。"

韩铁芳一听这话就又奋起勇气来，说："好，无论什么事情，就请姑娘告诉我吧! 必定实时去办，绝不迟延! "

雪瓶刚要把话说出来，韩铁芳忽然听见门外有脚步声，他赶紧推开一道门缝，向外去看，见是店里的伙计给他送茶水来了。他就伸出手去把茶壶接了过来，没让伙计进房，依旧将门关上。雪瓶悄声说："把插闩插上吧! "韩铁芳随将插闩上好。

雪瓶又将桌上的油灯向下压了点。灯光骤暗，雪瓶的芳容如同罩在一层雾里，愈发绰约如仙。她在床边坐下，韩铁芳站在她五步之外，自己觉得十分不好意思，拿起茶壶来倒茶，手都有点发颤。雪瓶的双颊也浮现出两朵嫣红，但旋即又正色地说："暂时不忙，我求大哥这件事，待一会儿再办不迟。"

韩铁芳一听是目前的事，就更慷慨地说："随姑娘吩咐吧! 无论是我做得到做不到的事，我必定尽心尽力去做。因为受了前辈之遗命，她老人家叫我尽力关照姑娘，我绝不敢有负亡友。我本来是在旁处还有事情，因恐姑娘在这里易受旁人之暗算，我才不走，留为效劳。只要办完了姑娘的事，眼看姑娘离开这里，安返尉犁城，那时我才会安心离去。"

雪瓶听了，不禁将头低下。待韩铁芳将一碗茶送到她的眼前，她慌忙地站起了身，笑着说："大哥怎么跟我这样客气呀? "她伸着纤纤的双手去接，右手的无名指上还戴着一个白银的戒指。但韩铁芳并没把茶碗交在她的手里，却放在她的身畔床板上。雪瓶拿起碗来放在唇边，轻轻地抿了一口，然后嫣然一笑，随后说："我只求大哥一件事，因为幼霞走了，没有人可以再替我办这件事。"

韩铁芳又问:"什么事?请姑娘只管吩咐,我这就去办!"

雪瓶问说:"官花园那地方,韩大哥认识吗?"

韩铁芳一听,不由得有点发怔,就说:"虽然没去过,但我一定能找到。"

雪瓶就说:"我带大哥去也行。待会儿,过三更时,我就同大哥去。那里有一座楼,名叫绿霞楼,隔着一道墙便是一条长巷,请大哥就到那楼上。"

韩铁芳问说:"那楼上可有人住吗?"

雪瓶摇头说:"没有人住,是一座空楼。但大哥到了上面务必将他那里的人都招出来。那里的护院,除了仙人剑张仲翙之外,还有方天戟秦杰,官人更夫无数。韩大哥你只去把他们惊扰一下,叫他们乱起来,千万可别伤人;然后你就急忙脱身走去,再回到这里来,也别叫他们追着!"

韩铁芳一听,不由倒为难了,但是他眉头也不好意思皱一下,依然点头,慷慨地答应着说:"好!待一会儿我就去。虽说官花园那个地方我没去过,我可知那地方是在西门里,靠着城墙很近。"

雪瓶微微地笑着点头说:"对啦!就是那儿。"

韩铁芳说:"那就不必姑娘带领,我一个人自会找了去,可是姑娘……"他想问问到底为什么叫他那样做,那不是成心闯祸吗?于事又何补呢?

可是雪瓶不容他问,反先问说:"韩大哥可也得自己斟酌斟酌,你能不能办这件事?我也是真没法子,才来找你。但,你……若是不愿帮助我,或是实在不能助我,你可也别客气,只管推辞,我绝不会因此就恼了你,也不会因此就小瞧了你。"

韩铁芳说:"姑娘放心!我既然答应了,就必定办得到。除了叫我去杀害钦差大人,那我是绝不肯;叫我去登天入海,铲平了沙漠,那我也确实不能。除此以外,我哪一样不肯?哪一样不能?我虽武术只学了数载,不及姑娘远甚……"

雪瓶脸红红地笑着说:"大哥何必这么客气?"

韩铁芳说:"这确是实情。然而,我自信武艺还不在仙人剑、方天戟等人之下。在灵宝县我也独战过戴阎王等数百之众,在渭河畔我更曾单身力斗过群贼。不然,我想春前辈那样的高人也不会屈身与我相交,带着我西来……"往下他还有许多话要说,可又说不出来了。

春雪瓶却低头赧颜，似引起了心中的悲伤，可又微微地倩笑着，说："我知道，你的本事受过真传，你说您不及我，那是太谦虚啦！今天，我恳求你千万给我办了这件事！"

韩铁芳点头说："成！"虽然他觉着可疑，想问问惹出这场麻烦来究有何用，但他又想：那样倒显得我畏首畏尾、犹豫不决了，于是索性不再多说话。

这时店里有人梆梆梆整敲了三下梆子，韩铁芳说："请姑娘且等！"他悄悄走到院中，见前院淡淡的灯影，简直没有一处有亮光；天际乌云更厚，遮得星斗皆无。寒风更紧，四顾寂寥，毫无声息。韩铁芳在院中站立了一会儿，听到店房里的更夫敲过了梆子已回屋睡觉去了，街上远处的梆锣也渐渐去远。他又回到屋里，看见春雪瓶正抽出他的那口宝剑来看，见他进来，就又给放在床上了。

韩铁芳在腰间系上了一条带子，说："姑娘随身又未带兵刃，若随我前去，恐有闪失。不如姑娘先回店房去，今夜我把事情办得如何，明天姑娘自然会听说。"春雪瓶默默不语，待了一会儿，才点头说："好吧！咱们就一块儿走吧！"

于是韩铁芳抽出了宝剑，拿在手中。他先请雪瓶出了屋，将灯吹灭，才出来，扣好了门。他向雪瓶一招手，就先耸身上房去了，一半也是为显示他的身手；但两只脚才踏到屋上，不想雪瓶已经上来了，反点手叫他，他就跟随雪瓶，脚踏着屋瓦前行。下面不是人家便是店铺，他为使脚下不发出沉重的响声，所以总不能快走，尤其是由这座房跳到那堵墙上的时候，他总是特别地谨慎；但雪瓶却身轻如狸，跳跃极速。韩铁芳实在跟不上她，可又不能嚷嚷着叫她慢些，心里虽慌，可是不甘落后，因此脚下未免有失，就登落下了一片瓦，招得下面院子里的狗不住乱吠。雪瓶在前面略等了他一会儿，他才喘着气赶上来，隐隐听见雪瓶不住咯咯笑，他就更惭愧了。

再往前走就望见大街了，有两只大灯笼，四五个巡夜的官人在街上走着。韩铁芳一眼看见，胸中不禁怦怦地乱跳，雪瓶却在一座房上伏下身来，韩铁芳就也赶紧在她的身后趴下。只见雪瓶转过头来，带着笑音悄声说："不要紧！他们绝看不见。等他们走过去，咱们就跳下去。"韩铁芳也不敢言语。

下面的街本来不宽,灯笼也很亮,光都照到瓦檐上来了。几个官人大概都穿的是皮底的鞋子,踏踏踏的脚步声非常沉重,并且他们都边走边谈。韩铁芳的身子被瓦硌得很痛,他的心中倒并不是害怕。即使被官人发现,自己这身本领虽然不高,可也未必就会被擒住,只是势必动武;自己原是守法的人,杀强盗,除恶霸,自己都不畏惧,就是不愿与官人相杀。

他屏息了半天,街上的官人走过去了,是往西去了。他抬起身来看了看,心中觉得还应在房上再藏一藏,等那几个官人去远;却见雪瓶一跳就下去了,并悄声叫着:"韩大哥!下来吧!"韩铁芳便也跳了下去。这里原来就是西大街,两旁都是沉寂如死、紧闭着门板的铺户。他就悄声说:"姑娘,你快回去吧!我认得官花园,我一定会把事办成的,姑娘你不要跟我去了!"雪瓶却摇头说:"不!我要跟着你去。"说完了这句话,她往西就走。

韩铁芳提剑在后跟随,心里暗想:她既也到官花园去,凭她的本事,她什么事不能做?何必要叫我去,招得那里的人瞎惊扰一场,惹那麻烦呢?真令人不解。

这时前面的几个官人已走远了,雪瓶越走越快,少时又回身招手,便转进一条小巷。韩铁芳随她进去,这条巷里更黑,且地下坎坷不平。春雪瓶在前又等了他一等,等他到了近前,雪瓶就又嘱咐说:"韩大哥小心一点,地下不平,可不好走!"

韩铁芳听了这话,却有些不高兴,暗想:要叫她想着我连走路都会摔跟斗,还怎能到官花园去办事?"他于是就赶到前面,愤愤地说:"你回去吧!这又不是什么难事,我去一会儿也就办完了。你跟着我去,反倒有妨碍!"

当下他便提剑在前紧行,雪瓶却仍在后跟着他。他走出这条小巷,又见仍是一条胡同,可是比较宽了。他就转往西走去,耳边却又听见了很真切的更声。再往前走,走了不远,忽觉春雪瓶自后边抓住了他的胳膊,他不得不停住脚步。

雪瓶这时用手一指左边的高墙,在韩铁芳的耳畔悄声说:"到啦!墙里边就是那座绿霞楼。"

韩铁芳仰面向墙里去看,果见露出一角隐隐的高楼,但却黑乎乎的,没有灯光。楼旁的柳树大概还挂着些枯干的叶子,被风吹落在墙下,发出沙沙的响声。往近走了一步,脚下踏着的也尽是落叶。里面的更声十分响亮,韩铁芳至此,精神益发紧张。

春雪瓶的手已离开了他的胳膊,但身子仍在他的旁边站着,并且企着脚儿附在他的耳畔说:"韩大哥你进去吧! 可是千万要谨慎些! 我走了! 大哥,明天再见! "

韩铁芳点点头,将剑插在带子上,然后飞身上了墙头。他两只脚踏在墙上,手扳着树干,先回头去看,见下边已没有了雪瓶那条纤细苗条的黑影。他又故意等了半天,索性等雪瓶走远了,他才蓦然向楼中跳去。咕咚一声,一只脚踏在楼板上,另一只脚却几乎将楼杆撞断。

这时候他倒一点也用不着小心仔细,反恨不得楼边有人。他拔出剑来喀喀两声砍断了楼窗,跳进了黑暗的楼中。迎面又咕咚一声撞翻了一张桌子,险些把他绊倒。他一跳,跳过了这张桌子,脚步极重。他以剑在前摸路,噗地一下,剑又插在隔窗里边了,接着哗啦啦的一阵乱响,大概是墙上挂着的一幅画也被震落下来,倒把他吓了一大跳。

他喘了一口气,心说:我倒成了个醉汉了! 我到这里是干什么来的,不是雪瓶叫我来故意惊扰这里的人吗?这还不好办? 于是他索性鼓起勇气走近前窗舞起剑来,对着窗喀喀又是两剑,砍得窗棂纷纷断落。但使他失望的是,他这么大闹,竟没有人察觉,打更的人也不知往哪儿去了,并且院里连一条狗也没有。

他想大喊一声:"有贼啦! 来人吧!"喊完了事情就算办完,转身就可以走了,但是他却喊不出来。他持剑发呆地站着,隔着碎窗户往外去看,见下面原是一片空地,有许多棵枯树,春夏秋季这里一定有花。可是官舍住房的院落还都在对面,离此很远,这里只是孤零零的一座楼房。他没办法,只得又用剑柄去捶窗户。把窗户打开了,他将身跳了出去,站在楼檐下,又用剑劈断栏杆,并用脚去踢。楼栏杆从上面落了下去,声音很大。又停了一会儿,才听见远远之处有人惊喊道:"什么人? 是谁?"

韩铁芳惊愣了一下,便鼓起勇气来向楼窗抢剑砍去,砍了几下,又攀缘着柱子爬上了楼顶,掀了一片瓦摔了下去。自己也没听见响声,可是下面也没有人再发问了。他就蹲在楼顶瓦上，心中怦怦乱跳，霎时就听见对面的院落里梆锣连敲，乱了起来；又见有四五只灯笼悠悠地出了那院落，接着就有许多人都拥拥挤挤地乱跑着，乱嚷着："是什么事？是什么事？"

"哪儿？哪儿？"

"在楼那边，楼那边……"

梆梆的更梆声，铛铛的铜锣声，都如惊雷急雨一般地响了起来。韩铁芳一看事情已然办到，急忙转身就要下楼逃走。可是又见外面那条小巷里，也赶来了两只急走的灯笼，跟着几个人都大喊道："拿贼呀！拿贼呀！"情势更急，离着更近，堵住了韩铁芳的去路。

韩铁芳未免有些着慌，赶紧又攀着楼柱下来。他原打算窜进楼内躲藏，可是只见灯光跟众人都往这边逼来了，进楼里已是死路一条。于是他急中生智，反往楼下蓦然一跳，向着已来到临近的众人，大喊一声："快来吧！楼上有贼！别放跑了！"对面的人也没辨清他是谁，火光也没照出他的模样，还以为他是自己人呢，便齐问说："有几个贼？有暗梯子？"他没回答，转身就跑。

那些人是往北来，他却往东边去，就有人识破了，喊声："这小子就是贼！拿呀！"于是只有少一半人往楼那边去了，多一半的人却扑上他来，并有人威吓着喊说："站住！让我们照照你是谁？"韩铁芳不答话，只是一直地跑。身后的人紧追，又有人说："小子你要不站住，我们可要放箭啦！"吓得韩铁芳越发匆忙地逃奔。

此时墙外的那几个官人也都爬过了墙来。梆锣声倒已停止了，可是人语及脚步之声更紧更杂，灯笼也增多了，照得直如白昼一般。韩铁芳急忙跳过了一堵短垣，他看出这道墙上都镶着扇面形的、葫芦形的、桃儿形的各样的玲珑的窗户，这的确是花园中才有的建筑。墙这边是一片房屋，都有着廊檐，大半钦差玉大人即居于此，吓得他赶紧伏下了身。这个院落里倒很寂静，西边有三间北房，大玻璃窗里灯光很亮，廊下且支着一只上面贴有红字的气死风灯，并有几个人站在那里，可是都没看见他。

这时隔墙的声音仍乱，官人随着灯光，有的爬墙过来，有的由门转来，有的已上了房子，连灯笼也上了房了。有人仍然大声喊："找找！他绝跑不了！"又有人说："别乱别乱！小心惊了大人！"

已如网中之鱼、井中之兽的韩铁芳，真已无路可走了，只得紧贴着墙根急走了几步，上了廊子。他见身后有一间房子，里面黑魆魆的，便慌不择路，上前就把门拉开了，硬是跑了进去。原想是一进屋去，必定有人惊起，那他可不论惊起的是什么人，就得挥剑了；但没想到这屋里并没有人，窗上裱糊的纸也不完整。惊心悚目的灯光一闪一闪地照到屋里来。他看出眼前是乱七八糟的，脚下也磕磕绊绊，原来这是一间放破烂家具、堆煤炭，并摆着许多枯干了的夹竹桃、石榴树等盆花的屋子。他伏着身，如同一条蛇似的蹿进了破烂家具堆里，蹲在一张破桌子下边，前面有破椅、板子，还有花盆挡着。

外边的脚步声极近，人声虽然不大也不再乱，但他却听得很清楚。只听有人说："怎么？到底让他跑啦？""不会不会，他跑不了，往墙外再看看去。""楼上怎么样？那边的贼捉住了没有？""大概就是他一个？""这小子，前几晚来这儿闹的多半就是他，杀死窦镖头的也是他！"又听见有一个人似是由房上跳下来，怒说："你们怎么都是饭桶，连个毛贼在眼前都放他跑了？快搜！快找！"又有人说："秦镖头你别嚷嚷！大人今天又发烧得厉害，别给惊吓着了！贼也许藏在这屋里，谁先进去搜搜！"

屋中的韩铁芳十分着急，手中紧紧握着宝剑，心中突突不住地跳。可是又听那方天戟秦杰怒骂着说："那个贼也不是傻瓜，他会藏在屋中等捉吗？你们快爬过墙去，到后院找找吧！"韩铁芳这才松了一口气。

但听见窗外仍有人说话，那方天戟秦杰的嘴里仍在咕哝地骂着，房上也有人的脚步响，那短墙之外的声音仍很乱杂。过了许久，方才渐渐地消停，始终没有人进这屋里来搜；不过院中也永远有人，有灯光。韩铁芳几回想要逃出去，但都不能够，他只得又拉过一块破板子遮住了自己的身子，仍然蹲伏在这里，等待着逃走的机会。这个时候，院中已恢复了平静，梆锣已迟迟地交到了四更了。

此时，那三间正房廊下的气死风灯里边的蜡烛也快烧完了，光度极为黯淡。看守灯笼的人也回屋去睡了，因为他知道贼人已经跑了。更夫往来巡逻着，方天戟秦杰和几位官人还不断地在各院中搜查。这个看灯笼的人自知没有多大用处，后半夜也绝不会再出什么事了，便趁着空儿去躲躲懒，何况屋里的灯光还亮。

西里间的前面挂着棉门帘，外屋一律是紫檀木的桌椅，那刚才惊慌了一阵的连喜，正坐在小凳上，伴着一盏锡灯台。那灯上燃着的两根灯草，发着晃晃的光焰，照着这当了半生"长随"，已经训练得极为规矩极为世故的连喜。他眼前摊放着一本《响马传》，本来他是用这本书消磨长夜，省得打瞌睡，屋里的大老爷要是唤他，他好知道。不料今夜果然来了真的响马，并且已经来此光顾三次了。第一次杀了铁霸王；第二次是送来了一封什么信，使得钦差大老爷的病更加重了；这次又险些没拆了那座绿霞楼，还越闹越凶了。

头一次确使连喜受惊，因为他生来也没见过那样恐怖的死尸，真吓得他好几天没做好梦，晚间也不敢单身上厕所。但第二次出事时他倒不大惊慌，因为当他将贼人留下的那封信交到钦差手中之时，分明看见玉大老爷不但没发怒，反倒连叹了几口气。

最近达坂城有人送来那双鞋，玉钦差就悄悄地亲命他把鞋送到吉升店去，并让他劝绣香跟雪瓶赶快离开此地。他就有点儿明白啦，猜出来大闹这个花园的必定是那位小王爷。他想着，有其母必有其女，一点儿也不足怪。玉大老爷不见她，她当然不甘心，当然深夜里会来的，来此也不过是跟这久病未愈的钦差老爷要个主意，想个法子，也许是请求他营救罗小虎。这样一想，他倒不怎么害怕了。

不料今天忽然听说来这里搅闹的贼人原是个男的，而且手携宝剑，已经逃走了，这可真使他惊恐了。他不知来的这个男贼是什么人，是怀着什么心。连喜怦怦乱跳的一颗心，这时才略定，那本《响马传》里边虽有热闹而紧张的情节，可是他也不敢再看了，翻也不敢翻了。他对着孤灯发怔，渐渐地倦意袭来，便觉着头沉，眼皮直往一块儿打架。由门隙荡进来的秋风把灯焰吹得更高更明，照得那靠后墙的四扇嵌着贝壳花纹的精雕檀木屏风都灿烂生光。他可没有料到屏风后面藏着人，而且藏着的还正是春雪瓶。

原来雪瓶叫韩铁芳来这里造成一场虚惊，为的是调虎离山，叫这里的守夜官人、镖头、更夫全都跑到楼的那边去捉贼。在这慌乱之际,必有人保护玉钦差的屋子,也必有人到玉钦差屋里去禀报、压惊,她便先隐在暗处,辨出钦差居住之所。然后趁着一些人慌乱,向各处找,往各处看。趁着连喜又往里间去"禀大人勿惊",这外屋无人之时,雪瓶就比秋风儿还快,进来就藏在了屏风后面。

她扒着屏风的缝儿偷瞧,看见连喜一会儿打盹,一会儿又惊醒了,并且不时用手指蘸着碗里的茶水擦眼睛。其实雪瓶自量就是这时候走出屏风,被连喜看见了也无妨碍,但她终究不愿让别人知晓。窗外虽已打过了四更,她却一点也不着急,又站立了一会儿,看见连喜合着眼睛,头又重下去了,她才又像一股风儿似的转出了屏风,走进了里间。那棉帘子没发出一点响声。连喜也没有察觉,他只啊的一声,又打了个哈欠。

里屋中升着个很旺的小白炉,暖得令人身上都发痒,药味浓厚扑鼻,桌上的灯光极黯。那木榻上正卧着钦差玉宝恩,盖着棉被,似睡非睡,觉出有人来到他的身边,就一半呻吟,一半低声地叫道:"连喜……"

雪瓶突然走了过去,在他的半睁半闭的眼前摆了摆手,惊得玉钦差立时将眼睁大,面现怒色。春雪瓶却回过一只手将桌上的灯往起一挑,使得光焰增大,故意叫钦差看见自己的容貌。她低下头,离着钦差的脸很近,低声说:"您别害怕!我是春雪瓶,玉娇龙的女儿。"

玉钦差更是惊讶,"哦"了一声,也把声音压下,迟缓无力地说:"姑娘,你是怎么进到这里来的?刚才在此搅闹的人,就是你吗?"

春雪瓶点点头说:"这几次到这里来的,都是我!我没有别的事,只是要见见您,我们来到迪化所以不走,也就是为等您。"

玉钦差叹息着说:"你想,我是奉钦命来此,又加上病总不愈,我怎能够见你?此次我自京西来,路上有几次都几乎出事。尤其那一夜住在陕西杨桥镇地方,在店中深夜有人进了我的屋中,那时也无人察觉。"

雪瓶听到这里,就凄然地说:"那大半是我爹爹,您的妹妹。"

玉钦差微微地点了点头,说:"她在灯旁,穿着男装,但面容憔悴,并且向我说了几句话。她以为我已经听见了,她就走了,其实我连一句也没听明白,因为她的声音太低。我只见她的嘴动,却没听出一点声音。"

雪瓶不由得痛哭啜泣，说："那、那是因为她有病呀！她老人家已经……已经死在沙漠里了！"

玉钦差也面现戚容，闭了一会儿眼睛，又微微地叹了口气，说："我也听连喜说过了。兄妹之情，我心里哪会不难过？可是以她早先所做的事，以我现在的官职，我哪能去论她是生是死，我哪能认她呢？唉！"

雪瓶说："我也不是叫您作难。我爹爹一生做事隐秘，究竟我是否是她的亲生女儿，她也没有告诉我，但是上次我在信上说过的那个韩铁芳，确实是她的儿子，是您的外甥。那人年轻会武，生性刚直，现今就住在这城里北大街的店中。您若是不管他，他将来难免会沦落江湖，走入邪路，跟罗小虎一样；您若是能把他找来，栽培他，也不必叫他为官，只要使他有出身，得发展，将来成个堂堂正正的人，不至于流落在这个地方，那就算您对得起与您一母同胞的那个妹妹了！"

玉钦差又点头说："是！现在我既知道他的住处，我无论借着什么名目，也可以把他找了来，收容他，扶助他走向正路。帮助他，我想总比帮助罗小虎容易一些，好办一些！"说到这里，他又发出了几声微弱的叹息。

春雪瓶拭了拭眼泪，又说："果然能够这样，我就深感大恩了！至于罗小虎，您倒可以不管不问。我为什么为韩铁芳的事向您托求呢？实在是因为……唉！我实话对您说吧，他到底是否是我爹爹的亲生之子，到现在还没有凭据，这只不过是我绣香姨娘的一种猜测罢了；但我爹爹的尸骨却亏他给埋葬，他对于我们实有深恩厚义，我们不能不报。明日您若把他找来，也不必提说我这话，只说喜他年轻，爱他艺好，想要提拔他就是了。"

玉大人点头说："是，我见了他，什么话都不跟他提。看他喜武，我就让他于营伍之中谋一出身；他若是喜文，就劝他折节读书。"

春雪瓶听到这里，觉得很是满意，就说："既是这样，就算我对他尽到了心，以后我也不再到您这里来了。搅闹了几次，我的心里也很不安，将来我再赎罪吧！"

玉钦差说了半天话，身体似是极为疲倦。他喘了半天气，又问说："你打算几时回尉犁城去？"

春雪瓶说："事情既已办完，不久我就要回去。望您多多保重身体，病好了,公事办完了之后,赶紧离开这里为是。还有,您这里的两个镖头,方天戟秦杰和仙人剑张仲蹁,全都不是好人,您对他们千万不可信赖,总之要加以防范为是。"

玉钦差又微微地点头,说:"我也知道。不过他们二人原是西安府所荐,有知府作保,大概也不敢对我无理。"

雪瓶说:"也说不定! 他们都交游甚广,门路很宽,虽因西安府之荐接近了您,但到了他们盗性复发之时,谁也无法拦住。我想他们放着镖头不干,随您西来,必有贪图。不是为借您之势、假您之名去欺负人,就是想在您的身上有何打算;多半他们是想在您事毕东行之时,抢劫您的钱财! "

玉钦差说:"我秉公办事,一点贿赂不受,哪里来的钱财? "

雪瓶又说:"其实也不要紧,以后您如果遇着困危之时,只要让我知道了,我必会舍命去救! "

玉钦差又叹息说:"我的胞妹纵不是你的亲母,可是你既由她抚养成人,也就如她的女儿一样,我就是你的舅父! 只可惜我做着官,又多病,无法照应你;但我想你无论走到何处也不至受人欺负。不过,一个女子终究不可日与江湖之辈为伍,不可恃武妄为。听连喜带回来的话,你在尉犁颇有资产,那么你就赶快回家安分度日去吧! 每节在你母亲坟前烧纸时,多烧几张,算是替我烧的。再带回一句话给绣香听,叫她同她丈夫也快些回去吧,不必再来见我,将来叫绣香物色合适的人才,替你择配。"雪瓶听到此处,不禁心中悲痛,泪复流下。

此时四更早已敲过,窗外的天色渐明,雪瓶悲声地叫道:"舅舅,我要走了,将来再见吧! "她转身微掀门帘,见那连喜已趴在桌上睡熟,她就悄悄地走出,出了廊子飞身上了房。这里虽还有人往来巡逻,势仍严紧,但她身捷如猿,影疾似风,于凛冽的晨风中,脚踏着瓦上的严霜,就回到了吉升店里。

春雪瓶进了她的屋中,别人还都不知道。她关上了门,脱去了鞋,就躺在床上,盖上了棉被。她本来也很疲乏,但又睡不着,想此时韩铁芳必也回到他的店里睡了。如今事情已经办完,好了,明日再歇一天,后日就可以走了。但她心中却又有点舍不得似的,因为若一离开了这里,就永远与韩铁芳天南地北,再不能见面了。尤其是想到玉钦差所嘱的话:"将来叫绣香物色合适的人才,替你择配。"这话真令她伤心,她想:凭新疆这个地方,哪里还有人才呢?除了韩铁芳之外,恐怕再也没有一个人能叫自己看得顺眼了!她辗转多时不能睡着,店里养的鸡已在喔喔地叫了,五更敲过,天已大明。她又悲伤又烦恼,便以被严严地蒙上了头。

到偏午时候,她方才起来。原想叫萧千总去找车,明天就离开迪化,可是不料才一开屋门,萧千总就惊慌慌地闯了进来,哑着嗓音说:"不得了啦!昨儿夜里官花园又出事啦!这回比前两回闹得更凶!虽没伤着人,可是把一座绿霞楼几乎给拆了!贼人是个男的,从衙门里出来的人都说必是那个姓韩的,韩铁芳!"

雪瓶吃了一惊,又见萧千总脸色发白,语声儿更小,说:"鹰眼高朋厉害!天一亮他就带着十多个官人,先到东大街的一家茶庄去打听,后来知道姓韩的是住在北大街的店里,他们又去搜找。原来韩铁芳一夜也没回店,从他的屋里只搜出许多金银、行李,还有一只铁剑鞘。"

雪瓶暗觉惊诧,心说:韩铁芳可往哪儿去啦?

萧千总又喘吁吁地说:"咱们也得小心一点!听说鹰眼高朋早就把咱们的事都给探出来啦!他不但知道你没走,知道走的那个姑娘不是你,还知道韩铁芳跟咱们的那些瓜葛。秦杰拿着方天戟,这时正在街上找对头呢!听说仙人剑于昨夜受了伤,也不知道是怎么受的伤,伤大概轻不了。"

雪瓶冷笑着说:"管这闲事干吗?跟咱们一点相干也没有。反正咱们一天一夜也没有出门,无论有什么事也不能讹上咱们。"

萧千总吐吐舌头说:"可是,我的姑爷爷,你不想昨儿晚上咱们这儿是谁来啦?"

雪瓶摆手说:"那绝没有人知道。"

萧千总又一探头,说:"没有人知道?哼!姑娘你别以为人家都是聋子都是瞎子,高朋、秦杰他们早就盯上咱们啦!不过,也许是还有大王爷的余威镇慑着,又猜不透你到底有多大的本领,所以还没敢拿锁链来锁咱们就是啦!可是……"雪瓶冷笑着,表示不惧。

萧千总又说:"你若是不信,咱们这时候要走,恐怕就难以离开这座迪化城了！”

雪瓶愤然地说："冲着姨夫这句话，我们一两天就起身，到时候我看看有谁敢来拦！"她虽然口中这样说着，心里却很惦念、烦恼，心想：韩铁芳没有下落，我又不能走了。萧千总还要往下说话，他的太太却在屋里叫他，他便叹了口气，走了。

雪瓶发了一会儿呆，到如今才觉得无计可施。韩铁芳昨天既没有被捉，也没有回店，这岂不是怪事吗？她忧疑了一天，直到晚间，仍听不见韩铁芳的消息。她觉得自己是白费了一番力，好不容易托付了玉钦差安置他，他反倒走了。当然，玉钦差就是想要找他，也绝找不到。最可恨的是鹰眼高朋那些人，他们不敢来犯我，却去欺负他，真是又懦弱，又可气！

萧千总吓得一天也没到酒铺去，连屋子都不敢出。才交初鼓的时候，他就在他的里间铺上被窝睡了。绣香虽是在店中，可是手里总不放掉针线，在灯下改做她丈夫的棉衣。待了些时，雪瓶到她的屋里来，因为萧千总已经睡了，绣香就跟她在外屋谈话。雪瓶悄声问说："晚饭后，我姨夫没有再出去吗？那韩铁芳的事，还没有听出一点结果来吗？"近来她只要一提到韩铁芳，脸上就有一些发烧。

绣香皱着眉说："没有，他不敢出门。他说怕方天戟秦杰打他，怕鹰眼高朋抓他。"雪瓶哼了一声，说："人家抓他干什么？"说着就在绣香旁边坐下，不胜烦恼。绣香似乎也猜透了她的心事，就劝着说："不要紧，明天我想法托店里的人打听打听好了，你别着急！"

雪瓶说："我才不着急呢！"说出了这话，她的双颊越发绯红，又灰心地说："他的事我们也管不着，不过我总觉得这事情很怪罢了！我们再在这里住几天，也走吧！"

绣香点头说："我想也是，钦差那儿既然不肯见咱们，咱们再在这里住着也实在无事可做。这回出来钱虽带得不少，可是若在这儿消耗得太多了，回去的时候，手边也就不大宽裕了。你姨夫在乌尔土雅台虽说是个闲差，究竟告假的日子太多了也不好。你那小兄弟还在那儿，我也不太放心。再说，我也希望赶快回尉犁看看，到底幼霞那孩子回去了没有？她是跟咱们一块儿出来的，可是她独自不辞而别，万一在路上有什么舛错，咱们将来见着她的妈妈可说什么好呀？"雪瓶也点点头，眉头往一块儿皱得更紧。

绣香又说："在这里天气也冷了，咱们带来的衣服又少，南疆还暖一点，所以不如回南疆去。若是再冷一点，天山可就不好走了！"

雪瓶说："是呀！在此既然没有事，为什么不回家呢？"绣香也发愁地说："只是罗小虎的那官司……"

雪瓶对这件事倒不大关心，耳边听得秋风刮着落叶沙沙响，心中却充满了凄凉惆怅之感。绣香仍坐在她的对面谈着一些家常话，句句话也都是想安慰她。听绣香的意思也真跟玉钦差差不多，也是劝雪瓶回尉犁，以后带着那施妈跟老家人好好地度日。而她则回到乌尔土雅台，等她丈夫把官辞了，他们就到尉犁与雪瓶一同过活，以便永远照应着雪瓶。然而她不知道，这些话到雪瓶的耳中越发觉得无味。绣香只管谈着，雪瓶却只是呆呆坐着驰思发愁，不觉两更都敲过了。

这时候，忽觉得屋门开了。绣香还以为是被风吹开了，她刚要起身走过去关，雪瓶却早已觉出事情有异，已先站起。这时由外面进来了一个男子，把绣香蓦然吓了一大跳，但在灯光之下，她们齐都看出进屋的正是韩铁芳。雪瓶见韩铁芳仍然穿着昨天的衣裳，手中仍提着宝剑，可是发上、衣上沾着不少尘土。

门已随之紧闭上了，韩铁芳并回身上了插关。绣香又惊又喜，说不出一句话来。雪瓶却先将油灯压小，然后走过去两步，问说："韩大哥你从哪里来？"

韩铁芳转过身来，形虽狼狈，但神情却很镇定。他将手摆了摆，说："没有什么事！萧太太跟雪瓶姑娘都不要惊慌。昨晚我因为没走成，就藏在那儿的一间搁破烂东西的屋子里，那屋子里也有人进去取了两次煤炭，可是竟未发现我。我在那里一直藏了一天，并且听见那些人谈说了许多的事。听说仙人剑张仲翊伤得并不重，一半日就会好；罗小虎大概要解往伊犁，他们将于沿途杀害，给铁霸王报仇。"听到这里，绣香还是弄不明白，雪瓶却微微地冷笑。

韩铁芳又说："我是才从那里逃回来的。我先回到店房，才知道今天鹰眼高朋率着人曾到店里搜查，把我的行李、剑鞘，连银两全都给拿走。情形既是如此紧急,我想非得当夜离开这座城池;不然,到明天定又有许多不便！"

雪瓶说:"可是,此时城门已经关了,你怎么出去？"

韩铁芳微笑说:"那倒不要紧,我跟我师父一提金萧仲远学艺之时,曾练过飞上越下的本领,这道城墙也许还挡不住我。只是我不想走远,还想到时帮一帮罗小虎的忙,以尽友谊。我还要斗一斗仙人剑张仲翊、方天戟秦杰那两个混蛋！"他不觉间愤恨得骂了起来,缓了口气,又说:"我想到城西暂且找个地方居住,靠着往伊犁去的大道近,届时好拦截张仲翊等人。我还需要一匹马,如果截不住,我就骑马赶到伊犁……"

他的话尚未说完,雪瓶已明白了他的来意,就说:"好,好,我去给大哥拿些银子作店钱。我这里有两匹马,您随便把哪一匹牵走。"

韩铁芳似乎有些惭愧,又摆手说:"钱也用不了太多,只消几两银子便够,马也非立时就用。而且北大街那店房已给我预备好了一匹,刚才我已经说好了,随便什么人都可以取来。我约下个时候吧,后天清晨在西门外五里地内,请姑娘派个可靠的人将马匹送来,届时我必在那里等候。"

雪瓶点头说:"好,我先去替大哥拿银子来。"当下她开了门,匆匆就出去了。

这里绣香的目光又直直地盯在韩铁芳的脸上,并且很客气地说:"韩大爷,请坐下歇一会儿吧！"

韩铁芳却叹息着说:"我屡次来惊扰,真是不安！"

绣香微笑着,摇头说:"不要紧,我一点也不惊恐。早先我跟着我们的小姐,就是春大王爷,那时候我真是什么事情也都遇过了。"

韩铁芳也感叹地说:"春前辈,那真是旷古绝今的一位奇侠！"

绣香露出悲意,又说:"她有个亲生的孩子,二十年前在祁连山……"韩铁芳正要专心去听,雪瓶又进屋来了,绣香也就将话止住。

雪瓶诚意恳切地将一小包儿银钱交在韩铁芳手里。韩铁芳这回是初次由她手里接钱,不胜惭愧,尤其是从她那一双纤纤的玉手中接钱,更觉得脸红。钱拿到手中,想收藏在怀里,但腰间又系着那条带子,而且衣服很瘦很紧,他只得先回手将银子包儿放在桌上,随后就解带子、解纽扣。他动作很匆忙,也没有留心由怀里掉出了什么东西没有。他背过脸去,先将银包揣在怀中,再将腰带系紧,拱了拱手,提起剑来就说:"我要走了,萧太太跟姑娘请安歇吧!再见!"说着他就去开门。

雪瓶又追上两步,仰着脸儿悄声问说:"韩大哥,不必后天了,明天清早我就把马给你送出城去吧?"韩铁芳点头说:"好!"雪瓶又说:"大哥你今晚真能出得了城?"韩铁芳说:"这个,姑娘放心!"便走出了屋。

第十一回　冲风冒雪铁骑追车
震海惊山娇娥解难

　　今夜天色很晴,星月都发着灿烂的光辉,店房的前院还有人在说话。这小小的后院除了背后的两间屋子还有灯光,其余的地方都是昏黑,而且寂静。韩铁芳先退了几步,往房上看了看,然后又往前跑了几步,嗖的一声蹿上了房。心中还说:不知瓦响了没有?如若被屋里的雪瓶听见了,那岂不要叫她笑话?

　　因此地离着南门还近,他就想由南边的城墙越过去,并记得那边的护城河里没有水。于是他就脚踏屋瓦往南走,所过的尽是些店户。才走过两家店户,忽觉身后有人追来,他以为雪瓶又来了,便赶紧停步。回身一看,他不由大吃一惊,只见这个人的身体比雪瓶高,看得出是一个男子,追上了他,尚离两三步,手举白刃就向他砍来。他疾忙闪避,以剑相迎,那人更进一步,刀转如飞。韩铁芳倾全力应付,刀往剑来,两个人的脚将房瓦踏得乱响,惊得下面的人也嚷嚷,狗也汪汪。韩铁芳急问说:"你是谁?"

　　对方同时舞刀猛砍,发出狞笑说:"大爷是方天戟秦杰,你这小子跟春雪瓶的那些事……"铛铛,刀剑相磕,房瓦也纷纷碎落,秦杰又说:"太爷全都知道了,我就先……"

　　韩铁芳的宝剑紧刺,秦杰挥刀敌挡,此时下面已有滚滚的灯光,铛铛的敲击铜盘子、铁锅之声。韩铁芳不敢再与他相争持,便虚挥一剑,转身便跑,嗖嗖嗖又连跳过一层房、一道墙。不料这院子里的人也惊起,更不料方天戟秦杰又已追赶上来,刀离着他的头只有三寸。他疾忙挥剑,秦杰呀的一声惨叫,摔下墙去,下面的人更乱喊起来。

韩铁芳赶紧走去,也不知跳过了多少道房,踏碎了多少片瓦,竟走到了南城根。这里什么响声都听不见了,只有萧萧的秋风吹着那生在城墙上败叶枯枝,飘飘地向下落。

城墙高约五十尺,天空繁星万粒,凉月一钩。他喘了喘气,然而不敢稍停,疾忙顺着城根又去走,寻着了往城上去的一条坡斜的道路。他一步一步地走上去,城墙上的地面很宽,可看不见一个巡逻的人,走在外首的垛口旁边,低着头向下去看,下面是苍茫的一片郊原旷地,往下去跳,别说自己的本领,就是叫春雪瓶来做,也得跌伤。

他不禁犹豫徘徊了半天,然后才把心一横,先将宝剑扔到城外,然后用手扳住了城垛口,用足尖找着城墙的砖缝,背朝外,胸贴着城墙,半步半步地往下去退。两只手离了垛口,反转换着用力去挖砖缝,极力地镇定不惧,好半天才爬下了城,十个手指头都已发痛了,两腿也蹲得有点酸。停了一会儿,他才去弯着腰伸手摸剑,寻着了,提着剑往西去走,渐渐步入了苍莽荒凉的无人的旷野。

此时城内南大街那一带,官人又匆匆地往来,大家都知道闹了贼啦,并且官花园住的那位方天戟秦杰已在一家油盐店的后院里被杀。独有吉升店里,那些店伙虽都慌张起来,可是春雪瓶还未晓得,她还在绣香的屋中。

韩铁芳走后,绣香忽于地下拾起一块破布。她觉得很奇怪,心说:这是什么东西? 就着灯去细看,看出来是一块罗纱,已经很旧很残了,颜色是淡淡的,原来也许是红的。这罗纱上织就的纹路,她却觉得很眼熟,尤其是这块罗纱的形状是三角儿的。她蓦然想起来玉娇龙的箱中藏着的那件缺了个衣襟的罗衣。可惜那件衣裳未在这里,不然若是凑在一处,一定完全相合。她不由得惊异了,赶紧向雪瓶说:"姑娘! 姑娘! 你快来看! "

雪瓶本来正在呆坐着,正悬念着韩铁芳,不知他到底能不能逃得出城,忽见绣香如此的情急,也不禁走过去看。绣香拿着那块破红罗不住地发颤,眼泪却如雨一般落下,说:"原来真是! 他真是你爹爹的儿子! "雪瓶惊问说:"是谁?"绣香说:"就是刚才走的韩铁芳。我一点也没有猜错,原来他真是你爹爹二十年前在祁连山失落,被人换去的那个儿子!"

雪瓶虽然心中也有八九分确信,然而听说到"换去"两个字,却又仿佛侮辱了自己,勾起自己隐秘的一种悲愤似的,便沉下脸儿来不言语。

绣香流着眼泪,又忍不住地笑,说:"天下竟有这么凑巧的事!你爹爹上次往东去找她的儿子,果然就给找来啦!要说起来,那赛八仙算的卦可也真灵,只不过你爹爹虽把他带到新疆来,可是直到临死,她也许还不知道已经找着了呢!"说到这里,又不禁悲伤。

雪瓶却发出一声冷笑说:"她老人家怎会不知道?"因此又想到韩铁芳的心里也许明白。他们母子萍水相逢,一路西行,行了千余里地,沿途哪能不透出一两句话?韩铁芳有时见着自己,他的样子总像有许多话而欲言复止,可知爹爹对他还不定有什么遗言呢!她因此心中又很急,恨不得立时就将他寻来,详细地问。

这时绣香在灯旁坐下,简直是精神反常了,又对着雪瓶细说起来:"有一年,你爹爹背着人给我看那件红罗衣襟。她说是在甘州的客店里生下了孩子,第二天就被那姓方的官太太跟个仆妇给拐走啦!不,是给换走啦!换走的是一男孩,并剪下一块衣襟,留下的是一只银瓶跟你!"

雪瓶眼里也不禁流出泪水,摇手说:"萧姨娘,你不要再提啦,事情既然已经弄明白,我们倒应当替我爹爹欢喜。我知道我爹爹虽死但也早已瞑目了,也许还正在暗中笑我们呢!好在明天我就能够再见着韩铁芳,把话说明了,叫他改姓,姓玉或是姓罗。至于我,仍姓春。我虽然不是我爹爹的女儿,但我也与什么姓方的官太太毫不相干。爹爹她老人家能在去年往东去找她的儿子,连我也都瞒着,我可犯不着去找什么官太太做我的娘;就是尉犁城的家产我也都给韩铁芳,一个钱我也不要!"

绣香就惊说:"那干吗呀?"又笑着说:"姑娘你听我说,这是一件巧事,也是喜事。到现在,我想只要大家能够平平安安的,那就什么事都有了办法啦!"

雪瓶又似是得意地一笑,说:"我跟姨娘说吧,这些日我在这儿不走,就为的是见玉钦差。昨天夜里,我已经见着了。"

绣香直着眼睛发惊说:"你已经见着了?"

雪瓶又勉强笑着,点了点头,说:"不但见着,我还说了,韩铁芳是他的亲外甥。我托他照应,设法别叫韩铁芳再像这样地漂流、沦落,他也满口答允。若不是又有事情发生,韩铁芳恐怕今日就进了官花园,成了贵人了。总之,我对我爹爹不算尽孝,也算已尽义,已酬答了她对我的抚养之恩。"说着,落下泪来,她以手绢擦了擦,又点头说:"如今好了,明天我再见了他,就算把事全已办完,我也许就离开迪化。"

绣香着急地说:"你千万别走,现在我倒欢喜啦!姑娘既能够去见玉大人,明天你不妨再去一次,托托他把韩铁芳今日受的这冤枉洗刷洗刷,叫他再回到城里来,别让官人捉他。"雪瓶沉思着不语。

忽然听得更声已敲了三下,但前院的人仍旧吵吵嚷嚷,她就猜必是有事,赶紧出屋,悄悄走到那屏门前。就听见店伙跟客人正在谈着:"死的就是方天戟秦杰,在油盐店。……是从墙上叫人给砍下来的……在店房上打了半天啦!闹得真可以……迪化城里一定住着大响马!这两个月来闹成什么样子啦!"

雪瓶心中充满了惊疑,仍回到屋中,绣香已经往里间去了。

萧千总大概也惊醒了,问说:"你们在外屋唧咕什么啦?唧唧咕咕这半天,外边又出了什么事啦,这么嚷嚷?刚才还听见街上锣响。"

绣香说:"我出去看看。"她匆匆又出了屋。见了雪瓶,她就惊问说:"外院是有事吗?"雪瓶却从容镇定地摇着头说:"没有什么事,他们在说闲话,夜静,所以显得声音特别高。"接着又微微地笑说:"姨娘把门关上吧!我也要睡觉去啦,天真不早了!"

绣香却又追过来说:"姑娘,刚才的话我还没说完,你,你可千万别走!"雪瓶笑着说:"姨娘请放心!我即便走,也绝不能像幼霞那样不辞而别。"

绣香说:"我倒不是怕你走,我是要告诉你事情,唉,你也是走南闯北的人,不像别的小姐。我跟你说,除了现在城里闹的这些事,我有点发愁,可是我知道不要紧。但是别的事我是真欢喜……"她手里宝贝似的拿着那块红罗,又笑着说:"姑娘,你可别生气,这是你爹爹走的时候到乌尔土雅台去见我,透给我的意思。她的意思就是到东边把她的儿子寻回来,带到尉犁去跟你在一块儿。如今真都遇见了！铁芳这个人又诚实又好，也会武艺。姑娘，男大当婚，女大当嫁，你今年也二十岁了……"

雪瓶这时脸却突然一红，娇笑着说："姨娘，我要打你，你快别说了！"随即推门，跳出屋去。绣香还在屋里发着笑声说："这是真话！姑娘，你想想，要是这样办，有多好呀？你爹爹在九泉下也喜欢！"

雪瓶脚步迟缓地回到屋内，心头却觉着十分沉重，又有点伤心。关上了门，熄灯去睡，她也不敢多费心思，因为明天还要到郊外给韩铁芳送马去呢。次日起床来，时间并不太早，她一面叫店伙给她去备那两匹马，一面在屋中理妆。待了会儿，绣香就进来了，仍然低声跟她谈着昨天的那些话，并教给她今天见着了韩铁芳应当说些什么。

萧千总也赶进来，又惊慌又着急地说："姑娘，你要他们备马干什么？"

雪瓶说："我想出城去骑马跑跑，因为整天待在屋里，太闷了！"萧千总却说："姑娘你要是想骑马，回到尉犁再骑好不好？那个地方有多宽，谁敢拦阻你？"雪瓶沉着地说："在这儿也没人敢拦阻我。"

萧千总说："唉！姑娘，我真不知道你是安着什么计！在这儿既见不着钦差，又没有一点事做，可住个什么劲儿呀？还直招风，不忍着一点。现在迪化城人人都捏着一把汗，都知道这城里不单有罗小虎、韩铁芳，另外还有一个强盗头儿、绿林的魔王，就在这儿藏着呢！昨天夜里，方天戟秦杰又在南边油盐店里被杀……"

雪瓶厉声说："那难道是我杀的？"

萧千总顿着脚，摆手说："唉！唉！姑娘！我的王爷！你说话别这么高声呀！要叫人听见了可怎么好？"

绣香过去向外推她的丈夫，说："你去吧，你去吧！快走，快走！"

萧千总狠狠地顿着脚，急得脸跟紫茄子一般，说："你叫我快走？告诉你吧！现在我们谁也走不了啦！不是待会儿就是今天晚上，人家一定拿锁链子来捉我们。反正我早就预备好了话啦，我是个千总官儿，别的事我是一概不知……"

绣香到底把他推了出去，这里雪瓶也匆匆地收拾完毕，手提两杆皮鞭，出屋到了前院。她叫来店伙，问："马备好没有？"

店伙发着战战兢兢的声音，恭敬得简直成了慌张，连声说："备好啦！备好啦！两匹都给您备好了。"

雪瓶说："你找个人来，把那匹马给牵出南门去，我给他钱。"

店伙又连连答应，说："门口有遛马的小孩，我叫一个来，让他把您的两匹马牵走。您也不用给他钱，回来时叫他在柜上拿就行了！"说着，这店伙就赶忙地跑出去了。

雪瓶仍然在院中站立，不见哪间屋里有人出来，可是她觉出每个屋里都有人在看着她，并悄声在说话。

待了会儿，那店伙就从外找进来一个很穷的十来岁的孩子，这孩子也不住地瞪着两只惊恐的眼睛来看她。她催着从棚下牵出马，心想：那黑白二马在尉犁城的草原上曾驰骋争先，黑马是玉娇龙生前的坐骑，跟随过玉娇龙与韩铁芳；那时，那母子在路上到底是怎样一个情形，恐怕只有此马晓得。然而，可惜无法向它去问。春雪瓶的心中感慨频生。

那孩子牵着马出了店门，雪瓶随后走出，一同往南，只觉得街上的人一见了她，都好像向她多望两眼，可又都是匆匆躲避的样子。戴官帽的官人倒是没有，可是往来的很有些个可疑的人，好像都在暗中盯着她了。

春雪瓶却一点不惧，故意不看不顾，只跟个男子似的，手中提着两根皮鞭子，跟着那两匹马，昂扬地走着。少时即出了南门，她向城两边望了望，只见瓮城河中无水，而河岸之外便是一股大道，通到西边去。她遂叫着孩子站住，接过了两匹马，骑上白马，牵着黑马，两根鞭子并在一手中拿着，策马向西驰去。

此时虽然将到晌午了，可是天色甚阴，衰草上沾的严霜尚未消化。往西去又正迎着寒风，所以她只得将脸儿稍稍斜侧一些，就以鬓鬓挡风，向前飞走。走不到二里，偶然回头一望，只见远远有一匹马正在后面追随，看得出来，那个人虽然没有戴红缨帽，却正是鹰眼高朋。

雪瓶就不由得生气了，才一驻马，那高朋就拨马躲到一棵大树的后边去了。雪瓶冷笑着，心说：难道我还看不见你吗？遂疾转马回奔过去。眼看将要来到大树的面前，那高朋忽然下了马，向她拱手，说："小王爷，您别生气，我并不是跟着您。"

雪瓶收了马,看见四边无人,她冷冷地一笑,说:"你别以为你这点诡计能脱得开我的眼!这些日子,你跟秦杰,还有什么仙人剑张仲翊,就天天在吉升店的附近徘徊,打算叫我陷入你们的罗网。哼!我可以实说,三次夜间到官花园去的,那都是我,你们能够把我怎么样?"

高朋又拱手说:"小王爷别生气!您听我细说。张仲翊是为给铁霸王报仇,他恨的是罗小虎,与你并不相干。"

雪瓶昂然说:"铁霸王是我给杀死的,他为什么不敢去找我?"

高朋笑着说:"自然因震于春大王爷跟您的威名,不敢去惹您,只好把气向已经捉住的罗小虎去发泄。并且他也相信,您不能到官花园去杀完了人就跑,因为您本事高强,不必那样。所以他认定了他的盟兄铁霸王是死于罗某的手中。方天戟比他明白一点,知道这些惊天动地的事情都是您做的,他是进退两难,想装傻,又不甘心;想跟您斗斗,可是知道真惹不起。就是这样,昨天他还是被人杀死了!"

雪瓶又厉声说:"那也是我杀死的吗?"

高朋摇手说:"不是。昨天有许多人看见了,是一个手使宝剑的男子,跟方天戟在人家屋上打了半天,秦杰才死的。可是,我想您跟春大王爷一样,身负神出鬼没的本领,哪能不知情呢?"

雪瓶听到这里,把脸色更向下一沉。高朋却向后退了一步,说:"我们也绝不敢难为您,可是谁叫我们当着差呢?抚台大人近几天又逼得紧,我们也不能不出来查访查访!"

雪瓶就说:"你的意思莫不是这就叫我跟你打官司去吗?"

高朋笑着,连连地摇头,说:"那我们不敢!不过还请小王爷成全我们。您若是在迪化把事情已经办完了,那么、那么……我这可不是催着您,您还是早些离开这里才是,成全我们吧!"

雪瓶把头点了点,说:"你既是这样说,我也不能够不讲理。本来我把这里的事情已经办完了,即使你不催,几天之内,我们也是一定要走的。如今我应你个限期吧!五天之内,我们一定要离开迪化,可是我住的店房附近不许你们再徘徊。"

高朋连连点头说:"办得到!办得到!"

雪瓶又说:"还有一件,不许你们枉捉无辜的人。例如在北大街住的那个姓韩的,我所做的事与他都不相干,他一点也不知情,你们为什么去搜查人家,并拿去了人家的财物?"

高朋说:"这个……"

雪瓶也不愿再跟他多说话,拨了马,又故意愤愤地说:"干脆,你们听明白了!要拿,就赶快拿我;不敢拿我,就休去诬赖别人。否则,你们可知道我,我翻了脸是不留情的!"

这话她自觉着也太不讲理了,但想:不这样就不能够把高朋吓回去,我就不能安心地去会韩铁芳,韩铁芳此时一定正在西边等着我呢!于是她就挥动手中的鞭,驱着黑白两匹马同着她走去。踏踏踏,蹄声连响,如骤雨一般,霎时就驰出了二里多地。回头再看,见那鹰眼高朋果然不再尾随了,她才往西走去,就奔上了那条由迪化往伊犁去的大道。

这条路很宽,而且平坦,往来的车马、驴驮轿非常之多。她走在这里,马稍微缓了一下,见往来的人都不大看她,并且让路避着她走。她心里明白,觉得自己的爹爹在新疆留下的名头是太大了。这有好处,也有坏处。好处是没有人敢欺负,没人敢惹;坏处是无论是谁,只要一看见了自己的穿着打扮,骑着马,即使不携剑不露出弩弓,人家也能知道是何人,办事太不方便。走到哪儿都有人怕,像怕老虎一样,也太没意思了。因此她心中又发出离开新疆走往他省的念头。

慢慢地再向西走,不觉又行了数里,就看见道路右边有几户人家,都是土房土墙。那土墙的后面转出一个人来,向着她一抬手,她看出正是韩铁芳,就将马收住。她先往前看了看,见对面有几辆车快过来了,又回头看,见后面的人也不少。她觉得在这里不便谈话,就将马牵开,把一根鞭子也扔在地下,依然策马一直走去。后面的韩铁芳就骑着马随来了。

双马相离不远,越过了迎面来的那几辆车,依旧紧紧往西走去。又走了数里,见前面隐隐有一片房屋、树木,似是一个小市镇,韩铁芳就紧紧挥几鞭,追上了她,说:"别往那边走了!那边是兴隆镇,我就住在那边。"

春雪瓶遂将马拨入旁边的田野,韩铁芳也追过去,二人驻马,在秋禾才经刈过的田间,四下观望,都怕被别人看见,所以只能够匆匆地交谈。

雪瓶问说："你住在那边什么店里？"韩铁芳说："在一处破陋的小店，也没有字号，城里的事怎么样？"雪瓶说："不要紧，刚才我已见着了鹰眼高朋，跟他说明了。他答应不再逼迫，我也答应五天之内离开迪化。"

韩铁芳说："但是，今天我在那镇上听由城里来的人说，方天戟秦杰虽死，仙人剑张仲翊的胞兄老君牛张伯飞及陇山五虎、豹子崔七等东路的镖头又都往西来了，都是受张仲翊之约，不日就可来到迪化。"

雪瓶摇头说："咱们不怕。我虽答应五天之内离开迪化，只是想先叫我萧姨娘他们走。我即使离开迪化城，也不会走远，因为我也得看一个水落石出。"

韩铁芳点点头，望了雪瓶一眼。雪瓶也脉脉含情地望了他一眼，又说："你身边的那个东西、那块红罗，并没有丢，现在绣香姨娘的手中收存。不过，那整件衣服却收藏在尉犁城我们的家里。将来办完了事，请你跟我去，我给你看，二十年前的事我也都知道。"她拿眼睛盯着韩铁芳，见韩铁芳的面容先是一阵惊讶，继而又现出愁惨，低着头叹了一口气。

春雪瓶笑着说："我真喜欢！我爹爹虽死，但她半生的宿愿总算得偿了。她这次往东没有白去，母子居然见了面。"韩铁芳听到这里，不由惊讶地瞪起了眼睛。春雪瓶嫣然笑了笑，笑过之后，忽然又正色说："玉钦差之处我也替你说明了，他答应要照拂你。所以你千万不可太为罗某之事生气，不可把事做得过甚，以致耽误了你自己的前途。什么事你都放心好了，都由我办好了！我不怕！办完了这些事，就算已酬答了我爹爹育我之恩，我的身子就更闲散了，心更畅快了！"

韩铁芳把马向前催来，急急地说："姑娘你说的这些话，我还不大明白，到底是怎么回事？你详细地跟我说说吧！"

春雪瓶却又笑着，向两边看了看，说："你看，这地方人来人往，都往咱们这边直看，能容许咱们说话吗？而且……"她又小声点说："城里的事，现在还甚紧呢！"

韩铁芳面带愁容地说："只说一两句话就行了，告诉我，春前辈她到底是我什么人？"

春雪瓶微微地笑说："这可又不是一两句话能说完的了。但是这好办，不要忙，我叫我姨娘绣香到尉犁去等你，她比我知道得详细。将来你去了，她必能告诉你。再见吧，你多保重了。"

说至此，她拨转马头，离开了这片田地，就往大道走去。西面的车辆和东面的行人也都已来到临近，韩铁芳不但不能去追雪瓶，反得急速躲避。只见春雪瓶在马上扬鞭回首，又向他一笑，便策马逐着西风，飞似的往东去了。

韩铁芳反拨马往南去走，他的心里涌出一种苦酸滋味，两眼发酸，眼泪就簌簌地落于马背之上。这匹马就是在大漠相伴着他，将病侠送终的那匹马。他恍恍惚惚地回想当时的情景，就觉得伤心。他暗想：玉娇龙她果然是我的母亲吗？过去十九年，不！二十年前到底是怎样的一场遭遇呢？她既然看出我是她的儿子，为什么上次在路上相遇，可又为什么不早跟我相认呢？她没有认我，那我现在到底应不应当认罗小虎做我的父亲呢？

他不觉着已走出了很远，回首再看北边的那股大道，如条长蛇似的，那里往来的车马都显得很小。他两眼模糊，心想：春雪瓶此时大概已回到城内去了，只恨自己不能追她进城去。想到这里，他不禁就止住马，凝住神，眼前现出了雪瓶倩笑的影子，心中油然发出深切的爱慕。他更想到了母亲玉娇龙生前的深心，以及父亲罗小虎于监狱慷慨地说出的那些话，都是主张叫自己与春雪瓶成婚，成为永久的伴侣。雪瓶对自己未尝无情，然而自己又怎么能够呢？

他越想越是烦恼，心中更是难受，把脸上的泪擦了擦，转马往西北走去。走了大约又多半日，方才望见了那兴隆镇。他怕镇上的人对他加以注意，就赶紧下了马，一手提鞭，一手牵马，慢慢地往镇上去走。

这个镇本来铺户不多，因为离着迪化城太近，往来的人虽必经此地，可是都用不着在此停足，店房也就更少。韩铁芳住的真是一座破陋的小店，前面只有两间门面卖面卖酒，跟黄羊岗子那刘大的店差不多。

韩铁芳拉马到了门前，里面的掌柜头上包着一块破手巾，露着黑牙，隔着窗向他笑问说："你从哪儿弄来的这匹马？"韩铁芳说："刚才在城里跟朋友借来的，我预备在这里歇几日，好往伊犁去。拉到院里行吗？"掌柜的说："你既拉来了，我还能够不让你拉进去？可是我们没工夫给你喂，你得自己买草料,自己提水。马粪可得给我们留着,我们烧火用。"

韩铁芳点点头,就拉马进来,到了那极窄的小院里。里面只有店家养的一头驴,他就将马跟驴放在一块儿。他回到住的那间连窗户都不完整的小屋,扔了鞭子,坐在炕上,抱着头,又难过了半日。他又仔细地斟酌了一番,觉得还是不行,心说:无论如何,对于春雪瓶我是不该再生爱慕之心的。罗小虎虽系我父,但他于我并无半点养育之恩,我这次准备救他,还是为尽友谊,非报父恩。将来见了绣香,我也只需问明了过去的种种事情,不必再对前尘悲伤,也不必再在新疆流连。我还是得走,固然不必再往祁连山去了,也不能回洛阳,但我还是要走,离开这天涯,我就投往海角去。他立起身来,走到院中,又对着那匹马发了半天呆。怕它饿了、渴了,他就先找着水桶,从墙边的那口土井里打了一桶水,然后又到外面的一家草料铺里买了一袋草料,回来就喂这匹马。

由此他就在这店里住着,白天,他怕有人认识他,所以只在院里,连前面的酒饭座他都不去;晚间,掌灯之后,他倒必要到前面,找个没人的桌角去坐坐,那昏暗的灯光也照不清楚他的模样。掌柜的跟他开玩笑,他也不理,只注意听那旁边几个喝酒的人谈闲话。这些多半是本地的人,不过他们常常到城里去,便把城里听来的事作为谈话的资料。可是也听不出什么来,更没听见他们口中谈说春雪瓶,消息是越来越沉闷。

一连五日过去了,韩铁芳想着春雪瓶必已离开迪化城了,可是她到底是去远没有去远?罗小虎到底怎么样了?仙人剑张仲翊的伤好了没有?什么老君牛张伯飞等人到底来了没来?他一点也打听不出,心中十分焦急,便于每天黄昏时静静地出店。到镇街上,到街外的大道路上站着、徘徊着,但是所见的只有从西边来的一些车马、客商,他们都忙忙往省城去赶,并不停留。暮色沉沉,余霞西落,秋风凄紧,木叶凋零。镇上村间,一团团的炊烟飘向空中,少时即归消散。寒鸦似是自城中飞来,投在远林之中,可也没有给他带来城里的一点消息。

他整天如热锅上的蚂蚁一般坐立不安,那匹黑马也太不老实,整天拿蹄子踢地,夜间昂首长嘶,有时还欺负它旁边的那头草驴。仿佛它本是越关山走大漠的一匹神骏,把它因在这窄院子内,它如何能受得了呢?

到了第七天的晚间，这镇上突然热闹了起来，来了一些客人，每个人都有马匹，有简单的行李。这些人都是年轻力壮的哈萨克人，一共来了二三十个，分住在镇上的三四家店里。这里韩铁芳对面的那小屋里也挤了五个。他们连这里的茶饭都不用，自己带着碗，自己提水烧火做着吃。他们还互相往来，这个店中住的到那店中，那边的却又往这里来，咕碌刮啦地说着哈萨克话，别人一句也听不懂。并且他们的皮靴子沉重杂乱地响着，扰得全镇不安。

韩铁芳十分惊异，觉得这些人来此必定有事，就向店掌柜询问："这些人全是干什么的？"

店掌柜倒像是看惯了似的，一点也不迟疑地说："这些都是哈萨克人，都是做生意的，他们大概是才从东边卖完了牛马回尉犁城，然后往伊犁去。他们现在都很有银子，腰里都肥极啦！我们这镇上很难得遇见他们这些主顾，他们真肯花钱。"言罢又露着黑牙笑，并推了韩铁芳一下，说："你往西边白家店里去看看好不好？那店里还住着几个哈萨克的娘儿们呢。嘿，比咱们这里的娘儿们可标致得多了，她们全都会骑马！"

韩铁芳的心中越发怀疑，因为看着这些哈萨克人都不像是才做完买卖回来的，个个全都精神振奋，揣着一肚子气，仿佛是要杀几个人吃了似的。并且听到店里喝酒吃饭的人说："两边昌吉、呼图壁，以及现在的迪化城里，全都来了哈萨克人，都住着不走。"

在这里住的这一个哈萨克人，见了韩铁芳，就不住拿眼直望，并跟他的同伴们细声说话，于是有好多他的人仿佛都注意上韩铁芳了。弄得韩铁芳益发时刻不安，走既不能走，住在这里又永远心惊肉跳。草原赛马、尉犁城外恶斗之事，那一幕一幕的惊险情形不断地在他脑中复映。他白天更连小屋都不敢出，夜间宝剑永远放在身畔。同时，院中的那匹黑马也叫他们看见了，他们像是没有一个人不认识那匹马。幸而他们并未追问来历，只是当作神仙一般地敬重那匹马。草料跟水倒不必韩铁芳去喂了，他们时时有人照管，还轻轻地刷那马上的毛，有人牵出给遛遛，一会儿又给送回来。镇上的马也骤然比往日多了，晚间阵阵的西风吹来，处处有马嘶叫之声。韩铁芳细细观察，看出这些个哈萨克对他似乎并无恶意，才略略地放下心;又想要向这些人问问秀树奇峰,但又觉得自己只会这一句,他们答复出话来,自己也是听不懂。再说哈萨克人的脾气自己摸不透,倘若因问春雪瓶而招出莫大的纠纷来,那就更不好了!因此就不敢言语,但精神时刻都很紧张。

又过了两天,忽然听说在省城里被捉住的那名大盗半天云罗小虎快要起解走了,因为伊犁将军给抚台来了公事,一定要把他解往伊犁,究问他二十年前在沙漠里所犯的那些案子。并听说他早先在北京还做过案呢,要判他的罪名。"

于是镇上的人都兴奋了起来,天天一早就起来,店房的窗户也不关。许多人到这里也不喝酒,专为等着差事由此经过时,好看一看那半天云的丰姿。有人说:"大概是个漂亮人物。"有人又说:"听说比魔王长得还凶。"又有人说:"不要紧,省里住的钦差姓玉,伊犁现任将军是瑞大人,无论如何,也都是亲戚,还能把他解了去砍头吗?"还有人却吐了吐舌头说:"王法能够饶他,他的仇人可也未必能饶他呀!仙人剑的哥哥老君牛和什么陇山五虎、豹子崔七都到城里了,个个都是凶煞满面,仿佛不等到罗某起解,就在街头上给铁霸王报仇,他们才能甘心呢。"

听到镇上的这些人纷纷谈论,韩铁芳心中是十分的着急。忽然这天的晚间,本镇上一个卖柴耙的人自城中回来,带来了消息,就是:"半天云明日就起解,一定由我们镇上经过,衙门门口现在都已预备好了车啦!"

这消息把镇上的人刺激得都快疯狂了。店掌柜很早就不收客也不卖酒了,还没打二更,就先睡了觉,预备明晨好开开眼,看看半天云。那些哈萨克人也都行动异常,都算清了店账,收拾行李,喂饮马匹,预备明晨就动身的样子。韩铁芳想要今晚好好休息一会儿,明日好去办那桩事,但他的精神太兴奋了,竟一夜也没有合眼。

次日清晨,下着蒙蒙细雨,天色极为愁黯,这里住的几个哈萨克人却没等到五更就走了。街上一阵清脆杂乱的马蹄声越听越远,渐渐地消逝,大概在这镇上住了三天的那些个哈萨克人已全都走了。

韩铁芳赶紧起来,出屋一看,那匹马并没有被人牵去,便放了心,可又更怀疑,心中想着:那些哈萨克人来到这里,到底是什么用意呢?罗小虎将要起解了,他们反倒急忙忙地走了。看这情形,他们可又不像是奉春雪瓶之命,来此援救罗小虎的。再说他们既认得这匹黑马是他们春大王爷的坐骑,他们何不带走?莫非他们认为这匹马理应当属于我吗?……

此时镇上已经十分嘈杂。店掌柜早就把门跟窗户都打开了,韩铁芳叫他算账,他马马虎虎地给算了。韩铁芳给他店钱,他也没细点就收下了,他的两眼是时时留心着外边。那平日不来这里喝酒串门的人今天也全都来了,都为借这地方来看热闹。对门的几家小铺,这时倒还没开门,可是不开门的也都打开门板上的那个小洞,洞里都有几只眼睛常往外望。有些好事的还出了镇街,往东边迎去了。

并且本镇的一些妇女,也都擦脂抹粉、穿红挂绿的,也不怕淋湿她们头上的花,都挤到铺子里来等候着看。有的娇言笑语地纷纷谈论,有的还乳着孩子,有的更顿着小脚,直着急,说:“怎么还不过来呀!”

半天云这次起解实在与别的大盗起解不同。这镇上因为离着城近,城内近日出的那些惊人的事情,传得这镇上妇孺皆知,而且都把那些事归在罗小虎的身上了。半天云罗小虎是多么了不起的人物呀!其实二十年前他在沙漠上的名头早已被人遗忘了,可他就是玉娇龙的丈夫、情人、钦差大人的妹夫、伊犁将军瑞大人的外甥女婿,谁不想看一看?尤其这些女人,更都像看“新姑爷”似的要看看这位风流的大盗。

此时韩铁芳看着这种情景,听着别人的谈论,心里却真忍不住地生气,而且伤心。他想:无论玉娇龙是否是自己的生母,她年轻时跟罗小虎发生情爱,这就实在太不对了!罗小虎无论他是否是我的父亲,他那个人总算太不务正、太鲁莽、太把事情做得丢人了!虽然誓必救他,但也誓不认他为父……他在后院一边备着马,一边觉得脸上发烧,胸头有股气往上直顶,眼睛并且发酸。

半天之后,突然听见前面的那些人又喧哗起来了。韩铁芳发着愣,侧耳向外听着,又忽见那些人都将声音压下去,呈现出来一种紧张的沉默。

韩铁芳赶忙也跑到了外边,只听窗外有人说:“来啦!来啦!这就到啦!”于是人挤人,都争着把眼睛对着门,对着窗。韩铁芳也不禁扬着脖子,身子往前迫,有个妇人就回头恶狠狠地瞪了他一眼。

少时，就见街上有人急急地走，紧张地说："来啦！来啦！"

于是韩铁芳更顾不得身前是男人还是妇人，是老人还是年轻的，就把脖子伸得直直的，好像仙鹤一样，脚登在一条板凳上。这时就听得嘚嘚嘚一阵急快的马蹄之声，真是沉重，从东边跑来了七八匹马，上面都是官人，都背着弓矢挂着刀，一闪就驰过去了。

又半天，就听见马蹄声，车轮响。看热闹的人又都彼此说："来了！来了！"只听蹄声愈来愈近，又来了几个骑着马的官人，个个都亮出刀来，寒光闪闪，威武堂堂，一直冲了过去。随后的就是车，一辆跟着一辆，车上都有棚子，遮挡得很是严密，车都用健马拉着，跑得飞快。车前车后、车左车右都有差官骑在马上，手捧钢刀，威风凛然地压护。除了轮蹄之声，再无杂音，少时就从这街上掠过，往西去了。这般看热闹的人才都松了一口气，但又都失望地说："到底哪辆车上是半天云呢？我怎么没看见呀？……"

韩铁芳此时由板凳跳了下来，一颗心几乎要由胸中迸出来。他用力分开了众人，挤出来，扭头向西去看，这时却又听见东面传来震耳的马蹄之声。他疾忙又向东扭头，只见又来了七八匹马，气势更猛。

头一个就是那仙人剑张仲翊，这个腿才愈的恶汉，脸上的凶悍之气更旺十足，穿着一身青裤褂，还故意露胸膛表示他不怕冷，全身的黑气却不住吹动。他的眼睛瞪得又圆又大，腰带上插着宝刀，马鞍旁还挂着宝剑。他骑着绛色的大马，向着那边的车尘马影一直赶去。幸是韩铁芳一缩头，没有被他看见。

他的马走过去，后边的马又来了。后边的马上除了两名官人，其中一个大概就是飞镖卢大，余外都是韩铁芳未见过的恶汉。一个是高大身材有黑胡子，一个是又黑又胖，另几个都是强壮的少年。他们马上所携的兵刃，有单刀，有短剑，有护手双钩、雁翅挡，还有链子锚、七节鞭。韩铁芳想道：谅这些人就是什么老君牛、豹子崔七和那陇山五虎了。他们既非官人，可是也帮助押解罗小虎做甚？足见他们是怀着歹心。更怪的是那飞镖卢大，他头戴着红缨帽，身挂的口袋下面却绣着个"镖"字。他随走随跟那几个江湖响马说笑着，傲然地、急忙地从韩铁芳跟前过去了。

韩铁芳益发气愤，真想要跑回里院，抄了自己的剑来跟这些人拼命；

但望着前面的滚滚尘土、纷纷的车马影子，不由不有些生畏。此时雨仍渐渐地落着，道路十分泥泞，那些没有看见"漂亮强盗"的妇女们都湿了她们的花鞋，抱抱怨怨地各自回家去了。

韩铁芳疾忙跑到了里院，把随身的东西收拾了一下，宝剑挂于鞍旁，牵了马向外就走。那店掌柜还说："你怎么也要走呀？再住一天，等雨止了再走好不好？"韩铁芳却摇头说："不！我要追着去看看半天云！"说着，出了店门，飞身上马，鞭子啪啪地挥了两下，马就飞腾起来似的，少时就离开了市镇。

市镇之外，枯柳萧疏。这一条大道，地下几乎都是很坚硬的石头。雨水涩涩地流泄，马蹄如连珠炮一般又快又紧地敲水，霎时就要把前边的那队车马追上了。幸而有弥漫的雨气云雾挡着，前面的那些人都没有回头，即使回头也不容易看见他。

韩铁芳的双手拼命向后拽，才把胯下的这条"龙性的铁骑"给制止住。他喘了喘气，马却依然高扬起头来，四蹄仍往起来跳跃。他连连说："慢！慢！慢！"再向前看，那一队车马已消失于烟雨之中。他这才手中紧勒着缰，不急不缓，让马向前面走去。

行走了半日，他的头发和衣裳都已被雨淋湿，顺着剑鞘直往下滴水。迎面的秋风更紧，雨丝被吹得如乱箭似的直向他身上潲，但他却觉得全身发热。前面模模糊糊的，似有一个村落，走到临近一看，原来是一个很大的地方，街道很宽，铺户繁盛，比那兴隆镇十个还大。

只见那押解罗小虎的一队人在一家大店房的门前停住了，车都已卸在里面，一群马还正往里挤着拥着。那仙人剑在店前踢打店伙，怒骂道："忘八蛋！你也不睁开你那两只鸟眼看看，这是什么差事？没有房子你也得给腾房！"

韩铁芳看他们这样子是要在此住下了，不往下走了，见旁边挨着这家店另有一家较小的店房，他就牵着马进去。

这家店房屋虽很小，倒还清净。一个很瘦的伙计把他的马接了过去，问他说："客官是跟那边的差事一块儿的吗？"

韩铁芳摇摇头说："不是！我是一个人行路的。"

另有伙计给他找了一个单间的屋子。旁边就是厨房，里面呼嗒呼嗒地正在拉风匣，可见天已经不早了。屋里十分昏黑，对面几乎看不出人的面貌。外面的雨越下越紧，一个伙计给送进来湿淋淋的马鞍、鞭子、宝剑等物，另一个伙计拿进来了一个茶壶。

韩铁芳叫店家把炕烧上，他坐在炕头，两只手抱着茶壶取暖，发了一会儿怔。见店伙还没有出屋，他就问说："你们这里叫什么地方？"

店伙说："我们这里是绥来县呀！"

韩铁芳说："噢！绥来县！"怔了一怔，忙又问说："离着伊犁还有多少里？"

店伙说："那可说不上来，不过我到伊犁去过，记得整整走了一个多月。"

韩铁芳惊讶着说："这么远的路？"

店伙说："可不是！马快的也得走二十多天呢！客官你是不知道伊犁有多么远啦！由此往西得过玛那斯河，过安济海，过乌苏，过沙漠，还得过天山。天山顶上有净海，海里的水永远哗哗地响，你投一片鹅毛进去，海也拿浪头给你抛出来。过了净海下天山，就是果子沟，里面有豺狼虎豹、狗熊、野猪，无计其数。只要走过那地方，可就看见伊犁了。伊犁河的水先往东流，水还会转弯儿的。伊犁共是九个城……"

韩铁芳听了不住地点头。店伙又说："客官是往伊犁去吗？我告诉你一家店房吧！你到那儿去住着，准保有照应。"

韩铁芳说："好好好！明天再说吧。"

店伙出屋去了，他就喝了几口热茶，躺卧在炕上休息。炕渐渐被烧热了，他身上的湿衣服不多时就被烘干。店伙又拿进灯来，豆大的灯光，照着乌黑的四壁，景况越发愁暗。又待了一会儿，店伙给他送进来汤面，他倒连吃了两大碗。腹中不饿了，身体也和暖了，精神便益发兴奋。

这个曾到伊犁去过的店伙很瘦，好像是抽大烟的，可是真爱说话。他就悄声谈着隔壁店里的事："您不知道东来兴的店里今天的那档差事，那是半天云！"

韩铁芳伏着炕，懒洋洋地坐着，问："半天云是个干什么的？"

店伙更悄声点说："是强盗呀！不但是强盗，还是我们这里一位春龙大王的驸马。您知道有个杀人不眨眼、撒豆成兵的女王爷玉娇龙吗？她一天能行八万里，会腾云驾雾，会妖术邪法，呼风唤雨……"

韩铁芳觉得这伙计简直胡说了，尤其是不愿听别人说自己母亲的名字，就摆了摆手说："你不要说了！我今天走的路太多，我太困了！我要睡了！"

店伙这才把话停住，可又找补了几句，说："你瞧！这回的差事押着得有多少人呀！往常无论是什么大案贼，也不能有这些个人押着呀！官人不算，还有镖头，个个弓上弦，刀出鞘。这时候您要是能进'东来兴'的大门就算是您的能耐！好，幸亏我们这家店小，我们可不愿意做这买卖。"他由桌上拿起了两只空碗，就出屋去了。

韩铁芳又在炕上躺下，但炕烫得他实在难受，他又起身离了炕，推门走出。外面一阵凉风吹到他的火热的身子，他不由得打了一个喷嚏，仰面看去，天空越发地阴沉。吹来的雨点不像是雨点了，打到脸上很痛，原是已变了冰疙瘩。

他心里愤愤地想：这可怎么办？如今离着罗小虎所在之地不过咫尺，他现处危险之境，不只是王法在监禁着他，且有那混蛋们挟刃跟随，非要置他于死地不可！我并非因他是我的父亲我才救他，这件事我怎可以不管？但若管，可又恨我孤掌难鸣！正想之间，却忽听一声吼，就好像半空中打了一个霹雷似的。韩铁芳不禁吃了一惊，疾忙侧耳静听，又听见这种怪声在不住地破口大骂。

韩铁芳不由得下了台阶，走到屋角的墙边站立，这里与那东来兴店房不过一墙之隔，那边发出的声音，都随着凄紧的东风吹来，很是可怕！原来真是罗小虎的声音，他正在怒叫着："狗娘养的仙人剑，你这算是好汉吗？妈的，你打死老子……"只听啪啪啪连续不断的皮鞭声传来，罗小虎又惨呼咆哮说："直你狗娘！来！打吧！老子要哼一声就不算你老子！"

韩铁芳蓦地抓住了墙头，一提腿，就骑在墙上了。那边啪啪又打了几下，就止住了，罗小虎却不再发声。韩铁芳真以为他被打死了，气愤得差点跳过墙去。却又听那边人声很是杂乱，听得："别打啦！别打啦！这可不对！这是店房里，不好不好，张二爷！你老人家息一息气吧！反正送到伊犁他准得死!"这大概是飞镖卢大那些人相劝的声音。

接着又听得张仲翊的口音,狠狠地骂着说:"我非得拿鞭了把他身上的肉抽碎了不可!叫玉娇龙那娘儿们的心痛,可也救不了他!妈的!凭你这鸟样儿,当初还有那么得意的事?妈的,我不信!你快实说,杀死我窦大哥铁霸王,是你还是你女儿?快实说!"

罗小虎却哈哈大笑着说:"龟儿子!你狗娘的耳朵聋了吗?老爷告诉了你多少回?你狗娘的竟听不见?是我!是我半天云罗小虎!别说杀死什么泥霸王铁霸王的是我,杀死你八代祖宗、直你娘的也是我!"吧吧又是几下,他更大笑,他疯了似的笑,哭一般地笑,依然大喊说:"与我的女儿并不相干!"接着又是吧吧吧的皮鞭声。

这里的韩铁芳就要回去取宝剑,却又听见哗啦一声,把韩铁芳吓了一大跳。又听罗小虎哈哈大笑着,说:"狗娘养的真不中用,你还叫仙人剑呢!现眼!一脚就叫老子踢出了屋子。哈哈哈哈!"又听得铁链声、张仲翊的大骂声,还有其他几个人的乱嚷乱动声。

韩铁芳的心头紧一阵,松一阵,一阵焦急难过,一阵又痛快淋漓。过了一阵,声音方才渐渐消停了下去,只听那罗小虎忽然又唱了起来:"天地冥冥降闵凶,我家兄妹太飘零……"韩铁芳益发惊异,泪更不由得恻然而落。他骑在这墙上听了多时,罗小虎的悲歌方才止住,也听不见张仲翊再骂再打了。他又寻思了半响,觉得真是投鼠忌器,有官人在里边,自己实在不好下手,而且是孤掌难鸣。

韩铁芳又在院中听了半天,才回到屋里。他的心中仍很气愤,觉得虽有那些官人劝阻,张仲翊等人未必敢将罗小虎杀死,但他这样虐待,罗小虎纵然强硬,也是受不了啊!春雪瓶,秀树奇峰,你往哪里去了?这时候你为什么不来助我一臂之力呢?

他一夜未曾安睡,倒是没有再听见那种毒打和喊骂的声响。到了天明,他才略睡了会儿,醒来,叫进来店伙就问:"昨天夜里隔壁有人吵闹,是怎么回事呀?"

店伙却面带着惊恐,摇着头说:"那是打囚犯哩!那件事,咱们管不了。"

韩铁芳又问说："囚车走了没有？"

店伙说："早就走啦，我们这绥来县的县太爷还加派了几位班头帮助押解呢。其实有那些老爷们送差倒好，至少也给劝一劝，要不然，大概等不到囚犯解到伊犁去定罪，也许早就没有命了！"

韩铁芳急忙跳下了炕，即时就叫店伙把账算清。他开发了店钱，急匆匆跑了出去，自己去备马。这一夜雨变成了雪花，一片片鹅毛似的自空中纷纷向地面上落，地下的雪深已寸许，待得韩铁芳将马备好，他的肩膀上都已变成白色的了。他又急匆匆携剑提鞭，牵着马就往店门外走去。店伙自后面送出来，以惊疑的神色看看他，口中称道："怠慢。"

韩铁芳上了马，行过了那东来兴店房，注意往门里察看，果见里边是很岑寂的，两旁的门户半启半开，往来也没有什么行人。地面雪上可以分得出往西去的杂乱的车轮痕迹，于是他加鞭紧走，少时即出了这个县城。踏上大道，地上的痕迹更是清楚，他就循着这连续不断的痕迹，一直追赶。马蹄溅起地上的积雪，比由空中落下的雪花还乱，他连气都不缓，一直走下了十余里地，才又望见前面雪景迷离之中有紧行的一队车马。

他又不往前急追了，心里暗暗地计划：这次不必真救罗小虎脱离囚车，只要杀死仙人剑张仲翊他们那几个凶贼就行，但那又如何能够呢？他暗暗相追，又走下了许多里，前面的人就停在一个小镇上用午饭。他却不敢进镇，只在镇外雪地之下驻马等待，同时向那边探望。看到那些人用了饭之后，又都催马赶车往下走去，他才敢进镇。他喂了喂马，走入一家饭铺草草地把饭用了，也不憩息，依然策马出镇往西追去。幸仗他的马快，所以总不至于太落后了，但他可也绝不敢赶向前去。

到晚饭时，他又与那些解囚车的差人、仙人剑张仲翊等恶汉住在一个镇上，但分店房而居。到半夜，他又冒雪潜行，到那边的店里探听，可是并无什么事情发生，有的只是那些差人在一块赌钱。他听不见张仲翊再打人，更听不见罗小虎高歌和大骂。他干着急，但无法下手援救。

如此往西一连走了四天，雪已止了，太阳已出，清晨地下满是薄冰，到中午却处处全是泥水。南望巍巍的天山，银色的山顶，腰间飘着浓厚的白云，更有雪水连着冰流下来，声音在半里之内都能听得清。到了安济海，他并没看见什么海,原来这只是个地名。又走了半天,就来到名叫乌苏的一个大城市。

这时,天又阴了,风向也转了,由北方吹来。吹到脸上手上,觉得有些东西;一细看,却是残雪杂着黑沙,韩铁芳就知在不远之处必有沙漠。他想着:明天就许是罗小虎的难关,走到大漠之中,那几个恶贼还不把他给害了吗?

天色倒还不大晚,韩铁芳勒马在道旁徘徊了一会儿,向一个过路人问了问前面的地名和往西的路径。及至下了马,牵马走进了那条街,却见那些车马在前面把道拦住了。前面就是一家大店房,原来他们又停下不再往前走了。许多本地人都乱纷纷地争着往那跑,嚷嚷着:"快看看去吧!半天云!"那边却又有人啪啪地用鞭子抽,不准人看。乱了半天,才渐渐消停了,那些车辆都拉进店里去了。马匹可还都由人牵着,在街上往来地遛着。街上有两家钉马掌的铺子,这时候都忙碌极啦。

韩铁芳站在数十步之外,将马挡着他的半身,他的视线由马头的旁边投过去,看得都发呆了。不觉已过多时,忽然觉得身背后有人推了他一下。他回头看了看,原来是一个哈萨克人,拿眼睛瞪着他,倒无恶意。他却吃了一惊,就问说:"你干什么?"

哈萨克人却听不懂他的话,向他也说了一句什么,他更听不懂。但是,这哈萨克人抓住他的胳膊向后拉了拉,又往东边一指,并且努了努嘴。这意思他却猜出来了,是叫他别在这儿站着,叫人看出来不妥,东边有店房,到那边投宿去吧!他就点了点头,那哈萨克人却又往西走去。他追了两步,又将哈萨克人的手臂拉住。他满脑子疑问,可恨的是彼此语言不通,他只问了一声:"秀树奇峰?"

那哈萨克人却高兴极了,连连点头,又伸手轻轻摸了摸这黑马,然后摸摸脑袋,伸出五个指头来做手势。韩铁芳可又发呆了,实在是莫明其妙。哈萨克人已扬长而去,韩铁芳只好牵马往东。果然往东不远,就是一家店房,门儿很小。他牵马进去,就见院中虽然没有什么人,可是各屋中的声音却十分嘈杂,就像夏日来到了池塘边,听见无数的蛤蟆乱叫似的。他叫出店伙,把马交给了他。

店伙却说："我们这店里可没有马棚,半夜里要是下了雪,再刮来沙漠的风,把马冻病了可别怨我们!"

韩铁芳听了,不免迟疑着,就问说："别处还有店房吗?"他的意思是想出去另找一家。

店伙说："这条街店房倒是不少,可是从前几天就都住满了,因为往伊犁来的路不好走。"

韩铁芳就问说："怎么不好走?"

店伙说："因为下了场雪呀!天山虽说没被雪封住,可是这时候谁敢过去?"

这时有个衔着长杆烟袋的人走了过来,好像是掌柜的,说话是陕西的口音,倒很和善,先问韩铁芳说："由哪儿来,往哪儿去?"

韩铁芳就说："由河南来,打算到伊犁去投亲。"

这掌柜的就说："不要紧!天山能够过得去,不过难走一些就是啦!那边屠家店里住着差事呢,明天在我们这里停住的客商们,准都得跟着过去,因为有官车在前面给开道儿,一路绝不能出岔错。可是这时你想在别家店房找住处,就怕没地方啦。我们这儿只是杂乱些,只有大房子,并没有单间,你能够住吗?"

韩铁芳说："我倒是只要有一个躺着的地方就行,我所顾虑的就是这匹马,因为路上它太疲惫了。往前面去还有许多路,要是叫风雪给吹打一宵,就怕耽误我上伊犁了!"

掌柜的一边抽着烟,仰起头来看了看天气,就说："也许下不了雪。老乡!你尽管放心吧!我叫人把它牵到西边那条小过道儿,那地方背风,好在只是一夜的工夫。"

韩铁芳又说："草料呢?"

掌柜的说："那也不要紧,斜对门就是草料铺,我叫人给牵了去喂。你就放心吧!你先进屋子去吧!"又笑着说："若不是我知道你是河南人,离着我的老家同州府不算远,我真不能留你,因为待会儿我们这两间大屋子都得挤满了。差官一进到那边屠家店,就会把那边住的客人都赶到这边来。"

韩铁芳也笑了笑,向这掌柜的表示着谢意。他自己卸下来鞍鞯,挟着宝剑,掌柜的亲自给他开了门。就是这大屋子可真是不小,里边放着许多辆单轮小车、货物、行李,炕上和地下都坐满了人,都是一些做小买卖的,杂乱极了,脚臭气也难闻极了。并且这些人彼此都似相识,有的大概还是同行,是乡亲。他们喝着茶,谈着话,抽着烟,新进屋来一个人,他们也不大觉得,也不理。

韩铁芳就请一个人让了点地方,他在靠着门的墙边坐下,地下是点破席头,屁股虽凉,周围却暖,因为人太多。此时窗外的天色尚未黑,可屋里对面都不大能看得清人的模样了。他把宝剑就放在腿下,马鞍置在身旁,靠着墙歇了一会儿。

果然门又开了,又来了几个客人,都抱着很重的行李,塞得屋中更满,挤得韩铁芳的地方更窄了。这几个客人一进来,屋中的声音可突然低沉下去,个个都停止了他们的闲话,向这几个客人看。这几个客人都像是正经商人,多半穿着长衫,戴着瓜皮小帽。他们有的懊丧着不语,有的却大发牢骚,说:"罗小虎倒不恶,那些个差官虽也使势力叫我们让屋子,倒还不至于打人。顶是那几个,听说是什么镖头的,可真是不讲理。我们因为行李重,搬得慢了些,那个耳朵旁边长着黑毛的小子立时就拿脚踢人!"

韩铁芳便很注意地去听,旁边的人也都一齐发问,包围住了那几个客商。那几个客商的口音很难懂,因为气愤,说的话也就很快,所以很难听得清,只略略地听出几句:"人恐怕是不行啦!哪里是虎,连只癞狗也不如啦,搀下囚车来就已经走不动啦,满头是血……"

韩铁芳大吃了一惊,胸中像着了火,火都要由口中冒出来。又听了几句是:"可惜呀!玉娇龙现在要是活着,能叫他受这样的罪?那些个人也不敢呀。不过,罗小虎还是好样儿的,虽已被他们虐待得半死,可是我们还没听见他哼哼一声。"

有人笑着说:"他也许哼哼不出来啦!"并听有人说:"那耳朵后长黑毛的家伙究竟干什么呀?看他的来头比谁都大,连那些差官仿佛全听他的,全怕他。他把罗小虎推在一间屋里,跟他住在一块儿,不知他是怀着什么心?他的手里永远提着粗鞭子,另一只手拿着把刀子,像宰猪用的似的……"

后面还有许多话，韩铁芳都没有听得很清楚，然而他已经坐不住了。他手握剑柄，刚要起身往外边去走，却见门又开了。那掌柜的把长杆烟袋离开了那张没有几个牙的嘴，大声地喊着："喂！诸位！来到我这小店里住，就是主顾，就是朋友，我劝诸位说话得留神。那边的差事不是小差事，案子不是小案子，官人跟护送的人那么多，还是老君牛张大太爷、仙人剑张二太爷，万一你们这边谈，被那边听见，过来一闹，我们店家可惹不了人家。我说的是好话，大家全是出门的人，话要少说，闲事要少管，还有什么玉啦、春啦、龙啦、半天云啦；在我这店房里可都不要说。我不是怕，我是忌讳！"

　　住店的听了警告，许多人立时就都不言语了，只有臭气和烟气还满屋弥漫着。韩铁芳却拿起来宝剑走出了屋，来到院里愤愤地站立着，心里有一种惊疑：想不到母亲玉娇龙的死讯传得这么快，新疆的人恐怕都已知道了，不然张仲翊那几个恶贼也绝不敢这样做。他们的行事到如今是全显明了，他们是要在路上把罗小虎用鞭子打、用脚踢，直至于拿刀凌迟，是要用种种的私刑苦刑虐待死呀！这，我如何还能忍得住？

　　见店掌柜的背影儿走进小柜房去了，他就急忙出了店门，愤愤地往西走去。却见那家屠家店的两扇栅栏门已经半掩上了，只留着一道门缝。他真有心直闯进去，凭着这口宝剑，怕谁？先杀死那个恶贼仙人剑张仲翊。但他却又有一层顾忌，就是怕在自己与仙人剑动起手来争斗之时，他那几个帮手，什么老君牛、陇山五虎、豹子崔七等人就趁机把罗小虎结果了，那反倒救父不成，更促其死。"唉！罗小虎是我的父亲，罗小虎是我的父亲！"他急得头都出汗了。

　　这时天已黑，街上已无人，北风呼呼地吹着，那冰雪、沙子打来的力量更是猛烈。忽然，他向东一回头，见由那边来了一个人，一只手提着个摇摇晃晃的纸灯笼，一只手拿着那根长烟袋，原来是那小店里的掌柜，不知干什么来了。

　　韩铁芳急忙将宝剑藏在背后，反迎着走过去，笑问一声："老掌柜，要往哪里去呀？"

　　蓦然间倒把掌柜的吓了一大跳，他站住了，惊讶得啊了一声。他高举起灯来,看了看,见是韩铁芳,就说:"老乡!这么冷的天,你不在屋里,可走街上来干什么呀?"

韩铁芳说:"因为那屋里的人太多了,话声太杂,气味熏得我也头晕,我才出来走走,凉爽凉爽。"他一眼看见了掌柜的拿烟杆的手上还拿着一串钱,脑子里就顿生出个计策,笑着说:"请问老掌柜的,这条街上有宝局没有?我虽不好赌,可是最爱看别人开宝下注。"

掌柜的一笑,说:"得啦老乡!我看你大概也是一个赌鬼。我就有这个毛病,才把历年挣的钱全都输了。不然,像这屠家店,八个我也开啦,何至于现在还开那小店?这屠家店倒没有宝局,可是到晚间柜房里总要凑上几个人,摸摸骨牌。现在他们掌柜的到迪化去了,更没有人管了。今晚在他们这儿住的老君牛、仙人剑张家二位镖头也是我的同乡,他们也都是好赌的,今天晚上一定热闹。老乡,你要是想玩玩,我可以领着你去。可是咱们得先说明白,赌钱不拘多少,赌的是公道,不准乱讹乱搅。"

韩铁芳笑着说:"我也不赌,我只是爱在旁边看。"

掌柜的说:"我才不信你的呢,来吧!"于是就由这老掌柜的在前面带领,从那道门缝走了进去。

韩铁芳的精神益发紧张兴奋,同时觉得既不能一进门就跟张仲翙拼命,藏在背后的这口宝剑可真不能叫别人看见。进到了院里他就看见停放着五六辆车,不仅是官车跟囚车,大概这里还住着没被赶走的客商。他就趁着天黑,借着那掌柜的冲着店房咳嗽,赶忙把宝剑放在了一辆车底下。

那掌柜的回过头来看他,问说:"在那儿干什么啦?是鞋子掉了吗?"韩铁芳赶忙站起身来,没有言语,掌柜的就把他带进了柜房。

这个柜房很宽大,一切的木器陈设都非常讲究,除了写账的先生,还有四五个伙计。可是很叫他们失望,人家这儿今天并不赌钱,连平日串门的人今天都没来,因为这里住着差事,情形很是严紧。韩铁芳穿的衣服又不干净,更不受人欢迎,不过那长烟杆永不离嘴的老铺掌柜既拉他为同乡,别人对他也就不加疑惑。韩铁芳坐在靠着门的一个乌木小凳儿上,听他们细声地谈说起来,谈的正是仙人剑张仲翙虐待罗小虎之事。

原来那些官人也不赞成,如果犯人死在半路,到了伊犁或回到迪化,他们也交不下差事,也得受处分。不过可又都惹不起张仲翙,第一因为他是钦差大人行台里的护院,而且这次他勾来的是他哥哥老君牛张伯飞、豹子崔七和陇山五虎之中的恶虎杨鑫、猛虎林永、瘦虎常明和黑虎袁用,只有一个虎没有来,所以差官们也惹不起这些恶汉。

再听这些人说:这些日,犯人罗小虎永远由他们监视,夜里也总在他们睡觉的屋内,他们高兴了就打,要不就是种种虐待,那不可一世的半天云现在早已半死啦……

听了这些话,韩铁芳胸中的气益发忍耐不住,并且惦记着放在外面的那口宝剑,担心叫人拿了去,那自己可就更没有办法了。于是他就站起来,带笑问:"小便在什么地方?"

一个本店伙告诉他说:"就在东房的后边,其实你就在院子里溺也行。现在我们这店里五十多号房,一个女眷也没有住着。"

韩铁芳点点头,刚要迈步出屋,却听身后的人又谈论起来。是那小店的掌柜先问:"听说在你们这儿住的那个哈萨克的娘儿们已经走啦?"

"可不是吗?"这店里的写账先生答说,"幸亏她们是今早晨走的,一齐都走了,要不然晚上这一帮再来了,光是马,我们这儿也容不下呀!再说,张仲翙他们赶别人可以,赶那几个哈萨克,可一定赶不动,弄得不好,非打起来不可!那几个哈萨克的娘儿们里还真有漂亮的,顶是那个穿红衣裳的,把她压扁了贴在画上,也是个美人儿……"

韩铁芳不由得又把脚步停止了一下,听着,心里却更加惊疑。他推门迈步走出了屋,呆呆地发了会儿怔,暗想:莫非雪瓶就在那些哈萨克人群中?刚才在街上我还看见了一个哈萨克人,别是他们转住到附近处,没有真走吧?还是只留下了一两个探子呢?他们这样子也像是要救罗小虎,可为什么雪瓶又不来见我?不帮助我快些下手把罗小虎救了,却先走了呢?……

正在猜疑,忽听院中有人笑着,嚷嚷说:"老崔,老杨!你们俩不去吗?要去咱们一块去,别净叫老常他们乐。乌苏这地方的土窑子听说很出名,有的娘儿们比迪化的还好。去不去?要去就快走,那只癞狗交我们大哥一人看着也就行啦!反正他的脖子都抬不起来了。玉娇龙妈的也玩完了,春雪瓶又她娘的叫姓韩的拐跑啦,谁还敢从咱们哥儿们的手里抢条死狗? 一条半死的狗也用不着大家都睁眼睛瞪着。走啊,看看娘儿们去! ……正月里来小妹逛花灯,哼哼……哎哟哟逛花灯……"几个人一边说着一边走,又哼哼着小调。那屋里又有人说:"别走! 等等我! "

刚才说的那小子大概就是张仲翊,他站住了,又向屋里边催着说:"快着点! 哼哼……二月里来龙抬头……"突然他一眼看见了十步之外的韩铁芳,就大声问了一声:"喂! 你是干吗的? "

韩铁芳却一声也不语,就走了过去。他借着由厨房的门缝透出来的一线光亮,能够看得出张仲翊的模样,张仲翊却看不出他的脸,就迫近两步来问说:"你是干吗的? 你怎么不说话呀? "他的声音显得严厉了。

韩铁芳仍然不发话,斜着走去,走到了那车后,疾忙一弯身由地下抄起了宝剑,锵的一声,宝剑出了鞘,同时嗖的一声,他的身子已扑过去了。仙人剑张仲翊也正要来抓他,韩铁芳挥剑向他就砍。

张仲翊一面躲剑,一面拔宝刀向他来闹,并厉声说:"好大胆! "

他的右臂被韩铁芳抓住了,他可也举手托住了韩铁芳的右腕,又狠狠骂说:"小子你真敢来找死? 你是做什么的? "二人尽力地相持,这时各屋中都惊问:"怎么啦? 怎么啦? ""什么事? 什么事? "张仲翊的屋中并跳出几个持刀的人。

韩铁芳已把张仲翊手中的宝刀夺过来了,张仲翊回身就跑。这时老君牛张伯飞、豹子崔七和陇山的四条虎也都持着刀奔过来,前后左右将韩铁芳包围,一齐上前斗杀。韩铁芳挥剑挡敌,铛铛铛,兵刃相碰作响,左手的宝刀也挥起,锵的一声,就将一个人手中的刀给砍断了。那个人慌忙跑去,韩铁芳却趁空跳到了一辆车上。

这时差官们都自屋中出来,有的亮出来单刀,有的已将弓上了弦。其中大概就是那飞镖卢大,高声喊着说:"诸位不要动手啦! 谅他今天也跑不了啦,问问他是做什么的? 难道他还敢来劫囚车、犯王法吗? "

韩铁芳站在车上, 时时以两只手中的刀剑向下防御着, 他就也高声说:"好! 你们都且停手! 也别施镖放箭,听我说几句话! 我告诉你们,我今天既敢来找你们,就不想跑,就不怕死! "

仙人剑张仲翊这时已另取宝剑出来，怒声喊叫："好小子，你快说吧！"

灯笼也都点上了，都高高地举起，院中闪动着光亮，各个人的眼睛也都瞪得很亮，像是狼似的要吃掉韩铁芳。

韩铁芳这时倒极为镇静，发着宏亮的声音说："我今天来就是要跟你们说明白了，在迪化城杀死铁霸王、扰闹官花园，那都是春雪瓶所为。你们若有本事，应当去找她，不必虐待一个已经被你们擒获的罗小虎。"

张仲翊说："那么那天夜里在迪化跟我们打架的可是你？"

韩铁芳说："不错，那正是我，可是射伤了你的腿的弩箭，那又是春雪瓶放的。"

张仲翊跳起来说："她是你什么人？是你的老婆？"

韩铁芳摇头说："不是！"

这时就有人伸过来护手双钩要钩他的脚，他脚向旁边躲，同时以剑将钩磕开。嗖的一声，又打来了一镖，也被他躲开了。他急声喊说："你们要暗算人，就不是好汉！容我把话说明，我就跳下车去随你们治我！"

有个人就说："好！听他小子再说几句！"

韩铁芳挺起腰来，又发了一声冷笑，说："把罗小虎送到伊犁听官治罪，那才算会办差事的官人。冤有头，债有主，你们去找春雪瓶，找我，才算好汉！我韩铁芳与罗小虎、玉娇龙、春雪瓶不过都是朋友相交，但我看不惯你们这样横行霸道，所以我才打抱不平！"

此时就有人问说："玉娇龙到底是死了没有？"

韩铁芳却不回答这句话，接着又往下紧紧地说："你们要报铁霸王的仇就得找春雪瓶，报方天戟的仇就得找我，与罗某都不相干……"

说到这里，仙人剑张仲翊已抢剑怒扑过来，众人又都刀钩齐上。韩铁芳以剑相迎，并趁势往高处一跳，就上了房。镖和羽箭又如雨一般地向房上飞去。他顺着房脊奔跑到店外，由墙上跳了下去；也有人紧追着就跳了过来，却被他反手一剑杀倒。他情急腿快，飞往正西奔去，后面的人都追出来大喊着："追！"脚步杂乱，如潮水一般紧随身后涌来。

韩铁芳拼命地跑，跑出了这条街，他就转往南边，跑得很快。但他跑出了不远，就将步止住了。

此地已是旷野,天昏得一颗星也看不见,地下更黑茫茫的,没有一点灯光。从那条街口可见有摇摇晃晃的灯笼飘出来,而且飘得极快。灯光之中还能隐隐看得出幢幢的人影、闪闪的刀光,北风并吹来那些人的喊骂声。然而他们此时要想抓住韩铁芳,可比在大海中探手捉一条鱼还难得多。

韩铁芳又慢慢往南走了几十步,便站住了。这时他的气已喘了过来,力也恢复过来了,因此更不甘心,深恐那些人在抓不着自己之后,反把罗小虎杀了,而且也绝不能舍弃放在小店里的那匹马。

他见那大道上的灯光人众往西、往北、往这南边分途来搜寻,他却反往东边急跑。这没有城的乌苏县,也不过是一个较大的市镇,所以他很快就又到了镇里。他飞身上了民家的房屋,轻轻地慢慢地踏着泥土的屋顶,踏着土墙往街里走去,同时,辨认着方向。不多时,他却又回到了那屠家店里。

这时店里倒不太乱,大约张仲翙那些人追往西边去了,还没有回来,院中有几个官人在几只忽明忽灭的灯光里正谈说着话。韩铁芳趴在房上隐蔽窃听,听了半天,才听出那些官人的意思来。原来一路上仙人剑等人任意横行,把他们欺负得不得了,他们也怕罗小虎被虐待死在中途,他们要担处分。尤其如今发生了这件事,黑虎袁用刚才被韩铁芳的剑所伤。韩铁芳是玉娇龙、春雪瓶的朋友,他不过是来打前阵,随后春雪瓶那位小王爷就许来到。所以如今这些官人纷纷地商量着,无论捉住韩铁芳捉不住,明晨赶快离开这里为是。

店房的写账先生也大表赞成,站在院中直说:"对!对!趁着还没下二次雪,天山的路还通,你们诸位明天还是快点走吧。这样闹下去,可真了不得。姓韩的那个人这次要是跑了,一定要勾来秀树奇峰!"

话语纷纷,这些人都站在院里,等待那些追贼的人回来,都像是很着急,可没有一个人敢出去看看的,更没有一个人留心房上。

韩铁芳就慢慢地往后退,轻轻地离开了这屠家店房,又转回到那家小店。他由房上跳下去,声音极轻,并无人察觉。一看,马匹都在,他心中十分喜欢,就故作没事似的回到了大屋子内。这屋里的许多人都直着眼睛看他,有个人就问说:"你干什么去啦? 你不知道街上闹了乱子吗? "

韩铁芳却将背后藏着的宝剑亮了出来,在众人的眼前一晃,说:"诸位少打听! 与诸位不相干,你们少说就是了! "吓得屋里的客人们个个变色,往后退去,往一块去挤。

韩铁芳抄起了地下的马鞍和鞭子往外就走,又到过道中匆匆地备上了马匹。此时那口宝刀已插在腰带上,他一手提剑,一手牵马往外就走。还没有出门,忽见迎面黑乎乎的一个人把他拦住了。他拿剑来威吓说:"快躲开! "

眼前的这个人浑身发颤,声音也发抖,说道:"是我! 是我! 大爷! 侠客大爷! 我把你这宝剑鞘给你偷偷拿回来啦! 你老人家快点走吧! "

韩铁芳这才和善地说:"好! 多谢掌柜的了! 打扰了你半天。店钱等我回来时再给,现在来不及了! "

他匆匆挂上剑鞘,收了手中的剑,出门上马。他知道那些人刚才追向西去,便加紧挥鞭催马往东去走。不料尚未走出街市,就见对面来了灯光、人声和闪闪的刀影,这批人大半是由西边又转向东边去搜,结果一无所获,都彼此抱抱怨怨地回来了。韩铁芳却奋然催马直撞过去,对面的那些人连问:"是谁? "

韩铁芳早已抽出了宝剑,像燕子一般随马向前,风一般快,就听有人发出了惨叫,但韩铁芳早冲过去了。后面的人又追又惊又打镖。韩铁芳急催铁骑,已走出了街道,又斜奔向荒野,由东又转往西奔去。

走出约三里许,听见前面有犬吠之声,他就将马勒住,行得缓了,剑已入匣,气也缓过来了。回想刚才的事,虽没有救出罗小虎,但尚可称快意。只不知后来杀伤的那个人是谁? 如若是张仲翱,那才更令人痛快呢!

此时有好几条狗已将他包围住了,吠声震耳,他拿鞭子赶狗,也赶不开。面前是一个很小的村落,且有透出来的灯光。他缓缓地策马进了村,到了一家住户前,隔着篱笆叫人。这村子住的都是规矩的农户,还以为是来了贼呢;他便在马上向里面说明了来意。他说因为是那街上的店房都住满了,没地方住,所以才到这里投宿。他说话十分客气,里面又听出了他的口音,就把柴扉开了,容他下了马,牵马进去。

这家农户是从甘省迁来的，虽然看着韩铁芳腰间带着刀，马上又摘下剑来，情形可疑，叫是因为韩铁芳的态度极为和善，主人也就放了心，并现烧了小米饭给韩铁芳充饥。韩铁芳就睡在一间堆柴草的房子里，一夜提心着那些人找到这里来，便没有睡安乐。

次日，天色还没发晓，他就出屋喂马，并将鞍鞯又备上。农人也起来了，他拿出几文钱要作为酬谢，这个农人却客气着不肯受，只说："都是东边的人，虽不是一省，可也算是同乡。你路过这里来投宿，就算是有缘，我们哪能够收钱呢？我们又不是开店的。"

韩铁芳摸摸身边，又无另外之物可赠，只好抱拳道谢，出门上马。农人还送了出来，他在马上又拱手道谢，说："再会吧！"策马出村，好几条狗乱叫着追出来。

不多远，他又来到了莽莽的田野之间。天上的云烟渐渐疏散了，阳光可依旧被罩着，北风嗖嗖，吹得他身上很冷。远处有一片黑乎乎的东西，他走过去看，才认出是一片野林，树虽不算太多，也足可以隐身。由此往西北去看，那里就是一条蜿蜒如灰蛇似的大道，西南角又是一片遮天盖地的巨大阴影，那就是雾里的天山。

他便下了马，心说："这地方好！我在此倒要看着那囚车和那些人马，今天是不是还往西走？他们往西走就得由那道上经过，就逃不过我的眼睛，我还得往下追。"他在地下坐一会儿，又站起来伸直了脖颈向那边看一看。回想着昨夜的事情，他更觉得胆壮，只是昨夜并没听见罗小虎在屋中哼哼一声，他果真已被虐待得奄奄待毙了吗？想至此，心中又不禁忧愁难过。

天光渐渐发亮了，远处的小道显得更清楚，可是云雾仍未尽消。寒风更觉凄紧，身后的枯树枝如雨一般落下来。马独自踽踽地在林中徘徊。荒野枯寒，也不见有个人出来耕地，天上的乌鸦都很少。如此过了多时，他望得眼睛都发呆，那边的大道上只有稀稀往来的步行的、挑担子的、推小车的，却没看见一匹马。

他心中越来越发急了，又上了马，离开树林，想往那街市的附近去踏探踏探。但才向北边走了不远，就见那条大道上已有一队车马在蠕蠕地向西移动了。他赶紧跳下马来,将马按卧在地下。他伏下一点身,瞪直了眼睛向那边去望。那里距他这里最少还有半里地,人马影子都很小,而且模糊。可是他也辨认出来了,那的确就是押解罗小虎的差事,不过虽然一夜他们死伤了两个,今天的人倒显着更多了。韩铁芳容他们去远,这才又将马拉起来,跨了上去,向西追去。他仍然和前几回一样,虽然不舍,可是也总是不敢向前。天虽未降雨雪,北风可愈为猛烈,吹来的沙砾更多。地下的道路倒越来越广。又往西走,渐渐两旁田亩皆无,树木一棵也看不见,简直无所谓道路了;又是一片荒沙,风也更大了。

韩铁芳希望这时由沙漠里发现一伙哈萨克,领头的是春雪瓶,以助自己将罗小虎救了。可是没想到走了不多时,地下的沙子就少了,前面的那队车马早已安然渡过这片狭小的沙漠了。韩铁芳又急挥两鞭,马追随着面前的车马影子再走。地下虽又有路了,却是坑坎不平。从这里看南边绵延无尽的天山,更清楚,更高,并且路径似向西南斜了下去,越走也越高。前面的车马倒慢了,韩铁芳也只得将马慢行些。风沙更紧,前面的车马已渐渐消失了影子。忽然他隐约听到后面来了一阵清切的嘚嘚的马蹄声,他一惊,赶紧回头。就见东边飞也似的驰来了一匹马,就如在滚滚的风尘之中冲来了一股白烟似的。韩铁芳益为愕然,急将马避向道旁,同时伸手去摸宝剑。但那匹马已来到了临近,马上的那人是头上蒙着白纱的帕子,浑身衣服是青色,分明是个女子。韩铁芳心中十分喜欢,马到近前,他看出那纱帕下露出来的一点娇颜,正是春雪瓶,就叫了声:"姑娘!"

春雪瓶不容收往马,就把马拨了回去,马在扬颈抬蹄,她在勒缰转首,急急地说:"尽在后面追随他们是无用的!昨天晚上的事,你也办得笨,那些没用!反正按路程计算,明天他们就要过博罗霍洛山,咱们到那山根下等着他们去吧!快走!"说完她便催着马又往东边去了。

韩铁芳只得跟着她走,虽然风很冷,但他的脸却非常热,因为春雪瓶真是娇若神龙,竟不知她是从何处来的,并且昨晚的事她也全都知道。自己还觉得办得很漂亮呢,却不料她一连说了两声"无用""太没用",真使得自己是又惭愧又灰心。

蹄声嘚嘚,风声呼呼,尘沙迷眼,天地昏沉,前面的春雪瓶竟连头也不回。韩铁芳只一只眼睛能够睁开，看着她的骑术实在矫捷，而背影又真是俏丽。一前一后，走了半天，道路仿佛是往南去了，路也更曲折、更陡、更窄。渐渐的，他看见前面有推独轮车子的和赶小毛驴的乡下人，但他们一霎时就给越过去了。又走了一会儿，眼前又出现一片低陋的房屋和枯干得可怜的小树，有酒葫芦和面幌子在风沙里隐约地摇摆着。

春雪瓶就把马勒住，缓缓地往前走，原来前面又到了一处很小的村镇。韩铁芳也收住了马，却不住地叹气，一只眼睛进了沙子，揉也揉不出来，流出很多的眼泪。春雪瓶一点也不等他，就先进了镇。

来到一家店门前，她才下了马，就牵着马进去。韩铁芳依然闭一只眼，睁着一支眼，牵马到了里面。这家店的院落很大，趴着七八只骆驼。春雪瓶将马上的包裹、宝剑拿了下去，就将马交给了店伙。韩铁芳也如此地办了。但是气还没喘过来，春雪瓶又叫店伙找了间屋子，先进去了，韩铁芳也只好随着进屋。屋里又黑又窄又低，韩铁芳的身材几乎抬不起头来，有一铺破炕，上面有块破席头，韩铁芳两腿真觉得疲乏，就坐下了。

春雪瓶解下了纱帕，露出云鬓和饱带风尘之色的容颜，笑着说："今天的风真大！"

韩铁芳听她说到风，不由又忆起夏天时，在白龙堆中第一次遇见的那场风了，心中发出无限的感慨。他一边拿袖头揉眼睛，一边就也带笑问说："这些日来，莫非姑娘时时在后面跟随着我吗？"

雪瓶却先开了屋门，向外面叫店伙："打脸水来，拿掸子使！"然后关上了门，又回身向韩铁芳看了一眼，带笑地摇着头答道："不是！我昨晚才赶上了你。我想有你跟随，罗……罗大叔他不至于出什么舛错。"

韩铁芳听了这个称呼，自己倒觉得颇难为情。雪瓶说："我是先把我绣香姨姨安置在了达坂城。我那萧姨夫可是真麻烦，我百般地向他解释，他才肯在那里住着，等你去相见。我这才腾了身出来。昨天乌苏地方你做的那事我虽未亲眼看见，我可也听说了。今天他们在那里留下了两三个人，在那里葬埋那死的，看顾那受伤的，但我想，昨天你办的那事，于罗大叔并没有益处。"

韩铁芳说："我是要警戒警戒他们。因为罗某犯了罪，解往伊犁去是可以的,但他们沿路以私刑虐打,我却看不下去!"

春雪瓶说:"那除非……唉!"叹息了一声,就面现悲色,说:"因为我爹爹生前嘱咐过我,什么事情都可做,什么人都可以斗、可以杀,但对于官人差役却不可妄为,朝廷王法必须遵守,这也是因我爹爹乃是宦门出身之故。所以我处处顾忌着这层,不然我在迪化城内那些日,岂能那样安静地住着?罗大叔的这点事情算得什么?我早就把他救出来了!"

说到这里,她又嫣然一笑,说:"这是真话,并非是我自负。不过,韩大哥你现在也尽管放心好了!不要说我们在这里停宿半日便走,由此往南有便道可以上山,顺山一直往西,必定可以截上他们;即使我们不去截,他们也绝不能平安走过这山,那里也必定有人将他们截住。你我不肯做的事,别人会替我们做的,仙人剑张仲翊必定丧命,罗大叔必能出险。"

韩铁芳听了这话,倒不胜地惊异,怔了一怔,突然问道:"你在路上可看见哈萨克人了吗?我可遇见了许多,他们并都像是认识我,大概都是由尉犁城来的。往西去的路上店里都住满了,听说还有一年轻女子……"

雪瓶摇手笑着说:"你别疑惑那个女子是我。这一路上我没遇见他们,我也没勾引他们来,不过……"说到这里,店伙送进水来了,雪瓶也就止住了话。她先拿了掸子,到屋门外抽掸衣裳,屋门外的风都涌了进来,一霎时,脸盆的边沿上都浮了一层沙土。

雪瓶进来,店伙又往屋外去走,雪瓶吩咐将屋门关严紧些。她看了看那很脏的木头的洗脸盆,一块灰色的手巾,连块肥皂也没有,她就不禁皱眉。

韩铁芳就说:"叫他们再换一盆水来吧,或者另倒一盆来,这盆水我洗。另叫他们撕一块白布来,作为手巾,这条手巾真不能用!"

雪瓶翻眼看了他一下,带笑问说:"怎么不能洗?既然出来走路就得受点委屈,不能事事都讲究,不能像在家里时那样的奢华,也不能所走的地方全是迪化那样的大城市。我爹爹在世时常说,她当年初走江湖的时候,一点苦也不能受,可是后来到了新疆,走惯了沙漠,她也什么都不在乎了。"说时她微微带点笑,可是眼泪如珠子似的都挂在睫毛上。她就低下了头洗脸,草草洗毕,又从炕上放着的包裹里取了一只木梳和一面圆形的小铜镜子,倚窗俏立,徐徐地梳着鬓发。

韩铁芳的心中也难过了半天,慨然说:"我总以为这是个梦!我不相信是真的,我实在怀疑,春前辈大概不是我的母亲,我不配当她的儿子,我……"

春雪瓶蓦然回过头来,笑着说:"这件事容易办呀!我们大概明天就可以追上了仙人剑那些人,或救罗大叔,或杀仙人剑,或是一面救一面杀,总可以把那件事办完。然后咱们俩人就分手,你赶紧去往达坂城,我穿山越沙走便路赶回到尉犁。你看看……"说着,她由小袄里掏出来一个发光的铜钥匙,下面还系着一条红绳,又引逗似的笑着说:"就凭这个,我回去开了箱子,取了我爹爹藏了十九年多的那件红袄。然后我再赶到达坂城,当着你对一对,看看你那块红罗是否就是从那袄上剪下来的。如果真是相合,那还有什么可疑的?那还是什么梦呢?我倒真是在梦里度了十九年,原来我爹爹跟我……真不是亲生骨肉!"她又转脸向窗,并揉了揉眼睛。

韩铁芳真想于此时把心里存着的话全都说出来,当时就问问她愿意不愿意与自己结为夫妇,可是又想到洛阳家里,不由便又长叹了口气,话都咽回去了。

忽然,春雪瓶又转过了脸儿来,脸上还带有泪痕,但仍勉强笑着说:"绣香姨姨跟我说,不必取回那件红罗衣,她也能断定这件事没有半点错。她初次看见你的时候,就觉得你长得像我的爹爹。天下原尽有巧事,这并不算什么稀奇,你也不必惊异。现在,我倒是高兴极了!因为我能够借着此事,报答我爹爹育我之恩。以后……"

韩铁芳不容她说完,就说:"以后你可以同我一同往东去。"

春雪瓶却问说:"干吗?"她的眼睛瞪大,双颊略现出一些红色。

韩铁芳就说:"我原以为方氏夫人是我的亲生母亲,她是于十九年前,不,如今已二十年了,困于祁连山上的强盗黑山熊吴钧之手。此次我散尽了家资出来,原就为的是救母复仇,但如今就不必了。可是那位方氏夫人对早先的事情也必定尽皆知晓。我想姑娘可以同我一同去见她,她或者知道姑娘在孩童时是怎样被春前辈收养的,姑娘的父母现在何处,她也或者能够知道……"

春雪瓶摇头说:"不用！我不是非有父母才行！以前,我以为我爹爹是我的父亲,又是我的母亲,如今,我全不认！取了红袄再见绣香姨姨一面,我就连她也不认了,尉犁城那也不是我的家,我哪里都可以去……"

韩铁芳赶紧站起身来,连连说:"姑娘,你千万不要错会了我的意思！"

春雪瓶忽又敛了怒容,现出来平静的微笑,摆着双手说:"不要提了,不要提了,我们都不要再提这些事啦！"韩铁芳点了点头,又坐下,但心中实在十分发堵。

少时店伙又送进水来,雪瓶便吩咐做饭。外面的风声呼呼,风里挟着沙子,打得纸窗哗哗地响。韩铁芳觉得这时天色还很早,真不甘心放那押解罗小虎的一队车马去远了。少时,店家送进来两碗跟浆糊一般,上面粘有一点白菜叶,洒了不知有多少黑盐的汤面。他虽然饿,可简直吃不下去,偷望着雪瓶,见雪瓶坐在他身旁不远,低着头,以纤手拿着两根粗筷子,挟起那带着热气的面片,小口吃着,倒似是很有味儿。

韩铁芳也勉强吃着,却不禁地出神。吃着吃着,忽然他就停住了筷子,说:"雪瓶姑娘！我觉得今天天色尚早,我们不能在此停留住,任他们那些人远去,越离越远。再说大风之中,那仙人剑张仲翊包藏着祸心,什么事情都能做得出来,我真不放心！我想,姑娘可以在此稍留一日,吃完了这碗面,我还是要追他们下去！"

雪瓶斜着眼睛向他望了一下,当时就没有答话。韩铁芳又说:"我这人就是性情生来有点急,我不会从从容容地办事,所以天既然早,就非得再追上他们,我才能甘心！"

雪瓶说:"你虽不能够甘心,但请你放心好了,风起得这么大,他们也绝不会走远。这股道我虽没有怎么走过,可是我在前几天临离开迪化时,早已把西去的这条路详细打听明白了,所以我敢说:由此往伊犁,还有几站几镇,过几道山,马快的可以走多少日,车快的一天能走多少里,我都已了若指掌。"

韩铁芳一听,倒不胜惊异,心说:原来春雪瓶不仅是貌美、艺高、聪明勇敢,并且她这样的心细！因此益发地爱慕和敬佩,话倒说不出来了。

春雪瓶又挟了几片面,细吃着,吞了下去,就又说:"我敢断定,他们往西南再走七八里,准在旗竿店那地方歇下。因为张仲翊虽然强暴,可是那些旨人却都谨慎,都明白道理,他们绝不敢于这大风的天气中过山。"

韩铁芳只是发着怔不言语,春雪瓶就又说:"这些详细的路径,我都是向我姨夫萧千总打听出来的。他那人别的都不行,唯独对于这条路,还算知晓得极详。"

韩铁芳这时才搭话说:"那是因为他是当差的人,在新疆多年,久走这条路之故。"

春雪瓶微点了点头,又说:"据他所知,由此往伊犁去,还须要过山、爬岭,可是险要的地方只有一处,那地名叫作净海。"

韩铁芳说:"我也听人说过这地名。"

春雪瓶又说:"可是若由我们这条便路上山,比旗竿店离着净海还要近。明天早晨我们再走,一定能够先到净海岸边,去等着他们的车马。今天……"

她望了韩铁芳一眼,又笑着说:"咱们暂且在这里歇息一天,明天再走,绝不误事!"

韩铁芳到此,只得无话说了,就答应了。但自觉跟春雪瓶同在一间屋内,十分拘束,他就又推门走了出去。只见弥天漫地都是黑沙,想不到风刮得竟这样大。

他走到柜房,这屋子黑得简直对面看不清人,掌柜的手里头已抱上一个小炭盆了。韩铁芳就问这店里还有空闲的屋子没有,掌柜又问伙计,店伙却说:"空屋子可没有啦!因为风大,客人都不能走,腾不出屋子来。大哥,你那屋子很好呀!你跟大嫂只是两个人,一张炕还不够睡的吗?"

韩铁芳却笑笑说:"那是我的胞妹。"

掌柜的向伙计说:"你怎么连婆娘跟闺女都分不出来?"店伙也无话说了。掌柜的却向韩铁芳说:"按理说,亲兄妹住在一块,也算不得什么,既然出门上路,就都得将就一点。你若是觉得不便,你只好在这柜房里睡了,算你一半的店钱。"

韩铁芳点点头说:"好!"于是他就脱了鞋上炕,闭着眼睛休息。旁边店掌柜的那个炭盆溢出来暖气,使他倒觉得很舒适,只是这屋里出来进去的人总是不断,而且凡是到这屋里的人必要跟店掌柜谈上半天。

原来这里虽不靠大道,但却通着几个小村镇,还连着山阴,是蒙古人游牧之地。并且附近的山里出木炭,所以这里住着不少采炭的和来此运炭的人。他们全是这家店的多年老主顾,彼此又都早就相识,就以此为聚谈之所,谈东说西,什么话都有,使韩铁芳的耳边没有一时清静。到了晚饭后,屋里点上了灯,人更坐满了,光是拉骆驼的就有四五个,大家抽着烟喝着茶谈话,就有人提到了半天云起解西去之事。还有从乌苏来的说,那地方有个春大王爷的什么朋友韩铁芳,大闹屠家店,杀死了一个人⋯⋯

韩铁芳盘膝在炕角坐着,就不由得倾耳去听。有个做小生意的人听了这件事,就不由得吐舌,说:"这还了得! 春龙大王爷的朋友,那本事还能够差了吗? 仙人剑张仲翊那几个镖头是自找送死。看吧! 他们到不了伊犁,沿途准得丢了吃饭的家伙。那些差官押解着半天云,还可以说是没法子,但要叫我去当差官,我可就早请假了,我不敢应这档子差!"

旁边又有个一身油泥,满脸乌黑,像是卖油的,又像是个背炭的人,他也摇着头说:"我也不敢管! 仙人剑那几个人大概是才来到新疆,不明白春大王爷的厉害。有人说她死了,我可不敢信那话,屋里也没有外人,可要叫我说出她老人家的名字来,我都不敢!"

有个拉骆驼的人,脱了身上披着的老羊皮袄,坐在屁股底下,又装了一袋烟抽着,说:"其实现在倒不要紧! 背地里谈论她也不至于就丢头,早先可不行! 你们几位年纪轻些,那时候大概还没做买卖,许不知道,我可是赶上啦! 二十年前我就拉骆驼,那时候那位王爷就已经到新疆来啦。好嘛! 谁的嘴里敢说个春字呀? 说春还不要紧,谁的嘴里敢说玉字呀? 连往南疆采玉的那些财迷们都不敢说是去采玉,说是找石头。玉门关那时我们都不敢叫玉门关⋯⋯"

店掌柜搭话了,问说:"叫什么? 难道还能叫作鬼门关吗? 玉娇龙虽说不讲理,可是那时你们也太鸡毛小胆啦!"

拉骆驼的直着两只眼说:"啊! 你不信? 早先你住在这山背后的小镇市里,她是犯不上找你来,像我们那时候就运炭、拉石灰,走甘省,脑袋后头都得长两只眼睛,说不定什么时候她就在你的身旁。"

店掌柜却撇嘴说:"她也不是没身份的人,能够跟着你们拉骆驼的?人家的宝剑是金子制的,你伸着脖子叫人家杀,人家还怕脏了剑刃儿呢!"

那个拉骆驼的听了这话,大不服气,说:"你说她不杀拉骆驼的?你打听打听去,这个人你也许不认识,安西州有名的骆驼彭如,现在他赶二百头骆驼,他那财是怎么发的?他的爹黑三又是怎么死的?"

由此这个拉骆驼的人就说起故事来了:"二十年前有一个倒运的人,名叫黑三,是肃州酒泉县的人。那一年他拉着几头骆驼到凉州张掖县,忽然有两头病了,他就住在一个同乡开的店里给骆驼养病。正是年底,下大雪,这店里本来就住着由安西州新调凉州府的方大人的小老婆,带着老妈子和一个老人家。她还有一个才刚满月的小姑娘,雪拦住了他们不能往东去走,天缘凑巧合,那时候就来了一位身怀六甲、骑着快马的小媳妇。"

此时屋中的人虽多,但却静悄悄的,只有北风挟着沙子哗哗地击打着窗纸,连圈中的马也不嘶,骆驼也不叫。这个人磕了磕烟袋锅,又装了一袋,停住了话,东瞧西望了半天。

韩铁芳就催着说:"你快往下说吧,让我们听听!"

这拉骆驼的把烟点着,徐徐地喷着,又接着说:"这件事情知道的人很多,你们大概也猜出来啦,原来这个身怀六甲的小媳妇,就是玉……那时候还没人知道,她就自称婆家姓春,娘家姓龙。来到那店里当晚,她就分娩了……"

此时突然就有人问说:"那就是半天云的儿子吗?"

这人摇摇头说:"那谁知道呢?不过那时候的收生婆,就是那方知府的小太太。收了个男孩子,她可就起了心,硬把她那女娃子跟人家换啦。第二天雪还没住,她就带着家人、老妈儿跑了,可是她也永远没到凉州府。她的男人方知府后来还派人找她,各处找她,也没听见说后来怎么啦,大概是半路上出了事,连她换去的那个小子都送了命!这且不提,那店里,第二天春龙大王爷一看自己的孩子叫人换走了,她哪能甘心?正在气头上,偏偏我们那个倒霉的同行黑三,不知怎么得罪她啦,就被她拔出宝剑来喀嚓一下……"

说到这里,就像是得着了证据似的,探着头问店掌柜说:"你说她不杀拉骆驼的？”

店掌柜抱着火盆，呆得说不出一句话来了。那人又说："春龙大王爷真行，别的娘儿们养了孩子还能动弹？她可立时就骑马冒雪去追。自然也是没有追上，要不为什么这些年出的小王爷也是个女的，没听说大王爷有个儿子呢？”

韩铁芳此时便问："这样说来，春雪瓶就是那方夫人之女了？”

旁边不知是谁，推了他的大腿一下。他却精神兴奋，愿意雪瓶也来到这里听听。

那被问的人却说："这还用说吗？可是黑三那倒霉的虽然死了，他的儿子后来倒发了财。黑三那时有个婆娘，有个儿子才五六岁，他一死，家里的人简直就得要饭。那婆娘辛辛苦苦把儿子拉扯到十多岁，还是干他爸爸的老本行，帮助人拉骆驼。这孩子嘴不严，他知道他爸爸死的事情，有一次他拉骆驼到了大概是南疆的且末城，住在店里，他就说出来了。他说的是当年甘州城换孩子的事。不防玉……春龙大王爷就露了头了，拿着宝剑也要杀他，并问他是从哪里听来的，竟敢胡说！宝剑搁在脖子上，这孩子可就哭啦，他说他是听他娘说的，他爸爸拉骆驼的黑三就是被春龙大王爷给杀了的！春龙大王爷可真令人佩服，一听了他这话，不但不杀他，反倒对他很好。当时她就走了，过了许多日，那孩子拉完骆驼又回到家里，不料春龙大王爷随着就来了，赠给他很多很多、无数无数的金银……”

那一身油泥的人听到这儿，就羡慕地说："这小子倒发了财啦！”

拉骆驼的人说："可不是！他就是骆驼彭家的大当家的呀！今年他还不到三十岁。他带着他娘搬到了安西州，娶了媳妇，置了产业，现在家里养着二百多头骆驼，哪儿来的本钱？”

旁边另有个人说："我倒愿意我也有个爸爸，先叫春大王爷弄死，遂后我再发财。”

店掌柜等人一齐笑着说："冲你小子这良心，你就一辈子也发不了财！”笑声、啧啧称赞声、纷纷评议声，又都渐渐沸腾起来。

韩铁芳却忽然找着鞋穿上，下了炕，匆匆地走出了屋。外面天已黑，风已渐息，春雪瓶住的那屋子的窗上浮着淡淡的灯光。韩铁芳在院中站着发了半天呆,心想:见了春雪瓶时,应当怎样跟她说明了自己刚才听来的那些话,告诉她事情都已经弄明白了,我确是玉娇龙之子,而你又确实是那位方夫人的女儿……

他心里默默地温习着,鼓着勇气走到那窗前,向里咳嗽了一声。屋里就有娇细而清亮的声音问说:"谁?"

韩铁芳答声:"是我。姑娘还没有歇下吗?"

里面把门推开,韩铁芳一看,春雪瓶的手中还拿着针线,灯旁边放着没缝好的衣裳。雪瓶就问说:"韩大哥,你有什么事?"

韩铁芳摇摇头说:"也没有什么事。"说完了这句话,其余的话却又都说不出来了,只搭讪着说:"姑娘在路上还要自己做衣裳?"

雪瓶微笑着说:"不是做衣裳,是因为在路上骑马把衣裳都磨破了,没有法子,只好自己缝缝。"她看了韩铁芳的身上一眼,又说:"韩大哥,你身上的衣裳也太单薄,大概是因为你的行李在迪化城都被官人拿去了,手边也不方便。我这次出来带的银子倒很多,大哥你要用尽管用。"

韩铁芳摇头说:"不用,我是穿不惯太多的衣裳。再说,在这大风之中骑着马走远路,也不能穿什么整齐的衣裳。"

雪瓶说:"我看现在的风倒是已住了,明天早晨咱们一定走。只怕天寒,又要下雪,到了山上很冷,所以我想韩大哥不如在此买一件棉衣裳。"

韩铁芳摇头说:"用不着!用不着!"他发着呆,回想着那件二十年前大雪残年之下,甘州城旅店中的惊奇之事,更想:难道当年的那两个被命运所戏弄的无知的孩子,就是这屋中的我们二人吗?他不由得叹了口气,说:"什么事情都是想不到。刚才我在柜房里,听一个拉骆驼的人说闲话,他知道二十年前甘州旅店中的那件事情。那时候春前辈正跟那位方氏夫人同住在那家店中……"

雪瓶听到这里,不禁惊愕,就瞪直了眼睛看着韩铁芳,听他往下说。韩铁芳却似很难为情的样子,说一句话,吸一口气,说到紧要之处,还不禁皱眉叹息,遂就把听来的话都一一地说了。最后,他又说:"这些话虽是事隔多年,而且彼此相传,早失其真,但是我想那位方氏夫人或者就是姑娘的……"

春雪瓶不待他说完这句话，就急急摆手，发怒似的说："你别说了！别管是真是假，我都不愿认那么一个母亲！"

韩铁芳说："我想，当年是因为方夫人爱子心重，故不惜以女儿更换……后来中途在祁连山遇着盗匪，也是可怜，我们理应去救她……"

春雪瓶愤愤地摇头说："你别说了！将来谁爱去救谁就去救，我不管！早先我认识我爹爹，我爹爹既……死了，我就谁也都不认识了。明天上山我准保救了罗小虎，救完了他，我再往尉犁，取了红罗衣送到达坂城。以后，大哥你不要恼，我连你也不能再认了，因为究竟非兄妹，非亲非故，在一起长了，实在不合适！"她转过了身去，又拿起了那件衣裳就着灯去缝做。她虽没落下来眼泪，可是容颜十分惨淡。

韩铁芳怔得倒不知怎样才好，本来应当争辩，解释解释，可是又想："人家都已说出非亲非故这样的话来了，我还能够腆颜跟人家说什么呢！"于是他微微地叹着气，退身走出，身后的穿针拉线之声还哧哧地响。他把门轻轻带上，寒风吹得他的心里都冰冷了，仰观长天，苍茫惨黯，又叹了口气，心想着：好，好，这倒干脆，她突然无情，突然变了脾气啦！我倒正可以免去了为难。不过，将来祁连山我可倒更得走一趟了，她帮助我救我的爸爸，我就不能去救她的亲娘吗？唉！天地间怎会竟有这样的怪事，这样的遇合？玉娇龙，就说确是我的母亲吧，当年何苦以一尊贵之身去钟情于一个大盗？那个方太太又何必以自己的亲生女儿去换别人的男孩？真的，妇人之心，诚不可测，而我就偏偏不幸陷在这不测的命运之中！

他越想越烦，回到柜房里倒头就睡，好在炕热，旁边又有店掌柜那个永远不灭的火盆。那些人又谈说了半天，少半的回屋去了，多半的就都在这炕上挤着睡，更暖，也不用盖被。

睡了一夜，天色才明，就听见院中有人拿鞭杆敲着窗户，是春雪瓶的娇声，急急地叫着说："韩大哥！快起来吧！快走吧！"

韩铁芳一惊，急忙穿鞋下地，一边揉着还没完全睁开的睡眼，一边走出了屋。却见春雪瓶上下身穿着青色的新换的衣裳，头上戴着一块雪白的纱帕，脚下穿着"英雄斗智"的绣花鞋，亭亭玉立。她一手提着皮鞭，另一手按着腰间挂的双剑柄，两匹马都已经备好。一个还打着哈欠的店伙，冻缩着的手托着才开发的店钱。

春雪瓶此时很急躁,一点也不客气,就催着说:"快收拾!快点走吧!"

韩铁芳赶紧去拿了宝剑,匆匆挂在鞍旁。此时春雪瓶早已牵着白马出店门去了,韩铁芳也赶紧牵马追出。就见街上的几家小店铺还都没有开门,四周弥漫着浓雾,风虽不大猛了,可是天气更冷。

春雪瓶什么话也没说就上了马,啪啪地紧抽了两鞭子,马就飞也似的向南驰去。南边地旷,雾更稠,她骑的马是白的,头上又蒙着白纱帕,稍离着远一点,她的影子就消失在烟雾里了。韩铁芳不识路,所以绝不敢稍微落后,加鞭紧随,蹄声嘚嘚,前后相应。

走了半天,忽然雪瓶又将马收住了,她也好像有点辨别不出方向了,逡巡了一会儿,便又决然说:"走!"啪的一声鞭子响,马又转向西边去了。

韩铁芳又跟着,心里却说:春雪瓶一发了脾气,怎么跟她爹爹一个样?昨天我说的那也是好话,找不找方夫人去,随她,她何必跟我这样发脾气呢?因此心中也有点生气。马又相跟着走了半天,韩铁芳虽没有太落后,可是全身都已累得汗出涔涔。烟雾已渐渐消散了,左边显出一个兀然矗立的深灰色的东西,那就是高山了。

韩铁芳就问说:"那边是什么山呀?就是天山吗?"

他说出这话,原想着是自问,白讨一回没趣,春雪瓶既恼了我,她必定不回答。却没想到前面清厉的声音居然答话了,说:"也就算是天山吧!可是北疆的人都管它叫婆罗科努山,这是一句蒙古话。"随说着又走。

后面的韩铁芳觉着心上轻松了一点,精神振起来一点。越走山形越清楚,前面的春雪瓶忽然回首说:"我们该往山上去了,这条偏路可极陡,山上一定还结着冰。马蹄滑,韩大哥你可要多小心!"

韩铁芳一听她又呼自己为"大哥",似乎又不是"非亲非故"了,便又高兴地答应了一声,跟着转马往南走去。走到了山根下,此时雾渐敛,崚嶒的山石上面挂着坚厚的冰雪,已经能够看得很清楚了。春雪瓶先在前面寻着了山路,然后又向后招呼了一声:"小心!"

韩铁芳答应了一声,便跟着她进了山路。这条山路果然是僻静路,又陡又狭,地下满铺着厚雪。马向上走,脚下倒还不太滑,但两旁全是雪压着的如怪兽一般的山石,走不远,就得转一个弯,因此绝不敢走快。韩铁芳又怕自己由马上跌下来,遭雪瓶笑话,就更是小心谨慎。越走越高,山虽然寒冷,风力也十分猛烈,但两人都很累,反倒觉得头上涔涔地出汗。不多时,便爬上了一座巍然险峭的山岭。又应当往下走了,岭道上全都被雪盖着。春雪瓶就又回首说了声:"到此时倒要放开一些胆,马宁可快,不可慢,也别迟疑!"说时,她就啪的一声挥动了皮鞭。她胯下的白驹直冲而下,踢得雪屑飞腾,白马的影子都混在雪色之中,只有春雪瓶的青衣裳还能看得出来,飘然的,就仿佛驾着云降落了下去似的。上面的韩铁芳心中本不禁有点踌躇,可是坐下的黑马却一点也不迟疑,四蹄飞腾,也直跃而下,到了下面,几乎与春雪瓶的马撞在一起。黑马的身上落了许多白雪,并喷吐着如烟的白气。

这时春雪瓶忽然转首一笑,笑得甚是娇媚嫣然,更发着柔和的声音说:"韩大哥,你马上的功夫真好!在新疆你经历了这些事,将来到了玉门关里,骑马得数你第一!"

韩铁芳也笑了笑,没说出什么话来,依然跟着春雪瓶往对面的岭上走去。又是上坡的路,又得慢行,但他的心里却思绪万端。他想起草原上的那次赛马,初与春雪瓶相遇,后来屡次的离合,发生了许多的事情。如今二人总算相得很熟了,并且若细说起来,还真是一家人,可以说是恩同兄妹。再若按照着玉娇龙与罗小虎之言去做呢?那么又可以成为一段姻缘。可是这件事只好是付之流水,让它像梦一般地飘去,像雪花一般地飞走,是办不到的,而且眼看和她就要长久分别了……想到这里,他的心里真有些凄楚。

两匹马又过了一重山岭,山路就渐平,马也更快。又迂回地走了许多时,耳边忽然听得哗啦哗啦地一种猛烈的声响,韩铁芳不由收住了马细听,心中觉得很惊异。

春雪瓶就在前面高声说:"到了!到了!到净海了!我听说凡是往伊犁去的都要由此处经过,咱们赶紧找个高的地方往下看吧。他们只要今天过山,就逃不开咱们的眼底!"

韩铁芳说:"天这样阴,我倒恐怕那些人今天未必过山!"

春雪瓶说:"不能够!他们若不趁此时过山,天气是一天比一天冷,以后山路要叫冰雪封住,他们就不能过去了。他们之中有久惯行路的人,绝不可能那样办。"

韩铁芳又说:"这时天色恐怕都不早了,他们也许已经过去了!"但这句话春雪瓶似乎没有听见,她加鞭急走,往山上直行,韩铁芳仍在后面紧跟着。

这座山可比那些山更高,山路更陡。因为陡,所以雪在上面挂不住,都随着风吹落到岭下,堆积得也都跟石头一样。往上走冰雪越来越多,春雪瓶都不敢在马上骑着了。她下了马,纤手挽着缰绳,努力地往上面拉马。韩铁芳就也照着她的样子去做。两人一前一后,要不就是一上一下,有时走到极陡之处,韩铁芳简直就在春雪瓶的脚底下走,他非得仰面才看得见雪瓶那双"英雄斗智"的花鞋。同时花鞋跟白马的四蹄踢落的雪,都落在韩铁芳的头上,他简直不敢仰脸。

费了极大的力,好半天的工夫方才爬上了这座山岭,这简直是峭峰绝壁,上面满是雪。韩铁芳的鞋袜已全成了白色的了,口中也不住喘气。

雪瓶身傍马旁,手帕上显露出的鬓发,被风吹得不住飘拂,她的娇容反而变得更加美丽。

她用鞭向下一指,急声说:"韩大哥快看,那边,那边不是么?啊呀!果然有人比我们先到了!可见那些人还没过去呢!"

她极为欢跃。韩铁芳也一惊,就低着头,瞪大了眼,顺着雪瓶的鞭杆向下去看。只见下面真是千山万壑,冰雪无涯。只有一处是青色的,那大概就是"净海",这是山岭之间的一座大河,刚才听见的就是它那波涛之声。他也看见了一条条的山路萦回盘绕在峰岭之间,就像浅灰色的蛇一般,但是,韩铁芳心里说:什么也没有啊!

春雪瓶又向下指着,更急急地说:"你快看呀!下边,那……"

韩铁芳这才看出,原来就是这座岭下,净海湖边,蠕动着无数的灰白色的影子,都很小;细细地去看,才知道有人有马。马是深浅各色都有,人大概都是穿着反毛儿的皮衣服,所以在上面更难看得清楚。再定睛细看,才仿佛能看见一闪一闪的,好似刀光剑影。韩铁芳就更是兴奋。但是又见在那白雪青涛间蠕动的一群灰色人影之中，有一点微红，这种红色很娇艳，又似一万朵白的大牡丹之中开着一朵小小的红花，只要用眼光找住了它，便觉得特别显眼。

韩铁芳看了半天，心里又生出一点忧愁，就转头向雪瓶问说："下面那群人莫不是小霞率领的……"这句话尚未说完，忽然雪瓶又连连以鞭向下去指，并且跳起来笑着说："来了！来了！可真来了！"韩铁芳也察辨出来，就见由北边渐渐出现了更小的灰色的点儿，越来越多，原来是押解罗小虎的那一队车马由北边的山路爬上来了。

韩铁芳也不禁大呼一声，咍地跳上了马，就要纵鞭直跃而下，好去拦截。雪瓶却立时伸手把他拦住，说："别忙！别忙！"

这时分明看出那队车马才爬上去，正如同一队小虫子似的蠕蠕地前进，而这边的那点红色却挥起来两道剑光，指挥着那些灰白的身影飞快地迎了上去，拦截去了。

雪瓶就笑着说："有人替咱们动手，咱们就在这儿看着吧！"

韩铁芳却奋然说："罗小虎是我的父亲，是我的朋友，我如何能叫别人去救，我反而坐视不管？"

他咍地一鞭子抽下，马就顺山岭直驰下去，其势很快，几乎等于从天飞落。这马真好，四蹄溅起净海湖边的冰雪，真如一条乌龙似的，向那边直飞。韩铁芳已挂上了鞭子，锵然一声，亮出来宝剑。

那边一群哈萨克人已经跟那保护囚车的人杀斗起来，刀光交舞，雪屑纷飞。有一个骑红马的手使双剑的女子，简直是这群哈萨克人的头领，一边纵马挥剑、猛杀乱砍，一边尖声喊叫，直如天空的鹞子飞鸣。韩铁芳也没看出这女子是谁，他的马已冲至了近前，一眼看见耳边生长黑毛的仙人剑张仲翊，他扑过去就杀。张仲翊虚晃一剑，拨马就跑。

韩铁芳催马紧追，并厉声骂道："恶汉！你死到临头了！"追出了多远，忽然张仲翊的马蹄一滑，马倒人落。韩铁芳也跟着飞跃下马，挥剑急刺。张仲翊却蓦然爬起，扬起来很多冰雪，他的剑铿的一声又将韩铁芳的剑挡住。韩铁芳转腕再刺，张仲翊拼命地迎抵，铿铿铿，双剑交磕，此时他们都顾不得什么剑法了，只是拼命。

张仲翊的面色发白,耳边的黑毛乱动,并大骂:"小辈!我叫你死!"

韩铁芳也骂着:"恶汉!"嗖嗖嗖、锵锵锵,他把张仲翊杀得不住后退。他又往前去追,不料脚下一滑,竟一腿跪在雪上。张仲翊便反腕抡剑自头上劈下。韩铁芳急举横剑一迎,又是铛的一声响亮,震得二人的手腕都发酸,都略缓了缓力。韩铁芳已经站起身来,挥剑扑过去又杀,张仲翊却抹头向岭上紧跑,韩铁芳在后紧追。

此时汪洋的净海,就在他们的身畔了,涛声如雷,扰得他们互相的喊骂声都听不见了。同时,由海里冲出来的大块小块的冰,都堆在边上,他们脚下所走的也都是极滑的乱石似的大块小块的坚冰。张仲翊在前面连跌了两跤,韩铁芳就趁势去杀,可是脚下一急,啪嚓也摔倒了。刚要站起,张仲翊却从上面滑了下来,二人几乎撞在了一块儿。韩铁芳蓦然一剑砍向他,不料砍在了冰雪上。张仲翊也瞪大了眼,张着嘴,反用剑向韩铁芳去刺,不料脚下一滑,他又跪了下去。韩铁芳再扑上去,张仲翊挺身而起,又舞剑相迎。

这时不知何处就有一只弩箭射来,不偏不倚正射在张仲翊的鼻子上,血汪然流了下来。他瞪大了眼,张大了嘴,手中的宝剑还狂抡着。韩铁芳双手握剑,咬着牙向前狠刺,张仲翊仍要闪躲,但前胸已流出鲜血。剑已撒手,身子向后面倾斜,随着北风的威力就堕入净海之中,冰块却又溅了上来。韩铁芳赶紧往后去退。才一眨眼之间,忽见由那海水之中飞出来一物,撞在冰雪岩石上,摔得血花飞溅。原来是张仲翊的尸身又被摔了出来。这座山顶的湖无怪其名曰"净海",它的波浪中不肯收容张仲翊的尸骸,当时就给打出来了,倒把韩铁芳吓了一跳。

他缓了缓气,提剑转首,四下去望,一眼瞥见了自己的黑马,他便赶紧又往上跑,不料一不小心,人整个摔了下来。他忍着痛,由冰旁抓住剑,再爬起来,跑过去把马捉住,两腿酸疼,好容易才骑在马上,这时就见那边的人马有的纷逃,有的仍在交战。

那红衣的哈萨克女子,双剑左右挥飞,东杀西砍,对方的人马纷纷地倒下。这时春雪瓶也纵马赶到。等到这边韩铁芳的马来到之时,那边已经住了手了,他直着眼睛,才看出这红衣女子原来是小霞的妹妹幼霞。

只见她收了双剑，一边微微地喘气，一边带笑地向雪瓶说："因为是我射伤了罗小虎，才致他被人捉住，你又埋怨我，我才……你看我有法子救他没有？哼！"

春雪瓶也微微笑着，说："你走的那天我就猜出来了，你必是回尉犁勾人去啦。其实那时我要是把你追回来也可以，但，我为什么不放你走呢？我就是为叫你办这件事。替我办，你受累是活该！"幼霞撇撇嘴，还傲笑着。春雪瓶又望了她一眼，说："得啦！别得意啦！"幼霞回头看见了韩铁芳，她也回瞪雪瓶一眼，撇嘴说："我看你才是得意了呢！"催马又向北去了。

雪瓶的脸上突然红了一红，也催马随着去了。韩铁芳最后跟随，眼望着前面的两个女子，心中又羡慕又自愧。少时赶到了那边，罗小虎已经被十多个哈萨克人给救了出来。哈萨克人之中有认得韩铁芳的，还只管向他笑。

韩铁芳却顾不得别的事，就超过了红马和白马，上前一眼望见了罗小虎，不由得吃了一惊。原来罗小虎虽然两只胳膊被人挽架着，两腿上的铁链也已被人打开，但却瘫在雪地上站不起来了。他的那身缎子的衣服是又脏又破，沾着干草，滚满了泥沙、冰雪，还带着斑斑的血迹。他的脸面越发可怕了，满是鞭痕棒伤、污血和烂肉，并且都浮肿了起来，显得脸膛更大，眼睛却缩得极小。他的左眼已睁不开，像是瞎了，右眼却微露亮光，并且显出来一种惊喜之意。

韩铁芳先下了马，愁容满面，望着他，却说不出一句话。见他身上渗带着这些被虐的伤痕，就痛悔自己为什么不早一点杀了张仲翘呢？为什么那样怯懦，以至使……"唉。"他便长叹了口气。

罗小虎却拱着那乱蓬蓬的大胡子，笑着说："好朋友！"他恨他自己发出的声音太哑，就张开了大嘴又喊了一声："好朋友！"这声音像破锣似的拼命地喊了出来，他可力弱了，胸脯不住地直喘，那一双眼睛也闭上了。

雪瓶已到临近，急忙跳下马来，悄声说："不好！恐怕他要死了！"旁边幼霞也下了马，说："快把他平放在地下，叫他卧下喘喘气吧！"春雪瓶却又蹙眉跺脚说："地下全是冰雪，放下他不更冻死了吗？"

韩铁芳便伸出双臂去抱罗小虎，想把他抱在那边官人遗下的车上。不料罗小虎忽然用出来平生之力,将臂一振,架着他的右臂的那个哈萨克人立时就架不住了。他的双腿要努力想站起来,却站不起来,巨大的身子如山一般向后倒了下去。幸仗韩铁芳用力把他紧紧地抱住,他的大胡子一根根如刺猬毛似的都扎在韩铁芳的脸上。

罗小虎喘息着说:"我要死了……可是我死得高兴!"又咧开大嘴哈哈大笑,说:"我半天云有个好女儿……"他微微睁开那只右眼看,看了半天,才看出蹲下身来的穿黑衣的才是春雪瓶。他不禁欢喜地笑了,说:"你认得我吗?女儿!"

春雪瓶却高声争辩说:"我不是你的女儿!他,韩铁芳,才是你的儿子呢!"韩铁芳也忍不住流泪,向他的耳边哀声叫着:"爸爸!爸爸!"

但罗小虎这时耳朵似也聋了,没有听见,又向雪瓶说:"你妈妈的脾气真……"他两只眼睛都睁起,说:"你快嫁韩铁芳!快嫁!快嫁!别等着他做了官再嫁。别学……别学你妈妈,你,听我的话,当韩铁芳的老婆吧。韩……嘿!朋友……"他的力气尽了,喊也喊不出来了,双目都闭上,睁也睁不开了。他的头也颓然向下垂去,脖子搭在韩铁芳的臂上。北风卷着山雪,吹得他的头发和胡须更乱。无主的数匹马四下奔跑着,地上卧着的横七竖八的死人和刀剑也都被雪给半盖住了,流的血也早结成了冰。那边的净海仍在哗哗地发着狂啸,似是昂壮的歌声。

罗小虎喘了半天气,就死在韩铁芳的臂上了。春雪瓶泪满双颊。幼霞擦了擦眼睛,说:"算了吧!就把罗爸爸在这里埋起来,或是送到白龙堆里……"

雪瓶却站起身来,摇头说:"不必,就埋在这里倒好!"

韩铁芳的心中悲痛得已经麻木了,就轻轻将罗小虎的尸身放在地下。他站起身来,忍着悲痛,强振精神,就向雪瓶说:"可惜这里处处是石头和冰雪,无法埋葬!"

雪瓶向四下看了看,然后又用番语跟那几个哈萨克人说了半天。哈萨克人给她出了主意,旁边幼霞听了也点头,认为那样办是最好。韩铁芳发着怔,听着他们说话,却一句也听不明白。

春雪瓶就转告他,说:"在这里虽不能刨坑,可是石洞很多。要将罗大叔的尸体移进洞里,用雪封住洞口,天气冷一些,雪再变成冰,那较埋在地下还稳当。等到来年春天雪化,你再来备棺接灵也不迟!"

韩铁芳却叹了口气,说:"人事难料,将来谁还知我能来到此地不能?不过现在只有这个办法了。这办法也还好,那么就请姑娘分派他们诸位帮助我去找找,看看哪里有山洞?"

雪瓶还没分派,幼霞便以番语指挥了她手下的人。当时这些哈萨克人又都欢跃了起来,有的往山上爬,有的往岭下去找。这些峰岭之间的大小山洞本来无数,随处都可以找到,幼霞就随他们前去察看。待了一会儿,她便回来告诉雪瓶,说:"就在这上面,崖上有两个山洞,一深一浅。地方倒很幽僻,不容易被人察看出来。请你去看一看,以便决定。"

雪瓶就转过脸儿来,把这话又向韩铁芳说了一遍。韩铁芳说:"只要有个地方掩藏住他的尸体也就行了。深的山洞免不得是虎豹的洞穴,倒不好;就找一个幽僻之处浅一些的洞,要紧的是把洞口封堵住,那就如同是葬埋了!"

春雪瓶于是就指挥着哈萨克们将罗小虎的尸身抬起,韩铁芳又叫他们把几辆车上的狼皮褥子、棉被套等等拿下来几条,将罗小虎的尸身层层包裹了起来,分量很沉重,六七个人才抬得动。

有的哈萨克人开始还不住大笑,可是一看见秀树奇峰春雪瓶这时候的面色非常严肃,幼霞也含着悲哀之意,韩铁芳更是不禁地凄黯流泪,他们就不敢再笑,而且连大声说话也不敢了,都静默默地,抬着这只大包裹似的东西,往崖上走去。

这座山崖上面的冰雪更多,大家怕滑倒,迈步都十分谨慎,特别地慢。北风呼呼吹着,天地显得更为愁黯。韩铁芳与春雪瓶先到上面去察看山洞,见那个深的山洞里面黑乎乎的,不知有多深多远,由石缝中流下的泉水早已结上了坚冰。雪瓶也认为这座洞太深,不能作为墓穴。

于是二人退出来,又到旁边那洞中去看。见这个洞倒是很浅,洞口也不大。春雪瓶的脚底下发出嘎巴的一声响,她低头拾起来那个东西,就着由洞口进来的淡淡的光,仔细去看,原来是一片破瓦,大概是个破罐子。可见早先,不知多少年之前,这洞里一定住过修炼的老道或是僧人。现在洞口内外并无别人的足迹,可知现在倒是没有人住。雪瓶就又向韩铁芳问了一声,韩铁芳就点头,又说了一声:"好!"自己都觉出这声音太是悲惨了,心中痛楚如刀割。他不是哀怜罗小虎一世英雄竟葬埋于此地,而是他由这时的事情又联想起他在大漠中葬埋玉娇龙时的情景。他想:若果他们真是我的父母,那么我这次到新疆,倒像是为葬埋他们二人而来的。唉!他们生平都是桀骜不羁的人,一个是半生驰骋于草原大漠之间,一个是一生沦落于绿林江湖之上,这样的结果不算是委屈了他们,他们的灵魂还许满意。可是我目睹此情,亲逢此事,以后真能把我的志气完全消磨,我真对于人间的诸般事都灰心了……

他暗暗地慨叹着,便与春雪瓶出了石洞,而那几个哈萨克人就将罗小虎的尸身抬了进去,还有的哈萨克人就跪在雪地上念他们的经。待了一会儿,那几个哈萨克人也由洞里出来,向雪瓶跟幼霞说了几句番话,大概就是禀报说:"尸身在洞里已经安置好了。"

幼霞就令人填封洞口。当时这些哈萨克人又都紧张了起来,忙碌地用刀用手铲冰、搬雪,连同大大小小的石块、枯树枝,哗啦哗啦地都乱往洞里去扔。

韩铁芳这时又不住流泪,春雪瓶也拭眼睛,幼霞却移动娇躯帮助人去抬雪搬冰。北风这时更紧,吹得冰雪纷飞,但这些人却都累得不住喘气,不多时竟将一个丈多高、五六尺宽的石洞完全封堵住。幼霞怕封堵不严,再令人搬冰抬雪,又多时,冰雪在洞外堆积成了一座小山,很像一座坟,皑皑生光,呈现出一种凄惨之色。

此时各人的身上也都为雪花冰屑所布满,弹都弹不下来。大家又都前前后后地慢慢走下了这座山崖,所有人仍旧不说话,只听见那些哈萨克人都不住地喘气。到了下面又听见声声的马嘶,远处的净海还在狂啸,天色更阴晦。

韩铁芳这时才细细地看,见那些车辆都已扔下,连赶车的人都死于地下,逃活命的人大概没有几个。那些无主的马有的跑往深山绝壑之中不见踪迹了,有的已被哈萨克人捉住。

这时韩铁芳与春雪瓶还都是满面的愁容。幼霞却拍手儿笑着走过来,她向雪瓶问说："姐姐！你跟我姐夫还到哪儿去呀？是回迪化？还是跟我们一同回尉犁城呢？"

韩铁芳听了这个称呼，倒觉得十分难为情，被冻得都僵了的双颊，忽然又热辣辣地发烧起来。春雪瓶却仍然沉着脸儿，不生气，也不加辩论。她就转脸儿向韩铁芳说："我是要回尉犁去，为取那件衣服，你……"

这一个"你"字称呼韩铁芳更是脸红，并且春雪瓶这柔细和婉的声音，妩媚多情的态度，真与昨天晚上在那小店里大发脾气的时候，绝然不同。她又说："你也跟我们一块儿走好吗？"

这话说得像蜜一般的甜润，而更令人想到她是受了罗小虎临死时的那遗言所感动，她肯于接受那句话了。但韩铁芳却怔了半天，也没有回答，心中翻来覆去地想：到了尉犁，免不了又受那小霞的纠缠，其实那还不要紧，最要紧的就是自己的家中原有妻子！他此时愁得简直不象样子了，不能决定是点头，还是摇头。

那边的幼霞似乎猜出了他一半的心事，就又笑着，慢慢地走过来，说："姐夫！你跟我们一同到尉犁城去吗？等你们回到那儿，我再跟我母亲去给你们贺喜。以后你们在那里住，得多么幸福呀！……还有一件事，我告诉你，你别再担心了，我那姐姐小霞，她在白龙堆里受了伤回到家里，我的母亲看见了她那狼狈的样子，就很惊异。向她盘问出来缘由，我母亲真生气，把她好骂，派了人看着她，不放她再出去惹事了。过了年，我母亲就要给她找个人嫁了，也许嫁得很远，所以你们别担心，我母亲并没恼你们！"

韩铁芳说："不是因为那件事，而是我此刻真有些犹豫不决！"

春雪瓶在旁边一听了这话，就急躁了起来，赶紧过来说："你就快说一句话吧！我们在此地不能多待！"

幼霞也说："迪化的官人只死了几个，那些都被我们放走了，他们若是出了山，就许勾了大队的官人来！"

雪瓶说："我看你也不要再往北边去了，往北下山回迪化或往达坂城，还须走你来时的路径，那路上就有人认识你，必出麻烦！"

幼霞笑着，甚至于要伸手来拉韩铁芳。韩铁芳这时却忽然心一横，坚决地摇头说："我不能再到尉犁去了！"

幼霞一怔。春雪瓶忽然就似乎翻了脸，厉声地问说："尉犁城是你的家！那里的房屋、牛马全都是你的，你为什么不肯去呢？你不去，那些东西应该归谁？"

韩铁芳一听这话就更是摇头了，急又不敢急，冷笑也恐怕雪瓶误会。他只是又叹息一声说："那里的东西本来是谁的，以后就还归谁管理，我岂能够据为己有呢？我自河南洛阳是徒手出来，这次我到新疆很侥幸的就是，让我亲眼看着，又亲手葬埋了人间的两位奇侠，并得见两位姑娘之面，我就很高兴了，很觉得荣耀了。刚才……罗前辈临死时所说的那话，我自愧无才，不敢允许！"

幼霞更是发怔，扭着脸儿望着雪瓶，雪瓶却只是脸儿微红，并不露一点生气或失望之色。

韩铁芳把话说到这里，态度倒显得很是平和，只拱拱手说："雪瓶姑娘跟幼霞姑娘带着这些位就过山往南去吧！山中风冷，也不可多耽搁时间。我，我现在要往北去了！"

幼霞急急地说："你往北去？你认得路吗？"雪瓶却把她拦住。韩铁芳就慢慢地过去牵了那匹黑马，将马的肚带又往紧束了束，宝剑也挂好，鞭子也由鞍旁摘下来。

这时大概是春雪瓶授的意，只见幼霞的双手托着个缎子包儿，又笑吟吟地过来，就把这包儿给他系在马鞍之前。不待韩铁芳发问，她就笑着说："你既不肯到尉犁城去做姐夫，那我们就也不能请你、央求你啦！但是我们知道你的盘缠不够用，衣服也没有钱买，这包裹里就是钱跟银子，你带去吧。你若不肯要，随便抛在哪个山沟里都行，可就是不能当着我们的面抛。"

韩铁芳倒更惭愧了，拱手向幼霞和雪瓶道了声谢，就上了马，又向雪瓶说："我由此就要往达坂城去了！姑娘……"他本想说：姑娘，到了那里，我们再见面！可是只见雪瓶跟幼霞正帮忙着叫那些人去收拾地下的死人，顾不得再看他了，只得悄然地策马往北去，连头也没敢回过去，心中充满了无限的愁闷。越走山路越往下，越萦盘曲，地下倒还好走，因为那群被杀死的张仲翔和官人等就是由这条路上来的，所以他们的车轮马蹄把这股路上的冰雪早给辗轧得很平坦了，如今走上去倒不十分滑。然而北风凄凄，四顾荒凉，连一只飞鸟也没有，他更感觉得魂断望绝。一连向下转过了几个山环，骤然听得身后有嘚嘚的马蹄之音，他不禁又吃了一惊，赶紧扭头看去。

原来是春雪瓶骑着白马追下来了。他急忙把马缰绳勒住，扭身仰面向上去望。只见雪瓶也勒马，停于一座带雪的山岩之旁，向他又呈出嫣然的笑色。他不知雪瓶又有什么事，刚要问，却听雪瓶向下发出了娇声，借着山谷的回音是更为清楚、嘹亮，说的是："韩大哥！你就往达坂城去吧！那里店房有限，你到了那条街上定能遇见我的萧姨夫。请你告诉他，我不能去了，我回到尉犁把那件罗衣取出，交给别人带了去，也就行了……"

韩铁芳一听，她这话是来告诉我永不能再见面的意思呀！刚待要说，你的爹爹也曾有意将你许配于我，叫咱们永久在一起呀！可是，风吹着他的后腰，寒气堵住他的嘴，心中着急，却难发一语。

又听春雪瓶在高处说："韩大哥，一路珍重！后会有期！"

这声音也显得凄悲了，就见秀树奇峰春雪瓶黯然转身拨马，当时嘚嘚嘚嘚一阵蹄声，她又驰往山上去了。霎时间，人马的影子就都已不见。

韩铁芳又怔了半天，心里倒是慨叹说："好！这样好！如今只是在达坂城还有一件小事，除那事情以外，我在新疆的一切事情就算全都告终了。"于是他又催马往上走去。又走过了一道山环，眼看着就到了山下的旷地了，忽见有两个人正走在前面，一见着他的马从后面来了，就全都惊慌着藏躲，他觉得惊异，赶紧催马下去。那两个人都惊喊了起来，其中的一个还跪在一块山石旁求饶。韩铁芳马到临近才看出来，这两个原来都是差官，红缨帽早都丢了，箭袍上也滚满了泥雪，样子都是十分狼狈，而且恐慌，不过身上还都没有伤。他们看见韩铁芳不是哈萨克人，这才都惊慌略定。

韩铁芳就勒马问说："你们是从哪里来的？"

这两个差官一个是全身战栗，面色苍白，说不出话来，另一个倒是说："我们是迪化抚台派来的差官，押解的是半天云罗小虎，往伊犁去。不料有钦差公馆的护院仙人剑张仲翊，还有他的哥哥老君牛张伯飞、陇山五虎等人，一定要跟我们一起走。在路上他们虐待罗小虎，我们拦也拦不住，就把春小王爷给得罪了。刚才我们走到山里,春小王爷手下的那些哈萨克人就把我们截住,乱杀乱砍,幸亏对我们当差官的还留些情面,我们两人这才逃了活命,仙人剑、老君牛那些人可多半都死在山上了!"

韩铁芳就问说:"你们这差官之中是谁为首?"

这差官回答说:"是飞镖卢大,刚才我眼看见他被一个哈萨克人给砍下脑袋来啦!"

韩铁芳听了,不禁皱眉,又问说:"你们如今想要往哪里去?"

这差官说:"差事已出了舛错,我们就是回到迪化,也得担受大处分。好在新疆的地方大,我们只好逃到别处,换名改姓去要饭吃吧!我们带着的钱跟东西全都搁在车上,这时候谁敢回去拿呀?"

韩铁芳看这两人的可怜情形,倒觉得十分不忍。他将幼霞给自己的那个包儿打开一看,见里面除了银子之外,还有许多黄金,就知道这绝不是临时打劫来的,因为差官们绝没有这么阔。遂取了两块银子,扔给差官每人一块,说:"你们拿着这个沿路买饭吃吧!快些走!待会儿那些哈萨克人就许下来了。"说完了这话,就又催马往下走去。不多时就到了平地上,他就将马越发鞭得快,走下不到半里路,却又听得一阵惨厉的喊叫声:"救命呀!救命呀!"

韩铁芳疾忙收住了马,烟尘由马畔四下纷落。他纵目向两旁去望,见道左远远的旷野之上趴伏着一个人。他拨马了走过去,低头一看,原来是一个从那边山上逃到这里的人。这人背上的刀伤很重,浑身是血,穿的也不是官衣。韩铁芳想着,这个人必是张仲翊的一伙,自己不能够救他。本想要拨马走开,可是又见这个人头贴在地面上抬不起来,两腿空抖,两手也在地下乱动,一边悲惨地呼救。

韩铁芳看了,又实在不忍心走开,便下了马,问说:"你是谁?被什么人伤的?"

这个人听见旁边有人向他问话,才把呼号止住,但仍是不住呻吟。缓了半天气,他才渐渐地将头抬起。韩铁芳一看,这个人的脸上满是土,可是又黑又胖,自己分明认识他,前几天他还骑着大马,雄赳赳地跟着张仲翊等人在一块儿呢,于是就面现严厉之色,问说:"你叫什么名字?你不就是那老君牛张伯飞吗？仙人剑不就是你的兄弟吗？"

这人原也认识韩铁芳，就不禁惊慌失色，连连摇头，连连呻吟着说："我不是！我真不是！张家兄弟我都不认识……"

韩铁芳冷笑着说："你到了此时，何必还跟我说假话？你放心好了！你既伤成了这个样子，我绝不能将你杀死，可是你得实说出你的真姓名来！"

这个人又把头贴在地上，呻吟了半天，才说："我叫瘦虎常明！"

韩铁芳说："我看你是一点也不瘦，而且陇山五虎想必都是甘人，你说的话却像是潼关人！"

这个人却说："我本来是潼关县的人，和老君牛、仙人剑他们都是同乡。我早先是个瘦人，近年才肥胖的，但我那外号儿还是改不过来，江湖人还称我为瘦虎。"

韩铁芳手抡起来鞭子，本要狠狠地向这个人去抽，却又将自己拦住，暗想：这个人已经伤成了这样，我还打他干什么？遂就责骂他说："你既是江湖人，也得知道江湖人虽什么事都做，义气却不可不讲。罗小虎本是堂堂的好汉，他犯了法，自然有官人治他的罪，把他解到伊犁去正法。即使是他的至亲、好友，只要深明大义，就不能有什么怨言。但你们一非官人，二非捕役，铁霸王窦定远、方天戟秦杰二人之死，又与罗小虎全不相干，你们为什么要沿途追随，对他惨加迫害？"

地下趴着的这人，忽然抬起了他的黑胖脑袋，说："谁干过那不英雄的事？只是仙人剑张仲翊一个人干过。要不是我们拦阻他，他早就将罗小虎给杀了。我们这次原是到新疆来办别的事，不防遇见了仙人剑那小子，他拉我们帮忙，我们本当不管，可是，谁叫都是老朋友？今天在山上挨了那哈萨克小丫头一剑，真冤枉！"

韩铁芳稍微息了怒气，就又问说："现在你要往哪里去？"

这个人却哀声地说："我还能往哪里去？我好不容易逃命逃到这里，就连爬也爬不起来了！可怜我家中还有八十岁的老母，总怪她不好，谁叫她生下个儿子叫学武艺，闯江湖，上了朋友的当！我死在这里也认命。朋友，我也久仰你的大名，你是洛阳的韩铁芳。我知道你是一位顶天立地的好汉子，咱们俩又没有什么不共戴天之仇，你要可怜我呢，你就高抬贵手，拉我一把，叫我起来。往东边不远就是旗竿店，那是个镇，你把我救到了那里，就算是救了我的命啦，你就不必管啦。那里的人都很忠厚，他们自然会拿一点残汤剩饭来叫我活命。你要不肯这样办，我也想求你，把你的宝剑抽出来，索性喀嚓一声，给我一个痛快。"

韩铁芳说："我岂肯杀你一个受伤的人？"

这人却说："不，我求你杀我，免得叫我这样活受罪。"

韩铁芳此时却慷慨地说："既然这样，我就把你送到那地方去。只要你活命之后能改过向善，你就是好的。过去的事就都不用说了，我也用不着问你的真名实姓！"

于是他双手将这人抱起，这人的身体很沉，他费了很大的力才将这人放在马上，这人还不住呻吟，韩铁芳也弄了两手血，于是就用双手扶着这个人，自己却傍着马走。此地离着那旗竿店还很远，所以一直走到天黑，北边又更猛地卷起来狂沙，他们才来到那个地方。韩铁芳于黯黯的灯光之下，牵马进了一家小店里，把受伤的人扶进屋去。

这里的店家都很诧异，本来认得这个黑胖脸的人，昨天还很威风，如今车辆、差官，连罗小虎都没有回来，只回来他一个，还是身受重伤，被这少年给救回来。大家就猜着必是在山上出了事，于是好事的店家就向他来打听。韩铁芳倒不禁捏着把汗，诚恐这人吐露出真情，让本地的人将自己当作打劫囚车的强盗看待。

可是，谁料这个受伤的人只是呻吟，一句话也不肯说出来。直等到吃完了饭，店家全都出屋去了，这个人他还自称是瘦虎常明，他的脊梁不敢挨东西，只像一条狗似地趴在炕上。他睁大了眼睛向韩铁芳说："朋友！你就放心！我绝不向人说出今天山上的事！杀死了我也绝不说。乌苏那地方那夜的事情，我也不会告诉人！"

韩铁芳却说："你说出来也不要紧，我没打劫囚车。在乌苏地方，我也只是打抱不平，对付的是张仲翊。我并未救半天云，未与官人为难；即使见了官，我也毫无所惧！"

这瘦虎常明却又一面呻吟，一面说："我好不容易才遇见了你这位好人，把我救到这里，我还得要我这条命呢！倘若我说出山上的事，好家伙！

秀树奇峰春雪瓶小王爷此刻就许在窗外了！"说出了这话，他真不胜战栗。

韩铁芳也吃了一惊，回首看了看，窗外只有呼呼的风声，与店伙往来的踏踏的脚步响。他想着：虽希望春雪瓶这时来到，可是她也不能够来了！从今以后，那秀树奇峰佳人俏影，将永远不能复见了！心中又不禁怅闷。当晚他就跟这个受伤的人睡在一个炕上，这人的呻吟声时时将他惊醒，他的宝剑永远用胳膊压着，不离身边。

夜深天寒，次晨起来，开门一看，满空中又飘荡着雪花。在这院里就可以望见南面的峻岭，如同玉做的高大无比的屏障似的。他想到葬埋罗小虎的那个地方，那洞门一定被雪封得更紧了，心中又是一阵难过。回到屋中，见那个人伤势似已略轻，呻吟得也不太厉害了，他就不由得笑了，急忙又去到柜房，打听这地方有卖刀创药的没有。

店家就告诉他说："刀创药在这地方很难找，只是东边有个小村子，那边住的都是猎户，他们终年以打猎为生，免不了叫狐狸抓了，兔子咬了，大概他们有治外伤的药。"

韩铁芳就想：救人要救到底。于是他就向店家问明了那村子的所在，不辞辛苦，冒着严风大雪，就找到那个村子，向那里住的猎户一半央求，还拿出银子来，才买了一包刀创药，急忙回来就想给那瘦虎常明敷药治疗。

他回来了，店伙一见了他，就不似刚才那个样子了，对他仿佛带着一种凛惧之意。大概就趁着韩铁芳没在屋里之时，这个受伤的人就把昨日山中所发生的事情以及韩铁芳的来历都告诉了店家。韩铁芳却也不介意，亲手给那人的伤处上药，店伙就悄悄地溜出屋去了。韩铁芳买来的这种药很有效，好像立时就使瘦虎常明减去了疼痛。

这家伙的黑胖脸上显出一种舒服的样子，说："朋友，想不到我来到这地方，竟交下了你这么一个好朋友。将来，我不敢说必报你的恩，反正我绝忘不了……你！"又叹了口气说："仙人剑那小子本来不行，他不肯听我的话么。我早就知道绝惹不起秀树奇峰，不如等到吴元猛来……"

韩铁芳听了这话便又不由地惊愕，遂就问说："吴元猛是如何的一个人？有本事吗？"

这瘦虎常明就像忘了伤，也忘了形似的哈哈大笑说："连吴元猛你都不晓得？韩老弟，你总还是个雏儿。咱西路上现在第一位英雄，头一条好汉，就是吴元猛，年轻有本事，比什么玉娇龙、春雪瓶的武艺可又高得多了，他是祁连山上有名的老英雄、黑山熊吴钧大王的少爷！"

韩铁芳一听这话，气得脸色全变了，一面再给这人上药，一边就又问："他来到新疆是为何事？"瘦虎常明微闭着眼睛，但也得意地笑着说："有事！我们这次到新疆来，就是奉他之命……"

韩铁芳听到这里，真要抽出宝剑将这贼杀死，却又听这贼说："朋友！我知道你也是咱绿林的朋友，你跟春雪瓶也不过只是相识，绝没有深交，你何必要帮助她们，不帮助我们呢？吴元猛因为他的爸爸跟玉娇龙有二十年的仇恨，春雪瓶，哈哈，听说她有一个亲娘，还在祁连山上跟着黑山熊过日子呢！吴元猛从少年时就要到新疆来斗一斗那玉娇龙、春雪瓶一对母老虎！这次是叫我们先来探一探她们的虚实，打听清楚她们的窝到底在什么地方，然后吴元猛好去拆她们的窝！"

他接着又说："可恨的就是我那兄弟张仲翊，他跟方天戟、铁霸王给玉钦差保镖，原是为等到玉大人这档子阔差事当完了，把银子搂足。等他东返时，他们还给他保镖？妈的，谁能那么傻？那时他们就要收拾他啦！可是，真没料到！弄拧了！"

他蓦然惊省了过来，睁大了眼睛，害怕地望着韩铁芳。他自悔失言，全身又不由阵阵地战栗，发出呻吟。他又怪笑着说："你别生气呀，韩大爷！我胡说了！我也知道我是个糊涂虫，我是个混蛋，我该受这重伤！谁叫我跟他们那一群强盗忘八蛋在一块儿混呢？凭吴元猛，能斗得过玉娇龙？不！能斗得过春大王爷吗？连秀树奇峰，连你老哥，他也斗不过呀！唉！我这回要是伤真好了，以后我就找一座古庙当和尚去！"

韩铁芳不禁笑了，说："你这个人很狡猾，但你放心好了，我既然救你到此地，我绝不能再将你杀死。以后，你伤愈之后，只要能成为好人，做些好事，那就不枉我这次救了你；否则，不管是你，还是吴元猛、黑山熊，只要是犯在我手里，那时我是毫不容情！"

说这话时，他觉得窗外似有人正在偷听，便拿起了宝剑，推开屋门一看，见正是那个店伙。那店伙的脸上很惊慌，笑着问说："我来问问大爷，吃饭不吃呀？"

韩铁芳说："为什么不吃饭？你快给去做吧！"他回到屋中，又给那个贼的伤处敷药，想以自己的道义感化这个贼的贼性。

他觉得不能在此多留了。所以，等到少时店家把饭做好了送了来，他用毕饭，就自己出去备马，然后给了饭钱，并给这瘦虎常明留下了几两银子。那刀创药也给他留下了一半，另一半自己包好了带在身边。

那常明就惊讶地看着他，问说："怎么，你这就要走吗？"

韩铁芳点头说："我要走，因为我在旁处还有重要的事情。我给你留下的钱和药，足够你将伤养好。咱们将来再会。可是我所劝你的那些话，你都要记住了，见了吴元猛之时你也不妨跟他说。"

这个瘦虎常明却说："你放心吧，别说我也见不着吴元猛，即使见着了他，我也躲着他远点。我要是活得了命，以后我还跟他们混？还找着挨刀？那可真是不知道死活了！"

韩铁芳就点头，又拱手说："再会吧。"说毕提起了宝剑、皮鞭跟那金银包儿，就往屋外走去。两个店伙都站在屋檐下发呆地看着他。他将东西系在鞍旁放好，就牵马出门。这时大雪纷纷，街上没有一个人，他却上马挥鞭，一直向东走去。他眼观着灰色的天空、银色的大地，更向右望，是那皑皑无边的巍峰峻岭，他不禁想起当年玉娇龙骑着马、冒雪追赶方夫人的车辆之事，益发感叹。

第十二回　达坂城罗衣明往事
甘凉道铁骑访群雄

　　韩铁芳一路急急地走,到晚间投店住宿,也特别小心。春雪瓶所赠给他的金银,他除买了一件棉衣御寒及作投店吃饭之外,绝不多用。经过乌苏那地方之时,他也是绕着道儿走过去的,因为恐怕又出事端。风雪长途,马蹄不断,一直走了二十多天,方才来到迪化以南的那个小小的城市达坂城。

　　来到这里,他未涤征尘,才停骏马,便在街上打听:"有一位姓萧的千总老爷住在哪家店里?"原来萧千总弹的那琵琶在此地也出了名啦,立时就有人告诉了他,于是韩铁芳就又怀着满腔的悲凉之意,找到那店,去见绣香。

　　原来绣香已在此住了近两个月了,她日日地思盼,今天韩铁芳才来到。她住的是一间小西屋,这时她的丈夫萧千总也正在屋里。韩铁芳先将马在院中的桩子上系好了,然后隔着窗户把话说明白了,等到萧千总把屋门推开,他方才进了屋。他满面愁郁之色,见了绣香,不知称呼什么才对。绣香也忽然双泪莹然,不知道第一句话应该怎样跟他说。萧千总倒是迎着面先向他把右腿一屈,左腿往后一撒。这是一种官礼儿,叫作请安,倒弄得韩铁芳不知怎样还礼才好。

　　萧千总露着牙笑着说:"少爷!您怎么这时候才来呀?我为您的事把我的半辈子前程也弄丢啦,差事叫人给撤啦!"韩铁芳不禁发怔,萧千总又笑着说：“不要紧！有少爷您在，还能够看着叫我们两口子挨饿？”

韩铁芳摇头说：“萧老爷，你千万不要这样叫我呀。”

萧千总说：“我怎么能不这样称呼您呀？您是咱们春——也别说什么春大王爷啦！春大王爷本不姓春，她是玉三小姐。我家里这位本是随侍她老人家多年的丫鬟，我呢，尊敬我的叫我声姑爷，一半亲戚一半奴；要是对我不客气呢，我还不跟三辈家奴是一个样吗？您是我们那故去的三姑奶奶的亲儿子，这件事早先就是打死我，我也绝不能信；现在可不由我不信啦。证物送来了，衣襟已对上了那布片儿，真是分厘丝毫也不差。少爷！您现在还能不叫我称呼您少爷吗？”

韩铁芳一听了这话，益发地惊讶，暗想：春雪瓶怎么走得这样快？她都已把那件衣物取了送来了？

萧千总又转身向太太说：“把那件衣裳快拿出来，请少爷过过目吧！”

此刻绣香已经悲泪如雨，并且不住呜咽。她连一句话也说不出了，只一边抽噎着，一边走到炕旁，打开一只包裹，取出来一件红罗的女人穿的内衣。她将这件内衣平铺在炕上，就见那衣襟上是被剪去了一块。韩铁芳那天遗下的那块三角形的红罗，也就跟这件衣服在一块儿裹着。

绣香双手颤颤地将它们对在一起，虽然那小块红罗早已又脏又烂，已变了颜色了，可是刀剪之处，与那些绣着的花边儿，是完全相合了，毫无疑问了，二十年前不知是谁在仓猝之间下了一剪子，于是这件衣裳与那块衣襟就如子离母，各分东西。漫长的岁月，度得也真不容易，如今两物竟能够合在一起，但是颜色却深浅不同了，人也生死各异了。

韩铁芳此时只是低着头堕泪，绣香就在旁哭泣着叙说这红罗衣的来历。她说二十年前故主玉娇龙重到新疆，见了她，就向她详细说了凉州方知府的妾方二太太及仆妇秦妈，在甘州张掖县来安店内，以一女孩换去了她的亲生儿子，以及她发觉此事，冒雪追赶的事。玉娇龙到了祁连山中，方二太太主仆和小孩都遇着了山贼，车辆跌坏了，人也都杳然不知生死……

绣香又说，二十年来，她的故主玉娇龙将此衣和一部白绫钉成的书，固封于牛皮箱中，从不打开叫人看。后来又把开锁的一支很特别的钥匙交给她收存。玉娇龙临离新疆之时，又到乌尔土雅台去看她，那时玉娇龙的痨病就已经很厉害了,不断地咳嗽,说话都极为困难,但是还特地问她说:"那个钥匙没有丢失吧?"她就拿出来给玉娇龙看了,玉娇龙又不住流泪。

绣香述说着当时的情景,真如就在目前,她忍不住放声痛哭起来,身子也斜倒在炕上。韩铁芳的泪也已湿透了襟怀,只是还没有放出悲声。绣香哭了半天,萧千总也在旁顿着脚,唉声叹气地劝了半天,绣香才悲痛略止。她又拿钥匙开了包裹旁边放着的一只小匣,从里面又拿出一只光芒灿烂的小花瓶儿。

绣香说:"当年方二太太抱去了你,留下了雪瓶,同时剪去了衣襟,并留下了这只瓶儿……"

萧千总在旁插言说:"由这些看来,那位方二太太也不是什么坏人。她抱走了人家的儿子,留下自己的女儿,剪去了人家的衣襟,拿这只银瓶折账。这也不算是不讲理,不算是太狠心!"

韩铁芳也拭泪点头说:"她的意思也许是以这两件东西做标记,等我跟雪瓶都长大成人之后,再各自去认自己的亲生父母!"

萧千总又叹了一声说:"你就别再提你那位爸爸啦,雪瓶姑娘昨儿来到这里,也把那件事情都跟我们详细说了!唉!那位大爷,说来是又可恨又可怜,他要是早有志气,早弄个一官半职做做,那不只是当个千总官儿呀!我们那个三姑奶奶大王爷,也不至于人不人鬼不鬼地受了半辈子苦,你小的时候也不至于被人骗了去。"

绣香在那旁却忽然收泪说:"可是,这也算是一段因缘!早先方二太太要是不把女儿换了,春雪瓶至多也不过是位小姐,哪能叫她爹爹教养得这样好,能文又能武!"

韩铁芳点头,认为这话说得很对,但是自己却不禁痛恨那方二太太,因为若不是她当年做出那事,自己这时纵不能被人称为"小王爷",可也有了春雪瓶那样好的武艺了。并且,若是自幼就跟随亲生的母亲在一起,就绝不至于使自己成为今日这样。十九年来跟随着那强盗出身的养父,跟随那仆妇身份、怯懦可怜的养母,又尽量花着养父的不义之财,当少爷,弄马,玩鹰,弹琵琶,嫖娼妓,把我的壮志筋骨都消磨了!尤其是十五岁时就结了婚,娶了一个呆板的、痴子一样的、泥人儿一般的陈家女子……

当下，他又愤慨、悲痛地将自己十九年来，在洛阳的生活情况，及从养父韩文佩、养母秦氏他们口中听说的关于当年祁连山中的事情，也细说出来，只是还没说到自己已经成婚。他的心中很是为难，不由得又顿脚叹息。

萧千总倒惊讶了，说："这么说，少爷！您在洛阳也称得起是位大财主呀！那些个钱财产业何必白便宜给人呀？我跟你到东边去一趟……要不，把尉犁城的牲口产业都变卖了，也都带到洛阳，那您不就是富可敌国了吗？不就是财神爷了吗？您不是还开着几家大米庄吗？喂！那不要紧，您若不会经管，可以都交给我照料，我算盘扒拉得很熟，虽没做过生意，可是咱都懂。"他伸手拉住了韩铁芳的胳膊，就要跟韩铁芳商议着怎样处理两下的财产，不顾别的啦。

绣香却又流泪叹息了半天，她对于那仆妇秦氏倒很是赞佩，接着又擦了擦眼泪，诚恳地说："少爷，现在我可不能再称呼你是韩爷了。我再告诉你一件事吧！你的娘上次进玉门关，虽说是要往什么九华山找李慕白去要一件东西，可是她最大的愿望还是要找你。她十多年来心里永怀着一种痴心梦想，她想她的亲生儿子虽然早已离开了她，可是她不信是已死，而且她计算着年月，知道你已经长大成人了！不论是叫什么人给养活大了的，她猜着你必定很英俊，必定是好人，必定不会学坏！她想找到了你，就叫你跟雪瓶做夫妻……"

韩铁芳听到此处，又叹息说："这种意思，她老人家确实是有的。我们自灵宝相遇，一路结伴同行之时，她老人家就曾对我说过，她有一个亲近的人在新疆，将来叫我跟那个人永远在一起！"

绣香点头说："她说的那亲近的人，就指的雪瓶，叫你俩永在一起，就是叫你们做夫妻！"

韩铁芳又流泪说："可是，她老人家那时为什么不对我明说呢？为什么不直爽地与我相认呢？这件事，我至今仍是不明白！"

旁边的萧千总倒是笑了，拍着他的肩膀说："少爷！你不明白不是？我可明白呀！你没跟我们那位大王爷待长了，你不知道她的性情。她虽说匹马单剑，闯遍了天下，虽说瞪眼就杀人，可是她总还是一位娇贵的小姐，面子真有时拉不下来，脸皮比我可薄得多啦！她怎能够忽然当男，忽然又变成女的呢？那倒不要紧，可是她又怎能当着你这么大的儿子说她的往事呢？假使你要问到你的爹是谁,她到哪儿给你找去呀？她是说你是半天云的儿子呢？还是说你是鲁翰林的儿子？"

韩铁芳听到这里，忽又惊讶着问："鲁翰林是谁？"

萧千总说："这些事我也弄不大清楚,你问她吧！"说着指了指他的太太绣香,说："要不你就赶紧骑马追上钦差玉大人,他是你的亲娘舅,你娘的那些旧事儿、老底儿,他一定都能告诉你。我现在就告诉你个大概吧。你的娘,我的大王爷三姑奶奶,她老人家虽早就在沙漠里跟半天云老哥有过……这我也就不必往下说了,可是那不能算光明正大。后来在京里,你娘才许配给了鲁翰林,可是娶过去的第一天,你娘就跑啦！不！飞啦！飞来飞去,后来可又飞回来啦,也总没有跟鲁翰林圆房。总之,你娘名虽是鲁家媳妇,可实际是半天云之妻,实在说,你还是姓罗！"

绣香在旁说："罗小虎本来姓杨,现在北京城德五爷家的少奶奶,就是他的亲胞妹,那位少奶奶名叫杨丽芳！"

萧千总又皱着眉说："要是这么一说,可就把我也闹糊涂啦！我就告诉你吧,少爷,顶好你自己到一趟北京。二十年前玉宅跟鲁宅两家的事情,那地方上点年纪的人一定还都能想得起来。北京人又好闲谈,说得准比我们说得更详细。当年,闹得可以,李慕白也是在其中乱搅的一位。那个人,将来你若是遇见他,可得自己小心点。你娘生平无对手,只有他一个比你娘的武艺强！"

韩铁芳此时也在炕边坐下,他耳边听着这些话,虽然很乱,可是一到了他的脑中,立时就全都整理清楚了,他就一桩一桩全都记住。

此时绣香又在他的旁边低声宛转地说："如今的事,我倒觉着很喜欢,我倒得感谢菩萨！只是昨天雪瓶来了又走了,她只匆匆地说了几句话,留下了这件衣裳,就又匆匆地走了,连半天也没在这儿待。"

萧千总说："可是她回来得也快,这孩子的心思我也猜出来啦,你没看见她昨儿打开包裹给你这件衣服的时候,还露出来一本书吗？"

绣香说："那书上面都是她爹爹画的打拳练剑的小人儿,还有写的字。"

萧千总说:"是呀,那一定都是些打拳练剑、飞檐走壁、射弩发镖、越岭穿山、翻江捣海、呼风唤雨、撒豆成兵等诸般武艺。十八种兵器、七十二个变化,反正我们一点也看不懂,可是到了她的手里就是无价之宝。得了那书,她还能够安稳地待着吗?她一定是找个地方练去啦!不定哪个又要倒霉,挨她的宝剑。可是我想,她只要练完了、试完了,就会回来啦,回来的准也快!你等着她好了,她回来时我给你们做大媒!"

绣香忽然自语地说:"只怕她已经走得很远了……"她忆起二十多年前的一件旧事,就蓦然地醒悟了似的说:"我可恍惚记得,我们小姐跟李慕白结下仇恨,屡次争打,以及后来她时常叨念,临死之前还想去索取,就是为一口宝剑跟几本书。"

萧千总说:"那一定也是这类的天书,绝不是秀才们读的五经四书。雪瓶必定是见了她这几本书,就到九华山找李慕白要去了!"

韩铁芳听到这儿也发着怔,并且不由得又雄心勃勃,也欲往什么九华山去走走。绣香又皱眉叹息,表现出十分忧愁的样子。

萧千总挥手说:"你也不必着急!据我瞧,雪瓶回来得一定很快。她由博罗霍洛山回到尉犁,取了东西,又赶到这儿来,共合还不到一个月,就走了那么远的路,她的马还不跟长了翅膀的一样吗!九华山虽说在江南吧,可是也禁不住她人不停马不歇地连夜走呀!李慕白本来不是蛮不讲理的人,再说如今也老了,也不能欺负她一个姑娘家。她一到了那儿,人家必定把什么书哩剑哩,还有许多的东西,全都给她啦!不到两个月她准回来。少爷!咱们就这么办吧!从今天起,你不能再姓韩了,你也别姓罗,更不能姓鲁,你就姓玉,或者也姓春。好在姓不过是那么一回事,只要能发财,叫我姓什么都行!

"咱们就在这儿待着,也非长久之计。这儿离着迪化又近,那城里现在还正在捉拿你;玉钦差已走啦,咱们更没有一点儿关照了,官人要查到了这儿,可真不是玩的!咱们要是回到尉犁呢,那可不怕!有哈萨克人保护着咱们。你到了那儿,大家晓得你是真正的世子、贝勒,又是小王爷的驸马,谁能对你不尊敬?我们两口子呢,抛了自己的儿子,抛了官儿前程,出来了半年多,为办你这些事,也算够辛苦的啦。以后我们也打算将家搬到尉犁去长住，或是干脆一块儿到洛阳去！你跟雪瓶姑娘当然是成了小两口儿啦！至于到沙漠，到山洞里去启灵、合葬、置坟地，以及日后到北京去认亲，那都可以慢慢地办，只要有钱就不要愁！"

绣香也点头说："这样办顶好！只有这样办顶对！"

韩铁芳却默然了良久，结果仍是摇头，就说："萧姨夫，你们夫妇的意思我也觉得很对，你们实在应当到尉犁去住，照料雪瓶，经管那里的财产。但我却不能回到那里去，我也不能回洛阳。因为尉犁的财产虽是我母亲所遗留下来的，可也只有雪瓶才可以继承。至于洛阳的那些财产，不要说我都已分散了，就是没散给别人，那强盗的财产我也不能再要他分文。从今天起，我便不姓韩，韩家中所有的亲戚家属我更都不再认了，我……"

说到这里，他又在心里自责自问："虽然韩家的人你都不认识了，可是那陈氏芸华，她究竟是你的妻子呀。她虽不美，虽生性呆板、不解柔情，但她却并无过错呀！你若不幸身死异乡，或永远不归，那就不必说了；但你在外享福另娶，更名改姓，抛下她永守空房，那可就于良心上太说不下去。并且，玉娇龙也必不愿要这样的儿子，春雪瓶也必不愿嫁这样的丈夫，尤其那慷慨爽直的罗小虎，生平绝不会做这样的事。"

于是他就站起了身，向萧千总跟绣香拱手说："事情就这样办了！将来你们见着雪瓶，就请替我问她好吧！并千万嘱咐她，江湖之间，不要乱走；拳剑的功夫，可以自练，以养性陶情，破除愁闷，但不必专为与人争斗！"又带笑说："我要走了！再会吧！"

萧千总却一伸手，又拉住了他的胳臂，说："怎么着？少爷！你这就要走？刚才我们两口子跟你说的话，莫非全都白说了吗？"

绣香也着急地来拦他说："雪瓶也许是到迪化城里去了，今天就回来！你要是走了，抛下她一个人……那，你母亲的灵魂若有知，她也得难受呀！"

韩铁芳又迟疑了一下，就仍是摇头："无论如何，我也得往东去走一趟！"

萧千总问说："你往东去有什么事吧？"

韩铁芳说："在东边我还有许多朋友。尤其是我的老师，若没有他传授我这点武艺,此次我也不能往西来。他此时大概已往西来找我了,我必须去会一会他!"

萧千总一笑说:"这些事儿不必忙着办呀!可以等到将来,你娶了好太太,穿上阔衣裳,骑着金鞍银镫的马,再去见你师父。嘿!那时候嘛,我要是你的师父,我瞧见有么一位阔徒弟,我也得乐坏了!"

韩铁芳听了这话,就不由淡淡地一笑,说:"若按照别人看来,我此次西来,可称得起是幸运!"

萧千总说:"本来嘛!你是个有福气的人!可惜赛八仙那位活神仙没在这儿,不然我把他拉了来,叫他给你相相面,你将来真还不定怎么腾达呢!也许能做高官,拜相封侯!"

韩铁芳摇头说:"那并非我之志愿,万金家私,千群牛马,我决都不要!"

萧千总不由得又一怔。韩铁芳又说:"雪瓶姑娘也实是天下无双的奇女子,可是,虽然我父母有过遗嘱,你们夫妇又情愿为媒,但却不能,我自觉着不配!"

萧千总摆手说:"你错了,哪里说得到什么配不配呀!早先……打我的嘴巴,我斗胆说一句话,一个沙漠里的大盗跟九门提督的小姐有了私情,那也能算是配吗?千里姻缘一线牵,凤凰有翅还跟乌鸦飞,巧妇常伴拙夫眠呢。何况你又一表人材,精通武艺,少东家出身,真个说起来,雪瓶连个小姐都称不起呢!"

韩铁芳:"第一是因我的武艺配不上她……"萧千总说:"唉!咱们又不指着卖艺吃饭。"韩铁芳说:"还有……"这下面的话,他是无论如何也说不出来,就发急地说:"无论如何我也要走!"

绣香要来拦他,萧千总却又把他的太太拦住,就皱着眉说:"少爷你可真不懂事了!"

韩铁芳这时已迈步出了屋,到院中去牵马。绣香追出他来,急问着说:"那么少爷,你现在走了,几时才能再回新疆来呀?"

韩铁芳说:"不一定!"接着又恭谨地说:"将来或者我还能到新疆来,那时我再给姨母来请安!"

绣香又拿手帕擦拭着眼睛。此时萧千总也由屋里走出来，抱着那面琵琶，上面还罩着个新做的套，他说："这件东西，我现在可得物还原主了。少爷，你到别处去，路上没有个伴儿，一定觉得闷得慌，有这个，就可以解解闷儿！"

韩铁芳说："我在路上带着这个东西太麻烦，我送给姨夫了，还是由你留下弹着玩吧！只是……"他又想起一件事情来，就说："我有一件事拜托姨夫。就是在黄羊岗子刘家老店里，那里住着个小孩，名叫长福儿。这次在白龙堆里启灵重葬，他也帮了些忙。他本想跟着我，但我也是因为携带他不便，所以把他又打发回那店里去了。那店里的刘大本来就待他不好，他也不愿在那里……"

萧千总没容他说完，就连连点头说："这是小事，我一定能够办，您就放心吧。等我们先回尉犁城，大概明年春天我们就回乌尔土雅台，去接了孩子，再到尉犁去长住。那时路过黄羊岗子，我们也就把他带了去。你也知道，尉犁咱们家里也不多他一个人吃饭，只是……"

此时那边台阶上站着的绣香就说："少爷！您这次是想往哪里去呢？"

萧千总却说："对啦！少爷您一定要走，我们也拦不住你，刚才的那些话，也可以日后再商量。反正就是现在都定了，您穿着重孝，也不能立刻就办喜事。不过您要往哪里去，是闲游解闷？是打算回洛阳府上望望？是找我们那雪瓶姑娘去？还是有别的事？您要说一个，我们也好放心！"

韩铁芳沉默了一会儿，然后就悄声严肃地说："我告诉萧姨父也不要紧。我因为听说玉钦差已往东去，甘凉路上江湖强梁甚多，我并且已经闻得，有人要在道上劫他，所以我必须急往随行保护。就是这事，请萧姨父千万不要向别人去提！"

萧千总听了这话，颜色也吓得变了。绣香走下台阶来，还要详细问问，萧千总却连连摆手说："你也别再打听啦！"他随就送铁芳出了店门，又悄声说："少爷一路平安！多多保重！刚才您说的那话，我断不会向别人提。您今天走，明天我也就动身，到尉犁城等着您去。无论早晚，您可得再到那儿一趟才好！"他怀里抱着琵琶，又向铁芳深深请安。铁芳就上了马，拱拱手说声："再会！"遂就急急鞭马，向北寻着了大道，一直往东而去。

他因为恐怕玉钦差的车舆行得太快，先进到甘省，若是与那吴元猛碰了头，就必定会吃亏，所以他恨不得一鞭子就赶在前面。但他却不知由迪化往东去的这条大道，虽然平坦宽广，往来的人也极多，但是长极了，走了七八日，方才到哈密。由此回首往西北方看去，就见那天山的雪岭如一条玉带似的，在他的眼中显得十分愁黯，不像他随玉娇龙初入新疆，乍见天山之时那样新奇可爱了。

天气虽才入初冬，但北疆已经极寒，时时有飘雪之象，由那辽远的大漠吹来狂风，触在人的身上，真跟刀割一样，沿途的人没有一个不穿皮衣服的。有人看见铁芳身上的衣服单薄，都很奇怪，还有人以为他是才从南疆来的呢，因为一道天山便把新疆分成了寒暑两个世界，南疆这时还许没穿棉衣呢。于是就有人悄悄向他打听春龙大王身死白龙堆之事。他对这事真难以回答，而且耳中绝不愿听到"春""龙"这些个足令他心痛的字。他就与人绝不多谈，并为避免别人对他注意起见，也买了一件黑毛儿的老羊皮，披在身上却觉得又重又笨，骑马都不方便。

蹄尘鞭影，向东又走了几站，过了刘家庄子、回庄子、烟敦、腰店子、苦水井。这一带虽也是往来的交通大道，可是极穷，人都很少，店房更是寥寥。甜水跟草料都极为难得，所见的都是一些骆驼队，马也没有看见几匹。他坐下的黑马，平日虽矫健得如同神龙一般，但现在越显得没气力。因为这些日草料喂得不足，水也饮得不够，只幸亏前些日此地下了雪，地下的枯草根上还存着些残雪薄冰，马就仗着这些东西作为饮料。而且这匹马好像是不愿意离开新疆似的，所以越往东走，它就越没精神，没有气力。韩铁芳的心中也颇为感慨。

这一天来到沙泉井的地方，再往东就是猩猩峡、咬牙沟，那就是新疆与甘肃的交界之处了。来到这里之时，天色已晚，北风凄凄，触在人的脸上又湿又冷，像是要下雪。沙泉井这个地方是个大站，店房有六七家，此时全已住满，地下处处是骆驼尿、骆驼粪。好不容易才找了一家店，把马安下。他切切地嘱咐店伙要好好喂饮这匹马，自己就在一个屋里找了个睡觉的地方。屋中倒都是汉人，他们都是从南疆来的。南疆有个地方名叫沁城，出产极多，汉人都在那里做买卖。现在到了冬天了，这些都是大商人，他们钱赚足了，就回甘陕各地的家乡去过冬，等到过年开春之时再来。

韩铁芳就向他们问到那徐客人，他们都知道，有的还跟徐客人是同乡，所以就对他特别亲近。大家请他喝酒，跟他畅谈，并要叫他在此多歇两天；等他们在此歇够了，玩够了，再一同结伙东去。但韩铁芳却说自己还有要紧的事，明天一早就得走，不能奉陪这些人，这些人也都不勉强他。

他们兴致勃勃，到三更后还弄来了两个土娼，在屋中混闹，搅得韩铁芳也睡不着觉。但是他却听到一个土娼说："钦差是大前天由这里过去的。跟钦差的人可比你们这些大掌柜的都阔，你看，我头上这根金簪子，就是跟随钦差的一位老爷给我的！"

屋里的商人们就都哈哈大笑，有一个并且说："你别看他们当差的人肯花钱，可是他们从这地方走过，就许是肉包子打狗，永远不回头啦！我们却都是常主顾呀！到春天我们还来这儿照顾你呢！"

两个土娼听了这话，也齐都拿花手绢捂着嘴，咯咯地笑。一个且扭过来缠住了韩铁芳，笑问着说："这位小掌柜，明年春天，你可也得一定回来呀！"那一身妖艳衣裳，又俗又丑的一脸脂粉，真使铁芳生气。他就用力一推，几乎将那土娼推了一跤，他瞪起眼睛来说："躲开我，你管我明春还回来不回来！"

旁边的人齐都觉得诧异，就赶紧把那眼泪簌簌的土娼劝到一旁说："你再别怄那位大爷了！那位大爷的心里大概是有烦心的事！"韩铁芳也不再言语，躺在炕上，暗叹了几声，就睡去了。

次晨，屋中的人还都沉睡未醒，他就在寒风细雪之下，骑着马离开了沙泉井。往东走了不远，就看见路旁有一座沙坡，坡上有个井口似的深洞，里面滔滔不断地滚出泉水来，可是水一流到外面，不多时候就变成了冰，泉旁像是一片碧琉璃。在夏天，这里必然是一个小湖，"沙泉井"的地名当然是由此而起。韩铁芳却又不禁联想起白龙堆中的那个小湖，不由又叹了口气。又往东边走了四十里，就到了石板井。井水还清，旁边有马槽，结的冰倒还很薄。韩铁芳就用宝剑将冰敲开，叫马饮。附近有一家小店，他去用毕了早饭，然后上马重往东去。

天气是越来越阴，越往前走，他的心越觉得愁黯。又走过了一个驿站，往东去的人就没有一个了，而韩铁芳仍然加鞭前行。风愈急，雪愈大，天色也渐晚，他就到了猩猩峡了。这个地方三十里之内尽是山岭，岭当中有一条极长的孔道，本是一道干河，这就是甘新间著名的要道猩猩峡。

韩铁芳在山岭上收住了马，借着雪光向东南望去，见是无边无际的一片旷野，黑沉沉的，一看便知是一片大漠。他座下的马昂首长嘶，似乎又有了精神，但也仿佛怕往前走。附近有稀疏的小柳树，也都只剩了空枝，被风吹得乱动，连雪花都挂不住。地下一堆一堆的碎石都半埋在雪里，使得马极难前行。雪上连一个马蹄的痕迹也没有，十里之内没有一户人家，也看不见一个蒙古包。

韩铁芳在此逡巡了半天，才听见耳边有一种嗡嗡的如同水鸣又像风吼之声。他侧耳仔细辨了一会儿，才觉出声音似自背后吹来，似乎是钟磬之声。他就又把马拨回去，慢慢的，使马蹄不要发出重响，寻着那寒风里飘荡着的声音，往西北走去。越走觉得那声音越清楚，果然是敲钟之声。一直走了二里多路，钟声嗡嗡，就在耳边震动着，眼前雪光暮色之中，山坡之上有一座大庙。

他来到坡前下马，看这条往上走去的人工凿成的石径，十分陡斜。他在前，小心地牵着马往上走，只见小径的两旁都摆着怪石，都作狼虎种种猛兽之形，虽被积雪蒙蔽，形象已经模糊难辨，可是乍一看时，还是叫人吓一跳。马更是往后直退，幸而韩铁芳紧紧揪住了缰绳，否则恐怕连他也得被摔下坡去。

半天，他才来到山门前，摸着了门环，啪啪啪，就狠命地一阵敲打，却为沉重的钟声所遮掩，里面也没有人听见。他又大声喊着："开门，开门！老方丈！开门来！"

马也长嘶几声，里面的钟声方才停止。这时身旁的那匹黑马的鼻子跟嘴都不住呼呼地往外激着白沫，喷着白气，吁吁地喘息。门里尚无声音，门外也顿然岑寂，而在风吹柏树、树落雪花、截玉剖石的声音之中，忽然又听得一阵嘚嘚嘚越来越近的马蹄声随风飘来。乱踏之声发自岭坡之下，已越来越近了。

韩铁芳不由得一阵惊诧，心说：莫非还有跟我一样的旅客，也要在这地方来歇宿？于是他就等待着，并扭着头往下去看，却觉得那马蹄声又消失了，没往这里来，也不知往哪里去了。此时门里就有人问话："是谁？"

韩铁芳就说："我是行路的人，天晚了，想到宝寺借宿，老方丈请把门打开吧！"里边把门开了，现出的人穿着肥大的衣服，模模糊糊地看出是一位中年的僧人。

韩铁芳就拱手说："求大师傅方便方便吧！让我在这里住一宵。"

和尚却说："北边不远就是驿站，那里有两家店呢！你为什么不到那边去？我们这儿是关帝庙，向来不留人住！"

韩铁芳先是迟疑了一下，后就叹息说："我已经来到这里了！雪又这么大，师傅你就方便方便吧！"和尚这才答应，叫他牵马进去。

院中冰雪满阶，和尚把韩铁芳让到一间空房子里。屋子里虽有门，但却没有插闩，只能虚掩着；也没有灯，摸了摸，炕上冰凉，连块席头也没有。待了一会儿，和尚给他送来一碗食物，倒是很热，才蒸的。是粗面搋着一种什么草根切成的丝，吃到嘴里发黏，可是带着甜味，因为洒了盐粒子，甜中可又有些咸。虽不太难吃，却令韩铁芳很是诧异，他就笑问说："大师傅，这是什么菜做的饭？"

和尚回答着说："这是我们地方出的锁阳草，这东西吃了能够保养人。你别嫌它不好，前天钦差从这里过，还尝了尝呢！"

韩铁芳立时就停住了筷子，心中想着：玉钦差就是前天由此过去的，前途雪大，谅他们出峡也必不太远。今天我在此歇息一夜，明天大概我就能赶上了。因此心中又很快慰。饭吃过，和尚把碗拿走，他就在这黑洞似的屋子里，身裹大羊皮袄，头枕着那行李包裹，身边放置着宝剑，躺在炕上求睡。但是他也睡不着，心中想想：雪瓶也未必是往江南去了，她那样的人，在新疆南北行走无碍，袭她爹爹的威名，到处有人惧畏恭敬。若到玉门关里去，她一个骑马携剑的旗装女子，可到处要招人注意，到处行不开。她不会往东去的，也许她又往南疆去了，踏着她爹爹的蹄迹又去遨游了。唉！我只能到祁连山上替她访一访那方氏妇人，尽一尽我的心，今生跟她却怕难以再见了。

听着院中的那匹马正在喀嚓地咬着落地的柏枝，那声音就仿佛有人在连连咳嗽似的，韩铁芳又不禁想起在灵宝县酸枣山菩萨庵里初会病侠母亲的事，就更觉心里难过，更难睡着。外面的雪大概还落着，风仍猛，吹得两扇屋门呀呀呀地响，连敞开了两次。韩铁芳也连起来把门关了两回。到底他是身体太疲倦了，又过了些时，便沉沉睡去。

次日一睁眼，天光已大亮，他起来一看，门倒是闭得很严，虽然没有插闩，可是用一条粗绳给系得很紧。他心里不禁纳闷，记想昨夜为关这两扇门，虽然自己连起过二次，可是并没拿绳子系这门，而且自己也没带系门的绳子呀？这可是怪！莫非是庙里的和尚半夜里来了，怕我冻着，才拿绳子系住门？可是和尚却又不能那样殷勤。绳子系得很坚固，扣子都是从外面打的，简直跟锁住了一样，解都不容易解。系的时候也当然费了半天工夫，不能没有声响，而我在梦里竟然一点也不觉，这可真是奇怪。

他于是抽出宝剑来割断了绳子，开门出屋，见空中的雪已经停了。地下堆积的白雪可也有二寸多深，雪上痕迹显明，昨夜确实有人曾到自己的房前来系门。不过详查脚印，却辨不出这人是穿着怎样的一双鞋，因为雪上的脚印虽深，可是乱七八糟横一块、竖一块，深一脚、浅一脚，有几处看得出来是鞋尖，有几处又分明是鞋跟。仿佛是两三个人同时留下的，又像是人虽只是一个，但故意跟跄而来，为的是不使他认出来足迹。韩铁芳不由惊异，凝神想了一想，再细细辨查，见那脚印并没有上正殿，也没有进里院，更没有出庙门，可是墙头有一片的地方落的雪很薄，显见是有人从此出入的。因此他更是惊讶。

黑马绕着雪向他走来，似是跟他要食物，他也顾不得去管，就急忙忙去开了庙门。向外望去，见石径上果然也有杂乱的足迹，是夜间有人走上来，又走了下去。他不由得说出一声："不好！"

韩铁芳手提宝剑，顺着石径往下走去，忽然脚下一滑，他整个摔了下去。幸亏是雪地，并没有跌伤，又幸亏宝剑是握在手里，没有划伤了自己。但这一惊也不小，摔得腿骨也很痛，黑羊皮袄也滚成白色的了。

他爬了起来，向雪上又细细查看，就看出有马蹄的痕迹，似是由北来的，又往东南去了。而且敢断定，这绝不是自己那匹黑马昨晚来时所留下的，因为自己既不是从西北方向来的，而那时地下的雪还未深，痕迹也绝不会像这般清楚。

韩铁芳忙抖抖身上沾的雪。北风虽然寒，吹到脸上，他倒觉着热辣辣的，不禁发烧。他心中实在惭愧，忍着腿痛，又上坡跑到庙门里边来，就要骑马离庙往东南顺着那蹄迹去追赶。他先到屋中去拿行李，低头又看见了地下割落的绳子，却又灰了心，把宝剑也当啷一声扔在炕上。

他就想：人家因为见我屋门不关，就放心大睡，恐有人进屋去害我，怕我不知道，才用绳替我将门系严。这就是教给我，叫我以后无论是在店中栖息，庙里歇宿，第一是要时时惊醒，第二是要门户紧闭，以防不测。无论这个人是谁，除非愿意见我，否则一定不愿叫我去追赶。再说，我这样粗心大意，白走了几千里地，还是连这点阅历也没有，我又有什么脸去追人家，见人家？

他长叹了口气，脱下皮袄来，又抖了半天，再到院中去为那匹马扫身上的雪，重备鞍鞯。再进屋中，拿出宝剑跟行李放在马上，就又披上了皮袄，到里院去拜别和尚。半天和尚才由禅堂中出来，韩铁芳认得还是昨晚所见的那个和尚。他注意了一下和尚的脚底下及脸色，见这和尚脚下虽然穿着半旧的僧鞋，也沾着雪，可是绝不像昨夜在雪上乱涂过足迹，脸色也平常得很。他连那屋门都没有去看，只问说："你要走吗？"

韩铁芳怔了一会儿，才拱手说："对啦！对啦！我要走了！在宝刹中打搅了一宵，改天我再来给师傅道谢吧！"他遂就手提皮鞭向庙外走去，和尚还手打着问讯送他出来。他用手牵着马，小心翼翼地顺着石径走到下面，心里才忽然想起忘了给庙中留下香资。但又想，这座庙里也不穷，等我重过此地，再烧香道谢吧！他跨上了马，鞭起蹄动，就向东南走去，虽不欲去追那人，可是不觉间便走往同一方向了。

出了猩猩峡口向东又走了四十里，便是咬牙沟。马又向前行了数十步，他勒马回头去望，就见黯黯的长天，皑皑的大地，不禁生出苍茫之感。他想：这次到新疆来，所遇的事情真是亦悲亦痛，可泣可歌。如今往东边去，东边的前途仍然辽远无边，渺茫无际，而且还伏着许多的凶险。甘凉道上、祁连山中，还有许多凶杀恶斗在等着我。凭我纵使有心再来，但也未必有命重返。母亲！父亲！你们的阴魂暂且在大漠中、在雪山上安息吧！绣香,雪瓶,你们对我的恩义,我将来,也许是来生,再为酬谢吧!他下了马,跪在雪地之上,就向西叩了一个头,然后上了马又往东去。

这条路上,雪花虽不再落,地下的雪也不深,但仍是遇不着一个人。又走了一会儿,就踏进大漠了。马虽喂饮不足,但一见了沙地,它却又如返故乡,驰得更快。这片沙漠东西虽有二十多里,但比白龙堆易走多了,风虽寒却也不大,不多时便已走过去。

过了沙漠,到了一站,地名叫作马蓬井,有一家店房。韩铁芳进去,先叫店伙给那马饮水喂料,并找来人给换钉蹄铁。

他也用了饭,就向店家打听钦差是哪一天过去的。店家答复道:"是前天走过去的,在这里并没歇着。现在至少往东走出也有三百多里地了!"

韩铁芳倒有些吃惊,就又问说:"为什么走得这样的快?我听说那玉钦差是久病初愈,他受得了这一路的颠扑之苦吗?"

店家却说:"我在大前天看见,大人是坐着双马拉着的车走,想是又快又稳。后面差官们坐的也都是马拉着的车。还有迪化的总兵、哈密的协台,派了官兵两队,全都骑着马,在旁保护。"

韩铁芳听了,心中渐慰,以为自己纵不能赶上保护也不要紧。可是听这店家又说:"大约那两队官兵只把钦差送到安西州,他们也就回来了,我们这儿还等着要做他们的买卖呢。那位钦差大人由安西州再往东,进嘉峪关,过肃州、甘州……"

韩铁芳听了这个地名,心中不由一动,就问:"甘州是不是在张掖县?"

店家点头说:"是呀!甘州是个大地方。我们甘肃人有句话:金张掖、银武威嘛,那儿的店房可又比我们这家店大多阔多了!"

韩铁芳点了点头。店家接着又说:"钦差玉大人是自北京来的,差事办完了,自然是心急似箭,要赶回北京去过年,才这么快走。可是到安西州,那边所派的护送官兵就没这么多了。天气要是好还不大要紧,天气要是变了,一下雪,甘凉道上可真难行。那祁连山上,绿林英雄是一年比一年多,他们才不管什么钦差不钦差呢!"

韩铁芳不由又惊得脸上变了色。店伙又摇着头说:"你不要紧,你带的行李又不多,只是一匹马、一个人。祁连山上的好汉也不是不开眼的,他们绝不能打劫你！"

韩铁芳傲然地笑了笑，突然又问："店家，你可曾看见，今晨或者是昨天夜里，有一个人，也是单人匹马，从这里走过去了？"

店家发了半天怔，就连连摇头说："没有！没有！要有我们不能不知道。干脆我告诉你吧，这一年来，我头一回看见单身走路的，就是你！"

韩铁芳心中又疑闷了一会儿，外面的人已把蹄铁钉好，他就把钱开发了，与店家告别。

店家把他送出门来，还向他悄悄地嘱咐说："刚才我告诉你的什么祁连山上有英雄好汉的事，你往东边去可千万别跟人说！"

韩铁芳说："为什么？"

店家带着惧怕之意，说："东路上处处是他们的人，听说吴元猛少山主又正往西来了，你要是因说闲话把命丢了，那可不要怨我！"

韩铁芳不禁一笑，点头说："好，好。"上马便即走去。他心中明知道自己未必是那吴元猛的对手，而且势孤不能抵抗，但又忍不住愤怒。而且他决定要往祁连山，决定去救雪瓶的母亲方二太太，虽死无恨。

马又向东行，过大泉站，晚间宿于柳园。夜里，他把门闭得很严，且时时惊醒，睡不安觉，所以次日起来得很迟。但他不敢停留，午饭后又往下走，走得他这匹马都疲惫了。天色仍是阴沉，路上的冰雪仍未融化，但是往来的骆驼队可就多了。在一个名叫白墩子的地方又宿了一晚，次日向东行了三十里，便到了安西州。

今春他随病侠西来，就是到了这个地方才转道赴南疆的，所以一来到这里，他就觉得路径有些熟了。先至城中找了饭店用饭，并向饭店打听，却又听说："钦差的官车于前天就走了。"

他又不禁怅然。他明白钦差所用的车马都是到了一站就换，所以才走得这么快。自己这匹马虽然是沙漠里的一条乌龙，但这一年来，它行了不下几万里路，从没有怎么休息过，如今难怪这样疲惫不堪了。他又想起卖在新疆不知下落的那匹乌烟豹，更不禁觉得惋惜。

他没法再走，只好在此歇息一天。他向人打听二十年前曾在这里做过知府，后来又升任凉州府的那位方大人的下落，竟无人知道。他心中想：那是春雪瓶的父亲呀！做官的人，升迁无定，而且这时也可能已经故去，或是辞了官回家养老去了，再想找到，恐怕甚难……

安西州这个地方，城北三百里有一马鬃山，那里水草丰美，养骆驼最为相宜，所以那里的富户都是以养骆驼起家。骆驼彭家现在已有五百多头骆驼了，在城中还开着大买卖，谁都知道他的爸爸是被玉娇龙杀死了，而玉娇龙后来又可怜他、资助他，他才发的财。但韩铁芳向人去打听，别人全不愿谈说此事。

这里成天不断的都是驼铃之声，只要一出店门，就可看见满街的骆驼驮着很重的货物，还有小骆驼在后面跟着。有走东路的，有走西路的，往西路去的骆驼都特别壮大，脚夫也都是黑脸烂眼边，像是久走沙漠的样子。韩铁芳很想托他们给新疆捎一封信，寄给萧千总夫妇，可又觉得没有什么话可写。

天气更阴，又要落雪，店里的人都劝他别忙着走，他可是心中像滚着热油似的，多一天也耐不住。看着那匹黑马有点像是缓过来了，精神又有了，他便算清了店账又往东走。沿途风雪时落时停，但他的马蹄总不停止。又数日，就进了嘉峪关，过了酒泉、肃州、盐池驿、高台、临泽，就来到了甘州府张掖县了。

他的心中不禁生出悲感，在马上就要落泪，暗暗地说：这是我降生的地方，也是我与母亲分离的地方！上次路过这里的时候，母亲故意绕道行走，没有进城，记得她老人家那时的神色特别凄黯，有一次还几乎由马上摔下来。唉！可见她那时是心怀旧痛，又膺重病，竟使她飞龙一般的身躯也不能忍受！她明明认出我是她的亲儿，可又说不出口，她真太可怜了……

韩铁芳迎着寒风，拭着热泪，策马进了南门，又出了东门。此时天色还未黄昏，迎面来了一个男子，望见了他，就不禁啊呀的一声，伸着小脑袋，瞪着两只发红的小眼睛，不住向他看。韩铁芳也觉得这个人十分眼熟，似是在哪里见过。马走过去了，他还回了回头。就见那个人还在那里站着，瞪着眼睛看着他，索性不走了。这人虽没有胡子，可是年纪也有五十上下了，缩肩拱背的，穿的是青布绲衣裤。韩铁芳无论怎样想，也是想不起来，觉得自己实在不认识此人，遂也就不再留意了。

马往东缓缓而行,又走了不远,忽然见街南有一家很大的店房,墙上很明显地写着三个大字:来女店。韩铁芳就仿佛一惊似的,立时勒住了马,心说:想不到过了二十年,这家店还开着。天色也不早了,我就在这家住一夜吧!

于是他下了马,那大门里就有店伙迎出来说:"客官在这里歇下吧!我们这儿是本地最大的店房,老字号,客官把马交给我吧!"

韩铁芳手中的马缰跟鞭子都被人接了去了,他还在发着呆。见这店伙才十六七岁,比自己的年岁还小,二十年前这里的事,问他恐怕也是白问,便进了门。风匣呼哧呼哧地响着,厨房里已经做晚饭了。厨房就与柜房通着,柜房里有许多人正在闲谈。那店伙已把马交给了别人牵往圈中去了,对于他的那匹马还像是特别的优待,因为院子里还有些车、骡子、驴等,就都在受着寒风。

这里的客人已经住了不少了,韩铁芳东瞧西望,觉得各屋里都像是住着人,可是猜不出哪一间屋子才是当年母亲受难、自己降身的所在。他心中汹涌着苦液,精神恍恍惚惚,好像是个痴子一般,就被店伙让在了一间小东屋里,他的行李、宝剑连鞍鞴也都被送进了屋里。

店伙向他问说:"客官!后边没有同伴吧?那么您用什么饭呀?"

韩铁芳点了点头,坐在了炕上,头一句话就问:"从新疆来的那位玉钦差,到了这里没有?"

店伙说:"哦!您也是跟随钦差的差官老爷呀!玉大人是前天来的,在府衙里歇了一夜,昨天清早就走了。您也不必忙,明天早晨我们就给您备好马,您再往东去,保您不到峡口营就准能赶上,耽误不了您的差事。我们这个店向来接待东来西往的老爷官员,官眷也常在我们这儿住。"

韩铁芳就问说:"你们这里的老掌柜还在吗?"店伙发了发怔,说:"老掌柜的?我们这儿的掌柜的才只有四十岁!"韩铁芳说:"二十年前,你们这个店就是他开的吗?"店伙摇头说:"不是!早先这个店的掌柜的是叫醉老财。"韩铁芳说:"对!就是这醉老财!此人现在还活着吗?"店伙说:"早死啦!因为早先他当掌柜的时候,这店里出过一回事。"

韩铁芳就假作爱打听闲事的样子,带笑说:"是不是什么方二太太换人家孩子的事？"

店伙说："那倒还不要紧，就是隔壁的那间屋子……"韩铁芳不由扭头向左边去看，可惜有土墙隔着，他也不能看到那屋。

店伙接着说："看您这样子也是常出门的。您的年岁也比我大不了多少，出那件事的时候还许没有咱们呢，这不过都是听老辈的人说的。您既知道方二太太换子之事，那么详情我也不用细说了。就是自从那次春龙王爷拿宝剑杀死了拉骆驼的黑三，醉老财就倒了霉，人都不敢在这儿住了，说隔壁那屋里闹鬼，他就把买卖倒给我们现在的这位金掌柜。我们这位掌柜也是时来运旺，接过来，买卖就更是发达，隔壁那间屋子别说不闹鬼啦，就从我来到这也三年多了，就没有一天那屋里没人住。"

韩铁芳站起了身，拿起了宝剑，店伙惊讶地望着他。他就说："伙计！你把我的行李搬到那屋里去吧！我要到隔壁屋里去住，我倒要看看有鬼没有鬼？"

店伙笑着说："唉！哪有鬼呀？那不过是早先有些人想要毁他的买卖罢了！老爷您还是在这屋里好！"

韩铁芳说："我真得到那屋里看看，这次我还是专找那间屋子来的！"店伙更是发愣，韩铁芳就要出屋，店伙却把他拉住，说："不行呀！那间屋子从昨天就有人住下了！"

韩铁芳问："住的是什么人？"

店伙说："跟您一样，也是单身，年纪比您还轻。他是由西边来的，要往东边去，不是买卖人，大概也是个当官差的。"

韩铁芳不由感觉到失望，将剑放在炕上，又颓然坐下，愣了一愣，便向店伙说："你给我先打洗脸水、沏茶去吧！"

店伙答应了一声，却不立时就走，问起了他的话头，他就禁不住要往下说。他又说："我们这家店就因为那件事情更出了名。早先只要是住在这儿的客人，就要跟我们打听，近两年才不大有人提了，可是……"

韩铁芳赶紧看着他，等着他往下说。店伙又说："这件事我可也是听说的，前几年，有一天还来了一个南方口音的太太呢！她打听得更详细，她还直哭。有人问她姓什么，她也不肯说，但人都疑惑她就是当年换去人家孩子的那个方二太太。"

韩铁芳听到了这儿,不由更是发愣,心说:她既是被黑山熊抢去了,她怎么又能出来?店伙在旁又说了几句话,就出去沏茶、打洗脸水去了。

韩铁芳还坐在炕上只是思索。到了晚饭后,屋中已点上灯了,他却走出屋去。天色昏沉,又有雪花片片飞落,各屋中差不多都有灯光,尤其隔壁的那间屋子,窗上且有人影闪动。他虽看不清楚,但知道屋中确实有人住着,心想:自己与人家又不相识,当然不能愣走进去看那屋子,而且看那屋子又有什么用呢?虽然自己是生于那屋子里,但事隔多年,母亲玉娇龙、养母秦氏都已死了,进屋去又能看见什么呢?细想起来自己也未免太愚!

想来想去,韩铁芳的心中愈为不痛快。皮袄上已落了雪花,他还在院中徘徊,车辆跟骡子又碍着他的脚。他不觉走到了柜房前面,却听有人跟那年轻的店伙正在谈话。那人说:"他问得这么详细,你没问他姓什么吗?他跟玉娇龙是什么交情……"

韩铁芳不禁吃了一惊,暗想:我走了几万里路,遇见过成千上万的人,这还是第一次听见有人敢高声叫出玉娇龙之名。这是个什么人?好大胆!

他停住脚步往里去听,一句清楚一句模糊的,也不过就是屋中的那个人向店伙询问刚才都说了什么话,没有说别的。而这柜房的窗上虽嵌着玻璃,可是从里边结了很厚的冰花,灯光照在冰花上闪烁如金,向里边看去却什么东西也看不见。除非拉开门进去,可韩铁芳又怕太显露出来痕迹,叫人猜着了自己就是二十年前在这里落生的那个孩子。

他愁烦地望望天空,又望着地下厚厚的白雪,暗叹了口气,就抖了抖皮袄上的雪,进屋关上了门,上了插闩,就和着皮袄,枕着行李,躺在了炕上。眼前灯光越来越暗,四面也渐静,只有隔壁的屋中还发出当当叽叽的声音,不知是在数钱还是称银子呢?他又想到自己散尽了家产出来半年多,还幸而没有挨过饿,这为什么?这还不是仗着有春雪瓶的多次资助吗?"唉!春雪瓶!春雪瓶!"他不禁口中叫出声儿来了。想到天涯海角,再会无期,他的心中不禁怅惘、悔恨,又叹息了几声,便不觉睡去了,但是睡得很惊醒。

过了些时,忽然听得有一点声音,他就立时睁开了眼睛。只见桌上的灯还没有灭，屋门外却似乎有人走路。细细去听，却觉得这个人总在门外走来走去，也不走开。他真觉得奇怪了，就霍然坐起身来，宝剑随之拔出鞘。又静心向外去听，觉得外面的人仍在那里徘徊，他心里又想：莫非又是夜间去猩猩峡关帝庙的那个人？他又嫌我的门没关严？这真可笑了。

韩铁芳悄悄下了炕，背藏着宝剑，身避着灯光，慢慢走到了门旁。他用左手轻轻地不发一点声响地将门插闩拉开，再侧耳向外去听。就听见那人似乎是要咳嗽，却又极力地忍回去了。韩铁芳不禁大怒，蓦然啪的一声把门摔开，身子随之狸猫似的跳了出去。那个人原来就站在他的门外不过三步，被他一伸手就揪住了。那人哎哟了一声，韩铁芳才知道是一个男子。他把宝剑举了起来，厉声问说："你在我的屋子前徘徊什么？是安着什么心？"

这个人惊惧地蹲在地下，伸着两只手不住地摆，仰着脸小声说："大爷！您别动剑！我认得您了，您在半年前曾和玉娇龙小姐在一块，在兰州府我们见过。我名叫沙漠鼠，我是跟随着罗大爷半天云的！"

韩铁芳不由得更惊诧了，举着剑的那只手就徐徐放下。这时雪虽不大，可北风极大，各屋中都是黑乎乎的，惟有隔壁那间屋子，这时忽又点着了灯，淡淡的光又浮在窗上。韩铁芳便悄声说："你起来！"又拉了他一下，说："到我屋里再说话！"沙漠鼠就跟跟跄跄随着铁芳进了屋。

韩铁芳见他的模样，正是白天骑着马在街上遇见的那个很眼熟的人，这才放下了宝剑，又闭上了门，问说："你既是认识我，为什么不直接来见我？却等我睡了之后，你才在屋门外偷偷摸摸的？"

沙漠鼠拍了拍落身上的雪，就说："我没有那么大的胆子呀！我只知道您是玉娇龙的朋友……"

韩铁芳拦阻他说："不许你说她老人家的姓名！"

沙漠鼠的脸色变了一变，却又笑着说："不要紧！就是叫她听见，也不会杀我，因为我跟随半天云罗老爷多年，她老人家对我总得有些面子。"说到这里，他忽又现出一种忧愁之状，说："这次我们随着半天云老爷出来真是倒霉，花脸獾打官司死了，我在肃州又害了病。罗大爷因为急着往新疆去，便抛下了我。我的病后来虽好了，可是一点银子也花光了，我既不能也到新疆去，在肃州住着简直连饭都吃不上了。我没有法子，幸亏新结识了几位朋友,我也没对他们说明白我的真实来历,可是他们倒还觉着我这人可交,就给我找了个混饭的地方。"

韩铁芳就问说:"你在此地做着什么事?"

沙漠鼠说:"唉!您就别问了!"又说:"我来到这地方混了几个月,倒是认识了不少熟人,街上的人只知道我姓沙,叫沙老大。我由别人的口中,把二十年前玉小姐在这店里丢孩子的事,已经打听得详详细细。可是我又听见由西边来的人说了两件事:第一个是听说玉小姐她老人家已经病故了;第二个就是说半天云罗老爷在迪化闯了祸,被关在监里了。别人如此说,我也没敢详细问,可是我整夜做恶梦,整天跟热锅上的蚂蚁一般,要去看看,却又没有盘缠。好不容易今儿在街上才遇着您,我可不敢招呼,回到家里我想来想去,料到您必定知情,因为您跟玉小姐是一路西去的,又同住一屋,交情是那么好,到底那件事,是真还是假呀?"说着就仰面等待回答。

韩铁芳便长叹了一声,说:"是真的!"沙漠鼠就露出愁色叹着气。韩铁芳又说:"不但玉娇龙已然病故于沙漠,连罗……罗老爷也死了!"沙漠鼠的一双烂眼当时就流下泪来。韩铁芳又说:"我亲眼看着将他们埋葬的。"

沙漠鼠忽然惊讶着说:"莫非您就是那位韩铁芳韩大爷吗?"

韩铁芳点点头,又问:"你怎会知道我的姓名?"

沙漠鼠说:"我也是听西边来的人说的,说是有一位姓韩的把玉小姐给安葬了。没有不知道这个事的,只是……"他说到此处,又显出十分惊惧的样子,说:"韩大爷你来到这里还不要紧,再往东去,可千万别露出真名实姓来!"

韩铁芳不由得面现怒色,就问说:"难道还有人要跟我作对吗?"

沙漠鼠说:"没有别人,只是吴元猛是两辈子与玉小姐结仇。他们知道大爷你不仅是玉小姐的好友,还是什么春雪瓶的女婿。"

韩铁芳不禁冷笑,说:"胡说!"

沙漠鼠说:"我也觉得这多半是外间的谣言,可是他们竟信以为真了。我还听说大爷你今年从东往西来的时候,曾得罪过戴阎王、钩镰枪焦衮、金霸王高越、飞夜叉张保,那些人原都与吴元猛相识。"

韩铁芳说:"我倒也记不清楚了。不过,不但我由东往西去之时,曾杀死过他们许多江湖强徒;就是在新疆,那仙人剑张仲翙与方天戟秦杰,也都是在我的手中结果了他们的性命!"

沙漠鼠赶紧摆手说:"大爷,你说话小声点!"

韩铁芳摇头说:"不要怕!此番东来,我就是要与吴元猛,尤其是与他爸爸黑山熊拼命!"

沙漠鼠不住回头向屋门去看,更悄声地说:"俗语说,草里说话路人听。这店里难道没有住他们的人?而且他们的人又都会飞檐走壁,行为难测。如果叫他们知晓了,大爷你虽武艺高强,可是究竟一人难敌众手!"

韩铁芳又说:"你怎么知道这些事的?你到底干什么生意?"

沙漠鼠又叹了一声,说:"我的生意真难向人说!不过我倒认识一些闲汉,他们不是地痞土包,就是小偷毛贼。他们干的行当真比我早先还不济,可是他们都拿祁连山当作老家,黑山熊是他们的爷爷,吴元猛是他们的爸爸。"

韩铁芳说:"你能带着我到祁连山上去会一会他们吗?"

沙漠鼠想了一想,就说:"这办得到,可是您得改一个名字。咱们二人就说是朋友,然后我带着您到一个地方去见一个人。您见了那人,可也得自称为晚辈,由那个人再领您去见吴元猛。您可也得屈尊一些,见了吴元猛得称他为少太爷,得自称为小辈。他要看看您的本领,您也得露出几手儿来,可也别都施展出来!他若是问您的来历,您别说话,到时我自然就替您编好了!"

韩铁芳点头说:"就这样办!只要能使我看见黑山熊,上得祁连山,我无论怎样隐名埋姓,屈己奉人都行!实同你说,我与玉小姐、罗老爷都是至友,玉小姐的亲生子于二十年前被黑山熊掳去了,这你是知道的。"

沙漠鼠说:"我听说……那个孩子早就死啦?"

韩铁芳摆手说:"这事不提!还有罗老爷之死,也是死于他们这些人的手中。"随把罗小虎死时的情形略对沙漠鼠说了一遍,然后又说:"我此番东下,第一即是为保护玉钦差,第二是为罗老爷报仇,为玉小姐出气,并为我的一个至友办一件不能告人的事!"

沙漠鼠说:"得啦!您既然说了这话,那我就是赔上这条命也不算什么！我也乐见您多杀几个强贼,给我的罗老爷报仇雪恨。那么今天的雪不大,明天东边的路上大概还能够走。"

韩铁芳说:"明天无论雪大不大,我们也要走。"

沙漠鼠点点头:"好！还有一个人要跟咱们去呢！"

韩铁芳说:"你不要胡乱带人！"

沙漠鼠说:"这个人不要紧。前半个月我就想把这人送到东边去,要有这人跟着我们一路同行,更能叫他们相信不疑。"

韩铁芳打了个哈欠,从行李包内拿出一块银子来,说:"你把这个换了,作为我们的盘缠。你去吧！明天千万早些来！"

沙漠鼠接过了银子,答应一声,就走了。韩铁芳也出了屋,一看,地上虽已白了,可是天空飘飘的雪花并不太紧,大概明天往东的路上是可以走的。他想着,自己现今已决心冒险去会黑山熊父子了,并往祁连山去寻找那方二太太的下落,倘若是斗不过他们,就会死了……他仰望着沉沉的天空,那雪花一片一片落在他的脸上,觉得很凉,但却使他又精神起来了。蓦一回头,见隔壁窗上的灯光仍然亮着。不知屋里住的客人是做什么的,为什么这时候还不睡觉呢？莫非是怕鬼？

他轻轻迈着脚步就往那窗前走,想要隔着窗隙往屋内窥探一下,没料窗外竟糊得很严,窗纸上连个小窟窿也没有。韩铁芳又想:我若窥探人家,岂不真成了沙漠鼠所说的"小偷毛贼"了？再说,人家住店,与我何干？想着,随即转路轻轻回到屋内,并轻轻闭好了屋门,插上插闩,还搬了张桌子顶上。

刚要睡觉,忽听隔壁的屋里又发出吧嚓的一声,好像是什么碗碎在地下了,又像是捉耗子。韩铁芳吓了一个冷战,又怔了半天,这才盖着大皮袄在炕上睡去,灯也忘了吹。

不觉到了次日,醒来一看,灯早自灭,门户未动,院中倒很岑寂。他起来开了门一看,见雪还是那么落着,地下的雪虽不太深,可也有三寸多厚。店伙拿扫帚扫出一段路。

韩铁芳就问说:"伙计！我今天要往东去,路上好走吗？"

店伙说:"能走！雪化了,路倒难走了。你隔壁那屋里住的人,就是刚才走的,人家可也骑着马,单身。"

韩铁芳又愣了一下,就转身到隔壁屋中看了一看,只见这屋中的四壁更黑,土炕更破,地下还扔着摔碎了的半块砖,并且连桌子也没有。炕头一盏油灯,油还没有尽,棉线做成的灯捻还在燃烧着,此外别无他物。但韩铁芳的心中却不禁又为悲痛所笼罩,便步出了屋。

那扫雪的店伙就向他笑着说:"您看了,那屋里没有鬼吧?"

韩铁芳说:"我也不信有那种事。"

店伙又说:"因为有那么个事故儿,这屋子一直闲不住。前天来的那客人还是特意找这间屋子住的,一连住了两夜。大约是跟朋友们打了赌,故意来这儿住住,好显着他的胆子大。"

韩铁芳就赶紧问说:"那人是什么模样?"

店伙说:"是一位漂亮小伙子,戴着一顶红缨帽,大概也是为办差事,路过这儿。"

韩铁芳就不再问了,回到自己的屋内,就叫店伙打来水洗脸。待了一会儿,又另来了一个伙计,说:"这位王大爷今天是跟沙老大一同往东去是不?沙老大托人送来了信,说他还没雇好车呢,叫您多等他一会儿。别忙,我给您做饭去吧。"

韩铁芳倒不禁暗笑,心说:我怎么又变成王大爷了呢?沙漠鼠还要雇车干什么?便只得说声:"好!给我做饭去吧!"

他吃完了饭,又等了半天,沙漠鼠才来。韩铁芳心里不禁生气,喊叫店伙给他备马,并付了店账。沙漠鼠戴着个鬼脸的帽子,当着店伙们,他竟说韩铁芳是他的老朋友,跟韩铁芳呼兄唤弟的,一点也不客气。韩铁芳也只得装出与他熟的样子。店掌柜还隔着柜房的窗户向外说:"沙老大,你到东边去要是发了财,可别忘了买几包兰州的水烟来孝敬我!"

沙漠鼠洋洋得意地在院中回答:"我把祁连山里的金沙子装几包来给你好不好?掌柜的你真不开眼,你以为我拉上了这么个朋友就是去发财吗?"

掌柜的推开门说:"小子!你干什么事儿去,我也猜得出来,只要您能活着回来就行了!"

　　沙漠鼠笑着,不答话,就把韩铁芳的马牵出了店门。韩铁芳见门外停着一辆破骡车,赶车的是个聋老头子。门前有个伙计向着他大声喊嚷,并做出手势来跟他谈话,那意思是托他带东西。

　　沙漠鼠披上一件破棉袄,跨上了车辕去坐着,车帘向下垂着,也不知车里是装着什么东西或坐着什么人。车轮动了,韩铁芳也上了马随在后面走,却隐隐听得身后的店伙们在谈论着说:"这个人叫沙老大,那小子给他拉下水去啦! 好着说是去当个喽啰,坏着说,不定几时就把命送了! "

　　韩铁芳装作没有听见,心中却明白:沙漠鼠实在与那祁连山上的贼人相识,随他去走那虎穴狼窝,必定可以走到,方二太太也必定能够见着。只是这沙漠鼠究竟是真心帮助我办这件事,还是要把我带到黑山熊、吴元猛之前去送礼求赏? 虽然我不惧,可是也不得不对他防备着点儿! 于是韩铁芳就非常当心这辆车里边的东西。

　　满地是雪,出了东关一看,只有一行往东去的马蹄印子,大概就是昨天住在隔壁房中的那个漂亮的小差官留下的。来来往往只有空中的寒鸦带着雪屑乱飞,简直没有一个人。前面的破车轧着冰雪踏踏地响,走得极慢,并且颤颤悠悠的,好像一只破船。

　　韩铁芳的头上此时蒙着一块粗布手巾,反穿着青羊皮袄,一霎时头上身上便都落满了雪花。他的心中并不怎样着急,马可忍耐不住,四蹄刨起了冰雪,就赶在了车的前面,铁镫与剑匣相磨之声分外响亮。

　　沙漠鼠却说:"喂喂! 我说王老弟呀! 那家伙……"他使使眼色指着那口宝剑,说:"不如摘下来搁在这车里边倒好! "

　　韩铁芳不由得更疑惑了,以为他是要将自己的防身兵刃先骗了去,然后再拿自己去向吴元猛送礼,就不禁瞪了沙漠鼠一眼,可是又想,这个人也未必敢有什么恶意。

　　此时沙漠鼠就又说:"摘下来吧! 这条路上虽说咱们熟人多,准没事,可是究竟也别显露出咱们会武艺才好。规规矩矩地走路,即使遇见眼生的人,他们也不一定劫咱们,你要是先显出家伙来,那可倒难说了! "

　　那赶车的聋老头儿也说:"摘下来吧! 这段路上会武艺的人也太多,被他们看见了准得出事! "韩铁芳就想,这种江湖经验似乎师父瘦老鸦也曾说过。好在即使徒手，但若遇着些事，自己也是不怕，因此就停住了马，将剑摘下来交给沙漠鼠。沙漠鼠回身就给放在了车厢里。

车轮子一动，从里面露出一截粉裤腿儿跟一只大红的小脚儿鞋，韩铁芳又不禁一愣。

沙漠鼠就向车里说："放着车帘，你在里边也怪闷得慌的，不如打开，外边又没有风。你就看看雪景儿吧！"随卷起车帘。原来里边盘腿坐的是一个十六七岁、油头粉面的小媳妇，长得虽不大好看，可是花枝招展的，身上围着红缎被，向着韩铁芳转着眼珠儿假笑。

韩铁芳更是纳闷儿了，心说：这是怎么回事？他转过身来，摇着鞭子，马又踏雪前行。骡子车在后面迂缓地随着走，沙漠鼠并高高兴兴地唱起京戏来："一马离了西凉界……"那小媳妇也跟着他哼哼。唱来唱去，那小媳妇又独唱起来当地的小曲，嗓子还不错，连那赶车的老头子耳朵都像不聋了，不住地叫好儿。

那媳妇跟沙漠鼠说说笑笑，并说："前面马上的王兄弟，你倒是回回头呀？"

韩铁芳却装作没听见，挥了两鞭，马就离得车更远，心中愤愤地说：不是好东西！但又觉得自己应该忍耐，既然是假作江湖小辈，好混进祁连山的贼窝，忍不住还行？要脾气还行？于是便又收住了马回回头，隔着纷纷的雪，望见那车里小媳妇的红装媚笑，听那柔细的歌声一阵风儿似的吹来。他不由得忆起了从前，忆起了洛阳琵琶巷的蝴蝶红……啊！自己原也是个风月场中人，自从几个月来，沙漠雪山间的艰苦经历，把自己的性情变了。不是变了，是自从一见春雪瓶，莫说这等庸脂俗粉，就叫月中嫦娥下界，自己也看不起了。这正是"曾经沧海难为水，除却巫山不是云"了。但他又摇了摇头，觉得这两句话不大对，于是心中又拟着更恰当的词句，便成了几句诗，暗暗地吟道：

览尽寒梅无秀树，踏平天岳少奇峰。

回首阳关千里雪，几时再遇小春龙。

韩铁芳这样痴痴地想着，不觉着那辆破车已赶到临近了，那小媳妇望着他笑得更厉害。他拨马又在前走，见前面的那一行隐隐的蹄迹，也总是不断。忽然看到一个地方，还有几个印，由此可以想象得出，昨夜在隔壁房里住着的那个漂亮的小差官一定是走到此处，下马歇了歇，或是勒紧了马肚带，又往前去了。他就想：看来这条路上数百里之内，大概只有我们这两个人骑着马行走，这也可以说是伙伴了。

当下又向前去，后面的车是越走越慢，直走到傍晚，大约才走了六十里地，便在一个小镇上找了店房宿下了。

那小媳妇跟韩铁芳直套近乎，韩铁芳仍是不大理她，暗中却问沙漠鼠说："你带的这个妇人是个做什么的？"

沙漠鼠却斜着两只烂眼不住地笑，悄声说："她是倚人吃饭的，我又是倚她吃饭的。因为在甘州，她的饭少了，我想吃也没得吃了；这才趁着您给的盘缠雇的车，她也往东边去换换地方，转转时运。这么一说，大概您也就明白了吧？"

韩铁芳听了，心中实在仍不大明白。又听沙漠鼠说："如若王大爷看中了她，一路上叫她伺候您，她也巴不得这样，您以为如何？"

韩铁芳却说："胡说八道！"自己另找了单间，把门关得严严的，睡去了。在这小镇上，一夜间倒是没有什么事。

翌日，本来都起来得很早，雪也不下了，可是因为那小媳妇梳头打扮颇费工夫，店中的旅客推车的、骑马的、拉骆驼的都走尽了，他们才走。路上雪虽未消，车辙蹄迹跟人的脚印却十分杂乱，看不出昨天前面的那匹马行走的路线了。聋老头子昨夜大概在店里赌钱，没好好睡觉，所以在车辕上坐着不住打盹，鞭子都几乎撒了手。

沙漠鼠在他的耳边大声嚷嚷说："妈的！我们雇上你这辆车，可真倒了霉啦，走半天也到不了他妈的峡口营！"老头子还拿着鞭子打盹儿，仿佛没有听见。车里的小媳妇却笑着，向韩铁芳瞟着眼波说："那位王兄弟！你既骑得这么好的马，你难道还不会赶车吗？干脆……"她推了沙漠鼠一下，说："你过去骑马，叫王兄弟下来，坐在你这儿，替这老头子赶车好不好？"

沙漠鼠的眼睛一斜，韩铁芳却策马向前走，说："我不会赶车，也不必这么麻烦！"

沙漠鼠摇着小脑袋不住地笑，那小媳妇又拧了他一把，拧得他直叫唤，韩铁芳在前面也不理。他的马离着车总有一箭多远，那小媳妇也没法跟他说话儿。

走了又一天，住在山丹县境的新河驿。到店房里，沙漠鼠就见了不少的熟人，什么牛七马八的乱给韩铁芳引见，韩铁芳也只得做出一点江湖的派头儿来跟他们攀谈。但是那小媳妇却好像是生了韩铁芳的气，眼睛也不看他了。

韩铁芳晚间是跟好几个赌徒毛贼之流在一起睡的，当夜也没有什么事发生，不过沙漠鼠曾背着人悄悄地告诉了他，说："明天咱们可就到了峡口营了。那儿有两个人，都是吴元猛手下的能手，虽不是他的膀臂，也算得起是他的手指头。我给你引见上他们，什么事可都由你自己去弄了，我还得带着粉菊花到凉州去呢。"

韩铁芳这才知道车上的那个小媳妇名叫粉菊花，可知更不是个好东西了。

次日，一早起身，韩铁芳因为要见到吴元猛手下的那两个喽啰了，所以精神更是兴奋，又把宝剑拿过来仍挂在鞍旁。因为太阳出来了，雪也化了，又没刮北风，他觉着热，就将大皮袄垫在鞍鞴上坐着，身上只穿着青布的夹衣，头上也没罩着什么，辫子理得又黑又亮，盘在头上。他那高身、细腰、宽膀肩，带着风尘之色的一张英俊的脸儿上，双目炯炯，真是既威武又漂亮。手摇皮鞭，身跨骏马，走出了这条驿街，路旁就有很多的人，其中还有年轻的姑娘媳妇，都注意地看他。还有人说："这个人跟前天由这里走过的那个小差官倒好像哥儿俩，都是漂亮的小伙儿。"

车马再往东去，一路泥泞，连马都走不太快，那车上的粉菊花又几次叫他下马来到车上去歇歇。韩铁芳想着既要混进贼群，装个江湖人的样儿，就不能这样太古板，所以他也在马上回过头来，向粉菊花笑笑说："我还是骑马好，坐车我坐不惯。"

粉菊花说："来车上歇一会儿也好呀！省得老骑马，把腿给磨肿了。"两人一问一答地谈着。沙漠鼠却又唱起京戏来了，老赶车的又在打盹，鞭子又要撒手。

这一路往来的人很多，跟沙漠鼠打招呼、开玩笑的也不少，还有的特地把一大包白葡萄干送到车里。更有的把秦州出产的冰梨,像投镖似的扔给车里的粉菊花,粉菊花又笑着扔给韩铁芳一个。韩铁芳伸手接住,觉着这个梨很小,周围包着一层冰,用牙一咬,又脆又凉又甜,倒很能解渴。

当日傍晚之时就来到了峡口营,韩铁芳益发地振作起精神。他先观察这里的地势,见东面是一个很险要的峡口,南北两面都是高山,山上满是皑皑的白雪,如同玉制的屏障;而北面的山上且有曲折蜿蜒的长城,又如屏障上镶着一道银边儿,更是美丽。

韩铁芳看着南北面的山特别高峻,而且离着特别近,仿佛用不着走半里地,就能到山根似的,遂就在马上用鞭一指,问说:"这不就是祁连山吗?"

沙漠鼠点头说:"这里的山都算是祁连山,只是山都不同,各有各的别名儿。黑山熊吴大太爷住的地方叫鬼眼崖,离着这里还有千多里路呢,这里却叫作胭脂山。"

韩铁芳忽然想起古书上有"焉支山"那个名字,大概即是此地,不禁又发呆驰想。

那粉菊花却向他脸上指着,笑说:"胭脂山就是我们脸上擦的这胭脂变成的山。"

沙漠鼠说:"得啦!得啦!你们脸上的胭脂要是变成山了,你们娘儿们也就都变成山上的妖精啦!"连赶车的老头子听了都咧着胡子嘴儿直笑,韩铁芳却依然正色。他骑马先进了城,看见城市虽小,人烟却很稠密,车随在他的马后也紧紧地驰来。

沙漠鼠高声嚷嚷着说:"王老弟你快站住马吧!"

粉菊花也尖声儿带笑着说:"到了到了,你真是一头瞎骆驼,胡拉乱走。"

韩铁芳在前面下了马,回头一看,只见车已停在一家店房的门前了,店里的伙计出来好几个,都跟沙漠鼠打打闹闹。韩铁芳也牵着马过来。有个抽旱烟袋的,大约是店掌柜,就指着韩铁芳问说:"这人是谁?"

粉菊花答说:"这是我的小当家的!"

店掌柜把手做出龟形放在沙漠鼠的头上,沙漠鼠却连说:"别闹!别闹!"他脸色发白,显得精神很紧张的样子。他进店里找了两间房子,其中一间较为宽大敞亮,可以摆得下一桌酒。

沙漠鼠忙把韩铁芳拉到屋中，悄声地说："现在我可要邀请那两个人去啦。您得再拿出点银子来，叫伙计们给炒几样菜，预备些酒。那两个人来时，我跟菊花儿作陪，给你们见见面。"

韩铁芳问说："那两个人叫什么名字？"

沙漠鼠说："一个名叫野马薛瑶，是黑山熊的外甥、吴元猛的表弟；一个名叫海螃蟹袁庆，跟薛瑶是叩头的弟兄。这两人都是刀法高强，甘凉道上无人敢惹，又是这峡口营的霸王。他们住在这里也都不带家眷，更没开着买卖，可是上至过往的官商，下至混事的妓女，都得先拿出钱来打点他们，不然，往东去不成，往西也得出事。

"那黑山熊就如同是阎王爷，吴元猛是判官，他们两人就是恶鬼。我呢？却是一个游魂。我在这条路上才混了半年，虽然不像跟随罗老爷时那样享福，可也没有饿死，还到处都有朋友，这就是因为有他们两人关照我。待会儿，我就把这两人请来，你只要能够交上了这两个恶鬼，那就不难见到阎王爷与判官之面。你老人家可千万对他们恭维一些，自然不必说什么软话，可是硬话可千万别露，宝剑更得收藏起来。还有，当着粉菊花，你也不妨大大方方的，好显出你也是久走江湖的好汉！"

韩铁芳点点头，又拿出银子来给了他，但心中却不由生出一股怨气，想把那两个恶鬼饱打一顿，仿佛才会痛快。沙漠鼠就把他的宝剑藏在炕洞里边了。

沙漠鼠出屋之后，不一会儿，店伙就进来安设桌子，摆凳子，并摆上了匙筷跟酒杯碟。屋里燃着了两支羊油蜡，分外明亮。门儿微开着，随着一阵凉风儿，粉菊花进来了。她换了一身大红的新装，脸上的胭脂也抹得特别多，满头的黄首饰被照得发光，而鬓边的两支绫绢花又在烛光之中乱颤。

她先向韩铁芳一笑，拿手绢揩揩嘴，又一皱眉说："都预备好了，怎么火盆还不端来呀？要冻死人吗？"遂向屋外喊叫说："伙计！伙计！"

外面的伙计笑声答应着。待了不大工夫，一个伙计端着炭盆，一个伙计拿着酒壶就进屋来了。这俩伙计不但全跟粉菊花开玩笑，把韩铁芳也没当作正经的旅客。他们把酒壶啪地往桌上一摔，先就着壶嘴尝了一尝，并把炭盆放在韩铁芳与粉菊花的中间，说："叫你们先暖和暖和。"

粉菊花捶了一个伙计的腰一下，然后就拿起酒壶来斟，并拿起一杯向韩铁芳举着说："接着！趁着他们还没有来，咱们先对饮一杯。"两个伙计都笑着看着，韩铁芳却摇了摇头，勉强笑一笑，就出屋去了。粉菊花还扒着屋门说："外边冷！小心冻着！"韩铁芳只当没听见，一直走出店门去站着。

此时天已黄昏，街上的人马骆驼往来得很乱，背后店里各屋中的声音更杂。他从来没受过这种罪，自己是个堂堂正正的人，怎么上了沙漠鼠的当？成了这样了？但是细想起来，既然是想要单身孤掌去上祁连山，这可也就无可奈何！可是又想，若叫春雪瓶知道，她非得笑我，若是结果再得不到她母亲的下落，那就更可笑了。

他站在店门前，店掌柜也站在店门前；他是在发呆，店掌柜是往门里拉买卖，两人就谈起闲话来了。

店掌柜说："我看你很眼生，你是从哪儿来的呀？"韩铁芳就说："从甘州来的。"店掌柜说："看你不像是给妓院当伙计的呀？怎么跟沙老大在一块儿混呢？"韩铁芳说："我本来不是，我跟沙老大不过有些旧交，这次我是……"店掌柜："你是到吴太爷那儿去，是不是？"韩铁芳点点头，店掌柜却吸了吸气。

韩铁芳又说："我听说钦差玉大人由迪化往东边来了，是从这里过去的吗？几时过去的？是前天还是昨天？跟着的官人多吗？"

店掌柜就说："我看你这个人不错，大概你是叫沙老大硬拉扯上的，所以我才对你说，那事干不得！玉钦差人家防范得严密，不但明处有大队的官兵护送，暗中还有干练的差官随行。昨天我们这里就走过去一位少年官员，身带宝剑，骑着骏马，那一定是钦差大人暗中的保镖。"

韩铁芳一惊，又听店掌柜说："年轻轻的，去拉骆驼也能吃饭，何必往他们的伙里去钻？他们早晚得不到好果！凭吴元猛能劫钦差？凭他们那些个人敢敌玉娇龙？不是拉耗子挡猫，自找死路吗？"

正说着，从北边有三个人来了，前面走的是拱肩缩背的沙漠鼠，后面跟的是两条大汉。这里的店掌柜一看，先又暗暗拉了韩铁芳一下，然后就变为笑脸往前迎去，说："薛爷、袁爷，真是一请就到呀！我们听说沙老大要请客，就特别叫厨子做好菜，把我存了三年的老酒都拿出来了。"

沙漠鼠更像是个仆人似的,过来赶紧拉着韩铁芳给引见,说:"这就是薛大爷、袁二爷!"

韩铁芳迎上一步,向二人抱拳,二人也都微微地拱手,模样也看不大清楚,这二人就进了店门。韩铁芳在后面跟进去,却看见他们身穿的大皮袄后襟都鼓起来,好像是带着尾巴,其实却是刀鞘。那二人大踏步往里走,沙漠鼠就赶紧跑到那屋前去开门,二人不等着让,就大笑着进屋,原来他们跟粉菊花都认识。韩铁芳也进了屋,借着明亮的烛光细看这两人的模样,就见都比恶鬼生得还狰狞。海螃蟹是铁青色的脸色,一双扫帚眉,眼睛虽笑着也显得凶恶;野马薛瑶却是高大的个子,年纪三十上下,脸是又白又长,吊眼梢,细眉毛,简直是个无常吊客。

粉菊花过去接了这两人脱去的皮袄,一件是狐皮的,一件是黑羊皮的,都堆在坑上;然而她却显着不大精神了,那两个人虽跟她说笑,但她却不大爱笑似的。

沙漠鼠就指着韩铁芳说:"这位老弟,名叫王杰,本来是河南人,可是流落新疆多年。早先在沙漠里也干过买卖,如今因为在那里被玉娇龙、春雪瓶两个娘们……"韩铁芳一听了这话,怒气就不禁往上冲。又听沙漠鼠说:"逼得实在无法了,这才往东边来,想要求吴少爷赏两碗剩饭吃。可是又是小鱼儿进不了龙门,蚂蚁爬不过天山,非得请二位爷抬手提拔。"

那野马薛瑶只和粉菊花说笑,连看韩铁芳也不看,海螃蟹倒是点了点头,大模大样地说:"这不算什么,叫他先在这儿住着,过个三天五天,我就到凉州去,带着他见了吴少太爷叩个头,他一辈子的饭碗就算有啦。"又问:"你学过几年武艺?"韩铁芳说:"学过一年多。"海螃蟹又问:"会使什么家伙?"韩铁芳说:"会使剑。"

海螃蟹又很注意地问他说:"你在新疆跟春雪瓶交过手吗?"

韩铁芳还没有回答,那薛瑶忽然就转过头来问说:"喂!你见过春雪瓶,你可知道她长得真是漂亮吗?是不是细眉毛、大眼睛,说南方口音?比这个……"指着粉菊花问说:"比她如何?"

韩铁芳心里极力压着愤怒,摇头说:"我没有见过,因为春雪瓶来无踪去无影,我一直见不着她。"

海螃蟹又问："她的武艺到底比她的娘如何？比得过玉娇龙吗？"野马薛瑶骂着说："他妈的！春雪瓶哪里是她……"往下的话没有说，可是韩铁芳早已忍不住怒形于色。沙漠鼠急忙向他使眼色。

海螃蟹又向韩铁芳问："你知道玉娇龙是真死了吗？半天云是押在迪化府吗？仙人剑张仲翔、老君牛张伯飞、方天戟秦杰、陇山五虎那些人现在全在迪化，你不认识他们吗？"

沙漠鼠就赶紧帮着回答说："他是半年以前就离开新疆啦！那些事情他都不知道。"韩铁芳也摇头说："我真是全不晓得。"海螃蟹就不再问了。

野马薛瑶又说："他妈的！别的人我都不恨，我就恨那个妈的什么韩铁芳！春雪瓶本是我的亲戚，应当嫁我！却叫他妈的姓韩的小子给霸占了，只为他葬埋了玉娇龙。早晚我得活剥了那个小子，把春雪瓶得到手！"沙漠鼠一听这话，不由吓得双腿打战，而再看韩铁芳，见他倒是从容镇定，只微微笑了一笑。

野马薛瑶却又逗着粉菊花说："你可别不愿意呀！真的，现在我就快发财了！发了财我先娶你，你是我的大老婆，再娶春雪瓶做我的小老婆。"他又大笑着。韩铁芳这时就才把眼一瞪，沙漠鼠却赶紧暗中拿脚去绊他。

提到发财，连海螃蟹也精神百倍，拍了韩铁芳的肩膀一下，说："小伙子！你来得正是时候，过几天我们就走，带着你到凉州府去见吴少太爷。吴少太爷若看着你中意，或许……"

海螃蟹看了他一眼，却又大笑着说："你现在既投到咱的门下了，就是告诉了你，也没有什么要紧。王杰！"他望着韩铁芳，又说："现在有一件好生意，前天已经从此过去往东去了，我们因为人少，没得做，可是那件生意绝跑不了。他过了一关，绝过不了两关；过了凉州府，也过不了兰州府，反正我们早晚会把他抓到手里。这件生意可真肥，到时吴大少爷大概是一个钱也不要，凉州有几个人要分大份，我们兄弟俩分二份，剩下的小份你多少会沾着一点，也够你买个婆娘了，哈哈哈！"说完，他又向着粉菊花说："你倒是给咱们斟酒呀？别净伴着你的薛大爷！我将来也是个财主呀！比他的钱也不少。"

沙漠鼠也说："斟酒！请二位爷落座喝着酒，吃着菜，再谈闲话。可惜这儿也找不着弹弦子的,你待会儿还得给二位爷唱两支小曲儿呢!"

他这样说着,那粉菊花仍然不大有精神,大概是因为有韩铁芳在,相形之下,显得那两个人更丑恶。她拿起酒壶来,懒懒地斟酒,却连酒杯都不看着,不觉就在野马薛瑶的眼前洒了一大片酒,滴滴答答都流在他的绸缎套裤上。薛瑶就说:"乖乖!你倒是小心点给斟呀?"海螃蟹也哈哈大笑。

粉菊花接着又给他斟,可是只斟了半杯,就又到韩铁芳的跟前去斟酒。此时薛瑶跟海螃蟹的脸上就都露出不高兴的样子来了,都斜着眼看着粉菊花跟韩铁芳的神情。韩铁芳倒是正色地坐着,而粉菊花却执着那把酒壶,又似斟又似不斟,笑着问韩铁芳说:"你是喝满杯,还是喝半杯呀?"她那种亲热的样子,使得薛瑶跟海螃蟹都不禁起火。

沙漠鼠在旁说:"你就不必斟了!自己家里人,斟不斟都不要紧,你先来给二位爷挟菜吧!"不料野马薛瑶却突然将菜盘子一掀,咚的一声又捶了一下桌子,大声骂着:"还挟什么菜?妈的你们这不是请客,你们这是看不起人!"

沙漠鼠慌忙赔笑说:"她是不懂规矩!菊花,快过来给薛大爷赔个不是吧!"粉菊花却沉着脸儿,仿佛她还不大服气。韩铁芳倒是说:"这可是你的不对。你应当应酬客人,不应当只应酬我。"

海螃蟹撇着嘴说:"应酬小白脸,妈的到一边应酬去!在老子的跟前要他妈的什么?"啪地又捶了一下桌子,连韩铁芳眼前的酒杯都震倒了。沙漠鼠又连忙带笑向二人作揖,还绕过桌子来,催着粉菊花,叫她去给野马薛瑶赔罪。

这时韩铁芳仍然极力地镇定,用眼看着,却见这小媳妇噘着嘴,垂着泪,委委屈屈的样子又很可怜。不料粉菊花去到了薛瑶的跟前,才颤颤地说了声"对不起",只见野马薛瑶抢起铁扇般的大掌,啪的一声就打在粉菊花的脸上,并骂着:"妈的!臭婊子!你看不起我!"

粉菊花哎哟了一声,就抽搐起来。沙漠鼠说:"得啦!叫薛大爷息息气也就完了!"韩铁芳愤怒地立了起来,可是一回身又坐下了。

薛瑶哈哈大笑,不料笑声未止,又听啪的一声,粉菊花也回手打了他一个嘴巴。这女人原来不怕他,跳起脚来嚷着:"你敢打我,忘八蛋!死强盗！"

海螃蟹曜然站起来说："啊！这娘儿们好大胆！"野马薛瑶也早已愤然立起，抢起来拳头就向粉菊花头上打去。粉菊花也顾不得钗环首饰跟线绢花，一头就向薛瑶撞去，说："你敢打死我吗？"薛瑶的巨拳真往下落。韩铁芳却赶过去伸手将薛瑶的拳头托住。

薛瑶猛力去夺，没有夺开，立时就一愣，眼睛向韩铁芳瞪起，显出杀气来，左手就向腰间去摘刀，说："怎么！你护着她吗？她到底是你的姐姐还是你的老婆？你告诉我，我就不打她。"

那边沙漠鼠拉了韩铁芳一下，说："你既想入伙吃饭，还要想在这条路上活命，可就千万别招薛大爷生气！"韩铁芳却一笑，说："我也不是招谁生气，不过我们全是江湖朋友、英雄好汉，何必跟个妇人一般见识？"薛瑶说："见识你妈！你小子还想叫我带你去见吴大少爷？你快点放开我的拳头，不然我当时就要你的命！"

沙漠鼠在中间连连劝着，韩铁芳使力压下了胸中的怒气，把薛瑶的拳头放开。不料薛瑶随之就一脚踢起，骂道："狗婆！冲着这小子，我也得踹死你！"粉菊花一声尖叫，被踹倒在地上，不住哎哟哎哟地直哭。同时，薛瑶就锵的一声抽出刀来。他才要举起刀，不料啪的一酒壶飞来，正打在他的鼻子上，痛得他连眼睛也睁不开了。

此时海螃蟹就要翻桌子，桌子却被铁芳用力按住，使他无法推翻；他要抽刀，韩铁芳却过去反拧着他的左臂，往下去按。他大骂着挣扎，韩铁芳一脚就踹得他也趴在地下。韩铁芳又过去急忙抱起粉菊花，把她放在院中，沙漠鼠也早跑出去了。野马薛瑶趁韩铁芳不备，抢刀就砍。韩铁芳一闪身，他的刀不但砍空，反令韩铁芳握住了他的右臂，又一按，就将他的刀夺了过去，当啷一声也扔出了屋去。

薛瑶暴喊着说："小子！你真不要命了！"他挺腰抢拳，就来打韩铁芳。韩铁芳却连推带打，咕咚一声将薛瑶也推出了屋门。那海螃蟹由地下爬起来，钢刀出鞘，先跳上了桌子，用脚踏碎了许多碗盘。韩铁芳却突然弯下腰，双手同时抓住桌子脚向后蓦掀。只听咕咚哗啦，声音极乱极大，连桌子带桌上的人全都向后翻去。海螃蟹也摔在地下，桌子反压在了他的身上。

外面的野马薛瑶已爬起来,拾刀向屋中扑来,韩铁芳却早自炕洞内抽出了宝剑,迎了出去,铿铿铿铿,二人就在昏暗的院中交战起来。各屋中的人都纷纷惊喊着关上了屋门。海螃蟹也自屋中爬出,但韩铁芳已一剑挥去,野马薛瑶便惨叫一声,连刀带手一齐被削落,海螃蟹爬起来趁空就逃走了。

韩铁芳也不去追,把那痛得都说不出话的薛瑶连踢带踹,打出了店门。他咕咚一声将店门关上,并搬了块大石头顶上,然后手提宝剑站在院中大声说:"各屋里的人都不要怕!再有什么事情,都由我挡!"各屋中却没有人敢答言。

韩铁芳又走回那屋内一看,不但桌子倒着,凳子歪斜,盆中的炭都散了满地,一支蜡烛正掉在那件狐皮袄上,冒起团团的黑烟,眼看就要着火。韩铁芳赶紧把这支蜡烛拿起来,将被烧的皮袄扔在院中,渐渐屋里的烟才散净。

这时店掌柜、店伙们、客人们才都纷纷地出屋来看,并杂乱地谈着,都说铁芳闯下了大祸。院当中还扔着一把刀跟一只整整削下来的"野马"的手,全都没有人敢动。

沙漠鼠惊慌慌地跑来, 把韩铁芳拉在一边悄声说:"大爷! 今天怎么啦? 你怎么忍不住火儿呀? 其实,事情倒不要紧,也不大能连累得着我,这个地方只是他们两个,黑山熊的喽啰在这里住的还不算多。可是当初咱们为什么呀? 为的不就是去见吴元猛,上祁连山吗? 现在逃命都怕来不及啦,还想上祁连山吗? 我的大爷,你可也真忍不住气!"

韩铁芳却摇头说:"不要紧! 祁连山我还照样要去,凉州府会吴元猛我还非去不可!"

这时那粉菊花云鬓散乱, 脸上挂着泪痕, 急急走过来就说:"到凉州去! 凭什么不敢到凉州府去呢? 别说只是砍掉了野马薛瑶的一只手……"

沙漠鼠说:"你可知道薛瑶是黑山熊的外甥呀!"粉菊花说:"就是真把黑山熊杀死了又当怎样? 我认得金大娘,我什么也不怕,连吴元猛都不能够把我怎么样!"她晃动着身子,愤愤有理、振振有词地这样说着。

沙漠鼠也点了点头,说:"好吧! 王兄弟是因为你才惹出的事,只要你能够挺起腰来,保护住王兄弟。到了凉州你真能够见着金大娘的面,那就自然刀事俱休了,可就是只怕你见不得。"

粉菊花顿着小脚说:"我一定能见得了!柳素兰跟我是干姐妹,只要她还在凉州府,我就能够见得着金大娘!"

沙漠鼠说:"好吧!凭命闯吧!反正我一定送你到凉州去。可是王兄弟,我看你还是快点想个办法,免得吃亏!"

粉菊花把韩铁芳的胳膊拉住,着急地说:"不要紧!你就是不想见吴元猛,你也用不着不敢到凉州府去。"韩铁芳冷笑着说:"我为什么不敢?我到了凉州,还是非要先去拜会吴元猛不可!我倒要看看他是怎样的一个人物?"粉菊花说:"他绝不如你,你真是我在甘凉道上第一回看见的好汉!"沙漠鼠一听了这话,把两个人各看了一下,就走开了。

韩铁芳却纳闷了半天,就忍不住问说:"你说的那个金大娘又是怎样的人呢?你何妨先告诉我?"粉菊花摇头说:"你也不用管,反正只要我能到凉州府见着她,祁连山跟甘凉道上的那些忘八蛋,咱们就都不怕!"韩铁芳更觉得诧异了,发怔得简直说不出一句话。

粉菊花拿衣袖擦了擦眼泪,忽又一笑,说:"你看!我身上的衣裳都滚脏了,脸也叫那强盗给打肿了,要不是你把强盗的手给砍了下来,替我出了那口气,我真没脸见人,真得寻死!"说到这儿,她又嫣然笑了笑说:"你等着我,我洗洗脸梳梳头去,待一会儿咱们再说话儿。"说毕,她转过了身子,扭扭捏捏地走了。出了屋,她还喊叫着店伙说:"快给屋里的王大爷另做饭吧!"

王度庐·著／王芹·点校

铁骑银瓶

王度庐作品大系　武侠卷　伍

下

王度庐著

山西出版传媒集团

北岳文艺出版社

第十三回　走凉州假意结豪友
　　　　寻疑索潜迹探崇楼

　　韩铁芳坐在屋里,只是对着一支已烧了半截的羊油蜡发呆,心想:刚才自己行事太鲁莽一些。可是要叫自己这样永远当着什么"王杰""王兄弟""王大爷",去向两个喽啰跟前俯首,自己可真不能够干,宁可拼出了这条性命!

　　他的剑尚未放下,店伙端着菜饭进来,现在可不像刚才那样,不拿铁芳当正经的客人待了,并且恭敬之中还有点惊惧。他先将菜盘子放在炕上,然后笑着请韩铁芳替他托起来那张桌子。

　　这时院中却又有许多人杂乱地说话,韩铁芳赶紧站起身出屋,就听院中的客人跟店伙们正在谈说:"走啦!是马套着的车。野马薛瑶大概是装在车里,海螃蟹袁庆叫开的城门,他自己赶着车跑啦!大概是连夜赶到凉州府,再去想办法……"又有个人笑着说:"他们是真怕了!本来,他们大概有生以来,也没碰过这么大的钉子。只怕走不到凉州,这么长的道,连颠动带疼,野马薛瑶在半路上就许呜呼哀哉啦!"

　　韩铁芳一听,那两个贼已经走了,急忙拉住了一个伙计,说:"你快给我备马!"那伙计一怔,旁的人都过来劝说:"王爷!你也就算了吧!何必还追他们去呀?"韩铁芳想不到人家都管他叫"王爷"。

　　店掌柜也过来劝,韩铁芳却说:"我并不是去追他们,我是想,他们若是不走,我倒也走不了啦,因为我得提防他们找来再捣乱。现在,他们一走，可知已没有事了，我在此倒不必多待了！"店掌柜说："天这么晚，路上黑乎乎的，化的雪又都冻上冰了，你怎么能走？有什么事明天再说好不好？难道这一夜你都等不了吗？"韩铁芳仍然摇头。

这时粉菊花手里捏着几根头发，也从屋里跑了出来。院子里地下有冰，她一下就滑倒了，哎哟地又叫了一声。幸仗沙漠鼠过去把她搀扶起。她急急地说："王兄弟，你怎么走呀？我不许你走！你要是走，可就真不对啦！"

韩铁芳说："那野马薛瑶二人虽已逃走，可是事情不能算完，他们一定会勾人再来报复。"粉菊花拍着胸说："咱们不怕！"韩铁芳："怕虽不怕，可是有我跟你们在一起，难免连累你们。若是分途而行，那他们无论多少人找我来拼命，也不会伤着你们。"

沙漠鼠倒是点头说："这也对！本来刀枪无眼，你们若是一打架，旁边的我们就许受误伤。若是分开了走，你爱上哪儿就上哪儿，你那快马跟着我们的慢车，不合算。我们呢，反正也没有急事，慢慢地走到凉州府，彼此都方便。"

韩铁芳就说："我也是要往凉州府去，咱们在那里或许还能见得着。"转头又向个店伙说："劳你驾，你就给我备马去吧！"旁边的人也都不阻止他了。

有人悄悄跟那店掌柜说："叫这人走了也好，就许那两个走不远，就勾了人来。要没他在这儿还好一点；有他，再动刀乱打一阵，你这个店房就是不捣个土平，也得稀烂！"于是，店掌柜也向伙计说："快！给王大爷备马去！"

粉菊花却拉着韩铁芳又进了屋，发誓似的说："咱们可一定在凉州见面！你先到，你等着我；我先到，我就等着你。我到了凉州府准住在双碑巷，金大娘在那儿有宅子，你要去到那儿，吴元猛手下的那些人准保连巷口儿也不敢进去。"

韩铁芳心中更是纳闷，还未容问，粉菊花却又说："好吧！咱们后会有期吧！还有几句话我告诉你，也好叫你放心，因为我见你对我总是躲躲闪闪的，仿佛不屑跟我近一点似的。我可也不是个不知分寸的人。我年纪小，混到这地步，是没有法子！我也明白我这么个人，攀不上你偌大的英雄好汉，可是我喜欢你。我没想到沙老大那样的货竟认识你这么一个好样儿的人!将来到凉州府见了面,我跟你一定是朋友相交。你如要我帮忙,我绝不推托;我若遭了难,你可也要救我!"这小媳妇说的话很爽快,而且神态昂然,真像个女豪杰,仿佛连春雪瓶也没说过这样慷慨的话。

韩铁芳也就点头说:"好!"又拱拱手说:"咱们在凉州府准能见面就是了!"转身出屋,又到刚才打架的那间屋内,将剑入匣,并叫沙漠鼠进来,又拿了一块银子给他。

沙漠鼠手里拿着银子,却不由得叹气,悄声说:"韩大爷!你可别以为我胆小,如果胆小,我当年不能跟半天云老爷闯沙漠、走北京。现在实因为是人贫志短、马瘦毛长,又因为多年的伙伴儿花脸獾在兰州一死,真把我的锐气都弄没有了!"

韩铁芳听了他这话,蓦地又想起一件事情来,就说:"花脸獾在新疆还有个外甥,名叫安大勇,那个人你晓得不晓得?"沙漠鼠摇头说:"我不晓得!因为花脸獾那人不同我,他嘴里向来不说正经话,也许他还有什么外甥、表侄、堂兄弟。怎么,莫非韩大爷见过那人?"

韩铁芳说:"我在新疆见过那人,他也未必晓得我姓什么。不过此人也是往甘省来了,你如若见着他,一提我,他就能够知道。你就叫他到凉州去,助我一臂之力!"

沙漠鼠连连点头说:"好,好,明天大概我们不能走,因为粉菊花的脸还肿着。过两天我们一定再往东去,路上仔细打听,如若遇见那安大勇,我就一定叫他往凉州……"

说到这里,院中的伙计就说:"马备好啦!王大爷!"

沙漠鼠提着韩铁芳的行李出屋,放在马上,韩铁芳提鞭携剑随之出来。店掌柜并派了个伙计,送韩铁芳出城。此时那粉菊花还在屋里,背着灯光,手挽着头发,以目依依相送。

前面一个店伙打着个纸灯笼,韩铁芳在后面牵着马,出了店门。顺着大街,走到南端,就看见城门。其实这里的所谓大街,不过仅能够容一辆车行走。而城也不过是一座土堡,城门就是个木头的大栅栏,但这里有打更的人看守着。那店伙拿着灯笼过去说了几句话,打更的人一面随着摇晃的灯光,惊讶地向着朝铁芳脸上去瞧,一面用双手拉开栅栏,吱呀一声响,栅栏门就露出一道缝。韩铁芳就挂好了剑,上马挥鞭,走出了栅栏。寻着大道,一直朝东驰去。

此时虽然夜色沉沉,星光灿烂,但是右侧胭脂山上的雪光照得路径极为清楚。北风呼呼地吹着,但他身上的大皮袄足可以御寒。满地虽全是冰雪,但黑马走起来还是飞快,踏踏踏,铁蹄敲着冰雪,右侧的白色峻岭高峰都渐渐后退。他连连走了一夜,并没遇见一个人,也没追上海螃蟹袁庆赶着的那辆车。天明了,找了地方用了早饭,依然向东前进,直至天色黄昏之时,方才投店歇息。次日又走,一连走了三天,赶到了凉州府武威县。

这个地方他觉得有些熟,因为夏天的时候,他曾跟随玉娇龙由此路过。他还记得,他在南关的一家饭店用饭,玉娇龙曾独自到城里去了一次。回来时就说是到衙中去找一个故人,那人已经调任,不明下落了,她还慨叹着说:"人世变得真快!"

如今,韩铁芳回想起来往事,心中才明白,想母亲那时必是进城去打听方知府的下落去了。如果方知府还在这里做着官,她一定能够叫雪瓶前来认父。可知她老人家虽然与强梁争斗之时,下手颇为毒狠,但心地也是宽和而且慈祥的,她并不是一方面自己走遍天涯寻找亲生子,另一方面又要霸占着人家的骨肉……

想到这里,韩铁芳心中不仅悲痛,更是义愤倍增,觉得无论如何也得替雪瓶访明了那方二太太的下落。于是他就连马也不下,一直进城去找吴元猛。才一进南门,迎面就来了七八匹马,马上的人全都穿着官衣,戴着红缨帽。他不禁吃了一惊,急忙下马,向道旁躲避,并注意眼前经过的这几个官人。见都是三四十岁的,没有那个在甘州客店隔壁住过的那个"漂亮的小差官"。

他见那几匹马都出南门去了,就向旁边的一个挑着担子卖油茶的人,悄声问说:"那几个都是府衙的吗?"

卖油茶的说:"哪儿?这都是跟随钦差大人的,钦差大人现就住在府台衙门。"

韩铁芳没料到自己追了几千里地,直到这里才追上钦差舅父。他心中更是紧张,就觉得千万不能露出形迹来,因为如今自己要办的事情是太多了。他站了一会儿，又向那卖油茶的人问说："吴元猛吴少太爷他也住在这城内吗？"

卖油茶的把他打量了一番，才指着东边说："那边有家保发镖店，你要问这事，得到那儿去打听。我做小买卖的人，不敢对你说！"

韩铁芳一听，心说：吴元猛好大的威风！于是牵马又往北走。眼前路东果然有一家大门，门前停着几辆车，上面全都插着白布三角形的旗子，迎风猎猎地飘动，一见就知道是镖车。韩铁芳此时反而站住了身，脚步倒有些踌躇不前。

镖车上的大镖头已经进门里去了，这里只有几个赶车的和一个头上盘着辫发，身披着破得全露出了棉絮的破棉袄的人。这人好像看着韩铁芳可疑，就摇晃着膀子，走过来说："喂！你是干什么的？要找谁？快说！要是这么两只眼东瞧西望的，我们就要当贼办你啦！你大概是念记着我们车上的东西吧？"

韩铁芳摇了摇头，昂然说："我不知道你们车上是些什么东西。我也是个江湖好汉，你不要不懂道理！"

这个人倒退了一步，拿眼睛把他从头到脚打量了一番，现出点不敢轻视的样子。

韩铁芳又说："我来此是打听个人，不知道你们晓不晓得？"

这个人说："你说出名字来，只要他是有胳膊有腿的人，我土蛋刁三没有不晓得的！"

韩铁芳说："我打听的这个人就是黑山熊的儿子吴元猛。"

刁三一听，当时就暴怒了起来，往前进了一步，抢起来巴掌就要打韩铁芳的嘴巴。韩铁芳一伸手就将他的腕子抓住了，说："你晓得不晓得都没什么要紧，为什么动手就打人？"

土蛋刁三一边用力夺腕子，一边嚷嚷着说："还没有什么要紧？你小子好大的胆子！不但敢叫吴老太爷的外号，你还敢叫少太爷的官讳！你这小子，你是找到凉州送命来了吧！"他又叫着："赶车的，你们快进去请黄七爷、卢四爷出来，打这个忘八蛋……哎哟！我的腕子快折啦！"

韩铁芳松了他的腕子，却又给他一脚，土蛋刁三便来了个"仰八叉"，滚在稀泥里。旁边乱了，早有人报到镖店里。那店里就匆匆走出了五六个彪躯大汉，全都气势威武、衣履整齐，像是镖头的模样，其中有两人还都拿着明晃晃的钢刀。在后面走的一个人却赶向前来，伸胳膊先将他的朋友们都拦住，瞪起了大眼向着韩铁芳不住打量。

此时那土蛋刁三已由泥中爬起，右手夅拉着，好像已成了残废，通身都是泥水，又像是一只老母猪。他过去揪住这人的胳膊，说："黄七爷！咱们得打死这小子！他敢叫出吴少太爷的官讳！"

这人的青茶色绸马褂叫他给弄了好几块泥，不由得大怒，说了声："滚！"一脚又把刁三踹出了好远。黄七把马褂上的泥弹了弹，这才向韩铁芳问说："朋友！不必跟他一般见识！你有什么事，可以跟我们说！"

韩铁芳就拱了拱手说："我原是到这凉州城来找吴元猛的。"

这个黄七也现出来惊疑的样子，就又问："找他有什么事？你贵姓？"韩铁芳说："我姓……姓王，久仰吴元猛的大名，此次是从新疆来，路过甘州，遇见了旧友沙老大；他听说我没有去处，才叫我来投奔吴元猛。"

黄七却又露出看不起的样子，把头摇了一摇，冷冷地说："既是沙老大荐你来的，要想在吴少太爷的手底下求饭，我就告诉你，你可不能够这样称呼他！"

韩铁芳挺直胸说："你不必这样说！我跟沙老大虽然相识，可是你却休拿他来跟我比……"说着就拍了拍鞍旁的宝剑。那黄七等人把眼睛瞪得更大，都不住地打量他，且露出吃惊之色。

韩铁芳就说："我来找吴元猛，并非是为求饭。我也保过镖，走过江湖，在天山之间，新疆的沙漠上也都有不少的朋友。我只是闻吴元猛之名，想与他交一交！"对面的这几个人就愈为惊异。

韩铁芳又说："在峡口营我也与野马薛瑶、海螃蟹袁庆两个人见了面了，他们都叫我来此地。"

黄七一听便笑了，说："原来都是自家人！你何不早说呢？来！把王大爷的马接过去。"又向韩铁芳拉手说："进来进来！这些位朋友，等到里边我再来给你引见！"

当下就有人过来恭恭敬敬地接韩铁芳的马，韩铁芳却不放心马上的包袱和宝剑。他都亲手解下，亲手拿着，这才略微谦逊了一下，便随着黄七走进了镖店的大门。身后和旁边都有人跟着他，向他打量，并悄悄地谈论。

韩铁芳昂然往里走去，只见外面虽然很乱，就是马棚、厨房、把式场子，没有几间房子，里院却是房屋高大，院落整洁。韩铁芳心说：说不定吴元猛就住在此地，快些见面跟他决一高低，就算完了。不然等到那个断了一只手的野马薛瑶来到，事情必定闹穿，那时也得有一场乱斗。

他被让进东屋里，见屋里陈设得很特别，门后虽然放着刀棒，壁间也挂着刀剑弓矢，可是也有对联跟字画，上款都题的是什么"仲谋仁兄雅正"等等的字。"仲谋"大概就是吴元猛的台甫，大概是取的又勇猛又广智谋之意，这个号倒跟三国时的孙权的大号相同。

随后进来的一共是四个，黄七还有黄七给引见的卢四、铁腿孟山、大刀陶瑾。这都是本镖店的大镖头，也可以说是黑山熊父子手下的喽啰，倒是都很客气，尤其是黄七还不住地让座。韩铁芳就脱了皮袄坐下，黄七便在下首椅子上陪着，就要请教韩铁芳的"台甫"。韩铁芳却一时真想不起来，只好把他师傅瘦老鸦的名字借用了，说："我名王仲远。"

黄七抱拳说："更是久仰了！"遂叫伙计献茶，又说："把王大爷的行李跟宝剑都放在那边椅子上吧！"伙计给抱了过去，韩铁芳的眼睛还随着向那边看了看。

黄七就先问野马薛瑶在那里的情形，韩铁芳说："他们在那里倒还都好，我只同他们见了一回面，他们就叫我来了。我在甘州住了很多日子，此次一路往这边来的还有沙老大，跟……"说到这里他笑了笑，又说："跟他认识的一个妇人，名叫粉菊花。"

黄七听到这里，就哈哈大笑，旁边的三个人也都笑了。黄七就说："沙老大那小子就指着她吃饭嘛！他就算是她的一个老人家。粉菊花跟我们这里顶熟，没有人不认识她的，我们到甘州去也总要先去看看她。那娘儿们倒很会挣钱，这两年她手里也有些积蓄了，眼眶子也比早先高啦，除了我们兄弟这几个，别人恐怕她还不大答理呢！"

旁边的孟山、陶瑾二人就全都问："她是要往哪地方去？"韩铁芳说："听说她也是要来凉州。我却嫌她坐的车太慢，并且不愿与她那样的一个妇人同行，我便先来了。"

　　旁边的三个人又都悄声带笑地谈说："那娘儿们来了，许是在四喜堂搭伙，咱们还能够去；要是她一来，就去见金大娘，那，咱们可就……"

　　黄七接着他们的话，就笑着说："那咱们可就光看着眼馋！可是你们放心，她来到凉州是为什么？一定是她在甘州混得不大好，这才来求饭。她要是先上了高台阶，叫你们爬不上去，难道那金大娘还能够永远管她饭吃吗？"

　　韩铁芳此时就惊疑地问说："金大娘又是什么人？"黄七摆手说："那，你老兄就不必问了，你在此住的日子久了，必定能够知道，对外人，也要少提她的名字。你既是慕吴少太爷之名而来，回想五年前，那时我也是如此。我原在长安保镖，金霸王咱不敢高攀，银霸王侯雄，铁霸王窦定远、李平、张保、焦衮、秦杰，跟潼关的老君牛张伯飞、仙人剑张仲翔，那全是我的老朋友。我来此也是因为少太爷他瞧着我的刀法好，才把这座镖店交给我经营！"

　　韩铁芳听他这样得意洋洋地吹着，心里却不住暗笑，忍耐不住，便又问说："吴元猛兄现在哪里？烦你快些带我去见见他才好！"黄七却摆手说："别忙！别忙！"又说："见了他时，你还是尊敬他一些才好，叫他一声吴少太爷不算低了咱们的名头。本来他就比咱们高得多！"又说："你来得巧，他本想回乡里去看看，因为下雪，祁连山里不好走，所以才没有回去。现在他正在城中，可是并没在这镖店里。"

　　韩铁芳急问："他住在什么地方？"黄七却不急不慌地说："这保发镖店虽是他开的，可是他并不在这儿住，他另有大宅子。"韩铁芳说："我知道他是另有大宅子，可是他的宅子在哪里？在什么地方？"黄七说："你找他去，他是绝不能见你。"韩铁芳说："我不找他，我要请他来到这里见见面。"黄七却说："老弟！你真把少太爷小看了！他那样大的身份，谁能够请得动他？你同他又素不相识，你想他能够为你立刻就来？"

　　韩铁芳不禁愤然。黄七又摆手说："别忙！别忙！我看你大概是在沙漠里走惯了的，性情就跟那里的风似的急。你来到凉州可不能这样。尤其是吴少太爷，他是一位办事最沉稳、最细腻的人。譬如，这件事你大概晓得，从去年他就要找玉娇龙去比个高低。今年夏天,他听说玉娇龙跟一个姓韩名叫韩铁芳的小子又回新疆去了,他那时就想追了去拼斗,可是直到如今他也没去。并不是他胆小畏缩,也不是他性情懒,是他生来就谨慎细心,要不然他也不能成这么大的事业,出这么大的名!"

韩铁芳一听,倒觉着有些意气消沉了,因为觉着吴元猛大概是一个没志气的人,自己真不值得到凉州来找他,还不如一直踏雪登祁连山去杀黑山熊呢。

又听黄七说:"今天有陕西灞陵镇的吕通海保着一万多两镖银来到这里,吴少太爷把他请了去。两人都是当世的豪雄,现在一定正谈得起劲,他也没工夫见你。不过,待会儿我叫别人到他的宅里,把你的事告诉他一声就得了。"说着就向卢四说:"老四,你去辛苦一趟怎么样?"那卢四点点头说声:"好!"站起身就出屋去了。

这里黄七又向韩铁芳说:"王老弟,咱们是一见如故,你就在这里住一两天也不要紧。我这个人最好交朋友,我一定能引着你去见他一面。他若是看着你好,就许留你在这里帮助我;如觉得不中意,他至少也得送你点盘缠。你若觉得不够,我们还可以给你添些。都是江湖朋友,彼此就不用客气,要是粉菊花来了呢,那咱们还得一块到她那儿去乐一乐呢!"

那孟山、陶瑾两个人也都跟韩铁芳说说笑笑起来,韩铁芳觉着这些人倒还都爽快,便也勉强笑着与他们谈话。他们问到沙漠,自己就谈沙漠;他们问草原,他也就说草原,假说自己在新疆也是个半天云、半截山那样的人。可是一提到玉娇龙与春雪瓶,他就说:"我只久仰她们的大名,可惜却没有见过。"

这三个人都笑着说:"听说玉娇龙死了,不知是否真的。她就是不死,也早成了老太婆了,见了也没啥意思。倒是春雪瓶,我们倒都想……"韩铁芳一听他们的话要辱及雪瓶,就不由得把脸往下一沉。可是这三个也像是有什么顾忌似的,话只说到这里,彼此望一望,笑一笑,就不再提了。韩铁芳倒不由得纳闷。

忽然外面有一个像伙计模样的人,往屋里一探头,此时黄七、孟山、陶瑾就全都站了起来。黄七用眼色将那人瞪走,就向韩铁芳笑说:"你在这里坐着,我们来了一件买卖,要去商量商量。"说着,三个人都匆匆地走了。

韩铁芳愈是惊疑,因为屋中还有个伺候茶水的伙计,他也不便追出去查看。他就倒背着手儿在屋中来回地走,心中是又闷又急。过了很多时候,忽听屋门吧地一开,原来是那个卢四回来了。他好像刚喝了酒,面色紫红,眼瞪得很大,一进屋来他就瞪住了韩铁芳,并且急跑过去挡住了那把放着包袱跟宝剑的椅子。

韩铁芳也陡然吃一惊,手下预备好了拳式,神色却不变,从容带笑地问说:"卢兄!你见着吴元猛说了我的事没有?"卢四却狞笑着,说:"不用说,他早就知道你了,你是为什么来的?"

韩铁芳笑说:"这真奇怪!难道你没说我是为跟他交个朋友才来的吗?"卢四哼了一声,说:"怕你不能只为这个吧?"

韩铁芳昂然说:"我倒是还想到祁连山去见见黑山熊,因为……"卢四厉声问说:"你真不为别的?"

韩铁芳也大声说:"我真不为别的,难道还要夺他的名声、占他的镖店吗?"卢四回手锵的一声将他那口宝剑抽了出来,近前一步,更厉声问说:"你说实话,你不是……你不是从迪化跟随那个……玉钦差来的?"

韩铁芳笑着说:"岂有此理,我认得玉钦差是谁?"卢四忽然又笑了,说:"你不是为玉钦差的事才要见吴少太爷?"

他的话虽未全都说出,但韩铁芳立时就明白了,于是也厉声说:"他既不肯见我,你就把剑给我,由着我走吧!我一人什么事情、什么买卖也能去做!"卢四咧着嘴过去,韩铁芳劈手就抢过来宝剑。卢四却赶紧回身替他拿了剑匣,拿手捧着,笑说:"快把剑收起来吧!带上,现在我就带你去见他吧!"

韩铁芳倒不禁有点疑惑,就问说:"吴元猛现在什么地方?"卢四说:"现在他的宅子里吃酒呢,因为今天来了灞陵镇的吕通海,他设宴洗尘,坐陪的还有本地第二位的有名人物镇凉州朱逢源,和财神爷马百万。另外还有飞虎鲍坤,那是陇山五虎中的大爷。刚才我把你来的事向他们一说,他们都很诧异,吴少太爷叫我立刻就带你去见他。"

韩铁芳一听,晓得吴元猛绝不是一个呆子,他已把自己的来历看出了十之八九了。这回叫了我去,也许安排下了陷阱。我去了,他们就得把我捉起来……然而他是绝不畏惧,遂点头说:"好吧!你就带着我去吧!"他于是将剑入匣,佩在腰间,又去拿了大皮袄披在身上。卢四却说:"你的行李就放在这里,不要紧,绝没有人动。"

韩铁芳点了点头。卢四就摘了一口刀带着,同他往外去走。

出了镖店,往东去不远,就是一条很窄的胡同,有十几家小门,有的门口还站着穿红戴绿的妇女。卢四一来到这里就神气十足,走了过去,就笑着说:"这条胡同你也得记清楚点!花姐都住在这儿。"

韩铁芳猜想本地所谓的"花姐"必定就是妓女,而这条胡同也就如同洛阳的琵琶巷。他没有言语,随着卢四又拐进了一条较宽的胡同。这里路东有一家高台阶的门儿,门虽不大,可是黑漆崭新,房子盖得整齐而高大,里边还像是有楼。有一个十六七岁的丫鬟似的女子正出来倒脏水,卢四就赶上前去叫着:"杏儿姑娘!金大娘在家里没有?你替我问她老人家好!"这个丫鬟笑了笑,就把水一泼,卢四摸着他的袍子说:"哎哟!溅了我一身!"丫鬟更笑了,又凝目看了韩铁芳一下,就跑进门里去了。

韩铁芳十分注意这个门儿,记住了这里就是那"金大娘"的家,看来金大娘那妇人在本地的势力一定不小啊!他就赶上了卢四,遂问说:"金大娘到底是个干什么的?莫非是吴元猛的姘头吗?"卢四摆着双手变色地说:"千万别胡说!千万别胡说!"

韩铁芳倒不禁发怔了。卢四又指指南首,说:"刚才咱们走过的那条胡同,那里边住的花姐们,就都是金大娘的干闺女。若不给金大娘叩头,不给金大娘送礼,就别想在这儿混。"韩铁芳这才明白,那金大娘也不过是本地的一个老鸨子。

卢四又说:"连咱们也是,要不当金大娘的干儿子,可也不能在这儿吃饭。"韩铁芳一听这话倒又不明白了,刚要再问,就已出了这条胡同,来到一条横街上。路北就是一片新盖的房屋,一座大门,那门前站着七八个身穿短衣的年轻汉子,都一齐扭头往西边去望。还有一个人骑着马,两个人在后面跑着,好像往西边追赶什么去了。

卢四就面现惊异之色,赶上前去问说:"什么事情呀?你们在这儿看什么啦？"

门口的这些人把脖子扭得像回不过来了，有的握拳顿脚，有的谈论纷纷，韩铁芳仔细去听，就听他们说："刚才这前门来了一个漂亮的小伙儿，戴着顶红缨帽，骑着一匹白马。妈的他直在这儿来回转，拿眼睛直瞪着咱们这大门，不是探子，就是他妈的找打的！"

卢四这时两眼全都吓直了。韩铁芳更为诧异，他想这就是那个曾在甘州来安店里住过的"漂亮的小差官"。玉钦差若有这么一个干练的官员在后边保护，可真使自己放心了。

这大门前的石桩上也系着不少的马匹，原来这就是吴元猛的宅子。好阔！卢四带着他上了台阶就往门里去走，这些人也都随着进来，用眼睛盯着他。

韩铁芳却神色不变，腰挂宝剑，反披着黑羊皮袄，迈动大步就往里走。院子都是新砖铺成的，积雪都打扫得很干净，且有仆人、仆妇、丫鬟们出入。里面的院落很深，但到了第二重院内，卢四就悄声叫韩铁芳止住步了。

这时，那高大的北房中早有人隔着玻璃窗向外观望。卢四就赶过去，低头拱身，隔着玻璃跟屋里说了两句话，并回手指了指韩铁芳；遂又笑着，向着玻璃弯身，退了两步，才转过身来挺直了腰，威风凛凛地向韩铁芳说："你就在这儿等吧！少太爷正在陪客吃酒呢！待会儿才能叫你进去见！"

韩铁芳却说："我不能多待。见了吴元猛，若看见他是个朋友便罢；他若徒负虚名，不是个可交的人，我还今天就要离开凉州呢！"

他昂然就要往屋中闯去。忽见由屋中走出来一个中年的短身汉子，手提着一对光芒耀眼的护手双钩，抬抬下巴，向韩铁芳说："站住了吧！你不是要见吴少太爷吗？"

韩铁芳看这个人的相貌并不怎样出众，只是身体倒还结实，脸色跟地皮一样，直觉十分的凶恶。韩铁芳就一点也不客气，问说："你就是吴元猛吗？"

这人摇头说："不是！我姓鲍名坤，号叫飞虎，你是从西边来的，你不能不知道。现在迪化去了几位豪杰，恶虎杨鑫、猛虎林永、瘦虎常明、黑虎袁用，那都是咱的弟兄。"韩铁芳点点头，毫不惊异地说："原来你们就是陇山五虎？我在西路上倒没遇见他们，不过久仰你们得很！"飞虎鲍坤一笑，说："岂敢岂敢！"他把钩归到一只手里提着，走过一步就说："朋友，你是要见吴少太爷吗？他跟我是老朋友，他现在就在屋里，可是他要见一个人，得先看看这个人的武艺！武艺要是不差，他可以留下，给碗饭吃；武艺要是稀松平常，那他就不见。我看你的相貌还威武，口气又大，一定是会几下子武艺，那么就请你先练一练，兄弟我奉陪！"韩铁芳说："我来到这儿原是为看看他那个人，交个朋友，并非想与人争斗，来此显武艺。"

飞虎鲍坤把钩又擎在双手之内，同时抢起，充满恶意地笑着说："你要是不露武艺，那你可见不了少太爷，就算白来了这一趟！并且你也休想走！"韩铁芳沉下脸来说："岂有此理！"忽然这个人的双钩就要钩他的脖子，韩铁芳急忙往后退了两步，甩去了皮袄，锵的一声拔出了宝剑，寒光抖动，忍声说："你想比武，可就得提防受伤。快闪开！叫我去见吴元猛！"飞虎鲍坤持钩将那屋门拦住，冷笑着说："你要想进屋，就得先由我的双钩底下钻过去！"

韩铁芳扭头看见那玻璃里有几个人都正在向外望着，他就狂笑着说："吴元猛，你原来是这样的一个人，真叫我看不起你！"

鲍坤耸身挥钩而来，韩铁芳展剑相迎。鲍坤的钩如雕翅，忽而斜击而来，忽而又掠越着腾起。韩铁芳剑似银蛇，专咬敌心。鲍坤身向旁闪，一钩高举，他想要先钩开韩铁芳的剑，而再一钩就将韩铁芳的脖子钩住，但他做不到。韩铁芳一剑紧一剑地刺来，鲍坤的双钩就有点乱了，身子且不住地后退。

这时忽由屋中走出来几个人，就有人大喊一声："住手吧！"鲍坤缩钩跑到了远处。那屋门畔站着许多人，都吃惊地望着韩铁芳的剑法。韩铁芳将剑挽了一条花儿，这才住手。他抬头去望，见屋内出来的为首的人是一个身约七尺的汉子，年纪二十五六。这人穿着古铜色缎子面的狐皮袄，脚下是青缎快靴，头发很厚，辫子打得很整齐，一张大长脸，笼罩着一层苍白色，眼睛非常有神，眉毛好像两把扫帚。这个人说："你们不用打了！你的武艺我也看出来了，是受过真传，可称得起是朋友。我就是吴元猛，朋友……"他双目向韩铁芳狠狠地瞪，说："你可也得道出你的真姓名！"

韩铁芳仔细看了看他，就微微一笑，说："我姓王，名叫仲远，这还能够改吗？"吴元猛点了点头说："好！就算你叫王仲远，可是，你是玉娇龙、春雪瓶他们派来的不是？"他的声音极为洪亮，双目瞪得更大更狠。

韩铁芳却从容地说："你若这样说，可见你在甘凉道上是徒负盛名。玉娇龙、春雪瓶那是如何的人物？她们若是想来找你作对，还用派人来？哈哈！你太把她们看得小气了！在沙漠草原二十年来，无论何人都不敢提起她们的名字，她们是来无踪去无影，神鬼莫测。我们在这里说话，她们就许在你背后了！"

吴元猛神色一变，不由得回首看了看。他又向他身后的那个人一笑，转过脸来，阴沉地问说："我可看着眼熟，好像我认得你。今年三月间，我正在西安府，就看见你跟玉娇龙同行。你的名字叫韩铁芳，你杀过金刀太岁余旺，还伤过戴阎王，你，还敢来欺瞒我吗？"这末一句话说出来，真是声如霹雷。韩铁芳却脸色也不稍变，就问说："你是畏惧韩铁芳吗？如果你真怕他，那我可以当他，不过，我却不姓韩！"

吴元猛一笑，大长的脸上立刻显得温和了，他说："好朋友！向来到此投我的人都是见我一瞪眼，就吓得晕了，战战兢兢的，真叫人看了又可怜、又可恨。独有你，好朋友！"他伸出大拇指，点头称赞着，又说："请进屋来吧！"

他先转身，随着那两个人进了屋。飞虎鲍坤过来，龇着牙笑说："王老弟！连我都佩服你！来吧来吧，请屋里喝酒来！"那卢四也赶紧由地下抱起那件黑羊皮袄，给送进屋去，又急忙退了出来。

韩铁芳提剑进屋，就见吴元猛等人都还未落座。吴元猛笑着说："王兄弟把剑放下吧！在这里用不着了，哈哈！"韩铁芳也笑了笑，就将剑放在一张大理石的桌子上。他见旁边并放着一对甜瓜大小的铁锤，锤上边有凸起的字，是"元猛"，把子有二尺多长，是用很坚硬的木头做成的，并且辫裹着蓝色跟黄色的带子。韩铁芳早就听人说过吴元猛力大无匹，如今见了他这对兵器，却又不由得心中越发谨慎。他环顾这屋中，就见满壁的字画跟镜屏、桌椅、绣墩，全都十分讲究，里间是一大桌丰盛的筵席，并有两个身着绸缎、十七八岁的丫鬟侍酒。

吴元猛就带着笑，给身后的人向韩铁芳引见。原来一个身穿灰鼠皮袄、有很长的黑髯、身材细高的人就是镇凉州朱逢源；另一个年约三十，紫脸膛，中等身材，非常强悍，就是新从陕西来的、灞陵大侠吕慕岩之子、铁爪鹏吕通海；还有一人，刚才根本就没出屋子，现在还躺在一张木榻上，拿着银烟签子翡翠烟枪抽鸦片呢！这人穿的是火狐袍子，黄脸小眼晴。吴元猛给引见说："这就是甘凉道上开有十家钱庄的马百万。"

马百万躺在那儿，他倒是确实懒得起身，只点了点头。吕通海虽然拱了拱手，可是也立时就坐下了。倒是朱逢源十分和蔼。吴元猛叫丫鬟搬了凳儿，就请韩铁芳在对面落座，另一个丫鬟伸出戴着金镯翠戒的手来给他斟酒，韩铁芳却不动酒杯。

吴元猛就笑着说："朋友！咱们是一见如故。我也不用细究问你的来历，反正你既肯到这里来，也算是看得起我吴元猛，你绝不会安着歹心。我这里也正缺少几个真正有本事的朋友帮忙。这位朱大哥虽是江湖赫赫有名的镇凉州，但因为身体有病，不能太分神管我的这些事。我，你大概也早晓得，我家与玉娇龙那娘儿们结下了二十年的仇恨！"

说着"吧"地猛捶了一下桌子，韩铁芳不由又面现怒容。吴元猛却越发暴躁，脸又涨成紫色，说："王兄弟！谅你听了也得生气。我父亲黑山熊并未得罪过她，并未抢夺她的什么至亲骨肉，但二十年来，她一点也不肯放过。我们虽没看见她，可是听说她在祁连山、阴山不断寻找，声言只要找着我的父亲，她就要将他碎尸万段。因此我才学武艺，才交了许多朋友。上次听说她往东去了，我就追到了长安，后来听说她跟个少年人又回往新疆去了，我也就要去，我是想凭我的铁锤与她的宝剑决一高低。虽说她是江湖上有名的女霸王，但我却不怕她！只是……"

他说到这里，声音才稍稍缓和，又说："前几天有由西边来的人，说她已经死了，是由那个名叫韩铁芳的人给她送了终，不知埋在哪里。这真叫我扫兴！要叫我走几千里地去跟春雪瓶做对，我可又觉得不值得了，因此我才没往西去。并因为这里又来了一件事情，须待我亲自办理，不然你来到这里也看不着我了！"

韩铁芳就问说："现在这里来了什么事情？"吴元猛把眼一瞪，狼狈地望着韩铁芳的脸问说："你真是不知道这件事吗？"韩铁芳摇摇头。吴元猛冷笑问说："老弟，你不是为这件事才来找我的吗？"

韩铁芳故意改变了神色，并向吕通海、朱逢源二人看了一下，吴元猛就又大笑着说："你不用看了！这两位也都不是外人。我早就知道你是为此事才来找我的。"

他努努嘴，韩铁芳斜着眼看看，那马百万已经阖着眼睡熟了，吴元猛就悄悄说："待会儿再谈！先喝酒吧！"于是韩铁芳也饮下半口酒。吴元猛却饮下了一大杯，那张苍白的脸渐渐地红了，他却显出十分高兴的样子，又说："兄弟！如果这件事情办成了，我愿与你结为八拜之交。我这里有的是好看的女子，随你挑一两个做你的媳妇。只要我的买卖好、时运旺，这凉州城里足够你享用半世！"

韩铁芳也笑了笑，说："我倒不想永远在此居住，事情办好，我只要几个盘缠就走。可是我临走之前，还要到祁连山去拜会拜会令尊。"他赶紧又加以解释，说："因为我是久闻你们父子的大名，如今见着你了，实是三生有幸，但我还要见见他老人家。"说出了这话，自己觉得心中委屈极了。

吴元猛却摆手说："不要见他，他……咳！自从去年我的叔父去世之后，他更是伤心，有一年没下山了。我也不愿有人去看他。他……"说到这里，却又瞪起眼来怒声说："玉娇龙把他害得真苦！这个仇恨我一定要报！"他呼喊丫鬟换酒。两个丫鬟腕上的金镯叮当乱响，往来忙着斟酒。朱逢源倒也是且饮且谈，那吕通海却骄傲地不向韩铁芳说一句话。

此时，忽然有个人从窗外一探头，吴元猛立时就放下了酒杯，问说："什么事？"又大声嚷着说："进来吧！"

外边的是一个穿短衣的仆人，虽也是身强体壮，可是这时竟如一只见了猫的老鼠似的，缩着脖子，连头也不敢抬，到了桌前就低声说："回禀少太爷，门前那个人走了。我们追他，就不见他的影儿了，因为他的马太快。"

吴元猛哼了一声，说声："去吧！"这个人应了一声："是！"就退着身出去了。吴元猛又哈哈大笑，说："门前有个戴红缨帽的人，就把他们吓成了这样，真给我泄气！真叫吕兄弟笑话！"吕通海就说："这也不怪他们，是他们不得不如此小心。"

吴元猛摇头说:"其实不小心也不要紧!那个人现就住在知府衙门,此次由西边带来的官人不计其数,那些人也不是不知我吴元猛是谁,但他们又能奈何得我?哼!即使玉娇龙在世,春雪瓶也来,什么韩铁芳小辈也来,再加上那些官人,谅他们也未必敢正眼看一看我的铁锤!"

朱逢源说:"这也许是个过路的官人,他无意中向这门口看了眼?"吴元猛说:"谁管他?我倒愿意此时有个人来与我作对,好叫他尝一尝我的铁锤!"

说着话,他一扭脸,看见那两个丫鬟正在靠着窗说闲话。声音虽十分低,但吴元猛颇不乐意,就又大喝说:"说什么?叫你们来是为做什么?躲在一边,却不好好来给客人斟酒。"

两个丫鬟就赶紧跑了过来,都拿起酒壶又过来斟。吴元猛却蓦地把桌子一拍,说声:"没规矩!"靠近韩铁芳的这个丫鬟一惊慌,就将整个酒壶掉在了韩铁芳的身上。吴元猛便沉下脸来,向那另一个丫鬟说:"去叫胡豹来!"这个丫鬟就哆哆嗦嗦地出屋去了。

韩铁芳不知是怎么回事,只见朱逢源仍然带着笑饮酒,好似是看惯了吴元猛发脾气,他一点也不觉得稀奇。吕通海也只是转着头看热闹。韩铁芳这时才看出那做了错事的丫鬟很瘦,此时身躯紧抖,已面无人色。他就霍然站起,拍着洒了一身酒的衣裳说:"我这身衣裳不值几个钱!吴兄千万不要责罪她。你我初交,我久闻你是一位慷慨的男子,不可跟个女子一般见识。再说她非故意,这样却使我们彼此不欢!"

旁边的朱逢源却按着他坐下,意思是不叫他多说话。这时胡豹进来了,原来就是刚才低着头进来的那个小子,此时却凶如虎狼,他伸过大手就去抓,那个瘦丫鬟就如兔儿到了雕的手里,连挣扎也不敢,哼哼一声也不敢,样子是可怜极了。

吴元猛又微笑着说:"喝酒!喝酒!我家里的人太没有规矩!"韩铁芳却忿然说:"你管教用人们倒可以,只是为了弄脏了我的衣裳就要罚她,却使我的心里不安!"

他忽然想起在峡口营为保护粉菊花,斩断了野马薛瑶一只手的事,便跳过去想要把那丫鬟救回来。可是飞虎鲍坤正在外屋,他却伸手将韩铁芳拦住,并悄声说:"别多事! 别多事! "

这时候那个胡豹已将那丫鬟揪出屋去了,随着啊的一声尖叫。韩铁芳又急向门外去看,鲍坤却又抓住了他的后腰,说:"唉,你别管! "

韩铁芳大怒,用脚使力向后就踹,踢得鲍坤咕咚一声倒在了地上。韩铁芳又过去由桌上抄起了一只铁锤,向吴元猛说:"吴元猛,我以为你是个堂堂的汉子,才来会你,想不到你徒使这种铁锤,竟连个女子也容忍不过。我现在才知道你们西路上的强盗,是只会欺凌弱柔无助的女子,才算得什么英雄。今天你把那丫鬟放了便罢,如若不然……"

此时连那吕通海都惊得变了颜色了。吴元猛却站起身来说:"啊呀! 你竟能举动我的铁锤? 你把那只也举一举让我看一看! "说着他迈动大步走过来,微微笑着说:"你再举那一只给我看看? "

韩铁芳却冷笑着说:"谁到这里给你举锤来? 只是我说你徒然身负勇力,却量小心狠,专欺妇女,大概跟你的父亲黑山熊、你的表弟野马薛瑶一个样! "

此时吴元猛已将那另一只铁锤抄了起来。韩铁芳晓得他的来意不善,急忙将铁锤柄握紧,只见吴元猛抢起锤来就向他手中的锤用力一磕。就听吧的一声巨响,旁边的人几乎都叫了出来,但是韩铁芳手中的锤却没有被磕掉。

韩铁芳反要过去抽宝剑与他拼斗,吴元猛却摆手笑着说:"放下锤吧! 兄弟,你真是一条好汉! 那个丫鬟名叫玉芹,你要是喜欢她,我当时就把她送给你! "韩铁芳放下了锤,摇头说:"我不要,我只劝你不要再虐待她就是了。"

吴元猛笑了笑,也放下了锤,又挽着韩铁芳进了里间。此时吕通海也对韩铁芳渐渐地亲近起来了,他问韩铁芳师父是谁,韩铁芳只是随便编了一个名字。

这时有仆人进来撤去了残筵,另出来两个丫鬟伺候喝茶,并向吴元猛说:"七奶奶请少太爷有话说。" 吴元猛就向韩铁芳等人拱手说:"列位请坐! 我少时就出来,少陪少陪! "说着就出屋去了。

待了一会儿,那个马百万也睡醒了,他打着哈欠从榻上起来,由怀里掏出来一只金表，一看，就说："啊呀！都这时候啦！我还得赶紧走。金大娘有一笔钱还要跟我商量怎么放出去。"

朱逢源就笑着说："金大娘那位太太的钱总还是不够。她要那么多钱，将来留给谁呀？"

马百万笑着说："妇人们总是比我们还贪财。"

旁边那吕通海似乎是有什么事要背着人跟马百万商量，他们就一同走了。

朱逢源抽了几袋水烟，跟韩铁芳谈了些闲话，就站起来说："怎么？元猛还不出来，在里院抽了，睡着了吧？客人有的走了，还有的蹲在这儿，他要是睡到了天黑还行？"遂向韩铁芳带笑点头说："王兄弟请坐！我到里院去看看他。"于是他就叫这里两个丫鬟带着他出屋去了。

韩铁芳还追了出去说："烦你到了里院，请元猛赶快出来，我还要跟他谈几句话。还有刚才那个丫鬟，是因为她把酒倒在了我的衣裳上，元猛才生气，这事是不对，但也不该打她！"

朱逢源笑着说："好啦好啦！那件事已经完了。元猛那个人的脾气你是不晓得，他刚才确实是很生气，因为他那人最爱排场。但现在一到里院，听了他那位七太太的几句燕语莺声，他也就早忘了。我去叫他，待会儿就出来。"

韩铁芳就又回到了屋里。这里除他之外，只剩了那飞虎鲍坤，韩铁芳对他那四个弟兄在天山冰雪间死伤之事，及自己救了那个"瘦虎常明"，都一个字也没提。他如今已看了出来，吴元猛不过是个有势派的强盗、一个酒色之徒，但臂力却实在不小。自己刚才努力持锤，尽力抵挡，虽然没显出软弱来，可是现在右腕真发酸。他连茶杯都不敢拿，因为怕被鲍坤看出来自己的手颤。

鲍坤对他很是恭维，并说了这里的许多事情。原来吴元猛现在手下养着镖头、小伙计、仆人，不下二百人，山上还有五六十名喽啰，这里也有七房姬妾、二十多个丫鬟。他结交官府，收纳江湖流浪的人，每个月的开销很大，光指着镖店的买卖是不够的。所以他不得不趁着风雪，或是雨天、昏夜，在甘凉道上做些无本钱的生意。但若是熟朋友保着镖，为了江湖规矩，他又不能染指。因此他现在是外强而中干，只马百万一处，他就欠了四百多万两银子的债。因此，他才要打劫钦差玉大人。这不是仅为了报仇，还是为攫得玉钦差的财物。反正玉钦差是玉娇龙的胞兄，杀了他，也就算是杀了玉娇龙。

韩铁芳就说："玉钦差是一位清官，这次出来又害了很多日子的病，他哪里有什么钱呀？"

鲍坤赶紧拦住他，悄声嘱咐说："你若这么一说，吴太少爷他可就不交你这个朋友了！他本来以为你是为这件事才来的。他猜想你也是想做玉钦差这号儿肥买卖，但你一人不能下手，你才由迪化跟到此地，来与他搭伙。他因为佩服你的武艺，知道你能帮助他这件事，他才跟你论弟兄，赏给你这么大的脸。你若是先泄了劲，他可是要恼了，你想离开凉州都不能！"

韩铁芳沉思了一会儿，就发出一声冷笑来，自己把心一横。

鲍坤更秘密地说："你自己估量着，你能够敌得过吕通海不能？"

韩铁芳就问说："你问我这话又是什么意思？"

鲍坤用极小的声音说："刚才你能敌住吴少太爷那一锤，就可见你的武艺在吕通海之上。别看今天这桌酒筵是为请他才摆的，可是吴少太爷心里也念着你呢！吕通海这次保着百万两的镖银来到此地，一半交在这里，一半还要解往西去的。因为路径不熟，他打算把镖托付吴少太爷给送了去，可是少太爷没答应，大概还得他亲自保着镖往西去走。这也是一件肥买卖，但碍着面子，少太爷又不能劫他。他的双钩又比我还厉害，别人也不能干。大约这件事，将来少太爷也要派你去办。你如若办了这两件事，你就可以称是他的头一个膀臂，甘凉道上，他是老大，你就是老二，连我都得沾你的光！"

韩铁芳听了这话，真觉得是对自己的污辱，但却做出微笑来，不说什么。心中又算计了半天，才又问说："元猛的父亲黑山熊，到底是住在哪里？"

鲍坤说："他本是住在鬼眼崖，那里盖的很大的庄院，住着二十多家，都是抢来的老婆，那里也就成了个小村落了。可是这些年，他被玉娇龙逼得不敢在那里住了，东藏藏西躲躲，比兔儿还可怜。听说玉娇龙死了，他才又回到了鬼眼崖。"

韩铁芳就说："鬼眼崖定是一座很高的山峰吧？"

鲍坤摇头说："倒不是。鬼眼崖离这里不过八十里，出城往北，那里就有一座山口，名叫恶蟒坡；进了恶蟒坡转过两道山环，是狼牙峰；越过了狼牙峰就是鬼眼崖了。下面有一片低谷，夏天时山上的雪化了，在那里还成了一道河，那里就是咱们这位少太爷的生长之地。"

韩铁芳说："好地方！将来我想去看看！"

鲍坤说："现在那里遍山遍野都是冰雪，很不好走。"

韩铁芳又说："我听说黑山熊还有一个美貌的太太，是早先这里凉州知府之妾？"

鲍坤急忙摆手说："快别提！快别提！"

韩铁芳问说："为什么别提？"

鲍坤说："少太爷他们最忌讳人谈论这件事，假若有人背里谈说，被他听见，他都能够立时翻脸，不认得朋友！

韩铁芳愁闷了片时，突然又问："那个什么金大娘……"鲍坤说："得啦！你既然知道，那就不用提了！"他急摆了摆手，立刻就站起身走到门旁，惊慌地向外去张望。

这时韩铁芳简直木然在椅子上了，他想不到飞虎鲍坤竟然说出了这话，哎呀！那个金大娘就是……

这时鲍坤又走到座位上，跟他对面坐着，又提起了粉菊花。他很盼望粉菊花快来，并说："粉菊花有个干姐姐，名叫柳素兰，早先是个妓女，后来嫁了山舟县一位大绅士为妾。有一次吴少太爷看见她貌美，就硬派了人把她抢到鬼眼崖。为这个女子，少太爷与他爸爸竟几乎反目，黑山熊那老东西真不是个好货！

"后来这个女子就也被送到了城里来了，住在金大娘那儿。你没看见那新房子吧？那是今年春天才落成的。少太爷出的钱，一半是为金大娘盖的，一半是为她。她是甘凉道上头一个美人儿！嘿！粉菊花若是来了，我还可以去看看她呢！我只见过她一次，只那一次，我就一辈子也忘不了！"

韩铁芳又问："吴元猛为什么对金大娘也那样恭维呢？"鲍坤还没有回

答，忽听窗外有脚步之声，吴元猛与朱逢源又一同进屋来了。

吴元猛此时精神百倍，向韩铁芳抱拳说："对不起！叫你在此等候了半天，大概又快吃晚饭了？"韩铁芳摇头说："我不在此叨扰了，天已不早了，我还要去找店房。"

吴元猛笑着说："你来到凉州见了我，还愁没有地方住？你喜欢住在这里，我就叫人给你收拾出屋子来。你若是愿在镖店里住，也可以，那里热闹。"

韩铁芳说："我这个人倒是不喜欢热闹，我也不习惯打搅人，我觉得还是住在店房里随便一些。"吴元猛说："好！"就向鲍坤说："你叫人去告诉广隆店，叫他们给留下一间好房子，说是我的话！"鲍坤答应了一声，就出屋去了。

吴元猛又向朱逢源看了一眼，朱逢源便也走出屋去。这里吴元猛就与韩铁芳倾心密谈。果然就是刚才鲍坤所说的那话，是要叫韩铁芳帮助他，等玉钦差离开凉州之时，下手打劫。韩铁芳完全答应，吴元猛十分喜欢。当下又谈了多时，韩铁芳才告辞离开了这里。吴元猛约他明日还到这里来饮酒，并派了个仆人送他去住店房。

此时天色已经黄昏了，北风吹来似乎是很猛烈。出了这条街，就望见了府衙，那里有许多官人往来逡巡，门前拴着十多匹健马，形势是十分的肃严。有这些人保护着玉钦差，倒使韩铁芳稍稍地放心。可是自己心里另有些事，还是得暂忍屈辱，徐徐办理才行。

他沿路很留心这城中的街道，走不多时，便来到了广隆店房。还没进门，就见有一个人迎过来，向他请安，说："王大爷！我把你老人家的马已经送在这儿来啦！你老人家的行李也送在这儿来啦。今天，我初见你老人家的时候，是不识得你老人家，你老人家也踢了我踹了我，得啦，你老人家就大人不见小人过吧！"

韩铁芳看是那个土蛋刁三，便一笑，没说什么，遂走进了店房。

吴元猛派来的那个仆人，进店来就喊："谢掌柜！少太爷叫你预备的那间房子，你没给预备下吗？"

当时就由柜房里跑出来个戴着青布面羊皮小帽子的谢掌柜，连连说：

"预备好啦！早就预备好了！"于是他先向韩铁芳弯腰点头，便带他到了一间敞亮而整齐的北屋里。屋里早已升上了火，点上了一支羊油蜡，温暖如春，亮如白昼。随后还跟进来两个店伙计殷勤伺候，并且行李也送进屋来了。韩铁芳就交待预备饭。少时菜饭端送进来，有很肥的羊肉，有碗大的馒头。韩铁芳自从春季离家，颠沛漂泊，连伤带病，母死父亡，经受了种种的苦难，今天才算是享了福。但是他现在却如处虎口，时时不安，心中犹牵挂着很多的事。他时时泛想，更有一种愧恨，觉得今天的事虽然是自己别有用意，不得不与那些盗贼应酬、装假，但自己生平也没做过这样的事，真觉得十分羞辱！

当下他把那仆人遣了回去。谢掌柜又叫伙计给他送来一壶茶，就也走了。他就躺在炕上思索办法，却又对于府衙内住着的那位钦差有一些不放心。他就想：府衙里面防卫得虽很严紧，吴元猛又说过绝不在凉州城里下手，以免旁人说是他干的，但如今连我说的全都是假话，他们岂能又尽是实言？他手下不能没有几个会飞檐走壁的人，难免今夜不到府衙去做什么打算。再说，那个金大娘，我也得去看看她。

于是他把衣裳扎束好了，等待时间。听见街上的梆锣敲过了三更之后，韩铁芳就披上了大皮袄，暗藏着宝剑，熄灯走出了屋。各屋中的人都已睡了，天色阴沉，北风肆虐，像是又在酿大雪。院中一个人也没有，他悄悄地走到店门旁，用手摸了摸，锁得很是结实，他就撩起大皮袄，飞身上墙，跳到了街上。

街上是冷冷清清，黑魆魆的，一个人、一只灯也看不见。他轻轻地迈步走到了府衙，看见那两扇有门环的大门也关上了，里边却更声隐隐。他在门首、在附近徘徊了半天，也没有看见一个人。他就又走回吴元猛所住的那条街，见这里的大门也关上了。他站在门前往里边听了听，就听里边隐隐有许多人在嚷嚷、说笑，并有骰子声，他晓得这一定是那些仆人，跟什么胡豹等人，正在欢乐地赌钱了，今夜大概不至于有什么事。

他又想到了金大娘，于是就顺街往东，寻着了路南胡同里的那个门。他先脱去了皮袄，放在墙根地下，又觉得宝剑用不着，就也藏在皮袄的底下。他挽了挽袖子，刚要蹿上墙去，忽见由北边来了一条黑影，走得很慢，并且还直摇晃。他赶紧隐身在大门洞里,就见那条黑影畏畏缩缩地半天才来到近前。大半是看见墙根放着的那件老羊皮袄了,又黑又毛茸茸的,这个人不知是什么东西,吓得回身就跑,并且发出尖细的哎哟叫声。

韩铁芳才看出来,这原来是个女子,遂一个箭步追上去,说:"别跑!"这女子吓得高举着手尖叫着,就坐在地下了。

韩铁芳赶过去说:"你别怕!你是干什么的?深更半夜你出来找谁?"

这女子哭泣着说:"我……我是要找金大娘!"

韩铁芳不由得有点诧异,弯下点身,忽然看出来了,这女子正是白天洒了他一身酒的那个丫鬟。他遂就小声说:"你别怕!是我,白天你不是洒了我一身酒吗?莫非因此吴元猛他又打了你?"

这女子浑身乱颤,半天才艰难地站起了身。她仰面向韩铁芳细看,才隐隐看出了他的模样,她可又跪下了,哭着说:"王大爷!您救我……"

韩铁芳说:"快起来,快起来!我一定能救你,我跟吴元猛翻脸、拼命,也一定救你!"

这丫鬟哭着说:"少太爷倒没有再打我,可是您看,胡豹把我的胳膊都快给拧断了!刚才七奶奶又拿烟签子扎我的手……都扎烂了!"

韩铁芳愤恨那吴元猛家中的宠妾,又可怜这个柔弱的女子。他暗叹了一口气,就又问说:"你找金大娘来,金大娘就能够救你吗?"

这丫鬟说:"能!金大娘可也厉害,也常拿烟签子扎丫头的手,可是她有时也怜恤人。她最跟那七奶奶合不来,因为七奶奶常常拦着少太爷,不叫他到这儿来。"

韩铁芳就又问说:"金大娘是吴元猛的什么人?"

丫鬟说:"是他的妈。"

韩铁芳一听,倒不禁有点迷糊了,又听这丫鬟哭泣着说:"我是伺候七奶奶的人,我要投到这儿来,金大娘必能把我留下,救我的命。明天七奶奶就是知道我跑到这儿来了,她也不敢来找我。再说,柳素兰姑娘也是个好心的人。我早就跑出来了,刚才我来了一趟,叫了半天门也没叫开,我就……我在别处又绕了半天,想寻死,我又怕,所以我就又来了……"

这丫鬟在寒风夜色僻巷之中，如此哭哭啼啼，使得韩铁芳益发心软了。他就说："快起来！不要怕！我给你去打门，我也要去见见金大娘。"

他于是就上前吧吧吧地用手敲门，又咚咚咚地用拳头捶门，但是过了老半天，里边也没有人把门开开。他一怒，就嗖的一声上了墙，下面的丫鬟吓得又一声尖叫。

韩铁芳跳到院里，只见院落很深，各屋中可都漆黑。他就去拉门插闩，扳顶门石，可是门依然开不开，因为是锁着一个大铁锁，拧也拧不掉。他心说：那金大娘大概是很有钱，不然她如何要把门锁得这样严呢？他又不放心那丫鬟一人在外边，就又跳出墙去。那丫鬟的纤弱的影子，在寒风里抖颤着，真像是一个魂灵。

韩铁芳就说："门锁着了，开不了，我只好挟着你进去吧！"

丫鬟用微弱的声音说："谢谢您了！"韩铁芳倒有些迟疑，暗叹了一声，遂就先抄起了剑。他左手持剑，右臂展开，就将这丫鬟的纤躯挟了起来，又跳上了墙。跳下去后他就将丫鬟放在地下，自觉得右臂越发地酸痛。

丫鬟到了这院里，就止住了哭声，可是又显出很畏惧的样子。韩铁芳就带着她往里院去走，四面昏黑，只有他手中的剑发出一道隐隐的寒光。但一进到里院，却看见西屋里有灯，听屋里有个关中女子的声音，说："纪妈！别去开门，大娘不叫半夜里开门。大概又是刘伙计来了，我可不见他……"

丫鬟企着脚儿，趴着韩铁芳的耳朵说："这就是柳姑娘，柳素兰，金大娘还在里院……"

韩铁芳扭头向第三重的院中一看，见里面有黑兀兀的几间楼，可是没有灯光。韩铁芳就悄悄对这丫鬟说："你就叫这柳姑娘吧！我在此，你不要怕！"

这丫鬟心里害怕，头一声都没有叫出来，第二声才叫出："柳柳……姑娘！"

屋里极为惊讶地问说："你是谁呀？"

这丫鬟哭声凄惨地说："我是北院里的……玉芹！因为七奶奶扎我、打我，我才……求柳姑娘，求……金大娘救救……命！"

屋里的柳素兰更为惊讶地说:"哎呀!刚才在外面打了半天门的,原来是你呀?谁给你开的门,叫你进来的呀?……秦妈拿灯!快开开屋门,找着看她!"于是屋里的灯光动了,屋门又响。丫鬟玉芹越发恐惧,就紧紧揪住了韩铁芳的手,而韩铁芳的手却被锤震得现在还痛着。

屋门开了,灯光投到院中来,屋里现出来那柳素兰和一个仆妇。她们一看见外面昂然站着一个手持宝剑的男子,就吓得急忙又往回跑。那仆妇还哎哟哎哟地直叫,把灯几乎都扔在了地下。韩铁芳却说:"你们不要怕!"就带着玉芹硬往屋里走。

那云鬟未整、只穿着一身小衣服的柳素兰,赶紧由床边拿起来一件红缎子面的银鼠皮的大斗篷披上。她立刻就变了脸,瞪起两只圆溜溜的眼睛,声音尖锐地骂着说:"你是干什么的?坏胚!你敢往我的屋里来乱撞?你的眼睛里有没有吴少太爷?难道你不怕死?"

韩铁芳说:"我就是他今天新结交的朋友!"旁边的玉芹也央求说:"柳姑娘您也别着急!这位就是干大爷!少太爷因为我一不小心把酒洒在他的身上了,才……"

柳素兰双手掩着斗篷倒退了一步,两只眼睛借着那摇摇的灯光,把韩铁芳从头上到脚底下,来回打量了两遍,她就说:"噢!原来你就是今儿少太爷新交的那位朋友呀!听说你还能够敌得过他的铁锤?你可真算是有本事!难得你头一天跟他交朋友就立刻想到我啦!这时候已过了三更啦,你背着他来,还找了一个丫鬟做领道儿的……"

韩铁芳说:"你不要胡猜疑!我自知鲁莽,但是因为她……"说时指了指玉芹。

柳素兰却冷笑着说:"你还客气什么呀?什么为她?为一个丫头你也未必就到凉州府来!痛痛快快地说一句吧,你也不是为跟吴少太爷交朋友来的,你就是为着我才来的。你一定是在外边听了什么风言风语,说我背着吴少太爷跟什么人怎么怎么的,你这小子就生了心啦。其实……"她沉下脸来,拍着胸脯,扭动着身子又说:"你是错打了算盘啦!太太不错,是兰肃州几千里地内有名的美人儿,可是太太行得正、走得端。我柳素兰这三个字叫起来,也比吴少太爷的铁锤还叮当地响!"

韩铁芳怒斥一声说:"你胡说什么？我也是堂堂的好汉，不为送这丫鬟，我也不到你这儿来！因为她是为我才受的害，所以我才必须救她。今天先把她留在这里，明天我就去与吴元猛说。"柳素兰说:"哎呀！你竟敢叫他的名字？"韩铁芳说:"我当着面也这样叫他。"

此时那玉芹赶紧跑过去跟柳素兰悄悄地说了一阵，大概是说今天吴元猛特别优待韩铁芳的情形。柳素兰立时脸色就改变了，泼辣的神气尽皆消失，换的是一副惊惧的容颜。又听韩铁芳说:"我也都知道你的事情。她也是一个可怜的人，无论如何你应当留她在此住宿一晚。"柳素兰就走过来带笑说:"王大爷您别恼，我刚才是错认了人。您是少太爷的好朋友，我不该得罪您！"

韩铁芳摆手说:"这不要紧，本来我深夜前来就很不对。"柳素兰施下福去，说:"那我向您赔罪啦！可是……"她直起了腰，回身指了指丫鬟玉芹，就又皱着眉，显出很为难的样子说:"本来金大娘就疑惑我这屋里常……"说到这里，她又把话噎住了，脸色变了一变，抬起眼来又撩了韩铁芳一下，就接着说:"您是不知道金大娘的脾气。她虽然也常做好事，可是……真的！若不跟她老人家先说好了，我可不敢留下这个丫鬟呀！"

韩铁芳一听正中自己的心意，遂就点头说:"这也好。那么，柳姑娘你就领着我跟玉芹，去见一见那位金大娘吧！"

柳素兰却惊慌地摆手说:"这可不行！她的脾气和我不同，连少爷她都敢骂。她要是知道有一个年轻的爷儿们在这里，她就能翻了脸不认人！王大爷，你还是坐在这儿等一等吧！我先带着她去见金大娘，你就不必去啦！"她又皱着眉悄声地说:"那个老太婆真不好惹，你还是不要去见她吧！她若是得罪了你，连我都觉得对不住你！"说着，叫秦妈点上灯笼在前，她就很亲热地拉着玉芹往外去走，临走时还回首向韩铁芳说:"你可不要动！在这儿等着我。桌上有茶，你自己倒着喝吧！"遂即故意掀开她那鼠皮里子斗篷，伸着戴着翡翠镯子的皓腕，将屋门倒拉上。

韩铁芳不由得愤怒，心说:这个女人，即使当年不被吴元猛抢了去，也一定不是个好东西。自己来到这里，要见的就是那所谓金大娘，如今既已来到了这里，对于这些盗贼盗妇，还讲什么客气呢？

他的宝剑虽不打算伤人，但也始终未离开手。看得窗外的摇摇灯影渐渐消失了，人已走往里院去了，他便也出了屋。他倒背着手，拿着宝剑，脚步轻轻地往里院去走。走至里院，只听"咚咚咚"，楼梯上有脚步儿响，声音虽不大，可是知道那三个女人已经上楼去了。

这座楼，上下一共是四间，下面的房里黑乎乎的，窗上的纸且都破了，被风吹得噗噗地响，好像没有人住。韩铁芳就扒着窗户往里看了看，只闻得一股檀香味，屋里有排列得很整齐的几点微光，像是萤火虫的屁股。这是香炉里插着的香，两边还有佛烛的余烬，这大概是佛堂，可见金大娘不仅爱财，还好善呢。

此时那楼上的女人们就谈起话来了，韩铁芳压着脚步上了半截楼梯去听。原来那柳素兰还没进到屋里，她就在栏杆里站着，一边笑着，一边婉转地叙说玉芹逃出来的事。韩铁芳听她并没有说到自己，心里更是诧异，不知道这个盗妇是怀着什么心意。

这时就听上面的屋里传出一个女人的声音，话很难懂，因是南方口音，且仿佛脱落了门牙似的，字音有些咬不清楚。韩铁芳细细地辨识，才听出她是说："留下她吧！冲着七娘儿们那天杀的，我也得把这孩子留下……叫她进屋来吧！"

听得门响，又听柳素兰笑着说："玉芹你看！你有多大的福气！大娘已答应收下你啦，你快进来给大娘叩头吧，到底大娘是位善心人！"她又厉声说："秦妈！你发什么呆呀？你倒是打着灯笼先进屋去呀！"秦妈连声答应着。

屋里的那金大娘却忽然发出尖厉的语声，似枭鸟一样吓人，说："素兰！你又丢了心了？怎么又忘了？怎么还叫她秦妈？你不知道我一听了就能犯病吗？混账，没记性的东西！快把她的姓给我改过来……"素兰立时就吓得不敢作声了。只听得脚步声在楼板上轻轻挪动，本来那隔着栏杆映在墙上的灯光，也被关进屋子里去了。

韩铁芳知道那三个女人都已进到了屋里，遂又上了半截楼梯，轻轻地上了楼。这时屋里很亮，窗上的人影幢幢，就听那柳素兰像触了大忌、犯了大罪似的，正在哀声地求金大娘饶她，说："我真忘了！以后我再也不叫她秦妈了……"金大娘更厉声地说："你还说！还敢说？成心气我吗？"窗上印着的披斗篷的影子立时就低了下去。

一阵猛烈寒风呼呼地吹来，韩铁芳借机就上前以指甲在窗纸上戳了一个小窟窿。他俯身用一只眼睛向里面偷看，就见屋里倒是没有多少讲究的木器，一张带着绿绸幔帐的床上，坐着一个妇人，想必这就是那个金大娘。她的年纪不过四十余岁，可是鬓发已白得跟霜一样了。她的脸儿极瘦，颧骨全都高耸起来，简直似一副骷髅。而两眼虽凹得很深，但瞪得却很大，也很明澈，可见这个妇人在年轻时也是相当美丽的。

她此时拥着闪缎的棉被，坐在床头正在发威，嘴里叽哩咕噜地说着很难懂的话。那身披着斗篷的柳素兰就跪在床前求饶，直说："以后不敢再管秦妈叫秦妈了！"为这件事情，金大娘竟是那么愤恨，简直就像要咬死她似的，半天才说："你起来吧！"

柳素兰低着头刚站起身来，金大娘却又倒下头去，哎哟哎哟地直嚷心疼。柳素兰、秦妈跟在这屋里服侍的那个丫鬟，就是那个白天在门前泼水的"杏花"，以及玉芹，全都一齐惊慌着上前去救。几个人一齐给她抚摸着胸口、捶腰，并一声声地叫着："大娘！大娘！大娘！你老人家别再生气了……"

一种凄惨可怕的气氛充满了屋子。桌上的素灯一跳一跳的，那只灯笼也是惨暗无光。那金大娘像老猫似的嗷嗷号叫着，渐渐的，呻吟声越来越微弱，就好像快要死了。韩铁芳在外边也不忍再看，且觉得一阵鼻酸，眼睛都有些潮润。他用袖子擦了一擦，转过了身，心中就想：不如我硬走进去，索性与这妇人细说一说，也许能把她的心疼病儿治好了？但也许她就能一下死了……

正在犹豫未决之间，忽然又听屋里的金大娘暴嚷起来，细一辨识，就听她说："滚吧！滚吧！以后别再提什么秦妈就得啦！害得我心疼。还得把这丫头的名字也给我改了，什么玉哩、芹哩，都不许叫！我恨那些个名字，听见了没有？"四个女人一齐应着："听见啦！"

那杏花并带着笑说："以后就叫她桃花儿好了！您叫着也顺嘴，我们一个杏儿，一个桃儿，永远服侍着您。一直服侍您活到八百岁，再送您到西天去。"

金大娘听了这话,却又呻吟了一阵,然而她又严厉地说:"以后只要我听见谁再说那几个字,成心来气我,我就叫元猛来,当着我的面,把她的头打烂了!"

这句话一说了出来,便没有一个人再敢说话,没有一个人敢大声出气儿。韩铁芳趴着窗窟窿又向里瞧了瞧,就见柳素兰倒还不怎么样,两个丫鬟却都脸色如白纸一般。尤其是秦妈怕得最厉害,她浑身打颤,牙关嗒嗒嗒地直响,就像这里真出过这样的事情。在这黑暗的楼下,不知是哪一年哪一天,吴元猛真曾遵从过金大娘之命,抡起了他那沉重的铁锤,将一个仆妇或丫鬟,也许是一个妾,打毙于楼下,脑浆迸流。

此时韩铁芳就站在楼栏旁,仰望着昏暗的长天,面受着凛冽的北风,他呆呆地听着背后屋中那老妖魔似的妇人仍在呻吟、说骂,觉着又可怜又可恨。又过了一阵儿,灯光又向外移来,是那柳素兰要出来了。韩铁芳一耸身就越了栏杆跳到楼下,手提宝剑又往前院去走。身后的灯光扑来了,韩铁芳就赶紧又跳到房上。蹲了一会儿,只见那秦妈手提着灯笼,颤颤抖抖地由里院走出;柳素兰披着斗篷,身子急急地扭动着,由后面赶到前面来。她嘴里嘟囔着,低声骂着,就匆匆地回到屋里。

一进屋,柳素兰立时就惊讶地叫了起来:"哎呀!那个人怎么不见了?"她急忙又跑出屋来说:"那个人怎么不见啦?唉!真是的!他怎么会不等我回来就走了呢?都怨那老东西,罚我跪了半天!"她要来灯笼满处去找,灯光地直找到大门旁边。她摸了摸锁头,还在门上锁得很结实,她就叫着:"秦妈!快拿钥匙来把门开开,我出去看看,也许他又跑到外边去了!"接着,又叹了口气说:"这个人是怎么回事儿?没等我把话说完,他就走了!真是个没良心的东西!"

秦妈也更为惊惧地说:"他别是跑了,去告诉少太爷了吧?"

柳素兰哼了一声,说:"我瞧他可没有那么大的胆子。他今天把玉芹送来,明天还许不敢跟少太爷说呢!说了又当怎么样,少太爷还真能拿铁锤把我打死吗?我不信他有那么狠的心。我还是爱怎么样就怎么样,谁也管不了我!后楼上那个老天杀的,当面我怕她,背着面我就给她念咒,让她快死！快死！心疼一下就把她疼死。秦妈！秦妈！快拿钥匙去！”

看完了这一幕情景，韩铁芳便脚踏着屋瓦，飞快地伏着身而行，很快就跳到了院落之外，胡同之中。他由地下找着了那件老羊皮袄，披在身上，往北走了几步，就见那边的大门已经开了。先透出灯光，随着就出现了摇摇晃晃的灯笼，那黄色闪闪的光圈之内，罩着身披斗篷、云鬓蓬松的柳素兰。她一扭一扭地来回地找，并且发着冷笑，自言自语地说：“你别走呀！我话还没跟你说完呢！你不是为了我才来的吗？我是由兰州到肃州顶美的，你别管吴元猛，他也管不了我……”

韩铁芳却急急地向北去走，心中又气恼又猜疑，觉得这是怎么一回事呀？莫非强盗的家中就一定有这等的事么？这柳素兰跟那金大娘，她们虽然都非正经出身，但以前无论如何也不至于这样。莫非是当了盗妇之后，才变成得这个样子……

他已将走出了胡同口，那边的灯影还在摇晃，并有尖声在寒风里飘荡着：“喂！你倒是回来呀！”韩铁芳不由得哼的一声冷笑。

忽听街上微有声音，他急忙躲身，扬首去望，就见有一条疾快的黑影，顺着身旁的墙上飞过去了。他不由大吃一惊，及至再看时，就已看不见了。他急忙撩衣，嗖的一声又上了墙，墙的里面却是一家住户，房屋很少，灯光也全无。

那边柳素兰还在叫着：“怕什么呀？回来呀！你不认得我，你能到我这儿来么？回来咱们谈谈！别怕那老乞婆，她永远不下楼；也别怕那使锤的，他有半个多月没见着我啦！他管不着我！”声音虽然不大，但在寒风里听得是非常清楚。韩铁芳不禁又骂了一声。本想回去再追寻那条黑影，看看到底是什么人，但是他又真厌恶这妇人。于是他就跳下墙去，走出了胡同口，愤愤地回店房去了。

这时那柳素兰提着灯仍是不死心，又往这边走来，嘴里的话也渐渐变成了怒骂。忽然一阵狂烈的北风刮来，把她的灯笼也吹灭了，她就跺脚大骂，说：“该死的！半夜深更来搅我，不容我把话说完了就走！该死的……”秦妈站在那门旁叫她回去，她这才转过了身，手都冻僵了，眼里也不由得流出泪来。

柳素兰实在是害怕,她害怕这件事情弄到吴元猛的耳里。她倒不至于挨一铁锤,她知道吴元猛喜欢她,可是那一顿饱打也是免不了的。吴元猛曾打过她好几次,结果都是她百般地央求才重得宠爱,她知道吴元猛拳头的沉重不在铁锤之下。她又很失望,因为她从来也没看见过像韩铁芳这样英俊的人,她希望韩铁芳能由今夜起与她相识,可是韩铁芳走了,她怎么找也找不着,怎么叫也叫不回来。背着吴元猛,她在这城里也认识两三个人,知府的侄少爷跟马百万,以及一个钱庄的刘伙计,都是常来她这儿喝茶谈话的,但是她都不喜欢。

她心里又惆怅又难过,这时秦妈,还有那个管做饭的也是她最心腹的纪妈,也出来了,都叫她快回去。她这才抱抱怨怨地回到了门里,那秦妈就摸着黑儿又把大门锁上。

柳素兰跟纪妈就往院里走。见屋里的灯光倒还是亮着,她心中熬烦,就想着一进屋就扑到床上去睡。但是没有想到,她一进屋,就见屋中又站着一个手持宝剑的男子,并且不是才走的那人,这是另一个人;她不由就哎哟叫了一声。这人却用宝剑向她的肩头平着一拍,她又尖叫了一下,就坐在了地上。纪妈跟秦妈都慌张张地问说:"什么事?什么事?"可是进屋一看,就也都吓得浑身颤抖,直了眼睛。

这个人又举剑威吓着说:"都好好地站着,你们谁要是敢嚷嚷,我就叫谁立刻死!"两个仆妇就全都不敢说话了。

柳素兰忽然扶着墙又站了起来,因为她听这个人说话的声音很细,简直像是一个女的。于是她就瞪着眼,大胆地细看了半天,只见这人身穿着青布夹裤袄,还穿着一个皮背心,脚下是大脚青鞋,又确实是个男人。论年纪这人才二十上下,长得比刚才那人更漂亮。她立时就一点也不怕了,就噗哧一笑,说:"我今天才是好福气呢!本来我都睡了,可是不断有人来,才走了一个,就又来了一个。我的人缘儿果真好,你又找我干什么来啦?难道你也是吴少太爷新交的朋友吗?"

这个人却说:"谁是他的朋友?我来到凉州府就为的是来杀他!"

柳素兰却笑了笑,说:"得啦!你就别拿宝剑来吓唬我啦!宝剑我也见过。我看你的年纪比我还许小呢,我就叫你一声小兄弟吧……"她才说到这里，就听吧的一声，脸上就挨了一巴掌。她的脸上又痛又烧，她就气急了，嚷嚷着说："你是哪儿来的野小子？你敢打我？你不知道，凉州城第一个人物是吴少太爷，第二是金大娘，第三就是我，第四个才是知府呢！你敢打我？你比刚才来的那个还不讲理吗？"她扑过来要揪这个人的胳膊，这个人却右手把剑向她的头上一晃，左手将她又一推，她倒退了三四步，就咕咚一声又摔倒了。皮斗篷也甩落在地下，两个仆妇也吓得叫了起来。

这个人可真凶，声音细而亮，毫不怕被人听见。他跃步过来一脚蹬住了柳素兰的胸口，剑尖就挨近了她的咽喉，逼问着说："刚才的那个人到你这里来，是为什么事？"柳素兰说："他是送了一个丫鬟来，求我们这儿的金大娘收下。"

这人又问说："金大娘是个什么东西？"柳素兰说："刚才我没跟你说吗？她是凉州府第二个人物。其实吴少太爷都得听她的指使，因为吴少太爷最孝母。"

这人又逼问说："她是黑山熊的什么人？"柳素兰说："你还没弄明白吗？她是黑山熊的老婆呀！"

这人更逼问着说："她是黑山熊的原配，还是黑山熊抢来的别人家的妇女？"问这句话时，此人特别显出来情急、暴躁，他的那如同女子似的脸儿凛如冰霜，目光森厉又似剑光。

柳素兰的身子向后一仰，索性躺在地下了，叹着气说："你一说到了这儿，我可也真不想活啦！你要爱杀，你就快快给我一剑罢！金大娘是怎么到了黑山熊的手里的，我真不大明白，我也不敢告诉你！不过我倒真是叫他们给抢来的……"说到这里她忽然发出悲声。这个持剑的人，反突然将脚也挪开了，说了声："你起来罢！"

柳素兰手扶着地坐了起来，哭涕抹泪地说："我早先可也当过花姐，当过人家的小老婆，可是我也从来没受过现在这样的罪。现在还算好呢！只不过是受金大娘那乞婆一个人的气，早先，我才被抢到山上的时候也正是冬天，满山都是冰雪，吴少太爷稍微一发脾气，就剥了我的衣裳，叫我只穿一身小裤褂，在冰雪里冻着。黑山熊那老强盗更不是人……"

这个人面现出一点矜怜之色，说："你且不要说这些话！你既是被他们抢来的，只要我杀死了黑山熊父子，我必定能够救你！"

柳素兰说："唉！你就别说这话啦！你也许是一位什么侠义英雄，我不敢小瞧你。可是凭你这么细弱的身子、一口精细的宝剑，你也能够杀得了黑山熊跟吴少太爷？黑山熊现在冰雪的高山上，你能够去？吴少太爷手使着四五十斤重的一对铁锤，你敌得了他？"又说："除了你能请一个人来！你到新疆去请玉娇龙来！那黑山熊听了就能够吓死，可是吴少太爷他还不怎么怕呢！今天他又来了一个新朋友，就是刚才由我这儿才走的那个姓王的，那个人的武艺也不在他以下，来了就算给他添了一只膀臂。可是……哼！早晚他的丫头跟老婆都得叫那个人给霸占了不可！"

她说着话，由地下捡起皮斗篷又披在身上，气愤愤地扭到了旁边，找了一个凳儿坐下。一看见持剑的人呆呆地立着只是发怔，她却又不禁噗哧笑了，说："不怪我们这里的金大娘天天叫人把门锁得严了又严，原来真能有令人想不到的事，来些想不到的人。也许是因为我的名儿太大了，所以人都来，想着看我这个从兰州到肃州的头一位美人儿。刚才来了个冒失鬼，刚一走，又来了一个傻小子。喂！小兄弟！你拿着宝剑，怎么我不怕你，你倒有点怕我呀？你怎么又不言语呀？你倒是为什么才来的呀？你贵姓呀？……"

这个人却突然将剑一抢，寒光抖动，直向她的前胸，厉声说："你不用问我姓什么！今天我来的事，也不许，不许……"又逼着旁边那两个仆妇，说："不许你们向人说，连那姓王的，也不准说。我来这里，第一是为杀黑山熊父子，还要杀那恶名已满于甘凉道上的金大娘。我杀他们如斩草莽，但因这个城里现在住着钦差，须要等两天后我才能够下手。你们也别怕，将来我必救你们逃开这里，听见了没有？"

两个仆妇都一齐吓得跪下了。柳素兰这时候可真害怕了，她也不禁全身都打颤，面无人色。只见这个人拿着剑转身出屋，半天毫无声息。这屋里的三个女人全都没敢动弹，但是，此时忽听由里院发出来"哎哟"一声惨叫。柳素兰打了个冷战，站起身来说："可真不好啦！金大娘大概是叫他给杀了！……"她跟两个仆妇都想要跑到里院的楼上去看看，可是又都身子瘫软得不能够动弹。耳边，遥远之处的更声，此时已敲到了四下了。

当夜,这里是异事频发,惊恐未息。少时五更敲过,天色就发明了,但这时候的广隆店内,韩铁芳却睡得正酣。他在梦中仍未忘了那金大娘,并且幻出来冰雪的祁连山上,有一群强盗把一辆车给打碎了,从车中抢走了什么;同时车后有一匹追骑来到,马上的人持着宝剑,怀揣着婴儿……他又幻出来春雪瓶的可爱的容态,更幻出来什么韩文佩、黑山熊在杀、斗,为争一个无主的男孩,还有一块红罗分明在那男孩子的身畔……

醒来,这个梦境仍然在他的眼前,他就似是真见了一般,在炕上呆坐了半天,头脑才有些明白。他长叹了口气,刚要下炕,忽听外面咚咚咚地捶门,他就怒问一声:"是谁?"

外面急急地说:"是我!是我!我是土蛋刁三,王大爷你快开门吧!"韩铁芳不由得诧异,就问说:"有什么事?"遂就急忙穿鞋下炕。

外面的刁三却惊慌地悄声儿说:"有要紧的事!王大爷你快开门,我进来再说!"韩铁芳随将门开了。刁三一进来就随手把门掩上,变脸变色地悄声儿说:"我是偷着来的!王大爷你赶快走吧!你不是在峡口营把野马薛瑶的一只手砍掉了吗?他可跟海螃蟹来了!他是吴少太爷的表弟,待一会儿,吴少太爷一定要跟你翻脸,拿着锤来要你的命!王大爷你快走罢!"

韩铁芳一听,原来是这件事,就反倒笑了,先说:"你真是一番好意,我谢谢你了!可是……"说到这里,他不禁微微地笑说:"我料想吴元猛他就是要为表弟跟我拼斗,也得先把话跟我说清楚了。今天我绝不走,我在此等着他们!"

刁三着急说:"他们要是一翻了脸,可就不讲理啦!他能带着几个人来,把店房围起来打你!王大爷你斗得了他们吗?"

韩铁芳摇头说:"你不要管了!你快去吧!要叫他们知道了你来给我送信,可一定饶不了你!"

刁三说:"我因为知道你老人家是一位英雄,我才想叫你老人家将来提拔提拔我!我给他们干事,永远得当孙子,得不着一点好处!"

韩铁芳急忙摆手说:"你快去罢!不要声张这事。你放心,我不怕与他们拼命,他有铁锤,我有宝剑。你快去罢!将来我一定能够提拔你。"

当下刁三先开了门缝向外看看,然后才悄悄地走了出去。韩铁芳叫进店伙计来,给他打了脸水,沏茶,做早饭。他很镇定,精神奋发,将衣裳扎束利便,宝剑时时备在手边,抢了抢胳臂,也不像昨日那么疼了。

少时他用了饭,那飞虎鲍坤果然就来到了。对于野马薛瑶的事,他是一字不提,只是对韩铁芳说:"吴少太爷现在请你去,听说是有什么要紧的事要跟你商量。"

韩铁芳却摇头说:"我不想去,因为昨天在他家里酒喝得太多了,犯了胃痛的病,我要歇歇。如若有事,可以叫他到我这里来讲。"

鲍坤走后,韩铁芳料到待会儿吴元猛就许率众前来,所以他的精神不免有些紧张,预知少时就有一番恶斗。他就想自己就是冲出了重围,离开了凉州,踏雪登上了祁连山,杀黑山熊也许很容易;只不过那个金大娘的来历,自己始终未弄得明白,这却是个遗憾。自己到底是为什么来呀?倘若到祁连山杀死了黑山熊,而见不着方二太太之面,可又有何用?……因此,他的心中实在为难。

又过了不多时,就听院中有杂沓的脚步之声,他就一惊,并听有人向屋里带笑说道:"王老弟!你好大的架子呀!怎么非得我亲自来请你吗?"这正是吴元猛的声音,韩铁芳的宝剑虽就放在身畔,但他反倒不能拿起来了。

这时屋门一开,吴元猛的高大身驱就走进屋中,他满面带着笑色,看上去还很诚恳,就听他说:"王老弟!你多疑了!你以为我知道了我的表弟被你砍断了一只手的事,就会跟你翻脸,替他出气吗?那你可把我看得太量狭了!我实同你说,我们吴家父子若是没有点江湖义气,绝不能在甘凉道上混得这么长久!薛瑶,不错,他是我的表弟,可是他不听我的话,在外胡作非为,已不是一日了,连我都想要砍断他的手呢!老弟你惩戒得对,我不但不生气,我还得谢谢你!咱们俩的交情还是交情,跟那事不相干。走罢,我家里把酒都已预备好了,也没别人,专等着请你去。"

说到这里,他却又压下声音,把嘴挨近了韩铁芳的耳朵,说:"有一件要紧的事,我要跟你说,还得请你帮个忙呢!"他又笑着,用大手拍了韩铁芳的肩膀一下。这使得韩铁芳倒觉得非常惭愧,觉得吴元猛确实是个豪爽的汉子,而自己倒好像是胸中藏有奸诈之心了。此时外面还有几个恶奴在那里站着，吴元猛一眼就都给瞪走了。他望着桌上的宝剑，就说："你把剑带上！"

韩铁芳却笑着说："你已经把话说开了，咱们的交情，我难道还能怀疑你吗？"

吴元猛却又悄声说："你是不知道，你砍掉了薛瑶一只手的事，我虽不在意，可是我手下的人全觉着不平，那海螃蟹袁庆又在暗地里激他们。他们就如同是一窝蜂，已经被你给惹起来了。他们若是想暗算你，那连我也拦不住，因为现在为玉钦差的事，我正在用着他们。你还是拿上宝剑才好！"

韩铁芳却露出一种轻视的样子，先把门关上，然后就悄声说："吴兄！如今我已看出，你不愧是一条好汉，但你何必非要去做那件事不可呢？"吴元猛笑着说："为找钱花呀！你想我养着多少人？我有多少个老婆？我的老婆哪个不要戴金首饰，穿绸缎衣裳？我自己跟着她们还都要抽大烟，没有钱能行？"他又拍了拍韩铁芳的肩膀说："我看这回买卖做好了，你也阔了。你也弄上几个老婆，就知道那滋味了，你也就天天得想法子要弄钱了！"韩铁芳便不言语，觉得这个人是盗性已深，无法劝他改悔了。

吴元猛又笑着说，"如今就是给我一个总督巡抚的官儿，我也不干，因为那还没有我当这个少太爷舒服呢！再说我办玉钦差这件事，还是为报私仇！为使玉娇龙那狗娘儿们的鬼魂也生一生气！"说到这里，他的面容更为凶恶。韩铁芳怒发于心，就冷笑了笑，持宝剑说："咱们走吧！我再去扰你一杯吧。"

当下二人开门出屋。到店门外，见已有吴元猛坐来的车等在那里。吴元猛叫韩铁芳上车内去坐，他跨着车辕，就往北走，路旁行路的人多半站住了脚，恭敬畏惧地向着车弯身打躬，口称着："少太爷！"

吴元猛却连头也不点一下，对于路旁走着的大姑娘、小媳妇，可是非常注意地去看，即使人家是男人跟着，他也很轻浮地说着："跟我到家里去罢？"或是"喂，你头下的花儿戴歪了！"要不然就是"好端正的脚呀！"被调戏的女人只有赶紧躲避，而不敢还一句话。他哈哈大笑，并回头望着韩铁芳，显示他在这座城中的权威。

少时就到了他家的大门首,他先下了车,韩铁芳提剑也随着跳下。进到大门洞,就见今天这里的情景可比昨日紧张,院中的人特别多,还都向他怒目而视。那与韩铁芳曾在峡口营会过面的海螃蟹袁庆也在这里了,跟那个胡豹,两人手里都握着短刀,似乎是就要扑过来的样子。

吴元猛却沉下脸来,使出来威风,怒喝一声:"你们都在这里干什么?"

有的人见他怒喝,就赶紧向后退去,独有那个胡豹,硬挺着胸脯上前说:"少太爷!他是咱们的对头,在峡口营他把你的表弟砍下了一只手,你不替咱们的人报仇,反倒……"

吴元猛忽然面现一阵狞笑,问说:"反倒什么?反倒怎样?"

胡豹似乎有所恃而毫无畏惧的样子,当时就跳起来大声嚷嚷着说:"你反倒要跟他称起弟兄!"

吴元猛笑着指着韩铁芳说:"他也是咱们的一路人,昨天特慕我的名来访我,怎么会是对头呢?"

胡豹怒声说:"难道野马薛大爷的那只手就白掉了吗?"

吴元猛又一笑,说:"江湖人彼此争斗,是谁的武艺高、本事好,谁就占便宜;没有本事的人,掉了手或掉了脑袋,那是活该!我的表弟野马薛瑶受了伤,那是因为他自己的本事不济。他若有本事,也可以用他那只还没有掉的手,拿刀来,来把这姓王的……"他指着韩铁芳说:"把他杀了我也拦不住!你们要是本事都不行,平日就仗着我护着你们,养你们,一点力也不给我出,还倚着我的名头满处横行,如今有了本事的人前来帮助我,你们反倒眼红了起来?"

胡豹说:"少太爷,你不明白,他不是个好东西,他的来头不正!"

吴元猛瞪着眼睛说:"什么来头不正?"

胡豹说:"他是由沙漠来的,他是玉娇龙手下的!他来,是想把我们全踢开,然后他再收拾少太爷呢!"

吴元猛转脸向韩铁芳笑着说:"你可听见了?"

韩铁芳手中紧紧握着剑,冷笑着不答。吴元猛又向胡豹问说:"那么依着你,应当如何?"

胡豹跳起来说:"也得砍下他的右手来,我们的气才能出!"

吴元猛大喝一声:"好! 把刀给我罢!"当下他就从胡豹的手中夺过了刀,苍白的脸此时已变成紫色,瞪起一对眼睛,捋了捋袖子。

此时许多人的目光都注视在韩铁芳的身上,都要看看吴少太爷怎样斩他的手。韩铁芳只向后退了半步,颜色并不改变,倒看他如何。吴元猛突然扬起了明晃晃的短刀,一下砍落了下去,只听哎哟一声怪叫,三两个手指就落在了地下。那胡豹抖着滴着血的手,疼得直叫,就向前院奔去了。

韩铁芳此时倒不禁变了色,连问说:"这是为什么?"

吴元猛却面露凶煞,望着那一些人说:"你们看见了没有?我吴元猛交的是天下英雄,结的是江湖好汉,谁的武艺高,谁能帮我的忙,真心与我相交,那就是我的弟兄!你们若是脓包,若是饭桶,却还要看着人家忌妒、眼红,那,看见了没有……"他又将短刀扬起,猛地向下来一落,吓得他手下的人齐都面现土色,声音严肃地说:"我就是照这样办!"

韩铁芳的心中很震惊,但又疑惑他是故意如此,那胡豹也不过是他手下的一个仆人罢了,他不惜伤他,以固结自己的心。当下韩铁芳就不动声色。吴元猛又带笑点手,请他到屋中去饮酒。他随着进去,就见屋中没有别人,只在外间摆着一对铁锤,而里间却是一桌比昨日更丰盛的筵席。有两个昨天没有见过的丫鬟又在那里伺候,但都显出惊惊慌慌的样子。吴元猛请韩铁芳落了座,韩铁芳就将剑竖在椅子旁。

那丫鬟过来给他斟了酒,他就笑着问吴元猛说:"你刚才何必要那样?"

吴元猛也笑一笑,没有言语。喝过了两杯酒,吃过了几箸素菜之后,他才叹息着说:"我手下的这些人实在都太没有用,两三个人也举不起我的铁锤来。从我老子时起,就养着这些脓包,假若早有像你这样武艺好的人相助,我们焉能受玉娇龙那妇人的欺负?"他使了个眼色,那两个丫鬟立时就避了出去。

吴元猛就又悄声对韩铁芳笑说:"昨天晚上可出了事了!"

韩铁芳装作不知,问说:"什么事?"

吴元猛冷笑着,摇头说:"不要紧!我不怕!有老弟你在此,我更不怕别人和我作对!"

韩铁芳又问说:"到底是什么事?"吴元猛又淡然一笑,但是从他的神色之中已看出,他是惊恐了。他说:"就是昨天洒了你一身酒的那个丫鬟,其实我已经不说她了。但她回到了里院,被小妾知晓了此事,怪她粗心,又怪她在生人面前显出来没有人管束。"

韩铁芳说:"其实是件不要紧的事,我这衣服还怕酒脏了吗?再说她也不是成心故意!"

吴元猛说:"唉!究竟是女人的量狭,她就又把那丫头责罚了一顿。那丫鬟哭哭啼啼的,到晚间她竟悄悄地走了,到了南首,我的另一个妇人柳素兰之处。她去了倒还不要紧,不料那时又混进去了一个贼人……"

韩铁芳的神色不禁一变,想他一定要说到自己,但是听吴元猛又说:"那个人……今天清早素兰派那里的秦妈来告诉我说,那个人是一个二十岁上下的男子,眉目清秀,手执宝剑,还穿着一件皮背心……"韩铁芳一听,心说:奇怪!昨天我并没穿着什么皮背心呀!

吴元猛说:"这个贼,他倒是没伤人,他先将柳素兰威吓了半天,并发下狂言,说是特来要我父子的性命!哈哈!这个人接着便到了那院子的后楼上,差点儿将在那里住的金大娘杀死!幸而金大娘为人机警,见有贼来了,她就赶紧滚落在床的下边,那贼人倒也没再揪她!"他带着恨意把话止住,呆呆地瞪着两只眼睛。

韩铁芳就拱了拱手说:"恕我冒昧!我要打听打听。因为我从西边前来,数百里之内,到处听人谈起凉州府金大娘之名,可不知道是吴兄的什么人?是怎样的一位太太?"

吴元猛说:"这话待会儿我再告诉你!且听我说。昨夜,三四更的时候,我这里也出了一件事,是六小妾的屋中。平日她抽烟,昨夜别人都睡了,独她还没睡,就进来了个人,也是二十岁上下,眉目清秀,手执宝剑,身穿皮背心。他推开了门进了屋,持剑逼吓,问我住在哪间屋内。六小妾咬定了牙关不肯说,他才一无所得,也没伤人,就走了。据我想,此人一定就是昨天白昼在我门前徘徊的那个官人!"

韩铁芳听到了这里,不由就想到这次东来,路上所听见的处处遇见的那个"漂亮的小差官"。虽未见面,但此人莫非是……

正在想着，吴元猛又显出点惧意，悄声地说："我想此人的夜行功夫一定很好，大约是玉钦差在新疆雇来，特为暗中保护他的。我疑惑他就是玉娇龙的伙伴，许是那个韩铁芳！"

他吧地一摔酒杯，几乎就给摔碎了，既愤怒又恐惧地说："现在暗中既有这么个人，咱们的那档子买卖，可就有点难做了。所以，并不是我失去了锐气，我是想，咱们若想办成那件事，就先得除去了这个人！老弟！你在这城里还没有什么人认得，我主张你用过了酒，你就……"

韩铁芳立刻点头说："不要紧，少时我就出去查访查访。"

吴元猛又嘱咐说："你可要小心！如果此人是韩铁芳，那我们更应当谨慎地对付。他既是玉娇龙的伙伴，武艺就必是高强！"

韩铁芳听了，只是微微地笑，自己实在不愿再隐名瞒姓了，可是看着吴元猛这个人，又真难以对他明说，于是他饮下了半口酒，便又故意问："此人莫非是专为金大娘而来的？"

吴元猛摇头说："不能，不能，金大娘只不过是爱钱罢了！因为我很尊敬她，她才在甘凉道上有这样大的名。现在她养了几个花姐，混事给她挣钱；又指使我手下的几个人，背着我去做生意，赚来钱，分给她，却瞒着我。我也只是睁一只眼闭一只眼，不去管她。但我也知道，她不会结仇于人，以至找到这里来要她的命！"

韩铁芳就又问："这位太太是吴兄你的什么人呢？"说完便很注意地听他的答复。

吴元猛却说："她也不能算是我的什么人，她不过是家父的一个小老婆罢了！"

接着他又叹息着说："只因我自幼丧母，住在山上没人照管。在我十岁的时候，得了一场很重的伤寒病，险些就要死了，多亏那个妇人服侍我汤药。我发昏的时候，她遍山遍谷地去给我叫魂。她又不辞辛苦，走过了几道山岭，到山神庙里去给我许愿烧香。有半年多我才病好，她就如同是我的重生之母。后来，我老子待她不好，她就跟我住在一起。我的衣服鞋袜又全是她做她洗。后来我在这凉州府打伤了火眼猿猴高保，从那时起，我才名震甘凉道上，但那时我也受了些伤，又幸亏她把我照护得好了。我吴元猛原是个有良心的汉子，我不能忘了她待我的种种好处，所以便把她接下山来，在此盖了房屋，请她居住，以免她在山上受苦。并叫我那最宠爱的婆娘柳素兰陪着她住，伺候她，就算是她的儿媳了！"

韩铁芳听到了这里，不由对吴元猛产生些敬意，就又问："这位金太太是本地的人么？"

吴元猛摇头说："不是，她是南方人。因她自称娘家姓金，她又很爱金银，别人才都称她为金大娘。"

韩铁芳故意笑了笑说："这位太太心肠是很好，不过她要那些金银又有什么用呢？她又没个儿女。"说完就直着眼睛去看吴元猛的表情。

吴元猛却笑了笑，说："我知道她的心，向来我也不管她。不过，就是刚才咱们说的那些话，你今天千万出去查访查访那个人才要紧。"

韩铁芳胡乱吃了些菜，又咽下去几口馒头，就站起身，提起剑来说："我这时就走吧！"

吴元猛摆手说："不要忙！不要忙！我还有话要告诉你。你如果探知那人姓韩，确实是韩铁芳，你就先不要跟他动手。如果打听出来韩铁芳那小子真是春雪瓶之夫，那更要先回来告诉我。"

韩铁芳问道："这是什么原因？"

吴元猛说："你想啊！我跟那玉娇龙有仇，跟春雪瓶又有什么仇恨呢？"

韩铁芳说："对了，吴兄！你是一条好汉，是个有良心、是非分明的人，你的话既然说到此处，那我倒要劝劝你了！"

吴元猛有点诧异地问说："老弟，你又要劝我什么？"

韩铁芳说："我劝你跟韩铁芳、跟春雪瓶解了仇恨，我劝你不必再图谋玉钦差。"

吴元猛变色说："老弟，你怎么又说这话？莫非你怕了？"

韩铁芳愤忿地说："不是我怕，是我以为你何必要这样办呢？"

吴元猛忽又沉下脸来，说："玉钦差，我是绝对不能饶了他，不仅我得要他那些贪赃得来的金银，我还要将他置于死地，为的是叫玉娇龙那娘儿们的阴魂难受。韩铁芳我也饶他不了，至少，我也得一铁锤打碎了他的头骨！那春雪瓶……"

说到这里，他又忘形地微微笑了起来，说："不瞒老弟！我早就听说她貌若天仙，有一身好武艺，但是我只要见了她，我不用费一枪一刀，只消把她请到金大娘的楼上，随便跟她说几句话，哈哈……哈哈……"他笑得头都仰了起来，椅子咯吱咯吱地直响，说："我为什么盖那座楼呢？我单为让金大娘在那住吗？不是不是，我早有此心，到时我就要收春雪瓶做老婆。她一定肯干，凭金大娘就能逼着她干。到时，我就将我这些个婆娘都赶走了，专娶春雪瓶。将来生个儿子，我教他使铁锤，她再教给他玉娇龙的那种剑法，多少年后，那孩子在甘凉道上准保比我还出名。我再给他许多钱，哈哈哈哈……"

韩铁芳此时气得肺都要炸了，便说："我这就走了！"

吴元猛又嘱咐说："千万照着我的话去办！"

韩铁芳漫应了一声，就提剑往外走，那两个丫鬟赶紧替他开了门，他就大踏步走出屋。屋外飞虎鲍坤迎了过来，韩铁芳便急忙止住了步，怀疑着，并且防备着，他以为鲍坤也是要替那野马薛瑶出气，要杀伤他。但没想到这个鲍坤还是跟昨天一样地对他说话，只是神气慌张，紧皱着眉头，忧烦地问说："你要干什么去？"

韩铁芳用手指了指屋中，说："元猛他要叫我出去办点事。"

鲍坤就说："你可快些回来，今天还许有个朋友要来到呢。"

韩铁芳就问："是谁？"

鲍坤说："是潼关的老君牛张伯飞，他跟我们这边也有来往。他的兄弟仙人剑张仲翊，跟窦定远、秦杰，都是被玉钦差雇了去当保镖的。他跟咱们这里的少太爷也通风，原想是等到玉钦差在西面捞足了钱、肥了，回来时，他做内应，我们在外，就一同下手做买卖。可是他们一去就无音信了，后来他哥哥张伯飞也赶去帮助他。这里的少太爷并派了我那四位老弟，恶虎杨塞、猛虎常林和瘦虎常明……"

韩铁芳就不禁想起了自己所救的那个人，而鲍坤却更皱眉发愁说："还有黄虎袁用跟豹子崔七呢！他们也都去了，可是一去也都没有信儿了。只听说什么铁霸王窦定远已被罗小虎杀死了……离着又这么远，谁也弄不清他们的吉凶如何！这次玉钦差回到了这儿，他们却都没回来，实在叫人纳闷。吴少太爷是看了你能举起来他的铁锤,就把你看成了好兄弟、帮手,把那些人似是都忘了,他不知道我多发愁呢!刚才有人从西边来,说是张伯飞回来了,因为他也是受伤才好,所以在路上走得很慢,大概他今天不来,明天准到。可是他一个人狼狈而归,那八位都不知道哪儿去啦,你说怪不怪呀!那些人必是凶多吉少!"说着话,他真忧烦极了。

韩铁芳心中虽都明白,但却不露一点声色,只点点头说:"你不要着急,等到张伯飞回来说明了真情,我再替你想主意。"

鲍坤点头说:"好!只好求你帮忙了!反正只要是我那四个弟兄,我们陇山五虎中若有一个被伤,我就不能够答应!……"又悄声儿说:"少太爷他不愿跟春雪瓶拼也不行,我得去拼!到时你帮助我,咱们也走一趟迪化,斗一斗春……"

韩铁芳就说:"你且不要急躁!等把事情弄明白了,咱们再想法子。"

鲍坤喘着气,应了一声:"是!"口中又嘟嘟囔囔、自言自语地说:"我非得跟春雪瓶那丫头拼!我也知道,倚仗着吴少太爷是不行,他是另有打算……"

韩铁芳却不待听完往外就走。鲍坤又追上了他,悄声并害怕地说:"你是出去干事儿不是?你可也要小心一点!玉官儿手底下一定有能人!"

韩铁芳点点头,说:"我知道!"就在鲍坤与前院的许多人的注视之下,走出了大门。他先回到了店里,放下宝剑,披着他的黑毛皮袄又出了门。他在街上、在各店房中都绕了半天,打听了多少处,他实在是一心想要得着那"漂亮的小差官"的下落,可是真无从晓得那人现寓何处。

他心中很着急,因为张伯飞眼看着就要来了,自己的形迹也至多能隐瞒这一天,明天就非要弄穿不可,到时不是拼命,就得走路。如果是拼,假使那个人不来帮助,自己实在一人难敌众手;如果是跑,可又算白来了这一趟。无论如何今天得寻着那个人,非得办出个结果来才行。

他走在街上,不想就遇着了吕通海,同着六七个镖头在一起走路。昨天虽同过席,今天他见了韩铁芳,却连理也不理。他威风凛凛,身后边还带着一个人,给他拿着双钩。韩铁芳就猜着他的这对钩,比鲍坤的那对钩一定要难对付得多,自己就昂然走了过去。

知府衙门里的景象，还是那样地森严。他想，莫非那"漂亮的小差官"就真在这衙门里了？……但是他在这附近徘徊了多半天，那里面也没有个人对他加以注意，也没人来盘问他。

韩铁芳走进了一家酒店，要了半壶酒，慢慢地喝着。酒虽然喝得不多，可是酒菜吃了不少，什么熏骆驼肉、卤煮鸡子，已经吃得都快饱了。

酒店里的人是越来越多，门口的车马不断地走过，原来天色已不早了，东西路上很多的人都赶到凉州城里来投宿，来玩了。

酒店里乱哄哄的，一点什么事也探听不出来，他就付了酒资又走出来。不觉又来到保发镖店的门首，那铁腿孟山、大刀陶瑾，全都在门前看着往里边卸镖车，虽然都正在忙着，可是还都招呼着他，要请他进去。韩铁芳只摇摇头，又往前走去。那两人都在后面笑着，说："老王！你要找花姐去吗？你在那儿等着我们好了！待一会儿我们也就去！"迎面又来了土蛋刁三，溜了他一眼，招呼着一声："王大爷！"就也走过去了。

韩铁芳不觉就步进了那条"花姐"丛居的胡同。这里很是热闹，许多都像是远路来的商人，帽子上的尘土还都没掸干净，就来到这里找"相知的"来了。各个小门里人语纷纷，还有丝竹拨奏之声。韩铁芳打算快些走出这条胡同，好再到那双牌巷金大娘的家门附近寻察查寻察去。不料看见右首的一家妓院中走出来一个身材很短小的妇人，后面梳着一个很大的髻儿，还戴着些假花儿，正在韩铁芳的前面走着。这个粉红衣裳绿裤子的妇人在前面扭扭搭搭的，倒把韩铁芳的脚步给挡住了，他觉得要是快走，就显见得是要往前追这个"花姐"了。当下二人一路，一前一后，都走进了双牌巷。

前面的妇人大概是听见身后的脚步声，就一回头，当时她就又惊又喜，说："啊呀！王大爷王兄弟！我知道你早就来啦！我素兰姐她也正托我找你呢！"

韩铁芳真想不到这妇人是粉菊花，她也来了，遂往前走了两步；粉菊花也回身笑迎了过来。韩铁芳就问说："沙老大也来了吧？"

粉菊花笑着说："他来倒是来了，可是他耗子胆，他还怕峡口营的那件事把他牵连上。刚一进城，他就叫我自己到这儿来了，他一个人下了车却不知溜往哪儿去了。也许他得先看看风头，两三天、野马薛瑶的那件事没有人提了,他再慢慢地伸出他的脑袋来!"又说:"唉!兄弟你看呀!我今天午后才到,先到金大娘那儿请了安,又跟我素兰姐谈了半天,刚才我还到那边看了两位旧日的姐妹,不然她们就能挑我的眼!到现在我的腿还疼呢!简直就没有歇一歇!"

韩铁芳点了点头,说不出什么话来,转身就要走。

粉菊花赶过来拉他,又笑着说:"喂!你可别走呀!这时候我就是不遇见你,待一会儿我也得亲自请你去。我一来到了这儿……"她转动眼睛微微地一笑,就凑近来悄声说:"我素兰姐她把你昨天的什么事什么事,全部都告诉我了!我们两个人本来就跟亲姐妹一样,她对我一点事儿也不瞒,她很愿意你常去。"

韩铁芳摇头说:"我不能去,我现在还要找吴元猛去。"粉菊花说:"你先不必去找他,金大娘也很想见见你哩。"

韩铁芳听了这话,倒不由一怔,就问说:"怎么?你这话可是真的吗?"粉菊花说:"嘿!我还能够冤你吗?你爱信不信!我是听素兰姐说的。金大娘昨儿夜里受了一场惊吓,今儿早晨都快要死啦!"韩铁芳的脸色不由一变。粉菊花又说:"不要紧,你别怕!不是你,是另一个小伙子。不知是吴少太爷什么时候结下了的仇人,现在找他来了,昨晚上几乎把金大娘给杀了。金大娘知道你是吴少太爷新交的好朋友,她想要托你去保护她……"

韩铁芳道:"吴元猛手下有那些个人,哪一个不能保护她,何必单要找我?我还要办我自己的事去呢!"

粉菊花伸出一只手把他拉住,又悄声说:"因为她怕今晚那个人一定又去。那个人是个飞贼,除了你,怕谁也抵不了!"

韩铁芳听了,心中就不由一动。

粉菊花又说:"还有,金大娘听说你是由新疆来的,她打算要跟你打听一件事儿。"韩铁芳一听,便点头说:"好!我这就去看看那位金大娘!"粉菊花这才把他的那只胳膊放了手,又笑一笑。

两个人往前走了不远,就来到那座整洁的,就是韩铁芳昨夜来这里跳了几回墙的门前。门并没关,一进去就看见了一个很眼熟的人,是吴元猛那里的仆人。韩铁芳不禁一愣。这个仆人看着他跟粉菊花一块儿走进来,也觉得很诧异，不住用眼看他们。

他们到了院中，粉菊花就大声笑着叫说："素兰姐！你看我把谁给请来了？"

屋门推开，现出来那个秦妈跟柳素兰。柳素兰望见了韩铁芳，先是一笑，继而可又带着惊慌地指着里院悄声说："少太爷可在这儿了！他刚来，看金大娘来了！还没下楼呢！"

韩铁芳说："元猛既是也在这里，那么我就进里院见见金大娘！"

柳素兰在屋里又顿脚又摆手，说："别去！别去！他们娘儿俩在楼上说私话，别人谁也不能在他们跟前！"

粉菊花又硬拉着韩铁芳进了屋，门随之紧紧关上。

屋中除了秦妈，两个都是少妇，而且简直就都是"花姐"，又都对他这么殷勤，一个倒茶，另一个请他脱去了身上的老羊皮袄，韩铁芳倒觉得很拘谨。

两妇人全都悄声对他说话，柳素兰离着他尤近，就悄声说："昨儿晚上你走了，可又来了一个人，拿着宝剑，凶得跟个……"

韩铁芳不待她说完，就说："我知道那件事，你不要再提了！"说时，隔着窗上的玻璃往外去看。

柳素兰就说："你别怕少太爷，他知道你在这儿，也不能够生气，因为他现在正用得着你。"

韩铁芳却站起身来说："我是要见见金大娘！"

柳素兰却按他坐下，说："你不用去！"撇撇嘴又说："你见那个老虎婆干什么？她又不像年轻的时候那样漂亮了。昨天晚上你走后，我到门口儿叫了你半天，你真是铁打的心！"她瞪了一眼又说："我一回来，才一进屋，妈呀！那个人穿着个皮坎肩，拿着明晃晃的宝剑，可就站在这屋里了。我真不知他是怎么进来的，他打了我一个嘴巴。那小子！他还问你刚才是干什么来的？又厉害又凶，声音跟长相都像是娘儿们，也许是个唱小旦的！"

韩铁芳这时不禁又发呆了。柳素兰又说："那小子问了我没有几句话，就又拿着凶器跑到里院楼上去了。见了金大娘他更凶了，看那样子，多半就是为金大娘才来的……他昨天晚上没有伤人，并不是因为他手软，是因为天已快亮了，金大娘又藏在床后边，她拿剑够不着，话也没逼问清楚，他就走了。我想着他今天夜里还许来，只要来，叫就不能比昨天善！今天早晨我细细寻思，这不像是你的事。这可不能不赶紧想个法子，所以我就在今儿一清早叫人跑去告诉了吴少太爷……"

正说着话，韩铁芳就看见吴元猛已由里院走出。柳素兰也赶紧止住了说话，她拿手摸了摸头发，就先走出屋去，迎着吴元猛媚声媚气地说："那位王大爷到这儿找你来啦！我菊花妹妹也回来了，现在都在这屋里呢！"吴元猛本来是满脸的忧郁之色，听了这话，忽然精神一振，就笑着说："啊！"遂就急急地向这屋走来。秦妈赶紧开了门。

吴元猛低着头走入，粉菊花先迎上去见礼，笑着说："少太爷，少见哪！"吴元猛倒不理她，直头就向着韩铁芳问说："怎么样了？"韩铁芳回答说："我在城里各处转了一天，也没找着那个人……"吴元猛说："不要紧！那个人今晚一定还要到此处。"韩铁芳问："怎么见得？"

吴元猛冷冷一笑，说："那个人的来意我已知道。那人也是由西边来的，他若不是韩铁芳，我敢割下头！他在路上把我们这里的事情探得清清楚楚，但山上的事他还不大知道。昨晚他就是为那件事才来的，他想逼问出来我家跟玉娇龙二十年来结仇的详细因果，但金大娘没都告诉他，他临走时已说明他今夜再来。好一个泼皮！好狠辣的韩铁芳小辈！他必是受春雪瓶之命而来的。春雪瓶如果如此不知恩义，我可也要翻脸了！他们太轻视我吴元猛！太欺负金大娘了！可怜那位老太太，这向她又犯了更厉害的心病了！"韩铁芳听到这里，心情不由得紧张，又很是感慨。

吴元猛一阵气话说完了，脸色才稍觉着缓和，就又笑一笑说："咱们不怕！你也别走了，我不回去了，家中我已托付吕通海、黄七、卢四、鲍坤他们几个人照料。我们二人今夜就在此等候那个韩铁芳！"转脸又向秦妈说："叫跟我来的那个人回去，并给送些酒菜来，并抬来我那对铁锤！"他又向韩铁芳问说："你的剑带来了没有？"韩铁芳摇头说："没有，放在店房里了。"吴元猛说："好，也叫人给你取来！"

当下秦妈出了屋，吴元猛也坐下，粉菊花又笑着娇声地说起话来。柳素兰除了有时偷眼看着韩铁芳，并不说话，倒显得很安静、很温柔娴雅。

吴元猛喝了一碗茶之后，就叫柳素兰拿出烟盘子来，躺在他的对面给他烧烟，他就喷云吐雾起来。少时，有他家里的人来了，一共是四个大汉，才抬来他的那两只铁锤。吴元猛叫他们放在地下，四个人慢慢地平放下铁锤，还都显出直喘的样子，其实据韩铁芳看来，这对锤虽然重，但也不至于此。

而此时吴元猛一面喷着烟，一面显出洋洋得意，说了一声："去吧！"那四个人就跟避猫鼠儿似地先后退出屋去了。吴元猛就笑向韩铁芳说："今晚，我要请韩铁芳那个忘八蛋吃吃我这两个铁西瓜。"韩铁芳冷冷一笑，又强耐下了一口气。

吴元猛在那里哧哧地抽烟，柳素兰拿着烟签子就着灯给他烧那烟泡儿。粉菊花靠着一张桌子俏立着，手里摆弄着一条花手绢，嘴里低声哼哼着小曲。

韩铁芳却蓦然说："我想去见见那位金大娘！"

吴元猛放下烟枪，摆着手，喷出口烟来才说："喂！老弟！你不要去见她啦。她虽然也知道你的名字，知道咱们两人的交情了，但她的脾气向来不好，容易得罪了你……"

韩铁芳摇头笑着说："不要紧！因为我很钦佩那位大娘，不见她一面我心里总是不安。"

吴元猛说道："唉！唉！你何必要今天就去见她？她又在犯着心痛的病，哼哼唧唧的，也不能跟你说什么话，将来再说吧！不过，老弟你可以先歇一歇，我这就叫人给你收拾出一间屋子，你要是寂寞，我可以叫菊花去陪着你。"

粉菊花瞪了他一下，又哼了他一声。吴元猛却哈哈大笑，然后正色说："这不过是我跟你们开个玩笑罢了！以后你们两人若是想相好，我能给你们找房子，帮助你们钱花，现在可是得叫王老弟办正经的事。"遂坐起身来，向韩铁芳说："给你腾出一间屋子来，是为先叫你去睡一觉，睡到二更你再起来。那时，干脆说，今天夜里的前院后院我就都交给你照应了，有了动静时你再喊我，那时我再起来抓锤，出巷斗那小子。你要叫我整夜各处巡逻，我却真做不到。"

他说了这话，韩铁芳倒是答应了。柳素兰却显出害怕的样子，粉菊花哎哟一声，说："我可怕看你拼命！你的锤再要得失了手，我可真禁不起那误伤。我看你还是叫人给我们找一间店房，我跟我素兰姐先去避一晚上吧！"

吴元猛却说："你放心！韩铁芳虽是个强悍的贼人，但他也是个堂堂的男子，就是打到屋里来，我敢保他也绝不能够伤了你们妇女之辈，别的事他更不能够，他看惯了春雪瓶，也不能再把你们两人看得上眼了……"

粉菊花又哼了一声，说："春雪瓶又怎么样？难道她就是月里的嫦娥吗？早晚我得见一见她，看她到底配给我拾鞋不？"

柳素兰也说："据我瞧，韩铁芳这次再来，要是被你们打死了，春雪瓶也就该来了。春雪瓶要是一来，少太爷可也就一定不再要我了！"吴元猛哈哈大笑说："我哪能不要你们呢？"

韩铁芳实在看不惯这种丑态，而且不愿人在他的耳边谈论雪瓶，就推门出了屋，向着黄昏的天空出了一口闷气。那个奉妈跟纪妈都进屋去摆饭桌，韩铁芳就站在院中向外去看，见门洞里站着那四个抬锤的大汉正在一块儿谈天，每个人的腰间都带着短刀。这时提着饭盒的人也进院来了。韩铁芳却信步往里院去走，忽见那丫鬟杏花从里边走了出来，看了看他，就半跑着往柳素兰那屋里去了。韩铁芳走进了里院，仰面一看，见那楼栏杆里，玉芹手里拿着一个薄砂的小壶儿正往楼下滴滴嗒嗒地倒水，倒完了，又用手把壶里煎过的草药都扔在楼底下。

她忽然看见了韩铁芳，就惊讶地向下看着。待了一会儿，她笑了笑，要打招呼，韩铁芳却先避开了通着外院的那门，然后点点手，意思是叫她下来。玉芹把药壶放在窗台上刚要下楼来，大概是屋里的金大娘又叫她了，她吓了一跳，就又赶紧回身进屋去了。

韩铁芳的心中颇为纳闷，想着：这金大娘是谁？昨夜里来的那穿皮背心的人又是谁？其实他已经断定了，确信不疑，但究竟还是先问明白了才好。问问昨夜她们两人到底把话说到了什么地步，金大娘是否已看出了来的那个人，而她到底愿意与那人相认不相认？她愿意脱离此地不愿意？同时，那人是否已知道了这金大娘就是二十年前在张掖县来安店内、在祁连山的风雪里,在……

他想到这里就要往楼上去走,但又听外院的仆人大声说:"王大爷哪儿去啦?王大爷哪儿去啦?"杏花又跑进来说:"少太爷请你吃饭去呢!"

韩铁芳又看了一眼,这才转身到了外院。回到那屋,一看,酒跟菜已经摆满了桌,灯烛也点上了。吴元猛让他落座,粉菊花跟柳素兰在旁作陪,一同谈着闲话。纪妈、秦妈、杏花三个人殷勤地给斟酒、盛饭。

窗外的天色渐暗了,吴元猛叫人把红缎的窗帘放了下来,同时他的脸也沉下来了。他不大笑,而且时时浮出来一种煞气,只要听见院中有一点声音,他就立时发怔瞪眼,几次都要站起来。韩铁芳表面上很镇定,然而心里却也紧张,脚下蹬着的那圆圆的硬硬的铁锤,却好像两个人脑袋。外面寒风阵阵吹着,又如同有人在惊喊,他真怕那个穿皮背心的人再来,怕他一时弄不明白,真将金大娘杀死。

韩铁芳草草吃完了饭,站起身来,又要往屋外去走。吴元猛却严重地嘱咐说:"你拿着宝剑! 你的剑已经取来了!"韩铁芳却摆手说:"不用! 我并不是非用剑才成。"吴元猛站起身来说:"喂! 老弟你不要太大胆了! 那个人的本事可不是轻抵的! 不然你就拿上我的一只锤?"韩铁芳仍然摆手说:"不用!"他已推开了门,一脚走到了门外,吴元猛又大声说:"南房里已给你预备好了床铺,你先去歇一会儿好不好? 免得到时候你没有精神!"韩铁芳点了点头,就出了屋,随手把门给带上了。

这时外面的天色已经黑了,风刮得比昨夜还猛烈,各屋中都摇摇地现出来灯光。院中的人可不少,大门是早已关严了,门洞里也有一堆黑影在蠕动着,还发出咳嗽之声,并有几道刀光闪闪烁烁。韩铁芳又走往里院,听身后梆的一声响,原来敲了头一更了。房上也有人并坐着说话,韩铁芳心中未免不痛快,想不到吴元猛竟派了这么多的人来此守夜,太讨厌!

韩铁芳假作各处巡查,就到了楼上,楼上的屋里灯光隐隐,病人的呻吟之声却听得很清楚。他就站在窗外,向里面侧耳静听,就听似乎是仆妇在说:"太太! 药已经煎好了!"金大娘呻吟着,又叹了口气。待了一会儿,屋中很是沉寂,大概是仆妇丫鬟们正在服侍她吃药了。忽然听得一声狠骂:"该死的!"又听吧的一声,似把药碗扔在地下摔碎了。

韩铁芳不禁一惊,就听金大娘暴怒了起来,发着枭鸟似的声音,狠毒地骂着:"你想要害死我吧?是哪个丫老婆把你支使来的,成心叫你害死我吧?你个小……叫吴元猛来!"不知她拿着个什么东西啪啪地向着人打。

那丫鬟玉芹低声哭着说:"我再也不敢啦!以后我给您煎药,一定等搁凉了再给您……您饶了我吧!"

金大娘说:"啐!以后?明儿我还不一定能够活不能够活?以后?还以后呢?"又是啪啪的打人声。她又说:"你要烫死我?谁教给你的?你是跟昨晚间来的那个强盗串通着吗?害了我,你们好分我的银子?做梦!"又叫着旁边的仆妇说:"你给我撕她的嘴!你不撕她我就撕你!"玉芹哎哟哎哟地叫着,声音很不清楚很低微地哭叫、哀求。

眼前灯光愁惨,背后寒风猛吹,韩铁芳心中愤愤想着:这个老妇人真是个怪物!遂吧的一声推开了门,硬走了进去。屋中药味扑鼻,火炉里冒着青色的火焰,楼板上果然扔着个碗,汤药洒了一片。那玉芹就半躺半跪在汤药里,有个四十来岁的仆妇正在弯着腰撕她的嘴,那病得如同个鬼似的金大娘,趴伏在床上指着那玉芹狠狠地骂。但忽然看见进来了人,一切就全都停止了。

那金大娘瞪起两只发红的带着凶光的眼睛,厉声问说:"你是谁?"

韩铁芳并不答话,也用眼瞪着她,心中对她是又恨又有些怜恤、顾惜。金大娘似是用力要爬起来的样子,尖厉地叫着说:"你到底是谁呀?"同时用扫床的箸帚向韩铁芳打来,又要惊喊。那仆妇也要往外奔,却被韩铁芳拦住。

玉芹也惊得站起来了,说:"这就是王、王大爷!"

韩铁芳就昂然说:"你们都不用害怕。我是吴元猛的朋友,今天是他请我来保护你们的,因为你们这屋里好像在打人,我才冒昧地进来劝劝。"金大娘说:"你管不着!"韩铁芳说:"平日我也不管,但今夜说不定那个人就又来了,你们这样吵闹是不大好的!"

金大娘惨白的瘦脸上,立刻现出一些畏惧之色。她沉重地呻吟了一声,却仍然厉害地说:"你不要管,我愿意叫人宰了我!吴元猛也是多事,强盗倒未必来,他可勾来这些强盗!"

此时梆梆的更声又敲到后院来了,楼下并且有人说话,还听得楼梯震响,她就大声怒喊说:"都给我打出去! 我不要这些人来吵我! 都给我滚出去! 我一个人也不要啊……"

韩铁芳却近前一步, 弯下身, 一手防着她抡起那戴着金镯子的瘦胳膊,一手却向她紧紧摆着,说:"你小声些说话! 你别说你什么都不要,我可知道你! 连你的亲生女儿,你早先都不要了! "

金大娘一下就坐起来了,怒啐了一口:"呸! "韩铁芳倒低声说:"你不要你自己的女儿,却骗了人家的……"说到这里,他愤怒得几乎要一拳打死这妇人,但又耐下了气,问说:"你可还记得二十年前风雪中……"金大娘的脸色变得更惨白,翻着眼睛怔住了。韩铁芳又瞪着她,说:"张掖城,来安店……"

就见金大娘的身子向下一瘫,哎哟了一声,就如同死了一样,吓得旁边的玉芹跟那仆妇齐都面无人色。韩铁芳的心中又有后悔之意。待了半天,才见金大娘的身子渐渐地动弹,并且哭叫起来:"老——天——爷呀! "

韩铁芳反倒转身出了屋,把门一摔,迎着寒风愤然地站立,但是想了一会儿,又觉着不对,就转身又进到屋里,只见仆妇及丫鬟都搀扶着金大娘,又齐劝着说:"您歇歇吧! "

金大娘却挣扎着下了床,见韩铁芳又进来了, 她就一面流着泪,一面抽搐着说:"你,你是怎么知道的? 你,你不是才由新疆来的吗? 你可听说……春,春雪瓶到底是谁呀? 她是不是玉娇龙亲生的? 还是,就是当年,有一个坏女人, 该遭报应的那女人……拐去了她留下一个小丫头, 那就是……春、春、春……"韩铁芳也叹了口气。

这时忽听屋外有人向里叫着:"王大爷! 你快出来吧! "

韩铁芳吃了一惊,赶紧转身走出屋去,只见屋门外是两个防夜的人,齐向他摆手悄声地说:"你别管啦! 她爱怎么闹就怎么闹,由她吧,咱们劝不了! 她要是再犯了心痛的病,吴少太爷知道了,就许发脾气,咱们可真合不着! "又有一个人扒着韩铁芳的耳朵说:"屋里的这个老狐狸咱们惹不起她! "韩铁芳点点头,迈步就向楼下去走,心里着实忧郁。那两个防夜的人都压着脚步儿跟他的身后下了楼,还都向他问:"到底金大娘为什么事又闹起来了？你怎么可以怔进她的屋子去呢？"韩铁芳摇了摇头，只说："没有什么事，你们不用多打听了！"遂又走往前院。由柳素兰的那屋里发散出一股浓烈的鸦片烟味，倒没听见吴元猛跟什么人说话。

韩铁芳此时很想找个地方去歇一歇，以决定自己到底是用什么办法把那金大娘救出来，还是索性将她处置了。他暗暗叹着气，向前走了几步，忽见迎面有一个短小的人影，悄声叫着他，说："你来！来！……"他听出是粉菊花的声音，就更是不快，问说："吴元猛给我预备的屋子在哪里？"粉菊花几步就跑到南房的门前，替他开了门，又点手说："你进来吧！"

韩铁芳进屋一看，见屋中升着炭盆，很暖，炕上铺好了被褥，桌上也预备着茶，宝剑就放在茶壶的旁边，便向粉菊花说："你出去吧！我要在这里睡个觉。"粉菊花笑着说："我先得问你句话。"韩铁芳正色说："什么话？你快说！"

粉菊花说："你别冲着我绷脸儿呀！"笑了笑又说："我问你到底是打算怎么样？想不想在这儿长住？因为我的事是瞒不了你，沙老大把我送来，我是为来这儿做生意，真的！我除去一点首饰，简直没有什么东西，不像金大娘那么有金又有银。我在这儿吃吴少太爷、吃素兰姐，一两天可以，长了也是不行。我问你的就是，如果你打算在这儿长住，咱们就找房子过日子，不然我可就做我的生意去了。这是正事真话！你得拿定个主意，谁叫咱们两人一见就有缘……喂！你发什么怔呀？别净担心这儿的事，今天晚上我敢拿脑袋赌，那个贼呀鬼呀的绝不能够来。"

韩铁芳此时真不愿耳边有人跟他说话，就暴躁地将粉菊花推到门外，遂关上门。外面还轻声地哼了两声。他双手用力按着门，脑里忽然间又进出来一件事，他想起来在猩猩峡关帝庙里住宿之时，夜间有人替他把屋门关上了。他知道那人就是那"漂亮的小差官"，想到这里，他不禁点头微笑，又想：今天她到底来不来呢？即使她来了，恐怕她也绝不肯认这个凶暴残忍的金大娘吧？

他把插闩插好，心里愈发加了一层烦闷。在炕上坐了一会儿，想着那金大娘她虽不好，但也是很可怜的，如今只有想法子救她才是。可是怎么救她呢？又把她救到哪里去呢？只顾救她，不管玉钦差身边伺伏着的危机，也是不行呀！因此他很是作难。

这时外面的更声已经敲到了两下了，韩铁芳又想要出去看看，或者再见金大娘把话说明。于是他又卸了插闩。不想还没有出门，却听外面的女人声音又嘿嘿冷笑，说："除了你不开门。"

韩铁芳一听，原来粉菊花还在窗外并没走，就又把插闩插上，气愤地问说："你在外面干什么？"粉菊花隔窗冷笑着说："我在这儿等贼呢！"韩铁芳斥说："胡说！"粉菊花说："你趁早把门开开，咱们再商量商量！"韩铁芳说："没什么商量的，你去做你的生意吧！"粉菊花似乎带着哭声说："难道你就能看着我这么可怜，东飘西荡地没有个准着落？没倚靠？"

韩铁芳说："那我可管不了，我是个堂堂的男子汉，有许多要紧的事情我还没办完呢！"

粉菊花说"我等着你办，你几时办完，我几时再嫁你。"

韩铁芳说："我不要妇人，你快走开！今晚正在紧急的时候，你何必来这样胡搅？"外面粉菊花说："我看着可是一点也不紧急，准保没事儿。"韩铁芳又怒斥一声："去！"

外面却仍然嘿嘿笑着，不走开。韩铁芳一烦恼，索性回来躺在炕上。他心里也疑惑，大概今晚怕是没什么事了，这真是使自己失望。他闭上了眼睛，又待了一会儿也睡不着，盆中的炭也将燃尽了，屋里显得很冷。忽然间就听梆梆梆，那木梆声在院中紧敲了起来，韩铁芳一翻身就站了起来，顺手持剑开门，就见院中已经很乱了，许多人都拿着刀棍往后院去跑，粉菊花也早回到那屋里去了。她只管嚷嚷："哎哟！……"

吴元猛也在那屋内吼叫起来，说："你们先来这里保护着这间屋子！不必乱吵，谅他韩铁芳既敢又来，他就不能逃跑，叫他等着我……王兄弟！拿上你的剑，咱们跟他拼斗一场……"

韩铁芳早已提剑跑到里院去了，只见这里已有十几个人，都拿着家伙，向着楼上喊嚷："下来，下来！小辈你滚下来！"

忽然听得有个人哎哟了一声，接着又有两个人也都尖叫着躺在地下了，有人喊说："是箭哟！"这些人就咕咚咕咚地往外院齐跑。

吴元猛大骂着说："一群没用的东西，跟着我来！"那些恶奴都说："少太爷可千万留神他的暗器呀！"

　　吴元猛怒喝一声："什么暗器！"他手提双锤走了进来，忽然听得嗖的一声，吓得他一缩脖子，暗器就从他的耳旁飞过去了。他就不敢上楼了，反向楼柱旁边躲了躲。

　　这时韩铁芳已看见了楼上栏杆里有一条纤纤的身影，他就仰着脸向楼上说："不要放箭！吴元猛已来了，我们可以把话跟他说明白了！"上面的人没有答言，吴元猛也没听见韩铁芳所说的"我们"两个字。

　　吴元猛又怒喊着说："叫他放！有多少支箭都自管放出来，我吴元猛最不怕暗器，小辈！你敢下来吗？我宁可拆了这座楼，也得把你摔死！"他抢起锤来"咚！咚！"地向楼柱上猛击着。楼柱眼看就要被打断了，楼上的瓦、木屑都纷纷下堕，楼就要散架了，韩铁芳仰面往楼上去看，已看不见了那条黑影，却听金大娘跟仆妇都在上面惊呼、尖喊。

　　韩铁芳就向楼梯走去，并急声叫着："雪瓶！不可！雪瓶你千万不要伤了人！"

　　吴元猛忽然听了出来，就伸锤把他挡住，惊问说："你说什么？雪瓶？春雪瓶？哈哈！你敢情认识她？现在楼上的人就是春雪瓶？好！你往后吧！让我先去跟她说！"遂手提双锤，迈着大步，就咚咚咚地向楼梯上走。

　　韩铁芳也随后赶来，就跟在他的背后也向上走。韩铁芳手持宝剑，真想乘他不防，一剑将他扎死，但心中又想，这太不像英雄所做的事了，便不禁犹豫。

　　吴元猛倒也没有顾背后，向上直走，并且还笑着说："你真是雪瓶吗？好！你原来是女扮男装。怪不得你到这里来，敢情你知道她是你的娘，好聪明！咱们两人先谈谈吧！我是你的大哥，什么事情我都能够给你……"他才说到这里，却不料哧的一支箭，正射中他的肩头，大概是扎进肉里很深。他啊呀一声，两只锤都撒了手，咕咚、咣当，连他的人也整个摔下楼来了。楼上的弩箭还不住嗖嗖往下直放，下面才拥进里院的一些人，又有几个中了箭，又有几个摔倒了，惨叫的、惊跑的、狂呼的，声音更是乱杂。

　　韩铁芳一连向上面说了几声："不要放箭！别放箭！别放箭！"但楼上的却似是没有听见，依然弩发连珠，不断往下来射。韩铁芳也只得退了下来,心中很是着急。这时外面的人是越来越多,吕通海、鲍坤那些人也全都来了,箭仍往下射。

吴元猛已经站起来了, 他大声喊嚷说:"你们都一齐上楼,把她揪下来! 姓王的,难道到了这时候,你就不帮助我了吗? "

这时楼上也乱了起来了。那金大娘是挣扎着出来了,扶着栏杆哭叫着说:"楼下的人都别打了! 这是……雪瓶,你不是雪瓶吗? 难道你不认识我? "又听哎哟一声,铁芳在下面看得清楚,只见春雪瓶已举起了宝剑要杀金大娘。铁芳大喊说:"不可! "就要飞奔上楼。却又听金大娘一声尖叫,不知她是被踹的,还是因栏杆折断,她自己失足摔下来的,她的身子就飘然下堕。铁芳的手快,赶上前就把她的身子托住了。而楼上的箭又往下直射,吕通海也中箭栽倒了,铁芳抱住了金大娘跑到楼柱旁,连头也不敢抬。

这时楼上的人才发出了话,声音清亮而尖细,正是春雪瓶的语声。她严厉地说:"你们谁敢近前一步,我就射死谁! 我是春雪瓶! "

这时金大娘的身子瘫软得如同死人一样, 她趴在铁芳的身上微弱地说道:"雪瓶! 你竟不认我了啊……"楼上又说:"我是保护钦差玉大人前来的。我知道这甘凉道上的恶霸是吴元猛,还有金大娘,也是个女盗首,昨天我就要杀死你们。今天,我再饶你们一次,如果你们敢怙恶不改,再敢图劫玉钦差,我就都不饶! "

金大娘忽然在铁芳的肩上抬起了头,说:"难道你不认你的生身娘了? "但她的这话楼上根本听不见。

吴元猛又哈哈大笑,忍着箭伤说:"好一个春小王爷! 你下楼来,咱们谈一谈好不好? "这时只听楼上的栏杆和屋檐都咯吱咯吱地响,原来春雪瓶已经攀着屋檐,如狸猫一般地敏捷,上了楼顶去了。

下面有人看见了,就嚷嚷着说:"哎哟! 上了楼顶啦! "

这时夜色昏沉,一阵狂风刮了来,又将许多只灯笼全都刮灭,四周围更黑了。那吴元猛大概是因箭伤很痛,更加暴躁了起来,便又抢起来一只铁锤向着楼柱子咚咚地猛敲乱打,并喊着说:"我拆了这座楼,看你下来不下来? "

那楼上的瓦被震得直往下落,窗子玻璃都震碎了,响声惊人。一些人都劝着说:"少太爷你拆了自己的楼也没用!那春雪瓶早已跑了!"

韩铁芳听了这话,就赶紧踅着乱,将那身体尚温但却瘫得如死人一样的金大娘放在近墙的一个地方,就不管了。他把身上的皮袄一扔,就飞身蹿上了墙,由墙头走到外院。外院此时也很乱,柳素兰的那屋里连灯亮也没有了。

韩铁芳已顾不了这里的事了,他提着剑,踏着屋瓦,将要走到大门外,就听得身后的吴元猛又在喊着:"王兄弟你往哪里去?王仲远!你跟春雪瓶是朋友吗?"

此时虽然那吴元猛还在院内,离此很远,但这喊声冲破了纷乱之声,在这里还能够听得清清楚楚。

韩铁芳转首向两边看了看,见也没有春雪瓶的人影,便跳下了房,顺着小巷,向北走去。身后那院里的嚣扰,已经渐渐听不见了。但眼前仍有三三五五的人,抢棍提刀地赶到,看见了韩铁芳,就都凶声恶气地嚷嚷着说:"你是谁?干什么的?快说话!"

韩铁芳说:"你们快到金大娘那里去吧!那里正乱着,有人放冷箭,你们可要小心!"他也不暇细说,提剑又向北走。

对面的这几个听出是韩铁芳的声音来了,就赶紧让路,有几个人还带着笑说:"因为吕镖头他们刚才全都去啦,我们也知道那边闹了贼,想过去帮助捉捕。王大爷可知道那贼人跑了没有?您现在还上哪儿去啊?"

韩铁芳只匆匆回答说:"你们快去吧!我是到北边去有事。"随说,他就走出了双碑巷。由吴元猛的家门首经过,见大门半掩,门缝里有灯光,有人语声,可是并没有什么事。韩铁芳也料到雪瓶不会再到这里来了,就贴着墙根走过去,趁着黑暗的夜色,上了人家的房屋。他轻轻地踏着一家家的屋宇,找到了知府衙门,向下看着那一层层广大的院落,其中虽无照耀的灯光与巡逻的衙役,但是郁郁的,颇含着一种森严的景象。

韩铁芳也不知春雪瓶是否回到了这里,自己恐怕被人看见,遂就赶紧走去。他又悄悄回到了广隆客店中,到了自己的屋里,也不点灯,连剑都不肯释手。他只是不住地发怔,就想:春雪瓶一定是沿途就跟随着自己。她在暗处,我在明处,她看得见我做的事,我却寻不着她,这是因为我的武艺不高之故。但不晓得我跟吴元猛假意结交之事,不知她明了吗? 又不知道她为什么不肯认她的亲娘? 难道因她未受方二太太的养育之恩,自幼生长在草原上,便这样地无情吗? 如此想着,韩铁芳就恨不得雪瓶忽然前来,好倾谈一番,但侧耳静听,虽然风吹窗纸,时时作响,屋顶也常有猫儿走过,隔窗也有客人沉睡,说着梦话,可是并不见"秀树奇峰"的倩影飞来。空将三更、四更迟迟地度过,他不胜惆怅。

天色将至五更,窗纸已发出苍白之色,店里很多的客人都已起来了,有的且预备着走了, 要到城门旁去等着开城了。韩铁芳忽然想起了一件事,就放下宝剑赶紧出屋,叫店家给他去备马,并嘱咐说:"快些! 我要出一趟城,去办事! "

他站在店门外,心中想,昨夜自己的行踪也露出来了,吴元猛已晓得我跟春雪瓶是一起的。但是,现在他为什么不来找我呢? 如果他找了来,也许是还讲交情,也许就要翻了脸,率众与我拼斗。其实那样我并不怕,只是现在……

他这时向北向南不住地看, 天色已是黎明了, 这条街可还没有人行走,他觉得很奇怪。风冷天寒,皮袄又扔在柳素兰那里了,他身上实在受不住,转身刚要进去,却忽听见踏踏踏一阵的轻微马蹄之声,是由北边来的了。韩铁芳不禁一惊,将身退回店里,却隔着门缝向外去看去听。

这时店里的鸡声齐鸣,人语喧哗,街上石头路上的马蹄声音也越来越响亮。少时,即见一匹白马的影子就自他眼前驰过去了。韩铁芳大惊,因为他分明看清楚了,马上的人正是雪瓶。直往南驰去,并未转脸儿看他。他赶紧回身往院里跑,几乎跟一个背着行李的人撞了个满怀。这个人老大不高兴,开口就骂。他向旁一躲,又几乎把一辆刚装上货物的独轮车子碰倒。鸡是喔喔啼,他便也高声喊问:"店家! 把我马备好了没有? 快些备上! "然后匆匆走到屋里,提了宝剑,出来就抢过马匹,牵着向外去走。到店门外他上了马就往南追,少时就到了南门。只见此处车马拥挤,十分杂乱,在这乱纷纷的情况之下,马匹倒是不少,但是却看不见春雪瓶跟白马的踪影。过了不多时,两扇城门就开了,车、马、行人等等,更多乱纷纷的,拼命向外去挤,也不知道是有什么要紧的事,把那又高大又坚固的城门都快挤破了。

韩铁芳的心里可更急,假若胯下的铁骑能飞腾起来,越城而过,那样心里才算高兴。

这时,忽听身后有人大声叫着:"王仲远!"

韩铁芳赶忙回头,看见几辆车、许多人之后,高高地现出来骑在马鞍上的两个人,一是由霸陵来的那个铁爪鲲鹏吕通海,另一个却是飞虎鲍坤。高声叫他的就是鲍坤,他今天的态度忽变,一点也不像昨天那样的和蔼了,瞪圆了眼睛大喊说:"王仲远!原来你就是韩铁芳呀!我那四个兄弟全都死在你的手里了!你,今天就得给我的几个兄弟偿命!"不知他是怎么得来的陇山那四条虎在新疆被伤的消息,就凶极了,手举着双钩,好像要飞过来钩韩铁芳的头。

那吕通海却面容有些惨黯,不似昨天那样紫亮了,大概是因为昨夜受了箭伤,又兼没有睡好觉。但他的态度却十分狂傲。他也手举双钩向韩铁芳指着,大声地喊说:"姓韩的!你要早说出来真名实姓,吕太爷我倒还可同你深交一交!现在你快出城门去吧,可是你休想逃跑,太爷我跟鲍老大,我们每个人有一对钩,都要叫你尝一尝滋味!"他们两匹马都也同时向前抢来,可又因为前面的车马碍路,急既急不得,喊出来的话,大半也为旁边嘈杂声音所扰,韩铁芳也没有完全听得清楚。

第十四回　深山剑影女杰寻仇
石窟火光奇侠尽义

　　韩铁芳这时也很是气愤,也愿跟他们斗一斗,自己不能甘受他们的辱骂,可是他胯下的马已不由它自己,就如同浪涛之中的一艘船似的,不知不觉地就出了城门了。

　　他转首向东去看,倒没有什么可注意的事物;往西一看,他的心可又急了,原来那城西的大道上,近处虽是一些蠢蠢蠕动的车辆与忙忙碌碌的旅人,可是在目力所及的遥远之处,寒风里却飞驰着一匹骏马,正是那位女侠的影子,翩然一直往西去了。

　　韩铁芳不顾一切地就去紧追,几乎又撞着了人,后面的两个使双钩的人又几乎把他追上。他却连头也不回,马蹄也不住,就以剑连连捶打着马臂,一支箭似的,扬起了路上的泥屑水花,就飞似的赶去了。到底他的这匹铁骑真是马中的神龙,走出还不到二十里,回头就已看不见那两个使双钩的人影了。但眼前春雪瓶的青衣白马,却相隔不远,并且见她是寻着了偏路往南去了。

　　南首就是那巍巍的祁连山。韩铁芳一看,就已明白了,春雪瓶一定是要登祁连山去找黑山熊。于是韩铁芳的心里越急,催马就向前赶,同时大声喊道:"雪瓶! 等一等我! 你不认识那条山路! 让我带着你去吧! "他的马也冲进了偏路,往南去追,但雪瓶的马也总不驻,不知她是没有听见,还是对韩铁芳故意不理。

南面的祁连山，看着虽似离得很近，但要往那边去走，却又觉着还远得很了。韩铁芳一直又往下追了约三十里，马都喘不过气来了，前面的雪瓶却已没有了踪影。韩铁芳下了马，擦擦头上的汗，就往前牵着马缓缓地走，又回头看看，那两个使钩骑马的人也没有追来，他放了些心。

但是往前走着，离着山脚尚远，他就失望了，因为山上雪峰重叠，却没有一条进山的路。他又往西去走，想要寻找附近的居民打听路径，他可觉得好像是往北去了，简直越走越迷路，更没有春雪瓶的踪影。

天色还没黑，他就赶紧找了个小镇市，投店住下，因为他太疲倦了，也太饥饿了，所以真不能奋力再往下走了。但这一夜之间，他也没有歇好，因为提防着吕通海跟鲍坤追来，乘夜来杀害他，所以梦总不安，宝剑也总不离手。

到了次日，他向店家询问说："从哪一段路才能进祁连山？"

店家说："祁连山的峰顶无数，山路山口也多得数不过来。可是这时候，谁还敢进祁连山呢？山里除了冰就是雪。再说客官你要做什么去呢？难道是去打猎？"韩铁芳低声说是："到鬼眼崖去办事。"店家一听就吓得变色，赶紧摇头。韩铁芳再问的时候，店家却战战兢兢，不敢不答，在院子里就指着那巍然的祁连山悄声说："往西再往南，那里有青石口，进去就是恶蟒坡……"

韩铁芳蓦然醒悟了似的，就点头说："对了，我正是要过恶蟒坡去。"店家却连话也没再答，就赶紧借着做旁的事而躲开了。

韩铁芳在这里吃完了早饭，饮够了茶，才付清了店账，牵马走去。

今天的太阳比昨天还亮，天上简直没有几片云，可是风吹来仍是很寒。这座小镇不靠着大道，所以冷冷清清，在这儿住的人及过往的客人，几乎都能够数得出来。韩铁芳看到有一家开着后窗户卖酒的铺子，他便去打听，又跟两个拾骡马粪的人都打听过了，都说没有看见一个骑白马的"漂亮小差官"从此经过。简直说半个月来，就只有些骡子、驴、牛从这里经过，韩铁芳的这匹马在他们的眼中看来，是又可爱又生疑，因为都猜不出他是个干什么的。

韩铁芳离开市镇，骑上马又往西南去走，不觉又到晌午了，春雪瓶的影子仍是一点也寻不着，他不禁惆怅。眼望前面，有几株枯树，数座矮屋，是一个村落，他再往前走，就听见了犬吠的声音，进了村一看，人家无几。

这地方山风寒冷，地下的冰雪都尚未消，有两个人听见了犬吠声，就出来看。还没等他们开口，韩铁芳可就先向他们发问了，说道："喂！请问，你们刚才看见有人走过去了没有？是骑着马的一个……"他忽然看出这两个人都是二十来岁，浓眉大眼，身披着狗皮衣裳，脚穿稻草编的里面衬着些破毡子的大鞋，这两人的气度都很强悍，不像是安分的庄稼人。韩铁芳立时就改了口，问说："这是什么地方？前面那个山口就是恶蟒坡吗？"

这两个人都迎了过来。其中一个人凑近了韩铁芳的身边，用眼监视着韩铁芳的宝剑，仿佛预备要夺的样子，另一个却向韩铁芳逼问似的，说："你打什么地方来？"

韩铁芳说："我从凉州城里来。"

这人就问："你在凉州干什么行当？"

韩铁芳已看出这二人的神情来了，为了不惹麻烦，就说："我是在城里保发镖店。"

问话的这个人就一怔，遂进一步问说："你认识黄七吗？"

韩铁芳假意地笑道："不独黄七，卢四、铁腿孟山和大刀陶瑾，我们都是一块儿的。"

这两个人当时都笑了，一个就问他是不是奉吴少太爷之命来的，另一个人又问："你说有个骑马的从这里跑过去了，到底是谁呀？我们怎么没有看见呀？"

韩铁芳怔了一怔，然后便说："也许那个人还没有走到呢，这是因为凉州城里现在出了点事。"

这两人就一齐惊慌着问说："什么事呀？"

韩铁芳说："事情还没有闹大，可是吴元猛就叫我们上山来劝他的老人家躲避躲避。"

两个人更是变了色，一个说："那么一定是玉娇龙找他来啦！山上因为冰雪封了山口，已有一个多月没有人下山了，我们在这儿住，也都仗着吴少太爷给饭吃，我叫冰里虎，他叫雪上蛇。"

　　韩铁芳此时倒露出为难的样子,心想:这么一说,山既被冰雪封住,那就恐怕连雪瓶今天也上不去。

　　此时冰里虎眼睛仍带着疑惑的样子,口中仍发着探试的话。他就推了韩铁芳一下,说:"老哥! 我可不是不信你,我总觉得少太爷手底下有多少人,哪个不能上鬼眼崖,何必单单叫你呢? 你大概是别处给荐来的吧? 给少太爷干事儿还没有多久吧? "

　　韩铁芳点头说:"就是为这缘故,若叫熟人来,怕被人认出来,再跟上山去,那可倒坏了。叫我来,只是劝劝山上的……"

　　雪上蛇说:"是叫吴大太爷再往山里藏一藏不是? "

　　韩铁芳就点了点头。当下那两个人又互相商量了几句话,冰里虎就说:"既是这样,那么,朋友你姓什么? "韩铁芳仍说自己是姓王,冰里虎就说:"我叫我这兄弟送你上去吧! 可是你这匹马上不去, 放在我们这里喂着,等你回来时再取。"

　　韩铁芳说:"我这次上山,说不定什么时候才能下来,这匹马也是吴元猛的……"

　　雪上蛇用力推了他一下, 说:"你怎么敢叫出少太爷的名字来? "

　　韩铁芳摇头笑说:"不要紧,当着他的面,我也敢叫他。"

　　冰里虎此时已回到土墙里取家伙去了, 雪上蛇却惊讶地瞧着韩铁芳。

　　韩铁芳又说:"你到凉州城中一打听,就知道我跟吴元猛是怎样的交情了。只是这匹马,他曾跟我说,无论如何也得送上山去,因为山上短少马匹。"

　　雪上蛇就摆手,悄悄地说:"不要紧! 有我送你上山,你就是拉着一串骆驼,也准保能够上去。 别的人要是送你上去,可就不行啦。"

　　说时, 冰里虎由那土墙里走了出来, 还有两个也都是二三十岁的男子,都齐望着韩铁芳,冰里虎的手里还拿着一柄家伙,叫作"钩镰枪",雪上蛇也赶过去,四个人把头聚在一块儿,又说了半天的话。

　　韩铁芳这里真耐不住了,就上了马,沉着脸说:"走不走? 你们若是尽管闲谈,我可就要走了,用不着你们领路了! "说时,他挥动着宝剑,马也就往村外去走。

雪上蛇提着钩镰枪自后嚷嚷着跟来，连说："等等我！等等我！王大爷你既是吴少太爷的好朋友，上山去我们若不带着你，少太爷养活我们是为什么？叫我们在这里住着又是为什么？"他一面连连喘气，一面说着。

韩铁芳就又将马勒住，等他赶到了临近，再缓缓地往前去走。

离开了身后的那个村子，再往南去，路愈曲折，地方愈荒凉，距着山脚也愈近。地上因为有高山遮着阳光，寒风送来冷气，所以满是冰雪。往前看，那祁连山的峰顶，白茫茫，光亮亮，也可以说完全是雪。

雪上蛇就说："王大爷，你下来吧！马要是打个前失，摔你一下子可就不轻！你要是在山上跌倒，那可就连命也没有了！"

韩铁芳却摇头说："不要紧！"他仍然是不下马。因为这祁连山虽高，可也高不过天山；冰雪虽多，也多不过天山，他是曾经爬冰踏雪过来的，哪里把这些放在眼中！不过来到此地，他却不禁想起二十年前自己尚在襁褓之时，恐怕就曾在此地经历过危险，所以他仰望着雪岭高峰，不胜慨叹。

雪上蛇拿着那杆钩镰枪在前面凿冰掘雪，给韩铁芳开路。他虽穿着两只大草鞋，可是行走得极其便利。并且他精神很好，力气很足，狗皮袄在身上都穿不住。他敞开了胸，嘴里虽吐着团团的白气儿，脸却是通红的。韩铁芳却被山风吹得很冷，身上都有点打颤。他午饭尚未吃，这时不由又饿了。但雪上蛇这个山贼，却引着他真进了山口去啦。韩铁芳就问说："这个地方就是青石口吗？"雪上蛇也不答言。韩铁芳又说："我看这里距离凉州，恐怕不止八十里，为什么这里还算是凉州的地面呢？"

雪上蛇在前面站住了脚，喘了一口气，双手拄着钩镰枪，就说："谁知道这个地方是归凉州管还是归甘州管呢？我跟冰里虎，我们本来都是这座山里长大的，不瞒你说，直到我们二十岁的时候，还没看见过官人，在山里种地也不用拿租子。这座山，真是宝山，在我小的时候听说还是满山的黄金呢，现在他妈的净剩了雪啦。可是到了夏天一化，雪水就跟河似的流到山外灌田，田地里的收成若是好，也能进大元宝。山里可不行，自从玉娇龙在二十年前进山来搜孩子，就把山里的风水给破了。早先山谷里还能种一点田，采一些药，现在什么也不能种，不能采了。吴大太爷黑山熊，幸亏是有一个好儿子,在凉州城里闯了一番事业,不然光指着占山为王,早就饿死了,何况他又多年被玉娇龙给吓得连买卖也不敢做,山也不敢出。"

韩铁芳就催着说:"快走吧!"当下雪上蛇就又迈开了脚步,拿钩镰枪拨着地下的冰雪,往前走。韩铁芳不得不下了马,因为此时已爬上了山坡,进山很深了,遍处都是坚冰、怪石、厚雪、乱树。雪上蛇在前,韩铁芳谨慎地牵着马在后,好半天才转过了一个山环,岭势却又往下绵延去了。下面是一条直坡,不要说马,就是人也无法向下走去,因为太滑。雪上蛇就说:"可要小心点!跌下去不是玩的!"他拿枪头子向冰上连凿,凿出来脚印,他踏着先向下走,韩铁芳也依着他的脚印往下去,侧身紧揪着马缰,马也似望着这个地方危险而不住地昂首长嘶。

向下走了没几步,这匹马便发了烈性,不耐烦一步一步地往下走了,呼啦的一声,如飞一般地直跃而下,它踢起来纷飞的冰花雪屑,到了下面并不跌倒,抖着乌鬃不住长嘶。此时韩铁芳已将缰绳撒手了,看着这匹马,他喜欢得不禁叫起来,便也奋勇,一手持剑,疾跑而下。到了下边的低谷中,他倒滑了一跤,赶紧爬起,回身仰望着这条山路,见真是危险。

半天,他才等着那雪上蛇拿着钩镰枪,半步半步地走了下来。他的脸色已吓得发白,指着韩铁芳说:"你胆子可太大了!没把你跌死,就算是便宜!"又回手指了指那高坡,说:"你也不看看,这山坡有多么高,多滑呀?"

韩铁芳说:"这就是恶蟒坡吗?"

雪上蛇说:"你既知道,又何必问我?在这里四面无人,我就什么话都能告诉你啦!你在凉州城里住的日子大概也不少,你可听人说过金大娘吗?"没容韩铁芳答话,他就又说:"金大娘现在有多么厉害!有多么发财!可是早先,那时我还小,她就是从这山坡滚下来的。原是三太爷吴锡给得到手的,后来遇见两个过路的江湖人跟他争,争来争去,结果到了大太爷的手里。大太爷那个样儿今天你就能见着了,敢保比我还丑,可是他竟得到了金大娘。那时候的金大娘,长得真是……就拿现在说吧,虽说都四十多岁了,还不是很风流吗?黑山熊大太爷真够乐的,可也真够愁的,谁知道金大娘原来也是个拐子。她拐了个孩子,还正是玉娇龙生养的。在这儿这么一跌,车碎啦,骡子死啦,金大娘有命,没受重伤,那孩子可不知哪儿去啦？就为这事才惹恼了玉娇龙，唉……"

韩铁芳听了这些话，观看着这山势，不但把自己幼小时遇难的事情在脑中映得清清楚楚，就连那凶狠的韩文佩与仗义的赵华升，他们在这雪山之中是如何厮杀，也像是就在自己的眼前一般。因此他又是感慨又是激忿，便摇着剑，催雪上蛇在前快些带路，自己就牵马相随，恨不得立时就见着黑山熊，看看是怎样的一个凶恶的老强盗。

当下雪上蛇拿着钩镰枪又在前面随说随走，他现在带着韩铁芳走的路，可都是很平坦的，雪多冰少，只能陷下马胫，却不至于滑倒了。雪上蛇管这股路叫作"新道"，他得意洋洋地说着，好像这股路除了他之外，谁也找不着。找不着，过不去，就休想到鬼眼崖。

蓦然一看也是实在的，雪上只铺着一层山风吹来的黑沙跟细碎的树枝，却没有人的脚迹，足见这地方在半个月之内，绝没有一个人走过。可是若细一看，就大大不然了。近处虽无足迹，而远远通着前面的一道岭上，分明有一道马蹄的痕迹。不过，雪上蛇也许是没有注意到，他仍然说："这段路谁也不能认识，就是玉娇龙也得迷路，不然二十年来，她早就找来啦，可见她还是不行！"

韩铁芳也不言语，只不住在后观察着雪上的蹄迹，越往前，越往上走，就看得越是清楚，更可断定春雪瓶已先进山里去了。他也不言语，只催着雪上蛇快些带路。雪上蛇便踏雪拨冰，爬山过岭，天气这么冷，汗可都流过鼻子了。

这时四周围也渐渐昏黑了，时候已经不早了，雪上蛇同韩铁芳又爬上了一座巍峨险峻的山岭，他可就站住不走了，山风猛烈，吹得他的身子都乱晃，好像要滚下去。他的狗皮袄上也沾了不少雪和黑沙，两道鼻涕也都快结成冰了，他不禁来回转着说："怎么回事呀？怪了！这到底是狼牙峰不是呀？我怎么弄不清楚了呢？"韩铁芳气得真要把他一脚端下去，便瞪起眼来说："你既是自说认识山路，怎么你又迷了途？我看现在连方向都弄不清楚了！天这么晚了，你胡乱领路，你怎么把我领到这山峰上来了？"

雪上蛇也着急地说："我也不是故意领你到这儿，都因为你带着马，我不能不挑选平坦些的路走，所以才走新道，一走新道，没想把旧道都给走糊涂啦!到底儿这是狼牙峰不是呀?雪堆得这么多,山也变了样儿啦!万一不是,咱们可越走越迷糊,若是遇着豹子、山狼,哎呀……"

韩铁芳就要打他,但又想打死他也是无用,遂就叹气,持剑倚马,四下张望。突然,他就望见下面有一点微微的火光,他不禁啊的一声,发出惊喜之色,并推着雪上蛇的肩头,说:"你看!"他用剑尖向下指着说:"你看,那下边不是灯光吗?"

雪上蛇却纳闷着说:"我怎么看不大清楚呢?"

其实遍山的雪色和昏暗的长空之下,只有那一点点黄色的灯光,而且这时好像是灯已被风吹灭了,所以再也看不见了。韩铁芳可已认清了那个方向,于是他就谨慎地牵着马往下去走。雪上蛇也紧跟着往下走来。不料这座山坡也很陡,脚下乱石又太多,坎坷不平,黑马就又长嘶了起来,又耐不住烈性了就又向下跃去。韩铁芳也紧跟着往下跑。后面的雪上蛇却不知怎的,脚底下一滑,哎哟了一声,大约是跌倒了,可是并没滚下来。

这时韩铁芳又到了一座平谷上。他牵住了马,四下看去,就见谷中的天色愈黑,什么也看不见,那点灯光也没有再现。他也不顾雪上蛇了,只向前去走,不料才走了几步,忽听嗖的一声,大约是一支弩箭,正正由脸旁边飞了过去。虽没有射中,可也使韩铁芳大吃一惊,细想了一下,他却不禁狂喜,就手晃宝剑向前高声叫着:"雪瓶!雪瓶……"空谷的回音,很真切地在风里飘荡着,但他连喊了几声,也没有看见四下里有一个人来,就又牵马往前去行。

这空谷里,地下不知是些什么,高处就像是上了一座小山似的,低处却又几乎将他的两腿都陷在雪里,因此十分艰难。往前又跋涉了半天,也不见再有弩箭飞来了,可是突然间眼前又看见了灯光,他就迎着灯光往前紧走,瞪大了眼睛去看,就见数十步之外原来有一座石洞,里面就有摇摇曳曳的灯光。他不由又是惊喜,便将缰绳撒手,放开马,持剑跑上前去,又高喊着说:"雪瓶!"

韩铁芳同时往前紧走,但是没走几步,洞里的灯光忽然又灭了,这一次可像是被人给故意吹灭的了。韩铁芳止住脚步,见四面的山都是那么黑,眼前连洞门也看不见。他忽然又打了个冷战,觉得莫非是自己看错了,洞里边不是灯光，却是猛兽的眼睛？但又想：难道刚才飞过去的那支箭，难道不是箭？是什么怪东西？他绝不信。于是韩铁芳手提宝剑，又踏步向前。他走得很急，还没走到洞口，不料忽然脚下有个东西一滑，竟将他绊了个大跟头。他吓了一跳，因为绊他的那东西是又软又长，并且还直哼哼，原来不是什么石雪块到了一边，韩铁芳急忙跳到了一边，抢剑转身，厉声问说："你是谁？"

地下卧着的人却不断地呻吟惨叫，说不出来一句话。韩铁芳就知道刚才这里必定有过一番争斗，也许脚下卧着的这个人就是黑山熊。他遂就又问说："你是干什么的？你为什么受了伤？"地下卧着的那个人，却连呻吟声也没有了。

韩铁芳向后又找不着春雪瓶，就又向前走了几步，可就到了洞门前，往里一看，黑乎乎的，不知有多大多深，更不知有人无人。他就以剑护身，向着洞中喊叫，说是："有人没有？有人没有？若有人，就快把灯点上！点上！"可是里面并没有人言语。他又待了大半天，真恨自己身边未带引火之物，他便硬往洞中去走。他的脚才踏进去，就吓了一大跳，身子几乎坐在了地上，原有洞中的地势很低。他一抬臂膊，铛的一声，宝剑又碰在了墙上。他又向里边问："有人没有？……"随就摸索着再往里走。却又忽然惊愕住了，原来是有一种哽咽哭泣之声，是妇人的微微哭泣声，而且随哭着随低声呜呜地说话。韩铁芳惊得立时站住了半天，故意将剑向旁边的石壁上铛地击了一声，又问说："你为什么哭？快把灯点上吧！"

妇人的哭声跟低语声忽又完全停止住了，好像是嘴被人给捂住了。韩铁芳都呆了，如此又多时，蓦然又听嘣的一声响，大概又是一支弩箭，钉得石壁上的石屑进飞，全都打在韩铁芳的脖子上了。

韩铁芳吓得将身向后一躲，后背就靠在了石壁上，而眼前却有一个身躯极伶俐的人，急快地就从他的身旁跳出洞口去了。韩铁芳抓既抓不住，追也来不及，就不由得苦笑了。这时，洞里边的那妇人长长地喘了口气，也不哽咽着说话了。

韩铁芳就说："你身旁有火吗？快把灯点上！"又解释说："你不要怕！我们是找黑山熊来的。你既是他手下的人，我们也不能为难你，何况你是个妇人。你放心吧！把灯点上，我要照着看看洞外躺着的那人死了没有。"

妇人当时就大哭起来，天呀地呀地哭个不休。韩铁芳又往里走了两步，忽听当啷、啪嚓，原来是一脚踏在了铁锅上，大概是连带着旁边的瓦盆也碎了。

这时那妇人一边哭，一边就摸着了取火之物，她吧吧地敲击着火石，那火星儿就突然迸发出来，照得洞里一阵明，一阵暗。洞里有不少乱七八糟的东西，原来这也是个住家，隐隐可以看见那妇人憔悴难看、愁眉苦脸的模样。她一连敲击了许多下，才打着了火儿，点上了石炕上的一盏破油灯。韩铁芳看着这个穷洞窟，又看着这个三十多岁的正哭泣着的妇人，不禁觉得有些可怜。

那妇人忽然看见了他的宝剑，就哎哟一声大叫，吓得急往炕里去躲。她战战兢兢地说："老爷哟！你们杀死我的男人也就罢了，你就把我饶了吧！"韩铁芳将剑掩在背后，急摆着一只手，说："你不要怕！"连说了几声，这妇人才渐止住哭啼，瞪着两只红烂的眼睛，呆呆地望着他。

韩铁芳就问说："刚才那个人是男的还是女的？"

那妇人更是惊讶，回想着刚才的情景，说："我也没大弄清楚，大概……大概是个女的吧？"说着她忽又似是蓦然醒悟的样子，立时就跪在了炕上给韩铁芳叩头，说："老爷！你们莫非都是大太爷的冤家吗？刚才那个，她是姓玉吗？她可不该……"说到这里，她又痛哭着说："她找黑山熊去报仇就罢了，她不该因为我们一拦她，她就发狠，我的汉子必是叫她给杀了！"说时，手颤颤地拿起了油灯，下了炕，就要出洞去看她的男人。

韩铁芳就明白了，刚才自己在上面看见的灯光，忽明忽灭的，当时这里大概就是这种情景。而春雪瓶是拦挡她，给她吹灭了，不叫她出洞，只管向她逼问黑山熊的藏身之所。

当下，韩铁芳倒是不拦她，让她往外去走，自己却在身后问："你丈夫是个干什么的？"

那妇人哭着说："没告诉你们吗？是吃大太爷的饭长大了的，给大太爷看山。他的兄弟在凉州府少太爷家里，比在山里发财！"

那妇人往外一走，油灯就差点儿灭了，她赶紧用那颤颤的手遮住了风。她走出了洞外，韩铁芳也随着走了出来，借着闪闪的灯光，低下头来看了一眼，就见地下的冰雪上染着滴滴的鲜血，旁边扔着一口刀。韩铁芳就晓得这妇人的丈夫，那山贼，必是先与雪瓶杀斗了几合，才受伤身死的。

韩铁芳就又问："黑山熊住在什么地方？"妇人哭说："就住在这山后，这是狼牙峰……你们不去要他的命，可来害我们？我的男人大白狼，他今年快五十岁了！"

那妇人手颤颤地遮着山风，灯焰却不住乱动。她费了半天的力才在冰雪之上寻着了就是刚才把韩铁芳绊了一下的那具尸身，就更哭得厉害了，并且连灯带人全都跌倒在雪上。灯光又灭了，夜色更深，山风愈急，那妇人的哭声愈惨。

韩铁芳上前又劝了她两句，这时忽听见嘘嘘几声，岭上传来了哨子的声音，很近。接着，似乎是从峰岭的后面，也有哨子的声音在响应着，越来越多，远近俱有。虽然没再看见一点火光，可是韩铁芳已晓得山上的盗贼们正在闻风啸聚了。看来吴元猛留在山中专为保护他爸爸的人必定不少，而且也都凶悍，死的这个"大白狼"不过是个守门的罢了。

当下韩铁芳向后连退了数步，将身向下蹲伏。忽觉得他的那匹马又自背后跑来了，蹄声嘚嘚地响，将山石上的残冰积雪都敲碎飞溅了起来。韩铁芳赶紧上前将马拦住，虽然马的周身都是黑色的，但是被冰雪之光映照着，却也很容易为人看出。韩铁芳就很着急，将马又牵开了几步。

这时对面峰岭上的呼啸声越来越近了，群贼大概是都下来了。又忽见那山洞中起了一团火，呼呼地燃烧起来，蓦一看像是故意放的，像是要烧毁那座洞似的。可是待了一会儿，火光又出了洞口，才知道大概是他们将洞里的干柴，当火把一样地燃起，拿到外面去照着那地下躺着的尸首及尸旁哭着的妇人。

当时，在火光闪闪之下，人影纷乱，呼啸声、哨声又不断地响了起来，陆续有人赶来，刀光在火光下也闪闪烁烁。

韩铁芳觉得他们的人太多了，怕春雪瓶一个人吃亏。这匹马也望见那边的火光了，惊得就要逃奔，韩铁芳几乎扭不住它，只得随着马跑到了刚才经过的那道岭下。这岭下有一深坑，韩铁芳没有防备到，就失足掉了下去,幸亏他掉下去的不深,被一块大石头给挡住了。他顺手抓住了身旁的一棵树,这样一来,宝剑就当啷一声落在了石头上,马也不住昂首长嘶,幸亏离着那边的贼人很远,没有被人听见。

韩铁芳此时很急,用手摇了摇,觉得树还粗壮,虽不知这个坑的下面有多么深,可是还避风,石头又多,不至于一下就跌落至最深之处,他就匆匆忙忙,用力将缰绳结结实实地捆在了树上。他已顾不得这匹马了,弯下身去摸,摸了半天,才摸着了那口宝剑。他耸身向上一跃,身子就离了坑,又往那边去望,见火光已渐微了,他就往那边跑去。

将到临近之时,他才放慢了脚步往前去走,听得这里人语纷纷,很多人都在说话,虽是一伙,但却互相埋怨,彼此骂着。有个人就说:"快点抬走了吧!难道还真把大白狼扔在这儿喂了狼?妈的!龟孙子!你们用点力气抬呀!"

那妇人却仍然哭,哭得韩铁芳也觉得凄惨。许多人也都劝着,说:"狼大嫂你就不要哭了!我们弟兄一定要给狼大哥报仇,谅那小子也跑不出山去!"于是,就有人向着空中大骂,其中就有那雪上蛇。

原来这小子刚才并没有跌死,这些人全都是他用口哨招来的,可是这些人还都骂他,骂他不该领着什么"姓王的"进山来,以致连玉娇龙都给引进来了。

这雪上蛇就分辩着,说:"因为他说是少太爷叫他来的,我跟冰里虎全都没弄清楚,才领他进来的。其实我都迷了路啦……后来我知道他进了洞,我才晓得他是个歹人……"

当时,就有人打了他一个耳光,还有人大骂玉娇龙,却又有人连骂玉娇龙的人都打,说:"玉娇龙早已死了,你们还骂她做什么?这一定是春雪瓶来了。"他们对于春雪瓶倒是一句也没有骂,不过把"姓王的"可骂得不轻。他们三十多个人都大声嚷着,想要激怒雪瓶、韩铁芳来跟他们斗,但是却没有反响。

这时,对面的岭上又有持刀的贼人吹着口哨寻来了,韩铁芳就也跟在了他们的后面。他们举着的那几根干柴已经快烧完了,火光愈微,连人的模样都已看不清楚,而且他们彼此推着、挤着、嚷着、骂着,乱成了一锅粥似的,谁会想得到韩铁芳已夹在他们中间了。还有人推了韩铁芳一下,说:"猴子三! 你快点走吧!"韩铁芳也不言语,就混在拥挤的人丛之中,往前面的岭上爬去。这时那几根干柴已烧得连一点余烬也没有了,可是这些贼对于山路却都很熟,往上走是毫不费力,韩铁芳也就叫他们给领进来了。

这座山峰上,冰雪倒似乎少了一些,脚底下并不大滑,也许是因为距离贼窝很近,常有人走之故,可是山势却愈为巍峨险要。爬过了这道山峰,就见下面有灯光摇摇,火把闪耀,可以看得出是一座平坦的、树林很多的山谷,但在那火光忽明忽灭渐远渐近之间,究竟是看不大清楚。谷中有一片房屋,居然成了个村落了。

韩铁芳混在人丛中又往下去走。这时下面就有十几个人往上迎来了,都是刀光映着火光,嘴中吹着口哨。这里的众人也都以口哨相答,只有韩铁芳没有吹。

他们这里的人把口哨吹得是又响亮又婉转,借着山里的回音本来是很悦耳的,但这时风声怒吼,夜色沉沉,地下的冰雪映着火把、刀光,纷乱的语声中还夹着那妇人的痛哭声,听起来却也真是吓人。

韩铁芳仍然提着剑随众往前去走,他的脸总是躲避着光亮,也躲避着众人的目光。他的心中却暗暗冷笑,知道这地方就是"鬼眼崖"了。这些贼人的口哨声也必是暗号,是黑山熊所传授的。只不知黑山熊现在哪里? 春雪瓶能不能找得到他? 在这些贼人的保护下,雪瓶若想抓着他怕也甚难吧! 但是,无论如何我也要帮助雪瓶。我这次混进这里来,就是要趁着昏黑的夜色,把黑山熊生擒了,去献给雪瓶。

当下他越发奋勇地往前去走,却不料前面出来的火把愈来愈多,并有人梆梆地敲起了梆子,铛铛地打着铁锅等东西,声音震得山中更是响亮,而且越来越紧。少时,便听对面有人大声喊叫,说:"全都站住!"又有人用哨子传递着这个意思,当时大伙就都止住了脚步。

韩铁芳心中更是加倍地紧张,也不能再向前面走了,便仰面向前去看,见前面的贼人又排列着有二十多名,刀戟如林。为首的人只有二十余岁,身材比吴元猛还魁梧,精神也比吴元猛充足。这人似是站在一块高石头上,手拿着一口厚背薄刃、闪闪夺目的朴刀,两旁有人高举着火把。这人就大声喊说:"乡亲们! 全都不要迈步,你们要一个一个地从我的眼前刀下过去,我得细查一查,防备有人混进咱们这鬼眼崖来! "

这里的一伙人,有的就笑,有的就暗暗地骂,说:"你妈才从你的刀下过,多丧气! 你妈的出的这混主意! 谁还不要命,跟着我们一块进来送死?"

虽然大家不服气,有的还叫着这个人的名字骂,可是还都得听他的。原来这人名叫"小山神",大概他就是这祁连山中的能人,黑山熊身边最得力的保镖了。韩铁芳对于这人想得周密,办得狠毒,倒是十分钦佩,不过自己是绝不躲避的。

当下这边的一些人都彼此看着,还有的相互做鬼脸,但是他们却都没有看出韩铁芳来。也许是因为这时的火光太亮了,刺得大家的眼睛反倒在近处看不清人了。就听那小山神喊着:"先过去一个! "又说:"你也过去! "接着,就听有个人仿佛不服气似的说:"这可是个死人,是大白狼,他可也跟着我们活人混进来了。"那小山神当时就恼了,伸手就要打,幸亏叫旁边的人给拦住了,他才叫那人和抬着"大白狼"死尸的那些人过去了。叫那哭哭啼啼的妇人也过去了。

众匪遂就一个挤着一个地从他的眼前走过,他高举着朴刀,瞪着两只大眼,就像是一个把守关隘、捉拿人犯的严厉的官吏似的。并且他叫那雪上蛇也立在他的身旁,那人这时手里还持着那杆钩镰枪,眼光就顺着枪尖往下看着。

此时韩铁芳就不往前走了,他故意落在最后边。但是他终于逃不开,别人已都过去了,都经过了小山神的刀底而进了一个木栅。里边无疑就是黑山熊的窝穴了,不过那里边的人还都拥拥挤挤,话语纷纷。

韩铁芳来到临近,头一抬,眼一瞪,那雪上蛇就惊讶得叫了一声。小山神立时就大喊说:"喂! 你站住! 小子! 你是做什么的? 我怎么看着你有些眼生! "说时,就从那块大石头上跃将下来,抢朴刀向韩铁芳就砍。韩铁芳疾忙横剑相迎,当时就大乱了起来。梆子、铁器,乱敲乱响,火把也增多,人声齐喊,刀枪齐递。韩铁芳连晃几剑,也就跳入了木栅之内。当时就有许多人大声喊叫道:"进来了! 进来了! 围上他,可不要放他跑了! ……"

小山神命人紧闭上木栅,就挥刀逼来。韩铁芳却不与他拼斗,只管舞剑如飞，身体似箭，直向寨里去奔。有人迎面来挡他，他就扑前猛刺，刺倒了人他接着又向前奔。身后又有人快要追到了，他也反身一剑，将人杀开，然后又向前奔。

这里虽仍在谷中，但脚下很平坦，而且冰雪极少，可见这已是黑山熊的家宅之中了。眼前有山洞，有石屋，密密的四五十间，多半里边有鬼火一般的灯光，而外边也是火把辉煌。对面有二十多条大汉，都抡棍横刀迎了过来，后面也有人追，韩铁芳便向旁边火光照不到的地方跑去。这前后追杀的人，又都齐往他所逃奔的方向去搜寻。哨子连连地吹着，众人嘈杂地喊叫着，倒弄得谁说的话也听不清。

他们的火把虽多，可是因为都是半湿的柴草扎成，灭得也快。他们乱挤乱撞，有时自己人几乎伤着了自己人。又兼寨内地极宽敞，人虽多也难于遍找，火光也不能全照到。

韩铁芳此时已爬上了一座石崖，到了不甚高的地方，他就找了一块横卧的大石头，在旁边坐下了，也不理会地下是冰还是雪。这里是很黑暗的，下边的人即使离着他十几步远，也休想看得见他，可是他向下看，却是清楚极了。但见那些贼人三五成群地聚在一起谈论；又有几个人拿着兵刃，彼此借着胆气往上爬来寻找；还有些人齐声大骂着说："小！辈！出来斗一斗吧！春！雪！瓶！你妈……"

忽见下面有人倒下去了，火把也扔在了地下，立刻又乱了起来。而刚往上爬了几步的人也吓得抹头往回跑，有的就失足坠了下去。韩铁芳也惊讶得立起了身，他晓得下面的人必是因为骂了春雪瓶，才遭受了弩箭。他向周围看去，又仰面向上看，只见山是太高了，岭也太多了。夜色阴沉沉的，连那冰雪积压的削壁，松柏丛生的悬崖，都看不大清楚，哪里能看得见一个人！他就叫着："雪瓶！雪瓶！"并扬起宝剑晃了几下，也没有人理他。

此时山风愈大，刮来的冰花雪屑，都盖满了他的头，压满了他的肩。他在此半天没动，手脚都快僵了。又见下面的火把大半都灭了，只剩了五六支，那余光微烬，晃晃摇摇的，照着那些人都各自走了。原来这里的一些屋子跟石洞，就是他们的家，他们就如同小兽似的，各自钻进各自的洞里去了。

韩铁芳便又慢慢地下到了平地上。他将剑隐藏在背后,向那些石洞石屋望去,见多半都已没有了灯光。这些洞屋从外观上看起来,好像是一般大小,看来这是数十年来,山中的众盗在这里经营而成的巢穴,他们,子子孙孙,从山外抢来了银钱和女人,便在这里过起了日子。可是不知道他们的寨主黑山熊住在哪里,韩铁芳不由得很是着急。

此时,虽然强盗多半回去了,但外面仍有人巡逻,而且是七八个人在一起。这些人手持火把,边走边谈。这支火把垂灭,另一支立即又继而燃起,火光永远照着闪闪的刀光,足音、谈话声在呼呼的山风里响着。韩铁芳心想:若是下手,他们必定立时就得喊叫,洞里的那些人也必定又都出来了。所以他这时不能下手,不能抓住个人去逼问那黑山熊的穴窟。他反倒躲避着,不能叫这些人看见自己,他就沿着那些石屋的后面走去。石屋之后就是山洞,洞约三十个,分上下二层,有的扎着门窗,灯光从窗隙里透出来,如一条黄色的线;有的却黑暗如井,令人疑惑里面是藏着鬼,还是住着野兽,或是堆积着山中二十余年被盗贼所杀的尸骨。

石屋中却火光摇摇,有门有窗,还多半都有人在谈话。韩铁芳走到一间搭盖得较为宽敞、整齐的石屋旁边,就站在这里,悄悄地向里面去听。只听得里面干柴毕剥毕剥地作响,语声杂乱,原来是许多的人正在屋里烘着火谈话。韩铁芳就往那板门前走了两步,避着火光靠近门,又向里边偷听。但是屋里的人声伴着火声,浓烟又不断地往外溢,刺得他眼睛疼,并且直要咳嗽,于是他赶紧就走开了。又转到另一间石屋的后面,两眼仍觉得发疼,他就拿手揉着眼睛,眼泪都揉出来了。

这时韩铁芳忽听身后呼的一声,来得是既快又猛,而且不同于一般的风声。他急忙蹲下身去,将头一转,并以剑上迎。只见身后追来了一人,手中的朴刀从韩铁芳的头上削过去了,而又反压了下来,却被韩铁芳以剑挡住。于是韩铁芳又向旁一闪,身躯腾挪,反拧剑进取。

这个人正是小山神,他倒后退了一步,改换着刀法来杀,说:"喂,小子!你到底姓什么?"韩铁芳不言语,只是执剑挺进,刺、剪、劈、砍,他想先将这小山神除去,然后才能在这冰山之中帮助雪瓶找到黑山熊。

但这小山神的刀法也颇不弱,他也不呼啸召众,只是巧妙地以朴刀迎杀。他并不畏惧韩铁芳,且发出来阵阵的冷笑。韩铁芳更不敢轻视他了,便将自己平生所学的剑法,全身所有的气力,一齐展开,一齐用出,剑挟疾风,嗖嗖地前进。那小山神却只管向后退,退来退去,就退到了一间石屋子的门前,他竟推门进去了。

这屋里也有灯光,可是却没有什么人声。韩铁芳止住了脚步,不敢前进,恐怕他从屋中发出暗器。刚要退身,忽然听得屋里的小山神向外说:"进来吧!你有这胆量吗?"说时,话中挟着冷笑,似是故意来戏耍韩铁芳。

韩铁芳就愈觉得此人可疑,没有答话。小山神又在屋里把瓦器敲得铛铛地响,说:"进来吧!到屋里喝碗茶吧!"

韩铁芳本想不理他,自己另往旁边去找黑山熊,刚要转身,忽见那屋门一响,小山神露出来半身,一手持刀,一手向他招点,说:"你进来!柳太爷同你有话要说。我也是一条堂堂的汉子,难道还会暗算你吗?"

韩铁芳愤怒地说:"我岂怕你!"遂就挺剑向屋内去走。

那小山神往后避了避,就让韩铁芳进了屋,他不但横刀预备迎韩铁芳的剑,并且张着右手好像等待着要接暗器。

韩铁芳却说:"你放心吧!我向来不使用暗器。"

小山神却问他说:"刚才在山上放弩箭的那人,不是你吗?"

韩铁芳冷笑着说:"我何曾放过一箭!"

小山神说:"那么一定是同你一块来的那人。你要据实告诉我,那人是不是春雪瓶?"

韩铁芳摇头说:"我没有见着春雪瓶,我是与雪上蛇一同进山来的。我跟吴元猛是朋友……"

小山神就摆手说:"你不要说了!你向来没进过山,吴元猛哪能够派了你来?这是雪上蛇那傻子办事不高,才领了你进山。我想此刻春雪瓶一定也在这里了,不如你把她也请了来,咱们在一块儿再谈谈。你们来此是为什么?是为人,还是为钱?都可以跟我说,我必定能够给你们办到。我这个人,你到时看吧,准保比吴元猛办事还爽快!"

韩铁芳一听,倒不禁有些惊讶了,暗想:这个人的气派颇有些不凡,而且说的话也不纯粹是这山里的口音,遂就说:"你既然这样问,我可以告诉你实话，我正是从新疆专为黑山熊而来的。"

小山神的脸色一变，就又问："你姓什么？玉娇龙是你的什么人？"

韩铁芳却摆手说："这你就不要问了！你只说出来黑山熊之所，我便不与你斗！"

小山神却笑着说："没有这样便宜的事！我老实告诉你吧！我本不是此地的人。我姓柳名三喜，家住在直隶省。我自幼拜师学艺，提起我的师傅来，也是赫赫有名，不在玉娇龙之下……"

韩铁芳就惊问说："尊师是谁？"

小山神柳三喜的面孔在灯畔现出些羞窘之态，摆手说："不要再提了！愧煞人！我只告诉你吧，我学成了武艺之后不务正业，便流浪江湖，走入了绿林。四年前，投到吴元猛的手下，吴元猛识不出我的武艺来，只叫我做个小厮。后来到了山上，黑山熊才看出我是一条好汉，给了我一房妻子，叫我在此成了家。可是我终年住在这山里，保护着黑山熊，却不能出山再去找一条出路，我就有点不甘心。我真盼着玉娇龙或春雪瓶前来。我若见了玉娇龙，提起来她也许想得起，认我是她的一家；只可惜闻说她已死了。春雪瓶今天来了，其实也好，我可以告诉她……"

韩铁芳拦住了他的话："此时无暇细说。我们既是一家人，你就快把黑山熊藏的地方告诉我吧！"

小山神摆手说："我跟你可不是一家人，我跟春雪瓶才能算是一家。她的干娘玉娇龙是我师傅的好友，她的晚爸黑山熊……"才说到这里，韩铁芳便愤然一剑刺来，却被小山神柳三喜的朴刀磕开，他笑着说："春雪瓶若来了，我同她有话说，我等的就是她。可是她若杀黑山熊也是不行。黑山熊人虽不好，可是对我……"

韩铁芳又抢剑砍来，小山神又用刀铠的一声给横架住了，他又说："黑山熊，却对我有知遇之情！"

韩铁芳抽回剑来说："你若想护住他的性命也很容易，我担保不令别人伤他就是了，只是要叫他出来，得把二十年的总账算上一算。我也晓得他与玉家的人原没有什么血海仇恨，只是要叫他出头明说就是了，因为，说不定二十年来还藏着什么隐情。"

小山神柳三喜又摇头说："也没有什么隐情，不过是春雪瓶的妈妈曾做过几年黑山熊的小老婆罢了！"

他说出了这话，韩铁芳认为是雪瓶的羞辱，便怒目瞪起，又要拧剑去刺。但这时忽然屋门开了，由门外便飞进来了一支小弩箭，正中在小山神柳三喜的肋间。此时雪瓶的青衣俏影已现在门外，韩铁芳赶紧向雪瓶摆手，叫她不要再发箭。雪瓶尚未表示什么，忽然小山神疯了似的，突然用力将石床上的一盏油灯扫了下去。灯盏扣在了地下，火光立时消灭，屋中也立时昏黑。小山神便趁此时挥刀奔来，韩铁芳疾以剑遮挡。小山神大吼一声，身随刀影，又向门外冲去。雪瓶不得不将身闪开了一点，小山神就趁势跳出了石屋。雪瓶抢剑斩去，小山神又反刀挡住，便跑了。雪瓶又向他身后发了一箭，也未知射中了没有，但小山神已向岭上逃去，霎时之间，就失去了他的踪影。

这时，巡逻的人也发现了这里的事，当下梆声又连敲了起来，喊声又沸腾了起来，贼人又都出来了，火把也一支一支地燃起。春雪瓶已将剑插在背后，取出了她的弩弓箭。韩铁芳走出屋来，就见雪瓶的腰间系着个袋儿，这袋儿里满是弩箭。她一支一支地取出，向那边去射，取得也快，发得也速，就听嗖嗖嗖连珠一般地发出，那边的火把就都纷纷扔到地下，梆子也扔了，惨呼声、哨子声、奔跑的脚步声，又在这深夜的雪山巨谷之中乱成了一团，只见贼人四下奔走，就像是一群受了惊的鹿似的。

韩铁芳眼见这种景象，便不禁想起与病侠初入新疆，在销魂岭店中度的那一夜，那时病侠垂危，也是以弩箭射散了一群盗贼。韩铁芳觉得雪瓶的箭实在比得上她的"爹爹"，而自己却不禁因此更感到愧恨。他向旁边走了几步，仰首望着山势，见各个洞中的灯火都已经灭了，石屋里似是也没有了人。雪瓶这才收了弩弓转过身来，望见韩铁芳还没有走，就叫了声："大哥！"

韩铁芳受宠若惊，又往前走来，说："姑娘！你的马现在存放在哪里？……姑娘！在猩猩峡关帝庙，在甘州城来安店，我都知道那一定是你……"他这时好像不知道说什么才好，又说："我这次往东来第一是为保护住玉钦差，所以我才与吴元猛假意地交结！"他说这话，一半是为解释自己的苦衷,一半也是为表示自己这些日的勇气和智力,不由有些得意地笑了。

而雪瓶却冷冷淡淡地说:"你也真是多此一举,何必要同吴元猛结交呢? 弄得自己也不像个英雄了。"

韩铁芳忽地一下便满脸通红,刚才他的脸还是冻得僵硬,这时却如同火烧了油脂,心中十分羞窘,赶紧辩解说:"不过,吴元猛虽盗性甚深,可是为人倒还慷慨可交。"

雪瓶没有言语。韩铁芳又说:"刚才逃走的那小山神柳三喜,据他自己称,也是一位名侠的弟子,他流落在这山里为盗也是不得已。"

听雪瓶仿佛是哼了一声,韩铁芳又说:"所以我才劝住姑娘,不要伤他的性命。连那黑山熊吴钧,我想若是细究起来,我们与他也似乎没有什么不共戴天之仇。他已老了,我们把他抓起来,训斥他一番也可以,却似乎不必下什么毒手……"

雪瓶一听这话,当时就恼怒了,但她还像是忍着点儿气,顾着点面子,声音并不太急,只说:"我为什么要一个人进山来呢? 就是因为我自己的仇人自己寻,用不着别人,我不愿意叫别人帮助我!"

韩铁芳语塞了,越发觉得雪瓶这话是已拒他于千里之外,使他无话可说了,更不敢再向雪瓶提说那金大娘之事了。

停了一会儿,忽听雪瓶又说了声:"大哥! 你还是回凉州,保护钦差去吧! "

韩铁芳又高兴了一点,刚想说那边的官人防范甚紧,暂时不去保护,倒也没有什么可虑,忽然听雪瓶又说:"你去做你的事吧。"说毕,就往山岭那边走去了。

韩铁芳如被钉在了这里,心中觉得非常冷。四下看去,雪瓶已经没有了踪迹。

这时各石室各洞中也都没有了灯光,只有一处还有点光焰从窗隙照出来,那是里边的人还在烧着柴取暖。虽有一两声犬吠,可也太为模糊,不知发自于何处。

韩铁芳觉得这个地方太荒凉了,贼人忽而群出,忽而又一齐藏匿,可知他们之中必定是还有人出着主意,安排着计策。等到天一亮,可就更不知会怎样了，雪瓶单身就许要吃亏。而且这层层的山岭、广阔的山谷，恐怕雪瓶也是无法找得着黑山熊。于是韩铁芳就将心一横，想也拼了出去，无论如何也得先将黑山熊抓住才不虚此行，才算真正帮助了雪瓶。无论她感谢不感谢，自己就这样去做好了。

韩铁芳朝着那间有些光亮的石室走去，才到门前，就觉着浓烟刺眼。他用剑把门戳了两下，就向里问："有人没有？"

里边便惊问着："是谁呀？"似是妇人之声。

韩铁芳上前将门拉开，就看见了房里有三个持刀的大汉和一个年轻的妇人，都围在一个石做的火盆旁，站起了身。韩铁芳也看不清这几个人的面貌，因为屋中的火虽不旺，烟可很浓，他只站在门外向里边说："你们不要怕！我来这里原不想伤人，连黑山熊我们也不伤他，只要叫他出来，我们谈谈话就是了！"

里边就有人说："你去找小山神柳三喜问去吧！只有他能进大太爷住的那个洞。"

韩铁芳一听，知道黑山熊果然是住在山里，就觉得是有了线索了，遂就说："小山神已经被我们射伤，逃上山了，不知去向。你们这里无论是谁，若能领我到黑山熊所住的那座洞口，我就绝不再搅闹你们了。因为我见你们虽都是黑山熊的手下，可也在山中都有家业，不似是怎样为非作歹的。"

他说出了这几句话，那少妇忽然就哭泣起来，旁边的人就劝她说："三喜嫂你别哭！三喜子不能死。"这才知道这妇人便是小山神柳三喜之妻。

此时忽有两人都大声说："我们领着你去！你们来找的既是黑山熊吴大太爷，那么带领你去见他也不要紧，杀他不杀他也随你。只是你要想一想，凉州府还有他的儿子吴元猛，吴元猛手里有一对铁锤，甘凉道上属他的好汉至少也有几百，你们要是在这里伤了他老子的一根汗毛，出山去可要小心性命！"说时就都提着明晃晃的钢刀，绕过了火盆出屋。

韩铁芳还拍着胸担保不伤黑山熊。这两个人有个就摆手说："不必多说！我们带着你去就是了！黑山熊虽然怕玉娇龙，可是还不至于怕你！"

这二人急急在前走着，韩铁芳在后就紧紧跟随。夜益深，山风益冷，前面的二人对于路径全都十分熟，脚下又快，少时他们就走上了山岭。韩铁芳既要时时防备着他们回身抢刀来砍，又不敢落后，就扑着夜色，追着前面的两条黑影疾走。步卜觉得坎坷不平，时时都几乎要将他绊倒，但越走越高，不多时就来到了山岭的半腰之上，一个内中微有火光、微有柴烟散出的石窟之前。

这两个人说："他就在这里边住，终年也不出来，我们也向来都不进去。你若有胆量，你自己进去找他吧！"

韩铁芳此时不禁发出冷笑来，他知道这里多半是一座陷阱，但是在这两人之前，他又绝不愿显出畏缩之态，就说："刚才我已把话同你们说了，我来此绝不伤害黑山熊，我只是为见他谈一谈，我是要给他排难解纷。你们肯把我领到这里，也可见懂得点交情，知道我不是那等言而无信的小人。可是，如果我进了这座洞里，不但见不着黑山熊，反倒踏着你们的埋伏，那你们可就得小心了。我如果中计死了，那自然无话可说；但要是叫我再出来，那时可都饶不了你们！"

两个贼人就都急了，一个说："里面有他没他，我们也不知道，我们只知道小山神常到这洞里去。小山神是大太爷的心腹人，只他能见得着，我们虽也是跟了大太爷多年啦，可是也不常见着他。"另一个又说："我们在这里苦极啦！吃的都不够，又出不了山，少太爷吴元猛那里也不要我们。"

韩铁芳就愤然说："好！那么你们就不用管了！我要往洞里去了！"说着，他就紧握剑柄，以剑尖在前开路，低着头，迈步进到洞里。这一脚就像蹬空了似的，吓了他一跳，原来洞里的地势极低，而且有从外面吹进来的雪。两边都是石壁，都有斧凿的痕迹，并非天然而成，极险，只容一个人行走，有时且须侧着身子才能够过去。

最奇怪的是那点光亮，曲折返映而出，既微且黯，也不晓得点的是什么灯烛；同时那烟气也渐浓，不知是烧的柴还是点的香，刺得韩铁芳的眼睛又有些发痛了，嗓子又发辣了。向里再走，走了已有二十余步了，忽然在一个拐角之处，就伸出一口刀来向他猛刺。

韩铁芳早有防备，疾忙以剑去挡，铛的一声，觉得对方这人的气力相当地充沛。他便问道："你是谁？你要是黑山熊，就快些出头！我来是为给你们两家解去多年的仇恨，只要你能永久住在这山内不再胡为，并叫你的儿子洗了手就绝不伤你！"

拐角之处藏着的这人却冷笑说："这山里还没见过你这样满口道理的人，你倒像是个酸秀才！好了！你既然来到了这里，你就在这儿待着吧！这里倒有你的一个伴儿！"

韩铁芳向前再进，要以剑再去扎这个人，这人却又用刀连挡了两下，就往里边跑去。韩铁芳隐隐看见了这个人的背影，原来正是那小山神柳三喜，他就不由得怒骂了一声。小山神曳刀往极深之处奔，韩铁芳就挺剑急追，忽然见小山神脚踏着两旁的石壁，又往高处爬了上去。上面跟个浅井一样，露出星光。小山神蹿到了上面，便用刀向下扎着，并且用冰块、雪块、石头往下来砸。

韩铁芳情急，往上蹿却又蹿不上去，就说："你们只会行使这种诡计吗？这是最无耻的山贼才干的！"

上面却咕咚咕咚压上了几块大石，并发出三四个人哈哈大笑之声，除了小山神之外，还有刚才领他到这洞里来的那两个。

韩铁芳不由更是气愤。见大石头在上面盖得并不太紧，他就以剑顺着那隙缝之处往上猛刺，当然也刺不着什么。上面站着的小山神又向下威吓着说："你就好好在这里待一会儿吧！等到我们捉来春雪瓶，就把她也送到这里来，叫她跟你成亲。你若是不识抬举，我们可就要将洞口封严了，把你闷死在这里边！"

韩铁芳听了这话，虽更愤恨，但也无法，只得抽回剑来。洞口被石头盖住了，烟更飘散不出，刺激得他又连咳嗽了两声。忽然听见耳边也有人直咳嗽，并且还是就在这洞里。他不由得一惊，刚要问是谁，却又不敢问了，他恐怕洞口上的几个人此时还没有走去。韩铁芳知道这洞里必定还有被他们陷害的人，如若因为自己的办事太急，使他们封了洞口，连带着把别的人也葬送在这里，那可不好！

当下韩铁芳十分镇定，反过宝剑，转回了身，突然觉得洞里的光更亮了。他更是惊讶，就迎着光亮紧走了几步。烟刺得他的两眼益睁不开，咳嗽也忍不住，忽然觉得脚下有个东西一绊。他几乎跌倒，低头细看，就更是惊讶，原来地上是躺着一个死人。这人是早已死了，如今虽然身上还穿着衣服,但尸骨已腐朽,只剩下了一具骷髅。

韩铁芳暗想这必是黑山熊与小山神害死的人了,他就更为愤恨。肩摩着阴湿的石壁,面迎着忽明忽暗的奇惨的烛光,又往前走了几步,拐过了一个山角,他就突然止住了步。他惊讶地持着宝剑向前望去,是在石壁上削凿出来的一个小洞儿里,点着几根干柴,原来烟气跟火光就是自此而发。

这壁角的浓烟里,半伏半立地着一个身穿着破棉袄,极瘦的,如同个鬼似的人。那人一面咳嗽,一面以惊惧的目光望着韩铁芳,突然他发出了一种极低的,但是颇为清楚的可怕之声,问说:"你是韩铁芳吗?"

韩铁芳此时简直就像是在做梦了,他隔着烟实在看不出这人是谁。这人很瘦,而且也不住地咳嗽,倒令他想起来已故的病侠,想起来他的母亲玉娇龙了。这个人有黑胡子,而且除了行走不动,倒不像有什么病,此人又探着头问说:"韩铁芳!你怎么也被他们捉住,扔在这里来了?……哎呀!想不到咱们爷儿俩竟在这里见了面!"

韩铁芳也不怕了,瞪大了双目,并且将身趋近前去,仔细地一看,他惊得不由得也哎呀一声,这真是出乎他的意料之外。他放下了剑,两手拉住了这个人的瘦胳膊,一只腿也跪下了,悲喜交集地问说:"师父!你老人家怎么也被贼人陷害在这里了?"

这个人正是"瘦老鸦"一提金萧仲远,他急急地说:"这时候没有工夫多说话!那个贼走了没有?"

韩铁芳说:"他们把我骗到了这里,就堵住了洞口,前面的洞口恐怕也早被他们堵住了。"

瘦老鸦说:"那一定了!"又冷冷地笑着说:"你能够挽着我到洞口去吗?我的这两条腿被他们打得是连半步也挪不了啦!"

当下韩铁芳拾起剑,立起了身,用一只胳膊架起瘦老鸦来,但是瘦老鸦的两条腿还是迈不开。他就抱着他,一半借着身后的火光,一半摸着黑,头跟身体不时撞在石壁上,就来到了那前洞口。这洞口挡得果然比上面的那个洞口更严,是用连着树皮的几块木板堵住了的。瘦老鸦跟韩铁芳一齐用力,但也是推不动,瘦老鸦就说:"外面一定还有石头顶着,你快去拿一根柴来！我们把这木板烧坏了，也就可以把石推开了！

韩铁芳赶忙又跑了回去，从那石洞里拿了两根柴。这两根柴都烧得只剩了一半，本来就是不甚干也不甚粗的树干，被他一摇晃，就吧吧地迸着火星，起着团团的浓烟，呼呼地又冒起了火焰，几乎烧着了韩铁芳的手，又差点儿烧着了瘦老鸦身上的那件破棉袄。瘦老鸦命韩铁芳将两根柴都靠着那木板立着，火焰愈起愈高，那几块木板就引着了。他又叫韩铁芳把他抱向后些，以免烧着身体。

瘦老鸦的两臂没有受伤，而且非常有力，他把破棉袄也脱了，露出了极细的胳膊，双手握着韩铁芳的剑，就向那堵门的木板已烧焦了之处去戳。只听喀喀喀几声，木屑纷落，火花乱飞。少时，那木板就被他扎穿了一个洞；又几剑，他就把两块板子都给劈断了。火借着外面的风势越发熊熊地燃起，并能听到外面人声嘈杂。

韩铁芳益发不住地咳嗽，两眼更难睁开，瘦老鸦却在他的耳畔大声地、急急地说："我因为到长安没寻着你，才进了这祁连山。我与黑山熊交手，竟被他人多擒住，伤了我的腿。幸有小山神柳三喜，他知道我的名字，就保住了我的性命，送我在这死人洞里养伤。这火是刚才小山神点起来的，他说要给我找个伴儿来。我知这也是要拿火光引进来人，他们好陷害，但没想到是你！不这样办，你绝出不去，只有死在这儿！现在，你赶快……"

此时洞口的火光冲天，大火还烧着外边顶着的一堆石头，而且外面的群贼又嚷得很凶。瘦老鸦就推着韩铁芳说："你就冒着火闯出去！越疾快越好！出了洞你就赶紧在地下打个滚儿，好滚灭火。这样你虽身体受点烫伤，可是却能逃出一条活命，你就快些去吧！"说着将剑交给了韩铁芳。

韩铁芳急急地说："师父你跟我一同去吧！"

瘦老鸦却说："你看我这两条腿，已经寸步难移了！你只管顾我，可就连你的命全都逃不开了！你快去吧！……出洞时要小心他们的刀枪……赶快回家去看看！你的媳妇想你，都快要想死啦！……"

此时挡在洞口的几条木板已经烧成灰烬了，外面确实人声喧哗。瘦老鸦便急说："你若不赶快逃出，可小心他们再来堵这洞口，那时难道咱们就都死在这儿？"他又咳嗽着，用力推开了韩铁芳，自己却颓然倚着石壁坐下。

此时已刻不容缓,韩铁芳就手执宝剑向洞外去冲。只听咕隆隆隆,石块和燃烧着的木板全都被他撞倒在一旁,同时那火更盛,呼呼地响。韩铁芳也不知衣服烧着了没有,就在地下急忙一滚。当时就有人奔过来拿刀来杀他,他一跃而起,以剑迎敌。

这时他比刚才可猛勇得多了,一霎时,对手的两个人都已被他斩倒。他就赶紧回到洞口,用脚咚咚地踢开乱石。他也顾不得痛不痛,又用手拣起洞口的石块,向旁去扔,并用剑去劈那已成了焦炭尚带火烬的木板;他也不顾得烫手不烫手,把洞口的这些东西都除开。身后又有个贼人赶奔来了,问他说:"是谁放的火?"他回头借着余火看出,这个人就是刚才骗自己进洞去的两人中的一个,便狠狠以剑去劈;这个人用刀相迎,四五下,他就把这人斩倒在地。

韩铁芳又奋勇去救瘦老鸦,但那洞中的浓烟一圈接着一圈地往外滚出。他大声叫着:"师父!师父……"他不顾一切地,又走进洞中,他叫着:"师父。"但烟把他熏得住不住咳嗽。洞里整个都是烟,火光也没有了,更寻不见瘦老鸦躺在哪里。他很着急,又蹲着身向四下去摸,也没有摸着,就被烟逼得只得又退出了洞口。他不禁流泪,提剑望着洞口痛哭,叫着说:"师父!我们才见面,又是在这里见的面!我本想跟你一同出去,我还要把我这次往新疆去所遇的种种事情全都告诉你,没想到师父,你老人家竟……"

韩铁芳又不敢哭得太厉害了,因为还须防范有人来同他拼斗。他回过身来向四下去看,见山色已经发白,冰雪跟枯树都已看得很清楚,天色已发晓了。岭上岭下朝雾迷漫,石屋石洞可都没有烟,也没有人。他又往身后这洞里去看,只见黑魆魆的,什么也看不见,又叫了两声师父,仍没有人答应,他叹了口气。

山中的晨风更寒,他的身体简直禁受不住,而且心中凄黯,精神疲倦。他提着剑,爬上了一座高峰,向四下去看,一望茫茫,这时要找归路出山,都已不易了。

站立了一会儿,韩铁芳忽然看见下面的一间石屋里走出来一个人,他也就向下去走。这个人穿着草鞋,披着狗皮袄,手持钩镰枪,原来正是那个雪上蛇。他东张西望地不知是寻觅什么，可是又带着恐惧的神气。山上的韩铁芳就以山石遮蔽着身形，慢慢地往下去走。雪上蛇又转身向回走了，韩铁芳这时已走了下来，就猛扑上前，不容雪上蛇回身，就一脚先踢落了他手中的钩镰枪，一手抓住了他的后背，并将宝剑向他的脖子上平着一磨，就像在石头上磨剑似的。那雪上蛇就哎呀叫着，身躯不敢歪一歪，也不敢倒下。

韩铁芳怒喝着说："若敢动一动，我就叫你死! 你快领我到黑山熊住的那地方去。"

雪上蛇颤抖着说："好! 好! 我这就领着你去! 你千万别下手要我的命就行了! "

此时石室中又有几个贼人持着刀枪而出，但韩铁芳仍然将剑紧贴在雪上蛇的脖间，丝毫也不放手

雪上蛇流着泪，央求别的人说："可千万别上前! 你们若是一上前，他可就得要了我的命了! "他哭着就带着韩铁芳去走。

韩铁芳不独紧紧逼着他，同时还得防范着旁边的人。到了一座石室的前面，雪上蛇哭着说："就在这里啦! "

韩铁芳一看，这里的两扇门果然齐整，还刷着油漆，窗子也挺像样子，上面糊着纸，不像别处的窗子，只是木棍支成的，里面遮着些破布或芦席。韩铁芳抬脚一踢，门就开了，屋里有个妇人惊讶着问说："是谁呀? "

韩铁芳探着头向里望了一下，只见里面居然有硬木的桌椅、床榻、闪缎的被褥、红铜的炭盆，榻上坐的是个三旬上下的妇人，所穿的衣裙也绝不像在这深山穷谷住的人所能有的。韩铁芳便向雪上蛇问说："这是黑山熊的什么人? "

雪上蛇还没有回答，旁边便有人冷笑着说："这你还要细打听吗? 这是我们这儿的压寨的太太。山上的洞里比这儿还阔，那里住的还有压寨夫人、压寨小老婆跟压寨的丫头呢! 在凉州城里还有位金大娘，那早先也是压寨的，不过现在搬了出去。你知道了吧? 我们大太爷的老婆多得数不过来! "

韩铁芳向屋里的妇人问说："黑山熊跑到哪里去了? "

妇人摇头说:"我不知道,他可……"

韩铁芳怒目逼问说:"快说!"说时将宝剑向雪上蛇的脖颈上更用力地一磨,雪上蛇的脖子上立时就出现了一块紫的血印,他哎呀哎呀地叫着,向屋里说:"大娘哟!你就快告诉他吧!大太爷到底往哪里去了?告诉他吧!他也不能就去杀大太爷!要不然可是我先死,你也得死,山里的人他都饶不了啊!"

这时周围的贼人虽有七八个,有的手中也拿着刀枪,但都站在远处不敢进前。屋里的妇人也哭了,就说:"他叫柳三喜给他取走了银包子……"

雪上蛇说:"哎呀!大太爷他已经跟小山神逃走了!你去找他吧!只管在这里为难我们,可干什么呀?"

旁边的人就说:"我们早就知道小山神把黑山熊救走了,他是黑山熊最宠爱的人嘛!"

又有人说:"你跟我们拼斗,是一点用处没有,真正的你还是得去找小山神。我们都是困在这洞里没有法子,都是一大家子,夏天吃野菜,冬天就打点狐狸吃,出去既怕官人,又怕被雪堵着。其实妈的黑山熊也跟我们非亲非故,吴元猛跟金大娘发了多少财?可是一个钱也不能到我们手里。"

韩铁芳想了一想,同时看这些人的谈话情形,他便相信这是真的。那小山神柳三喜不仅武艺很好,还诡计多端,他必是乘着自己困在洞中之时,救了黑山熊逃走。遂就问说:"他们逃往哪里去了?你们谁能够知道?他们是骑马走的吗?"

雪上蛇这时说了话了,说:"哎呀!他们爬山也爬走了!这时也许早出了山口,找着了马或骡子,赶往凉州去了。那里有他儿子的一对铁锤,哪个不要脑袋的,敢去讨打呀?……"他活动了一下脖子又说:"除了你,大爷!你也许不怕他。可是小山神也不是好惹的,这山里的人谁也抵不过他。"

旁边又有的人说:"他的武艺是跟俞秀莲学出来的。他说他在怀抱的时候,玉娇龙就曾到他的家里去过。"

韩铁芳听了这话,就更是惊异,心想:对那小山神柳三喜,不但为捉黑山熊得去寻他,就为了他过去的身世,也得去找一找他,去向他打听打听,并且还要与他比一比武,斗一斗。

此时朝阳已普照着群山，但山风挟着冰花雪屑，仍然很是寒冷。韩铁芳就向雪上蛇再逼问，说："昨天你领我进到这里来，走的是哪一条路？"

雪上蛇指着西边说："咱们不是从西边来的吗？我本来拿你当作一家人看，后来你杀死了大白狼，我看着事不对头，才来告诉了这里的人。小山神要捉拿你，可是没将你拿住，倒将他给逼跑啦！"

韩铁芳这才抽回来宝剑，将他一推，雪上蛇一屁股就坐在了冰雪地上。他哎哟哎哟地叫着，可是脸色倒缓过来了。旁边有人就取他笑、辱骂他，又有人向韩铁芳说："我家的大太爷确实跟着小山神走了，我们绝不能骗你。咱们都是江湖朋友，说打就打，说拼就拼，可是话也得说真的。我们若是将你骗走，你到别处找不着他们，你又有腿，你不会再来吗？我们可不能将石头屋子跟石头洞都搬走，到别处去。"

韩铁芳一听这话，也觉得有理，便点点头说："再会吧！"他倒退了几步，仰首又向四面的山岭上看了看，可是并没有看见雪瓶，也不知道雪瓶是已经追赶着黑山熊与小山神出山去了？还是也遭了山贼的毒计，被陷害在哪座洞窟里了？但他又想，雪瓶武艺好，而且人又机警，她不会像我似的上了那么个大当。

于是，他不管有雪瓶没有，就大喊了几声："雪瓶走吧！雪瓶走吧！那黑山熊已经逃出山去了！咱们出山去吧！雪瓶！春雪瓶！秀树奇峰！快走吧！……"他喊了半天，山上倒是没有出现春雪瓶的影子，可是却将旁边站立的一些山贼惊得脸色齐变。原来，他们虽然知道昨夜在此大闹的，除了这个少年韩铁芳之外，还另有一位能人。那人会发小弩箭，射伤了他们不少的人。他们猜疑着可能是春雪瓶，可还不能断定。如今一听才知道，果然是春雪瓶在这里了！

他们之中就有人赶紧走过来，将金大娘跟春雪瓶的关系跟韩铁芳说了，他们的意思是要"套近乎""拉亲戚"，表明都是一家人。

韩铁芳却不理他们。他独自提剑又走到了昨夜自己被困的那座洞口，就见满洞口都是烧黑了的木头和大小石块，洞口也都熏黑了。他不敢往深处去走，唯恐再中计。他向洞里走了两步，就望见那卧在石壁之间，周身都已被烟熏黑了的他师父的枯瘦尸骸，顿时滚下了热泪。他又回身出洞，叫来了这里的人,询问瘦老鸦来此的始末。总之瘦老鸦是为寻韩铁芳,才进到这里来,因寡不敌众才致受伤被擒。韩铁芳心如刀割,长长叹着气,以冻得僵硬了的手,拭着眼边的如涌泉一般的热泪。他就央求这里的人,把这具尸体葬埋了。

这里的两个人也都点头说:"这不算一回事。等我们掘一掘冰雪,开出个石穴来,就把这死人掩藏起来。这人生前既是一条好汉,我们也不能就眼看着他的尸骨叫狼吃了。"

韩铁芳忍痛离开了洞口,往西走去,这里的人,连那个雪上蛇,都像是送客似的,拿眼睛望着他。他提剑过了一道矮岭,就算是已经出了"鬼眼崖",又来到了昨晚那个贼人"大白狼"身死的地方。谷中空无一人,他走到那下坡的地方,寻着了他的马,便解了下来。这匹马将附近山石上的冰雪都啃得露出了里面的干草来。虽在山风里睡了一夜,可是精神仍好,被韩铁芳牵着,它就昂首长嘶,并且普碌碌地直吐着白气。

韩铁芳提剑牵马越过了岭,路径渐熟,而峰岭可越多。这时忽见对面的岭上又来了两个人。韩铁芳驻马向前惊视。那两人向下走着,越来距着他越近,便也看见了他,两人就一齐展开了手中的兵刃,跳跃着向他奔来。

他渐渐就听出来他们的叫骂之声,说:"韩铁芳!你这小辈,竟敢到这里来!……"这二人正是那飞虎鲍坤、铁爪鹏吕通海,每个人的手中都是一对明晃晃的护手钩,直向韩铁芳扑来。

尤其是鲍坤的气势最为凶狠、泼悍,他先奔了上来,抢钩就要置韩铁芳于死地,并说:"你给我那四个兄弟偿命吧!张伯飞来到凉州,把真情全告诉我了!"

韩铁芳将马撒手,用剑去抵。吕通海也舞着双钩逼近,他却是冷笑着说:"韩铁芳!杀死了金刀余旺,逼走了戴阎王的那些事,你都还记得吗?他们全是我的朋友。如今我可要趁此荒野之中,钩下你的头来,拿回去给他们看看了!"

韩铁芳情急,此时无暇争辩,只好以剑奋勇迎杀。他蹿纵跳跃,变换着剑法,忽而退避,忽而也反逼进前,剑光如一条银龙。那二人的四只钩却又如白鹤似的,时时逼着他的这条龙,相触在一起,就锵然发声,响彻了山谷。二人的钩法并不是一路，飞虎鲍坤的钩很猛，但是倒好抵御，而铁爪鹏吕通海的一对钩舞将了起来，才真是厉害呢。他的胳臂跟丝毫也没受伤一样，他并且指使着鲍坤，与他分开了左右，两对护手钩互相地呼应着来战韩铁芳。

韩铁芳的剑势渐乱，又抵御了几下之后，回身便走。吕通海冷笑着说："小辈！今天你还想逃脱老爷们的钩下么？"急跃着追奔过来。鲍坤更是大喊大骂，绝不肯放。

此时韩铁芳的那匹铁骑已慢慢地走到了对面的山坡上，又去啃那埋在冰雪里的草根了。韩铁芳就往那边去跑，想抓住了马骑上就逃过岭去，但脚底下的石头又太不平，冰雪太滑，他不敢放胆去跑，而后面的四只钩就如同四只怪手似地狠狠地要来抓他，他不得不回身去迎抵。那二人的威风更振，钩法更凶，韩铁芳的一口剑实在招架不过来了。

幸而此时，后面的岭上有一匹白马如飞一般的，蹄踏冰雪自高处跃下，其时极快。但比这人马更快的却是那嗖嗖射来的弩箭。吕通海同时身中三箭，把双钩都撒了手，就趴在地下了。鲍坤的大腿上也中了一支，但他仍然奋勇舞钩，来杀韩铁芳。

韩铁芳是因为吕通海一倒，就缓过了半口气，可是飞来的弩箭无眼，他也得着意提防。他就一面再以剑迎钩，一面回身跑开去躲避。

这时鲍坤的背后又中了一支弩箭，疼得他已将一钩松了手，但仍挥着一钩追来，并大声惨叫道："韩铁芳！你还我那四个兄弟的性命！……"他一脚被石头绊倒，身子跌下，便顺着峭壁和冰雪，连人带钩地滚下了深谷。韩铁芳止住了脚步，一面喘着气，一面望着谷下，却不禁难过，心想飞虎鲍坤也是一条好汉，我实无意伤他……

正想之间，那边的弩箭已然不再发了。就见白马上的雪瓶，一身青绒衣裤，外套梅花鹿皮的背心，云鬓蓬蓬而眼神炯炯，背后插着双剑，腰间系着箭囊，一手提着紧紧的缰，另一手还拿着玲珑的弩弓。这位秀树奇峰春雪瓶到了坑谷之旁便收住了马，随之她的纤躯也翻然而下，马蹄跟她的双足在冰雪上极稳，仿佛是一点不觉得滑的样子。韩铁芳这才把她的模样看清楚了，见她因为千里的风尘吹打，芳容已显得有点黑瘦，但是更美丽了。

韩铁芳细细地观察她的眉目和那特别美丽的小口，实在有七八分生得像那位金人娘。

当下韩铁芳还在喘息着，雪瓶却凝定着双眸瞪了他一下，发着娇音说："还不快走吗？那黑山熊已被小山神救走,他们已顺着便道逃出去了。可恨的就是咱们对这山里的地理太不熟,我已经搜到了他的山窟里,结果还是叫他跑了。那小山神是有点能干,昨夜那边的洞口起了一片火光,可不知是什么事。当时我因一心要找黑山熊的窝,所以没赶过去看,但我很不放心,大哥倒是……"

说着她就用眼向韩铁芳的衣襟去扫。韩铁芳的衣裳上确实是被熏了不少的烟,并已烧了几处。

如今韩铁芳真是"事定思痛"了。他的身上倒是没有什么重伤,心中却十分悲痛,几乎流下泪来,他说："我也是一时大意,中了他们的计,被他们困在洞中。可是又无意之中遇见了我的师父萧仲远。是他出的计策,叫我用火烧毁了堵在洞口的木头,我才逃了出来。但他却没有出来……"说到此,韩铁芳的眼泪不禁流下。

春雪瓶只是点了点头,显出毫不介意的样子。这时,那在地下趴着的吕通海就摸着了他的钩,忍着伤想要爬起来。春雪瓶又抽出两支箭,搭在弩弓上,转身就一箭射去,那吕通海当时就又趴伏在地。坑谷里,那鲍坤还在呻吟喊叫,雪瓶又向下射下一箭,下面就也不言语了。

韩铁芳惊得止住了泪,把师父瘦老鸦从脑里抛去,而发怔地望着春雪瓶,心里却不大满意,想着:她也未免太残忍了! 我母亲玉娇龙的手段便向来是这样,这可实在不大对! 遂不禁叹了口气,就说："他们已经受了伤,你何必再射死他们呢？"

雪瓶却作着怒容而不语。韩铁芳又含着惧意地问说："现在我们往哪里去呢？是回到凉州去寻黑山熊吗？我想黑山熊可未必敢往凉州,因为他的儿子吴元猛也庇护不住他。"

雪瓶又微微瞪了韩铁芳一眼,就说："用不着你来管这些事! 这是我一个人的事。黑山熊是我的仇人,与你……"说到这里她又叫了声"大哥",说："与大哥无干……我走了! "说着她上了马就往对面的岭上走去。

韩铁芳向那面去看，一阵山风吹来了一些细碎的冰屑，打得他的两眼是又凉又痛，他就闭着眼呆了半天；等到睁开眼向那边再望时，春雪瓶人马的影子早已经没有了。他遂也赶紧去牵了马，往岭上去走。身后冰雪层层，山岭无数，那鬼眼崖里的众强盗却没有一个再出来的。

眼前也是山峰重叠，爬过一层又一层，直又来到了那恶蟒坡的所在，就看见往上去的道路上分明印着一个个清楚明显的马蹄印儿，而且是才留下的，可见春雪瓶是已经骑着马由此上去了，自己也只好往上去走吧！

于是他就牵着马，一步一步、小心谨慎地向上走去，时时恐怕由上面跌下来。他的精神又是十分疲惫，好不容易才爬上了山坡，心中便觉得痛快些了。他喘了喘气，又转过了一道山口，就跨上了马，纵马一直出了山口。

韩铁芳眼望着风沙滚滚的茫茫大地，心里忽然一宽，就循着道路，催马飞驰，心说：春雪瓶！你虽已在先出了山走了，但我这马就不能赶上你吗？又想：黑山熊的事情她叫我别管，但我也得再告诉告诉她，那金大娘确实就是方二太太，也就是她的生身母！……

马紧紧走，天色已过午了，他没用饭，但也不觉得饿；他一夜未睡，此时居然也不像刚才那样疲乏了。他胯下的铁骑一到了平原，就越发头昂鬃抖，如活龙似的，嘚嘚嘚嘚，蹄声如骤雨。跑出了十余里地，韩铁芳仍然没看见一处村落，可是已追上了春雪瓶了，同时惊人的事又出于眼前，眼前是刀剑的光芒闪闪，人马往返翻腾，原来是吴元猛率领着一些人已追来了。

这群人在这里正遇见了春雪瓶，有人就惊喊着说："啊呀！这就是那个小差官！"

又有人说："她原是个女的！哎呀！她就是春雪瓶呀！"

雪瓶却连剑也不拔，只拈出来弩箭，嗖嗖嗖，一连射得三四个人落了马，五六个人就转过马去惊慌逃命，另有七八个凶悍的人却齐舞刀棍一齐扑来。春雪瓶这才抽出双剑来迎杀。她的剑法精练，使得别人只能看得见闪闪的寒光，如白鸽子在眼前乱飞似的，但又都眼花手乱，无法招架。只听凭她又砍了几个，其余的亦皆四散逃奔。

吴元猛一臂已于昨夜负伤，一臂却用力挥着单锤，向着春雪瓶打来，说："忘恩负义的丫头！难道你就不知道你的娘被我养活了多年吗？"

雪瓶却恍若不闻，更是一点也不客气，双剑齐抡，向着吴元猛就砍。

这时韩铁芳便催马持剑赶到了，他先向着雪瓶摆手，说："姑娘你不要打了！暂且息怒，容我跟他说几句话！"

雪瓶的白马虽然向后退了两步，但双剑仍在她手中紧紧握着，剑锋对着吴元猛，双目也仍然怒瞪，却闭嘴不发一语，也不理韩铁芳。

这时吴元猛喘了几口气，才把话说出，他的大长脸上满带杀气，冷笑着说："韩铁芳！你真够朋友，你也真是英雄！你隐名埋姓，假意和我结交，这真算得是好汉！哈哈哈，好汉好汉！"又说："我也早就知道了！你跟春雪瓶，你们两人都是在玉钦差的手下当差事的，我跟你说的那些话，大概你早就都告到玉官儿那里去了。这不要紧，我料玉官儿跟凉州知府他们谁也不敢派人拿我。我是生长在祁连山鬼眼崖，我虽出山来开镖店、充绅士，但是我爸爸仍在山里做强盗，这些事不瞒人。再说，我今天也听说了你们两人为救罗小虎，带着一群哈萨克人，在天山干的那件事了。我若是强盗，你们也就是贼，咱们谁也不用说谁！"

韩铁芳就说："吴元猛兄，你也不要这样想，我们跟你原也没有什么深仇大恨。你要打劫玉钦差的那件事，你还没做出来，我们也绝不能帮助官人去捉拿你。只是，我劝你从此打断了那个想头，并从此洗手，只许你安分保镖，不许你再在这甘凉道上横行做恶！"

吴元猛却瞪起眼睛，骂道："放狗屁！我吴元猛若只是安分保镖，不交江湖朋友，不做绿林买卖，你的丈母娘、春雪瓶的母亲，还能够在凉州享福吗？妈的，我吴元猛待那金大娘实在不错。如今，韩铁芳小辈你快滚开！只叫春雪瓶来，随我到凉州府见见她的娘，叫她的娘说说这二十年来的事。不提我老子，只问我吴元猛对待她怎么样！"

说到这里，他一抡锤就逼得韩铁芳躲开了。可是这时春雪瓶蓦发一箭，正中吴元猛右边的肋窝，咚的一声，一只铁锤就扔在了地下。他紧皱着眉，以手按着伤处，就摔下了马去，口中还骂着说："春雪瓶！你这没有良心的狗丫头！"

雪瓶愤怒得又要装箭去射，却被韩铁芳给拦住。雪瓶就不禁暴躁了起来，向韩铁芳说："这些事与你有什么相干呢？我杀他们，射他们，你全都来管我！不用说你，就是我爹爹活在世上的时候，有许多事他老人家也不会管我拦我！"说的时候，她将剑又抢起，又将弩箭比准了韩铁芳，似乎就要射。

韩铁芳却摆手说："姑娘不要急躁，你听我说。因为我与吴元猛也曾交过一场朋友，而且又知他待那位方二太太很尽孝道……"雪瓶更怒说："谁管他那些！我只认得他是甘凉道上的恶霸、盗贼。"

此时吴元猛伤处疼痛，在地下不住乱滚，忽然他坐了起来，望着东面远远之处来的一个骡驮轿，不住哈哈大笑。她回头对雪瓶说："你看！那边大概就是你的娘来了，你去见她问问吧！二十年来我对她怎样……"说到这里，突见又射来一箭，吴元猛就哎呀了一声，身子又倒下了。韩铁芳看得甚是不忍，急忙下马去救，但已无及。又见雪瓶果然奔向那骡驮轿去了，她的马极快，背后插着一把剑，手中还持着闪闪发光的一把剑，另一手却拿着弩箭，看样子她是要去拦截那骡驮轿，要去射杀人。

韩铁芳就扔下了吴元猛的尸身，急忙上了马，直朝雪瓶追去，他一面追着，一面扬着一只手臂大喊说："千万不可再伤人了！雪瓶！你真不可再用箭射人了！尤其她，金大娘，她真是你的母亲！你不可伤她……"

第十五回　单人马雪地遭计擒
两义侠深庄蒯巨恶

　　这时，雪瓶已在前面把那顶骡驮轿给拦住了。"驮轿"在甘凉道上呼为"驾窝子"，是前后两头健壮的骡子，当中一顶轿子，走得非常之快，而人坐在里面又是非常之稳。

　　这乘轿子全身都是红毡的轿围子，前后的两头骡子全是"菊花青"。那是一种浑身斑点、最美丽、最上等的骡子。后面有个跟轿的人，骑着马，手抡着长鞭子，挂带着刀。

　　轿子也没有放着帘子，里面坐的正是霜鬓蓬松、身穿狐皮斗篷、半躺半坐、病容惨黯的金大娘。她忽然看见雪瓶自对面骑着马来了，就赶紧直起腰来，挣扎着，却又惊又喜地说："瓶儿！瓶儿！难道你真不认识我吗？我，是你的娘啊！当初不必说了！……"她不禁双泪汪然，哭着说："后来，我可是想尽了法子积攒钱，就为的是要到新疆去找你！我还想要去见见玉娇龙……"

　　说到这里，雪瓶突然向轿中发了一箭，轿后的那人就吓得扔下了鞭子，摔下了马去。

　　韩铁芳赶过来连喊着："不可！"他又急又气，就说："无论如何，她也是生你的人，你怎能用箭射她？"

　　春雪瓶却连一句话也不说，她头也不回，就收剑策马，越过了驮轿，一径往东去了。

韩铁芳疾忙到轿内去看金大娘，只见金大娘的身上倒是没有受伤，因为那支箭正钉在轿围子上。雪瓶大概也是不忍伤了她的亲生母亲，然而她是绝对不相认了。金大娘此刻却比受了伤还要难过，不住地放声痛哭，哭得韩铁芳都不禁鼻酸。

这时那跟骡驮轿来的人由地下爬了起来，赶过来向韩铁芳说："王大爷！你老人家原来就是韩大爷韩铁芳呀！"

韩铁芳这才看见，这个人原来是土蛋刁三，便说："你随来了很好，那边……"他回身指着躺在那边地下的、已经中箭身死的吴元猛，意思是叫刁三想法子把那尸身掩埋了。

刁三说："这事您交给我好啦，附近村子里找两个人来，把这位少太爷掩埋了就得啦！可是他的那只铁锤恐怕我们拿不动，没有法子打发。"

这时轿子里头的金大娘，哭得死一阵儿活一阵儿，韩铁芳想要劝，却又觉得无话可说，十分地着急。

刁三又往北指着说："那边有一个小村落，我们刚从那边来。见那里的人还都很老实，跟山上无关。我想，不如把金大娘暂且送往那儿去，然后再想办法。"

韩铁芳点点头说："好！"又不禁叹了口气，遂就回去看了看吴元猛的尸身。他虽然觉得雪瓶射死他不对，但他若不死，甘凉道上就永久有个恶霸存在着，自己的心却总像有一些歉然似的。

这时，土蛋刁三已拾起鞭子来，赶着骡驮轿往回去了。韩铁芳就上了马跟随。行约五里许，便进了那村。他们找了一家住户，就卸了骡驮轿，搀进去已哭得半死了的金大娘，就都进去歇息。然后土蛋刁三又找了本村的几个人，就携带着锄铲到那里去掩埋吴元猛。韩铁芳在这里吃了两碗黄米饭，听这人家的妇女向金大娘劝解着，而金大娘却哭得更是厉害，他恨不得堵住了耳朵。

又听这里的男人说："刚才有一位骑着白马，身穿着鹿皮的坎肩，背后插着一双宝剑的小伙子，刚走过去了。"

韩铁芳真想去将春雪瓶赶上，强迫着叫她回来与她的生身母相认。但是韩铁芳这时已极倦怠，就在这人家的土炕上睡着了，及至醒来，时候已经不早。那土蛋刁三已经把吴元猛的尸首葬毕回到这里来了。

此时金大娘也不哭了，她口口声声要回凉州府去。韩铁芳也没去见金大娘，晚间就与刁三谈话，他才知道前夜春雪瓶在金大娘的那座楼上又大闹了一场。当夜老君牛张伯飞到了吴元猛家，述说了新疆迪化以及天山的一切事情，他们才知道所谓"王仲远"就是韩铁芳。鲍坤急要报他陇山五虎之仇，吕通海是本来就不服韩铁芳，如今他更想斗一斗那玉娇龙的女婿，所以他们立时就去南门拦截。因为没有截住，他们便一直追了下来，结果都丧命于深谷之中。吴元猛也是闻知春雪瓶与韩铁芳齐都走了，往山里去搜他的父亲去了，方急着前来保护。

金大娘知道那一连两夜在她楼上大闹的原来就是春雪瓶，就是当年她忍痛换给了别人的那个女儿，因此她也催着人套了骡驼轿追来。她可没想到她的女儿见了她依旧不认，并且还用箭射她；而那个侍奉她如同对生母一般的义子吴元猛，却又死于雪瓶的箭下。这次对她的打击太大了，金大娘就是回到了凉州，恐怕也活不了多久了。韩铁芳又向刁三打听黑山熊的下落，刁三是连一点影儿也不知道。再打听那小山神柳三喜，刁三却说："我更不知道有这么个人。本来吴元猛虽是黑山熊的儿子，可是自从他在凉州立下了事业，接去了金大娘，他就不再回山里去了，黑山熊更是永不出山，所以山里究竟都有什么能人，外面的人也不知道。"韩铁芳便觉得不必再问了。

到了次日，韩铁芳便叫土蛋刁三先送金大娘回凉州府，他自己却躲避着，不愿和金大娘见面，并且不忍听金大娘时时的哭声。土蛋刁三护送着那乘骡驼轿走了之后，韩铁芳昂首望着那祁连山，却不禁心中愤懑，暗想：这样的帮助人做了多少罪恶，给了人多少痛苦？

韩铁芳又在此休息了半日，然后谢了这家人家，便骑着马走了。在附近各处又访查了一日，也没有看见黑山熊与那小山神的行踪。

韩铁芳只得催马又赶到了凉州城。原想是来到了城中，必又有一场恶斗，可是一进城就遇见了沙漠鼠。他此时居然敢出头了。因为自从土蛋刁三回来，城中已无人不知吴元猛被箭射死之事，许多仇家都很称心，并有的特别到庙里为这件事烧香还愿。金大娘被刁三送回来后，便在她的楼上卧了重病,大概是永远也起不来了。吴元猛的那些姬妾,从现在起就为争产业打起架来。而保发镖店是已经关了门,大概只留下了大刀陶瑾一个人看家,其余的全都跑了。并听说是鲍坤跟吕通海先跑的,有人还说吕通海这次由东边保来的镖银还没有缴齐,人就不见了,一定是拐款而逃。这真给镖行丢人,尤其给灞陵镇的老侠吕慕岩丢尽了英名。这些事多半是传言有误,韩铁芳也不大留心去听。不过有几件事,韩铁芳倒是十分相信:第一是玉钦差已于日前离开此地往东去了;第二是未闻那"漂亮的小差官"春雪瓶再回到这里来;第三是此地依然无人知道黑山熊与小山神的下落。还有两件小事就是,柳素兰大概要嫁马百万了;而那个粉菊花是已经入了那条胡同去当了花姐,听说镇凉州朱逢源有意娶她。

韩铁芳在凉州城并没有再宿下,上午来到,下午他就别了沙漠鼠出了城。再往东去,这条路径他更觉得熟了。

祁连山渐渐离远了,他却忘不了死在那山里的师父瘦老鸦、死在天山的父亲罗小虎和死在沙漠里的母亲玉娇龙。他难过极了,尤其是日前目睹春雪瓶那样的毒狠,更令他灰心了,他想回到洛阳去看一看便走,以后绝不再往西来,而且绝不再谈武艺。他的心情很是愁黯。过兰州时又遇着了一场风雪,但他并不停留,只往南去走。这天傍晚的时候他走到了天水地面,已赶不及进城了,所以就牵着马在西关徘徊,要找店房。不料身后有人抓了他一把,将他吓了一大跳,疾忙回身,带着怒意瞪眼一看,见身后是一个很眼熟的壮年汉子。这人把他放开,接着就恭敬地打躬。

韩铁芳就蓦然想起来了,这个人原是自己在新疆石塔安家客店里见过的那个安大勇,于是韩铁芳就带着笑说:"原来你在这里。"

安大勇虽然是跟韩铁芳很熟,但他却并不晓得韩铁芳的姓名,只问着说:"大哥!你从什么地方来?在这里是要做什么?"

韩铁芳说:"我从西路上来,今天才到这里,正不知住哪家店好呢?"

安大勇说:"住店不好,西边有一家朋友,你可同我到那边去住。"

韩铁芳说:"我与人家平日又无交情,怎能够去打搅呢?"

安大勇说:"那是我的好朋友。我常跟他提说你帮了我路费,我才能到甘省来的事,他也恨不得要见一见你。如今你去了,他一定很喜欢。再说那里也没有什么人,只有他跟他的老婆,还有三个孩子。地方虽不大,可还够你睡觉。"

安大勇说话时,嘴里喷出浓烈的酒气,可见他是才喝完了酒。韩铁芳便想:既然在此和他遇见了,就去向他盘桓一晚也好。无论怎样,他也是在此地住了些日子,并且他又不断与江湖镖客、绿林豪侠往来,由他的口中也许能够听出一些事,探听探听由此往东路上的情形。当下他就连连点头说好,牵着马,同安大勇往西去走。走到一家酒店之前,安大勇就叫韩铁芳在门前稍候一候他,他就走进去了。待了半天,他才出来,原来他是借了这里的一个酒瓶,打得满满的酒,还用一张纸包着些熟肉跟一只鸡,看来他是要请客的样子,十分欣喜。安大勇带着韩铁芳往西去走,一路上就谈着别后的情况。原来他自从在南疆与韩铁芳分手之后,他用韩铁芳资助他的钱,把家安顿了,就离了那石塔庄,来到甘省。他先到兰州寻找他的朋友,他那个朋友本是镖行的,但因为吴元猛霸占了甘凉道,使他没有买卖可做,就将镖店关了门。

安大勇投到他那里一看,已经无安身之地,便又走了。盘缠都已花完,走到这天水秦州地面,他只得在街上卖艺求助。不料有个本地著名的好汉赛姜维,因他的江湖话说得不周到、有些狂气,所以就来踢场子,同他比起武艺来,结果不分高低,那赛姜维反倒很高兴,便拉他到酒店里,二人结为好友。赛姜维并请安大勇到他的家中去住,供吃供喝,如待自己的弟兄一般。

当下安大勇就把韩铁芳请到赛姜维的家中,时天色已黑。这是一个距城不远的小村子,十分清静。安大勇在这里住的那间屋也还宽敞,炕足够睡两三个人的。他们都是练武艺的人,不怕冷,所以炕并不热。屋里因为要热酒,临时才升了一个小泥炉。待了会儿,便请来了赛姜维。原来这个人就姓姜,年已五旬上下,身体胖而结实,他说话慷慨、举止豪爽,处处都显出他是一位老江湖。

赛姜维三十年前就在西安府保过镖,也在衙门当过班头,在兰州开过镖店,后来又在甘凉道上,在祁连山里……总而言之,此人是陕甘道上的江湖老前辈,不但方天戟秦杰、铁爪鹏吕通海等人都是他的晚辈,并且他在二十年前跟黑山熊兄弟也颇有交情。吴元猛算是他的老侄，但是他对于吴元猛的为人可是十分地不满意。

赛姜维见了韩铁芳之面，抱拳道毕了他的这些来历之后，就说："老弟！你是从新疆来的，我猜着你跟那里的春龙大王母女必有些交情。最近凉州城、祁连山都连次出着事，可是老弟，你不要以为我同他们认识，就是他们的一伙，那可错了！你问问安兄弟，平日我是怎样骂他们？"

安大勇也点头说："我姜大哥实在是一位直爽的人！"

赛姜维就于灯光下，用一双鹰眼瞪着韩铁芳，问说："老弟你就说实话吧！到底你贵姓大名？"

韩铁芳此时的精神是十分紧张。因为身旁放着宝剑，他对这人倒是不畏，就慨然说了自己就是韩铁芳，也就是与吴元猛结交过的那个"王仲远"。因为自己的师父名叫一提金萧仲远，所以当自己不得已而改名之时，便也叫"仲远"了。这些话实不隐瞒。

旁边的安大勇听了，立即显出更加钦敬的样子来。那赛姜维却哈哈笑，说："我早已猜出来了。我虽没见过你，可是安大勇说了他在新疆遇着的那少年客人，我就晓得一定是韩铁芳。日前有凉州府的人来到这里，说吴元猛新结交了一位有本领、使宝剑的少年侠士，名叫王仲远，我就猜出必定是你。果然，昨日又有人来到这里，惊惊慌慌告诉我，说王仲远原来就是韩铁芳，春雪瓶也到了凉州，你们大闹了双碑巷金大娘的家，后来又闹到了祁连山，逼得小山神柳三喜救黑山熊出了山……"

韩铁芳不禁惊讶着说："啊呀！你倒都知道得详细。"

赛姜维微笑着说："秦州这地方是来往的大道，我虽不干事，连村口我都不常出，可是东来的西往的，没有一个不先来拜访我。东至洛阳，西至肃州，这一带，即使是芝麻大的事，也有人来跟我说。稍有名头的人，我更没有个不知道的，韩大相公！"

韩铁芳一听叫他韩大相公，更不由得惊诧变色，因为已经许久没人对他这样称呼了。

赛姜维就说："今年春天就有人来对我说，洛阳城有位韩大相公，是柳穿鱼韩文佩之子，武艺高强，打过独角牛。后来韩文佩因搬石柱，被碰伤身死，这位韩大相公就分尽了百万家财出走了。初出江湖，就在灵宝县杀死了金刀太岁余旺，逼走了戴阎王跟判官解七，后来入晋省，又与钩镰枪焦衮恶战一场。后来与玉娇龙结伴西去，到了新疆的事情可就更多了，做得轰轰烈烈。如今你且偕同了小龙春雪瓶大闹凉州，走遍了祁连……"这一席话，他说得铿锵作响。韩铁芳如此被人称赞，也不由得高兴，便微笑着。只是听到了春雪瓶之事，他便摆了摆手分辩着说："春雪瓶并非跟我来的，我们不过是有些世交就是了。"

赛姜维至此却冷笑着说："我在江湖数十年，倒还未听说玉娇龙跟柳穿鱼韩文佩两家有什么世交！不过韩铁芳老弟，你人虽正年轻，可是我晓得你也是少爷出身，不至于到尉犁城的牛马群中去当驸马，这倒也许是真的。只是，你大概不能不知春雪瓶现在的去处吧？"

韩铁芳摇头说："我实在不知道。不过我想她是时时在追着黑山熊，黑山熊逃往什么地方，她就必定会追到什么地方去。"

赛姜维一听了这话，却也不由得发了怔，他沉吟着，脑里就像思索着了半天。这时，安大勇已将酒热好，鸡跟肉也都放在一张炕桌上，赛姜维就请韩铁芳上炕里去坐，他与安大勇在两旁相陪。当中搁着一只大碗，里面放着酒，三个人就一边吃着菜，一边轮流就着碗喝酒。赛姜维的妻子又给送来了黄米饭等等，来请韩铁芳食用。

安大勇本来已经吃过晚饭了，如今却又陪着韩铁芳吃了一顿。他跟韩铁芳谈叙了一些别后的事情，又说来到甘省本想干镖行，没想到什么事也找不着，反来倚仗姜大哥吃饭，真是烦死人！韩铁芳只得劝他不要忧愁。

这时，赛姜维仿佛也很忧愁，想了半天，他才说："韩铁芳老弟！我再同你实说几句话吧！前天，黑山熊跟柳三喜由此走过去了。"

听到他说这话，连旁边的安大勇也很吃惊。

赛姜维就向安大勇说："你记得前天有个二十来岁的高身材的人来找我吧？那就是柳三喜。我随他出去了一趟，在南关徐家店，见了黑山熊。他的意思是想叫我给他找个地方隐藏。我本已答应了他，可是昨天我又到徐家店去看他，他却已经不辞而别，连柳三喜也走了。我想他们是因为心虚，不敢再在此住。虽然不清楚他朝那个方向走了，可是我知道黑山熊在西安府还有几位老朋友，并有一处房产，也许他们暂时投往那里去也未可知。不过刚才我听韩老弟说，春雪瓶必定是追赶他们去了，因此我就又想到了，在半个月之后，西安府就许有一场恶斗。我在那里有一家亲戚，只怕，只怕……"

韩铁芳一听，就明白赛姜维的意思了，自己至此也难以说什么话。停了半晌，他才叹了口气，说："按说，我也应当追了去，帮助春雪瓶，将他们杀死。我跟黑山熊旁的仇恨并没有，可是我的恩师萧仲远确实是被他们所陷，负伤被困在山洞里，结果是惨死了！"

他忆起在祁连山中洞内纵火的那件事，又说："可是我如今真懒得再和人争斗。江湖上这些事我也看破了，不过是彼此凶杀，仇雠相报。如今我连春雪瓶都不想再见，更何况向黑山熊寻仇呢？我说的这俱是心里的话，姜兄你也不要以为我是为免去你的这些黑山熊朋友与我作对，才故意这样解释。如今我只盼一路无事，回至我的洛阳故乡。"

赛姜维一听这话，就不禁笑了起来，旋又正色说："黑山熊的那些朋友倒是没有谁想跟你作对的，除了柳三喜。可是戴阎王自从被你逼到陕西，他在西路地面上又安了一份大家业，在长安又开了大买卖。解七、扳倒山陶俊、黑头鬼程三等人帮助他，声势也颇不小。还有托得塔李平、飞夜叉张仆，也都想要会会你。钩镰枪焦衮更是绝不许你过临潼的，吕慕岩老侠客也说要拿双钩对你的单剑。你最应提防的是长安三霸中的金霸王高越，你想，他同铁霸王窦定远是盟兄弟，窦定远既是在迪化死在你们之手，他还能够容许你一路无事就回洛阳去吗？"

安大勇忽然愤愤地说："不怕他娘的什么金霸王！韩大哥你不用发愁，我保护着你往东去。"

韩铁芳却忽又胸中腾起了怒火，他冷笑了两声，微微摇头说："不要紧！"又抱拳向赛姜维说："承你指告了我这事，在路上我加一点小心就是了。可是我虽说已灰心于江湖，但若有人敢在沿路截我，我仍是不饶他！"

赛姜维摆手说："这样办不行，你究竟人孤力弱，而且冤仇越来越深。据我想，他们那些人也并不是成心跟你为难，却是因为玉娇龙、春雪瓶，他们才恨你。你要是不帮助她们，便没有你的事。再往深些说，假若在春雪瓶拿弩箭要射他们那些人的时候,你给他们拦一拦,那他们反倒都得谢谢你了。"

这时韩铁芳倒诧异了,他实在不明白赛姜维的话忽硬忽软,究竟是什么意思,于是说:"姜兄,你到底要叫我怎样吧? 莫非是叫我劝春雪瓶莫伤害他们? 据我想春雪瓶虽然厉害,可是别人不去惹她,她也不会用箭胡乱射人。"

赛姜维说:"我所担心的只是一个人,便是金霸王高越。"

韩铁芳说:"你刚才不是说他很凶吗? 不是说他能够帮助戴阎王在路上与我作对吗? "

赛姜维说:"他凶虽然凶,但是还能凶得过春雪瓶吗? 他能跟你作对,还能不跟春雪瓶作对吗? 我知道他虽是陕省有名的好汉,长安的第一镖头,但要斗玉娇龙教出来的春雪瓶,可是不行,还差得远!"

韩铁芳说:"你放心! 我绝不依赖春雪瓶的帮助。他要是想截我就自管截,我一人挡,绝不能说他得罪了我就是得罪了春雪瓶!"

赛姜维说:"可是黑山熊到了长安必定要投他去, 而他因为江湖的义气,也必定收留。春雪瓶早晚也必找了去,他必帮助黑山熊抵挡。结果黑山熊倒许又为柳三喜救走,可是他一定完了,他是我的妹夫呀!"

韩铁芳这时才听明白了,心说:原来此人一点也不爽快,到这时他才说出与金霸王的关系。他叫我别惹金霸王,可又怕金霸王去惹春雪瓶,真是欺软怕硬,好个"赛姜维"。于是他倒慷慨地说:"姜兄的意思我明白了,你就放心吧! 由此往东,我若遇见雪瓶,我就必定劝她。黑山熊将来怎样,我虽不敢保,但令亲金霸王既是一位镖行的老师傅,我想春雪瓶也不至于向他为难。"

赛姜维听了,又发一会怔,便点点头,说:"到时再说吧。我盼望你此次往东,不生事故,并盼望我的妹夫也少管这些闲事。"

韩铁芳说:"我如遇见他们起了纠纷,我必定要给他们排解,我绝不会偏袒着一方。"

赛姜维又拱手说:"拜托了! 还有,安大勇在我这里闲住着,他每日非常烦闷,叫他跟你往东去一趟也好。明天我托人写两封信,一封给安大勇,叫他到了西安府就去见金霸王高越,高越必定能够叫他做个镖头。另一封你拿着,也不必粘封皮,由此往东,只要你顺着大路走,无论大事小事,只要对方是个朋友、讲交情的,你就把我的信拿出来给他们看。"

旁边的安大勇说:"他们若不认识字,可怎么办?"

赛姜维微笑着说:"无论哪一个穷乡僻镇,难道还没个土秀才吗?他们不认识字,可以请人去念给他们听。再说信上有我亲笔画的押,我那个押,三十年来,在陕甘道上,就凭它提银子、请朋友、解纠纷,无论走到哪里,总有人认识。"

说到这里,他就以手指蘸酒,在桌面上很熟练地画了一个押。他这个押并不像字,倒好像是一条盘蛇,韩铁芳也没怎么理他。于是三人继续饮酒,直到了夜深时,赛姜维方才离开了这屋里,自去就寝。韩铁芳与安大勇就在这屋中一同睡下。

至次日,清晨又刮风,天色阴沉沉的,似又酿着大雪。赛姜维早已起来,往城中托人写信去了。韩铁芳觉得他是多此一举,他那信,自己也会写。而且他写来交给自己,凭他那一盘蛇的花押,无论是怎样有效力,就算它能够退神兵,敌神将,自己也绝不把他那信拿出给人看,自己用不着借他"赛姜维"的名声走通往东去的路。只见安大勇却是十分欢喜,高高兴兴地去收束他那简单的行李。邻屋赛姜维的老婆又在拉风匣做饭,不一会儿,就唤叫安大勇去端饭,他们两个人仍在这屋里食用。

直到下午,天色快黑了,赛姜维方才回来。他的两封信都已托人写好了,在手中拿着,但是神色却更为慌张。他向韩铁芳笑着说:"老弟!怕你这次东去,更不能沿途无事了。因为刚才又有由东边来到的人,说是柳三喜保护着黑山熊,确实出了甘省进陕西去了。陕西的一些绿林好汉又在准备打劫……"说到这里,他压小了声音,又说了三个字:"玉钦差。"

韩铁芳听了,却不禁微微冷笑,没说什么。

赛姜维又说:"现在东路上的好汉可真不少,但都是咱们的朋友。你们只要拿着我的这封信,信上又有我的押,就都不要紧了。"

安大勇接过了那两封信,还发呆地看着赛姜维,韩铁芳对此却一点也不感兴趣,就向着炕上一躺。当日已不能动身了,吃过了晚饭,又饮了一些酒,就都睡觉了。

次日,天还没亮就都起来,安大勇将两匹马都备好,行李刀剑,也都稳放在鞍旁。赛姜维催着他老婆快起来,急急地又给拉风匣生火做饭。韩铁芳与安大勇二人吃了早饭,方才与赛姜维告辞,韩铁芳抱着拳道谢。当下二人就一同离开了这里,两匹马离了秦州天水县,一同往东去了。

铁芳对于路径虽然不大熟悉,可是人情世故,他还都知晓。那生长在南疆、在大沙漠里做过强盗的安大勇,对江湖事却全都不知。他是极为佩服赛姜维,竟把赛姜维的那封信看成了公文护照。晚间投店时,他必要抽出信来叫店伙们看,并说:"你们看看! 这上面画着赛姜维老师傅的押哩,我们全是他的兄弟。"铁芳就常拦他,并劝说:"你不拿出这封信来给人看,人家倒也不知咱们, 不加以注意。这条路上的人未必都是赛姜维的好朋友,而且赛姜维的名气也未必真那么大,若遇着气性傲的人,倒许故意同咱们找点为难。"

他虽是这样说,安大勇可一点也不听,反倒跟他争辩,说:"韩大哥! 你只是知道玉娇龙跟春雪瓶有本领、有名气,你可不知道,咱姜大哥的本领虽不敌她们,在东路上的名气,可比她们叫得响呀! 咱们又没有带着货、没带着行李,走在路上哪能不叫人留心? 要想一路无事到长安,真怕不容易,所以我才到处显出咱们是赛姜维的朋友,沿路自然有些照应。若能到了长安,金霸王叫我做了镖头,那就更好了。"

铁芳便不再拦他,因想自己犯不着同一个浑人争辩。既是与他有些交情,便索性送他到长安;那里若是没有什么事情发生,他再找着了事做,自己也就往东去了。

有时他又想起师父在洞中临危急之时嘱咐过自己的话:"你赶快回家去看看吧! 你的媳妇想你,都快要想死了!"他就觉得家中的妻子陈芸华也实在是命苦,怎么单单嫁给了自己呢? 一路如此想着,就往东去走。进了陕西,可以说离着他的家乡是一天比一天近了。铁芳更是感慨倍生。他们也打听不出玉钦差是几时走过去的,更没有听见谁曾看见了个"漂亮的小差官"。他虽非心灰意懒,但也不愿意多事,可是因为安大勇常把赛姜维的信显露出来,他们便被人注意上了。就他们知道的,现在就有五个人都已跟随上他们了。这五个人也都是很年轻体壮，短衣携刀，骑着马，都一脸的煞气。他们去住店，那五个人也就来住店，他们吃饭，那五个人也跟着来在旁边吃饭。十只眼睛永远盯着他们，嘴里也总谈论着他们。韩铁芳就暗中叫安大勇要提防着那些人，可是不要去理他们。安大勇却又要拿出赛姜维的信给他们去看，韩铁芳也把他拦住了。

如此，那五个人跟着他们连行了两日，就已走过了宝鸡县。天阴得又要下雪，风也刮得很大，所以这天还没有太晚，韩铁芳就主张找店房歇下，也是为躲避那五个人。却不料他们才牵马进了一家店房，叫伙计给找房子，后面就跟来一阵乱七八糟的马蹄声，又纷纷地彼此开着玩笑、骂着、唱着，下了马，拿皮鞭啪啪地抽着墙，脚步杂沓地跟着拥挤进来了。

他们齐喊着说："伙计！伙计！快给找房子，快找房子！妈的！你们还不把太爷们的马接过去？"声音大得简直就像是在韩铁芳跟安大勇的耳边喊着一样。韩铁芳极力忍着胸中的怒气，安大勇却气得脸跟一个大紫茄子一般。但他也不愿太急，就慢条斯理地掏出来信，转身就向他们中的一个二十来岁的黑脸汉子说："朋友！你不用欺负人，我们是赛姜维的朋友。你看吧！这信上有他画的押，他请沿路上的朋友们多加关照！"说着，他把这信就交在那人的手里。

那人一手提着马鞭子，展开了信来看，旁边的四个人都向他问说："什么？什么？"他却摇头说："没有什么！是他妈的一封信，是要用赛姜维的名头来吓吓咱们。"说着哧哧就把信撕了。

安大勇就紧紧地抓住了他的手，说："喂……"安大勇真急了，就说："你娘的！你为什么撕我的信呀？"

一听他骂人，旁边的四根鞭子连同耳光，就一齐向他来打。那撕信的黑脸汉子，把手向空中一扬，碎纸就随着风飘飘摇摇地飞了起来，他便哈哈大笑。

安大勇却摸着头、捂着脸，跳起来嚷嚷着说："你们这是干什么？太不懂得交情啦！我们是赛姜维的兄弟，我叫安大勇，这是韩铁芳……"

此时旁边的韩铁芳本已愤愤地挽起袖子，要上前救他，过来助拳，可是听他把自己的名字都给喊出来了，却又气得闪在一旁，不再管了。不过这时也乱得太厉害了，那五个人依旧是连鞭子带拳脚，一齐又打又踢。

安大勇也如一条猛虎似的，张着两只大手，东蹿西奔。他夺过来了三根马鞭子，都让他给揪断了、折了，他可不知道抢动鞭子也向那五个人去打。那五个人便都呛呛地抽出刀来。韩铁芳也愤愤地抽出了剑。安大勇却突然不顾一切地就从那黑脸汉子的手中夺过了刀，胡抡乱舞起来，把那个人吓得纷纷跑了出去。除了韩铁芳的黑马之外，其余的马也都呼啦呼啦地向门外奔去了。安大勇不仅要去追那五个人，还要追回他的马，就跑到门外，将这条相当热闹的街市竟当成了新疆的大沙漠，逞起当年的雄威来了。他抢着刀，迈着大步，大声骂着，向东去追赶，一直追出了街市。可是那五个人都已骑上了马，并且拐去了他的马跟行李，蹄声如急雨，如连珠般地响着，已跑得极速，少时便无影无踪了。安大勇追出有四里地才站住了，望着眼前的一团愈去愈远的尘土，他就泼口大骂。

此时韩铁芳由西边来了，劝他回去，他还是不听，还要借韩铁芳的马骑上去追那五个人六匹马。韩铁芳却不肯将马借给他，劝他说："如今他们已去远了，你再追也绝追不上了。他们都是本地的人，咱们却对这里很陌生；万一中了他们的诡计，再吃了大亏，更是合不着！"

安大勇就顿着脚，愤愤地说："那是我由新疆骑来的马！我的行李虽不值钱，可里面还有一口刀，就都任他们拐了去吗？"说着，他就用夺来的刀狠狠地砍着地。

韩铁芳说："这都容易办。现在我们先回到那店里，托人去打听那五个人的来历。我想绝不会没人认识他们。"

安大勇说："要是真没有人认识他们，可又该当怎样？"

韩铁芳说："那也容易！这宝鸡县境离着长安也不远了，你到了那里，必可以见着金霸王高越。据我想赛姜维的这封信，虽然在江湖上叫不响，被人给撕了，可是那另一封信一定有效。金霸王既是他的妹夫，要给你找个镖头的事绝不难。那时或他帮助你，或你自己去将马找回，一定是极为容易。你刚才不该说出我的名字，你若提起金霸王来，我想他们也不会拐走你的马。"

安大勇也点头，觉着韩铁芳此话说得对。他只得同韩铁芳回去，重到店房之中，韩铁芳就叫伙计给他找了房屋，去吃饭歇息。本来他是不愿再惹事了，那安大勇却又出去嚷嚷着向人询问，可是那五个人的来历竟没有人知道。

韩铁芳明白是没有人敢说出来之故，安大勇却说："那五个小子一定都是野贼！怪不得他们不知道赛姜维大哥的名字，金霸王一准不认得他们。我若再遇着那五个小辈，一定要割碎了他们，毫不容情！"他气得哼哼地直喘，可是饭吃得更多，觉睡得也更香。韩铁芳却睡不稳，夜深，听着户外的更声、风响，望着窗纸上的月色，他往西回忆到了新疆所遇的一切事情，往东又想到将要重逢的妻子陈氏芸华，虽是可怜，但是不可爱。何况洛阳的家资都已散尽，自己又不姓韩了，那个家也不是自己的家了，自己回去看一看，就还得走啊……

他如此幽思缕缕，不能入睡，虽然很希望春雪瓶又在暗里与他同行，可是又觉得即使见了她，也无甚意味。春雪瓶虽生得美，却太厉害，亦多情亦无情，虽可爱又可怕。尤其是想到她对于她的生身母亲都肯用箭去射，她对于别人还能够好吗？自己的心虽难以忘她，可是脑里绝不再想怎样与她接近了。

次日，一清早起身又往东走去。安大勇是懊丧极了，因为他已没有了马。虽然韩铁芳是牵着马走的时候多，骑着走的时候少，但无论如何，也比他轻爽得多。安大勇手提着一口刀，一边生气地骂着，一边走，沿路的人都十分注意他。他走过去之后，别人还多半回过头来向着他笑，以为他是个傻子或疯子。

他也十分注意往来的人，他恨不得昨天的那五个人正好就从对面走来，他好抢着刀跟他们去拼斗，出出胸中的恶气，夺回失去的马。可是昨天的那五个小子，他连一个也没遇见。并且细细一回想，大概除了那个黑脸汉子，再见面时还能够认识，其余的四个，昨天根本就没看清楚。

这时天又更阴，路上的行人也更少，还没到晌午，鹅毛似的雪花就从空中飘飘摇摇地落下来了。安大勇解恨似的说："好！下了大雪倒好，把那五个贼都冻死吧！"

其实这时衣服最单寒的就是韩铁芳，他只有骑着马快跑，才能够使身体出汗，温暖些，但这却办不到，因为安大勇在后面已连走都走不动了。这时才不过走出四十多里，在雪花纷纷之间有一座黑兀兀的城池；这座城还不小，大概就是凤翔府了，距离也很近了。后面有不少的车辆、马匹和行人等等全都往那边赶去。此时韩铁芳和安大勇二人的身上都落满了雪。安大勇就说："到了前面，咱们还是找店房住下吧！妈的！昨天那五个贼人欺负得我心里真不舒服！"

韩铁芳却笑着说："你也是闯过江湖的人，天下哪能都是顺心的事？昨天你也不过是丢了一匹马，以后你在长安做了镖头，保着的镖也许被人都能劫去，那时你岂不要气死了吗？"

安大勇说："我气的就是姜大哥的那封信竟被他们给撕了，他们也未免太看不起姜大哥了！"

韩铁芳微笑说："据我看，赛姜维那个人好交友，在东与金霸王，在西与黑山熊，都有戚友之谊，因此常有江湖人前去找他，那倒是真的。但若说他果真有什么名声，我却不信！"

随说随走，冲风冒雪，越走离前面的那个城池就越近了。忽然身后赶过来了两个人，就向他们说："你们还不快些走？凤翔府的店房有限，现在下着雪，赶去投宿的人多，你们去晚了，可就找不着好店房了！"

说时，两匹马就从他们的身旁超过去了。安大勇举起刀来愤愤地追了几步，他才看出这两个年轻人虽也都骑着马，可是并不眼熟，不是昨天那五个人里边的。他渐渐地消了气，转首又向韩铁芳说："咱们就到凤翔城里住下吧，不用往下走了。我想昨天那拐去我马的贼人，他们一定把马弄到这个地方来卖，绝去不远，一定在这里。我若不抓住他们找回来我的马，我绝不甘心！"

韩铁芳便点了点头，他心中虽不愿跟人争斗，可是却觉着刚才那两个骑马过去的人，也有些可疑。他自量如果有人想来暗算自己，或欺安大勇太甚，可也绝不能够饶他们了。他骑着马向前行得渐快，安大勇跟着马也走得很急，不多时就到了凤翔府的西关了。这原是个大地面，虽在风雪之中，街上往来的人还很多，车马也甚拥挤。尤其几家较大的店房，由门外往里一看，就可见车辆挤得都几无隙地，房子当然更是没有富余的了。

韩铁芳与安大勇找了半天,才找着了一家顶小的店房。一间不很大的屋子内倒已先有了三个人,虽都是做小生意的样子,但韩铁芳也不得不对之加些顾忌。安大勇却完全不在意,仍在愤愤地说:"妈的!我要不捉住那五个贼,找回来我那匹马,我也没有脸儿见金霸王去啦!更没脸回秦州去见姜大哥了!"韩铁芳忙伸手将他拦住,拦得他倒不住发怔。

韩铁芳身上的雪,一半是用手在屋外拍下去了,一半是被屋中的热炕上的热气儿给融化了。他跟安大勇,跟炕旁边的那三个人,都吃了店家婆手抻的有指头粗的面条,虽然难嚼,倒出了一身汗。

那三个人也不是本地人,他们像是贩货路经此地。他们就谈说这凤翔府出好酒,并说这里还有个镇子,名字叫"杏花村",那里的酒更是出名,女人也都长得好看……

这三个人如此闲谈着,话却都被安大勇听着了,他听了女人们倒不动心,听说有好酒,他就觉得喉咙都发痒。他的身边倒有几百钱,他就全掏了出来,往炕上一摔,连声叫着说:"伙计!伙计!"

旁边的一个人就说:"你是要叫伙计打酒去吗?伙计大概不能够管。你没看见吗?这店里只是四个人,一个店家,一个店家婆,还有两个都是他们的孩子。现在他们正忙得手脚不得暇,哪能够出去给你打酒去呀?"

另一个又说:"街上有的是大酒楼跟小馆子,等到雪小一点的时候,你们出去喝就完了,也省得叫这店里的人,打来的酒,他们赚钱。"遂就问:"你们两个人是干什么的?"

安大勇回答说:"是做买卖的。"

那三人又问:"做什么买卖的?"

安大勇却说:"保镖的!"

此时韩铁芳卧在炕角,已经闭上了眼睛要睡了。他的心中实在烦闷,尤其是因为外面又落着雪。他是真不愿再见到雪了,因为他耳听身遇的种种事情,以及目见的人之中,多半与雪有关。雪天之下的来安店,雪中的祁连山恶蟒坡,满是冰雪的天山,还有春雪瓶……他真愿意永远不再看见雪,不再叫雪惹得他伤心难过。可是在这时候,安大勇却不管什么雪不雪,他一定要喝酒去。他拿了钱,就出门冒着雪走了。

他走后,雪仍然落着,韩铁芳躺在炕角,一只脚压着安大勇的那口刀,宝剑放在身后边,他就似睡非睡的,迷迷糊糊过了许多时候。及至醒来,睁大了眼睛一看,天色都快黑了,安大勇可还没有回来。他不禁吃了一惊,当时就直起了腰,向着面前的人问说:"你们没看见我的那个同伴回来吗?"说话时,他又有些疑惑,刚才对面是三个人,现在却只剩下两个了,像是也失踪了一个。对面的人一个是卧在那里,还在呼噜呼噜地沉睡。另一个手里玩着骨牌,眼睛也不看韩铁芳,只是摇着头说:"不知道!大概你那同伴在酒馆里吧!"

韩铁芳没有再言语,又闭上了眼睛要睡。窗外异常的寂静,他知道大雪一定还正落着。安大勇也许因嫌这里太窄,就在酒馆里索性不回来了。又闭了一会儿眼睛,韩铁芳忽然觉着不对,他当时精神就兴奋了起来。故意不睁大眼睛,眯缝着眼看那玩骨牌的人,就见他并不是因为无聊才一个人玩骨牌,他手里虽然玩着牌,眼睛却不住地向韩铁芳偷看。尤其是那个打着很重的鼾声的人,虽然卧着,两只眼却不住地一张一闭,正瞪着韩铁芳腿下压着的那口刀。

韩铁芳不禁暗自地打了个冷战,心说:了不得!这条路上的贼人真多!而且他们还都通气儿。我来到了这里,立时屋中的三个人就全是心怀叵测。可是他们也太胆小了,我腿下压着刀,身后倚着剑,他们就不敢动一动吗?我也睡了大半天啦。可是安大勇会不会已在店门外遭了他们的暗算?凤翔府这地方准有个大贼窝……同时又想:他们的那个伙伴往哪里去了?哎呀!不会是给他们取家伙、勾请朋友去了吧?

想到这里,韩铁芳就真忍不住了,遂就睁开了眼睛。但他仍然做出没事儿人似的,故意打哈欠、伸懒腰,装作没睡醒的样子,说:"真怪!大勇哪里去了?难道遇见了金霸王高越,就把他拉去做镖头了吗?"

他看出那两个人全都露出惊异的样子,就又问说:"你们不是三个人吗?现在怎么也走了一个?"

那个人手里还摆弄着骨牌,口中就答道:"我们的那个伙计,是进城看他的亲戚去啦。年轻的人哪能在屋里待得住?我看你的那伙伴也一定是在酒馆里喝醉了,不然就是赌上啦。那个人老实,我看旁的道儿他倒许不至于去走。"

韩铁芳摇头说："他身边所带的钱也不够他喝醉了的。他又不好赌钱，只是……"说到这里，他就瞪着这个人，问说："不知这凤翔府的地面，有没有豪绅恶霸……"见这个人脸上的颜色一变，他就忍不住猛扑过去，啪地就是一掌。

这人大怒，说："小子，你是怎么啦？"抓起骨牌就向他打来。那卧着的人也蓦然翻身，跳下了炕。韩铁芳却抄起腿下的刀逼住了那玩骨牌的人的脖颈，喝声："趴下！"

这个人也不敢不从命，就索性跪下了。韩铁芳同时又抽出来宝剑，抵住那才跳下炕的人的胸，说："你也给我站住！"他的手只要向前再伸一伸，剑锋再进半寸，这个人的胸头就得戳出个大洞，于是，那个人便哆哆嗦嗦地伏在了炕上。

韩铁芳就说："在这店房里，咱们也都不必嚷嚷，只要你们说出实话。你们追着我们，在这里布下了罗网，等我们自己来投，到底是受了谁的主使？说吧！"

地下跪着的这个，连连摇头说："我们不知道！我们是正经的买卖人，贩运皮货的……"趴在炕上的那个也要分辩，韩铁芳就说："你们何必要自找苦吃呢？在这店房里，我虽然不能够杀死人，可是却能够伤了你们，至少能割掉你们的耳朵！"

这两人一听，都吓得浑身哆嗦。一个还闭口不认，另一个跪在地下却直叩头，说："我说！我说！我叫土鳖老九。"韩铁芳说："我没问你叫什么名字，只问你是听谁的主使？昨天是谁在宝鸡拐走了我同伴的马？"

土鳖老九说："我们全是解七爷的手下。他并不是为你那伙伴，他是为对付你。你老人家不就是韩铁芳吗？"

韩铁芳一听"解七"之名，就想起此人有个别号名叫"判官"，是灵宝县的恶霸戴阎王的仆人，也是他的臂膀。他怔了一怔，便又问说："解七现住在哪里？戴阎王也是在这附近么？"

他叫土鳖老九站起来实说，并把那趴在炕上的人也放开了。他一手持剑，一手持刀，立在门旁，又向这二人逼问说："只要你们说出实话，说出戴阎王跟解七现在在哪里？再告诉我安大勇被你们骗出去之后，他现在怎样了？我就饶了你们，快说！"

门外的雪愈落愈大了。这二人低着声彼此先商量了一下，那土鳖老九就说："韩大爷！我们就告诉你吧！最好你老人家把马卖了，把剑藏起来，假充个做买卖的人，往东走，还不要停留，这许才能够过凤翔、长安，出潼关躲开灵宝，还不可就回洛阳，应当赶紧再走别处；不然你就索性往西，回到新疆就没事儿了。"

韩铁芳听了，却不禁冷笑，说："你快告诉我，眼前有多少贼人要暗算我！"

土鳖老九说："贼人倒没有什么，不过都是你的仇人。第一个是戴阎王跟解判官，他们因在灵宝县被你逼得不能够立足，这才逃到陕西来。他们是既会交朋友又会做买卖，所以以来到关中地面还不到半年，朋友就结得更多了，在长安也开了买卖，在这凤翔城北星辰堡又置了一大片房产。他不但恨你，还恨玉娇龙。前天又有个……"

韩铁芳想起这些事本来赛姜维都说过，可惜自己没想到戴阎王的那新家业就在凤翔府。好！如今冤家又聚了头了，遂又问说："有个黑山熊跟小山神柳三喜，也投奔到这里来了吗？是他们一同设计要害我吗？"

这两个听了倒都发怔摇头，像是真不知黑山熊的样子，他们只说："前天来的人名字是叫老君牛张伯飞，是潼关有名的好汉，上次在新疆天山，他几乎死了在你的手里，所以他更恨你。他跟解七爷一同商议，派了我们来，还派了……简单说吧！今天这凤翔府内，不但大小的店房，就是酒楼茶肆，无论哪一家，也都有我们的人。要是打起来，抵得过你抵不过你，那倒不敢说，不过二百里之内，无论你走到何处，我们也能够知道，也准叫你跑不了！"

见韩铁芳的脸上显出发怒的样子，土鳖老九就觉悟了，他的命和耳朵现在还全在人家的手里呢。他就又哆哆嗦嗦，用手捂着耳朵说："我们两个可早就想到了。你老人家既是玉娇龙跟春雪瓶的朋友，武艺绝不能不如我们，因此，你刚才睡了那么半天，我们全没敢把你的刀跟宝剑摸一下。我们不会武艺，是准知道不行，谁愿白碰钉子呢？可是我们那个伙伴现在勾人去啦,他们若是来了,那就说不定要得罪你了!"

韩铁芳却愤愤地回身就向外面喊叫着:"店家!"

那店掌柜也早就知道事情不好了,已派他的孩子给人送信。如今听了呼唤,他不得不硬着头皮来见韩铁芳,可是又不敢进屋,只站在院中雪里向屋里问说:"客人!大爷!你要吩咐什么事?"韩铁芳只说:"把我的马备好!去!"他不再说旁的。

屋外便答应了一声:"是!"声音还带着点颤抖,因为那店家早看见他一手刀一手剑的厉害样子了。铁芳又向这二人追问把安大勇骗往哪里去了?土鳖老九发誓似的说:"这我可不敢瞎说!你那同伴出屋的时候,你还没有打盹呢。我们只是想把他骗出去,好一同收拾你,可是我们对你的那个伙计,真没怀着歹心,因为晓得他认识金霸王高爷。这条西关大街上的酒馆很多,有福云馆、醉仙楼、铁葫芦店……"

此时店家在院中又说:"大爷!我们把你的马备好了。"

铁芳便收拾起自己的行李,挎在臂上,然后挺剑做出刺杀之势,又向这两个人说:"你们两人打算怎么样?"

土鳖老九说:"韩大爷!我们把事情都吐露给你啦!我们也都不能回去见解七爷啦。可惜雪大,不然我们也得赶紧离开这儿,往别处找饭吃去啦!这里的戴阎王跟解判官,不要我们的命就算便宜,还能够给我们饭吃吗?"

铁芳当时就信了他的话,遂说:"既然这样,我也不伤你们,只要少说话就是了。待一会儿,你们的伙计若是勾了人来……"

土鳖老九应声说:"韩大爷你放心!如若他们来了,我就说你已经走了,往西,你回新疆去了。他们要追,我们绝不能叫他们往东追。可是韩大爷,你也千万记住了刚才我所说的话,扮作商人,快往东跑去吧!"

铁芳冷笑着说:"我并不怕戴阎王跟判官解七。这次,他如不妨碍我便罢,他只要稍微碍着了我走路,我的剑下就绝不叫恶人再活!"说着,他怒气冲冲地出了屋,拉过马来,把简单的行李在马身上放好,连宝剑也挂在鞍旁,他此时手中所持的倒是安大勇留下的那刀。地下的雪深已半尺,但雪仍旧飘摇不住。他真恼恨,因为自己本想的是平安东返,如今却连在这里静静地歇一天也不行,还非得冒着雪去惹气。

他把刀向店家的头上一拍,说声:"你也要小心一点!"店家便哎哟地叫了一声。韩铁芳也觉得自己有点太不讲理了,吃完了面没给人家钱,反倒拿刀拍人家的脑袋。但他此时可无暇再顾及他事,就牵着马走出店门。

韩铁芳出店门后就在街上来回地走,街上的铺子虽还都开着,可是往来的人已很少了。他只要看见门前悬着个红油漆的葫芦,下边飘着红布条子,那有卖酒的幌子的地方,他就去硬开门。他也不进里面去,只一手牵着马,一手提刀,向里面大声地叫着:"大勇!大勇!安大勇在这里没有?"

韩铁芳因为晓得今天这些酒店里,家家都有戴阎王跟解七派来的人,所以他是一点也不客气。他把两家小酒铺和那家"福云馆"全都找遍了,里边是有不少喝酒的人,可是并没有安大勇。

他又找到了"醉仙楼"。这是一家很大的饭馆,楼下的厨房里正刀杓乱响,各个座位间也有不少的人,或饮酒,或聚在一起谈话,可仍然没有安大勇。韩铁芳将马系在门外的木桩子上,提着刀咚咚咚地跑到了楼上。楼上这时摆着五桌,坐着四十多位衣冠齐楚、穿着皮袍的阔商人,原来是有人在此请客。忽然韩铁芳来了,他的脸上显出怒色,手中的刀又闪闪发光,就有人吓得脸色如白纸一样,赶紧躲避。有一个人却乍着胆子上来,拱手问说:"有什么事呀?朋友!你找什么人呀?"韩铁芳发着怔说:"我找的是我的朋友安大勇。"

他四下看着,也没有安大勇的影子,同时心里又想着:这里的设备很是豪华,安大勇也不会到这里来喝酒的,于是转身又咚咚咚跑下了楼梯。

还没出门口,就见有四五个保镖模样的人把他的马给围住了。有的就啧啧赞不绝口,说:"这样的好马我还真没有见过!这是真正的伊犁马,千万群里选出来的。可惜走的路太多了,喂得又不足,显得太瘦了!"还有人将鞍旁的剑抽出半截来,看了看,就更吃惊地说:"哎呀!这口剑也颇不错!"

韩铁芳一闯出门来,这几人的目光就都包围住了他。韩铁芳见这几个人都是满脸灰尘,脚下也有许多泥雪,可以看出是刚由别处来的人,遂就拱拱手说:"我有一个朋友,名叫安大勇,年有二十来岁,高大的个子。他从店中出来饮酒,到现在还没回去!你们看见了没有?"

被问的人之中有个就上前一步，刚要张口说话，却被他身后的一个人伸手给拉回去了。韩铁芳一看，就觉得情形可疑，他想：我也不必隐瞒了，于是就先通了自己的姓名。见这几个人都露出诧异的样子，他就晓得自己在江湖上的名声已经不小了，遂就又说："如果我的朋友不见了，那就是被本地的恶霸戴阎王跟判官解七给骗走了，捉去了。"

这几个人听了，仍然不提看见安大勇没有，只说："韩兄！你也明白，我们都是在这条路上混饭吃的，不干我们的事，我们向来是不管。韩兄！我们对不起你，你到别家再去打听吧！"

韩铁芳冷笑着说："原来这条路上除了打劫的盗贼，就是你们这样胆小的人！"

他虽如此用言语激着，但这几个人并不发怒。只是仍然说："对不起！"并且互相低声谈着。韩铁芳就愤愤地解下马来，又往西走去。西边不远就有一家小酒店，门前挂着一个酒葫芦，却是铁做的，韩铁芳就晓得这必是本地很有名的也是很下流的一家酒铺。到了门前，他就将门一开，同时用脚一踢，吧的一声，几乎把门踹掉了。里面黑乎乎的，屋子很窄，但却挤着好几十个人，人声嘈杂，满屋子酒味、烟味。

韩铁芳向里边探头看了看，并叫着："大勇！安大勇在这里了没有？"他连喊了几声，里面的各种声音就渐渐全息止了。韩铁芳看这里面就没有一个穿长衣裳的，没有一个脸上和气的样子的。

掌柜的是个黑大个子，连鬓胡子，好像是"铁拐李"，不知他的脚有无毛病。他的柜上也放着一只铁葫芦，比门前悬着的那个更大，真跟吴元猛的那个铁锤差不多了。

韩铁芳看出这家伙绝不是个好人，遂就毫不客气地问说："喂，掌柜的，我有个朋友姓安的，刚才到这里来喝酒，你们没看见他吗？"

掌柜的却凝滞着一双恶眼，看着门外的他，一句话也不回答。里面有人就说："什么鹌鹑？这里连只麻雀也没有！"更有个人骂了起来，说："想在这里指名点姓地找人？这里他妈的一天不知有多少人饮酒！就是凉州府的吴元猛、祁连山的黑山熊，跟妈的新疆的什么玉娇龙，在这里也没个人认识。"还有几个齐喊说："喂！把门关上，不要只往屋里刮雪灌风！小子！你到底是走,还是想进来?"

韩铁芳也发起怒来,他晃动着刀,说:"你们也不要骂人!说明了吧!我跟那姓安的朋友是西边来的。我听说有本地的恶霸判官解七派了人设下了罗网,要陷害我们,所以见我那姓安的朋友出来喝酒,半天也没回去,我才来找他。今天店里的诸位,不是本地的朋友,就是过路的好汉,你们若是知道安大勇的下落,就请告诉我,我立时回身就走,绝不相扰。否则,若是判官解七派来的人,那就请出来,雪地里也正好交手,我这里有刀有剑,还有拳头,哪样我都奉陪!"

他这话一说出来,里面再没有一个人说话了。那胖掌柜却撇着嘴笑了笑,用一种很难听得懂得异乡口音,说:"里边倒是醉了一个,你去看看,是你的朋友不是?"

韩铁芳就问说:"在哪里了?"他的手中仍未放下鞭绳,但已迈腿走了进来。许多喝酒的人也齐都扭身往里边去看,那掌柜伸着长着毛的粗大手指向里面指着,只见屋里的极深之处,好像还有一间柜房,或者是"雅座",可是黑乎乎的,究竟那里是否另有门帘或隔扇遮着、挡着,从外面也看不大清。

韩铁芳更加谨慎了,绝不贸然就往里去走,手中的刀也绝不放下。他故意从容一笑,说:"朋友们!请帮点忙!我现在手里拿着鞭绳,若是一撒手,马也就跑了。这匹马是新疆春大王爷骑过的,它一跑就能够撞伤了人,无人追得上。劳你们的驾!哪位若能把里边喝醉了的人搀出来,让我看看,你们的酒钱就由我来付。"

他这样地说着,却没有一个人应声。那掌柜沉着那张须髯如戟的怪脸,说:"没人去给你搀那醉汉,你若不自己进里边去看,那就算了,快把门关上!"他又大声喝斥着那在旁边看得都发了呆的小伙计,说:"快给人送菜去!小心,把壶拿稳了!"

他边说边扬起他的大掌,向小伙计做着打的姿势,却不再理韩铁芳。里面的人,有的站起来付了酒钱,要往外走;有的却欠起身来,向门外那匹"春大王爷"骑过的马看。

韩铁芳又向里高叫了一声:"大勇!"里面依然无人答应。韩铁芳就向那掌柜瞪了一眼，心说："事到如今，我也只好要一要无赖了，反正这里的人都已晓得我是韩铁芳了，他们眼中的韩铁芳大概也不是什么易惹的人。"遂就一下把缰绳拉进来，向柜上的那个大铁葫芦一绕，马就将门口堵住了。他并把宝剑也抽了出来，向众人晃着刀说："诸位自管喝酒，我进里去看一个人，绝与诸位不相干，绝惊吓不着诸位！"又以剑敲着柜上的那只铁葫芦，铛铛地响，向那掌柜的说："我若进去寻不着我的朋友，该当怎样？"

那掌柜的用眼斜视着，向他撇嘴，说："我怎能知道那醉汉是你的朋友不是？你又没有先把他拉了来，给我引见过！你看便进去看，不看就快些滚！凤翔府是个大地方，这铁葫芦居也是有字号的买卖，你来这里想欺负谁也不行！"韩铁芳就说："好！你替我看着马，我进去看看，如若找着我的那个朋友，我一定要谢你！"

那掌柜吧地将酒壶向柜上一摔，也不知骂了一句什么。韩铁芳此时也顾不得惹气，便一手持刀，一手提剑，直往里边去走。那些座客多一半都赶紧算了账，低着头侧着身，从那匹马的旁边溜出去了；少一半的人却都是泼皮无赖的样子，瞪大了眼，等着在这里看热闹；还有的挽起了袖头，像是预备着要打架的样子。韩铁芳是愈往里走，愈觉得暖，并且酒气扑鼻，肉味扑鼻，臭脚的气味也扑进鼻子里来。韩铁芳从几张桌旁挤到里面一看，那里面原来是个厨房，煮着一大锅肉。热炕上有三个人，脚上可全都穿着鞋。其中两个直瞪着眼睛看着韩铁芳，仿佛是准备着"说打就打"的样子；另一个是趴在炕上直打鼾声，并且还咬牙、说胡话。

那两个瞪着眼的人都说："你胡闯什么？要喝酒到外头喝去。我们这个老弟可是喝醉了，睡了。你要是敢惊醒了他，他可能够跳起来打你！"

韩铁芳却已看出来，炕上的这个"醉汉"是假装的，并且还是临时装出来的。这个人又瘦又矮，还没有安大勇的一半大。韩铁芳不禁冷笑了一声。那二人见他这一笑，就齐往炕里去躲，要向席垫下去拿什么东西。

韩铁芳却说："来不及啦！你们此刻就是取出刀枪来，我也能叫你们立时就死。可是我又不愿杀人。何况你们也不过是因为吃着戴阎王和判官解七的饭，才听他们这样地驱使……"他口中虽然这样说着，却时刻提防着放在门前的那匹马被人盗走。

果然，这时由酒座之中就站起来一个瘦子，过去从那柜台的铁葫芦旁，抄住了缰绳，向外就跑。韩铁芳喝了一声："放下！"回身向外就奔。不料有个人伸脚一拦他，咕咚一声他就跌倒了。同时那连鬓胡子的掌柜，就蓦地抄起铁葫芦向他的头上打来。幸亏韩铁芳爬起来得快，他伸手就将铁葫芦接住，顺手又一推，铁葫芦咕噜咕噜就滚到一张桌子底下了。

这时脑后又有人飞来了一只酒壶，砸来了两条板凳，也都被韩铁芳躲开。那个连鬓胡子的掌柜由柜底下抽出了钢刀又来砍，韩铁芳急用剑去迎。他此时已将那口刀抛了不用，只舞起来这口剑，削得那掌柜的向墙角直退，砍得桌裂碗碎，小伙计已吓得藏在桌子底下了。那厨房里的几个人都拿着家伙过来，要想前后夹攻，置韩铁芳于死地，但韩铁芳的剑又向身后去抢，立时就斩倒了一个。

他这时只急于去追还自己的那匹马，却不愿在这里乱打，于是他舍弃了这几个人，飞身蹿出了门。酒馆之外，大雪漫漫，那牵去了马的人已往西跑去了。韩铁芳就在后面大喊着，两脚踏着积雪，挺剑向前追赶，那个人惊惊慌慌的，本来就牵不住那匹马，他连向马的身上跳了几次，也没有骑上。如今韩铁芳在后面这样一喊，他就更是着慌，拉着马飞跑，又拼命地一耸身，就扳住了鞍子上了马。韩铁芳在后追得更急，那匹黑马，沙漠里的乌龙，就昂着头狂奔乱跳，忽然就把那贼人整个扔出了多远摔了下来。那人在地上滚得跟个雪球似的。韩铁芳已赶了过来，这匹马就很驯服地又回到了他的手里。

此时后边来了很多的人，有的是那店中出去的人给勾来的，有的是自酒楼追赶来的，都拿着刀剑枪棍等家伙，气势汹汹的，还有在数十步之外就照着韩铁芳打镖的。韩铁芳却催马出了西关的街道。眼前是平原一片，四面都是皑皑的白雪，尤其北面，而天色却跟浓墨一般黑。韩铁芳本不想跟人争斗，但这时他胸中的怒气不禁又蓬勃了起来。他又回想起在灵宝县时戴阎王跟判官解七的凶横，污辱荷姑，杀死冯老忠，那种种事情的残忍，那时是多亏了自己的母亲玉娇龙、师父萧仲远，才把恶霸驱开。如今他们都已不在人世了，这两个恶霸仍在横行，而且更甚，即使不是为安大勇，自己能够就这样走过去,不为人间除害么?

他知道"星辰堡"即在凤翔城北,当然由此就能够找到戴阎王他们,于是他便寻着一条往北的路走去。雪越下越大了,他就催马急走,那北风卷来的团团雪花全都打在他的脸上。回首一看,后面追来的人已离着他越来越近,其中也有骑着马的,可是看样子,反倒都不敢近前似的。只有无理的喊骂声,一声声都传到了韩铁芳的耳里,使得他更是激愤。有时还嗖嗖地飞来两只钢镖,都落在了雪里,连马的尾巴都没挨着。

韩铁芳不时回首冷笑,马蹄并不停止,可也不急于逃奔。往北走了五六里,天色更黑了,空中飘着的跟地上铺着的雪却显得更加洁白。再回首看看,后面的那十几个人仍然在一箭之远的地方跟着,倒是不再骂了,他们只是交头接耳,仿佛在相商什么诡计。韩铁芳便勒住了马,回身。后面的那十几个人中,也有两个骑着马的,当时就都站住了。气得韩铁芳更是冷笑,便高声地问说:"你们若想跟我斗斗,就上前来几个,咱们斗一斗吧!何必这样既是交手,却又都畏缩着不敢近前来?"

他愤怒地拨转了马头,向后边逼去,奇怪的是那十几个人又一齐向后逃奔;等到韩铁芳不逼的时候,他们又都站住了。可是当韩铁芳又转马往北走时,他们就再在后面不即不离地慢慢跟随着。

这样一来,韩铁芳就觉得太可疑了,他料到这些人必在弄着诡计,而前面即使没有陷阱,也必定有埋伏。因此他益发谨慎了,走得也更慢。走着走着,后面便没有人了,但他还不相信那些人是已舍了他。又走了不远,眼前就发现了一座小村。

这里稀稀不过十余户人家,看来绝不是"星辰堡"。他骑着马进了村,马蹄踏雪无声,所以也没惊动得村中的犬吠。他来到一家的矮墙旁,就骑在马上,向里边喊叫着:"借光!借光!"连喊了几声,那没有灯光的土屋里,才出来了一人,是个男子。这人四下望着,望了半天,才望着墙外的韩铁芳,就问说:"什么事呀?"韩铁芳拱手客气地说:"我是打听'星辰堡'在哪里?烦劳你指告给我吧,我要到那里寻访个人。"

虽然韩铁芳说话很客气,可是这个人仿佛一听说"星辰堡"就有些害怕,他用手向北指着,磕磕绊绊地说:"还往北,北……北边就是……不,不远啦！"

韩铁芳道了声："惊扰了！"便催马出村便往北去走。茫茫的雪地、凛凛的寒风、发僵的手脚、紧喘的胸脯、瞪大了的怒眼，韩铁芳愤愤地想着：这次可不能再心软了，戴阎王跟判官解七那样的恶霸，不能再让他们留在人世了，休再怨春雪瓶的手辣，我今天也要弄得血染"星辰堡"。

马向前行，越走四周越黑，而地势忽高忽低，仿佛越过了许多道沙岭。韩铁芳忽地发现又走到了很高的塬上，找了半天方才找到了往下去的路，他就放辔而下。不料马才踏到平地之上，眼前忽然出现了一大片火光和喊嚷之声。韩铁芳胯下的铁骑原来也禁不住这样的恐吓，当时举颈狂嘶，前蹄跃起来，它就如同是立起来一般，整个地将韩铁芳掀倒在雪上了。

原来前面是一道干河，里面伏着二十多个人，早就都准备好了。如今见韩铁芳已落了马，他们就一拥而上，有的抢刀棍，有的抖绑绳，有的并将正在燃烧着的火把，向韩铁芳和那匹马抛掷去。韩铁芳虽是很快地就爬起来了，可是宝剑已扔在雪里，而四面八方的人又已将他围住，并有的用绳子套住了他的脖子跟两腿。他只好不动，而狂笑着。那一条条绳子如同恶蟒似的，都很粗，紧紧地绑住了他的身子。

他心里有点后悔，自己太不谨慎了，所以才上了这些贼的当！他把心一横，骂着说："你们杀了我吧！可是不许侮辱我！"

许多人都用手抓着他的胳膊、膀子，都嬉笑着说："现在叫你活还是不叫你活，可就都得依着我们啦！哈哈……"还有的人故意往韩铁芳的耳朵里吹气。

韩铁芳扭头看了看，那匹马也被他们捉住了，他的心中就不由得十分难过。这时有一个人喊了一声，叫那几个人将火把都在雪地上淹灭了。这个人就是昨日在宝鸡县拐走了安大勇马的那个黑脸汉子，他似是这些人的首领。他发了一句话，火光立时俱熄，昏沉沉的天，白茫茫的地，更显得惨黯了。

韩铁芳就被这些个人推着、架着、捶着、戏弄着，也不知是往哪边走。他浑身上下全都是雪，被绳子绑得全身都发痛，他真是有生以来也没有吃过这样的苦，受过这样的气。他听这些人管那黑脸汉子叫作程三爷，就喊着说:"姓程的! 你手中有刀,就将我杀死在这里吧! 那我就算佩服你啦! "
程三却理也不理他。

几个人仍然推着他走,就听见了犬吠之声。这是一个不算小的庄子,
大概就是"星辰堡"了。一进庄子,就有好几条狗追着他们乱吠,有一条还
狠狠地把韩铁芳咬了一口。韩铁芳虽然连哼气也没有,可是肺都要炸了。
想打既不能伸拳,想踢又不能动脚,他只能由着这些人摆布。他瞪大了眼
睛,看着自己又被推进了一家庄院里,雪光映着四壁的砖墙,高大的瓦屋
内露出灯光,他知道这必是戴阎王新修盖的庄子,是他们鱼肉一方、为非
作歹的地方了。

少时,韩铁芳被人推到了一间屋子里,有三四口刀都贴着他的脖子,
比住他的前胸,可是并不杀他,只是不许他动。在他的腰上仿佛又缠上了
一道铁箍,并听见喀的一声,似是锁上了。随后才有人将他身上、脚上绑的
绳子全都解了,抖开了。有人就说:"让你舒服一会儿吧! "所有的人也都向
屋外退去,并有人边走边用刀敲击着墙。又有个人举起灯笼来一照,说:
"喝! 韩大相公! 春大姑爷! 你成了猴子了! "

韩铁芳借着灯光四下看了看,又看看自己的身上,这原来是一间空屋
子,四面是用石头跟砖垒成,也像是新盖好的。靠着后墙有一根很粗很短
的石桩,牢固地栽在地上,上面钉着铁环,还连着铁链。这铁链如今是紧绕
在韩铁芳的腰上,并用一个很沉的大锁头给锁住了。他的手跟脚倒还都能
够动,只是身子离不开石桩。

眼前的人都站在门外边,一齐讥笑着他。还有的抓了雪,捏成雪疙瘩
向他脸上打。外面又有人喊叫着说:"走吧! 走吧! 七爷叫咱们啦! "于是
咕咚咕咚,一阵脚步声音杂杳乱耳,这些人就先后都走了。

门也未关,外面仍飘着雪花,屋中黑洞洞的,一点灯光也没有。韩铁芳
向下一坐,铁链也随之当啷啷的几声响。他长长地吁了口气。这像是在做
恶梦,谁想得到自己大漠、草原,天山跟祁连山全都闯过来了,走到这里,
竟会吃了这个亏呢! 自己虽非什么神龙,可也不是个蛇鼠,如今竟叫这
么魔小鬼给困住了,死既不能死,活也不能活,真真把人气坏! 他摸着那沉
重的铁链,揪也揪不断,砸也没有东西可砸,最好是有一口削钢斩铁的宝

剑,可是又到哪里去找呢?

韩铁芳用力去推这个石桩子,也是纹丝不动,他又不禁惭愧、发恨,想起了养父"柳穿鱼"韩文佩,他虽是一个强盗出身,可是他的力量真不小,马圈里的四根石桩,虽然结果他被砸死了,但究竟全都被他给扳开了。他发起急来,就双手抱住了石桩,用力去扳。虽然扳开了石桩,但自己还是不能脱开铁链。他就想,可以抱住石桩,连这间房子都捣毁了,自己也砸死在这里,总比这样死在小人的手中要强得多! 于是他拼出了一切,疯狂了似的,并且怒声吼叫起来。

他忽然看见外面来了一条黑影,向里一探头,可赶紧又退回去了。这实在令韩铁芳惊讶。他周身的气力全都松懈了,心也不再急躁了,反倒生出了一些希望,暗想:莫不是春雪瓶来了么?她来得当然不能这么快, 可是也说不定……回想自己从达坂城往东来所做的一切, 哪一件不是她在暗中跟随着自己呢? 如今,他真真地盼望,唯一的盼望,就是春雪瓶能够到来。可是过了许多时候,那条黑影却不再来了。门被风吹得时关时开,倒好像是有人推拉似的。起先院中还有人来往,后来门前竟没有人经过了。更锣锵锵地响,听得也很是真切,却都没到这里来。可见他们防范得倒是不严,只是这锁跟石桩实在坚固。

韩铁芳也不敢睡觉,心想:假若这时有人来杀害我,我的性命自然难保,可是我也得先把他踹倒,或是抢过刀先杀他一两个人! 外面的雪也不知止了没有,三更都敲过了,那屋门吧的一声,又被风吹得关上了,屋中愈黑。韩铁芳靠着石桩坐着,叹了口气,才闭了一会儿眼睛,这时就忽听得屋门又响了,而且响得很怪,是吱吱响,不像是蓦然被风吹开的样子,他不由得打了一个冷战,赶紧瞪大了眼睛,就见屋门果已慢慢地开了,进来了一个很短小的人,十分可疑。他仔细一看,才知道这个人是爬着进来的。

韩铁芳心想:春雪瓶绝不能这样。若是解七派来杀害我的,可也用不着胆子如此之小。这到底是什么人呢? 此时忽然由门外又进来一个人,一个爬着,一个站着,眼前一共是两条黑影子了。韩铁芳就曜然站起身来,抖得铁链一阵响,他就问说:"是谁? 来这里是要干什么? 快说! "

这个爬伏的人就说:"韩大爷你别疑惑! 我是神手张, 我特地看你来了！跟着我的这人是好兄弟！"

韩铁芳一听，不由倒怔了，想起神手张就是自己在灵宝县与戴阎王、解七作对时，帮助自己救荷姑的那个虽生性好赌但是却颇为慷慨、有义侠之风的人。他遂就也蹲下了身，低声问说："你怎么也在这里？"

神手张稍微抬起头来，说："我已经成了残废啦！两条腿都被戴阎王给打断了！"

韩铁芳问说："你不是到洛阳去了吗？"

神手张点头说："是！春天的时候，咱们在灵宝县分了手，大爷往西去了，我就跟着瘦老鸦萧三爷，还有毛三，保护着冯老忠的娘跟荷姑，就到了洛阳。把他们婆媳都安置好了，萧三爷就走了，把我留在了你的府上。本来倒有一碗闲饭吃，可是我改不了那爱赌钱的毛病，赌来赌去，就输了一大堆账。我在那儿又待不住了，想回到灵宝可又怕戴阎王，我只得往西来，心想只要找着了萧三爷或是韩大爷，我就有饭吃了。不想我沿路又赌，直走到长安，我就成了乞丐一样了。幸亏遇见了两个同乡，他们可都是戴阎王手下的。他们就说戴阎王现在凤翔府又抢了两个老婆，置了很大的田庄，叫星辰堡，他们叫我来这里混一碗饭，并说戴阎王不常在这里，他虽仍衔恨着韩大爷，可是对于我这么个小人物，他却没大往眼里放；再说就是吃他一年的饭，也不会见着他的面。我虽然还不放心，可是没有法子，我就来了。他们派我给打更，我就是白天不用出头，可是晚上我又常跟他们赌。我也是想赢些钱做路费，我就赶往西去。不想我越赢，他们越不许我走了，我也舍不得走啦。有一天晚上就因为赌钱吵了起来，惊动了解七，并有人给我泄了底。解七就命人将我捆绑了起来，饿了两天，等到戴阎王回来，就用铁棍打折了我的两条腿。"

韩铁芳愤愤然说："戴阎王跟解七现在都在这庄子里吗？"

神手张说："你听我说！我成了残废之后，幸亏那两个同乡可怜我，把我抬到前院茅房那边的一个小屋里，每天给我点剩菜剩饭吃。因为我会点赌钱时所耍的鬼点子，他们就跟我讨教，有时也借给我一点钱做本儿，我爬了去跟他们又赌。半年来，我的手里倒存了几两银子了。戴阎王虽不再追究我，我可是不服气，我要给我的这两条腿报仇。今天我听见这里的打手在上茅房的时候说闲话，才知道韩大爷上了他们的当，已被他们捉住了，我就很着急。我这个好兄弟……

他伸手指着身后立着的那个人说："这人姓邢，叫邢柱子，我们都叫他好兄弟。他也是灵宝县的同乡。他的两个姐姐都是被戴阎王给强娶了去，一个吞金，一个得了痨病，都死了。他的母亲为两个女儿哭瞎了眼，也死了。他假装向戴阎王来诉苦，戴阎王便给了他点钱叫他葬埋了母亲，并用他在这里面管挑水。他可也时时想杀死戴阎王跟解七，给他的母亲、姐姐报仇。"

韩铁芳听到这里，倒不禁嘱咐他们说："小声！"

神手张又说："不要紧，那些人全在前院赌上啦。戴阎王在长安还没回来，解七另有院子，和个新娶的老婆住着，他也不会出来。现在这里只有一个由新疆回来的张伯飞。"

韩铁芳晓得张伯飞是在天山上逃了命回来的，跟随了自己一路。在凉州时就是他给坏的事，不然那些人都不会晓得自己就是韩铁芳，因就十分地愤恨。

神手张又说："戴阎王手下那些人的武艺，倒没有什么了不得的。只是黑头鬼程三，他认识字，会来坏心眼。他那人极为骄傲，戴阎王也最喜欢他，称他文武全才，赛过诸葛亮。今天捉住韩大爷的就是他，现在他不定又要出什么坏主意处理你啦！还有堡子外的崇元观，那里住着个假道士，乃是华州道上因打劫官眷犯了大案的银霸王侯雄。"

韩铁芳就问说："有个金霸王也在这里了么？"

旁边那邢柱子答道："金霸王高越是在长安。那人与他们虽然相识，却没甚交情，跟戴阎王还有点嫌隙。可是他们也不敢得罪高越。今天听说从铁葫芦居先捉来的那个安大勇，他们就没敢错待了，大概明天就会放走。就因为那个人的身上带着信，他认识金霸王。"

神手张说："听说韩大爷也要投金霸王去，所以才跟安大勇在一路走，大概为这个，他们才没敢当时就杀你。"

韩铁芳却冷笑着说："我倒不愿沾金霸王的光，随他们处置我就是！"

神手张说："明天一早，他们必有人往长安去找戴阎王，一两日那家伙就能回来。他一回来,韩大爷你的性命可就难保了!"说时,这两个人全都发出叹息之声。

韩铁芳倒是没有畏惧之意,只说:"刚才是你们曾扒着这个门,先来看过了我一回吗?"

邢柱子答道:"对啦!那是我。"

韩铁芳一听这话,就灰心了。他还盼望着春雪瓶来呢,现在才断了这念头。他想:春雪瓶不知往哪里去了,这两个人虽都有意来救自己,可又都无力!此时更锣在耳畔敲了四下,邢柱子吓得就赶紧蹲下了身,神手张又爬着靠着墙。如此,他二人屏息了半天,韩铁芳也没说一句话。

锣声才敲过去。邢柱子又过来了,他愤愤地且带着悲声说:"我倒是不怕死!只要韩大爷你能够替我娘跟姐报了仇恨!"

韩铁芳着急地说:"可是我这锁链!"

邢柱子说:"我知道,这原是戴阎王想要养一只熊看着玩,才命人栽下的石桩。后来因为怕凉州府的吴元猛来,他的爸爸名叫黑山熊,怕他见了不高兴,得罪了他不好,所以才没叫猎户把熊送来。这钥匙是在解七的手里。"

神手张愤然说:"咱们去由解七的手中夺过来!"

韩铁芳却说:"你连走都不能,怎能由他的手中夺钥匙?你们快去吧!如若被人看见,你们的性命就完了!快走吧!谅你们也救不了我。这次你们能看我,我虽死也难忘。张兄!我劝你以后应当戒赌,凑点钱还是到洛阳去,我家里也不多你一个人吃饭。邢兄弟您的仇也不难报,以后你若见到春雪瓶,可以去求她,但切不要说我已死在这里了!"

他说完了这话,那与他向无交情的邢柱子竟自哽咽了起来,神手张也黯然欲泣。天色已快要亮了,这二人不敢在此多停,神手张便半叫邢柱子搀着,他自己半爬着,两人就悄悄地走了。

韩铁芳看着他们走后,就由神手张想起了师父瘦老鸦,他们全是被人打伤了腿而落至悲惨的境地。可是他们还不顾性命地救自己。他们都是侠义可钦,但武艺却又都不好。自己呢?假意与吴元猛相交的那件事本已称不起侠义,武艺又差!想来想去,愈觉得灰心,真愿意戴阎王前来一刀将自己杀死,省得自己再忝颜生于人世。至于家中的妻子陈芸华、外面行踪渺然的春雪瓶,他更觉得愧对了,更不敢去想。他在这里如同等死一般,少时天就亮了。

韩铁芳刚有点昏昏欲睡的样子,忽然听得门又响。他睁眼一看,见门前立着一个人,身材很胖,长得既黑,又有点黑胡子,原来正是那个假冒瘦虎常明的老君牛张伯飞。在天山博罗霍落山下,自己救过他的性命,而且还给他买了刀创药,给他留下了银两。韩铁芳心中骂着:这个无义的小人,看你对我怎么样?

只见张伯飞身穿着羔皮袄,很阔气、很舒服的样子,他拱着手说:"韩兄弟久违了! 我到了凉州的时候,你正走了,所以咱们没有碰头,不然我绝不会叫你跟吴元猛闹得那样。现在因为这里的戴庄主跟解七爷全是我的好友,我也是才来了两天,没想到就遇着了你这件事,真叫我很为难! 我也没法子叫他们放你,可是管保不能叫你受一点委屈就是了。"

韩铁芳冷笑着不语。张伯飞当时就叫人给韩铁芳送来了茶,端来了饭菜,还有酒,都放在韩铁芳的面前。

张伯飞就又说:"韩兄弟你还是放心些! 有我在这里,保你绝无性命之忧。你那个朋友安大勇更不要紧,他也是咱的弟兄。一半天戴庄主回来更好办。他如不回来,我能送你到长安去找他,送安大勇去见高越兄。彼此见一个面,也就都说开了,本没有什么大事,你更不必发愁。只是春雪瓶现在在哪里,顶好你实说。说真的,我们这些朋友都要见见的、斗斗的就是她,咱们兄弟并没有什么。虽有人说,她是你的贵相知,可是那也不要紧。老兄弟! 我们拿去你的一个春雪瓶,将来能赔你十个、二十个比春雪瓶更标致的娘儿们……"

他才说到这儿,韩铁芳就忍不住抄起地上放着的一只酒壶,蓦然向他打了去。壶直飞到屋外,吧地落在地下,张伯飞却已躲开。他把脸向下一沉,两眼露出来凶光,但旋又假意地一笑,说:"韩兄弟! 不必急! 自己的弟兄,话都好说,不用讲打。你的性命已在……不是在我的手里,而是在解七爷的手里了!"韩铁芳怒喊说:"叫解七来杀我!"

张伯飞说:"他现在还没起来, 咱们现在是背着他说话。没别的,你耐些性儿就是了，不要叫我作难，到时护不住你。"

韩铁芳骂着说："浑蛋！"

老君牛张伯飞哈哈一笑，就走去了，这里韩铁芳又生了半天气。

当日白昼无事。也许因为雪才住，路不好走，所以解七派往长安去的人还没有赶回来，这里还没得到戴阎王的回信。这个庄院整个都是今年新盖的，盖的时候后面就分为两个院落，同样宽大的房屋，东面的院落是戴阎王住，西边就是判官解七的家宅。

这解判官是生就一张大白脸，近半年来他的身体更是发福。他与戴阎王名义上虽是主仆，实则如兄弟一般。尤其是西路上的这些"江湖好汉"多半是经他拉拢，才都与戴阎王相识。图谋人家良家妇女之事，那更不用说，解七是绝对在行。戴阎王想要什么样的女人，他立时就能够给弄来，可就是弄不来春雪瓶。

自从昨天用计捉来了安大勇跟韩铁芳后，解七就一直拿不定主意。安大勇倒不足论，他是给从酒铺里捆来的，至今仍然捆着，可是结果一定放。因为他们不愿得罪了金霸王跟赛姜维。韩铁芳的事倒叫他很为难，杀是容易，可是他不仅是戴阎王一人的仇人，还是黑山熊父子的对头，钩镰枪焦衮也要得之而甘心；并且听说铁爪鲲鹏吕通海在祁连山中大约也没有了性命，那么灞陵镇的吕慕岩老拳师，也绝对得要割下韩铁芳的一块肉才行。所以，解七倒不敢独自做主了。

当日晚间，在他的院子的北屋里，他就找来老君牛张伯飞、黑头鬼程三、扳倒山陶俊等人一起商议。并请来了假装道士的银霸王侯雄，还有铁葫芦居酒铺的那掌柜的。那掌柜的也是当地有名的人物，江湖好汉，他的外号就叫"铁葫芦"，姓胡名虎。大家一齐来了，室中明烛辉耀，桌上酒肴并陈，倒是没有女人伺候。因为解七平生有怪僻，他的女眷别人绝不能见着，所以只有三四个男仆在旁边伺候。他们就商议了起来。依着老君牛是主张快下手，不然万一春雪瓶来了，不但能把韩铁芳救走，还能……

解七没容他把话说完，就笑着说："老哥你也太胆小了！别的不要说，若说锁韩铁芳那小子的石桩、铁链能够被人切断，那我可不信。除了我这把钥匙……"说时他就向腰间去摸。他穿的是绛紫色的锻面狐皮袍子，腰间系着一条青绸绣花带子，腰带上就挂着一大串钥匙，有铜的，有铁的，有开银柜的，有开粮仓的，还有一把就是开那锁着韩铁芳的大锁头的。他微微地笑着，现出十分骄傲的样子，又呼唤着旁边伺候的人，给大家斟酒。

胡虎却说："春雪瓶不来便罢，如若来，我就拿铁葫芦砸坏了她的脸，叫她变得比我还难看。"

扳倒山陶俊跟黑头鬼程三也一齐说："应当趁着韩铁芳在此，撒出风去，叫江湖上南北东西全都知道这件事，就必能将春雪瓶给引了来。然后咱们仍然安排下罗网，把春雪瓶钓上了钩，捉住她，细看她长得出色不出色？"

老君牛张伯飞在旁说："我见过她，果然是出色得很。还有一个哈萨克的女子，长得却不及她。"

扳倒山就说："把她送给戴庄主，戴庄主还能不喜欢吗？"

张伯飞却连连摇头说："我可觉得她不好制，她那对宝剑，那百发百中的连珠弩……"

银霸王侯雄在旁又插言说："在沙漠里长大的一个野丫头，生身娘是黑山熊的小老婆，干娘又是江湖的女魔玉娇龙，干舅舅是钦差，那样的丫头哪能够跟戴庄主在一块？连咱们也都不敢要她呀！我想还是叫她把她在新疆的万贯家私卖了，都给咱们，咱们就不再跟她为难。不然就等到她来了，咱们一边用计设埋伏，一边就乱刀齐下！"

老君牛张伯飞可是又急又愁，连连摆手说："你们都不知道！春雪瓶她们那里人，不像是咱们。咱们的武艺是抡刀抢枪，她却是……"

大家齐说："她的弩箭纵使是厉害万分，可是咱们也不怕她！"

张伯飞就叹了口气说："她还有一身鬼神不测、令人防不胜防的功夫呢！咱们此时在这里饮酒谈论她，说不定她就在窗外或是就在桌底下了！"说得胡虎跟侯雄都不由得蓦然打了一个冷战，那扳倒山陶俊简直都不敢往桌下伸腿了。

判官解七却哈哈大笑，说："张老弟，你枉称为老君牛了，你的胆子原是比小耗子的还小。春雪瓶一个小小的女子，就能将你吓成了这样？"

张伯飞说："可是咱兄弟仙人剑、陇山五虎、豹子崔七、吴元猛、吕通海,那些人有伤有死,有的也是凶多吉少,凭韩铁芳的那点武艺,焉能做得了那些事?还不是春雪瓶一人所为……"

判官解七又是冷笑,说:"你休要拿那些倒霉的家伙来恐吓我。我可不怕。我的时运正旺着,她邪鬼欺不了咱们正神。我愿意她此刻就来,她如果来了,我先看她有没有本事打开那个锁,能不能救得了韩铁芳?"他吧吧地连拍着胸脯,又说:"再看她见了咱能怎么样?"

大家都拿起来酒杯,独有扳倒山陶俊还不肯拿。他皱着眉说:"既是这样,今夜可就得多防备着点,得多加两个打更的人。侯雄大哥跟胡大哥也全在这里住下得了,不必回去了。"

解七又摆手说:"用不着这样瞎担心!现在使我发愁的就是韩铁芳那个小子,咱们可把他交给谁去呢?怎么处置呀?"

大家齐说:"这件事只好等着戴庄主回来再定夺吧?"

解七点头说:"这办法也好,明日我再叫人往长安去催催他。咱们先饮酒吧!"

扳倒山陶俊还是拿不起酒杯,仍然说:"咱们不但得防备着春雪瓶,还得防备着家里边。今天早晨,我在锁韩铁芳的那屋门外查看,就看见雪上有隐隐的脚印,还有用磕膝盖跟手行走的印儿,那一定是那残废神手张。他跟韩铁芳本就认识,那小子不怕死,又爬了去看他去了。"

众人齐都一惊,黑头鬼程三暗中用手直拉陶俊的袖子。他原是已查出了此事,但却不愿叫别人先知道了,他想独自捉住那个残废,又能显出来他的本事。此时银霸王跟老君牛又都打听"神手张"是谁。

判官解七却噗哧地笑了,他手指着陶俊说:"他的外号叫扳倒山,其实我看他也是个耗子胆,连个残废他都怕。"他就把神手张的来历略略地说了一番,又说:"那个人若不是戴大老爷的同乡,这里有些灵宝县来的人都有点庇护着他,他又是个残废,不值得我一看,不然我也早就一脚把他踢死了!不要紧,凭他一个只会爬不能走、跟狗一般的人,他若是能够把韩铁芳放开,那我倒得佩服他!"他忽又沉下脸,向大家说:"咱们饮酒吧!不许再谈这些事了!"

除了陶俊与程三之外,众人都一齐痛饮、大吃起来。屋中点的儿支蜡烛都快要烧完了,仆人们又换了新蜡来点,屋里就更亮了。判官解七却不时发着怔在思索,因为他由神手张又想起那个冯老忠的媳妇荷姑来了。他也曾逼问过那神手张,但那残废只说不知荷姑的生死。他就想明天问问韩铁芳,也许他能说得出那妇人的下落。那妇人花一般的容貌,在灵宝县,在这凤翔府,简直都找不出来。现在戴阎王已忘了她,若能够把她找来就好了……他想到这里就走了。那老君牛等人也都没有把一个残废放在心上。

这时屋外堆着残雪,满天迸着银星,寒风呼呼地吹着。厨房就在这院里,刀杓乱响,还正在给北房里的人炒菜添菜。厨房里有两只大水缸,一只已经用尽,另一只里也只剩了少半缸水,因为七爷跟那些人喝茶烫酒,西屋里的七太太洗脚,很是费水。

那又黑又矮的小伙子邢柱子,正在一担一担挑水,他由前院打了水,灌满了两只木桶,就往这里来挑。邢柱子听见了北屋中解七等人的笑语之声、划拳之声,他的心中就冒火,他忘不了他家中所受的欺害,那全是判官解七给戴阎王出的主意。如今他就想着怎样能了结判官的命,然后救了韩大爷一同逃走,那将来也就叫戴阎王活不了。

此时他穿的是很破的短棉袄、破夹裤,但在他的裤腰带上永远别着一把斧头。这把斧头的把儿不长,可是极为锋利,砍石头都一下就能粉碎。他预备着这家伙是要劈戴阎王和解判官的脑袋已经不是一日半日了,但他表面上绝不显露出来,有时厨子们跟他说笑,他也照样说笑,他也称解判官是"七爷",称戴阎王是"庄庄"或"大老爷"。

今天他的心里更是紧张,因为他已经与神手张相商好了,要在今晚就豁了出去,干上一番。所以他不想多挑水,因为他得顾惜自己的力气。可是厨子又催促着他说:"倒满了两口缸才行!你不明白,今晚你要倒满了,明天你就不用再往里院挑水了。水多,我用着方便,你也能显出勤快来。省得七太太洗澡、洗脚要水时,我说缸里的水不多了,连婆子们都得骂你是个懒骨头。"邢柱子倒也愿意挑点水,因为他可以借着挑水到这院中来,而不使人生疑。

今晚这院里特别地热闹,都快到三更天了,北屋里还不散席,还在划拳呢。西院却灯火黯淡,有人由屋里把洗脚水泼了出来,泼在门前的雪堆上，霎时就结成了冰。接着屋里的那点灯光也忽地灭了，可没听见开屋门的响声。这是这位"七太太"在要脾气。

七太太是本城的一个破落户的女儿，家中虽穷，可是说起来她的祖上还做过什么"都司"呢。她年纪不大，又长得好看，是被解七爷连买带欺压才给弄到手里的。解七的年岁比她大一半还多，长得又跟个大象似的，别处还有老婆，所以她总觉得配不过。只是解七对她倒还宠爱，衣服首饰给她置得也不少，这几点她还满意。不过今天她可又生了气啦，因为解七在北屋里宴客老是没个完，也不回她的屋里来。她又不能叫婆子去催。她冷冷清清地坐着，由寂寞变成了怨恨，就心说：不定叫那几个人灌了多少酒啦，醉烘烘地真讨厌，喝死吧！去醉死吧！反正是我的命苦！

她把两个仆妇都打发得各自回屋去了，可不叫关闭这屋里的门。她一个人托着个小的银水烟袋，一连抽了五六袋烟。北屋里划拳的人依然喊着，仿佛越喊声音倒越大了，笑声也很杂乱。解七在那边说话，这屋里都听得很清楚，能听出他的舌头都好像是短了。七太太就一生气，把水烟袋往桌上一摔，吹灭了银灯，和衣向床上倒去，嘴里发着怨恨。这屋中如同一座黑洞。

外面院子地下的雪是灰色的，天也是黑沉沉的。前院的更声已敲了三下，马马虎虎地敲过了之后就不敲。原来扳倒山陶俊是这里的护院老师，而他这时正在跟解判官吃酒；前院的更夫、仆人们全都没了，全都又凑在了一处赌上了。现在的外院就有两处赌局。可是神手张却并没有加入，他此时却由他的那间小屋子里爬了出来。他不过残废了半年，可是双手已很有力。他在冰凉漆黑的地方使劲地爬，只有挑着水的邢柱子看见了他，就悄悄地说了声："判官喝醉了，西屋里灭了灯了，可是你也要小心点！"神手张没答话，不多时，他就爬进了里院，他并且大胆地爬进了西屋。

七太太这时在床里似睡非睡，听见了一点响声，就惊问："是谁呀？"神手张一爬进屋来，就随手把屋门关上了。七太太看见屋门并没开，北屋中虽然不划拳了，可是还在大声地说话，她又恨恨地唠叨了两句，就又闭了眼睛迷迷糊糊地睡去了。

神手张先是在一条琴桌之下躲了一会儿，随后又慢慢地爬了出来，钻进了七太太躺着的床下。他用肚皮贴着地,歇息着,肚子被地冰得凉了,他就又翻了个身,仰八脚躺着。他的心中一点畏惧也没有,只想得到解判官身上带的钥匙,至于自己的生死,早就置之度外了。

此时床上的婆娘似乎已经睡熟了,可是北屋里的谈笑声也渐稀了。又待了一会儿,就听得院中脚步声音杂沓,并听有人疯了似的说:"不行!我今天不能走了,我要等着春雪瓶!她斗得了铁霸王,她可斗不了我呀!我银霸王,连戴阎王都没放在眼里,让她打听打听我去!……不行!"原来这家伙喝醉了,满嘴胡说。程三跟老君牛就搀扶着他,一路歪斜地向前院去了。解七也步出了北屋,他站在于院中咳嗽着,为的是叫屋里的太太知道点。

有仆人提醒着说:"七爷慢着点走!"他的胖身子摇晃着,可是他绝不承认自己是喝醉,还是不肯回屋里去。

仰面看见天上的星星,他都觉得很眼晕。他又向厨房里喊着说:"把火灭了吧!"厨房里的厨子赶紧答应了。

解七忽又问说:"厨房里现在都有谁?"

厨子回答说:"就是我们两个人。还有邢柱子,他挑完水累了,在这儿先歇会儿!"

解七说:"叫他出去告诉告诉前面的人,今夜都不要贪睡!"

邢柱子就在厨房里说:"前院的人还都没有睡呢。"他便放了心。他打着嗝儿,自己都觉得气味是又辣又臭。这时他想起他的七太太来了,就笑了笑,遂向身后的那个男仆挥挥手,令他们都走了。解七醉步摇摇,手扶着门,带着笑进了屋,一进去,就几乎摔了个大马趴。他在院子里说话的时候,他的七太太早就醒了,但此时故意装睡,不理他。

解七的心里也大半明白了,反倒喜欢得嘿嘿地笑。他先解开了腰间系着的绸带子,往床旁边扔去,那一串钥匙便扔在地下了。解七就忽然一惊,想起了一件心事,酒就醒了一点啦。他刚要下床去拾钥匙,忽见七太太的身子一动,就哈哈地大笑着说:"我早就知道你是装睡呀!"七太太立时就推开了他,埋怨着他。

他又辩解说:"我一点也没有醉。我请那几个忘八蛋喝酒,也是没法子，因为把韩铁芳捉来了，春雪瓶也快要来了，我不能不跟他们商量商量。"这妇人虽不知韩铁芳是个什么样的人，可是那春雪瓶，她在前些日就听解七跟戴阎王提说过，她晓得是一个女的，而且是个年轻美貌的女子。当下她就更气了，就捧着胳膊说："好吧！只要她来了我就走！"

解七连连说："不是那么回事，你听我细说！"

他又着急、又打嗝、又要吐，可还得跟他的七太太极力解释这误会，一解释，那妇人倒哭了。

解七却哈哈大笑说："原来你真是小气，傻呀！说实话，春雪瓶如果真来了，别说你要走，连我也得赶紧跑呀！你不要看我当着银霸王那些人说大话，其实我也真不敢惹春雪瓶！"

这时，胆大的神手张已由床底下轻轻地爬出来了。他望着刚才解七把钥匙扔下的那个地方，一伸手，钥匙就被他摸着了。他的心里紧张得不住地突突跳，可是手指却一点也不敢动了，因为只要微动，就必定发出响声，床上的人就必能听见。

于是他就在地下趴了半天。那床上躺着的解七连打了几个大嗝儿之后，反倒醉意消失，他就连哄带劝，并夸耀自己，骂春雪瓶骂韩铁芳，只是说天下的人，尤其是女人，谁也比不上他的七太太。

渐渐的，他的这个七太太由哭而转为媚笑，解七也哈哈地笑了起来。神手张趁机由地下轻轻地抓起了那串钥匙，虽是轻轻的，但又心急手快，就往屋外去爬。他已经爬到了门前，开了门，半个身子都爬到外面去了，门倒是没有发出响声，可是从门外吹进来了一股凉风。床上的判官解七发烧的身体，尤其是脖子忽觉得一阵冷，他就大惊，翻身坐了起来，七太太也说："哎哟！我可觉得是有人了！"

解七已望见了由门槛向外爬的人了，立刻大吼道："好大胆的贼！"说时就抄起床旁桌上的一个东西，向着贼飞去。吧的一声，没有打着贼，却掉在了地下，还咕嘟咕嘟地直往外冒水，原来他扔的是七太太的那个水烟袋。

神手张却奔命似的向外去爬，那串钥匙他是绝不放手。他已爬到了院中，并且将要爬出屏门外了，这时身后屋里的七太太就尖声呼叫起来："有贼啦……"解七也咆哮着追出屋来。他手提一杆枣木棒,追到屏门,看准了神手张,就骂说:"原来是你这残废! 我没要你的命,你却前来找死!"木棒就落了下来。可是神手张将双腿一缩,两只手一用力,又爬出了屏门。

后门的厨房里也乱嚷嚷着,前院更有黑头鬼程三、扳倒山陶俊率众持着灯笼拿着棒棍,脚步杂沓地向着后院跑了来。

神手张越爬越急,钥匙串撞在地上哗啦哗啦直响。解七又赶了上来,向他腰上就猛打了一棍,他忍着痛再往前去爬。解七又自后赶上来,用棍子吧吧吧地连打他那两条残废的腿。神手张就泼口大骂,又向前院去爬。解七的嗓音儿雷一般地喊着、骂着,又抢起木棒想向神手张的脑后去打。但他没有提防,忽然有人自身后抡着钢斧向他后脑就是一下子。他立时惨叫,疼得晕倒,正倒在了神手张的身上。神手张朝他的脖子上就咬了一口,又把他推在了一边。那手持钢斧的邢柱子急奔过来,要抱神手张起来把他救走。可是这时黑头鬼、扳倒山等人已闯进院里来了。邢柱子不得不赶忙惊慌慌地逃走。

神手张就急喊着说:"给你这个东西,你拿走吧!"他把那串钥匙向着逃走的邢柱子投了去,可是邢柱子没顾得拾起,就跑了。

扳倒山率众家丁就向趴在地下的神手张刀棍齐下,打死了之后,他们才知道这个贼却是那残废。可是他们的解七爷此时也卧于血泊之中,呻吟不绝。这院中越聚人越多,灯笼越亮。黑头鬼程三先不管别的,他借着灯光去从墙根把那一串钥匙找着了,就带了起来。解七是已经半死了,众人把他抬到了里院,那个七太太就数数叨叨地大哭起来。全庄中充满了紧张的气氛。神手张的尸身也被几个人抬走,并有人拿着锄头,悄悄地出了星辰堡,就在那荒旷的地上掘了个深坑,把神手张的尸身掩埋了。

这几个人回来后,见仍然没人管事,他们又纷纷谈论了一阵,就又赌起钱来,好像是已经忘了刚才的那件事。而老君牛、黑头鬼、扳倒山都在里院看着解七的伤势,铁葫芦回西关去了,银霸王还在另一间屋内醉倒大睡。

此时天色未明,北风越紧,逃到庄外的邢柱子喘了喘气,擦了擦斧子上的血,他现在觉得挺痛快,算是给他的母亲和两个姐姐出了一口气。但是他又替神手张的性命忧愁，为没有得到那钥匙而发恨。忽然看见那几个庄丁掘坑埋人，他就藏在附近处看着。他也隐隐能听见那几个人的谈话，有个人说："这残废想不到这样死了！"另一个说："他该死！"又有一个说："他大概是不愿意活了，所以他才故意老鼠舔猫的鼻子找死。可是他的手里并没斧子，他怎会把解七爷给砍伤了呢？"

邢柱子在这边听了，就知道神手张已死，他的眼泪不禁汪然落下。等那些人走了之后，他就走到埋葬神手张之处，压着声音哭了一场，并叩了四个头。站起来，他仍然去救韩铁芳，虽然他没有钥匙，可是他有钢斧。于是他又走进村内。这星辰堡中虽然每家都养着大狗，可是都跟他熟，都不咬他，所以村中仍是一点声音也没有。只有那七太太的哀婉哭声，时时由墙内随着风儿飘荡出来，可也是非静下心去听，否则不易听见。

邢柱子心中很着急，他怕天光亮了，就不能再在这儿了。于是他用嘴咬着斧把，伸开双臂，用手抓住了墙头，就翻了过去，又进了庄内。当然这里的狗对他更是不咬了。虽然各处都没有灯，可是路径他都极熟，一霎时他就跑到了锁着韩铁芳的那屋前。

这屋门仍然是没有关，也没有人看。原来那黑脸鬼程三既把钥匙得到手里来，就仍是非常地放心，他们认为凭他是谁，纵使有天大的本领，也绝不能将韩铁芳救走，他们用不着对这儿白操心。当下邢柱子悄悄走到屋中。

刚才那阵乱，韩铁芳已听见了，他正猜疑着，不知道是怎么一回事，又想：莫非是雪瓶来了吗？所以他正大睁着眼睛。忽见门一开，进来了一个人，他就立时问说："谁，你是谁？"他的声音也不敢太大。邢柱子往近走来，也低声说："是我！我是邢柱子……"他的声音发悲、发颤，说："神手张大哥为救你，被他们杀死了！"他就将刚才的事用几句话略略地说了，接着又恨恨地说："判官解七那小子大概也活不了！我觉得我把他砍得很重。可是韩大爷，你再在这里也准得死。我把你的铁链砍开，你就赶紧跟着我逃吧！"

说时他就揪住了那缠在韩铁芳腰间的铁链，说："韩大爷你别动！"他用足了力量抢起来他的钢斧，向着链子铛铛铛连气地猛砍，声音能否叫人听见他都顾不得了。他手急心紧，并且腕子发酸，韩铁芳的腰都被震疼了，虽没有伤着了韩铁芳,可是已误将自己左手的一个指甲盖都砍下来了。斧虽快也斩不断这么坚固的锁链,他的力量更拔不起来那钉死在地里的石桩。韩铁芳倒急了,蓦然就把邢柱子推开。邢柱子连退了几步,喘着气叫道:"韩大爷!"就哭了。

韩铁芳却怒气冲冲地说:"你还不快逃!你也要死吗?我绝不走!我是堂堂的好汉,用不着你来救我!"

这时外面已传来了脚步声,邢柱子惊慌地往外就闯。外面来的是老君牛张伯飞,他拿着刀追着说:"哪里来的贼?你要干什么?"

韩铁芳在屋中大喊着:"邢柱子快跑!我用不着你救!"他往前去死力地挣,恨不得奔出去打伤老君牛,好救走那邢柱子。

在院中的老君牛张伯飞抡刀快要追上邢柱子时,那邢柱子忽然飞起钢斧向着他砍来。老君牛不知是镖还是旁的家伙,他的身体又笨,就赶紧趴在了地下,那只斧头就吧的一声落在远处了。邢柱子却趁此机会向偏院里扑去,爬上了墙,滚身又摔了下去,又爬起来向庄外就跑。

有几条大狗追着他吠了几声,他就故意站住,让狗闻了闻他。几条狗就都不叫了,不住地向他摇尾巴。这时,庄中可有许多人打着灯笼火把,拿着棍棒刀枪,追出来了,邢柱子就迎着月色拼命地逃去。

而这时庄里也比刚才还乱,那老君牛张伯飞已经爬了起来,他手持着钢刀,乘乱又走入那房里,他想结果了韩铁芳的性命。可是黑头鬼也提着刀,并带着一个打着灯的人来了,他就把老君牛的胳膊揪住,说:"喂!张老大,你要干什么?"

老君牛就指着腰缠巨链、站在石桩之旁、面上毫无惧色、瞪着眼看着他们的韩铁芳,说:"到了现在,还不赶快结束了这小子的性命,以绝后患吗?"

黑头鬼程三却问说:"他跑得了吗?"

张伯飞的脸涨得又黑又紫,说:"跑倒是跑不了,可是要再来一个人,咱们就都得像解七爷那样了!"说完假意地哈哈一笑,提着刀走出屋去了。

黑头鬼程三却狠狠地瞪着他,两人几乎拼了起来。韩铁芳倒很为惊异,以为这程三是有意护庇着他呢,可是看程三那凶恶的样子,又不大像。

当下黑头鬼程三因为怕老君牛张伯飞再来杀韩铁芳，又派了两个人来这里看守。

原来韩铁芳乃是程三设计所擒获的，这在江湖上是值得夸口的一件事。所以他觉得至少也得暂时留着韩铁芳的活命，给戴阎王、给黑山熊、给一般跟韩铁芳有仇的人都看看，然后要杀要剐，他就都不管了。那样，他的名头就能够传出去了。虽然以后更得提防着春雪瓶，可是究竟有不少的人得佩服他，得说他有本事。所以他现在倒把韩铁芳看成宝贝一样。

少时，追拿邢柱子的那些人都回来了，说是没有追着。扳倒山陶俊又把平日与邢柱子、神手张二人要好的人都捆绑起来，一一拷问，结果也没问出什么来。这样又闹了半夜，天光就大亮了，那判官解七就于此时因脑后的斧伤太重而死了，七太太哭得几乎昏了过去。

银霸王这时酒醉才醒，一听了这些事，脸色全都吓变了。他也主张快快结果了韩铁芳，以免把春雪瓶招了来。可是黑头鬼程三仍决然不肯，此时星辰堡里的一切就都归他做主，无论说什么也是不行。扳倒山陶俊是听他的，而全庄里的人又都听陶俊的，所以别的人也都不敢跟他们斗。

昨夜的事使程三很烦恼，他本来已看出神手张是要救韩铁芳了，但他没有把这个残废放在眼里，他没想到一个残废竟那么大胆，不等到人睡，就敢爬进屋去偷钥匙，更没想到邢柱子也敢拿斧头砍解七。如今虽说钥匙没丢，韩铁芳也没被人救走，但解七死了，而且是叫个无名小辈给杀死的。对这件事他真觉着无颜，他想再办一件漂亮的事，把这件事遮掩过去。

他于是就派了个人骑快马再到长安去请戴阎王，叫戴阎王回来看看他捉住的韩铁芳，再去吊祭那死判官。至于邢柱子倒犯不上自己去搜拿，因为拿住了那么个小子也不能算是本领，也吹不到江湖上去。他只派了人出去查找，可是查了整整一天，也仍是没有邢柱子的踪影。

到了黄昏时候，他早晨派往长安的那个人并没回来，因为那人跑到长安就累得躺下了。是另换了那边的一个精壮的人，另换了一匹强健的马跑了来，那人跟马身上的汗都跟水似的流。戴阎王还未归，只捎来了一封信。于是在大客厅中，黑头鬼程三、扳倒山陶俊、铁葫芦胡虎、银霸王侯雄连同土鳖老九等都聚在了一起。

程三是这些人里唯一认识字的,他就拆开了信念给大家听。信上是戴阎王的亲笔,他写得非常明白,是说:"闻知解七弟身死,我心痛极。本拟急忙回来吊祭,但又不敢动身。因闻有西路来者,说是春雪瓶现在就在凤翔、长安两地之间,是有人亲眼看见的。我非惧此人,但万一在路上与彼相遇,就怕麻烦不小。故此我暂时不归。黑山熊、小山神、金霸王及吕老侠客现均在此地,我尚无忧。汝等若来亦可,但韩铁芳小贼则可杀不可留,留则……"

胡虎、侯雄听说春雪瓶就在这条路上了,说不定还许就在凤翔城的哪家店房里住着,吓得他们就都不禁变色,那土鳖老九浑身都哆嗦了起来。

老君牛张伯飞却特别高兴,他点头说:"戴庄主真有见识!他跟我的想法一样,韩铁芳那小贼的性命是越快结果了越好!"但是黑头鬼并不理他,把信的中间隔过了几句,再往下念,可是越念他的声音越小。原来阎王的信,后段说的是:"吴元猛、鲍坤、吕通海等人都确已死了,都是在祁连山死于韩铁芳、春雪瓶二人之手的。所以韩铁芳宜早除,春丫头必须防备。安大勇既带有赛姜维之信,可以放他。诸事可以听程三弟办理。如若府衙知道了,亦可由程三弟去见李文案,府台也得给我面子……"

张伯飞又有点发怔了,因为戴阎王把这里的事都交给程三办,他一个过路的客人当然也不能说什么,于是他就问:"喂,程老三,你到底怎么办啊?戴大哥可也不想留着韩铁芳。这个差使你交给我吧!我现在就能下手!"

黑脸程三却撇着嘴冷笑,他心说:你还不配跟戴庄主称兄唤弟呢!他把信揣在怀里,就说:"诸位不用管了,我已有了主意啦。"

此时屋外天色渐渐黑了,那银霸王怕春雪瓶当时就能来到,他连程三的"主意"也顾不得听了,赶紧就溜,回他的崇元观去了。

这里张伯飞又向程三问说:"老三!你的那主意到底是什么呀?这可不是玩的事。咱们虽跟戴庄主的交情有远近,可是说来全是一家人。又因为现在都是春雪瓶的对头了,连戴庄主都怕春雪瓶,你跟我可也对她不能不怕。"

程三沉着一张黑脸，说："谁怕她！"

张伯飞说："你不怕，我可真怕！你们是不晓得春雪瓶的厉害！我弟弟仙人剑比我的武艺还好得多，可是死在她的手里时……真是容易。春雪瓶双剑弩弓，说结果谁立时就结果谁，所以咱们若能先依着戴大哥的话，把韩铁芳……"

黑脸鬼程三拦住他的话，说："你也不必发愁，反正韩铁芳的性命迟早是要完的，必定能够给你们老二仙人剑出气。可是，趁着黑山熊与那个救他出来的英雄小山神柳三喜都已到了长安，我要把韩铁芳送到长安去，给他们看看。"

张伯飞惊讶着说："什么，送到长安去？"

程三点头，说："譬如你在高山上拿网捉住了一只豹子，豹子虽能吃人，可是现在咱们锁住了，你能不抬出来给朋友们看看，就去弄死它吗？捉住了这么个有名头、仇人又多的小子，可不容易呀！"

铁葫芦胡虎就也点头，说："对！也得送去叫他们看看活的，才显出咱们的本事。可是，难道把他押着送进长安城里？"

程三说："长安城是不必进，可是我在那城外不远就有个熟地方，把韩铁芳就送在那里，只留他活一夜。只要把戴庄主、黑山熊、柳三喜、吕通海，凡是那小辈的仇人都请了去，听凭大家处置，这样才显得咱们多么够朋友。若是偷偷摸摸叫韩铁芳死在这里，你又不能不埋，不埋连李文案知道了都不能答应。埋了，可是人家能相信吗？人家能相信韩铁芳那么大的英雄，会叫咱们给捉住了？岂不疑惑是咱们这些人编的谎，吹牛皮吗？"

这时连土鳖老九都直说："对！对！对！"

老君牛气得顿脚，说："我看你怎么把他送去？从这里过岐山、扶风、武功、兴平，三百里地才能到长安，春雪瓶就在这路上，能够不出事？"

土鳖老九一听了这话，吓得又面如土色了。

黑脸鬼程三却不慌也不忙地说："在这里也能出事。就是杀了韩铁芳，也不是就完了，春雪瓶还是能够来结果咱们。"

土鳖老九又止不住两腿发抖，他所坐的凳儿都直摇晃，他马上制住他的两腿发抖。黑脸鬼程三又说："怕春雪瓶是白怕！咱们得跟她斗一斗。我拿住韩铁芳不是用的武艺,是用的计谋。春雪瓶虽然厉害,早晚我也得活拿住她!拿活的才算真本事!"他骄傲地笑着,又说:"戴阎王、黑山熊,他们都不敢顺着那条路来,咱们可偏要由那条路去,而且拿韩铁芳做鱼饵,招来春雪瓶,我就趁势也拿住她,把他们两人用一根锁链拉着,送到长安去。"

老君牛张伯飞说:"你这简直是做梦了!"

程三又沉下来那张黑脸说:"你不用管。我只要两个人帮助我,一个是陶兄弟。"扳倒山陶俊犹豫了一下,才答应了。

程三又说:"另一个是土鳖老九。"

土鳖吓得一屁股坐在了地下,说:"哎哟! 我可不能够去! 我怕在路上遇着春雪瓶,我怕把我这个鳖装在瓶儿里!"

程三愤怒地走了过来,一连几脚,就把土鳖老九给踹出屋去了。老君牛张伯飞叹了口气也走开了。这里,程三接着又说他的办法,陶俊跟铁葫芦胡虎等人倒都觉得很对, 愿意帮助他。于是程三就又到屋中去见韩铁芳。他故意做出些笑容来,拱拱手说:"韩兄,你吃过饭了吗? "

韩铁芳坐在地下没有理他。他就又说:"韩兄你不必发愁,你既跟赛姜维认识,想必与金霸王也有交情,我们绝不能够错待了你。再说你跟戴庄主也没有了不起的深仇,国家又有王法,我们绝不能置你于死地,你放心吧! 现在戴庄主人在长安,他被事情牵住了身,不能够回来,想请你去见一见面。到时一说就开,彼此就全是一家人了。怎么样? 你肯不肯给个面子,明天跟我们往长安去辛苦一趟? "

韩铁芳一听,倒觉得诧异了,因为听神手张说过,这黑脸鬼确与别人不同,他很会行使诡计,如今不知又要出什么恶毒的办法了。但是自己被锁在这里,死既不能,活又不得,何妨将计就计。他在路上必想办法害自己,自己也可以在路上想点办法脱身呀! 于是就点点头说:"好! 随你们办! "

程三就伸出大拇指来说:"够交情! 不过可是一样,韩兄你得先受点委屈。在路上时,我们还得把你的手脚锁住,不能跟平常一样。这是没法子的事,因为虽然韩兄的慷慨为人可钦,可是这不是我一个人的事情。他们怕你跑了,他们要那样办,我也拦不住。可是我不能不先告诉你,因为是有交情嘛!"

韩铁芳就愤愤地问说:"莫非要锁着我拉着在路上走吗?"

程三摇头说:"那不会!那成什么样子?莫说那样对不起韩兄,就是于我们的脸上也难看,显见不懂得交情。我们明天只想锁上你的手脚,坐在车里,叫外人看不着你。可是他们又说了,请你也不要在路上喊嚷,否则,他们说,他们可都预备了短刀!"

韩铁芳觉得这个真是恶毒,倘能够奔过去,自己一定要把他劈碎、砍烂。但是自己的性命现在他们的手里,又不得不压下一口气,只说:"由着你们办吧!"

黑脸鬼程三又拱了拱手就走了。有两个人都持着刀来看守,他们把一盏灯放在屋里,关上门,人却都蹲在门外边。

韩铁芳此时并不愤怒了,只是伤心得要哭,想不到竟因一时的疏忽,落于这种结果。萧仲远、神手张都是残废的人了,都为救自己而舍了他们的性命。自己若真被这些盗贼杀了,其实没有什么,不过就觉得他们死得更冤了。况且母亲卧在沙漠中岂能瞑目,春雪瓶也要伤心的。想到了春雪瓶,他又不禁发急,心说:春雪瓶为什么不来呢?

到了深夜,倒听见门外有人说话了,并且拉开了门,探进来的是老君牛张伯飞的那副恶脸。他拿着明晃晃的刀,被两个看守人给挡住,他们又几乎打了起来,后来张伯飞才悻悻地走了。

寒风吹了一夜,次日清晨的时候,天气更冷。黑脸鬼程三早已起来了,他穿上了一件平日不常穿的缎面羊皮袄、青绸棉马褂,骑马进城先去拜访了知府衙门的李文案。等他回来时,扳倒山陶俊已命人将两辆骡车备好。那个土鳖老九虽已收拾好行李,可是他又说痔疮发了,坐不得车也骑不得马。铁葫芦胡虎就踹了他一脚,说:"你就是爬着走,也得跟我们到长安去。"

铁葫芦胡虎把他的酒店暂时叫别人经营,他也要跟着走这一趟,到长安还得玩几天呢。这星辰堡,程三全托付了银霸王。银霸王不得不硬着头皮说:"没有事没有事,你们放心吧!你们走后,这里若是再出一点事,那就问我。就是春雪瓶来了,咱也一点不怕!"其实这是大白天,四边都是他们自己人,春雪瓶连影儿也没有,他又没见过,可是他的心就咚咚咚跳得跟打鼓一般的了。

那边土鳖老九又捂着屁股,皱着眉说:"我这痔疮实在要了我的命啦!上路既难办,在家里看家我也是不好受。"

程三却拿着一串钥匙,带着几个拿着绳子、铁链、刀、棍的壮丁,到了锁韩铁芳的那间屋内,他又拱手说:"朋友!已到时候了!咱们该走了!给点面子吧!"

于是他令人将韩铁芳的两臂向后倒剪,用麻绳绑上。张伯飞也在旁边了,还给出主意,嫌绑捆得不算太紧。又将韩铁芳的双腿用较轻的锁链绊上。程三亲自对准钥匙,开了那连着石桩的大锁头,又给锁在韩铁芳的脚下,就跟带着脚镣似的。

韩铁芳的脸色都气白了,可是仍然不发一语,就凭着人连抬带架地给弄到门外的车里去了。黑脸鬼留下了那个钥匙,又亲至里院将其余的一串都交给了那浑身素服、掩面哭啼的七太太。他又到解七的棺材前去辞灵,还干号了两三声。

大家用毕饭,这才走。而他们走了之后不多时,老君牛张伯飞便骑着马携着刀也急追下去了,及至追上了前面的车马,他可又隐藏起来。他不跟那些人在一起,因他是想专等他们疏忽之时,或是他们住在店里睡熟之时,他再去结果了韩铁芳的性命。

此时,雪后的大道,遍地都是冰跟泥水。程三率领着两辆骡车,坐在头一辆车上。他虽穿着便衣,可是车里预备着一顶红缨帽,平常不戴,非得用午饭和傍晚投店房时,他才戴在头上。为的是叫人以为他是官人,押的韩铁芳那是差事,以免使人注意。

其实这一条路上的人,即使不是他们的朋友也都非常惧怕他们,可是究竟路上的人杂,远路来的武师,或是由京里路过的大官,若看见了他们私解人犯,就许要问一问。程三想得很周到,他早就防备下了。至于韩铁芳,就那么捆着胳膊、锁着脚,放在第二辆车上,由铁葫芦胡虎监守着。

这个浓髯如戟的凶贼,手中永远握着一把牛耳尖刀,他暗暗地比着韩铁芳的肚子,悄声说:"你只要敢大声喊叫,我可就是一下子,管叫你的肚子冒出血来!"

两个赶车的也都是星辰堡戴家的恶奴,其中一个还是判官解七的族侄,虽然手里都摇着长鞭子,可是身边也都藏着短刀。

扳倒山陶俊那精悍的小伙子是骑马带刀,在后一箭之远,好像跟两辆车不是一块的。他是跟土鳖老九走在一起,并时时嘱咐说:"不要只回头,留神看着前面! 春雪瓶要是来了,也必是从对面来!"土鳖老九就咧着嘴说:"唉! 我的痔疮可真难受呀! 现在一骑上马,简直寸步难移了!"

陶俊便拿鞭子抽他,催着他快走。此时韩铁芳困在车中,他咬定了牙关,不央求,不喊叫,也不畏惧,他只是想如何能挣断了绳子踢开了锁。

车走得很慢,行了两日才到了扶风县。他们来到这里天色已晚,住的一家店倒还很宽大。黑脸鬼程三戴着红缨帽,进到屋里才摘下来。随进来的一个店伙,带着点畏惧之色说:"几位老爷们这就吃饭吗? 吃面,还是炒几样菜就锅饼吃?"他又扭头看了看韩铁芳,心说:这个犯人五花大绑还戴着脚镣,可知犯的罪一定不小,但是看他年轻轻的,又斯文,不像是个强盗呀!

坐在炕头的程三回答说:"吃面吧!"

店伙又指着韩铁芳向他问说:"这个人也是吃一样的吗?"

程三说:"吃一样的! 别费话! 快去给拿去。"

这时店主人就从外面进来了,推了店伙一下,令他出去。店伙出屋之时,还偷着回头看了一眼,才带上了门走了。

这个店主人年有四十多岁,身材很高,可有点驼背,他向着黑头鬼点了点头,悄声问说:"三爷要往哪里去?"

程三低声说了,又问:"小陶跟土鳖老九在我们后边,他们还没有到吗?"

店主人回答说:"到了,我给让到南屋里去了。"他向韩铁芳努了嘴,更悄声地问说:"这个就是……"

程三惊讶地笑着说:"你这小子的耳风真快,怪不得你的买卖发财! 抢了几个婆娘吧?"

店主人笑着说:"三爷莫开玩笑,发财是瞎话,吃喝是够的。不过,近两天咱们的朋友们可是没有一个从这里往来的,不知为什么事?"

程三的黑脸就有些变白,又低声问:"没看见什么岔眼的人吗?娘儿们,骑着马的。"

店主人连连摇头说:"没有!没有!我也很留心,可是连一个江湖卖艺的毛丫头也没看见。咱们哥儿们也得……"说这话时更低声,又说:"近日可常有眼生的衙门人路过此地,也不知道是从哪个州县来的,也不知是要拿谁?"

黑头鬼程三摇着头笑道:"那倒不要紧!"

待了一会儿,店主人就出去了,少时就有店伙计拿来了灯。他们谈那些话时韩铁芳根本没听清楚,他一心只想的是怎样逃走。他只要能挣断了绳子,踢开了锁,他至少还得要了黑头鬼这小子的性命。只是捆绑着他的双臂的这条麻绳太难以挣断了,想在墙壁上磨,但又都是土墙,莫说石头棱儿,就连个钉子也没有钉着。如今他看见了这盏灯,心中却蓦然省悟。就想等到夜间,他们都睡熟了之时,自己就悄悄地跳下炕去,就把这一盏灯推在地下。它里边的棉花捻子,只要能够引着了油,就能够燃烧,但是当然不要做出声响来把他们惊醒才好。随后,自己就是烧焦了胳膊,也得就着灯焰将身上这绑绳烧断。那时脚底下的锁链也就好办了,可以先结果了黑头鬼的性命,再由他的身上去搜钥匙。

当下,决定了主意,他可不动一点声色,并故意不看那盏灯。少时面送来了,程三就端着碗用筷子挑着面条,他一边吃一边跟铁葫芦胡虎说着闲话。待了会儿,那驼背的店掌柜又进来了一次,跟他们又谈一阵话。这个开店的原来也是畏惧春雪瓶。

黑头鬼程三却连连摇着头说:"不要紧!不要紧!我就专等着在路上把她生擒住,一块儿带到长安送礼去!"他哈哈地笑着。

店掌柜出屋之后,程三就将门闭严,并且用桌子顶上,又嘱咐胡虎说:"你可别睡!你实在困极了的时候,你就先叫醒了我,你再睡!"

铁葫芦胡虎答应着。程三却又向着韩铁芳一笑,说:"朋友你也歇着吧!没有什么,等到了长安,我们大家请你吃酒!"说着,噗地一下吹灭了灯,这可叫韩铁芳心中的计划完全失败了。

胡虎又拿刀拍了他的脊梁一下,说:"小子! 今晚你可要老实一点! 你没看出来吗? 这家店可就是我们开的,后院有空地方,去年我们就在那里埋过人。"

韩铁芳一言也不发。胡虎将身子往窗户那边挪了挪。对面的黑头鬼已呼噜呼噜的,不知是假睡还是真睡了。窗外各屋中的客人也都已就寝,静静的,没有一点声音。可是这时隔壁的一家店中却发生了一件事。

原来隔壁的店倒是一家正经的买卖,那里的房子没有这边多,生意也不及这里好,然而那里住的倒都是真正的过往客商和各县衙门的官差。前几日,那店里来了一个单身的官人,这个人很年轻,长得十分清秀,令人以为他是南几省的人,可是他又说着官话。他牵来一匹白马,养在棚下就没有再牵出去。他大概还带着很轻的行李跟宝剑,但也没有什么人去留心他。他不常出屋子,永远在炕上躺着,每天伙计给他送去的菜饭,他也吃不下去多少,他的脸上通红,原来他是得了病。

可是他也不请医治疗,只是有时向伙计讨一碗开水,把他从别处带来的丸药服下去。店里都以为这是个办差事的人,不幸在半途生了病,便也没有人注意他。可是这时街上又新来了一个小伙子,说着一口河南省话,来到这里就没再走,并且今天也投到这个店的大屋子里来了。

大屋子里的人都向他问说:"小伙子! 你是从哪儿来的? 要干什么去呀?"

这人却说:"我是来找我的叔父。我叔父在这一带帮人做买卖,有五年没回家了,我婶娘想他把两眼都哭瞎了,才叫我来找他。我也不知哪一天才能在街上碰见他。"

这小伙子只说了这些话,别的话他都不讲。然而他的精神时时都很紧张,两只眼不断地偷着看人。这里住着一个正害着病的官人,他也知道了。刚才黄昏时,他偷偷看着那黑头鬼程三戴着红缨帽,将韩铁芳押进了隔壁的店里,他的心中就不禁燃起了义愤之火。

原来这小伙子就是邢柱子,他如今就想:这程三好狡猾,他竟假冒差官,把韩大爷来当人犯,这我非得想法子把他点破了不可! 可是又想他自己也是在凤翔府才杀伤了解七逃出来的，也不敢出头去到衙门告状。因知在这店的东屋就住着一位真的官人，虽然生看了病了，可是只要他知道了这种事，人家必定愿意管。真官差一出头，那假官差黑头鬼必定吃不住，这么一来也就把韩大爷救了。

当下邢柱子就假作上茅房，请众人让开路，挤出了这间大屋子。向东房看了看，那窗纸上还有点灯光，他知道那官人还没有睡，遂将脚步向那边移去。他走得很慢很轻，因为他也是很怕见官人。不料他还没走到窗前，就听屋里问了声："是谁？"倒把他吓了一大跳。他就怯懦着说："是，是我。我名叫邢柱子，也是这店里住的客人，现在我为点要紧的事，要来跟老爷说说！"

里边就说了一声："进来吧！"

邢柱子的两腿哆哆嗦嗦的，遂拉开了门，一进屋他就跪下了。炕上坐着的那位官人身掩着棉被，仿佛很怕冷的样子，鬓发也是蓬蓬松松的，一顶红缨帽就放在小桌上，地下搁着一双青缎的薄底官靴。官人的身边放着一口宝剑，并有一只不很大的箭囊。

这位官人温柔得跟一位大姑娘似的，可是显出病体难支的样子，先说："你不用跪着！有什么话站起来讲。莫不是本地有什么恶霸，欺辱了你吗？"

邢柱子站起身来，摇头说："倒没有什么人欺辱我。可是刚才隔壁的店里来了个人，也戴着官帽，押着一个人，用绳捆着，用锁链锁着。其实那人不是坏人，是个好人，不过是跟他们有仇，就被他们用诡计擒住了。他们大概是要给送到长安去，然后结果他的性命。那个假官人是个保镖的出身，他的名字叫黑头鬼程三。现在求老爷做主，告诉本地的衙门，把他抓住吧！把人家那位好人放了吧！"

邢柱子说这些话时，依然是磕磕绊绊的，好像有点说不清似的。他的心里害怕，怕这位老爷要问："你是怎么知道的呢？多半你就是他们的一伙吧！"他并且更怕被黑头鬼的人站在窗外听见，那他只要一出屋，命就准得丢掉。所以他就战战兢兢的，用惊恐的眼睛看着官人。

这位年轻的官人，的确是有点动怒，脸都沉下来了。可是待了一会儿，这官人便微叹了一声，摇摇头说："我不能够管！我是别处衙门的，从此路过，这地面上的事我管不着。你若想救那个好人，你应当去本地的衙门报告。"

邢柱子回答说："我不敢去！"

这位官人立时瞪眼说："有什么不敢去的？你自管去。如果本地衙门也不管，那时你再来找我！"他又叹了口气，说："唉！现在我的身体很不舒服，我实在不能再管这些闲事了！"

邢柱子点了点头，心中却极为失望，眼里的泪都快要流下来了。他可不敢再说一句话，就慢慢地退出屋去，并把屋门给带好。却听得屋中的年轻官人又唉的一声长叹。

这位年轻的官人原来就是春雪瓶化装的，她也是个假官人，并且是个假男子，不过她此次却是真的病了。雪瓶秀树奇峰，生长在草原，驰骋于大漠，风沙冰雪也失不了她的娇颜，秋月春花也摇动不了她的芳心，二十年来她就从来没害过病。早先她的爹爹时常病，她都觉着很奇怪，常常不解：人要是得了病是一种什么滋味呢？

如今她的病虽说不重，可是真得了病了。她不是因为这一路上饱经风尘，也不是在祁连山中与柳三喜等人恶斗累的，而是她的生身母亲金大娘把她的心给伤了，她真恨："为什么我是她生的呢？她有多坏呀？从了强盗，又认了一个恶霸做义子。她爱钱，她蓄娼妓，她还虐待丫鬟，她竟是那么坏，然而我却是她生的……"

这种怨恨的情绪就把雪瓶给折磨病了。她对于自己将金大娘由楼上推下去，及用弩箭往车中去射的事，也未尝不后悔。她觉得无论如何，虽然她坏，虽然对自己毫无育养之恩，但是一个做女儿的也不该如此。她很是伤心，并知道韩铁芳对金大娘的来历都知道了，她更觉得惭愧，觉得这一生真没有脸再见韩铁芳之面了。但是想起来爹爹早先的意思，以及韩铁芳的可敬可爱之处，又怎能令她不难过呢？

她现在身慵体倦，意懒心灰，只想休息数日之后，就回新疆，永远不再到东边来，也不再与人争斗了。所以刚才邢柱子进屋告诉她那件事，她就不想管了，并且也没往心里放。

雪瓶又吃下半剂丸药，就慢慢地下炕去关门。她觉着身子发软，甚至于要扶着什么才能迈步。她恐怕自己得的是跟爹爹一样的病，她就又想：那也好！那就更得赶紧回新疆了，也去到沙漠里，躺在那儿死了吧……

想到此处，她的眼泪就不住簌簌落下。她去插上门插闩，那门缝里吹进来了一阵寒风，她觉得有点受不住了，就赶紧又回到炕上去躺下。然后她抽出亮晃晃的宝剑，用剑尖把灯捻压灭了。剑就置在身旁，弩弓和箭也就放在手边，少时她就闭上眼睛睡着了。

这一夜，在大屋子里住的邢柱子却没睡。他心里盘算着，觉得他如果不救韩铁芳，实在心里不安，神手张已经是白死了，而且叫奸人得意。若说依着那年轻的官人给出的办法，自己去告到扶风县衙，这可也不敢，因为自己就是一个罪人。那判官解七虽然该死，可是知县要是问出来，也得要办自己。

他是又害怕，又着急，到了天明，人家都走了，他一个人还是不敢出屋。忽然听见店伙在窗外说："走啦！那个人看着倒不凶恶，也不知犯了什么大罪？五花大绑的，脚下还带着重锁，押到什么地方也不知道，反正是活不了啦！"

邢柱子一听，忽然就站起身来了，心说：这可怎么办？韩大爷是快没有性命了！那伙贼，就许半路上要他的性命！这，没法子，还得求求那位官人去。于是他急急地走出了屋，又到了那年轻官人住的屋门前。他推了推，屋门却从里面关着了。

春雪瓶已然醒了，就问说："是谁？"

邢柱子急声说："是我！老爷！麻烦您，开开门叫我进去，我还有几句话！"

里面的春雪瓶却有些生气了，就说："什么话我也不听，你快走吧！"

邢柱子连连摇着门，隔着门缝向里悄声说："那个黑头鬼已把人押走了，他们什么事可都做得出来！"

雪瓶说："我没告诉你吗？你可以到县衙门去告状。"

邢柱子说："我不敢去！老爷你到县衙门去一趟吧，你们官人见了官人，话总好说！"

屋里的春雪瓶却没有言语。邢柱子又急急地说："老爷！你快去救那个人吧！"又说："那人真是个好人，是个侠客，他是洛阳有钱的人，名叫韩铁芳……"

他的话还未说完，忽然听得屋里咕咕咚咚一阵响，好像是人已下了炕。待了会儿，屋门就开了，进去一看，他倒吓一跳。原来这年轻的官人身穿一身青色的短衣裤，那头发、那脸儿、那手跟胳膊，不用细看，就显然是一个女子，这人发着娇细而紧急的声音，问说："刚才你说什么？那人名叫韩铁芳？"

邢柱子点头说："对啦！他也是玉娇龙的女婿。他跟戴阎王、判官解七有仇，才被黑头鬼所擒。"

春雪瓶此时竟也不觉得有病了，她就赶紧揣起来弩弓和箭，挂上宝剑向外就走。到了马棚下，她就匆匆地备好了她的那匹雪色的健马。

邢柱子追出来到她的身畔，悄声说："他们是往东去了，两辆车，两匹马……"

春雪瓶点了点头，却无力也无暇答话。此时店伙又跑过来说："怎么？老爷你这就要走吗？"

春雪瓶掏出一锭银子来交给店伙，店伙说："这有富余，找给您碎银子，还是制钱？"

雪瓶说："剩下的钱都给他吧！"他指了指邢柱子，就牵缰出店，扶马上鞍，吧吧地挥动了皮鞭，她胯下的马就如同一条白龙，飞一般地向东驰去了。

大地上刮动着寒风，白马上的春雪瓶身着青衣，红缨帽挂在背后，腰间悬挂着双股的宝剑，手摇皮鞭，向东疾驰。逢着车她就驻马，便用鞭杆挑起人家的车帘向里去看，别人见她带着一顶红缨帽，也不敢恼怒，可是车里坐的除了老太太、小媳妇就是买卖人。

她并没看见韩铁芳，心中着急，策着马又往东走。一连过了许多条镇街，并且过了武功县城，也没看见韩铁芳跟什么黑头鬼的踪影。雪瓶连午饭也没有用，病体觉得愈为慵倦，但她仍极力挣扎着，心想，骡车绝不会走得那么快，我一定是把他们遗在后边了。

第十六回　驰旷野忍病救情人
返家乡磨剑寻宿恨

　　她于是拨马又回来寻找。大道上车辆人马本来很多，她虽然一个个细看，可也不能全看遍了，倒是没有一个人不注意她的。她走着走着又快回到扶风县城了，忽见对面来了个骑着马、带着刀、脸上有胡子的黑大汉，她觉得很眼熟。这黑大汉一看见了她，当时就惊慌变色，可是还故意装作不认识雪瓶的样子。他嘴里哼哼着也不知是什么腔儿，慢慢策马迎着面走来。

　　雪瓶就拿出弩箭来，喝了一声："站住！你别以为我不认识你！你是从天山上逃来的。只要你动一动，我就用箭射穿你的咽喉！"

　　对面这人正是老君牛张伯飞，他不敢不把马勒住了，并且拱手说："我是从天山来的，一点不错，可是那时我是跟着朋友办事，没法子！我从那儿逃了命，我就往东来要回家。我是规规矩矩的，一点事儿也没惹。可是我记不清老爷你是谁了？"

　　春雪瓶说："你不用跟我装傻，你要装傻我也射杀你！你说半句假话，我立时就放箭。快告诉我！黑头鬼锁着韩铁芳，现在哪里了？说！"老君牛此时脸吓得苍白，身子连动也不敢动，就说："韩铁芳……"春雪瓶厉声问说："怎么样？他现在哪里？"老君牛就愁眉苦脸地说："他因为在凤翔府中了黑头鬼程三的诡计被擒。程三如今故意显摆能干，锁着他，押着他，要往长安去。"

雪瓶一听，知道这是实话，便逼问："他们走过去了没有？快告诉我！"

老君牛说："哎哟小王爷！我本来是在后面跟着他们的，因为我要救韩铁芳。刚才在西面，我的马还紧紧跟着他们的车呢。后来，唉！小王爷，我可说的是实话，我真不知道他们往哪里去了！"

雪瓶就要放箭。老君牛又哎哟一声，连连拱手说："春小王爷你听我说！那个黑头鬼程三颇有一些鬼心机，我想他必定是看见小王爷了。他猜出来是你，他害怕，所以他们大概在前面不远之处，找地方藏起来了。"

雪瓶就说："你带着我去把他们找着！"老君牛张伯飞说："唉！我怎能带你去找他们呀？黑头鬼那小子很容易认，他长得比我还黑，个子比我矮一点。他那个人最狠毒，见了我的面，一定得先杀了我！"雪瓶说："你不要怕，我用弩箭保护着你，你去救韩铁芳，我便饶你活命。"

老君牛张伯飞一听"救韩铁芳"这几个字，真想抽出刀来与春雪瓶杀斗一场，可是他明知凭自己，一万个也抵不过人家一个，只得忍着气点头。雪瓶又说："你若是不听我的话，我就当场把你射死在道旁。"

他打了个寒噤，只得苦着脸连连地答应。雪瓶便转过身来随着他走。其实老君牛晓得那黑头鬼程三的车辆去处，先是不肯实说，后来一发狠，暗道：程三你不听我的话，你若早把韩铁芳那小子结果了，何至于如此？现在我可顾不得你啦，我也要叫你这家伙一生后悔，知道知道春雪瓶是怎样的厉害。他遂就向前面的一条岔路去指，说："他们大概是往那边去了！"

于是春雪瓶就逼着他在前面走，他也就真催马引路。那条岔道是曲折地通往北方，行人稀少，他们的两匹马就向着那边飞驰了过去！春雪瓶一面走，一面低头向地下看，就见这地下倒是有两股车辙，可以通到极远之处，土质都很松，蹄印却看得不分明。他们这两匹马荡起来一丈多高的烟尘，隔着烟尘向前去望，愈望愈觉得旷野无边。

此时，天色已经不早了，雪瓶的心中更急，她的马便越了过去，向前急奔。老君牛张伯飞故意勒着马，做出走不动的样子，遗在后边。少时来到一座高原之上，老君牛已隐隐看见在北方的那黑头鬼等人的车马了，他寻着了一条下坡的路，便放马驰了下去。

在前面的春雪瓶回头一眼看见了，就怒声说："你敢跑？"说时发了一支弩箭射去。老君牛虽然中了箭，可是忍着痛仍然加鞭逃命。马上的春雪瓶却紧紧往北去了，并没有来追他。他得了活命，可是仍不忘置韩铁芳于死地。他就由背后拔出弩箭来，咬在口中，催马急行。他对于这里的路径是相当地熟，走的又是一条近便的路，所以不一会儿他的马就踏过了一道干河，追上了黑头鬼的那两辆车和车后的两匹马。

他将弩箭拿在手中，高高地举着，一面鞭马急奔，一面大声喊着："程老三！妈的你还不赶快打主意！春雪瓶就从后面追来了，我几乎被她射死。你看！这不是她的箭吗？先快些把韩铁芳小辈结果了吧……"说到这里，他已力尽精疲，伤势疼痛，就咕咚一声，摔下马去了。

扳倒山陶俊就大声惊喊说："我说怎么样？幸亏我看出那身背红缨帽的人是个女的，咱们这才向偏路里来，不然被她抓住了，那还了得了？"

土鳖老九已面如土色，说："哎哟！这可怎么好？我又犯着痔疮痛！"

铁葫芦胡虎却忽然跳下了车，说："给我马骑上，我要迎上那个春丫头斗一斗，看她个女流之辈，到底有多大的本领？"

黑头鬼程三却说："你们都不必慌！她来了正好，咱们再往前去走！"

于是赶车的、骑马的又都听他的吩咐，一齐紧紧地又往北去走。那个老君牛张伯飞也呻吟着，忍着伤爬了起来，抓回来他的马骑上。他简直是趴在马背上了，跟着又往下去走。又行了三四里，便进了一处小村庄，村里人家正在烧晚饭。这伙人进了村，就露出了强盗的本性，就要抢吃抢喝。

黑头鬼程三却用话劝住陶俊跟胡虎，又用鞭子抽老君牛，抽土鳖老九，并抽那两个赶车的。他大喊着说："春雪瓶眼看就要追到了，她来了我倒不怕，可是你们谁能够活得了？这时你们还顾吃呢？"大家都说："饿了！"

黑头鬼程三就说："饿了也得忍会儿，你们都听我的吩咐，只要躲开这一关，再用计捉住那春雪瓶。"老君牛听了，就呻吟着说："咱们还捉春雪瓶呢？快点把韩铁芳结果了吧！"黑头鬼程三却傲然地说："我一定要捉住春雪瓶。男的都已经给咱们捉住了，女的反倒捉不住？我不怕，我非得捉住他们一对儿，然后也许就一块结果了他们。"

说着，他就吩咐手下人跟这村里的人要了许多柴草和干树皮，并硬抢了人家点灯用的一篓子豆油，都放在车上，出了村又往北去走。那老君牛张伯飞可又因伤落马，不能爬起，黑头鬼程三也不许人管他，只逼着众人再走，众人可都有些心惊力尽，恨不得散开了各自逃命才好。黑头鬼又挥了一鞭子，把那土鳖老九的头上都抽得流出血来了，土鳖老九就一手捂着脑袋上的伤，一手捂着屁股下的痔疮，哎哟哎哟直叫。

程三又高声说："几位弟兄们再卖点力气！你们不要以为捉春雪瓶非常难，待一会儿我一定把她捉住，你们预备下绳子就得啦！捉住春雪瓶，可也别放走了她的马。她在沙漠里称为小王爷，手里的银子说不定有好几千万！她的马上驮的一定有不少珍珠、翡翠、猫儿眼，得到了咱们大家分，先找个大地方去吃燕翅席，然后各人回家，妈的就是比不上戴阎王，咱们也得赛过解七去，至少一个人能娶两个老婆。谁要是不帮忙，到时可没有他的份儿！"

黑头鬼的这番话，就刺激得陶俊等人无不兴奋，土鳖老九的脑袋跟屁股也仿佛都止了痛。这时候就见那南首遥遥之处，有一匹白马飞也似的奔了过来，土鳖老九吓得连马鞭子都扔下了，张着两只手惊叫说："哎哟不好！春雪瓶可追来了！我的妈呀！"

此时车中的韩铁芳也早就知道了，他的心比任何人都兴奋，他的精神也比任何人都紧张。他极力挣扎着，但是绳紧锁重，休想挣得开。

铁葫芦胡虎又把刀尖挨近了他的肚腹，狠声地说："小辈你忍上一会儿吧！多活一会儿吧！待会儿我们捉住春雪瓶，叫她跟你再见一面，你那时死也不算冤，那也算是我们对得起你！"

韩铁芳想要向车后喊："雪瓶千万小心！不要上他们的当！"可是胡虎的尖刀真是无情，只要稍一用力，韩铁芳的肚皮立时就得成个大洞，因此他也不敢嚷嚷。

这时就有赶车的跟胡虎来搀起了他，他想着："完了！想不到我竟死于此地！"

不料出了车一看，天色已蒙蒙黑，两辆车跟马都停在一个大坟地上。他们就将韩铁芳扔在一个已经断了的大石碑的旁边，就又听着程三的指使，向南跑了去，用计伺伏着，擒捉春雪瓶去了。

韩铁芳也挺不起身来，只能在这满是碎石、烂砖、荒荆、断草的地上滚来滚去。他又将胳膊上的麻绳向着一块大石头的棱角之处去磨，就像他磨刀，又像是拉锯似的磨、拉。费了半天的力气，忽然觉得身上绑绳似是松了些了，他就先趴在地上缓了一口气，然后就全身用力挣了一下，身上的麻绳就被挣断了，可是他的臂上已流出了血。他急忙找了一块石头，再去砸脚下的锁。可是他把石头都砸得粉碎，两只脚腕也都被砸得生疼，铁链却仍不断。

韩铁芳又爬了几步，就扶着停放着的车轮站起身来，扳着一棵老树上的枯枝，用力一扳，嘣的一声，枝子就断了，在他的手中拿着如同一杆木棍。他向前走了几步，忽见从南边有一匹马来了，便赶紧坐在地下；又爬了几步，就爬到空车的后面去隐身。只见马行得很慢，半天才来到了临近，马上的这个人就下来了，简直就像是跌下来的。这人在地下趴了一会儿，方才站起，然而此人的手中却持着刀。

韩铁芳在暮色之下定睛去看这个人，就看出此人正是老君牛张伯飞。他滚得满身是土，胡发蓬乱。他带伤呻吟着，然而他还要持刀来找韩铁芳，要结果韩铁芳的性命。他跟跄地走到停车的这边来了，就狠狠地说："韩铁芳！你在哪儿啦？春姑娘叫我救你来啦！"

他一言未了，韩铁芳已摸了一块大石头，蓦地向他投击而去。他没有躲开，就啊的一声怪叫倒在地下，再也起不来了。韩铁芳拄着那根棍子又立了起来，他跳着过去，拾起来老君牛扔下的那口刀，遂就脚下拖着锁，一手拄着棍子，一手提着刀，向南去找黑头鬼等人。

原来黑鬼头程三这时已在那边设好了埋伏，但他的埋伏也没有什么新奇，仍然是在凤翔府擒捉韩铁芳时候用的故技。他将干柴、乱草摆了一片，每人的手中也都拿着蘸上了油的火把，可是没有点上，他们每个人又都预备下了引火之物。黑鬼头程三、铁葫芦胡虎、扳倒山陶俊、土鳖老九和两个车夫都趴伏在地下，专等春雪瓶前来。

天是越来越黑了，寒风也越刮越紧，铁葫芦胡虎就笑着说："这回正好！咱们的燕翅席也快吃着了。"黑头鬼却说："不要说话，留心去听！"土鳖老九又哎哟了一声，大家就都不说话了。

这时从南边传来的马蹄声越来越紧，越来越近，六个人的精神全都紧张起来。

黑头鬼又说："你们听了我的话再点火。谁要是先点起火来，我的主意就算是白出啦，你们还都得死在箭下。"

土鳖老九说："怎么我那个点火的东西不知丢在哪儿去啦？"

黑头鬼程三斥便说："小声！"

此时南边一片烟尘，飞来了一骑白马，马上的人虽难以看清，但是春雪瓶无疑了。土鳖老九又怕被马蹄踏着他屁股上的痔疮，就要爬起来躲开，可是此时马已至临近，黑头鬼程三就急喊了一声："点上！"

当时每个人就都把火点了起来，同时齐都跃起，大喊起来，火把迎风熊熊地抖起。雪瓶果然没有防备这一着。她胯下的白驹蓦然见了火也实在害怕，就扬头长嘶，前蹄都站立起来，后蹄直向后倒退，果然将雪瓶摔下马来了。然而雪瓶虽下了马，但并没跌倒，且抽出双剑来。这伙人扬着火把向前扑来，雪瓶就舞动了双剑，一支剑专削火把，另一只剑专削人。铁葫芦胡虎头一个先丧了命，第二个是扳倒山陶俊饮剑身亡，土鳖老九吓也吓死了，何况也挨了一剑。那黑头鬼程三仍然不跑，他用火燃起那遍地的乱草、干柴，想先用火将春雪瓶阻挡住，然后他再从容逃走。不料这时韩铁芳已来到他的身后了。韩铁芳抄起了他们放在旁边地上的那一篓豆油，就向他的身上一泼，黑头鬼程三万也没有防备得到，吓得叫了一声。

韩铁芳又向他的腿上击了一刀，他的身子当时就扑在火堆里了。他还往起来爬，可是身上的油都已引着了火，就一下又跌在了火焰之中，火光愈盛。这时春雪瓶已找着了马，牵着马绕开了那着火之处，就向这边走来。

韩铁芳借着火光看见了她青衣的俏影、白马的雄姿，就高声叫着："雪瓶！雪瓶！"他拖着锁，挂着树枝，向那边跳去，然而心里却是十分惭愧。

春雪瓶也看见他了，就赶过来叫着："大哥！"又问说："他们还有人吗？"

韩铁芳说："大概没有了。只是，唉！你看我腿底下被他们给绊的锁链！"

春雪瓶蹲下了身去，摸了摸那锁链，又站起身来。然而她一站起来却有些身子发晃，忙扶住了马这才站住。

韩铁芳惊讶着问说：姑娘你受伤了吗？

春雪瓶冷笑着说："谁能伤得了我？"

韩铁芳又问："那么，你是怎么啦？"他借着那边照过来的火光，看出春雪瓶的芳容较前已消瘦得多了，并且有些喘息的样子。他再问，春雪瓶就不言语了，并现出一种伤感之态。

待了一会儿，春雪瓶才说："大哥脚下的这锁，非得找着钥匙才行，要是硬砸，恐怕就太费事了；我的这两口剑虽然快，可是也不能够削铜断铁。"

韩铁芳说："钥匙多半就在黑头鬼的身边带着了。"

雪瓶又问："哪一个是黑头鬼？"韩铁芳说："刚才跌在火中烧死的那个就是。"

雪瓶说："这就好办了，钥匙绝不会烧坏的。待一会儿我从火中找出那钥匙来，再给大哥开锁。大哥先到旁边找个地方歇一会儿去。"

韩铁芳就仍然挂着那根树枝，走到停车的那个地方。找着了一块石头就坐下了。春雪瓶在他身旁倚马而立。寒风呼呼，吹得他们的身体都很冷。他们的心里都存着许多话，可是相隔咫尺，却无一言。

又待了会儿，春雪瓶见那边的火光已渐熄灭，就说："我要去找那钥匙，大哥你给我看着马吧！"她交给了韩铁芳一口剑，只提着一口宝剑，又往那边走去。

这里韩铁芳长叹了口气，就把刚才夺得的老君牛的那口刀，连同树枝都扔在身旁。他的手里只掂着这口剑，虽然觉得分量很轻，但这是春雪瓶持用过的。有谁能够抵得过这口剑呢？自己，唉！武艺是太差了！

他又想：错还是错在自己的母亲玉娇龙的身上，她怎可以遇见一个武艺平常的我，就要把我带到新疆去，做她那"亲近的人的终身伴侣"呢？那时我可也糊涂，怎么还想不到她那"亲近的人"就是她的义女呀？要知道是春雪瓶，我羞死、愧死也不能去见她。并且我早就该说实话，说我在洛阳那个地方，本来有妻呀！……

待了不大的工夫，春雪瓶就回来了，果然找着了钥匙。她可不管给开锁，只把钥匙交在韩铁芳的手里，用娇细的声音说："大哥你自己试着开吧！如若钥匙不对，我就回去再找。"说着她转身走了几步，眼睛向着那四周黑莽莽的旷野望去。

这里韩铁芳又费了半天的事，才开了锁。他的两腿舒服了，就站起来走了几步，反倒不由仰天长叹了一声。那边的春雪瓶不禁噗哧笑了。

韩铁芳述明了此番的遭遇，春雪瓶就愤然说："既是黑山熊、柳三喜和什么戴阎王全在长安，那我现在就要去剪除了他们。"

韩铁芳却说："姑娘一定要去，我也不能拦阻。只是长安是一个大地方，那里的恶人多半是武艺高强，柳三喜且是诡计多端。"

春雪瓶说："那我也不怕，我绝不能像大哥一样，上了他们的这个大当。"

韩铁芳的脸上又是一阵发热，说："还是我同着姑娘去吧？给姑娘做一个帮手。"春雪瓶摇着头说："依着我这倒不必！你跟着我，并不能帮助我什么。"韩铁芳听了，越发地惭愧，并且知道由今日起，春雪瓶更得看不起自己了，自己也更不配与她接近了，遂点了点头说："那么我就不跟随姑娘了！我们现在就要分手吗？"

春雪瓶问说："大哥现在还要往哪里去？"韩铁芳又叹了一声，说："我现在实已灰心于江湖争斗之事，我要先回到洛阳去看一看。自然那已不是我的家了，不过有几个旧日的朋友，我还要去看一看，但住不了几天，我也就离开那里。"

春雪瓶又笑着问："离开了那里，你又打算往什么地方去呢？"韩铁芳迟疑了半天，才说："我也不是对于人事灰心，我实是自觉得武艺太不如人！"

春雪瓶说："武艺如人又当怎么样！像我，我也不是恃武自骄，我的宝剑、弩弓，不过是为剪除那些江湖恶霸。假若江湖恶霸都没有了，那我倒后悔我会这点武艺。"

韩铁芳说："我也不是要另投名师，更非想要弃武学文。"

春雪瓶问说："那么大哥你的年纪还轻，你这一辈子难道就什么事情也不做了吗？"

韩铁芳说:"我想离开了洛阳之后,就去找一座深山古洞……"他的话还没有说完,春雪瓶已经低下了头去了。

韩铁芳又说:"但我劝姑娘应当赶快回往尉犁城。"春雪瓶就说:"尉犁城那个地方,我早就厌烦了!"

韩铁芳说:"那么我想姑娘应当到北京去。"春雪瓶说:"我到北京去做什么?那里既没有我的亲人,又没有我的故旧。我想大哥你倒是真应当去。"

韩铁芳摇了摇头,却又问说:"不知玉钦差现在哪里?"

春雪瓶说:"我想大概已经到了长安了。有那么些官人保护着他,长安又是一个大城池,我想倒没有什么令咱们不放心的。不过,他实在是你的舅父,你应当去投他。"

韩铁芳说:"我在洛阳住着的时候,就放荡不羁,早就有志遨游江湖。如今地方我已走了不少了,外面的事情我也经历过了,以后我隐身不出,已经违了我的素志,我若再去跟着做官的亲戚去谋食,那我更得愧死了!于今我就是想先回到凤翔府……"

春雪瓶就问说:"你还回到那里去做什么?"

韩铁芳说:"因为当我中计被擒时,我的那匹马也落在了他们的手中。那匹马,我断不能够相舍。"

春雪瓶也沉吟着,待了会儿又问说:"那么,只要将马找回来,你就没有别的事了吧?"

韩铁芳点头说:"再没有别的事了,由那里我就一直回洛阳去了,只是……"

他才说到这里,春雪瓶已从她马上的行李中掏出了两块很沉重的东西,也不知是金还是银,塞在韩铁芳的手中,说:"我给大哥这个作为路费。我愿大哥到凤翔后不用费力,就能将我爹爹的那匹马找回来。然后那匹马将大哥平平安安地送回洛阳!"

韩铁芳又惭愧又伤心,收下了金银,又说:"但我也愿知道姑娘的准去处!"

春雪瓶说:"我也没有一定的去处。"韩铁芳说:"不过姑娘到长安之后,是回新疆,还是往他处,我也愿大概听姑娘说一说。"

春雪瓶说:"我是要往江南去,因为当年李慕白拿去了我爹爹的几卷书,我要去把它索回来;然后我也许往北京去走走。我往北京,并不找谁,只因为我爹爹早先曾在那里住过,所以我也想去看一看。由那里我就再回新疆,看看我绣香姨姨,看看幼霞。将来我也许去找一座深山古洞……"

她说到这里,韩铁芳的心里却难受极了,只见春雪瓶上了马,说一声:"再见吧大哥!"就挥鞭向北走去。一霎时,夜色已吞去了人马的影子,寒风也遮住了蹄声。

韩铁芳却仿佛连脚步都迈不开了。呆了半天,他忽然想起,春雪瓶留下的一口宝剑还在他的手中。他想叫她回来,但已经来不及。他只得拿着这口剑,心说:除非将来能够有缘再见春雪瓶,自己再将这口剑还给她,不然这剑也如同那匹黑马一般,自己永久不能相舍。

他转头去看了看,那边的余烬已经全都灭了,他也不再去找那坟地旁停着的车跟没人骑的两匹马,向西茫然地走去。

韩铁芳走了半夜,到天色黎明之时,才找着了一个小村镇。这里有一家豆腐房,韩铁芳就进去买了几块还热着的豆腐,当饭吃了。吃完了,磨豆腐的人就都睡了,他就也就着人家铺在地下的稻草睡了一个大觉。天色近午方醒,他看了看自己的衣袖都已磨破,并有几处被绑绳勒过的痕迹;他觉得这样在路上行走,一定会惹人注意。于是他就背着人掏出了、春雪瓶赠给他的路费看了看,见是一块金、两块银。他就拿着一块分量轻的银两,到街上换了,并买了一件短棉袄、一条棉裤,还有一顶毡帽。他把自己打扮得倒像个乡下人了。他又回来给了豆腐钱,然后就挟着一口宝剑,离开此地向西去走。他走的不是大道,可是到晚间也寻得着店房。宿了一夜,次晨再往下走,他心里盘算着,到了凤翔,怎样去取回他的那匹马。他觉得总是趁黑夜暗中取出来才好,不必白天硬去找那星辰堡,又得与那里的恶奴们动手。

韩铁芳步行得很慢,走了两日方才又回到了凤翔。他以旧衣服裹着那口剑,也不大能为人所注目。他来到这里时,天色已晚,便索性不进城,一直往城北的星辰堡走去。

黄昏暮色,路上没有一个人。他快走到星辰堡了,忽听得前面有人嚷嚷。他赶紧往前面跑了几步,就见前面走着两个人。一个袍袖很肥,另一个身着短衣,歪歪斜斜、摇摇晃晃地走着,同时大声嚷嚷着说:"见不着韩铁芳,我就不离开这地方,我们俩既是一块来的,就得一块走。妈的你们跟我套交情,是因为我带着赛姜维的信,韩铁芳可叫你们他妈的捉住害死了?"

这是安大勇的声音。跟着他的那个人却是银霸王侯雄,他说:"没有的话,我们这里的人,谁也没看见韩铁芳。"

安大勇又说:"小子你说话我绝不信,我看你绝不是个真老道,你说不定是个干什么的。前天我在铁葫芦那里听人说了,那天下雪的时候,你们先捉住了我,后捉住了韩铁芳。妈的你们现在就把韩铁芳交出来,才算没事。要不然,打开解七的棺材叫我看看,我不信他是真死了,他一定是怕我,他藏起来了。"

银霸王却冷笑着说:"谁怕你?姓安的你要明白,连我全都不怕你。只不过你既跟赛姜维和金霸王都有交情,我们才放开你,因为咱们是一家人。"

安大勇说:"妈的你别套近乎,我跟韩铁芳才是一家人!"

银霸王很严厉地说:"老安!你说这话时可要小心一点。幸亏你是跟我说,我跟金霸王的交情比别人深,冲着他,我不能把你怎么样。可是你这话要叫黑头鬼程三他们听见了,就能够宰了你!"

安大勇骂着说:"黑头鬼程三在哪里?我要见一见他。你们不要净拿他来吓唬我,我不怕他!"

银霸王说:"你看!你看!我好意带着你到酒铺去喝酒,跟你叙交情,不想你这家伙喝醉了,反倒跟我闹起来了!快走吧!快回去吧!这两天庄子又有事,我一个人也照顾不到,你得帮我的忙。谁叫咱们两人是朋友呢!"

此时在后面尾随着的韩铁芳,已经将宝剑亮了出来,紧跑了几步就追上了。那银霸王侯雄觉得背后有脚步声,就疾忙回头问说:"是谁?"韩铁芳说:"谁?你来看,我就是韩铁芳!"

银霸王吓了一大跳,抽出短刀向韩铁芳砍去,韩铁芳也以剑去刺。

那安大勇就问说:"真是韩老弟吗?"韩铁芳说:"你还听不出我的声

音来？"

安大勇自后一下抓住了银霸王的脊梁，同时将刀夺了过去，只说了声："躺下吧！"又一脚，那银霸王就果然躺在地下呻吟了起来。韩铁芳可以说是一点力气也没费。他拉着安大勇向前走了几步，就问说："他们是怎么把你放了的？"

安大勇说："就是因为我怀里还有一封赛姜维写给金霸王的信，就是这小子放的我。他倒跟我直套交情。我看出来他是给戴阎王看家的，他一个人又不敢看，才叫我帮他的忙。可是我又不放心你，我到处打听，谁也不知道你的下落。他们庄子里的事情很怪，里院停着一口棺材，据说是解七。大前天他们把我放开的时候，我还看见有个穿着孝的媳妇，是解七的老婆，在里院烧纸，可是第二天就看不见了，都说是回娘家去了。昨夜里他们马圈里又丢了一匹马……"

韩铁芳听到这里，就不禁一怔，问说："丢的是什么马？"

安大勇说："那咱可不知道，倒不是他们拐来的我那匹马。他们那里的庄丁都是一句实话也不跟我说，每逢我要跟他们打听，银霸王那小子就赶紧把我拉到一边，不叫我多问。可是我见他们今天都很惊慌，银霸王拉我到街上喝酒，也是故意躲开点，好像有点不敢回去的样子。"

韩铁芳又问："昨夜他那庄里，除去丢失了一匹马，再没有别的事吗？"

安大勇说："我想是没有别的事，那些人不过是瞎疑惑，以为盗走马的是什么高人。我想，若是高人还能够盗马？他们也没看见那个人，可是他们都很慌。"

韩铁芳就说："你带着我到他们的庄里去问问。你可要记住了，遇着人，有我的宝剑应付，可不用你胡杀乱砍。"

安大勇笑着说："谅他们也没有人再跟你动手。他们庄子里那几个有本事的都没在家，只剩下几个赌鬼了。"他又自言自语地说："我不该叫银霸王那小子趴在那里，因为刚才还是他出的钱，请我吃的酒呢！"韩铁芳也不言语。

此时安大勇的酒意倒是没有了，进了庄子，借着墙上的一盏油灯，他还细看了看韩铁芳的模样儿，然后拍着韩铁芳的肩头，大笑说："哈哈！真是你！这些日你跑到哪儿去啦？干什么去啦？"

韩铁芳却摇头说："此时我没有工夫告诉你，我们先进去吧！"

于是安大勇就上前打门。门里面问说："是谁？"他说："是我，是安大勇跟银霸王侯雄回来了，你们把门打开吧！"

里面将大门一开，安大勇就举起了短刀，韩铁芳晃起了宝剑，开门的人吓得回身嚷着就跑。他们两人向里快走，院里就铛铛响起了锣声，人乱嚷着，灯笼照耀着，刀棒也都拿出来了，但这里统共还不到十五个人，而且都是庄丁，没有一个会武艺的。

安大勇就大喊着说："小子们，别胡乱上前来讨死！你们看，你们认得这个人吗？这就是凉州府出过大名的韩铁芳，他可比我还厉害！"

此时灯光都照到了韩铁芳的身上跟脸上。这庄里人谁不认识他？他在这里锁了好几天，后来是捆着押着走了的，如今他怎么会回来了呢？这个人的本事可真大！因此把一些人吓得全都不敢近前。

韩铁芳倒是很平和地说："你们全都不要害怕，我跟你们并无什么仇恨，现在黑头鬼程三等人也都死了。我回到这里来非为别事，就是来要回我的那匹马。"

他的话才说出来，就有人称呼他为"韩大爷"，并说："你的那匹马昨天就丢了！昨天夜里马圈里进去了一个人，看圈的人都看见了，是一个女的，手拿着一口宝剑；她硬开了门，把那匹黑马给牵走了。看圈的人今天才敢把话说出来，他怕那个女的就是春雪瓶，所以当时就吓得连屋子都没敢出。"

韩铁芳一听这话，就不禁发了半天愣。安大勇却不相信，嚷着说："你们不要说谎，春雪瓶如果真来了，哪能够只牵去一匹马，就饶了你们这群小子？再说，她哪能够不等着跟韩铁芳见见面？你们就快说实话吧！马在什么地方？快些还给人家！"

这十几个庄丁全都着急地说："这是真话，我们说谎干什么？戴阎王连家都不敢回了，我们谁愿意给他卖命呀？"

韩铁芳便将安大勇劝住，他倒是很相信春雪瓶已先自己而来此，将马取走了。那本来是她爹爹遗留的马，也应该由她取走。于是他就不再追问，只向安大勇说："现在我可要走了。安兄，你是留在这里呢？还是要往别处去？"

安大勇说："我在这里不走，就是为等着见你。如今我知道你还活着，妈的我还在这里干吗？明天早晨我就到长安去，看看金霸王是个朋友不是。他若可交，咱就在那里留下，为吃饭，没法子；他若也是戴阎王、解七、黑头鬼那样的一类东西，咱就不但不给他做伙计，反得跟他斗斗！"

韩铁芳就压下点声音说："我托你一件事，到了长安，你千万不要向人提起我。"

安大勇说："这行，可是老弟你还要往哪里去呢？"

韩铁芳说："我要回洛阳去。还是那句话，今后即使有人找着我跟我争斗，我也决定设法避免。安兄！你我后会有期吧！"说毕，转身就走。

安大勇追着他说："喂！他们圈里还有不少马匹，我牵来一匹，你骑走好不好？他们这里也有钱，拿他们点儿给你做盘缠好不好？"韩铁芳又拱了拱手，就出门走去。离开星辰堡，他将那宝剑仍用旧衣服裹上，放在腋下，就又踏着夜色走了。

韩铁芳如今可以说是万念俱灰，既不买马，也不雇车，连大道都不走。他宁可远点走那曲折的小径，宁可中午在小村镇买那粗劣的饭食吃。夜间投小店，或投人家，有时就在野地上，受着风霜躺卧一宵，就这样走了七天，方才到了长安。

韩铁芳的胡子已长得很长了，衣服也显得很破旧。他就住在城里一家小店内。白天在街上闲游，他看见了金霸王高越，并且后面还跟着那安大勇，由此可见那金霸王还"够个朋友"。韩铁芳就避开了，没叫安大勇看见。晚间住在店里，他就听人闲谈，并且跟店伙打听，知道了钦差玉大人早已离开了长安，这时多半已经出了潼关，快回到北京了。又听说戴阎王是回河南灵宝县去了，吕慕岩仍在金霸王的镖店里住着。没听说出什么事，也没听说小山神柳三喜跟黑山熊是否在这城内。春雪瓶的行踪更是无人晓得，简直就没有一个人提说。

城内很安静，虽然常有镖头及牵马持刀的江湖人、武师们往来，但并没有一件争斗杀殴之事。韩铁芳在店里住了四天，就离开长安往东去走。

第十六回　驰旷野忍病救情人　返家乡磨剑寻宿恨

长安迤东,知道他的仇人更多,所以路上他更加小心,但竟未遇着什么事情。走出潼关,沿路上已有了新年的景象。行至灵宝县时也未停留,然而却在此听说戴阎王确实回来了,住在城中的宅子里。

韩铁芳也不多加打听,只是履着一层层的黄土高原,傍着那行将解冻的黄河去走。向东又行了约有十日,这天在黄昏的时候,他就到了洛阳了。

这里,他虽已不认作是他的家了,但确实是他生长之地。城门多半是已经关了,他也不想进城,只踏着荒原,直向着望山村去走。路过早先师父萧仲远所居的那个"鬼洞子"一看,那间破草屋已经没有了,只剩下当年自己偷着学武艺的那片旷地。韩铁芳想起了旧事,又想起萧仲远在祁连山中殉身的情景,真是不胜慨叹。

他又向东去走,这条路,他早先常骑着"乌烟豹"或"雪中霞"走来走去。彼时他是一位花花公子,如今却等于是落魄还家,心中充满着悲伤。眼看着快要走到村西口了,却听见打更的梆子声,交的正是初更,他仿佛竟辨得出这打更的是谁。

他刚进了村,就见有几条大狗汪汪地叫着,奔向他来了。他就拿着那衣裳裹着的剑晃动着,口里斥着说:"去!去!咬谁!"

这几条狗扑到他的近前,却忽然都不咬了,都围着他乱闻。他心说:"这些狗倒还能认得我!"找着了他家的大门,韩铁芳吧吧打了几下,里面就有人很横地问说:"什么人?天黑了还来打门!"

韩铁芳就也带气地回答说:"是我!"心里却又一想,我是这里的谁呢,我已经不应当姓韩了,家财我也早已分散了,我来此充什么主人呢?遂就向里边又说:"你开门吧,开门你就认得我了。"

里边的人说:"这可不行!你不说明白了,我们不能够开门,因为现在家里没有主子。"

韩铁芳说:"我就是韩铁芳!"

里边想是听错了,更发横了,说:"什么?街坊?我们这村里可没有你这样不识事的街坊!你难道不知道我们的大相公在外边啦?向来是一到天黑,就不开门了!"

韩铁芳说:"我就是你家的大相公呀,快开门吧!"

里面的人忽然不言语了。又待了半天，才听见里边仿佛有两三个人在说话，就听见是那毛三的声音，说："你既没听见马蹄声，那大概就不是咱们家的大相公。"灯光隔着门缝儿一闪一闪的，是毛三扒着门缝在向外看。

韩铁芳就说："毛三你开门吧，是我。"里面的毛三一听，当时就喜欢得叫了声："啊呀！"赶紧就把外门开开了。灯光一照着韩铁芳的这个穿着打扮跟模样儿，他们三个人却又都疑惑了起来。韩铁芳就叹着气迈步进了门槛。毛三高举着灯笼，追着照着又细细地看，说："哎呀！真是大相公！我的老爷，您可回来啦！大相公可真瘦了，老了！您的马呢，哪儿去啦？"

当时那两个仆人也都赶了来行礼。有个老家人从屋中走了出来，说："我早知道大相公快回来了。因为前几天来了一个姓邢的年轻人，他说是大相公快回来了。"

韩铁芳一怔，那毛三却向那老家人埋怨，说："为什么你不把这话告诉我呢？我连影儿都不知道，不然我也可以接迎接迎大相公去呀！"

老家人却说："因为你白天净睡觉，我也见不着你。前几天是有一个姓邢的人，牵来了一匹黑马，他说是给大相公送来的……"

毛三问说："不是大相公的那匹乌烟豹吗？"

老家人摇头说："不是，所以我才没敢收下。那姓邢的又说，是在陕西的扶风县，一位春姑娘交给他送来的。他说春姑娘是个什么小王爷，我听着更是摸不着头脑，就没敢留他在这儿。他又说大相公在凤翔府遭了一回难，可是现在也躲开那步难了，大概不多日子就可以回来了。我怕他是个骗子，就也没敢信他的话。"

韩铁芳听到此处，就赶紧问说："那个人以后就没有再来吗？"

老家人摇头说："没再来！大概他见我们这里不收马也不理他，他一扫兴，就离开洛阳走了。"

韩铁芳站住身呆呆地发傻，毛三在旁就说："一匹马算得什么？大相公明天你到圈里去看，那几匹马我叫人给你喂得肥极了，就等着你回来骑呢。大相公你也别叹气，钱花完了回到家里来，不算什么。您如今到了家，还是一家之主，少奶奶也正等着你回来呢！"

韩铁芳呆着想了半天，脑里只浮现的是春雪瓶。他一点也猜不透，春雪瓶由星辰堡取了马，交给了那个邢柱子，又命他送到这里来，是有什么用意？……如今听人提到了"少奶奶"，他才想起了自己的妻子陈芸华，就向里院去走。随着他进来的就是老家人，还有打着灯笼的毛三。

毛三就说："大相公回来得正是时候。今天是腊月二十七，再过两天就是大年三十了。您要是不回来，这个家可是真不得了！少奶奶是天天念佛烧香，您走后托给陈家老爷管家，把四百万两银子的财产都交给他管着。这半年多他可就搂足了。他在登封县又添置了田产，又另娶了个小老婆！那个小老婆喂，我可也别尽是这么叫，那也得算是大相公的小丈母娘呢！可就把他的身子给坠住啦，一个多月他也不到这儿来一次。这儿就多亏城里的李老爷，人家拿着你的那些钱，是笔笔有账。到了月头儿，人家就来开发我们的工钱，一个也不欠。白马寺塔，人家用您的名字捐了一百两，听说动的是利钱，没动本儿。城里的几号买卖的掌柜的也都有良心，都等着您回来算大账。小姐是七月初四出的阁，因为是孝服成亲，咱们这儿也没大办喜事。到了刘家还好，也常回娘家来看看嫂子。刘财主跟姑爷，也倒都很关照这儿的事。只是他妈的独角牛，时常要想来咱们这儿讹钱，据他说大相公是死在新疆啦！拐子申飞倒还够朋友。上个月咱们这儿闹贼，据说是独角牛勾来的。幸亏拐子申飞请了十几个帮手，来到咱们这儿住了五天。人家尽义务，不要钱，连饭都是自己带，白给咱们这儿护院，才算把贼吓跑了。"

毛三说得活灵活现。这些事其实全是半年以来的事，那些人也都是早先跟韩铁芳时常见面的人，然而韩铁芳竟觉得仿佛是相隔的时间已经太长了，过久了，更不禁暗自唏嘘。

毛三为显功，并说："我由灵宝县一回来，就给大相公看着这份家。其实后来萧三爷就走了，也没有人能管着我，我要是把打更的差事交给别人，连晚上在哪儿睡觉都行，谁也不能辞掉我。可是我不能，我还是整夜打更，因为别人打更我不放心。尤其是神手张在这儿住的时候，他常招些个闲杂人来赌钱，后来幸亏他也走了！"这毛三的确是夜夜承更不辍的样子，不然晚上他绝没有这么大的精神。

可是他哪里知道，韩铁芳听他提到了瘦老鸦萧仲远跟那神手张，心里是多么难受。又往里院去走，便听见了梆梆的木鱼之声，韩铁芳就惊愕地站住了。这就是正院，有点淡淡的灯光和香烟袅袅散漫而出的，就是妻子陈芸华的屋子。他们当年结婚时，这里就是洞房，可是韩铁芳并没在这屋里住过几天。如今他却胸中充满着感情，脸上带着惭愧。

那老家人跟毛三只说了一声："大相公回来了！"却都没敢往那屋门前去挪步。

韩铁芳把手中的破衣裳跟剑交给了毛三，就迈步近前。一拉开了门，屋里的浓烟刺得他两眼发疼。屋中的一切都改变了。旧时条案上摆的是嫁奁，如今摆的却是古佛；旧时壁上挂的是名人字画跟双喜字的缎幛，如今却挂着观音大士的画像；旧时八仙桌上摆的是名窑的瓷器、茶具花瓶等等，如今摆的却是古铜的香炉，里面插着九支已燃成了半截的线香，两边是灯台，烧着光焰颠动的佛蜡。旧时妻子陈芸华虽然长得平常，但永远是穿红挂绿、鬓发如云，如今却穿着一件粗布的道袍，头发挽得跟道士无异。

屋中也没有丫鬟跟婆子侍候，只有一个也是身穿道袍，但丝发整齐，戴着白银簪钗的一个清秀的少妇，这正是灵宝县冯老忠的妻子荷姑。

此时，毛三又在院中喊着说："咱们大相公回来啦！唉！少奶奶，您就先别念佛了！您已经把大相公给念回来了，也就用不着再念了。"但是陈芸华依然对着佛捻她手中的数珠，嘴里暗暗地念着。她并不是没有看见她丈夫韩铁芳，但她并不看，索性跪在蒲团上了，把经卷诵得更紧，好像是没有完了。荷姑站在桌旁替她敲着木鱼，但一声比一声敲得缓，敲了几下就不敲了。她放下了木鱼棰儿，双手合十，向韩铁芳打了个问讯。韩铁芳也拱了拱手。他才迈到屋里了一步，便又撤回腿去，因为韩铁芳此时的心真如同冷灰了。他到院中就向老家人说："打扫一间屋子来，叫我先歇息一晚吧！"

老家人说："大相公住的那个跨院，虽是永远锁着，我们可天天去给您打扫收拾。"

于是韩铁芳又随着毛三的灯笼，到了他以前独自居住的那跨院的屋里。敢情已有仆人赶来给他重新打扫好了，红木的桌椅擦得都发光。除了银灯台之外，还点着两只蜡，韩铁芳一进屋就把两只蜡吹熄了。

待了一会儿，院中站满了仆人仆妇，都说："要见见大相公，给大相公侯安。"

韩铁芳站在门前，往外拱手说："我走了这些日子，这里多仗你们忠心照应，我实在是感谢。但是我这次回来也住不长，一半日便要走！"他这话说了出来，院中站的男女仆全都发呆了，全都显得很忧愁。

有个上点年纪的男仆就说："大相公可真不能再走了！若是再走，不到半年，这个家可就完了！家里没有个主子哪儿行呀？"

几个年轻的庄丁也说："大相公不能再走了！你回来歇两天，得给那独角牛一点脸色瞧瞧，不能叫他背地里再骂大相公。他因为大相公没在家，就欺负我们，弄得我们简直不敢进城去啦！"

又有一个伺候过韩铁芳养母秦氏的老仆妇，叫谢妈，她赶到台阶上来愤愤地说："大相公，你要再走，你就连死的带活的全都对不起了！老善人当年立了这份家业可是不容易，老太太拉扯您这么大也不容易。少奶奶自从过了门，虽说是没缺过吃、没短过喝，可也是处处见难，没得过你的好脸儿。你又走了这些日子，少奶奶哭得眼睛直发疼。早先她可也好佛，但不像现在这个模样。这里的小姐出阁之后，有一次少奶奶进城去看亲戚，其实回来的时候天还早，坐着咱们自己家里的车，刘亲家翁那儿还派了人送，半路上就遇着独角牛带着七八个地痞，他们说了许多的坏话，还截住了车，强摘下少奶奶的一只耳坠子。第二天拐子申飞就去找独角牛打架，打了独角牛手下的两个人。衙门把拐子申飞监了半个多月。咱们少奶奶从那时起就像是吓出了病来，就整天念佛，家里的什么事情也不管。幸亏有瘦老鸦那次给送来的冯大嫂，人家不但天天得给她敲木鱼，还得替她管家务。人家的男人是在别处叫贼给害死了，婆母来到这儿不到两月就故去了，现在孤身一人，也很可怜……"

说到这里，她略微喘了口气，又说："大相公你得想一想，这个家不是别人的。就是你一个人的，别的人都不姓韩，就是你一个人姓韩！你要是再把家抛了不管，你就是不仁、不孝又不义，你走到什么地方去，也没有人能够瞧得起你！"

这个仆妇倚老卖老，简直是把韩铁芳给申斥了一顿，韩铁芳只是不言语。倒是别的女仆，把这个老仆妇给拉走了。

毛三在旁说:"大相公你别生气,谢妈说得也对。你要是再走,我可一定得跟你出去了!咱们只往近地方去,一两天就能回来才好。再说也别再管闲事,什么阎王、判官、小鬼、吊死鬼,咱们就是遇见了,也别再理他们。咱们倒是真得刺一刺独角牛那小子,因为那小子太欺负人了!"他又笑着说:"大相公您看吧!您这一回来,明天少奶奶就得抹胭脂搽粉穿缎子衣裳,过一年准保你就有少爷了!慢慢地你也就是个老善人啦!还有呢,琵琶巷里,这半年可真来了不少好的,有一个也是爱穿红衣裳,比早先的蝴蝶红可还年轻好看。只是不行啦,琵琶巷里没有什么正经的人去了。那里的老鸨、毛伙,连卖花儿的,都没有一个不盼着大相公快些回来……"

韩铁芳推着他说:"不要在此混说!快些走吧!你该打更去了!"

毛三说:"二更已经过了,索性等到三更的时候一块儿再打吧。还有,大相公既然回来了,我看什么贼也不敢再来了,打更不打更也不要紧了。今晚上我要早睡,明儿白天我好有精神,我要跟着大相公进城去,让他们都看一看。喂!你们来看看呀!我毛三的大相公又回来了!"

韩铁芳皱着眉说:"我这就要休息,你快些去吧!"他推着,那毛三才走。他又令老家人也走开,自己将屋门闭上。

室中灯光闪闪,一切陈设全如昔时。图书、文房四宝、成轴的古画,壁间还挂着琵琶、月琴、笛、箫等等。刚才自己带回来的那口春雪瓶的宝剑,也不知是被哪个仆人给配了一个不大合适的剑鞘,也给挂在壁上了。他愤恨地想着那个城中的恶镖头独角牛,同时又感念拐子申飞的豪侠尚义,然而自己这次回来,一定要对恩者报恩、情者报情、礼者报礼,可就是不报仇,绝对不与人争殴惹气。只不过,他人虽在这里,却难忘高山大漠、草原长河,这样华丽的书房跟卧室,自己倒不习惯了。

那穿衣镜照着他风尘憔悴的身影,他更觉得自己不是这里的主人。他想:我本来就不是这里的主人,这原是柳穿鱼韩文佩做强盗挣下来的家业,我却是罗小虎跟玉娇龙的儿子。他们人都已死,恩仇是都不算了,但我与这里何干?在这里有何权利?我若是回来再声色犬马,当我早先那个"韩大相公",那不独春雪瓶要鄙视我,笑话我,就是江湖上的一切人我也都没脸见,我更无颜再见白龙堆中我母亲的坟墓。走!明天去到城中拜访那几位有义气的好朋友,然后我就一文不带,我就走。再走,就绝不回来了……

待了一会儿,毛三又来推门问说:"大相公还没有歇着吧?"

韩铁芳不由得生了气,心说:你一到夜里就有精神,但我得休息,你知道我明天就许要走吗?他本想发作,可是又一想:我既不是这里的主人,毛三也不是我的奴仆,我怎么可以跟他发怒呢?遂就问说:"有什么事?"

毛三在门外说:"少奶奶来啦!要跟您说说话儿!"

韩铁芳一听,心中却不禁有些为难,因为这家中的一切都可以说与自己无关,然而陈芸华,却不能不说是自己的妻。当年无论自己是因年幼,还是因糊涂,但确实跟她拜过堂,成过亲。她嫁的虽是"韩大相公",但也就是嫁的自己,自己可以不承认姓韩,但怎能不承认是她的丈夫呢?况且她并无半点过错,自己却有许多愧对于她之处!因此他就赶紧去开了门。室中的灯光射到了外边,看见陈芸华已经来到了门前,她身上仍然穿着道服,并且向着他打了一个问讯。

韩铁芳倒弄得直发怔,不知说什么才好。院中有两个仆妇跟毛三,但是全没有进来,并且把门给关上了。陈芸华拖着长袍,抖着长袖子,进了屋。她长得本来就像个木头人儿,平日的脸上就很少有表情,如今更是一点什么悲哀、惊喜的表情都没有。她一点也不瘦,不憔悴,虽然是未擦着脂粉,而且眉毛都仿佛是被烟熏黄了,可是倒很胖,脸上也很红润。

她手里还拿着一本善书,进来就像是道姑见了施主似的,那么大大方方、客客气气的。她先请韩铁芳在椅子上坐了,自己在下首凳儿上陪着,说一声话打一个问讯,向韩铁芳称呼着"大相公"。灯光耀耀,显出一种神秘的气氛,这个已不能为韩铁芳所理解的妻子,和他对面坐着,很慢地说:"自从大相公你走后,我的凡心就渐渐没啦。有一次我在路上遇见独角牛,那个魔王,他可说了许多的真话!咱家的老善人原来不是个善人,当年做过恶事呀!怪不得遭那样的报应,他把你也给逼走了。你也是天星下界、恶魔临凡的呀!不然你哪能够在灵宝县遇着阎王跟判官呀!哎呀!从那以后,菩萨就时常给我托梦,后来在我的眼前竟显出了金身……"

韩铁芳说:"唉!你不要这样胡说了!我也知道我早先很对不起你,以致把你弄成疯疯癫癫的。独角牛是个恶人,咱家的老善人当年也是个恶人，这都一点也不假。但我此次在外面，却敢说半点恶事也没有做，一个恶人也没有交结！"

陈芸华打着问讯说："阿弥陀佛！你可不要这么说！毛三回来告诉过我，你在戴家庄杀过人，在菩萨庙放过火！"

韩铁芳说："他胡说！我哪能做那些事？不过此番我西去，与一些江湖恶人杀杀斗斗倒是真的！"

陈芸华咕咚一声跪下了，念着佛说："哎呀！你可别再提杀！菩萨！阿弥陀佛！噬利哪巴……"她打着问讯，闭着眼睛直叩头。

韩铁芳叹着气站了起来，过去要用手搀她，不料她赶紧起来，身子直向后退，且直抖袖子，仿佛怕韩铁芳身上的恶煞沾着了她，又像是有点"男女授受不亲"似的。韩铁芳又怔了一怔，便说："你这是怎么了？我并没忘你是我的妻，但你竟不知我是你的丈夫了？"

陈芸华忽然流下泪来，说："菩萨在梦中告诉过我，说我在前生是个南山上的老比丘。本来都快要修成了，因为无意中踏死了一只小蝴蝶，才叫我降临凡世，还给了我个女身。我就应当由小时修行，不该听了这一世的肉身父母的话，又嫁你为妻。这么一来，我再有两世也不能见着如来我佛之面。所以我才赶紧修行，一天要烧三天的香，一天要拜三天的佛，阿弥陀佛……"

韩铁芳又发着怔，叹息了一声，说："我这次回来，就专为看你。明日我就要走。可是因为你是我的妻，我不能再抛下你孤单无依。你信了佛，我也不能叫你不信了，我们可以走，找一座山，你去修行，我去种地，或是打猎，养活你一生。"

陈芸华又说："哎呀！哎呀！善哉！善哉！菩萨莫怪这句话，慢慢再度化他吧！"她又念了一段经咒，这才像是常人似的叹了口气，说："我知道你回来了，我来见见你，也只是为办一件未了之事。因为我已入佛门，知道了前身之事，所以不能再与你重合夫妇之好了。可是你呢，也应当再置几房妾，以便生儿养女，接续韩门的后代。我看荷姑她的尘心未断，她敲木鱼的时候还常流眼泪，她又是个小户人家之女，年轻，不懂得什么叫贞节，你应当纳她为妾！"

韩铁芳斥了一声："胡说！你去吧！你既是修行，就不要混搅这事！"

陈芸华说："我来见你，就是为这件事。你若答应了，荷姑就也有了着落，我心中的俗念也就都断了！"

韩铁芳说："你快些断了吧！荷姑在这里，反正有饭吃，有韩文佩的钱可以供给她。她可以敲木鱼，也可以改嫁，但与我无关。我不是韩家的人，我更不是甚么三妻六妾的大相公，当初我救了荷姑，只为的是行侠仗义。如今，哼！我本来想不走江湖了，但因为独角牛的凶恶，与这人世的强梁百出，我倒更要做一些侠义的事情！"

陈芸华却说："哎呀！什么叫义侠呀？义侠都是魔王转世呀！"

韩铁芳说："你快些到佛堂去给我念几遍经，免我的罪吧！"

陈芸华就连声答应着，赶紧头也不回地就走了。可是她留在了桌上一本善书，书签上写着七个字，是"文昌帝君阴骘文"。韩铁芳看了，也不禁心中略动了一动，随后就给置放在一边。

那毛三又探头进屋来，愣呵呵地说："大相公！少奶奶怎么又走了？"

韩铁芳说："你不用管！没有你的事，你快去打更吧！"

毛三说："今儿大相公一回来，我一喜欢，就歇了工啦！"

韩铁芳说："那么你就睡觉去吧！"遂即闭严了屋门，将灯拿到里屋，躺在床上去睡。这床真是个极舒服的床，被褥虽然还是他旧日用过的，但是都很新，绸的缎的，花的绿的。韩铁芳半年以来简直没在这么舒适的地方躺过，但现在却觉得不惯了。

他心中就想：陈芸华信了佛，倒也很好，她脱去了俗念，我也免去个累赘。她娘家的人可以常来照应她，这里又有钱供给她，我可以说是什么也不挂念了。从此她是佛门弟子，我却是个俗人，夫妻的情缘永绝，这倒干净！只是，我原想是找一所深山古洞去隐居，现在，芸华她未入山已修了道，以后我要再去入什么古洞，那可真是笑话了。看来早先的主张，现在得要改了，我还得再在风尘间遨游上几十年，再尝一尝人间的世味。我应当到京都去走走，并不是要投我的什么舅父，而我是得去游览游览那个地方，顺便打听一下，那里还有我母亲的什么遗闻故事没有……他又叹息了一阵，便睡去了。

韩铁芳的这一觉，可把他半载以来的风尘劳顿都歇息过来了，直到次日过午一点多钟才醒。他开了屋门，就见院中站着个仆人跟一个挟着个包儿的剃头匠。韩铁芳并没有叫人找剃头的，可是不知道这是谁一时的聪明，竟把剃头的给叫来了。韩铁芳原想，何必还剃头呢？今天自己就要走了，在江湖上漂泊着，还要什么漂亮呢？但那仆人连洗头的水什么的，都随着给预备好了，韩铁芳只得坐下叫人给剃头。

这个剃头的人还是城里一家有名的剃头铺子里的，韩铁芳并不认识他，他却说："早先我就认识韩大相公。"并且说："知府大人都是由我给剃头，独角牛的头也是我给剃。"

韩铁芳就问他："独角牛现在混得怎么样？"自己很关心地往下听。

这剃头的人就说："独角牛自从叫大相公伤了那条左腿，就有点跛了，可是运气倒变好了。群雄镖店的买卖一天比一天旺，很发财，他自己也不常出门保镖了，在家里做大掌柜的。他在后街新盖十几间大瓦房，又娶了府衙门陶班头的妹子为妻，上个月并由琵琶巷接出来那会唱大鼓书的"小桃花"做妾，真享起福来了。他现在出入也是骡子车，长袍马褂，不像是早先那土棍地痞的样子。白马寺修塔，他也捐了钱。辛知府到任的时候，他也给随了四盒子礼物……知府的大少爷完婚，他还亲自去行人情，跟城里的绅士一块儿坐席。灵宝县的老拳师刘昆上次到洛阳来，也是住在他的家里。他手下还用了几个能干的镖头。辛知府的夫人是每个月便要回一趟山西娘家去，每次全是由他派人保镖。他镖店里还有一位女镖头，名字叫花三嫂。"

韩铁芳又问："拐子申飞呢？"

剃头的人说："申大爷可混得不见强，因为他跟独角牛作了对，各地全都不许他保镖。他又打过两回官司，也没有人请他护院了。他只在家里招了几个徒弟教教，可是徒弟们也都不给他钱。他的媳妇倒是进了府衙，伺候知府的夫人跟少奶奶去了。他有时也在街上练练拳棒，卖他那吃了倒泻肚子的金刚大力丸，也没有什么人买。他还得时时提防着群雄镖店里的人给他起哄，时时得准备着跟独角牛的人打架。"

韩铁芳冷笑着说："我离开洛阳才半年多，想不到都变了！"

剃头的人一边给刮脸,一边说:"可不是!什么都变了!大相公,如今您一回来,城里城外一定有不少的人喜欢,至少也得把独角牛镇住一点。以后他就不敢再那么吹牛皮了,也不能再那么欺负人啦!可是大相公,话我可是不该说,因为我常到独角牛的镖店跟家里去剃头,我也常到府台衙门去剃头,他们背地里说话不避我。"

韩铁芳惊讶着问说:"怎么,这里的知府也认得我?"

剃头的人说:"他不认识大相公,大相公走了两个月他才来上任的。可是他一来到衙门,就跟人打听本地的绅士都有谁。自然,义佩公的大财东,望山村韩家,他是不能不知道的。尤其大相公,您是老善人才去世就散尽了家财走的,谁能够不提说您呢?有的说您是修道成仙去了,有的说您是在别处又置了大宅院,还有的说您在灵宝县……这多半是刘昆跟独角牛给您造的谣;新近更有人说,您是在什么西凉国招了附马。"

韩铁芳听了,更为惊异,想不到自己离开洛阳许久,此地的人还这样注意着自己,并且灵宝跟新疆的事,虽然传得变了样子,可是究竟都已传到了这里。说不定,慢慢地连自己在迪化、在凉州、在祁连山里的那些事情,以及自己是玉娇龙之子的事,这里也快有人知道了吧!可见江湖上的人都彼此通气,那独角牛尤其是留心着自己的行踪。少时,剃头的人给他刮完了脸,又给他编辫子,就又说:"我可是一点也不拨弄是非。那独角牛真跟您结下仇了。有一回我给他去剃头,他还跟他的手下人愤愤地提说着您呢。他们虽盼着您死在外面,可又都愿意您回来,好看看他们是多么发财,好跟您斗一斗。"

韩铁芳气得变了脸色,但是不言语。剃头的人又说:"依我说,大相公您可千万不用跟他们一般见识,他们都是小人,得罪不得。大相公!我给您出一个主意,您现在回家来,先不用语言。歇两天之后,再去到府衙,拜访拜访府台大人。然后在城里大饭庄子里摆一桌酒席,请一请独角牛,也就和解了。以后您要是爱跟他交呢,就交一交;不爱跟他交呢,您是个君子,不必跟他小人一般见识!"

韩铁芳冷笑着,点了点头。待着剃头的人把他的辫子也理好了,他站起来对着镜子照看了一下,觉得自己真不像是走沙漠、历风尘回来的。他用的那个小厮,已把他的衣服、鞋袜都准备了出来,请他更换。他正在犹豫,忽然有个仆妇从外面进来,说:"大相公,您还没换衣裳呢?姑爷跟姑奶奶可早就都来啦,在正院里坐了半天啦,就等着见您啦,您快去见一见吧!"

韩铁芳就问说:"谁的主意,把我回来的事告诉了姑奶奶?"

这仆妇说:"哎哟!哪敢不去告诉呀?这么大的一件事,我们要是去告诉迟了,姑奶奶将来回来,就一定要先骂我们。"

韩铁芳想了一想,觉得自己和妹妹玉芳,虽然并非亲兄妹,但也是一同长大了的,她知道她哥哥回来了,同着她的丈夫赶了来看自己,自己哪可以不见她呢?为了免去废话,免去叫这里的人都疑惑自己出外回来,人就变了,所以他就换上了新衣和鞋袜,到正院的北屋里去见妹妹和他的妹夫。那刘大少爷是一位文弱的书生,还不到十八岁,新近中的秀才,见了他就深深地打躬。

他的妹妹玉芳虽才结婚半载,可是满头的珠翠,缎衣缎裙,见了他,就流着泪说:"哥哥!你怎么才回来呀?你看家里成了什么样子?我嫂子变成个什么人了?咱们家里的买卖、田产都没有人管,还时时受人的欺负,我又不能常回来。哥哥,爸爸跟妈死后,家里就留下了咱们两个人,我现在又到了刘家去啦,你要是这次回来了再走,咱们的家可就完了!连我在婆家全都得受气!"

韩铁芳默然地看了看,陈芸华倒是没在这屋里,那荷姑青衣青裙,一半像是仆妇,一半像是陪客,倒是早在旁边了。

姑奶奶又说:"家里的事,多亏这位大姐给照应着,可是人家究竟是个客,用的人也都不听她的指使。哥哥,我已经叫人到登封县去找陈家的人去啦,他们那里的人若来了,你们都得劝一劝我那个嫂子,叫她脱了那件道袍吧!"

韩铁芳说:"我看,若想劝她,是很难劝她改回来的。"

旁边有个多言的仆妇就说:"对啦!少奶奶好佛,总是因为来历不凡,您要是强叫她脱下道袍来,得罪了神佛,倒许又别的事。我们当下人的不敢说什么,可是我们看少奶奶那个人,也不像命中该有子孙的。大相公既然回来了，别的人不能够给出什么主意，出了阁的姑奶奶可以说一句话，赶紧给大相公立一个二房吧。"

韩铁芳正色说："你们不要在旁边多嘴，你们都出去吧！"

当时就连荷姑全都低着头出屋去了。玉芳姑奶奶的目光直把那窈窕的荷姑的背影儿给送了出去，她又向哥哥道："嫂子虽是整天念佛烧香，可是在前些日，她也曾跟我提过一件事。不知哥哥愿意不愿意。就是那荷姑……"

韩铁芳摆手说："妹妹千万不要提这件事。她是一个被难的女子，我因仗义救她，才请萧三叔送她到这里来……"

才说到这里，他的妹丈刘大少爷就在旁边搭言，说："俗语云：君子成人之美，那荷姑如今虽住在这里，但是孤苦无依！"

韩铁芳说："我只能将她安顿在这里，至于她孤苦无依，那我可不能相助了！"玉芳姑奶奶向她丈夫使了个眼色，就说："你就别说啦，哥哥他是不乐意。"又向韩铁芳说："那么哥哥你自己拿主意吧！我想，要是说好人家的姑娘做二房，也一定有人争着给。就是，哥哥别往家里娶那没来历的人就行了。"

韩铁芳摇头说："我跟你们说吧！我大概今天或者明天就要再走！"

玉芳姑奶奶诧异着说："莫非……"

韩铁芳说："我在外面并没立下了什么家，外面也没有什么人使我牵挂。这半载以来，我由此地过长安走西凉，直至新疆沙漠之地，我还上过天山，但都是孑然一身。我觉得在外比在家好，行走江湖比在家看着家业爽快得多。"

刘大少爷又说："可是，我们还是应当以祖业为本。再说以我们这年岁，应当学圣人之大道，图一个出身，博些功名。"

韩铁芳说："这是你们念书人的话，我却不是个斯文的人。"

刘大少爷说："我知道，大哥所景慕的是那一种游侠之士。然而太史公都说过：侠以武犯禁。游侠之士，究竟不是正途，而况且朱家、郭解、剧孟者流，虽载于史传，可是都鲜得善终！"

韩铁芳真不明白他的这个妹丈怎么这么酸，便不愿再惹他这种酸腐之气,点了点头就说:"你说的也有道理,可是,若叫我去念书、下科场,那我是绝干不下去的!"

刘大少爷说:"不念书、不下科场,怎能够显身扬名、光宗耀祖呢?"

韩铁芳不禁愤然说:"春龙大王爷和秀树奇峰之名,天下何人不晓?"

刘大少爷发着怔说:"什么?"

韩铁芳又说:"至于光宗耀祖的话,唉!这些事我又不能跟你们详细说了!"

旁边坐的玉芳姑奶奶急了,她又流着泪说:"哥哥!我告诉你,你冲着爸爸妈妈的那两座坟,你可也不能再离开家了!你若一定离家也行,不能一去就半年多。还有,知府那里你得去拜一拜,不然以后若是有什么事情,就不好办。李老伯那儿你也得去给人家道一道谢。几个柜上的账,你都得去查查算算。那几个掌柜的面上都很好,都说买卖很赚钱。虽然大相公把家业都交给别人了,他们还只认识大相公,不认识别的人;虽然大相公不在家,他们可也都一点也不屈心。其实,他们每个人都发了财啦!这半年来他们都置起房子、地来了,他们还都勾结着独角牛,联络着官府!"

韩铁芳诧异着问说:"独角牛怎么能够跟官府相提并论?"

玉芳姑奶奶说:"唉!现在洛阳的人谁敢惹独角牛呀?连我们都受他的欺负。因为他跟你有仇,我是你的胞妹,我连家门都不敢常出,每次回家来都得偷着,不敢叫人看见!"

韩铁芳变了色,直立了半天,然后就断然说:"妹妹你放心吧!暂时我绝不走了!有什么事,以后再慢慢商量,你们再慢慢地看!"

正说话间,忽然毛三站在院里叫大相公,韩铁芳就出屋说:"有什么事?"

毛三打着哈欠说:"今儿一清早我都没睡觉,我就进了城啦!几个柜上的人都知道大相公回家来啦,城里的人也都知道啦。现在,老柜上的侯掌柜、西柜上的彭掌柜、北柜上的李掌柜、南柜上的焦掌柜、新柜上的赵掌柜,还有几个分号的先生都来了,都拿着账在前院等着啦,都要见大相公。"

韩铁芳沉下脸来,正要怪他多事,毛三却又说:"还有大相公早先舍过钱的那些个要饭的花子跟瞎婆也全都来了,在村子外赶都赶不开,打也打不走!"

韩铁芳益是叹气,就往外去走。外院的客房中就来了几位掌柜的,都带笑迎着他,向他见礼问安。他拱了拱手,就说:"半年以来,诸位都辛苦啦!账目我想绝不会有错,我也不必看了,诸位就请回去吧!"

他一直走出大门,就见那些贫叟穷妇都赶到村里来向他叩头,有的叫着"大相公",有的叫着"善人"。韩铁芳忽然想起来,韩文佩所遗下的不义之财,自己虽分散给别人了,可是如今自己一回来,还都落在自己的手里,何不把它都散给这些孤独穷老之人呢?于是他命老家人到里边去取钱,并吩咐多取一些钱。然而家里所存的现钱也有限,取出不过是几百贯制钱,抖散了不过才装了三大笸箩。他吩咐家中的男仆都当放账的人,每人给五百大钱。

可是有人还在叩头,并且哭着说:"我不是来要钱呀!我也不是叫花子呀!我的老婆被独角牛给逼死啦……"

又有一个老婆婆过来说:"您瞧瞧打得我!你瞧瞧打得我!我本来只剩了两个牙,都被独角牛给打掉了,我脸上的青痕到现在还下不去。我儿子就因为一点小事得罪了独角牛,到现在还在知府衙门押着!"

更有一个少妇浑身穿着白孝衣,抱着个吃奶的孩子,哭啼抹泪地说:"韩大相公呀!您快管管那独角牛吧!您快到御史那儿给这个知府告一状吧!我的男人是个赶大车的,有一回他把车停在东大街,没留心就碍着了独角牛的一点路。给独角牛赶车的恶虎子,跳下车来就打他。他只还了一下手,这可了不得啦!群雄镖店就出来了一大群拿刀拿棒的人,有个女镖头花三嫂,穿着一双铁小脚儿鞋,一脚就把我男人踢得爬不起来,在家里病了十几天就死了。独角牛还派人到我家里,要我改嫁给他们店里的一个镖头,叫什么千腿蜈蚣的。大相公呀!您快救救我吧!救救我这个孩子吧!"

韩铁芳此时已气得面色全变,就高声说:"好了,如今我回来了,你们就全都不要怕!可以到群雄镖店去通知独角牛,跟他手下那些作恶多端的镖头们,就说我已回来了,叫他们准备着,等候着我。今天或明天,我就去见他！"说完了就叫仆人们劝慰这些人，要钱的给钱，要饭的给饭。

此时村中的父老也都来见他，一些邻居的大姑娘、小媳妇们也都趴在短墙上，露出头来瞧他。他回身进到了门里，那些掌柜的先生们可都还没走。他虽然不看账，可是这些人都拿着账本，翻着指着，请他来看。原来自从韩铁芳走后，他家的那几个买卖，每一处每月就要送给独角牛十两银子。

韩铁芳只点了点头，说："不要紧！"他回到了里院，竭力使自己不露声色。待了一会儿，厨子就摆上了特做的洗尘筵席。

韩铁芳和他的妹丈、妹妹，以及家中管账的傅先生、老家人韩禄、老仆妇谢妈、荷姑，还有邻居的几位老人，在一起饮酒吃饭。特做的素菜，另外摆的桌子，几次三番地去请少奶奶陈芸华，陈芸华可就是不来。

饭后，天还没黑，韩铁芳就赶紧派了几个仆人把他的妹夫、妹妹送回城里去了，直到送去的人回来，他才放下了心。

当日他就没有出门，晚间便独自在小院中闲步，又将春雪瓶给他的那口宝剑擦得雪亮。毛三一头蹿进来，精精神神地要跟他聊天，被他给斥走了。

毛三打的更虽没有准儿，可是此时大约也有二更了。韩铁芳此刻的精神却十分兴奋，因为他料想自己回到洛阳的这件事，那独角牛绝不能不知道，他既还衔记着前仇，他手下又多添了几个镖头，就许要来杀害自己，自己不能不防备着。他换上了短衣，连鞋换的都是家里存的。这种软底鞋纳得很结实，上房时是非常便利。他将屋门大开，屋里的灯可压得很暗。他是怕有人从外面将屋内的情形看清楚了。并且万一有事，也免得自己从灯光强烈的屋里蓦然走到昏黑的院中，眼睛不能视物。他虽然这样严加防备着，并时时发着冷笑，但是他并不愿如此，当初也没想到一回来就被这些事坠挂着。他倒不能走了，不能不保护着这韩家，他真是无可奈何！

又过了些时，果然听见瓦陇上发出了响声，但这绝不会是猫，猫的身体不会这样重；这必是个贼，可也是个笨贼。他将剑紧握着，还没有动手，可就听见房上有人说话了："大相公是在屋里么？"

韩铁芳倒诧异了，就问说："谁？"

房上的人听见了他的话声，就咕咚一声跳了下来。韩铁芳返回身来，将油灯挂起来挑了挑，同时剑不离手。他扭头望去，就见屋门外来了一个人，三十来岁，身体健壮，小辫盘在头顶上，光着脊梁，穿着很破很短的一条裤子，原来正是拐子申飞。

韩铁芳就抱拳带笑说："哦，申师傅！请进来吧！我正要找你去，给你道谢去呢！"

拐子申飞进来，先把手中的一口刀放在门旁，说："我不带着家伙出来不行，半路上就许遇着群雄镖店的那伙王八蛋！"

韩铁芳说："我也是正在这里等着独角牛，我要再跟他会会面。"

申飞摆手说："大相公你放心！现在他绝不敢来，第一因为大相公此次闯到新疆，声名震耳，他们摸不透你的武艺到底练得多么无敌了；第二，说来我先得给大相公贺喜，现在江湖上谁人不知，你在玉娇龙的门下招了驸马，春龙小王爷春雪瓶时时在你的身畔，哪一个不要命的敢来惹你呢？"

韩铁芳一听，这件事他简直没有想到，就摇着头说："不对！你怎么也信了这些话？我跟春雪瓶虽在新疆相识，但哪里谈得到我做了驸马？我们二人焉能是夫妻，这简直是胡说八道！"

申飞说："大相公你既这样说，我就信，我也知道你为人慷慨好义，不干那些不明不白的勾当。我信大相公你不能够停妻再娶，可是我告诉你，大相公！你打我的嘴巴我也要说，你家的这位少奶奶人虽不错，可是她真不配嫁你这好汉子。你还是叫她念佛吧！这样她心里倒高兴，她跟你这样的人绝合不来。大相公我告诉你，你回来得好，咱们就先剪除了独角牛，再管教管教那个知府。然后，我申飞一人去打官司，你快些抛下这个家去找春雪瓶。你们二人结成美满的良缘，一同云游天下、仗义行侠，那你才叫给咱们洛阳人增光！"他拍着胸脯，又挺起大拇指头。

韩铁芳笑着说："即或有什么事，也得我去出头，哪能够累朋友？尤其是申师傅，我都已听说了，我走后，这里多承你关照！"

申飞摆手说："这话说不着！莫说大相公早已拿我当人看待，我应当以死相报，就是我跟你不认识，独角牛那么胡作非为，我也要管。只可惜我申飞早倒了楣，江湖上混不开了！也因为自幼没遇见明师，本领学得太差，不然早就叫独角牛滚出洛阳城了。可也难怪，连我的老婆都埋怨我，就因为我跟独角牛作了对，连一碗饭都难吃上啦！不瞒大相公说，我为什么白天不来呢？实在是穷得连一件破衣裳都没有了，除了刀跟那拐子我还没卖。我也不能够光着脊梁来进你的大门呀。"

韩铁芳说："不要紧！"赶紧到里屋去取衣裳。拐子申飞却追进来说："不用！三九天我怎么过来的？现在是大年底，明天除夕，后天是大年初一啦，天气越来越暖，穿上衣服倒难受。咱这身子是铁打的，石头磨的，不知什么叫冷热。春天时为蝴蝶红的事受的那点点伤，不知不觉也就好了，独角牛倒成了个瘸牛啦！这话不提，我今天来还有别的事，邢柱子跟连支箭徐四爷现在都在东关的店里等着你呢！"

韩铁芳诧异着说："徐四爷是我的师叔，他可以不必来见我，但邢柱子是我的朋友，他知道我已经回来了，他为什么不来？"

申飞说："邢柱子是奉了春雪瓶之命，来给送那匹马的。可是他来的时候，你还没回来，这里的人又不肯将马收下。我听了这个信儿，就到店里去把他找着了。他说春雪瓶是在扶风县把马交给他的，并给了他盘缠，叫他把马送来。他还在这儿等你，说是你一定回来。现在他是不敢出头，他知道独角牛也留心上他了。独角牛一个当镖头的，能够发大财，成个大恶霸，全是灵宝县的戴阎王帮助他的，而邢柱子最怕戴阎王，五六天没敢出门了。他们两人现在都等着要见见你。"

韩铁芳说："我若离开，家里出了事可怎么好？"申飞想了一想，就说："大概不至于，他们要搅你的家，早就应该来了，何必要等着你在家的时候？他们要对付的就是你一人。今晚，咱们在一块把事情商量好了，明天还许不容独角牛来找咱们，咱们就去找他。徐四爷是我托朋友找了半天才给请来的，来到洛阳还不到十天。也是因为知道你快回来了，人家等着你，连年也不打算过了！"

韩铁芳点头说："好！咱们这就走！"他先取了一件棉衣给申飞披上，然后吹灭了灯，带上了门。韩铁芳提着剑，申飞拿着刀，两人就也不去惊动别人，一同由房上走到墙上，少时就离开了这座庄院。毛三的梆子就在不远之处瞎敲乱打着，有时敲两下，有时又敲三下，并且有板有眼的，仿佛是在闹着玩,可见他这时候又有精神啦。大相公一回来,把他高兴得别人都管不住了。

已经走出了村子,韩铁芳回首望了望,还有一点不放心,但申飞在后面却说:"大相公快走吧!"

韩铁芳在前行着,申飞在后面还跟他不断地说话,说的都是这半年以来的事情。原来独角牛现在手下的几个能干的镖头,多半是戴阎王跟老刘昆给荐来的。戴阎王自从在灵宝县吃了亏之后,逃往陕西,除了在凤翔府星辰堡置了那所宅子,招了黑头鬼程三那些人,并在这里买下了独角牛。因为他知道韩铁芳是洛阳的人,早晚得回家来,所以他于前几个月就都安排好了,专等着韩铁芳回来,他们就下手对付。那老刘昆本来是灵宝县有名的人,十余年前在潼关里外是头等头的好汉。不过听说这个人是喜欢受人的尊敬,并恨江湖晚辈看不起他。那次韩铁芳与玉娇龙闹灵宝县,恰巧他是往别处去了,但他一回来,听说了那件事,他就认为那是他一辈子都没受过的侮辱。又因为戴阎王的调唆,独角牛跑到灵宝县给他叩头,称他为"师爷爷",他便发誓要斗一斗韩铁芳,并且真把独角牛看成了他的亲孙子一样。现在他回家度岁去了,过了年一定还来。

韩铁芳一听,就觉得江湖上真是险恶,这些会武艺的江湖人真是不可惹;只要一惹上了他们,就永远没个完。韩铁芳一边走着,一面仰望着沉沉长天,平视着茫茫的大地,不禁暗自感慨。不过他又向申飞说:"刘昆与咱们无仇,也没听说他做过怎样大恶之事,人又老了,即使他找到咱们的头上,咱们也不必还手。我们只要惩戒惩戒独角牛那东西,就是了!"

申飞却说:"别看刘昆年老,性情可比谁都傲,做事也比别人全狠。他使的那口刀,简直是七八个小伙子也敌他不过。他早就说了,他要结果了大相公的性命。并且说等到你回来的时候,他还有更厉害的,二十年来都没有用过的手段,要使给你看呢!他荐给独角牛的镖头,是他的徒弟小哪吒,跟他的干女儿花三娘,还有个花豹子和赛青蛇,两对狗男女,四个响马贼!"

韩铁芳一听,想起花豹子跟赛青蛇曾在灵宝县见过的,他们的武艺都很平常。但毛三认识他们呀!为什么我回来时,他不对我说?噢!大概是毛三白天净睡觉,不常进城。韩家究竟是我的生长之地,我若再走的时候,无论如何也得给他们留下几个能办事的人。我以后虽不再以陈芸华为妻,更不能以荷姑做妾,但她们究竟是两个柔弱的妇女,无论如何也得有人保护她们才行!

由此又想到了刚才申飞说的那些豪爽的话,令他心中对于春雪瓶的思念之情,又不禁重燃了起来。而且觉得,这本来也是"父母之命",自己本应当跟春雪瓶相配。只是春雪瓶如今在哪里呢?她的踪迹总是飘忽不测,她那似有情若无情的态度,又真使人不敢冒昧。她连亲娘都要给射死的狠毒性情,可又令人胆战心寒。不过她究竟是个秀树奇峰,明月、碧水、芳草、艳葩,叫韩铁芳永不能忘,一想起来就在他脑中盘旋,无法割除得开。

韩铁芳如今虽然在浓黑的夜色之中,空旷无人的道上,提着剑走着,目前还有要紧的事情,他可想得又出神了,发呆了,也不知走了有多远,更不知拐子申飞在后面又跟他说了多少句话。

忽然听得申飞啊呀大叫了一声,把他惊得魂归梦醒,他急忙回身,见申飞已经倒在地下了。他要用手去搀扶,不料嗖的一声,大约是一只钢镖,就从他的脸边飞了过去。

他就索性站定了身,冷笑着说:"独角牛手下的小辈,快来出头!我正要找你们呢!我这次回到洛阳来,打算住的日子不多,咱们在这几天之中就得决出个生死。来吧!无论你们有多少人,藏藏躲躲那不叫好汉,使用暗器更不算英雄。用暗器也行!来吧!韩大爷的胸膛在这里了!"他骂了一阵,四下里全都无人答应,镖也不飞来了。

此时,拐子申飞却挣扎着起来了,急急地向韩铁芳说:"快走吧!咱们快走吧!"他连刀也舍不得扔下,就拉着韩铁芳去走。

韩铁芳问说:"伤在你什么地方了?重不重?"

申飞仿佛也无暇说,只是冷笑着说:"这算得什么?难道咱连这点镖伤也吃不住吗?大相公!咱们快走!"

走了不到二十步,忽然他的身子又往前一栽,幸有韩铁芳将他扶住,才没有跌倒,但是他的气力已然不济,站都好像站不住了。他仍紧咬着牙关,把牙磨得咯咯直响。

他强忍着伤痛,大声说:"韩大相公!咱们还是赶快走!见徐四爷去!妈的,今晚这一镖之仇,明天咱们再报,我要叫他独角牛还活到后天,我就不姓申!"

但是他非得韩铁芳用力搀着,才能够迈步了。幸亏又走了不远,就到了东关了。东关的街道此时连个行人也没有。路北就是一家店房,门前悬着一盏半明不灭的灯。申飞指着说:"就在这儿!"他越发地卖劲,不用韩铁芳扶着他,迈步向前去走。门是从里面关着,他也有法子,不用拍门,只把刀尖插在门缝里一拨,然后将身子一顶,两扇大门当时就开了,他的身子却又几乎跌到里边去。两个人都进来了,韩铁芳就先将门关好,又搀着拐子申飞向院中去走,只见院子里除了西边的一间屋子,都没有灯光。

申飞喘吁着,走到那窗前,说了一声:"来啦!"

里边当时就有人开了屋门。韩铁芳一看,正是他的四师叔连支箭徐广梁。他也顾不得施礼,就先将申飞连抱带拖,给救进屋来,放在炕上。那申飞却不躺下,他用双手扶着炕,高拱着他的后腰,原来是一镖打中了他的后背。幸亏他穿着韩铁芳刚才给他的一件黑绒的、装着很厚棉花的短袄,可是也已被打穿了,绽出的一团棉花上染满了鲜血,镖倒是早就掉了。

这屋里的邢柱子吓得面色惨白,低声问说:"是谁打的呀?"

申飞又把牙咬得直响,说:"妈的!还能有谁?离不开群雄镖店。明儿早晨再说,我申飞不把他们镖店的房子都拆了,我就不是人!"

韩铁芳劝他说:"你也不用嚷嚷,有什么话明天再说。徐四叔的手边有什么药没有?"

问出这话之时,那徐广梁已经打开了他的行李包儿,将刀创药取出来了。徐广梁真不愧是一位老江湖,办起事来是又快又稳,少时就将申飞的衣裳扒开。他先往背上洒了一种药粉,然后就把一块大膏药用油灯给烤得化开了,往申飞的伤处一按,烫得申飞直咧嘴,并笑着说:"好舒服!得啦!咱们就快商量事吧!"他趴在炕上,一边养伤,一边瞪大了两眼看着,并听着。

韩铁芳这时才向师叔施礼,徐广梁摆手说:"不用行礼!你的事情我也听人说了不少,你总算是在西路上出了不小的名。韩文佩能有你这个儿子,他简直不配!我并非恨他,他也死啦,他做的事情也都过去啦,可是不知道是为什么,我一想起来,心里就不舒服。若不是我听人说申飞找我,独角牛欺侮韩家的人,我真一辈子也不想再到洛阳来。若不是独角牛逼上你们家,我真不忍再进你们的那个村子。老侄你记着,走江湖的人绝落不着好结果!你萧三叔可是又往西边找你去啦,到如今你回来了,他可还没回来。他那么老了,又那么瘦,本事跟我一样,早先还在江湖上行得开,现在后起之辈个个都不好惹,我真怕他有了什么舛错。"

韩铁芳听到这里,不禁流下了眼泪,就把瘦老鸦一提金萧仲远死在祁连山石洞里的事,简略地说了。

申飞听了,却是又惊讶又钦佩,说:"啊呀!想不到瘦老鸦竟是这样一条好汉,大英雄!他要是活着,我真得给他叩头。"

徐广梁却拿手擦了擦眼睛,叹息着说:"我们老兄弟四个,如今只剩下我啦!好!这些话都先不用提,咱们说眼前对付独角牛的事,老侄你打算怎么办呢?"

韩铁芳说:"我一回来,就听说独角牛在本地太是横行了,刚才他的人在暗中又用镖打伤了申师傅,这些事由不得人不生气!"

徐广梁问说:"你打算怎么对付独角牛呢?你快说!"

韩铁芳说:"独角牛虽然可恶,但我却不愿要他的性命。我想明天托个人去找他,就用我的口气,劝他改改行为,劝他以后要安守本分。他如果不听,那么就告诉他们,谁若是不服,尽管指出个地方来,我跟他们斗一斗!"

申飞说:"韩大相公!你明天去干你的,我明天去干我的吧!"

徐广梁就向申飞说:"你也不用这么急躁。事情是走一步看一步。据我想,要想拿嘴劝独角牛,那可真是对牛弹琴。不过韩老侄你这样慎重,我是一点也不怪你,因为你有那么大的家私。"

韩铁芳说:"这也说错了!家私我早已不要了!这次若不是因为独角牛的事,我早就又走了。"

徐广梁反问说:"那你可为什么回来的呢?"韩铁芳没有言语。徐广梁又说:"无论怎么说,你跟独角牛拼命是犯不着,他那点武艺,那条坏腿,我想邢柱子都能够打得过他。他手下大概除了那两个娘儿们还厉害,可是好男又不跟女斗。费斟酌的只是那老刘昆！"

韩铁芳说："咱们跟刘昆更无仇恨了。"

徐广梁说："今天听说独角牛就派人请他去了，他来了就绝不会饶你。我听邢柱子说过你在凤翔星辰堡被困的事，我可就替着你发愁。也不是我故意拿这话激你，刘昆是个有名的人物，咱们这屋子里的人合起来，怕也斗不过他一个。依着我说，你想一想，春雪瓶这时大概是在什么地方了？你或是邢柱子赶紧把她请了来，咱们都不必出头，只请她一个人下手。我想这事若到她手中，根本就不费吹灰之力！"

徐广梁原来是这么个主意，躺着的拐子申飞不禁笑了说："我的连支箭徐四爷！你老人家过去的话是多么硬，到如今怎么忽然又软啦？"

徐广梁愤愤地说："若是我一个人的事，我今夜就能去杀了独角牛。老刘昆来了，至多我拼上一条命。当年同师学艺，对神叩头，是我们弟兄四人。大爷柳穿鱼韩文佩被石桩打死在他家里，二爷金刚跌赵华升跟三爷一提金萧仲远都死在了祁连山，只剩下了我一个，活着又有什么意思！我的老伴已死，儿子在外学买卖，也用不着我养活。我若是死在刘昆的手里也不算本事弱。只是韩铁芳，我顾忌的是他呀！"

韩铁芳说："我也没有什么可顾忌的，但四叔还是不要为这事出头才好。如果老刘昆跟独角牛都不再与我们为难，我在家里也是住不长，因为别处还有些事情未办。现在这里的事，就都不必说了，我已有了主意，到明天我就看事做事。申师傅的这一镖之仇也得报。刘昆找我来，我绝不能向他低头服输，但我也不会太鲁莽。"他笑了笑，又向邢柱子说："为那匹马，把你辛苦了一趟。但你也不必走了，由明天就到我那里住着去好了，以后我若不在家，家中更得有你这样的一个人给照应着。还有徐四叔，我盼望你老人家也别再离开这个地方了！韩文佩虽然做过错事，但他后来也很忏悔！"

徐广梁摇头说："我倒是不恨他了，他若活着可不行。如今他死了，他就还是我的老大哥！"

韩铁芳说："那么韩文佩的家也就是你的家，他的儿媳就如同是你的儿媳，明天你也搬了去住，永远不走才好！"

徐广梁一听,面上不禁显出来了惊异之色。他知道韩铁芳并不是韩文佩的亲儿子,所以韩铁芳才直叫韩文佩之名,而不称什么"先父",这一点他并不怪。他怪且疑的是,这次韩铁芳往祁连山去,一定是已见着了他的母亲,所以他才赶快着回来,赶快又要走,即使在这里闯下祸事,他也不顾。

　　徐广梁如此一想,就也不再多问,反倒慨然点头说:"好吧!你走后,家里的事可以由我照应。我只吃韩家的饭,我可不能花韩家的钱。几时你再回来,几时我再走。不过老侄!我还告诉你一句话,无论打到什么地步,伤人可以,但不可以出人命,落得即使能逃开,也成了一辈子的黑人,不敢再出头露面,年轻的人干那事可合不着。还有一句话,韩家的财产都是你的,你们的亲友又少,随你把姨子、大妈、干娘都接到家,或是分居供养,绝没人拦阻你;再说了,你就是多娶几房老婆,也没人对你说闲话。我还是愿意你将来看守着家业,因为江湖道上实在是太难行了!"

　　韩铁芳漫然点了点头,也没有说什么。当下屋中的几个人全都沉默不语。拐子申飞听韩铁芳把以后的事都已托付给人了,显露出要跟独角牛拼斗的决心,他也就不说什么了,笑了笑,并忍不住地发出了呻吟。韩铁芳就要回去,邢柱子先跑到马棚去给他备马。

　　店家也醒了,有个伙计打着个灯笼从柜房出来,问说:"喂!谁在那儿动马?"

　　邢柱子在那边答应了一声:"是我!"此时韩铁芳已手提宝剑从屋中出来,走过去向店伙计说:"他是备他自己的马,要叫我骑回去。"

　　店伙举起灯笼来一照,就说:"原来是韩大相公呀!我们听说你老人家回来啦,想要去请安,可又腾不开身。韩大相公!你老是什么时候来的呀?怎么不早言语一声,我也给你取点茶来!"

　　这时候邢柱子已把马备好,牵了来说:"你快看!这可是我的那匹马!"

　　店伙连说:"唉,唉,就是别人的马也不要紧,谁不愿意跟韩大相公交个朋友呀!来,交我给大相公牵着吧!"又说:"我们开店的,晚上只要听着一点响动,就不能不出来问问。"

　　他企起脚来,扒着韩铁芳的耳朵又说:"群雄镖店里的那些人,他们什么行当都能够做,前两个月,我们这儿真闹过贼。大相公如今一回来,我们可就放下心了,洛阳城包管什么事儿也不能再有了!"

此时韩铁芳已借着灯光看出来,果然是这匹黑马!第一次是在灵宝县菩萨庙中,先见着它,才见着的"病侠",见着的母亲。后来跟着她越潼关,走关中,过甘凉大道,出玉门关。到了白龙堆沙漠,母亲逝世,只留下了这匹马。自己宁将心爱的"乌烟豹"卖给人,也未忍卖它。后来在草原上驰骋,在沙漠上飞跃,登天山,上祁连山,直到凤翔被擒时才与它离开。如今,一点也不错,是那匹马,它低着头直顶韩铁芳的衣裳,如依故主。韩铁芳却不禁心如刀绞,将缰绳要到手中,向店伙计说:"你跟着我,把门关上吧!"又向邢柱子说:"你不必出来了,快进屋去吧!"

说着,他就牵马出门,骑上马,慢慢地走出了东关,冲着黑茫茫的夜色直回望山村。在路上,他恐怕再有钢镖打来,就时时在防备着,幸是回到村里,并未遇见什么事情。可是一进到村里就听犬吠之声非常紧急,他不由得愕然了一下,但又想:必定是这几条狗听见了马蹄声,如此乱吠,不足为异。可是又听见对门的邻居赵老头儿的家里,有哭声传到了墙外,他就想着:莫非是赵老头子死了?今天我在门前施钱的时候,还看见了他。他八十多岁了,拄着一根拐杖,还很硬朗,垂着一团雪似的白胡子,还冲着我直笑,怎么这半日之间他就故去了?老人的寿命也真是不可测呀!他一边发着怔,一边下了马,可忽听那短墙中却是妇人的哭声:"我的天呀……"

韩铁芳这可真惊讶了,心说:啊呀!莫非是赵老头的孙子赵大个死了吗?那可是个铁铸一般的人!本来赵老头的儿子都早就死了,只仗着这个二十来岁的孙子,种着韩家的二十亩地,同着孙媳、重孙们度日。赵大个为人憨直,脾气暴,又会几手武艺。庄子中那些个年轻的人常听他指使,自然地就保护着本村,使强人们对他都有点皱眉,而不敢来搅。平日他不赞成韩铁芳常走琵琶巷,又觉着韩铁芳连爸爸的孝也没脱,胞妹也没聘出去,就抛下媳妇走了,他认为一定是韩铁芳在旁处另置了田宅,跟妓女蝴蝶红一块过日子去啦。所以这次韩铁芳回来,他也没有赶着来见。

如今若不是听见了哭声,韩铁芳也想不起来他。当下韩铁芳非常纳闷。下了马向家门才走了两步,忽觉地下有东西绊了他一下,拿脚踢了踢,却觉着是一根棍子,他就更觉诧异了。上前吧吧打门,打了半天,里面也无人应声,他就撩衣跳上了墙,向着门房大喊着说:"开门呀!"门房却有人说着:"哎哟不好!又来啦!"

韩铁芳就连叫着:"毛三!毛三!"毛三倒是没听见,门房中却有几个仆人出来了,还有个拿着一口单刀的。

韩铁芳说:"你们快把门开开!"下面还有人向上高高地挑着灯笼,厉声问说:"你是谁?"

韩铁芳也气了,说:"连我的声音,你们全听不出来了?"

这时下面的仆人才说:"哎呀!大相公!你这半天又上哪儿去啦?"

韩铁芳说:"外边有我的一匹马,你们开开门,给牵进来!"

仆人惊恐地说:"大相公可别下来!你在墙上站着,我们才敢去开门!"

韩铁芳心说:"怎么回事?"于是他就持剑站在墙上。在这里能把对门院里的灯光看得很清楚,那里的哭声益为悲切。

韩铁芳就问说:"对门是谁死了,是赵老头儿吗?"

下边打灯笼的仆人说:"赵老头儿那么大年纪啦,若是死了倒还可说,死的是他孙子呀!"

韩铁芳就长叹说:"唉!快叫傅先生拿十两银子给赵家送去,以后咱们再多多资助他家。"

仆人说:"傅先生也早吓晕了!大相公!等您下了墙我们再对您细讲。刚才这么一会儿的工夫,咱们家里就出了事啦!"

韩铁芳惊问说:"什么事?"

仆人说:"你还不知道呢?刚才有贼人进了村子,跳墙到了咱们家,又开了大门放进来一伙强盗,有的拿刀,有的拿棍,进来就把我们乱打,直闯进了里院,差不多把各屋子全都闯遍了。东西大概倒没拿走多少,可是毛三跟那冯大嫂全都没了影儿。少奶奶的道袍也叫他们给扯碎了,头发也给揪下去一大把,您放心!倒还没叫他们抢走。那时村里没人敢出头,只有赵大个跳出墙来跟他们打,就完啦!赵大个子只拿着一根棍子,他哪打得过他们呀!您听,这不是那媳妇哭?大个子一定是死啦!"

此时另有仆人把门开了,牵进来那匹黑马,又将门上的三道杠子、两道锁都上好,还顶上了几块大石头。

韩铁芳已经跳到院里,众仆人就都把他围住,悄声说:"刚才来的那些人,都是独角牛派来的!"

韩铁芳只点了点头,什么话也没有说,然而他的脸色这时可是可怕极了。他叫一个仆人打着灯笼,带着他到各院中、各屋中都查看遍了,见只是捣毁了一些东西,打坏了几扇窗棂,并没有什么大损失。可以想出独角牛的那些人只是来此挑衅,成心要气气韩铁芳。而且是知道了韩铁芳不在家,他们才敢来。他们刚才在道上飞镖伤了拐子申飞,韩铁芳大声骂他们的时候,他们却又都不敢出头露面,并且连气儿也不敢哼,可见他们也非什么好汉英雄。因此韩铁芳并不怎样大惊小怪,反倒冷笑了笑。当他查走到陈芸华的屋中时,见陈芸华的头发乱蓬蓬地如同蒿草,耳边并且有血迹,袍子全都破了。她跪在蒲团上,如同一只受了伤的母鸡,木鱼不住地直响。她紧诵经咒,悲声地说:"阿弥陀佛! 快救荷姑回来吧!"

韩铁芳愤恨得把自己的嘴唇都咬破了,手中的宝剑被佛烛映得闪闪地发光。好几个仆妇站在门外,向屋里劝他,韩铁芳也没跟芸华说什么话。

出了屋,他先吩咐仆妇们今夜要看守着陈芸华,以免她发生了什么短见,然后又问:"刚才那群贼人是怎样将荷姑抢走的?"

却是没有一个人看明白。因为贼人来的时候,家里的男女仆人都没敢出来。只有荷姑,她若不是抢着去救芸华,打了贼人的嘴巴,大概也不会被抢走。

韩铁芳暗暗地叹了口气,就又吩咐仆人说:"你们到后院的井边,系下灯笼去看一看,有没有死尸?"说着他就叫大家安心,不要害怕,如若再听见什么动静,就喊叫人。他回到了自己的院中屋内,才一进屋,又吓了一跳,只见由桌子底下钻出一个人来,正是毛三。他胳臂下挟着梆子,喘着气说:"大相公! 刚才的事可一点也别怪我! 我不是没敲梆子,我还打锣了呢。我也不是没来叫大相公,谁知道大相公出去了!"

韩铁芳摆手说:"不用再说了! 我只问你现在要不要去睡觉?"毛三摇着头说:"不! 我的精神很大!"

韩铁芳就点头说:"好,把房门关严,灯也吹灭。你在外屋,不要睡觉,如若听见了响动，就赶紧敲梆子，可是要听准确了再敲！"

毛三连声答应着，就关门熄灯。韩铁芳是想要睡一会儿，以便把精神养足了，明天好去找独角牛。他此时的怒气已在胸中凝定了，倒不觉得忍耐不住。至于荷姑，没有人来报信，可见后院井里是没有什么尸身。荷姑大概真被贼人抢走了，这却是值得惋惜的，想那女人的命也太苦了，无论如何我也得将她的下落找着，救她出来。

他躺卧了一会儿，就渐渐地睡去，忽然听见外屋的梆子梆的一声，韩铁芳赶紧就睁开了眼，从旁抄起了剑，正要起来，可是梆子就没再响第二下。

却听毛三在外屋自言自语地说："大概是没有什么响动，我听错了！"接着就低声哼哼着小曲儿。

韩铁芳长出了一口气，又放下剑，闭上了眼。他真的太倦乏了，所以不知不觉就睡着了。及至醒来，见窗外的太阳已升得很高。他下床到了外屋，就见毛三把屋门开开，冷得站也站不稳，说："大相公起来啦？我可要睡觉去了！"他就挟着梆子出屋去了。

韩铁芳到了外院，知道大门还没有开。听仆人说外边有人叫门，自称姓徐，来找韩铁芳，叫了已有一个多钟头了，可是仆人都不敢去开。韩铁芳自己去将门开了，见徐广梁挟着个行李卷儿，带着一口刀来了，问说："怎么都这时候了，还不开大门呢？"

韩铁芳让他进来，院里的仆人们又都惊诧地互相低声交谈，有的人就说："这个人在上半年来过一趟。他若是那次不来，这儿的老善人还不至于死呢！"

韩铁芳先将徐广梁请到他的屋内，把昨夜这里出的那事情都说了。徐广梁就跳起脚来，说："这可不能够再忍了！不如由我进城去找独角牛，跟他拼了吧！"

韩铁芳将徐广梁的身子抱住才算给拦住了，同时又劝说："四叔！你只替我照管着这个家就得了！"随后，他又召集来全家的男女仆人，见了徐广梁，吩咐说："以后无论我在家或不在家，什么都要听徐四爷的话！"

韩铁芳知道后院井中确实没有荷姑的尸身，就派了几个人分往附近各村去打听荷姑的下落。他又给对门的赵家送去了三十两银子,给惨死的"大个子"治丧,并说以后他家里人的生活,也由这里给钱给米接济。韩铁芳又跟徐广梁谈了一会儿,就命人将他的那匹黑马备上,自己收拾好了简单的行李,连同宝剑,全都挂在鞍旁。

仆人们都很惊异,有的就忍不住问说:"大相公是又要出外吗?"

韩铁芳摇头说:"不!我只进一趟城,今天还要回来的。"又由厨房要了几个馒头,也塞在包袱里。他果真出了门,上马挥鞭,就出了村口往西,直奔城内。一到了东关,就见一片新年的景象,真是热闹。

走到昨夜来过的那家店门前,韩铁芳就见有十多个人都迎了过来。其中有一个人韩铁芳认得,是拐子申飞的徒弟铜头李。

这铜头李就抢先来说:"大相公!我们可都把家伙预备好啦!我师父在里边已吩咐我们啦,叫我们帮助大爷去拆群雄镖店,杀死独角牛!"

韩铁芳也不下马,只问说:"你们看得起我吗?"

铜头李跟他的朋友都齐声说:"哪能看不起大相公呀?"

韩铁芳就说:"好!今天就请你们看我一人的。谁要是上前帮助我,谁就是觉得我武艺不高,我可就要跟谁翻脸了!"铜头李等人一听了这话,全都不住发怔,韩铁芳却微笑着拱了拱手,策马进城去了。

城里的东大街更是热闹,不过韩铁芳却觉得今天有两件奇异之事。第一事,对面来了早先就熟识的人,一见了他,路人就都赶紧避开,谁也不敢来招呼他了。第二,一些叫花子明明见他的马走了过去,可也不追着他要钱。可见无论认识他的或不认识他的,今天没有一个人不是注意着他的,并且都留心地看他带着的宝剑,每个人对他都是一脸的惊疑之色。

其实,韩铁芳早就觉着有独角牛的手下人在后边跟着他。他却从容不迫,将缰绳勒得更紧,不令马向前快走。他左顾右盼,神情自得,仿佛是逛街似的。但是他见群雄镖店的大门附近,连一个卖年货的摊子也没有,人都躲开了,大概是想到这里要有人拼命,要群殴,谁也不敢在这儿待着了。

韩铁芳稍微一侧目,就见群雄镖店的买卖真是发达了,新刷的粉墙,上面写着桌面大的黑字,是"以武会友,保客商"。门前插着的镖旗,是白布上绣着一个绿色的犀牛脑袋,还绣着"牛角为记,各山让路"八个字,韩铁芳不禁倒笑了。

他下了马,只见门前打扫得很干净,门前大板凳上也没有一个人。院子里面刀枪架子发着光,桩子上系着十多匹备好了鞍子的马,可是没有一辆镖车。韩铁芳知道远处已有很多的人在看着他,他就越发从容,牵着马直到门前,就用鞭杆吧吧打了几下大门。

那窗上镶着大玻璃的柜房中,就有人说:"找谁呀?进来吧!"竟是妇人之声。

韩铁芳冷笑着,向门里走,鞭绳仍不撒手。隔着玻璃向柜房里一看,见是里外间,里间是垂着个棉门帘子,外间收拾得十分干净,满墙上挂着刀剑钩斧,却只有一个身穿绿袄红裤的妇人,在炭盆旁边坐着做针线活,这妇人这时正仰着脸来看他。

韩铁芳就问说:"掌柜的在哪里?我要见见他。我叫韩铁芳,找他有话说!"

妇人却说:"别说掌柜的,连伙计都回家过年去了。有什么话,等过了初六再说吧!"

韩铁芳抡起来鞭杆,吧地一下就将一扇大玻璃给击得粉碎,屋里的妇人却连言语也没有言语。韩铁芳又将门前挂的那牛头镖旗摘下,用手撕成了三段,又抽出剑来,到门前将墙上的几个大字全都砍烂了。

韩铁芳将马系在门环上,进去又把兵器架子给踢翻了。只听那妇人说:"可了不得啦!"韩铁芳一回身,却见这妇人已经手提着一对双刀出了柜房。她的绿袄儿已经脱掉了,里边是水绿的紧身小褂,下面的红绸大裤子系着很紧的腿带,脚上穿的是一双铁尖儿的小鞋,帮儿是红布的,纳得很结实。

这妇人长得太难看了,翻鼻子、小眼睛、短眉毛,样子很凶,她嚷嚷着说:"怎么回事呀?你欺负人吗?"

韩铁芳说:"我跟独角牛相违半年了,知道他对于旧日的朋友都很好,我特意来给他道道谢。"

他仰面一看,大门里高高地挂着一只大灯笼,便一纵身,离开了地有四五尺,同时挥剑,就把灯笼给削下来了,又用脚连踏,就给踏扁了。那妇人却进到了柜房里,闭上了门,跑进那里屋去了。门帘掀处,韩铁芳见那里间藏着一大堆男子,还露出来刀光。韩铁芳又将柜房的门连踏了几脚,里边的人和那妇人全都没敢哼一声。

韩铁芳这可真气了,他解下马来,便提剑出门。却见一些胆子大的好事的人,都拥挤到门前来了,都齐声笑着叫说:"好!好!韩大相公你干得真好!"

韩铁芳就问说:"独角牛的家在哪里?"

人群之中有人高声说:"就在后街。新盖的房子,路北的门儿!"

韩铁芳说:"请诸位朋友乡亲领着我去!打完了他,我再去打官司!"遂即上马挥鞭走开。

后边真有不少的人跟随着,并且说:"他们镖店里住着二十多个人呢,全都没走,也都预备着跟大相公拼了。可是大相公来得太猛了,就把他们全吓得不敢出头。刚才的那个娘儿们就是花三嫂,若不是大相公,别的人只要瞪她一眼,她就饶不了!"

说着,已到了后街,是很窄的一条小巷,那里新盖的十几间新房,很是显眼。可是那门前站着两个戴红缨帽的人,其中的一个,韩铁芳认识他,正是府衙里的班头小雷公陶九。

韩铁芳骑着马一进巷口,他就迎了上来,笑着说:"韩大相公,你何必生这么大的气呢?千万别听拐子申飞的坏话。并不是独角牛跟我做了亲,我就护着他,是他真不能得罪大相公,因为早先彼此都是朋友嘛!"

韩铁芳却问说:"谁跟他是朋友?我早先就不认识他!不过如今我倒颇慕他的大名,特来拜会拜会他。"

陶九勉强笑着说:"大相公走了一趟新疆,真是会跟人开玩笑了!我跟我妹夫独角牛昨天就想要到庄上去……"

韩铁芳不容他说完,就瞪起眼睛来问:"昨夜到我家里去的那些个人之中,就有你么?"

陶九的面色不变,却笑得更是厉害,说:"大相公你把我看得也太不懂得规矩啦!难道十多年的官差我白当啦?你那里是深宅大院,我就是拜会大相公去,也得是在白天,还得躲开你用午饭的时候。没有现成的名帖,我们也得买一张红纸写上职名,到那儿先递到门房……哈哈!那么一来才像个拜客的,要是半夜里去,那可就成了贼啦!大相公你说是不是?"

韩铁芳也一笑,说:"哼!陶班头,你在府衙多年了,咱们的认识也非自今日始。"

陶九拱手说:"一向多承关照!"

韩铁芳又说:"我跟独角牛当日结仇,以及我走后,他对我家的百般欺辱……"

陶九故意诧异着说:"这可是,这可是……大概不至于吧?"

韩铁芳又愤愤地说:"昨夜我们望山村中去了一群贼人,抢走了妇人,殴死了乡人……"

陶九说:"哎哟!我怎么不知道呀?"

韩铁芳说:"你哪里知道!你事先是不会知道!不过,班头,你是当差役的,你的两眼也能看得出人来。我韩铁芳早已将家财散尽,妻子早都不顾,我在这洛阳城若闹出事来,至多以后不到这里来。这还得说是白昼。若是夜间,我虽不是个贼,可是我仍可以到你家里去拜会你!"

陶九的面色可真有点变了,但还笑着说:"大相公真会说笑话!其实我倒是不怕你半夜光临,无论你什么时候到我家里,我就是没有菜饭,也得有好酒。"

韩铁芳突然跳下马来说:"好!等我会完了独角牛,我再去吃你的酒!"说着他就往门前走去。

但那另一个戴红缨帽的人把手臂一伸,就拦住了他。这个官人可连陶九那点假客气也没有,就沉着脸说:"喂!你知道王法吗?这是人家的宅子!"说时,手按着腰刀,气势汹汹。

韩铁芳却冷笑着,将缰绳放了手,宝剑向鞋底上磨了磨。

陶九就跑过来,赶紧推开了那个人,说:"这是我的伙计小佟,他是新当差,不认识你,大相公莫要怪他。既是大相公今天一定要见我的妹夫……"

韩铁芳说:"你放心!我惊吓不着令妹!"

陶九说:"我妹夫真没在家。"

韩铁芳说:"他没在家我也要进去。因为昨夜他到我家去了,今天我得来回拜!"说时上前咚咚地用脚踏门,那小佟已经抽出腰刀来了,但陶九又向他直摆手。

韩铁芳见门闭得紧,踏不开,就一纵跳到了墙头。小佟扬着刀向他的腿就砍,但他却早已跳到院里,喝道:"独角牛出来吧!我要会会你!"

此时两个官人倒在外面咕咕咚咚地推门。韩铁芳直走向里院,口中连说着:"独角牛出来吧!你出来吧!"

他手挺宝剑飞似地闯进了北屋,北屋中就有几个女人惊叫着往里屋拥拥挤挤地跑。韩铁芳反倒止住了脚步,摆手说:"你们都不要跑!我找的只是独角牛,不会伤你们女人!"

就有一个年轻艳妆的女人由里间又畏畏缩缩地走了出来,说:"他真没在家!韩大相公你改日再来找他吧!"又脸红了一红,说:"韩大相公大约不认识我了吧?你总还记得蝴蝶红吧?我们是干姐妹。我早先的名字叫小桃花,上个月才到了这儿来!"

韩铁芳点了点头,又问说:"独角牛他往什么地方去了?"小桃花说:"他到灵宝县去啦!得过了年才能够回来!"

见她说话时眼珠儿可是一转,并且把嘴向里间一撇,韩铁芳倒不大明白了。这时外边的陶九等人也都爬墙进到院里。

陶九还嚷着说:"大相公!你要这么办可就不对啦!这不是叫我们为难吗?"他直追到了屋里,拉着韩铁芳的胳臂说:"不信我就领你到各屋中去看看。我陶九以后还要跟你大相公见面,哪能够跟你说假话?"

说着,他就真拉着韩铁芳进里间,进套间。全都看过了,真没有独角牛的踪影,只是除了小桃花之外,还有一个三旬上下的妇人。陶九给引见了,原来这就是陶九之妹,独角牛之妻。再有就是几个仆妇样子的女人了。

韩铁芳倒觉得很难为情,向几个妇人连道:"惊扰!惊扰!"身子便又退到了外屋。

陶九随着他出来,笑着说:"怎么样?我没有跟你说假话吧?我妹夫他真是前天走了,没在家里。要是他在家,有我在这里,我想他也没有什么不敢见你大相公的！"

　　韩铁芳又不住冷笑说："独角牛娶了令妹，可真是娶得值。你这个当舅爷的，不但能够护庇着他，还能够替他遮掩脸面。今天我到他镖店里，那里只出来了一个女人；我来这里来，又见到的是他的妻妾！"

　　陶九笑着说："韩大相公你可看明白了一点，我可都快留胡子啦！我可不是娘儿们！"他拍了拍韩铁芳的肩膀，又说："要说我护庇着他，还不如说我是护庇着大相公。真的，我不愿说明白啦！既然大相公你连我也疑惑了起来，那么我这儿倒有一件东西，要请大相公看看！"说着，他由怀中掏出个小包儿来，从里面取出一张纸来，展开叫韩铁芳看。原来是知府发给他的一张签票，就是叫他捉拿在灵宝县的杀人恶犯韩铁芳到案。这是一张新纸，上面盖的朱印也很鲜明，可是所填的日子却是前几个月。

　　陶九叫韩铁芳看了一眼，就赶紧又收起来了，悄声说："大相公你看！我到底是护庇着谁？我护着独角牛，不过是怕我的妹妹成了寡妇。我护着大相公，说老实话，可是为了我自己，以后我有什么为难之处，还要求大相公在人财两面儿帮忙。再说灵宝县上半年死的那个余旺，外号儿叫做金刀太岁，本来就是强盗。那次跟他们斗殴的人，老实说，是新疆来的春龙大王，也是个女强盗。强盗杀强盗，认真说，这种事我们不愿管，与你也没有相干。可是谁叫春龙大王没处找了？你是当时在场中的人物，说你是凶犯，你可也无言分辩，这件官司只要打上就不能轻！"

　　韩铁芳说："这很容易！请你就把我带到府衙去吧！我去见见知府。"

　　陶九说："要是这么办，我还用称呼你大相公吗？你听我说，大相公你这次回来的事，我们早就知道了，可是我们不但不到你庄上去，还没去禀报知府。这不独是我一个人，连我的伙伴们也都是睁一只眼闭一只眼，因为全想以后跟大相公交个朋友！"

　　韩铁芳摆手说："不必！你们就公事公办好了！我不找着独角牛绝不走，而且只要找着独角牛，我就不能轻饶。你们自管捉我，只是不能扰乱韩家。我再同你们说，金刀太岁余旺实在是我杀的，我确实是灵宝县要拿的凶犯！"说时，就迈步走出了屋。

　　只见院中的那个捕役小佟，手中仍然执着刀，要拦他。陶九却追出来说:"不用拦！叫韩大相公走！只是，大相公！你出这门儿的时候,请想一想,我姓陶的真是很够面子了,以后再有什么事,我没办法的时候你可别怪我！"

韩铁芳一听,陶九的言语很厉害,便不由得气往上顶。然而一想,自己的母亲玉娇龙生前纵横江湖二十年,从不与衙中的班头、捕役动手,春雪瓶也是幼承她的这个教训,于今自己又怎可任意而为,便压住了怒气。他又隔着两厢屋子的窗户也都看了,也没有独角牛的踪影。他料想独角牛必是不敢在家中居住,便往前院去走。那陶九就追来替他开了门。他出门时,陶九还在他的身后说:"依我的主意,还是无论谁出钱,摆一桌和解酒。今天韩大相公的气儿也出了,以后跟独角牛见了面,也就能够客客气气地说话了！"

韩铁芳没有言语,见黑马仍在门外,就骑上去,走出了小巷。巷口外的一些人见他出来了,就都围住了马问他,韩铁芳就说:"独角牛没在家,但我想他必是藏在城中。谁要能够将他藏的地方告诉我, 我就先酬银一百两;若是能够将我家中昨夜被独角牛抢走的妇人找着,我更有重谢。"说毕,他将剑插入鞘内,就又驰马到了大街。

第十七回　孤舟快语谢绝情丝
野店良宵撮成佳偶

　　今天的事让韩铁芳的心中更加不痛快了，想不到独角牛竟躲避起来，而让陶九出头，陶九又是个厉害人，脸上和蔼，说话却很硬。他是想要让韩铁芳怕那一张签票，反而去向独角牛低头赔罪，把韩家昨夜所遭的事、赵大个的死、荷姑的失踪，也都抹去不提了，以后韩铁芳还得随时供给陶九钱用。这口气就堵在韩铁芳的胸中，但却没有适当的办法出气。他想到酒楼中去饮几盅酒，可是因为明天就是除夕了，酒楼饭铺也全都封了灶。他骑着马直到西门，又由西门折了回来。对面遇见了城中的李富商，也就是他走后最关照他家中人的那位李老伯。人家都命车停住了，在车里叫着："贤侄！贤侄！"他却恍如没有听见。他策马疾疾地走过去，但心中是非常欷歔的。接着又遇见了拐子申飞的徒弟铜头李等人，他们拦住了他的马，说："申师傅由店里回他家里去了，请大相公快去一趟！"

　　韩铁芳点了点头，就骑着马随着他们去走。他出了东门，到了举人巷里申飞的家中，把马交给申飞的徒弟在门外看着，就进去见了申飞。只见申飞穷得连炕席也没有，真是除了他的那根拐子跟一个卖野药儿的木匣子，就别无它物。

　　申飞仍穿着韩铁芳给他的那件带着血迹的棉袄，趴在炕上不能够起来。他面色苍黄，可是却笑着说："韩大相公，你刚才办的事真漂亮，独角牛是塌了台啦！群雄镖店的镖以后是闯不开了！"

韩铁芳说:"只是见不着独角牛,我的气真难出。"

申飞悄声说:"我知道,刚才我的老婆回家来了,她告诉我说,独角牛因为跟知府的少爷是拜把兄弟,现在就藏在府台大人的宅子里了。听说要在那儿过年了,今天大概就要把他的老婆跟小桃花都接了去。他们本来是想要陶九捉你,可是却怕春雪瓶找来,因为听说你的那位太太来无踪、去无影,惯于黑夜取人的首级,他们有点心惊胆颤。可是今天的这口气他们也不是就忍下去了,前天小哪叱便去灵宝,请他的师父老刘昆去了,还许勾来戴阎王家中的打手,那时你望山村韩家庄可也就倒了霉,你大相公的命也要不保!"

铜头李也进来这样地说。申飞又说:"我老婆刚才回来,是吓唬我,叫我在家里养伤,别再出去胡闹,并劝你大相公急速躲一躲!"

韩铁芳冷笑了笑,说:"我若是怕他,刚才也不去砸他的镖店了!"说毕这话,就坐在那冰凉的炕头,不住地发怔。

他的心中更作难了,因为虽知道了独角牛藏的地方,可是自己绝不能去搅闹知府的家宅。尤其惭愧的是,知府跟陶九现在不敢捉自己,原来也是沾了春雪瓶的光。再有,若是不等着老刘昆来决个高低,那自己真成了个没用的人,连春雪瓶的大名都得随之而低落,家中还不定要遭什么欺辱!

他想了半天,就说:"我等着刘昆来吧!可是你千万嘱咐你的朋友们,到时不要帮助我,以至为我受累。可是……"他又把昨夜家中所出之事说了。关于荷姑的下落,他却请申飞赶紧派人去寻找。

申飞听了这件事,更是生气,就骂着说:"独角牛一面藏避起来,一面却又命人用镖伤了我,还搅你的家,他算是个什么东西!"

韩铁芳却说:"等着吧!过了年再说!"

铜头李便说这就去同着朋友各处找那荷姑。韩铁芳拱手拜托了,又给申飞留下几两银子,就骑着马离开了这里,直回望山村。回到家中一看,邢柱子也来了。徐广梁挑选了庄中的壮丁,配了刀棍,教他们到夜间如何防贼。看毛三那样子不行,徐广梁就另派了四个打更的人,都预备着梆子,按着更数儿打,但是有贼人来的时候就紧敲不断。同时给邢柱子预备了一面大锣,梆子一紧敲,他的锣也就紧敲,庄丁便全出来捉贼。又叫人将四围的院墙上也都扎上了荆棘,贼若是想爬墙,就得先将两只手扎破。

韩铁芳现在对于家中倒是放了心,只是胸怀闷闷,尤其是一听见对面赵家媳妇的哭声,或是听见妻子陈芸华的木鱼声,就更加急躁。最觉抱愧的是荷姑之事,他想:我若是不回来,荷姑倒是很平安,我回来了还不到三天,她就又重陷于盗贼之手了!

傍晚时分,出去找荷姑的人就回来了,都说是一点下落也没有。这更使韩铁芳气愤、着急。当晚,也许因为徐广梁防夜防得好,竟无事发生,韩铁芳很安静地睡了一夜。次日,他精神充足,从早晨起就骑着马,往南走出了五六里,往北又直走到大道,往东涉着浅水过了洛河,逢人就询问,结果也是没有荷姑的下落。

回到家中用毕午饭,又歇息了些时,他就又骑马进了城。来到群雄镖店的门首,却见两扇大门都关上了,墙上被剑砍的痕迹,也都用白灰给掩盖住了。

街上是十分热闹,因为今天已是大年三十,今晚就是除夕。按照习俗来说,今晚家家都得开着门,为的是让财神进去;人人都不能睡觉,名曰"守岁"。每个铺户都得派伙计去讨账,到了子时三更才能闭门歇息,一直到明年元宵节的时候才能够正式开张。

许多人都在街上走,买物件的、办食品的、闲游的,每个人看上去都十分高兴。韩铁芳一进城就下了马,也在人丛中挤,所以没有什么人注意他。他忽然间想起应当往琵琶巷里去走走,到那里,也许能听出点什么事来。于是他就牵着马转过了十字大街,进了一条胡同,又转了两个弯儿,便来到了他的旧游之地——琵琶巷。

这时,天色已经不早,巷里愈觉得昏暗,也没有那些闲汉在这儿徘徊了。一家家妓院,毫无管弦之声,门灯也都没点,显得十分冷落。最里边的一家门前有几个人正吵嚷着,原来是要账的人,不知是跟妓女还是跟毛伙儿吵了起来,还好,结果倒是没揪打起来。

要账的人就气恼着往这边走来,嘴里还骂着说:"春天夏天买花儿,冬天又买栗子,到了年底,可连一个钱也不还给我们。他妈啦个……这辈子当窑姐,下辈子还得让你当窑姐!"

韩铁芳迎近两步去看这人,这人也就扭着脸直瞧韩铁芳,忽然他大笑着说:"哎呀!原来是韩大相公呀!这个地方,你干什么还来呀?"

韩铁芳认出来这人早先就在琵琶巷里卖花。半年前,自己做主叫蝴蝶红跟范彦仁从良,送别之时,自己还从他的篮子里买了一枝榆叶梅给了蝴蝶红。这旧事在韩铁芳的脑里一闪,便笑了笑,说:"我因为没有事儿,所以才来此散散闷。"

卖花的说:"大相公难道不知道,今儿是大年三十呀?阔老爷们都回家过年去啦,姑娘们也都到了领家儿的家里去了。只有几个穷窑姐儿没处儿去,还在这儿穷腻着。刚才我来要账,一个钱也没要来,倒要来我一肚子的气!"

韩铁芳把他拉到一边,问说:"我问你几句话,独角牛是不是有时还到这里来逛?"

卖花的说:"他要是不来,怎么能够把小桃花接出去了呢?不但这,小桃花跟了他,他还是瘸着一条腿,坐着车,常来不断。早先他是吃着这个地方,讹着这个地方的,现在他可真舍得往这儿花钱,人也称呼他为老爷啦!你说早先谁瞧得起他?不想你的那一剑,倒把他砍得时运转好啦!他常跟着知府的少爷一块儿来逛。"

韩铁芳就问说:"你知道他现今还在知府的家中住吗?"

卖花的却说:"知府可跟他没有这么大的交情。他虽巴结上了少爷,可还没巴结上老爷呢!大年底的,人家府衙的内宅哪能容留闲人?他早就搬出去了!"

韩铁芳赶紧问:"他是搬回家里,还是搬到镖店去了?"

卖花的说:"老刘昆还没请来,他敢回家?镖店里他也不敢去住,因为惹不起那个花三嫂。他的那个镖店,早晚得被花三嫂跟小哪吒夺了去!"

韩铁芳就问:"那么他到底在什么地方住着?"

卖花的说:"韩大相公,你给我留着这条命吧!我也恨独角牛,可是我不敢惹他!"

韩铁芳说:"不是叫你去惹,只请你将他住的地方告诉我,我得见他的面去讲讲！”

卖花的说：“大相公，你可一定不能跟他去讲呀！”

韩铁芳说：“那也绝连累不着你。你告诉了我，我身边有银票，当时就给你五十两做你的本钱！”

卖花的笑着说：“我哪敢挣大相公的钱呢？以后只求大相公常常照顾我就得啦！”遂悄声说：“刚才有人来这儿的春风院，跟毛虎打听金喜儿跟小顺子的领家的地方，说是府衙的陶班头要叫她们去陪酒。我想独角牛多半就在那里，还许有别的人，人必定还不少。”

韩铁芳又问说：“陶九住在……”

卖花的指着说：“南边，雷公巷，要不然他的外号儿为什么叫小雷公呢！”

韩铁芳忽又说：“我的这匹马，你最好能够找个地方替我存起来，可千万不要叫人知道是我的马，我再加给你二十两。”

卖花的说：“这容易呀！西街上李家车店跟我最熟，他那里有马棚，有现成的草料。我就说这琵琶巷来了个外乡客，在窑子里住下了，他的马没地方存，叫我找个地方存这匹马。这事我看也是很平常，谁能想得到是韩大相公的？”

韩铁芳点头说：“好！就这样办！可是这时天色都快黑了，城门恐怕要关上了，今晚你给我找个地方住才好。”

卖花的指着说：“春风院，那里边的人没有一个人不认识你不想你的。我带着大相公去，叫他们把美鹃找来。美鹃那姑娘你还记得吗？大相公不是先认识她，后来才认识蝴蝶红吗？她要是一听说大相公叫她，她还不得赶忙地梳妆打扮，跑来陪着你过大年夜？”

韩铁芳说：“我不是要这样，我是想找个地方暂且待一会儿，天再黑些时，我就去找独角牛。那个地方，须要没人认识我，我可以多送给他钱。”

卖花的说：“那除非大相公到我的家里去。我家里只有个老娘，她又不认识大相公。院里有一家邻居，也是一个老娘，带着个儿子，儿子又是个瞎子，整夜弹着一把弦子，在街上算命。今天除夕，他的买卖更得忙。我们那两扇破门一夜不关，大相公你爱什么时候出去都很方便。”

韩铁芳说:"好!那么我就到你家里去打搅了。"

卖花的说:"可是屋子太窄,又太脏。"

韩铁芳摇头说:"都不要紧!"

于是,韩铁芳就牵着马,随着卖花的离开了这里。走到西街上的那李家店门首,韩铁芳将马上的一卷行李和一把宝剑解下,就叫卖花的将马牵进去。少时卖花的出来,就带着韩铁芳到了他家。这卖花的家几乎靠近西城根了,地方很僻静。他家里果如他所说的,只有他的老娘,还正在生着病。韩铁芳先由身边拿出银票给了他,他就喜欢得嘴都闭不住了。他又跑出去一趟,买回来了馒头、酒跟肉菜。

卖花的就跟韩铁芳对坐炕头吃吃喝喝。他先提说起蝴蝶红。原来在两个月之前,蝴蝶红还来到洛阳一回。她的丈夫在汜水县,大概是在那儿做了典史,她也是个官太太啦。两口子是一块来的,专来拜谢韩大相公,可是因为听说大相公出外去了,他们就在城里住了两天,又走啦。然后,这卖花的又提到了独角牛,说:"大相公再把他的那条右腿砍折了,也就算出了气了,不必非得要他的命不可!"

韩铁芳却说:"那都好办,我的手下原也想留点情,不为已甚。只是他得把由我家中抢去的那人的下落说出来!"

卖花的人很诧异地说:"他们从大相公的家里抢走了谁啦?"韩铁芳只显出来怒色,把头摇了摇,话却不暇细说。吃过了酒饭,差不多就有二更时分了,卖花的又东拉西扯地谈闲话。韩铁芳却只是想怎样到陶九的家中,怎么对付独角牛的事,以及万一一剑下伤了人,自己怎样逃出此城。直过了三更,他就振作起精神,将长衣服、行李卷,全都寄放在这里,又向卖花的详细询明由这里往雷公巷怎样走,以及陶九所住的那个门儿是什么样式,就挟着宝剑走了。

洛阳的岁暮已有些寒意。天黑如墨,繁星微少,连一线的残月的微光也没有。胡同跟大街上都很黑,没有什么人,也没看见一只灯笼,因为商家要账的人都回柜了,而家家户户也正在做饭、守岁,或正在赌博。爆竹之声可一阵阵地响,大概都是小孩子们燃放的。

韩铁芳寻着路径就往那雷公巷去走。不多时便找到了,并且找着了陶九的家门,双门却闭得很严。韩铁芳此时精神极为兴奋,就暗自冷笑着,心说:独角牛,你万也想不到我会来吧?他抽出宝剑,将剑鞘立在墙角,遂就爬上了墙。看院中无人,他就轻轻跳了进去。

陶九的这所房子很是窄小,院中还住着乡人,正在咚咚咚剁着白菜,预备包饺子。正房当然是陶九居住了,一共是三间,东里间有孩子的哭啼声,还有妇人哄着说:"别哭啦!再哭麻虎子可就来啦!"外间没关着门,摆着供桌,当中挂着文武财神像,点着两只蜡灯。灯花已结得很长,把光压得几乎没有。

桌子前还有一幅桌帷,绣着花,已经破旧了。那西屋里间却有人在喊着"么呀""六呀"掷骰子赌钱,有喧笑声,有谈话声,还有长叹声,十分杂乱。屋里至少也有六七个人,屋门可闭得很紧,由门缝还可以看见里面插着插闩。

韩铁芳将身子一伏,就钻进了供桌子底下,宝剑向前,准备着防御,两耳却专一地向赌钱的屋里去听。那屋里有人是在拼命地赌,输的直拍桌子;有的却好像在旁边看边谈;还有人在不住叹气。

只听分明是陶九的声音,说:"来!你喝茶吧!愁什么?明天刘老师不到,后天也一准来。又有这些朋友,一百个他也是不行,到那时不是就把你这口气给出了吗?"

好像那被劝的人就是独角牛。又听中间杂着妇人咯咯的笑声,并说:"我怎么净掷么呀?"

旁边有两个汉子也都劝着,一个说:"掌柜的!你自己来掷吧!我把你的钱可都快要输光啦!"另一个也说:"你不必愁!明天大年初一,我要找一点彩气。刘老师要是不来,我就陪你赶到望山村,把那韩铁芳砍成肉酱,拿回来叫金喜儿给咱们包饺子吃!"

有妇人就说:"呀!那可就吓死我了!因为你们的这句话,以后我真连饺子也不敢吃啦!还敢包吗?"

忽然独角牛又嘱咐着说:"金喜儿!你听了这些话,明天可不得到外面去说!"

旁边陶九就代金喜儿说:"她不能够!其实说出去也不要紧,咱们现在是谁也不怕！"

独角牛就说："我心里不痛快也就是为这个。韩铁芳我倒没把他放在眼里，刘老师来了，管包那小子得吃亏。"

陶九说："刘老师要是不来也不要紧。大过年的，我的手可不愿意摸锁链，等到过完了初二，我祭完财神，我就立刻请他到监里去坐坐。"

独角牛说："咱们怕的不就是春雪瓶吗？"他一说出了"春雪瓶"这三个字，紧跟着就又叹了口气，同时别的人也都不说话了，连掷骰子的声音好像都小了。

室中沉默了一会儿，忽然那个妓女金喜儿，又惊讶地笑着问说："你们说的那个春雪瓶到底是谁呀？你们为什么都怕他呀？他是一个怎么了不起的人物呀？"

就有一个粗嗓音的汉子说："春雪瓶跟你是做一样生意的！"

这样的话，灌到韩铁芳的耳里，他真比受了什么欺侮还要生气。他就钻出了桌子，站在门外，又向里去听，就听陶九说："明后天刘师傅就是不来，也准能晓得春雪瓶的行踪如何。假若长安以东没有人看见过那丫头，咱们就趁早儿收拾韩铁芳。早晚也是这么回事儿，光顾忌讳也是不行！"

这时韩铁芳就用剑去拨那门插闩，屋里的人发觉了，就惊问了一声："外边是谁？"

韩铁芳就抬脚猛力一端，只听轰的一声，两扇门立时就被踢开了。他挺剑进去，只听那金喜儿呀的一声，如杀了鸡似的尖叫起来。

独角牛也惊得站了起来，紫脸上发着光，脑门子上歪长着的那个肉瘤子，也紫得像是一大颗葡萄似的。他说了声："啊！韩铁芳你……"

陶九忙摆手说："有话好说！"

韩铁芳却连半句话也不说，抢剑就向独角牛砍去。独角牛要跑，但屋子又太窄，他躲不及，惨叫了一声就倒下了。还有三个大汉，就一齐去抽家伙。

韩铁芳却向后退了一步，站在门外，向里边问说："快告诉我，那荷姑被你们抢到哪里去了？不然我还是不能够跟你们罢休！"

这时，里面已有人将一张八仙桌踢翻，挡住了门，不让他再进来。同时一只豆绿色的瓷骰盆子,又蓦地向韩铁芳打来。韩铁芳闪开,骰盆子就落在砖地上,发出了吧的一声巨响,摔了个粉碎。金喜儿也不停地哭着号叫。

那两条汉子都已找着了刀,齐喊声:"韩铁芳小辈休走!"

陶九也不知拿着个什么铜东西铛铛铛地乱敲了起来。韩铁芳却已提剑走出了屋,见那邻屋已把屋门关上,灯也吹灭了。

韩铁芳跳出墙去,摸着了剑鞘,刚要走,就见里面已有人提刀跳到墙上。韩铁芳一纵身抢起剑,当时砍得那人咕咚又摔落到里面。这时又有两个人也上了墙,一同抢刀向韩铁芳来砍,其中的一个还随打随说:"韩铁芳小辈,你还认得我花豹子太爷吗?"

韩铁芳舞剑向上抵挡。那两个人又先后都跳到了外边,分左右与韩铁芳厮杀。韩铁芳以单剑削戳劈刺,身躯前后飞腾,一霎时又有一条汉子扔刀躺下。

那花豹子却虚晃一刀跳上了墙,旋即又跳到院里,隔着墙冷笑着说:"韩铁芳小辈!你敢再到院里来吗?谅你也不敢!"

韩铁芳却不理他,提剑急急去走。转过了两条巷,倒未觉得身后有人追来,他就将剑收入鞘内,又回到了卖花的家中。

那卖花的正在炕上数银子呢,一见他,就直着眼睛问说:"韩大相公!怎么样啦?独角牛是在那儿了吗?你们见了面没有?"

韩铁芳当时并不回答,坐下喘了口气,才说:"明天你就能知道了。明天一清早我就要出城,随你就到车店里取了我的马,送出西门,走不远,我必然在那儿等着你。我将马接到时,还要重重谢你!"

卖花的笑着说:"得啦!大相公别再赏我钱啦!大相公给我的这些钱,足够我花两年多的了,也够给我老娘治病的啦!"说着他便把银子跟钱收在了破被褥的里边。待了会儿,外面咚咚地传来一阵拨弄丝弦之声。

韩铁芳不禁愕然,以为是谁在弹琵琶了,后来才听出是弹弦子的声音,又有竹杆嗒嗒地敲着。卖花的就说:"是我们邻居那个算命的瞎子回来了。"

韩铁芳说:"你去领他进门,顺便把门关严些!"

卖花的下炕出去了。韩铁芳就听见他跟那个瞎子谈话,瞎子倒还很客气,韩铁芳的心中不禁怅然。待了一会儿,卖花儿的回到了屋里,韩铁芳就又从怀中取出来一张银票交给他。

卖花的诧异地问说:"怎么大相公又要给我钱哪?"

韩铁芳说:"这不是给你的,这是我给瞎子跟他的老娘的。但须等我离开这里后,你再交给他,免得他们母子又来向我道谢。"卖花的都一一答应。

韩铁芳略睡了一会儿就醒了,天色才近黎明,可是就听见外面有人打门。韩铁芳就赶紧推着卖花的出去看,并嘱咐不要叫人进来。卖花的一出去,韩铁芳就听他与那打门的人,互相地大声笑着道"新禧",祝"发财",可是越谈两人的说话声就越小。

并听卖花的人还直诧异地说:"是吗?哎呀,活该,这算给咱洛阳城除了一害……韩大相公可真有本事。他这次回来就没有往琵琶巷去,我也没见着他……老娘病着,拉了一炕的屎,我也不让你进来了。好!好!下午见!下午见吧!"又听见关门声、搬石头顶门声、脚步声。

卖花的人回到了屋里,吓得他的脸色都白了,说:"韩大相公,你那件事情办得真痛快,可是你现在怎么能够出城呢?刚才来的那是我的表兄,他是个赶车的。他是赶着车来我这儿给我拜年的。他说陶九带着十多个人站在十字大街上,知府也派了人分把住了四门,专要捉拿大相公你,这可怎么好呢?"

韩铁芳的神情倒依然平常,说:"不要紧!我还是这就走开才好。"说着就要起身出屋。

卖花的人却把他抱住,急急地说:"天都快亮了,大相公你这时走,不是自投罗网吗?给独角牛抵了命你可真合不着。我想大相公索性在我这儿再待一天,到天快黑的时候再出城,容我些工夫,我也可以先出去细打听打听。

韩铁芳却说:"我在这里,倘若被陶九找到,我实在对不起你们母子!"

卖花的人说:"不要紧!无论如何我也不能放大相公走。受人钱财,与人消灾,再说大相公做的是行侠仗义之事。我这个家,陶九绝寻不到,别人更不信大相公能在我这个破家里藏身。除了我表兄,也不会再有人给我拜年来啦! 瞎子今天出去算卦,大相公就在这儿安下心再待一天,等到天晚了,陶九那些人也疲倦啦,你再走! ”

韩铁芳想了一想,就又坐下了,将宝剑藏于被褥之内。卖花的就赶忙给做饭,做好了饭,与韩铁芳一同吃了。他的那个犯了老病的母亲,却连一点饭也吃不下。

韩铁芳却很替这卖花的人忧虑,说:“我今天就应当走。我走了之后,你可以请大夫来给你老娘治病! ”

卖花的说:“我老娘的这个病,也不是吃了药就能够好的,可也不能够死。唉! 韩大相公! 你就别关心着我的事啦! 现在还是你的事情要紧。我这就得出去打听打听! ”说着,他就把屋门锁上了,做为是屋子里没有人,又把钥匙交给了韩铁芳,他就出去了。

韩铁芳在屋中枯坐着,十分地烦闷,时时得去给地上的一只黄泥的小火炉子添煤,为的是怕它灭了。卖花人的母亲又呻吟着,说是要喝水,韩铁芳就赶紧给倒了水,亲自服侍着这位病势很重的老妇人,就如同服侍自己的娘亲一样,眼泪忍不住在眼眶里乱转。那老妇人也没看清他是谁,喝下去两口水,就又把眼睛闭上了。

韩铁芳在这里直待了多半天,天色都过午了,仍不见那卖花的回来,他的心中倒不禁疑虑。又过了许多时,卖花的方归,见他满头是汗,比早晨时更为惊慌。他隔着窗向韩铁芳要过去钥匙,开了锁进屋来,又赶紧把门关上。

韩铁芳就问说:“怎么样了? ”

卖花的跺着脚说:“唉!还不如依着大相公的主意, 早晨就走啦! 现在是更不好办了! 老刘昆那些人刚才都由灵宝县赶来了,现在都进了群雄镖店里去歇着。这次来的人很多,马匹无数。我跟他们镖店里的一个小伙计熟识,我就都打听了。这次来的除了老刘昆、小哪叱这些人不算,还有一位钩侠吕慕岩老师傅。据说他的儿子是死于大相公跟什么春雪瓶的手里,他要顺便来此报仇,他的武艺不在刘昆之下。还有呢,托得塔李平、飞夜叉张保、钩镰枪焦衮,更有一位有名的人物, 年纪二十来岁,名叫小山神柳三喜……”

韩铁芳一听,倒不禁冷笑,心说:说不定连黑山熊都来了,这倒好! 这可都是四路闻名或会过面的人。

卖花的又说:"大相公你就是武艺好吧,可也绝敌不过他们那么些人呀! 我怕今天晚上你还是难以出城。等到明天一清早,许多人都要赶着往财神庙去烧第一股香,那时南城门口的人一定拥挤。大相公要是再换上我的衣裳,或许还能够混得出去,你的宝剑跟马可是全都不能带着了。"

韩铁芳说:"到时再设法。如今我是一点也不慌张,我本来就未把那些人放在眼里。这也并非是我自夸武艺高强,实在是因为那些人都是我早日的对头,我本应当在西路上就与他们拼斗。如今他们赶到这里来与我拼斗和在西路上时是一样,谁有本事谁就占上风。我若是武艺不济,丧命在他们的手里,也毫无怨恨! "

卖花的连连摆手说:"合不着! 合不着! 大相公你还是忍耐些气,想法子离开这儿吧! 回到你的庄宅里,那儿的房屋多,什么地方都可以藏,他们大概也就不找你啦! "

韩铁芳冷笑着又说:"你也不必替我忧心了! 请你再出去替我打听打听,他们都在准备着干什么? "

卖花的说:"因为昨夜独角牛跟他的赶车的也是他的保镖都已身死,城中遍处都在捉拿大相公,谁都知道了,都连这大年初一也不能安心过了。街上纷纷谈说,要打听点什么倒也容易,可是我的心虚,我只能听人谈,却不敢多嘴,更不敢跟人多打听。"

韩铁芳说:"你只要能够听些来告诉我就行。我关心的就是我的家中,不知道他们去扰乱了没有? "

卖花的说:"对啦! 那么我就赶紧再去听听! "

韩铁芳又嘱咐着说:"可要快些去,快些回来。"

卖花的连声答应着,就又走了。他这次去得时间更久,快到黄昏的时候才回来,说:"陶九带着人,到大相公的家里连去了两次。"

韩铁芳问说:"他们胡搅了没有? "

卖花的说:"他们在知府的跟前当差,去拿人可以,哪能去搅人的家宅呢? 可是那老刘昆……"

韩铁芳就又急急问说:"怎么样?"

卖花的说:"他们也到你庄里去了,听说倒也没有什么。不过大相公的家里有一个姓徐的跟他们说翻了,打了起来,被老刘昆打伤了。"

韩铁芳一听,就不禁面现怒色,又问:"他们是同着官人,还是他们一伙人自己去的?"

卖花的说:"他们是分着去的。陶九那些人还好办,只是他们太凶。我看见了他们的几个人,全都横眉竖目,简直都是强盗。现在群雄镖店的大门前可不得了啦,原来墙上的字不是被宝剑全给砍烂了吗?今儿半天的工夫就又都写好了。门前的镖旗虽然不能挂上了,可是另拿白绸子写了"灵宝刘""灞陵李"两面大旗。门灯就挂了三只,把大街都照得通亮。现在里面是刀杵乱响,大罐子的酒,整个儿的猪全都抬了进去。那花三嫂打扮得简直跟花蝴蝶似的,今儿一天就净在门前站着。老刘昆快六十岁啦,可是瞪着两只大眼睛,在门前指手画脚地骂了半天韩铁芳,那样子可真是够你惹的!"

韩铁芳此时的心中是极度地气愤,一因刘昆率众搅乱了他的家宅,二因师叔连支箭徐广梁受了伤,还不知道重不重。并想着自己从来未得罪过老刘昆,而且颇为景仰他的名声,只为戴阎王、独角牛二人之故,他就前来寻隙,可知他必是个凶横的老匹夫。尤其是柳三喜,也逼我太甚了,我更得去和他斗一斗!看了看屋外的天色还没大黑,他就向卖花的说:"我这就要走!"

卖花的惊诧着说:"今儿你能够走得了吗?不如索性再住一天吧!"

韩铁芳说:"那只怕永远也不能够走了。"说着,他就从从容容地将他的那个行李卷儿背在背后,手里拿着连鞘的宝剑。

卖花的说:"大相公,你这个样子可不能出城呀!"

韩铁芳摇了摇头说:"不要紧!"便嘱咐说:"无论如何,你得把我的那匹马送出城去。我人都可以死在这里,马却不能留在这里。"

卖花的也不知道他为什么把那匹马看得如此之重,就说:"城门可就快关了。今天初一,又有大相公闹的这件事,城门一定关得早!"

韩铁芳对此也很发愁,就说:"你就将马备好,牵着到那车店的门前等

第十七回　孤舟快语谢绝情丝　野店良宵撮成佳偶

八〇九

着我吧！别的你全不用管了！"说到这里，他的面上显出一种严厉之色。

卖化的只得连声答应说："好！好！"

韩铁芳又拱手说："此次我如能得逃脱，我们将来还许能够见面。我若逃脱不开，死在这里，那我就谢谢你此番帮助我的美意了！"

卖花的说："唉！大相公怎么说这句话呀？"

韩铁芳又说："明天千万请大夫给老伯母治病。"说着他就走了出去，自己开了门，急急地走了。

出了小巷，他就一直去奔东大街。这时天色又已薄暮了。城中的景象与昨夜大不相同，家家户户都关闭着门，店铺里也没有敲打庆祝新正的锣鼓。街上冷冷清清，大概也是因为昨夜守岁，全都没睡觉，今天又都忙着过年，明天早晨还得赶着上财神庙，所以此时人都睡了，街上冷冷清清的。

韩铁芳直走到群雄镖店的门首，竟连个打更的人也没遇着。但镖店之中却灯光焕然，那柜旁窗上的玻璃也换上整的了，里面有人大声地豁拳。韩铁芳此时竟是一点也不细加考虑，他就将剑亮出来，剑鞘就扔于地下。他怒气飞腾，直闯进了镖店的大门，用脚将柜房的门踢开，挺剑向里边高声问说："我要见见哪一个是刘昆！"

他这一声喊，将屋中的满满两桌酒席上的十七八个人全都惊得止住了欢声。

他们起身的起身，转头的转头，都直着眼向他来瞧。

那花三嫂就尖声儿说："哈哈！韩铁芳！你真是一条好汉子，你竟敢自己来了！"说时众人一齐跳起来去抄刀拿棍。

那柳三喜手里拿着酒杯，把众人拦住，说："诸位沉住点儿气！咱们要是一齐上手，那可就低了咱们的名气啦！如今姓韩的朋友来了很好，但不知春雪瓶姑娘来了没有？如果都来了，何妨就请进来坐一坐？我们酒还都热，菜还没有怎么动，先叙叙交情，然后该怎样说该怎样办，都可以慢慢商量。我想他们既然大驾光临了，也不能又想走！"

那些人也以为春雪瓶是跟来了，就都神色显得发呆、吃惊，而不敢蓦然就动手。

韩铁芳却说："这事与春雪瓶无关，她也没在洛阳，我只是要看看哪一位是刘昆！"

话未说完，那第一桌席的上首座位，有一人忽然立起，拍着胸说："就是我！"

韩铁芳一看，这个人身高体壮，面色紫黑，胸前飘洒着花白的长髯，确实是一位老英雄的样子。韩铁芳就说："久仰！久仰！我只是想来问你，我与你素不相识，更无仇恨，为什么我不在家时，你就帮助独角牛欺侮我家？如今又来找我拼斗？"

老刘昆说："那只因为独角牛是我的师孙子。"

韩铁芳冷笑着说："你真收了个好师孙！你可知道他平日作恶多端，并且由我的家中抢去了一个孤苦可怜的少妇吗？"

刘昆说："那荷姑本是灵宝戴庄主的侍妾，上半年是被你抢来的，理应抢了回去！"

韩铁芳嘿嘿冷笑，说："你说的话真公道！我再问你，你可知道戴阎王是个什么人吗？"

刘昆说："他？……也不算坏人。"

韩铁芳愤然说："老刘昆！原来你竟是这样的一个人！好，好，什么话我也不必跟你再说了，你快出来！咱们较一较高低吧！"

他原是想，无论如何刘昆也绝不能令众人一齐上手，而坏了名声。却不料刘昆还没有取刀，钩镰枪焦衮就挺着一杆钩镰枪先奔了过来。

这焦衮去年因报他盟兄余旺之仇，在陕西杨桥镇附近曾逼迫过韩铁芳，那时被病侠玉娇龙一支弩箭射倒。韩铁芳以为他在那时就已死了，不想他如今还活着，只是脖子歪了，说话也不清楚，大概就是那时被病侠的箭射的。可是他此时更凶，大声喊着说："韩小子！今天大概是没有玉娇龙来帮助你了！"

那妇人花三嫂使着刀，白胡子的吕慕岩抄起了双钩，一齐出了门外，与韩铁芳杀砍起来。韩铁芳奋力迎战，但这时又从里院拥出来持着刀棍的十几名打手。韩铁芳就哈哈笑了几声，回身就走。身后的家人齐追出来，呐喊着，刀光钩影被灯笼照得闪闪乱动。

韩铁芳却喊了一声："我真替你们害羞！"说完就往西飞跑。后面的人如狂潮汹涌似的追着他来,并有人喊着:"截住他!"街上果真就有人打梆子击锣。

韩铁芳向西飞奔,同时以剑光护身,所以也无人敢截他。他跑到了十字街,忽然就见由西边有个人放过一匹马来,正是那匹黑马。他心中欣喜那卖花的人办事敏捷,就将马拦住,同时飞身跨上,这匹马便继续向东跑去。但焦衮等人已都跑过来,枪刀齐向马上来递。他跨在马上,一刻也不敢缓,臂舒剑落,向四下迎杀。坐下的马也如飞跃着似的,一直向前飞奔。因为他所奔的方向是往东,就又到了群雄镖店的门前。这里的二十多个人将他围住,各种兵刃全有,分四下近前。他在马上将剑乱削飞砍,马又向前去冲,但是刚冲过去,又被人把他围住。幸好这时对手之中有一个人忽然反抢刀来帮他,大概是砍倒了两个人。

就听有人大声骂着说:"柳三喜!你这王八蛋疯了么?你反敢帮助韩铁芳……"骂声齐起,刀枪愈乱。韩铁芳也剑不停挥。坐下的黑马真是好马!听见了乱喊之声,看见了刀枪乱闪之光,它就越发地飞奔,蹄声如连珠一般,一霎时就来到了东城。可是城门已经关闭了,并且对面有守门的人支着大灯笼,也闪动着刀光。韩铁芳急忙拨马又驰向正南。

这里就靠近着城垣,空旷无人,他回头看看,后面倒是无人追来,向前随走随望,却隐隐看见了有往城上去走的一条道路。这路俗名就叫作"马道",本来有栅栏挡着,可是栅栏已经破了,韩铁芳便催着马走上去。城上也很宽,一个个的雉堞,多半都坍毁了。

这里地高风寒,仰面一看,天仿佛更高,星星更密。他可忘了,凡是城墙都是从里边有道能够上来,往外不但无路可下,并且还有一道护着城的河沟,虽然不宽也不深。洛阳这座古城,在历史上经过了几朝几代的刀兵争夺,可是如今因为是太平无事之时,城上也无有官兵驻守了。只有一间小破屋子,里边有一个年老的看城的人,闻着马蹄声就钻出来问。韩铁芳却急忙拨马又往北驰去了。向下去看,灯光却很少。他心中十分急,暗想:我怎样才能下去呢?他真恨自己没有春雪瓶那样高超的腾跃之术,可是此时他坐下的马却跑得更急。这真不愧是一匹"铁骑",一只"神驹",不愧是春龙大王爷在新疆从成千上万的马群之中挑选出来的。它曾载着玉娇龙涉遍了大沙漠,踏遍了草原,而且不知跳跃过了多少座高山峻岭。可如今在这城墙上,它哪里走得惯呢? 它就不住地举首长嘶,并且两只前蹄都高翘了起来,几次都要跳下城去。

韩铁芳吓得都要叫了出来,连宝剑都几乎撒了手,双手紧紧地勒住了缰绳,却只勒住了两次。第三次他索性一咬牙,心说:"与其在城中被擒,与这马生离,不如一同死在城下吧!"于是他死死地抱住了马脖子。这匹马就如同飞也似的,呼啦一下从城上跃下。

韩铁芳闭上眼睛,只觉得自己从马上摔了下来,幸仗背后有个行李卷儿垫着,还没有摔伤腰。这匹马却噜噜地直喷白气,一点也没有伤。韩铁芳睁开了眼睛,随即拾起了宝剑,爬了起来。他扶着马,定了定神,喘息了一会儿,就又骑了上去,涉过了那已结着薄冰的护城河。他寻着了东关的大道,他的坐骑就又稳又快,蹄声嘚嘚地跑了起来,霎时就闯出了东关。

踏上了大道,马还要飞驰,他却给勒住了,因为身后并无人追来。韩铁芳骑着母亲玉娇龙遗下的神骏,手中持着春雪瓶赠给的钢锋,向前缓缓地走。他想回到家中去看看徐广梁是否已受重伤,同时与妻子陈芸华做最后的离别。此时他的心中不禁有些难受。这并非是不舍得陈芸华,更非不愿离家,乃是他还想着这匹马。由此神骏名驹而想起了生身之母玉娇龙,尤其悔不遵从母亲之嘱,如今落得与春雪瓶恐怕终身难见了, 也不知她往什么地方去了?他一面想,一面慨叹,不多时就回到了望山村里。只听更声打得很清楚,已交了二更。他跳进了墙,开了大门将马牵了进来,这才有人出来。

他就吩咐人将大门暂闭,但都不许惊慌。他往里院走着,见毛三从里院跑了出来,几乎与他撞了个满怀。他便斥问道:"你现在又不打更,黑天还乱跑什么? "

毛三说:"哎哟,大相公! 城里的事你都知道吗? "

韩铁芳说了声:"少讲! "便往里院走去,却听见陈芸华在佛堂里仍梆梆梆地敲着木鱼。他到小院中去看,就见自己住的屋里有灯光,徐广梁正在屋里来回地走着。他一进去,徐广梁就要抄刀,一看见是他,反倒惊诧住了,赶过来低声问说:"你是怎么回来的? "

韩铁芳说:"师叔也不必细问了! 我只是听说你被刘昆给打伤了! "

徐广梁却冷笑说:"什么伤! 只是因为我拦他进来,他在我的肩膀上打了一拳。可是我也还了他一掌。我若不是为保护着你这个家,我就拿刀跟他拼了! "

韩铁芳说:"叔父还得暂时忍气在这里! "

徐广梁说:"不要紧! 今天你妹夫来了,我也跟他说了:这个家交给我,钱我不管,闹贼我可得管! 今天我已收了邢柱子作为徒弟,以后我要教这庄子里的人,至少也得学了我这身武艺! "

韩铁芳说:"叔父! 我走了! 再见吧! "徐广梁送出屋来说:"你走吧! 这个家你放心! 拐子申飞伤好了,我也叫他来帮助我。"

韩铁芳又说:"叔父! 恐怕我此去,未必能再回来! "

徐广梁又问:"盘费呢? "

韩铁芳说:"盘费我已带着了,足足够用。"

徐广梁又说:"那你就放心去吧! 记住了我的话,你快去找春雪瓶,跟他求亲,结为夫妇。等你再回来,绝没有人再敢找上门来,十个刘昆他也得望风而逃! "

韩铁芳又说:"师叔! 叔叔! 再见了! "耳边仍能听得见传来的木鱼声,他却急急地往马圈走去。幸亏他走来得快,再迟一些,毛三就把他的马鞍卸下来了;他赶紧跑过去给拦住。毛三见他手里提着剑,身后还背着行李,就问说:"大相公怎么还要走呀? "

韩铁芳就点了点头。毛三又说:"我跟着大相公去吧? 有个我这样的人,到夜里大相公自管睡觉,我能够替你防夜。"

韩铁芳却说:"你就在家里吧! "遂令毛三开了门,自己牵着马走了出去。此时村中十分静寂,夜更深,走出村子的西口,简直看不见路径。他走出不远,就在一棵树下停住了马,将身后的行李解下,把剑也插了行李卷内。他刚要用绳子向鞍旁去捆,忽听有个人笑声儿说:"在这儿干什么? "

韩铁芳一惊,就将剑又亮出,问说:"是谁? "只见有个人从树后转出来,手中也提着一口白刃,说:"自己人! 自己人! 不要着急! 兄弟是柳三喜! "

韩铁芳益为惊异,身子就疾忙向旁闪去。他心中想:在祁连山中,柳三喜是与我作对的,可是刚才在城里,他又帮助我与刘昆那些人杀,惹得那些人直骂他。这个人反复无常,可也真是奇怪。他还没有发话,那小山神柳三喜又说:"韩铁芳兄!你不要疑惑我!你的丈母娘是玉娇龙,我的师父是俞秀莲,她们两人乃是好朋友,如同姐妹一般。所以说起来,咱们是一家人,就说是亲戚,也不算错。"

韩铁芳就说:"这地方还清静,咱们说话也不至有人听见,我倒愿柳兄将你的真实来历详细告诉我!"

柳三喜说:"我说的可没有半句假话!恕我冒昧,我要直说你老泰水的名字了!"

韩铁芳摇头说:"没有什么!"他就倾耳听着自己母亲的历史。

柳三喜索性坐在地上说:"在二十多年之前,京城的九门提督玉大人家中大办喜事,将小姐玉娇龙聘给翰林鲁家。没想到玉小姐在娶过去的那天,还没与新郎官入洞房,就忽然失了踪影。她到哪里去了呢?原来她扮做了一位大少爷,将一个叫绣香的丫鬟作为少奶奶,又有骡车又有马,很阔,她们就离开了北京。玉娇龙本来是在新疆生长大了的,自幼受过奇人的传授,会一身飞檐走壁的本领,使一口神出鬼没的宝剑。那时江湖上除了江南的大侠李慕白与我们直隶省的侠女俞秀莲恩师,敢说没人能敌得过她。果不其然,她就在巨鹿县附近与李慕白相遇了。她的武艺大概比李侠客还差一点,就被逼得逃至俞秀莲恩师之家。她们原来有些交情,很好,可是后来不知为什么说岔了,你的岳母玉小姐抢了我师傅俞姑娘的一匹马就跑。后边当然有人追,不但是俞秀莲追,李慕白追,还有个五爪鹰孙正礼也帮着追。四位奇侠又是一场恶斗,那可比咱们在祁连山打的那场架又热闹好玩得多了!后来,毕竟玉娇龙一人难敌六只手,她就纵马逃过了淦阳河……"

韩铁芳听到这里,就问说:"五爪鹰孙正礼又是个什么样的人物?"

柳三喜说:"也是巨鹿县的人。俞秀莲呼他为师兄,我呼他为师伯父,现在已是一位老英雄了,在京城开着镖店,名气、武艺,江湖第一!"

韩铁芳又问说:"李慕白与令师俞秀莲又是什么交情?"

柳三喜说:"恩如兄妹,义同手足。可是在他们年轻的时候,江湖上曾有种种的胡言乱语，说他二人有情。但是李慕白有十多年没到北方来，早就在高山修道，我师父俞秀莲也于五年前在家乡病故，不然我也不会落到这般地步。"说到这里，他的声音很悲凄。

韩铁芳倚马站立，也不禁为江湖的前辈发着感慨。柳三喜又说："那时候我才五岁，我父亲务农为生，家道很是寒苦。那天我正生着病，我母亲正在照看我，玉娇龙就去了。那时她把马也抛了，头发也乱了，还受了伤。但李慕白跟我恩师等人又都追了去，在我家里搜寻了一番，没有搜得着。原来玉娇龙是又从我家的后墙跳了出去，待李慕白等人去后，她才爬出来，又回到我家里。那时下雨，她已疲惫得不像样子了，在我家里洗了脸，拢了头，吃完了饭，她才走。临走的时候，我们借给她了一头驴，她却给了我们一锭金子。她走后，大概就是回到了北京，又做了鲁家的少奶奶，但是夫妇仍是不睦。后来老夫人逝世之后，她就假作往妙峰山进香，投下了山崖。人都以为她死了，其实她却跑到了新疆，成了春龙大王爷，又育养了尊夫人春雪瓶。"

韩铁芳才要辩解，柳三喜又说："我家里自从遇见了那件事，我父亲才觉得练武的人好。到我十三岁的时候，他就把我送到巨鹿县俞秀莲的门下。俞恩师倒真是认真教我，并且我父母之丧，也都是俞恩师资助葬埋的。俞恩师常跟我们提起玉娇龙的故事，她非常钦佩玉娇龙的武艺，并嘱咐我们师兄弟五个人，以后在江湖上如遇着她，须要亲如师长，不可触犯。可惜我只见了春雪瓶，而未见过那位老人家，真是没福气！我因为好赌气、好打架，恩师死后，我谁也不怕，就闯了许多祸事，以至流落江湖。我也无颜再返故乡。四年前幸被黑山熊赏识，在祁连山他给我娶了一房妻，对待我如同弟兄一样。因此，他虽是个老贼，但却也是我的恩人。俗语说：'士为知己者死，女为悦己者容'，又说是'桀犬吠尧，各为其主'。因此，当你和春雪瓶到祁连山上要杀黑山熊的时候，我便把他救走，救到了陕西长安。"

韩铁芳听到这里，便说："三喜兄！过去的事我们都不必再提啦。你也可以叫黑山熊自管出头。除了春雪瓶还许衔恨着他，但春雪瓶与我无关，我们更非夫妇。我对于黑山熊，也是往事都不提了！绝不会再去找他。"

柳三喜却笑着说："你此时想要找他也是找不着了！黑山熊已经埋在

土里边了。"

韩铁芳就问说："怎么？他已死了？"

柳三喜说："是被你跟春雪瓶给吓死的。我们先到了长安，与吕慕岩住在一处，他仍终日疑鬼疑神，怕你们两人去了要他的命，他就病了。我又把他送到三原县去调养，不几天，他就死了。弄得我一个人更没有着落。恰巧吕慕岩勾结了东路的好汉托得塔李平、飞夜叉张保、钩镰枪焦衮等人，一同往灵宝县与戴阎王、刘昆合伙，专为对付你跟春雪瓶，以便报他们各自的仇恨，我就也跟来了。黑山熊一死，我跟他们已经一点交情也没有啦，并且我一心想改邪归正，因此，刚才我才帮助你，与他们倒相杀起来。我也敌不过他们那么多的人，便也赶紧跑开。在城中也找不着你的影子，我就想，你艺高胆大马又好，你一定已经出了城回来了，我这才也爬下城来找你。不但为跟你说明了这些话，我还要告诉你一件事……"

说到这里，他就立起身来，说："他们不是从你家里抢走了一个妇人吗？我听他们说是什么冯老忠的妻子？"

韩铁芳说："她名叫荷姑，是一个孤苦伶仃的孀妇，她的丈夫就是被戴阎王害死的。我若不是为她，也不至跟那些人结下这样的仇恨。现在你知道她在什么地方吗？可否领着我去救她？"

柳三喜说："抢去那个妇人，全都是赛青蛇跟花豹子那二人的主意。他们到你家里去搅闹时，偶然认出来那是戴阎王曾喜欢过的人，立时就给抢走了。后来他们告诉了独角牛，并且后悔早不知荷姑是住在你家内，早知道也早就抢走了，可以省去许多的麻烦。依着独角牛是想，一个妇人，又是个招灾惹事的东西，把她结果了倒省事。无奈赛青蛇一定要把她带回灵宝去送礼，说是戴阎王至今还没忘了那妇人，因为那妇人生得太美了。"

韩铁芳又问说："这么说，一定是又把荷姑送往灵宝县去了？"

柳三喜说："今天我听他们那些人谈起此事，知道还没有到，现在黄河岸边。那个地名叫做大王坝，赛青蛇就在那里看守着她。他们是想等着把你跟春雪瓶剪除了之后，再把那妇人往灵宝送。因为那妇人也很贞烈，被他们抢走之后，就天天哭啼，他们怕在路上被……被你听见了还不要紧，若是叫春雪瓶知道了，或是遇上了，他们可受不了！干脆一句话……"

韩铁芳就问说:"什么话?"

小山神柳三喜笑了笑说:"待会再细讲,咱们先往黄河岸边走吧!"

韩铁芳说:"柳兄你且等一等,我进村里去叫人备上一匹马,送给你,我们一同骑马走,好快些,你说好不好?"

柳三喜摆手笑说:"不用!不用!我来到洛阳才半天,可是我就知道你韩大相公有三多之名。"

韩铁芳就问:"都是什么多?"

柳三喜说:"第一是你的财多,我知道你在洛阳堪称首富。第二是你的马多,早先你一个人就养着十多匹好马。可是我生平是最喜步行,一来因为穷,二来也是这两只脚踏惯了,你把高车大马供给我用,我倒觉得不舒服了!"

于是韩铁芳也只牵着马,同他步行。向西走了不远,借着星光寻着了向北去的路径,就转了过去。

韩铁芳忽然想起韩家的坟墓就在旁边,已死的韩文佩是不能使人怎样悲悼他,但养母秦氏的长眠之所,可也就在这旁边。那个妇人是个有良心的,她收藏那角红罗也颇不容易;若没有那角红罗,自己怎能知道玉娇龙才是我的母亲呢?尤其在当年,她以一仆妇之身,忍辱偷生,与韩文佩做了多年夫妇,她也未必是贪图享受那些荣华,主要的还是为将自己培养成人……

因此,他便向柳三喜说:"柳兄在这里稍待。因我家人的坟茔便在这里,我要拜别一下。"

柳三喜遂就在旁站着,替他牵着马,他跪在地上就叩了几个头。及至起来,他又将马接过去,二人依然往北去走。

柳三喜就说:"韩兄!你是个礼义之人,我倒不好意思跟你开玩笑了。刚才我说的那三多,那第三件,就是我听说你有很多的风流事儿。所以你跟春雪瓶的事情,连你自己也怕辩解不清。"

韩铁芳就说:"玉娇龙前辈确有使我二人结为婚配之言,只因为我家中本有妻子,所以我才没有答应。"

柳三喜说:"其实也没有什么,连独角牛手下的那些人,都没把韩家那位少奶奶看做是你的妻,不然也许早就给抢走了,好出他们的胸中之气。就因为你那太太是个好佛之人,而且不为你所喜,就是被人抢走,你也不会心痛,所以他们才没有那么办。据我想,你如果知道春雪瓶现在什么地方,就赶紧去找她拜花堂,入洞房吧!我们再把那荷姑救了,叫她也去跟你。哈哈!一夫二妻,都接到洛阳来,你就有了三房夫人,好大的艳福!"

韩铁芳说:"我也不必辩白。到时你看我们救了荷姑,我对她怎样,你就晓得了!"

柳三喜说:"既然你是个光明磊落的人,荷姑又是个贞烈的女子,我也不能满口胡说。不过,你千万得去和春雪瓶在一块,不然,你纵有通身的本领,也敌不过刘昆、吕慕岩那些人。我听说连死去的独角牛都算上,他们全都没把你看在眼里,他们可真怕春雪瓶。他们知道春雪瓶比当年的玉娇龙更为毒狠,剑法更高强,弩箭射得更准。并且玉娇龙的行踪还有人能够找得着,春雪瓶即使在眼前,人也不能够看得见……"

韩铁芳不禁要笑,末了,就听柳三喜又说:"并且春雪瓶长得更美。可惜那夜在祁连山里我也没看清楚,可是她的弩箭却领教过了,险些被她射死!"听了这话,韩铁芳的眼前又幻出了春雪瓶的美丽容貌和婀娜的娇姿。望着天空上明亮的星星,更令他忆起了春雪瓶的那双明媚的眸子。如今他的心中倒很高兴,觉得所有的恩怨都已报完了,以后的心中就再也没有什么挂念了。于是他就决定要去寻找秀树奇峰春雪瓶,与她结为恩爱的夫妇。

他心里喜欢,脚步也更快。他又问柳三喜以后还要往哪里去,柳三喜却说:"回祁连山去接老婆,再把黑山熊留下的银钱收拾收拾,我就要去北京找我的师伯五爪鹰孙正礼,帮他保镖去了!"韩铁芳点头说:"这很好!"

二人随走随说,很是投机。虽然那次在祁连山中,若没有小山神柳三喜将韩铁芳困于石窟之中,瘦老鸦也不至于死,这样一想,也得算是一件仇恨;但是仔细想想呢,可又不然。因为瘦老鸦在死之前曾经亲口说过,若没有这柳三喜护住了他,送到那石窟中养伤,他也就早被黑山熊手下的那些人给杀死了。所以如今,韩铁芳对于那件事是绝不再提。但小山神却颇带着悔意,连声地叹息,不但后悔那天把韩铁芳困在石窟里,并后悔前几年不务正业，及所做的种种错事；韩铁芳反倒不住地劝他。

二人向北直走了半夜，身边的夜色渐落，东方已现出了紫色，四周的景物也能够隐隐看得出了，柳三喜就忽然喜欢地跳了起来，指着前面说："快到黄河岸了！"

韩铁芳说："我想我们到了那里，赛青蛇即使与我们争斗，我们能够不伤她便不伤她。"

柳三喜说："好汉子的手下哪能对妇人也不留情！不过得看她怎么样了，她若是长得像那小哪吒的老婆花三嫂那么难看，又那样的泼辣讨人嫌，我可要把她扔到黄河里去。"

韩铁芳又托咐说："救了荷姑，我还要劳你的大驾，把她送回望山村去。行踪还要诡秘些，不要叫刘昆那些人晓得！"

柳三喜说："这可真难！好啦！咱先不必计议这个，先把她救出来再说。顶好叫她去投亲靠友，不然叫她去另嫁人，或是找座庙出家为尼，反正你既不要她，我也有一个老婆就够了！"

又走了些时，天色就发晓了。小山神柳三喜将他的那口扑刀也藏在了韩铁芳的行李卷内。二人虽一夜未睡，可是精神都很好。柳三喜找着了一个行路的人去打听那"大王坝"，原来这个念着颇不受听的地名，就在西面不远，靠近着河边。黄河在他们眼前不过二丈之远，二人顺着河岸又往西走。这时河里靠南岸，还有一片坚冰未解，因为阳光很难照到这里。北边的冰却都融解了，滚荡着黄泥浆似的河水，中间且有一两只打鱼的船。柳三喜就说："以后真得改行业了！在河里打鱼也比在祁连山里好得多。"韩铁芳望着河水却有些发愁，恐怕那可怜的荷姑真许已经不在人世了。

走了二里多地，小山神又向人打听。此时阳光已经很高，晓烟都散，河水愈黄，前面有个高高的土台，上面有三五间小屋，连一棵树也没有，原来这个地方就做大王坝。土台下有一只木船，就在冰上放着，也许是为打鱼用的，也许是怕河水说不定什么时候就涨上来，那时这人家好乘上船逃命。往土台上走，居然见这里也有柴扉土垣，还养着一群鸡，并有一条癞狗向着他们乱吠。

小山神柳三喜就向韩铁芳问说："你知道那赛青蛇姓什么吗？"

韩铁芳摇摇头说:"我不知道!"

柳三喜说:"你是老实人,你不会耍无赖。让我先去耍耍强盗的脾气,抓赛青蛇那娘儿们出来!"

说着他抽出来那口扑刀,就向那边跑去。他一抡刀,把那条狗跟那群鸡全都吓跑了。忽见那墙里有个人探出头来向外一看,倒把柳三喜吓得止住了脚步。他回首向韩铁芳说:"不妙!这家伙是小哪叱,昨夜他还在城里,怎么倒比咱们先来了?咱们分头办事,小哪叱既是先赶到这里来,必是心怀不善。他的武艺是刘昆之外最高的一个,让我小山神先跟他斗一斗。你就专管进里边去救荷姑,因为她认识你,我要去救她,她也一定不肯跟我走。你千万先把她放在那只船上,随后就渡过河去,才能够平安无事。不然,看这样子,他们既是猜着了咱们要到这儿来,你就看吧!说不定刘昆那帮人也会赶来。咱们究竟只是两个,人少力弱,顾得了跟他们斗,可就救不了娘儿们啦!"

这时那个小哪叱又缩回了头去,不知在墙里边又干什么去了。小山神柳三喜却先隔着墙带笑喊着说:"开开门呀!我们来啦!"

里边不应声,柳三喜便提着扑刀嗖的一声就跳上了墙头。院子虽小,里面可站着不少的人,两个女的、三个男的。女的一个就是小哪叱的老婆花三嫂,长得那么难看,穿得又那么漂亮,铁尖儿的小脚鞋,手拿着双刀。还有一个长得倒不错,有点儿媚气,一身蓝布裤褂,拿着一口刀,站相儿还挺像样,婀娜之中带着厉害,不用说啦,这正是花豹子的姘头赛青蛇。花豹子也在这儿啦,大概是跟着小哪叱夫妇一块儿来的,因为那边的一棵枣木桩子上系着三匹马。此外还有两个穿着破烂衣裳,满脸的黄土泥,光着脚的人,像是打鱼的,大概是这里的主人。柳三喜一上墙头,里边的花豹子就跳将起来,挺着长枪向他就扎。他却抡刀一拨,嘭的一声,将枪拨开,带笑说:"都是熟人,不要这样,讲些面子!"

那花三嫂舞起双刀来说:"还讲面子哩?你假装儿跟我们是朋友,到了要紧的时候你却帮助韩铁芳!"

柳三喜笑着说:"哈哈!你先说我帮助韩铁芳一人,那还说得不大对,我冲的还是春雪瓶。我也不是故意吓唬你们,韩铁芳现在就在门外边,他也不是不会跳墙,是他还要跟你们客气客气。春雪瓶是在后边不远,咱们再说半刻的话,她就许能来到。昨儿晚上若是没有她,韩铁芳连人带马也出不了洛阳城!现在没有旁的话说,那个小寡妇她叫什么荷姑,你们就快些把她送出来,这样就万事皆休,不然⋯⋯"

赛青蛇瞪起眼睛来说:"不然就怎么样?"

柳三喜冷笑着说:"不然就要将你们这两对狗男女的头,通通割下来祭黄河!"

赛青蛇说:"好!"说话的时候,身子真如草上的飞蛇一般,就向柳三喜这边扑来,以刀向柳三喜的脚下就踩。

柳三喜却喊着说:"到外边来打吧!院子里窄,我怕你们几个人的武艺施展不开!"说着,他又跳到了墙外。此时韩铁芳已将马牵到了那只木船上,且将船借着冰的滑力推到了融化了的地方,让船头被浪头摆打着,船尾却仍在冰上。他提剑返身回来,又到了那土台上,只见柳三喜已经跟小哪叱、花豹子和赛青蛇三人打了起来。韩铁芳就见那三人之中除了小哪叱的刀法还好,其余的一男一女简直都不敢近前与柳三喜交手。

柳三喜的刀真是精熟,他的身躯跳纵,忽而如虎踞猿蹲,忽而如鹏飞鹰落,遮前顾后,不但极为敏捷,左劈右戳亦特别地急快,他的武艺真不愧是俞秀莲传授出来的。

韩铁芳想着"分头办事"的那一句话,就不去帮助柳三喜,而直奔那人家。他飞身上墙,只见院里还有三个人呢。那两个渔夫都不会武艺,把刀抢了两下,便都不敢近前。韩铁芳向下探着身,以剑抵挡了几下,就跳到了院里。那花三嫂不但两口刀向他来直砍,而且用那铁尖的小鞋向他来踢。但究竟这妇人的武艺太差,四五个回合,便被韩铁芳用剑砍倒。

韩铁芳转向那两个人逼近,那两个渔人想爬墙,却连墙也爬不上去。韩铁芳就用剑在一人的大脚上拍一下,这个人哎哟一声就跪下了,另一个人也扔了刀求饶。

韩铁芳说:"把藏在你们这里的那个妇人,快交出来,不然我将你们都杀死!"

两个渔人全都战战兢兢,说:"不干我们的事!是赛青蛇给送来的,我们想不收下也是不行……"

韩铁芳见一个渔人的手里还提着刀，就蓦然飞起一脚，将那人的刀也踢落了。他厉声地喝喊着说："你们也绝不是好人，不然为什么赛青蛇单把抢来的人送到你们这里？快交出来！"

两个渔人更是恐惧，就去将一间小屋的门开了。小屋里黑暗得如同个洞似的，里面有一个妇人哄着孩子，不叫孩子哭，此外又有妇女的哭啼之声。却见那荷姑自己走了出来，她蓬头垢面，泪满双颊，身上倒像没受什么伤，衣裳可都被人撕扯破了，甚至连两只鞋也都被人扒了去了。她还没走出屋来，就几乎摔倒在地下，韩铁芳赶紧过去搀扶，荷姑就哭了，叫了声："大相公！"她的哭声比那受伤躺在地上的花三嫂喊叫还要凄惨。

事迫情急，韩铁芳就伸手将荷姑背起，叫她抱住自己的双肩。他一手持剑将两个渔人全都驱开，从躺在地上的花三嫂的头上跳了过去。见屋角竖着两根船篙，他就绰起了一支，这根船篙比宝剑还要沉，将篙杆拄地，奋身又上了墙头，那土墙都要被他踏塌了。他跳到外边，差点连他带荷姑全都摔倒下。这时见花豹子已经受伤，那小哪叱、赛青蛇二人却仍在与柳三喜恶斗。

韩铁芳连话也顾不得说，就背着荷姑跳下了土台。他先将篙杆扔在地上，然后背着荷姑到了船上，轻轻地放下，又嘱咐着说："在这里坐着！不要动！"

荷姑泪眼看看茫茫的苍天，滚滚的黄河，又加上船头被水激得直晃动，当时就发晕了，趴伏在船板之上。韩铁芳急忙回来取篙，他脚蹬着河边的残冰，但是脚底上的冰全都浮动了。虽然冰上粘着很厚的一层风吹来的沙土，但却跟在船上似的，令人站立不住。好不容易他才过去将那篙杆拾起来。他一手持剑，一手提着篙杆，跑到岸上，要去呼唤柳三喜不要再跟那两个人斗了，快来上船，可是此际就见正南方向滚滚地来了一大片烟尘，分明是有一群马往这边来了，而且已经来近了。韩铁芳大惊，刚要跑上土台去叫柳三喜，就见柳三喜已自土台上一跃而下。

韩铁芳就急呼着："快走吧！快上船来吧！"可是这时又自土台上跃下来了小哪叱与赛青蛇。那赛青蛇的刀法平常，但小哪叱却越杀越勇，堪堪与柳三喜不分上下。

精悍勇猛的柳三喜也毫无畏惧之色，向韩铁芳说了声："你就快上船走就得啦！"又与小哪叱杀了几合，他就又说："你管我干吗？"

韩铁芳却说："那边有他们的人来了！"柳三喜一面斗一面冷笑，说："管他来多少？来多了，就更能够显出咱小山神的本事，咱们是为什么来的？你若能救走了荷姑，那才算是你韩大相公的能耐！我用不着你来帮！谁来帮我谁就是看不起我！"

韩铁芳又说了声："柳兄！你也是快走为上！"他就提着篙跟剑又踏着浮冰上了船。那匹黑马，简直不知玉娇龙是怎么训练出来的，它在船上稳稳地站着，那荷姑的头脸就挨在它后蹄的旁边，它的蹄子却连抬也不抬。韩铁芳又把荷姑抱起，把她放在一个靠中间的地方，免得这只小小的渔船因左右的重量不匀，而把她倾落在河里。韩铁芳放下了剑，双手擎篙，用力撑了几下，船身就进到了水里，小船被激流冲得益发飘荡了起来。

韩铁芳将篙插入河底，使船暂时不走，又向柳三喜高声呼喊："快上船来吧！"

这时柳三喜已与小哪叱、赛青蛇二人打到了冰上，还相斗着。那岸上的十多匹马也全都赶到，为首的就是老刘昆，苍髯被河风吹得飘动着。刘昆瞪着大眼，手抡大刀，喝道："先杀柳三喜，后杀韩铁芳！"

忽然岸上有人放了一镖，柳三喜立时中了镖，摔倒在冰上。那小哪叱抡刀就砍，柳三喜一滚，冰就动了，他的身子就没于水中。船上的韩铁芳惊得啊呀叫了一声，泪都要流出来了，但是要救已经来不及。那边钩镰枪焦衮也跳到了冰上，小哪叱又抡刀扑近船来，岸上且有镖跟弩箭一齐向着他射来。韩铁芳便把篙拔出，顺着急流向东去了。

船摆动得极为厉害，这竹篙韩铁芳也使不灵便，本来他哪儿会撑船呀？并且连水都没有看惯。看着看着，他的眼睛就发晕，就觉着天地都在旋转，船也仿佛没有走，只是在紧紧地转着，两脚在船板上也觉得立不稳。忽然嘭的一声，船头就撞在冰上了，幸亏没破也没有翻。他吃了一惊，向岸上一看，刘昆那些人都骑着马顺着河岸向他追来，他就大笑，喊着说："追吧！反正你们的马不能到这河里来！"

他将篙一点，船又走了起来。他心中的气愤，加上他对荷姑的怜悯，对这匹马的钦佩，使得他精神奋发，周身仿佛都往外冒火。他倒不觉得晕了，就努力地使篙撑船，又借着水往东流的波涛猛力，船就真如一支箭似的，霎时间就走出了很远。然而岸上的群马也紧紧追随，黄尘滚滚如同这黄色的河水一般。有的地方河道较窄，岸上的人就在马上趁势放箭，可也总没射到船上。韩铁芳益发奋勇，河水又益发流得紧，又向下走了不知有多少里，便看不见岸上的人马了，也不见烟尘。这时不用使篙，船也自然会往东走，韩铁芳便把篙放在船板上，他坐在船尾，管着那个舵。飘飘摇摇地又走了一会儿，他的气也喘过来了，身上出的汗也干了，两岸却益为空旷，连一棵树，一间屋都看不见。此时忽然那伏在他脚下的荷姑又呜呜地哭了。

韩铁芳本来是不言语，因为他对于荷姑也实在无话可说，只是救了。然而这个孤身的可怜的少妇又那么柔弱，把她往哪里去安置呢？韩铁芳真还是一点办法也没有。可是荷姑哭得索性没有完了，他就不得不安慰说："不要哭了！如今那些人已经不追了。再走一会儿，我们就上岸，找地方再去用饭。以后我再慢慢地给你想法子。我的家里你既不能回去了，我总得再给你找个家！"

忽然荷姑抬起头来，满脸是泪，说："大相公，你要是说这话，我当时就跳下河去，你就白救我了。大相公……"她一头又扎下去，脸贴在韩铁芳那只满沾着黄泥的鞋上，痛哭着说："我要……我要做大相公的妾，好报大相公的恩！"说时越发哭泣得厉害。

韩铁芳此时反倒十分为难起来，他望着荷姑的这种可怜的情态，又看着她那粘满了泪痕跟泥土却依旧十分美丽、年轻的脸，韩铁芳心里就想：这个年轻的孀妇，她若是在有钱人家，有田产，有儿女，她自然可以守节。但她是多么可怜呀！她正在年轻，而孤身无依，又时时还能遇见磨难，不但叫她去随侍着陈芸华是不行的，送她去出家为尼也更不对，实在应当叫她嫁人，可是却不应当嫁我。

于是他就叹了口气，宛转地说："荷姑！你听我告诉你！芸华，我的那妻子且不必说了，但我另外还有春雪瓶……"

荷姑却说："叫我做什么都成，终身服侍大相公跟春雪瓶我也乐意！韩大相公,不是我不知羞耻,是不这样我真报不了韩大相公对我的大恩!"

韩铁芳却说:"君子施恩不望报!"他沉思了一会儿,又说:"何况对你有过好处的不止是我一人。在灵宝县救你离开戴家庄的是女侠玉娇龙,由灵宝送你到洛阳的是萧仲远,你在望山村韩家居住、吃饭、穿衣,以及殡葬你的婆母所用,那都是韩文佩家里的钱。此次救你,也多亏柳三喜。小山神柳三喜虽然入过歧途,做过错事,但他已经改悔了。他的武艺足以保护你,我原想叫你做他的妻子,可是他在祁连山中有个老婆,我也就没有同他说。如今……唉!他被伤落于河水之中,多半已经死了,这更不用再提了。至于我,假如没有春雪瓶,我也可以娶你,但春雪瓶实在是我的父母给我定下的。我那父母可不是韩家的人,这话我对任何人也不能够说。在此四下无人,又只有你,不说出详细的缘故,你一定以为我这个人不近情理,或是不愿娶一孀妇,或是为什么不能纳妾呢? 你听我告诉你说……"

于是他就把二十年前在甘州城来安店发生的事,直到最近他与春雪瓶分剑相别,都详细地说了,并且他说的声音还很大,他怕水流的声音太大,搅得荷姑听不清楚。但荷姑乍一听便现出了惊愕,继之,她的脸便离开了韩铁芳的脚,渐渐抬起了头,坐起了身,并拿手理着她的头发。韩铁芳便从行李内抽出来一条手巾递给她,她就用泪水擦干净了脸。

荷姑的泪随拭随流,随流又随擦。她一阵抽搐着哭泣,又一阵发呆,听得仿佛出了神。她叹息着,为着韩铁芳的身世而难过,为着玉娇龙的失子、寻子、见子却不敢认而痛哭。她又惊讶、害怕,为玉娇龙尊贵的出身、离奇的遭遇、惊人的行为,以及为所听到的罗小虎的一生。末了听到了春雪瓶,她却又羡慕。

韩铁芳说完了,自己也不禁叹息,最后就指着船上的马,说:"这就是我母亲死后留下来的马。"他又拿起那口宝剑弹了一弹,说:"春雪瓶使的是双剑,她分给了我一口,临别时她也没有索回,不知她是有意还是无意。直说吧! 一句话:就是春雪瓶如不愿做我的妻子,我便永远浪游江湖,不娶;她如愿意,我就与她成为夫妇,恢复我先父的原姓,我就得叫杨韩铁芳!"

荷姑忽又仰着脸儿问说:"准能够见得着那位春姑娘吗?"

韩铁芳说:"我想我们再走些路,便弃船上岸,以后我就向人称你是我的义妹。我非要给你找一个年轻诚实的,或是有好武艺,或是做官的。总之,我非得给你找一个靠得住的人,眼看着你们过上了好日子,我才能离开,再往别处去!"

此时的荷姑低着头,泪依然滴滴地往下堕,双颊也通红了。她没有再说什么,可见她也是愿意。韩铁芳就又站起来撑船。船又行了多时,天空就有群鸦掠过了,可见得天色已经不早。韩铁芳找着沿岸低的且没有什么冰的所在,就用力地撑篙,把船靠住了岸。

此时荷姑已经坐了起来,韩铁芳就说:"你慢慢地起来,先到岸上去吧!"但荷姑却低着头,韩铁芳才晓得她没穿着鞋,简直就不能够走路。正在为难,突听得呼啦一声,原来是那匹黑马,没等着人拉,它就如活龙一般地跳到岸上去了。到岸上,它抖了抖鬃毛,就跑了一个圈子。韩铁芳便扔下篙,抄起了剑,又将荷姑负于背上。船又直往后退。他一用力就跃到岸上,然后将荷姑放在地下。他向四下里一看,见这地方是一片黄土,遥望无边,简直跟沙漠一般。

韩铁芳先将鞍鞯整了一整,然后就问荷姑说:"你歇息好了没有?我扶你上马吧,我们得快些走。天色已不早了,若是天黑了,找不着宿处,可就难办了!"

荷姑手扶着地坐着,慢慢点了点头。韩铁芳就又抱起荷姑,把她放在马上,并嘱咐她握定了缰绳,心不要慌。虽然这样嘱咐着,可是荷姑的手依然不禁发颤。韩铁芳把剑也放进行李卷内,就一手扶着荷姑,一手抓着马缰,慢慢地向东南方向走去。

此时绮霞满天,地下移动着一匹马,马上的少妇,马下的英雄,三个影子渐渐前进,也渐渐黯淡,终于消失。而天空的云霞也都向下堕,暮色里又掠过了几群寒鸦,远方的已露出两三点星光。此时他们离开黄河沿岸已经很远,在这暮色之中,他们就进到了一处小市镇,投了一家店房,找了间简单的屋子歇下。

他们男女二人同宿于一室之中,连店家都以为他们是夫妇。韩铁芳把自己所带出来的行李铺在炕上,让荷姑去睡,他自己却伏在桌上睡了一整夜,并把宝剑永远压在肘下。荷姑现在对于韩铁芳更为尊敬,想到在船上自己因感激表明自愿委身为妾之事,又不禁惭愧。总之,她现在是越发地羞愧、为难,跟韩铁芳好像一句话也没有了。

次晨,韩铁芳就带上了钱,出去了半天才回来,替她买来一件棉衣、一身夹裤褂和两只小鞋,此外还有黑白布、针线等物。衣服全是半新的,韩铁芳就是从镇上的一家"小押"里买来的。他带上门又出来了,就在院中跟店伙计闲谈。原来这个地方名叫鲁家集,属孝义县管辖,地方不是怎样重要,大帮的客人都不走这里,所以这倒是一个很清静的地方。

韩铁芳在院中站立了多时,又到门前去望了望,及至回来,却见荷姑已经换好衣裳,穿上了鞋,头发也梳得很整齐,脸上尤其擦得干净,虽然未涂脂粉,可是风韵天生。她带着点笑,向韩铁芳问说:"今天咱们还往下走吗?"

韩铁芳摇头说:"不走了,索性在这里再歇息一天!"

荷姑就上茅房去了。旁边站的店家就问:"客人!你带着家眷是上哪里去呀?"

韩铁芳便说了声:"往京里去!"店家却吃惊地说:"哎呀!那可远啦!"

韩铁芳又说:"也没有什么要紧的事,不过……"

他原想的是说,送着新寡的义妹往北京去投亲,可是觉着这不能使人相信。因为不用说是义兄妹,就是亲兄妹,也不便同宿于一间屋内呀!所以他也就不说了。这个店里虽然还有空闲的屋子,但是韩铁芳也不敢与荷姑分屋子去住,因为终是不能放心。不怕老刘昆等追来拼斗,却怕他们趁着黑夜将荷姑背走,或是像杀害冯老忠那样将她也杀害了。

因此,晚间韩铁芳就仍然与荷姑同宿于一室。他自然仍趴在桌上睡,但是荷姑的心里却十分地过意不去,她辗转反侧,难以安寝。韩铁芳也是睡不着,但二人却不说一句话。

窗外寒风呼呼,大约是从黄河那里吹来的,所以很是猛烈。更声迟迟,可见打更的离这里很远,必是在街上了,而且必是一个年老体弱没有力气的更夫。室中也没有灯,韩铁芳就叹息了一声,想着,柳三喜必是已经死了。这样一个武艺高强、勇于改过的人,落得死于水中冰下,未免可惜!又想,自己带着荷姑,应当往哪里去呢? 在这里,离着洛阳还不算太远,刘昆等人仍然能够追来,究竟不大妥;可是要再往东边走,究竟走到什么地方为止呢? 到了哪里才算是荷姑的归宿呢……

韩铁芳愁了一夜,次晨荷姑起来了,他才去躺在炕上。连坐了两夜,疲倦倒不太厉害,可是腰酸得真难受。他躺下了,就脸向着墙,仍然跟荷姑是一句话也不说。闭了一会儿眼睛,他就渐渐地要睡着了,而这时忽听院中有车轮声,有杂乱的脚步声,还有好几个人乱纷纷地在大声说话,一个就说:"了不得! 大年新正,想不到这时候大街上竟出了响马!"

似乎是店家的声音,问道:"怎么啦?"来的客人回答说:"你到北边的大街上看去吧! 大概那个人还在道边躺着啦,大腿上挨了一刀,流出的血,简直怕人。可是他还倒明白,他说是一群响马走过去了,砍了他一刀,把他的马给夺走了……"

韩铁芳听到这里,便立刻站了起来,从窗隙中往外去看。就见院中站立着五个客商,他们有车也有骡子,还满载着货物,倒是一点也不假,真是做买卖的人。这些人都在抽打着衣裳上的尘土,个个面上余惊未退。一个好像是掌柜的人,说:"这么些个货,万一被那群响马看见了,那还了得? 我们来到你们这店里,明儿还得往东去,得打听打听,或是能遇见镖车搭上伴儿,我们才敢再往下走呢!"

那店家又问:"受伤的人躺在路边,莫非就没有人去救吗?"

一个客人就回答着说:"我们倒是想把他救到这儿来。可是他伤得那么重,万一要是死啦,我们给他买棺材倒不要紧,可是赔上打官司,就合不着了,因此我们就没管他。"

韩铁芳此时却忍不住走出屋去, 拱了拱手说:"刚才诸位说的话我已都听明白了。那个人既是遇盗受伤,就很是可怜。我们去把他救了来,他还可能活;若是放在道边不管,饿渴也能够使他死了。咱们都是出门在外的人,应当做点好事,现在我就去把他救回来,以后如果有了麻烦,都由我承担。只请诸位暂时不要出门,免得被那些强盗晓得了,反与咱们为仇。屋中的家眷,也请众位关照。"又说:"我还得带上件防身的东西,因为说不定就许与那伙强盗碰头,我们就得打起来!"他急忙返身进到屋内,又拿了宝剑出来，就去牵马。这里的一些客商都猜着他必是位镖头。

店家便说："这是一件善事，客官就快去吧！这镇上也有好的刀伤大夫。"客商们也说："钱可以由我们出。"

韩铁芳已经出门上马，直奔正北，走了有四五里地才到了大道之上。今天虽然风大天冷，可是太阳却很高。这条大道上理应有不少的人来往，但是东西数里之内竟无一人。可见强盗伤人之事，已经有不少人都知道了，那些客商行旅之人都吓得赶紧找地方去躲避，不敢走了。那伙强盗已被韩铁芳猜出，不是别人，必定是刘昆、焦衮、小哪叱、赛青蛇那一伙，但受伤的人又是谁呢？他可实在想不出。

他在大道的两旁驰马寻找了半天，也没有寻到，就高声叫着："受伤的人在哪里？谁被强盗杀伤了？我是来救你的，你不要怕！你快答应一声吧！"

他的马来回地走，连喊了许多声，才听见隐隐有人惨呼。他赶紧收住了马，侧耳去听，就听见有人叫道："韩大相公！韩大相公……"

韩铁芳更是惊愕了，疾忙下了马，寻着声音走去，走了约百余步才找到。原来那个受伤的人已爬到了一个土坑里，身上的血都已沾了土。

这人抬起头来又叫了声："韩大爷！"韩铁芳一看，就不禁叫了声："啊呀！"他赶紧扔了宝剑，下到坑里轻轻地将这人扶了出来。原来这人正是邢柱子，韩铁芳就惊问说："你怎么到这里来了？"

邢柱子紧紧地喘着气，说："大相公不用搀着我！我的伤倒是不太重，就是渴得厉害。"

韩铁芳说："不要紧！我带着你找个地方喝水去！"遂就抱着邢柱子上了马，自己一手扶着他，一手提着剑并牵着马，就顺着来时的路径往回走去。

邢柱子趴伏在马上，喘着气，并用沙哑的嗓音一句一句地说着："我在望山村，知道老刘昆那些人，在清早，城门刚一开的时候，他们都骑着马，向北追赶你去了。我就急了，我怕你万一被他们追上了，你就没命啦！家里的人连知道都不能够知道。我就去求徐四爷赶紧去帮助你。徐四爷可是老江湖啦，他一点也不慌，只说，不要紧！无论怎样韩铁芳绝不能够吃亏，因为他有好剑、好马，又有好武艺，并且还有人在暗中帮助。又说，他托咱们给他看家，咱们就给他看家，旁的事不要管！"

韩铁芳就点头说："这话本来也对！"

邢柱子又把头抬起来，说："大相公，你怎么说他的话也对呀？我可不能够眼瞧着你吃亏，我几乎跟徐四爷顶起嘴来。我就带上一柄斧头，骑上了你的那一匹'雪中霞'，追下他们去了。可是我没有追上，直到了黄河岸也没看见他们的影儿。我又找了半天，才听路上才有个人说，看见一大群人马都往东去了。我就也往东来。昨夜他们宿在偃师县，我就跟他们宿在一个店房里。他们虽没有认得我的，可是他们留心上我了，也许因为我骑的那匹'雪中霞'被他们看上了。今天又是五更天，他们就由偃师又往东来，一路上他们就骂大相公，并且骂春雪瓶。走在这儿，他们见我跟随着他们，就将我揪下马来了。先问我是干什么的，我不敢说与大相公相识，只说我也是个行路的，他们才算没要我的命。只在我的右大腿上砍了一刀，把我的马抢了去，他们就都又往东去了。我在道旁从天亮的时候直趴到现在，我喊着叫人救我，过了几批客人，都停住车马向我看了半天，还问我是为什么受的伤，可是竟没有一个人肯把我救走，人的心真冷！其实我的伤倒不太重，可是我太渴了，我就想爬到黄河边上去喝那泥水，不料又滚在那个坑里了。幸亏大相公前来救了我……"他的嗓音是越说越哑。

韩铁芳就劝他不要再说了。少时就回到了鲁家集里，那家店里的人全都说："哎呀！真把人给救了来啦！"韩铁芳却向众人说："这不是外人，却是我的内弟，幸亏我去把他救了来！"

众人一听，就更为诧异，有的就说："这可真是凑巧，可见这人是命不该绝，冥冥中有神佛保佑，自然就能够遇得着救星。"

韩铁芳将邢柱子抱下马来，就送到屋内。荷姑一见邢柱子浑身是血的凄惨样子，不禁很害怕，韩铁芳就小声儿把邢柱子的身世、来历都说了。原来他跟荷姑不仅是同乡，而且同是为戴阎王、判官解七所害，害得家败人亡，沦落苦境。因此韩铁芳出去请医买药时，荷姑就赶紧过去殷勤地服侍邢柱子。韩铁芳在旁边看着，就不禁心里喜欢，又想起了一个主意，可是当时没有说。

这天，韩铁芳当然又不能动身了，而且决定在此多住几日，索性等邢柱子把伤养好。到了晚间，因为一个小屋，三个人是绝睡不下的，他就嘱咐荷姑，好生地服侍着邢柱子，他却叫店家另给他找了一间屋子去住。

夜间，他就提着剑跟巡更似的，在荷姑与邢柱子的房前巡逻。如此，就在这小店里连宿了五六日，倒是未见刘昆那些人找来。邢柱子的伤仅是皮肉之伤，虽然流的血不少，但并未伤着筋骨。韩铁芳天天叫店家给他另做些好的菜饭调养，他的精神也就渐渐复原了，照旧是一个精悍的小伙子。

荷姑休息了这些日子，仿佛倒胖了一点，脸上红润润的，不像是个媚妇，倒像是个新婚的小媳妇。然而她跟邢柱子虽是同乡，但仍然有一些忸怩；邢柱子虽是管荷姑口口声声地叫着大姐，却也非常拘束。

这天，韩铁芳故意叫荷姑出屋去，他便坐在炕头上对邢柱子说："兄弟！咱们两人真是经过患难。在凤翔府、扶风县，你曾救过我，不是你报信与春雪瓶，我一定早已死了。前几天我又救了你，咱们二人可称是生死的弟兄。荷姑她虽嫁过人，但她的遭遇真是不幸，比你还不幸。你是个男子，还可以杀了判官解七报仇，她却非仗人保护不可！兄弟！你年纪轻轻，有胆有为，将来一定前程远大。我想你可能不愿娶一个再婚的妇人，但是……"

韩铁芳才说到了这里，邢柱子的脸就红了，说："韩大爷你不用说了。荷姑本来是冯老忠的童养媳，我也问过她啦，她比我还小一岁呢。叫她当一辈子的小寡妇，那真太可怜。说实话，让她跟我倒也相当，我邢柱子要是有个准事儿，能够安得起家，我一定能雇花红轿子迎娶她。可是，唉！韩大爷，你看我有什么本事呢？哪里有钱娶亲呢？洛阳城你的庄里，倒是也能够供给我们两碗闲饭吃，可是那里离着灵宝县又近，被戴阎王知晓了，饶不了我，也饶不了她。天地之间倒是宽大，可是什么地方能混得出一碗饭来？连我一个人都混不了，还能够安得起家吗？"

韩铁芳却笑着说："这个不要紧！此次我由韩家出来，所带着的银钱还很多，我可以资助你们到京都去，并给你们些银子。你们到了那里，可以做个买卖，我想必定能够安家立业，过上好日子。我并且还可以送你们一程，以免路上再出事。"

邢柱子听到这里，便不言语了，然而可以看出，他的心里是很喜欢的。韩铁芳便又叫进来了荷姑，慷慷慨慨地把话又都对荷姑说了，并笑着说：

"我曾念过些日书，我记得唐朝的白居易曾写过两句诗：'同是天涯沦落人，相逢何必曾相识？'以这两句诗可以说明你们的身世遭遇。今天我给你们做媒，愿你们永远好合。在这个店房里，我也不便为你们办喜事，等到明天我们离开这里，再向东走一程，找一个地方再住两日，那时我再给你们夫妇道喜！"

说着，他就转身出屋，并给带上了门。回到自己的屋内，他就收拾他自己的行李卷儿，由内中取出了两封银子，约有二百两，并有一锭金子。把这些钱交给邢柱子与荷姑，他们就是不谋生业，也足够花上十年八年的；若是做个买卖，或是置十几亩田产，便够一生之用。这全是韩文佩留下来的，韩铁芳觉得用的很是恰当。预备好了，次日他便交给了邢柱子跟荷姑，那两个人想要道谢，他立时就给拦住了。韩铁芳算清了店账，雇了一辆车，叫邢柱子与荷姑坐上，便离开鲁家集往东去了。

当日，往东走了约四十里，便到了孝义县城。这里十分的热闹，新年的绮景未退，上元佳节将临。韩铁芳便在关厢找了一家店房，还特意为邢柱子与荷姑找了一个整洁的单间。他买了红纸写了两个双喜字，临时贴在墙上。

店伙计看见都笑了，说："这儿原来是要做新房呀！"

韩铁芳也笑着，出去到新衣庄里买来了一套很像样的阔绰的男子的衣裳，还有鞋帽等等，并买了一身新妇穿戴的红缎衣裙及绒花，都拿了回来。虽然还都有点肥大，可是荷姑立时就拿针线拆改，店里的内掌柜带着一个十多岁的姑娘也拿着针线来帮忙缝。少时，那衣庄又把大红布的衣裤送来，在饭庄叫来的酒菜也都送来了。店掌柜也来道喜，并且送来一点礼物，几个店伙计都探头探脑地来看，都很羡慕邢柱子。

邻居妇女和店中住的女眷也都争着来看新娘子，都夸新娘子长得美。荷姑此时已完全是新妇的打扮，她带着些羞涩，招待着来看她的人。韩铁芳更是非常高兴。店里的人都知道韩铁芳姓杨，是新郎官的拜兄，如今是为盟弟在旅途中完婚，就要往别处做买卖去啦。但是这位新妇为什么没有娘家的人呀？可也有许多人在纳闷儿。到了晚间，已圆的明月自东方升起，室中成对的红灯也点着了，韩铁芳就叫邢柱子荷姑拜了天地，自己也受了他们新夫新妇的一拜，然后就热酒开筵，拉上店掌柜的全家作为贺客。韩铁芳正举杯祝喜，忽然有一个店伙计又送进来了一份礼物，似是一个梳头匣儿，用红缎包着，缝得很密，并写着双喜字。韩铁芳接了过来，却觉得很沉，不由得诧异，就问说："这是哪位送来的？"

店伙计说："是刚才来了一位客官，放下这个东西，叫我送给新郎新娘，他就走了。"

韩铁芳就问说："这位贺喜的人，没说他姓什么叫什么吗？"

店伙计摇头说："没说！"店掌柜就说："别是谁开的玩笑吧？"邢柱子都变色生疑了。韩铁芳又问说："那个人是什么模样？"

店伙计就说："跟我一样，也像个给什么店里当伙计的样子，可是我不认识他。"

邢柱子就急了，说："你这人真不会办事！怎么没问明那个人跟我认识不认识，就收下他的礼物，若是一颗人头在里边可怎么办？"

内掌柜就吓得说："哎哟！大好日子，可千万不要说这样的话！"

荷姑也害了怕。韩铁芳却双手捧着那木匣，现出来微笑，说："其实不用现在打开，我已明白了里边的东西了！"店掌柜便赶紧问道："是什么？"韩铁芳说："这是我们的一位朋友送来的金银厚礼，给他们夫妇花用。"

此时荷姑已经把剪子取了来，韩铁芳就叫她将包裹着的红缎拆开，拆的时候，她的手儿有点发颤。

韩铁芳就说："不要紧！你放心！这就是你的春大姐姐派人送来的！"

说时，红缎掀开，就露出来里面的物件，果真是一簇新的红木的梳头盒。打开一看是镜子，下面有两个瓷的粉缸儿，每个粉缸儿里都有一张小小的红纸，上面就压着一块黄澄澄的金锭子。梳头匣的下面是两扇小柜门，里面应当是放着木梳、抿子、簪子等物，可是现在簪子倒有一对，却是纯金的；此外还摆着四个金的小元宝，又有四个银元宝，并有一张红纸帖，韩铁芳就先把纸帖拿到手里。

这时，最惊讶的可就是那店掌柜了，他都站起身来了。他瞪大了眼睛看着那八个小元宝，惊讶地说："哎哟！这些东西在外边可见不着！除了做大官的家里才能有啊！"

此时韩铁芳却借着那红烛的光焰，正在专心一意地看着那张纸帖，纸帖上除了简单的几句贺喜的话之外，并有几句话最使韩铁芳心中难过，却是："因病不能往贺，谨饬人送上菲仪，敬请收纳……"

韩铁芳现在才知道春雪瓶病了。他因此连喜酒也喝不下去了，就叫荷姑将木匣和金银妥为收起，并向店掌柜解释着说："送来这礼物的人，是我的一位好友。他是一个做官的人，本来与我有深厚的交情。可是我们都不过是做买卖的人，他如今必是有所顾忌，所以不能亲身来给我们这位老弟贺喜。"

店掌柜听得连连点头。他如今对韩铁芳更加尊重了，并且说："我想你这位朋友，官职必然还不能小了，不然也不能有这样的金银。本来做大官的人要是跟咱们做生意的人常来常往，叫御史老爷知道了，参奏一本，就不能够轻啊！"

韩铁芳也点点头，当下便推开了酒杯，菜饭也都不吃了。掌柜的还得去照应买卖，就先离席走了。韩铁芳也就回到了他自己的屋内。他知道春雪瓶必定是在此地了，必定是病容削减，卧于一家旅店之内，也许真如同她的"爹爹"一样，得的是同样的不治之病吧？

想到这里，他就十分不放心，恨不得立时就到关厢及城内的各店里去寻找一番。可是夜这样的寂静，邢柱子跟荷姑的那屋里，贺客都已走了，他们新夫妇俩已经闭上了屋门，红灯的光映在窗上更为艳丽。少时，光越来越微，那屋里一点动静也没有了。然而安知道刘昆那些人没在这附近住着，而趁夜前来惊破了他们的绮梦呢？因此韩铁芳也不敢离开这店房。他不敢睡，同时心中忧急，睡也是睡不着。

第十八回　夜雨潇潇孤剑自倚
　　　　银灯暗暗美人忽来

　　人家那屋里恨夜短,韩铁芳在这屋里却恨夜长。直到鸡鸣了,天光已亮,店里的旅客都赶早出了门,韩铁芳才穿上了长衣走出。他一家一家地挨着店房去找,不但打听"年轻的小差官",还打听带剑的侠女。东西南北的关厢都已找遍了,他又进城里去找,可是无论什么地方,也没有春雪瓶的踪影。他真灰心,真着急,又不住叹气。

　　孝义县城内,人烟也是很稠密的。又因为是上元佳节,耍龙灯的白天就出来了。锣鼓喧天,围着一大圈子人,都仰面看那蜿蜒如生的龙灯,韩铁芳想走过这条街都很困难。

　　忽然听见旁边有两个人在说话,其中有一个人正仰着脖子观赏,另一个却推他,说:"走吧!走吧!这没什么大意思。你看人家老谢,已经上京里看去了,那有多么好。等他回来,你就听他对咱们夸口的吧!"

　　那看的人被推到一边,还有点发怔似的,站了半天,才说:"哼!京里的龙灯怕他也看不着,他走到京城还不得正月底。"

　　推他的那个却说:"喂!你哪里知道?北京城的新年,是从正月一直热闹到二月二,天天放花炮,每晚间耍龙灯。"

　　这两人都穿着便服长袍,足下蹬着青布的薄底官靴。说话撇着官腔儿,表示他到过北京的这人,是个重眉毛、大眼睛,年轻干净,像个"小跟班"的人。另一个还不住扭着脖子回头看那龙灯的,却有三十多岁,烂眼边,酒糟鼻子,也像是个在衙门里供役的。这两人像是交情不浅,随往南走随谈。

韩铁芳也知道"老谢上北京看龙灯"是与春雪瓶病在店里一点也拉扯不上,可是就不由得注意。因为"北京"那地方就仿佛是自己的故乡,而做官的要是往北京去,就仿佛与自己有着什么亲戚关系似的。这种心理使得他就跟随着这两个人。走了不远,见道旁有一个元宵摊子,风匣拉得嗒嗒地响,大铁锅里上下翻滚着无数的白圆球儿似的元宵。旁边摆着一条很矮的板凳,已经有两个人坐在这儿吃了。韩铁芳忽然觉得饿了,就坐下向着卖元宵的人说:"来一碗!"

那个小跟班也拉着烂眼边的走过来,说:"坐下!吃碗元宵,我请客。"

韩铁芳一见他们也要来坐,就赶紧挪动身子,让出些地方来。那个小跟班的却很觉着对不起,连连说:"别客气!你坐你的!我们只是两个人,足够坐的。"

于是小跟班的就挨着韩铁芳坐下。卖元宵的就拿铁勺子盛元宵,每一碗是六个。这种食物本是糯米做的,刚出锅,元宵浸在半碗滚汤里,热气腾腾的,假如要是个愣家伙,像吃溜丸子似的,拿筷子挟起来蓦然就放在嘴里,那就非得把嘴烫肿了不可。

烂眼边就真要如此去做,立时就被他的伙伴给拦住了,说:"先凉一凉!"这句话说得更是官腔十足。他又问卖元宵的人,说:"你们这元宵都是什么馅儿的?"

卖的人回答着说:"白糖!"他又问:"就是白糖?没有别的馅儿的吗?"

那卖元宵的人回答得也好,说:"啥也没有,元宵里还能够放猪油大葱吗?"

小跟班的说:"哈哈!你这个做买卖的,说话倒真和气!告诉你!你大概活了这么大也没出过县城,你没见过别处的元宵都是什么样儿!"

卖的人说:"别的元宵还能是方的?"

小跟班的说:"元宵倒不是方的,里边的馅儿却是切好了的小四方块儿。把馅蘸上水,在放满了糯米面的大筐箩里,来回滚、来回摇,摇来摇去就摇成个白圆球儿了。然后在上面点了红点、绿点,好分出来都是什么馅儿。"

卖的人就问说:"都有啥馅儿?"

这小跟班的就用手指头数着说:"枣泥馅、豆沙馅、山楂馅、桂花馅、玫瑰白糖馅、瓜子红糖馅、青丝核桃仁芝麻冰糖馅,还有火腿馅、炙油葱花馅……"

卖的人摇头说:"都没啥好吃!"

小跟班的生了气,问说:"你也得吃过呀! 连见也没见过,你怎么知道好不好吃?"

这时,韩铁芳就歪头来带笑说:"这位大哥的官话说得真好!"

小跟班的赶紧拱手,笑着说:"不敢当! 我本来是顺天府良乡县的人,在京里生长大了的。可惜跟官多年,南边也去过,北边也去过,口音都杂了。"

韩铁芳又问:"现在大哥是在衙门里……"

小跟班的说:"不敢当! 我是跟着本县的常老爷去年从京里来的。"

韩铁芳进一步就问说:"京中有一位玉大人……"

小跟班把韩铁芳打量了一番,就说:"京中的大官姓玉的不少,不知你问的是哪一位?"

韩铁芳说:"做过九门提督。"

小跟班的说:"那是玉老大人,早就故去了。两位少大人,一位是现在的礼部侍郎,一位不是刚从迪化回去的钦差大人么?"说到这里,他忽然像想起来一件事似的,待了一会儿才问说:"怎么? 你跟玉府上有点认识吗?"并显出些惊讶的样子。

韩铁芳说:"因为我有个亲戚,是从长安跟随着玉钦差往北京去的,我也找不着事,很想去投奔他。"

小跟班点了点头,就用筷子把碗里的元宵夹开,露出馅儿,令它里边的热气冒出来,这才挟起来轻轻往嘴里放。他用牙咬了咬,却皱起皱眉,大概是嫌馅儿太不好吃。勉强咽了下去,他就又说:"你要是今儿早晨见着我就好了。"

韩铁芳也吃了半个元宵,就放下筷子问:"为什么?"

小跟班的说："因为孙大人的官眷今天早晨才过去。我们衙门里有一位老谢，就是跟着走了。跟着官眷走，不但不用花盘缠，还能得赏钱。这次路上还与众不同，包管一点舛错也没有，无论哪一山的强盗也不敢瞪一眼，因为有一位超人出众的保镖的！"

韩铁芳一听这话，就吃了一惊，但是面上并不露出来，赶紧问说："是哪家镖店的镖头？"

小跟班的就把嘴一撇，说："镖头？保镖的还行？这是真正的有名的侠客，而且是孙夫人的亲戚。孙大人是才由汉中府调往北京里的，升了官了！孙夫人是做过伊犁将军的瑞大人的长女。你听说过有一位天下闻名的大侠客叫玉娇龙吗？那就是孙夫人的表妹。干脆！咱们刚才说的那位玉钦差，也就是今天才走的这位太太的姑母所生……"

韩铁芳听到这里，简直呆了。小跟班又说："此次沿途保护这位夫人的，就是玉娇龙之女，按亲戚算也是外甥女。孙夫人这次所带的行李箱椟极多，前天走在黄河边几乎被一群强盗所劫，幸遇着一位侠女给救了。有人认识那位侠女就是玉娇龙之女，因此孙夫人亲身下车与那位侠女相认。侠女这才知道她母亲的表姐，因此同到我们县衙。我们的老爷本是孙大人的门生，就在这里住了两天。我可看见那位小玉娇龙啦！嘿！真是仙女一般！平常看她，也不过是个小娘儿们，可是别惹她，若是惹得她显出本事来，那可就了不得啦！"说着又吃了一个元宵。

韩铁芳却连元宵也吃不下去了，他赶紧就掏钱付账，并要给那两个人会账。

小跟班的却拉住他连连说："别让！别让！咱们两便吧！"可是韩铁芳把三碗元宵的钱已经扔下了。小跟班的站起来拱手道谢，并说："你要是往京里去，就赶紧往东去追，他们官眷的车绝不会走得太快，一定能追得上。你要是说有亲戚在玉府当差，他们必能另眼看待。不然你就找孝义县派了去跟着护送的老谢。老谢是个高身材，有力气，好喝酒。你就提我，我叫冯仁善，他必能够沿路关照你！"韩铁芳也拱手说："多谢！改日再见！"就赶紧走了。

虽然龙灯还在那里耍着，可是他想走过街去，就不顾一切地往人丛之中去挤。不想人太多，一时挤不出去，挤得他都喘不过气来。他正往前挤着，突然觉得有个人揪了他的后腰一下，用的力气还很大，可是他当时就脱开了身。扭头去看，只见挨着的一个个头脸全是陌生的人。他很觉得诧异，但紧接着就听耳边发出一声怪厉的尖叫声。当时人群就乱了，你挤我，我挤你，把许多人都挤得趴下了，还有的被踏得发出喊叫声，又有妇人哭着呼叫孩子。韩铁芳也不知道是怎么回事，便趁着这混乱就跑过了街。他本想站在这里看个详细，但心中还有急事，也就脚步不停地回到了店房。他一直就去见邢柱子，问说："你的腿伤怎么样了？"

邢柱子说："好了有八成了，不用扶着什么也能迈步儿了。"

韩铁芳就笑着说："这也是你夫人的福气。"

那边站立的荷姑立时脸儿又绯红了。韩铁芳就又急急地说："你们夫妇真是时来运转了！"遂把刚才在元宵摊子上听来的话说了一遍，又说："咱们今天就走，快些追上那位孙大人的官眷跟春雪瓶，你们就可以跟随他们赴京，就不必我再送了。你们到了北京也不必做买卖了，孙大人必然能够提拔你们。这是一件极好的事，快些！快些预备着，咱们现在就走！"邢柱子跟荷姑听了，全都十分高兴，夫妻二人立时就去收拾他们的行李。

韩铁芳赶紧又赶出屋去，说："伙计！快给我备马，再出去给我们找一辆车去，问他往东能给送到哪里……"

他正嚷嚷着，店掌柜忽由门外进来了，问说："怎么？这就要走吗？"

韩铁芳点头说："对了！因为昨天我说的那位做官的朋友，原来他是今天一早就往东去了。我们想赶上，有些事情还要拜托他给办理。"

店掌柜却摆手说："先不用忙！不用忙！我有几句话还要跟你说。"遂就进到了韩铁芳住的那屋内。这店掌柜面带惊慌之色，向韩铁芳悄声说："你是才由外边回来的不是？"

韩铁芳就点了点头。店掌柜说："你知不知道大街上因为看龙灯出了事？"

韩铁芳说："刚才我见街上的人一阵乱，可是不知道是什么事。"

店掌柜就说："杀了人啦！杀的是城里的袁秀才。袁秀才是个才子，平常喜欢跟人开玩笑，可也不至于得罪人。刚才他在人群里看龙灯，不知是被谁在后腰上扎了一刀！"

韩铁芳听了，也不禁一惊，因为记得刚才自己在人群里也被人将后腰揿了一下。

店掌柜又说："袁秀才是城里有名的人，平日又跟本县的县太爷常大人有交情。常大人办事最认真，衙门的捕役也都个个厉害。现在起，就在各处查拿凶手了，待会儿就许查到我们这店里来。倘或要知道你不早不迟单在这时候走，那可就许有人疑惑你了，本来你们在这儿办喜事，就有不少人都在胡疑瞎猜。"

韩铁芳一听，觉着店掌柜说的这话也对。同时又想，春雪瓶既然还能驱走了强盗救官眷，今天又随着官眷走了，可见她的病不重，也没有什么不放心的。在这里再停留一天，明天往东快些去走，也许还能够追上她，于是就点头说："好！现在我们就不走了，免得落嫌疑。明晨我们再走。多谢掌柜的把这事告诉我，不然我真不知道。"

当下店掌柜就出去了。韩铁芳在屋中却不住惊疑。他知道必是有仇人在这里。刚才那人群中的仇人本来想要杀我，可是因为我一躲，他的刀才扎在那秀才的身上。今夜更得防备。

于是他又去到邢柱子的屋里，告诉他们今天不走了，详情也没有说。当县衙里的捕役们气势汹汹地查到这店里的时候，他反倒很自然地出屋去看，倒没有人疑惑他跟刚才那件事有什么关系。到晚间，他就将一辆往东去的车订好了，并付清了店账。这一夜他剑不离手，又未得安睡。次日晨起，雇的车来了，马也备好了，于是他同邢柱子夫妇才离开了这地方往东而去。

今天的天气不大好，半空中飘着许多乌云。也许因为元宵节才过，商家还不大交易之故，所以路上的人很是寥寥。韩铁芳就催着赶车的快些赶，他骑着马在车后边也走得很急。风倒不大，可是很冷，天上的乌云一片一片地往一处凝结，渐渐地四下无光，又像是要落雪的样子。赶车的倒说："不要紧，快到正月底了，还能够下雪吗？"韩铁芳却看着这阴天就有些发愁。依着他是连午饭都不吃，就急速往下走，可是他多加钱赶车的也不干。赶车的原来有规矩，是一天至多走八十里，像这天气，能走七十里就算是很勉强了。

韩铁芳虽然急,但赶车的却不急,他照旧跨着车辕抽旱烟,还自言自语地说闲话儿。这条路上的每一棵树,甚至每个坟头、每块石头,他都熟悉极了,都数得出来。到了中午,他自然就赶到了一个村镇上,这里有他的熟饭摊,不容韩铁芳不歇下来。他先跟韩铁芳支钱,吃饭,吃完了饭还得喝茶,跟镇上的熟人谈天。

韩铁芳没有法子,只得与邢柱子夫妇在这里用了点锅饼、稀粥之类。韩铁芳就向这里的人打听那官眷车的去向,有人就说:"你打听的是陕西调到京都去的那孙大人的家眷吗?昨儿比这还早的时候,就由这里过去了,六辆车,七八匹马。"

韩铁芳就故作惊讶地问说:"那么许多的人呀?"

这里的人就说:"人家是知府,是四品官,调到京里更得升一级,再说那位官太太娘家的官更大,又是丫鬟,又是婆子、奶妈,净底下人就占了四辆车,跟随保护的人更不计其数。饶这样,听说过黄河的时候还遇了劫啦!本来这一带颇不平静,西边的道上有毛疙瘩,喽啰有七八十,东边有比毛疙瘩更厉害的呢!那官眷的车,拉着那么多只大箱子,走在路上哪个贼不眼馋呀?恐怕还得出事!"

这才喝过茶的赶车的,却说:"大爷!我想咱们也不要再走了吧?天气可不好呀!"

韩铁芳生气地说:"天气不好,你就不能够赶车了吗?"

赶车的说:"我能够赶,骡子也能够走,我还不愿意多耽误一天,赔饭钱呢!可是走不了可怎么办呀?"

这里卖饭的人也说:"常出门的人都能够知道,路上的人既少,又是这天气,可真是不能够走。这镇上有店,现在就有人住下了。"

韩铁芳确实也有一些犹豫。可是邢柱子因为是新娶的亲,急着要找事做,他就不肯放过前面的官眷车辆。他在车上先着了急了,就嚷嚷着说:"我看这是东来西往的大道,绝不至于出那些事,什么打杠子套白狼的小毛贼,也绝不敢劫咱们;而成群结伙的强盗,可又不能把咱们看得上眼。据我说自管往前去吧!本来昨儿就已经耽误了一天啦!"

于是韩铁芳也决然说："走！赶车的！你若能够再赶出五十里去，我就加给你五钱银子。多走十里多加一钱。"

他悬出的这个赏额，不算是小，当时这赶车的也就振奋起来精神。韩铁芳又连他所吃的饭钱、喝的茶钱全都代给了，他更不能够不多卖点力气。于是一车一马就离开了这镇街，又向东紧紧地行去。赶车的只挥鞭抽着骡子，也不再说闲话了。天色越来越阴沉，又行下有二十余里，竟然簌簌地落下冷雨来了。这个地方是四外辽旷，可以说是"上不着村，下不着店"，又冷又荒凉。

韩铁芳又想起来他丢在甘肃的那件老羊皮袄了，觉得若在手里，穿上了也好。邢柱子在车里缩着手脚，他的太太荷姑把新棉被也打开了，给他围在身上。赶车的却为了十里一钱银子，倒没有什么怨言，反倒赶得更加起劲。

这时路前路后，简直就再没有别的人。他们又向下行了一会儿，忽听身后蹄声杂乱，自远而近。韩铁芳惊得一回头，隔着烟雨望去，就见由西边飞驰来了四匹马。韩铁芳开始还以为也是冒雨赶路的，倒没有十分介意，可是不一会儿，那四匹马就越来越近，人身马影已能看得出来。他就将胯下的剑柄按住，并吩咐车里的邢柱子说："可能有强人来了！你们不要怕！保护住你的妻子就是了！"

这时赶车的也吓呆了，几乎将鞭杆儿都扔在了地下。韩铁芳却锵然一声亮出来那把宝剑，冷笑着说："用不着怕！你看我手里拿的是什么东西？难道还敌不过他们四个人吗？"说话之间，后边的那四匹马都已来了。四个人也都跟水耗子一般，连头带身全被雨淋湿了。韩铁芳一看，其中就有钩镰枪焦衮，另两个年轻人他不认识，但有一个老人，胡须都向下垂水，鞍旁挂着双钩，不用问了，这老家伙当然就是灞陵镇著名的老侠客，人称为"钩侠"的吕慕岩。

韩铁芳此时极为从容镇定，他勒住了马，持剑准备着，却先冷笑着向焦衮说："真想不到咱们又在这里见了面啦！雨很大，你们追赶前来，是有什么事？"

焦衮就从他的鞍旁摘下了钩镰枪，刚要上手，吕慕岩却亮出来护手双钩赶过来,说:"焦袞你且退后! 让我来跟他说一说! "

他便指着韩铁芳说:"你认得找吗? 我就是灞陵镇的钩侠,我的儿子便是被你跟春雪瓶害死在祁连山中的吕通海……"

韩铁芳说:"我久闻你是陕中有名的老英雄,令郎铁爪鲲鹏也是一位好汉。我们是在凉州府遇着的,他死在祁连山中的详情请你听我说! "

吕慕岩却暴躁地说:"你快不要说! 我不愿听人提我儿子惨死之事,听了我就要心痛。我谅你韩铁芳的武艺也不是我儿子的对手,必是春雪瓶那女贼杀的他! "

韩铁芳也愤然地说道:"你儿子若不帮助山贼,春雪瓶也不会把他射死,春雪瓶原是一位女侠! "

吕慕岩就哼哼地冷笑,说:"你也不必替她说好话,等我见着了她,我们再算账。可是她现在什么地方? 你不但得告诉我,还得带着我们去,见着了她,我才能放了你。你听见了没有? 快些把手中的剑扔了,听我的话! "

韩铁芳冷笑着说:"你虽年老,倒真厉害! 你说什么,我就得依什么? 天下哪有这样容易的事? 我自从在黄河沿大王坝与你们分别之后,我就同着车上的这一对夫妇……"

吕慕岩又摆着钩说:"这件事你也用不着提! 昨天,告诉你……"他向旁边一指说:"这就是我的徒弟飞夜叉张保。若不是你小子命不该绝,昨天你就死在孝义城的大街上了。"

韩铁芳却只是冷笑。吕慕岩又说:"后来我们都已知道了你住的那处店房。如果是你跟荷姑一同在那里住,当夜我就去取了你的首级。可是听人说,你给荷姑找了个女婿,那附近知道你的人都说你好,因这事,我看你还不愧是萧仲远的徒弟,还有点侠义之风。你既是如此,我也不做小人之事。荷姑的事都不提了,咱们的事与他夫妇无关。现在叫他们自管走,我管包没人再寻找他们! "

韩铁芳拱手说:"佩服! 佩服! 你说的话确实爽快,由此可见你钩侠之名不虚! "

吕慕岩瞪眼说:"可是我们却不能放走了你! 若是寻不着春雪瓶,你就休想活命! "又喝一声:"快些放下宝剑! "说话之间,他就以钩向韩铁芳的手上去钩,韩铁芳将剑一抬,当时两件兵刃交碰在一处,锵然作声。韩铁芳不由将马向后退了退,因觉得这老头子腕力很大,钩也很重。当下那钩镰枪焦衮、飞夜叉张保也都怒目横眉地要奔向前来。吕慕岩倒是将他们全都拦住了,说:"这个地方虽没有别的人,可是我若叫你们帮助,那就是坏了我在江湖上三十年的名气!"

韩铁芳说道:"吕慕岩!我可无意与你打斗,因为你已经很老了!"

吕慕岩却狠狠地说:"我虽然老,难道就怕你这个少的吗?我知道你自恃走过天山,到过祁连,吴元猛都没能够将你奈何,你就也看不起我。好!咱们就在这里斗一斗,除非你跪地求饶,乖乖地领着我去见春雪瓶,不然我就叫你尸横道旁!"说时双钩齐来。

这种护手双钩,又名"虎头钩",乃是兵刃之中最厉害的一种。两面有刃,可以当作剑用;头儿上又是钩形,可以钩压对方的兵刃,还能钩对方的腕臂。把子上是戟形的护手,刀剑都休想伤得着他。而把子的下端又很锋锐,如同枪头,更如短刀,可以反过来刺人。如今吕慕岩使的这对钩又特别重特别长,银光闪闪,与韩铁芳所见过的吕通海及飞虎鲍坤所用的不同,是分外的厉害。当下雨丝愈粗,天气愈冷,路上更加泥泞,天也愈发昏暗。邢柱子的车已赶出百步之外去了,焦衮等人也都退后很远,这里的老钩侠就在马上展开了他的双钩,向着韩铁芳钩来。

韩铁芳也在马上拧剑刺去,吕慕岩以钩就锁,然而没有锁住。韩铁芳的马向前撞来,剑如飞鹰掠翅,侧面砍来。吕慕岩急用双钩去架,趁势擒拿。但韩铁芳的剑忽而撩挑,忽而抛冲,总不令吕慕岩的双钩占胜。他的马又极好,腾跃自如。吕慕岩就更怒了,大喝一声:"下马来打!"他虽老而腰躯却非常伶俐,一跃就跳下马来,举着双钩,威风凛凛地说:"小辈!你也下来吧!"韩铁芳实在无心跟一个老头儿赌这口气,何况焦衮那三人又跑过来了,反正无论如何,今天自己一人也要敌他们八只手。

此时邢柱子在那边就要下车,喊着说:"大相公不用跟他们斗气了!他们一定要拼,就叫他们冲着我来!"

韩铁芳冲他摆了摆手,却向这边发出一声冷笑,说:"谁同你们一般见识?我要走了!看你们能够奈何我?"说时他就拨马跟上了那边的车,急吩咐赶车的快走。当时车更快,马也更急,又冒雨向东面而去。可是那老钩侠吕彝岩又上了马,带着焦袞等人都追赶了来。雨更大,究竟车辆不能走得太快,韩铁芳的马又不敢离开车,行了不远,就被那四匹马追赶上了。

四个人拧枪的刺,舞钩的钩,抢刀的砍,韩铁芳回身以剑迎挡,同时马往前走,车也向前奔驰。幸因雨落得太大了,那四个人势虽众多,可是马全没有韩铁芳的坐骑好,所以不多时,就又将那四个人落在后边。而眼前烟雨之中隐隐有一个小村,那四个人便不再追了,只能听见模糊的喊骂之声:"韩铁芳小辈!叫你再多活半日!"

韩铁芳身虽未伤,而气喘不胜,也无暇还言。马又急进,车又快走,又不多时,便进到了村里。那赶车的才哎哟了一声,说:"好险哪!"又望了望韩铁芳,说:"大爷!你可真行!"

这个村子真是不大,统算起来不过二十余户人家,而且是一个孤村,四面无靠。赶车的把车停住了,用袖子擦了擦脸上溅着的雨水,就说:"大爷!咱们还能够往下走吗?"

韩铁芳说:"这里有店房吗?"

赶车的说:"店房倒是没有,这是百福庄,远近的人也都叫这里是'白虎庄',因为这村口有一块大石头,远看着就像趴着一只白虎。这村里的强大爷跟我最熟,他好交朋友,过路的人没盘费了,可以跟他借钱,遇着雨更不算什么。我带着你几位到他家中去歇一会儿。就凭大爷这身武艺,他一定得跟你交朋友!"

车里的邢柱子这时就说:"不行!我看这个地方也不妥,因为地名儿既叫白虎庄,又住着个姓强的人,咱们现在不是自己往白老虎的嘴里钻吗?姓强的那个人,多半是强盗。"

赶车的当时就露出不大愿意的神情,说:"你怎么这么说话呀?强大爷是文武全才,论武艺,太极拳、八卦拳都打得很好,各处的保镖的都来跟他学;论文的,人家看病,脉气看得好极啦!在巩县城里开着百万堂老药店,每逢三六九进城去看病,人都挤着、等着、求着叫他老人家给看病,一看就得看一整天。"

韩铁芳心里本来也是跟邢柱子所想的一样,觉得刚逃开仇人之手,却又跑入了贼子的寨穴，现听那赶车的说，那姓强的人是个看病的大夫，且在县城里开着药铺，就想这个人大概还不是什么横行不法的人，遂就略略地放下了心。并想，那吕慕岩等人之所以没有追到村里来，未必不是因这村里有个他们所顾忌的人。那么如今正好去拜访这个人，倘能得此人之助，只要容自己在此歇宿半日，那就可以缓过力气来，再与吕慕岩等人厮杀。即或这姓强的人真如白虎一般凶恶，那也没有法子，反正吕慕岩的人多，而自己的势弱，以单剑斗他们五个人跟斗四个人，也相差不了多少。

于是他就向邢柱子说："你们不必多疑心了，这个姓强的我是早已闻名的，如今我倒真应当去拜访拜访他。"就向赶车的说："强家在哪里？"

赶车的说："就在东边。"

于是韩铁芳就下了马，牵辔相随。那赶车的拉着骡子往东走了不远，就在一个巷口停住。这条小巷里边只有一户人家，是砖砌的门楼，黑门上油着红漆的对联，写着是："忠厚传家久，诗书继世长"。颇为文雅。这个门儿虽然并不怎样显赫，可是在这小村里，恐怕是最整齐的一个门儿，也许就是本村的首富了。

雨中，双门闭得很紧，里面隐约传出小哈巴狗的吠叫之声。韩铁芳就向赶车的说："你既是认识这位强庄主，你就去打门吧！你可以把话去实说。我是洛阳望山村的韩铁芳，路过此地，没有别的事，一来是为歇息半日，二来是慕他的名，拜访他。我因为出门时仓促，身边没有带着名帖，但你一提起我韩铁芳的名字，料想他也能够知道。"

赶车的直着两只眼，不住地看着韩铁芳，说："哎呀！原来大爷你老人家就是韩大相公呀！"

韩铁芳："不必多说了！你就快去打门吧！可务必把刚才的事对他言明。他若是肯留我们歇歇，我们便进去；不然也请他不必客气。因为我也看出来，这个村子太孤，又在雨天，我们也不愿给人家多事。"

赶车的这时确实也有些作难，就答应着上前拍门去了。车里的邢柱子就向韩铁芳说："大相公不该告诉这赶车的实话。"

韩铁芳却微笑着，摇头说："不要紧！至多我再同那些人拼拼，或是他们把我捉住送往官府，叫我给独角牛抵命，与你们夫妇绝不相干。我如今已经走到这个地方了,要藏名隐姓也是不行,只可惜我还没有送你们追上前面的官眷!"

他暗暗慨叹着,就向巷口里去看。那赶车的在那里敲了半天门,里面才把门开开,是一个男仆样子的人,跟赶车的真是认识。赶车的又回首指了指韩铁芳这边,那男仆也不住直着眼睛注意地来看。邢柱子却又疑了心,向韩铁芳悄声地说:"我看这个人家不大妥!那赶车的说话也多半靠不住!"

荷姑也害怕地悄声儿说:"不好!咱们就把车停在这儿待一夜吧!大相公你也到车上来,省得在雨里淋着。不用上他们家里去啦!"

韩铁芳笑着说:"那还不是一样吗?"又把才收入行李卷中的宝剑拍了拍,说:"有这口宝剑,我就不怕,你们也都不必怕!"

那赶车的在那里跟仆人说了几句话,这里也听不清楚,就见他们进院里去了,并且把两扇门阖上。雨声更大,天空黑压压的,简直跟夜里一样了。邢柱子又说:"这赶车的一定靠不住。"

韩铁芳却说:"不要多疑!"

邢柱子又说:"可恨我没带着斧头,不然到时我跟他们拼命!"

韩铁芳连说:"用不着!用不着!你们夫妇虽与我同行,但听刚才吕慕岩说的话,已将咱们分开了。他们不与你们为难,专同我作对!"

邢柱子说:"他们说的那话,咱们还能真信吗?"韩铁芳也没再言语。

又待了一会儿,那两扇门就又开了,只见赶车的跟那男仆又出来了。男仆的手中还高高举着一把雨伞,伞下另有一个人。这人五旬上下,身材不高,但是满脸的连鬓黑髯,简直连模样都遮住了,令人看不清。他穿的是长衣服,便用手提着袍襟。脚下是两只涂着油的黑布雨靴,靴底不知有多少钉子,走起路来直响。走到近处,他放下了衣襟,拱着双手,哈哈大笑,说:"韩大相公!久仰大名,只恨无缘拜会。如今这么大的雨,你大驾来到敝村,光降寒舍,真是光荣之至!请!快请到里面歇一歇吧!"

韩铁芳也拱手说:"强庄主!我们今天也非特意前来造访,一是因雨,二是因被钩侠吕慕岩等人给追来的。话得先说明白,不然我若到你府上给你惹出事情,那可实在对不起!"

这个强庄主就连说："哪里的话！哪里的话！兄弟在敝处还略有小小的名声，再说又没有得罪过人，我想无论何人，也不能不给我留点面子。请进来吧！只是不要笑话，寒舍太为狭窄！"

这些人说话很客气，使得韩铁芳更不疑惑，于是先看着邢柱子夫妻下车进内，他自己也就进了门。车是否终夜就停在巷口，这事他不管，只是他的黑马绝不撒手，他就自己牵进了院中。院中有一棵枯树，他就将马系在树下。

这强家是"三合房"，东屋的门开了，出来了一个十六七岁的姑娘，强庄主就说："这是我的女儿！"随让着荷姑进到那屋里，他却将韩铁芳跟邢柱子让进了北屋。

这屋中陈设得很是古雅整洁，当中悬挂着一大幅画，画的是一只吊睛白额的大老虎。邢柱子一看，立时就露出了惊疑的神色。可是韩铁芳知道，这必定是"药王爷"孙思邈真人的那只老虎，由此更可知这位强庄主确实开着药铺，确实是一位医生。室中也有笔砚等陈设，还有按脉用的腕枕。强庄主先命人取来了干衣裳，请韩铁芳二人更衣、净面，连袜子和鞋也都换了。茶也送上来了，灯也点上了，这强庄主就陪着韩铁芳跟邢柱子谈闲话。韩铁芳只说邢柱子是他的盟弟，又把吕慕岩等人追迫之事略略说了，并未细述缘由。

这位强庄主名叫强永济，号子舟。他素闻洛阳韩老善人文佩、韩大相公韩铁芳之名，可是韩铁芳在洛阳所做的事，尤其是剪除了独角牛之事，他并不知道。这强永济会些拳术，也收过几个徒弟，徒弟也有在外做镖头、做护院的，他自己可是没有走过江湖，不认识什么江湖上的人物。

韩铁芳提起了钩侠吕慕岩，他摇头说："不大知晓。"又提起了灵宝县老刘昆之名，他却说："刘老拳师跟我倒颇有几面之识，因为我曾被人请到灵宝去看过几次病。这可也是十几年前的事了。据我看，那人虽是个练武艺的人，可是还不粗暴，颇知理。"

韩铁芳就笑着说："他如今老了，脾气就变得暴躁了。也或许因为我有一点不对，才惹得他这样处处与我为难。但也没有什么，我这人很懂得分寸，他们不逼我太甚，我也不会对他们怎样。他们若是步步相逼，那我就不能再对刘昆、吕慕岩以老前辈对待了,我也就对他们不再客气。不过我担保绝对不会打搅贵府。今天如若无事,明天一早,不管雨住不住,我们就走。如果有事……"

正在说着,忽见那赶车的慌慌张张地进来说:"可不好啦! 那四个人都进村里来了。那个年老的拿双钩的叫我进来告诉你,说是他们在村外等候你,请你出去再较量较量! "

韩铁芳听了,不禁神色一变,冷笑一声,点头说:"好! 你就出去告诉他们一声,说我这就去再会他们,叫他们在村子的东口外边等候着我! "

邢柱子愤怒地立起身来,说:"我出去见他们吧! "

韩铁芳用手把他拦住。强永济也站了起来,说:"这样逼人,简直是强盗了! 让我去对他们理论理论! "

韩铁芳也赶紧给拦住,说:"强老前辈,你出去若有一点好歹,那我更是对不起你家里了。如今我既然身遭此事,我就自己出去对付,还免得旁人受我的连累! "

强永济发愁地说:"你一个人怎能够打得过他们四个人呀? "

韩铁芳却说:"不要紧! 我不愿伤人,或许也不至为他们四人所伤。并且,我能够应付便应付,若是不能应付,我就脱身一走,到别处去请我的朋友来。只是……"说到这里,韩铁芳更是言辞慷慨,态度昂然,就拱手说:"强老前辈,我们素昧平生,如今竟蒙你这样款待,可见你热心侠肠,至可钦佩。我这盟弟邢柱子与他的夫人原是新婚,并且是一对患难的夫妻。我现在叫他们暂留在贵府上,尚请多加照应,等到天晴之后,再叫他们往东去走……"

强永济就说:"这个你放心好了。我家也有儿媳和闺女,除非他们强盗结伙而来,连我家里的人也都欺辱了,我才护不住你盟弟夫妇。不然,我也会几拳,在外边我也有弟子。这村子虽小,我若呼唤一声,也能有三二十个壮丁。我绝不会叫他们夫妇受半点屈辱。"这强永济说话的时候,连鬓的胡子全都倒竖起来,简直比画儿上的那只老虎还要厉害。

韩铁芳就深深打了一躬,说:"既这样,我就拜托了! "他就进去更换衣服。他们刚才脱下来的衣服搁在里屋的火炉旁边,这时烤得已快干了。

他正在烤着，邢柱子就追进来，含着眼泪急急地问说："难道你真要出村子跟他们再斗吗？"

韩铁芳说："我若不去，他们也能够到这里来，还显得咱们不是大丈夫！"

邢柱子说："你一个怎斗得过他们四个？你这一出门，性命就难保呀！"

韩铁芳却严肃地说："兄弟你千万不必挂心，你只保护住你的妻子要紧！"又悄声嘱咐着他说："这里，我虽看出是十分可靠了，但你还须时时谨慎防备。"

韩铁芳更小声地说："你可千万不可冒昧地就出去帮助我，那无用！我也不与他们多斗，我只要脱身走开，去追上春雪瓶。"他叹了口气又说："我本想不必找她，因为她正在病着，但如今我一看，非借她的力量不行了！"

邢柱子也无话可说了，但还是很愁烦、愤恨。韩铁芳倒是神色自若，他急急地换了衣服，又到外面去收束好了马匹，然后就拱手向强永济作别。强永济已取出两口刀来，给了邢柱子一口，他自己拿着一口，衣服也挽了起来，袖头更都挽起。依着他还要跟出村子去，但被韩铁芳极力地拦住，韩铁芳就牵着马出了门。

那赶车的身披着油布的衣裳，在雨中淋得跟个落汤鸡一样，惊慌得又像是一只兔子，说："那四个人都在东村口外了！"

韩铁芳点点头，很不在意，并且从容地由身边取出来一块银子交给了赶车的。韩铁芳上了马，出了巷口，转往东边。一出村口他就又抽出了宝剑，只觉得雨更大，天更黑，在烟雨茫茫之中，对面都难以看得见人。他的马蹚着泥水，徐徐地往前走着，走了不远，就被那四匹马拦住了。他当时将宝剑向前就扎，却被吕慕岩以双钩压住。吕慕岩大声地说了许多话，在雨声中，虽相离极近，却也很不易听得清楚。飞夜叉张保又帮助他重说了一遍，韩铁芳才明白。

原来那老刘昆和小哪吒那些人是跟他们分成了两路，他们是在孝义县，那些人现在却是在巩县住着。如今吕慕岩说出三项办法来，第一是当场决斗，分出来个生死；第二就是叫韩铁芳随他们到巩县，去见老刘昆；第三就是他得带着去找春雪瓶。

韩铁芳却大声地说:"三件事我全依你们!若要斗,现在就斗;若要见刘昆,现在就去见;若要找春雪瓶,那也很容易,我一定能够把她找了来。你们可是不能随着我去,我也不能先告诉你们她现在何处!"

吕慕岩暴躁地说:"好!你就先随着我们见刘昆去吧!"

韩铁芳说:"且不要忙!你们得先发下誓才行,不能在我随你走后,你们又分出人去谋害荷姑跟她的丈夫。"

吕慕岩说:"你把我吕慕岩看成无信的小人了!我说了不准人去找荷姑,就绝不会再去,如果刘昆不听我的话,我也能够跟他们翻脸!况且强永济也是有名的拳师,我们若打算搅他的家宅,也不必又叫你出来了!"

韩铁芳点头说:"好!我不怕你们。我自觉得你也是好汉,如果不是,那将来再说!现在我就随你们走吧!走!走!我在前!"当下他催马紧走,那四匹马在后紧随。

雨声籁籁,风声凄凄,马蹄踏着泥水,发出杂乱的声音。韩铁芳的马快,他们那四匹简直追不上,可是韩铁芳绝不逃跑,还时时驻了马等候着他们。如此向前紧行,行了又有二十多里地,便望见了巩县西关的在雨中几点模糊的灯光了。更往前急走,少时就进了西关。

吕慕岩却喝着说:"停住!停住!"

这时虽已有初更时分了,关厢里倒还有打着伞的人往来,酒楼茶肆也都还没有灭火。

韩铁芳将马勒住,就高声地喝叫着说:"老刘昆现住在哪家店里?你们现在就领着我去直接见他吧!"

吕慕岩连胡子都往下垂水,他过来气喘吁吁地说:"韩铁芳老弟!"他这时忽又特别客气了,说:"你敢同我们到此地来,可见你的胆子壮,够朋友,是一条好汉!但是实不相瞒,我们跟刘老师傅他们分了手,虽言明是他们到巩县来等我们,可是我们也不知道他住的是哪家店房。好在一找便能够找得着他。先叫这位焦兄弟跟张兄弟陪你去喝两盅酒,我们去找他,然后再商量。"

接着,他又暴厉地大声说:"你既来到这里,就都好办了。我们的人多,绝不能欺负你单独一个,你放心,绝不至于太难为你!"

韩铁芳却不住地哈哈大笑。钩镰枪焦衮指着街北说："迎春楼酒饭馆里边很宽敞，咱们进去吧？"

韩铁芳点头说："好！我们也应当用晚饭了。"

于是向吕慕岩拱拱手，他们三个人就下了马，一齐携带着兵刃及随身的东西进了门。这里的掌柜本来已预备叫厨房封火了，可是见三人浑身都湿着，各亮着刀剑，样子十分地凶。钩镰枪焦衮又说了一个人的名字，叫什么"黑吕布梁大爷"，那多半是本地的一个有名有势的人。掌柜的一听这三个人是他的朋友，就不敢怠慢。楼上并无别人，只有他们三个人占住了一张桌子，于是就要酒、要菜饭。一会儿，酒就先上来了。

外面的雨声仍然簌簌地响着，韩铁芳就笑道："好天气！"斟了一杯往下饮去，各自谁也不让谁。焦衮是时时预备着他的那杆钩镰枪，时时观察韩铁芳的神色，并不说一句话。

那飞夜叉张保倒是说："韩兄！他们最恨的还是春雪瓶！你带着他们把春雪瓶找到，也就没有你的事啦。若细说起来，咱们都是好朋友，都生在潼关里外，跟同乡是一样，何必如此仇视呢？"

韩铁芳笑得几乎喷出酒来，说："张兄，你这个人倒是很老实。我知道你是好意劝我，我也就不必再说什么了。"接着他把脸向下一沉，指着焦衮说："假如这话是他姓焦的说出来，我当时就提着他的腿把他扔下楼去。"

焦衮立刻惊慌，抄起了他的钩镰枪。韩铁芳依然从容镇定地说："我也是堂堂一条好汉，何况又一点也不怕你们，并且也没太看得起你们，我用得着叫春雪瓶那样的高人也出来吗？"说着又是一阵哈哈大笑。

张保说："既是这样，我就不能够跟你再说话了。"

焦衮忽然用拳头一擂桌子，说："你跟他废什么话？他还能够活到明后天吗？"

此时韩铁芳突然踹了一脚，连凳子带焦衮，还有酒杯，就全都摔倒在楼板上，吓得端着盘子的茶倌直喊叫。钩镰枪焦衮恼羞成怒，拧枪向韩铁芳就扎。韩铁芳将枪揪住，用力一夺便夺了过去。焦衮不容韩铁芳抽剑又抡双拳直扑上去，二人相扭起来，把楼板震得乱响。张保上来劝，也劝解不开。

二人相扭了半天，韩铁芳忽然将焦衮的身子揪了起来，就猛力向窗外去推。焦衮极力地挣扎了半天，连窗棂都给挤断了，结果韩铁芳硬把焦衮给扔出了楼窗；但窗外还有一层屋檐，焦衮并未摔落下去。他大声地诟骂，抢着已划破流出血来的拳头向里还打。韩铁芳也隔着窗砰砰打了几拳，有一拳很重地打在了焦衮的胸膛上，焦衮就跌下了楼去，下面就是大街，大概落在雨中的街心已半死了。

闹了这半天，饭馆的人个个面如土色。张保也要走，却被韩铁芳把他揪住。韩铁芳按他坐下，说："你不要走，没有你什么事。"他照旧以酒频斟，谈笑自若，并劝张保说："你不要跟他们在一起胡混。我倒不要紧，我向来是能不伤人便不伤人，能不得罪朋友也就不得罪朋友。不过早晚春雪瓶是要来的，她的剑下可实在没有轻重。"

这个飞夜叉张保听了此话，越发地浑身战栗，简直坐不住了。韩铁芳就劝他说："我并不是怕我多一个对手，但我劝你还是赶快离开此地，离开他们那些个人吧！"

张保点了点头，立起，向他拱了拱手，挟着刀就下楼去了。这里韩铁芳照常地一个人吃菜用饭。掌柜的猫着腰，带着惊恐，露着笑容，走过来，好像是要劝韩铁芳别再生气，又像是要劝韩铁芳也下楼，然而韩铁芳不容他说话就掏出一锭银子来给他，说："这还不够赔偿你这扇窗门的吗？"

掌柜的连连拱手说："这银子我们可真不敢要，只请，只请……大爷顾念我们小买卖人！"

韩铁芳也不禁叹了口气，说："如今的事，大概你也看出来了，我实在是被他们逼迫到这里来的。我等着他们，他们再来人时，我一定拉着他们到外面去理论，绝不能再在你这楼上闹了。刚才的事，实在对不起，这银子无论如何你也得收下，你不收就是看不起我。我姓韩，名叫韩铁芳，今天咱们先交个朋友，将来我若再路过此地之时，再向你重谢！"说得这酒楼掌柜倒有些受宠若惊了。可是他才道了谢，将银子收了起来，就听见楼梯又咚咚咚地直响。掌柜的赶忙回身，他并不敢跑到楼梯口儿去看，却躲进了那间放置家伙、盘碗的屋子。由楼梯上来了五个人，韩铁芳这时本不想再喝酒了，可是见他们来了，反倒又斟了一杯。来的这几个人之中倒没有老刘昆,仍然是吕慕岩为首,这吕老头子连干衣裳都没有换,就提着双钩又来了,先问说:"飞夜叉张保往哪里去了?"

韩铁芳说:"他自己走了,我哪里晓得?"

吕慕岩虽满面怒容,却并不发作,可见他是将气忍了忍。他说:"韩铁芳! 在我走了这一会儿的时间,你可又打伤了焦衮。我们本想是跟你客气客气,如今却又客气不得了! 刚才我们已见了刘昆老师傅,他说他要再会会你!"

韩铁芳答应着说:"好!"说着提起剑来,噌地就站起身来,要跟着他们走。

吕慕岩又摆着手说:"不要太忙! 今天天太晚了,雨又没有住,再说巩县这个地方又没有合式的场子,武艺怕施展不开。"

韩铁芳说:"我倒是不在意,在屋里我也敢跟他较量较量。"

吕慕岩说:"可是刘老师傅跟人比武向来都得挑地方,尤其这次跟你,总得光明正大,不能在小场子上动手,不能以老欺少,也不能够以多胜寡。"

韩铁芳说:"这些废话你不用说。既然刘昆不愿在雨天、夜间交手,那就是因为他年老,我可以等待他一二日都不要紧。"

吕慕岩点头说:"好! 这又算是你懂得交情,那么,刚才焦衮的那件事也就不必提了。现在我们已经替你找了安身处,就是斜对面的宏兴店。"韩铁芳听了这话,却又不禁有些生疑。吕慕岩又说:"所有的店饭钱全都由我们给。"

韩铁芳摇头说:"那倒不必操心。"他拍了拍自己的行李卷,说:"我这次出来,携带的金银倒很多。"

吕慕岩身后边的四个人全都瞪着眼向他这包袱来看。吕慕岩又说:"那么就请吧! 明天雨若是住了,后天我们就一同往东,走几十里地就是虎牢关。"

韩铁芳似乎很感兴趣地说:"哦! 虎牢关。"

吕慕岩说:"那是三国时刘备、关公、张飞三战吕布的地方。现在那个地方空旷无人,正好决一高低,况你韩铁芳是少年英雄,不亚于当年的吕布。”

韩铁芳笑着说:"你太过奖了!我哪里敢比古人。不过当年刘关张三个人打一个,到后日在虎牢关,你们不要说是三个人,就是一齐上手,我也奉陪。现在,我还要吃饭,你们诸位就请便吧,待会儿我会自己去找那家店房去住。即使是一家贼店,我也要去住!"

吕慕岩说:"这是什么话?你也太看我们不是朋友啦!"说时见韩铁芳又坐下了饮酒吃菜,他便提钩拱了拱手,遂与那四个人一同下楼梯去了。

这次并没有再打再闹,那掌柜的就放心出来了。韩铁芳就问他:"那宏兴店是怎样的一家店房?"

掌柜的说:"还好,是一家大店,是本地的有名人物黑吕布开的。他那个店房倒不欺负人,只是不能欠他的店钱,若是欠了钱,剥下皮来也得还给他。"

韩铁芳笑笑说:"我倒不至于欠他的店钱,因为已有人答应给钱了,不叫我花费一文钱。"

这掌柜四下看了看,又悄声说:"我劝大爷你还是快些走吧!"

韩铁芳却摇头说:"不要紧。"

此时他已吃饱了。酒,他本来是不大喝的,如今因为愤怒,才喝了两杯,但已觉得有点晕了,就不敢再饮。同时他也不愿再在这里多耗工夫,使得这里的掌柜的不得安宁,伙计也把自己看成了不起的人似的。他就要算算酒饭钱。可是这里的掌柜的拉着他,扯着他,无论如何也是不肯再收钱。韩铁芳只得拱了拱手,说:"那么,就明天再说吧!"他提着行李包袱跟宝剑,就走下了楼梯。

楼下面只有一两盏灯,十分的昏暗,迎着门,凉风儿吹到他的头上,他更有些醉意了,脚都发软。楼下已经有三个人在等着他,其中的两个大概就是刚才跟着吕慕岩的,都握着刀,一句话也不发;还有一个却提着个不怕雨淋的玻璃灯,里边点着烛,玻璃上用红油漆着"宏兴老店"四个字,原来正是来接他的。

这个店小二递着笑颜说:"韩大爷的马我们已经叫人给牵过去啦,那边的屋子也都收拾好啦,就请韩大爷过去歇着吧!"

韩铁芳点了点头,店小二打着灯就在前面走。出了这家酒楼,就见满天阴云,一街泥水,雨淋在店小二带着的草帽上做出哗哗的响声。韩铁芳还时时地提防着身后提着刀的那两个人, 也不知那钩镰枪焦衮摔死了没有,是在什么时候被抬走了的。

到了斜对面的店中,他又不放心他那匹马,就叫店小二领着他先到棚里看了看,看见了那匹铁骑,他才没有说什么。店小二又领着他到房里,确实是间很干净的房子,有桌有椅,还挂着对联,大概官眷才应当在这里住。床上的半新被褥已经铺好,一壶热茶也放在这里了。

店小二就说:"大爷把湿衣裳鞋袜都脱下来, 我们拿去给烤一烤吧?明天你好穿。"

韩铁芳说:"好。"遂都脱下来,顺便就躺在被里。店小二就出屋去了。依着韩铁芳,身体既疲乏,且又有些醉意了,他真愿意大睡特睡,可是却不敢。忽听屋门又呀的一声响,自己就开了,把韩铁芳吓了一跳。他赶紧打开了行李,拿出来一身半湿的衣裤鞋袜都穿上,到门前去看,见院中也是一片昏黑,除了柜房,简直没有灯光。别的屋中也不知有客人住没有,雨还是不住地下着。

韩铁芳就掩上了门, 并搬了那张桌子顶上, 在桌子上还放了一把椅子,然后才熄灯去睡。剑就放在枕边。一时他却又睡不着,他对目前的事实在是非常发愁。虎牢关那个地方一定空旷,刘昆若是占上风便罢,他若是敌不过自己,那时吕慕岩等一干人必要齐都上来。除了自己能像春雪瓶那样有暗器可用, 否则只凭一刀一枪杀砍,实在难以敌挡他们这些人。真若是死在老刘昆的手里,死在虎牢关,那实在是太冤枉了。但事已至此,自己若像那飞夜叉张保似的,一害怕就逃跑了,岂不惹人耻笑? 他不禁暗叹了口气,也不知过了多少时候,就昏沉沉地睡去了。

朦胧中忽然觉得眼前一亮,他就蓦然惊醒,睁开了眼睛一看,见已有人进到屋里来了。一个穿着鹿皮背心, 背后插着宝剑的女子,正以纤手点那床旁边放着的蜡台。云鬓上蒙着青纱帕,沾着雨水,侧脸儿是那么端庄而秀丽,正是春雪瓶。

韩铁芳就赶紧坐起身来。春雪瓶扭头一看,就不让他说话。他看出春雪瓶的脸上仍有一层病容,就忍不住问说:"病还没有好么?"

春雪瓶却没有回答。韩铁芳看见顶门的桌子跟椅子都跑到一边去了,原来根本没有用。门顶得虽那么严,但春雪瓶进来,自己竟连一点声音也没有听见,真是羞惭!

春雪瓶把灯点上,这才站在床前正色地说:"我因为有病,这两天又觉得重了,我才没有跟着我爹爹的表姐她那辆车走。我是在西边一个村子里歇下的,歇了有两天啦。那村子靠近大道,白天下雨的时候,就听村里的人说,看见有几个骑着马、带着刀的人跑过去了。我怕的是有贼人又追上前面的官车,去打劫……"

韩铁芳说:"村里人看见的一定是我跟吕慕岩他们。我是负气跟随着他们来的,预备后天与老刘昆到东边的虎牢关去决一雌雄。"

春雪瓶却不管他这话,只是仍然说:"我就十分不放心。刚才,我又听见村中的狗叫,大道上有马蹄声。我想半夜里在雨中骑着马行走的,绝没有好人,我出去就把他射下马来,过去问了问他,他自己说名叫飞夜叉张保。"

韩铁芳说:"唉!那人刚才是和我在这对面的酒楼上,因为我劝他不要帮助刘昆,我又提起你来,把他吓跑了的,不想他又落到了你的手里!"

春雪瓶说:"我射得他并不重,又放他走了。由他口中我才知道些韩大哥的事。我知道韩大哥被他们困在这里的酒楼上,我才赶紧来救韩大哥。"

春雪瓶口中一连说出了好几个"韩大哥",韩铁芳倒觉得脸上直发热。他此时很是作难,因为人家病着,又是深夜冒着雨前来,应当让人家到床上来歇歇,自己得赶忙爬起来才是。而且春雪瓶既然来了,还能再叫人回去吗?只好明天叫店家诧异一下吧,屋子里忽然多添了一位女客。再说,春雪瓶此时的神态颇有些脉脉含情,自己又为什么不依着父命母言,与她说明白了,很想跟她成亲呢。

他想到这儿,心弦不禁发紧,不单是不好意思,还有些害怕,怕碰个壁。怔了半天,方才问说:"现在姑娘是骑着马来的吗?"

春雪瓶点点头说:"对啦!我来的时候,那酒楼已经关了门。我把门叫开,向他们问明了你住在这里,我就赶紧来了。马还存放在酒楼的门外,我还要赶忙去取,不然……"

韩铁芳却下了床,摆手说:"不要忙! 老刘昆并没有多大的能耐,那酒楼中的伙计又都很老实,马寄放在那里绝不会丢。先请姑娘坐在床上歇息歇息,待会儿我还有话要对姑娘说。"

他用手拍着床布,拉展开了被褥,就请春雪瓶登床去歇息。春雪瓶身上的皮背心跟衣服本来也多半湿了,但她有点不愿去挨着那被褥,就摇了摇头,笑着。她这一笑更显得美,但也更显出因病而慵懒的样子来。

韩铁芳倒不由得叹了口气,正色说:"春雪瓶! 以后你不要跟我再客气了,你也不要再叫我韩大哥。我的身世,唯你晓得,我不姓韩。在韩家的那陈芸华,她现在是佛门弟子了,也已经不是我的妻子了。我如今只能说是你爹爹的儿子,是你的义兄!"一说到这里,他忽然感慨流泪,接着又说:"以后,我们若做义兄妹也行,若……若遵依我父母之意,我们……"他把这话顿了半天,结果是把心一横,爽直地说:"若做夫妻也对!"

这话一说出来,他料到春雪瓶许是要翻脸的,所以他简直不敢向春雪瓶的脸上去看。只见春雪瓶忽然扭转了身去,把个婷婷的背影对着他。那背后的宝剑沾着雨水珠,映着灯光闪闪地发亮,绣花的腰带上还挂着个小皮口袋,里面装的就是那百发百中最厉害的箭。

韩铁芳又说:"姑娘你不要恼,这是我心里的话,我不能不对你说。你愿意或不愿意,都没有什么。现在还是你的病体最为要紧,你应当先养病……好! 你就先躺在床上歇息一会儿去吧! 我去把你那匹马取来,牵到这店里。"

春雪瓶忽然回身,一把握住了他的腕子。韩铁芳就觉得她的手指头凉极了。春雪瓶的面色惨然,泪已流下,但她的态度却很是急躁,摇着头说:"不用去取马,我这就要走!"

韩铁芳吃了一惊,春雪瓶便把他一推,遂即开了门自己走出。韩铁芳赶紧跟出去看,却已经没有了踪影。

夜雨凄凄,四周寂静,待了半响,听街上隐隐有马蹄之声,少时也听不见了。这时韩铁芳的心里简直比雨水还要凉,只得回身进到屋中,懒懒地重闭严了门,站立着对灯发呆,心说:原来如此呀! 她并没有半点意思要跟我成亲呀！唉！我也太莽撞！他恨不得打自己几下。他上了床，先是后悔、惆怅了半天，后来倒觉得心事皆无，止好明天去找老刘昆，跟他们拼出个生死。死了，爽快；活着，漂流四方，倒也悠闲。

当时他就吹灭了灯，重盖上了被，可是翻来覆去地总是睡不着觉。不觉到了次日天明，他就振奋着精神，赶忙起来，整衣擦剑，付清店钱，并打听出来本地的那个"黑吕布"的住址，他就匆匆去备马。打算在这雨虽暂止、天尚未晴之时，去找"黑吕布"，独斗老刘昆。他刚一出门，就见门的那边早站着四五个人，其中有一个就是吕慕岩的手下，昨天与自己交过手、拼过命的。

这人一副很凶横的样子，说道："韩铁芳你起来了？刘老师、吕老师他们有话，今天叫你到虎牢关那边等着他们，他们随后就到，还叫你有什么后事，快着点预备！"

韩铁芳怒骂道："浑蛋！虎牢关在哪里？"

这个人傲然地指明了路径，韩铁芳就点头说："好！我立时就去。今天他们若不去，我等到明天，明天不去我等到后天，倒看他们是英雄还是鼠辈！"

他牵马往门外就走，一脚向这人踹去，说："快滚回去，将我的话告诉那老匹夫，叫他们去的人越多越好！"

这几个人只是往后退，都没敢还手。韩铁芳就出门上马，忽然挥鞭，乌龙腾飞，泥浆乱溅，他就离了巩县，独赴虎牢关。虎牢关是属成皋县所管的一个地方，北临着黄河，东面是秦豫往来的要道。这个地方是历代兵家必争之地。当年汉刘邦与西楚霸王项羽也曾在这里相持，最著名的就是后汉时的三雄战吕布，至今故址犹存，令人想起当年骑赤兔马、使方天画戟的温侯英姿。韩铁芳如今放马来到这里，也不禁因苍凉而生怀古之情，且又慷慨奋发要以温侯自命。

雨已住了，但天上仍飘着薄云，地下更满是泥水。附近有一座很大的市镇，街上非常热闹，原来因为昨日那场雨，把过往的仕宦、行商都留在这里了，到如今还不能走。因为路太难行，家家的客房都住满了，车马都占满了街。有的人倚着店门看雨后的街头光景；有的人穿着钉子鞋、油布靴出来，或是到铺子去买东西，或是到酒店去消磨这半日无聊的光阴。这些人的形色不一，还有不少都是过往办公差的官人。

这时已快到晌午了，韩铁芳想要找一间店房用饭，并歇一歇，但是一连问了三家店，都是住满了，连插足的地方也没有了。最后又来到了一家，他牵着马挤进店门来，就大声叫着："伙计伙计！"

店伙正在院里，就爱理不理的样子，说："没房子啦！上别处去吧！"韩铁芳说："别处我都问过了，也都说没有房子。那么，我先把这匹马寄存在你们这里吧！"

店伙又摇头说："不行！马棚也没有地方啦！谁叫你不早来呢？我们不能把别人的马拉开，去喂你这匹马。快上别处去吧！"

韩铁芳这时的气很盛，听了这话，就骂道："浑蛋！你说的这是什么话？"

店伙也扭转头来，瞪眼问说："你这人怎么骂人呀？"

韩铁芳说："因为你说话不像个做买卖的。"

店伙跳起来说："我的话哪句说错啦？本来店里就没有房子了，难道还能为你现盖一间？"

旁边有客人听见店伙这话，都觉得不平了，都说："你怎么这样说话？"

店伙还是不服。韩铁芳把缰绳撒了手，气愤愤地提着鞭子过来就要打这店伙。忽听东屋里有女人的声音惊慌着说："哎哟！原来是韩大相公！"说话之间，屋门就开了，有夫妇二人同时赶着出来，又惊又喜，都深深地行礼，同时叫着："韩大相公！"

韩铁芳一看，原来是蝴蝶红跟范彦仁。蝴蝶红娇艳如昔，衣服华丽，俨如命妇，范彦仁也不是那穷书生的样子了，也发福了。韩铁芳不再理那个店伙，就转怒为喜，笑着说道："想不到竟在这里遇着故人，你们夫妇怎会来到此地？"

范彦仁跟蝴蝶红这时都似乎手足失措了，因为是太喜欢了，赶紧就往他们的屋里让韩铁芳。韩铁芳看到人家夫妇的身份，想到自己的处境，本来不愿进去，但范彦仁夫妇竟过来，每人拉着他的一条胳膊，执意往里让他。范彦仁并向那店伙说:"把韩老爷马上的行李卸下来,拿到我屋里来!"那店伙真是前倨后恭,把腰弯得快到了地,连声答应着:"是!是!"

韩铁芳便被他们夫妇挽进了屋内。这间店房倒很干净,椅子上放着他们的行李,虽然不多,但是很可以表示出他们的生活是很宽裕的。据范彦仁说,原来他不仅是附近汜水县衙的典史,最近还升为县丞了,县太爷之外,全县就数他大了。韩铁芳拱手向他们夫妇贺喜。

范彦仁又说:"上次回到洛阳,我们原是想给大相公叩头谢恩,却未料大相公那时还没有回去。"

韩铁芳又拱手说:"只要范兄步步高升,你们夫妇永久有画眉之乐,一直白首到老,那我就欣喜极了。什么叫作恩?又什么叫作谢?范兄你若再提,那就是拿我没当作朋友。我韩铁芳离家已有一载,漂流各地,颇觉得闲适,故人之中,我只还没有忘了你们夫妇,如今却又在此萍水相遇,很好!我正好再请你们夫妇喝几盅酒,再给你们恭贺。但我不能在此多待,我陪着你们吃两杯酒之后,我就还要走,因为目前我还有要紧的事,不然我也不会来到这虎牢关!"

忽然见范彦仁神色惊慌,他先把屋门带严了,然后才探着头,悄声地问说:"大相公到旁处去还有什么事?莫非还是为那……独角牛死了的事吗?"

蝴蝶红在旁也说:"当初大相公是为了我们,才跟独角牛结的仇,如今害得大相公倒有家难归!"说着,她觉着很对不住,竟自悲痛了起来。

韩铁芳倒很觉得惊异,就笑着说:"原来这些事,你们夫妇都知晓了!"

范彦仁说:"因为大相公对我们有那样大恩,所以大相公的事,我们不能不关心。只要遇见人,我们就常常设法打听,因此关于大相公的事,我们知道的很多。我们还听说大相公曾到新疆去过,在那里另娶了一位妇人,武艺精通,乃是宦门之女,名叫春雪瓶!"

韩铁芳摇头笑着说:"这一件事,你们就打听错了!春雪瓶不过与我见过面,却哪里算得是夫妇呢?"说到这里,不由得叹了口气。

蝴蝶红更显得关心,就问说:"为什么外边的人,只要是知道大相公之名的,就都这样说呢?莫非……大相公本来已经娶了那位小姐,后来又出了什么变故吗？"

韩铁芳摇头说："也不是！"迟疑了一下，才慨然地带笑说道："我也只能同你们说，因为我不愿对故人说半句假话。我的妻子陈芸华在家里已是一心拜佛，万念皆空；她是佛门弟子，将来必能够得道，不再是我这个俗人的妻室了。至于春雪瓶，不但是我的好友，且是与我有亲。我遵依着父母之命，感念她多番救我、助我之恩情，也曾有意与她结为夫妻，谁料结果是落花空有意，流水本无情！"

这两句话说了出来，那读过五经四书的范彦仁倒是没有听明白，琵琶巷里出身会唱小曲的蝴蝶红立时可就了解了这两句话的意思。她就不再细问了，只说："那位春小姐必是有本领的人，有本领的人就有脾气！"

韩铁芳摇着头微笑说："其实她也没有什么脾气。我想，不是她嫌我的武艺不佳，就是不知我哪一句话说错了，使她恼了。这本来是一件小事，我们也不必再多提了！如今你们既是尽知我的事，我可以告诉你们，我今天到虎牢关来，是为等候着跟人决斗拼命。我们在这里谈着话，说不定待会儿就有一群强盗、拳师，连男带女，三四十人，个个持着刀剑前来找我拼命，我就许死在这院中，那就把你们也连累了！"

范彦仁挺起腰来说："这不能！我想他们谁也不敢。这地方虽不是我们的地面，可是我也能够去见这里的县官，托他派了衙役来这里，保护大相公！"

韩铁芳又拱手一笑，说："但是，范大老爷！你得想一想，我在洛阳杀死了独角牛，是河南府正在缉拿的凶犯呀！"

范彦仁说："这不要紧！至多我舍弃了这顶红缨帽！"

蝴蝶红也摇头，决然地说："这不要紧！我们俩为大相公受了什么累，都是应当！"

韩铁芳说："我却不愿那样，那就违了我的宿愿，我原为你们夫妇好，岂能无故地牵累了你们？再说对我并无益处，我是孑然一身，有马有剑，我哪里不可以去逃？什么人又能使我胆寒？"

蝴蝶红又悄声说："我们这次本是才由孟津县给陈太夫人上毕了寿回来，因雨才留在这里。陈太夫人也是去年我们到南方去的时候才认识的，也是因为同住在一家店里。陈太夫人很喜欢我，说我长得像她早先故去的小女儿，才把我收为义女，才给彦仁找的事。我们也多仗人家的栽培！"

韩铁芳就问说："这位陈太夫人家里是做什么大官的？"

范彦仁在旁说："就是做过江南提督陈大人的太夫人。所以无论出了什么事，我们都可以求那位大人给设法。"

韩铁芳笑着说："那就更不必了！如今我还要出去看看我那些个对头来了没有。少时，晚饭时，我若能回来便必定回来，必要做个东道，开筵置酒，那时我再与你们夫妇细谈！"

说时，他拿起马鞭子来，就走出了屋。只见那店伙抱着他那马上解下来的行李包袱，正要往这屋里来送，见他出来便笑着问说："老爷！我给你腾出一间好屋子来啦，你不去看看吗？"

韩铁芳摇头说："暂时我不去看，行李你就放在那屋里，但我要把这东西拿去。"说时，就由店伙的怀中锵的一声将那口宝剑抽出。吓得这个店伙哎哟了一声，几乎坐在地上。韩铁芳将马鞭子插在腰带上，提剑就往外走，出了店门就先去找本地最大的酒铺。不想还未向里边去走，身后就有人猛力抓了他一把，他回头去看，见又是吕慕岩、老刘昆手下的人。这人说："我们也都来啦，走吧！趁着这时候天还早。"

韩铁芳愤然说："好！无论在什么地方，我都随着你们去，可是你先把我放开！我不许人揪着我！"说时夺开了手抡掌打去，这人的脸上就挨了一掌。那边却有许多人都大声喊道："韩铁芳小辈！你就随我们走吧！"

韩铁芳一看，敢情他们全都来了。镇上没有店房，所以二十多个人的马还都未卸鞍，还都拥在那店门的外边。这些人个个眉腾气傲，目露凶焰，剑出刀拔，棍扬钩举。那老刘昆和吕慕岩大概是才在店里喝了茶，就一起走出来，向韩铁芳点手说："走吧！"

韩铁芳疾忙回到范彦仁住的那店中将马牵出，范彦仁和蝴蝶红都惊慌慌地追了出来。此时街上已经十分乱了，但见韩铁芳骑马扬剑，被二十多人马包围着，就如一阵暴风似的，呼啦一声都往西去了。他们走后，街上立时显得很清静了；而西去的大道上却群马横驰，泥浆飞溅。不一会儿，他们就到了虎牢关。

这个地方原来也不靠着大道,附近更无村庄,只是一片荒地,有断断续续的几段土墙,但与其说是墙,不如说是土坡或土岗子,这个地方沙砾很多,所以泥水倒少。人一到了这古战场,就不由得增加了几倍的杀气。这些人齐都下了马,舞钩动棍,抢刀扬剑,立时就将韩铁芳围住。刚要动手,但听得一声:"都闪开!不许乱上手!"

这声音真如霹雳一般。那位枣红马上的老英雄刘昆一发话,众人就都拉着马纷纷向后去退,并且齐都扭着头看他的神色。老刘昆这时与韩铁芳全都没有下马,两人都紧握缰绳怒目相视,真好似古代两国的名将,就要走马相杀一样。但韩铁芳从容镇定,面色如常,老刘昆却将脸沉得色如青铁,配以那一部蓬乱的白髯,显得相貌古怪,神情十分凶狠。他用那霹雳一般的嗓音喊道:"韩铁芳,你找不来春雪瓶吗?"

韩铁芳却似跟说平常话一样,摇摇头道:"我找不来她。"笑笑又说:"何必找她呢?你们要杀要闹要斗,就跟我来吧!"

刘昆却说:"虎牢关这地方多么有名?我若跟玉娇龙,跟春雪瓶,倒还能够杀个痛快,她们虽都是妇人,但还倒名闻天下。你韩铁芳究竟是个无名的小辈!我跟着你斗,实在觉得不值!"

韩铁芳发怒骂道:"老匹夫你说这话,显见你的见闻太窄!大概你在灵宝县称霸作恶,一生就没有怎么出过你的家门。你没有到天山、祁连山、迪化、凉州府去打听打听,我韩铁芳的名头,包管比你的爹还大得多。"

刘昆又大喊:"小辈你敢泼口伤人?"

韩铁芳将剑平抢了一下,点手说:"来!来!来!就是你们齐上手,我也不惧!"

刘昆忽又冷笑,说:"还用得着一起上手吗?我刘昆若是三刀砍下,要不了你的性命,我就……"韩铁芳问道:"你就怎么样?"刘昆说:"那便算是你赢了。"

韩铁芳说:"我可不愿意那样赢你,你听我先把话言明。其实你这般大的年纪,我本不该与你较量,但戴阎王若不是因你护庇,他未必敢那样为非作歹;独角牛若不是拜了你这干爷,他也不敢欺负我家。可见你必不是个好人。我有生以来专打的是不平,除的是强暴。"

刘昆狂笑道:"你统共才活了几年,竟也称有生以来,还敢以侠义自命,好大的口气! 小孩子! 如今我不能够可怜你了,你就招刀吧! "

老刘昆手中的刀是特别长,特别沉重,他举将起来向着韩铁芳就砍。可是他的刀并未落下,只悬在半空中,待看见韩铁芳的剑势突向他刺来之时,他就蓦然落刀向剑击去,其势极快,不容韩铁芳闪避,只听铛的一声响,就迸出了火星。韩铁芳手中的这口剑,不但是双剑的一口,而且是"女剑",虽然锋利,却极轻极薄,幸亏是熟铁,纯钢,不然不被击断,也得被打弯,又幸亏韩铁芳将剑柄握得很紧,否则也就被磕飞了。

这是老刘昆的第一刀。第二刀紧接着就又砍了过来,但韩铁芳急忙闪开,并且跳下了马。刘昆就哈哈大笑:"小辈! 原来你的马战不行呀! 这也难怪,我看你这匹坐骑,就先不中用。好! 这第二刀不算,咱们重新来! "

说时他的脚也离开了镫,抬腿下了马。两匹马都自行向旁边退了去。两旁的人也都瞪直了眼,要看着他们两个人的步战。只见刘昆的刀还没有扬起,韩铁芳的剑忽然势如飞蛇,逼进前来,向刘昆当胸就刺。两旁的人都惊呆了,刘昆也呀了一声,急展刀法去推,同时身移步转,而韩铁芳便转剑直取下部。

这是"纵身追风伏地剑",刘昆跳跃了起来,幸未被伤,但他可不敢轻敌了,二目直视,大刀重抡。韩铁芳却一剑紧追一剑,刘昆是一刀接一刀,两个人就杀在了一起,非但三合,九个往来也多了。韩铁芳此时所运用的剑法,非只是瘦老鸦的真传,还有向春雪瓶偷学来的,只弄得老刘昆手忙刀乱。

那边的吕慕岩见势不好,便舞着双钩飞奔过来,然而刘昆已胁部中剑,咕咚一声,摔倒在地,两旁的人全都急了。

吕慕岩仍然说:"大家都不要上手! "可是那些人哪里肯听,当时就兵刃齐上,要将韩铁芳打烂剁碎在这里。韩铁芳已经上了马,抢剑迎杀,但苦于是剑短力单,杀了几合,他才杀出了重围,可是旋即又被这二十几个人追上。他的马就跳上了虎牢关城垣的遗迹那高高的土岗上,四面却被人围住了。这些人里又有人掏出镖来向他就打。他最怕的就是暗器,当下便极力防躲。四周打向韩铁芳的暗器并不多,可是远处却有暗器支支射向了周围的人群。

　　其实春雪瓶也早就来到这地方了，或许比他们来的还要早。在刚才韩铁芳与老刘昆相斗之时，她并未过来帮助韩铁芳，一干人也都未留神到她。此时她却催着白马飞驰而来，她的小弩箭更是嗖嗖嗖首先射到，箭头是有粗有细，长短不一，所以被射中的人身上的伤也有重有轻。

　　总之，她是箭不虚发，射得二十几个人倒有一半受伤伏倒，只剩下了吕慕岩，抡着双钩急叫说："好个春雪瓶！我跟你拼了！"

　　突然一支箭射中了他的左腕，他就扔下了一只钩；又一支箭射中了他的右臂，他就成了两手空空。春雪瓶的第三支似是要射他的咽喉，韩铁芳就赶紧催马驰下了高岗，迎着春雪瓶喊叫着说："不可！"

　　春雪瓶也不似往日那样的残忍了，听了韩铁芳的话，立时就住了手，可是她并不下马，也未跟韩铁芳说半句话。

　　钩侠吕慕岩，如今的面上是老泪纵横，样子十分可怜。他腕上的箭自己甩落了，臂上的箭也忍痛拔下，可是血已流出，滴在了地面的湿沙上。那老刘昆也没有死，巨大的身躯在地下乱滚乱爬，又狂呼惨叫。

　　春雪瓶马到近前，严厉叫道："你们全都快些走，迟一步，我就要……"她把剑从背后抽出，吓得受伤的忙爬着走，没受伤的也抛马扔刀，撒腿就跑。

　　春雪瓶又厉声喝着，叫他们回来，把老刘昆抬走。这些人现在是唯命是从，连抬头看春雪瓶也不敢。忽然春雪瓶用剑指着，向韩铁芳问说："那边来的是谁？"

　　韩铁芳回头去一看，就见土岗的南边大道旁，停着一辆骡车，范彦仁、蝴蝶红，还同着一个穿官衣的，好像是衙门中的班头，都往这边走来。

　　韩铁芳就说："不要紧！这是汜水县的范县丞，那妇人是他的妻子。早先我对他们夫妇曾有过一点儿好处，他们屡次说是要报我的恩，刚才在镇上我也跟他们见了面。我在这里与人殴斗的事，他们也晓得，如今必是怕我吃亏，才带了官人来排解。"

　　春雪瓶原本是不想跟韩铁芳说一句话，拨马就走，但如今一看见官人来到，她反倒连剑也不收，怒目向那边望去。那边的人是越走离着这里越近，那位官员高视阔步，气派总是与旁的人不同，也把眼睛直向春雪瓶这边来瞪。韩铁芳这时候倒担着心，因为春雪瓶的脾气是说变就变，她的弩箭发出来就不认人，倘若伤了官人实在不大好，所以他赶紧牵着马迎了过去。那边范彦仁就先止住脚步，给那官人引见。这位官人果然是成皋县衙的大班头，有个外号叫"赛孟尝"，可见此人慷慨好交。他一见了韩铁芳，就拱拱手，很爽快地问道："怎么样啦？大相公你没有吃他们的亏吗？"

韩铁芳摇头说："没吃什么亏，现在他们都已走了，又没伤了人命，事情算是完了。"又拱手说："多承关照！"

赛孟尝也拱手说："不要客气，我久仰大相公之名，所以刚才范老爷一叫人去通知我，我就赶紧来了。我也知道，江湖上的人时常为一点小事就起纷争，灵宝县的刘老师傅跟大相公的事，近来我也都听说了。今天我来，虽没顾得脱官衣，可是也没带着伙计来，我原是想以我这点儿面子，给你们双方排解一下。"

韩铁芳说："现在也没有什么可排解的，累你老兄白跑了一趟。"

赛孟尝摇头说："没有什么，都是自家人！"说着话，眼睛又斜向春雪瓶那里望去。

这时蝴蝶红在旁就悄声问道："那边的那位姑娘是谁？"

韩铁芳说："那就是春雪瓶，我同着你们过去，给你们介绍介绍吧！"他一说明了那边就是大名鼎鼎的春雪瓶，这里的三个人的眼睛都越发地直了，可是范彦仁的脚步似乎不肯再向前走。

赛孟尝这人虽然好交，可是他也不敢过去攀谈，便向韩铁芳拱拱手说："既然没有什么事，我也就要走了。春小王爷我也是久仰大名，可是我不便去冒犯人家，请你替我问个好儿吧！有什么事再来找我，只要我能够办得到，我一定尽力帮忙！"

韩铁芳也拱手说："多谢多谢！再见再见！"赛孟尝就走了，边走他还不住地回头。

那边荒凉的土岗外，雨后的夕阳照着春雪瓶白马青衣的俏影，可是那影子在俏丽之中又似乎有一种神威，令人都不敢趋前。倒是蝴蝶红，如今虽然也是一位夫人了，可是毕竟出身妓女，大方而不知道什么叫羞怯，她就姗姗地向前走去,笑着叫说:"春小姐! 今天幸亏你来了,才叫韩大相公没受什么大惊。我是早就听人说你是我们女流中的状元,今儿,想不到能在这儿遇见你!"说着她就很恭谨地施礼。春雪瓶也在马上拜了拜,抬头见韩铁芳跟范彦仁也拢谈着随向这边走过来。

等到蝴蝶红来到了临近,春雪瓶就问说:"那边就是你的丈夫范县丞么?"

蝴蝶红脸上带笑地说:"对啦! 若没有韩大少爷,我们也到不了今天。听说韩大相公若不是有春小姐搭救,他也不能够活到现在。"

春雪瓶只笑了笑,说:"这都是提不到的话。不过韩铁芳原不姓韩,现在东边不远的官眷瑞大臣之女,那就是韩铁芳的姨母。她们是正要往京里去。最好你们劝韩铁芳就赶上那官眷的车辆,一称名姓,她们就能晓得,就能够认亲。无论如何应当令韩铁芳进京去,那里又有他的舅父玉大人,都能给他博个出身。那才是他的正途,他也算是对得起他的母亲,也不愧叫我爹爹抚养我一场!"说到这里,春雪瓶的语声儿似乎很惨,她又说:"我可以在江湖上飘荡,永远飘荡,他却不成,他也不应该不走正路!"

说至此,韩铁芳跟范彦仁也来近了,可是春雪瓶拨马就要走,韩铁芳举手着急地说:"春雪瓶! 千万不要走! 我还有几句话要说!"

这边蝴蝶红也把马给拦住了,哀恳地说:"春小姐,我请你到我们的店里去歇一歇,我跟你谈谈话儿。你要是答应,就赏我们个脸儿,别走。你要是一定走,我可就要在马前给你跪下了,随你的马撞我,我也不躲开!"她仰着脸儿,诚恳地如此哀求。范彦仁也过来深深地打躬,说是请春小姐到那镇上的店里去歇一歇,他们要竭诚地招待一下。韩铁芳倒没再说什么,春雪瓶却又看了他一眼,面上就不由渐渐泛起了红晕,显出着急、为难而又无可奈何的样子。她想了一下,忽然点了点头,慷慨地说:"既是这样,我也就随你们到那镇上去一趟吧,我也有几句话要向你们说。不过,我可还是说完了话就走。"

蝴蝶红一听,头一个表示喜欢了。当下春雪瓶就收起来宝剑,同着他们走过去,范彦仁与蝴蝶红都上了车,韩铁芳也上了马。

于是两匹马跟随着一辆车,就同往那镇上走去。春雪瓶与韩铁芳虽几乎是双马并行，二人所带的剑又本是成双的宝剑，但二人可谈的话是太少了，都似乎有些赧然惭愧的样子。唯有韩铁芳的心里明白，他是不该在那个雨夜中，在客店里跟春雪瓶说出那个请求，如今未得遂愿，倒生了隔膜。真是：身无彩凤双飞翼，心有灵犀一点通。刘郎已恨蓬山远，更隔蓬山几万重。

车轮轧着泥土，马蹄轻响，夕阳影里，他们就回到了镇上那家店内。赛孟尝已经先回到这里了，有他的照应，店中虽然是挤得没有地方了，可是居然能够腾出两个宽敞的单间来，请韩铁芳、春雪瓶去住。他们都各自在屋里洗了脸，梳了头，并换上了干净的衣服。

范彦仁在那屋里已命伙计给叫来了菜饭，还预备下了酒。他又向赛孟尝说明了，韩铁芳和春雪瓶与那位孙大人的官眷瑞大臣之女，及与新返京的玉钦差的关系，并要请赛孟尝作陪。赛孟尝却笑了，说："大哥！你这不是故意为难我吗？按官面儿说，他们虽不是阔公子跟千金小姐，可毕竟都有阔亲戚，我不过是个小县衙门里的皂隶，敢与人家同席？按私面儿说，他们一位是韩大相公，一位是春小王爷，我要是跟他们高攀起来，我的名头可也就大啦，以后有人羡慕我，可也一定有人要找我麻烦，得了！"他又作了个大揖，说："就算是我已经叨了您的酒啦！我可不敢真个就去奉陪，现在我就告辞了。有什么事儿，您再叫人去叫我吧！"说毕，他就走了。

这时薄暮已临到了镇上，天上已露出来几点星光。镇上，那老刘昆、吕慕岩等人根本就没再回来，此时也不知都往哪里去了，所以这里是十分安静，一般客人也多半吃完了晚饭就早早地睡了，预备明天好赶路。

可是这家店中的几间宽敞的房间里却是灯火荧荧。那位县丞太太蝴蝶红，一身红缎的衣裙闪闪发光，脸上抹着红胭脂，涂着大红嘴唇，只有头发是黑的，首饰是金的。她的那两只红绣鞋儿，东屋里走走，西屋里串串，脸上永远带着笑。她今天真忙，也是最兴奋。她跟她的丈夫都已秘密地商定了，今晚，无论如何她要叫韩铁芳点头，同时劝得春雪瓶也得首肯，而使这一对订成终身的伴侣、永世的良缘和不变的鸳盟。她不是要做这个媒婆，范彦仁更不敢自命为月老，不过他们夫妇总是想：当初人家怎样成全我们来的？如今既然有这机会，就得设法报恩。同时又知道韩铁芳是万分地乐意跟春雪瓶订亲，而春雪瓶也并不是不乐意，而是还有几点难处，这也是使得这位嵌崎磊落的侠女伤心成病的原因。

第十九回　冀北江南游踪都遍
　　　　边疆沙草俪影相依

　　春雪瓶不说她不愿意跟韩铁芳婚配，只说她有几点伤心之处。在这屋内，对着明灯，对着蝴蝶红，她把前后始末都低声地说了。她发起怒来时比剑锋还厉害，她的心，外人若是不察，也会觉得比的弩箭更狠，其实她也是很脆弱的。一位横行大漠、脚踏草原、腾跃高山的春龙小王爷，如今竟宛转地悲伤弹泪。蝴蝶红觉得她一点儿也不可畏，而且十分明白人情道理，简直是一位聪敏贤慧的多情女子，只缘于她的身世太为不幸。

　　春雪瓶对着蝴蝶红如对着长姐似的倾诉她的衷情，原来她之所以病，之所以不能跟韩铁芳婚配，就是因为她的生身母太令她伤心了，二十多年前她在甘州城来安店里做的那事，太令人痛恨了……

　　春雪瓶说："若没有我，哪能够叫韩铁芳才一生下来就受那苦难？就害得他们母子生离？所以，我若是韩铁芳，我一定得恨当初那个坏妇人跟那个女孩！"

　　蝴蝶红一听，就说："啊呀！春小姐您怎么这样想呀？当初，方太太是怎么个心，我们现在不敢说，可是您那时也不过是才满月，人事还不知，您能够伸出小手儿来拦住您的妈，不叫她老人家把您换别人的男孩儿吗？"

　　春雪瓶说："你不知道，他们母子分离之后，二十年来，别人我不知道，我的爹爹确实很苦。她虽抚爱着我，如同她的亲生，但她没有一时一刻，不是在悲伤地想着她失去了的孩子。为此，后来她才得了病，病才永不好，后来才病死……"蝴蝶红也有些黯然，半天，她才叹息着说："这些事情都已过去了，我听韩大相公说，您的爹爹在路上遇着他，把他带到新疆去，也就是为叫您跟他结亲。我并不是夸赞，您的爹爹玉三小姐，她不仅是本事高，还是一位顶明白的人，给自己亲手抚养起来的女儿招位姑爷，正是自己亲生的儿子，何况又是郎才女貌，正正地相配。这是多么好又多么巧的一件事呀！大相公不该违背了她亲娘的遗言，我想小姐您要是孝顺，要是能体贴那位故去的老人家的那片苦心，您，直说吧！您就不应该不答应！"

春雪瓶脸又红了红，说："那，难道叫我也去跟韩铁芳到北京？"

蝴蝶红说："那有什么不可以呀？您别忘了，您的老太爷早先就是凉州知府，您生下来就是一位千金呀！现在说不定老太爷还许在世，官一定比早先更大。您要到北京去一打听，就准能够打听得着。"

春雪瓶说："我也不想去认他！"又愤然地说："生我的那个老妇人是还活着，现在还在凉州府，只是你也绝不会想到她是怎样一个人。我跟韩铁芳若是都不知道她也好，我们不但都知道她，还都见过她，韩铁芳对她的坏处比我知道得还多。为她，无论如何我都不能依你们的主意！这真把我恨死了……我要来跟你们说明的，也就是这几句话，你去告诉韩铁芳吧！我也许等不到明天就走！"说时，她扭着脸低着头坐在旁边，显出无限地愧恨、伤心之意。

蝴蝶红急得连连跳脚，说："唉！唉！我想这件事更算不了一回事儿了！方太太在凉州府住着，将来您要是去认，也不能算就污辱了韩铁芳大相公，别人更不会笑话他有那么个丈母娘。不去认呢？也不能说是不孝。再说，我可护着方大妈，方大妈她也不能算是多坏的人。譬如再过二载，我连一个儿女也没有，或是只有个女儿生不下男孩，我也说不定会跟人家去换，那种事儿我也能够干得来！"她笑了笑，又说："真的！要说到后来呢，方大妈处处也是不得已。就譬如我，我不瞒人，早先难道我是愿意在琵琶巷里混事？现在，我们彦仁做了官，就不嫌我的出身低。您也一定是不弃嫌我，若弃嫌我，我还能够跟您说这些心腹话吗？既然您连我都不弃嫌，又怎可以弃嫌您的那位不幸的亲娘？我想韩铁芳大相公，他也不至于娶了您，就嫌那位岳母呀？或是因为岳母不好，就看不起您呀？"

当下蝴蝶红的话是翻来覆去地说,两方面地解释。她的口齿真伶俐,说得天花乱坠,讲得动听入耳,秀树奇峰春雪瓶可真不如她,被她说得简直无话可答了。

这时,忽听门外的范彦仁说:"韩铁芳大相公可来了!"

门一开,先进来了范彦仁,随后又进来了韩铁芳。韩铁芳的脸很红,且露出喜笑之色。春雪瓶却仍然在那里含羞不语地坐着,可没有抬眼皮看他。

范彦仁说:"我们在门外偷听了半天啦!无论什么事,都妨碍不了你们的金玉良缘!"

蝴蝶红就拉住他的丈夫,说:"得啦!咱们把话都说完了,现在就该让人家两人说啦!"遂就把范彦仁拉出了屋去,并给合紧了门。

他们两人就在屋外,并立含笑,望着那窗上艳艳的灯光和双双的人影。范彦仁还有点儿不放心,可是待了半天,那屋里的谈话声音却越来越模糊,越来越小。蝴蝶红就拍着手,笑说:"成了!"又拉着她的丈夫回到了自己的屋里。

范彦仁还发呆地问说:"你怎么知道是成了呢?"

蝴蝶红笑着说:"一定成!"遂就叫店伙计赶紧热酒摆菜。两个店伙计在屋里忙了一阵之后又出去了,蝴蝶红这才笑着对范彦仁说明了原因。她说:"你想呀!他们的事儿要是不成,还能够在屋里那么悄声儿地说?早就得打起来了!"

范彦仁也笑了。于是夫妇两个人就又过到那屋里去请那两人,果真一请就都到这边来了。范彦仁夫妇便双双地举杯,与韩铁芳和春雪瓶贺喜,于是韩铁芳与春雪瓶的婚事已订。晚间仍是各自回屋去就寝,一夜慢慢地过去。到了次日,天气晴和,那位赛孟尝大班头大约是听店伙说了,便买了一罐子酒,一大片子肉,就来给韩铁芳贺喜了。

范彦仁就说:"今天就要请他们新订亲的一对夫妇到我们县里去。但是你得派个人骑着快马赶紧往东,追上官眷的车辆,把这件喜信儿去告诉那里的孙夫人,瑞天臣大姑奶奶。"

赛孟尝就说:"让别的人去,一定说不明白,还是我去跑这趟吧!"

当下他放下了酒,留下了肉,比办他自己的事情还急,匆匆忙忙地走了。早餐之后,范彦仁就同着蝴蝶红,请韩铁芳跟春雪瓶随着他们到了汜水县。他们在那里有私宅,但韩铁芳不愿去住,就仍与春雪瓶住在一家客店里,仍是分为两间屋子。

在此住了两日,邢柱子与荷姑就找来了。原来韩铁芳与老刘昆在虎牢关恶斗,与春雪瓶在那店中订亲之事,不知是什么原因,已弄得外边有不少的人都晓得了,也许是由那店里的伙计跟居住的客人给传出去的。他们夫妇听说了就找到这里。当下见了面,邢柱子就给韩铁芳贺喜,荷姑是不但向春雪瓶贺喜还道谢,春雪瓶跟荷姑也很亲热,也颇为投缘。

韩铁芳在旁发呆了半天,当晚他就向春雪瓶说:"我们是自不觉得,但我们在这条路上的名声太大了,一点儿事情,外人都留心,都能够向远处去传说。我在洛阳又有杀死独角牛的事,他的大舅陶九更是个厉害的人,倘若他要找到这里,那时就对范彦仁有许多不便了。"

春雪瓶说:"明天或是后天,我们就走吧!

韩铁芳皱眉说:"可是,你的病还没有好啊!"

春雪瓶却妩媚地笑着说:"你想,我这点病还能够算是病吗? 这两天,我觉得也差不多好了。"又说:"我告诉你吧! 我也不是因为病才不愿意跟着那官眷的车辆走,我是故意离开爹爹的表姐孙夫人。"

韩铁芳问说:"为什么呢? "

春雪瓶脸红着说:"就是因为她也主张叫我跟你在一块儿。"

韩铁芳笑着悄声问说:"现在呢? "

春雪瓶哼了一声,说:"现在……"她把她的那口剑跟韩铁芳的那口放在一起,成了一双,说:"都给你吧! 从今以后,我也不再提武艺了。我真没有想到我也像别人似的要叫人娶! "

韩铁芳听了这话,以为春雪瓶要发脾气,可是待了一会儿,见春雪瓶却嫣然笑了。

他们因为等候着那赛孟尝回来,所以暂时还是不能够走。春雪瓶住在店里,有荷姑给她作伴,蝴蝶红又天天来找她,她们在一起谈谈笑笑,倒很是快乐。同时她的病也好了,对人也更随和了。又过了四五天,赛孟尝才回来,同来的有两位官人,都是孙夫人玉清小姐派来的,一个是原在孝义县衙门当差的那个老谢,另一个却有六十多岁了,已有了官职,是早先玉娇龙的舅父的部下,名叫保善。

保善先是跟着瑞大臣,后来又跟着孙抚台,官升到了把总,可就没往上再升。虽然是跟个老听差的似的,可是连孙夫人玉清小姐都叫他"保大叔",而不直呼其名。

这次他也是护送着孙夫人往京里去,前些日曾跟春雪瓶见过面,可是因为春雪瓶病着,没有怎么详细谈过。如今他一来了,就向韩铁芳说:"你叫我怎么称呼你呢?得啦,我就叫你大少爷吧!其实我就叫你的名字也叫得着,因为玉府的三姑奶奶娇龙小姐,她出玉门关的时候,在凉州府,只有我一个人见着她了。若不是我见着了她,到现在,人家还都真以为她那次在北京妙峰山还愿就死了呢!"提起了旧事,这位老官人就不禁感慨唏嘘,并且直咳嗽。

韩铁芳就请他在椅子上落座。春雪瓶亲手给他敬茶,他也一点儿不客气。他咳嗽完了,才说:"我是个三朝元老啦!玉家、瑞家、孙家,连方家,提起了我来,都得说我是老人儿啦。"

春雪瓶听他说到了方家,倒不由得有点诧异。这时屋里只有她跟韩铁芳陪着这位老前辈,保善就说:"玉娇龙姑奶奶没出阁的时候,到伊犁舅舅家里住过,那时候我就见过她。谁可料得到她在那个时候,就已经学会了飞檐走壁之能呢?唉!"

他先把玉娇龙的历史说了一遍,然后又说,现在这位官眷孙夫人,也就是玉娇龙的大表姐,姑爷孙大人有个表哥,姓方,做过凉州官,后来又做过几任外官……

韩铁芳赶紧就问:"现在呢?"

保善说:"早就故去了,现在家眷还在北京住着。方大人早先还有一位二太太,生过一位小姐,可是二十年前,那位二太太连小姐都在祁连山中不明生死。又有人传说,那位二太太是早把那位小姐给换了出去啦。"看了看春雪瓶,他就又说:"如今我才知道那位方小姐就是你!现在我可不能叫你为方小姐,我得叫你为少奶奶,还得叫你……叫你什么呢?得让我细想一想！”

想了半天，他又笑着说：“当着你们，我细说也不要紧。玉娇龙姑奶奶本来嫁的是鲁翰林，可是，简直就算没成亲，闹了一个乱七八糟。鲁翰林得了痰气病，也早就死啦。现在就得说那位小虎大爷，玉钦差的妹夫。小虎大爷虽说是一位绿林好汉，可是后来有人一细打听，听说又是北京德五爷家大少奶奶的娘家胞兄，那是一点儿也不假。现在德五爷还在世，跟我的年纪差不多，在北京享清福，还好交朋友，好谈天，有时还常提说这些个旧事。所以，如今我告诉你们吧！”他指着韩铁芳说：“你是罗大少爷！”又指着春雪瓶说：“你是罗少奶奶。孙家的这门亲戚还远，方府上只留下了正太太的那一支，去认不去认，也不要紧。可是玉钦差实在是你们的亲娘舅，德家的大少奶奶实在是你们的亲姑母，这两门亲戚，你们是无论如何也应当去认一认。现在孙夫人在卫辉府等着你们呢，叫我来请你们，你们就一同上北京去吧！如今这总算是骨肉团圆，亲上加亲，喜上添喜了！”

此时春雪瓶倒是默默无言，韩铁芳却十分感慨，说：“有劳你老人家来了这一趟。我们早晚是要到北京去的，可是现在还不能够去。”

保善惊讶着说：“这为什么呢？”韩铁芳慨然地说：“我父亲罗小虎一生漂泊江湖，没有登过高亲的门庭，没有入过簪缨的行列。我母亲虽是生长在宦门，是一位小姐，可是那位小姐玉娇龙，也早就在妙峰山投崖尽孝身死了。后来生下我的、出玉门关去的那已不是她，那是龙锦春，是春龙大王！”

保善惊讶着说：“说来说去，前后还不是一个人吗？总而言之，是我们那位姑奶奶与众不同，才有后来这些事。我不该说，如今你们小夫妇可应当改向正途了。”

韩铁芳说：“我觉得走江湖、历风尘，行侠仗义，才是接续我父母的事业，才能够称为正途！”

保善连声叹着：“唉！唉！”

待了会儿，蝴蝶红也来了，听说了这事，赶忙就去叫范彦仁。范彦仁来了也劝韩铁芳赴京，托亲戚去在官场谋个前程；但韩铁芳只是摇头。他跟春雪瓶都是意已坚决，宁愿遨游江湖，也不愿去图功受禄。

保善也明白，韩铁芳若是去图功名，那么他的那个三代的帖子，实在难以下笔去写。又知道玉娇龙在尉犁城的皋原有多少万匹马，产业无数，他们若回到新疆尽可以享福，比做个小官儿既随便，还又阔得多，于是也就不勉强他们了。韩铁芳写了封书信，致谢孙夫人，并托将邢柱子夫妇带了去，保善也都答应了。

这位老官人在这儿歇了一天半，就同着那邢柱子、荷姑，还有那老谢，一同走了。邢柱子、荷姑，与韩铁芳、春雪瓶临别之时，倒不禁依依不舍。

韩铁芳在此与范彦仁、赛孟尝又盘桓了一日，他们就走了。他们仍然是黑白两匹马、雌雄两只剑，就往江南去了。他们的目的是去九华山，想要去拜访拜访那三十年来在南北赫赫有名、从无一人的武艺名声能够盖得过去的奇侠李慕白。同时春雪瓶还知道有几本书存在那里，那是她的爹爹，如今应当说是她婆母的旧有之物，此去是想向那位奇侠索回来。

春雪瓶跟韩铁芳一路风尘，带着不少他们新婚里的佳话，离开了河南的平原，到了长江，从安庆府渡过了江。此时正是暮春之时，六朝人做的文章里曾有几句话是："暮春三月，江南草长，杂花满树，群莺乱飞。"然而这却描不尽江南美景。只见处处是碧水汪洋的田地，其间插秧工作的人都是头罩各色首帕的妇女，她们身穿朴素却秀美的衣裳，在田间互相说笑，又一声一声嘹亮宛转地唱着秧歌。

在傍近青山茶林的所在，又有一群群如穿花蝴蝶似的采茶女。处处是清澈见底的小溪，没有帆篷的小船，家家有垂着绿丝的杨柳，林间的鸟语响如簧，水面的鹅鸭白如玉。这样的风景与新疆那草原大漠、牛皮帐篷、骆驼队是迥然不同了。

春雪瓶至此简直有些目不暇接了，连马都不愿骑了，骑着她怕人家笑话，怕人家注意。他们一到了池州府就先歇了几天，韩铁芳跟春雪瓶都做了新衣裳。新衣裳的式样自然也很新，与在西路上所穿的完全不同了。

春雪瓶的那件鹿皮坎肩早就收在包袱里，同时脱去了素衣，换上了鲜艳的浓妆。她的头发也不再梳辫子了，是仿照着这江南的妙龄妇女，梳成了一个好看的头髻，金钗玉钏也都应有尽有。早先听人家呼唤她为太太她还有些不高兴，有时候还脸红，如今她却听得习惯了。她爱听，她觉得这

"太太"两个字,是比什么"小王爷"还合她的身份。

她们先在池州打听明白了往九华山去的路径,又向人打听李慕白,可是竟无人知晓。春雪瓶觉得纳闷,韩铁芳倒以为这是理所当然,因为后来的李慕白必定是已成了一位道家,他专心修炼,不问外事,与玉娇龙在新疆当然不同,难怪无人知晓。他们两人也都未敢携带宝剑,这日就到了九华山上。山上有很大的庙宇,供奉着"九华菩萨",据说是极有灵验,山下各地来的香客天天络绎不绝。他们只装作游山的旅客,几乎每一座山峰他们全都去过了。

这座山跟那顶上永远堆积着长年不化冰雪的天山,跟那峰峦层层不绝的祁连山,自然都不能相比。但这里的树木常绿,白云飘浮,却十分秀丽可爱。他们寄宿在山中的人家里,用了两天的时间才打听出来,原来在这山壑的幽僻之处,向来隐居着奇侠高人。六十年前曾有一位九华老人,坟墓现今仍在。五十年前这里有一位江南鹤,他的那些故事,至今附近的老年人还多能够称道。二十年前又来了一位大侠客李慕白。可是江南鹤与李慕白都不知往哪里去了,多年他们也没有回来,不知现今是否还在世间。在四五年前还有李慕白的徒弟猴儿手常到这里来,近几年也没有人再看见他。总之,名侠的往事,偶然有人还能道及,但宝剑奇书却无觅处。

韩铁芳与春雪瓶只得怅然下山,由此又渡江而北,直到了京师。他们可并不去见玉钦差,韩铁芳更没去见他的姑母杨丽芳。他们在京师住了半月之久,知道了邢柱子经那位孙大人提拔,已经在衙门里有了个小差使,住在北城的什么胡同里,荷姑的日子当然过得很好。而且这京城是大地方,南城镖行里有名盖南北的老英雄神枪杨健堂与五爪鹰孙正礼,北城又有那位街面上的好汉、专爱管闲事、打不平的一朵莲花刘泰保。

这个地方不要说戴阎王,就是魔星恶煞,也绝不敢来此欺压良家妇女,所以韩铁芳与春雪瓶也都没有去看荷姑。他们终日游玩,已将京城胜地览遍。韩铁芳不禁想起来当年他的父亲罗小虎与母亲玉娇龙那段离奇的姻缘,不禁感慨。

春雪瓶在京城也住得腻了,夫妻两人就商量好了,还是回转新疆去。于是在端午节将临的时候,他们就出了京都。因为天热,不愿速行,双马只款款而走。本来可以出娘子关，走山西的那条路，这样比较近便，但春雪瓶偏想回洛阳去再看一看。韩铁芳也不能不依她，同时可先说好了，到洛阳的时候他是绝不停留，并且绝不回望山村韩家里去。春雪瓶也答应了他，可只是笑。然而等到他们到了洛阳的时候，她又叫韩铁芳先走，在前面去等着她。春雪瓶这位娇健的侠女、白马上的红装少妇竟到了望山村，拜见了那个把家管理得很好的徐广梁，又愣去见了韩铁芳的原配陈芸华。可是只听见梆梆梆不断的木鱼之声，她却没得机会向陈芸华说出来自己已是韩铁芳的妻子。她心中并没有半点嫉妒之意，可是觉得陈芸华这位太太也真不能同她们到新疆去了。她把话倒是对着徐广梁都说了。那位连支箭徐广梁老英雄一听，发了半天愣，就把春雪瓶打量了半天，然后就笑着说："好极啦！好极啦！这事顶对。你去告诉韩铁芳，叫他对这里的事放心吧。我就在这儿养老啦，我不能叫他的原配受半点委屈。韩文佩遗留下来的钱，我也绝不多费一文。可是他无后代，我也不能永远给他留着，我要尽量拿钱去做好事，好给我那位老哥哥的阴魂赎罪！"

春雪瓶当日就走了，往西却没有追上韩铁芳。她很不放心，路过灵宝县的时候，她特意进了城，也没有遇见韩铁芳。她倒打听了出来，老刘昆自在虎牢关受了伤之后，如今在家中连门也不出了。

那戴阎王于两月前的一个夜间，忽然被人杀死，这件事可不知是什么人做的，使得春雪瓶倒很是惊讶。她急急地策马西去，直到了潼关，才与韩铁芳会面，她就说了这件事。韩铁芳对于望山村的事倒是漠不关心，他听了灵宝县的巨憝被人剪除之事，却也不胜骇异。当下夫妇二人又并马西去，过渭水，经长安时，也没去访安大勇，就直越陇西。沿途不晓得是因有春雪瓶的娇姿镇服住了这一路上的盗贼，还是另有其它缘故，竟然一点事儿也没有遇见。

进了甘省，也未遇见熟人，又走，眼前便是凉州武威县。这一路上，韩铁芳是感慨万端，因为这条路就是去岁夏天，他与他的母亲病侠相伴所走的路。那时病侠所说的"在新疆的亲近的人"，自己还以为必是一个生番似的强悍小伙子，哪里想到却是身旁的这位美貌的妻子呢？他虽是喜，可也忍不住地阵阵惘然，尤其是永不能忘记瘦老鸦和神手张那两位侠烈的人。

来到凉州，春雪瓶愤然地就要催马走过去，韩铁芳却意殊不忍。他就勒住了马，说："天色已经不早了！"春雪瓶的脸上一点笑容也没有，说："天晚了，就能够拦得住咱们吗？难道咱们晚上没行过路？"

韩铁芳说："不是那样说。咱们回到新疆，并没有要紧的事，今天已经走了不少的路，这么热的天气，何必还要连夜往下赶着走呢？"

春雪瓶瞪了他一眼，冷笑着说："我也猜得出来你的心思，你绝不是因为天色快晚了，才想在这里住下！"

韩铁芳倒叹了口气，说："这话直说也不要紧。我也并不是一定要去拜见金大娘方二太太，认她作为我的岳母，可是我跟她实在是有着一段感情，因为在早先，我始终以为她是我的母亲。去年我自洛阳韩家出来，原意也是要上祁连山去救她，可没有想到……"

春雪瓶的脸上现出来了一些怨戚之态，但却更急躁了。她说："无论如何，我也不会再去见她！你侥幸，她不是你的亲人，但我……"说到这里，她伤心得要哭。韩铁芳因为怕她因此又得了病，就也不敢再勉强她。可是两个人在道旁争辩似的说着话，早被人注意上了。两人正要鞭马走去，忽见有一个人飞跑了过来，高举着一只手说："韩大哥！春小王爷！你们在这里干什么啦？为什么不到我那里去歇一会儿呢？"

春雪瓶一看，原来这个人是祁连山里的强盗、黑山熊的亲信，自称是女侠俞秀莲门人的那个小山神柳三喜，不知他来此是好意还是恶意。

韩铁芳更是诧异了，简直就跟见了鬼一样，因为他一直以为柳三喜已在黄河浮冰之下淹死了，怎会又在这里出现了？并且现在柳三喜的衣服十分齐整，脸也发胖了。他就下了马，带笑说："柳兄！不想我们又在此相遇。"

柳三喜笑着说："你哪能够想得到呢？黄河里的那点水儿还真能淹得死我吗？我猜你们二位在此商量，也就是想要去看看我。我托你们的福，在灵宝县我替你们剪除了戴阎王，到现在大概还没有人知道那事是我干的。"

韩铁芳说："哦！那件事原来是你干的？我们可实在没有料及！"

柳三喜似乎很注意他这"我们"两个字，把眼光从春雪瓶的头上直扫到那双踏在马镫上的绣花鞋，他已猜出来春雪瓶是韩铁芳的新娘子啦，可是还不敢冒昧地就说出来。

　　他就拉着韩铁芳的胳膊，说："请吧！我又托你们的福，从灵宝县平安地回到了祁连山。黑山熊遗下的金银，我给他的老婆留下了多一半，我拿了他少一半。我在凉州城里开了一座镖店，用的多一半是吴元猛手下的旧人。他们那些人也都不算坏，闲谈起话来，他们不但不衔恨你，反倒钦佩你有胆气，不愧是一条英雄好汉，难怪春小王爷能够特别把你看得重。请吧！愿意进城，就到我那里去歇息；若是不愿进城，这南关有远悦栈，是新开张的一家大店房。我因为刚送走了一帮镖车，到那店里歇了会儿，一碗茶还没有喝呢，就听说有人看见了你们，我就赶紧来了。这里的吴元猛虽然已死，可是沙老大、粉菊花、柳素兰，那还都是你们的老朋友，虽说不必都见面，可也得叫他们全晓得你们又来了才对。还有一件要紧的事，就是金大娘，她现在那间楼上病得十分沉重。这两三个月以来，她天天夜夜，口口声声，说是要见见她的女儿春雪瓶！"又向春雪瓶拱手说："小王爷您可不要怪我！"

　　韩铁芳看着春雪瓶的神色，只见这时候她并不急着要走了，并且已经下了马。她的芳容上怒容早失，可是那种怨戚之态，也未因听了柳三喜的这话就改变。

　　韩铁芳可还是不放心，因为这凉州城里有不少吴元猛的旧友，难免还有人寻事。万一春雪瓶犯了脾气，再在此地伤人，那就不对了。所以韩铁芳只叫柳三喜领他们到了那远悦栈，而没有往城里去。

　　远悦栈是一家很大的店房，这里的店伙都称呼柳三喜为东家，可知这个店也有一半的钱是黑山熊的了。春雪瓶似乎没想到这一点，韩铁芳也没敢跟她提，恐怕她当时发了怒又要走。柳三喜时时注意着他们两人的神态，又向韩铁芳问说："你们二位是分屋子住呢？还是同住在一间屋里呢？"韩铁芳说："找一间房子就得了。"

　　柳三喜便趁着春雪瓶没有看见的时候，拍了韩铁芳的肩膀儿一下，笑着悄声儿说："待会儿，你到柜房里去，我得喝你的喜酒啊！"遂就命伙计给韩铁芳跟春雪瓶找了一间很好的屋子，把黑白两匹马牵到了棚下去用好草料给喂。

柳三喜到柜房里候了片时,韩铁芳就过来了,他就又拱手给韩铁芳贺喜。韩铁芳先叫他派个人去找沙漠鼠,然后就背着这里的掌柜的与伙计们,询问金大娘的近况。

柳三喜就说:"她终日吐血哭啼,实在是要死了。她知道春雪瓶是她的女儿,她简直是烧香念佛地盼着能够跟她再见一面。"又说:"她现在很是可怜。只有个使女,就是早先吴元猛用的那个玉芹,还忠心地伺候着她。那柳素兰虽然还住在她的外院,可是现在也不像吴元猛活着的时候那样畏惧金大娘了!不但是那马百万,还有别的人都常往她那里去。"

韩铁芳听了,不禁感慨唏嘘。柳三喜又问他们在黄河岸边分手以后的事情,韩铁芳却没有细说,只说到江南九华山去了一趟,又往北京游览了一番。柳三喜听说他到了九华山,便向韩铁芳询问李慕白的下落。

韩铁芳惋惜地说:"我们去了,到处寻访,竟没有见着!也不晓得那人现今是否尚在人世?"

柳三喜听了也显出很难过的样子,说:"实不相瞒,他是我那位女师父俞秀莲的情人。他们可不像你春雪瓶姑娘,你们是有情人终成眷属,那李慕白与俞秀莲是始终恩如兄妹,永远相恭相敬,心里却各相爱慕。我的女师父原来有过男人,可没等到成亲,那人就死了,并且听说还是为李慕白而死的。因此,李慕白永远不能娶俞秀莲,俞秀莲也永远不能跟李慕白怎样接近,直到我师父死后,李慕白还到她的坟上去吊祭了一番。李慕白不是个老道,也是咱们这样的平常人,可是与咱们又有不同之处,侠风俊骨,令人不敢小瞧。他确实是一个人物,只可惜没有老哥你这样的艳福。"

说到这里,那个长得跟耗子般的沙漠鼠就来了。他现在还吃着粉菊花,生意倒还不恶。韩铁芳并没向他明提自己与罗小虎的父子关系,可是因他是罗小虎的老伙计,就向他询问罗小虎生前的种种事情。沙漠鼠就把半天云罗小虎的出身说了个详详细细,又特别把半天云与玉娇龙的结合和分离说了个详详细细。

韩铁芳如闻一件旖旎哀怨可泣可歌的故事,而这个故事又与自己有着密切的关系。当日他是在柜房里跟柳三喜、沙漠鼠在一起用的酒饭,春雪瓶是自己在屋里用的。到了二更以后,韩铁芳才回到屋里去,他就把他听来的话又都几乎一字不遗地向春雪瓶说了一遍,直说到了四更。这夜,客房中的秀树奇峰可真悲哀极了,她便应允韩铁芳,明天进城去看她的生身之母金大娘。

次日,六月的天气,天色忽变,阴云从祁连山那边展开,直压住了凉州府的城池,似为人挂上了一副愁容。春雪瓶同着韩铁芳到城里进了那双碑巷,来到了金大娘的家。他们一进来,吓得那柳素兰就掩上了屋门,可又忍不住要扒着窗子偷眼看着。她看见了早先的"王兄弟",就是那个韩铁芳;又看见了那个曾经身带着宝剑于深夜到这里来的那人,早先她还以为是一个漂亮的小伙儿,现在却打扮得比她自己还漂亮。她可真嫉妒,那人原来变成了韩铁芳的太太了。

此时韩铁芳同着春雪瓶进了里院上了楼。这座楼现在还有些活动,因为当初的那一场大闹,吴元猛曾用铁锤砸这楼柱,所以这座楼,若是金大娘死了,再没人修,恐怕不久也就要坍倒了。

丫鬟玉芹跟杏花迎了出来,请他们进去。他们就去见着了金大娘,也就是二十年前甘州来安店以女换子的那个方二太太。她如今头发已白得跟雪一般,她瘦弱的身体蜷伏于床上,简直连一只瘦羊也不如。

室中除了浓烈的药味,还有一种极难闻的血腥味。她也知道是她的女儿春雪瓶来看她了,便睁开了那两只长得和春雪瓶很像的大眼睛。

春雪瓶嗫嚅了半天,才叫了一声:"妈妈!"但是方二太太当时就说:"哎呀!哎呀!你可别叫我妈妈,我不是你的妈妈,我不是你的妈妈,我是当初贪心,害人反害了我自己!"她声哑力竭地勉强说出了这几句话,就不言语了。半天,她才渐渐缓过来气,睁开了眼睛,看看春雪瓶又看看韩铁芳,却又现出来一种和悦的颜色。然而终因病入膏肓,所以她当天就死了。

韩铁芳与春雪瓶将方二太太就在此地葬埋了。他们两人也无意在此多留,便别了柳三喜和沙漠鼠,而回往新疆。回到了新疆尉犁县家里的第一天,春雪瓶就向她的姨姨绣香详述了此次出外所遇的一切事情以及与韩铁芳订婚的经过,并说了她自己生身母亲方二太太之死,然后又说到自己的爹爹玉娇龙,这时如果活着,可有多好呀!

绣香也点头说:"真是的!姑爷是他的骨肉,你是吃她的奶长大了的,本来分不出亲疏,现在我想她要是在世,她的病一定能够全好了。可惜的就是韩铁芳到新疆来得太迟了,你们俩成亲也晚了二年;不然,你们的爹爹,我的那位小姐,唉!她一定还能够多享几年阳寿!"说到这里,她自己先又哭了,春雪瓶更哭得厉害。

而这时萧千总就又进来,叫喊着说:"大喜的事儿,怎么大家倒伤起心来啦?这可不对!我得快去给你们准备喜酒去!你们千万都赶快擦擦眼泪吧!"

说着他慌慌地跑出去了。

待了一会儿,他倒是没有回来,可是玉娇龙生前的女友美霞及美霞的次女幼霞全都得了信赶来了。

这位哈萨克的贵妇人,见了面就管铁芳叫姑爷。幼霞现在是梳着一条长辫子,穿着粉红色缎子的旗袍,漆着金线的鞋,好似一位北京城里的姑娘。她先笑着管铁芳叫姐夫,又拍着春雪瓶的肩膀儿,笑着说了几句凑趣的话,然后就追问春雪瓶跟铁芳在外边是怎样订的婚。

春雪瓶指着铁芳说:"你们叫他说吧!"于是铁芳就像是述说别人的事情似的,详详细细地说了出来,可是对于方二太太的事情却说得极为简略。

这时有几位哈萨克的千户长、百户长都来送礼贺喜,见了铁芳,都深深地行礼,他们简直把铁芳当作是春龙大王爷的世子了。铁芳跟他们却是语言不通,只向他们拱手道谢。幼霞就替他,替春雪瓶应酬着这几位客人。

忽见萧千总又回来了,并领来了一个人,站在院中高声唱起喜歌,唱的是:"一进门来喜冲冲,来了金龙和玉龙。金龙驮的是金元宝,玉龙驮的是玉麒麟。两条神龙盘在左右,龙生龙种龙门风。大王春龙晏了驾,小王马走陇山东。招来了一位乘龙婿,不是人还是龙。白龙堆里沙万顷,销魂岭上剑双锋。沙平风定英魂笑,剑合锋藏佳偶成。福禄贵喜全注定,还愿你们鸳鸯永偕,白头到老,好比北海水、南山松,永世无穷!"

屋中的人都不禁停止住了话,侧耳向外去听,听完了大家都笑了。唱喜歌的人正是赛八仙,他最近又卖卜在此,恰好遇着这事。他这个人是经年漂泊于南疆北疆,又会说好几族的语言,春雪瓶跟铁芳的故事在他的肚子里早就装了不少，如今借着喜歌儿发表出来一二。

唱完了他就进屋来向铁芳作大揖，说："我念了喜歌，不讨赏钱，只要扰你们小两口儿每人一杯喜酒！"

他又向春雪瓶行礼，他的那种滑稽的神气使得大家全都笑了。幼霞故意在他的脚前挡了个小凳儿，他直着两只眼指手画脚地说着，不留神一迈步，就几乎跌了一个大马趴。他倒没有趴下，可把挨着他最近的萧千总撞得坐在地下了，全屋中的人这时就更笑。

酒席也都送来了，几位哈萨克的千户长、百户长和赛八仙是在一桌，美霞、幼霞母女跟铁芳、雪瓶夫妇坐在一桌，萧千总、绣香却都没有陪着吃酒，因为他们得带着施妈，赶忙着给预备出来一间新房。到晚间席散，男客全都走了，女客美霞母女却留在这里。到了初更的时候，她们同着绣香就将铁芳跟雪瓶送进了新房。这房内的木器都是紫檀木的，壁间挂着那一对宝剑，桌上有一对银灯，成双的红烛正映着一只灿烂的银瓶。在收拾得极为干净、铺展得十分华丽的床榻之旁，放着一只漆着金边儿的皮箱，上面有铜锁，可是钥匙就挂在锁旁。

雪瓶悄声地叫铁芳把房门闭好，就去打开了这只皮箱。首先看见的是那件红罗的内衣，那一角已经退了色的衣襟，已经用丝线细细地补缀上了。

这东西却被雪瓶用双手遮住，不忍叫铁芳再见。她回身向铁芳情然地笑着说："你在那儿等着我，我取出个好东西来给你看！"

铁芳就依着她的话，果然不往近来走。雪瓶却从箱中取来了那册白绫钉成的书本。然后雪瓶又将箱子锁上，双手捧书来到了银灯之旁，与铁芳相并地坐着，翻阅着这本书。

这就是玉娇龙二十年前的亲笔，封面的四字一行，十几行的草字，是玉娇龙在失了铁芳之后，怀揣着雪瓶，在将出玉门关之时，旅夜中写的，专为训诫雪瓶，言辞极为恳切。书里边却都是武当派技击的秘诀。这些功夫是由当年九华老侠传给了弟子哑侠及江南鹤的，哑侠死后又落于高云雁之手。

玉娇龙因为得到这些真传，才有了她那一生的奇遇，也可以说是才有了今日的铁芳与雪瓶。此书虽非原本(原本在李慕白手内,未寻回来),但纵横天下的侠女玉娇龙一身武艺已尽在此中。当下,他们小夫妇直看了半夜,方才掩卷,熄灯就寝。

从此,这就是他们两人的课业了,每天他们都要研究此书中的奥秘。

(全书完)

附录一

为《王度庐武侠言情小说集》而作

张赣生

    我第一次读度庐先生的作品，是四十多年前刚上中学的时候，做梦也想不到今天为《王度庐武侠言情小说集》写序。

    度庐先生是民国通俗小说史上的大作家，他的小说创作以武侠为主，兼及社会、言情，一生著作等身。最为人乐道的，自然首推以《鹤惊昆仑》《宝剑金钗》《剑气珠光》《卧虎藏龙》《铁骑银瓶》构成的系列言情武侠巨著，但他的一些篇幅较小的武侠小说，如《绣带银镖》《洛阳豪客》《紫电青霜》等，也各具诱人的艺术魅力，较之"鹤-铁五部"并不逊色。

    度庐先生以描写武侠的爱情悲剧见长。在他之前，武侠小说中涉及婚姻恋爱问题的并不少见，但或作为局部的点缀，或思想陈腐、格调低下，或武侠与爱情两相游离缺少内在联系，均未能做到侠与情浑然一体的境地。度庐先生的贡献正在于他创造了侠情小说的完善形态，他写的武侠不是对武术与侠义的表面描绘，而是使武侠精神化为人物的血液和灵魂；他写的爱情悲剧也不是一般的两情相悦、恶人作梗的俗套，而是从人物的性格中挖掘出深刻的根源，往往是由于长期受武德与侠道熏陶的结果。这种在复杂的背景下，由性格导致的自我毁灭式的武侠爱情悲剧，十分感人。其中包含着作者饱经忧患、洞达世情的深刻人生体验，若真若梦的刀光剑影、爱恨缠绵中，自有天道、人道在，常使人掩卷深思，品味不尽。

度庐先生是一位极富正义感的作家，这在他的社会言情小说中表现得格外鲜明。《风尘四杰》《香山侠女》中天桥艺人的血泪生活，《落絮飘香》《灵魂之锁》中纯真少女的落入陷阱，都是对黑暗社会的控诉，很能引起读者的共鸣。度庐先生自幼生活在北京，熟知当地风土民情，常常在小说中对古都风光作动情的描写，使他的作品更别具一种情趣。

度庐先生是经受过"五四"新文化运动洗礼的人，他内心深处所尊崇的实际上是新文艺小说，因而他本人或许更重视较贴近新文艺风格的言情小说和社会小说创作。但从中国文学史的全局来看，他的武侠言情小说大大超越了前人所达到的水平，而且对后起的港台武侠小说有极深远影响的，是他创造了武侠言情小说的完善形态，在这方面，他是开山立派的一代宗师。几十年来出版的中国现代文学史，无例外地排斥通俗小说，这种偏见不应再继续下去，现在是改写中国现代文学史的时候了。

已知王度庐小说目录

1926—1937

作品名称	始载时间	连载报刊/署名/备注
半瓶香水	1926.9之前	小小日报/王霄羽
黄色粉笔	1926.9之前	同上
红绫枕	1926.9	小小日报/王霄羽/同年报社出版单行本
残阳碎梦	1926.12	小小日报/王霄羽
侠义夫妻	1927.1	同上
琪花恨	1927.3	同上
孀母孤儿	1927.4	同上
飘泊花	1927.5	同上
红手腕	1927.8	同上
护花铃	1927.8	小小日报/霄羽
青衫剑客	1927.10	小小日报/王霄羽
蝶魂花骨	1928.3	同上
疑真疑假	1928.4	小小日报/葆祥
双凤随鸦录	1928.7	小小日报/王霄羽
战地情仇	1929.6	同上
自鸣钟	1930.4	同上
惊人秘柬	1930.4	同上
神獒捉鬼	1930.6	同上
空房怪事	1930.7	同上
绣帘垂	未详	同上
玉藕愁丝	1930.7	小小日报/香波馆主
烟霭纷纷	1930.7	同上
鳌汉海盗	1930.8	小小日报/霄羽
缠命丝	1931.8	小小日报/王霄羽
触目惊心	1931.8	同上
燕燕莺莺	1931.8	小小日报/香波馆主
黄河游侠传	1936.10	平报/霄羽
燕赵悲歌传	1937.4	同上
八侠夺珠记	1937.7	同上

作品名称	起止时间	连载报刊署名	出版时间、出版社/署名
河岳游侠传	1938.6–1938.11	青岛新民报 王度庐	
宝剑金钗记	1938.11–1939.7	青岛新民报 王度庐	1939年青岛新民报社，1948年上海励力出版社（改题《宝剑金钗》）/王度庐
落絮飘香	1939.4–1940.2	青岛新民报 霄羽	1948年上海励力出版社，分为四册：《落絮飘香》《琼楼春情》《朝露相思》《翠陌归人》/王度庐
剑气珠光录	1939.7–1940.4	青岛新民报 王度庐	1941年青岛新民报社，1947年上海励力出版社（改题《剑气珠光》）/王度庐
古城新月	1940.2–1941.4	青岛新民报 霄羽	1949–1950年上海励力出版社，分为四册：《朱门绮梦》《小巷娇梅》《碧海狂涛》《古城新月》/王度庐
舞鹤鸣鸾记	1940.4–1941.3	青岛新民报 王度庐	1941年（？）青岛新民报，1948年（？）上海励力出版社（改题《鹤惊昆仑》）/王度庐
风雨双龙剑	1940.8–1941.5	京报（南京） 王度庐	1941年南京京报社/王度庐，1948年上海育才书局/王度庐
卧虎藏龙传	1941.3–1942.3	青岛新民报 王度庐	1948年上海励力出版社（改题《卧虎藏龙》）/王度庐
海上虹霞	1941.4–1941.8	青岛新民报 霄羽	1949年上海励力出版社，分为二册：《海上虹霞》《灵魂之锁》/王度庐
彩凤银蛇传	1941.5–1942.3	京报（南京） 王度庐	
虞美人	1941.8–1943.10	青岛新民报 霄羽	1949年上海励力出版社，分为数册：《琴岛佳人》《少女飘零》《歌舞芳邻》等/王度庐
纤纤剑	1942.3–1942.10	京报（南京） 王度庐	
铁骑银瓶传	1942.3–1944.？	青岛新民报 王度庐	1948年上海励力出版社，改题《铁骑银瓶》/王度庐
舞剑飞花录	1943.1–1944.1	京报（南京） 王度庐	1949年上海励力出版社，改题《洛阳豪客》/王度庐
大漠双鸳谱	1944.1–1944.7	京报（南京） 王度庐	

（接上表）

寒梅曲	1943.10-（？）	青岛新民报 霄羽	1948年（？）上海励力出版社，分为数册：《暴雨惊鸳》等/王度庐
紫电青霜录	1944-1945	青岛新民报 王度庐	1948年上海励力出版社，改题《紫电青霜》/王度庐
春明小侠	1944.7-1945（？）	京报（南京） 王度庐	
琼楼双剑记	1945.4-1945（？）	京报（南京） 王度庐	
锦绣豪雄传	1945.5-（？）	民民民 王度庐	
紫凤镖	1946.12-1947.7	青岛时报 鲁云	1949年重庆千秋书局/王度庐
情侠传	1947.5-？	民治报 鲁云	
清末侠客传	1947.4-1948（？）	大中报 鲁云	1948年上海励力出版社，分为二册：《绣带银镖》《冷剑凄芳》/王度庐
晚香玉	1947.6-1948.1	青岛时报 绿芜	1948年上海励力出版社，分为二册：《绮市芳菲》《寒波玉蕊》/王度庐
雍正与年羹尧	1947.7-1948.4	青岛时报 鲁云	1948年上海励力出版社，改题《新血滴子》/王度庐
粉墨婵娟	1948.2-1948.7	青岛时报 绿芜	1948年元昌印书馆，分为二册：《粉墨婵娟》《霞梦离魂》/王度庐
风尘四杰	1948.2-（？）	岛声旬刊 佩侠	1949年上海励力出版社/王度庐
宝刀飞	1948.4-1948.9	青岛时报 鲁云	1948年上海励力出版社/王度庐
燕市侠伶	1948.7-1948.10	青岛时报 绿芜	1948年上海励力出版社/王度庐
金钢玉宝剑	1948.9-1949.2（？）	青岛公报 联青晚报 王度庐	1949年上海励力出版社/王度庐
香山侠女			1949年上海励力出版社/王度庐
春秋戟			1949年上海励力出版社/王度庐
龙虎铁连环	1948.9-1948.10	军民晚报 王度庐	1949年上海励力出版社/王度庐
玉佩金刀记	1949.1-1949.？	民治报 王度庐	

王度庐年表

徐斯年 顾迎新

说明:

　　1.本表曾在《西南大学学报》刊出,此为补订本,包括增补史料及其说明、考证,并订正了个别疏误。

　　2.本表包含许多新发现的资料,特别是在辽宁省实验中学档案室发现的王度庐档案,从而补正了徐斯年《王度庐评传》的一些误判和部分欠缺。

　　3."度庐"实为1938年启用的笔名,为了统一,本表用为表主正名。

　　4.由于史料不全,历年行状、著述依然详略不一,有待继续挖掘、补充史料。

　　5.表中所记日期,阳历用阿拉伯数字,清、民国年份及旧历日期用汉字。

　　6.表中所系年龄均为虚岁。

　　7.由于旧报缺失严重,所以连载作品肯定不全。表中所录者,始载时间和结束时间多难确认,一般仅记月份,有线索可资考证者在按语中加以说明。

1909年(清宣统元年,己酉)　1岁

　　正月,清帝爱新觉罗·溥仪改元"宣统"。清廷决定消除"旗""民"界限,旗人不再享受"俸禄"。是年七月廿九日(9月13日),王度庐生于北京"后门里"一户下层旗人家庭,原名葆祥,字霄羽。父亲"在清宫管理车马的机构里当小职员"。家庭成员除父母外还有一位姐姐、一位未嫁的姑母和

一位叔祖父。一家六口,全靠父亲薪金维持生计。

按:后门即地安门,后门里位于地安门内,属镶黄旗驻地。司礼监胡同,得名于明代位于该地之司礼太监署;后改称"吉安所左巷",则得名于清代宫中嫔妃、宫女卒后停尸之"吉祥所"(后改"吉安所")。毛泽东青年时代曾租寓于本胡同8号。

关于父亲职务的记述引自王度庐手写简历,其父任职机构当系内务府下属之"上驷院"。内务府为管理皇家事务的机构,成员均为满洲上三旗(镶黄、正黄、正白)"从龙包衣"。"包衣",满语,意为"自家人",一定语境下也指"奴仆""世仆"。据此,王氏当属编入满洲镶黄旗的"汉姓人"(不同于"汉人""汉军"),这一族群不仅属于"旗族",而且也被承认为满族。

1912年(民国元年,壬子) 4岁

1月1日孙中山宣誓就任中华民国总统。2月2日,清宣统帝宣告退位。根据清室优待条件,宫内各执事人员照常留用,王度庐父亲依然可以领受部分薪金,家庭生计勉得维持。

1916年(民国五年,丙辰) 8岁

1月,王度庐父亲病故。2月,遗腹弟出生,名葆瑞,字探骊。是年2月2日,王度庐夫人李丹荃生于陕西周至。

按:葆瑞出生时间据人民日报社1991年1月3日印发之《谭立同志生平》。葆瑞(即谭立)为遗腹子,由此可知其父当卒于1月份。周至,离西安甚近。

1918年(民国七年,戊午) 10岁

是年王度庐始入私塾读书。曾与姐、弟同染重症,母亲变卖家当为之治疗,终得转危为安,而家庭经济更加贫困。

1919年(民国八年,己未) 11岁

五四运动爆发。王度庐仍在私塾就读,至1920年。

1921年（民国十年，辛酉） 13岁

是年王度庐入景山高等小学就读，至1924年。

1925年（民国十四年，乙丑） 17岁

是年1月，宋心灯在北京创办《小小》日报（后改《小小日报》），自任社长、主笔。王度庐从景山高等小学毕业，先在精精眼镜店当学徒，后在《平报》和电报局任见习生，可能已经开始向《小小》日报投稿。

按：宋心灯（？—1949），字信生，原籍河北大兴（析津）。新闻专科学校毕业，也是北京早期足球运动和羽毛球运动的发起者之一。《小小》日报即注重刊载体坛信息，后来发展为综合性小报。

又按：辽宁实验中学所存退休人员档案中的王度庐登记表，"文化程度"一栏填为"九年"，当系虚数。

1926年（民国十五年，丙寅） 18岁

是年《小小日报》先后刊载王度庐所撰侦探小说《半瓶香水》《黄色粉笔》和"实事小说"《红绫枕》，均署"王霄羽"。9月，《小小日报》馆印行《红绫枕》单行本，标类改为"惨情小说"。12月，《小小日报》连载社会小说《残阳碎梦》，亦署"王霄羽"。12月24日，《小小日报》刊出宋信生所撰《本报改版宣言》，"将旧有之八小版易为四大版"。

按：由于存报缺失严重，《半瓶香水》《黄色粉笔》未见，不知确切发表时间。因《红绫枕》内文提及它们，故知连载于《红绫枕》之前。由此亦不排除其一已于上年开始见报的可能。又据李丹荃女士回忆，早期作品还有《绣帘垂》《浮白侠》两种，均未见。《残阳碎梦》，现存第十次载于是年12月20日，由此推知当始载于12月1日；现存第三十三次载于次年1月21日，末注"（未完）"。

1927年（民国十六年，丁卯） 19岁

是年王度庐始在宽街夜授计民小学任职，先当会计，后任教员，直至1929年。同时继续卖稿和自学，包括到北京大学旁听，往三座门北京图书

馆、鼓楼民众图书阅览室阅读。

　　1月,《小小日报》连载武侠小说《侠义夫妻》,署"王霄羽"。3月16日,《小小日报》始载社会小说《琪花恨》,署"王霄羽"。4月,《小小日报》连载社会小说《媚母孤儿》,署"王霄羽"。5月,《小小日报》连载社会小说《飘泊花》,署"王霄羽"。6月,《小小日报》连载侦探小说《红手腕》,署"王霄羽"。8月,《小小日报》连载侠情小说《护花铃》,署"霄羽"。10月,《小小日报》连载武侠小说《青衫剑客》,署"王霄羽"。

　　按:《侠义夫妻》,现存第八次载于1月31日,当始载于《残阳碎梦》结束后;连载结束时间当在《琪花恨》始载之前。《媚母孤儿》仅存5月2日第十一次,由此推知始载时间在4月(《琪花梦》结束之后)。《飘泊花》,现存第六次载于5月30日。《红手腕》,现存第十一次载于7月9日,可知始载于6月末。《护花铃》仅存十四、十七次,载于9月2日、5日,是知始载于8月,标类"侠情小说",写当时题材。《青衫剑客》,第四次载于10月9日,至11月9日犹未结束。

1928年(民国十七年,戊辰)　20岁

　　是年北京改称"北平"。3月,《小小日报》连载侦探小说《疑真疑假》,署"葆祥"。3月,《小小日报》连载社会小说《蝶魂花骨》,署"王霄羽"。7月,《小小日报》连载"醒世小说"《双凤随鸦录》,署"王霄羽"。

　　按:《疑真疑假》,第四次载于3月12日,当始载于8日。《蝶魂花骨》,第三十四次载于4月11日,当始载于3月9日,与《疑真疑假》同时,故用两个笔名。《双凤随鸦录》,第四十二次载于8月21日。

　　本年存报缺失严重,当有不少连载作品至今未知。以下类似情况不再逐一说明。

1929年(民国十八年,己巳)　21岁

　　6月,《小小日报》连载社会小说《战地情仇》,署"王霄羽"。

　　按:《战地情仇》,仅存7月4日一次(序号未详)。本年几无存报。

1930年（民国十九年，庚午）　22岁

是年王度庐离开宽街夜授计民小学，改任家庭教师，不久认识李丹荃。

按：李丹荃在所遗手稿《王度庐小传》中说："我在北京读中学时，在一个同学家里认识了王度庐。那时，他正给我的同学的弟弟补习功课。记得他曾送过我两本书，一本是纳兰容若的《饮水词》，另一本是《浮生六记》。我不喜欢《浮生六记》，却很喜欢那本词，有些句子至今仍能记得，如'摇落尽，有发未全僧，风雨消磨生死别，似曾相识只孤灯；情在不能醒……''瘦狂那似肥痴好，任他肥痴好，笑他多病与长贫，不及衰衰诸公向风尘……'"（按文中所记纳兰词句与原作略有出入。）

3月，《小小日报》连载侦探小说《自鸣钟》，署"王霄羽"。

按：《自鸣钟》残存连载文本至三十一次告"全卷终"，次日接载《惊人秘柬》第一次。故暂系于3月。

是年，王度庐始用笔名"柳今"在《小小日报》开辟个人专栏"谈天"，每日发表短文一篇，纵论国事、民生、世态、人情、风习、学术、艺文等。"柳今"在这些短文里经常述及"自己"的"经历"，多属杜撰；但是，这位论说者的心态、性格、气质又与当时的王度庐十分相符。

按：因存报缺失，"谈天"开栏、终结时间未详。所载杂文均署"柳今"，以下不作逐篇标注。

4月1日，《小小日报》"谈天"栏刊出杂文《世态》。4月4日，《小小日报》"谈天"栏刊出杂文《荒芜的青年》。

按：4月2日、3日报纸缺失，或漏杂文两篇。以下类似情况不再加注按语。

4月5日，《小小日报》"谈天"栏刊出杂文《中等人》。4月6日，《小小日报》"谈天"栏刊出杂文《架子》。4月7日，《小小日报》"谈天"栏刊出杂文《性的广告》。4月8日，《小小日报》"谈天"栏刊出杂文《笑》。4月9日、10日，《小小日报》"谈天"栏连续刊出杂文《永垂不朽》（一）（二）。4月11日，《小小日报》"谈天"栏刊出杂文《女性的教育与生育》。4月12日，《小小日报》"谈天"栏刊出杂文《一位平民文学家》，赞赏满族鼓词作者韩小窗。文中说："世界本来是平民的世界，尤其是文学家，更要有一种平民化的精神，他才能够用文学的力量，来转移风化，陶冶民情；否则琢句雕章，自以为是，至多不过只能得到少数

的文鬘的几遍诵读罢了。"韩小窗"这人确实是位有天才、有词藻、有思想的文学家。他能把他这种才学，不去作八股，不去批试帖，而能用来编大鼓，他的平民思想可见了，他的环境可见了，而他的清高也可见了"。

按：韩小窗（约1828—1890），辽宁开原人，满族，子弟书（即鼓词）作家。其代表作有《露泪缘》《宁武关》《长坂坡》《刺虎》《黛玉悲秋》《红梅阁》及影卷《谤可笑》《金石语》等。

4月13日，《小小日报》"谈天"栏刊出杂文《绝顶聪明》。4月14、15日，《小小日报》"谈天"栏连续刊出杂文《道德》（一）（二）。

4月17至23日，《小小日报》"谈天"栏连载杂文《伦理与中国》。全文分为五节：一、伦理的产生；二、伦理的优点；三、伦理被利用以后；四、伦理存亡与中国之存亡；五、伦理的蟊贼。

4月25日，《小小日报》"谈天"栏刊出杂文《小难》。4月26日，《小小日报》"谈天"栏刊出杂文《女招待》。4月27日，《小小日报》"谈天"栏刊出杂文《落子馆》。4月29日，《小小日报》"谈天"栏刊出杂文《麻醉剂》。4月30日，《小小日报》"谈天"栏刊出杂文《万寿寺》。

4月，《小小日报》连载侦探小说《惊人秘柬》，署"王霄羽"。

按：《自鸣钟》残存连载文本至三十一次告"全卷终"，次日接载《惊人秘柬》第一次，具体日期均难考定。

5月1日，《小小日报》"谈天"栏刊出杂文《赘泽品》。5月2日，《小小日报》"谈天"栏刊出杂文《童子军》。5月3日，《小小日报》"谈天"栏刊出杂文《女腿》。5月4日，《小小日报》"谈天"栏刊出杂文《颠倒雌雄》。5月5日，《小小日报》"谈天"栏刊出杂文《歌舞剧》。5月6日，《小小日报》"谈天"栏刊出杂文《招与待》。5月7日，《小小日报》"谈天"栏刊出杂文《恢复北京》。5月8日，《小小日报》"谈天"栏刊出杂文《野鸡》。5月9日，《小小日报》"谈天"栏刊出杂文《女招打》。5月13日，《小小日报》"谈天"栏刊出杂文《署名》。5月14日，《小小日报》"谈天"栏刊出杂文《迷》。5月15日，《小小日报》"谈天"栏刊出杂文《恶五月》。5月16日，《小小日报》"谈天"栏刊出杂文《送春》。5月17日，《小小日报》"谈天"栏刊出杂文《哭》。5月18日，《小小日报》"谈天"栏刊出杂文《雨天》。5月19日，《小小日报》"谈天"栏刊出杂文《名士派》。5月20日,《小小日报》"谈天"栏刊出杂文《小算盘》。5月21日,《小小日报》"谈天"栏刊出杂文《自行车》。5月22日,《小小日报》"谈天"栏刊出杂文《穷北京?》。5月23日,《小小日报》"谈天"栏刊出杂文《服从》。5月24日,《小小日报》"谈天"栏刊出杂文《奴隶性》。5月28日,《小小日报》"谈天"栏刊出杂文《藻堂里》。5月29日,《小小日报》"谈天"栏刊出杂文《安慰》。5月30日,《小小日报》"谈天"栏刊出杂文《中国剧》。5月31日,《小小日报》"谈天"栏刊出杂文《游民》。5月,《小小日报》连载侦探小说《触目惊心》,署"王霄羽"。

按:《触目惊心》未见,据《空房怪事》前言列入,连载时间在《神獒捉鬼》之前,故系入5月。

6月1日,《小小日报》"谈天"栏刊出杂文《端午节》。3日,《小小日报》"谈天"栏刊出杂文《打麻雀》。4日,《小小日报》"谈天"栏刊出杂文《谋事》。5日,《小小日报》"谈天"栏刊出杂文《无聊的北平》。6日,《小小日报》"谈天"栏刊出杂文《病》。同日开始连载侦探小说《神獒捉鬼》,署"王霄羽"。

按:《神獒捉鬼》始载时间据原件图片背面报头,共连载二十五次,当结束于6月30日(7月1日始载《空房怪事》,参见《空房怪事》引言)。

7日,《小小日报》"谈天"栏刊出杂文《造化儿子》。8日,《小小日报》"谈天"栏刊出杂文《疯人》。9日,《小小日报》"谈天"栏刊出杂文《阔事》。10日,《小小日报》"谈天"栏刊出杂文《骗术》。11日,《小小日报》"谈天"栏刊出杂文《财神 阎王》。12日,《小小日报》"谈天"栏刊出杂文《画中人》。13日,《小小日报》"谈天"栏刊出杂文《醉酒》。14日,《小小日报》"谈天"栏刊出杂文《夫妻间》。15日,《小小日报》"谈天"栏刊出杂文《不开壳》。16日,《小小日报》"谈天"栏刊出杂文《憔悴》。17日,《小小日报》"谈天"栏刊出杂文《伤心人》。18日,《小小日报》"谈天"栏刊出杂文《情书》。19日,《小小日报》"谈天"栏刊出杂文《琴声里》。20日,《小小日报》"谈天"栏刊出杂文《☯》。21日,《小小日报》"谈天"栏刊出杂文《什刹海》。22日,《小小日报》"谈天"栏刊出杂文《凶杀案》。23日,《小小日报》"谈天"栏刊出杂文《关于裤子》。24日,《小小日报》"谈天"栏刊出杂文《三件痛快事》。25日,《小小日报》"谈天"栏刊出杂文《诗人》。26日、27日,《小小日报》"谈天"栏连续刊出杂文《贵族学校》（一）（二）。28日，《小小日报》"谈天"栏刊出杂文《劣　性》。29日，《小小日报》"谈天"栏刊出杂文《妙影》。30日，《小小日报》"谈天"栏刊出杂文《罪恶场中之未来者》。6月，《小小日报》连载社会小说《烟霭纷纷》，署"香波馆主"。

按：现存《烟霭纷纷》第三十六次连载文本复印件上有副刊"编余"一则，云"今天这版算作'七夕特刊'"。查1930年七夕为阳历8月30日，由此推知《烟霭纷纷》当始载于6月27日。

7月1日，《小小日报》"谈天"栏刊出杂文《吃饭问题》。5日，《小小日报》"谈天"栏刊出杂文《平民化》。6日，《小小日报》"谈天"栏刊出杂文《面子》。7日，《小小日报》"谈天"栏刊出杂文《醋　忌讳》。8日，《小小日报》"谈天"栏刊出杂文《文士与蚊士》。9日，《小小日报》"谈天"栏刊出杂文《人品与装饰》。12日，《小小日报》"谈天"栏刊出杂文《消夏》。13日，《小小日报》"谈天"栏刊出杂文《财神爷》。同日，《小小日报》始载惨情小说《玉藕愁丝》，署"香波馆主"。

按：《玉藕愁丝》始载日期据预告图片背面报头推知。

14日，《小小日报》"谈天"栏刊出杂文《妓女问题》。15日，《小小日报》"谈天"栏刊出杂文《杨耐梅　朱素云》。

按：杨耐梅，生于1904年，中国早期影星，曾出演《玉梨魂》《奇女子》《上海三女子》《空谷兰》等无声片。当时北平讹传她已"香消玉殒"，作者故撰此文悼念。实则杨在1960年卒于台湾。朱素云，京剧小生演员朱沄之艺名，生于1872年，卒于1930年。

16日，《小小日报》"谈天"栏刊出杂文《难民返国》。17日，《小小日报》"谈天"栏刊出杂文《灯下人》。18日，《小小日报》"谈天"栏刊出杂文《捧》。19日，《小小日报》"谈天"栏刊出杂文《快乐人多？》。20日，《小小日报》"谈天"栏刊出杂文《西游记》。21日，《小小日报》"谈天"栏刊出杂文《火警》。22日，《小小日报》"谈天"栏刊出杂文《人体美》。23日，《小小日报》"谈天"栏刊出杂文《穷　光　蛋》。24日，《小小日报》"谈天"栏刊出杂文《抵抗力》。25日，《小小日报》"谈天"栏刊出杂文《香艳文章》。26日，《小小日报》"谈天"栏刊出杂文《雨夜柝声》。27日，《小小日报》"谈天"栏刊出杂文《爱河》。28日,《小小日报》"谈天"栏刊出杂文《调戏》。29日,《小小日报》"谈天"栏刊出杂文《"嫁"的问题》。30日,《小小日报》"谈天"栏刊出杂文《阎罗王》。31日,《小小日报》"谈天"栏刊出杂文《知音》。《小小日报》连载侦探小说《空房怪事》,署"王霄羽"。

　　按:《空房怪事》共连载二十九次,残存文本图片均无报头,难以确认具体时间。(第一次疑载于7月3日,见图片背面;结束于第二十九次,当为8月1日。)

　　8月2日,《小小日报》"谈天"栏刊出杂文《战》。

　　3日,《小小日报》"谈天"栏刊出杂文《时髦》。4日,《小小日报》"谈天"栏刊出杂文《人逛人》。5日,《小小日报》"谈天"栏刊出杂文《跳舞场里》。6日,《小小日报》"谈天"栏刊出杂文《奸杀案》。7日,《小小日报》"谈天"栏刊出杂文《阴阳电》。8日,《小小日报》"谈天"栏刊出杂文《办白事》。9日,《小小日报》"谈天"栏刊出杂文《眼光》。10日,《小小日报》"谈天"栏刊出杂文《无与偶　莫能容》。11日,《小小日报》"谈天"栏刊出杂文《喜新厌旧》。12日,《小小日报》"谈天"栏刊出杂文《洋化的话》。13日,《小小日报》"谈天"栏刊出杂文《发财学》。14日,《小小日报》"谈天"栏刊出杂文《儿童　成人》。15日,《小小日报》"谈天"栏刊出杂文《英雄难过美人关》。16日,《小小日报》"谈天"栏刊出杂文《交际》。17日,《小小日报》"谈天"栏刊出杂文《呻吟》。18日,《小小日报》"谈天"栏刊出杂文《枇杷巷里》。19日,《小小日报》"谈天"栏刊出杂文《捕蝇》。20日,《小小日报》"谈天"栏刊出杂文《殉情》。21日,《小小日报》"谈天"栏刊出杂文《人死不值钱》。22日,《小小日报》"谈天"栏刊出杂文《癞蛤蟆　天鹅肉》。23日,《小小日报》"谈天"栏刊出杂文《作时评》。25日,《小小日报》"谈天"栏刊出杂文《马路》。26日,《小小日报》"谈天"栏刊出杂文《女朋友》。27日,《小小日报》"谈天"栏刊出杂文《跳楼者》。28日,《小小日报》"谈天"栏刊出杂文《蟋蟀》。29日,《小小日报》"谈天"栏刊出杂文《古城返照》。30日,《小小日报》"谈天"栏刊出杂文《惹气》。31日,《小小日报》"谈天"栏刊出杂文《活得弗耐烦》。8月,《小小日报》始载武侠小说《鳌汉海盗》,署"霄羽"。

　　按:《鳌汉海盗》连载文本基本完整,但原件图片无报头,难以确认日期。共连载四十二次，当结束于9月间，时《烟霭纷纷》仍在连载。

9月1日，《小小日报》"谈天"栏刊出杂文《由线订书说起》。2日、3日，《小小日报》"谈天"栏连续刊出杂文《"娶"的问题》(一)(二)。4日，《小小日报》"谈天"栏刊出杂文《罂粟味》。5日，《小小日报》"谈天"栏刊出杂文《忏悔》。6日，《小小日报》"谈天"栏刊出杂文《想当然耳》。7日，《小小日报》"谈天"栏刊出杂文《标奇与仿效》。8日，《小小日报》"谈天"栏刊出杂文《复古》。9日，《小小日报》"谈天"栏刊出杂文《野草闲花》。同日同报又载影评《看了〈故都春梦〉》，署"柳今投"。10日，《小小日报》"谈天"栏刊出杂文《倡门》。12日，《小小日报》"谈天"栏刊出杂文《乞丐》。13日，《小小日报》"谈天"栏刊出杂文《心》。9月15日，《小小日报》"谈天"栏刊出杂文《短 小 经济》。9月16日，《小小日报》"谈天"栏刊出杂文《性的文章》。9月17日，《小小日报》"谈天"栏刊出杂文《逢场作戏》。9月18日，《小小日报》"谈天"栏刊出杂文《浮云变幻》。9月19日，《小小日报》"谈天"栏刊出杂文《敲钗小语》。20日，《小小日报》"谈天"栏刊出杂文《俗礼》。21日，《小小日报》"谈天"栏刊出杂文《何不当初》。22日，《小小日报》"谈天"栏刊出杂文《醋的考证》。23日，《小小日报》"谈天"栏刊出杂文《劲秋》。28日，《小小日报》"谈天"栏刊出杂文《柴 米 油 盐 酱 醋 茶》。30日，《小小日报》"谈天"栏刊出杂文《烛边思绪》，叙述阅读《朝鲜义士安重根传》的感受，抒发爱国情怀及对国内现实的愤懑。

10月1日，《小小日报》"谈天"栏刊出杂文《吵嘴》。29日，《小小日报》"哈哈镜"栏刊出杂文《团圞月照破碎国家》，署"柳今"。

1931年 (民国二十年，辛未) 23岁

是年，王度庐应聘担任《小小日报》编辑员，至1933年离职。5月，《小小日报》连载哀情小说《缠命丝》，署"王霄羽"。同时连载社会小说《燕燕莺莺》，署"香波馆主"。9月18日，沈阳发生"九一八"事变，日本加紧侵华。

按：《缠命丝》仅存第九〇次，内文曰"全卷终"，图片有"31，8，1"标注，据此倒推，当始载于5月；《燕燕莺莺》仅存第六二次，未完，图片注"31，8"。

又按：耿小的在《我与〈小小日报〉》中说，自己进入《小小日报》任编

辑是在"1933年后","之前似乎赵苍海编过很短时期",却未提及王霄羽。若其记忆无误,则王之去职,当在赵前。

1934年(民国二十三年,甲戌) 26岁

是年,李丹荃随父亲离北平去西安。不久王度庐亦往西安,任陕西省教育厅编审室办事员,《民意报》编辑员。

3月10日,山西省教育厅在西安民众教育馆举办西安中小学讲演竞赛会;28日、29日,又在西安民乐园举办西安中小学第二届唱歌比赛,均派王霄羽任记录。

3月20日,西安《民意报》"戏剧与电影周刊"第一期刊载《中国戏剧生命之革新》第一节"九一八后的中国戏剧界",署"柳今"。文中慨叹中国剧坛进步缓慢,以至"今日远东国际纠纷之病茵集于中国,而我国之戏剧仍然如沉睡,如枯死,反使他人——俄国——高呼曰:'怒吼吧中国!'"27日,"戏剧与电影周刊"第二期续载《中国戏剧生命之革新》第一节"九一八后的中国戏剧界",署"柳今"。文中续论中国戏剧的觉醒与"推翻""旧剧势力"之关系。同期又载《电影是应合大众所需要 真不容易利用它》,署"潇雨"。文中说:"艺术只要不是'自我'的而是'大众'的,那就当然要被利用成为一种工具。电影尤其要首先被人利用的,不过常常又见人们弄巧成拙,利用影片作某种宣传,结果倒被观众利用,"从而形成与国外影片亦步亦趋的种种题材热,当前已由伦理片、武侠侦探片演进为民生片。当局于"九一八"后号召影界多制作"关于唤起民族精神的片子"固然不错,但是"现在的民众,只是恐慌他们的经济穷困,生活惨淡,实在没有充分的力量去供给到民族上。或者,现在的电影也只走到了替穷人呼吁,次一步,才是民族精神"。

4月3日,西安《民意报》"戏剧与电影周刊"第三期未见,当续载《中国戏剧生命之革新》第二节"新旧戏剧之检讨"。10日,"戏剧与电影周刊"第四期续载《中国戏剧生命之革新》第二节"新旧戏剧之检讨",署"柳今"。文中认为,"中国旧剧虽然不能追随时代,但确能利用科学,亦缘近代科学文明多供给于资产阶级之享乐,旧剧靡靡之音当愈适合于人之享乐。新剧

□□□□，自难免在比较之下落后也"。(原件有四字无法辨认。)同期并载《伦敦公演〈彩楼配〉的问题》，署"潇雨"。文中认为，在伦敦由中国人与外国人用英语同演旧剧《彩楼配》，只能像《蝴蝶夫人》那样，迎合一部分外国人的扭曲了的东方观，"但是歪曲的东西在现代剧坛上实在没有它的地位，何况这《彩楼配》国际性质的公演"。

按：(1)王度庐档案中的履历表填："1934—1935年 西安民意报 编辑员"，"1935-1936年 陕西省教育厅 办事员"。而从文章刊出情况判断，任《民意报》编辑员应该在后(报馆编辑不可能受厅长派遣去任竞赛记录)，或者同时兼任二职。

(2)西安《民意报》"戏剧与电影周刊"仅存一、二、四期，日期据打印稿说明(周刊第四期为4月10日)向前推算而得。4月3日报缺失，内容可据前后两期推知(不排除3日还有其他文章刊出)。4月10日以后报纸缺失，当有其他未知史料。

5月，《陕西教育月刊》第五期发表《陕西省教育厅举办西安中小学讲演竞赛会经过》和《陕西省教育厅举办西安中小学第二届唱歌比赛会经过》记录，均署"王霄羽"。

10月，《陕西教育旬刊》第二卷第廿九、卅、卅一期合刊"论著"栏刊出《民间歌谣之研究》，署"王霄羽"。全文五章：第一章"歌谣之史的发展"；第二章"歌谣的分类法"；第三章"歌谣价值的面面观"；第四章"歌谣技巧的研究"；第五章"结论"。文中有这样的论述："贵族化的文学在'五四'时就已被人打倒，现在一般人都提倡大众文学。真正的'大众文学'在哪里？我们离开了歌谣，恐怕再没有地方寻找了罢？"

1935年(民国二十四年，乙亥)　27岁

是年，王度庐与李丹荃在西安结婚。婚后李父卒于三原，王度庐前往料理丧事，曾遭歹徒劫持。

按：王度庐后来在《〈宝剑金钗〉序》中写及"频年饥驱远游，秦楚燕赵之间，跋涉殆遍"当有所夸张，实则未离陕西。

1936年（民国二十五年，丙子）　28岁

是年王度庐夫妇返回北平。10月13日，《平报》刊载《献于〈平报〉——十五周年》，署"王霄羽"。同日，《平报》开始连载武侠小说《黄河游侠传》，署"霄羽"。12月12日，发生"西安事变"。

按：李丹荃在遗稿中回忆返京前后的生活说："我有晕眩症，那时常犯，昏迷中常听到王叨念：'谢家有女偏怜小，自嫁黔娄万事乖……'后来我知道了这是元稹的悼亡诗。我就说：'你老叨念什么，我又没有死呀！'现在回想当时情景，如在目前。"

1937年（民国二十六年，丁丑）　29岁

是年春，王度庐夫妇应李丹荃二伯父伊筱农召，同赴青岛。4月17日，《平报》连载《黄河游侠传》结束。18日，《平报》开始连载武侠小说《燕赵悲歌传》，署"霄羽"。4月末，王度庐回北平料理"文债"，于端午节后返青岛。不久，弟探骊与北平进步青年同来青岛，王度庐夫妇送他们取道上海奔赴陕北参加革命。

按：李丹荃在所遗手稿中说："弟弟到了青岛，我们大家分析了当时的形势，都赞成他去内地找出路。他们兄弟一向感情很好，分手时不无留恋。最后王度庐慨然说：'你就放心走吧，我们以后会团聚的，母亲的生活，家里的一切，有我呢。'他把自己的怀表给了弟弟。"

7月7日，卢沟桥事变爆发。9日，《平报》连载《燕赵悲歌传》结束。10日，《平报》开始连载武侠小说《八侠夺珠记》，署"霄羽"。30日，北平、天津失守。

12月底，青岛守军撤离。

按：伊筱农（1870—1946？），广东法政及警察速成学校毕业。1912年来青岛，创办《青岛白话报》（后改名《中国青岛报》），在当地颇有影响。"伊"为满族所冠汉姓，可知李丹荃家族亦有满族血统。

《八侠夺珠记》殆未载完。

1938年（民国二十七年，戊寅）　30岁

1月10日，日寇全面占领青岛。伊彼农博平路宅第被日军作为"敌产"没收，王度庐夫妇与伯父同往宁波路4号租屋居住。生计陷入极度困难之时，王度庐偶遇在《青岛新民报》任副刊编辑的北平熟人关松海，应约向该报投稿。

5月30日、31日，《青岛新民报》发布《本报增刊武侠小说预告》，称"已征得名小说家王度庐先生之精心杰作长篇武侠小说《河岳游侠传》"，即将刊出。是为"度庐"笔名首次见报。

按：《青岛新民报》和后来的《青岛大新民报》在刊出王度庐作品之前都先发布预告，下不一一列载。

6月1日，《青岛新民报》开始连载武侠小说《河岳游侠传》，署"王度庐"。2日，《青岛新民报》刊载散文《海滨忆写》，署"度庐"。

11月15日，《河岳游侠传》连载结束。共20回，未见单行本。16日，《青岛新民报》开始连载武侠悲情小说《宝剑金钗记》，署"王度庐"。配图：刘镜海。

按：刘镜海，时在海泊路23号开设"镜海美术社"，除为王氏作品配插图外，在生活上与王度庐夫妇也经常互相照顾。

1939年（民国二十八年，己卯）　31岁

是年春，王度庐长子生于青岛。4月24日，《青岛新民报》开始连载社会言情小说《落絮飘香》，署"霄羽"。配图：许清（刘镜海笔名）。7月29日，《宝剑金钗记》在《青岛新民报》载毕。30日，《青岛新民报》开始连载武侠悲情小说《剑气珠光录》。

是年，青岛新民报社印行《宝剑金钗记》单行本，前有王度庐自序，谓"频年饥驱远游，秦楚燕赵之间跋涉殆遍，屡经坎坷，备尝世味，益感人间侠士之不可无。兼以情场爱迹，所见亦多，大都财色相欺，优柔自误。因是，又拟以任侠与爱情相并言之，庶使英雄肝胆亦有旖旎之思，儿女痴情不尽娇柔之态。此《宝剑金钗》之所由作也"。

按：《宝剑金钗记》自序仅见于青岛新民报版单行本，也是至今所见

王度庐为自己著作所写申述创作意图的唯一自序（其他著作连载时虽或亦加引言，均系说明性文字，出版单行本时皆被删除）。

1940年（民国二十九年，庚辰）　32岁

2月2日，《落絮飘香》在《青岛新民报》载毕。3日，《青岛新民报》开始连载社会言情小说《古城新月》，署"霄羽"，配图：许清。22日，《青岛新民报》刊载《〈落絮飘香〉读后》，作者傅琍琳系关松海之夫人。文中介绍霄羽"曩在北京主编《小小日报》时，以著侦探小说知名"，并且透露"霄羽""度庐"实为一人。

4月5日，《剑气珠光录》载毕，随后亦由报社印行单行本。7日，《青岛新民报》开始连载《舞鹤鸣鸾记》，署"王度庐"，配图：刘镜海。此日所载为该书"序言"，出单行本时被删却，全文如下："内家武当派之开山祖张三丰，本宋时武当山道士，曾以单身杀敌百余，因之威名大振。武当派讲的是强筋骨、运气功、静以制动、犯则立仆，比少林的打法为毒狠，所以有人说'学得内家一二，即足以胜少林。'此派自张三丰累传至王咸来，咸来弟子黄百家，又将秘传歌诀，加以注解，所以内家拳便渐渐学术化了。可是后因日久年深，歌诀虽在，真功夫反不得传。自清初至近代，武当派中的侠士实寥寥无几，有的，只是甘凤池、鹰爪王、江南鹤等。甘凤池系以剑术称，鹰爪王专长于点穴，惟有江南鹤，其拳剑及点穴不但高出于甘、王二人之上，且晚年行踪极为诡异，简直有如剑仙，在《宝剑金钗记》与《剑气珠光录》二书中，这位老侠只是个飘渺的人物，如神龙一般。而本书却是要以此人为主，详述他一生的事迹。又本书除江南鹤之外，尚有李慕白之父李凤杰，及其师纪广杰。所以若论起时代，则本书所述之事，当在李慕白出世之前数十年了。"

8月16日，南京《京报》开始连载《风雨双龙剑》，署"王度庐"。配图：刘镜海。

按：南京《京报》为汪伪时期出版的四开小报，原系三日刊，1940年8月16日改为日报，终刊于1945年8月16日。该报约得王度庐文稿，当亦出诸关松海之介绍。

介绍王度庐去市立女中代课的是潘思祖，字颖舒，河北邢台人，1930

年毕业于河北大学国文系,时在青岛市立女中任教。李丹荃在回忆手稿中说:"潘先生常来我家,一坐就是半天。他善谈吐,知道的事情多,打开话匣子什么都说。""潘先生是王度庐那时唯一可以谈得来的人,只有和潘先生在一起,王度庐才肯毫无顾忌地说话。在有些言情小说里,故事情节也是取自潘先生的谈话资料。"王子久则在《王度庐和他的小说》(载于1988年1月9日《青岛日报》)中说,"下课后学生常常把他包围起来",要求他别把《落絮飘香》《古城新月》里女主人公的下场写得太惨。

1941年(民国三十年,辛巳) 33岁

是年王度庐任青岛圣功女中教员。3月15日,《舞鹤鸣鸾记》在《青岛新民报》载毕,随后亦由报社印行单行本。16日,《青岛新民报》开始连载《卧虎藏龙传》,配图:刘镜海。4月10日,《古城新月》在《青岛新民报》载毕。11日,《青岛新民报》开始连载《海上虹霞》,署"霄羽"。配图:许清。5月9日,《风雨双龙剑》在南京《京报》载毕,共17回。随后即由报社印行单行本。10日,南京《京报》开始连载《彩凤银蛇传》,署"度庐"。配图:刘镜海。8月27日,《海上虹霞》在《青岛新民报》载毕。28日,《青岛新民报》开始连载社会小说《虞美人》,署"霄羽"。配图:许清。

按:《风雨双龙剑》连载本与后来的上海育才书局重印本相比,在回目、内文上都略有差别,后者当经作者修订。

1942年(民国三十一年,壬午) 34岁

是年王度庐曾任青岛市立女中代课教员一个多月。

按:青岛王铎先生之母当年为市立女中教员,他听母亲说,王度庐担任的是培训社会人员的课程,上课地点在市立女中附小(即位于朝城路5号的今朝城路小学)。

3月1日,《彩凤银蛇传》在南京《京报》载毕,共13回。2日,南京《京报》开始连载《纤纤剑》,署"王度庐"。配图:刘镜海。3日,南京《京报》刊载读者傅佑民来信《关于〈彩凤银蛇传〉鲁彩娥之死》,对《彩凤银蛇传》女主人公因伤重死于中途而未见到自幼失散之生母的结局提出异议。该报

副刊编辑在《编者谨按》中说:"王先生写鲁彩娥之死,才正是脱去中国武侠小说的旧套……给读者一种'此恨绵绵无绝期'的尾巴……这才是全书的力量。""读者越是这样着急,气愤,越是著者的成功,越见王先生文笔感人之深。6日,《卧虎藏龙传》在《青岛新民报》载毕。同日,南京《京报》又载读者陈中来信,再次对《彩凤银蛇传》写鲁海娥之死提出商榷,以为固然"不必'大团圆'或带'回令'",而"'见娘'似为必要"。信中还提及"某日路过平江府街,闻一擦皮鞋者与一少年,亦在津津然预测鲁海娥之未来",可见读者关心之一斑。7日,《青岛新民报》开始连载《铁骑银瓶传》,署"王度庐"。配图:刘镜海。17日,南京《京报》再载读者王德孚来信,认为虽然鲁海娥之死写得好,但是还应加上一些交代后事、劝导爱人走正路的临终遗言。24日,南京《京报》刊出王度庐《关于鲁海娥之死》一文,回答读者批评,说明"在写该书的第一回之前,我就预备着末了是一幕悲剧。""向来'大团圆'的玩意儿总没有'缺陷美'令人留恋,而且人生本来是一杯苦酒,哪里来的那么些'完美'的事情?'福慧双修'的女子本来就很少,尤其是历史或小说里的'美人'。古人云:'自古美人如名将,不许人间见白头。'西施为千古美人,原因是她后来没有下落;林黛玉是读过了《红楼梦》的人一定惋惜的,原因也是她早死。近代的赛金花就不够'绝代佳人'的条件,她是不该后来又以老旦的扮相儿再登台。'好花不常开,好景不常在',美与缺陷原是一个东西。本此种种理由,于是我更得叫我们的'粉鳞小蛟龙'死了。""因为这样的女人决不可叫她去与人'花好月圆',度那庸俗的日子;尤其不能叫她跟十三妹一样去二妻一夫的给男子开心。"

10月31日,《纤纤剑》在南京《京报》载毕,共10回。

1943年(民国三十二年,癸未) 35岁

是年,《青岛新民报》与《大青岛报》合并,更名《青岛大新民报》。是年王度庐曾任《治平月刊》编辑员一个多月。1月23日,南京《京报》开始连载《舞剑飞花录》,署"王度庐"。配图:刘镜海。

10月5日,《青岛大新民报》刊出《寒梅曲》广告,其中说:"名小说家王霄羽先生自为本报撰《落絮飘香》《古城新月》《海上虹霞》《虞美人》等数

篇之后，篇篇脍炙人口，远近交誉，百万读者每日争先竞读，投来赞誉之函件无数。盖王君文学湛深，复精研心理学，对于社会人情，观察最深；国内足迹又广，生活经验极为丰富；并以其妙笔，参合新旧写法，清俊流畅，细腻转宛；描写之人物，皆跃跃如生，令人留下深深印象。其所选之故事，又皆可悲可喜，新颖而近情合理，章法结构，亦极严谨，无懈可击。即以现刊之《虞美人》言，连刊二年余，若换他人之著作，恐早已令人生倦，然王君之文，日日有新的描写，故事有新的发展变幻，令人如食橄榄，越嚼其味越长；如观大海，久望而其波澜无尽。是以每日每人争相阅读，并常有向本社函电相询者。此均系事实，凡读者皆能信而不疑者也。故虽饱学之士，极富人生阅历之人，对王君之著作亦莫不称誉，谓之为当代第一流之小说家。今《虞美人》即将终篇，新作已由王君开始动笔，名曰《寒梅曲》。系由民国初年北京极繁华之时写起，先述女伶之生活，但与一般的俗流写法迥异；次叙一好学上进的女子，于艰苦环境之中不泯其志气，不失其天真。渐展为一段恋爱，男主角为一音乐家，于是《寒梅曲》遂写入本题矣。其后则此女主角遭境遇改变，如寒梅之遇风雪，花片纷落，然不失其皓洁。中间穿插许多新奇而合理之故事，出现许多面貌不同、心情各异之人物，但人物虽多而不杂乱，每个人又都是在前几篇中未见过的，可也就许是读者眼前常见的。写至中段，则情节极为紧张，能不下泪、不感动者恐少；斯时又写一洁身自爱、有为之少年人，排万难立其身，颇富伦理知识，且有教育意味。至篇末结束之时，写得尤为高超，读者到时自然赞佩。并且此书与前几篇不同，王君之作风稍加改变，简洁流丽，不作繁冗之藻饰，不用生涩的字句，更以悲哀与滑稽相衬而写，非但令人回肠荡气，有时亦令人喷饭。总之，王君之作品早已成熟，已至炉火纯青之候，已有挥洒自如之才力，此《寒梅曲》尤最，不待多加介绍也。"6日，《虞美人》在《青岛大新民报》载毕。7日，《青岛大新民报》开始连载《寒梅曲》，署"霄羽"。配图：许清。

　　按：因存报缺失，《寒梅曲》连载结束时间未详。

1944年（民国三十三年，甲申）　36岁

　　是年《铁骑银瓶传》在《青岛大新民报》载毕（具体月、日未详）。1月

18日,《舞剑飞花录》在南京《京报》载毕,共19章。19日,南京《京报》开始连载《大漠双鸳谱》,标"侠情小说",署"王度庐"。配图:镜海。7月3日《大漠双鸳谱》载毕,共6章。4日,南京《京报》开始连载《春明小侠》,标"侠情小说",署"王度庐"。

按:《舞剑飞花录》后由上海励力出版社印行单行本,改题《洛阳豪客》,被压缩为16章。连载本之章题与单行本完全不同,文字出入也较大。

又,本年上海《戏世界》报曾刊出武侠小说《铁剑红绡记》,署"王度庐",现仅存4030、4031、4032、4033、4034、4035、4036、4038、4039、4040十期(即十段连载文本,分别属于第一、二章,时间为3月20日至30日)。待辨真伪。

1945年(民国三十四年,乙酉)　37岁

2月18日,王度庐之女生于青岛。25日,《春明小侠》载至第20章。5月1日,南京《京报》连载《琼楼双剑记》第二章,署"王度庐"。同日,青岛《民民民》月刊连载《锦绣豪雄传》,署"王度庐"。是年夏秋之际,《青岛大新民报》停刊。8月15日,日本正式宣布投降。10月25日,青岛举行日军受降典礼。《青岛时报》等老报复刊,《民治报》《民众日报》等新报创刊。

按:《春明小侠》于本年2月25日载至第二十章,改标"武侠小说",以下报纸缺失,连载结束时间当在4月末。《琼楼双剑记》亦因报纸缺失而不知始载时间;至5月27日,所载内容仍为第二章,以后殆未续载。《锦绣豪雄传》亦未载完。

1946年(民国三十五年,丙戌)　38岁

是年王度庐为维持生计,曾任赛马场办事员,于周日售马票。12月2日,《青岛时报》开始连载王度庐所著武侠小说《紫凤镖》,署名"鲁云"。

1947年(民国三十六年,丁亥)　39岁

5月1日,青岛《民治报》开始连载王度庐所撰武侠小说《太平天国情侠传》,署"鲁云"。19日,青岛《大中报》开始连载王度庐所撰武侠小说《清

末侠客传》，署"鲁云"。6月11日，《青岛时报》开始连载王度庐所撰社会言情小说《晚香玉》，署"绿芜"。7月18日，《紫凤镖》在《青岛时报》载毕。19日，《青岛时报》开始连载王度庐所撰武侠小说《雍正与年羹尧》，署"鲁云"。是年王度庐收到弟弟来信，得知中共即将获得全面胜利。

按：《太平天国情侠传》仅见一节，未知是否载毕。《雍正与年羹尧》《清末侠客传》当于次年载毕。

李丹荃在回忆文中说："1947年，我们忽然收到分离多年的弟弟的信，那信是经过几个人辗转捎来的。信中大意是：我在外买卖很好，我们不久即可团聚，望你们放心。信虽很短，但却是莫大喜讯。信中真实的含义，我们是明白的，知道多年的战争是将结束了。只是这时他们在北平的母亲已故去，没有来得及知道，是终身遗憾。"

1948年（民国三十七年，戊子）　40岁

是年王度庐曾任青岛摊商工会文牍。1月31日，《晚香玉》在《青岛时报》载毕。2月1日，《青岛时报》开始连载《粉墨婵娟》，署"绿芜"。4月29日，《青岛时报》开始连载武侠小说《宝刀飞》，署"鲁云"。6月，上海育才书局出版增订本《风雨双龙剑》。7月10日，《粉墨婵娟》在《青岛时报》载毕。15日，《青岛时报》开始连载侠情小说《燕市侠伶》，署"绿芜"。9月17日，《宝刀飞》在《青岛时报》载毕。9月20日，《青岛公报》开始连载武侠小说《金刚玉宝剑》，署"王度庐"。

按：《金刚玉宝剑》之"玉"字当系"王"字之误，参见丁福保主编之《佛学大辞典》：【金刚王宝剑】（譬喻）临济四喝之一，谓临济有时一喝，为切断一切情解葛藤之利剑也。《临济录》曰："师问僧：有时一喝如金刚王宝剑，有时一喝如踞地金毛狮子，有时一喝如探竿影草，有时一喝不作一喝用，汝作么生会？僧拟议，师便喝。"《人天眼目》曰："金刚王宝剑者，一刀挥断一切情解。"又：【金刚】（术语）梵语曰缚罗。……译言金刚，金中之精者，世所言之金刚石是也。…… 又（天名）持金刚杵之力士，谓之金刚。……【金刚王】（杂语）金刚中之最胜者，犹言牛中之最胜者为牛王也。……

9月24日，青岛《军民晚报》开始连载武侠小说《龙虎铁连环》，署"王度庐"。10月，上海励力出版社将《清末侠客传》分为两册印行，分别改题《绣带银镖》《冷剑凄芳》。11月，上海励力出版社出版《宝刀飞》。同年，上海励力出版社还出版或再版了王度庐的以下作品：《鹤惊昆仑》（即《舞鹤鸣鸾记》），《宝剑金钗》（即《宝剑金钗记》），《剑气珠光》（即《剑气珠光录》），《卧虎藏龙》（即《卧虎藏龙传》），《铁骑银瓶》（即《铁骑银瓶传》），《紫电青霜》，《新血滴子》（即《雍正与年羹尧》），《燕市侠伶》，《落絮飘香》《琼楼春情》《朝露相思》《翠陌归人》（此为《落絮飘香》连载本的四个分册），《暴雨惊鸳》（此为《寒梅曲》连载本的第一分册，以下分册未见），《绮市芳葩》《寒波玉蕊》（此为《晚香玉》连载本的两个分册），《粉墨婵娟》《霞梦离魂》（此为《粉墨婵娟》连载本的两个分册）。

按：《燕市侠伶》之后集为《梅花香手帕》。后集未见连载，励力版《燕市侠伶》亦未见，该版当不包括后集。

1949年（己丑） 41岁

是年，王度庐之弟谭立（即王探骊）出任中共大连市委副书记。1月1日，青岛《民治报》开始连载《玉佩金刀记》，署"王度庐"。未完。2月，《金刚玉宝剑》改由《联青晚报》连载。4月，上海励力出版社出版《金刚玉宝剑》，共三册。6月29日，王度庐幼子生于青岛。

是年秋，王度庐夫妇携长子、女儿同由青岛迁往大连（幼子暂留青岛）。王度庐任旅大行政公署教育厅编审委员。李丹荃先在市教育局初教科任科员，后任教于英华坊小学和大同坊小学。

本年，重庆千秋书局出版《紫凤镖》。上海励力出版社还出版了王度庐的下列作品：《朱门绮梦》《小巷娇梅》《碧海狂涛》《古城新月》（此为《古城新月》连载本的四个分册），《海上虹霞》《灵魂之锁》（此为《海上虹霞》连载本的两个分册），《琴岛佳人》《少女飘零》《歌舞芳邻》（此为《虞美人》连载本的前四个分册，以下分册未见），《洛阳豪客》（即《舞剑飞花录》），《风尘四杰》，《香山侠女》，《春秋戟》，《龙虎铁连环》。

1950年（庚寅） 42岁

王度庐在旅大行政公署教育厅任编审委员。

1951年（辛卯） 43岁

王度庐调入旅大师范专科学校任教员。

1952年（壬辰） 44岁

王度庐在旅大师范专科学校任教员。

1953年（癸巳） 45岁

是年王度庐调入沈阳东北实验学校（现辽宁省实验中学）任语文教员，李丹荃任该校舍务处职员。

1954年（甲午） 46岁

王度庐在沈阳东北学校（现辽宁省实验中学）任教。

1955年（乙未） 47岁

5月，《人民日报》公布《关于胡风反革命集团的材料》。在清查"胡风分子"时，王度庐曾经受到无端怀疑。

1956年（丙申） 48岁

1月13日，文化部发出《关于续发处理反动、淫秽、荒诞图书参考目录的通知(56)（文陈出密字第9号）》，其第二条称："有一些人专门编写反动、淫秽、荒诞的图书，如徐訏、无名氏、仇章专门编写政治上反动的、描写特务间谍的小说，张竞生、王小逸（捉刀人）、蓝白黑、笑生、待燕楼主、冷如雁、田舍郎、桑旦华专门编写含有反动政治内容或淫秽、色情成分的'言情小说'，朱贞木、郑证因、李寿民（还珠楼主）、王度庐、宫白羽、徐春羽专门编写含有反动政治内容或淫秽、色情成分的神怪、荒诞的'武侠小说'。为了肃清反动、淫秽、荒诞的图书，请各省市文化局在审读图书时, 对于徐訏……徐春羽等二十一人编写的图书特别加以注意。但决定是否处理和如何处理, 仍应按书籍内容而定。"(见中国出版科学研究所、中央档案馆编:《中华人民共和国出版史料》第8辑, 中国书籍出版社, 2002。)

同年, 王度庐加入中国民主促进会, 并任该会沈阳市第五届市委委员; 又曾被选为皇姑区政协委员和沈阳市第六届人民代表大会代表。

按: 以上政治身份据辽宁省实验中学所存退休人员登记表及李丹荃回忆文。加入民进当在本年, 其他事项或在其后, 因无法查实年份, 姑均暂系于本年。

1957年(丁酉)　49岁

实验中学也掀起"反右"运动, 王度庐没有受到大冲击。

1958年(戊戌)　50岁

王度庐继续任教于辽宁省实验中学, 至1965年"文化大革命"爆发。

1966年(丙午)　58岁

"文化大革命"爆发。王度庐受到冲击, 被贬入"有问题的人学习班", 接受"清队"审查。

1967年(丁未)　59岁

王度庐仍被"审查", 但实际上处于"逍遥"状态。

1968年(戊申)　60岁

王度庐仍处于"逍遥"状态。

1969年(己酉)　61岁

王度庐当在是年被结束"审查", 获得"解放", 即被宣布没有查出问题, 恢复原来的政治身份。

按：依照"文革"程序，"有问题的人"被"解放"之前，仍需召开一次表示"结案"的批判会。李丹荃在回忆文中写道："……开了一个小型批判会。也不知从什么地方找来一本《小巷娇梅》，批判者念一段，批判一番……当批判者念到生动有趣处，听者笑了，王度庐也忍不住笑了，当然要招来申斥：'你还笑？你要端正态度！'批判者们又从我们家拿走了我们的一本相册，里面有两张全家照片。一张中有我抱着1949年初生的幼子；另一张是我穿着在旅大行政公署发的女干部服装，王度庐穿着他兄弟给他的呢子干部服装。批判者举着照片说：'你们穿得这么好，可见你们过去生活多么优越！你爱人还穿着裙子！'……对他的批判只是一种虚张声势的形式。那些老师并未认真对待。"

1970年（庚戌）　62岁

是年春，王度庐以退休人员身份，随李丹荃下放到辽宁省昌图县泉头公社大苇子大队，不久转到泉头大队。

按：王度庐幼子在一封信里这样回忆父母被"下放"的情景："……我在农村'接受再教育'，得知后立即赶回家。前往农村时，年迈的父母坐在卡车顶上，一路颠簸。爸爸当时身体就很不好，加上这一折腾，半路解手时，站了半天也解不出来。妈妈晕车，走一路吐一路。那情景我现在回忆起来都止不住要流泪。"

其女则曾在一封信里回忆到昌图看望父母的情景："听说他们下乡了，我很急，不久就请假找去了。他们一辈子住在城里，父亲更是年老体弱，手无缚鸡之力，忽然到了农村，借住在人家的半间小屋里，怎么生活？我还没走到家，就远远地看见父亲坐在一棵繁茂的大树下(很像一幅中国山水画)，我的心顿时平静下来了。他永远是那么心平气和，不知是怎么修炼的。我女儿小时候跟我父母在农村住过。有一次闹觉(困了，不睡，哭闹)，我很烦，可我父亲说：'世界多美好啊，她是舍不得去睡觉啊。'有时，父亲用手比成一个取景框，东照一下，西照一下，对我的小孩说：'快来看，这边是一个景，那边也是一个景。'(父亲原本喜欢摄影，在小说《海上虹霞》中曾写到购买'莱卡'照相机，就颇内行。)他还常让母亲下地干活回来时带些野花野草。那时父　亲走路已不太方便了。"

1971年（辛亥）　63岁

王度庐在昌图。

1972年（壬子）　64岁

王度庐在昌图。其幼子考入迁至铁岭的沈阳农学院农学系。

1973年（癸丑）　65岁

王度庐在昌图。

1974年（甲寅）　66岁

1月14日，长子突然亡故，王度庐夫妇不胜哀痛。

同年，幼子毕业于迁至铁岭的沈阳农学院农学系，留校任教。李丹荃于下放人员"落实政策"时也被安排退休。

1975年（乙卯）　67岁

王度庐夫妇迁往铁岭与幼子同住。

1976年（丙辰）　68岁

王度庐在铁岭。

1977年（丁巳）　69岁

2月12日，王度庐因病卒于铁岭。

按：李丹荃在回忆手稿中这样记述丈夫逝世的情景："儿子工作的学校已放了寒假，这天正是旧历年末。晚上儿子去办公室值夜，女儿远在几千里外工作。我们住在一间很小的宿舍里，暖气不热，电灯不亮，风吹得屋外树枝簌簌地响，偶然能听得到远处一声声犬吠。他病已重危，该说的话早已说完，他静静地合上双眼去了。我不愿惊动他，也不想叫别人，坐在床前陪伴着他,送他安静地走完了人生最后的旅程,时年六十八(周)岁……我遵从他的遗嘱,没有通知很多人,没有举行一切世俗的仪式,没有哀乐,没有纸花,悄然地由他的儿子和几位热情的青年同事用担架(把他)抬到离我家很近的火葬场。"

(承张元卿博士协助查阅南京《京报》并发现、提供有关陕西教育月刊、旬刊资料,特此致谢!)

《王度庐作品大系》书目一览表

武侠卷第一辑（2015年7月已出版）

鹤惊昆仑（上、下）

宝剑金钗（上、下）

剑气珠光（上、下）

卧虎藏龙（上、下）

铁骑银瓶（上、中、下）

武侠卷第二辑（待出版）

风雨双龙剑

彩凤银蛇传

纤纤剑

洛阳豪客

大漠双鸳谱

紫电青霜

紫凤镖

绣带银镖

雍正与年羹尧

宝刀飞

燕市侠伶

金刚玉宝剑

社会言情卷（待出版）

落絮飘香

古城新月

海上虹霞

虞美人

晚香玉

粉墨婵娟

风尘四杰

香山侠女

早期小说与杂文卷（待出版）

红绫枕

惊人秘柬

燕赵悲歌传

黄河游侠传

河岳游侠传